商務

漢語成語詳解詞典

HANYU CHENGYU XIANGJIE CIDIAN

主編：陳學遜

編著：陳學遜　蕭　朋

商務印書館

漢語成語詳解詞典（修訂版）

HANYU CHENGYU XIANGJIE CIDIAN

出 版 人：陳萬雄

主　　編：陳學滋

編　　著：陳學滋　蕭　朋

責　　編：盧揚平　黃家麗

封面設計：張　毅

出　　版：商務印書館（香港）有限公司

香港筲箕灣耀興道 3 號東滙廣場 8 樓

http://www.commercialpress.com.hk

發　　行：香港聯合書刊物流有限公司

香港新界荃灣德士古道220-248號荃灣工業中心16樓

印　　刷：美雅印刷製本有限公司

九龍官塘榮業街6號海濱工業大廈4樓A室

版　　次：2023 年 11 月第 10 次印刷

ISBN 978 962 07 0251 8

Printed in Hong Kong

出版説明

籠統地評價一本詞典好與不好，是一件困難的事，作為輔助性的工具書，重要的是合用，就像服裝，合不合潮流，當然很重要，但具體到個人，合不合身似乎更加重要。

面對多層次的讀者，詞典要發揮無聲的老師的角色，時刻準備回答問題。它會準備什麼樣的答案呢，可以設想，核心的內容絕對不應少，必要的、經常遇到的成語；準確的、要言不煩的解釋；典型的、有助於理解的用例。可是它還要面對好學深思的讀者，他們會要求範圍更廣泛，內容更豐富，講解更深入。這時，詞典的編者要在有限定的篇幅裏處理廣與狹、深與淺、多與少的關係，這是體現詞典編寫功夫的地方。

這本詞典就是從這肯綮之處着手，選收成語參酌中、港、台不同地域不同語體的語言材料，成語立目考慮形式的定型和變化情況，從現代漢語用例中甄選規範的用法，自古代典籍中爬梳成語的來龍去脈，再佐以古今書證釐清意義的沿承和發展。這樣，成語本身所包含的歷時和共時意義就清晰展現出來。至於成語中字詞寫法、讀音和意義，則特別設立提示、注意項，明示古今字、通假字和異體字的變化，提醒多音字、易錯字的可能陷阱。最後還有為掌握成語使用而設計的《反義成語》。

好的詞典，有賴作者的學術涵養和專業精神，本書主編長期從事中文辭書的研究、編纂和編輯等工作，曾參與《辭源》的修訂，是《漢語大詞典》主要編纂人之一，著有《學生成語詞典》、《常用中國成語辭典》等。他擔任責任編輯《漢語現象論叢》(啟功著) 獲第十一屆中國圖書獎，《漢語俗字叢考》(張涌泉著) 獲第五屆國家圖書獎提名獎。

此書可以説是編者長期浸淫於中國語言文化研究的結晶，現在，幾經寒暑，終於要同讀者見面了。我們相信，它可以幫助讀者更好地理解和掌握漢語詞彙中獨具魅力的成語。

商務印書館（香港）有限公司
編輯出版部　謹誌
二〇〇五年七月

目　錄

凡　例

一、收詞和詞目的編排

1. 本詞典收錄成語四千餘條，現代漢語中常用的（包括港、澳、台書面語中常用的）成語大致包括在內。
2. 詞條編排以成語首字的筆畫數多少為序，筆畫少的在前；首字筆畫數相同的，依起筆的筆形橫（一）、豎（丨）、撇（丿）、點（、）、折（㇕）為序排列；起筆筆形也相同的，依第二筆筆形排列，餘類推。首字相同的成語依次以第二字、第三字……的筆畫數和起筆筆形排列。
3. 首字相同的異形條目不單列，只收在正條中，以「也作『某某』」處理之。如

   【廢寢忘食】也作「廢寢忘餐」。
4. 首字不同的異形條目單列，但不做解釋，以互見條處理之。如

   【秣馬厲兵】見「厲兵秣馬」，504頁。
5. 每一獨立詞條均以標準普通話標注漢語拼音。

二、釋義和引例

1. 整條成語含義的解釋。這個含義是指成語在現代漢語中通行的意義，如果古今含義有變化的話，也要兼顧成語原先的含義。含義的解釋一般先解釋字面義，再解釋其引申義、比喻義或轉用義。
2. 成語中難解字詞的解釋。這部分內容放在括弧內。如果沒有難解字詞，或者雖有難解字詞，但通過對整條成語的解釋已能明白該難解字詞的含義，這一項就不再列出。
3. 本詞典以 例 表示引例項。例句一般都是由編者自行撰寫，也有部分摘錄自名家作品，出現較多主要是魯迅、巴金、葉聖陶、老舍、朱自清、鄒韜奮、茅盾、冰心等現代著名作家作品中的文句。
4. 例句一般為一句，含義複雜的成語則根據義項分別列舉，以陰碼❶❷……為序逐條引例。句中引用的該條成語用波浪線～表示，以節省篇幅。

三、書證和提示

1. 本詞典以[書]表示書證項。書證交代了成語的來源或前人的用例。書證一般選自古書中，近現代出現的成語則只能舉近現代的用例。這也等於為讀者多提供了一條例句。

2. 引用書證時列出朝代名（以清代為止）、作者和書名，清代以後的書證只列作者和書名。

3. 選自古書的書證，其中通假字、古今字和異體字等用法依照原版本。為方便讀者理解文義，我們在字旁加括號給予提示。通假字括注用「通」，古今字和異體字括注用「同」。如

   【行遠自邇】君子之道，辟（通「譬」）如行遠必自邇……

   【如影隨形】臣之法主也，如景（同「影」）之隨形。

   【掩耳盜鈴】恐人聞之而奪己也，遽揜（同「掩」）其耳。

4. 書證一般不作字詞解釋和釋義，較難解和易混淆的也有例外提示。如「資斧：盤纏。」

5. 如果書證引用的是該成語的原始形式或孕育該成語的典故，與現代漢語中常見的形式有別時，在書證後用「後用作『某某某』」提示之。

四、注意項

1. 「在此不讀……」提示多音字在該條成語中的正確讀法（如果該字的粵音亦為多音的，同時以國際音標和粵語直音字提示粵音的正確發音，如果不是，就不注粵音）；「不讀……」提示容易讀錯的字的正確讀法。如

   【風流雲散】[注]「散」在此不讀 sǎn 。㊄ san3 傘。

   【一蹴而就】[注]「蹴」不讀 jiù 。

2. 對詞條中較易寫錯的字，特別提示為「不可寫作『某』」。如

   【一言既出，駟馬難追】[注]「既」不可寫作「即」，「駟」不可寫作「四」。

   【屈指可數】[注]「屈」不可寫作「曲」。

五、附錄　反義成語

本詞典特別將所收詞條之相應的反義詞一至二條收錄在《反義成語》中，正反詞條用斜槓分隔，以不同字款區別之，並提供正條成語在本詞典內文的頁碼，以方便讀者查考。

部首索引

首字部首筆畫索引

一部

一畫

五至八畫

七畫

几部

三畫

凵部

四至五畫

刀部

二畫

四畫

六至七畫

八畫

九畫

十畫

十一至十五畫

力部

二畫

五畫

七畫

厂 部

九畫

十至十五畫

厶 部

五至十一畫

又 部

四畫

八畫

口 部

三畫

五畫

六畫

七畫

十三至十四畫

土部

三至六畫

七畫

九畫

十一畫

十二至十六畫

士部

七至十四畫

夕部

五至六畫

八至十四畫

大部

三畫

四畫

五畫

八畫

十六畫

女部

五至六畫

十二畫

十三至十五畫

心部

四畫

五至七畫

八畫

九畫

十畫

十一畫

六至七畫

八畫

九畫

十畫

十一畫

十二畫

十三畫

手

十二畫

木部

四至五畫

七畫

八畫

九畫

十畫

十一至十二畫

十四至十五畫

十六畫

十七至廿二畫

欠部

八至十一畫

十二畫

十四至十五畫

五至六畫

七畫

八畫

九畫

十畫

十一畫

十二畫

十三畫

十四畫

十五至十六畫

十七畫

火部

四畫

六至八畫

九畫

十畫

十一至十二畫

玄部

十一畫

玉部

五畫

八畫

九至十畫

十一畫

十二至十九畫

瓜部

五畫

瓦部

五至十八畫

甘部

五至十一畫

生部

五畫

田部

九至十一畫

十二畫

十三至廿二畫

疋部

十四畫

疒部

九至十畫

十畫

十一畫

十二至十三畫

十六至十八畫

矢部

五至八畫

十二至十七畫

石部

五至十畫

十三至十六畫

示部

九畫

十三至十七畫

禾部

九畫

十至十一畫

十二畫

耳部

六畫

十至十一畫

十四畫

十七畫

廿二畫

聿部

十三畫

肉部

七至八畫

九畫

十畫

十一畫

十三至十五畫

十七畫

臣部

八至十七畫

自部

六至十畫

至部

六畫

臼部

十三畫

十六畫

十八畫

舌部

六至十畫

舛部

十四畫

艮部

七至十七畫

色部

六畫

艸部

七至八畫

九畫

十畫

十五畫

十六至十七畫

十八至十九畫

廿三至廿六畫

谷部

十七畫

豆部

十至十八畫

豕部

七至十四畫

豸部

十至十四畫

貝部

九畫

十一畫

十二畫

十三至十五畫

赤部

七至十四畫

走部

七至九畫

十至十二畫

十三至十七畫

足部

七至十二畫

十三至十七畫

廿一至廿五畫

身部

七畫

車部

七至十一畫

十三至十四畫

十七至廿一畫

辛部

十九畫

辵部

七至八畫

九畫

十畫

十一畫

十二畫

十三畫

門部

八至十畫

十一畫

十二畫

十九畫

阜部

七畫

八至十畫

十一畫

十二畫

十三畫

十六畫

十七畫

隹部

十二至十六畫

十八畫

十九畫

雨部

八至十一畫

十二至十三畫

飛部

九畫

食部

九畫

十至十三畫

十五至廿五畫

首部

九畫

馬部

十至十五畫

十六至廿二畫

廿三至廿六畫

骨部

十至廿三畫

高部

十畫

鬯部

廿九畫

鬼部

十畫

十四至廿一畫

魚部

十一至廿三畫

鳥部

十一至十五畫

十七至廿八畫

鹿部

十一畫

麻部

十一畫

黃部

十二畫

黑部

十二至十六畫

十七至廿一畫

鼎部

十三畫

鼠部

十三畫

齊部

十四畫

龍部

十六畫

一畫

【一刀兩斷】yī dāo liǎng duàn
一刀砍下去，把東西斷成兩截。比喻堅決地斷絕關係。例 邵瓏和那家公司早已～，沒有任何來往了。
書 宋朱熹《朱子語類》卷四四：「觀此可見，克己者，是從根源上一刀兩斷，便斬絕了，更不復萌。」

【一了百了】yī liǎo bǎi liǎo
起主導作用的事情了結後，其餘許多相關的事情也就跟着了結了。（了：了結。）例 你不要以為老太爺一死就～，實際上他生前在家庭關係上所造成的問題並沒有解決，遲早會爆發出來的。
書 清魏子安《花月痕》第二〇回：「當秋痕受餓時，能夠同侯氏一死，豈不是一了百了？」

【一寸光陰一寸金】
yī cùn guāng yīn yī cùn jīn
形容時間寶貴。（一寸光陰：物體在陽光下的影子移動一寸長所用的時間。表示很短的時間。）例 ～，寸金難買寸光陰，我們一定要珍惜時光啊！
書 唐王貞白《白鹿洞》詩之一：「讀書不覺已春深，一寸光陰一寸金。」

【一口咬定】yī kǒu yǎo dìng
一口咬住不放。比喻堅持一種說法，硬不改口。例 瞿小姐～此事為自己親眼所見，千真萬確，願意出面做證。
書 清朱素臣《十五貫·如詳》：「真贓十五貫，是屍親游氏一口咬定，既有贓證，這姦情一發是真了。」

【一夫當關，萬夫莫開】
yī fū dāng guān, wàn fū mò kāi
一個人把守着關口，一萬個人也攻不開。形容地勢險要，易守難攻。（夫：指成年男子。當：阻擋。）例 陡險的山腰上建了一座要塞，真是～。
書 唐李白《蜀道難》詩：「劍閣崢嶸而崔嵬，一夫當關，萬夫莫開。」
注 「當」在此不讀dàng。粵 dɔŋ[1]噹。

【一五一十】yī wǔ yī shí
以「五」「十」為單位往下計數。形容清點數目。也比喻敍述時條理分明，無所遺漏。例 ❶宋大媽～地把今天收到的貨款數好，鎖進保險箱裏。❷徐青把他打聽到的關於這一事件的來龍去脈，～說給魏主任聽。
書 明施耐庵《水滸傳》第二五回：「這婦人聽了這話，也不回言，卻踅過來，一五一十，都對王婆和西門慶說了。」

【一不做，二不休】yī bù zuò, èr bù xiū

事情要麼不做，既然做了，就索性做到底，不要罷休。（休：罷休。）例 咱們既然已經和對方攤牌，那就～，不達目的，決不收兵。

書 唐趙元一《奉天錄》卷四：「光晟臨死而言曰：『傳語後人，第一莫作，第二莫休。』」

【一日三秋】yī rì sān qiū

一天沒有見面，好像隔了三年。形容對人思念殷切。（三秋：三個秋季，指三年。）例 我跟老朋友分別後心中充滿了～之思，總盼着能早日再次相會。

書《詩經·王風·采葛》：「彼采蕭兮，一日不見，如三秋兮。」

【一日千里】yī rì qiān lǐ

原形容馬跑得非常快，一日能行千里。後也形容進步或發展非常迅速。例 這個科技園區的發展大有～之勢，給來訪者留下了深刻的印象。

書《史記·秦本紀》：「徐偃王作亂，造父為繆王御，長驅歸國，一日千里以救亂。」

【一日之雅】yī rì zhī yǎ

一天的交情。指交情不深。（雅：交情。）例 我和葛先生雖只有～，但他給我的印象很不錯。

書《漢書·谷永傳》：「永斗筲之才，質薄學朽，無一日之雅，左右之介。」

【一毛不拔】yī máo bù bá

即使是只需要拔下一根汗毛而對天下有利的事也不肯做。形容為人極其吝嗇。例 原以為他是個～的人，這次你卻從他那裏募集到大筆善款，令我對他刮目相看。

書《孟子·盡心上》：「楊子取為我，拔一毛而利天下，不為也。」

【一手遮天】yī shǒu zhē tiān

形容人仗勢弄權，蒙蔽世人耳目。例 你有多大能耐，竟想～，到頭來只怕是枉費心機而已。

書 明張岱《馬士英阮大鋮傳》：「弘光好酒喜內，日導以荒淫，毫不省外事，而士英一手遮天，靡所不為矣。」

【一片丹心】yī piàn dān xīn

一片赤誠的心。例 鄧教授為國家科技事業的發展奉獻出～，他的事跡感人至深。

書 宋蘇軾《過嶺寄子由》詩：「一片丹心天日下，數行清淚嶺雲南。」

【一仍舊貫】yī réng jiù guàn

完全依照舊例。（一：完全。仍：沿襲；依照。貫：事例；成例。）例 新經理上任半年來，工作制度上～，但管理更加嚴格了。

書《論語·先進》：「魯人為長府，閔子騫曰：『仍舊貫，如之何？何必改作？』」《晉書·殷仲堪傳》：「謂今正可更加梁州文武五百，合前為一千五百，自此之外，一仍舊貫。」

【一反常態】yī fǎn cháng tài
完全改變了平時的態度。例 平時對我愛理不理的小安近日～地主動和我熱情打招呼，使我不禁納悶起來。
書 端木蕻良《曹雪芹》二五：「原來桑家二丫頭一直垂青於我，可是自從比劍之後，一反常態，被福彭的紅豆子給勾引過去了。」

【一文不名】yī wén bù míng
一個錢也沒有。也作「**不名一文**」、「**不名一錢**」。（文：舊時計算銅錢的量詞，一文錢指一枚銅錢。名：佔有。）例 當年程景流落異鄉，～，多虧黃老伯接濟，才漸漸立住了腳跟。
書 明 瞿式耜《特表忠清疏》：「〔楊漣〕莅虞五年，不名一錢。」

【一心一意】yī xīn yī yì
只有一個心思，沒有別的考慮。形容意念十分專一。例 他～想幫你，你不要誤解他的好意。
書 明王守仁《傳習錄》卷上：「靜而不妄動則安，安則一心一意只在此處，千思萬想，務求必得此至善。」

【一心一德】yī xīn yī dé
同一個心思，同一種信念。形容大家一條心，為同一目標而努力。（德：此指信念。） 也作「**一德一心**」。例 各族人民～，為祖國的繁榮富強而努力奮鬥。
書 《尚書·泰誓中》：「乃一德一心，立定厥功，惟克永世。」

【一孔之見】yī kǒng zhī jiàn
從一個小孔裏所見到的。比喻狹隘、片面的見解。有時也用作自謙之辭。例 ❶一個人如果滿足於～，自以為是，那就難以進步了。❷以上所說只是我的～，望在座諸位不吝賜教。
書 清 譚嗣同《興算學議·上歐陽中鵠書》：「不敢諱短而疾長，不敢徇一孔之見而封於舊說。」

【一去不復返】yī qù bù fù fǎn
一離開就不再回來了。也形容事物已成過去，不會再出現了。（去：離開。復：再；又。）
例「她們享受着自由、平等與幸福的家庭生活，她們以淚洗面的日子～了。」(老舍《最值得歌頌的事》)
書 《戰國策·燕策三》：「風蕭蕭兮易水寒，壯士一去兮不復還！」後用作「一去不復返」。

【一本正經】yī běn zhèng jīng
形容表情莊重嚴肅。有時表示故意裝出莊重嚴肅的樣子。例 ❶新主任雖然年輕，可是～地佈置工作時，還真像那麼回事呢。❷「我的經驗，是人來要我幫忙的，他用『互助論』，一到不用，或要攻擊我了，就用『進化論的生存競爭說』；前後一對照，真令人要笑起來，但他卻～，說得一點也不自愧。」(魯迅《書信集·致蕭軍、蕭紅》)
書 茅盾《趙先生想不通》：「他一本正經走到電扇跟前，鄭重地關住，嘴裏咕嚕了一句『又不熱，開它幹麼』。」

【一本萬利】yī běn wàn lì

用很少的本錢獲取很多的利潤。也引伸指付出有限而收效很大，獲益很多。例 ❶投資者誰不指望～，可是這樣的投資項目不是輕易能找到的。❷陳老伯每天堅持打太極拳，費時不多卻效果顯著，他笑着説：「這種～的事不做，那可太傻了。」

書 清昭槤《嘯亭雜錄·吳制府》：「主算者算盡錙銖，其父猶以為未足。主算者艴然曰：『然則一本萬利，莫讀書若也。』」

【一以當十】yī yǐ dāng shí

見「以一當十」，121頁。

【一目十行】yī mù shí háng

一眼看十行書。這是一種誇張的説法，形容看書的速度很快。例 夕芳隨手拿過一本雜誌，～地瀏覽了幾頁，覺得沒有什麼吸引人的內容，就放下了。

書 《梁書·簡文帝紀》：「讀書十行俱下。」宋劉克莊《雜記六言詩》之二：「五更三點待漏，一目十行讀書。」

注 「行」在此不讀xíng。粵 hɔŋ[4]杭。

【一目了然】yī mù liǎo rán

一眼就全看清楚了。也作「**一目瞭然**」。（了然：明白；清楚。）例 ❶使用新開發的財務軟件後，公司每天的資金運作狀況在電腦上～，為總經理的決策提供了很大方便。❷戴先生是何等機敏的人，你們的用意，他～。

書 宋黎靖德編《朱子語類》卷一三七：「見得道理透後，從高視下，一目瞭然。」

【一失足成千古恨】

yī shī zú chéng qiān gǔ hèn

一旦失足，會成為終身悔恨的事。（失足：比喻人墮落或犯嚴重錯誤。）例 ～，前些年的誤入歧途使他至今仍追悔莫及。

書 清褚人穫《隋唐演義》第六五回：「諺云：一失足成千古恨，再回頭是百年身。」

【一丘之貉】yī qiū zhī hé

同一座山上的貉。比喻都是同一類，沒有差別。今多用於貶義，指都是一樣的壞人。（丘：小山。貉：一種外形像狐狸的野獸。）例 這些貪官和奸商是～，哪裏會為百姓着想。

書 《漢書·楊惲傳》：「古與今，如一丘之貉。」

注 「貉」不讀gé或luò。粵 hɔk[9]學。

【一而再，再而三】

yī ér zài, zài ér sān

表示一次又一次；反覆多次。例 我～地勸他少喝酒，可他禁不住誘惑，依然是逢酒必醉，真讓人煩心。

書 《尚書·多方》：「至於再，至於三。」清俞萬春《盪寇志》第一〇九回：「那廝必然再用此法，一而再，再而三，我其危矣！」

【一成不變】yī chéng bù biàn

一經形成，就固定不變（成：形成。）例 萬事萬物都處在永恆的

變化中，有誰見過～的東西呢？
書 《禮記．王制》：「刑者，侀也。侀者，成也。一成而不可變，故君子盡心焉。」後用作「一成不變」。

【一帆風順】yī fān fēng shùn
帆船一路順風。多用來祝人旅途安吉。也比喻非常順利，沒有阻礙。例 ❶媽媽在碼頭送別外出求學的兒子，祝他～，望他早早寄來平安家書。❷改革的進程不可能是～的，我們要做好經受困難和挫折的準備。
書 清李漁《憐香伴．僦居》：「櫛霜沐露多勞頓，喜借得一帆風順。」

【一年一度】yī nián yī dù
每一年有這麼一次。例 ～的高等學校招生考試受到新聞媒體的密切關注。
書 唐施肩吾《古別離》：「所嗟不及牛女星，一年一度得相見。」

【一年半載】yī nián bàn zǎi
一年或半年。指不太長的一段時間。（載：年。）例 再過個～我們就可以搬到新居去住了。
書 宋李昉等編《太平廣記》引《玉堂閒話》：「或一年半載，與妻子略相面焉。」

【一衣帶水】yī yī dài shuǐ
像一條衣帶那樣窄的水面。形容僅一水之隔，往來方便。例 我們兩國是～的鄰邦，歷史上友好往來不斷。
書 《南史．陳紀下》：「隋文帝謂僕射高熲曰：『我為百姓父母，豈可限一衣帶水不拯之乎？』」

【一字千金】yī zì qiān jīn
一個字價值千金。形容文辭精妙，價值極高。也形容書法作品十分珍貴。例 南朝梁的鍾嶸對陸機所作的古詩評價極高，有～之譽。
書 據《史記．呂不韋列傳》記載，秦相呂不韋讓門客編了一部書，名《呂氏春秋》，並把書公佈出來，「懸千金其上，延諸侯遊士賓客有能增損一字者予千金。」後用作「一字千金」。

【一如既往】yī rú jì wǎng
完全像過去一樣。指態度或狀況等沒有改變。（一：完全。既往：已往；過去。）例 市政府將～地重視教育事業的發展，保證教育經費逐年都有所增長。
書 陳毅《在第二次亞非會議籌備會議上的發言》：「中國代表團一如既往，在實踐中一定貫徹這個原則。」

【一技之長】yī jì zhī cháng
在某一方面的技藝專長。也作「**一藝之長**」。例 當局十分關心這些老藝人的工作和生活，努力創造條件幫助他們發揮好自己的～。
書 清王士禎《池北偶談．一技》：「近日一技之長，如雕竹則濮仲謙，螺甸則姜千里。」
注 「長」在此不讀 zhǎng。粵 tsœŋ[4] 祥。

【一步登天】yī bù dēng tiān
一步登上青天。比喻一下子上升到很高的位置或達到很高的程度。例 ❶秦宣夢想着自己有朝一日也能攀龍附鳳，～，過上錦衣玉食的生活。❷學技藝需要有一個循序漸進的過程，～是不現實的。
書 清陳天華《獅子吼》第二回：「哪知康有為是好功名的人，想自己一人一步登天，做個維新的元勳。」

【一見如故】yī jiàn rú gù
初次見面就像是老朋友一樣。形容雙方意氣相投，很合得來。(故：老朋友。) 例 蕭彬與余飛萍水相逢，卻～，越談越投緣。
書 宋張洎《賈氏談錄》：「李鄴侯為相日，吳人顧況西遊長安，鄴侯一見如故。」

【一見傾心】yī jiàn qīng xīn
初次見面就產生傾慕之情。(傾心：衷心愛慕。) 例 莊如柏對温玉海～，很快成為十分親密的朋友。
書 《資治通鑒．晉孝武帝太元九年》：「主上與將軍風殊類別，一見傾心，親如宗戚，寵踰勳舊。」

【一見鍾情】yī jiàn zhōng qíng
男女之間初次見面就產生了愛情。(鍾情：感情專注。多指愛情。) 例 張生和崔鶯鶯～，於是才有了《西廂記》裏那些動人的故事。
書 清李漁《比目魚．發端》：「劉旦生來饒豔質，譚生一見鍾情極。」

【一身二任】yī shēn èr rèn
一個人同時擔任兩種職務或同時承擔兩項任務。例 楊先生既是出版社的社長，又擔任總編輯，～，工作十分繁忙。
書 《漢書．王吉傳》：「諸侯骨肉，莫親大王，大王於屬則子也，於位則臣也，一身而二任之責加焉。」

【一身是膽】yī shēn shì dǎn
形容膽量極大。也作「渾身是膽」。例 差人耿志～，深入賊巢卧底，出色完成了任務。
書 《三國志．蜀志．趙雲傳》：「以雲為翊軍將軍。」裴松之註引《趙雲別傳》：「子龍一身都是膽也。」後用作「一身是膽」。

【一言一行】yī yán yī xíng
一句話，一個行動；每一句話，每一個行動。例 學生常常以教師為榜樣，所以教師對自己的～都必須特別注意。
書 《藝文類聚》卷五二引晉袁山松《後漢書》：「賈彪，字偉節，遊京師，與郭林宗、李元禮等為談論之首，一言一行，天下以為準的。」

【一言九鼎】yī yán jiǔ dǐng
一句話的分量有九鼎之重，作用極大。(九鼎：傳說夏禹鑄了九個鼎，象徵九州，夏、商、周三代為傳國的重寶。) 例 季老是學術界的泰斗，德高望重，～，你能得到他的推薦，還有什麼可擔心的呢？
書 宋范浚《寄上李丞相》：「士之仰英風望餘光者，冀一見有輕萬户

之心，得一言若九鼎大呂之重。」

【一言以蔽之】yī yán yǐ bì zhī
用一句話來概括它。（蔽：此指概括。）例 這篇文章的中心，～，就是要把重視數量增長的觀念轉變到重視效益增長上來。
書《論語·為政》：「《詩》三百，一言以蔽之，曰：思無邪。」

【一言既出，駟馬難追】
yī yán jì chū, sì mǎ nán zhuī
一句話說出口之後，即使是套四匹馬的車也難以追上。指話既出口，無法收回。（既：表示動作、行為的完結；已經。駟馬：同駕一輛車的四匹馬；此指套四匹馬的車，這種車跑得很快。）
例 ～，說到就要做到，不容翻悔。
書 宋歐陽修《筆說·駟不及舌說》：「俗云：一言出口，駟馬難追，《論語》所謂『駟不及舌』也。」
注「既」不可寫作「即」，「駟」不可寫作「四」。

【一言為定】yī yán wéi dìng
一句話就說定，不再改變或翻悔。例 這筆買賣我們～，明天上午10點，我付款，你交貨，如何？
書 明馮夢龍《古今小說·滕大尹鬼斷家私》：「你兩人一言為定，各無翻悔。眾人既是親族，都來做個證見。」

【一言難盡】yī yán nán jìn
形容情況複雜，過程曲折，或所受的磨難、痛苦深重，不是一兩句話就能說清或說完的。例 這十年我在商海浮沈所嘗到的甜酸苦辣真是～。
書 宋《京本通俗小說·志誠張主管》：「張主管道：『小夫人如何在這裏？』夫人道：『一言難盡！』」

【一決雌雄】yī jué cí xióng
形容雙方較量，決定出勝負、高低。也作「**決一雌雄**」。（雌雄：比喻勝負、高低。）例 這兩支球隊分別是歐洲和南美洲的足球冠軍，今天相遇，將～。
書 明羅貫中《三國演義》第三一回：「汝等各回本州，誓與曹賊一決雌雄！」

【一表人才】yī biǎo rén cái
形容人相貌俊秀，風度出眾。
例 他生得～，談吐又大方，不論到哪裏都備受矚目。
書 明馮夢龍《古今小說·蔣興哥重會珍珠衫》：「只笑那下路客人，空自一表人才，不識貨物。」

【一板一眼】yī bǎn yī yǎn
板眼原指中國民族音樂和戲曲音樂中的節拍，每小節中最強的拍子叫板，其餘的拍子叫眼。一板一眼即二拍子。音樂演奏中板眼必須準確，合規矩。後來就用「一板一眼」比喻言語行為有條理，合規矩，不馬虎。有時也比喻做事死板，不知變通。也作「**一板三眼**」。例 ❶ 表哥辦事～，讓人放心。❷ 我們所接觸的社會環境已經發生了變化，如

果還像過去那樣～地做事往往就行不通了。

書 清吳趼人《糊塗世界》：「如今的時勢，就是孔聖人活過來，一板三眼的去做，也不過是個書呆子罷了。」

【一枕黃粱】 yī zhěn huáng liáng

見「黃粱一夢」，406頁。

【一事無成】 yī shì wú chéng

一件事情也沒有做成。多用來指一個人在事業上無所成就。例 你如果還是這樣放鬆對自己的要求，得過且過，只怕將來會～。

書 唐白居易《除夜寄微之》詩：「鬢毛不覺白毿毿，一事無成百不堪。」

【一來二去】 yī lái èr qù

指在一段時間裏，經過反覆接觸或影響而產生某種情況。例 我們本來就住得近，平日抬頭不見低頭見，～，彼此也就相熟了。

書 清曹雪芹、高鶚《紅樓夢》第五八回：「他是小生，藕官是小旦，往常時他們扮作兩口兒，每日唱戲的時候，都裝着那麼親熱，一來二去，兩個人就裝糊塗了，倒像真的一樣兒。」

【一拍即合】 yī pāi jí hé

原指一打拍子就合上了樂曲的節奏。比喻雙方湊到一起，很快就取得了一致。例 説到經商，兩人～，於是決定聯手來開一家貿易公司。

書 清李海觀《歧路燈》第十八回：「君子之交，定而後求；小人之交，一拍即合。」

【一呼百應】 yī hū bǎi yìng

一聲呼喊，很多人響應。例 紅十字會發出了為災區募捐的呼籲，～，市民們紛紛前來捐款捐物。

書 清昭槤《嘯亭雜錄·王述庵書》：「若縣令先以挾私違制，則人有同心，豈能默爾。一呼百應，籲告上台，以求利斷，自無不可。」

【一知半解】 yī zhī bàn jiě

所知不多，理解膚淺。例 學習不能停留在～上，要認真深入下去，把知識真正學到手。

書 宋嚴羽《滄浪詩話·詩辨》：「然悟有淺深，有分限，有透徹之悟，有但得一知半解之悟。」

【一物降一物】 yī wù xiáng yī wù

一種事物專能用來制伏另一種事物；或一種事物專有另一種事物來制伏它。(降：降伏；制伏。)

例 在生物界也是～，對於農林植物的害蟲可以選擇其無害的天敵來制伏它，以減少化學殺蟲劑的使用。

書 明吳承恩《西遊記》第五一回：「常言道，『一物降一物』哩。你好違了旨意？但憑高見選用天將，勿得遲疑誤事。」

注「降」在此不讀jiàng。粵 hɔŋ4杭。

【一往情深】 yī wǎng qíng shēn

指對人或事物十分嚮往，傾注了很深的感情。也作「一往深情」。例 ❶她睜着水汪汪的大

眼睛～地看着小丁，看得小丁都不好意思起來。❷ 孫老師對教育事業～，退休以後依然十分關注學校的發展。

書 南朝宋劉義慶《世説新語·任誕》：「桓子野每聞清歌，輒喚奈何。謝公聞之曰：『子野可謂一往有深情。』」

【一往無前】yī wǎng wú qián

一直向前，無可阻擋。例 這些年輕人具有～的氣概，迎難而上，不達目的，決不罷休。

書 明孫傳庭《官兵苦戰斬獲疏》：「臣之步兵莫不一往無前。」

【一命嗚呼】yī mìng wū hū

指人死。常含詼諧或諷刺意味。（嗚呼：歎詞。古代祭文中常用，後來也用來藉指死亡，含詼諧或諷刺意味。）例 他這次外出旅行時遇險，要不是命大，恐怕也～了。

書 清石玉崑《三俠五義》第一回：「誰想樂極生悲。過了六年，劉后所生之子，竟至得病，一命嗚呼。」

注 「嗚」不可寫作「鳴」。

【一念之差】yī niàn zhī chā

一個念頭的差錯（多指因此而引起嚴重後果的）。例 當初～，痛失良機，真讓我追悔莫及。

書 宋黃榦《陶器銘》：「一線之漏，足以敗酒；一念之差，得無敗所守乎！」

【一刻千金】yī kè qiān jīn

形容某一段時光極其寶貴。也作「千金一刻」。（一刻：古代用漏壺計時，壺中設有標尺，標尺上有刻度，分一晝夜為一百刻。一刻指不長的時間。）例 ❶ 徐先生受命為公司在這～的電視廣告時段製作廣告，深感自己身上的擔子不輕。❷ 值此良宵，～，誰又會不珍惜呢。

書 宋蘇軾《春夜》詩：「春宵一刻值千金，花有清香月有陰。」

【一波三折】yī bō sān zhé

原指寫毛筆字時，一捺要三次轉換筆鋒方向，使其曲折多姿。也比喻文章結構曲折起伏，或事情進行中阻礙、變化很多。（波：書法中指捺的折波。）例 ❶ 這部小説情節生動，～，對讀者很有吸引力。❷ 有關版權的談判～，總算達成了協議。

書 晉王羲之《題衛夫人筆陣圖後》：「翼三年不敢見繇，即潛心改跡，每作一波，常三過折筆。」後用作「一波三折」。

【一波未平，一波又起】

yī bō wèi píng, yī bō yòu qǐ

一個波浪還沒有平息，另一個波浪又湧起來了。比喻事情進行中波折多，一個問題還沒有解決，另一個問題又發生了。例 在房屋折遷過程中發展商和原住户之間矛盾很多，常常是～，讓人傷透了腦筋。

書 清俞萬春《蕩寇志》第一二六回：「正是一波未平，一波又起。」

【一定之規】yī dìng zhī guī

一定的規則。也比喻已經打定的主意。例 對這類事情的處理他有～，別想讓他改變主意。

書 宋魏了翁《答館職策一道》：「然紀綱不立，初無一定之規，而謀國之臣議論矛盾，亦無同心徇國之意。」

【一官半職】yī guān bàn zhí

泛指普通的官職，地位不高。例 他為了謀得～，費盡了心思，現在總算如願以償了。

書 元王實甫《西廂記》第四本第四摺：「都只為一官半職，阻隔得千山萬水。」

【一門心思】yī mén xīn si

一心一意；集中精神。例 他們正～建立出土文獻的數據庫，並且投入了大量資金和人力。

書 孫華炳《重賞之下》：「他自己又到圖書館借來關於數控的書，什麼也不顧了，一門心思鑽研起來。」

【一面之交】yī miàn zhī jiāo

見過一面的交情。指僅僅相識，交情不深。例「咱們總算有～，在兵營裏你伺候過我；再說咱們又都是街面上的人，所以我擔着好大的處分來給你送個信！」(老舍《駱駝祥子》一一)

書 《文選·袁宏〈三國名臣序贊〉》李善註引漢崔寔《本論》：「且觀世人之相論也，徒以一面之交，定臧否之決。」

【一面之詞】yī miàn zhī cí

單方面的話；爭執雙方中一方所說的話。「詞」也作「辭」。例 你聽信～，錯怪了吳麗娜，她怎麼會不感到委屈呢？

書 明羅貫中《三國演義》第二六回：「玄德從容進曰：『明公只聽一面之詞，而絕向日之情耶？』」

【一哄而散】yī hòng ér sàn

聚在一起的人亂哄哄地一下子散去。也作「**一鬨而散**」。例 圍在公司門口等待招聘的人得知招聘的名額已滿，便都～了。

書 明凌濛初《初刻拍案驚奇》卷一：「看的人見沒得買了，一哄而散。」

注「哄」，不讀hōng。粵 huŋ6 控6。

【一星半點】yī xīng bàn diǎn

一點點；表示極少或極小。（一星：一點點。）例 進行這種複雜的計算可不能有～的馬虎，否則會前功盡棄的。

書 老舍《四世同堂》三一：「他以為也許言語之間得罪了她，而她以為即使有一星半點的頂撞也犯不着這麼客氣。」

【一客不煩二主】

yī kè bù fán èr zhǔ

一個客人不去煩勞兩家主人。比喻就煩勞某一個人自始至終來完成或成全其事，不再去另外求人。（煩：煩勞。用作敬辭，表示請求、託付別人幫忙辦事。）例 「早飯吃了你，晚飯也饒不了你，～。」(老舍《老張的哲學》一〇)

書 明蘭陵笑笑生《金瓶梅詞話》第五一回：「他再三央及將我對你說，一客不煩二主，你不接濟他這一步

兒，交他又問那裏借去？」

【一馬平川】yī mǎ píng chuān
能夠縱馬馳騁的平地。泛指廣闊的平地。（平川：地勢平坦的地方。）例 這裏～，非常適合農業機械連片作業。
書 端木蕻良《科爾沁旗草原》：「一萬里一條駝絨地氈，沒有剪短一根毛絲，也沒落上一顆土星，一馬平川地鋪向天邊去。」

【一馬當先】yī mǎ dāng xiān
策馬衝在最前面。形容領先或帶頭。例 在團體 4 × 100 米接力賽中他們小組～，成績十分突出。
書 明羅貫中《三國演義》第七一回：「鼓角齊鳴，喊聲大震，黃忠一馬當先，馳下山來，猶如天崩地塌之勢。」

【一時半刻】yī shí bàn kè
指比較短的時間。例 爸爸到弟弟的學校去參加家長會了，～是回不了家的。
書 元范居中《金殿喜重重·貨郎兒》套曲：「才離了一時半刻，恰便似三暑十霜。」

【一氣呵成】yī qì hē chéng
比喻詩文氣勢流暢，首尾貫通。也比喻動作連貫或整個工作安排連續緊湊，順利完成。（呵：呼氣。）例 ❶這篇文章他是～的，寫完後自己也覺得相當滿意。❷「本黨在辛亥年革命，能夠推翻滿清，創造民國，何以十二年以來，不能～，建設民國呢？」（孫中山《黨員不可存心做官發財》）
書 明胡應麟《詩藪·近體中》：「若『風急天高』，則一篇之中句句皆律，一句之中字字皆律，而實一意貫串，一氣呵成。」
注 「呵」不讀 hā。

【一笑置之】yī xiào zhì zhī
笑一笑，把它（指某事）放在一邊。表示不把它當回事，不再去理會它。（置：擱；放。）例 聽到這些針對自己的流言，他～，心想，身正不怕影子斜，凡是流言必然是短命的。
書 宋陸游《書夢》詩：「一笑俱置之，浮生故多難。」

【一息尚存】yī xī shàng cún
人的一口氣還在。多用來表示只要還有一口氣，就要為某事而盡力。（尚：副詞。還。）例 病中的金老先生表示，只要他～，他就不會放棄培育小麥優良品種的努力。
書 《論語·泰伯》：「死而後已，不亦遠乎。」宋朱熹註：「一息尚存，此志不容少懈，可謂遠矣。」

【一息奄奄】yī xī yǎn yǎn
見「奄奄一息」，236 頁。

【一針見血】yī zhēn jiàn xiě
比喻言辭直截了當，切中要害。
例 老徐～地指出：「他們總藉口忙，對這件事拖着不辦，實際上是根本不想去辦！」

書 梁啟超《新民説·論私德》：「此真一針見血之言哉！」

【一脈相承】yī mài xiāng chéng
由一個血統或派系承接流傳下來。也作「**一脈相傳**」。（承：接續。）例 她的京劇唱腔與梅派藝術～，但根據自身的特點又有所創新。

書 宋錢時《兩漢筆記》：「是故言必稱堯舜，而非堯舜之道則不敢陳於王前，一脈相承，如薪傳火，無他道也。」

【一席之地】yī xí zhī dì
鋪一張坐蓆的地方。比喻很小的一塊地方或一個位置。例 王經理在發行部給我留了～，要我到那裏去報到。

書《舊唐書·后妃傳上》：「何惜宮中一席之地，使其就戮，安忍取辱於外哉！」

【一家之言】yī jiā zhī yán
有獨到見解、自成一家的言論、學説或論著。有時也指某個人的與眾不同的見解。也作「**一家之説**」。（家：指學術流派。）例 元伯先生關於這部法帖的考辨文章，卓然自成～，得到不少學者的讚賞。

書 漢司馬遷《報任少卿書》：「亦欲以究天人之際，通古今之變，成一家之言。」

【一紙空文】yī zhǐ kōng wén
一張沒有效用的文書。指只是寫在紙上而不可能兑現或不會去兑現的東西，多用於某些條約、規定或計劃等。（紙：量詞。表示文書的張數。）例 有了規章卻不去執行，規章豈不成了～？

書 梁啟超《立憲法議》：「故苟無民權，則雖有至良極美之憲法，亦不過一紙空文。」

【一乾二淨】yī gān èr jìng
形容十分乾淨，沒有塵土、污垢。也形容一點兒不剩。例 ❶陳婆婆的家裏裏外外收拾得～。❷他身為主管，對這一事故本應承擔責任，不料他找了種種藉口，竟把它推脱得～。

書 清李汝珍《鏡花緣》第四四回：「此山大蟲，虧得駱小姐殺的一乾二淨，我們才能在此安業。」

【一掃而空】yī sǎo ér kōng
一下子就去除得乾乾淨淨；一下子就搞光了。也作「**一掃而光**」、「**一掃而盡**」。例 ❶小妹拿到大學錄取通知書後，前幾天那種焦慮的神色終於～了。❷這幾個貪吃鬼一來，媽媽剛買回的糕點頃刻之間被～。

書 宋蘇軾《孔毅父以詩戒飲酒……次其韻》：「醉時萬慮一掃空，醒後紛紛如宿草。」

【一敗塗地】yī bài tú dì
一旦失敗，肝膽腦漿等就會流個一地。後多形容失敗到不可收拾的地步。例 該隊在今年的足球聯賽中～，面臨降級的危險。

書《史記·高祖本紀》：「天下方擾，諸侯並起，今置將不善，壹（通

『一』）敗塗地。」。

注 「塗」不可寫作「途」。

【一唱一和】 yī chàng yī hè

原指一人領唱，另一人應和。比喻互相配合，互相呼應。今使用中多含貶義。也作「**一倡一和**」。（和：和諧地配合着唱。）

例 他們倆在會場上～，冷嘲熱諷，把會議的氣氛都搞壞了。

書 《詩經・鄭風・蘀兮》：「叔兮伯兮，倡，予和女。」明馮夢龍《醒世恆言・蘇小妹三難新郎》：「只為如今説一個聰明女子，嫁着一個聰明的丈夫，一唱一和，遂變出若干的話文。」

注 「和」在此不讀hé。㊣ wɔ⁶ 禍。

【一偏之見】 yī piān zhī jiàn

偏於一方面的見解；片面的看法。例 他對小朱的看法未免是～，我所了解的情況和他説的有所不同。

書 宋黃榦《覆楊志仁書》：「朋友間不能刻意求進，執一得之智，一偏之見，便志滿意足，大可歎也。」

【一得之見】 yī dé zhī jiàn

謙稱自己對某個問題經多次考慮後所得到的一點見解。（見：見解；看法。）例 這是我的～，未必正確，歡迎各位多加指教。

書 宋焦竑《玉堂叢語》卷一：「大臣不以仕否異心，翁又受恩獨隆者，林下有一得之見，非此莫達。」

【一貧如洗】 yī pín rú xǐ

家裏窮得像被水沖洗過似的，一無所有。形容十分貧窮。

例 「叔父自從丟了官，落得～，他心灰意冷，無意再入政界。」（老舍《老張的哲學》六）

書 元關漢卿《竇娥冤》楔子：「小生一貧如洗，流落在這楚州居住。」

【一望無際】 yī wàng wú jì

一眼望去，看不到邊際。也作「**一望無邊**」、「**一望無涯**」、「**一望無垠**」。（垠：界限；邊際。）

例 收穫的季節到了，大平原上麥浪滾滾，～，農民的心頭充滿了喜悦。

書 宋秦觀《蝶戀花》詞：「九派江分從此去，煙波一望空無際。」

【一視同仁】 yī shì tóng rén

原指對百姓一律看待，同施仁愛。後多指對人不分親疏厚薄，同樣看待。（一：同一；一樣。）

例 無論是新同事還是老職員，經理都～。

書 唐韓愈《原人》：「是故聖人一視而同仁，篤近而舉遠。」

注 「仁」不可寫作「人」。

【一朝一夕】 yī zhāo yī xī

一個早晨或一個晚上。指一段很短的時間。常常用在否定或反問的句式中。（朝：早晨。）

例 把這片荒漠改造成綠洲，可不是～就能辦到的，但只要大家鍥而不捨，堅持數年一定會大見成效。

書 《周易・坤》：「臣弒其君，子弒其父，非一朝一夕之故，其所由來者漸矣。」

注「朝」在此不讀 cháo。粵 dziu[1] 招。

【一朝天子一朝臣】
yī cháo tiān zǐ yī cháo chén
新的一朝的天子有新的一朝的大臣。泛指當權者變動了，他下屬的人也隨之變動，換成了新人馬。（朝：指一個君主的統治時期。）例 廖自立接任總裁後沒有採取～的做法，他充分發揮原有人員的潛力，工作開展得很出色。
書 元金仁傑《追韓信》第三摺：「我從來將相出寒門，咱王是一朝天子一朝臣。」
注「朝」在此不讀 zhāo。粵 tsiu[4] 潮。

【一揮而就】yī huī ér jiù
一揮筆就寫成或畫成了。（揮：指揮筆；運筆寫字或畫畫。就：完成。）例 大凱才思敏捷，一篇幾千字的文章～，令人欽佩。
書 宋朱弁《曲洧舊聞》卷七：「貢父急引疾而出，東坡一揮而就，不日傳都下。」

【一無可取】yī wú kě qǔ
完全沒有什麼可取之處。（一無：全無；毫無。）例 他這個人並非～，就看你怎麼用他了。
書 明馮夢龍《醒世恆言·盧太學詩酒傲王侯》：「原來這俗物，一無可取，都只管來纏賬，幾乎錯認了。」

【一無所有】yī wú suǒ yǒu
什麼都沒有。例 當年我父母雙亡，家裏窮得～，哪裏有錢送小妹去讀書。
書《敦煌變文集·廬山遠公話》：「如水中之月，空裏之風，萬法皆無，一無所有，此即名為無形。」

【一無所知】yī wú suǒ zhī
什麼都不知道；什麼都不懂。例 ❶ 我對這件事的內情～，完全被他們蒙在鼓裏。❷ 君清是個對音韻學～的人，看這些古代的韻圖簡直像看天書一樣。
書 明馮夢龍《警世通言·金令史美婢酬秀童》：「小學生望後便倒，扶起，良久方醒。問之，一無所知。」

【一無所獲】yī wú suǒ huò
什麼都沒有得到，毫無收獲。也作「**一無所得**」。例 克昂走了幾家書店去找他想要的那些書，結果～，只好空手而歸。
書《太平廣記》卷二五四引《啟顏錄》：「唐宋國公蕭瑀不解射。九月九日賜射，瑀箭俱不着垛，一無所獲。」

【一無是處】yī wú shì chù
完全沒有一點對的地方或好的地方。也作「**全無是處**」。（是：對；正確。）例 你把他說得～，恐怕也不符合事實，我了解的情況和你說的不一樣。
書 宋辛棄疾《西江月·遣興》詞：「近來始覺古人書，信着全無是處。」

【一筆勾銷】yī bǐ gōu xiāo
一揮筆把這些全都勾掉。表示全

都取消。（勾銷：用筆畫出鈎形符號，表示取消。）例 王家興和陸微決心把過去的恩恩怨怨～，面向未來，精誠合作。

書 元無名氏《延安府》第二摺：「如有班部監司，不才官吏，一筆勾消（同『銷』），永不敍用。」

【一筆抹殺】yī bǐ mǒ shā

一揮筆把這些全都抹去，不算數了。多指輕率地全盤否定事實、成績、功勞、優點等。（抹殺：一概不計；全部勾銷。）例 他這次決策雖有重大失誤，但他多年來為企業發展所做的貢獻我們也不能因此而～。

書 清袁枚《隨園詩話》卷七：「唐以前，未有不熟精《文選》理者……宋人以八代為衰，遂一筆抹殺，而詩文從此平弱矣。」

【一腔熱血】yī qiāng rè xuè

滿身流動着的熱血。比喻為正義獻身的滿腔熱情。例 他懷着～加入無國界醫生的行列，在槍林彈雨中救助受傷的難民。

書 明吾邱瑞《運甓記・問卜決疑》：「胡騎猖狂，中原無主，一腔熱血，無以自效。」

【一廂情願】yī xiāng qíng yuàn

處理和別人有關的事情時，只管自己願意，而不管別人是否願意。也指辦事時只從主觀願望出發，不考慮客觀條件是否許可。也作「**一相情願**」。例 ❶你看中了這個人才，想招聘他，可人家未必看中你這個機構，如果能把～變成兩廂情願那就好了。❷登泰山看日出可不是～的事，還不知道那天早晨的天氣怎麼樣呢。

書 清文康《兒女英雄傳》第十回：「莫若此時趁事在成敗未定之天，自己先留個地步：一則保了這沒過門女婿的性命；二則全了這一相情願媒人的臉面。」

【一勞永逸】yī láo yǒng yì

辛勞一次，把事情辦好，以後就不必再費事，從而換來長久的安逸。（逸：安閒；安逸。）例 木製門窗每隔幾年就要刷一遍油漆，否則風吹雨淋，木頭很容易腐爛，現在還找不到一個～的防腐辦法。

書 漢揚雄《上書諫勿許單于朝》：「以為不壹（通『一』）勞者不久佚（通『逸』），不暫費者不永寧。」北魏賈思勰《齊民要術・種苜蓿》：「此物長生，種者一勞永逸。」

【一絲一毫】yī sī yī háo

形容極小或極少。例「老二沒有～的悔悟。」（老舍《四世同堂》二九）

書 明凌濛初《二刻拍案驚奇》卷二四：「向者所借銀兩，今不敢求還，任憑尊意應濟多少，一絲一毫，盡算是尊賜罷了。」

【一絲不苟】yī sī bù gǒu

連最細微的地方也不馬虎。形容做事認真、仔細。（苟：馬虎；隨便。）例 這位編輯做事～，深得書稿作者的好評。

書 清吳敬梓《儒林外史》第四回：「上司訪知，見世叔一絲不苟，升遷就在指日。」

【一絲不掛】yī sī bù guà
原為佛教禪宗用語，比喻不受塵俗的牽累掛礙。也用來表示赤身裸體，什麼衣裳也沒穿。例 **小孩子洗完澡，高興得～地在屋裏跑來跑去，奶奶追着去給他穿衣裳。**

書 宋黃庭堅《僧景宗相訪，寄法王航禪師》詩：「一絲不掛魚脱淵，萬古同歸蟻旋磨。」又宋楊萬里《清曉洪澤放閘四絕句》：「放閘老兵殊耐冷，一絲不掛下冰灘。」

【一塌糊塗】yī tā hú tú
形容亂或糟糕得不可收拾。例 **這篇文章寫得～，怎麼還好意思拿出去給人看。**

書 曾樸《孽海花》第三〇回：「與其顧惜場面，硬充好漢，到臨了弄的一塌糊塗，還不如一老一實，揭破真情，自尋生路。」

【一鼓作氣】yī gǔ zuò qì
原意是説作戰中擂第一通戰鼓時士兵的勇氣都振作起來了，鬥志昂揚。後多比喻趁勁頭足的時候一口氣把事情完成。（作：振作。氣：勇氣。）例 **今天我們加了個班，～把參加書展的材料全部準備好了。**

書 《左傳·莊公十年》：「夫戰，勇氣也。一鼓作氣，再而衰，三而竭。」又宋呂祖謙《雜説》：「大抵人之為學，須是一鼓作氣；才有間斷，便非學矣。」

【一概而論】yī gài ér lùn
用同一種標準加以評論。指對事情不作具體分析，籠統地同樣對待。多用於否定。（一概：指用同一種標準。）例 **學生的成績上不去，有多種原因，不可～。**

書 晉王羲之《自序草書勢》：「百體千形而呈其巧，豈可一概而論哉？」

【一葉知秋】yī yè zhī qiū
看見一片落葉就知道秋天來臨。比喻從細微的徵兆中看出事物發展的趨向。也作「**葉落知秋**」。
例 **這家公司今年已是第二次裁員，～，看來他們的經營狀況也未可樂觀。**

書 《淮南子·説山訓》：「以小明大，見一葉落而知歲之將暮，睹瓶中之冰而知天下之寒。」後用作「一葉知秋」。

【一葉障目，不見泰山】
yī yè zhàng mù, bù jiàn tài shān
一片樹葉遮住了眼睛，連面前高大的泰山也看不見了。比喻被局部或暫時的現象所迷惑，看不到事物的整體、全局，或認不清問題的本質。也作「**一葉蔽目，不見泰山**」。（障：遮蔽。泰山：

在今山東省泰安市，高大雄偉。古稱東嶽。）例 不要被客隊一時的氣勢所迷惑，～，實際上主隊佔有地利人和的優勢，最終一定會是這場比賽的勝者。

書 《鶡冠子·天則》：「夫耳之主聽，目之主明。一葉蔽目，不見太山（泰山）；兩豆塞耳，不聞雷霆。」

【一落千丈】 yī luò qiān zhàng

原指琴聲由高而驟然低落。後多形容地位、聲譽、景況等急劇下降或情緒一下子低落下來。例 這個商家供貨多次違約脫期，信譽～。

書 唐韓愈《聽穎師彈琴》詩：「躋攀分寸不可上，失勢一落千丈強。」

【一路平安】 yī lù píng ān

旅途順利安全。多用作送行時的祝福語。例 高老師把我們送上車，祝我們～，火車開動了，她還在頻頻揮手，目送我們漸漸遠去。

書 明范受益《尋親記·託夢》：「大王爺，保祐弟子一路平安，腳輕手健。」

【一意孤行】 yī yì gū xíng

不考慮別人的意見，固執地按照自己的意願行事。今多作貶義用。例 他不聽勸告，～地去作這筆投資，結果血本無歸。

書 《史記·酷吏列傳》：「公卿相造請禹，禹終不報謝，務在絕知友賓客之請，孤立行一意而已。」此指謝絕請託，按自己的判斷執法。不含貶義。

【一團和氣】 yī tuán hé qì

原指態度和藹，與人關係和睦。今多指只講和氣，不講原則，不分是非。例 明知別人做錯了事也不說，只想保持～，這樣做既無助於工作，也不利於別人的進步。

書 宋謝良佐《上蔡語錄》：「明道先生坐如泥塑人，接人則渾是一團和氣。」

【一團漆黑】 yī tuán qī hēi

見「漆黑一團」，495頁。

【一鳴驚人】 yī míng jīng rén

原指鳥要麼不叫，一叫起來使人震驚。比喻人平時沒有什麼特殊的表現而突然做出驚人的成績。例 在這次棋賽中金永祥～，戰勝多名高手，奪得了冠軍。

書 《史記·滑稽列傳》：「此鳥不飛則已，一飛衝天；不鳴則已，一鳴驚人。」

【一鼻孔出氣】 yī bí kǒng chū qì

比喻彼此勾通而持同樣的態度或主張。含貶義。例 村長和他們～，村民到他那裏是討不到公道的。

書 明蘭陵笑笑生《金瓶梅詞話》第二三回：「你六娘當時和他一個鼻子眼兒裏出氣，什麼事兒來家不告訴我。」又清陳廷焯《白雨齋詞話》卷一：「似此不必學溫韋，已與溫韋一鼻孔出氣。」

【一語破的】 yī yǔ pò dì

一句話就說中要害。（的：箭靶

的中心。破的：射中靶心。比喻擊中要害。）例 熊大禎～，道出公司經營困難的根本原因在於產品結構不合理，不能適應市場的需要。

書《甌北詩鈔·關索插槍巖歌》：「書生論古勿泥古，未必傳聞皆僞史策真。」清李保泰評：「結句千古名理，一語破的。」

注「的」在此不讀 de。

【一語道破】yī yǔ dào pò

一句話就說穿了。多指說出要害、關鍵，或揭出真相。例 曼麗見自己內心的祕密被朋友～，不禁臉刷地紅了起來。

書 明陳確《與張考夫書》：「故孟子直以一語斷之曰：『學問之道無他，求其放心而已矣。』自唐、虞至戰國二千餘年，聖人相傳心法，一語道破。」

【一誤再誤】yī wù zài wù

已經錯了一次，不引以為戒，跟着再錯下去。指人一再失誤。例 我們要吸取上次投資失敗的教訓，謹慎從事，不要～，否則後果不堪設想。

書 宋李燾《續資治通鑒長編·太宗太平興國六年》：「上嘗以傳國意訪之趙普，普曰：『太祖已誤，陛下豈容再誤邪！』」後用作「一誤再誤」。

【一塵不染】yī chén bù rǎn

佛教稱色、聲、香、味、觸、法等世間的誘惑為六塵，它能污染修行者的真性，導致種種煩惱。如能不被六塵玷污，稱為「一塵不染」。後多用來形容環境、物體非常乾淨。也形容為人清廉，或人品行純潔，沒有沾染壞習氣。例 ❶梅英把玻璃窗擦得～，通明鋥亮。❷邵越夫擔任公職十餘年，～，兩袖清風，口碑極好。

書 宋張耒《臘初小雪後圃梅開》詩：「一塵不染香到骨，姑射仙人風露身。」

【一網打盡】yī wǎng dǎ jìn

比喻一個不漏地全部抓住或消滅。例 警方經縝密偵查後採取突襲行動，把這個偷盜汽車的團夥～。

書 宋魏泰《東軒筆錄》卷四：「劉待制元瑜既彈蘇舜欽，而連坐者甚眾，同時俊彥，為之一空。劉見宰相曰：『聊為相公一網打盡。』」

【一髮千鈞】yī fà qiān jūn

一根頭髮絲上繫着千鈞重物，頭髮絲隨時會斷。比喻情況萬分危急。也作「**千鈞一髮**」。（鈞：古制三十斤為一鈞。）例 在這～的時刻，秦海奮力把受驚的騾子推出鐵道，列車隨即呼嘯而過，一場災難終於避免了。

書《漢書·枚乘傳》：「夫以一縷之任，繫千鈞之重，上縣（同『懸』）無極之高，下垂不測之淵，雖甚愚之人猶知哀其將絕也。」

【一模一樣】yī mú yī yàng

一個模樣。形容完全相同，沒有什麼兩樣。也作「**一式一樣**」。

例「我得打扮打扮他，把他打

扮得跟他當年～的漂亮！」(老舍《龍鬚溝》第二幕)

書 清吳敬梓《儒林外史》第五四回：「今日抬頭一看，卻見他黃着臉，禿着頭，就和前日夢裏揪他的師姑一模一樣。」

注 「模」在此不讀mó。

【一箭雙鵰】 yī jiàn shuāng diāo

一箭射中兩隻鵰。原指箭法高超。後用來比喻一舉兩得，做一件事達到兩個目的。(鵰：一種猛禽。字也作「雕」。) 例 董事會決定到國外辦一家分公司，這樣既有利於拓展市場，又能充分利用國外人才，～。

書 宋陸游《遣興》詩：「壯年一箭落雙鵰，野餉如今擷藥苗。」

【一盤散沙】 yī pán sǎn shā

比喻互不團結、力量分散的狀態。 例 這個文化協會管理混亂，～，已經有一年多沒有開展交流活動了。

書 清陳天華《獅子吼》八：「各國的會黨，莫不有個機關報，所以消息靈通；只有中國的會黨，一盤散沙，一個機關報沒有，又怎麼行呢？」

【一線生機】 yī xiàn shēng jī

很細微的生存的機會。 例 在他病危之際，你寄來這種很難買到的特效藥，為他增添了～，他能不感激嗎？

書 梁啟超《政治之基礎與言論家之指針》：「惟希望打破現狀，以為國家一線生機。」

【一舉一動】 yī jǔ yī dòng

每一個舉動。 例 這個疑犯的～都在警方的密切注視之中。

書 宋《宣和遺事》前集：「所上表章，數朕失德，此章一出，中外咸知，一舉一動，天子不得自由矣！」

【一舉成名】 yī jǔ chéng míng

原指科舉時代一旦科舉及第就會聞名於世。後也泛指一下子出了名。 例 他在奧運會射擊比賽中勇奪金牌，～。

書 唐韓愈《國子監司業竇公墓誌銘》：「公一舉成名而東。」

【一舉兩得】 yī jǔ liǎng dé

做一件事同時有兩方面的收獲。

例 設立社區服務中心是～的好事，既創造了就業機會，又方便了居民生活。

書 《東觀漢記·耿弇傳》：「吾得臨淄，即西安孤，必覆亡矣，所謂一舉而兩得者也。」

【一錢不值】 yī qián bù zhí

形容毫無價值。也作「**不值一錢**」。 例 把他説得～，太過分了吧，其實他還是有他的長處的。

書 《史記·魏其武安侯列傳》：「生平毀程不識不直（通『值』）一錢。」

【一諾千金】 yī nuò qiān jīn

許下的諾言價值千金。形容答應人的事一定做到，信用極高。也作「**千金一諾**」。(諾：答應；許諾。) 例 朋友們都知道中孚先生～，對他十分信任。

書《史記·季布欒布列傳》：「曹丘至，即揖季布曰：『楚人諺曰「得黃金百斤，不如得季布一諾」，足下何以得此聲於梁楚間哉？』」

【一應俱全】 yī yīng jù quán

一切都齊全；應該有的一樣也不缺。（一應：一切。）例 我租的是一套帶傢私的公寓，屋裏的各種生活設施～。

書 清文康《兒女英雄傳》第九回：「籠屜裏又蓋着一屜饅頭，那案子上調和作料一應俱全。」

注「應」在此不讀yìng。粵 jiŋ3英3。

【一臂之力】 yī bì zhī lì

一隻胳膊使出的力量。表示從旁協助的一部分力量或不大的力量。它常常用在單音動詞「助」、「幫」、「借」、「效」的後面。例 有你助我～，還怕這件事辦不成嗎？

書 宋黃庭堅《代人求知人書》：「不愛斧斤而斲之，期於成器；捐一臂之力，使小人有黃鍾大呂之重。」

【一擲千金】 yī zhì qiān jīn

一次投下千金的賭注。原指賭博時的行為，後也用來形容人揮霍無度，花錢滿不在乎。（擲：拋；投。）例 當年他也曾～，只是如今家道中落，他也不得不掰着手指頭算錢過日子了。

書 唐吳象之《少年行》：「一擲千金渾是膽，家無四壁不知貧。」

注「擲」不讀zhèng。粵 dzak9澤。

【一瀉千里】 yī xiè qiān lǐ

形容江河奔流直下，遠達千里之外。也比喻文筆流暢，氣勢奔放。例 這篇文章文思充沛，洋洋萬言，氣勢磅礴，～，極富雄辯的力量。

書 宋陳亮《與辛幼安殿撰》：「長江大河，一瀉千里，不足多怪也。」又明焦竑《玉堂叢語·文學》：「其文如源泉奔放，一瀉千里。」

【一竅不通】 yī qiào bù tōng

比喻一點也不懂。（竅：孔；洞。這裏指心竅。古人認為如果心竅不通，人就不明事理，十分糊塗。）例 我對股票交易～，連報紙上相關的報道也看不懂，看來要去補一補這方面的課了。

書 元張國寶《羅李郎》第一摺：「阿，這老爹一竅也不通。」

【一曝十寒】 yī pù shí hán

曬一天，凍十天。比喻人學習、做事時而努力，時而懈怠，缺乏恆心。（曝：曬。寒：使它受凍。）例 學習彈琴貴在堅持，老師教得再好，如果習琴者～，那是斷難有新的進步的。

書《孟子·告子上》：「雖有天下易生之物也，一日暴（同『曝』）之，十日寒之，未有能生者也。」

注「曝」在此不讀bào。粵 buk9僕。

【一蹶不振】 yī jué bù zhèn

跌了一跤再也爬不起來。比喻人一遭到挫折就再也振作不起來。（蹶：跌倒。振：奮起；振作。）例 薛岩在金融風暴的打擊下～，情緒十分消沈。

書 明張居正《寄太史吳後庵》：「而公以青年俊才，竟為例格，一蹶而不振，豈非命哉！」
注 「振」不可寫作「震」。

【一蹴而就】yī cù ér jiù
踏一步就能完成。多形容事情輕而易舉，一下子就能完成。（蹴：踏。就：完成。）例 **出版業體制改革要積極穩妥地逐步推進，～的想法是不切實際的。**
書 清吳趼人《痛史·序》：「從前所受，皆為大略，一蹴而就於繁賾，毋乃不可！」
注「蹴」不讀jiù。粵 dzuk7祝／tsuk7促。

【一蟹不如一蟹】
yī xiè bù rú yī xiè
比喻一個不如一個，越來越差。例 **當時軍閥混戰、數度易主，地方官換了幾任，竟～。**
書 舊題宋蘇軾《艾子雜説》：「艾子行於海上，見一物圓而褊（通『扁』），且多足，問居人曰：『此何物也？』曰：『蝤蛑也。』既又見一物，圓褊多足，問居人曰：『此何物也？』曰：『螃蟹也。』又於後得一物，狀貌皆若前所見而極小，問居人曰：『此何物也？』曰：『彭越也。』艾子喟然歎曰：『何一蟹不如一蟹也！』」

【一籌莫展】yī chóu mò zhǎn
一個計策也想不出；一點辦法也沒有。（籌：用於計算的條形薄片，引伸指計策、辦法。展：施展。）例 **遇到這樣難辦的事，我～，只好去向馮老伯請教。**
書 明唐順之《與陳蘇山職方》：「蓋部中只見其報功而不知其為衰庸闒懦、一籌莫展之人也。」

【一觸即發】yī chù jí fā
形容形勢非常緊張，一有觸動，就會爆發嚴重的事情。（即：副詞。就；便。）例 **雙方調兵遣將，戰爭～。**
書 徐遲《不過，好的日子哪天有？》：「到處引起了紛紛的推測，似乎內戰一觸即發了。」

【一覽無餘】yī lǎn wú yú
一眼望去，就全都看清了。也比喻詩文內容平淡，缺乏回味的餘地。也作「**一覽無遺**」。例 ❶ **「水中岸上都光光的，虧得湖裏有五個洲子點綴着，不然便～了。」（朱自清《南京》）** ❷ **他的散文寫得優美而含蓄，不會給人以～的感覺。**
書 明叢蘭《預防邊患事》：「又況此地平漫高亢，賊若據此俯視本關城內虛實強弱，一覽無遺，為兵家所忌。」

【一鱗半爪】yī lín bàn zhǎo
這是以龍為喻，比喻事物的零星片斷。例 **幾十年過去了，當時交遊的情景在老人的腦海裏只剩下～的記憶。**
書 清葉廷琯《鷗波漁話·莪洲公詩》：「身後著作，年久多散佚，余遍為搜羅，僅得詩三帙，叢殘不具首尾，於諸集殆不過一鱗半爪耳。」
注 「爪」在此不讀 zhuǎ。

二畫

【十目所視，十手所指】
shí mù suǒ shì, shí shǒu suǒ zhǐ

很多人的眼睛在注視着，很多人的手在指點着。指一個人的言行在很多人的監督之下，不能不謹慎。如果做了壞事，那是掩蓋不住的。（十：在此表示多，並非實指。）例 這些人耍弄陰謀，自以為得計，然而～，他們又能騙得了多少人呢？

書 《禮記·大學》：「十目所視，十手所指，其嚴乎……故君子必誠其意。」

【十年寒窗】shí nián hán chuāng

長期埋頭窗下刻苦讀書。也作「**十載寒窗**」。例 他～，終於學有所成，如今已是知名教授了。

書 元石子章《竹塢聽琴》第三摺：「十載寒窗積雪餘，讀得人間萬卷書。」

【十年樹木，百年樹人】
shí nián shù mù, bǎi nián shù rén

指培養人才是關係長遠發展的大事。也表示培養人才很不容易。（樹：培植；培養。）例 ～，我們的教師就承擔着這樣的使命，他們理應得到全社會的尊敬。

書 《管子·權修》：「一年之計，莫如樹穀；十年之計，莫如樹木；終身之計，莫如樹人。」又清梁章鉅《楹聯叢話·廨宇》引實學齋集句：「剛日讀經，柔日讀史；十年樹木，百年樹人。」

【十全十美】shí quán shí měi

各方面都很完美，毫無缺陷。例 他已經盡了最大努力，但仍然無法做到～，使人人都滿意。

書 明馮夢龍《警世通言·宋小官團圓破氈笠》：「自家年紀漸老，止有一女，要求個賢婿以靠終身，似宋小官一般，到也十全之美。」今多作「十全十美」。

【十指連心】shí zhǐ lián xīn

十個手指的感覺和心相連，哪個手指受了傷，心裏都痛得厲害。比喻彼此關係十分密切，痛癢相關。例 哪個孩子有了病痛，做母親的都會牽腸掛肚，坐卧不寧，～啊！

書 明湯顯祖《南柯記·情盡》：「哎也！焚燒十指連心痛，圖得三生見面圓。」

【十室九空】shí shì jiǔ kōng

十户人家九户空。形容百姓因災荒、戰亂或暴政而破產、流亡的蕭條景象。例 戰亂過後這一帶～，滿目瘡痍。

書 晉葛洪《抱朴子．用刑》：「天下欲反，十室九空。」

【十拿九穩】shí ná jiǔ wěn

形容很有把握。例 按照實力和以往的戰績，這場球賽我們是會贏的，但誰也不敢説～，否則怎麼會有爆冷門一説呢？

書 明阮大鋮《燕子箋．購幸》：「今年一定要煩老兄與我着實設個法兒，務必中得十拿九穩方好。」

【十惡不赦】shí è bù shè

指犯有嚴重罪行，壞到了極點，不能赦免、饒恕。（十惡：舊時刑律中十種最嚴重的罪行，《隋書．刑法志》的記載是：謀反、謀大逆、謀叛、惡逆、不道、大不敬、不孝、不睦、不義、內亂。赦：減輕或免除對罪犯的刑罰。）例 他是個～的壞人，遭此下場，完全是罪有應得。

書 元關漢卿《竇娥冤》第四摺：「這藥死公公的罪名，犯在十惡不赦。」

【十萬火急】shí wàn huǒ jí

形容情況萬分緊急，行動上不能有片刻延誤。例 一封～的命令送到抗洪指揮部，洪峯明晨到達，必須搶在洪峯到達前完成堤壩的增高加固任務。

書 曹禺《王昭君》第二幕：「啟奏陛下，雞鹿塞十萬火急，羽書傳到長安，請聖裁。」

【丁是丁，卯是卯】

dīng shì dīng, mǎo shì mǎo

丁指榫頭，卯指卯眼，榫頭對入卯眼必須一絲不差。後來就用「丁是丁，卯是卯」比喻做事認真，該怎麼辦就怎麼辦，一點兒不含糊、不馬虎。例 做財務工作必須遵守制度，～，絕不能亂來。

書 清曹雪芹、高鶚《紅樓夢》第四三回：「我看你厲害，明兒有了事，我也『丁是丁，卯是卯』的，你也別抱怨。」

【七上八下】qī shàng bā xià

形容心中慌亂不安。例 最近股市嚴重動盪，小股民心裏～的，不知行情以後又會怎樣。

書 明施耐庵《水滸傳》第二六回：「那胡正卿心頭十五個吊桶打水，七上八下。」

【七手八腳】qī shǒu bā jiǎo

形容大家一齊動手，人多手雜的樣子。例 幸虧鄰居幫忙，～幫我把這套新傢私搬進了屋裏。

書 明馮夢龍《醒世恒言．施潤澤灘闕遇友》：「眾匠人聞言，七手八腳，一會兒便安下柱子，抬樑上去。」

【七老八十】qī lǎo bā shí

七八十歲，年紀已老。例 説起來他已是～的人了，可遊興一點兒也不比年輕人差。

書 明凌濛初《初刻拍案驚奇》卷十：「還有最可笑的，傳説十個繡女要一個寡婦押送，趕得那七老八十的，都起身嫁人去了。」

【七拼八湊】qī pīn bā còu

把零散的勉強湊合在一起。

例 他～借到一些錢，交了房租，總算保住了這個安身之所。

書 清吳趼人《二十年目睹之怪現狀》第一〇八回：「侶笙鬧了個典盡賣絕……七拼八湊，還欠着八千多銀子。」

【七高八低】qī gāo bā dī

形容高低不平。例 這條路年久失修，～的，汽車行駛在上面顛得很厲害。

書 明吳承恩《西遊記》第三六回：「真個生得醜陋：七高八低孤拐臉，兩隻黃眼睛，一個磕額頭。」

【七情六慾】qī qíng liù yù

七情，《禮記・禮運》中指喜、怒、哀、懼、愛、惡、欲（同「慾」）。中醫指喜、怒、憂、思、悲、恐、驚。六慾，《呂氏春秋・貴生》漢高誘註指生、死和耳、目、口、鼻的慾望，佛教指色慾、形貌慾、威儀姿態慾、言語音聲慾、細滑慾、人想慾。後來用「七情六慾」泛指人的各種感情和慾望。例 這些先烈和常人一樣也有～，但當國家需要的時候，他們又能義無反顧地獻出自己的一切。

書 明蘭陵笑笑生《金瓶梅》第一回：「單道世上人，營營逐逐，急急巴巴，跳不出七情六慾關頭，打不破酒色財氣圈子。」

【七零八落】qī líng bā luò

形容零散紛亂的樣子。多指原來眾多或整齊的東西變得稀少、零亂或殘破了。例 ❶「一般民眾學校，開始的時候都是濟濟一堂，不久，便～的少了下去。」（陶行知《普及現代生活教育之路》）❷ 一夜的風雨把滿樹的杏花吹打得～。

書 明馮夢龍《古今小說・葛令公生遣弄珠兒》：「唐兵被梁家殺得七零八落，走得快的，逃了性命；略遲慢些，就為沙場之鬼。」

【七嘴八舌】qī zuǐ bā shé

形容眾人你一言我一語，紛紛插嘴議論。例 說到如何加強產品的宣傳推廣，大家～地發表意見，出了很多好主意。

書 明張鳳翼《灌園記・淖齒被擒》：「將軍雖不說，只怕軍人們七嘴八舌要講開去，怎生是好。」

【七竅生煙】qī qiào shēng yān

形容氣怒之極，好像耳目口鼻中都着了火，要冒出煙來。（七竅：指兩眼、兩耳、兩鼻孔和口。）例 敵軍司令聽說自己的軍火庫被炸，氣得～。

書 清俞萬春《蕩寇志》第七五回：「那太尉等待回來，看見兒子耳鼻全無……氣得說不出話來，三屍神炸，七竅生煙。」

【七顛八倒】qī diān bā dǎo

形容紛亂不堪，失去正常次序。也形容人失去常態。例 ❶他一上任就不懂裝懂地瞎指揮，公司裏的事被他弄得～，大家不知如何是好。❷ 這個不幸的消息對她打擊太大，這幾天她～的，像是變了個人似的。

書 宋黎靖德編《朱子語類》卷五一：「只當商之季，七顛八倒，上下崩頹。」

【人一己百】 rén yī jǐ bǎi

別人花一分氣力能學會或做好的，自己即使花百倍的氣力也要學會或做好它。表示要以百倍的努力趕上別人。例 他知道自己的知識基礎不如別人，所以在學習中～，決心以頑強的努力來提高自己的成績。

書《禮記 · 中庸》：「人一能之，己百之；人十能之，己千之。果能此道矣，雖愚必明，雖柔必強。」後用作「人一己百」。

【人人自危】 rén rén zì wēi

人人都感到自身處境危險。形容氣氛恐怖。例 當年法西斯侵略者濫捕濫殺無辜，弄得～，擔心不知哪一天會禍從天降。

書《史記 · 李斯列傳》：「法令誅罰日益刻深，羣臣人人自危，欲畔者眾。」

【人才輩出】 rén cái bèi chū

人才一批接一批地出現。例 北京大學建校百年，～，這是足以令校友們引為驕傲的。

書 宋張栻《西漢儒者名節何以不競》：「而中世以後，人才輩出。」

【人才濟濟】 rén cái jǐ jǐ

人才眾多。（濟濟：人多的樣子。）例 這家高科技公司～，每年都有令人矚目的成果問世。

書 清李汝珍《鏡花緣》第六二回：「閨臣見人才濟濟，十分歡悦。」

注「濟」在此不讀 jì。粵 dzɐi² 仔。

【人山人海】 rén shān rén hǎi

形容聚集的人極多。例 節日的夜晚海旁道～，數不清的市民都到這裏來觀賞絢麗的焰火。

書 明施耐庵《水滸傳》第五一回：「每日有那一般打散，或有戲舞，或有吹彈，或有歌唱，賺得那人山人海價看。」

【人亡物在】 rén wáng wù zài

人已亡故，遺物還在。指看見遺物，引起對亡故者的懷念或產生感慨。也作「**物在人亡**」。（亡：亡故；死去。）例 ～，看到父親親手裝訂成冊的墨跡，當年他臨摹法書的情景便又鮮明地浮現在我眼前。

書 三國魏曹植《慰子賦》：「入空室而獨倚，對牀帷而切歎；痛人亡而物在，心何忍而復觀。」

【人亡政息】 rén wáng zhèng xī

人亡故後，他所制訂的政策也就停止執行了。（息：停止。）例 有了制度作保障，就不容易出現～的現象。

書《禮記 · 中庸》：「其人存，則其政舉；其人亡，則其政息。」後用作「人亡政息」。

【人云亦云】 rén yún yì yún

別人怎麼説，自己也跟着怎麼説。今多形容人沒有主見，隨聲附和。（云：説。亦：副詞。也。）例 阿興喜歡獨立思考，不

願～地隨便去附和什麼，這是他的優點之一。

書 金蔡松年《槽聲同彥高賦》：「槽牀過竹春泉句，他日人云吾亦云。」

【人之常情】rén zhī cháng qíng

人們通常的心情或情理。例 家長希望孩子能考上大學，這也是～，但不能把讀大學當作唯一途徑，而給孩子造成壓力。

書 《尉繚子・守權》：「若彼城堅而救不誠，則愚夫蠢婦無不守陴而泣下，此人之常情也。」

【人心大快】rén xīn dà kuài

見「大快人心」，41頁。

【人心不古】rén xīn bù gǔ

謂世人的心地不像古人那樣淳厚。大多用來慨歎世風日下。例 「～，誠堪浩歎。幸我已走出，否則又將被人推去衝鋒……豈不冤乎冤哉而且苦乎。」（魯迅《致章廷謙》）

書 明宋應星《野議・風俗議》：「且學問未大，功業未大，而只以名姓自大，亦人心不古之一端也。」

【人心向背】rén xīn xiàng bèi

人們內心擁護或反對。（向：歸向；擁護。背：背離；反對。）例 ～決定着政權的興衰，這樣的例子在歷史上舉不勝舉。

書 宋葉適《君德》：「人心之向背，是豈可不留意而詳擇也。」

【人心所向】rén xīn suǒ xiàng

人民羣眾內心所嚮往、擁護的。例 實現祖國統一，既是～，也是大勢所趨的事情。

書 《舊唐書・李建成傳》：「而秦王勳業克隆，威震四海，人心所向，殿下何以自安？」

【人心惶惶】rén xīn huáng huáng

人們內心驚恐不安。「惶惶」也作「皇皇」。例 「今天外面謠言更多，～，好像大禍就要臨頭。」（巴金《寒夜》一四）

書 宋樓鑰《雷雪應詔條具封事》：「乃者水旱連年，人心惶惶。」

【人老珠黃】rén lǎo zhū huáng

人老了被輕視，就像珠子年久變黃了不值錢一樣。一般用來比喻婦女。例 別看她現在～，年輕時也是社交場合有名的交際花呢。

書 明蘭陵笑笑生《金瓶梅詞話》第二回：「娘子正在青年，翻身的日子很有呢，不像俺是人老珠黃不值錢呢。」

【人地生疏】rén dì shēng shū

對當地的人事和地理情況都不熟悉。例 初來乍到，～，生活和工作中難免會遇到種種不便。

書 清吳趼人《情變》第六回：「這裏人地生疏，樣樣不慣。」

【人同此心，心同此理】

rén tóng cǐ xīn, xīn tóng cǐ lǐ

大家對某件事的感受、想法大致相同，所想到的道理也是差不多的。例 畢業後都希望找一個能發揮所長、收入高的職位，這種想法我也有，～嘛。

書 清章學誠《文史通義・辨似》：「立言之士，以意為宗，蓋與辭章家流不同科也。人同此心，心同此理。宇宙遼擴，故籍紛揉，安能必其所言古人皆未言邪？」

【人仰馬翻】rén yǎng mǎ fān
人馬被打得仰翻在地。形容慘敗的景象。也比喻忙亂到極點。也作「**馬仰人翻**」。（仰：指臉朝上倒在地下。）例 ❶戰士們像下山的猛虎一樣衝向敵陣，把敵人殺得～，潰不成軍。❷就這麼幾個人，要籌備一個圖書展銷會，多不容易啊！這些日子他們早已忙得～了。
書 明許仲琳《封神演義》第三三回：「武成王展放鋼槍，使得性發，似一條銀蟒裹住余化，只殺的他馬仰人翻。」

【人各有志】rén gè yǒu zhì
每個人各有自己的志向願望。意思是不必強求一致，勉為其難。例 ～，既然汪先生不想再在本公司工作，不妨聽其自便吧。
書《三國志・魏書・管寧傳》：「昭往應命，既至，自陳一介野生，無軍國之用，歸誠求去。太祖曰：『人各有志，出處異趣，勉卒雅尚，義不相屈。』」

【人多勢眾】rén duō shì zhòng
人多勢力大。例 對方～，好漢不吃眼前虧，我們還是走吧。
書 明無名氏《檮杌閒評》第四一回：「那些廝役正要上前阻擋，見人多勢眾，都一鬨而走了。」

【人多嘴雜】rén duō zuǐ zá
人多，說法雜亂。也指人多，口不緊，議論時容易引出是非。也作「**人多口雜**」。例 ❶討論會上～，意見分歧很大，最終沒有討論出個結果來。❷公眾場合～，談論這種敏感話題恐怕不合適。
書 清曹雪芹、高鶚《紅樓夢》第五七回：「他們這裏人多嘴雜，說好話的人少，說歹話的人多。」

【人困馬乏】rén kùn mǎ fá
人和馬都十分困乏。也單獨指人疲憊不堪。（困、乏：疲倦。）例 大家連日趕路，走得～，一倒在牀上便很快睡着了。
書 元黃元吉《流星馬》第三摺：「俺兩口兒三日不曾吃飲食，人困馬乏。」

【人言可畏】rén yán kě wèi
人們的流言蜚語是令人可怕的。例 「『～』是電影明星阮玲玉自殺之後，發現於她的遺書中的話。」（魯迅《且介亭雜文二集・論「人言可畏」》）
書《詩經・鄭風・將仲子》：「仲可懷也，人之多言，亦可畏也。」後用作「人言可畏」。

【人命關天】rén mìng guān tiān
牽涉到人的生命，關係重大。例 ～啊！千萬不能掉以輕心。
書 元蕭德輝《殺狗勸夫》第四摺：「人命關天，分甚（同『什』）麼首從？我和你告官去來！」

【人定勝天】rén dìng shèng tiān

人的努力可以戰勝自然。例 村民們發揚～的精神，硬是在崇山峻嶺中開鑿出一條公路來。

書 宋劉過《襄陽歌》：「人定兮勝天，半壁久無胡日月。」

【人面獸心】rén miàn shòu xīn

原指人不開化，野性未除。後指外貌是人，內心卻像野獸一樣。形容人卑鄙兇殘。例 這個～的家伙，這種事也做得出來。

書 《漢書·匈奴傳贊》：「被髮左衽，人面獸心。」

【人神共憤】rén shén gòng fèn

百姓和天神都極為憤恨。形容民憤極大。例 這夥地痞流氓無惡不作，～。

書 《舊唐書·于頔傳》：「頔頃擁節旄，肆行暴虐，人神共憤，法令不容。」

【人浮於事】rén fú yú shì

工作人員的數目超過了工作的需要或事少人多。（浮：超過。）例 因機構設置重疊，弄得～，這種狀況非改變不可。

書 清文康《兒女英雄傳》第二回：「他從前就在邳州衙門，如今在兄弟這裏，人浮於事，實在用不開。」

【人情世故】rén qíng shì gù

為人處世的道理、方法。（世故：處世經驗、方法。）例 老賈熟悉～，善應酬，辦事八面玲瓏。

書 元戴表元《故玉林項君墓志銘》：「君少歷艱險，長經離析，精於人情世故。」

【人傑地靈】rén jié dì líng

傑出人物出生或到過的地方成為名勝之區。也指傑出人物產生於靈秀之地。例 吳中～，名勝古跡十分豐富。

書 唐王勃《秋日登洪府滕王閣餞別序》：「物華天寶，龍光射牛斗之墟；人傑地靈，徐孺下陳蕃之榻。」

【人間地獄】rén jiān dì yù

比喻人間極其黑暗悲慘的生活環境。（地獄：某些宗教指人死後靈魂受苦的場所。）例 王老漢被侵略軍抓去做勞工，在～中受盡了折磨。

書 清金埴《哀東獄》：「獄卒怒，囚觳觫。上天下地兩局促，始信人間有地獄。」

【人微言輕】rén wēi yán qīng

人的地位低微，言論主張得不到重視。例 對此事我提出過不同意見，只是～，沒有起到作用。

書 宋蘇軾《上執政乞度牒賑濟及因修廨宇書》：「某已三奏其事，至今未報，蓋人微言輕，理自當爾。」

【人棄我取】rén qì wǒ qǔ

別人不要的，我取來；別人不做的，我去做。原指商人廉價收購別人不要的滯銷商品，等別人需要時再高價出售。後來也用在表示自己的志趣、見解或做法與別人不同方面。例 邵老伯深諳～之道，用毛竹根進行雕刻加工，製成一件件惹人喜愛的筆筒、壁掛面具之類的工藝品。

書 《史記·貨殖列傳》：「白圭，

周人也。當魏文侯時，李克務盡地力，而白圭樂觀時變，故人棄我取，人取我與。」

【人壽年豐】rén shòu nián fēng

人們健康長壽，年成也好。形容生活安樂美好，社會太平興旺。（壽：長壽。年：一年農作物的收成。）例 **現如今～，大家的日子越過越興旺。**

書 老舍《老張的哲學》：「『大地回春，人壽年豐，福自天來……』紅紙黑字這樣貼在門上。」

【人盡其才】rén jìn qí cái

人們能充分發揮自己的才能。（盡：全部用出。）例 **人事部門詳細了解每位新聘員工的特長，希望能做到～。**

書 《淮南子·兵略訓》：「若乃人盡其才，悉用其力，以少勝眾者，自古及今未嘗聞也。」

【人窮志短】rén qióng zhì duǎn

人在困厄的時候往往顯得缺乏志氣。例 **他以為我～，會去做那種丟臉的事，但他完全想錯了。**

書 清吳趼人《二十年目睹之怪現狀》第四一回：「當我落拓的時候，也不知受盡多少人欺侮；我擺了那個攤，有些居然自命是讀書人的，也三三兩兩常來戲辱。所謂人窮志短，我那裏敢和他較量，只索避了。」

【人聲鼎沸】rén shēng dǐng fèi

人聲喧嚷嘈雜，就像鼎裏的水在沸騰一樣。（鼎：古代煮東西用的器物，多為圓腹，三足兩耳，也有四足的方鼎。）例 **農產品交易市場裏～，買賣十分紅火。**

書 明馮夢龍《醒世恆言·劉小官雌雄兄弟》：「一日午後，劉方在店中收拾，只聽得人聲鼎沸。」

【入木三分】rù mù sān fēn

原指書法筆力雄健。後多比喻描寫或分析、議論十分深刻。例 ❶ **小說把這個兩面三刀的人的嘴臉刻畫得～，給讀者留下了很深印象。** ❷ **聽了他對這一問題～的剖析，我茅塞頓開。**

書 唐張懷瓘《書斷·王羲之》：「王羲之書祝版，工人削之，筆入木三分。」

【入不敷出】rù bù fū chū

收入的不夠支出的。（敷：夠；足。）例 **他家人口多，開銷大，常常～，只好向親友借錢以應急需。**

書 清朱彝尊《竹垞詩話·臣士下·倪嘉慶》：「國計入不敷出，歲額缺至二百三十餘萬，何以支持？」

【入情入理】rù qíng rù lǐ

合乎情理。（入：合乎。）例 **我聽他這番話說得～，不禁心中暗暗稱是。**

書 明張岱《陶庵夢憶·柳敬亭說書》：「款款言之，其疾徐輕重，吞吐抑揚，入情入理，入筋入骨。」

【入鄉隨俗】rù xiāng suí sú

到一個地方就順應那裏的風俗習慣。例 **周立民大學畢業後自願**

到貧困山區教書，他～，和當地村民像一家人一樣。

書 宋普濟《五燈會元·石霜圓禪師法嗣·大寧道寬禪師》：「『雖然如是，且道入鄉隨俗一句作麼生道？』良久曰：『西天梵語，此土唐言。』」

【八仙過海，各顯神通】
bā xiān guò hǎi, gè xiǎn shén tōng

八仙是民間傳說中的八位神仙：漢鍾離、張果老、呂洞賓、李鐵拐、韓湘子、曹國舅、藍采和、何仙姑。據說八仙過海時各自施展法術，都用不着船。後來就用「八仙過海，各顯神通」比喻在從事某項活動時，各人施展自己的本領、辦法。「各顯神通」也作「各顯其能」。（神通：指高妙的手段或本領。）例 各店主在節日促銷活動中～，採用了好多吸引顧客的辦法，商場裏熱鬧非凡。

書 清李海觀《歧路燈》第六九回：「我如今與舍弟分開，這弟兄們是八仙過海，各顯神通。我叫舍弟看看我的過法。」

【八門五花】 bā mén wǔ huā

見「五花八門」，66頁。

【八面玲瓏】 bā miàn líng lóng

原指四面八方通明透亮。後形容為人處世機巧圓滑，面面俱到。（玲瓏：透明的樣子。）例 陸先生是那種～的人，在交際場上應付自如。

書 宋葛長庚《滿江紅·聽陳元舉琴》詞：「八面玲瓏光不夜，四面晃耀寒如月。」

【八面威風】 bā miàn wēi fēng

無論從哪方面看都很威風。形容人威風十足。（威風：形容具有使人敬畏的氣勢。）例 江湖人物每次出現都是前呼後擁、～，平民百姓避之則吉。

書 元無名氏《馬陵道》第一摺：「我若打了那陣呵，方顯出大將軍八面威風。」

【九牛一毛】 jiǔ niú yī máo

九頭牛身上的一根毛。比喻極大數量中微不足道的一點點。例 送出去的這點錢對他來說不過是～，算不了什麼。

書 宋陸九淵《與宋漕書》：「此在縣官，特九牛一毛耳，而可使一邑數萬家免於窮困流離。」

【九牛二虎之力】
jiǔ niú èr hǔ zhī lì

比喻很大的力氣。常用來表示做一件事所化費的很大力氣。例 他們費了～才打聽到這件流散的國寶的下落。

書 元鄭德輝《三戰呂布》第三摺：「兄弟，你不知他靴尖點地，有九牛二虎之力，休要放他小歇。」

【九死一生】 jiǔ sǐ yī shēng

形容經歷多次或極大的危險而幸存下來。（九：表示多次，不是實指。）例 他們進入原始森林探險，～，現在總算平安歸來了。

書 宋真德秀《再守泉州勸諭文》：「父母生兒，多少艱辛；妊娠將娩，九死一生；乳哺三年，飲母膏血。」

【九流三教】jiǔ liú sān jiào
見「三教九流」，36頁。

【九霄雲外】jiǔ xiāo yún wài
形容極遠的地方，遠得無影無蹤。（霄：天空。九霄：古人傳說天有九重，九霄指天空的最高最遠處。）例 小京在遊戲機房裏玩昏了頭，早把要辦的正事丟到～去了。
書 元無名氏《抱妝盒》第二摺：「我陳琳早魂飛九霄雲外。」
注 「霄」不可寫作「宵」。

【刁鑽古怪】diāo zuān gǔ guài
形容人狡猾怪異。也形容事物離奇詭異，不易應付。例 ❶這個人行事～，跟他打交道時可要多留點神。❷陶立新是乒乓球隊裏有名的怪球手，善於發那種～的球，常常讓對方不知所措。
書 清曹雪芹、高鶚《紅樓夢》第二七回：「他素昔眼空心大，是個頭等刁鑽古怪的丫頭。」

【刀山火海】dāo shān huǒ hǎi
比喻非常險惡的境地。也作「火海刀山」。例 差人方生抱着～也要闖的決心，勇敢地接受任務，打入賊巢做臥底。
書 峻青《黎明的河邊》一：「為了拯救河東區正在遭受着敵人蹂躪的老百姓，前面就是刀山火海，我也決不退縮。」

【刀光劍影】dāo guāng jiàn yǐng
刀劍的閃光和影子。形容激烈廝殺、搏鬥的場面或殺氣騰騰的氣勢。例 ❶城下兩軍相遇，～，一場惡戰正在進行。❷在～的鴻門宴上，劉邦幸虧有了張良、樊噲的保護才得以脱身。
書 郭小川《團泊洼的秋天》詩：「這裏沒有刀光劍影的火陣，但日夜都在攻打廝殺。」

【刀耕火種】dāo gēng huǒ zhòng
用火把地上的草木燒成灰當肥料，用刀就地挖坑下種。泛指原始的耕種方式。例 那時中國西南地區的某些地方採用的還是～的耕種方式，生產力水平很低。
書 宋王禹偁《畬田詞序》：「上雒郡南六百里……皆深山窮谷，其民刀耕火種。」

【力不從心】lì bù cóng xīn
心裏想做而力量或能力達不到。例 年紀漸老，精力不濟，孫先生在工作中常有～之感。
書 《後漢書．西域傳》：「今使者大兵未能得出，如諸國力不從心，東西南北自在也。」

【力不勝任】lì bù shèng rèn
能力承擔不了。（勝任：足以承擔。）例 這件事只怕你～，你就不要勉強去做了。
書 《周易．繫辭下》：「子曰：『德薄而位尊，知小而謀大，力小而任重；鮮不及矣。』《易》曰：『鼎折足，覆公餗，其形渥。凶。』言不勝其任也。」

注 「勝」舊讀 shēng。

【力所能及】lì suǒ néng jí
自己的力量或能力所能夠做到的。(及：達到。) 例 董暉是個閒不住的人，退休以後依然熱心承擔一些～的義工工作。
書 清劉坤一《覆程從周》：「至加撥二萬金一節，力所能及，不敢不勉。」

【力爭上游】lì zhēng shàng yóu
努力爭取先進。(上游：水流接近源頭的一段。比喻先進的地位。) 例 十優狀元的最大特點是事事不甘落後，～。
書 清趙翼《閒居讀書作》詩之五：「所以才智人，不肯自棄暴；力欲爭上游，性靈乃其要。」

【力挽狂瀾】lì wǎn kuáng lán
盡力挽救動盪險惡的局勢。(狂瀾：巨大而猛烈的波浪。比喻動盪險惡的局勢。) 例 在公司瀕臨破產之際，新上任的總裁～，通過大刀闊斧的改革整頓，終於使公司擺脱困境，有了轉機。
書 唐韓愈《進學解》：「障百川而東之，回狂瀾於既倒。」又清丘逢甲《村居書感次崧甫韻二首》之二：「乾坤蒼莽正風塵，力挽狂瀾仗要人。」

【力排眾議】lì pái zhòng yì
竭力排除眾人的不同意見，使自己的主張佔上風。 例 鄧先生～，終於使公司破格錄用這位雖無高等學校學歷卻有諸多發明創造的年輕人為工程師。
書 明羅貫中《三國演義》第四三回回目：「諸葛亮舌戰羣儒，魯子敬力排眾議。」

【力透紙背】lì tòu zhǐ bèi
筆鋒的力量達到紙的背面。形容書法、繪畫筆力遒勁。也形容詩文的立意或見解十分深刻。
例 ❶ 陳先生在書法方面的造詣很深，他的作品～。❷ 這部小説反映了在經濟體制改革中兩種觀念的激烈衝突，～，具有很強的感染力。
書 唐顏真卿《張長史十二意筆法記》：「其用鋒，常欲使其透過紙背，此成巧之極矣。」又清趙翼《甌北詩話．陸放翁詩》：「意在筆先，力透紙背。」

【力竭聲嘶】lì jié shēng sī
見「聲嘶力竭」，542 頁。

【力敵勢均】lì dí shì jūn
見「勢均力敵」，448 頁。

【了如指掌】liǎo rú zhǐ zhǎng
對情況非常清楚，就像指着自己手掌上的東西給人看一樣。也作「**瞭若指掌**」、「**瞭如指掌**」。(了、瞭：清楚；明白。) 例 文和先生對揚州名園的建築特色和沿革～。
書《論語．八佾》：「子曰：『……知其説者之於天下也，其如示諸斯乎！』指其掌。」又清陳澧《東塾讀書記．尚書》：「説《禹貢》者，至國朝康熙、乾隆地圖出，而後瞭如指掌。」

三畫

【三十六計，走為上計】
sān shí liù jì, zǒu wéi shàng jì

三十六計指多種鬥爭策略，原來只是虛指，表示計策之多。後人附會湊足了三十六種，如瞞天過海、圍魏救趙、借刀殺人、以逸待勞……空城計、反間計、苦肉計、連環計等，最後一計是「走為上」，意思是在各種計策都用不上時，只有一走了之，才是擺脱困境的最好辦法。也作「**三十六策，走是上計**」、「**三十六着**（zhāo），**走為上着**（zhāo）」。有時也單用「走為上計」。（着：此指計策或手段。）例 他見自己的花招已經暴露，十分狼狽，便～，乘人不備，溜之大吉。

書《南齊書・王敬則傳》：「敬則曰：『檀公三十六策，走是上計。汝父子唯應急走耳。』」

注「為」在此不讀wèi。粵 wɐi[4]唯。

【三人成虎】 sān rén chéng hǔ

三個人分別謊稱市場上有虎，容易使人以為那裏真的出現虎了。比喻流言或謠言重複多次，往往能使人信以為真。也作「**三人成市虎**」。例 你聽到的這則消息純屬謠傳，不過～，傳來傳去，使不少人都以為是真的了。

書《戰國策・魏策二》：「龐葱與太子質於邯鄲，謂魏王曰：『今一人言市有虎，王信之乎？』王曰：『否。』『二人言市有虎，王信之乎？』王曰：『寡人疑之矣。』『三人言市有虎，王信之乎？』王曰：『寡人信之矣。』龐葱曰：『夫市之無虎明矣，然而三人言而成虎。今邯鄲去大梁也遠於市，而議臣者過於三人矣。願王察之矣。』」後用作「三人成虎」。

【三三兩兩】 sān sān liǎng liǎng

三個一羣，兩個一夥。也形容零零散散，為數不多。例 ❶在度假村，我們～地徜徉在湖光山色之間，盡情領略大自然的美景。❷這處古跡座落在山頂上，交通不便，每天只有～的參觀者慕名前來，因此顯得十分清靜。

書《樂府詩集・清商曲辭四・嬌女詩》：「行不獨自去，三三兩兩俱。」

【三寸不爛之舌】
sān cùn bù làn zhī shé

形容能言善辯的口才。例 憑他的～終於説服對方接受了這個方案。

書元李壽卿《伍員吹簫》第一摺：「老兒放心，憑着我三寸不爛之舌，見了伍員，不怕他不來。」

【三天打魚，兩天曬網】sān tiān dǎ yú, liǎng tiān shài wǎng

比喻學習或做事時斷時續，不能持之以恆。「天」也作「日」。例 阿寶也參加了我們的電腦操作培訓班，只是～，後來乾脆就不見他的人影了。

書 清曹雪芹、高鶚《紅樓夢》第九回：「（薛蟠）因此也假來上學讀書，不過三日打魚，兩日曬網，白送些束脩禮物與賈代儒，卻不曾有一些兒進益。」

【三五成羣】sān wǔ chéng qún

三個一羣，五個一夥。例 一到假日，這些中學生便～地結伴到體育館參加各種體育活動。

書 明馮夢龍《古今小説．金玉奴棒打薄情郎》：「一般也有輕薄少年及兒童之輩，見他又挑柴，又讀書，三五成羣，把他嘲笑戲侮，買臣全不為意。」

【三六九等】sān liù jiǔ děng

指分成的許多等級和由此帶來的種種差別。例「同是拉車的，為什麼有～呢？」(老舍《駱駝祥子》一三)

書 清曹雪芹、高鶚《紅樓夢》第七五回：「只不過這會子輸了幾兩銀子，你們就這麼三六九等兒的了。」

【三心二意】sān xīn èr yì

形容猶豫不決，拿不定主意，或心意不專一。例 ❶那所大學誠心誠意聘你去當教授，到了那裏也有利於你發揮自己的專長，我勸你就別～了，機會難得啊。❷阿偉發現戀人對他～，心裏很痛苦。

書 元關漢卿《救風塵》第一摺：「待妝（通『裝』）個老實，學三從四德，爭奈是匪妓，都三心二意。」

【三生有幸】sān shēng yǒu xìng

形容極難得到的幸運。（三生：佛教指前生、今生、來生。幸：指好運氣。）例 凌其盛見到沈老，熱情地握着他的手説：「久仰大名，今日得見，真是～！」

書 宋《京本通俗小説．馮玉梅團圓》：「小娘子若不棄卑末，結為眷屬，三生有幸。」

【三令五申】sān lìng wǔ shēn

再三發佈命令、指令或告誡。（三、五：表示次數多，並非實指。申：陳述；説明。）例 政府～，未經授權部門批准，任何人不得把耕地挪作他用。

書《史記．孫子吳起列傳》：「約束既布（同『佈』），乃設鈇鉞，即三令五申之。」

【三句話不離本行】sān jù huà bù lí běn háng

説話總離不開和自己所從事工作有關的事。（本行：現在從事的工作。）例 老齊是醫生，見到我們這些老同學也還是～，總要關切地問問我們的健康狀況，囑咐幾句。

書 清李伯元《官場現形記》第三四回：「每到一處，開口三句話不離本行，立刻從懷裏掏出捐冊來送給人看。」

注「行」在此不讀xíng。粵 hɔŋ⁴杭。

【三百六十行】sān bǎi liù shí háng
泛指各種行業。例 ～，行行出狀元。不管你從事什麼工作，只要做出成績，同樣會受到人們的尊敬。
書 明無名氏《白兔記．投軍》：「左右的，與我扯起招軍旗，叫街坊上民庶，三百六十行做買賣的，願投軍者，旗下報名。」

【三年五載】sān nián wǔ zǎi
三五年。指不太長的幾年時間。（載：年。）例 他打算出去學藝，過個～，等學有所成了，再回來效力。
書 清曹雪芹、高鶚《紅樓夢》第二六回：「不過三年五載，各人幹各人的去了，那時誰還管誰呢？」
注「載」在此不讀zài。粵 dzɔi²宰。

【三更半夜】sān gēng bàn yè
指深夜。舊時一夜分為五更，每更約兩小時，三更約為半夜十一時至次日一時。也作「**半夜三更**」、「**深更半夜**」。例 ～，鄰居還在打麻將，喧鬧的聲音吵得我無法入睡。
書 元無名氏《桃花女》第一摺：「等到三更半夜，拜告北斗星官去。」
注「更」在此不讀gèng。粵 gɐŋ¹庚。

【三豕涉河】sān shǐ shè hé
據《呂氏春秋．察傳》記載，有人把「晉師己亥涉河」寫成「晉師三豕涉河」，這是因「己」與「三」，「亥」與「豕」字形相近而致誤。後來就用「三豕涉河」表示文字在傳寫或刊印過程中發生的訛誤。也作「**三豕渡河**」。（豕：豬。涉：渡。己亥：古人用干支紀日。此指己亥這一天。）例 出版社對書稿認真審讀，精心排版校對，希望在自己的出版物中不會出現「～」這樣的笑話。
書 漢蔡邕《月令問答》：「書有轉誤，三豕渡河之類也。」

【三折肱，為良醫】
sān zhé gōng, wéi liáng yī
多次折斷手臂，在醫治過程中自己有了親身體驗，往往也能學到醫治的方法，從而成為這一方面的好醫生。比喻因在某一方面多次受到挫折，經驗教訓豐富，從而成為行家。（三：表示多次。肱：手臂。）例 商先生喜歡收藏古玩，其間也曾多次上當，買到了贗品，不過～，現在終於練就了獨到的眼力，已經很少失手了。
書《左傳．定公十三年》：「三折肱，知為良醫。」

【三言兩語】sān yán liǎng yǔ
三兩句話；不多的幾句話。
例 這件事的發展過程很曲折，不是～能說清楚的。
書 宋吳潛《望江南》詞：「六宇五胡生口面，三言兩語費顏情，贏得鬢星星。」

【三災八難】sān zāi bā nàn
佛教稱刀兵、疫癘、饑饉為小三

災，火災、風災、水災為大三災。又稱八種影響見佛聞法的障礙為八難，如盲聾瘖啞、世智辯聰等。後來就用「三災八難」泛指各種病痛、災難。例 **兒子獨自一人在外地工作，要是有個～的，誰來照顧他，做母親的又如何能放心得下呢？**

書 清曹雪芹、高鶚《紅樓夢》第三二回：「我想你林妹妹那孩子，素日是個有心的，況且他也三災八難的。」

【三長兩短】 sān cháng liǎng duǎn

指意外的事故、災禍。也委婉指人死亡。多用於假設。例 **老人家怕自己在異國他鄉萬一有個～，會帶來諸多不便，所以急着要回到家鄉來。**

書 明馮夢龍《醒世恆言・喬太守亂點鴛鴦譜》：「倘有三長兩短，你取出道袍穿了，竟自走回，那個扯得你住！」

【三思而行】 sān sī ér xíng

反覆思考之後再去做。形容行事慎重。例 **這筆投資數額巨大，你要～。**

書 《論語・公冶長》：「季文子三思而後行。子聞之，曰：『再，斯可矣。』」後用作「三思而行」。

【三教九流】 sān jiào jiǔ liú

三教指儒教、佛教、道教；九流指儒家、道家、陰陽家、法家、名家、墨家、縱橫家、雜家、農家。後來就用「三教九流」泛指宗教、學術中各種流派。也指社會上各種行業、各色人物。也作「**九流三教**」。例 **❶這部書記述～的事，讀來頗長見識。❷他認識社會上的～，辦事神通不小。**

書 宋趙彥衞《雲麓漫鈔》卷六：「(梁武帝)問三教九流及漢朝舊事，了如目前。」

【三從四德】 sān cóng sì dé

三從指婦女未嫁從父，既嫁從夫，夫死從子；四德指婦德（品行）、婦言（言語）、婦容（儀容）、婦功（紡績、刺繡、縫紉等）。這是封建禮教要求婦女遵循的道德行為規範。例 **中國封建社會裏婦女受～的束縛，社會地位十分低下。**

書 元無名氏《隔江鬥智》第二摺：「則我這三從四德幼閑（通『嫻』）習，既嫁雞須逐他雞。」

【三朝元老】 sān cháo yuán lǎo

連續為三朝君主效力的重臣。也泛指連續在幾屆上司手下任職的老資格的人。（朝：指一個君主的統治時期。元老：指聲望高、資格老的大臣。）例 **俞先生是我們公司的～，給幾任總經理當過辦公室主任。**

書 宋趙師俠《水調歌頭》詞：「共仰三朝元老，要識一時英傑，人物自堂堂。」

【三番五次】 sān fān wǔ cì

屢次；一次又一次。也作「**三番兩次**」。（番：量詞。回；次。）例 **經過兒子～的勸說，秦老漢終於同意試種小麥新品種，結果**

當年就獲得了豐收。

書 清吳敬梓《儒林外史》第三八回：「三番五次，纏的老和尚急了，說道：『你是何處光棍，敢來鬧我們？』」

【三陽開泰】sān yáng kāi tài

《周易》六十四卦每一個卦畫都有六行，由「—」和「--」按不同次序排列組成，「—」屬陽性，「--」屬陰性。十月為坤卦，乃純陰之象；十一月為復卦，一陽生於下；十二月為臨卦，二陽生於下；正月為泰卦，三陽生於下。這時陰消陽長，冬去春來，有吉祥之象。泰有亨通安泰之意。後來就用「三陽開泰」作為新年開始的祝頌語。例 新年伊始，～，一定會給我們的事業帶來一個蓬勃發展的新景象。

書 明張居正《賀元旦表》：「茲者當三陽開泰之候，正萬物出震之時。」

【三綱五常】sān gāng wǔ cháng

三綱指君為臣綱，父為子綱，夫為妻綱；五常指仁、義、禮、智、信。這是封建禮教所規定的主要道德標準。「綱」表示是標準，「常」表示要始終遵循。例 中國古代社會竭力宣揚～，以此作為維繫統治秩序的重要手段。

書《論語・為政》：「殷因於夏禮……周因於殷禮。」何晏集解引漢馬融曰：「所因謂三綱五常也。」

【三緘其口】sān jiān qí kǒu

把嘴封了三重。形容說話極為謹慎，不輕易開口。（緘：封。）例 警方對案情～，使採訪的記者頗感失望。

書 漢劉向《說苑・敬慎》：「孔子之周，觀於太廟，右陛之側有金人焉，三緘其口，而銘其背曰：『古之慎言人也。戒之哉！戒之哉！無多言，多言多敗。』」

注「緘」不讀 xián，也不讀 jiǎn。㊢ gam[1] 監。

【三頭六臂】sān tóu liù bì

多比喻超凡的本領。例 他也是個普通人，又沒有～，把這麼多事推給他一個人，他怎麼應付得過來？

書 元無名氏《馬陵道》第四摺：「總便有三頭六臂天生別，到其間那（同『哪』）裏好藏遮。」

【三翻四覆】sān fān sì fù

一次又一次。也表示翻覆無常。例 ❶ 這件事你不用再～地叮囑我，我已經牢牢記在心裏了。❷ 這個人～，態度多變，真捉摸不透他究竟是怎麼想的。

書 明張岱《石匱書後集・烈帝本紀》：「以致十七年之天下，三翻四覆，夕改朝更。」

【三顧茅廬】sān gù máo lú

東漢末年，劉備請隱居在隆中（在今湖北襄陽）茅廬中的諸葛亮出來幫助自己運籌策劃以成就大業。劉備滿懷誠意，前後共去拜訪了三次，最後才見到諸葛亮，說動他出山。後來就用「三顧茅廬」表示對人誠心誠意地一再拜

訪、邀請。（顧：看望；拜訪。）例 栗廠長～，終於請動了這位老工藝師，他答應到廠裏來帶徒弟，傳授內畫鼻煙壺絕技。

書 三國蜀諸葛亮《出師表》：「先帝不以臣卑鄙，猥自枉屈，三顧臣於草廬之中，諮臣以當世之事，由是感激，遂許先帝以驅馳。」

注 「廬」不可寫作「蘆」。

【土崩瓦解】 tǔ bēng wǎ jiě

像土崩塌、瓦碎裂一樣。比喻徹底崩潰，不可收拾。（崩：倒塌。解：分解；碎裂。）例 袁世凱的統治沒有維持多久便～了。

書 漢班固《秦紀論》：「秦之積衰，天下土崩瓦解。」

【工力悉敵】 gōng lì xī dí

雙方的功夫、才力完全相當。（悉：完全。敵：相等；不相上下。）例 這幾位畫家的作品～，很難說誰的水平更高一些。

書 宋計有功《唐詩紀事．上官昭容》：「又移時，一紙飛墜，競取而觀，乃沈詩也。及聞其評，曰：『二詩工力悉敵。』」

【下不為例】 xià bù wéi lì

下次不能援用此為成例，要求再這樣做。表示只通融這一次。例 對違反紀律的行為，如果總是以～作藉口來放鬆管理，紀律的約束作用就難以得到保證。

書 清張春帆《宦海》第一八回：「既然如此，只此一次，下不為例如何？」

【下車伊始】 xià chē yī shǐ

剛剛從車上下來。指官員初到任所。也泛指人剛到工作的地方。（伊：文言語助詞。）例 你對那裏的情況還不了解，～就發議論，作指示，哪能不說錯話呢？

書 清百一居士《壺天錄》卷上：「寧波宗太守湘文，律己愛民，政聲卓著，當下車伊始，即自撰一聯，懸於頭門。」

【下里巴人】 xià lǐ bā rén

原是戰國時期楚地的民間歌曲名。後來也泛指通俗的文學藝術，有時則用於謙稱自己的作品不高雅。例 我寫的鼓詞、快板書，都是～式的作品，恐怕難登大雅之堂。

書 戰國宋玉《對楚王問》：「客有歌於郢中者，其始曰《下里巴人》，國中屬而和者數千人……其為《陽春白雪》，國中屬而和者數十人。」

【下馬威】 xià mǎ wēi

原指官員初到任時，故意對下屬顯示的威風。後也泛指一開頭就向對方顯示的威力。例 婁阿大向他的同夥交代說：「瞿峯到了之後，我們要給他一個～，讓他不敢小看我們。」

書 明凌濛初《二刻拍案驚奇》卷二八：「先是一頓下馬威，打軟了，然後解到府裏來。」

【下情上達】 xià qíng shàng dá

下面的情況通達於上，讓在上位的人知道。（達：到達。）例 設立市長熱線電話就是為了～，及

時了解市民的要求和意見。

書《宋書·索虜傳》：「雖盡節奉命，未能令上化下布（同『佈』），而下情上達也。」

【下筆成章】xià bǐ chéng zhāng

一動筆就能寫出好文章。形容才思敏捷。也作「下筆成篇」、「落筆成章」。例 喬澎是有名的才子，～，文采斐然，誰不欽佩！

書《三國志·魏志·陳思王植傳》：「言出為論，下筆成章。」

【大刀闊斧】dà dāo kuò fǔ

又大又寬的刀、斧。原形容軍隊威猛的氣勢，後多用來比喻辦事有魄力，從大處下手，採取果斷措施。例 公司對經營體制進行～的改革，收到了明顯的成效。

書 清文康《兒女英雄傳》第二一回：「姑娘向來大刀闊斧，於這些小事不大留心。」

【大千世界】dà qiān shì jiè

佛教語。佛教認為以須彌山為中心，以鐵圍山為外郭，是一個小世界；合一千個小世界為小千世界；合一千個小千世界為中千世界；合一千個中千世界為大千世界。今多用來指廣闊無邊的世界。例 ～，無奇不有。對於社會上存在的這種醜惡現象，我們不必大驚小怪。

書 宋道原《景德傳燈錄·希運禪師》：「長老身材勿量大，笠子太小生。師云：『雖然如此，大千世界總在裏許。』」

【大手大腳】dà shǒu dà jiǎo

形容隨便花錢、用東西，不知節制。例 龍暉～慣了，如今用錢受到限制，覺得渾身不自在。

書 清曹雪芹、高鶚《紅樓夢》第五一回：「成年家大手大腳的，替太太不知背地裏賠墊了多少東西。」

【大公無私】dà gōng wú sī

秉公持正，毫無偏私。也形容人為公眾利益着想，毫無私心。

例 ❶ 法律是～的，犯了什麼罪，就會受到相應的處罰，對誰都一樣。❷ 戴雨晨辦事～，從不藉機為自己撈取好處，很受大家信任。

書 清龔自珍《論私》：「且今之大公無私者，有楊、墨之賢耶？」

【大方之家】dà fāng zhī jiā

原指明於大道的人。後多指博學有見識的人或有專長的內行人。（家：指掌握某種專門學識或具有某種專門能力的人。）例 我初學乍練，望各位～不吝賜教。

書《莊子·秋水》：「今我睹子之難窮也，吾非至於子之門則殆矣，吾常見笑於大方之家。」

【大功告成】dà gōng gào chéng

大工程、大事業或重要任務宣告完成。（功：指表現成效的事情。）例 編寫教材的工作終於～了，大家的心頭一下子感到輕鬆了許多。

書 清梅曾亮《總兵劉公清家傳》：「八年大功告成，入覲賜詩，取民所呼青天者以為句。」

【大打出手】dà dǎ chū shǒu

指逞兇打人或互相鬥毆。例 黑幫之間常常為了一點小事在街頭～，嚴重擾亂了社會秩序。

書 郭沫若《南京印象》一七：「這兒在三天前正是大打出手的地方，而今天卻是太平無事了。」

【大失所望】dà shī suǒ wàng

原來的希望完全落空；非常失望。例 據說這本書還值得一讀，我讀過之後不禁～。

書 《史記・高祖本紀》：「項羽遂西，屠燒咸陽秦宮室，所過無不殘破。秦人大失望，然恐，不敢不服耳。」後用作「大失所望」。

【大白於天下】dà bái yú tiān xià

真相十分清楚地顯露在世人面前。（白：清楚。）例 侵略者的狼子野心已～，過去受蒙騙的人終於清醒過來了。

書 明周清源《西湖二集》卷一八：「自此之後，于謙之冤始大白於天下。」

【大有人在】dà yǒu rén zài

指某一類人為數不少。例 英語翻譯水平高的，～。如果公開招聘，一定能請到合適的翻譯人才。

書 《資治通鑑・隋煬帝大業十一年》：「帝至東都，顧眄街衢，謂侍臣曰：『猶大有人在。』」此指還是有很多人仍然活在世上，與今通行義有別。又清 尹會一《與趙廣文書》：「深喜老成憂國之大有人在也。」

【大有可為】dà yǒu kě wéi

今後可以做、值得做的事情還很多，很有發展前途。（為：做。）例 從事電腦網絡技術～，而這一領域的開發也正受到人們越來越密切的關注。

書 清王圖炳《詠史》詩：「吾道大可為，斯人詎可避？」

注「為」在此不讀wèi。粵 wɐi[4]圍。

【大有作為】dà yǒu zuò wéi

充分發揮才能，做出大的成績或貢獻。例 西部地區正處在大開發階段，青年科學技術人員到那裏去是可以～的。

書 明李贄《續藏書・史閣敘述》：「若我二祖乃萬世大有作為之君。」

【大而無當】dà ér wú dàng

言辭誇大，不着邊際。後多表示雖然大但不切實用。（當：器物的底部。）例「靜聽着的三位，本來都以為孫吉人那樣～的計劃未必能得吳蓀甫贊成的，現在聽出了相反的結果來。」（茅盾《子夜》三）

書 《莊子・逍遙遊》：「吾聞言於接輿，大而無當，往而不返，吾驚怖其言，猶河漢而無極也。」

注「當」在此不讀dāng。粵 dɔŋ[3]檔。

【大同小異】dà tóng xiǎo yì

大體相同，略有差異。例 這幾篇報道的內容～，從中選擇一兩篇看看就可以了。

書 北魏楊衒之《洛陽伽藍記・宋雲惠生使西域》：「西胡風俗，大同小異。」

【大吃一驚】dà chī yī jīng

形容非常吃驚。例 看到老經理消瘦成這個樣子，我～，忙去問個究竟。

書 明馮夢龍《警世通言．白娘子永鎮雷峯塔》：「不張萬事皆休，則一張那員外大吃一驚，回身便走，來到後邊，望後倒了。」

【大名鼎鼎】dà míng dǐng dǐng

形容名氣很大。也作「**鼎鼎大名**」。（鼎鼎：盛大的樣子。）例 元伯先生是一位～的學者，但平易近人，和他交談絲毫不會有局促之感。

書 清李伯元《官場現形記》第二四回：「你一到京打聽人家，像他這樣大名鼎鼎，還怕有不曉得的。」

【大材小用】dà cái xiǎo yòng

大的材料用在小處。比喻對人才使用不當，造成浪費。例 讓任博士來從事文字校對工作，未免有點～了。

書 宋陸游《送辛幼安殿撰造朝》詩：「大材小用古所歎，管仲蕭何實流亞。」

【大旱望雲霓】dà hàn wàng yún ní

大旱之時盼望下雨。形容渴望早日解除困境。（霓：大氣中有時跟虹同時出現的一種光的現象，為圓弧形彩帶，彩帶的排列順序跟虹相反，也叫副虹，多出現在雨後。）例 市民們盼望經濟復蘇、人人有工做的心情之迫切如～。

書《孟子．梁惠王下》：「民望之，若大旱之望雲霓也。」趙岐註：「霓，虹也。雨則虹見，故大旱而思見之。」

【大吹大擂】dà chuī dà léi

原指非常熱鬧地吹吹打打奏樂。也比喻大肆宣揚、吹噓。（擂：指敲打樂器。）例 一部並不出色的電視劇，照樣有人為它～，希圖藉此提高它的收視率。

書 元王實甫《麗春堂》第四摺：「賜你黃金千兩，香酒百瓶，就在麗春堂大吹大擂，做一個喜慶的筵席。」此指吹吹打打地奏樂。

【大言不慚】dà yán bù cán

説大話而不覺得難為情。（慚：羞愧。）例 他常常～地吹噓自己的功績，使人很反感。

書《論語．憲問》：「其言之不怍，則為之也難。」宋朱熹集註：「大言不慚，則無必為之志，而不自度其能否矣。」

【大快人心】dà kuài rén xīn

壞人受到打擊、懲處，使大家心裏非常痛快。也作「**人心大快**」。（快：痛快；心情舒暢。）例 這些漢奸最終受到了應得的懲罰，～。

書 明許三階《節俠記．誅佞》：「李秦授這廝，今日聖旨殺他，大快人心。

【大呼小叫】dà hū xiǎo jiào

高一聲低一聲地喊叫。例 他聽到一夥人在院子裏～的，不知究竟發生了什麼事。

書 元馬致遠《青衫淚》第三摺：「這

船上是甚麼人，半夜三更，大呼小叫的。」

【大放厥辭】dà fàng jué cí

原指極力鋪陳辭藻，寫出優美的文字。現多用來指大發議論，多含貶義。「辭」也作「詞」。（厥：代詞。其。）例 **那個在集會上～的中年人，見得不到大家的呼應，便沒趣地走掉了。**

書 唐韓愈《祭柳子厚文》：「玉佩瓊琚，大放厥辭，富貴無能，磨滅誰記？」

【大相徑庭】dà xiāng jìng tíng

形容差距很大，很不相同。（徑：門外的路。庭：門裏堂前的庭院。徑與庭距離很大。）例 **雙方的主張～，在會上各執一詞，爭論得很激烈。**

書 明何良俊《四友齋叢說・詩二》：「南宋陳簡齋、陸放翁、楊萬里、周必大、范石湖諸人之詩……然能鋪寫情景，不專事綺繢，其與但為風雲月露之形者大相徑庭。」

【大恩大德】dà ēn dà dé

巨大的恩德。例 **沒有魏先生對我的培養扶掖，就沒有我今天的成就，魏先生的～我永世難忘。**

書 明馮夢龍《醒世恆言・張孝基陳留認舅》：「若非妹丈救我性命，必作異鄉之鬼矣。大恩大德，將何補報！」

【大庭廣眾】dà tíng guǎng zhòng

指人多的公開場合。也作「**廣庭大眾**」。例 **李飛第一次在～中演講，緊張得直冒汗。**

書《孔叢子・公孫龍》：「使此人於廣庭大眾之中，見侮而不敢鬥，王將以為臣乎？」

【大逆不道】dà nì bù dào

舊時對背叛朝廷，行為嚴重違背封建禮教的人所加的罪名。（逆：背叛。不道：不合正道。）例 **「你還說禮節？難道禮節要你做出對不起祖宗的事，成為～的罪人嗎？」（巴金《秋》二二）**

書《漢書・楊惲傳》：「不竭忠愛，盡臣子義，而妄怨望，稱引為訞惡言，大逆不道，請逮捕治。」

【大海撈針】dà hǎi lāo zhēn

在大海裏撈一根針。比喻很難找到。也作「**海底撈針**」。例 **原先在一部《宋史》中查找一個人名真如～一般，現在有了電腦數據庫，查起來簡直不費吹灰之力。**

書 清吳趼人《二十年目睹之怪現狀》第七回：「又出了賞格，上了新聞紙告白，想去捉他；這卻是大海撈針似的，那（同『哪』）裏捉得他着。」

【大家風範】dà jiā fēng fàn

有聲望地位人家特有的風度氣派；也指學問好而又有修養的專家特有的風度氣派。（風範：風度；氣派。）例 **❶章小姐在社交活動中展現出的～給我們留下好印象。❷他的論辯文章擺事實，講道理，從容平和，很有～。**

書 清石玉崑《三俠五義》第一八回：「獻茶已畢，敘起話來，問答如

流，氣度從容，真是大家風範，把個狄后樂了個不得。」

【大家閨秀】 dà jiā guī xiù

有聲望地位人家的有教養的女子（多指未出嫁的）。（閨秀：閨房之秀，指女子有教養，有風度。）例 他表姐是～，言談舉止很講禮數。

書 清袁枚《隨園詩話補遺》卷五：「太守明希哲先生保從清波門打槳見訪，與諸女士茶話良久，知是大家閨秀，與公皆有世誼。」

【大書特書】 dà shū tè shū

大力去寫，特別加以記述。多就事情重大或有意義而言。（書：寫。）例 他這種逆境求生存，艱苦創業的精神是值得我們～的。

書 唐韓愈《答元侍御書》：「而足下年尚彊，嗣德有繼，將大書特書，屢書不一書而已也。」

【大處落墨】 dà chù luò mò

繪畫或寫文章在主要地方落筆下功夫。比喻做事從大處着眼，集中力量解決關鍵問題。例「批評者的眼界是小的，所以他不能在～。」（魯迅《致徐懋庸》）

書 清李伯元《官場現形記》第二〇回：「你老哥也算得會用的了，真正闊手筆！看你不出，倒是個大處落墨的。」

【大動干戈】 dà dòng gān gē

聲勢很大地動用武力。指進行戰爭或鬥毆。也比喻大張聲勢去做某件不必要如此做的事。（干：盾。戈：一種橫刃而裝有長柄的武器。干戈：也泛指武器。）例 ❶兩國在邊境地區～，引起了國際社會的關注。❷這篇論文只是少數章節尚需完善，用不着～，整體改寫。

書 清李汝珍《鏡花緣》第三五回：「剛才唐兄說國王必是暫緩吉期，那知全出意料之外，並且大動干戈，出兵征剿。」

注「干」不可寫作「于」，「戈」不可寫作「弋」。

【大張旗鼓】 dà zhāng qí gǔ

原指高舉軍旗，擂響戰鼓，擺開陣勢。後多比喻擴大活動的聲勢和規模。例 最近各地都在～地宣傳環境保護法，保護環境的意識正日益深入人心。

書 明張岱《石匱書後集·王漢傳》：「大張旗鼓，為疑兵，追賊至朱仙鎮，連戰皆克。」

【大喜過望】 dà xǐ guò wàng

事情的結果比原來希望的更好，因而特別高興。（望：盼望；希望。）例 總經理給鄭工配備了一台比原設想還要高級的電腦，鄭工～，工作中如虎添翼。

書《史記·黥布列傳》：「出就舍，帳御飲食從官如漢王居，布又大喜過望。」

【大惑不解】 dà huò bù jiě

對某件事極感疑惑，不能理解。多含有不滿乃至質問的意思。例 股民們對於股市上的這種反常現象～，議論很多。

書《莊子·天地》：「大惑者，終身不解；大愚者，終身不靈。」意思是受迷惑太深的人終身也不會解悟，與今通用義不同。又清蒲松齡《聊齋志異·土偶》：「女初不言，既而腹大，不能隱，陰告其母。母疑涉妄，然窺女無他，大惑不解。」

【大智若愚】dà zhì ruò yú
才智高的人不顯露自己，表面上看起來好像很愚笨。例 陳鑾是位～的人，平時沈默寡言，如果你真能跟他深談，他的見解往往十分深刻，令人不能不佩服。
書 宋蘇軾《賀歐陽少師致仕啟》：「大勇若怯，大智如愚。」

【大街小巷】dà jiē xiǎo xiàng
泛指城鎮中的各處街道和胡同等。（巷：較窄的街道；胡同、里弄。）例 這張市區詳圖有～出租車的行車路線，方便實用。
書 明施耐庵《水滸傳》第六六回：「正月十五日，上元佳節，好生清明，黃昏月上，六街三市，各處坊隅巷陌，點放花燈，大街小巷，都有社火。」

【大開方便之門】
dà kāi fāng biàn zhī mén
原為佛教用語，指廣開引人領悟佛理，進入佛界的門徑（即方便之門）。後多用來指廣開給人以方便的門路。例 他這是知法犯法，為不法賭徒～，現正受到廉政公署的查處。
書 明《四遊記·唐三藏起程往西》：「太宗皇帝選集諸僧參神講法，大開方便之門，廣運慈航舟楫，普濟苦海羣生。」又明馮惟敏《僧尼共犯》第四摺：「巡捕老爹大開方便之門，放俺還俗，便成配偶。」

【大開眼界】dà kāi yǎn jiè
大大開闊了視野，增長了見識。例 我參觀了高新技術博覽會後～，相信隨着科技的進步，我們的生活質素一定會越來越高。
書 唐李濬《松窗雜錄·楚几》：「光業馬上取筆答之，曰：大開眼界莫言冤。」

【大發雷霆】dà fā léi tíng
形容發怒，高聲斥責別人。（雷霆：原指天空中的響雷。人發怒呵斥時常常聲如雷霆，所以也用雷霆比喻怒氣。）例 他貽誤了投資時機，惹得董事長～。
書 清吳趼人《二十年目睹之怪現狀》第七一回：「不知怎樣，妓家得罪了那位師爺，師爺大發雷霆，把席面掀翻了，把船上東西打個稀爛。」

【大發慈悲】dà fā cí bēi
對人充分表現出慈善和憐憫之心。有時含有詼諧或諷刺意味。例 週末，萬老師～，沒有佈置家課，我們可以玩個痛快了。
書 明馮夢龍《古今小說·梁武帝累修歸極樂》：「伏望母親大人大發慈悲，優容苦志。」

【大勢已去】dà shì yǐ qù
整個有利的局勢已經喪失掉，無可挽回。例 這局圍棋執黑的一

方～，看來是輸定了。

書 《新唐書．昭宗本紀》：「其禍亂之來有漸積，及其大勢已去，適丁斯時，故雖有智勇，有不能為者矣。」

【大勢所趨】dà shì suǒ qū

整個局勢發展的趨向。例 改革和開放是～，眾心所嚮。

書 宋陳亮《上孝宗皇帝第三書》：「天下大勢之所趨，非人力之所能移也。」

【大搖大擺】dà yáo dà bǎi

走路時身體故意大幅度地搖擺。形容揚揚得意、十分神氣，或滿不在乎、大模大樣的樣子。例 ❶他升官以後，走路～，顯得自己多有身分似的。❷「現在，她要撈回來這點缺欠，要～的在街上，在廟會上，同着祥子去玩。」(老舍《駱駝祥子》一五)

書 清吳敬梓《儒林外史》第五回：「知縣看了來文，掛出牌去。次日早晨，大搖大擺出堂，將回子發落了。」

【大腹便便】dà fù pián pián

形容肚子肥大突出。今使用中多略含貶義。（便便：肥胖的樣子。）例 他養尊處優，～。

書 《後漢書．邊韶傳》：「韶口辯，曾晝日假卧，弟子私嘲之曰：『邊孝先，腹便便。嬾讀書，但欲眠。』」後用作「大腹便便」。

注 「便」在此不讀biàn。粵 pin4駢。

【大義滅親】dà yì miè qīn

為了維護正義，斷絕親人間的私情。即對犯罪的親人不徇私情，使受到應得的懲罰。例 一個人要做到～是不容易的，然而劉先生做到了，所以十分令人欽佩。

書 春秋衛公子州吁殺掉衛桓公自立為君，衛大夫石碏之子石厚參與其事。石碏不徇私情，處死了石厚。《左傳．隱公四年》引用君子的話說：「石碏，純臣也。惡州吁而厚與焉。大義滅親，其是之謂乎！」

【大義凜然】dà yì lǐn rán

為了維護正義、伸張正氣，顯出令人敬畏、不可侵犯的神態。（凜然：可敬畏的樣子。）例 面對不法之徒的威逼利誘，老先生～，堅持原則。

書 明鄭仲夔《耳新．正氣》：「不惟侍御精忠貫日，夫人亦且大義凜然，一門正氣乃爾。」

【大慈大悲】dà cí dà bēi

原為佛教用語，指給眾生帶去快樂，為眾生解除痛苦。後多指人充滿慈善、憐憫之心。例 「觀音之可愛，因為他是～救苦救難的菩薩。」(林語堂《京華煙雲》)

書 《大智度論》卷二七：「大慈大悲者，四無量心中已分別，今當更略說：大慈與一切眾生樂，大悲拔一切眾生苦。」又明袁宏道《與潘去華書》：「丈或別有授記耶？抑欲藉此以覺愚蒙耶？若爾，則真大慈大悲之用心，非不肖所能窺測也。」

【大模大樣】dà mú dà yàng

形容毫不拘謹、很有架勢的樣子。也形容傲慢、自大的樣子。

例 ❶ 劉馳雖然才讀中二，照樣～地去參加城市論壇。❷ 他平日～，全不把同事們放在眼裏。
書 明徐霖《繡襦記．結伴毗陵》：「這廝大模大樣，公然慢我。」
注 「模」在此不讀mó。

【大醇小疵】 dà chún xiǎo cī
大體上很好，只略有些小毛病。（醇：原指酒味純正濃厚，引伸泛指純正完美。疵：毛病；缺點。）例 這裏展出的畫作並非無可挑剔，但～，作者們在藝術上所獲得的成就仍是有目共睹的。
書 唐韓愈《讀荀》：「孟氏，醇乎醇者也；荀與楊，大醇而小疵。」
注 「疵」不讀cǐ，不可寫作「庇」。

【大徹大悟】 dà chè dà wù
徹底明白醒悟。（徹：弄通。）
例 童先生經歷了諸多人世風雲終於～，明白了生活的真諦。
書 元鄭德輝《伊尹耕莘》楔子：「蓋凡升天之時，先參貧道，授與仙訣，大徹大悟後，方得升九天朝真而觀元始。」

【大敵當前】 dà dí dāng qián
強大的敵人就在面前。例 ～，我們內部應該捐棄前嫌，加強團結，絕不給敵人留下可乘之機。
書 清劉鶚《老殘遊記續集遺稿》第一回：「大敵當前，全無準備，取敗之道，不待智者而決矣。」

【大器晚成】 dà qì wǎn chéng
大的器物需要經過長時間的加工才能完成。比喻能擔當大任或做出大事業的人需要經過較長時間的磨煉，成就往往比較晚，
例 郁華年近五十，以其工作實績被任命為公司總裁，可謂～。
書 《老子》：「大器晚成，大音希聲，大象無形。」

【大興土木】 dà xīng tǔ mù
大規模興建土木工程。多指蓋房子。例 近些年來本市各處都在～，城市面貌改變很快。
書 《舊五代史．李守貞傳》：「守貞因取連宅軍營，以廣其第，大興土木，治之歲餘，為京師之甲。」

【大錯特錯】 dà cuò tè cuò
表示錯得很嚴重。例 「我從前對舊的制度、舊的人多少還抱着一點希望，還有一點留戀，如今我才明白那是～。」（巴金《春》二二）
書 曾樸《孽海花》第二五回：「條約只有三款，第二款兩國派兵交互知會這一條，如今想來，真是大錯特錯。」

【大聲疾呼】 dà shēng jí hū
提高聲音急促地呼喊，以引起人們的注意或警覺。（疾：急速。）
例 經過有識之士多年來～，環境保護問題正越來越受到政府部門的重視。
書 唐韓愈《後十九日復上宰相書》：「其既危且亟矣，大其聲而疾呼矣，閣下其亦聞而見之矣，其將往而全之歟，抑將安而不救歟？」

【大獲全勝】 dà huò quán shèng

獲得完全勝利。例 在這屆錦標賽中我隊～，成績驕人。

書 明羅貫中《三國演義》第三六回：「玄德大獲全勝，引軍入樊城，縣令劉泌出迎。」

【大謬不然】dà miù bù rán

大錯特錯，實際完全不是這樣。（謬：錯誤。然：如此；這樣。）例 他的這些看法～，受到許多人的批評。

書 漢司馬遷《報任少卿書》：「日夜思竭其不肖之才力，務一心營職，以求親媚於主上。而事乃有大謬不然者夫！」

【大權旁落】dà quán páng luò

本應由自己掌握的重大權力落到別人手裏。例 他生怕～，對副手的工作權限作了苛切的規定。

書 宋高斯得《輪對奏札》：「遂使眾臣爭衡，大權旁落，養成積輕之勢。」

【大驚小怪】dà jīng xiǎo guài

形容對原本不足為奇的事表示驚奇詫異。例 在市場經濟中價格隨着成本和供求關係的變化而變化，這是正常現象，無須～。

書 宋朱熹《答林擇之書》：「要須把此事來做一平常事看，樸實頭做將去，久之自然見效，不必如此大驚小怪，起模畫樣也。」

【大驚失色】dà jīng shī sè

非常驚恐，連臉色都變了。（色：指臉上的神色。）例 得知村邊山體突然發生滑坡，村長～，立即組織附近村民轉移。

書 明羅貫中《三國演義》第二四回：「忽見曹操帶劍入宮，面有怒容，帝大驚失色。」

【大顯身手】dà xiǎn shēn shǒu

充分顯示自己的本領。（身手：本領。）例 齊臻在足球場上～，一人踢進兩球，成了球迷心目中的英雄。

書 巴金《關於〈龍・虎・狗〉》：「但這裏還是十分熱鬧、擁擠，也正是旅館裏的人大顯身手的時候。」

【大顯神通】dà xiǎn shén tōng

充分顯示十分高超的本領或手段。（神通：原為佛教用語，指無所不能的力量。後也泛指十分高超的本領或手段。）例 最近人工增雨作業～，為緩解旱情做出了重要貢獻。

書 明吳承恩《西遊記》第八九回：「他三人辭了師父，在城外大顯神通。」

【才子佳人】cái zǐ jiā rén

有才學的男子和美貌的女子。多指有婚姻或愛情關係的才貌匹配的青年男女。例 中國古代小說中多有～一見傾心，歷經磨難而終成眷屬的故事。

書《太平廣記》卷三四四引唐李隱《瀟湘錄・呼延冀》：「妾既與君匹偶，諸鄰皆謂之才子佳人。」

【才高八斗】cái gāo bā dǒu

據宋無名氏《釋常談・八斗之才》記載，南朝宋的文學家謝靈運曾經說過：「天下才有一

石，曹子建獨佔八斗，我得一斗，天下共分一斗。」後來就用「才高八斗」形容文才極高。例 **這位作家～，在文壇頗負盛名。**

書 明陳汝元《金蓮記·偕計》：「不佞姓蘇，名軾，字子瞻，眉州眉山人也。學富五車，才高八斗。」

【才疏志大】 cái shū zhì dà

見「志大才疏」，197 頁。

【才疏學淺】 cái shū xué qiǎn

才能不多，學識淺薄。經常用於自謙。（疏：稀少。）例 **諸位推舉我擔任此書主編，我～，只怕有負重託。**

書 明朱權《荊釵記·合巹》：「欲步蟾宮，奈才疏學淺，未得蜚（通『飛』）衝。」

【才貌雙全】 cái mào shuāng quán

形容人有才學，而且相貌也好。例 **她是位～的好姑娘，不知哪位小夥子有福氣，能贏取芳心。**

書 明洪楩《清平山堂話本·風月瑞仙亭》：「孩兒見他文章絕代，才貌雙全，必有榮華之日，因此上嫁了他。」

【才德兼備】 cái dé jiān bèi

見「德才兼備」，511 頁。

【寸土必爭】 cùn tǔ bì zhēng

即使是很小的一片土地，也一定要和敵人爭奪。今多形容保衛自己土地的決心。例 **為保衛國家領土完整，我們～。**

書 《新唐書·李光弼傳》：「兩軍相敵，尺寸地必爭。」

【寸步不離】 cùn bù bù lí

一小步也不離開。形容關係親密，總是在一起；也可以表示由於某種原因而不離前後左右。

例 ❶ **小英和小梅一起上學，一起玩耍，兩人～，別提多要好了。**❷**戰地情況複雜，司令員外出時，警衛員～地跟隨在左右。**

書 南朝梁任昉《述異記》：「吳黃龍年中，吳都海鹽有陸東美，妻朱氏，亦有容止。夫妻相重，寸步不相離。時人號為比肩人。」

【寸步難行】 cùn bù nán xíng

形容走路困難。也比喻陷入困境，什麼事也做不成。例 ❶**他的腳趾受了傷，～，不能和我們一起外出旅遊了。**❷ **環境保護的工作如果離開了社會各界的支持和配合，恐怕將～。**

書 明凌濛初《二刻拍案驚奇》卷七：「只是路途迢遞，煢煢母子，無可倚靠，寸步難行，如何是好。」

【寸長尺短】 cùn cháng chǐ duǎn

見「尺短寸長」，108 頁。

【寸草春暉】 cùn cǎo chūn huī

小草報答不盡春天陽光的恩惠。比喻子女報答不盡父母的恩情。

(春暉：春天的陽光。) 例 季先生這篇文章所表達的～之情感人至深，引發了讀者強烈的共鳴。

書 唐孟郊《遊子吟》：「慈母手中線，遊子身上衣。臨行密密縫，意恐遲遲歸。誰言寸草心，報得三春暉！」後用作「寸草春暉」。

注 「暉」不可寫作「輝」。

【寸陰尺璧】cùn yīn chǐ bì

一寸光陰比直徑一尺的玉璧還要珍貴。多用來提醒人珍惜光陰。也作「**尺璧寸陰**」。(寸陰：物體在陽光下的影子移動一寸長所用的時間。表示很短的時間。璧：一種圓形扁平的玉器，中間有孔。) 例 ～，還有什麼比時間更可寶貴呢？

書 《淮南子・原道訓》：「故聖人不貴尺之璧而重寸之陰，時難得而易失也。」後用作「寸陰尺璧」。

注 「璧」不可寫作「壁」。

【上下其手】shàng xià qí shǒu

據《左傳・襄公二十六年》記載，楚侵鄭，楚將穿封戌俘虜了鄭國的皇頡。楚公子圍跟穿封戌爭功，讓伯州犁來裁處。伯州犁偏袒公子圍，在問皇頡時對皇頡作了暗示，「上其手，曰：『夫子為王子圍，寡君之貴介弟也。』下其手，曰：『此子為穿封戌，方城外之縣尹也。誰獲子？』」皇頡明白了伯州犁的暗示，就說是公子圍俘虜了他。上其手，指抬高其手，指向公子圍；下其手，指手向下，指向穿封戌。後來就用「上下其手」比喻玩弄手法，串通作弊。

例 這幾個人～、營私舞弊的行為已被發現，並受到查處。

書 《金石萃編・唐趙思廉墓志》：「或犯法當訊，執事者上下其手。」

【上天無路，入地無門】

shàng tiān wú lù, rù dì wú mén

形容無路可走，處境極為窘迫。

例 當年阿金孤身來到省城，投親無着，盤纏用盡，真是～。

書 宋普濟《五燈會元・棲賢湜禪師法嗣・西余體柔禪師》：「進前即觸途成滯，退後即噎氣填胸，直得上天無路，入地無門。」

【上方寶劍】shàng fāng bǎo jiàn

皇帝用的寶劍。皇帝將其賜給大臣，表示賦予大臣特別權力，大臣可以先斬後奏。後用來泛指上級以口頭或書面形式特許的某種權力。也作「**上方劍**」。(上方：也作「尚方」，古代主管製造、儲藏、供應帝王、皇宮所用刀劍、器物的官署。) 例 他們受特別委派去檢查分公司的財務工作，手裏有～，權力可大呢。

書 宋陸游《書志》詩：「鑄為上方劍，釁以佞臣血。」

【上行下效】shàng xíng xià xiào

在上者怎樣做，在下者就跟着學。今使用中多含貶義。(效：仿效。) 例 當總裁的任人唯親，處事不公，～，整個公司的風氣怎麼會好呢？

書 唐司空圖《華帥許國公德政碑》：「既忠既孝，上行下效。」

【上樑不正下樑歪】
shàng liáng bù zhèng xià liáng wāi
比喻在上位者行為不正，在下位者就會跟着學壞。例 家長應該給孩子做出好榜樣，否則～，是會耽誤孩子的前程的。
書 明賈鳧西《木皮詞・正傳》：「從來說：『前腳不正後腳趄，上樑不正下樑歪。』」

【口口聲聲】kǒu kǒu shēng shēng
形容不止一次地表白、陳說或把某一說法經常掛在口頭。例 他～說要去留學，可不知道為什麼至今還沒有去成。
書 宋《京本通俗小說・西山一窟鬼》：「只是吃他執拗的苦，口口聲聲只要嫁個讀書人，卻又沒這般巧。」

【口服心服】kǒu fú xīn fú
見「心服口服」，105頁。

【口若懸河】kǒu ruò xuán hé
說話像瀑布下瀉，滔滔不絕。形容人能言善辯或十分健談。（懸河：指瀑布。）例 盛思在辯論中～，有理有據，說到精彩處常常激起聽眾熱烈的掌聲。
書 南朝宋劉義慶《世說新語・賞譽》：「郭子玄語議如懸河瀉水，注而不竭。」又明蘭陵笑笑生《金瓶梅詞話》第三三回：「但遇着人，或坐或立，口若懸河，滔滔不絕。」

【口是心非】kǒu shì xīn fēi
口裏說一套，心裏想的是另外一套。指人心口不一。例 「叭兒之類，是不足懼的，最可怕的確是～的所謂『戰友』，因為防不勝防。」（魯迅《致楊霽雲》）
書 漢桓譚《新論・辨惑》：「道必當傳其人，得其人，道路相遇輒教之；如非其人，口是而心非者，雖寸斷支解，而道猶不出也。」

【口乾舌燥】kǒu gān shé zào
嘴裏非常乾。形容口渴或話講得很多，費盡口舌。（燥：缺少水分。）例 ❶他打完球下來，大汗淋漓，～，急着找水喝。❷景輝反覆勸說趙峯打消這種念頭，說得～，終於把趙峯說通了。
書 清張南莊《何典》第七回：「路雖不遠，早已跑得口乾舌燥。」
注 「燥」不可寫作「躁」。

【口惠而實不至】
kǒu huì ér shí bù zhì
口頭上許給別人好處而實際上並不兑現。（惠：給別人好處。至：到。）例 你不要總是～，讓我們光聽樓梯響，不見人下來。
書 《禮記・表記》：「口惠而實不至，怨菑及其身。」
注 「惠」不可寫作「慧」。

【口碑載道】kǒu bēi zài dào
眾人稱頌的話滿路都是。形容到處都有人稱頌。（口碑：古代的碑大多是稱頌功德的，所以把眾人口頭的稱頌稱為口碑。載道：充滿道路。）例 孔森在這裏當過三年縣長，百姓～，至今依然十分思念他。
書 宋普濟《五燈會元・寶峯文禪師

法嗣·永州太平安禪師》:「勸君不用鐫頑石,路上行人口似碑。」又明張煌言《甲辰九月感懷在獄中作》詩:「口碑載道是還非,誰識蹉跎心事違。」

【口誅筆伐】 kǒu zhū bǐ fá

用語言、文字進行揭露、譴責和聲討。(誅:譴責。伐:討伐。)例 對於這種公然剽竊他人學術研究成果的行為,正直的學者紛紛發表文章,~。

書 明汪廷訥《三祝記·同謫》:「全不知口誅筆伐是詩人句,隴上播間識者羞。」

【口說無憑】 kǒu shuō wú píng

單是口說,不能作為憑據。也作「**空口無憑**」。例 秀英笑着對大哥說:「我幫了你這麼大忙,你答應要酬勞我的,只是~,到時候你不認賬了怎麼辦?」

書 元喬吉《揚州夢》第四摺:「咱兩個口說無憑。」

【口蜜腹劍】 kǒu mì fù jiàn

嘴裏說得很甜,實際上包藏禍心,十分狡詐陰險。例 不少人識破了他~的真面目,和他交往時都已經有了戒心。

書《資治通鑒·唐玄宗天寶元年》:「李林甫為相……尤忌文學之士,或陽與之善,啗以甘言而陰陷之。世謂李林甫『口有蜜,腹有劍』。」又明王世貞《鳴鳳記·南北分別》:「這廝口蜜腹劍,正所謂慝怨而友者也。」

注「蜜」不可寫作「密」。

【山雨欲來風滿樓】

shān yǔ yù lái fēng mǎn lóu

在山中大雨即將來臨之時,滿樓都是呼呼的風聲。比喻重大事變爆發前的緊張氣氛和出現的種種跡象。例 小說的前面兩章為高潮的出現作了充分的渲染和鋪墊,大有~之勢。

書 唐許渾《咸陽城東樓》詩:「溪雲初起日沈閣,山雨欲來風滿樓。」

【山珍海味】 shān zhēn hǎi wèi

山裏的珍品,海裏的美味。泛指珍美豐盛的菜肴。也作「**山珍海錯**」。(海錯:各種海味。)例 遊子回鄉,吃着媽媽親手做的家常菜,覺得比~還要可口。

書 唐韋應物《長安道》詩:「山珍海錯棄藩籬,烹犢炮羔如折葵。」

【山高水低】 shān gāo shuǐ dī

比喻意外發生的不幸的事情。多指人死亡。例 他孤身出外闖蕩,吉凶未卜,萬一有個~,如何是好?

書 明施耐庵《水滸傳》第四回:「若是留提轄在此,誠恐有些山高水低,教提轄怨悵。」

【山崩地裂】 shān bēng dì liè

山嶽崩塌,大地裂陷。也用以形容聲響巨大。也作「**山崩地陷**」、「**山崩地坼**」。(坼:音chè,裂開。)例 這~的一聲巨響,把周圍的人全都驚呆了。

書《漢書·元帝紀》:「山崩地裂,水泉湧出。天惟降災,震驚朕師。」又明馮夢龍《警世通言·樂小舍拚

生覓偶》：「忽聽得說潮來了。道猶未絕，耳邊如山崩地坼之聲，潮頭有數丈之高，一湧而至。」

【山清水秀】shān qīng shuǐ xiù
山水明淨秀麗，景色優美。也作「**山明水秀**」。例 **在喧囂的都市住久了，很想到～的地方安安靜靜地休息些日子，放鬆一下。**
書 明李昌祺《剪燈餘話．賈雲華還魂記》：「天下雄藩，浙江名郡，自來惟說錢塘。山清水秀，人物異尋常。」

【山盟海誓】shān méng hǎi shì
指山、海為喻的盟誓。表示要像山、海那樣永久不變。多用於男女相愛時的盟誓。也作「**海誓山盟**」。例 **這對戀人～：生生死死永不分離。**
書 宋趙長卿《賀新郎》詞：「終待說山盟海誓，這恩情到此非容易。」

【山窮水盡】shān qióng shuǐ jìn
山和水都到了盡頭，已無路可走。比喻陷入絕境。（窮：窮盡。）例 **事情沒到～的地步，不妨再搏一次，說不定會有轉機。**
書 清蒲松齡《聊齋志異．李八缸》：「苟不至山窮水盡時，勿望給與也。」

【千刀萬剮】qiān dāo wàn guǎ
原為古代一種酷刑，將罪犯一刀刀割肉處死。後多用於詛咒人不得好死。（剮：割肉離骨。）例 **這夥強盜作惡多端，真該～，方解百姓心頭之恨。**
書 明施耐庵《水滸傳》第三八回：「千刀萬剮的黑殺才，老爺怕你的不算好漢，走的不是好漢子！」
注 「剮」不可寫作「刮」。

【千山萬水】qiān shān wàn shuǐ
形容路途遙遠、艱險、要跋涉許許多多的山和水。也作「**萬水千山**」。例 **兩國雖然遠隔～，但歷史上很早就有了友好往來。**
書 唐戎昱《送吉州閻使君入道二首》之二：「莫遣桃花迷客路，千山萬水訪君難。」

【千夫所指】qiān fū suǒ zhǐ
觸犯眾怒，受到眾人指責。原作「**千人所指**」，常與「無病而死」或「無病自死」連用。（指：指責。）例 **這幫匪徒～，是決不會有好下場的。**
書 《漢書．王嘉傳》：「里諺曰：『千人所指，無病而死。』臣常為之寒心。」又清葉蘭《紀事新樂府．且彌縫》：「嗚呼！古人有一言，其理深且旨：千夫所指不病死，爾乎胡為不聞此？」

【千方百計】qiān fāng bǎi jì
想盡種種辦法。（方：方法。）例 **這家廠商不斷改進產品的設計，～滿足客户的個性化需求，在客户中樹立了良好的形象。**
書 宋黎靖德編《朱子語類》卷三五：「譬如捉賊相似，須是著起氣力精神，千方百計去趕捉他。」

【千里之行，始於足下】
qiān lǐ zhī xíng, shǐ yú zú xià

千里的行程是從腳下邁第一步開始的。比喻事業的成功要從眼前做起，靠的是由小到大的逐漸積累。例「～，要建築百丈高樓，不先打好地基是不行的。」(夏衍《〈學人談治學〉代序》)

書《老子》：「九層之臺，起於累土；千里之行，始於足下。」

【千里之堤，潰於蟻穴】 qiān lǐ zhī dī, kuì yú yǐ xué

千里的長堤由於有一個小小的螞蟻洞而被水沖決。比喻對小的隱患不注意，不去及時解決，會釀成大禍。（潰：沖破堤壩。）例 在工程中必須強化質量管理，任何環節都不允許馬虎，～，這方面的教訓已經夠多的了。

書《韓非子．喻老》：「千丈之堤以螻蟻之穴潰，百尺之室以突隙之煙焚。」後用作「千里之堤，潰於蟻穴」。

【千里迢迢】 qiān lǐ tiáo tiáo

形容路途遙遠。（迢迢：形容遙遠。）例 他從安徽～趕到貴州，推廣魔芋種植技術。

書 宋法應集《禪宗頌古聯珠通集．吉州清源行思禪師》：「千里迢迢信不通，歸來何事太匆匆。」

【千里送鵝毛】 qiān lǐ sòng é máo

從很遠的地方帶來一點輕微的禮物送人。表示禮輕情意重。（鵝毛：比喻禮物的輕微。）例 我從家鄉帶了一包糖青豆給你，也是～的意思，還請笑納。

書 宋黃庭堅《長句謝陳適用惠送吳南雄所贈紙》詩：「千里鵝毛意不輕，瘴衣腥膩北歸客。」後用作「千里送鵝毛」。

【千言萬語】 qiān yán wàn yǔ

形容許許多多的話。也作「**萬語千言**」。例 分離多年的親人又相聚在一起了，～也說不盡彼此相思之苦。

書 唐呂巖《七言》詩之一：「此道非從它外得，千言萬語謾評論。」

【千辛萬苦】 qiān xīn wàn kǔ

形容許許多多的辛勞、艱苦。例 他歷盡～，終於完成了徒步考察古代萬里長城遺跡的工作。

書《敦煌變文集．父母恩重經講經文》：「前來經文說父母種種養育，千辛萬苦。」

【千奇百怪】 qiān qí bǎi guài

形容事物奇異古怪，各種各樣。例 這裏山峯的形狀～，在雲蓋霧罩下更顯出一種神祕的色彩。

書 宋普濟《五燈會元．唐慧璉禪師法嗣．華嚴道隆禪師》：「如人在州縣住，或聞或見，千奇百怪，他總將作尋常。」

【千呼萬喚】 qiān hū wàn huàn

形容一次又一次地呼喚、催促。例 公司的改組方案～始出來，隨即成了大家議論的中心話題。

書 唐白居易《琵琶行》：「千呼萬喚始出來，猶抱琵琶半遮面。」

【千金一刻】 qiān jīn yī kè

見「一刻千金」，9頁。

【千金一諾】 qiān jīn yī nuò
見「一諾千金」，19頁。

【千秋大業】 qiān qiū dà yè
影響久遠的大事業。（千秋：泛指很長久的時間。）例 發展教育是～，我們一定要花大力氣把這件事做好。
書 清陳確《平水東嶽廟謝別先生》詩：「千秋大業真吾事，臨別丁寧（同『叮嚀』）不敢忘。」

【千秋萬代】 qiān qiū wàn dài
世世代代。形容長久的歲月。也作「**萬代千秋**」。例 烈士的不朽功勳將～受到人們的稱頌。
書 晉無名氏《平西將軍周處碑》：「書方易折，家揭難留，鐫茲幽石，萬代千秋。」

【千姿百態】 qiān zī bǎi tài
形容各種各樣的姿態。例 園藝博覽會上展出了世界各地的花卉，～，引得遊人留連忘返。
書 黃宗英等《抖抖眉毛立大志》：「一座又一座用砂礓蛋砌成的橋涵，座座雕花刻字，造型也千姿百態別具風格。」

【千軍萬馬】 qiān jūn wàn mǎ
形容雄壯的隊伍和浩大的聲勢。
例 ❶ 老將軍指揮～，以雷霆萬鈞之勢直搗敵軍陣地。❷ 洶湧的河水奔騰咆哮而下，其勢如～，不可阻擋。
書 宋《京本通俗小説·西山一窟鬼》：「後面一似千軍萬馬趕來，再也不敢回頭。」

【千真萬確】 qiān zhēn wàn què
形容非常真切、確實。例 這是～的事，我的朋友親眼見到的，你怎麼還不相信？
書 清錢彩等《説岳全傳》第一四回：「（岳飛）問道：『你方才這些話，是真是假？恐怕還是訛傳。』店主人道：『千真萬確。朝廷已差官兵前去征剿了。』」

【千恩萬謝】 qiān ēn wàn xiè
對別人所給予的恩德再三道謝，表示感激。例「啞巴又作揖，又行禮，～地走出去。」（曹禺《日出》第三幕）
書 明馮夢龍《古今小説·陳御史巧勘金釵鈿》：「金孝得了銀子，千恩萬謝的，扶着老娘去了。」

【千差萬別】 qiān chā wàn bié
各種各樣的差別。例 人們的口味～，在運動會期間要安排好數以千計的運動員進餐可不是件容易的事。
書《大唐善導和尚集·觀經疏·證信序》：「説一切諸法，千差萬別，如來觀知，歷歷了然。」
注「差」在此不讀chà。粵 tsa¹叉。

【千鈞一髮】 qiān jūn yī fà
見「一髮千鈞」，18頁。

【千絲萬縷】 qiān sī wàn lǚ
千條絲，萬根線。也比喻彼此間密切而複雜的各種聯繫。（縷：線。）例《紅樓夢》裏賈、史、王、薛四家有着～的聯繫，一榮俱榮，一損俱損。

書 宋戴石屏《憐薄命》詞：「道旁楊柳依依，千絲萬縷，擰不住一分愁緒。」

注 「縷」不讀 lóu。

【千載一時】 qiān zǎi yī shí

一千年才有這麼一個時機。形容機會十分難得。（載：年。時：時機。）例 **今晚能看到哈雷彗星，作為天文愛好者，這～的好機會我絕不能放過。**

書 晉王羲之《與會稽王箋》：「古人恥其君不為堯舜，北面之道，豈不願尊其所事，比隆往代，況遇千載一時之運？顧智力屈於當年，何得不權輕重而處之也。」

【千載難逢】 qiān zǎi nán féng

一千年也難以遇到這樣的機會。形容機會十分難得。例 **我得到了一個～的機會，將隨南極考察隊進入南極，報道科學考察情況。**

書 南朝齊庾杲之《臨終上世祖表》：「臣以凡庸，謬徼昌運，獎擢之厚，千載難逢。」

【千慮一失】 qiān lǜ yī shī

這是由「智者千慮，必有一失」這句話緊縮而成的，意謂即使是聰明人，在千百次思考中也難免會偶有失誤或疏漏。例 **他對接待工作做了周密安排，然而～，不盡人意的地方還是有的。**

書 《史記·淮陰侯列傳》：「臣聞智者千慮，必有一失；愚者千慮，必有一得。」又《文苑英華·佚名〈為趙侍郎論兵表〉》：「天兵四合竟未殲殄，得非千慮一失，未盡制敵之方乎！」

【千慮一得】 qiān lǜ yī dé

這是由「愚者千慮，必有一得」這句話緊縮而成的，意謂即使是頭腦遲鈍的人，在千百次思考中也會有一點可取的地方。常用於自謙。例 **上面說的這些意見無非是我的～，不當之處敬請指教。**

書 南朝陳虞寄《諫陳寶應書》：「寄雖疾侵耄及，言無足採，千慮一得，請陳愚算。」

【千篇一律】 qiān piān yī lǜ

原指許多詩文都是一個樣子。也用來比喻事物只有一種樣式，缺乏創意和變化。（一律：一個樣子。）例 **❶這些文章寫得～，讀起來很乏味。❷前些年人們的服裝色彩單調，式樣～，如今可就大不相同了。**

書 明沈德符《萬曆野獲編·科場·會場搜檢》：「至嘉靖末年，時文冗濫，千篇一律，記誦稍多。」

【千瘡百孔】 qiān chuāng bǎi kǒng

見「百孔千瘡」，148 頁。

【千頭萬緒】 qiān tóu wàn xù

形容事情紛繁，頭緒很多。（緒：絲的頭。）例 **「訓育一方，則～……往往一波未平，一波又起，校務舍務，俱不能脫開。」（魯迅《兩地書》五一）**

書 宋葛長庚《永遇樂·寄鶴林靖》詞：「尋思往事，千頭萬緒，回首誚如夢裏。」

【千錘百煉】qiān chuí bǎi liàn

比喻對詩文下苦功反覆修改，精益求精。也比喻人經歷了許多艱苦鬥爭的鍛煉和考驗。（錘：用錘子敲打。）例 ❶這些名篇都經過～，溶進了作者的無數心血。❷我們這支隊伍的成員都是～的鐵漢子，特別善於打硬仗。

書 清趙翼《甌北詩話．李青蓮詩》：「詩家好作奇句警語，必千錘百煉而後能成。」

注 「錘」不可寫作「捶」。「煉」不可寫作「練」。

【千難萬險】qiān nán wàn xiǎn

許許多多的困難和危險。例 縱然有～也阻擋不了我們向目標邁進的步伐。

書 元楊景賢《西遊記雜劇》五本：「火焰山千難萬險，早求法力到西天。」

【千變萬化】qiān biàn wàn huà

形容變化很多。例 賽場上的情況～，運動員的應變能力如何，對比賽的結果影響很大。

書《列子．周穆王》：「乘虛不墜，觸實不硋（同『礙』）；千變萬化，不可窮極。」

【川流不息】chuān liú bù xī

像河水那樣流個不停。也比喻人、車馬、船隻等不停地來來往往。（息：停息。）例 北京的三環路上從早到晚車輛～，從沒有清靜的時候。

書 清吳敬梓《儒林外史》第二七回：「兩個丫頭川流不息的在家前屋後的走，叫的太太一片聲響。」

注 「川」不可寫作「穿」。

【久而久之】jiǔ ér jiǔ zhī

經過了相當長的時間。例 這裏的氣候和我家鄉不同，不過～，我也開始適應了。

書 清李汝珍《鏡花緣》第一三回：「因置大缸一口，內中貯水，日日伏在其中，習其水性，久而久之，竟能在水一日之久。」

【久旱逢甘雨】jiǔ hàn féng gān yǔ

乾旱了很久，遇上一場好雨。比喻得到了渴望已久的幫助，用不着再發愁了。例 一直受資金短缺困擾的信達公司得到了銀行的貸款，猶如～，重又恢復了活力。

書 宋洪邁《容齋四筆．得意失意詩》：「舊傳有詩四句，誦世人得意者云：『久旱逢甘雨，他鄉遇故知，洞房花燭夜，金榜掛名時。』」

【久假不歸】jiǔ jiǎ bù guī

長期借用不還。（假：借用。）例 這幾本書他～，不守信用，以後我再不敢借書給他了。

書《孟子．盡心上》：「久假而不歸，惡知其非有也。」

注 「假」在此不讀 jià。㊟ ga² 賈。

【凡夫俗子】fán fū sú zǐ

人世間的普通人。例 天上神仙的事，我們這些～又哪裏能夠知道呢？

書 明葉憲祖《鸞鎞記．秉操》：「我本玉府仙姝，豈偶凡夫俗子，不如出家入道，到得討個清幽也。」

【亡羊補牢】 wáng yáng bǔ láo

羊從圈裏走失後，立即去修補羊圈。比喻出了問題或受到損失後立即採取補救措施，防止再出現類似情況。（亡：丟掉；失去。牢：關養牲畜的欄圈。）例 民居遭竊後，社區加強了管理，～，使居民的安全感大為增強。

書《戰國策．楚策四》：「臣聞鄙語曰：見兔而顧犬，未為晚也；亡羊而補牢，未為遲也。」

【亡命之徒】 wáng mìng zhī tú

原指脫離戶籍的逃亡者。後多指不顧性命，冒險作惡的人。（徒：指某種人。多含貶義。）例 他糾集了一幫～，佔山為王，對周圍地區危害很大。

書 唐陳子昂《上蜀川安危事》：「其中遊手惰業亡命之徒，結為光火大賊。」

【尸位素餐】 shī wèi sù cān

空佔着職位而不做什麼事，白吃飯。（尸位：「尸」本是古代祭祀時代表死者受祭的人。「尸位」表示像尸居於受祭之位那樣，空佔着職位而什麼事也不做。素餐：不做事而白吃飯。）例 通過深化改革，我們公司已經沒有～的人混日子的餘地了。

書《漢書．朱雲傳》：「今朝廷大臣，上不能匡主，下亡以益民，皆尸位素餐。」

注「尸」不能寫作「屍」。

【弓影杯蛇】 gōng yǐng bēi shé

見「杯弓蛇影」，231 頁。

【小人得志】 xiǎo rén dé zhì

品德低下或淺薄的人，慾望得到了滿足。此時往往表現出輕狂之態。（得志：實現了意願；滿足了慾望。）例 他靠巴結逢迎當上了官，～，對下屬呼來喝去，總想擺他的威風。

書 南朝宋何承天《為謝晦檄京邑》：「若使小人得志，君子道消。」

【小心翼翼】 xiǎo xīn yì yì

原形容嚴肅恭敬的樣子。今則用來形容舉動十分謹慎，絲毫不敢疏忽大意。例 美術館的工作人員～地展開這幅古畫，請專家作進一步的鑒定。

書《詩經．大雅．大明》：「維此文王，小心翼翼。昭事上帝，聿懷多福。」

【小心謹慎】 xiǎo xīn jǐn shèn

說話、做事特別留神，特別慎重，生怕有閃失。例 傅小姐初進公司工作，待人接物自然是格外～。

書《漢書．霍光傳》：「出入禁闥二十餘年，小心謹慎，未嘗有過，甚見親信。」

【小水長流】 xiǎo shuǐ cháng liú

見「細水長流」，401 頁。

【小巧玲瓏】xiǎo qiǎo líng lóng

形容器物形體小而精巧；有時也形容人身體小而靈巧。（玲瓏：形容器物精巧細緻；也形容人靈活敏捷。）例 ❶ 這幾件晶瑩溫潤、～的和田玉雕十分惹人喜愛。❷ 鄰家的阿妹長得～，成日蹦蹦跳跳的，渾身上下充滿了活力。

書 清吳趼人《近十年之怪現狀》第一九回：「那船上敞了兩面船窗，放下鮫綃簾子，陳設了小巧玲瓏的紫檀小桌椅。」

【小巫見大巫】xiǎo wū jiàn dà wū

小巫師見了大巫師，感到不如大巫師高明。比喻相形見絀，一個遠遠比不上另一個。使用中往往含有詼諧的意味。（巫：舊時自稱能替人祈禱和降神的人。）例 我們這裏的牡丹花品種相當豐富，可是比起洛陽的牡丹來，又不免是～了。

書 《太平御覽》卷七三五引《莊子》：「小巫見大巫，拔茅而棄，此其所以終身弗如。」

【小肚雞腸】xiǎo dù jī cháng

見「鼠肚雞腸」，464 頁。

【小家碧玉】xiǎo jiā bì yù

小户人家年輕美貌的女子。（碧玉：人名）例 阿蘭是位～，聰明伶俐，很有人緣。

書《樂府詩集・碧玉歌》之二：「碧玉小家女，不敢攀貴德，感郎千金意，慚無傾城色。」後用作「小家碧玉」。

【小醜跳梁】xiǎo chǒu tiào liáng

成不了大氣候的卑劣小人上躥下跳，興風作浪。（小醜：人格卑劣的人；小人之類。醜：類。跳梁：騰躍蹦跳。此比喻興風作浪。）例 這些分裂勢力到處活動，不過是～，他們的陰謀注定是要失敗的。

書 宋王子俊《謝李憲特薦》：「尋小醜跳梁之因，正坐平時姑息之故。」

注「醜」不可寫作「丑」。「梁」不可寫作「樑」。

【小題大做】xiǎo tí dà zuò

拿小題目來做大文章。比喻對小事大加渲染，或當做大事來辦。含有不恰當、不必要或不值得的意思。例「這裏頗用了些工夫作小小的考證，也許～，我卻只是行其心之所安吧了。」（朱自清《選詩雜記》）

書 清曹雪芹、高鶚《紅樓夢》第七三回：「沒有什麼，左不過是他們小題大做罷了，何必問他？」

【子虛烏有】zǐ xū wū yǒu

子虛先生和烏有先生是漢代司馬相如《子虛賦》中兩個虛構的人物（其名字本身的含義也暗示了這一點），後來就用「子虛烏有」表示虛構的，實際並不存在的。例 他編了一個～的探險經歷哄這些孩子，居然哄了過去。

書《漢書・序傳下》：「文豔用寡，子虛烏有，寓言淫麗，託風終始，多識博物，有可觀采，蔚為詞宗，賦頌之首。」

注「烏」不可寫作「鳥」。

四畫

【井井有條】jǐng jǐng yǒu tiáo

形容條理分明，有次序，絲毫不亂。（井井：整齊的樣子。）例 由於明確了分工，大家各司其職，工作～。

書《荀子·儒效》：「井井兮其有理也。」又宋樓鑰《通邵領判范啟》：「試以劇煩，井井有條而不紊。」

【井水不犯河水】

jǐng shuǐ bù fàn hé shuǐ

比喻彼此把界限分清，兩不相犯。例 我和你今後各幹各的，～，你再也別來管我。

書 清曹雪芹、高鶚《紅樓夢》第六九回：「我和他井水不犯河水，怎麼就沖了他？」

【井底之蛙】jǐng dǐ zhī wā

井底下只能看到井口大的一塊天的青蛙。比喻眼界狹小、見識淺陋的人。例「我們那時才能知道造物是何等神妙，那時才知道我們真是～，平常所見，真只有一點點！」(茅盾《霜葉紅似二月花》)

書 元關漢卿《裴度還帶》第二摺：「如今有等輕薄之子，重色輕賢，真所為井底之蛙耳。」

【天下烏鴉一般黑】

tiān xià wū yā yī bān hēi

比喻世上同類的人或事物大致有相同的特性。多用於貶義。今多指世上的壞人都一樣壞。「烏鴉」也作「老鴰」、「老鴉」，義同。例 ～，哪裏的奸商賺起昧心錢來都一樣地不擇手段。

書 清曹雪芹、高鶚《紅樓夢》第五七回：「眾人笑道：『這更奇了！天下老鴰一般黑，豈有兩樣的。』」

【天下無敵】tiān xià wú dí

世上沒有敵手。形容力量強大，不可抵擋。例 自以為～的擂主這次竟也淪為挑戰者的手下敗將。

書《孟子·離婁上》：「夫國君好仁，天下無敵。」

【天上人間】tiān shàng rén jiān

天上和人間。也比喻境遇相差懸殊。例 公司破產後，這位董事長再也沒有了昔日的威風和氣派，～，不堪回首。

書 南唐李煜《浪淘沙》詞：「獨自莫憑欄，無限江山。別時容易見時難。流水落花春去也，天上人間。」

【天不怕，地不怕】

tiān bù pà, dì bù pà

表示什麼都不怕。例 這位年輕人～，居然向權威發起了挑戰。

書 明高濂《玉簪記·求配》：「我何嘗怕着誰？我是天不怕來地不怕，溧陽縣中惟我大。」

【天公地道】tiān gōng dì dào
像天地對人那樣公道。形容十分公平合理。例 按勞取酬，多勞多得，這是～的，即使是得的少的人，心裏也是服氣的。
書 清羽衣女士《東歐女豪傑》第三回：「如今人人的腦袋裏頭既都有了一個社會平等，政治自由，是個天公地道的思想。」

【天有不測風雲】
tiān yǒu bù cè fēng yún
天空中有難以預料的風雲變化。比喻人世間有難以預料的災禍、變故。（不測：料想不到。）例 誰知～，一場冰雹把他種的莊稼打了個七零八落。
書 宋無名氏《張協狀元》戲文第三二齣：「天有不測風雲，人有旦夕禍福。」

【天各一方】tiān gè yī fāng
各居一地，相隔遙遠。例 我與小弟雖～，但是E-mail拉近了我們的距離。
書 漢蘇武《詩》之四：「良友遠別離，各在天一方。」後用作「天各一方」。

【天衣無縫】tiān yī wú fèng
天仙的衣裳不是用針線縫製的，沒有縫兒。比喻詩文渾然天成，沒有雕琢痕跡；也比喻事物完美自然，沒有破綻。例 他的這首集句詩～，深得前輩嘉許。
書 前蜀牛嶠《靈怪錄·郭翰》記載，郭翰一天夜裏見到天上織女下凡，來到他面前，他發現織女的衣裳沒有縫兒，就問，織女回答說：「天衣本非針線為也。」又宋周密《浩然齋雅談》卷中：「對偶之佳者，曰：『數點雨聲風約住，一枝花影月移來』……『梨園子弟白髮新，江州司馬青衫濕』……數聯皆天衣無縫，妙合自然。」

【天字第一號】tiān zì dì yī hào
舊時給東西排序編號時常借用南朝梁周興嗣《千字文》裏文字的順序。「天」是《千字文》首句「天地玄黃」中的首字，所以編號時「天」字總排在第一號。後來就用「天字第一號」表示位居第一，再沒有超過它的。例 陸先生是總經理手下～紅人，總經理對他言聽計從。
書 明施耐庵《水滸傳》第二一回：「有那梁山泊晁蓋送與你的一百兩金子，快把來與我，我便饒你這一場天字第一號官司，還你這招文袋裏的款狀。」

【天作之合】tiān zuò zhī hé
上天成全的配偶。多用來稱頌婚姻美滿。例 吳先生和吳太太這一對真是～，讓周圍的同事、鄰居稱羨不已。
書《詩經·大雅·大明》：「文王初載，天作之合。」

【天災人禍】tiān zāi rén huò
指自然的災害和人為的禍患。

例「～，相繼而來，暴風雨、瘟疫、牛羊的死亡、紅人的侵襲，歲歲不絕。」(冰心《寄小讀者》二二)

書《管子・內業》：「不逢天災，不遇人害，謂之聖人。」後用作「天災人禍」。

【天長日久】 tiān cháng rì jiǔ

時間長，日子久。也作「**日久天長**」。例 彭嬸熱心照料鄰居的幾個孤兒，～，他們和彭嬸間建立起了難以割捨的親情。

書 清曹雪芹、高鶚《紅樓夢》第二〇回：「但只是天長日久，儘着這麼鬧，可叫人怎麼過呢！」

【天長地久】 tiān cháng dì jiǔ

像天地的存在那樣長久。常用來表示感情永久不變。也作「**地久天長**」。例 小說描寫了這對夫妻間～的堅貞愛情，使人讀了很受感動。

書《老子》：「天長地久，天地所以能長且久者，以其不自生，故能長生。」唐白居易《長恨歌》：「天長地久有時盡，此恨綿綿無絕期。」

【天花亂墜】 tiān huā luàn zhuì

佛教傳說，佛祖講經畢，各色香花紛紛從天上降落下來。後來就用「天花亂墜」形容說話有聲有色，非常動聽(多指誇張或不切實際的)。(墜：落。此指飄落。)例 上門推銷商品的人總是把這種商品的好處說得～，但他們不知道，好話說過了頭，反而會引起別人的懷疑。

書《法華經・序品》：「佛說此經已，結加趺坐，入於無量義處三昧，身心不動。是時天雨曼陀羅華(同『花』)、摩訶曼陀羅華、曼殊沙華、摩訶曼殊沙華，而散佛上及諸大眾。」又宋黎靖德編《朱子語類》卷三五：「凡他人之言，便做說得天花亂墜，我亦不信，依舊只執己是。」

【天昏地暗】 tiān hūn dì àn

天地間昏暗無光。常用以描寫大風時飛沙漫天的景象；也比喻政治腐敗，社會黑暗；或用來形容某種行為的程度很深。也作「**天昏地黑**」。例 ❶ 沙塵暴一來，～，街上的行人和車輛比往日少得多了。❷ 談到軍閥混戰時期那種～的社會景象，這些曾身歷其境的老人們感歎不已。❸ 這幾天公司裏的事讓他忙得～，他哪裏還有時間顧家呀！

書 唐韓愈《龍移》詩：「天昏地黑蛟龍移，雷驚電激雄雌隨。」又明施耐庵《水滸傳》第六〇回：「兩個在陣中，只見天昏地暗，日色無光。」

【天府之國】 tiān fǔ zhī guó

指土地肥沃、物產豐富的地區。原指渭河流域關中一帶，今多指四川。(天府：上天儲物的府庫。)例 四川素稱～，經濟騰飛的潛力很大。

書《史記・留侯世家》：「夫關中左殽、函，右隴、蜀，沃野千里，南有巴蜀之饒，北有胡苑之利，阻三面而守，獨以一面東制諸侯。……此所謂金城千里，天府之國也。」

【天南海北】tiān nán hǎi běi

天之南，海之北。形容相隔遙遠；也指相隔遙遠的不同地方。有時則指談話內容漫無邊際。也作「**海北天南**」、「**天南地北**」。例 ❶ 我與姚兄～，已經多年沒有見面了。❷ 同學們來自～，各有不同的生活習慣，如今住在一個寢室裏，互相間需要有一個磨合的過程。❸ 晚上他和萍水相逢的旅伴在房間裏～地閒聊，直到夜深才睡。

書 唐劉禹錫《洛中逢韓七中丞之吳興口號五首》之一：「昔年意氣結羣英，幾度朝回一字行。海北天南零落盡，兩人相見洛陽城。」

【天香國色】tiān xiāng guó sè

見「國色天香」，369 頁。

【天姿國色】tiān zī guó sè

形容女子容貌極其美麗。也指容貌極其美麗的女子。例 阮小姐雖非～，但她那獨特的氣質使她很快從眾多應聘的演員中脫穎而出。

書 元王實甫《西廂記》第一本第一摺：「世間有這等女子，豈非天姿國色乎？」

【天怒人怨】tiān nù rén yuàn

上天震怒，人民怨恨。形容為害十分嚴重，引起普遍的怨恨、憤怒。例 這個暴君倒行逆施，弄得～。

書 《後漢書·袁紹傳》：「自是士林憤痛，人怨天怒，一夫奮臂，舉州同聲。」今多作「天怒人怨」。

【天馬行空】tiān mǎ xíng kōng

神馬騰空奔馳。多比喻詩文、書法才氣橫逸，毫無拘束。例 陳老的行書猶如～，意到筆到，別具一番神韻。

書 明劉廷振《薩天賜詩集序》：「其所以神化而超出於眾表者，殆猶天馬行空而步驟不凡。」

【天真爛漫】tiān zhēn làn màn

今多形容人心地純真，坦率自然，毫無矯飾、做作之態。常用於少年兒童。也作「**天真爛熳**」。（爛漫、爛熳：坦率自然，毫不做作。）例 這些孩子是多麼的～，在他們面前，一切故作姿態都顯得那麼拙劣和多餘。

書 元吳師道《吳禮部詩話》引宋龔開《高馬小兒圖》詩：「天真爛漫好容儀，楚楚衣裝無不宜。」

【天荒地老】tiān huāng dì lǎo

天荒蕪了，地衰老了。這是一種誇張的說法，表示經歷的時間很久遠。也作「**地老天荒**」。例「你教我等到將來，是不是要等到～？」(郭沫若《瓶》詩之三六)

書 唐李賀《致酒行》：「吾聞馬周昔作新豐客，天荒地老無人識。」

【天倫之樂】tiān lún zhī lè

原指兄弟們在一起的歡樂。後也泛指家庭中親人團聚的歡樂。（天倫：天然倫次，指兄先弟後的關係，因代指兄弟。後也泛指家庭中天然的親屬關係。）例 一到節假日，子女們都來看望父母，一家人共敍～。

書 唐李白《春夜宴從弟桃花園序》：「會桃花之芳園，序天倫之樂事。」

【天高地厚】tiān gāo dì hòu

天地遼闊廣大。也形容恩德深厚。例 元白先生時刻不忘老師對他～的恩情，捐款設立了一筆以老師書齋命名的獎學金。

書 元王實甫《西廂記》第五本第二摺：「這天高地厚情，直到海枯石爛時。」

【天高皇帝遠】

tiān gāo huáng dì yuǎn

離京城遠，中央權力達不到。多指無法無天，難以管束。例 那裏～，哪有什麼王法可講。

書 明黃溥《閒中今古錄》：「元到末年，數當亂，……台、溫處之民樹旗村落曰：『天高皇帝遠，民少相公多；一日三遍打，不反待如何！』由是謀反者各起。」

【天理難容】tiān lǐ nán róng

行為悖逆無理，是道義所不能容忍的。（天理：泛指人人都必須遵循的道義。）例 他竟然做出這樣忘恩負義的事來，真是～！

書 元無名氏《朱砂擔》第四摺：「才見得冤冤相報，方信道天理難容。」

【天崩地裂】tiān bēng dì liè

天崩塌，地裂陷。形容聲響巨大。也比喻使人產生強烈震驚的重大事變。也作「天崩地坼」。（坼：音 chè，裂開。）例 ❶ 突然傳來～般的一聲巨響，把大家從睡夢中驚醒了過來。❷ 盟軍在諾曼底登陸成功的消息傳來，猶如～，使敵人亂成一堆、慌作一團。

書《戰國策．趙策三》：「居歲餘，周烈王崩，諸侯皆弔，齊後往。周怒，赴於齊曰：『天崩地坼，天子下席。東藩之臣田嬰齊後至，則斮之。』」

【天造地設】tiān zào dì shè

自然形成而合乎理想。也指事物設置或配合得十分自然適宜。例 ❶ 湖南張家界的山水～，猶如仙境一般。❷ 他們倆是～的一對好搭檔，把一個商行辦得紅紅火火。

書 唐田穎《問道堂後園記》：「回思向所闢諸境，幾若天造地設。」

【天從人願】tiān cóng rén yuàn

上天順從人的意願。指事情恰如人所希望的那樣。也作「天遂人願」。（遂：順。）例 七叔近來十分高興，因為～，他購買的體育彩票中獎了。

書 元張國賓《合汗衫》第三摺：「誰知天從人願，到的我家不上三日，就添了一個滿抱兒小廝。」

【天涯海角】tiān yá hǎi jiǎo

形容極其偏遠的地方或彼此相隔極遠。也作「天涯地角」、「海角天涯」。（涯：邊際。）例 ❶ 警方正全力追蹤這個罪犯，即使他逃到～，也一定要把他逮捕歸案。❷ 哪怕是～，也割不斷這對戀人的相思之情。

書 唐呂巖《絕句》：「天涯海角人求我，行到天涯不見人。」

【天無絕人之路】tiān wú jué rén zhī lù

上天是不會讓人陷入絕境而走投無路的。意思是終歸會找到出路的。例 正當他對試製新產品的資金缺口一籌莫展時，～，一家風險基金投資公司找上門來，表示願助一臂之力。

書 元無名氏《貨郎旦》第四摺：「行至洛河岸側，又無擺渡船隻，四口兒愁做一團，苦做一塊。果然道天無絕人之路，只見那東北上搖下一隻船來。」

【天寒地凍】tiān hán dì dòng

形容氣候十分寒冷。例 儘管已是～的季節，人們參加晨練依然十分踴躍。

書 宋王十朋《南州春色》詞：「一任天寒地凍，南枝香動，花傍一陽開。」

【天誅地滅】tiān zhū dì miè

為天地所不容而喪命。多用於發誓、詛咒語中。（誅：殺死。）例 亞雷信誓旦旦地向恩公表示，絕不做對不起恩公的事，否則的話，～。

書 明施耐庵《水滸傳》第一五回：「我等六人中，但有私意者，天誅地滅！」

【天經地義】tiān jīng dì yì

正確的不容懷疑的道理。常用來表示事情理所當然。（經：常道；原則。義：應該遵循的道理。）例 依法納稅，對公民來說是～的事。

書 《左傳·昭公二十五年》：「夫禮，天之經也，地之義也，民之行也。」又晉潘岳《世祖武皇帝誄》：「永言孝思，天經地義。」

【天網恢恢】tiān wǎng huī huī

天道像一張網，十分寬廣。它常與「疏而不漏」連用，意思是儘管看起來網眼寬疏，卻不會漏失什麼。表示作惡的人最終逃不脫應得的懲罰。（恢恢：形容十分廣大。）例 ～，疏而不漏，這幾個歹徒在潛逃三年之後，終於受到了法律的嚴懲。

書 《老子》：「天網恢恢，疏而不失。」又清文康《兒女英雄傳》第一八回：「母親，父親，你二位老人家可曾聽見那紀賊父子竟被朝廷正法了？可見天網恢恢，疏而不漏！」

【天翻地覆】tiān fān dì fù

見「翻天覆地」，556頁。

【天羅地網】tiān luó dì wǎng

天上、地下都已張設好的羅網。比喻難以逃脫的嚴密包圍圈。（羅：捕鳥的網。）例 海關人員在海上、陸地上設下了圍捕這夥走私分子的～。

書 元李壽卿《伍員吹簫》第一摺：「若不是芈建來說就裏，白破了這廝謊，險些兒被賺入天羅地網。」

【天壤之別】tiān rǎng zhī bié

天上和地下那樣極大的差別。也

作「**天淵之別**」、「**霄壤之別**」。（壤：地。淵：深水。霄：天空。）例 把這兩種畫冊拿來一比，就可以看出，其印刷質量真有～。

書 清文康《兒女英雄傳》第三六回：「不走翰林這途，同一科甲，就有天壤之別了。」

【元元本本】yuán yuán běn běn

見「原原本本」，321頁。

【木已成舟】mù yǐ chéng zhōu

木頭已經做成船。比喻事情已成定局，無法改變。例 事情到了這種地步，～，即使你不願意，也只能接受它了。

書 清李汝珍《鏡花緣》第三五回：「到了明日，木已成舟，眾百姓也不能求我釋放，我也有詞可託了。」

【木雕泥塑】mù diāo ní sù

見「泥塑木雕」，263頁。

【五十步笑百步】

wǔ shí bù xiào bǎi bù

從戰場上敗退下來的人，敗退了五十步的去譏笑敗退了一百步的。比喻自己跟別人有同樣的缺點或錯誤，只是程度上稍輕一些，卻去譏笑或指責別人。也比喻二者存在的問題性質相同，只是程度上稍有差別而已。例 ❶ 你去批評別人管理不善，其實你們公司的管理也好不到哪裏去，這不是～是什麼？❷「孔子的見地還是遠點，但比起冉求，也不過是以～而已。」（聞一多《什麼是儒家》）

書 《孟子・梁惠王上》：「孟子對曰：『王好戰，請以戰喻。填然鼓之，兵刃既接，棄甲曳兵而走，或百步而後止，或五十步而後止。以五十步笑百步，則何如？』曰：『不可，直不百步耳，是亦走也。』」又明朱國禎《湧幢小品・持舊制》：「且都御史輿四人耳，今用八，而以禁人不輿，是五十步笑百步走也。」

【五內如焚】wǔ nèi rú fén

內心像着了火一樣。形容極為焦慮。（五內：指五臟，即心、肝、脾、肺、腎。泛指內心。）例 丈夫出差一個多月，竟然音信全無，黃太太急得～，寢食難安。

書 清李汝珍《鏡花緣》第五七回：「蹉跎日久，良策毫無……每念主上，不覺五內如焚。」

【五方雜處】wǔ fāng zá chǔ

各地來的人錯雜居住在一個區域。原作「**五方雜厝**」。（五方：東、西、南、北、中。泛指各地。）例 這裏是～的碼頭，哪裏來的人都有，倒是個學語言的好地方。

書 《漢書・地理志下》：「是故五方雜厝（cuò），風俗不純。」又清李汝珍《鏡花緣》第二七回：「（此國人）語音不同，倒像五方雜處一般，是何緣故？」

【五光十色】wǔ guāng shí sè

呈現出各種各樣的光彩顏色。例 商店櫥窗裏陳列的～的商品，

激起了顧客的選購慾望。

書 南朝梁江淹《麗色賦》：「其少進也，如彩雲出崖，五光徘徊，十色陸離。」又清吳趼人《二十年目睹之怪現狀》第四八回：「全都穿着細狐、洋灰鼠之類，那面子更是五光十色。」

【五行八作】 wǔ háng bā zuō

五種行業，八類作坊。泛指各行各業。（作：作坊；手工業工場。）例 **「～，就沒你這一行。」（老舍《龍鬚溝》第一幕）**

書 清無名氏《續兒女英雄傳》第一九回：「帶兵的是魏永福，帶一百名兵……扮到五行八作、各項生意，到了寺前。」

注「行」在此不讀xíng。粵 hɔŋ4降。

【五色無主】 wǔ sè wú zhǔ

形容因極度驚恐而神色不定。（五色：指臉上的不同神色。無主：指失去控制。）例 **走私分子發現自己已被警方包圍，頓時嚇得～。**

書《呂氏春秋·知分》：「禹南省方，濟乎江，黃龍負舟，舟中之人五色無主。」

【五花八門】 wǔ huā bā mén

原指古代陣法中的五花陣和八門陣。因其陣形變化多，所以也用來比喻事物花樣繁多或變化多端。例 **他在社區工作，每天都會遇到～的問題，有時處理起來很棘手。**

書 清錢泳《履園叢話·張氏怪》：「庭不甚廣，而縱橫馳驟，五花八門，宛如教場演習兵弁也。」

【五彩繽紛】 wǔ cǎi bīn fēn

形容色彩紛繁豔麗。也作「**五色繽紛**」。（繽紛：形容繁多錯雜。）例 **美麗的蝴蝶鼓動着牠那～的翅膀，在花叢中飛舞。**

書 清吳趼人《二十年目睹之怪現狀》第四三回：「連日把書房改做了賬房……鋪設得五色繽紛。」

【五黃六月】 wǔ huáng liù yuè

指農曆五、六月間。其時莊稼成熟變黃，故稱。例 **～，農事正忙，農民們起早貪黑在田間勞作。**

書 明吳承恩《西遊記》第二七回：「只為五黃六月，無人使喚，父母又年老，所以親身送來。」

【五湖四海】 wǔ hú sì hǎi

泛指全國各地。（五湖：其具體所指，說法不一。在此泛稱分佈在我國廣大地區的幾個大湖。四海：古時以為我國四面有海環繞，所以常用「四海」指全國各地。）例 **雖然我們班裏的同學來自～，生活背景各不相同，但大家相處的十分融洽。**

書 唐呂巖《絕句》：「斗笠為帆扇作舟，五湖四海任遨遊。」

【五穀豐登】 wǔ gǔ fēng dēng

指糧食豐收。（五穀：古書中說法不一，通常指稻、黍、稷、麥、豆。登：穀物成熟。）例 **這幾年～，農村裏家家戶戶都有餘糧，日子過得很舒心。**

書 元吳弘道《青杏子・鬥鵪鶉》套曲：「託賴着一人有慶，五穀豐登。」

【五顏六色】wǔ yán liù sè
指各種顏色。例 **這些～的卡通畫不僅小朋友們喜歡，連他們的父母也都愛看。**
書 清李汝珍《鏡花緣》第一四回：「惟各人所登之雲，五顏六色，其形不一。」

【五臟六腑】wǔ zàng liù fǔ
泛指人體內臟各種器官。也比喻事物內部的情況。（五臟：心、肝、肺、腎、脾。六腑：膽、胃、大腸、小腸、膀胱、三焦。）例 **❶最近醫生對我的～做了一次認真檢查，幸好尚無大礙。❷他通過調查分析，對公司～的毛病有了一個比較全面的認識。**
書 宋陸游《老學庵筆記》卷三：「五臟六腑中事，皆洞見曲折，不待切脈而後知。」

【五體投地】wǔ tǐ tóu dì
兩膝、兩手至肘和額頭一起着地。這是佛教最恭敬的禮節。也比喻佩服到極點。（體：指身體的一部分。投：置放。）例 **朱芸聽完嚴教授演講，對嚴教授廣博的學識佩服得～。**

書 《佛般泥洹經》卷下：「太子五體投地，稽首佛足。」又清袁枚《隨園詩話》卷一：「同徵友萬柘坡光泰精於五七古，程魚門讀之，五體投地。」

【支吾其詞】zhī wú qí cí
說話含混躲閃，搪塞應付。（支吾：用話搪塞。）例 **這個人在回答警方查問時吞吞吐吐，～，形跡十分可疑。**
書 清李伯元《官場現形記》第三二回：「余藎臣見王小五子揭出他的短處，只得支吾其詞道：『他的差使本來要委的了。銀子是他該（義同「欠」）我的，如今他還我，並不是花了錢買差使的。』」

【支離破碎】zhī lí pò suì
散亂零碎，不成整體。（支離：分散；散亂。）例 **這篇文章被刪得～，已經失去了原有的文采。**
書 明何良俊《四友齋叢說・經說》：「此解支離破碎，全失立言之意。」

【不一而足】bù yī ér zú
原意是不能因為他做了一件值得肯定的事就認為足夠了。後形容這一類的很多，不止一種或不止出現一次。例 **商品售後服務方面存在的問題很多，如維修不及時，推卸責任，敷衍應付等等，～。**
書 《公羊傳・文公九年》：「始有大夫，則何以不氏？許夷狄者，不一而足也。」又宋辛棄疾《九議》：

「凡戰之道，不一而足，大要不過攻城、略地、訓兵、積粟，與夫命使、遣間，可以誑亂敵人耳目者數事而已。」

【不二法門】 bù èr fǎ mén

原為佛家語。「法門」指修行入道的門徑。佛教的法門很多，不二法門在其他法門之上。後用「不二法門」比喻獨一無二的門徑、方法。例 **依靠羣眾是我們做好各項工作的～。**

書《維摩詰經·入不二法門品》：「如我意者，於一切法無言無説，無示無識，離諸問答，是為入不二法門。」

【不入虎穴，焉得虎子】 bù rù hǔ xué, yān dé hǔ zǐ

不進老虎洞，怎麼能捉到小老虎。比喻不親歷艱險就不能獲得成功。（焉：怎麼。）例 **雖然那裏山高谷深，人跡罕至，但～，經過周密佈署，探險隊決定繼續向那一地區進發。**

書《後漢書·班超傳》：「超曰：『不入虎穴，不得虎子。當今之計，獨有因夜以火攻虜，使彼不知我多少，必大震怖，可殄盡也。』」今多作「不入虎穴，焉得虎子」。

【不了了之】 bù liǎo liǎo zhī

把該辦而沒有辦完的事放在一邊不再去管它，拖延過去就算完事。（了：完畢；結束。）例 **「回來的時候……兩人依然很親和，剛才的爭論就這樣～。」（葉聖陶《未厭集·小病》）**

書 明高濂《遵生八箋》：「或問吾人處世，思前慮後，有許多勾當，未免為慮，奈何？心齋先生曰：『何不以不了了之。』」

注 「了」在此不讀 le。

【不三不四】 bù sān bù sì

形容不正派或不像樣子。例 ❶ **這幾個～的人整天東遊西蕩，不務正業，你不要再和他們來往了。** ❷ **這篇文章你這麼改，他又那麼改，結果弄得～，還不如原來的好呢。**

書 明施耐庵《水滸傳》第七回：「智深見了，心裏早疑忌道：『這夥人不三不四，又不肯近前來，莫不要攧洒家。』」

【不上不下】 bù shàng bù xià

既不在上，也不在下。形容不是正經着落處，處境尷尬。也作「**不上不落**」。例 **現在事情擱置在那裏，～，下一步到底該怎麼辦，大家一起動腦筋想一想，總得拿個主意出來才是。**

書 明馮夢龍《醒世恆言·小水灣天狐詒書》：「如今住在這裏，不上不下，還是怎生計較？」

【不毛之地】 bù máo zhī dì

不長莊稼的地方。形容土地貧瘠、荒涼。（毛：指地面所生的植物。多指農作物。）例 **誰知在這片～的下面，竟蘊藏着豐富的石油。**

書《公羊傳·宣公十二年》：「君如矜此喪人，錫之不毛之地，使帥一二耋老而綏焉，請唯君王之命。」

【不分彼此】bù fēn bǐ cǐ

不分那一方和這一方，不分你我。表示一視同仁；也表示關係密切。例 ❶希望公司對於新老職員都能做到～，惟賢是舉。❷我和小廖是好朋友，～，他的事就是我的事，如今他有難處，我自然要來幫忙的。

書 宋陳亮《謝安比王導論》：「故（謝）安一切以大體彌縫之，號令無所變更，而任用不分彼此。」

【不分軒輊】bù fēn xuān zhì

分不出高低、優劣。也作「**難分軒輊**」。（軒輊：車頂前高後低叫軒，前低後高叫輊，所以也用軒輊比喻高低、優劣。）例 這兩位棋手的棋藝～，多次對局，互有勝負。

書 清查為仁《蓮坡詩話》：「句在伯仲，難分軒輊。」

【不分畛域】bù fēn zhěn yù

不分界限、區域。（畛：田間小路。畛域：界限；區域。）例 粵、港警方～，通力合作，打擊持槍搶劫犯罪活動，使許多案件得以迅速偵破。

書 清林則徐《覆奏稽查防範回空糧船折》：「其漕船經過地方，各督撫亦屬責無旁貸，着不分畛域，一體通飭所屬，於漕船回空，加意稽查，小心防範，毋稍鬆懈。」

【不亢不卑】bù kàng bù bēi

既不高傲，也不自卑。形容對人的態度得體，有分寸。也作「**不卑不亢**」。（亢：高傲。）例「老張雖着急，可是龍樹古～的支應，使老張無可發作。」（老舍《老張的哲學》一五）

書 明朱之瑜《答小宅生順書》之七：「此非聖賢之道，非聖賢之語也……聖賢自有中正之道，不亢不卑，不驕不諂，何得如此也！」

【不刊之論】bù kān zhī lùn

不可改動的論斷。形容論斷十分正確。（刊：削除；修改。古代在竹簡上寫字，如果寫錯，就削去重寫，稱為刊。）例 實踐是檢驗真理的標準，這確屬～。

書 宋郭若虛《圖畫見聞志．論曹吳體法》：「況唐室已上，未立曹、吳，豈顯釋寡要之談，亂愛賓不刊之論。」

【不甘示弱】bù gān shì ruò

不甘心顯得比別人弱。（示弱：表示比對方弱，不敢較量。多用於否定。）例 在競爭中誰也～，紛紛拿出看家本領，想方設法要超過別人。

書 魯迅《且介亭雜文末編．我的第一個師父》：「台下有人罵了起來，師父不甘示弱，也給他們一個回罵。」

【不甘寂寞】bù gān jì mò

不甘心被冷落或置身事外。多指想要有所表現或參加某一活動。例 老侯是個～的人，退休以後在家裏待不住，很快又成了社會團體中一名十分活躍的成員。

書 清呂留良《與高旦中書》：「若不甘寂寞，雖外事清高，正是以退為進。」

【不世之功】bù shì zhī gōng
指罕見的非凡的功業或功勳。(不世：不是每個世代都會出現的。) 例 大丈夫自當報效國家，建～以流芳千古。
書 《後漢書．隗囂傳》：「足下將建伊、呂之業，弘不世之功，而大事草創，英雄未集。」

【不可一世】bù kě yī shì
從不贊許同一時代的人；似乎當代沒有一個人是自己看得上的。今多形容人狂妄自大。(可：贊成；贊許。) 例 他擺出一副～的樣子，把誰都不放在眼裏。
書 宋羅大經《鶴林玉露》卷十五：「荊公少年，不可一世士，獨懷刺候濂溪，三及門而三辭焉。」

【不可同日而語】
bù kě tóng rì ér yǔ
見「同日而語」，160頁。

【不可企及】bù kě qǐ jí
不可能有希望達到或趕上。也作「**莫可企及**」。(企及：盼望達到；希望趕上。) 例 錢先生的學術成就是我所～的。
書 唐柳冕《答衢州鄭使君論文書》：「即聖人道可企而及之者，文也，不可企而及之者，性也。」

【不可名狀】bù kě míng zhuàng
不能夠用言語表達、形容。(名：說出。狀：形容；描述。) 例 他感到心裏有一種～的煩惱，做什麼事都提不起興趣。
書 晉葛洪《神仙傳》：「衣有文采(同『彩』)，又非錦綺，光彩耀目，不可名狀，皆世之所無也。」

【不可多得】bù kě duō dé
形容稀少、難得。一般用於讚揚。例 他作為著名生物學家而又具有傑出的組織管理能力，這樣的人才～。
書 漢孔融《薦禰衡表》：「帝室皇居，必畜非常之寶。若衡等輩，不可多得。」

【不可收拾】bù kě shōu shí
指事情糟到不可挽救的地步。(收拾：整頓；整理。) 例「他想起風波的起因往往是不及注意的地方，只待一發動，就～了。」(葉聖陶《校長》)
書 唐韓愈《送高閑上人序》：「頹墮委靡，潰敗不可收拾。」

【不可告人】bù kě gào rén
不能告訴別人。指有難言之隱。也用於貶義，表示有不正當的打算、活動或卑鄙的計謀，不敢讓人知道。例 他對你這樣巴結討好，是有其～的目的的，你心裏要有數才好。
書 清陳夢雷《絕交書》：「其於不可告人之隱，猶未忍宣之於眾也。」

【不可言傳】bù kě yán chuán
不能夠用言語明確說出。常與「只可意會」(只能夠在心裏體會) 配合使用。例 徐先生的這幅山水畫意境之妙實在只可意會而～。
書 宋曾慥《類說》卷一五引《談賓

錄・醫者意也》：「許胤宗名醫，人問何不著書，曰：『醫者意也，脈之深趣，不可言傳。』」

【不可思議】 bù kě sī yì

原為佛教語，言其微妙不可以心思索，不可以言議説。今泛指不可想像或難以理解。例 這種速算法運算速度之快令人～。

書《維摩詰經・不思議品》：「諸佛菩薩有解脱名不可思議。」

注「議」不可寫作「義」或「意」。

【不可理喻】 bù kě lǐ yù

不能夠用道理使他明白過來。形容人愚頑或態度蠻橫，不講道理。例 遇到這種～的人，你説得再多也沒有用。

書 明沈德符《野獲編・禮部・褐蓋》：「要之，此輩不可理喻，亦不足深詰也。」

【不可救藥】 bù kě jiù yào

病重得已經無法用藥來救治了。比喻情況已壞到無法挽救的地步。也作「**無可救藥**」。例 他還不是一個～的人，我們對他不應該喪失信心。

書《詩經・大雅・板》：「多將熇熇，不可救藥。」

【不可偏廢】 bù kě piān fèi

對於應該兼顧的事，不能只偏重某方面而廢棄或忽視另一些方面。例 在基礎教育階段，文、理各科知識～，否則不利於學生的全面成長。

書 宋胡仔《苕溪漁隱叢話前集・山谷下》引《呂氏童蒙訓》：「讀《莊子》，令人意寬思大，敢作；讀《左傳》，便使人入法度，不敢容易；二書不可偏廢也。」

【不可終日】 bù kě zhōng rì

連一天都過不下去。形容惶恐不安。（終日：過完一天。）例 股市行情連日受挫，小股民惶惶不可終日。

書 宋王質《論廟謀疏》：「而華元不得其情，震悼惴栗，奔走求盟，若不可終日。」

【不可勝數】 bù kě shèng shǔ

不能夠數盡。形容非常多，數不完。也作「**不可勝計**」。（勝：舊讀shēng，盡。）例 自發前來參加慶祝活動的市民～，廣場上早已是人山人海。

書《墨子・非攻中》：「百姓飢寒凍餒而死者不可勝數。」

注「數」在此不讀shù。㊄ sou²嫂。

【不可開交】 bù kě kāi jiāo

用在「得」字之後做補語，表示無法擺脱或結束，也表示程度上達到極點。（開交：結束；解決。多用於否定。）例 ❶他們倆為這點小事竟吵得～，實在沒有必要。❷小娟這幾天正在籌備校慶活動，忙得～。

書 清李伯元《官場現形記》第二回：「吳贊善聽到這裏，便氣的不可開交，嘴裏一片聲嚷。」

【不可逾越】 bù kě yú yuè

不能越過。（逾：超過；越過。）

例 在我們奪標的道路上困難雖多，但不存在～的障礙，我對前景是充滿信心的。

書《左傳·襄公三十一年》：「門不容車，而不可逾越。」

【不可磨滅】bù kě mó miè

不會隨着時間的流逝而逐漸消失。多指事業、功績、印象等將永遠留存下來。例 上次到敦煌莫高窟考察古代壁畫，給我留下了～的印象。

書 宋歐陽修《記舊本韓文後》：「韓氏（愈）之文，沒而不見者二百年，而後大施於今，此又非特好惡之所上下，蓋其久而愈明，不可磨滅，雖蔽於暫而終耀於無窮者，其道當然也。」

【不平則鳴】bù píng zé míng

遇到不公平，就要發出不滿的呼聲。例 老闆安排我們加班，卻遲遲不發加班工資，我們自然要去交涉，這就叫～嘛。

書 唐韓愈《送孟東野序》：「大凡物不得其平則鳴。」後用作「不平則鳴。

【不打不成相識】

bù dǎ bù chéng xiāng shí

指經過交手較量，互相有了了解，從而結為朋友。也作「**不打不相識**」。（相識：互相認識。也指認識的人；朋友或熟人。）例 真是～，經過這番脣槍舌劍的爭辯，他倆自此竟成了好朋友。

書 明施耐庵《水滸傳》第三八回：「你兩個今番卻做個至交的兄弟。常言道：不打不成相識。」

【不打自招】bù dǎ zì zhāo

不用拷問，自己就招認了。也比喻未經追問而自己泄露了不能說出來的意圖、計劃或暗中做的事。（招：向審問者承認、交代罪行。）例 老黃多喝了幾杯酒，～地把他們公司在最近商戰中使用的經營手段全都說了出來。

書 明馮夢龍《警世通言·玉堂春落難逢夫》：「劉爺看了書吏所錄口詞，再要拷問，三人都不打自招。」

【不以為恥】bù yǐ wéi chǐ

不以此為羞恥。例 他剽竊了別人的作品～，還編出種種理由為自己辯解。

書 宋樂史《楊太真外傳》：「故絕逆耳之言，恣行燕樂，衽席無別，不以為恥，由林甫之贊成矣。」

注「為」在此不讀wèi。粵 wai4唯。

【不以為然】bù yǐ wéi rán

不認為是對的。多表示不贊成，不同意。（然：對；正確。）例 柴先生～地搖了搖頭說：「你的想法太天真，你的這些建議恐怕難以行得通。」

書 宋蘇軾《再乞罷詳定役法狀》：「右臣先曾奏論前衙一役，只當招募，不當定差，執政不以為然。」

注「為」在此不讀wèi。粵 wai4唯。

【不以為意】bù yǐ wéi yì

不把它放在心上。表示不重視，不認真對待。例 這些小毛病，

如果我們～，發展下去就會釀成大問題。

書 北魏楊衒之《洛陽伽藍記．秦太上君寺》：「臨淄官徒有在京邑，聞懷甎慕勢，咸共恥之，唯崔孝忠一人不以為意。」

注「為」在此不讀wèi。粵 wei⁴唯。

【不由分説】bù yóu fēn shuō

不容人分辯、解釋（就採取行動）。也作「**不容分説**」。（不由：不容許。分説：分辯。多用在「不由」、「不容」等否定語之後。）例 我到成都出差，邂逅在那裏工作的大學同學杜君，彼此喜出望外，他～地拉住我，一定要我到他家吃飯。

書 元武漢臣《生金閣》第三摺：「怎麼不由分説，便將我飛拳走踢只是打。」

【不由自主】bù yóu zì zhǔ

由不得自己做主；自己控制不了自己。例 我走過這座紅磚房，聽到屋裏傳出充滿激情的鋼琴聲，～地收住腳步，凝神細聽。

書 清曹雪芹、高鶚《紅樓夢》第八一回：「鳳姐兒笑道：『我也不很記得了。但覺自己身子不由自主，倒像有什麼人，拉拉扯扯，要我殺人才好。』」

【不白之冤】bù bái zhī yuān

無從辯白，沒有得到昭雪的冤屈。（白：弄明白。）例 蒙受了多年的～，他始終堅信自己總有昭雪的一天。

書 明余繼登《典故紀聞》卷一八：「年月既遠，事多失真，遂使漏網終逃，國有不伸之法；覆盆自苦，人懷不白之冤。」

注「冤」不可寫作「寃」。

【不乏其人】bù fá qí rén

不缺少那樣的人。指那樣的人為數並不少。（乏：缺少。）例 反對這種做法的～，他們通過各種途徑表達了自己的意見。

書 清陳廷焯《白雨齋詞話》卷三：「有明三百年中，習倚聲者不乏其人。」

【不主故常】bù zhǔ gù cháng

不拘守常規或舊模式。例 他這篇文章的寫法～，給人以耳目一新的感覺。

書《莊子．天運》：「其聲能短能長，能柔能剛，變化齊一，不主故常。」

【不出所料】bù chū suǒ liào

沒有超出預料。表示正如所預料的那樣。例～，敵方果然中計，進入了我方的伏擊圈。

書 曾樸《孽海花》第一〇回：「見你不在，我就猜着到這裏來了，所以一直趕來，果然不出所料。」

【不共戴天】bù gòng dài tiān

不與仇敵在同一個天底下生活。形容仇恨極深。（戴：頭頂着。）例 匪徒燒殺搶掠，無惡不作，我們與他們～。

書《禮記．曲禮上》：「父之讐（同『仇』），弗與共戴天。」又宋李心傳《建炎以來繫年要錄．建炎元年六

月》：「報不共戴天之仇，雪振古所無之恥。」

【不在話下】bù zài huà xià

不值得説或用不着説。表示事情很輕微，或這是理所當然的事。例 **這點小事對我們來説～，順帶着就做了。**

書 明凌濛初《初刻拍案驚奇》卷七：「那李遐周區區算術小數，不在話下。」

【不成氣候】bù chéng qì hòu

比喻沒有什麼成就或沒有什麼發展前途。例 **公司經營多年還是～，局面一直沒能打開，改革現有的經營方式已是迫在眉睫的事了。**

書 清陳廷焯《白雨齋詞話》卷五：「洪稚存經術湛深，而詩多魔道；詞稍勝於詩，然亦不成氣候。」

【不成體統】bù chéng tǐ tǒng

指言語、行動不合規矩，不成樣子。（體統：指體制、格局、規矩等。）例 **身為教師，在課堂上説粗話，實在～。**

書 清曹雪芹、高鶚《紅樓夢》第一三回：「我看裏頭着實不成體統，要屈尊大妹妹一個月，在這裏料理料理，我就放心了。」

【不同凡響】bù tóng fán xiǎng

比喻事物不同凡俗。（凡響：平凡的音樂。）例 **他導演的這部電視連續劇的確～，剛一播出就引起了轟動。**

書 唐程太虛《漱玉泉》詩：「天然一曲非凡響，萬顆明珠落玉盤。」今多作「不同凡響」。

【不自量力】bù zì liàng lì

不能正確估計自己的力量。指過高估計自己的力量。也作「**自不量力**」。（量：估計。）例 **以你的棋藝去挑戰上屆冠軍，未免有點～。**

書 唐玄奘《大唐西域記·德慧伽藍》：「今諸外道不自量力，結黨連羣，敢聲論鼓，惟願大師摧諸異道。」

【不合時宜】bù hé shí yí

不合世情，不適應時勢的需要。（時宜：當時的需要。）例 **朋友們勸我少説些～的話，免得自尋煩惱。**

書《漢書·哀帝紀》：「朕過聽賀良等言，冀為海內獲福，卒無嘉應。皆違經背古，不合時宜。」

【不名一文】bù míng yī wén

見「一文不名」，3頁。

【不名一錢】bù míng yī qián

見「一文不名」，3頁。

【不亦樂乎】bù yì lè hū

不也很快樂嗎？後也用來表示程度上達到極點，常放在「得」、「得個」之後做補語，含有詼諧的意味。例 **天氣突變，一陣冰雹從天而降，街上行人被打得個～，一個個抱頭躲進了街邊的店鋪裏。**

書《論語·學而》：「有朋自遠方來，不亦樂乎！」又明馮夢龍《醒世恆言·陸五漢硬留合色鞋》：「況且

是自己舅子開張的酒店，越要賫弄，好酒好食，只顧教搬來，吃得個不亦樂乎。」

注「樂」在此不讀yuè。粵 lɔk⁹落。

【不攻自破】bù gōng zì pò

不用攻擊，就自行瓦解、潰敗。也比喻論點、說法或流言等不待批駁就露出破綻而站不住腳。例 他的狡辯前後矛盾，漏洞百出，～。

書 唐顧德章《上中書門下及禮院詳議東都太廟修廢狀》：「是有都立廟之言，不攻而自破矣。」

【不求甚解】bù qiú shèn jiě

原指讀書着重於領會要旨，不在一字一句的解釋上多下功夫。後多指滿足於膚淺、大概的了解而不求深入理解。（甚：很；表示程度深。）例 作為一個機械工程師，對這些機械工作原理不能～，必須真正弄懂弄通才行。

書 晉陶潛《五柳先生傳》：「不慕利，好讀書，不求甚解，每有會意，便欣然忘食。」

注「甚」不可寫作「深」。

【不求聞達】bù qiú wén dá

不期望在社會上有名望有地位。（聞達：有名望；顯達。）例 朱先生潛心鑽研學問，～，他的著作出版後人們才對他有所了解。

書 三國蜀諸葛亮《出師表》：「臣本布衣，躬耕於南陽，苟全性命於亂世，不求聞達於諸侯。」

【不折不扣】bù zhé bù kòu

不打一點折扣。表示是完全的，十足的。（折、扣：商品減價出售，減到原價的十分之幾即為幾折或幾扣。）例 只有大家都～地按照圖紙進行生產，遵守各項技術要求，產品的質量才能有保證。

書 魯迅《且介亭雜文．病後雜談之餘——關於「舒憤懣」》：「上海有一個專裝假辮子的專家，定價每條大洋四元，不折不扣，他的大名，大約那時的留學生都知道。」

【不肖子孫】bù xiào zǐ sūn

不能繼承先輩事業，沒出息或品行不好的子孫。（不肖：指不像先輩。）例 家裏出了這樣一個～，作父母的傷心透了。

書 宋邵雍《盛衰吟》：「克肖子孫，振起家門；不肖子孫，破敗家門。」

【不見天日】bù jiàn tiān rì

看不到青天和太陽。常用來比喻社會黑暗，看不到光明。例 在那～的社會裏，祖父的沈冤始終未能得到昭雪。

書 宋魏泰《東軒筆錄》卷八：「福州之人，以為終世不見天日也，豈料端公賜問，然某尤為絳所苦者也。」

【不見經傳】bù jiàn jīng zhuàn

經和傳裏沒有記載。指人或事物沒有多大名氣；或某種說法沒有文獻上的依據。（經：指儒家經典。傳：解釋經典文義的著作。）例 創業的成功使這幾個名～的青年成了近來的新聞人物。

書 宋羅大經《鶴林玉露》卷六：「俗語云：『但存方寸地，留與子孫耕。』指心而言也。三字雖不見於經傳，卻亦甚雅。」

注 「傳」在此不讀chuán。粵 dzyn6 攢。

【不足掛齒】bù zú guà chǐ

見「無足掛齒」，421頁。

【不足為外人道】

bù zú wèi wài rén dào

不值得對外面的人説。多用於希望對方不要把有關的事情向外透露。（不足：不值得。為：對；向。道：説。）例 這件事～，我們相關的幾個人知道就行了。

書 晉陶潛《桃花源記》：「停數日，辭去。此中人語云：『不足為外人道也。』」

【不足為奇】bù zú wéi qí

不值得奇怪。指某種事物或現象很正常或很平常，沒有什麼可奇怪的。例 隨着供需情況的變化，水果、蔬菜的價格也經常會上下浮動，這是～的。

書 清俞萬春《盪寇志》第七一回：「原來北方風俗，旱地多，婦女們往往騎牲口，不足為奇。」

【不足為訓】bù zú wéi xùn

不能作為準則或榜樣。（不足：不可以；不能。訓：準則。）例 這種報喜不報憂的做法背離了實事求是的工作原則，～。

書 明胡應麟《詩藪．續編》卷一：「君詩如風螭巨鯨，步驟雖奇，不足為訓。」

【不足為憑】bù zú wéi píng

不能作為憑證、根據。也作「**不足為據**」。例 關於那裏的局勢，目前尚無可靠消息，那些道聽途説的傳聞是～的。

書 宋劉安世《論蔡確作詩譏訕事第六》：「詩板是明白已驗之跡，便可為據；開具乃委曲苟免之詞，不足為憑。」

【不言而喻】bù yán ér yù

用不着説就可以明白。形容事理明顯。也作「**不言而諭**」。（喻、諭：明白；了解。）例 通過性能測試對比，這兩種空調機質量的高低已～了。

書 《孟子．盡心上》：「君子所性，仁義禮智根於心……施於四體，四體不言而喻。」

【不即不離】bù jí bù lí

原為佛教語，指現象上有差別而性質上則無二致。後來也用以表示在對人的態度或關係上既不親近，也不疏遠，保持適當距離。（即：靠近。）例 他和這位平步青雲的老同學保持着一種～的關係，既不願去套近乎，也沒有去迴避他。

書 《圓覺經》卷上：「諸佛世界猶如空華亂起亂滅，不即不離，無縛無脱，始知眾生本來。」清文康《兒女英雄傳》第二九回：「到了夫妻之間便合他論房幃資格，自己居右，處得來天然合拍，不即不離。」

注 「即」不可寫作「既」或「接」。

【不拘一格】bù jū yī gé

不局限於一種規格、方式。(拘：局限。格：規格；格式。) 例 老師給同學們展示了一幅漫畫，要求大家就畫意作文，體裁則可～。

書 清龔自珍《己亥雜詩》之一二五：「我勸天公重抖擻，不拘一格降人才。」

【不拘小節】bù jū xiǎo jié

在待人處世上不拘泥於細小的事情。今多指不注意生活小事。(拘：拘泥。節：事項。) 例 胡先生是個～的人，生活中鬧過不少笑話。

書《後漢書·虞延傳》：「(延) 性敦樸，不拘小節，又無鄉曲之譽。」

【不到黃河心不死】

bù dào huáng hé xīn bù sǐ

比喻不到無路可走的境地不肯死心。也比喻不達目的決不罷休。例 ❶人往往這樣，～，不撞南牆不回頭，並常常為此而付出了沈重的代價。❷他～，決意非幹出個名堂來不可。

書 清李伯元《官場現形記》第三一回：「單統領道：『你們眾位請聽，他到如今還說自己冤枉，不到黃河心不死，我一定不能饒他。』」

【不明不白】bù míng bù bái

表示含糊不清或不摸底細，不知所以。例 ❶他的話說得～，我始終沒弄懂他的意思。❷我們不能收受這種～的錢，立即把它退回去！

書 宋《京本通俗小說·志誠張主管》：「當夜張勝無故得了許多東西，不明不白，一夜不曾睡着。」

【不知凡幾】bù zhī fán jǐ

不知道有多少。表示這類人或事物相當多。(凡：總共。) 例 被他的花言巧語騙了的人～，現在他終於原形畢露了。

書 明張岱《黃琢山》：「人跡不到之處，名山勝景，棄置道旁，為村人俗子所埋沒者，不知凡幾矣！」

【不知天高地厚】

bù zhī tiān gāo dì hòu

不知道天有多高，地有多厚。形容人輕狂無知，不了解事情的複雜或艱難。例 這小子～，竟然班門弄斧，結果陷入了十分尷尬的境地。

書《大戴禮記·勸學》：「是故不升高山，不知天之高也；不臨深溪，不知地之厚也。」又清文康《兒女英雄傳》第三四回：「如今年過知非，想起幼年這些不知天高地厚的話來，真覺愧悔。」

【不知不覺】bù zhī bù jué

沒有覺察到；沒有意識到。

例「林白霜手裏的筆，～就停了下來。」(茅盾《色盲》二)

書 宋朱熹《答吳尉》：「才是有所依倚，便使人怠惰放縱，不知不覺，做錯了事也。」

【不知好歹】bù zhī hǎo dǎi

分辨不出好壞。也指不能領會別人的好意或不明事理。也作「不

識好歹」。（歹：壞。）例 你父母平時不讓你進遊戲機房是擔心你沈溺其中，躭誤學習，你卻一肚子怨氣，真有點～了。

書 明吳承恩《西遊記》第二六回：「你這猴子，不知好歹。那果子聞一聞，活三百六十歲，吃一個，活四萬七千年，叫做『萬壽草還丹』。」

【不知所云】bù zhī suǒ yún
不知道說的是什麼。形容言語紊亂或空洞，讓人摸不着頭緒。也指說的話別人聽不懂。（云：說。）例 ❶這篇文章思路混亂，我讀了簡直～。❷「記得先前見過一位留學生，聽說是大有學問的。他對我們喜歡說洋話，使我～，然而看見洋人卻常說中國話。」(魯迅《集外集拾遺・詩歌之敵》)

書《文選・諸葛亮〈出師表〉》：「臨表涕泣，不知所云。」此為謙辭，稱自己語無倫次。

【不知所以】bù zhī suǒ yǐ
不知道究竟是怎麼回事；不知道為什麼會是這樣。（所以：實在的情由。）例 阿芳～地受到主任的一頓批評，事情來得太蹊蹺，她決定要去弄個明白。

書 唐何延之《蘭亭記》：「辯才仍在嚴遷家未還寺，遽見追呼，不知所以。」

【不知所措】bù zhī suǒ cuò
不知道該怎麼辦才好。也作「**不知所厝**」。（措、厝：安排；處理。）例 這個意外的消息對他的打擊太大了，他～地愣在那裏，腦子裏一片空白。

書 唐柳宗元《謝李吉甫相公示手札啟》：「感深益懼，喜極增悲，五情交戰，不知所措。」

【不知所終】bù zhī suǒ zhōng
不知道下落；不知道最終到了什麼地方。原作「**莫知所終**」。（終：終結。）例 他四處漂泊、居無定所，已與我們失去了聯繫，～。

書《國語・越語下》：「（范蠡）遂乘輕舟，以浮於五湖，莫知其所終極。」又《後漢書・逸民傳》：「俱遊五嶽名山，竟不知所終。」

【不知進退】bù zhī jìn tuì
指說話、做事不知分寸。例 聽了你這些～的話，魯伯伯怎麼會不生氣呢？

書 明凌濛初《二刻拍案驚奇》卷九：「龍香道：『官人好不知進退！好人家兒女，又不是煙花門户。』」

【不近人情】bù jìn rén qíng
不合乎人之常情。例 他性情怪僻，常常會說出些～的話來，讓人聽了很不高興。

書《莊子・逍遙遊》：「吾驚怖其言，猶河漢而無極也；大有徑庭，不近人情焉。」

【不念舊惡】bù niàn jiù è
不記或不計較別人以往的過錯或與自己結下的仇怨。例 胡先生～，團結那些反對過自己並且已被事實證明是反對錯了的人一起

工作，使那些人很受感動。

書 《論語·公冶長》：「伯夷、叔齊不念舊惡，怨是用希。」

【不服水土】 bù fú shuǐ tǔ

不適應某地的氣候、環境、飲食等。也作「**水土不服**」。例 他這個南方人剛到北方生活時～，南歸的念頭很強烈。

書 《宋書·索虜傳》：「道里來遠，或不服水土，藥自可療。」

【不咎既往】 bù jiù jì wǎng

見「既往不咎」，311頁。

【不治之症】 bù zhì zhī zhèng

治不好的病。也比喻去除不掉的壞習慣、弊端。例 ❶他誤以為自己得了～，情緒很緊張，後來才知道是一場虛驚。❷喜歡說大話幾乎成了他的～，不知道哪一天才能改變。

書 明馮夢龍《醒世恆言·劉小官雌雄兄弟》：「太醫診了脈，說道：『這是個雙感傷寒，風邪已入於腠理……此乃不治之症。』」

【不怕官，只怕管】
bù pà guān, zhǐ pà guǎn

不怕高官，只怕直接管自己的人。指受人管轄，只能聽命於人。例 你別看阿琪的官不大，他是我的頂頭上司，～，他的安排我敢不聽嗎？

書 明施耐庵《水滸傳》第二八回：「好漢！休說這話！古人道：『不怕官，只怕管。』『在人矮簷下，怎敢不低頭。』只是小心便好。」

【不屈不撓】 bù qū bù náo

不屈服，不低頭，意志堅強。（撓：彎曲。）例 鍾孚～地和迫害他的勢力抗爭，最終使正義得到了伸張。

書《漢書·序傳下》：「樂昌篤實，不橈（通『撓』）不詘（通『屈』）。」今多作「不屈不撓」。

注「屈」不可寫作「曲」。「撓」不讀 yáo 或 ráo。㊣ nau⁶ 鬧。

【不甚了了】 bù shèn liǎo liǎo

心裏不太明白；不大了解。（甚：很；表示程度深。了了：明白；懂得。）例 我對電腦使用方法～，女兒比我懂行，就常常來幫我。

書 《北齊書·永安王浚傳》：「浚謂親近曰：『二兄舊來不甚了了，自登祚已後，識解頓進。』」

【不相上下】 bù xiāng shàng xià

分不出高低。形容程度相當。
例 這兩支足球隊的實力～，今晚的決賽一定會很精彩。

書 唐李肇《唐國史補·楊穆分優劣》：「貞元中，楊氏、穆氏兄弟，人物氣概，不相上下。」

【不苟言笑】 bù gǒu yán xiào

不隨便說笑。形容態度莊重或嚴肅。（苟：隨便。）例 聽了他講的笑話，連平日～的老鄧也忍不住笑出聲來。

書 清戴名世《王烈婦傳》：「烈婦性慧而婉，不苟言笑。」

【不看僧面看佛面】

bù kàn sēng miàn kàn fó miàn

雖然不看這一方的情面，但看在與這一方有關係的第三方的情面上給予幫助或寬恕。（面：面子；情面。）例 **既然你的朋友也來替你求情，我～，就原諒你這一次，但你要記住，下不為例！**

書 明吳承恩《西遊記》第三一回：「古人云：『不看僧面看佛面。』兄長既是到此，萬望救他一救。」

【不急之務】 bù jí zhī wù

目前不急於要做的事。（務：事情。）例 **那種把保護生態環境看成是～的觀念近年來已經開始得到扭轉。**

書《後漢書・皇甫規傳》：「省去遊娛不急之務，割減廬第無益之飾。」

【不計其數】 bù jì qí shù

數目多得無法計算。例 **連年的戰火毀掉了～的珍貴文物，令人痛心不已。**

書 宋周密《癸辛雜識別集・襄陽始末》：「火砲（同『炮』）、藥箭射死北兵及墜水者，不計其數。」

注 「計」不可寫作「記」。

【不省人事】 bù xǐng rén shì

指人昏迷，失去知覺。（省：明白。人事：人的意識所能覺察的一切。）例 **她在國外遇上車禍，身受重創～，家人焦急萬分。**

書 宋汪應辰《與朱元晦》：「問其無所苦否，則曰：『無事，無事。』尋即不省人事。」

注 「省」在此不讀 shěng。粵 siŋ2 醒。

【不約而同】 bù yuē ér tóng

事先沒有商量或約定，而彼此的見解或行動卻完全相同。例 **他的這句戲詞剛唱完，台下就～地叫起好來。**

書 宋王楙《野客叢書・隨筆議論》：「近時《容齋隨筆》出入書史，考據甚新，然觀以前雜說，不約而同者十居二三。」

【不恥下問】 bù chǐ xià wèn

向地位或整體學問不如自己的人請教而並不覺得有失體面。形容人虛心求教。（不恥：不認為可恥。）例 **新來的彭經理勤奮好學，又～，很快就熟悉了相關業務。**

書《論語・公冶長》：「敏而好學，不恥下問，是以謂之文也。」

【不時之需】 bù shí zhī xū

說不定什麼時候會出現的需要；隨時的需要。（不時：不是預定的時間；隨時。）例 **家裏留了一筆錢以備～，現在正好派上了用場。**

書 宋蘇軾《後赤壁賦》：「我有斗酒，藏之久矣，以待子不時之需。」

【不值一錢】 bù zhí yī qián

見「一錢不值」，19頁。

【不修邊幅】 bù xiū biān fú

不修飾儀容，不注意衣着的整潔。（修：修飾。邊幅：布帛的毛邊。比喻有待修飾的儀容、衣着。）例 **生活中大凱是個～的人，今天為了參加朋友的婚禮，**

特意認真打扮了一番，顯出衣冠楚楚的樣子。

書 北齊顏之推《顏氏家訓·序致》：「肆欲輕言，不修邊幅。」

【不倫不類】bù lún bù lèi

不像這一類，也不像那一類。形容不成樣子或不規範。（倫：類。不倫：不同類。）例 文化中心出租場地，讓人擺攤賣傢私，弄得～，這種做法引起很多人的不滿。

書 明吳炳《療妒羹·絮影》：「眼中人不倫不類，穽中人不伶不俐。」

注 「倫」不可寫作「論」。

【不容置疑】bù róng zhì yí

不容許有什麼懷疑。表示完全可靠。例 這些統計數字經過了認真核實，其準確性是～的。

書 宋陸游《嚴州烏龍廣濟廟碑》：「蓋其靈響暴著，亦有不容置疑者矣。」

【不屑一顧】bù xiè yī gù

不值得一看。形容極端輕視。（不屑：認為不值得做。顧：看。）例 他對地攤上擺的這些來路不明的廉價新書～。

書 明方孝孺《送吏部員外郎龔彥佐序》：「夫祿之以天下而繫馬千駟，常人思以其身易之而不可得，而伊尹不屑一顧視焉。」

注 「屑」不讀 xiāo。

【不能自已】bù néng zì yǐ

不能克制住自己的感情。（已：停止。此指克制住。）例 她說到傷心處，～，眼淚順着面頰流了下來，聲音也哽咽了。

書 《宋書·劉休仁傳》：「休仁既死，痛悼甚至，謂人曰：『……事計交切，不得不相除。痛念之至，不能自已。』」

注 「已」不可寫作「己」。

【不能自拔】bù néng zì bá

陷入某種境況而自己無法擺脫。（拔：拉出來；擺脫。）例「我也是陷於矛盾而～的人，奈何。」（巴金《談〈新生〉及其他》）

書 《宋書·江夏王義恭傳》：「世祖前鋒至新亭，劭挾義恭出戰，恆錄在左右，故不能自拔。」

【不能贊一詞】bù néng zàn yī cí

原指文章寫得好，別人不能再添一句話。後來也指對不了解的事物不能說什麼。「詞」也作「辭」。（贊：說。）例 ❶他的文章論述極為精闢，我簡直～。❷「然文字之學，早已一切還給章先生，略無私蓄，所以甚服此書之浩瀚而竟～。」（魯迅《致台靜農》）

書 《史記·孔子世家》：「至於為《春秋》，筆則筆，削則削，子夏之徒不能贊一辭。」

【不速之客】bù sù zhī kè

未經邀請而自己來的客人；突然來到的客人。（速：邀請。）

例 他明白今天闖進門來的這位～決非等閒之輩，自己千萬大意不得。

書 《周易·需》：「有不速之客三人來，敬之終吉。」

【不逞之徒】bù chěng zhī tú

心懷不滿而胡作非為的人。（不逞：慾望未得到滿足；不滿意。）例 **為了防止～藉機鬧事，警方作了周密部署。**

書《後漢書·史弼傳》：「外聚剽輕不逞之徒，內荒酒樂，出入無常。」

【不動聲色】bù dòng shēng sè

內心的感情變化不從語氣、神色上流露出來。形容人神態從容鎮定。（聲：指説話的聲音、語氣。色：指臉色神情。）例 **儘管情況已十分危急，司令員依然～，指揮若定。**

書 宋歐陽修《相州晝錦堂記》：「至於臨大事，決大議，垂紳正笏，不動聲色，而措天下於泰山之安，可謂社稷之臣矣。」

【不偏不倚】bù piān bù yǐ

不偏向任何一方面。形容公正。也指沒有任何偏差，正中目標。（倚：偏；歪。）例 **❶作為仲裁人，必須保持～的公正立場。❷這個扔過來的竹簍子～正好扣在秦老爹的頭上，引起一陣哄笑。**

書《禮記·中庸》宋朱熹題解：「中者，不偏不倚，無過不及之名。」

【不假思索】bù jiǎ sī suǒ

用不着思考就作出反應。（假：憑藉；依靠。）例 **我問他今後上大學會選擇哪類專業，他～地回答説：「信息技術。」**

書 宋黃榦《覆黃會卿》：「戒懼謹獨，不待勉強，不假思索，只是一念之間，此意便在。」

【不得人心】bù dé rén xīn

因違反人們的意願而得不到人們的支持和擁護。例 **他的這種做法很～，料其不會有好結果的。**

書《舊唐書·哥舒翰傳》：「先是，翰數奏祿山雖竊河朔，而不得人心，請持重以弊之，彼自離心，因而翦滅之，可不傷兵擒茲寇矣。」

【不得要領】bù dé yào lǐng

沒有掌握事物的要點或關鍵。（要領：原指衣服的腰和領。要，古同「腰」。古代的長衣只要提起腰和領，整件衣服自然成形，所以也用來比喻事物的關鍵。）例 **他連説帶比劃地説了一堆話，我聽了卻依然～，不知道他到底希望我為他做些什麼。**

書《史記·大宛列傳》：「騫從月氏至大夏，竟不能得月氏要領。」又清黃宗羲《答張爾文論茅鹿門批評八家書》：「鹿門八家之選，其旨大略本之荊川、道思，然其圈點勾抹，多不得要領。」

注「要領」的「要」今不讀 yāo。㊆ jiu³ 妖³。

【不脛而走】bù jìng ér zǒu

沒有腿卻能跑。比喻不待推行而迅速傳播、流行開來。（脛：小腿。走：跑。）例 **改革升學考試制度的消息～，成了學生和家長近來議論的熱門話題。**

書 清趙翼《甌北詩話·白香山詩》：「文人學士既歎為不可及，婦人女子亦喜聞而樂誦之，是以不脛而走，

傳遍天下。」

注 「脛」不可寫作「徑」。

【不情之請】 bù qíng zhī qǐng

不近人情或不合情理的請求。多用作向人提出請求時的客套話。例 這位青年靦腆地說：「我有一個～，想請陳先生為我準備出版的書題籤，不知道先生能不能答應。」

書 清紀昀《閱微草堂筆記·灤陽消夏錄二》：「不情之請，惟君圖之。」

【不惜工本】 bù xī gōng běn

不顧惜成本。指捨得下本錢。(工本：工作成本。) 例 他～地紮了一個華麗的巨型風箏去參加這次風箏大賽。

書 清李伯元《官場現形記》第一回：「姓方的瞧着眼熱，有幾家該錢的，也就不惜工本，公開一個學堂。」

【不問青紅皂白】

bù wèn qīng hóng zào bái

比喻不分是非，不問情由。也作「不分青紅皂白」。(皂：黑色。) 例「前清有成例，知縣老爺出巡，路遇兩人相打，～，誰是誰非，各打五百屁股完事。」(魯迅《且介亭雜文二集·七論「文人相輕」——兩傷》)

書《詩經·大雅·桑柔》：「匪言不能，胡斯畏忌。」漢鄭玄箋：「胡之言何也，賢者見此事之是非，非不能分別皂白言之於王也。」又明洪楩《清平山堂話本·快嘴李翠蓮記》：「不問青紅與白皂，一迷將奴胡廝鬧。」今多作「不問青紅皂白」。

【不務正業】 bù wù zhèng yè

不從事正經的營生或職業。也指不做自己該做的事，而去做別的事。(務：從事。) 例 ❶這些～的二流子實在讓地方當局傷透了腦筋。❷歷史學教授學電腦可不是～，用上電腦，他的研究工作就如虎添翼了。

書 明蘭陵笑笑生《金瓶梅詞話》第一回：「這人不甚讀書，終日閒遊浪蕩，一自父母亡後，分外不務正業。」

【不堪入目】 bù kān rù mù

不能看下去。多指表現卑鄙或形象、文字十分粗俗。(不堪：不能。) 例 他向主子獻媚的那種樣子實在～。

書 清昭槤《嘯亭雜錄·熊鉛山司寇》：「文字荒疏，不堪入目。」

【不堪入耳】 bù kān rù ěr

不能聽下去。多指言語粗鄙難聽。例「什麼『小尼姑』、什麼『鴨屁股』，還有許多～的下流話。」(巴金《家》二五)

書 明李開先《市井豔詞序》二詞：「譁於市井，雖兒女子初學言者，亦知歌之。但淫豔褻狎，不堪入耳。」

【不堪回首】 bù kān huí shǒu

對過去的事情不忍心或不願意再去回想。例 這些～的往事就讓它封存在我們的記憶中吧。

書 唐元晦《除浙東留題桂郡林亭》：「莫遣豔歌催客醉，不堪回首翠娥愁。」

【不堪言狀】 bù kān yán zhuàng

不能或不忍心用言語來描述。多指不好的或令人不愉快的事。例 我在辯論會上的狼狽相～，把臉都丟盡了。

書 清吳趼人《二十年目睹之怪現狀》第二二回：「然而我在南京住了幾時，官場上面的舉動，也見了許多，竟有不堪言狀的。」

【不堪設想】 bù kān shè xiǎng

對將來的情況不能想像。指事情將會發展到很壞或很危險的地步。（設想：想像。）例 公司財務管理混亂的狀況如果不改變的話，後果將～。

書 清曾國藩《覆吳南屏書》：「縱使十次速滅，而設一次遷延，則桑梓之患不堪設想。」

【不敢告勞】 bù gǎn gào láo

原指不敢訴說自己的勞苦。後多用作謙辭，表示不值得說起自己的勞苦，這都是自己應該做的。例 我們多年來為開拓市場，南北奔波，～，現在銷路終於打開，這是足以令人欣慰的。

書《詩經．小雅．十月之交》：「黽勉從事，不敢告勞。」

【不敢越雷池一步】

bù gǎn yuè léi chí yī bù

比喻做事不敢越出一定的界限、範圍。也作「**不能越雷池一步**」。例 黃文堅是個循規蹈矩的人，做事從～。

書 晉庾亮《報溫嶠書》：「吾憂西陲過於歷陽，足下無過雷池一步也。」雷池在今安徽望江縣。庾亮要溫嶠坐鎮防地，不要越過雷池向東到京城（今江蘇南京）來。後用作「不敢越雷池一步」。

【不期而遇】 bù qī ér yù

沒有約定而意外地遇見。（期：約定時間。）例 我和恩保兄分別多年，此次在駛往上海的江輪上～，彼此十分高興，暢談竟日。

書 梁簡文帝《湘宮寺智蒨法師墓志銘》：「伊昔傾蓋，於彼朱方；不期而遇，襄水之陽。」

【不欺暗室】 bù qī àn shì

在別人看不見的地方也不做虧心的事。形容人心地、行為光明磊落。例 你能做到～，有古君子之風，實在難能可貴。

書 唐楊炯《浮漚賦》：「類達人之修身，故不欺於暗室。」

【不揣冒昧】 bù chuǎi mào mèi

用作謙辭，表示自己沒有估量一下是否適宜，就魯莽行事。多用於向人陳述見解或有所請求時。（揣：估計。冒昧：指說話、做事時不考慮自己的地位、能力或所處的場合是否適宜。多用作謙辭。）例 ～向您提出我的不同看法，幸勿見怪。

書 清曹雪芹、高鶚《紅樓夢》第八四回：「晚生還有一句話，不揣冒昧，合老世翁商議。」

【不虛此行】bù xū cǐ xíng

不白走這一趟。表示此次外出有收獲。(虛:白白地;沒有效果或收獲。) 例 這次南下參觀,大開眼界,真是～。

書 宋魏了翁《答林知錄書》:「又得舊友偕行,相與切磋究圖,自謂庶幾不虛是行矣。」今多作「不虛此行」。

【不無小補】bù wú xiǎo bǔ

不是沒有一些小的補益。指多少有些幫助或起些作用。例 這筆稿費收入數額雖不多,但對改善生活也～。

書 元熊禾《熊竹谷文集跋》:「此二書於學者,蓋不無小補也。」

【不為已甚】bù wéi yǐ shèn

不做過分的事。指做事有分寸。後多指對人的責備或處罰適可而止。(已甚:太過分。) 例 我主張～,他雖然犯了嚴重錯誤,但也還是應該給以出路,讓他有一個改正的機會。

書《孟子·離婁下》:「仲尼不為已甚者。」

注「為」在此不讀wèi。粵 wɐi4唯。

【不勝其煩】bù shèng qí fán

煩瑣得使人忍受不了。(不勝:承受不了;忍受不了。) 例 辦一件事的手續有這麼多,讓人～。

書 宋馬永卿輯《元城語錄·春秋》:「《春秋》之説,不勝其煩。」

注「勝」舊讀 shēng。

【不勝枚舉】bù shèng méi jǔ

不可能一個個列舉出來。形容同類的人或事物很多。(枚舉:一一列舉。) 例 社區服務中心為孤寡老人服務的項目很多,涉及到衣食住行的很多方面,～。

書 清錢大昕《十駕齋養新錄·藝文志脱漏》:「而宋人撰述不見於志者,又復不勝枚舉。」

【不痛不癢】bù tòng bù yǎng

比喻議論、批評未能觸及實質或切中要害,所以不解決問題。例 這類時評四平八穩,～,不讀也罷。

書 清吳趼人《二十年目睹之怪現狀》第八二回:「怎麼説了半天,都是些不痛不癢的話,內中不知到底有什麼緣故。」

【不着邊際】bù zhuó biān jì

形容言論空泛,不切實際或談話離題太遠。(着:接觸;挨上。) 例 ❶ 兩人又聊了些～的閒話,看看夜色已深,便各自回房歇息去了。❷ 他的發言～,如果不是主持人提醒他言歸正傳,不知道他還會扯到哪裏去。

書 清鴛湖月痴子《妙復軒評石頭記序》:「而此百二十回中,有自相矛盾處,有不着邊際處,有故作罅漏處。」

注「着」在此不讀 zháo。

【不勞而獲】bù láo ér huò

不費力氣就能得到。今多指自己不勞動而佔有別人的勞動成果。例「我蔑視那些靠遺產生活的人,我蔑視那些～的人。」(巴金

《談〈憩園〉》)

書 清盛大士《溪山卧遊錄·畫雖小技》：「積至十數年，無間寒暑，方有進境……作畫且然，何況文章、學問，斷無不勞而獲之理。」

【不寒而慄】bù hán ér lì

天不冷而身上發抖。形容非常恐懼。(慄：發抖。) 例 土匪頭子發出陰險的冷笑，令人～。

書 漢桓寬《鹽鐵論·周秦》：「死者相枕席，刑者相望，百姓側目重足，不寒而慄。」

【不費吹灰之力】

bù fèi chuī huī zhī lì

形容事情做起來很容易，不費多少力氣。例 這種事要是讓一新去辦，保證～，馬到功成。

書 清夏敬渠《野叟曝言》第四五回：「依小道愚意，等他到了遼東，有了收管，去擺佈他，真不費吹灰之力。」

【不登大雅之堂】

bù dēng dà yǎ zhī táng

不能進入高雅人物聚會的廳堂。形容某些不被人看重、被認為是粗俗的事物。多用於文藝作品。有時也用來謙稱自己的作品。例 誰說民間文藝～，這種一概而論的看法，我是完全不能接受的。

書 清沈德潛《説詩晬語》一一九：「晚唐人詩……求新在此，不登大雅之堂正在此。」

【不絕如縷】bù jué rú lǚ

只有一根細線連着，差一點要斷了。形容情況危急或聲音細微悠長。(縷：線。) 例 ❶這門傳統手藝的接班人越來越少，已面臨～的境地。❷ 幽幽的提琴聲～，傳達出一種哀怨的情思。

書 《公羊傳·僖公四年》：「南夷與北狄交，中國不絕若線。」又宋蘇軾《前赤壁賦》：「餘音嫋嫋，不絕如縷。」

注 「縷」不讀 lóu。

【不落窠臼】bù luò kē jiù

不落入俗套，能自出心裁，獨創一格。多指文章或藝術作品。(窠臼：比喻現成格式；老套子。) 例 這部小説反映生活視角獨特，～，引起很多讀者的興趣。

書 清曹雪芹、高鶚《紅樓夢》第七六回：「這『凸』『凹』二字，歷來用的人最少，如今直用作軒館之名，更覺新鮮，不落窠臼。」

注 「窠」不讀 guǒ。

【不虞之譽】bù yú zhī yù

沒有意料到的讚譽。(虞：預料；意料。) 例 陳學範沒有想到會受表彰，他覺得自己不過做了一些本來就該做的事，這一～使他感到不安。

書 《孟子·離婁上》：「有不虞之譽，有求全之毀。」

【不過爾爾】bù guò ěr ěr

不過如此而已。(爾爾：如此；這樣。) 例 據説他的棋藝很高，等到一看他對局，發現也～。

書 明胡應麟《詩藪・雜編六・中州》：「金人一代制作不過爾爾。」

【不置可否】bù zhì kě fǒu
不說可以，也不說不可以。指不明確表示自己的態度。例 座談會上教師們對教學改革方案有不同的意見，彼此爭論得很熱烈，田校長只是認真地聽着，～，真不知道他心裏究竟是怎麼想的。
書 清惲敬《太子少師體仁閣大學士戴公神道碑》：「四坐皆士大夫，言人人殊，公不置可否。」

【不義之財】bù yì zhī cái
不該得的或用不正當手段得到的錢財。例 貪圖～的人最終是不會有好下場的。
書 漢劉向《列女傳・齊田稷母》：「吾聞士修身潔行，不為苟得……不義之財非吾有也。」

【不違農時】bù wéi nóng shí
不違背農事季節；不誤農業上耕種、管理、收獲的時間。例 每到收早稻、插晚稻的時節，農民們起早貪黑，格外辛苦，為的是～，這樣才會有好收成。
書 《孟子・梁惠王上》：「不違農時，穀不可勝食也。」

【不經一事，不長一智】
bù jīng yī shì, bù zhǎng yī zhì
不親身經歷一件事情，就不會增長和那件事情有關的知識。例 真是～，通過處理這次商業糾紛，我終於真切地認識到在商業交往中訂立一份詳盡的受法律保護的合同有多麼重要。
書 清李汝珍《鏡花緣》第二二回：「古人云：『不經一事，不長一智。』我們若非黑齒前車之鑒，今日稍不留神，又要吃虧了。」
注 「長」在此不讀 cháng。粵 dzœŋ2 掌。

【不經之談】bù jīng zhī tán
荒唐的沒有根據的話。（不經：不合常理，沒有根據。）例 這些～經過傳播者的加工，居然變得似乎真有其事一樣。
書 晉羊祜《戒子書》：「無傳不經之談，無聽毀譽之語。」

【不厭其煩】bù yàn qí fán
不嫌麻煩。表示有耐心。（厭：嫌。）例 我操作電腦遇到不懂的地方向鄭先生請教時，他總是～地為我講解，直到我弄懂會用為止。
書 宋袁燮《陸宣公論》：「贄之告君，不憚其煩，而帝每不能聽。」

【不管三七二十一】
bù guǎn sān qī èr shí yī
指不顧一切或不問是非情由地去做某事。例 他太餓了，走進廚房，～，找到食品就吃。
書 明馮夢龍《警世通言・杜十娘怒沈百寶箱》：「須是三日內交付與我，左手交銀，右手交人，若三日沒有來時，老身也不管三七二十一，公子不公子，一頓孤拐打那光棍出去。」

【不聞不問】bù wén bù wèn

不聽也不問。形容對有關的事情不關心、不過問。例 人類只有一個地球，對於破壞地球生態環境的事，我們豈能～？

書 清石玉崑《三俠五義》第七六回：「也不想想朝廷家平空的丟了一個太守，也就不聞不問，焉有是理。」

【不齒於人】bù chǐ yú rén

不被人們看做同類。表示受到人們的鄙棄。（齒：並列。此指看做同類。）例 那些～的民族敗類，終將受到歷史的審判。

書 清錢泳《履園叢話·科第·立品》：「昔江陰有某進士者，少無賴，不齒於人；中式後，鄉人不禮焉。」

【不遺餘力】bù yí yú lì

把全部力量使出來，一點也不保留；竭盡全力。（遺：留下。）例 利達公司在提高產品質量方面～，終於取得了顯著的經濟效益。

書 《戰國策·越策三》：「秦不遺餘力矣，必且破趙軍。」

【不學無術】bù xué wú shù

泛指人沒有學問，沒有能力。例 讓這樣一個～而又狂妄自大的人來當校長，這所學校能辦得好嗎？

書 《漢書·霍光傳贊》：「然光不學亡（通『無』）術，闇於大理。」此指霍光不能學古，所行不合於道術，與今通行義有別。又清李伯元《官場現形記》第五六回：「都說他的人是個好的，只可惜了一件，是犯了『不學無術』四個字的毛病。」

【不謀而合】bù móu ér hé

事先沒有商量，而彼此的見解或行動卻完全一致。今多用於見解方面。例 在拓展產品市場方面，我們兩個人的意見～，行動上配合得也很默契。

書 晉干寶《搜神記·石子岡》：「二人之言，不謀而合。」

【不翼而飛】bù yì ér fēi

沒有翅膀卻能飛。原指傳播十分迅速。今多指東西突然不見了。也作「**無翼而飛**」。（翼：翅膀。）例 梁波放在桌上的一本相冊～了，急得他四處尋找。

書 《管子·戒》：「無翼而飛者聲也，無根而固者情也。」

【不辭勞苦】bù cí láo kǔ

儘管勞累辛苦，也不推辭。

例 為了給山村的孩子建一所像樣的學校，他～地四處奔走，募集資金。

書 唐牛肅《紀聞·吳保安》：「使亡魂復歸，死骨更肉，唯望足下耳。今日之事，請不辭勞苦。」

【不識一丁】bù shí yī dīng

見「目不識丁」，126 頁。

【不識人間有羞恥事】

bù shí rén jiān yǒu xiū chǐ shì

不知道世界上還有讓人感到羞恥的事。常用來斥責人無恥。也作「**不知人間有羞恥事**」。例 這個貪官居然還在向人講廉政，真是～。

書 宋李之儀《閒居賦》：「蒙不潔而

反以銜鬻，蹈荊棘而不知所避，務淺陋之為誇，而不識人間有羞恥事。」

【不識大體】bù shí dà tǐ

不懂得大的道理。也指缺乏全局觀念。（大體：大的道理，指關係大局或整體的重要道理。）

例 你只顧自己，竟然説出這種～的話來，真讓人失望。

書 晉袁宏《後漢紀》：「臣愚淺，不識大體。」

【不識抬舉】bù shí tái ju

不理解或不接受別人對他的好意（常用於指責人）。（抬舉：指對人賞識、稱讚或舉薦、提拔。）

例 主任把這項工作交給你做，是看得起你，你別～，還挑肥揀瘦的。

書 明吳承恩《西遊記》第六四回：「這和尚好不識抬舉！我這姐姐那些兒不好？……只這段詩材，也配得過你。」

【不識時務】bù shí shí wù

認不清當前的形勢或潮流。

例 他如此～，怪不得人家不喜歡他。

書 《後漢書．張霸傳》：「時皇后兄虎賁中郎將鄧騭，當朝貴盛，聞霸名行，欲與為交，霸逡巡不答，眾人笑其不識時務。」

【不關痛癢】bù guān tòng yǎng

比喻與切身利害不相干或無關緊要。也作「**無關痛癢**」。

例 ❶他覺得這是發生在別人身上的事，～，所以沒放在心上。❷佟欣怕得罪人，在書評中只説了些～的話，並沒有去觸及所存在的問題。

書 清曹雪芹、高鶚《紅樓夢》第八回：「這裏雖還有兩三個老婆子，都是不關痛癢的，見李媽走了，也都悄悄的自尋方便去了。」

【不露聲色】bù lù shēng sè

不讓內心活動從語氣、神色上顯露出來。例 他已經看透了來者的險惡用心，一面～地與之周旋，一面迅速佈置應對措施。

書 清王韜《淞隱漫錄．蒯素秋》：「女知為所紿，特不知何人設此坑阱。女固黠，不露聲色，靜以待之。」

【不歡而散】bù huān ér sàn

很不愉快地分手。例 他們倆各執己見，爭了起來，最後弄得～。

書 明馮夢龍《醒世恆言．黃秀才徼靈玉馬墜》：「只怪馬夫妄言，不老實，打四十棍，革去不用，眾客咸不歡而散。」

【太公釣魚，願者上鈎】

tài gōng diào yú, yuàn zhě shàng gōu

見「姜太公釣魚，願者上鈎」，301頁。

【太平盛世】tài píng shèng shì

社會安寧、昌盛的時代。例 欣逢～，百業興旺，大家的生活也越過越好。

書 明沈德符《野獲編．言事．章楓山封事》：「余謂太平盛世，元夕張

燈，不為過侈。」

【太歲頭上動土】

tài suì tóu shàng dòng tǔ

太歲是古代天文學上假設的星名，用來紀年。古代術數家認為太歲有神，太歲之神所在的方位不宜動土興建，否則會有災禍。後來就用「太歲頭上動土」比喻觸犯有權勢或強暴的人。例「你敢在～，我是幹什麼的，你也不打聽打聽！」(老舍《駱駝祥子》一四)

書 元無名氏《打董達》第二摺：「我兒也，你尋死也，正是太歲頭上動土哩！」

【犬牙交錯】quǎn yá jiāo cuò

形容交界處像狗牙那樣交錯，參差不齊。也作「**犬牙相錯**」。例 兩國邊境～，情況十分複雜。

書《漢書·中山靖王劉勝傳》：「諸侯王自以骨肉至親，先帝所以廣封連城，犬牙相錯者，為盤石宗也。」顏師古註：「言其地相交雜。」

【犬馬之勞】quǎn mǎ zhī láo

像狗和馬那樣為人出力。（犬馬：古時臣子對君主的自卑之稱，表示願像狗和馬那樣供人驅使。）例 他覺得潘老闆如此看得起他，委以重任，他理當效～。

書 明羅貫中《三國演義》第三八回：「孔明見其意甚誠，乃曰：『將軍既不相棄，願效犬馬之勞。』」

【匹夫之勇】pǐ fū zhī yǒng

指不用智謀、不講策略而單憑個人血氣的勇敢。（匹夫：指缺乏智謀的普通人。）例 一言不合，便怒目相鬥，這只是～，實不足取。

書《國語·越語上》：「吾不欲匹夫之勇也，欲其旅進旅退也。」

【匹夫有責】pǐ fū yǒu zé

指每個平民百姓都有責任。常放在「天下興亡」或「國家興亡」之後連用。（匹夫：古代指平民中的男子。也泛指平民百姓。）例 當國家遭受侵略之時，這些海外僑胞懷着國家興亡，～的赤誠之心紛紛回國，投身到抗敵救國的洪流中去。

書 清顧炎武《日知錄·正始》：「保天下者，匹夫之賤，與有責焉耳矣。」後用作「匹夫有責」。

【匹馬單槍】pǐ mǎ dān qiāng

見「單槍匹馬」，417 頁。

【比上不足，比下有餘】

bǐ shàng bù zú, bǐ xià yǒu yú

跟高的相比，顯得不夠，但跟低的相比，則有超過之處。例 他是個普通職員，生活上～，他對此已經很知足了。

書 漢趙岐《三輔決錄》：「上比崔、杜不足，下方羅、趙有餘。」又清沈復《浮生六記·養生記道》：「古人云：『比上不足，比下有餘。』此最是尋樂妙法也。」

【比比皆是】bǐ bǐ jiē shì

到處都是。形容很多。（比比：到處；處處。）例 隨着經濟的發

展，農民中外出務工、經商的～，他們的足跡已經遍及全國。

書 宋羅大經《鶴林玉露》卷一：「自後世惡直好佞，以直言賈禍者比比皆是。」

【比翼雙飛】bǐ yì shuāng fēi
比喻夫妻恩愛，相伴不離，並肩向上。也作「**比翼齊飛**」。（比翼：翅膀挨着翅膀。此處指傳說中的一種鳥，這種鳥總是結伴比翼而飛，故名。也用來比喻恩愛夫妻。）例 這小兩口你敬我愛，～，真是一對令人羨慕的好夫妻。

書 明朱權《卓文君》第四摺：「不是妾身多薄倖，只因司馬太風騷，效神鳳，下丹霄，比翼雙飛上泬寥。」

【切中時弊】qiè zhòng shí bì
準確擊中當時社會上的弊病。（切中：正好擊中。）例 范寅的這番話～，大家以掌聲表示對他的支持。

書 明周暉《金陵瑣事・原治二篇》：「西冶作《原治》二篇，切中時弊，遂庵大奇之。」

注「切」在此不讀qiē。粵 tsit⁸設。

【切磋琢磨】qiē cuō zhuó mó
原指對器物的加工。切為加工骨器，磋為加工象牙，琢為加工玉器，磨為加工石器。後來用「切磋琢磨」表示在道德學問上互相探討研究，學習長處，糾正缺點。也作「**切瑳琢磨**」。例 裘教授邀請幾位古文字學家一起～，對這批新出土的戰國竹簡上的文字做出了可信的釋讀。

書《詩經・衞風・淇奧》：「有匪君子，如切如磋，如琢如磨。」後用作「切磋琢磨」。

【切膚之痛】qiè fū zhī tòng
親身受到的痛苦。強調對痛苦感受極深。（切膚：與自身密切關連。）例 我們對於戰爭所帶來的苦難有～，所以不希望這樣的悲劇重演。

書 明王守仁《傳習錄》卷中：「獨其切膚之痛，乃有未能恝然者，輒復云云爾。」

注「切」在此不讀qiē。粵 tsit⁸設。

【日上三竿】rì shàng sān gān
太陽升起，離地面有三根竹竿那麼高了。表示天已大亮，時間不早了。今多用來形容人起牀晚。例 他睡到～才起牀，可也還是一副懶洋洋的樣子。

書 唐韓鄂《歲華紀麗・春》：「日上三竿。」舊註：「古詩云：『日上三竿風露消。』」又宋普濟《五燈會元・徑山杲禪師法嗣・西禪鼎需禪師》：「物外翛然無箇事，日上三竿猶更眠。」

【日久天長】rì jiǔ tiān cháng
見「天長日久」，61頁。

【日不暇給】rì bù xiá jǐ
天天都沒有空閒，時間不夠用。形容事務繁忙。（暇：空閒。給：充足。）例 災後重建工作已經開始，大家忙得～，加班是常有的事。

書 《漢書‧禮樂志》：「漢興，撥亂反正，日不暇給。」
注 「給」在此不讀 gěi。

【日月如梭】rì yuè rú suō
太陽、月亮的運行像織布機上飛快穿行的梭子。形容時間過得很快。常放在「光陰似箭」之後連用。例 真是～，不知不覺間這半年的實習很快就要結束了。
書 宋《京本通俗小説‧志誠張主管》：「張勝自在家中，時光迅速，日月如梭，撚指之間，在家中早過了一月有餘。」

【日甚一日】rì shèn yī rì
一天超過一天。指發展的程度日益加深。（甚：超過；勝過。）例 那裏的旱情～，農民們憂心如焚。
書 《新唐書‧獨孤及傳》：「陛下豈遲疑於改作，逡巡於舊貫，使大議有所壅，而率土之患日甚一日？」

【日理萬機】rì lǐ wàn jī
每天都要處理成千上萬件政務。形容當政者工作極其繁忙。（萬機：指紛繁的政務。）例 李省長～，卻依然惦念着那所他曾經到過的山村小學，時常問起那裏的情況。
書 《尚書‧皋陶謨》：「兢兢業業，一日二日萬幾。」又明余繼登《典故紀聞》卷二：「朕日理萬機，不敢斯須自逸，誠思天下大業以艱難得之，必當以艱難守之。」

【日新月異】rì xīn yuè yì
每天每月都有新氣象、新變化。形容進步、發展很快。例 談起家鄉～的變化，大家興奮不已。
書 宋林景熙《永嘉縣重建法空院記》：「而浮屠之宮被四海，金碧嵯峨，日新月異，則亦不獨師能之也。」

【日暮途窮】rì mù tú qióng
天快黑了，路也走到盡頭了。比喻已到末日，無路可走了。例 這些侵略者已經～，等待着他們的只能是覆滅的下場。
書 唐杜甫《投贈哥舒開府翰二十韻》：「幾年春草歇，今日暮途窮。」又清侯方域《癸未去金陵日與阮光祿書》：「君子稍知禮義，何至甘心作賊！萬一有焉，此必日暮途窮，倒行而逆施。」

【日積月累】rì jī yuè lěi
一天一天、一月一月地積累；長時間不斷地積累。例 他那豐富的中國傳統文化知識是靠～得來的。
書 宋朱熹《答周南仲書》之二：「隨時體究，隨事討論，但使一日之間整頓得三五次，理會得三五事，則日積月累，自然純熟，自然光明矣。」

【日薄西山】rì bó xī shān
太陽靠近西山，快要落下了。比喻衰老的人臨近生命的終點，或事物行將衰亡。（薄：靠近。）例 到了清朝末期，中國的君主專制統治已經～，沒有多少生命力了。

書 漢揚雄《反離騷》：「臨汨羅而自隕兮，恐日薄於西山。」又晉李密《陳情事表》：「但以劉日薄西山，氣息奄奄；人命危淺，朝不慮夕……是以區區不能廢遠。」

注 「薄」不可寫作「簿」。

【中原逐鹿】 zhōng yuán zhú lù

比喻爭奪天下。也作「**逐鹿中原**」。（中原：指黃河中下游地區。逐：追趕。鹿：在此比喻政權。）例 **在這場～的較量中，能否獲得廣大民眾的支持是至關重要的。**

書 《史記·淮陰侯列傳》：「秦失其鹿，天下共逐之。」又唐溫庭筠《過五丈原》詩：「下國卧龍空誤主，中原逐鹿不因人。」

【中流砥柱】 zhōng liú dǐ zhù

挺立在黃河激流中的砥柱山。比喻堅強的能起支柱作用的人或事物。（中流：水流的中央。砥柱：山名，位於河南三門峽東的黃河激流中。）例 **這些模範人物是我們事業發展的～，理應受到大家的尊重。**

書 宋劉仙倫《賀新郎·壽王侍郎簡卿》詞：「緩急朝廷須公出，更作中流砥柱。」

注 「砥」不可寫作「抵」。

【中庸之道】 zhōng yōng zhī dào

原是儒家提倡的不偏不倚，無過無不及，中和而可常行之道。後也指不偏不倚，折衷調和的處世態度。例 **他在調解鄰里糾紛時奉行～，總讓雙方都能過得去。**

書 宋蘇舜欽《啟事上奉寧軍陳侍郎》：「舜欽性不及中庸之道，居常慕烈士之行，幼趨先訓，苦心為文，十年餘矣。」

【中飽私囊】 zhōng bǎo sī náng

以欺詐手段貪污經手的錢物，放進自己口袋裏。（中飽：經手錢物，以欺詐手段從中謀利。）例 **對於在發放賑災款時～的人，法律將予以嚴懲。**

書 清李海觀《歧路燈》第七回：「小人貪利，事本平常，所可恨者，銀兩中飽私囊，不曾濟國家之實用耳。」

【內外交困】 nèi wài jiāo kùn

內部和外部同時陷入困境。（交：一齊；同時。）例 **這家上市公司股價下滑，公司內人心浮動，經營很不景氣，陷入了～的境地。**

書 姚雪垠《李自成》：「朕因流賊猖獗，東事日急，內外交困，不得不百計籌餉。」

【內憂外患】 nèi yōu wài huàn

內部使人憂慮的事和外部帶來的禍患。多指國家內部的動亂和外來的威脅、侵略。例 **當時～接踵而至，令他悲憤莫名。**

書 《國語·晉語六》：「且唯聖人能無外患又無內憂，詎非聖人，不有外患，必有內憂。」後用作「內憂外患」。

【牛刀小試】 niú dāo xiǎo shì

牛刀指宰牛的刀。孔子曾經說過：「割雞焉用牛刀？」後來就

用牛刀比喻大的才幹。牛刀小試，比喻有大才幹的人先在小事情上試一下身手。例 這位羽毛球選手經過名師的點撥，進步很快，昨天在邀請賽上～，果然身手不凡。

書 金周昂《題鄒公所藏〈淵明歸去來圖〉》詩：「牛刀小試義熙前，一日懷歸豈偶然。」

【牛鬼蛇神】niú guǐ shé shén
牛頭的鬼，蛇身的神。泛指奇形怪狀的鬼神。今多用來比喻形形色色的壞人。例 張先生當年曾被當作～而備受衝擊，所幸這一冤案後來終於得以平反了。

書 唐杜牧《〈李賀集〉序》：「鯨呿鼇擲，牛鬼蛇神，不足為其虛荒誕幻也。」這裏用以形容作品的虛幻怪誕。

【牛鼎烹雞】niú dǐng pēng jī
用可以煮一頭牛的大鼎來煮一隻雞。比喻大材小用。（鼎：古代炊具，用來煮食物，大多三足兩耳。）例 派這樣一位高級經濟師來記日常的流水賬，豈不是～？

書 清王夫之《讀甘蔗生遣興詩次韻而和之》：「鳳衰尺鷃聊棲竹，牛鼎烹雞只損鹽。」

【牛頭不對馬嘴】
niú tóu bù duì mǎ zuǐ
比喻把不相干的事硬拉在一起，兩不相合，對不上號，或答非所問。也作「**驢脣不對馬嘴**」。例 他～地回答了我的問題，不知是沒聽懂我話裏的意思，還是有意迴避。

書 明馮夢龍《警世通言．蘇知縣羅衫重合》：「皂隸兜臉打一啐，罵道：『見鬼，大爺自姓高，是江西人，牛頭不對馬嘴！』」

【手不釋卷】shǒu bù shì juàn
手裏拿着書，捨不得放下。形容讀書勤奮。（釋：放下。卷：指書本。）例 歐陽教授常常～地閱讀元人文集，掌握了許多有關當時文人集團的有價值的資料。

書 三國魏曹丕《典論．自序》：「上雅好詩書文集，雖在軍旅，手不釋卷。」

注「卷」在此不讀juǎn。㊄ gyn²捐²。

【手忙腳亂】shǒu máng jiǎo luàn
形容做事慌張忙亂。例 臨到要上學了，書包裏的文具盒卻不見了，欣欣～地到處翻找，最後總算在牀上發現了它。

書 宋陳亮《又壬寅夏答朱元晦書》：「臨期不知所委，徒自手忙腳亂耳。」

【手足之情】shǒu zú zhī qíng
指兄弟間的情分。（手足：喻指兄弟。）例「請你念及～，不要因我沒有出息，就把我拋棄。」（巴金《秋》尾聲）

書 宋蘇轍《為兄軾下獄上書》：「臣竊哀其志，不勝手足之情，故為冒死一言。」

【手足無措】shǒu zú wú cuò
手和腳不知道放在哪裏才好。形容舉動慌亂或不知道怎麼做才好。（措：安放。）例 聽說小孫

子生病進了醫院，老奶奶急得～，口裏不停地唸着：「菩薩保佑！菩薩保佑！」

書 明馮夢龍《警世通言．玉堂春落難逢夫》：「急得家人王定手足無措，三回五次催他回去。」

注 「措」不可寫作「錯」。

【手疾眼快】 shǒu jí yǎn kuài

形容做事機警敏捷，動作很快。也作「**眼疾手快**」、「**手急眼快**」。例 魏艾～地截到對方傳球，突破上籃，打了一個漂亮的反擊。

書 清石玉崑《三俠五義》第八回：「張爺手急眼快，斜刺裏就是一腿。」

【手眼通天】 shǒu yǎn tōng tiān

比喻善於鑽營，拉關係，手段很不尋常。（手眼：指手段，手腕。通天：上通於天。形容不同尋常。）例 他有一位～的朋友，別人辦不了的事，那位朋友辦起來似乎不用費多大力氣。

書 老舍《四世同堂》九：「大赤包對丈夫的財祿是絕對樂觀。這並不是她相信丈夫的能力，而是相信她自己的手眼通天。」

【手無寸鐵】 shǒu wú cùn tiě

手裏沒有一點武器。（寸鐵：指極小的武器。）例 這夥匪徒野蠻屠殺～的村民，喪心病狂到了極點。

書 明羅貫中《三國演義》第一〇九回：「背後郭淮引兵趕來，見維手無寸鐵，乃驟馬挺槍追之。」

【手無縛雞之力】

shǒu wú fù jī zhī lì

兩手連縛住一隻雞的力氣都沒有。形容人文弱，力氣很小。

例 現代的大學生和過去那些～的文弱書生是不可同日而語的。

書 元無名氏《賺蒯通》第一摺：「那韓信手無縛雞之力，只淮陰市上兩個少年要他在胯下鑽過去，他就鑽過去了，有什麼本事在那裏？」

【手舞足蹈】 shǒu wǔ zú dǎo

兩手舞動，兩隻腳也跳起來。常用來形容高興到極點的樣子。（蹈：跳動。）例 渥娃在電腦上試了半天，終於弄清了製作並發送賀卡的操作程序，高興得不禁～起來。

書 《詩經大序》：「情動於中而形於言。言之不足，故嗟歎之。嗟歎之不足，故永（同『詠』）歌之。永歌之不足，不知手之舞之，足之蹈之也。」又明馮夢龍《醒世恆言．小水灣天狐貽書》：「那些奴僕因家主得了官，一個個手舞足蹈，好不興頭。」

【毛手毛腳】 máo shǒu máo jiǎo

形容做事浮躁粗心，不穩重，不仔細。例 你安排這個～的小夥子去做餐廳的服務員，恐怕不合適。

書 清陳森《品花寶鑑》六：「我們那老二更不如老大，嘴裏勒勒勒勒的勒不清，毛手毛腳不安靜。」

【毛骨悚然】 máo gǔ sǒng rán

害怕得毛髮豎起，脊梁骨發冷。

(悚然：害怕的樣子。) 例 這類恐怖故事令人聽了～，是不宜向小朋友們講的。

書 明吳承恩《西遊記》第一〇回：「龍王見說，心驚膽戰，毛骨悚然。」

注 「悚」不讀 sù。

【毛遂自薦】máo suì zì jiàn

毛遂是戰國時趙國平原君的門客。秦兵攻趙，趙國派平原君到楚國求救，毛遂自己請求隨平原君一同前往。在平原君與楚王會談遲遲沒有結果的情況下，毛遂挺身而出，終於說服楚王派兵救趙。事見《史記．平原君虞卿列傳》。後來就用「毛遂自薦」比喻自我推薦去承擔某項工作。例 丁寧～去當圖書推銷員，他覺得這項工作能發揮自己的特長。

書 清文康《兒女英雄傳》第一八回：「晚生不揣鄙陋，竟學那毛遂自薦，倘大人看我可為公子之師，情願附驥。」

注 「遂」在此不讀 suí。

【仁人志士】rén rén zhì shì

見「志士仁人」，196 頁。

【仁至義盡】rén zhì yì jìn

形容對人的善意或幫助已經達到最大限度。(至、盡：表示達到極點。) 例 大家都盡了最大的努力來幫助他，可以說已經～了。

書 《禮記．郊特牲》：「蜡之祭，仁之至，義之盡也。」此指蜡祭極盡仁義之道，與今通行義有別。又宋陸游《秋思》詩之十：「虛極靜篤道乃見，仁至義盡餘何憂。」

【仁者見仁，智者見智】

rén zhě jiàn rén, zhì zhě jiàn zhì

指不同的人對同一問題因觀察的角度不同而見解不同，各有道理。也省作「**見仁見智**」。

例 電影上映後，觀眾反響熱烈，～，紛紛撰文發表看法。

書 《周易．繫辭上》：「仁者見之謂之仁，智者見之謂之智。」

【什襲而藏】shí xí ér cáng

一層又一層地把物品包裹起來，收藏好。指對認為有價值的物品加意保護，鄭重收藏。(什：通「十」。在此表示多，並非確指。襲：量詞。層。) 例 這幾幅古畫是他家祖傳之寶，～，輕易不肯示人。

書 宋張守《跋唐千文帖》：「此書無一字刓缺，當與夏璜趙璧什襲而藏。」

【片甲不回】piàn jiǎ bù huí

軍隊全部被殲，一個也回不去。(甲：古代將士打仗時穿的護身衣，用金屬片或皮革製成。這裏代指將士。) 例 敵人膽敢來犯，定將他們殺得～。

書 元《三國志平話》卷中：「張飛

笑曰：『吾用一計，使曹公片甲不回。』」

【片言隻字】piàn yán zhī zì
簡短的幾句話，零星的文字材料。例 他到上海搜集當年書局創辦時的史料，哪怕只有～，也不放過。
書 晉陸機《謝平原內史表》：「片言隻字，不關其間；事蹤筆跡，皆可推校。」

【化干戈為玉帛】
huà gān gē wéi yù bó
變戰爭為和平；變爭鬥為和睦相處。（干戈：古代的兩種兵器，干是盾，戈是一種橫刃、裝有長柄的兵器。此處以干戈比喻戰爭。玉帛：指古代國與國交往時用作禮物的玉器和絲織品。此處比喻和平友好。）例「三五十口子打手，經調人東說西說，便都喝碗茶，吃碗爛肉麪，就可以～了。」（老舍《茶館》第一幕）
書《淮南子·原道訓》：「禹知天下之叛也，乃壞城平池，散財物，焚甲兵，施之以德……合諸侯於塗山，執玉帛者萬國。」後用作「化干戈為玉帛」。

【化雨春風】huà yǔ chūn fēng
見「春風化雨」，270頁。

【化為泡影】huà wéi pào yǐng
變成水泡或影子那樣很快就消失的東西。形容計劃或希望全部落空。例 戰爭爆發後，阿興隨着家人逃難到這偏僻的地方，他上大學深造的願望就此～了。
書 宋蘇軾《六觀堂老人草書詩》：「方其夢時了非無，泡影一失俯仰殊。」後用作「化為泡影」。

【化為烏有】huà wéi wū yǒu
變得什麼都沒有了。（烏有：哪裏有。表示不存在。漢代司馬相如寫過一篇《子虛賦》，其中有三個虛構的人物：子虛先生、烏有先生和亡是公，其名字即暗示並無其人。）例 這裏的房屋在地震中已～，居民們全都住進了臨時搭建的帳篷裏。
書 宋蘇軾《章質夫送酒六壺，書至而酒不達，戲作小詩問之》：「豈意青州六從事，化為烏有一先生。」又明羅貫中《三國演義》第一七回：「若將軍者，向為漢臣，今乃為叛賊之臣，使昔日關中保駕之功化為烏有，竊為將軍不取也。」

【化險為夷】huà xiǎn wéi yí
變危險為平安。（夷：平坦；平安。）例 由於董事長處變不驚，調度有方，公司儘管受到金融風暴的嚴重衝擊，但終於～，渡過難關。
書 曾樸《孽海花》第二七回：「以後還望中堂忍辱負重，化險為夷，兩公左輔右弼，折中御侮。」

【斤斤計較】jīn jīn jì jiào
過分計較微小的利益或無關緊要的事情。（斤斤：過分在意。）
例 「我真不解自家的弟兄何必這樣～，豈不是橫豎都一樣？」（魯迅《彷徨·弟兄》）

書 清劉坤一《覆吳清臣》：「該鎮以專閫大員，於一利字，斤斤計較，不勝糾纏，頗有逼人難堪之處。」

【反戈一擊】 fǎn gē yī jī

掉轉兵器進行攻擊。多比喻掉轉頭來向自己原來所屬陣營進攻。例「又因為從舊壘中來，情形看得較為分明，～，易制強敵的死命。」（魯迅《墳·寫在〈墳〉後面》）

書 明羅貫中《三國演義》第一七回：「吾與楊將軍反戈擊之，但看火起為號，温侯以兵相應可也。」今多作「反戈一擊」。

【反目成仇】 fǎn mù chéng chóu

彼此不和，感情變壞，乃至成了仇人。原多用於夫妻間，後也用於其他人之間。（反目：原指夫妻不和。後也泛指彼此翻臉不和。）例 ❶這對人們心目中的恩愛夫妻竟會～，使親戚朋友們百思不得其解。❷葉、彭兩位經理在任用下屬的問題上意見分歧很大，矛盾越來越尖鋭，乃至鬧到了～的地步。

書《周易·小畜》：「夫妻反目。」又清曹雪芹、高鶚《紅樓夢》第五七回：「公子王孫雖多，那（同『哪』）一個不是三房五妾……甚至於憐新棄舊，反目成仇，多着呢！」

【反客為主】 fǎn kè wéi zhǔ

客人反過來成了主人。指改變了通常的主客位置。也比喻變被動為主動。例 尚錦善於交際應酬，只要他去參加聚會，往往會出現～的場面，他成了聚會的中心人物，讓主人好生尷尬。

書 明羅貫中《三國演義》第七一回：「淵為人輕躁，恃勇少謀，可激勸士卒，拔寨前進，步步為營，誘淵來戰而擒之，此乃反客為主之法。」

【反躬自省】 fǎn gōng zì xǐng

反過來檢查自己的思想言行。（反躬：反過來針對自身。自省：檢查自己的思想言行。）例 公司出現這種人心渙散的局面，你作為總裁難道不該～，怎麼能把責任推到副手身上呢？

書 宋朱熹《樂記動靜説》：「此一節正天理人慾之機間不容息處，惟其反躬自省，念念不忘，則天理益明，存養自固，而外誘不能奪矣。」

注「省」在此不讀 shěng。粵 siŋ2 醒。

【反脣相譏】 fǎn chún xiāng jī

受到指責不服氣，反過來譏刺對方。也作「**反脣相稽**」。（反脣：回嘴；頂嘴。譏：譏諷；譏刺。稽：計較。）例 芳妹受了先生的數落很不以為然，～道：「我這麼做還不是向你學的！」説得先生竟無言以對。

書 漢賈誼《治安策》：「婦姑不相説（通『悦』），則反脣而相稽。」

【反敗為勝】 fǎn bài wéi shèng

見「轉敗為勝」，553頁。

【反覆無常】 fǎn fù wú cháng

一會兒這樣，一會兒那樣，變化不定。也作「**翻覆無常**」。例 他對投資這個項目態度～，誰也琢磨不透他內心的真意。

書 宋陳亮《與范東叔龍圖書》:「時事反覆無常，天運所至，亦看人事對副如何。」

【今非昔比】jīn fēi xī bǐ
現在不是過去所能相比的。形容變化巨大。例 說到生活狀況，更是～，無論衣食住行，都比過去強多了。

書 元關漢卿《謝天香》第四摺：「小官今非昔比，官守所拘，功名在念，豈敢飲酒。」

【今是昨非】jīn shì zuó fēi
現在做的對了，過去做的錯了。含有悔悟之意。例 在大家的耐心幫助下，這個失足青年終於醒悟過來，認識到～，決心今後要做個對社會有用的人。

書 晉陶潛《歸去來兮辭》：「實迷途其未遠，覺今是而昨非。」

【凶多吉少】xiōng duō jí shǎo
估計事態發展前景不妙，凶險多，吉利少。例 此時海上風急浪高，若駕船出海，～，還是不要冒險的好。

書 明吳承恩《西遊記》第四〇回：「今日且把這慈悲心略收起，待過了此山再發慈悲罷。這去處凶多吉少。」

【分文不取】fēn wéi bù qǔ
一分、一文錢都不收取。（文：量詞。用於舊時的銅錢。一枚銅錢稱為一文。）例 在這家商場購買了電視機後，商場會送貨上門，並負責調試，～。

書 清文康《兒女英雄傳》第二一回：「果然有意耕種刨鋤，有的是山荒地，山價地租，我分文不取。」

【分門別類】fēn mén bié lèi
按照事物的特性分成不同的門類。（門：指一般事物的類別。）例 他吩咐秘書把這數以千計的資料卡片～整理好，以便今後使用。

書 明朱國禎《湧幢小品·志錄集》:「《夷堅志》原四百二十卷，今行者五十一卷，蓋病其煩蕪而芟之，分門別類，非全帙也。」

【分秒必爭】fēn miǎo bì zhēng
哪怕是一分一秒也一定要爭取。形容時間抓得很緊。例 小艾就要參加研究生招生考試了，她～，認真復習功課，力爭取得好成績。

書 周而復《上海的早晨》：「他從來不肯浪費，安排時間上總是分秒必爭的，哪怕只有二三十分鐘，也要很好利用。」

【分庭抗禮】fēn tíng kàng lǐ
原指古代賓主相見時，分別站在庭院的兩邊，相對行禮，以示平等。後多比喻彼此地位或勢力等相當，可以抗衡。原作「**分庭伉禮**」。（抗、伉：對等。）例 這家剛創辦幾年的新公司，已經可以和幾家知名老公司～了，其實

力不可小覷。

書 《莊子·漁父》：「萬乘之主，千乘之君，見夫子未嘗不分庭伉禮。」又清昭槤《嘯亭雜錄·本朝內官之制》：「近日內務府大臣多由僚屬驟遷，又無重臣兼領，故敬事房總管輩多與諸大臣分庭抗禮，無復統轄之制。」

【分崩離析】fēn bēng lí xī
形容國家或集團等分裂瓦解。例 **那個傀儡政權已呈～之勢，他們的統治不會長了。**

書 《論語·季氏》：「邦分崩離析，而不能守也。」

【分道揚鑣】fēn dào yáng biāo
原指分路而行。後也比喻因目標、志趣等不同而選擇不同的人生道路，各奔各的前程。也作「**分路揚鑣**」。（鑣：馬嚼子兩端露出嘴外的部分。揚鑣：提起馬嚼子，驅馬前進。）例 **董凌和殷思合作了一段時間後，發現彼此的價值取向相差很大，於是便～了。**

書 《魏書·拓跋志傳》：「（拓跋志）與御史中尉李彪爭路……高祖曰：『洛陽我之豐沛，自應分路揚鑣。自今以後，可分路而行。』」

【公而忘私】gōng ér wàng sī
一心為公，不顧及自己。也作「**公爾忘私**」。例 **村長日夜在大堤上組織抗洪，根本沒有時間去照顧自己的家，這種～的精神使村民們很受感動。**

書 漢賈誼《治安策》：「化成俗定，則為人臣者，主耳忘身，國耳忘家，公耳忘私。」耳：語氣詞。今多作「公而忘私」。

【公事公辦】gōng shì gōng bàn
公家的事按公家的制度、原則辦理，不講私情。例 **對於違例泊車的人的處罰是有明文規定的，交通警察～，受罰的人儘管心裏不高興，確實也無話可說。**

書 清李伯元《官場現形記》第三三回：「藩台見人家不來打點，他便有心公事公辦，先從余藎臣下手。」

【公報私仇】gōng bào sī chóu
藉公事的名義來發泄私憤，對人進行報復。例 **他這個人心術不正，利用手中的權力～，打擊別人。**

書 明馮夢龍《警世通言·王安石三難蘇學士》：「小弟初然被謫，只道荊公恨我摘其短處，公報私仇。誰知他到（通『倒』）不錯，我到錯了。」

【公諸同好】gōng zhū tóng hào
把自己喜愛的東西向有同樣愛好的人公開。（公：公開。諸：「之於」的合音，「之」為代詞，此指所喜愛的東西。）例 **汪先生主動將自己多年來珍藏的不同時期和地區的各種票證影印發表，～，藉以推動這一領域的研究工作。**

書 清趙翼《甌北詩話·小引》：「爰就鄙見所及，略為標準，以公諸同好焉。」

注 「好」在此不讀hǎo。粵 hou³耗。

【勾心鬥角】 gōu xīn dòu jiǎo

見「鈎心鬥角」，434 頁。

【六神無主】 liù shén wú zhǔ

形容因害怕、慌張或着急而沒了主意，不知道怎麼辦才好。（六神：道教指分別主宰心、肺、肝、腎、脾、膽六臟的神靈。泛指心神。）例 天已黑了，出門玩耍的小孫子還沒回家，老奶奶急得～，不知該到哪裏去找。

書 明馮夢龍《醒世恆言·盧太學詩酒傲王侯》：「嚇得知縣已是六神無主，還有甚心腸去吃酒。」

【六親不認】 liù qīn bù rèn

親屬之間的關係似乎也不存在了。形容人辦事不講情面。也形容人不講情義。（六親：歷來說法不一，有指父、子、兄、弟、夫、婦的，也有指父、母、兄、弟、妻、子的。泛指親屬。）例 ❶他是位鐵面無私的海關關員，執行公務時～，任何人都休想讓他違反制度辦事。❷小三暴富後處處擺闊，再不願理睬那些窮親戚，氣得他們都罵小三～。

書 張天翼《萬仞約》：「那名堂一立，就六親不認了。」

【文人相輕】 wén rén xiāng qīng

文人自傲，彼此看不起，互不服氣。（輕：輕視。）例 在歷史上～的現象確實存在，但文人間彼此尊重，互相關心，從而結下真摯友誼的事更是不乏其例。

書 三國魏曹丕《典論·論文》：「文人相輕，自古而然，傅毅之於班固，伯仲之間耳，而固小之。」

【文不加點】 wén bù jiā diǎn

文章一氣寫成，無須修改。形容才思敏捷，落筆成章。（加點：古人修改文章時，如果需要刪去某字，則在字旁點一個點。不加點，表示無須修改。）例 我很羨慕那些～的才子，但我做不到那樣，我的每一篇文章都是經過多次修改才定稿的。

書 唐徐堅等《初學記》卷一七引張隱《文士傳》：「吳郡張純少有令名，嘗謁鎮南將軍朱據，據令賦一物然後坐，純應聲便成，文不加點。」

【文不對題】 wén bù duì tí

文章的內容跟題目不相符合。也指說的話跟原有的話題不合或答非所問。（對：相合。）例 在看圖作文時應該緊扣圖畫的內容來寫，否則容易犯～的毛病。

書 魯迅《華蓋集·十四年的「讀經」》：「以這樣文不對題的話來解釋『儼乎其然』的主張，我自己也知道有不恭之嫌。」

【文如其人】 wén rú qí rén

文章的風格跟作者的性格、作風相像。例 他為人熱情、奔放，寫的文章也多充滿激情，真是～哪。

書 宋林景熙《顧近仁詩集序》：「蓋詩如其文，文如其人也。」

【文武雙全】 wén wǔ shuāng quán

文才和武功都具備。例 葉將軍

～，在軍內外都很受人稱道。

書 元關漢卿《單鞭奪槊》第一摺：「憑着你文武雙全將相才，則要你掃盪塵埃。」

【文治武功】wén zhì wǔ gōng

指文化教育和軍事方面的業績。例 歷代的應制詩文大抵是對～的歌頌，奉命而作，缺乏真感情，所以很難打動人。

書《禮記·祭法》：「文王以文治，武王以武功，去民之災，此皆有功烈於民者也。」後用作「文治武功」。

【文從字順】wén cóng zì shùn

語句通順，用字妥帖。例 姜老漢沒上過學，後來參加補習班學文化，現在已經能寫～的短文了。

書 唐韓愈《南陽樊紹述墓志銘》：「文從字順各識職，有欲求之此其躅。」

【文過飾非】wén guò shì fēi

用各種藉口來掩飾過錯。（文、飾：掩飾。）例 你替阿偉～，這不是在幫他，反而是在害他。

書 唐劉知幾《史通·惑經》：「豈與夫庸儒末學，文過飾非，使夫問者緘辭杜口，懷疑不展，若是而已哉！」

注 此處的「文」舊讀 wèn。

【文質彬彬】wén zhì bīn bīn

原指文采和實質配合得十分和諧。後多形容人舉止文雅，有禮貌。也作「**文質斌斌**」。例 這位新同事～，待人接物顯得很有教養，給人的初次印像不錯。

書《論語·雍也》：「質勝文則野，文勝質則史，文質彬彬，然後君子。」又元鄭德輝《傷梅香》楔子：「那生他文質彬彬才有餘，和俺這相府潭潭德不孤。」

【之乎者也】zhī hū zhě yě

這是古代漢語中常用的四個語助詞。後用來譏諷人說話、寫文章時咬文嚼字或故作斯文。例「他對人說話，總是滿口～，教人半懂不懂的。」(魯迅《吶喊·孔乙己》)

書 元關漢卿《單刀會》第四摺：「我跟前使不着你之乎者也、《詩》云子曰，早該豁口截舌。」

【方枘圓鑿】fāng ruì yuán záo

方形的榫頭，圓形的卯眼，兩不相合。比喻格格不入。也作「**圓鑿方枘**」。（枘：榫頭。鑿：卯眼。）例 你說的跟她想的完全不一樣，～，她怎麼會聽得進去呢？

書 戰國楚宋玉《九辯》：「圓鑿而方枘兮，吾固知其鉏鋙而難入。」

【方興未艾】fāng xīng wèi ài

正在興起、發展，還沒有終止。（方：副詞。正。艾：停止。）例 電子信息技術的發展～，它對人類社會正在產生着廣泛而深刻的影響。

書 宋陸佃《太學案問》：「大學之道，方興未艾也。士之來學者，蓋已千數。」

【火上澆油】 huǒ shàng jiāo yóu

比喻於矛盾中增加激化因素，使人更加憤怒，或使事態更加嚴重。也作「**火上加油**」、「**火上添油**」。例 廖叔正在發脾氣，你又說些不該說的，這不是～麼，他當然會暴跳如雷啦！

書 元無名氏《凍蘇秦》第二摺：「你只該勸你那丈夫便好，你倒走將來火上澆油。」

【火中取栗】 huǒ zhōng qǔ lì

法國作家拉·封登在他的寓言《猴子與貓》裏寫猴子騙貓去取在爐火中烤着的栗子。貓把爪上的毛都燒掉了，取出的栗子卻全被猴子吃了，貓一顆也沒吃到。比喻受人利用去做冒險的事，自己吃了苦頭，卻得不到一點好處。例 這個軍閥讓收編來的雜牌軍打頭陣，～，他的嫡系部隊在後面以逸待勞，坐收漁利。

書 徐鑄成《舊聞雜談·王國維與梁啟超》：「段祺瑞只是一時利用進步黨的所謂『人才內閣』作為他的墊腳石，而任公成了他的『貓腳爪』，火中取栗後，就被拋棄了。」

【火眼金睛】 huǒ yǎn jīn jīng

古典戲劇、小說中指經過修煉，能識別妖魔鬼怪的眼睛。也用來形容人犀利敏銳，能識別真偽，洞察隱奧的眼力。例 這位資深警探練就了一副～，任何疑犯都難以在他的眼皮底下逃脫。

書 元楊暹《西遊記》第三本第九齣：「我盜了太上老君煉就金丹，九轉煉得銅筋鐵骨，火眼金睛。」

【火樹銀花】 huǒ shù yín huā

形容燦爛奪目的燈火或焰火。例 國慶之夜，維多利亞港升起了五彩繽紛的焰火，～綴滿夜空。

書 唐蘇味道《正月十五夜》詩：「火樹銀花合，星橋鐵鎖開。」

【火燒火燎】 huǒ shāo huǒ liǎo

像有火在燒烤。形容熱得或痛得難受時的感覺。也形容心裏十分焦急。（燎：挨近火而被燒焦。多用於毛髮。）例 ❶他在烈日下奔波了一天，身上～的，真想跳進水裏痛痛快快泡一泡。❷快開學了，課本還沒運到，彭校長急得～。

書 魏巍《山雨》：「小嘎子火燒火燎地再也忍耐不住，就鑽出磨房來。」

【火燒眉毛】 huǒ shāo méi máo

比喻情勢非常急迫。例 事情已到了～的時候，趕快作決定吧。

書 宋普濟《五燈會元·雲居舜禪師法嗣·蔣山法泉禪師》：「問：『如何是急切一句？』師曰：『火燒眉毛。』」

【斗轉星移】 dǒu zhuǎn xīng yí

北斗轉了方向，眾星移了位置。表示時間推移或歲月流逝，時序變遷。也作「**星移斗轉**」。（斗：指北斗星。）例 ～，送一新弟出國不覺已有十年了。

書 宋王齊叟失調名詞：「先自慮春宵不永。更那堪斗轉星移，尚在有無之境。」

【心力交瘁】xīn lì jiāo cuì

精神和體力都極度勞累。(交：一齊；同時。瘁：極度勞累。) 例 辦這樣的事十分麻煩，弄得人～，有時真想打退堂鼓了。

書 清百一居士《壺天錄》卷上：「由此心力交瘁，患疾遂卒。」

【心口如一】xīn kǒu rú yī

心裏想的和嘴裏説的一個樣。形容人誠實爽直。例 文錦坦率爽直，～，我喜歡這種性格的人。

書 宋汪應辰《題續池陽集》：「由是觀世之議論，謬於是非邪正之實者，未必心以為是，使士大夫心口如一，豈復有紛紛之患哉！」

【心不在焉】xīn bù zài yān

心思不在這裏；思想不集中。(焉：文言詞，相當於「於此」。) 例 他上課時常常～，老師講了些什麼，他根本沒聽進去。

書《禮記·大學》：「心不在焉，視而不見，聽而不聞，食而不知其味。」

【心心相印】xīn xīn xiāng yìn

原為佛教語，指不憑藉言語，以心通意而相契合，後多用來表示彼此心意相通，思想感情一致。(印：契合；符合。) 例 讀他的詩，我產生了強烈的共鳴，想必我和詩人是～的。

書 唐裴休《唐故圭峯定慧禪師傳法碑》：「但心心相印，印印相契，使自證知光明受用而已。」

【心甘情願】xīn gān qíng yuàn

從心裏願意(這樣做)，沒有絲毫勉強。也作「甘心情願」。(甘：願意。) 例 玉玲大學畢業後～到邊遠山區當一名中學教師，她覺得這裏才是最需要她的地方。

書 宋王明清《摭青雜説》：「女曰：『此事兒甘心情願也。』遂許之。」

【心平氣和】xīn píng qì hé

心情平和，不急躁，不動氣。例 雖然對方向興哥發火，興哥依然～地作着解釋，對方很快就消了氣。

書 宋程頤《明道先生行狀》：「荊公與先生雖道不同，而嘗謂先生忠信。先生每與論事，心平氣和。」

【心有餘而力不足】

xīn yǒu yú ér lì bù zú

心裏很想去做這件事，但力量不夠。例 他一直想把這幾十年的讀書筆記認真整理一下，但年老體衰，他開始感到～了。

書 清曹雪芹、高鶚《紅樓夢》第二五回：「我手裏但凡從容些，也時常來上供，只是心有餘而力不足。」

【心有靈犀一點通】

xīn yǒu líng xī yī diǎn tōng

形容彼此心意相通。(靈犀：舊説犀是靈獸，犀角上有白紋如線，貫通兩端，感應靈異。) 例 對於她的暗示，小張～，露出了會心的微笑。

書 唐李商隱《無題》詩之一：「身無彩鳳雙飛翼，心有靈犀一點通。」

【心灰意懶】xīn huī yì lǎn

灰心喪氣，意志消沉。也作「心

灰意冷」。（灰：消沈；失望。懶：懈怠；打不起精神。）例 經受了這麼多次挫折，他早已～了。

書 元喬吉《玉交枝·閒適》曲：「不是我心灰意懶，怎陪伴愚眉肉眼。」

【心血來潮】 xīn xuè lái cháo

原指心中對某人某事突然有所感應。後也指心中一時衝動而產生某種念頭。例 小江辭掉現在的工作，跟人合夥到南方去做生意，這不是～，而是經過反覆考慮才下的決心。

書 明許仲琳《封神演義》第三四回：「乾元山金光洞有太乙真人閒坐碧遊牀，正運元神，忽心血來潮……真人袖裏一掐，早知此事。」

【心安理得】 xīn ān lǐ dé

自己認為所做的事合乎情理，心裏很安定。例 他賺的是合法利潤，～，根本不在乎別人在背後說些什麼。

書 羽衣女士《東歐女豪傑》第三回：「原來我們只求自己心安理得，那外界的苦樂原是不足計較。」

【心如刀割】 xīn rú dāo gē

內心痛苦之極，像被刀割一般。也作「**心如刀絞**」。例 聽說恩師辭世，他～，淚流滿面。

書 元秦簡夫《趙禮讓肥》第一摺：「眼睜睜俺子母各天涯，想起來我心如刀割，題（通『提』）起來我淚似懸麻。」

【心直口快】 xīn zhí kǒu kuài

性情直爽，有話就說。也作「**心直嘴快**」。例「她的性格……就是～，對什麼都沒有顧忌，也不怕別人說長論短。」（巴金《談〈秋〉》）

書 宋文天祥《紀事詩四首序》：「伯顏吐舌云：『文丞相心直口快，男子心！』」

【心花怒放】 xīn huā nù fàng

心裏高興到極點，就像心田之花在盛開一般。（怒放：盛開。）例 大媽聽說兒子被評為全市的十佳青年，樂得～。

書 清李伯元《文明小史》第六〇回：「平中丞此時喜得心花怒放，連說：『難為他了，難為他了！』」

【心明眼亮】 xīn míng yǎn liàng

心裏明白，眼睛雪亮。形容對人或事物看得很清楚，不受欺騙或迷惑。也作「**眼明心亮**」。例 黃大伯～，胡四的這番鬼話哪能騙得了他。

書 梁斌《紅旗譜》三二：「你去找忠大叔，那人走南闖北，心明眼亮，辦事幹練，能話也能行！」

【心服口服】 xīn fú kǒu fú

嘴裏、心頭都服氣。形容是真正地服氣。也作「**口服心服**」。例 這盤棋我輸得～，對手的棋力確實比我高出一截。

書 清曹雪芹、高鶚《紅樓夢》第五九回：「如今請出一個管得着的人來管一管，嫂子就心服口服，也知道規矩了。」

【心狠手辣】 xīn hěn shǒu là

心腸兇狠，手段毒辣。例 這幫匪徒～，幹盡了壞事。

書 清藤谷古香《轟天雷》第一一回：「刑餘之人，心狠手辣，自古然也。」

【心急如焚】xīn jí rú fén
心裏急得像火在燒一樣。例 參加考試的時間快到了，可我坐的汽車被堵在路上動彈不得，真讓人～。

書 清吳趼人《二十年目睹之怪現狀》第一七回：「我越發覺得心急如焚，然而也是沒法的事，成日裏猶如坐在針氈上一般。」

【心悅誠服】xīn yuè chéng fú
真心實意地服氣。（悅：高興。誠：確實。）例 周先生對問題的分析入情入理，十分精闢，我聽了～。

書 《孟子·公孫丑上》：「以力服人者，非心服也，力不贍也；以德服人者，中心悅而誠服也，如七十子之服孔子也。」後用作「心悅誠服」。

【心虛膽怯】xīn xū dǎn qiè
自己有錯，理虧氣餒，膽小畏縮。也作「**膽怯心虛**」。（怯：膽小；害怕。）例 他明白自己在說謊話，～，現被人一追問，聲音不由自主地低了下來。

書 清陳森《品花寶鑒》二九：「一路上說了些利害話，心虛膽怯，只得戰戰兢兢，上前見了夫人。」

【心勞日拙】xīn láo rì zhuō
費盡心機，情況卻越弄越糟。（拙：困窘。）例「私拆函件，本是中國的慣技，我也早料到的。但是這類伎倆，也不過～而已。」（魯迅《兩地書·致許廣平二六》）

書 《尚書·周官》：「作德，心逸日休；作偽，心勞日拙。」

【心照不宣】xīn zhào bù xuān
彼此心裏明白，不用說出來。（照：知曉；明白。宣：公開說出。）例 三嬸話裏暗含的意思，我和格非都聽出來了，彼此交換了一下眼色，～。

書 清張勻《玉嬌梨》第一九回：「千里片言，統祈心照不宣。」

【心亂如麻】xīn luàn rú má
心裏亂得像一團沒有理過的麻。形容心緒十分煩亂。例 林老闆在股市上受到重挫後，～，不知該如何來收拾這一局面。

書 明馮夢龍《古今小說·月明和尚度柳翠》：「這紅蓮聽得鼓已是二更，心中想道：『如何事了？』心亂如麻，遂乃輕移蓮步，走到長老房邊。」

【心腹之患】xīn fù zhī huàn
比喻致命的禍患。也作「**腹心之疾**」。例 為了肅清內奸，除去～，他們可沒少花力氣。

書 《後漢書·陳蕃傳》：「今寇賊在外，四支之疾；內政不理，心腹之患。」

【心猿意馬】xīn yuán yì mǎ
形容心思散亂不定，像猿跳、馬奔一樣，控制不住。也作「**意馬**

心猿」。例 面對社會上五光十色的誘惑，他～，似乎再也安不下心來讀書了。

書 《敦煌變文集．維摩詰經講經文》：「卓定深沈莫測量，心猿意馬罷顛狂。」

【心慈面軟】 xīn cí miàn ruǎn

形容人心地慈善，講情面，容易同情人遷就人。例 大姑媽～，見小妹苦苦央告，就同意了小妹利用暑假到國外觀光的請求。

書 清李綠園《歧路燈》第一〇〇回：「譚紹聞是心慈面軟的人，當下又沒法子開脱，只得承許。」

【心煩意亂】 xīn fán yì luàn

心情煩躁，意念紛亂。例 最近幾件麻煩事都找上門來，弄得他～，整天沒個好心情。

書 戰國楚屈原《卜居》：「心煩意亂，不知所從。」

【心慌意亂】 xīn huāng yì luàn

內心着慌，意念紛亂，沒了主意。例 夏童初次上台朗誦，～，把詞都給忘了。

書 明凌濛初《初刻拍案驚奇》卷六：「卜良被咬斷舌頭，情知中計，心慌意亂，一時狂走。」

【心領神會】 xīn lǐng shén huì

不用別人明説，心中已能領悟其意。(會：理解；懂得。) 例 排長做了一個手勢，戰士們～，立刻隱蔽起來。

書 唐田穎《遊雁蕩山記》：「將午，始到古寺，老僧清高延坐禪房，與之辨論心性切實之學，彼已心領神會。」

【心滿意足】 xīn mǎn yì zú

心裏非常滿足。例 爸爸有了一間專用的書房後～，他常常在那裏看書寫作到深夜。

書 宋呂祖謙《晉論》中：「君臣上下，自以為江東之業為萬世之安，心滿意足。」

【心廣體胖】 xīn guǎng tǐ pán

形容人心胸開闊坦蕩，身體安泰舒適。後也用來指人心情舒暢，身體健壯。也作「**心寬體胖**」。(胖：舒泰。) 例 「結婚十年來，李先生～，太太叫他好丈夫，太太的朋友説他夠朋友。」(錢鍾書《貓》)

書 《禮記．大學》：「富潤屋，德潤身，心廣體胖，故君子必誠其意。」

注 「胖」在此不讀 pàng。

【心膽俱裂】 xīn dǎn jù liè

心和膽都嚇破了。形容極度驚恐。也作「**心膽俱碎**」。例 正在進行毒品交易的毒販被從天而降的警察嚇得～，一一就擒。

書 明馮夢龍《古今小説．木綿庵鄭虎臣報冤》：「此時蒙古攻城甚急，鄂州將破，似道心膽俱裂，那敢上前？」

【心嚮往之】 xīn xiàng wǎng zhī

形容對某個人或某種事物十分思慕。例 聽説桂林山水甲天下，對於那裏的迷人景色，我一直～。

書 《史記·孔子世家論》：「《詩》有之：『高山仰止，景行行止。』雖不能至，然心鄉（同『嚮』）往之。余讀孔氏書，想見其為人。」

【心曠神怡】 xīn kuàng shén yí

心胸開闊，精神愉快。（怡：愉悦；快樂。） 例 重陽節登高遠眺，令人～。

書 宋范仲淹《岳陽樓記》：「登斯樓也，則有心曠神怡，寵辱皆忘，把酒臨風，其喜洋洋者矣。」

【心懷鬼胎】 xīn huái guǐ tāi

心裏藏着見不得人的事情或念頭。 例 這幾個～的走私分子在經過海關時神色有些異常，引起了海關檢查人員的注意。

書 明凌濛初《二刻拍案驚奇》卷三：「孺人揭開帳來，看見了翰林，道：『……你方才卻和那個説話？』翰林心懷鬼胎，假説道：『只是小姪，並沒有那個。』」

【心驚肉跳】 xīn jīng ròu tiào

形容擔心災禍臨頭，內心驚恐不安。也作「**心驚肉戰**」。 例 這個疑犯聽説同夥均已被捕，自知難逃法網，不禁～。

書 元無名氏《爭報恩》第三摺：「不知怎麼，這一會兒心驚肉戰，這一雙好小腳兒，再走也走不動了。」

【心驚膽戰】 xīn jīng dǎn zhàn

見「膽戰心驚」，548 頁。

【心靈手巧】 xīn líng shǒu qiǎo

心思靈敏，雙手靈巧。 例 彭姐是個～的人，這門手藝她學得很快。

書 清孔尚任《桃花扇·棲真》：「香姐心靈手巧，一捻針線，就是不同的。」

【尺短寸長】 chǐ duǎn cùn cháng

尺比寸長，但用來量更長的東西時卻又顯着短；寸比尺短，但用來量更短的東西時卻又顯着長。比喻人或事物各有長處，也各有短處。原作「**尺有所短，寸有所長**」。也作「**寸長尺短**」。 例 ～，我們要互相幫助，取長補短，這樣就一定能把工作做得更好。

書 戰國楚屈原《卜居》：「夫尺有所短，寸有所長，物有所不足，智有所不明，數有所不逮，神有所不通。」又宋蘇軾《定州到任謝執政啟》：「燕南趙北，昔稱謀帥之難；尺短寸長，今以乏人而授。」

【尺壁寸陰】 chǐ bì cùn yīn

見「寸陰尺璧」，49 頁。

【引人入勝】 yǐn rén rù shèng

引人進入美妙的境地。多用於風景或文學作品。（勝：勝境；美妙的境地。） 例 ❶這幾處私家園林佔地不大，但玲瓏精緻，頗多雅趣，十分～。❷把文章寫得如此～，足見作者學養和功力之深。

書 晉郭澄之《郭子》：「王佛大歎曰：『三日不飲酒，覺形神不復相親，酒自引人入勝地耳。』」又清厲鶚《東城雜記》卷下：「林光巖翠，襲人襟帶間，而鳥語花香，固自引

人入勝。」

【引以為戒】yǐn yǐ wéi jiè
把自己或別人過去犯錯誤的教訓作為警戒，避免重犯。（戒：警戒。）例 **做事光憑主觀願望而不考慮客觀條件，從而導致失敗，這方面的教訓很多，我們要～。**
書 清李伯元《官場現形記》第一八回：「無奈他太無能耐，不是辦的不好，就是鬧了亂子回來。所以近來七八年，歷任巡撫都引以為戒，不敢委他事情。」

【引而不發】yǐn ér bù fā
拉開弓，搭上箭，但不把箭放出去。比喻善於啟發引導或控制。也比喻做好準備，待機而動。（引：拉開弓。發：射出箭去。）例 ❶ **萬老師講課時善於採取～的方式，啟發學生的思路，誘導學生自己得出正確的結論。** ❷ **即將開始新一輪的市場競爭了，這家公司～，正密切注視競爭對手的動向。**
書《孟子・盡心上》：「君子引而不發，躍如也。」此指示範射箭的動作，以便觀摩領會。

【引吭高歌】yǐn háng gāo gē
放開喉嚨，高聲歌唱。（引：伸着。吭：喉嚨。）例 **登上山頂，視野格外開闊，他們～，以抒發心中的情懷。**
書 葉聖陶《醉後》：「她們引吭高歌的時候，曳聲很長，抑揚起落。」
注「吭」在此不讀 kēng。粵 hɔŋ[4] 杭。

【引咎自責】yǐn jiù zì zé
把發生過失的責任承當起來，責備自己。（引：自己承當。咎：過失。）例 **班主任劉老師就班裏學生違反紀律的行為～，並立即採取措施努力改變這種狀況。**
書《北史・周紀下・高祖武帝》：「公卿各引咎自責。」

【引狼入室】yǐn láng rù shì
比喻自己把壞人或敵人引入內部。例 **金融機構聘用人員的時候，必須謹慎，一旦～，後果不堪設想。**
書 清蒲松齡《聊齋志異・黎氏》：「士則無行，報亦慘矣。再娶者，皆引狼入室耳。」

【引經據典】yǐn jīng jù diǎn
引用經典著作裏的話作為依據。例 **他寫文章喜歡～，以加強立論的說服力。**
書 清張岱《家傳》：「走筆數千言，皆引經據典，斷案如老吏。」

【少不更事】shào bù gēng shì
指人年紀輕，經歷的世事不多，缺乏經驗。也作「**少不經事**」。（更：經歷。）例 **他剛從學校畢業，～，派他去同人交涉我總有點不放心。**
書 宋羅大經《鶴林玉露補遺》卷七：「言少不更事之人，無所涵養，而驟膺拔擢，以當重任。」
注「更」在此不讀gèng。粵 gɐŋ[1]庚。

【少年老成】shào nián lǎo chéng
人雖年輕，卻很穩重老練。有時

也指年輕人缺乏朝氣。（老成：閱歷多，辦事穩重。）例 這位新近應聘來工作的大學生～，辦起事來有板有眼。

書 元柯丹邱《荊釵記·團圓》：「我這公祖少年老成，居民無不瞻仰，老夫感激深恩。」

【少安毋躁】shǎo ān wú zào
暫且安心等一等，不要急躁。也作「**稍安毋躁**」。「毋」也作「無」。（少：稍微；暫時。毋：副詞。不要。）例 請各位記者～，過一會兒我們將把對這一事件調查的情況向大家做詳細的介紹。

書 唐韓愈《答呂毉山人書》：「方將坐足下三浴而三熏之，聽僕所為，少安無躁。」

【少見多怪】shǎo jiàn duō guài
見識少，遇到很多他不常見的事物常常感到奇怪。例 各位請不要～，青年戀人對歌的風俗在當地已經流行和延續很多很多年了。

書 漢牟融《理惑論》：「諺云：『少所見，多所怪，睹馲駝，言馬腫背。』」後用作「少見多怪」。

【毋庸諱言】wú yōng huì yán
見「無庸諱言」，426 頁。

【水土不服】shuǐ tǔ bù fú
見「不服水土」，79 頁。

【水中撈月】shuǐ zhōng lāo yuè
見「海底撈月」，347 頁。

【水月鏡花】shuǐ yuè jìng huā
見「鏡花水月」，563 頁。

【水火不相容】
shuǐ huǒ bù xiāng róng
比喻二者對立，像水與火那樣，互不相容。例 任人唯賢與任人唯親是兩種根本對立的用人路線，～。

書 宋歐陽修《祭丁學士文》：「善惡之殊，如水與火不能相容，其勢然爾。」

【水到渠成】shuǐ dào qú chéng
水流到的地方自然形成溝渠。比喻條件成熟了，無須強求，事情自然成功。例 經過充分醞釀和籌備，成立中國文化研究院現在已～了。

書 宋蘇軾《答秦太虛書》：「度囊中尚可支一歲有餘，至時別作經畫，水到渠成，不須預慮。」

【水乳交融】shuǐ rǔ jiāo róng
像水和乳汁那樣融合在一起。比喻關係十分融洽。例 小羅是分管這個屋村的差人，和村民們相處得～，大家都把他看成自家人。

書 清劉鶚《老殘遊記》第一九回：「幾日工夫，同吳二攪得水乳交融。」

【水泄不通】shuǐ xiè bù tōng
連水都泄不出去。形容包圍、封鎖得非常嚴密。也形容十分擁擠。例 ❶這座城市被敵軍圍得～，形勢十分危急。❷場院裏

擠滿了趕來看歌星演出的村民，～。

書 元宮天挺《范張雞黍》第一摺：「三座衙門，把的水泄不通。」

【水性楊花】 shuǐ xìng yáng huā

水性隨勢流動，楊花隨風飄舞。比喻婦女作風輕浮，用情不專一。例 她不是那種～的人，你應該相信她，不要總是對她疑神疑鬼的。

書 清無名氏《説唐》第五八回：「張、尹二妃終是水性楊花，最近因高祖數月不入其宮，心懷怨望。」

【水清無魚】 shuǐ qīng wú yú

原作「水至清則無魚」。水太清了，就沒有魚能生存。比喻對人苛察，就會沒有夥伴。今多用來表示對人不可求全責備，否則難以容眾。例 你應該知道～的道理，如果連員工中這類無關大局的缺點都無法容忍，你又到哪裏去找十全十美的人呢？

書《大戴禮記·子張問入官》：「水至清則無魚，人至察則無徒。」又漢班固《白虎通義》：「故水清無魚，人察無徒。」

【水深火熱】 shuǐ shēn huǒ rè

形容處境極其艱難痛苦，像是陷在深水熱火中一樣。例 抗戰勝利了，生活在～之中的淪陷區民眾終於看到了希望。

書《孟子·梁惠王下》：「簞食壺漿以迎王師，豈有他哉？避水火也。如水益深，如火益熱，亦運而已矣。」後用作「水深火熱」。

【水落石出】 shuǐ luò shí chū

水位落下去，水底的石頭露了出來。原為一種自然景象，後多用來比喻事情真相完全顯露出來。例 這個案件雖然撲朔迷離，但警方正加緊偵查，我相信總會有～的一天。

書 宋歐陽修《醉翁亭記》：「野芳發而幽香，佳木秀而繁陰，風霜高潔，水落而石出者，山間之四時也。」

【水滴石穿】 shuǐ dī shí chuān

水不斷滴在石頭上，年深月久，能把石頭滴穿。今多比喻儘管力量小，只要持之以恆，也能做成艱難的事情。也作「**滴水穿石**」。例 他在研究工作中下了～的功夫，終於取得了今天這樣令人讚歎的成績。

書《漢書·枚乘傳》：「泰山之霤穿石，單極之綆斷幹，水非石之鑽，索非木之鋸，漸靡使之然也。」又宋羅大經《鶴林玉露》卷一〇：「乖崖援筆判云：『一日一錢，千日一千，繩鋸木斷，水滴石穿。』」此指小錯積累起來，後果也會十分嚴重，與今通用之義不同。

【水漲船高】 shuǐ zhǎng chuán gāo

水位升高了，船身的位置也隨着升高。比喻事物隨着它所依托的基礎的提高而提高。例 今年報考這所學校的考生多，成績又普遍較高，學校的錄取分數線自然就～，這是很正常的現象。

書 宋普濟《五燈會元·芭蕉清禪師法嗣·芭蕉繼徹禪師》：「水長（同『漲』）船高，泥多佛大。」

五畫

【玉石俱焚】 yù shí jù fén
美玉和石頭一起被焚毀。比喻不分好壞，一起被毀掉了。例 **戰火燃及之處，～，這座城市遭受了一場空前的劫難。**
書 《尚書．胤征》：「火炎崐岡，玉石俱焚。」

【玉成其事】 yù chéng qí shì
成全那件事。（玉成：敬辭。成全。）例 **多承周先生～，我銘感不忘。**
書 明馮夢龍《古今小說．金玉奴棒打薄情郎》：「秀才若不棄嫌，老漢當即玉成其事。」

【玉潔冰清】 yù jié bīng qīng
見「冰清玉潔」，184頁。

【未卜先知】 wèi bǔ xiān zhī
未曾占卜就能預先知道將會發生什麼事情。形容人有預見。（卜：占卜。古人用火灼龜甲，視其裂紋以預測吉凶。）例 **我又沒有～的本事，哪裏會想到事情竟出現了這樣的結局。**
書 元王曄《桃花女》第三摺：「賣弄殺《周易》陰陽誰知你，還有個未卜先知意。」

【未可厚非】 wèi kě hòu fēi
不可過多責備。表示雖然有錯，但也還有可予原諒之處。也作「**無可厚非**」。（厚：過多；過分。非：責備。）例 **他對你的做法不理解，說幾句埋怨的話，這也～，你向他解釋清楚就行了。**
書 《漢書．王莽傳中》：「莽怒，免英官。後頗覺寤，曰：『英亦未可厚非。』」

【未老先衰】 wèi lǎo xiān shuāi
人還沒老卻顯出衰老之態。例 **阿桐四十歲剛出頭，卻牙也掉了，背也駝了，真是～。**
書 宋歐陽守道《逸仙堂記》：「以有限之精神沒無窮之進取，則於是又有未老而先衰者矣。」

【未雨綢繆】 wèi yǔ chóu móu
還沒下雨的時候，先把門窗房屋修補好。比喻事先做好準備。（綢繆：纏縛。引伸為修補。）例 **我們要～，在洪水到來之前完成堤防的加固工作。**
書 《詩經．豳風．鴟鴞》：「迨天之未陰雨，徹彼桑土，綢繆牖户。」又明高攀龍《申嚴憲約責成州縣疏》：「天下多事之時，二者實為未雨綢繆之計，不可忽也。」
注 「繆」在此不讀 miào 或 miù。
粵 mɐu⁴ 謀。

【未能免俗】wèi néng miǎn sú
沒能擺脱開一般習俗的影響。表示有時也不得不隨俗行事。例 過節了，總要説些帶口彩的話，我也～，圖個吉利嘛。
書 南朝宋劉義慶《世説新語·任誕》：「七月七日，北阮盛曬衣，皆紗羅錦綺。仲容以竿掛大布犢鼻褌於中庭，人或怪之，答曰：『未能免俗，聊復爾耳。』」

【巧立名目】qiǎo lì míng mù
取巧地設立名目，以達到某種不正當目的。例 政府三令五申，各部門不得～亂收費，加重農民負擔。
書 《清史稿·諾岷傳》：「上屢飭各省督察有司，耗羨既歸公，不得巧立名目，復有所取於民。」

【巧舌如簧】qiǎo shé rú huáng
靈巧的舌頭如同樂器裏的簧片一樣。形容人能説會道，花言巧語。用於貶義。（簧：樂器裏用於振動發聲的小薄片。）例 隨着消費者的成熟，那種依靠～的推銷員上門兜售產品的做法已經越來越行不通了。
書 《詩經·小雅·巧言》：「巧言如簧，顏之厚矣。」又唐劉兼《誡是非》詩：「巧舌如簧總莫聽，是非多自愛憎生。」

【巧言令色】qiǎo yán lìng sè
專説動聽的話，做出取悦於人的表情。形容人花言巧語，討好別人。（令：美好。）例 這個～的小人，他的所作所為被所有正直的人所不齒。
書 《尚書·皋陶謨》：「能哲而惠，何憂乎驩兜，何遷乎有苗，何畏乎巧言令色孔壬？」

【巧取豪奪】qiǎo qǔ háo duó
耍花招騙取或用強力手段搶奪。形容採用各種手段奪取他人的東西。也作「**巧偷豪奪**」。（豪：強橫。）例 殖民主義者～，大發橫財，給當地人民帶來了深重的苦難。
書 宋劉克莊《鐵庵方閣學墓志銘》：「苑囿堂榭皆出新意，營繕華好如中州，而民不知役，四庫外羨錢尚十餘萬。公儒者，未嘗行巧取豪奪之政，亦莫知其何以致此也。」

【巧婦難為無米之炊】
qiǎo fù nán wéi wú mǐ zhī chuī
再靈巧的婦女，沒有米麪也做不出飯來。比喻缺少必要的條件，即使是能幹的人，也難以把事情辦成。（炊：燒火做飯。）
例 ～，沒有所需的實驗設備和材料，栗教授的心情比誰都着急。
書 宋莊季裕《雞肋編》卷中：「諺有『巧息（通「媳」）婦做不得沒麪餺飥』與『遠井不救近渴』之語。」今多作「巧婦難為無米之炊」。

【巧奪天工】qiǎo duó tiān gōng
人工的精巧勝過天然。形容技藝巧妙。（奪：勝過；壓倒。）
例 這個象牙球裏外三層，旋轉自如，雕刻精細，～。
書 元趙孟頫《贈放煙火者》詩：「人間巧藝奪天工，鍊藥燃燈清晝同。」

【正人君子】zhèng rén jūn zǐ

正直而有道德的人。有時也用於諷刺，指假裝正經的人。（正人：正直的人。）例 ❶「你們還好意思在我面前冒充～。」（巴金《秋》四九）❷「我來廈門，雖是為了暫避軍閥官僚『～』們的迫害，然而小半也在休息幾時。」（魯迅《兩地書》一〇二）

書《舊唐書．崔胤傳》：「胤所悦者闒茸下輩，所惡者正人君子，人人悚懼，朝不保夕。」

【正大光明】zhèng dà guāng míng

見「光明正大」，158 頁。

【正中下懷】zhèng zhòng xià huái

正好符合自己的心意。（下懷：自己的心意。）例 小彭久仰元伯先生，這次出版社派他去給元伯先生送書，～，他便十分高興地答應了。

書 明施耐庵《水滸傳》第六三回：「蔡福聽了，心中暗喜：『如此發放，正中下懷。』」

【正本清源】zhèng běn qīng yuán

從根本上整頓，從源頭上清理。例 由於採取了各項～的措施，困擾公司經營的諸多問題終於得到了解決。

書《晉書．武帝紀》：「思與天下式明王度，正本清源。」

【正氣凜然】zhèng qì lǐn rán

剛正的氣概令人敬畏。（凜然：可敬畏的樣子。）例 陳老伯～，用鐵一樣的事實駁斥了那些無恥小人對他的誣衊。

書 明沈德符《野獲編．勳戚．劉基》：「其為人正氣凜然，奸邪莫可犯。」

【正顏厲色】zhèng yán lì sè

表情莊重、嚴肅。（顏：臉上的表情。色：神色。）例 李老師對少數同學損壞公物的行為～地進行了批評。

書 明王廷相《雅述．上篇》：「有德之人，心誠辭直，正顏厲色，不作偽飾，以為心害。」

【正襟危坐】zhèng jīn wēi zuò

整理好衣服，端端正正地坐着。形容嚴肅、恭敬或拘謹的樣子。（危：端正。）例 少年軍校的學員們正在講堂裏～，聽教官訓話。

書《史記．日者列傳》：「宋忠賈誼瞿然而悟，獵纓正襟危坐。」

【功成名遂】gōng chéng míng suì

功業成就了，名聲也隨之建立起來了。也作「**功成名立**」、「**功成名就**」。（遂：成功。）

例「有了一點小名或大名，得到了教授或別的什麼位置，～，不必再寫詩寫小說了，所以永不見了。」（魯迅《二心集．對於左翼作家聯盟的意見》）

書《墨子．修身》：「名不徒立而譽不自長，功成名遂，名譽不可虛假，反之身者也。」

【功成身退】gōng chéng shēn tuì

功業成就後主動引退。例 這位

～的前世界羽毛球單打冠軍來到業餘體育學校輔導時，受到了師生們的熱烈歡迎。

書 宋蘇軾《賜韓絳上表乞致仕不允詔》：「功成身退，人臣之常。壽考康強，有不得謝。」

【功到自然成】 gōng dào zì rán chéng

功夫用到了家，事情自然會成功。多用來勸勉人要認真、踏實地去做，不要急於求成。例 學習外語不能性急，只要持之以恆，～。

書 明吳承恩《西遊記》第四三回：「這師父原來只是思鄉難息！若要那三三行滿，有何難哉！常言道『功到自然成』哩！」

【功敗垂成】 gōng bài chuí chéng

事情在將近成功的時候遭到失敗。多含惋惜之意。（功：指表現成效的事情。垂：將近。）例 這次試驗，～，其中有許多教訓值得總結。

書《晉書．謝安傳論》：「廟算有遺，良圖不果，降齡何促，功敗垂成。」

【功德無量】 gōng dé wú liàng

功業、恩德非常大，不可計量。佛教也指善行的效果很大，不可計量。例 他研製成這種新藥，幫助許多患者恢復了健康，做了件～的大好事。

書《漢書．丙吉傳》：「所以擁全神靈，成育聖躬，功德已亡（通『無』）量矣。」

【功德圓滿】 gōng dé yuán mǎn

佛教指唸佛誦經或法會、善事等圓滿結束。也泛指事情圓滿完成。（圓滿：表示沒有欠缺，使人滿意。）例 改建學校的事是秦校長一手操辦的，現在總算～了。

書 唐陳集原《龍龕道場銘》：「更於道場之南造釋迦尊像一座，遂得不日而成，功德圓滿。」

【功虧一簣】 gōng kuī yī kuì

《尚書．旅獒》：「為山九仞，功虧一簣。」意思是堆一座九仞（古時八尺或七尺為一仞）高的土山，由於只差最後一筐土而未能完成。比喻一件事只差最後一步而未能成功。多含惋惜之意。（虧：欠缺；短少。簣：盛土的筐子。）例 這局棋我本來佔有優勢，只是一時大意，竟被對手偷襲成功，～，後悔莫及。

書《晉書．東海王越傳贊》：「長沙奉國，始終靡慝；功虧一簣，奄罹殘賊。」

注 「簣」不讀 guì。

【去偽存真】 qù wěi cún zhēn

去掉虛假的，保存真實的。

例 由於事情過去很久了，材料龐雜，我們必須下一番～的功夫，才能弄清事情的本來面貌。

書《續傳燈錄．褒禪溥禪師》：「權衡在手，明鏡當臺，可以摧邪輔正，可以去偽存真。」

【瓦解冰消】 wǎ jiě bīng xiāo

見「冰消瓦解」，184頁。

【甘之如飴】gān zhī rú yí

感到甜得像吃飴糖一樣。形容人樂於承受艱難困苦或做出犧牲，雖苦猶甜。（甘：感到甜。飴：飴糖，也稱麥芽糖。）例 創業伊始，條件十分艱苦，但大家～，工作熱情一直很高。

書 宋 真德秀《送周天驥序》：「非義之富貴，遠之如垢污；不幸而貧賤，甘之如飴蜜。」

【甘心情願】gān xīn qíng yuàn

見「心甘情願」，104 頁。

【甘拜下風】gān bài xià fēng

甘心情願居於下列而向人行禮。表示真心佩服，自認不如對方。（下風：風向的下方。古代出令者居上風的位置，聽令者居下風的位置。）例 他的口才堪稱一流，我～。

書 清 和邦額《夜譚隨錄·三官保》：「君神人也，吾等甘拜下風矣。」

【世外桃源】shì wài táo yuán

東晉 陶淵明在《桃花源記》裏虛構了一個與世隔絕、民風淳樸、百姓安居樂業的好地方，令人嚮往。後來就用「世外桃源」比喻脱離了人世紛亂的安樂的地方或理想中的美好世界。例 這間書房便是他的～，他在這裏讀書習字，怡然自得，忘卻了煩惱。

書 清 孔尚任《桃花扇·歸山》：「且喜已到松風閣，這是俺的世外桃源。」

【世態炎涼】shì tài yán liáng

社會上某些人，在別人有錢有勢時奉承巴結，在別人無錢無勢時就疏遠冷淡。（世態：社會上人與人交往的情態。炎涼：熱或冷。此指親熱或冷淡。）例「誰曾從豐裕跌落到貧困，從高貴跌落到式微，那他對於～的感覺，大概要加倍的深切罷？」（茅盾《一個女性》六）

書 宋 文天祥《杜架閣》詩之二：「世態炎涼甚，交情貴賤分。」

【古今中外】gǔ jīn zhōng wài

從古代到當代，從中國到外國。例 圖書館裏收藏了許多～的文學名著，供讀者借閱。

書 孫中山《心理建設（孫文學説）》第二章：「世之能用錢而不知錢之為用者，古今中外，比比皆是。」

【古色古香】gǔ sè gǔ xiāng

形容器物、書畫或陳設、建築等富有古樸典雅的色彩、情調。也作「**古香古色**」。（古香：指古器物或書畫等因年代久遠而發出的獨特氣味。）例 俞老的書房裏擺着幾件～的陶器，別具意趣。

書 清 黃丕烈《士禮居藏書題跋記續·塵史》：「是書雖非毛氏所云何元朗本及伊舅氏仲木本，然古色古香溢於楮墨，想不在二本下也。」

【古往今來】gǔ wǎng jīn lái

從古到今。例 如果沒有一種執着追求的精神，是難以有大的成就的，～，概莫能外。

書 晉 潘岳《西征賦》：「古往今來，邈矣悠哉。」

【古道熱腸】gǔ dào rè cháng

待人真誠、熱情，樂於助人。(古道：上古時代質樸淳厚的風俗習慣。熱腸：熱心腸。) 例 陳觀射先生～，受過他幫助的人很多。

書 清李伯元《官場現形記》第四四回：「幾個人當中，畢竟是老頭子秦梅士古道熱腸。」

【本末倒置】běn mò dào zhì

比喻把根本的(或主要的)與細枝末節的(或次要的)弄顛倒了。例 做任何事如果～，就難免會出現費力不討好的結果。

書 宋朱熹《答呂伯恭》：「昨所獻疑，本末倒置之病，明者已先悟其失。」

【本來面目】běn lái miàn mù

原為佛教用語，指人本來具有的心性。後多用來指人或事物原本的面貌。例 通過這幾件事，鳳英終於認清了阿彪的～。

書 唐慧能《壇經．行由品》：「不思善，不思惡，正與麼時，那箇(同『個』)是明上座本來面目。」

【可乘之機】kě chéng zhī jī

可以利用的機會。也作「**可乘之隙**」。(乘：指利用機會。隙：漏洞；空子。) 例 隆安足球隊防守嚴密，幾乎沒給對手留下什麼～，所以球門始終沒有受到真正的威脅。

書 《晉書．呂纂傳》：「宜繕甲養銳，勸課農殖，待可乘之機，然後一舉盪滅。」

【可望而不可即】

kě wàng ér bù kě jí

可以望見但不可以接近。形容某一目標希望能去達到而實際上達不到。「即」也作「及」。(即：靠近；接觸。) 也作「**可望不可即**」。例 不要去制訂那種～的高指標，如果大家怎麼努力都達不到，他的積極性不就受到挫傷了嗎？

書 唐張說《遊洞庭湖湘》詩：「緬邈洞庭岫，葱蒙水霧色。宛在太湖中，可望不可即。」

【可歌可泣】kě gē kě qì

值得歌頌讚美，為之感動而掉淚。形容精神高尚，事跡悲壯，感人至深。例 「其實，戰士的日常生活，是並不全部～的，然而又無不和～之類相關聯，這才是實際上的戰士。」(魯迅《且介亭雜文末編．「這也是生活」……》)

書 明海瑞《方孝孺臨麻姑仙壇記跋》：「國初方正學先生忠事建文，殉身靖難，其激烈之概，無異平原復生。追念及之，可歌可泣。」

【左支右絀】zuǒ zhī yòu chù

應付了這一方面，另一方面就無力應付了。形容因力量不足而窮於應付，顧此失彼。(支：支撐。絀：不夠。) 例 公司財務狀況不佳，～，使經理十分狼狽。

書 明陳子龍《議財用》：「及先帝時格外措遼餉，歲四五百萬……餉不為少矣，而左支右絀，以至今日。」

【左右逢源】zuǒ yòu féng yuán

比喻事情不管怎麼去做，都得心應手，非常順利。有時也用於貶義，指為人乖巧圓滑，幹什麼都行得通。 例 ❶阿琨閱歷廣，朋友多，辦事～，從沒見他為難過。❷他兩頭討好，所以～，在哪一邊都吃得開。

書 《孟子·離婁下》：「資之深，則取之左右逢其原。」此指學問功夫到了家，造詣很深，就能取之不盡，應用自如。這與現在的通用義有所不同。

【左右為難】zuǒ yòu wéi nán

這樣做或那樣做都有難處。形容難以做出選擇，拿不定主意。 例 有兩家公司都準備錄用我，它們各有吸引我的地方，究竟到哪家公司去上班呢，我前思後想，～。

書 清文康《兒女英雄傳》第二回：「那太太聽了，自然是左右為難；但事到其間，實在無法。」

【左右開弓】zuǒ yòu kāi gōng

左手和右手都能拉弓射箭。也比喻兩手交替做某一動作，或左邊一下、右邊一下地做同一動作。 例 孫排長兩手提槍，～，槍槍命中目標。

書 元白樸《梧桐雨》楔子：「臣左右開弓，一十八般武藝，無有不會。」

【左思右想】zuǒ sī yòu xiǎng

多方面地反覆考慮。 例 陸董事長～，反覆衡量這一方案的利弊得失，遲遲沒有做出決定。

書 明馮夢龍、清蔡元放《東周列國志》第五五回：「是夜，魏顆在營中悶坐，左思右想，沒有良策。」

【左道旁門】zuǒ dào páng mén

非正統或不正經的宗教派別或學術流派。也泛指不正派的東西。也作「旁門左道」。（左、旁：在此表示不正。） 例 市場競爭也應該是良性競爭，不能搞～，不能胡來。

書 明許仲琳《封神演義》第七二回：「他罵吾教是左道旁門，不分披毛帶角之人，濕生卵化之輩，皆可同羣共處。」

【左顧右盼】zuǒ gù yòu pàn

向左邊看看，向右邊瞧瞧。有時則表現一種遲疑不決或不知所措的樣子。也可用來形容得意的神態。 例 ❶小蘭站在路口～，像是在等什麼人。❷老師問阿金為什麼又遲到了，阿金～，支支吾吾，似乎不知該怎麼説才好。❸「他～，樂極了，再沒有心思去想別的事情。」(巴金《沉默集·知識階級》)

書 三國魏曹植《與吳季重書》：「左顧右眄，謂若無人，豈非吾子壯志哉！」「眄」音 miàn，斜着眼看。又唐李白《走筆贈獨孤駙馬》詩：「銀鞍紫鞚照雲日，左顧右盼生光輝。」

【石沈大海】shí chén dà hǎi

石頭沈入大海。比喻從此沒有消息。 例 他給董事長寫了一封信，就公司工作提出若干建議，

不料如～，毫無回音。

書 元王實甫《西廂記》第四本第一摺：「他若是不來，似石沈大海。」

【石破天驚】shí pò tiān jīng

唐李賀《李憑箜篌引》中有「女媧煉石補天處，石破天驚逗秋雨」之句，形容箜篌聲高亢激越，使天界都受到震驚。後多用來形容文章、言談新奇驚人。例 他這番～的議論在報上一發表，立即引起強烈反響。

書 清趙翼《甌北詩話·高青丘詩》：「惟青丘適得詩境中恰好地步，固不必石破天驚以奇傑取勝也。」

【平分秋色】píng fēn qiū sè

比喻雙方各得一半。例 在這次兩校田徑對抗賽中，雙方所獲獎牌相差不多，可謂～。

書 宋李樸《中秋》詩：「平分秋色一輪滿，長伴雲衢千里明。」

【平心而論】píng xīn ér lùn

不偏激，公平冷靜地加以評論。例 ～，這次合作所以會出現不愉快的事情，我方也有不可推卸的責任。

書 元劉壎《隱居通議·文章六》：「昨見浙東有唐詩選數十篇，率多平常，而佳音反棄去，殆不可曉。平心而論，則惟《天地長留集》所取為當。」

【平心靜氣】píng xīn jìng qì

心情平和，態度冷靜，不感情用事。例 對這場糾紛，有關各方不妨坐下來～地進行協商，總能找到解決的辦法的。

書 清紀昀《閱微草堂筆記·如是我聞四》：「過意外之橫逆，平心靜氣，或有解時。」

【平白無故】píng bái wú gù

無緣無故。（平白：憑空；無緣無故。）例 薛姨～地受人懷疑，嚥不下這口氣，非要去討個說法不可。

書 清石玉崑《三俠五義》第五〇回：「平白無故的生出這等毒計。」

【平地一聲雷】píng dì yī shēng léi

比喻突然發生的重大變動。一般指令人振奮的喜事。例 ～，一九四五年八月十五日日軍宣佈無條件投降，中國人民長達八年的艱苦抗戰終於勝利結束。

書 前蜀韋莊《喜遷鶯》詞：「鳳銜（同『啣』）金榜出雲來，平地一聲雷。」

【平地起風波】píng dì qǐ fēng bō

比喻突然發生事端或變故。也作「**平地風波起**」。例 沒想到～，這份協議在快要簽字的時候對方突然又改變了主意。

書 宋蘇轍《思歸》詩：「兒言世情惡，平地風波起。」

【平步青雲】píng bù qīng yún

指人一下子升到很高的位置。舊時多指科舉考試得中。（青雲：高空。比喻很高的位置。）例 他結識這位權貴之後～，很快就成為炙手可熱的人物。

書 宋袁文《甕牖閒評》卷三：「廉

宣仲高才，幼年及第，宰相張邦昌納為婿，當徽宗時自謂平步青雲。」

【平易近人】píng yì jìn rén
態度和藹，沒有架子，使人容易接近。也指文字淺顯，使人容易理解。例 ❶郝校長～，經常和教師、學生談心。❷他的文章寫得～，擁有廣大的讀者羣。
書 唐白居易《策林》一二：「故周公歎曰：『夫平易近人，人必歸之。』」

【平起平坐】píng qǐ píng zuò
比喻彼此地位相等。例 為了爭得和對方～的地位，我們一定要增強自己的實力，不能讓人小看了我們。
書 清吳敬梓《儒林外史》第三回：「你若同他拱手作揖，平起平坐，這就壞了學校規矩。」

【平淡無奇】píng dàn wú qí
平平常常，沒有什麼特點或令人感興趣的地方。例 這裏的生活，他感到～，似乎難以激發起他創作的熱情。
書 清文康《兒女英雄傳》第一九回：「聽起安老爺這幾句話，說來也平淡無奇，瑣碎得緊，又不見得有什麼驚動人的去處。」

【平鋪直敘】píng pū zhí xù
說話或寫文章時把意思不加修飾地平直敘述出來。有時則側重於表示說話或寫文章重點不突出，不生動。例「自然，技術是幼稚的，往往留存着舊小說上的寫法和語調；而且～，一瀉無餘。」（魯迅《且介亭雜文二集．〈中國新文學大系〉小說二集序》）
書 明祁彪佳《遠山堂曲品．具品．狐裘》：「記孟嘗君事，平舖（同『鋪』）直敘，詳略尚未得法。」

【打入冷宮】dǎ rù lěng gōng
原指古代帝王把失寵的后妃貶到帝王不去的冷落的宮院裏居住。後也比喻把不喜歡的人或物棄置不用。例 他提出的許多工作建議由於不合總經理的心意而被～，無人理睬。
書 元馬致遠《漢宮秋》第一摺：「只把美人圖點上些破綻，到京師必定發入冷宮，教他苦受一世。」今多作「打入冷宮」。

【打成一片】dǎ chéng yī piàn
指不同的部分結合成一個整體。也指人與人之間關係密切，不分彼此。例 在我們公司裏本地員工和外地來的員工～，相處十分融洽。
書 明呂坤《答孫立亭論格物第三書》：「明道《識仁》一書，知行打成一片。」

【打抱不平】dǎ bào bù píng
為受欺壓的一方感到不平，主動站出來為他說話或出力。例 廖大哥愛～，對那種倚權仗勢，欺壓老實人的人十分痛恨。
書 清曹雪芹、高鶚《紅樓夢》第四五回：「昨兒還打平兒，虧你伸得出手來！……氣的我只要替平兒打抱不平兒。」

【打破沙鍋璺到底】dǎ pò shā guō wèn dào dǐ

「璺」指陶瓷器具上的裂紋。沙鍋一破，裂紋一直通到底。「璺」諧音「問」，所以用「打破沙鍋璺（問）到底」表示對事情追問到底。例 **小艾是個好學的孩子，遇到不懂的問題就向老師請教，～，直到弄懂為止。**

書 元吳昌齡《東坡夢》第四摺：「葛藤接斷老婆禪，打破沙鍋璺到底。」

【打草驚蛇】dǎ cǎo jīng shé

一打草就驚動了伏在草叢中的蛇。原比喻懲治甲方而使乙方受到警告。後多比喻採取機密行動時，不慎走漏了風聲，使對方受到驚動，有所戒備。例 **為了避免～，以挖出隱藏得很深的幕後人物，警方對這個犯罪團夥的成員暫時沒有採取逮捕行動。**

書 宋鄭文寶《南唐近事》：「王魯為當塗宰，頗以資產為務，會部民連狀訴主簿貪賄於縣尹，魯乃判曰：『汝雖打草，吾已蛇驚。』為好事者口實焉。」又明施耐庵《水滸傳》第六八回：「你不要性發，且叫女兒款住他，休得打草驚蛇，吃他走了。」

【打家劫舍】dǎ jiā jié shè

闖進別人家裏搶劫財物。例 **對這夥～的土匪，百姓恨之入骨。**

書 元武漢臣《玉壺春》第四摺：「見俫子撅天撲地，不弱如打家劫舍殺人賊。」

【打退堂鼓】dǎ tuì táng gǔ

原指古代官吏從大堂上退下時打鼓，表示結束辦公。後多比喻做事中途退縮。例 **如果一遇困難就～，那是難以成大事的。**

書 清李伯元《官場現形記》第五七回：「如今聽説要拿他們當作出頭的人，早已一大半都打了退堂鼓了。」

【以一當十】yǐ yī dāng shí

拿一個人抵十個人用。形容英勇善戰，能以少勝多。也作「**一以當十**」。例 **這些特警隊員訓練有素，戰鬥中～，屢建奇功。**

書《三國志・蜀志・諸葛亮傳》：「與魏將張郃戰，射殺郃。」南朝宋裴松之註：「臨戰之日，莫不拔刃爭先，以一當十。」

【以人廢言】yǐ rén fèi yán

因為那個人不好或自己不喜歡，或地位低下，而對其言論不管是否有道理，一概不聽取。（廢：棄置。）例 **他以前雖然犯過嚴重錯誤，但今天所提出的這些建議不無可取之處，我們不能～而一概否定。**

書《論語・衞靈公》：「子曰：『君子不以言舉人，不以人廢言。』」

【以己度人】yǐ jǐ duó rén

用自己的心思去推測別人。（度：推測。）例 **你不要～了，他才不會因為這點小事生氣呢！**

書《韓詩外傳》卷三：「聖人以己度人者也。以心度心，以情度情，以類度類，古今一也。」

注「度」在此不讀dù。粵 dɔk⁹踱。

【以小人之心，度君子之腹】 yǐ xiǎo rén zhī xīn, duó jūn zǐ zhī fù

用小人的想法來推測君子的心思。有時也用於自謙。（小人：指品行卑劣的人。君子：指品行高尚的人。）例 也許我這是～，我真怕他聽了別人的批評後心裏不滿，會找機會報復。

書 明馮夢龍《醒世恆言·錢秀才錯占鳳凰儔》：「誰知顏俊以小人之心，度君子之腹，此際便是仇人相見，分外眼睜。」

【以子之矛，攻子之盾】 yǐ zǐ zhī máo, gōng zǐ zhī dùn

《韓非子·難一》記載了一則故事：楚國有個賣盾和矛的人，誇他的盾說：「我的盾堅固得很，沒有什麼東西能刺穿它。」又誇他的矛說：「我的矛鋒利極了，沒有什麼東西刺不穿的。」有人聽了以後說：「拿你的矛刺你的盾，又會怎麼樣（以子之矛，陷子之盾，何如）？」那人無言以對。後來就用「以子之矛，攻子之盾」比喻利用對方言行中自相矛盾的地方來駁斥對方。例「他們是在嘲笑那些反對《文選》的人們自己卻曾做古文，看古書。這真厲害。大約就是所謂『～』罷。」（魯迅《準風月談·反芻》）

書 見《韓非子·難一》。

【以文會友】 yǐ wén huì yǒu

通過文字來結交朋友。例 阿暉參加學內的未名詩社，是想～，以提高自己的文學修養。

書《論語·顏淵》：「君子以文會友，以友輔仁。」

【以耳為目】 yǐ ěr wéi mù

用耳朵代替眼睛；把聽來的當成親眼看見的。形容自己不親自調查了解而輕信人言。也作「**以耳代目**」。例 你們～，所得到的情況未必靠得住。

書 清梁章鉅《歸田瑣記·陳讜》：「俗人以耳為目，自古已然矣。」

【以攻為守】 yǐ gōng wéi shǒu

用主動進攻作為防守的手段。原用於軍事，後也用於其他競賽、鬥爭場合。例 在辯論會上我方採用～的策略，頻頻向對方問難，使對方窮於應付，從而穩住了自己的陣腳。

書 宋秦觀《邊防上》：「堅壁不戰，自養其鋒，則雖大敵而可擒；直前逆擊，折其盛勢，則雖危城而可保。是之謂以守為攻，以攻為守。非天下之奇材，何足以知之乎！」

【以身作則】 yǐ shēn zuò zé

用自身的行為作出好榜樣。（則：準則；榜樣。）例 班長處處～，在班裏很有威信。

書《論語·子路》：「其身正，不令而行。」又巴金《家》二五：「這其間不顧一切阻礙以身作則做一個開路先鋒的便是許倩如。」

【以身殉國】 yǐ shēn xùn guó

為了國家利益而犧牲自己的生命。（殉：為了某種理想、追求而犧牲生命。）例 他的祖父是一

位在抗戰中～的烈士，其事跡永垂青史。

書 晉陸機《晉平西將軍孝侯周處碑》：「左右勸退，處按劍怒曰：『此是吾效節授命之日，何以退為！大臣以身殉國，不亦可乎！』」

【以身許國】yǐ shēn xǔ guó

把自身獻給國家。表示為了國家可以獻出自己的一切。（許：答應給予。）例 晉元早就～了，前面即使是刀山火海，他也義無反顧。

書 《晉書・周札傳》：「既悟其姦萌，札與臣等便以身許國，死而後已。」

【以身試法】yǐ shēn shì fǎ

用自身的行為來試試法律的威力。指明知故犯，冒險去做觸犯法律的事。例 司法部門的公告上說得很清楚，凡膽敢～者，嚴懲不貸。

書《漢書・王尊傳》：「明慎所職，毋以身試法。」

【以卵擊石】yǐ luǎn jī shí

用蛋去打石頭。比喻不自量力，必然失敗或自取滅亡。也作「**以卵投石**」。（卵：此指動物的蛋。）例 就憑你們這幾個人去和強大的對手硬拼，無異是～，不會有好結果的。

書 《墨子・貴義》：「以其言非吾言者，是猶以卵投石也，盡天下之卵，其石猶是也，不可毀也。」

【以毒攻毒】yǐ dú gōng dú

原指用含有毒性的藥物來治療毒瘡等疾病。後也比喻利用不良事物本身的矛盾來反對不良事物，或利用一種壞東西來抵制另一種壞東西。例 商會的杜會長原想～，用地痞來趕走這幫滋事的流氓，沒想到這兩股勢力勾結在一起，鬧得地方上更加不得安寧。

書 宋羅泌《路史・有巢氏》：「而劫痼攻積，巴菽殂葛，猶不得而後之，以毒攻毒，有至仁焉。」

【以怨報德】yǐ yuàn bào dé

用怨恨來回報別人給予的恩德。例 殷洪沒想到他一手提拔的賈貴會～，夥同別人來坑害他。

書《國語・周語中》：「以怨報德，不仁。」

注 「怨」不可寫作「冤」。

【以眼還眼，以牙還牙】

yǐ yǎn huán yǎn, yǐ yá huán yá

比喻用對方所使用的手段或辦法來回擊對方，進行針鋒相對的鬥爭。例「我們的抗戰不僅是報仇，～，而是打擊窮兵黷武，好建設將來的和平。」（老舍《四世同堂》八四）

書 《舊約全書・申命記》：「以眼還眼，以牙還牙，以手還手，以腳還腳。」

【以售其奸】yǐ shòu qí jiān

用來推行他的奸計。（售：指施展、推行奸計。）例 這些搞陰謀的人，打着冠冕堂皇的旗號，利用大家的善良和輕信，～。

書 明歸有光《河南策問對》：「是

三者猖狂叫號，以自試於萬乘之前，而不自度，且以售其欺冒之奸。」

【以訛傳訛】yǐ é chuán é

把本來就錯誤的東西傳開去，結果越傳越錯。（訛：錯誤。）例 他發現自己發表的文章中有兩處誤記史實，便立即登出一份更正，免得～。

書 元高德基《平江記事》：「語音呼魚為吳，卒以橫山下古吳城為魚城。方言以訛傳訛，有如是者。」

【以淚洗面】yǐ lèi xǐ miàn

用眼淚洗臉。形容人憂傷、悲苦，淚流滿面。例 她受盡冤屈，終日～，多麼希望能有人來幫助她伸張正義啊！

書 宋王銍《默記》下：「又韓玉汝家有李國主（煜）歸朝後與金陵舊宮人書云：『此中日夕，只以眼淚洗面。』」

【以強凌弱】yǐ qiáng líng ruò

憑藉自己的強力去欺負弱小者。也作「**倚強凌弱**」。（凌：欺負。）例 這夥流氓～，老實百姓受盡了他們的欺壓。

書《莊子·盜跖》：「自是以後，以強凌弱，以眾暴寡。」

【以逸待勞】yǐ yì dài láo

指作戰時先採取守勢，養精蓄銳，等敵軍疲勞後再相機出擊取勝。也可用於其他鬥爭或競爭活動中。（逸：安閒。）例 敵軍勞師遠征，我軍～，這一仗是可以勝算在握的。

書《孫子·軍爭》：「以近待遠，以佚（通『逸』）待勞，以飽待飢，此治力者也。」

【以勤補拙】yǐ qín bǔ zhuō

用勤奮來補救笨拙。多用於自謙。（拙：笨。）例 表弟來信説，自己知識基礎差，只能～，把更多的時間用在學習上，所以寫信少了，希望家人原諒。

書 隋李德林《〈霸朝集〉序》：「心無別慮，筆不暫停，或畢景忘餐，或連宵不寐，以勤補拙，不遑自處。」

【以管窺天】yǐ guǎn kuī tiān

見「管窺蠡測」，488 頁。

【以貌取人】yǐ mào qǔ rén

只根據外貌來判斷一個人的品質、才能或決定對待的態度。例 他吃了～的虧，因為看着不順眼而沒有錄用那位能力很強的會計師，至今想來仍十分後悔。

書《史記·仲尼弟子列傳》：「吾以言取人，失之宰予；以貌取人，失之子羽。」子羽為孔子弟子澹臺滅明之字。

【以儆效尤】yǐ jǐng xiào yóu

通過對壞人、壞事的嚴肅處理來警戒那些學壞樣子的人。（儆：告誡；使人警醒而不犯錯誤。效：模仿。尤：過失。）例 公司嚴厲處罰了這名泄露商業機密的職工，～。

書 清李綠園《歧路燈》第九三回：

「自宜按律究辦，以儆效尤。」

【以德報怨】yǐ dé bào yuàn
用恩德來回報怨恨。指不記別人的仇，反而施以恩德。例 陳鑒先生這種～的做法使對方大受感動，對方於是也認真地向陳先生表達了歉意。
書《論語．憲問》：「或曰：『以德報怨，何如？』子曰：『何以報德？以直報怨，以德報德。』」

【以鄰為壑】yǐ lín wéi hè
把鄰國當做排泄本國洪水的大水坑。比喻把困難或災禍轉嫁到別人身上。（壑：大水坑。）例 這家造紙廠～，把未經處理而嚴重超標的工業污水排放到河裏，受到執法部門的查處。
書《孟子．告子下》：「孟子曰：『子過矣！禹之治水，水之道也。是故禹以四海為壑，今吾子以鄰國為壑。』」

【以禮相待】yǐ lǐ xiāng dài
用應有的禮節來對待。例 凡是到我們書局來接洽業務的客户，不管業務能否談成，我們都必須～。
書 明施耐庵《水滸傳》第八九回：「趙樞密留住褚堅，以禮相待。」

【以蠡測海】yǐ lí cè hǎi
見「管窺蠡測」，488頁。

【以觀後效】yǐ guān hòu xiào
觀察那些犯法或犯錯誤的人受到從寬處理後是否有改正的表現。（後效：以後的效果。此指受處理後的表現。）例 他犯了嚴重錯誤，公司給以開除留用的處分，為期半年，～。
書《後漢書．安帝紀》：「設張法禁，懇惻分明，而有司惰任，訖不奉行。秋節既立，鷙鳥將用，且復重申，以觀後效。」

【目不交睫】mù bù jiāo jié
形容夜間不合眼睡覺或睡不着覺。（睫：睫毛，即眼瞼上下邊緣的細毛。交睫：上下睫毛交合，指合眼。）例 母親重病在牀，兩個兒子～地始終在牀邊侍候，不敢稍有懈怠。
書 宋洪邁《夷堅乙志．加陵江邊寺》：「登牀展轉，目不交睫，不暇俟其呼，徑起出户。」

【目不邪視】mù bù xié shì
眼睛不向不該看的地方看。形容表情正經，守規矩。（邪：不正當。）例 這位應聘者在回答總經理問話時～，坐得端端正正，像個學生似的。
書 北齊顏之推《顏氏家訓．教子》：「古者聖王有胎教之法，懷子三月，出居別宮，目不邪視，耳不妄聽，音聲滋味，以禮節之。」

【目不暇接】mù bù xiá jiē
眼睛來不及看。形容可看的東西太多。也作「**目不暇給**」。（暇：空閒。接：接受。給：音jǐ，供應；應付。）例 坐在船上遊漓江，兩岸奇峯異石令人～。
書 明《四遊記．八仙蟠桃大會》：

「命開閬苑同遊……上窺無極，下徹四方，仍有插青點黛，拖白曳練者，令人目不暇給。」

【目不轉睛】mù bù zhuǎn jīng
目光專注，連眼珠子都不轉一下。形容注意力集中。(睛：眼珠子。) 例 小孫子～地盯着電視機屏幕，那裏正在播放他最愛看的動畫節目。
書 宋《京本通俗小說·馮玉梅團圓》：「便立在一邊，偷看那婦人，目不轉睛。」

【目不識丁】mù bù shí dīng
眼睛連一個最簡單的「丁」字也不認識。形容人一字不識。也作「**不識一丁**」。例 老人雖然是個～的文盲，沒有讀過書，但閱歷廣，懂得很多事情。
書《舊唐書·張弘靖傳》：「今天下無事，汝輩挽得兩石力弓，不如識一丁字。」後用作「目不識丁」。

【目中無人】mù zhōng wú rén
眼裏沒有別人。形容高傲自大，看不起人。例 他如此～，把幾位長輩都氣壞了。
書 明凌濛初《初刻拍案驚奇》卷一三：「嚴家夫妻養嬌了這孩兒，到得大來，就便目中無人，天王也似的大了。」

【目光如豆】mù guāng rú dòu
目光像豆子那樣小。形容人目光短淺，缺乏遠見。例 有些～的家長讓正在上中學的孩子輟學經商，實在是得不償失。
書 清錢謙益《列朝詩集小傳·茅待詔元儀》：「世所推名流正人，深衷深貌，修飾邊幅，眼光如豆，寧足與論天下士哉！」今多作「目光如豆」。

【目光如炬】mù guāng rú jù
目光像火炬那樣明亮。原形容人憤怒、激昂時的眼神。今多形容人目光遠大，對事物了解透徹。例 董事長～，依據對經濟發展趨勢的深刻認識，推動董事會做出了正確的投資決策。
書《南史·檀道濟傳》：「道濟見收，憤怒氣盛，目光如炬，俄爾間引飲一斛。」
注 「炬」不可寫作「矩」。

【目空一切】mù kōng yī qiè
一切都不放在眼裏。形容人狂妄自大。例 他仗着自己有些學問，～，但這恰好暴露出他的無知。
書 清李汝珍《鏡花緣》第一八回：「誰知腹中雖離淵博尚遠，那目空一切、旁若無人光景，卻處處擺在臉上。」

【目迷五色】mù mí wǔ sè
看到五色紛呈而眼花繚亂。比喻在紛繁複雜的事物面前分辨不清。(迷：迷惑。) 例 各種商品廣告都極盡誇飾之能事，令人～，反倒不知道選擇哪種才好了。
書 明沈德符《野獲編·科場·國師閱文偶誤》：「蓋文字至此時，已無憑據，即蕭、劉兩法眼，亦目迷五色矣。」

【目無法紀】mù wú fǎ jì

不把法令、紀律放在眼裏。指人不遵紀守法，肆意妄為。例 警方對那些～，尋釁滋事之徒提出了嚴厲警告。

書 清曹雪芹、高鶚《紅樓夢》第一〇四回：「雨村怒道：『這人目無法紀！問他叫什麼名字！』」

【目無餘子】mù wú yú zǐ

不把別人放在眼裏。形容人驕傲自大。（餘子：其餘的人。）例 他説話口氣很大，～，似乎只有他自己才是最了不起的。

書 梁啟超《新民説》一二：「摭拾區區口耳四寸之學問，吐出訑訑氣焰萬丈之言詞，目無餘子，而我躬亦不知何存。」

【目瞪口呆】mù dèng kǒu dāi

瞪大了眼睛，説不出話來。形容因受驚或害怕而發愣的樣子。（瞪：用力睜大眼睛。）例 路邊的廣告牌突然倒塌，嚇得行人～，倒吸一口冷氣。

書 元無名氏《賺蒯通》第一摺：「嚇得項王目瞪口呆，動彈不得。」

注 「呆」在此不讀ái。粵 dai[1] 歹[1]。

【目濡耳染】mù rú ěr rǎn

見「耳濡目染」，146頁。

【只知其一，不知其二】

zhǐ zhī qí yī, bù zhī qí èr

見「知其一，不知其二」，247頁。

【只要功夫深，鐵杵磨成針】

zhǐ yào gōng fu shēn, tiě chǔ mó chéng zhēn

只要功夫用到家，一根鐵杵也能磨成細針。比喻只要有恆心，有毅力，肯下功夫，再難的事也能辦成。參看「磨杵成針」。（杵：一頭粗一頭細的圓棒，多用來在臼裏舂糧食或洗衣服時捶衣服。）例 學好外語確實不容易，但～，如果你能鍥而不捨地堅持下去，我相信你是能獲得成功的。

書 事見宋祝穆《方輿勝覽·眉州·磨鍼溪》。

【只許州官放火，不許百姓點燈】

zhǐ xǔ zhōu guān fàng huǒ, bù xǔ bǎi xìng diǎn dēng

宋陸游《老學庵筆記》記載，田登當州官時，忌諱別人提到他的名字「登」字，誰要是觸犯了，他就大怒，不少吏卒因此而挨打。因為「燈」和「登」同音，人們連「燈」也不敢説，只能稱為「火」。元宵節放燈，州府貼出告示，上面寫道：「本州依例放火三日。」後來就用「只許州官放火，不許百姓點燈」形容驕橫的人自己為所欲為，而對別人的正當言行卻施加種種限制。例 他這個當主任的～，他把公家的車當成私家車使用，下屬因公要求他派車卻難上加難。

書 清李伯元《官場現形記》第三七回：「『只許州官放火，不許百姓點燈』，你賣缺賣差，也賣的不少了，也好分點生意我們做做。」

【史不絕書】shǐ bù jué shū

史冊上不斷有這類記載。(書：記載。) 例 天象變異，～，這些古天文資料有着重要的研究價值。

書 《左傳·襄公二十九年》：「魯之於晉也，職貢不乏，玩好時至，公卿大夫相繼於朝，史不絕書。」

【史無前例】shǐ wú qián lì

歷史上沒有過這類先例；前所未有。(前例：先前發生的可供後人援用或比較的事例。) 例 改革開放二十餘年來，社會面貌發生了～的深刻變化。

書 《南齊書·陸慧曉傳》：「府公竟陵王子良謂王融曰：『我府二上佐，求之前世，誰可為此？』融曰：『兩賢同時，便是未有前例。』」後用作「史無前例」。

【兄弟鬩牆】xiōng dì xì qiáng

兄弟在家裏爭吵。也比喻內部相爭。(鬩：爭吵；爭鬥。牆：指家裏。) 例 公司高層人士～，各行其是，使下層員工無所適從。

書 《詩經·小雅·常棣》：「兄弟鬩於牆，外禦其務。」

【叱咤風雲】chì zhà fēng yún

一聲怒喝，可以使風雲興起或變色。形容聲勢、威力極大。(叱咤：發怒時大聲呼喝。) 例 這部傳記作品記錄了賀老總幾十年來的不朽功績，再現了一代名將～的高大形象。

書 《晉書·乞伏熾磐載記論》：「熾磐叱咤風雲，見機而動。」

【叫苦不迭】jiào kǔ bù dié

不停叫苦。(不迭：不停。)

例 接連幾天股市行情下跌，措手不及的股民～。

書 宋《宣和遺事》前集：「徽宗叫苦不迭……諕得渾身冷汗。」

注 「迭」不可寫作「疊」。

【叫苦連天】jiào kǔ lián tiān

一聲聲連連叫苦。例 這家工廠的工作條件十分惡劣，工人們～。

書 明吳承恩《西遊記》第一六回：「你看那眾和尚，搬箱抬籠，搶桌端鍋，滿院裏叫苦連天。」

【另起爐灶】lìng qǐ lú zào

比喻另外從頭做起。也比喻另立門户或另搞一套。例 ❶他對原先的發言稿不滿意，決定～，重寫一篇。❷葛維邦脱離技術研究院後～，自己創辦了一家公司。

書 清無名氏《少年登場》：「我索要辛辛苦苦，轟轟烈烈，另起爐灶，重鑄新民腦。」

【另眼相看】lìng yǎn xiāng kàn

用另外一種不同尋常的眼光看待。例 許琪是足球隊的前鋒，屢建奇功，教練對他自然要～的。

書 明凌濛初《初刻拍案驚奇》卷八：「不想一見大王，查問來歷，我等一一實對，便把我們另眼相看。」

【四大皆空】sì dà jiē kōng

佛教用語，指世界上一切都是空

虛的。舊時以「四大皆空」表示看破紅塵。（四大：佛教指組成宇宙的四種元素地、水、火、風。）例 他有了這種～的想法後，把什麼都看穿了，即使不去遁入空門，他也要在家帶髮修行。

書 明徐復祚《一文錢》第三齣：「貧僧四大皆空，五蘊非有，只這身子，還不是貧僧的。」

【四分五裂】 sì fēn wǔ liè

分散破裂，不完整，不統一，不團結。例 由於內訌，一家好端端的公司被弄得～，再也維持不下去了。

書 唐蕭穎士《為陳正卿進續尚書表》：「曹、馬以還，曾何足擬，四分五裂，朝成暮敗。」

【四平八穩】 sì píng bā wěn

形容說話、做事或寫文章很穩當。有時也表示其只求平穩而沒有鋒芒，或缺乏創新精神。例 ❶ 他把文章寫得～，讓人挑不出明顯的毛病來。❷「現在倘再發那些～的『救救孩子』似的議論，連我自己聽去，也覺得空空洞洞了。」（魯迅《而已集·答有恆先生》）

書 清梁章鉅《楹聯叢話·廟祀上》：「又秦澗泉學士聯云……則四平八穩之句也。」

【四面八方】 sì miàn bā fāng

泛指周圍各處、各地或各個方面。例 熱情洋溢的市民從～彙聚到廣場上來參加國慶活動。

書 元關漢卿《玉鏡台》第一摺：「軒車離故鄉，走四面八方。」

【四面楚歌】 sì miàn chǔ gē

《史記·項羽本紀》記載，楚漢相爭時，楚霸王項羽被漢軍圍在垓下，兵少食盡，聽到四面漢軍營中傳出楚地歌聲，非常吃驚，懷疑漢王已盡得楚地，楚人參加了漢軍。後來就用「四面楚歌」比喻處於四面受敵、孤立無援的困境。例 老黑倒行逆施，弄得眾叛親離，～。

書 《三國志·吳志·胡琮傳》：「高祖誅項，四面楚歌。」

【四海為家】 sì hǎi wéi jiā

把四海之內都當作自己的家。原指帝王佔有四海之內，統治全國。後也指人志在四方，到處都可以當作自己的家，或居無定所，漂泊四方，隨處為家。（四海：古人以為中國四周有海環繞，故以「四海」指全國各地。）例 ❶ 年輕人應該有～的抱負，到祖國最需要的地方去建功立業。❷ 他是遊方郎中，～，現在也不知道到哪裏能找到他。

書 《史記·高祖本紀》：「且夫天子以四海為家，非壯麗無以重威，且無令後世有以加也。」

【四通八達】 sì tōng bā dá

四面八方都有路可通。形容交通方便。例 國家建設了～的公路網，人們出行和物資運輸都十分方便。

書 《子華子·晏子問黨》：「其塗

（通『途』）之所出，四通而八達，遊士之所湊也。」

【生不逢時】shēng bù féng shí
生下來沒有遇上好時候。多用於慨歎運氣不好，沒有得到學習或施展才能的機會。也作「**生不逢辰**」。（辰：時光；日子。）例 兵連禍結，社會動盪，他以科學報國的願望始終未能實現，真可謂～。
書 漢焦贛《易林・中孚之渙》：「生不逢時，困且多憂，年衰老極，中心悲愁。」

【生老病死】shēng lǎo bìng sǐ
出生、衰老、生病、死亡。佛教認為這是人生的四苦。後來也泛指生活中生育、養老、醫療、殯葬等事。例 會員家裏遇到～的事，都能得到工會的關心。
書 《百喻經・治禿喻》：「世間之人，亦復如是。為生老病死之所侵惱，欲求長生不老之處。」

【生死之交】shēng sǐ zhī jiāo
可以共生死的交誼或可以共生死的朋友。例 阿龍和我是～，彼此相知很深。
書 元鄭德輝《㑳梅香》楔子：「晉公在槍刀險難之中，我父親挺身赴戰，救他一命，身中六槍，因此上與俺父親結為生死之交。」

【生死存亡】shēng sǐ cún wáng
生存和死亡。也指或是生存或是死亡。常用來比喻形勢嚴峻，已到了決定命運的最後關頭。例 在這～的危急時刻，我們一定要捐棄前嫌，戮力同心，共渡難關。
書 《孔子家語・五帝德》：「治民以順天地之紀，知幽明之故，達生死存亡之説。」

【生死肉骨】shēng sǐ ròu gǔ
使死者復生，使白骨長肉。極言恩情深厚。例 畢清波感念范先生對他～的大恩，一直把范先生看成是自己最崇敬的人。
書 《左傳・昭公二十五年》：「平子曰：『苟使意如得改事君，所謂生死而肉骨也。』」

【生死攸關】shēng sǐ yōu guān
關係到生存或死亡，極其緊要。（攸：用在動詞前面，相當於「所」。）例 在這個嚴重缺水的城市，保護和合理利用水資源是～的大事，得到了市政府和市民的高度重視。
書 趙自《第二雙眼睛》：「明天等待着他的，將是一場生死攸關的戰鬥。」

【生米煮成熟飯】
shēng mǐ zhǔ chéng shú fàn
比喻事情已成定局，無法再改變了。多含有無可奈何的意思。「煮」也作「做」。例 等我發現時，這件事已經～，想勸阻也來不及了。
書 明沈受先《三元記・遣妾》：「如今生米煮成熟飯了，又何必如此推阻。」

【生吞活剝】shēng tūn huó bō

比喻生硬地模仿或搬用別人的言論、文辭或經驗、方法等。例 他～地把別人的管理辦法移用到公司裏來，全然不考慮自己公司的具體情況，這樣做怎麼會產生理想的結果呢？

書 唐劉肅《大唐新語·諧謔》：「有棗強尉張懷慶好偷名士文章，乃為詩曰……人謂之諺曰：『活剝王昌齡，生吞郭正一。』」

【生花妙筆】shēng huā miào bǐ

比喻傑出的寫作才能。例 他用他那支～為我們描繪了旅遊勝地張家界的迷人景色。

書 五代王仁裕《開元天寶遺事·夢筆頭生花》：「李太白少時，夢所用之筆頭上生花，後天才贍逸，名聞天下。」

【生財有道】shēng cái yǒu dào

原指增加財富有正當的方法、途徑。後多指人發財很有辦法。例 李老闆～，不過幾年工夫，已經腰纏萬貫了。

書《禮記·大學》：「生財有大道，生之者眾，食之者寡，為之者疾，用之者舒，則財恆足矣。」又元錢霖《般涉調·哨遍》曲：「乾生受，生財有道，受用無由。」

【生氣勃勃】shēng qì bó bó

形容富有朝氣和活力。（生氣：生命力；活力。勃勃：旺盛的樣子。）例 和這些～的青年朋友在一起，老人們似乎也變得年輕了。

書 清袁枚《隨園詩話》卷十五：「余選錢文敏公詩甚少，家人誤抄十餘章，余讀之，生氣勃勃，悔知公未盡。居亡何，有人曰：『此孫淵如詩也。』余自喜老眼之未昏。」

【生殺予奪】shēng shā yǔ duó

生存或殺戮，給予或剝奪。指對人生命、財產的處置。例 在古代社會裏，帝王掌握着～的大權，對百姓實行專制統治。

書《周禮·春官·內史》：「內史掌王之八枋之法，以詔王治。一曰爵……五曰殺，六曰生，七曰予，八曰奪。」後用作「生殺予奪」。

【生搬硬套】shēng bān yìng tào

不顧實際情況，生硬地套用別人的經驗，照搬別人的做法。例 徐總經理在經營中善於借鑒別人的成功經驗，但從不～，而是結合本公司的情況靈活運用並有所創新，所以效果很好。

書 老舍《語言、人物、戲劇》：「學習不是生搬硬套，生活中的語言也不能原封不動地運用，需要提煉。」

【生龍活虎】shēng lóng huó hǔ

富有生氣的蛟龍和充滿活力的猛虎。比喻活潑矯健，生氣勃勃。例 這些運動員在訓練場上個個都～，充滿着青春的活力。

書 宋朱熹《朱子語類》卷九五：「只見得他如生龍活虎相似，更把捉不得。」

【生離死別】shēng lí sǐ bié

活着分離猶如死了永別一樣。形

容很難再相見的離別。例 這種～的痛苦，對他的打擊實在太大了。

書 南朝陳徐陵《與楊僕射書》：「況吾生離死別，多歷暄寒，孀室嬰兒，何可言念。」

【生靈塗炭】shēng líng tú tàn

百姓如同陷入爛泥，墜於炭火，處在極端困苦的境地。（生靈：百姓。塗炭：爛泥和炭火。比喻極端困苦的境地。）例 連年的戰亂使民生凋敝，～，許多人只好背井離鄉，外出逃難。

書 《晉書・苻丕載記》：「先帝晏駕賊庭，京師鞠為戎穴，神州蕭條，生靈塗炭。」

【矢口否認】shǐ kǒu fǒu rèn

一口咬定，堅決不承認。（矢：發誓。矢口：一口咬定。）例 這個年輕人～他曾經販賣過盜版光盤。

書 姚雪垠《李自成》第一卷第一六章：「他為着面子上光彩，矢口否認他的妹妹是『如夫人』，硬說是張將軍的『續弦夫人』。」

【矢志不渝】shǐ zhì bù yú

發誓立志，決不改變。也作「**矢志不移**」。（渝：改變。多用於態度或感情方面，多作否定式。）例 他們積極投身於保護生態環境的工作，雖然困難重重，卻仍～。

書 高雲覽《小城春秋》第一七章：「她愛的是四敏！矢志不渝的愛着。」

注 「渝」不可寫作「愉」。

【失之交臂】shī zhī jiāo bì

當面錯過好機會。也作「**交臂失之**」。（交臂：彼此胳膊碰胳膊，走得很靠近。）例 春季北京海王邨書市上有許多平日不大容易見到的舊書，這樣的選購機會我可不願～，再忙也要去一趟。

書 《莊子・田子方》：「吾終身與汝，交一臂而失之，可不哀與！」清魏源《默觚下・治篇一》：「用人者不務取其大而專取小知，則卓犖俊偉之材失之交臂矣。」

【失之東隅，收之桑榆】

shī zhī dōng yú, shōu zhī sāng yú

比喻開始在這一方面受點損失或遭受失敗，最後在另一方面得到補償或獲得成功。（東隅：東方日出之處。此指早晨。桑榆：日落時陽光照在桑榆樹端。此指傍晚。）例 衛建忠當年貪圖玩樂，荒廢學業，以致沒有獲得學位，後來發憤讀書，在民俗學研究上頗有成績，～。

書 《後漢書・馮異傳》：「璽書勞異曰：『赤眉破平，士卒勞苦，始雖垂翅回谿，終能奮翼黽池，可謂失之東隅，收之桑榆。』」

注 「隅」不可寫作「偶」。

【失之毫釐，謬以千里】

shī zhī háo lí, miù yǐ qiān lǐ

見「差之毫釐，謬以千里」，343頁。

【失魂落魄】shī hún luò pò

精神恍惚，行動失常。多形容人極度驚恐不安的樣子。也作「**喪**

魂落魄」。例 聽說同夥落網，這幫歹徒嚇得～，終日東躲西藏。

書 明凌濛初《初刻拍案驚奇》卷三〇：「爭奈一個似鬼使神差，一個似失魂落魄。」

【仗義執言】 zhàng yì zhí yán

主持正義，堅持說公道話。（仗：憑藉。執：堅持。）例 對於夕芳所遭受的不公正待遇，同事們～，紛紛要求還她以公道。

書 宋《京本通俗小說 · 馮玉梅團圓》：「此人姓范名汝為，仗義執言，救民水火。」

【仗義疏財】 zhàng yì shū cái

講義氣，分出自己的錢財來幫助別人。（疏：分出。）例 宋江～，聲名遠播，人稱「及時雨」。

書 元鄭廷玉《忍字記》楔子：「這個員外必是個仗義疏財的人。」

【仗勢欺人】 zhàng shì qī rén

倚仗權勢欺壓人。例 對於張祕書這種～的行徑，大家十分不滿。

書 元王實甫《西廂記》第五本第三摺：「他憑師友，君子務本。你倚父兄，仗勢欺人。」

【付之一炬】 fù zhī yī jù

把它交給一把火，即一把火燒光。例 她把男方的來信全都～，以對這次失敗的戀愛做一個了斷。

書 明沈德符《野獲編 · 內監 · 尚衣失珠袍》：「內府盜竊，乃其本等長技，偶私攘過多，難逃大罪，則故稱遺漏，付之一炬，以失誤上聞，不過薄責而已。」

注 「炬」不可寫作「矩」。

【付之一笑】 fù zhī yī xiào

用一笑來對待。表示不值得理會或計較。例 對於這種甚囂塵上的無稽之談，黎文敏～，根本沒往心裏去。

書 宋吳曾《能改齋漫錄 · 辨誤三》：「以此知義海、《西清》寡陋，而妄為之說，可付之一笑。」

【付諸東流】 fù zhū dōng liú

把它扔進東流水中，被沖得無影無蹤了。比喻希望落空或前功盡棄。也作「**付之東流**」。（諸：「之於」的合音。「之」為代詞，「於」為介詞。）例 實驗基地和大量研究資料全都毀於戰火，研究所同仁多年的心血都～了。

書 明宋應星《野議 · 風俗議》：「其不得也，則數年心力膏血，付之東流。」

【白日見鬼】 bái rì jiàn guǐ

大白天看見了鬼。比喻出現了離奇的、常情下不可能出現的或完全出乎意料的事。例 俞祕書說昨天上午是我從辦公室裏取走了文件，可昨天上午我正忙着接待客户，根本無暇分身，真是～了。

書 明凌濛初《二刻拍案驚奇》卷九：「龍香嘻的一笑道：『白日見鬼！枉着人急了這許多時。』」

【白日作夢】 bái rì zuò mèng

比喻妄想實現那些不可能實現的

事。例 你們隊現在這種實力怎麼能去奪冠呢？你們不要～了。

書 明豫章醉月子《精選雅笑・送匾》：「以為必中而遍問星相者，亦是白日作夢。」

【白手起家】bái shǒu qǐ jiā

空手創立起家業。今多形容在條件或基礎很差的情況下，艱苦奮鬥，創立事業。也作「**赤手起家**」。（白手、赤手：空手。）例 這家擁有億萬資產的電子公司，是幾位朋友～創建起來的，現正準備上市。

書 宋文天祥《鄒仲翔墓誌銘》：「君雖亦赤手起家，而好施出其性。歲饑，發粟給其比鄰二百户。」

【白紙黑字】bái zhǐ hēi zì

白紙上寫的黑色的字。形容留有確鑿的文字憑據。例 雙方簽字蓋章的合同上有你們的承諾，～，你們想不認賬是不行的。

書 元無名氏《冤家債主》第二摺：「不要閒説，白紙上寫着黑字兒哩，若有反悔之人，罰寶鈔一千貫與不反悔之人使用。」

【白駒過隙】bái jū guò xì

好像看着白色的駿馬在縫隙前飛快地跑過，轉瞬即逝。比喻時間過得極快。（駒：少壯的馬。）例 人生如～，時不我待，我們要珍惜每一分鐘，為實現自己的抱負而努力。

書 《莊子・知北遊》：「人生天地之間，若白駒之過郤（通『隙』），忽然而已。」

【白頭偕老】bái tóu xié lǎo

形容夫妻恩愛，共同生活到老。（偕：一同。）例 這一對～的恩愛夫妻很快就要迎來他們的金婚紀念日了。

書 明陸采《懷香記・奉詔班師》：「孩兒，我與你母親白頭偕老，富貴雙全。」

【白璧無瑕】bái bì wú xiá

潔白的玉璧上沒有一點斑點。比喻人或事物十分完美或純潔。（璧：一種扁平圓形的玉器，中間有孔。瑕：玉上的斑點。）例 面對這些～的孩子，幼稚園的老師深感自己責任重大。

書 唐孟浩然《陪張丞相登荊城樓，因寄薊州張使君及浪泊戍主劉家》詩：「白璧無瑕玷，青松有歲寒。」

注 「璧」不可寫作「壁」。

【白璧微瑕】bái bì wēi xiá

潔白的玉璧上有小斑點。比喻很好的人或事物仍有些小缺點，美中不足。有時則側重於表示雖然有些小缺點，但對整體並無多少影響。例 ❶這首七律抒發了作者深沈的家國之思，十分感人，遺憾的是個別句子平仄不協，不能不説是～。❷本期《書品》內容十分精彩，版面設計雖略顯單調，但～，無傷大雅。

書 南朝梁蕭統《〈陶淵明集〉序》：「白璧微瑕，惟在《閒情》一賦。」

【瓜田李下】guā tián lǐ xià

在瓜田彎腰提鞋或在李樹下舉手整理帽子，容易被懷疑為偷瓜或

偷李子。所以用「瓜田李下」比喻容易引起嫌疑的場合。例 你和異性同事交往要注意分寸，免得招來～之嫌。

書《樂府詩集・相和歌辭七・君子行》：「君子防未然，不處嫌疑間。瓜田不納履，李下不正冠。」又晉干寶《搜神記》卷一五：「懼獲瓜田李下之譏。」

【瓜熟蒂落】guā shú dì luò
瓜成熟了，瓜蒂自然脱落。今多比喻時機、條件成熟了，事情自然成功。例 經過多年醖釀，兩國間的這個經濟合作項目終於～，開始正式啟動了。

書《雲笈七籤》卷五六：「氣足形圓，百神具備，如二儀分三才，體地法天，負陰抱陽，喻瓜熟蒂落，啐啄同時。」

【令人神往】lìng rén shén wǎng
使人內心嚮往。（神往：心裏嚮往。）例 江西廬山～，是我此次旅遊的首選之地。

書 明胡應麟《少室山房筆叢》卷二七：「今著述湮沒，悵望當時蹈海之風，令人神往不已。」

【令人髮指】lìng rén fà zhǐ
使人頭髮直豎。形容使人極度憤怒。（髮指：頭髮直豎起來。）例 歹徒的暴行～，人們強烈要求對這些人必須予以嚴懲。

書《莊子・盜跖》：「盜跖聞之大怒，目如明星，髮上指冠。」又明蔣一葵《長安客話・土木》：「為國立君成往事，令人髮指觸邪冠。」

【令行禁止】lìng xíng jìn zhǐ
下令去做就立即行動，下令禁止就立即停止。形容執行命令堅決迅速。（禁：不許可。）例 軍隊裏紀律嚴明，～，絕不容許各行其是。

書《逸周書・文傳》：「令行禁止，王始也。」

【外合裏應】wài hé lǐ yìng
見「裏應外合」，470 頁。

【外強中乾】wài qiáng zhōng gān
外表看似很強大，內裏實際很虛弱。例 那家公司如今已是～，難以重現當年的輝煌了。

書《左傳・僖公十五年》：「今乘異產以從戎事，及懼而變……張脈僨興，外強中乾，進退不可，周旋不能，君必悔之。」

【包藏禍心】bāo cáng huò xīn
懷着害人的念頭。例「考其生平，以大勳章作扇墜，臨總統府之門，大詬袁世凱的～者，並世無第二人。」（魯迅《且介亭雜文末編・關於太炎先生二三事》）

書《左傳・昭公元年》：「小國無罪，恃實其罪；將恃大國之安靖己，而無乃包藏禍心以圖之。」

【包羅萬象】bāo luó wàn xiàng
包含容納一切。形容內容豐富，無所不有。（萬象：一切事物或景象。）例 雖然號稱大百科全書，也不可能做到～，因為世界上的事物實在是太豐富多彩了。

書 《黃帝宅經》卷上：「其象者，日月、乾坤、寒暑、雌雄、晝夜、陰陽等，所以包羅萬象，舉一千從，運變無形，而能化物大矣。」

【立足之地】 lì zú zhī dì

站腳的地方。也比喻容身的處所。例 像他這樣不思進取的人是難以在我們公司找到～的。

書 清曹雪芹、高鶚《紅樓夢》第三三回：「賈政聽說，忙叩頭說道：『母親如此說，兒子無立足之地了！』」

【立身處世】 lì shēn chǔ shì

指在社會上自立及與人相處交往的種種活動。例「老老實實做人，認認真真做事」是父親一再囑咐我們的一個～的原則。

書 晉無名氏《沙彌十戒法並威儀序》：「夫乾坤覆載，以人為貴；立身處世，以禮儀為本。」

【立於不敗之地】

lì yú bù bài zhī dì

處在不敗的境地。例 在這些年的市場競爭中，他知己知彼，準備充分，應變及時，所以一直～。

書 《孫子·形篇》：「故善戰者，立於不敗之地，而不失敵之敗也。」

【立竿見影】 lì gān jiàn yǐng

在陽光下立起一根竹竿，馬上就能見到它的影子。比喻見效很快。例 病人服用這種藥後收到了～的效果，症狀已明顯有所減輕。

書 漢魏伯陽《參同契·如審遭逢章》：「立竿見影，呼谷傳響，豈不靈哉！」

【立時三刻】 lì shí sān kè

立刻；馬上。例 聽說西單圖書大廈有他急需的書，他～趕去，一點都不敢躭擱。

書 清李伯元《官場現形記》第五一回：「有天聽了朋友一句玩話，便立時三刻逼我母親出去，一刻不能相容。」

【立雪程門】 lì xuě chéng mén

見「程門立雪」，429頁。

【立錐之地】 lì zhuī zhī dì

插一根錐子的地方。形容極小的一點地方。常以「無立錐之地」的形式出現。也作「**置錐之地**」。例 當年祖父隻身到海外謀生，上無片瓦，下無～，不知吃了多少苦才創下今天這番家業。

書 《呂氏春秋·為欲》：「夫無欲者……其視有天下也，與無立錐之地同。」

【半斤八兩】 bàn jīn bā liǎng

一個半斤，一個八兩（舊制一斤合十六兩）。形容彼此不相上下。較多用於貶義。例 剛調走個「糊塗蟲」，又來了個「馬虎鬼」，這兩人～，真讓人傷腦筋。

書 明施耐庵《水滸傳》第一〇七回：「眾將看他兩個本事，都是半斤八兩的，打扮也差不多。」

【半夜三更】 bàn yè sān gēng

見「三更半夜」，35 頁。

【半信半疑】bàn xìn bàn yí

一半相信，一半懷疑；不完全相信。例 聽說我們創辦高科技公司的事不出一個月就能解決，大家～：難道事情真會如此順利嗎？

書 明馮夢龍《古今小說·蔣興哥重會珍珠衫》：「平氏拆開家信，果是丈夫筆跡，寫道……平氏看了，半信半疑。」

【半推半就】bàn tuī bàn jiù

形容內心已經接受，表面上又做出推辭的樣子。（推：推辭。就：靠上去。這裏表示接受。）例 對於別人來送禮，羅主任總要客氣一番，然後才～地接受下來。

書 元王實甫《西廂記》第四本第一摺：「半推半就，又驚又愛。」

【半途而廢】bàn tú ér fèi

半路上停了下來。比喻事情沒有完成就停了下來。（廢：不再繼續。）例 夕芳利用業餘時間參加自學考試，修讀完統計學的十九門課程，取得了學士學位。如果沒有毅力，恐怕早就～了。

書 《禮記·中庸》：「君子尊道而行，半塗（通『途』）而廢，吾弗能已矣。」

【半路出家】bàn lù chū jiā

年紀比較大了才去當僧尼或道士。比喻中途改行從事某一工作。（出家：離開家庭去當僧尼或道士。）例 張寧雖說是～學電腦的，但學得很精，現在已是網絡方面很出色的專家了。

書 宋《京本通俗小說·錯斬崔寧》：「先前讀書，後來看看不濟，卻去改業做生意，便是半路上出家的一般。」

【半壁江山】bàn bì jiāng shān

指殘存下來的或喪失掉的部分國土。有時也比喻殘存下來的或喪失掉的自己的部分份額。（半壁：半邊。）例 ❶～落入侵略者之手，但那裏的人民始終沒有停止過反抗。❷ 由於營銷策略嚴重失誤，這種名牌啤酒在本市所佔有的市場逐年萎縮，幾乎失掉了～。

書 清潘耒《韓蘄王墓碑歌》：「麾日之戈射潮弩，半壁江山留宋土。」

【穴居野處】xué jū yě chǔ

住在山洞裏或野外。（穴：巖洞。處：居住。）例 人類在～的原始時代，生產力十分低下，生存面臨巨大威脅。

書 《周易·繫辭下》：「上古穴居而野處，後世聖人易之以宮室，上棟下宇，以待風雨。」

【必由之路】bì yóu zhī lù

必然要經過的道路或地方。也比喻必然要經歷的過程或必須遵循的途徑。（由：經過。）例 ❶這裏是汽車進山的～，沿途路牌提示：小心駕駛。❷ 堅持改革和開放，是發展經濟的～。

書 明海瑞《協濟夫役民壯申文》：「第淳安縣路當徽、饒，使客絡繹不

絕，據本省論，監法察院出巡徽州，此必由之路。」

【必恭必敬】bì gōng bì jìng
形容十分恭敬。也作「**畢恭畢敬**」。 例 **林秘書～地站在那裏，靜候董事長的指示。**
書《詩經·小雅·小弁》：「維桑與梓，必恭敬止。」後用作「必恭必敬」。

【永垂不朽】yǒng chuí bù xiǔ
指人的名聲、事跡、精神等將流傳於後世，永不磨滅。（垂：流傳。朽：腐爛；磨滅。）例 **這些民族英雄名留青史，～。**
書《魏書·高祖孝文帝紀下》：「雖不足綱範萬度，永垂不朽，且可釋滯目前，釐整時務。」

【司空見慣】sī kōng jiàn guàn
唐孟棨《本事詩·情感》記載，唐代和州刺史劉禹錫罷任抵京，李紳在府中設宴招待他，命歌伎勸酒，劉禹錫即席賦詩曰：「……春風一曲《杜韋娘》。司空見慣渾閒事，斷盡江南刺史腸。」司空：古代官名，此指李紳。後來就用「司空見慣」表示看慣了，不以為奇。例 **廣告用語不切實際，誇大其詞已成～的平常事。市民也因此學乖了，輕易不會上當。**
書 宋蘇軾《滿庭芳》詞：「人間。何處有？司空見慣，應謂尋常。」

【司馬昭之心，路人皆知】
sī mǎ zhāo zhī xīn, lù rén jiē zhī
司馬昭是三國時魏國的大將軍，專權日甚，謀奪帝位。魏帝曹髦十分憤怒，對大臣說：「司馬昭之心，路人所知也。」後來就用「司馬昭之心，路人皆知」表示野心非常明顯，人所共知。例 **他之所以要拉攏、收買這些員工，～，無非是想孤立總經理，把公司控制在自己手裏。**
書《三國志·魏志·高貴鄉公髦傳》：「高貴鄉公卒。」裴松之註引《漢晉春秋》：「帝見威權日去，不勝其忿。乃召侍中王沈、尚書王經、散騎常侍王業，謂曰：『司馬昭之心，路人所知也。吾不能坐受廢辱，今日當與卿等自出討之。』」

【民不聊生】mín bù liáo shēng
人民無法生活下去。（聊生：賴以生活。）例 **連年的災荒，百物騰貴，～。**
書《史記·張耳陳餘列傳》：「百姓罷敝，頭會箕斂，以供軍費，財匱力盡，民不聊生。」

【民生凋敝】mín shēng diāo bì
人民謀生艱難，生活困苦。（民生：人民的生計、生活。凋敝：經濟蕭條，生活困苦。）例 **那些年兵連禍結，～，經濟日趨衰退。**
書《清史稿·穆宗紀一》：「江南新復，民生雕（通『凋』）敝，有司招徠撫恤之。」

【民怨沸騰】mín yuàn fèi téng
人民的怨恨情緒像開水那樣翻騰。形容怨恨到極點。例 **在暴**

政統治之下，～，揭竿而起的事時有發生。

書 清袁枚《隨園詩話補遺》卷十：「王荊公行新法，自知民怨沸騰。」

【民脂民膏】mín zhī mín gāo

比喻人民用血汗換來的財富。也作「**民膏民脂**」。例 貪官污吏搜刮～，百姓怨聲載道。

書 宋張唐英《蜀檮杌》卷下：「四年五月，昶著《官箴》頒於郡國曰：『……下民易虐，上天難欺……爾俸爾祿，民膏民脂。為人父母，罔不仁慈。特為爾戒，體朕深思。』」又明施耐庵《水滸傳》第九四回：「庫藏糧餉，都是民脂民膏。」

【民康物阜】mín kāng wù fù

人民生活安康，物資豐足。也作「**物阜民康**」。（阜：多；豐足。）例 謝老伯親眼見到了這～的盛世景象，心裏有說不出的高興。

書 宋華鎮《治論下》：「昔貞觀中，民康物阜，盜賊衰熄，人知自愛，而不犯法。」

【民窮財盡】mín qióng cái jìn

人民窮困，財力耗盡。例 明朝末年政治腐敗，災害頻仍，弄得～，社會危機十分嚴重。

書 宋《京本通俗小說·拗相公》：「況且民窮財盡，百姓饔餐不飽，沒閒錢去養馬騾。」

【出人意料】chū rén yì liào

超出人們的意料。例 在這處建築地盤上～地發現了一片極有研究價值的古代墓葬。

書 明無名氏《贈書記·奉詔團圓》：「才貌卻相當，緣合未堪奇賞，出人意料，在那錯聯鸞凰。」

【出人頭地】chū rén tóu dì

高出別人一頭之地。指超出一般人；高人一等。例 康堯年聰敏機靈，又好學肯幹，我看他將來總會有～的一天。

書 宋歐陽修《與梅聖俞書》：「讀軾書，不覺汗出。快哉快哉！老夫當避路，放他出一頭地也。」軾指蘇軾。又明馮夢龍《醒世恆言·張孝基陳留認舅》：「又因兒子不肖，越把女兒值錢，要擇個出人頭地的，贅入家來，付託家事。」

【出口成章】chū kǒu chéng zhāng

話說出口能成文章。形容人口才好，善辭令，或文思敏捷。例 聶長松這種～的才能讓小華佩服得五體投地。

書 《史記·滑稽列傳褚少孫論》：「滑稽。」司馬貞索隱引北魏崔浩云：「滑稽，流酒器也。轉注吐酒，終日不已。言出口成章，詞不窮竭，若滑稽之吐酒。」

【出生入死】chū shēng rù sǐ

原指人從生出來到最後死亡。後

多指冒着生命危險，隨時都有犧牲的可能。例 他們倆是一起～的戰友，經歷過許多血與火的考驗。

書《老子》：「出生入死，生之徒十有三，死之徒十有三。」又《舊五代史·末帝紀上》：「我年未二十從先帝征伐，出生入死，金瘡滿身，樹立得社稷，軍士從我登陣者多矣。」

【出言不遜】 chū yán bù xùn

說話不客氣，沒有禮貌。（遜：謙恭。）例 在長輩面前絕不可～，否則就太沒教養了。

書《三國志·魏志·張郃傳》：「圖慚，又更譖郃曰：『郃快軍敗，出言不遜。』郃懼，乃歸太祖。」

【出沒無常】 chū mò wú cháng

忽而出現，忽而隱沒，沒有一定。例 儘管這個竊賊行動詭祕，～，最終還是難逃法網。

書 宋王十朋《論廣海二寇札子》：「海寇出沒無常，尤為瀕海州縣之患。」

【出其不意】 chū qí bù yì

指行動出乎人的意料。例 申宗文～地和對方兑車，使棋局一下子變得複雜起來。

書《孫子·計》：「攻其無備，出其不意。」

【出奇制勝】 chū qí zhì shèng

用奇兵或奇計戰勝對方。後也泛指用對方意想不到的方法取勝。（制勝：取得勝利。）例 敵眾我寡，葉將軍～，終於擊退了敵人的進攻。

書《孫子·勢篇》：「凡戰者，以正合，以奇勝。」又唐陸贄《論替換李楚琳》：「楚琳卒伍凡材，廝養賤品，因時擾攘，得肆猖狂，非有陷堅殪敵之雄，出奇制勝之略。」

【出乖露醜】 chū guāi lù chǒu

在人前出醜、丟臉。也作「**出乖弄醜**」。（乖：差錯；不正常。）例 在參加辯論比賽前我們做了充分準備，免得在現場張口結舌，～。

書 元無名氏《鴛鴦被》第一摺：「小姐，若真個打起官司來，出乖露醜，一發不好。」

【出神入化】 chū shén rù huà

超越神妙，進入化境。形容技藝達到了極其高妙的境界。（化：指化境，一種極其高妙的境界。）例 欣賞閔女士～的二胡演奏，的確是難得的藝術享受。

書 清褚人穫《隋唐演義》第四九回：「虧得其子羅成，年少英雄，有萬夫不當之勇，其父授的一條羅家槍，使得出神入化。」

【出爾反爾】 chū ěr fǎn ěr

原指你怎樣對待別人，別人就怎樣對待你。後多指人說了又翻悔或不算數，反覆無常。例 我不能做～的事，既然答應贊助這項活動，即使自己有困難，也必須如約去辦。

書《孟子·梁惠王下》：「曾子曰：『戒之戒之！出乎爾者，反乎爾者

也。』」又清無名氏《好逑傳》第一一回：「今幸那本章趕回來了，故特請世兄來看，方知本院不是出爾反爾，蓋不得已也。」

【出頭露面】 chū tóu lòu miàn

指在公眾場合出現。也指出面辦事。 例 ❶阿青非常希望自己能受到別人的注意，現在終於有了～的機會，他哪肯輕易放棄呢？ ❷雖然～去辦交涉的總是閻先生，但了解底細的人都知道，他其實並非決策人物。

書 明馮夢龍《醒世恆言·李玉英獄中訟冤》：「姐妹此時也難顧羞恥，只得出頭露面。」

注 「露」在此不讀 lù。

【出類拔萃】 chū lèi bá cuì

高出同類。多指人的品德、才能卓越出眾。（拔：超出；高出。萃：指聚集在一起的人或物。） 例 小艾是這班畢業生裏～的一個，前途無量。

書 《孟子·公孫丑上》：「聖人之於民，亦類也。出於其類，拔乎其萃，自生民以來，未有盛於孔子也。」後用作「出類拔萃」。

【奴顏婢膝】 nú yán bì xī

形容奴才相十足，低三下四，向人諂媚討好。（奴顏：奴才諂媚討好的臉色。婢膝：使女經常下跪的膝蓋。） 例 他是個堂堂正正的男子漢，對那班～的小人的所作所為極其鄙視。

書 唐陸龜蒙《江湖散人歌》：「我見婦女留鬚眉，奴顏婢膝真乞丐，反以正直為狂痴。」

【皮笑肉不笑】 pí xiào ròu bù xiào

表面上像是在笑，內心另懷主意。形容一種虛偽地笑、陰險地笑或極不自然地笑的神態。

例 我很討厭他那種～的樣子，強裝出來的笑臉比哭還難看，讓人不寒而慄。

書 巴金《秋》一九：「王氏看見陳姨太的粉臉上皮笑肉不笑的神情，知道陳姨太在挖苦她。」

【皮開肉綻】 pí kāi ròu zhàn

皮肉都開裂了。形容人被毒打，傷勢嚴重。 例 老華被敵人打得～，鮮血直流，卻始終沒有吐露一句他們想要知道的情況。

書 元關漢卿《蝴蝶夢》第二摺：「渾身是口怎支吾，恰似個沒嘴的葫蘆。打的來皮開肉綻損肌膚，鮮血模糊。」

注 「綻」不讀 dìng。

【皮裏陽秋】 pí lǐ yáng qiū

藏在心裏不直接說出來的對人或事物的褒貶。（皮裏：指內心。陽秋：原作「春秋」。相傳孔子修《春秋》，在選擇用字間意含褒貶，故以「春秋」表示褒貶。後因避晉簡文帝之母阿春的名諱，改「春」為「陽」。） 例 請你不要總是～，其實我們倒是很願意聽聽你對我們這種做法的評論的。

書 南朝宋劉義慶《世說新語·賞譽》：「桓茂倫云：『褚季野皮裏陽秋。』謂其裁中也。」

六 畫

【丟三落四】 diū sān là sì

指人因馬虎或沒記住而丟了這個，忘了那個。（落：遺漏或忘記拿走放在某處的東西。）例 你出門前先靜下心來想一想，該帶的東西是不是都帶上了，不要～的，誤了事。

書 清曹雪芹、高鶚《紅樓夢》第六七回：「俗語說的，夯雀兒先飛，省的臨時丟三落四的不齊全，令人笑話。」

注 「落」在此不讀 luò。

【丟盔棄甲】 diū kuī qì jiǎ

丟下頭盔，扔了鎧甲。形容戰敗後逃跑的狼狽相。也作「**丟盔卸甲**」。（盔、甲：古代將士戴的護頭帽和穿的護身衣，用金屬或皮革製成。）例 三元里這一仗，當地民眾同仇敵愾，打得侵略軍～，抱頭鼠竄。

書 元孔學詩《東窗事犯》第一摺：「唬得禁軍八百萬丟盔卸甲。」

【舌敝脣焦】 shé bì chún jiāo

舌頭說破了，嘴脣說乾了。形容費盡口舌。也作「**脣焦舌敝**」。（敝：破。焦：形容乾枯。）

例 大家反覆勸他不要那樣做，說得～，可他就是聽不進去。

書 清李漁《奈何天・籌餉》：「攢軍糧，我這裏力盡筋疲，舌敝脣焦，並不見些兒餉。」

【舌劍脣槍】 shé jiàn chún qiāng

見「脣槍舌劍」，360 頁。

【戎馬倥偬】 róng mǎ kǒng zǒng

形容軍務緊迫繁忙。（戎馬：軍馬。藉指從軍作戰。倥偬：形容事情急迫匆忙。）例 陳老總於～之際，吟詩弈棋，好一派儒將風度。

書 明盧象昇《與豫撫某書》：「戎馬倥偬之場，屢荷足下訓誨指提。」

注 「倥偬」不讀 kōng cōng。粵 huŋ² dzuŋ² 孔種。

【吉人天相】 jí rén tiān xiàng

有福氣的好人自會得到上天的保佑和幫助。多用作別人遭遇危險或困難時的安慰語。（相：幫助。）例 真是～，洪先生在這次車禍中只是受了點皮肉之傷，尚無大礙。

書 元無名氏《桃花女》第一摺：「你只管依着他去做，吉人天相，到後日我同女孩兒來賀你也。」

【吉光片羽】 jí guāng piàn yǔ

神獸吉光身上的一小片毛皮。比喻殘存的極其珍貴的藝術品或古

代文物。（吉光：神獸名。傳說該神獸的毛皮製成的裘，入水不濕，入火不焦。）例 **現存的石鼓文早期拓本已如～，十分珍貴。**

書 明王世貞《題三吳楷法十冊》之五：「此本乃故人子售余，為直十千，因留置此，比於吉光之片羽耳。」

【老大無成】 lǎo dà wú chéng

年紀很大了，還是沒有什麼成就。例 **父親語重心長地告誡兒子說：「你要是再不努力，等到～，後悔可就晚了。」**

書 明沈德符《野獲編·釋道·西僧》：「相與歔欷，各歎老大無成。」

【老牛破車】 lǎo niú pò chē

老牛拉着一輛破車，緩慢行走。比喻做事慢慢騰騰。也作「**老牛拉破車**」。例 **這項工作必須加快進度，不能再～似地拖下去了。**

書 張英《老年突擊隊》：「現在青年人的幹勁可大哪！說什麼別老牛拖破車，要像飛機衝雲霄。」

【老生常談】 lǎo shēng cháng tán

老書生常講的話。比喻經常被人說到的老話，沒有什麼新意。例 **座談會上發言的人不少，但聽來聽去盡是些～，實在提不起興趣來。**

書《三國志·魏志·管輅傳》：「颺曰：『此老生之常譚（通「談」）。』」

【老成持重】 lǎo chéng chí zhòng

老練成熟，辦事穩重。（老成：原指年高而有德。後也形容老練成熟。持重：穩重；不浮躁。）例 **公司在金融風暴中虧得有幾位～的人主持工作，這才沒有出現大的混亂。**

書《宋史·种師中傳》：「師中老成持重，為時名將，諸軍自是氣奪。」

【老奸巨猾】 lǎo jiān jù huá

老於世故，極其奸詐、狡猾。例 **這個～的疑犯在鐵一般的罪證面前也不得不低頭了。**

書《資治通鑒·唐玄宗開元二十四年》：「林甫城府深密，人莫窺其際……雖老奸巨猾，無能逃於其術者。」

【老馬識途】 lǎo mǎ shí tú

老馬能識別道路。比喻有經驗的人熟悉情況。例 **黃叔做了幾十年的採購工作，～，有他帶你，你可以少走許多彎路。**

書《韓非子·說林上》：「管仲、隰朋從於桓公而伐孤竹，春往冬返，迷惑失道。管仲曰：『老馬之智可用也。』乃放老馬而隨之，遂得道。」又清錢謙益《高念祖〈懷寓堂詩〉序》：「念祖以余老馬識途，出其行卷，以求一言。」

【老氣橫秋】 lǎo qì héng qiū

原形容人老練而自負的神態。現多形容人沒有朝氣。（橫秋：充塞秋空。形容氣勢很盛。）例 小杜不過二十來歲，卻顯出一副～的樣子，在他身上見不到年輕人應有的活力。

書 明謝應芳《水調歌頭·洪武九年秋，余卜居千墩……》詞：「牙齒豁來久，老氣尚橫秋。買得歸耕黃犢，兒輩幸無愁。」又清吳趼人《二十年目睹之怪現狀》第七〇回：「眾人又取笑了一回，見新人老氣橫秋的那個樣子，便紛紛散去。」

【老弱殘兵】 lǎo ruò cán bīng

原指軍隊中年老、體弱及有傷殘在身，戰鬥力低下的士兵。後也泛指年老、體弱，能力較差的人。例「從前，他不肯搶別人的買賣，特別是對於那些～，以他的身體，以他的車，去和他們爭座兒，還能有他們的份兒？」（老舍《駱駝祥子》五）

書 明羅貫中《三國演義》第三二回：「城中無糧，可發老弱殘兵並婦人出降，彼必不為備，我即以兵繼百姓之後出攻之。」

【老羞成怒】 lǎo xiū chéng nù

難為情到了極點，下不了台，因而發怒。也作「**惱羞成怒**」。（老：表示程度深。）例 許明揭了白主任任人唯親的底，白主任～，大發雷霆。

書 清文康《兒女英雄傳》第一六回：「任他那上司百般的牢籠，這事他絕不吐口應許。那一個老羞成怒，就假公濟私，把他參革，拿問在監。」

【老當益壯】 lǎo dāng yì zhuàng

年紀老了，志氣更加豪壯，勁頭更大。（當：應當。益：更加。）例 姜伯伯～，退休以後積極參加社區工作，熱心為居民的事奔忙。

書《後漢書·馬援傳》：「（援）轉游隴漢間，常謂賓客曰：『丈夫為志，窮當益堅，老當益壯。』」

【老態龍鍾】 lǎo tài lóng zhōng

年老體衰，行動不靈便的樣子。也作「**龍鍾老態**」，但語法結構不同。（龍鍾：衰老而行動不靈便的樣子。）例「我何嘗不想回去見一見我那白髮蒼蒼、～的可憐的母親。」（蔣光慈《少年飄泊者》一七）

書 宋陸游《聽雨》詩：「老態龍鍾疾未平，更堪俗事敗幽情。」

【老調重彈】 lǎo diào chóng tán

重新彈起了老的曲調。比喻把陳舊的理論、見解或主張重新搬出來。也作「**舊調重彈**」。例 他的發言不過是～，並沒有什麼新鮮內容，我已經聽過很多遍了。

書 鄒韜奮《無政府與民主政治》：「如今不過是略換花樣，實際是老調重彈罷了。」

注「調」在此不讀tiáo。粵 diu⁶掉。「重」在此不讀zhòng。粵 tsuŋ⁴從。「彈」在此不讀dàn。粵 tan⁴壇。

【老謀深算】 lǎo móu shēn suàn

周密成熟的謀劃，深遠的算計。形容人計謀深沈老練。例 **魏渝初出茅廬，自然不是～的顧總經理的對手。**

書 清王韜《淞隱漫錄・任香初》：「令尊，天人也。老謀深算，東南羣吏中恐無此人。」

【老驥伏櫪】lǎo jì fú lì

年紀老了的駿馬伏在馬槽上進食，心裏卻仍然想着要奔馳千里。比喻人年紀雖老，卻依然懷有雄心壯志。（櫪：馬槽。）例 **容先生～，壯心不已，年過七旬而毅然擔當起主編這部大辭典的重任。**

書 三國魏曹操《步出夏門行》：「老驥伏櫪，志在千里。烈士暮年，壯心不已。」

【地大物博】dì dà wù bó

土地遼闊，物產、資源豐富。例 **我國雖然～，但人均擁有的資源量並不算多，對資源的開發利用必須要有科學的規劃。**

書 清李伯元《官場現形記》第二九回：「又因江南地大物博，差使很多，大非別省可比。」

【地久天長】dì jiǔ tiān cháng

見「天長地久」，61 頁。

【地主之誼】dì zhǔ zhī yì

本地的主人對外地來的客人的情誼。通常指對客人的招待。例 **我盼着亨利先生能到中國來，使我得以略盡～，以感謝我當年在美國時他對我的幫助。**

書 清吳敬梓《儒林外史》第二二回：「晚生得蒙青目，一日地主之誼也不曾盡得，如何便要去？」

【地老天荒】dì lǎo tiān huāng

見「天荒地老」，62 頁。

【地利人和】dì lì rén hé

《孟子・公孫丑下》有「天時不如地利，地利不如人和」的話，天時指適宜的氣候條件，地利指地理條件有利，人和指人心歸向，人際關係和諧。例 **東道主球隊在比賽中往往發揮比較好，這和得～是分不開的。**

書 《晉書・孫楚傳》：「然臣之所懷，竊有未安，以為帝王之興，莫不借地利人和以建功業，貴能以義平暴，因而撫之。」

【地廣人稀】dì guǎng rén xī

土地廣闊，人口稀少。也作「**地曠人稀**」。例 **中國的西部地區～，資源豐富，開發潛力很大。**

書 《史記・貨殖列傳》：「楚越之地，地廣人希（通『稀』）。」

【耳目一新】ěr mù yī xīn

聽到的和看到的都給人一種嶄新的感覺。例 **這幾齣小劇場話劇使人～，從中可見導演和演員們在藝術上所作的探索和創新。**

書 宋周密《齊東野語・誅韓本末》：「侂胄在都堂，忽謂李參曰：『聞有人欲變局面，相公知否？』……王居安在館中，與同舍大言曰：『數日之後，耳目當一新矣。』其不密如此。」

【耳提面命】ěr tí miàn mìng

形容長輩熱心懇切的教誨。（耳提：揪着對方的耳朵叮囑。面命：當面教導。）例 多虧龍叔～，悉心教誨，方琦才能這麼快地成長起來。

書《詩經·大雅·抑》：「匪面命之，言提其耳。」又元劉壎《隱居通議·駢儷二》：「耳提面命，頗有得於父師。」

【耳聞目睹】ěr wén mù dǔ

親耳聽到，親眼看見。也作「**耳聞目見**」、「**耳聞目擊**」。（擊：接觸。）例 我所～的扶貧助學的事已經有很多很多了。但是，像這位小朋友那樣把自己平日父母給的零用錢如數捐出來的卻不多見。

書 北齊顏之推《顏氏家訓·歸心》：「夫信謗之徵，有如影響，耳聞目見，其事已多。」

【耳熟能詳】ěr shú néng xiáng

聽的次數多了，內容熟悉得可以詳細復述出來。例 這類民間故事，他從小聽過很多，～，現正準備把它們整理成書出版。

書 宋歐陽修《瀧岡阡表》：「吾耳熟焉，故能詳也。」

【耳聰目明】ěr cōng mù míng

聽得清楚，看得分明。（聰：聽覺靈敏。）例 像李伯這樣～、身強體健的耄耋老人實在是不多見的。

書 漢焦贛《易林·臨之需》：「重瞳四乳，耳聰目明，普為仁表，聖作元輔。」

【耳濡目染】ěr rú mù rǎn

因經常聽到、看到而不知不覺受到影響。也作「**目濡耳染**」。（濡：沾染。）例 陳格非雖然是位電腦工程師，但因生於書香門第，從小～，對古典詩詞也相當熟悉，自己還能吟詩填詞呢。

書 宋宋祁《南陽郡君李氏墓志銘》：「女工織紝之事，耳濡目染，有若天成。」

【耳邊風】ěr biān fēng

從耳邊吹過的風。比喻沒有聽進去，全然不放在心上的話（多指勸誡、囑咐等）。也作「**耳旁風**」。例 做父母的一再勸告他不要和那些不三不四的人來往，他不聽，只當～，等到自己受了那些人的騙，這才醒悟過來。

書 元無名氏《小尉遲》第一摺：「你將我這口中言看成做耳邊風。」

【再接再厲】zài jiē zài lì

原指兩雞相鬥，在再次交鋒前，都要磨一磨自己的嘴。後指繼續努力，再加一把勁。也作「**再接再礪**」。（接：接戰；交戰。厲：磨快。）例 籃球隊奪得區中學聯賽冠軍後，校長希望我們～，在全市比賽中再獲好成績。

書 唐韓愈、孟郊《鬥雞聯句》：「一噴一醒然，再接再礪乃。」

注「厲」不可寫作「勵」。

【在天之靈】zài tiān zhī líng

人死後升上天界的靈魂。用來指死者，含尊敬之意。例 我們要不懈努力，把國家建設好，讓人

民都過上幸福的生活，以告慰先烈的～。

書 宋陸游《湖州常照院記》：「遺弓故劍，羣臣皆當追慕號泣，思所以報在天之靈。」

【在此一舉】zài cǐ yī jǔ

決定於這一次行動。表示這一次行動十分重要。（舉：舉動；行動。）例 今晚的比賽將決定我們球隊能否出線進入下一輪角逐，成敗～，大家都磨拳擦掌，決心全力以赴。

書 《史記·項羽本紀》：「國家安危，在此一舉。」

【在劫難逃】zài jié nán táo

注定要遭受這種災難，難以逃脫。也泛指某種不希望發生的壞事情最終還是發生了，想避免也避免不了。（劫：梵語音譯「劫波」的省稱。佛教指一個極其久長的時期，在這一時期中注定要發生某些災難。）例 正當他中學畢業的時候戰爭爆發了，他～，從此失去了升學的機會。

書 巴金《〈序跋集〉跋》：「那麼重的包袱！那麼多的辮子！我從小熟習一句俗話：『在劫難逃』，卻始終不相信。」

【在所難免】zài suǒ nán miǎn

難於避免。例 你初次上堂，面對幾十名學生講課，心裏發慌，這也～。

書 清李伯元《活地獄》第九回：「或者陽示和好，暗施奸刁的，亦在所難免。」

【百口莫辯】bǎi kǒu mò biàn

縱然有一百張嘴也無法辯白。形容事情難以辯解清楚（多用於受冤屈、被懷疑等情況）。例 譚先生被人栽贓，～，但他相信通過檢察部門的調查，事實總會水落石出的。

書 清俞樾《右台仙館筆記·大虹村》：「蓋女雖與鄰子私，是夕固獨宿也，細細幻形以挫辱之耳，然自此百口莫辯矣。」

【百川歸海】bǎi chuān guī hǎi

眾水奔流，歸入大海。比喻許多分散的事物匯集到一個地方。也比喻人心所向或眾望所歸。例 中關村高科技園區建立起來後，良好的發展環境使各地的高科技人才如～似地匯聚到這裏。

書 《淮南子·氾論訓》：「百川異源而皆歸於海，百家殊業而皆務於治。」後用作「百川歸海」。

【百尺竿頭，更進一步】

bǎi chǐ gān tóu, gèng jìn yī bù

比喻取得優異的成績後，繼續努力，不斷前進。（百尺竿頭：佛教原用來比喻道行修養所達到的極高的境界）。例 這些在全國運動會上獲獎的運動員決心～，向世界水平挑戰。

書 南唐靜、筠禪師《祖堂集·岑和尚》：「師當時有偈曰：『百尺竿頭不動人，雖然得入未為真；百尺竿頭須進步，十方世界是全身。』」又宋朱熹《答鞏仲至書》：「故聊復言之，恐或可以少助百尺竿頭更進一步之勢也。」

【百孔千瘡】bǎi kǒng qiān chuāng
到處是孔洞和爛瘡。比喻損傷、破壞得十分嚴重或弊病很多。也作「**千瘡百孔**」。例 這家公司的經營管理～，整治的難度很大。
書 唐韓愈《與孟尚書書》：「其大經大法皆亡滅而不救，壞爛而不收……漢氏以來，羣儒區區修補，百孔千瘡，隨亂隨失。」

【百年大計】bǎi nián dà jì
關係到長遠利益的計劃或措施。例 辦教育是關係到提高民族素質、發展經濟的～，受到各級政府的高度重視。
書 梁啟超《論民族競爭之大勢》：「數月之間，而其權力已深入鞏固，而百年大計於以定矣。」

【百年偕老】bǎi nián xié lǎo
夫妻共同生活到老。多用作祝福之辭。（偕：共同。）例 大家祝願新婚夫婦和和美美，～。
書 金董解元《西廂記諸宮調》卷七：「上梢裏只喚做百年偕老，誰指望是他沒下梢。」

【百折不撓】bǎi zhé bù náo
一次次遭受挫折，但始終都不退縮、不屈服。形容意志堅強。也作「**百折不回**」。（折：使之彎曲。也比喻受挫折。撓：彎曲。也比喻屈服。回：曲。）例 經過～的努力，他們廠的產品質量終於躋身於世界先進水平之列，引起眾人的矚目。
書 漢蔡邕《太尉喬玄碑》：「其性莊，疾華尚樸，有百折不撓，臨大節而不可奪之風。」
注 「撓」不讀 ráo。

【百步穿楊】bǎi bù chuān yáng
在百步之外，一箭能射穿作為目標的楊柳葉子。形容箭法或槍法高超。例 寒來暑往，焦明理終於練就了～的好槍法。
書 《戰國策．西周策》：「楚有養由基者，善射，去柳葉者百步而射之，百發百中。」又唐周曇《詠史詩．蘇厲》：「百步穿楊箭不移，養由堪教聽弘規。」

【百花齊放】bǎi huā qí fàng
各種花一齊開放。也比喻文學藝術上不同形式和風格的自由發展，形成一派繁榮景象。
例 ❶ 春天的公園裏～，爭奇鬥豔，到處傳來遊人們的歡聲笑語。❷ 首都的文藝舞台上呈現出～的喜人景象。
書 清無名氏《〈帝城花樣〉自序》：「百花齊放，皇州春色，盡屬春官矣。」

【百依百順】bǎi yī bǎi shùn
事事處處都順從對方。也作「**百依百隨**」。例 夏先生中年得子，對兒子～，寵愛有加，快把兒子慣壞了。
書 明凌濛初《初刻拍案驚奇》卷一三：「做爺娘的百依百順，沒一事違拗了他。」

【百思不解】bǎi sī bù jiě
反覆思索，還是不能理解。也作「**百思不得其解**」。例 我～，究

竟是什麼原因使他一下子對我冷淡了起來。

書 清無名氏《葛仙翁全傳》第五回：「百思不解，五夜躊躇，故乘隙邀君一面，以決中疑。」

【百無一是】 bǎi wú yī shì

一百件事情中沒有一件是做得對的。形容人沒有一點對的地方。多用於對人的全盤否定。例 你把他說得～，其實他也還是有做得好的地方的，只是你沒有注意到罷了。

書 宋袁采《袁氏世範．同居相處貴寬》：「至於百無一是，且朝夕以此相臨，極為難處。」

【百無一能】 bǎi wú yī néng

一百件事情中也沒有一件是能做的。形容人沒有一技之長或十分無能。有時也用於自謙。例 ❶ 他這個人好吃懶做，～，將來又如何在社會上立足呢？❷ 我是個～的人，全靠大家幫助，才做出了一點成績。

書 元魏初《沁園春．留別張周卿韻》：「自揣平生，百無一能，此心拙誠。」

【百無聊賴】 bǎi wú liáo lài

精神沒有寄託，十分無聊。（聊賴：精神上或生活上的寄託、憑藉等，多用於否定式。）例「我～地又混過了五天。」（巴金《滅亡》第八章）

書 清丁叔雅《將歸嶺南留別》詩：「百無聊賴過零丁，遙睇中原一髮青。」

【百無禁忌】 bǎi wú jìn jì

無論做什麼都沒有禁忌；什麼都不忌諱。（禁忌：犯忌諱的話或行為。）例 今天是老朋友閒聊，～，大家不必拘束。

書 清李綠園《歧路燈》第六一回：「若是遇見個正經朋友，山向利與不利，穴口開與不開，選擇日子，便周章的百無禁忌。」

【百發百中】 bǎi fā bǎi zhòng

射一百次，次次命中目標。形容射箭或射擊十分準確，每發必中。也比喻料事極有把握，從不落空。例 ❶ 飛虎隊隊員個個是～的神槍手。❷ 袁叔社會經驗非常豐富，料事～，不由你不佩服。

書《戰國策．西周策》：「楚有養由基者，善射，去柳葉者百步而射之，百發百中。」

注「中」在此不讀 zhōng。粵 dzuŋ3 種。

【百感交集】 bǎi gǎn jiāo jí

各種各樣的感觸、感慨交織在一起。例 分居於海峽兩岸的親人相隔四十餘年後終得相會，大家～，喜極而泣。

書 宋陳亮《祭喻夏卿文》：「淚涕橫臆，非以邂逅。百感交集，微我有咎。親固共哀，誰識香臭！」

【百煉成鋼】 bǎi liàn chéng gāng

一次次冶煉，成為好鋼。比喻人經過一次次鍛煉，變得非常堅強。例 年輕人應該到社會實踐中去經風雨、見世面，～，做一

個生活的強者。

書 漢陳琳《武軍賦》：「鎧則東胡闕鞏，百煉精剛（通『鋼』）。」又徐遲《火中的鳳凰・鳳翔》：「有人身經百戰，百煉成鋼，爐火純青，喜於心而不形於色。」

注 「煉」不可寫作「練」。

【百聞不如一見】
bǎi wén bù rú yī jiàn

聽別人講一百次，不如自己親眼看一次真切可靠，印象深刻。例 真是～，親自到了湖南張家界，這才相信天下果真有如此奇妙的景致。

書 《漢書・趙充國傳》：「百聞不如一見，兵難隃（通『踰』）度。臣願馳至金城，圖上方略。」

【百廢俱興】 bǎi fèi jù xīng

各種該辦而未辦的事都興辦起來了。也作「**百廢俱舉**」。例 撥亂反正之後，～，對人才的需求格外迫切。

書 宋范仲淹《岳陽樓記》：「越明年，政通人和，百廢俱興。」

【百戰不殆】 bǎi zhàn bù dài

一次次作戰都不失敗。（殆：危險。）例 這支部隊以善打硬仗著稱，～，是全軍的驕傲。

書 《孫子・謀攻》：「知彼知己，百戰不殆。」

【百戰百勝】 bǎi zhàn bǎi shèng

每戰必勝。例 即使身為棋王，也不可能做到～，智者千慮，或有一失嘛。

書 《管子・七法》：「是故以眾擊寡，以治擊亂……以能擊不能，以教卒練士擊敺眾白徒，故十戰十勝，百戰百勝。」

【百讀不厭】 bǎi dú bù yàn

反覆閱讀也不感覺厭倦。形容詩文引人入勝，耐人尋味。例 林先生對杜甫的詩～，在反覆體味中常常有新的心得產生。

書 宋蘇軾《送安惇秀才失解西歸》詩：「舊書不厭百回讀，熟讀深思子自知。」後用作「百讀不厭」。

【有口皆碑】 yǒu kǒu jiē bēi

每個人的嘴都是紀功碑。形容人人稱讚。例 焦村長熱心服務村民，那是～的。

書 宋普濟《五燈會元・寶峯文禪師法嗣・太平安禪師》：「勸君不用鐫頑石，路上行人口似碑。」又清劉鶚《老殘遊記》第三回：「宮保的政聲，有口皆碑。」

【有口無心】 yǒu kǒu wú xīn

嘴上隨便説説，沒有經過內心的思考；不是有心這樣説的。有時也指心直口快。也作「**有嘴無心**」。例 阿芳是個～的人，對你褒貶了幾句，你可別在意。

書 清曹雪芹、高鶚《紅樓夢》第七八回：「別是寶玉有嘴無心，從來沒有忌諱，高了興，信嘴胡説，也是有的。」

【有口難分】 yǒu kǒu nán fēn

縱然有嘴也難以分辯（多用於受冤屈、被懷疑等情況）。也作

「**有口難辯**」。例 他這個人疑神疑鬼，總以為我在跟他作對，我～。

書 元無名氏《殺狗勸夫》第一摺：「俺哥哥眼內無珠，看的我做各姓他人，動不動棍棒臨身。直着我有口難分，進退無門。」

【有口難言】yǒu kǒu nán yán

雖然有嘴，卻難以把話說出來。指有話不便說或不敢說。例 他因為貪便宜，從無牌小販那裏買了一件皮衣，穿了不久便發現是劣質品，但投訴無門，～。

書 宋蘇軾《醉醒者》詩：「有道難行不如醉，有口難言不如睡。」

【有目共睹】yǒu mù gòng dǔ

有眼睛的人都能看得見。形容極其明顯。例 段思義在公司裏的工作態度和業績～，用不着我多說。

書 清錢謙益《與王貽上》：「如卿雲在天，有目共睹。」

【有加無已】yǒu jiā wú yǐ

還在不斷增加，並無停止的跡象。表示事態發展的程度還在不斷加深。(已：停止。) 例 三江源頭地區生態環境的惡化～，在那裏建立自然保護區是迫在眉睫的事。

書 宋張守《乞修德札子》：「昔盤銘紀成湯之德曰：『苟日新，日日新，又日新。』言其修德有加而無已也。」

【有血有肉】yǒu xuè yǒu ròu

表示是活生生的。形容文藝作品內容充實，描寫生動，形象鮮明。例《水滸傳》塑造了許多～的梁山好漢形象，這些形象都活在讀者心裏。

書 朱自清《你我．「子夜」》：「他筆下是些有血有肉能說能做的人，不是些扁平的人形，模糊的影子。」

【有名無實】yǒu míng wú shí

空有某種名義或名聲而無與之相應的實際內容。例 他只是個～的監事，從來沒有對公司的經營管理作過真正的監督。

書 晉陸機《五等諸侯論》：「逮及中葉，忌其失節，割削宗子，有名無實，天下曠然，復襲亡秦之軌矣。」

【有志者事竟成】

yǒu zhì zhě shì jìng chéng

有志氣的人辦事終究是會成功的。(竟：終於。) 例 ～，經過幾年努力，他們終於把這山鄉裏的第一所中學建立起來了。

書《後漢書．耿弇傳》：「將軍前在南陽建此大策，常以為落落難合，有志者事竟成也。」

【有求必應】yǒu qiú bì yìng

只要有人請求，沒有不答應的。例「我向他請教，他總是～。」(巴金《團圓》)

書 清袁枚《答魚門》：「又性喜泛施，有求必應；己囊已竭，乞諸其鄰。」

注「應」在此不讀yīng。粵 jiŋ[3] 映[3]。

【有言在先】yǒu yán zài xiān

已經有話說在前頭；事先打過招呼。例 康總經理～，誰能為公司解決這個難題，他定有重獎。

書 明馮夢龍《醒世恆言·張淑兒巧智脱楊生》：「他有言在先，你今日不須驚怕。」

【有的放矢】yǒu dì fàng shǐ

有了目標再放箭。比喻說話、做事目標明確，有針對性。（的：箭靶的中心。）例 他針對市政管理中存在的問題，～地談了自己的意見，並提出了解決的辦法。

書 宋葉適《終論》：「論立於此，若射之有的也……的必先立，然後挾弓注矢以從之。」後用作「有的放矢」。

注 「的」在此不讀 de 或 dí。

【有始有終】yǒu shǐ yǒu zhōng

有開頭也有收尾。多指做事能堅持到底。原作「**有始有卒**」。（卒：完畢；結束。）例 許教授要求我們～地把這一地區的方言調查工作做好，寫出高質量的調查報告來。

書《論語·子張》：「有始有卒者，其唯聖人乎？」唐魏徵《十漸不克終疏》：「昔陶唐、成湯之時非無災患，而稱其聖德者，以其有始有終，無為無欲，遇災則極其憂勤，時安則不驕不逸故也。」

【有始無終】yǒu shǐ wú zhōng

有開頭而沒有收尾。多指做事不能堅持到底。例 柑橘新品種培育工作～，令人惋惜。

書 漢揚雄《法言·孝至》：「或問：德有始而無終與有終而無始也，孰寧？」

【有則改之，無則加勉】yǒu zé gǎi zhī, wú zé jiā miǎn

別人給自己指出的缺點、錯誤，如果自己確實有，就認真改正；如果自己沒有，就用來引起警惕，勸勉自己今後不要去犯。（之：代詞。指缺點錯誤。）

例 我們如果能以～的態度來對待別人的批評意見，那將有助於民主作風的建立。

書《論語·學而》：「曾子曰『吾日三省吾身。』」宋朱熹集註：「曾子以此三者，日省其身，有則改之，無則加勉。」

【有恃無恐】yǒu shì wú kǒng

因為有所倚仗而毫不害怕或無所顧忌。（恃：倚仗；依靠。）

例 「去給英國人作事並不足以使他～，他也不願那麼狗仗人勢的。」（老舍《四世同堂》四五）

書 宋魏了翁《陛辭奏定國論別人才回天怒圖民怨》：「臣願陛下堅凝國論……則臣秉鉞於外，庶乎有恃無恐。」

【有勇無謀】yǒu yǒng wú móu

只有勇氣而沒有謀略。例 馮紹生～，在和對手的較量中常常吃虧。

書《三國志·魏志·董卓傳》：「相攻擊連月，死者萬數。」裴松之註引《獻帝起居註》：「近董公之強，明將軍目所見……呂布受恩而反圖之，斯須之間，頭縣（同『懸』）竿

端，此有勇而無謀也。」

【有氣無力】yǒu qì wú lì

形容精神委靡不振，氣力虛弱。例「覺新～地叫了兩聲：『何嫂！』」（巴金《秋》一）

書 明馮夢龍《醒世恆言・吳衙內鄰舟赴約》：「司户夫婦只道女兒年紀長大，增了飯食，正不知艙中另有個替喫（同『吃』）飯的，還餓得有氣無力哩。」

【有教無類】yǒu jiào wú lèi

對人施行教育，沒有等級、地域之類的差別。指在教育中不論貴賤賢愚，對哪類人都一視同仁。（無類：不分類別。）例 古人～的主張在當今的教育界也應該引起足夠的重視。

書《論語・衞靈公》：「子曰：『有教無類。』」

注「教」在此不讀 jiāo。

【有眼不識泰山】

yǒu yǎn bù shí tài shān

長着眼睛卻認不出泰山。比喻人缺乏眼力，名望高或本領大的人就在眼前卻認不出來。含有詼諧意味。有時也用作禮貌不周或冒犯別人後賠禮道歉的客套話。（泰山：我國名山，在今山東省泰安市，高大雄偉。古稱東嶽。）例 丁小航忙不迭地道歉説：「實在對不起，我～，不知董事長光臨，多有怠慢，請董事長海涵。」

書 宋無名氏《張協狀元》戲文第八齣：「〔淨〕我是誰！〔末〕有眼不識泰山。」

【有眼無珠】yǒu yǎn wú zhū

長着眼睛卻沒長眼珠子。猶言瞎了眼。比喻人沒有識別能力。例 他恨自己～，竟會被自己認為最要好的朋友所騙，白白損失了幾十萬元。

書 元無名氏《舉案齊眉》第一摺：「常言道賢者自賢，愚者自愚，就似那薰蕕般各別難同處，怎比你有眼卻無珠。」

【有條不紊】yǒu tiáo bù wěn

有條理，有次序，一點不亂。（紊：亂。）例 這麼紛繁的事情，他卻處理得～，顯示出很強的工作能力。

書《尚書・盤庚上》：「若網在綱，有條而不紊。」

【有朝一日】yǒu zhāo yī rì

將來有那麼一天。多用於預料將來有一天可能會出現某種情況。例 你們～親自到了安徽黃山，就會明白我對那裏景致的描述一點都沒有誇張。

書 唐坎曼爾《訴豺狼》詩：「有朝一日天崩地裂豺狼死，吾卻雲開復見天。」

【有備無患】yǒu bèi wú huàn

事先有了準備，就可以避免禍患。例 消防措施必須條條落實，做到～。

書《左傳・襄公十一年》：「《書》曰：『居安思危。』思則有備，有備無患。」

【有過之無不及】
yǒu guò zhī wú bù jí
相比之下，只有超過的，沒有比不上的地方。例 不料新來的校長比起前任校長來，作風的獨斷專行～，教職員工們意見很大。
書 宋楊萬里《靜庵記》：「予時亦以省試官待罪廷中，目睹盛事，謂景伯十年鳳池，名位視其父有過之無不及者。」

【有傷風化】yǒu shāng fēng huà
指某種言論文字或行為作風對社會風俗、教化產生不良影響。（風化：風俗教化。）例「據說，教育當局因為公共娛樂場中常常發生～情事，所以令行各校，禁止女學生往遊藝場和公園；並通知女生家屬，協同禁止。」（魯迅《墳·堅壁清野主義》）
書 元關漢卿《裴度還帶》第四摺：「你道做了有傷風化，誰就你那燕爾新婚。」

【有聞必錄】yǒu wén bì lù
凡是聽到的，一定都記錄下來。例 即使是報紙上的訪談文章，也不可能做到～，記者總要根據需要有所取捨的。
書 清張春帆《宦海》第一一回：「在下做書的，更不便無端妄語，信口雌黃，不過照着有聞必錄的例兒，姑且的留資談助。」

【有機可乘】yǒu jī kě chéng
有機會可以利用。也作「**有隙可乘**」。（隙：漏洞；機會。乘：利用。）例 他見對方論證不夠嚴密，～，就抓住這點大做文章。
書《宋史·岳飛傳》：「敵兵已去淮，卿不須進發，其或襄、鄧、陳、蔡有機可乘，從長措置。」

【有錢能使鬼推磨】
yǒu qián néng shǐ guǐ tuī mò
有了錢什麼事都能辦成，連讓鬼來推磨都能做到。例 這個走私分子以為～，想去買通海關人員，結果碰得頭破血流。
書 晉魯褒《錢神論》：「有錢可使鬼，而況於人乎？」又明蘭陵笑笑生《金瓶梅詞話》第五四回：「（西門慶）笑道：『有錢能使鬼推磨。方才他說先送煎藥，如今都送了來，也好也好。』」

【有聲有色】yǒu shēng yǒu sè
既有名聲，又有光彩。形容業績突出，表現出色、精彩。也指既有聲音，又有色彩。形容敘述、描寫十分生動。例 ❶ 馮總經理在任上工作得～，公司面貌大有改觀。❷ 小明對球賽～的描述把大家都吸引住了。
書 宋汪藻《翠微堂記》：「其意以謂世之有聲有色者，未有不爭而得，亦未有不終磨滅者。」又清洪亮吉《北江詩話》卷一：「寫月有聲有色如此，後人復何能著筆耶？」

【存而不論】cún ér bù lùn
把有的事擱置保留起來，不加討論。例 這類細節問題姑且～，等基本做法確定下來後再說。
書《莊子·齊物論》：「六合之外，

聖人存而不論；六合之內，聖人論而不議。」

【匠心獨運】jiàng xīn dú yùn
獨創性地運用其精巧的心思。多指文學、藝術創作中的獨特構思。例 這些～的雕塑，讓許多觀眾看得入了迷。
書 清平步青《霞外攟屑·王弇州文》：「至匠心獨運之作，色韻古雅，掌故淹通，實足與荊川方駕。」

【灰心喪氣】huī xīn sàng qì
意志消沈，情緒低落。例 爸爸鼓勵建東，面對挫折不要～，只要善於吸取教訓，不斷努力，總會有成功的一天。
書 明呂坤《呻吟語·建功立業》：「是以志趨不堅，人言是恤者，輒灰心喪氣，竟不卒功。」
注 「喪」在此不讀 sāng。粵 sɔŋ³ 爽³。

【死乞白賴】sǐ qi bái lài
形容糾纏不休，非滿足他的意願不可。也作「**死氣**（讀輕聲）**白賴**」、「**死求白賴**」。例 阿華～地非要我把這幅剛畫好的扇面送給他，我只好答應了。
書 清西周生《醒世姻緣傳》第三二回：「這可虧了他三個死乞白賴的拉住我。」

【死不瞑目】sǐ bù míng mù
死了也不閉眼睛。形容心事未了，留有遺憾，死不甘心。例 郭老有生之年不能見到這部凝聚了自己十餘年心血的著作出版，他是～的。
書《三國志·吳志·孫堅傳》：「卓逆天無道，盪覆王室，今不夷汝三族，縣（同『懸』）示四海，則吾死不瞑目。」

【死心塌地】sǐ xīn tā dì
打定主意，不再改變。例 衛大潤身邊有幾個～跟着他的人，個個都有些本事。
書 元無名氏《氣英布》第一摺：「我若是不殺他楚使，他怎肯死心塌地便肯歸降。」

【死去活來】sǐ qù huó lái
昏死過去又蘇醒過來。形容極度疼痛或悲傷。例 丈夫遇難的消息傳來，妻子哭得～。
書 宋《京本通俗小說·錯斬崔寧》：「當下眾人將那崔寧與小娘子死去活來拷打一頓。」

【死皮賴臉】sǐ pí lài liǎn
形容不顧臉面，一味糾纏不休。例 徐老已經明確表示不跟他合作，可他還是～地坐在徐家不走，弄得老先生幾乎要生氣了。
書 清曹雪芹、高鶚《紅樓夢》第二四回：「還虧是我呢！要是別的，死皮賴臉的三日兩頭兒來纏舅舅，要三升米二升豆子，舅舅也就沒法兒呢！」

【死有餘辜】sǐ yǒu yú gū
死了也抵償不了他生前犯下的罪過。指人罪大惡極。（辜：罪。）例 這個～的賣國賊，沒有人會

同情他的。

書 《漢書·路温舒傳》：「蓋奏當之成，雖咎繇聽之，猶以為死有餘辜。」

【死灰復燃】sǐ huī fù rán

已經熄滅的火灰重又燃燒起來。比喻失勢的力量重又復興起來。例 非法傳銷活動在某些地區有～之勢，必須引起警覺。

書 《史記·韓長孺列傳》：「蒙獄吏田甲辱安國，安國曰：『死灰獨不復然（同「燃」）乎？』」

【死於非命】sǐ yú fēi mìng

死於意外。（非命：未終天年，遭遇意外災禍而死。）例 他的親人在車禍中～，全家悲痛萬分。

書 宋張守《題鎖樹諫圖後》：「元達安貧樂道之高人也，一旦應聘而起，知無不言，卒亦死於非命。」

【死馬當活馬醫】

sǐ mǎ dàng huó mǎ yī

比喻在幾乎沒有希望的情況下仍盡力挽救。例 商行已瀕臨破產，幾個合夥人正在作最後的努力，～，試圖讓它起死回生。

書 梁啟超《新中國未來記》第三回：「哥哥所言，我也細細想過多次，但我的政策，全是俗話說的，死馬當活馬醫。」

【死得其所】sǐ dé qí suǒ

指人死得有意義，有價值。（所；處所；地方。得其所：得到合適的地方。）例 人生自古誰無死，只要～，也就沒有什麼可遺憾的了。

書 南朝宋王僧達《求徐州啟》：「臣感先聖格言，思在必效之地，使生獲其志，死得其所。」

【死無葬身之地】

sǐ wú zàng shēn zhī dì

死後無處埋葬。形容死的結局很慘。例 「李玉亭教授這幾天來飯都吃不下，常常說大亂在即，我們將來～。」（茅盾《子夜》一八）

書 元紀君祥《趙氏孤兒》楔子：「天那！可憐害俺一家，死無葬身之地。」

【死無對證】sǐ wú duì zhèng

當事人或知情人已死，事情無從查對、證實。例 疑犯供述的某些情況已～，需要進一步查證，不能輕易相信。

書 元無名氏《抱妝盒》第三摺：「那廝死了，可不好了，你做的個死無對證。」

【死裏逃生】sǐ lǐ táo shēng

形容從極危險的境地中逃脫出來，保全了性命。例 這位從法西斯集中營～的老人，是那段歷史最好的見證人。

書 宋《京本通俗小說·馮玉梅團圓》：「今日死裏逃生，夫妻再合。」

【亙古未有】gèn gǔ wèi yǒu

從古到今所沒有過的。（亙：時間或空間上延續不斷。亙古：從古以來。）例 載人航天飛行的成功，創造了人類社會～的奇跡。

書 清平步青《霞外攟屑·茹韻香先

生》：「太青晚作《嘉蓮》詩，七言今體至四百餘首，亙古未有。」

【成人之美】chéng rén zhī měi
成全別人的好事；幫助別人做成好事。（成：成全。）例 薛先生願意～，幫助這位年輕人實現其創業的願望。
書《論語·顏淵》：「君子成人之美，不成人之惡。」

【成千上萬】chéng qiān shàng wàn
數以千萬計。形容數量極多。也作「**成千成萬**」、「**成千累萬**」。例 世界杯足球賽舉行期間，～的球迷在現場為各自喜愛的球隊吶喊助威。
書 清文康《兒女英雄傳》第三〇回：「他看着那烏克齋、鄧九公這班人，一幫動輒就是成千累萬，未免就把世路人情看得容易了。」

【成年累月】chéng nián lěi yuè
形容持續的時間很長久。也作「**長年累月**」、「**經年累月**」、「**窮年累月**」。（成年：整年；一年到頭。累月：一月又一月。經：經過。窮：盡。）例 袁達明是鑽井工，～在野外作業，練就了一副好筋骨。
書 清文康《兒女英雄傳》第二二回：「我那左右沒什麼可惦記的，平日沒事，還在這裏成年累月的閒住着，何況來招待姑娘呢？」
注「累」在此不讀 lèi。粵 lœy5 呂。

【成竹在胸】chéng zhú zài xiōng
見「胸有成竹」，336 頁。

【成事不足，敗事有餘】
chéng shì bù zú, bài shì yǒu yú
不但不能把事情辦好，反倒把事情弄糟了。指人辦事極其無能。也作「**成事不足，壞事有餘**」。（成事：辦成事情。）例 俞四這人～，咱們的這件事千萬別讓他攙和進來。
書 清李綠園《歧路燈》第一〇五回：「部裏書辦們，成事不足，壞事有餘；勝之不武，不勝為笑。」

【成家立業】chéng jiā lì yè
組成家庭，建立起自己的事業或有了一定的職業。例 看到孩子們一個個都～了，父母心中頗感欣慰。
書 宋吳自牧《夢粱錄·恤貧濟老》：「杭城富室多是外郡寄寓之人……四方百貨不趾而集，自此成家立業者眾矣。」

【成敗利鈍】chéng bài lì dùn
成功或失敗，順利或受挫折。泛指事情發展的各種可能性和結果。（鈍：不鋒利。比喻不順利，受挫折。）例 我只有在對事情的～作了全面考慮後，才能做出自己的決定。
書 三國蜀諸葛亮《後出師表》：「臣鞠躬盡力，死而後已，至於成敗利鈍，非臣之明所能逆睹也。」
注「鈍」不讀 chún，也不可寫作「純」。

【成羣結隊】chéng qún jié duì
形容一羣羣、一隊隊地聚在一起行動。例 秋天到了，北京城裏

的人～地到香山去觀賞紅葉。

書 明羅貫中《三國演義》第九五回：「忽然山中居民，成羣結隊，飛奔而來，報說魏兵已到。」

【扣人心弦】kòu rén xīn xián

形容文學作品或表演、比賽等對人有很大的吸引力，使人心情激動。（扣：敲擊。心弦：心中的感情。因心受觸動能引起共鳴，所以比做琴弦，稱心弦。）例 這部描寫正義與邪惡較量的影片情節～，使觀眾受到強烈的震憾。

書 魏巍《東方》第二部第七章：「據說這人最不愛講話，但那天的幾句話，卻是那樣扣人心弦。」

【至高無上】zhì gāo wú shàng

最高，沒有比它更高的了。

例 國家的利益是～的，誰要是做有損於國家的事，大家決不會答應。

書 《淮南子·繆稱訓》：「道，至高無上，至深無下。」

【至理名言】zhì lǐ míng yán

極其有道理的、十分精闢的話。

例 「居安思危。思則有備，有備無患。」這是～，我們要時時記在心頭。

書 清袁枚《答王夢樓侍講》：「每至兩人論詩，如石鼓扣桐魚，聲聲皆應，而且至理名言，皆得古人所未有。」

【此一時，彼一時】

cǐ yī shí, bǐ yī shí

見「彼一時，此一時」，252頁。

【此地無銀三百兩】

cǐ dì wú yín sān bǎi liǎng

民間笑話說，有個人把三百兩銀子埋在地下，怕人發現，特地在上面豎一塊木牌，寫道：「此地無銀三百兩。」比喻愚蠢的掩蓋伎倆反而暴露了真相。例 明眼人一下子就能看出來，他的這番辯白只不過是～的拙劣表演而已。

書 參見魯迅《偽自由書·推背圖》。

【此起彼伏】cǐ qǐ bǐ fú

這裏起來，那裏落下。表示接連不斷地起來。也作「**此起彼落**」、「**此伏彼起**」。（伏：低下去；落下去。）例 禮堂裏的歌聲～，大家越唱越起勁。

書 丁玲《太陽照在桑乾河上》四六：「他的步子越走越慢，這一些模糊的感覺，此起彼伏的在他腦子中翻騰。」

【光天化日】guāng tiān huà rì

陽光照耀的大白天。比喻大家看得很清楚的場合。例 我們要讓這些卑鄙小人的陰謀暴露在～之下，使大家都能看清他們的真面目。

書 清湯斌《毀淫祠以正人心疏》：「皇上治教如日中天，豈容此淫昏之鬼，肆行於光天化日之下。」

【光明正大】guāng míng zhèng dà

胸懷坦蕩，言行正派。也作「**正大光明**」。例 「這件事我以為～，我可以跟任何人談。」（曹禺《雷雨》第四幕）

書 宋朱熹《〈王梅溪文集〉序》：「是

以其心光明正大，疏暢洞達，無有隱蔽。」

【光明磊落】guāng míng lěi luò
胸懷坦蕩，正直無私。（磊落：形容胸懷坦蕩無私。）例 夏熙為人～，和他很好相處。
書 宋黎靖德編《朱子語類》卷七四：「譬如人光明磊落底便是好人，昏昧迷暗底便是不好人。」

【光怪陸離】guāng guài lù lí
奇異古怪，色彩錯雜。例 ❶海底世界～，有許多奧祕正等着我們去探索研究。❷這部晚清的小說，對當時～的社會現象作了相當深刻的揭露。
書 清吳敬梓《儒林外史》第五五回：「那柴燒的一塊一塊的，結成就和太湖石一般，光怪陸離。」

【光宗耀祖】guāng zōng yào zǔ
為宗族增光，使祖先榮耀。例 在中國古代社會裏，讀書人把科舉得中看成是一件能～的大事。
書 清曹雪芹、高鶚《紅樓夢》第三三回：「兒子管他，也為的是光宗耀祖。老太太這話，兒子如何當的起？」

【光前裕後】guāng qián yù hòu
光大前人的功業，為後代造福。多稱頌人功業卓著。（裕：使富足。）例 戰國時李冰父子主持修建了著名的都江堰水利工程，～，至今受人稱頌。
書 元宮大用《范張雞黍》第三摺：「呀，似這般光前裕後，一靈兒可也知不？」

【光彩奪目】guāng cǎi duó mù
光澤色彩鮮豔耀眼。例 ❶這些展出的絲綢衣料～，令人愛不釋手。❷小說《抉擇》塑造了一位～的市長形象，給讀者留下了很深的印象。
書 宋張邦基《墨莊漫錄》卷五：「廊廡間懸琉璃燈，光彩奪目。」

【光陰似箭】guāng yīn sì jiàn
光陰的流逝像射出去的箭那樣迅速。例 ～，日月如梭，一晃女兒已經從醫科大學畢業了，我們做父母的還能不老嗎？
書 宋《京本通俗小說・菩薩蠻》：「光陰似箭，不覺又是一年。」

【光輝燦爛】guāng huī càn làn
形容光亮耀眼，色彩鮮明。也用來比喻事業的光明美好。例 ❶「當然不敢說是詩史，其中有着時代的眉目，也決不是英雄們的八寶箱，一朝打開，便見～。」（魯迅《且介亭雜文・序言》）❷進入二十一世紀之後，我們的事業也翻開了新的更加～的一頁。
書 明羅貫中《三國演義》第七一回：「護駕龍虎官軍二萬五千，分為五隊，每隊五千，按青、黃、赤、白、黑五色，旗幡甲馬，並依本色，光輝燦爛，極其雄壯。」

【吐故納新】tǔ gù nà xīn
原指一種養生之術，呼吸時吐出濁氣，吸進新鮮之氣。後也比喻揚棄舊的、不好的，吸納新鮮的、好的。例 各級機構通過～，使自己保持了蓬勃的生氣。

書《莊子·刻意》：「吹呴呼吸，吐故納新，熊經鳥申，為壽而已矣。」

【曲突徙薪】qū tū xǐ xīn
把灶上的煙囱由直改成彎曲的，把灶旁的柴草搬得遠些，以免不慎發生火災。比喻事先採取措施，防患於未然。（突：古代灶旁突起的出煙口，相當於現在的煙囱。）例 企業經營中存在着嚴重隱患，如果不預為～之計，必將釀成大禍。
書《藝文類聚》卷八〇引漢桓譚《新論》：「淳于髡至鄰家，見其灶突之直而積薪在旁，謂曰：『此且有火。』使為曲突而徙薪。」
注「曲」在此不讀qǔ。「徙」不可寫作「徒」。

【曲高和寡】qǔ gāo hè guǎ
曲調高深，能跟着唱的人很少。原指知音難得。後也比喻言論或作品不通俗，能理解或欣賞的人很少。（和：和諧地跟着唱。）例 這篇文章研究的是在中亞歷史上曾經存在過的一種文字，～，讀者不多。
書 戰國楚宋玉《對楚王問》：「是其曲彌高，其和彌寡。」
注「曲」在此不讀qū。「和」在此不讀hé。㊚ wɔ6 禍。

【曲意逢迎】qū yì féng yíng
違反自己的本心去奉承迎合別人。例 阿四對主任～，一心想討取他的歡心。
書 宋葉紹翁《四朝聞見錄·給舍繳駁論疏》：「如用兵之謀，不惟不能沮止，乃從而附合，曲意逢迎，貽害生民，恬不知恤。」

【曲盡其妙】qū jìn qí miào
曲折細緻地把其中的微妙之處完全表現出來了。（曲：曲折細緻。）例 這部小說描摹主人公的心態～，足見作者的功力。
書 晉陸機《文賦序》：「故作《文賦》以述先士之盛藻，因論作文之利害所由，他日殆可謂曲盡其妙。」

【同工異曲】tóng gōng yì qǔ
曲調雖然不同，但演奏同樣精彩。比喻作品雖然風格不同，但同樣達到極高的水平。也比喻做法雖然不同，但收到了同樣的效果。也作「**異曲同工**」。（工：精巧；精緻。）例 中外笑話雖然人文背景不同，但就其幽默而言，確有～之妙。
書 唐韓愈《進學解》：「子雲、相如，同工異曲。」

【同日而語】tóng rì ér yǔ
放在同一時間裏來談論；相提並論。一般用於否定式。例 這兩家經銷商的產品售後服務水平相差很遠，完全不可～。
書《戰國策·趙策二》：「夫破人之與破於人也，臣人之與臣於人也，豈可同日而言之哉！」。今多作「同日而語」。

【同仇敵愾】tóng chóu dí kài
全體一致地懷着仇恨與憤怒，對付敵人。也作「**敵愾同仇**」。（同仇：共同對付仇敵。敵愾：對敵

人的憤恨。）例 中國軍民～，浴血奮戰，終於取得了抗擊侵略者的偉大勝利。

書 清梁章鉅《歸田瑣記．訥親》：「凡在臣子，皆有同仇敵愾之念。」

注 「愾」不讀 qì。

【同心同德】tóng xīn tóng dé

思想、信念一致，大家一條心。例 只要大家～，努力奮鬥，就一定能戰勝眼前的困難，迎來美好的明天。

書 《尚書．泰誓中》：「予有亂臣十人，同心同德。」

【同心協力】tóng xīn xié lì

大家一條心，共同努力。也作「**同心合力**」、「**同心並力**」、「**協力同心**」。（協：共同。）例 全體員工～，順利完成了多種新產品的開發工作。

書 南朝陳徐陵《為貞陽侯答王太尉書》：「同心協力，克定邦家。」

【同甘共苦】tóng gān gòng kǔ

同享幸福，共擔困苦。多偏重於共擔困苦方面。例 政府公務員應該與市民～，想市民之所想，急市民之所急，努力為市民辦實事。

書 宋施德操《北窗炙輠》卷上：「元帝與王導，豈他君臣比，同甘共苦，相與奮起於艱難顛沛之中。」

【同舟共濟】tóng zhōu gòng jì

同坐一條船過河。比喻同心協力，團結互助，走出困難的處境。例 在公司經營最困難的日子裏，員工們～，體現出可貴的團隊精神。

書 《孫子．九地》：「夫吳人與越人相惡也，當其同舟而濟，遇風，其相救也如左右手。」後用作「同舟共濟」。

【同牀異夢】tóng chuáng yì mèng

同睡在一張牀上，各做各的夢。比喻共同生活或共同從事某項活動，卻各有各的打算。例 董事會裏的人～，決策時意見分歧很大，怎麼也統一不起來。

書 清錢謙益《玉川子歌》：「同牀異夢各不知，坐起問景終誰是。」

【同室操戈】tóng shì cāo gē

一家人動起刀槍來。比喻兄弟相鬥或內部紛爭。（同室：同住一室。指一家人。操：拿。戈：古代的一種兵器，橫刃，長柄。）例 由於受人挑撥，他們竟兄弟鬩牆、～，實在讓人痛心。

書 清許秋垞《聞見異辭．王孝廉幻術》：「汝等嗜財如此，致同室操戈，何不念仁親為寶歟？」

【同病相憐】tóng bìng xiāng lián

因患有同類疾病而互相憐惜。比喻有同樣不幸遭遇而互相同情。例 這幾個失業的人～，正商量着如何合作以改變目前的處境。

書 漢趙曄《吳越春秋．闔閭內傳》：「子不聞《河上歌》乎？同病相憐，同憂相救。」

【同流合污】tóng liú hé wū

原指混同於流俗，與不好的世道

合拍。後多指跟着壞人做壞事。例「至少我不能助桀為惡，我不能～！」(巴金《雪》第十章)

書《孟子·盡心下》:「同乎流俗，合乎污世。」後用作「同流合污」。

【同惡相濟】tóng è xiāng jì

同是惡人，互相勾結，狼狽為奸。(濟：幫助。)例這兩股黑惡勢力勾結起來，～，危害將更加嚴重。

書《三國志·魏志·武帝紀》:「馬超、成宜，同惡相濟，濱據河、潼，求逞所欲。」

【同聲相應，同氣相求】

tóng shēng xiāng yìng, tóng qì xiāng qiú

樂聲相合會產生共鳴，陰陽之氣相同會產生感應。後多用來表示志趣相同或氣質相類的人互相投合、吸收，很自然地聚合在一起。例大家都有志於研究中國古文字，～，於是成立了一個學會，積極開展交流研討活動。

書《周易·乾》:「同聲相應，同氣相求。水流濕，火就燥；雲從龍，風從虎；聖人作而萬物睹，本乎天者親上，本乎地者親下，則各從其類也。」

注「應」在此不讀 yīng。粵 jiŋ³ 迎³。

【同歸於盡】tóng guī yú jìn

一同走向死亡或毀滅。(盡：盡頭。此指死亡。)例老班長捨身炸碉堡，與敵人～。

書唐獨孤及《祭吏部元郎中文》:「夫彭祖、殤子，同歸於盡，豈不知前後相哀，達生者不為歎。」

【吃一塹，長一智】

chī yī qiàn, zhǎng yī zhì

受到一次挫折，增長一分見識。多用於受到挫折後吸取教訓的場合。(塹：隔斷交通的溝。吃一塹：表示栽倒溝裏，比喻受挫折。)例如果你善於吸取教訓，～，那麼壞事未必不能轉化為好事。

書明王守仁《與薛尚謙》:「經一蹶者長一智，今日之失，未必不為後日之得。」經一蹶，指摔倒過一次，其含義與「吃一塹」相同。

注「塹」不讀 zhǎn。

【吃力不討好】chī lì bù tǎo hǎo

費力卻得不到好結果。例這項工作你不熟悉，不能發揮自己的專長，做起來～，有沒有考慮轉工呢？

書清袁枚《隨園詩話補遺》卷一〇:「每見今人知集中詩缺某體，故晚年必補作此體，以補其數，往往吃力而不討好。」

【吃裏爬外】chī lǐ pá wài

受着這一方的好處，卻在暗地裏為另一方效力，做不利於這一方的事。「裏」、「外」比喻這一方和另一方。也作「**吃裏扒外**」。例「誰都知道姓寇的是～的混球兒。」(老舍《四世同堂》五七)

書程道一《消閒演義》:「噯，朝臣都不一心，總是吃裏爬外，恐怕將來鬧糟了算呀！」

【因小失大】yīn xiǎo shī dà

因為貪圖小的利益而造成大的損失。例 我們不要在枝節問題上和對方過多糾纏，如果～，影響了整個協議的簽訂，那就太不值得了。

書 清文康《兒女英雄傳》第二三回：「再説看那姑娘的見識心胸，大概也未必肯吃這個注，倘然因小失大，轉為不妙。」

【因地制宜】yīn dì zhì yí

根據不同地方的具體情況，採取與之相宜的措施。（制：制定。宜：適宜。此指與之相宜的措施。）例 由於氣候的差異，南方和北方的居民對住宅有不同的要求，建築設計必須～，不能千篇一律。

書 漢趙曄《吳越春秋·闔閭內傳》：「夫築城郭，立倉庫，因地制宜，豈有天氣之數以威鄰國者乎？」

【因材施教】yīn cái shī jiào

根據學習者在年齡、能力、性格、志趣等方面不同的具體情況，實施不同的教育。例 萬老師善於～，學生的學習興趣越來越大。

書 清鄭觀應《盛世危言·女教》：「將中國諸經、列傳，訓誡女子之書，別類分門，因材施教。」

【因陋就簡】yīn lòu jiù jiǎn

原指沿襲簡陋苟且的狀況，不求改進。後也指利用原有的簡陋條件（辦事）。例 大維公司剛創辦的時候，～，辦公室就設在一間舊車房裏。

書 宋李綱《議巡幸》：「深戒守臣，因陋就簡，勿事壯麗。」

【因循守舊】yīn xún shǒu jiù

沿襲老的一套，不求革新。（因循：沿襲。）例 譚老闆～，別人多次提醒他調整產品結構以適應市場的需要，他就是聽不進去。

書 康有為《上清帝第五書》：「若徘徊遲疑，因循守舊，一切不行，則幅員日割，手足俱縛，腹心已刲，欲為偏安，無能為計。」

【因循坐誤】yīn xún zuò wù

遲延拖拉而失掉時機，耽誤了事情。（因循：遲延拖拉。坐誤：不主動採取行動而誤了事。）例 事故苗頭已暴露，應及時排除，如果～，那會後悔莫及的。

書 曾樸《孽海花》第二四回：「威毅伯還在夢裏，要等英、俄公使調停的消息哩！照這樣因循坐誤，無怪有名的御史韓以高約會了全台，在宣武門外松筠庵開會，提議參劾哩！」

【因勢利導】yīn shì lì dǎo

順應其發展的趨勢，向有利的方面加以引導。例 高老師～地對學生進行教育，幫助學生健康成長。

書《史記·孫子吳起列傳》：「善戰者因其勢而利導之。」

【因噎廢食】yīn yē fèi shí

因為吃飯噎住過，索性連飯也不敢吃了。比喻因為受到過挫折或

怕出問題，索性連該做的事也不去做了。例 他在體育鍛煉中受過傷，從此就遠離鍛煉，這種～的做法實在是不可取的。

書 《呂氏春秋·盪兵》：「夫有以饐（同『噎』）死者，欲禁天下之食，悖。」又唐陸贄《奉天請數對羣臣兼許令論事狀》：「昔人有因噎而廢食者，又有懼溺而自沈者，其為矯枉防患之慮，豈不過哉！」

注 「噎」不讀 yī。

【回天之力】huí tiān zhī lì

能扭轉幾乎成為定局的情勢的巨大力量。例 他慨歎自己沒有～，沒能使這家公司起死回生，辜負了董事會的信任和期望。

書 唐吳兢《貞觀政要·納諫》記貞觀四年給事中張玄素諫止太宗修洛陽乾元殿，魏徵感歎說：「張公遂有回天之力，可謂仁人之言，其利博哉！」

【回心轉意】huí xīn zhuǎn yì

重新考慮後，改變了原來的想法或態度。多指放棄嫌怨，恢復感情。例 梁思偉相信，隨着他和朱勤誤會的消除，朱勤遲早會～，重新和他合作下去的。

書 宋洪邁《夷堅支志景·王武功妻》：「我引汝往某寺，為大眾縫紉度日，以俟武功回心轉意，若之何？」

【回光返照】huí guāng fǎn zhào

指太陽剛落到地平線下時，由於光線的反射作用而發生的天空短時發亮現象。比喻人臨死前出現的短暫的精神興奮、神志清醒現象。也比喻衰微的事物消亡前呈現出的短時興旺的景象。例 ❶垂危病人有時會出現～的現象，這往往容易造成病人家屬的錯覺。❷「我看這羣渾蛋都有點～，長不了！」（老舍《茶館》第三幕）

書 清曹雪芹、高鶚《紅樓夢》第九八回：「此時李紈見黛玉略緩，明知是回光返照的光景。」

【回味無窮】huí wèi wú qióng

事後細細體會，覺得其中有無窮的意味或情趣。（回味：原指食物吃過後口中的餘味。此指事後回過頭來細細體會所感受到的意味。）例 他的這番話富含哲理，令人～。

書 宋王禹偁《橄欖》詩：「良久有回味，始覺甘如飴。」

【回嗔作喜】huí chēn zuò xǐ

轉怒為喜。（嗔：發怒；生氣。）例 王娟見男友做出讓步，答應陪她去選購衣服，立即～，挽着他的胳膊就出發了。

書 明凌濛初《初刻拍案驚奇》：卷一「那客人回嗔作喜，稱謝一聲，望着渡口去了。」

【回頭是岸】huí tóu shì àn

見「苦海無邊，回頭是岸」，284頁。

【年高德劭】nián gāo dé shào

年紀大，品德好。（劭：美好。多指道德品質。）例 這些～的科學家為發展祖國科技事業、培養科技人才作出過巨大貢獻，受到

人們廣泛的尊敬。

書 宋秦觀《代賀呂司空啟》：「年高德卲（通『劭』）而臣節益峻，功成名遂而帝眷愈隆。」

【年深日久】 nián shēn rì jiǔ

指經歷的時間很久。也作「**年深月久**」、「**年深歲久**」。例 ～，大殿牆上的壁畫受到風吹日曬，有的已經開始剝落了。

書 元李行道《灰闌記》第二摺：「我老娘收生，一日至少也收七個八個。這等年深歲久的事，那（同『哪』）裏記得？」

【年富力強】 nián fù lì qiáng

年紀輕，精力旺盛。（富：指未來的年歲還多。）例 湯萬里～而又懂行，這次被任命為校長本是意料中的事。

書《論語・子罕》：「後生可畏」宋朱熹集註：「孔子言後生年富力強，足以積學而有待，其勢可畏。」

【先人後己】 xiān rén hòu jǐ

先為他人着想，然後才考慮自己。例 這次外出休養名額有限，盧小姐～，把機會讓給了年長的同事。

書《禮記・坊記》：「君子貴人而賤己，先人而後己，則民作讓。」

【先入之見】 xiān rù zhī jiàn

未經認真了解、思考，先已形成了的看法。例「我們常不免有一種～，看見諷刺作品，就覺得這不是文學上的正路，因為我們先就以為諷刺並不是美德。」（魯迅《且介亭雜文二集・論諷刺》）

書 清周亮工《與繆西溪先生》：「從來惟空懷平氣，可以一日，可以百年，蓋空則無先入之見，平則無據勝之形。」

【先入為主】 xiān rù wéi zhǔ

先接受了一種說法，以為是正確的，自此有了成見，以後再有別的說法就不容易接受了。例 你對小莊不該有這種～的偏見，他這些日子的表現說明他其實並不像當初有人所介紹的那樣散漫。

書《漢書・息夫躬傳》：「唯陛下觀覽古戒，反覆參考，無以先入之語為主。」又宋劉克莊《再跋陳禹錫〈杜詩補註〉》：「學者多以先入為主，童蒙時一字一句在胸臆，有終其身尊信之太過膠執而不變者。」

【先下手為強】

xiān xià shǒu wéi qiáng

先於他人動手，可以佔到優勢，取得有利地位。例 我們要趕在其他廠家之前研製出這種新型電視機來，做到～。

書 元關漢卿《單刀會》第二摺：「到來日我壁間暗藏甲士，擒住關公，便插翅也飛不過大江去，我待要先下手為強。」

【先天不足】 xiān tiān bù zú

指人或動物生來就體質差或身體條件有某些不足之處。也泛指事物原本的基礎差。（先天：指人或動物出生前的胚胎時期。）例 ❶小雷～，個子矮，所以雖然球藝不錯，可總也沒能被選拔進市籃球隊。❷那家公司是倉促組建起來的，～，存在的問題很多。

書 清李汝珍《鏡花緣》第二六回：「小弟聞得仙人與虛合體，日中無影；又老人之子，先天不足，亦或日中無影。」

【先見之明】xiān jiàn zhī míng
能預先洞察將會出現的狀況的眼力。（明：指好眼力。）例 姜教授有～，他對股市走向的預測已經被事實證明是正確的。

書 《後漢書·楊彪傳》：「後子脩為曹操所殺，操見彪問曰：『公何瘦之甚？』對曰：『愧無日磾先見之明，猶懷老牛舐犢之愛。』」

【先斬後奏】xiān zhǎn hòu zòu
指封建社會的官員先把罪人處決了，再向君主報告。也比喻下級對本應由上級決定的事先自行處理，然後再向上級報告。（奏：臣子向君主陳述意見或說明事情。）例 萬元以上的開支必須事先審批，不允許擅自作主，～，對此公司已有明確的規定。

書 北齊劉晝《劉子·貴速》：「申屠悔不先斬而後奏，故發憤而致死。」

【先發制人】xiān fā zhì rén
原指戰爭的雙方，誰先發動，往往可以居於主動地位，從而制服對方。後多泛指先下手爭取主動以制服對方。例 雖然對方～，但如果我們應對得法，依然可以變被動為主動。

書 《漢書·項籍傳》：「方今江西皆反秦，此亦天亡秦時也。先發制人，後發制於人。」

注 「制」不可寫作「治」。

【先睹為快】xiān dǔ wéi kuài
以能先看到為快樂。形容急切盼望看到。例 他的詩在青年學生中流傳很廣，每一本詩集出版，大家都爭相購買，～。

書 唐韓愈《與少室李拾遺書》：「若景星鳳皇（通『凰』）之始見也，爭先睹之為快。」

【先意承旨】xiān yì chéng zhǐ
原作「**先意承志**」。《禮記·祭義》：「君子之所為孝者，先意承志，諭父母於道。」指不等父母明白說出，就能迎合父母的心意去做。作褒義用。也泛指事先揣摩別人的心意，竭力迎合。多作貶義用。也作「**先意承指**」。（承：順承。旨、指：意旨；心意。）例 他這人無甚本事，憑着善於～，巴結逢迎，竭力討取上司的歡心，這些年倒也要風得風，要雨得雨。

書 《韓非子·八奸》：「此人主未命而唯唯，未使而諾諾，先意承旨，觀貌察色，以先主心者也。」

【先聲奪人】xiān shēng duó rén
先張大聲勢，以壓倒對方。也比喻做事搶先一步，形成聲勢，給別人造成壓力。（奪：壓倒。）例 宏志隊在這場排球決賽中開局打得很好，～，使對手一時亂了陣腳。

書 《左傳·昭公二十一年》：「軍志有之，先人有奪人之心，後人有待其衰。」後用作「先聲奪人」。

【先禮後兵】xiān lǐ hòu bīng
先以禮貌的方式與對方交涉，行不通時再使用強硬手段或動用武力。例 對於拖欠貨款的經銷商我們也是～，如果一直催不到款，那就只好告到法院去了。
書 明羅貫中《三國演義》第一一回：「郭嘉諫曰：劉備遠來救援，先禮後兵，主公當用好言答之，以慢備心。」

【休戚相關】xiū qī xiāng guān
彼此間喜與憂或福與禍都互相關聯着。形容關係密切，利害一致。（休：歡樂。戚：憂傷。）例 他們兩家是姻親，～。
書 宋陳亮《送陳給事去國啟》：「眷此設心，無非體國；然用捨之際，休戚相關。」

【休戚與共】xiū qī yǔ gòng
彼此間喜與憂或福與禍都共同承受。形容關係密切，同甘共苦。例 這幾個人是～的好朋友，一個人有了難處，其他人哪能坐視不管呢？
書 《明史·瞿式耜傳》：「臣與主上患難相隨，休戚與共，不同他臣。」

【休養生息】xiū yǎng shēng xī
指國家經過戰亂或大動盪後採取措施減輕人民負擔，安定生活，繁殖人口，發展生產，以恢復元氣。（休養：休息調養。生息：繁殖人口。此處針對戰亂或大動盪後人口銳減而言。）例 西漢初年，經歷了秦末戰亂的百姓迫切需要一個～的時間。
書 唐韓愈《平淮西碑》：「高祖、太宗，既除既治；高宗、中、睿，休養生息；至於玄宗，受報收功。」

【任人唯賢】rèn rén wéi xián
任用人只選有德有才的，而不考慮他跟自己的關係如何。（任：任用。唯：副詞，只。）例 他們實行～的方針，使不少人才得以脫穎而出。
書 《尚書·咸有一德》：「任官惟賢才，左右惟其人。」後用作「任人唯賢」。

【任人唯親】rèn rén wéi qīn
任用人只選跟自己關係親密的，而不考慮他的德才如何。例 一家公司如果～，必然會挫傷一般員工的工作積極性，帶來負面的效應。
書 毛澤東《中國共產黨在民族戰爭中的地位》：「在這個使用幹部的問題上，我們民族歷史中從來就有兩個對立的路線：一個是『任人唯賢』的路線，一個是『任人唯親』的路線。」

【任其自然】rèn qí zì rán

聽任某種情況自然發展。（任：任憑；聽任。）例 孩子沾染了壞習慣，做父母的不能～，應該努力幫助他克服。

書 晉杜夷《杜氏新書》：「（杜恕）與（李）豐殊趣……由此為豐所不善。恕亦任其自然，不力行以合時。」

【任重道遠】rèn zhòng dào yuǎn

擔子很重，路途遙遠。比喻任務或責任重大，需要進行長期的不懈努力。（任：擔子。引伸指任務、責任。）例 建設一個高度現代化的國家，～，需要幾代人的共同努力。

書《論語·泰伯》：「曾子曰：『士不可以不弘毅，任重而道遠。』」

【任勞任怨】rèn láo rèn yuàn

做事不辭勞苦，不怕埋怨。（任：擔當；承受。）例 老顧在工作中一向～，大家送他一個外號——「老黃牛」。

書《明史·王應熊傳》：「乃羣臣不肯任勞任怨，致陛下萬不獲己，權遣近侍監理。」

【任賢使能】rèn xián shǐ néng

任用有德有才的人。（使：使用。）例 一家公司只有～，大家各盡其力，事業才能興旺起來。

書《吳子·料敵》：「有不占而避之者六……陳功居列，任賢使能。」

【仰人鼻息】yǎng rén bí xī

依賴別人的呼吸以求得生存。比喻依賴別人，看人臉色行事。（仰：依賴。鼻息：從鼻腔出入的氣息；呼吸。）例 沈先生不願再過這種～的生活，準備辭職後自己去經營一家商行。

書《後漢書·袁紹傳》：「袁紹孤客窮軍，仰我鼻息，譬猶嬰兒在股掌之上，絕其哺乳，立可餓殺。」又清吳熾昌《客窗閒話續集·某宮保》：「寒苦，我命也，不能仰人鼻息。還我故人，任我所之。」

【自不量力】zì bù liàng lì

見「不自量力」，74頁。

【自以為是】zì yǐ wéi shì

認為只有自己才是對的，不接受別人的意見。多指人主觀，不虛心。（是：正確；對。）例 你總這樣～，聽不進別人的勸告，哪有不犯錯誤的呢？

書《孟子·盡心下》：「自以為是，而不可與入堯舜之道。」

注「為」在此不讀wèi。粵 wei4唯。

【自以為得計】zì yǐ wéi dé jì

自認為謀算得逞，目的已達到。作貶義用。（得計：計謀得以實現。）例 那些靠欺詐手段謀取暴利的人往往～，然而他們走的實際上卻是一條通向犯罪的危險道路。

書 宋汪藻《奏論呂源除兩浙轉運使……不當狀》：「倚託權勢，傲睨視人，施施然自以為得計，而忘其身之醜也。」

【自由自在】zì yóu zì zài

不受拘束，不受限制，十分安閒舒適。例 一到假日，龔先生就

約上幾位好朋友外出旅遊，～地休息幾天，調節一下身心。

書 唐慧能《壇經・頓漸品》：「自由自在，縱橫盡得，有何可立？」

【自生自滅】zì shēng zì miè
自然地發生、生長，又自然地消失、滅亡。指聽其自然，不加過問。例「這兩三年來，無名作家何嘗沒有勝於較有名的作者的作品，只是誰也不去理會他，一任他～。」(魯迅《華蓋集・並非閒話（三）》)

書 唐白居易《山中五絕句・嶺上雲》：「自生自滅成何事，能逐東風作雨無？」

【自立門户】zì lì mén hù
自己另外建立一户家庭。也比喻自創一派或從原來所屬的部分中分離獨立出來。例 ❶大哥結婚後雖然～，但仍時常回來看望父母，十分孝順。❷編輯這份雜誌的人員已經從書局中分離出來～，成立了一家新的雜誌社。

書 明胡應麟《詩藪・國朝上》：「自信陽有筏諭，後生秀敏，喜慕名高，信心縱筆，動欲自開堂奧，自立門户。」

【自在逍遙】zì zài xiāo yáo
見「逍遙自在」，366頁。

【自有公論】zì yǒu gōng lùn
自然會有公眾來評論。多就事情的是非曲直而言。例 這件事做得應該不應該，～，咱們不必再爭論下去了。

書 南朝宋劉義慶《世説新語・品藻》：「又問：『何者是？』王曰：『噫，其自有公論。』左右躡公，公乃止。」

【自成一家】zì chéng yī jiā
在某種學術或技藝上有獨特的見解或獨創的風格，能自成體系，自成流派。例 觀海禪先生的書法，傳統的根基既深而又能獨標一格，～，令人讚歎。

書 唐劉知幾《史通・載言》：「又詩人之什，自成一家。」

【自投羅網】zì tóu luó wǎng
鳥獸或魚類自己投進人所佈下的網中。比喻人自己進入對手預設的圈套中。（羅：一種捕鳥的網。）例 警方偵察到毒販的接頭地點，對那裏實行24小時嚴密監視，只等毒販～。

書 宋司馬光《資治通鑒・唐懿宗咸通九年》：「丈夫與其自投羅網，為天下笑，曷若相與戮力同心，赴蹈湯火，豈徒脱禍，兼富貴可求。」

【自告奮勇】zì gào fèn yǒng
鼓起勇氣，主動要求承擔某項工作。例 一新～要給我們這個考察團打前站，提前一天出發了。

書 清李伯元《官場現形記》第五三回：「這饒守原本只有這一個兒子，因為上頭提倡遊學，所以他自告奮勇，情願自備資斧，叫兒子出洋。」資斧：旅費。

【自私自利】zì sī zì lì
私心嚴重，只為自己的利益打

算，不顧別人。例 爸爸從小就教育我們，不要做～的人，遇事應該設身處地為他人想一想。

書 宋黎靖德編《朱子語類》卷五五：「墨氏見世間人自私自利，不能及人，故欲兼天下之人人而盡愛之。」

【自作自受】zì zuò zì shòu

自己做錯了事，自己承受不好的後果。例 他一味貪便宜，結果買到了假貨，真是～。

書《敦煌變文集・目連緣起》：「汝母在生之日，都無一片善心，終朝殺害生靈，每日欺凌三寶。自作自受，非天與人。」

【自作聰明】zì zuò cōng míng

自以為聰明而輕率逞能。例 你不了解那裏的情況，就不要～地瞎指揮。

書《尚書・蔡仲之命》：「無作聰明，亂舊章。」又明余繼登《典故紀聞》卷四：「苟自作聰明，而不取眾長，欲治通之成，不可得也。」

【自言自語】zì yán zì yǔ

無人對白，像是自己跟自己說話。一般聲音較小。例 兒子小寶出國留學，潘太太牽腸掛肚，常常～地問道：「小寶什麼時候才能回家？」

書 宋《京本通俗小說・碾玉觀音》：「一個婦女搖搖擺擺從府堂裏出來，自言自語，與崔寧打個胸廝撞。」

【自取滅亡】zì qǔ miè wáng

自己的所作所為招致了自己的滅亡。例 如果有人倒行逆施，與百姓為敵，最終只能是～。

書《陰符經》卷下：「沈水入火，自取滅亡。」

【自知之明】zì zhī zhī míng

正確了解、認識自己尤其是自己的不足之處的那種能力。例 我有～，這項工作不是我力所能及的，所以不敢貿然接受。

書《老子》：「知人者智，自知者明。」又宋蘇軾《與葉進叔書》：「僕聞有自知之明者，乃所以知人。」

【自命不凡】zì mìng bù fán

自以為不平凡，比別人高明；十分自負。（自命：自以為具有某種品格、身分等。）例 祁允青～，發表過兩三首小詩，就以詩壇新秀自居。

書 清蒲松齡《聊齋誌異・楊大洪》：「大洪楊先生漣，微時為楚名儒，自命不凡。」

【自始至終】zì shǐ zhì zhōng

從開始到末了。表示一直如此。例 雷波在創業的過程中，～都得到徐先生的大力支持。

書《宋書・謝靈運傳》：「又以晉氏一代，自始至終，竟無一家之史，令靈運撰《晉書》。粗立條流，書竟不就。」

【自相矛盾】zì xiāng máo dùn

指言語行為前後自相抵觸。（矛盾：矛指長矛，盾指盾牌。《韓非子・難一》記載了這樣一則故事：有一個賣矛和盾的

人，一會兒誇他的盾十分堅固，沒有什麼東西能刺穿它；一會兒又誇他的矛極為鋒利，沒有什麼東西刺不穿的。有人問他：「用你的矛刺你的盾，結果怎麼樣？」這個人無言以對。後來就用「矛盾」來表示前後言行自相抵觸。）例 他這幾次講話的觀點有～之處，我非常希望他對此能作出澄清。

書 《魏書·李業興傳》：「卿言豈非自相矛盾？」

【自食其力】zì shí qí lì

依靠自己的勞動力養活自己。例 她覺得孩子雖然收入不高，但畢竟已經開始～了，這是可以欣慰的。

書 明李昌祺《剪燈餘話·泰山御史傳》：「（宋珪）居貧，自食其力，隱田里間，以教授為業，非義不為，人敬憚之。」

【自食其言】zì shí qí yán

自己把說過的話吞掉了。形容人不守信用，說話不算數。例 你答應過要陪我去看演出的，可不能～喲！

書 宋歐陽修《六一居士傳》：「是將違其素志而自食其言。」

【自食其果】zì shí qí guǒ

自己吞下自己種的苦果。比喻人做了壞事或錯事，結果害了自己。例 如果以破壞生態環境為代價來發展經濟，那麼最終人們將受到大自然的懲罰而～。

書 郭沫若《天地玄黃·玩火者必自焚》：「玩火者是會自食其果的。」

【自怨自艾】zì yuàn zì yì

本義是對自己的過錯心懷悔恨，並努力去改正。後多偏指悔恨。（艾：治理。此指改正過錯。）例 他受騙上當後～，責備自己不該如此輕信人言。

書 《孟子·萬章上》：「三年，太甲悔過，自怨自艾。」又明馮夢龍《醒世恆言·張孝基陳留認舅》：「過遷漸漸自怨自艾，懊悔不迭。」

注 「艾」在此不讀 ài。

【自討苦吃】zì tǎo kǔ chī

自己找麻煩，吃到苦頭。例 史先生經常去做義工，有人說他～，他卻覺得這樣做，生活才更有意義。

書 清李汝珍《鏡花緣》第二七回：「老夫原知傳方是件好事，但一經通行，家中缺了養贍，豈非自討苦吃麼？」

【自高自大】zì gāo zì dà

自以為了不起，看不起別人。例 他有了一點成績就～起來，好像離了他，別人什麼也做不成了似的。

書 元無名氏《仙呂點絳脣·混江龍》曲：「有一等明師，自高自大，狂言詐語，道聽途說，自把他元神昧。」

【自得其樂】zì dé qí lè

自己體會、享受到其中的樂趣。例 公園的一角聚集了十幾位戲迷，操琴、清唱，～。

書 明陶宗儀《輟耕錄·白翎雀》：「白翎雀生於烏桓朔漠之地，雌雄和鳴，自得其樂。」

【自強不息】zì qiáng bù xī
自覺進取，奮發向上，永不懈怠、停息。例 中華民族具有～的傳統，幾千年來為世界文明作出了巨大貢獻。
書《周易·乾》：「天行健，君子以自強不息。」

【自欺欺人】zì qī qī rén
既欺騙自己，也欺騙別人；用自己都難以置信的話或手法來欺騙別人。例 紙裏包不住火，你這樣～，是不會有好結果的。
書 宋黎靖德編《朱子語類》卷一八：「因說自欺欺人，曰，欺人亦是自欺，此又是自欺之甚者。」

【自然而然】zì rán ér rán
不經外力干預而如此。例 他和蘭英是鄰居，從小在一起，～有了親近的感情。
書 唐無名氏《無能子·真修》：「夫鳥飛於空，魚游於淵，非術也，自然而然也。」

【自給自足】zì jǐ zì zú
依靠自己的生產，滿足自己的需要。(給：供應。) 例 這個縣人多地少，在糧食方面能做到～是十分不容易的。
書 吳玉章《論辛亥革命》一：「佔全國人口大多數的、以小農經濟為基礎的農民……在封建統治下過着十分低下的自給自足的經濟生活。」
注「給」在此不讀 gěi。

【自圓其說】zì yuán qí shuō
使自己的說法圓滿周全，沒有破綻。例 你的論文論證不夠嚴密，有的地方甚至不能～，所以說服力不強。
書 清李伯元《官場現形記》第五五回：「(史其祥) 躊躇了好半天，只得仰承憲意，自圓其說道：『職道的話原是一時愚昧之談，作不得準的。』」

【自愧不如】zì kuì bù rú
因自己不如別人而感到慚愧。也作「**自愧弗如**」。例 在處理好人際關係方面，和阿琨相比，我～。
書 唐元結《七不如篇序》：「元子常自愧不如孩孺。」

【自輕自賤】zì qīng zì jiàn
自己看不起自己。(輕：看輕。賤：指認為自己地位低下)。例 小蔡出身寒門，但並不因此而～，他相信命運是掌握在自己手裏的。
書 明馮夢龍《古今小說·陳御史巧勘金釵鈿》：「又且他家差老園公請你，有憑有據，須不是你自輕自賤。」

【自鳴得意】zì míng dé yì
揚揚自得，表示十分滿意。(鳴：表示。得意：感到十分滿意。) 例「有一種無聊小報，以登載誣衊一部分人的小說～，連

姓名也都給以影射的。」(魯迅《偽自由書·文學上的折扣》)

書 明沈德符《野獲編·詞曲·曇花記》:「一日,遇屠於武林,命其家僮演此曲,揮策四顧,如辛幼安之歌千古江山,自鳴得意。」

【自慚形穢】zì cán xíng huì

原指因自己體貌醜陋而感到慚愧。後也泛指因自己不如別人而感到慚愧。(穢:醜陋。) 例 你不必因為不是從名牌大學畢業而～,你的工作能力和業績絲毫也不比別人差嘛。

書 南朝宋劉義慶《世說新語·容止》:「珠玉在側,覺我形穢。」又清李綠園《歧路燈》第七二回:「紹聞在婁樸面前,不免自慚形穢。」

注 「穢」不讀 suì。

【自暴自棄】zì bào zì qì

自己糟蹋自己,自己厭棄自己。多指人自甘落後,不求上進。(暴:糟蹋。) 例 他因為幾次考試都不及格而變得～起來,如果不是親友勸阻,他幾乎想退學了事。

書 《孟子·離婁上》:「自暴者,不可與有言也;自棄者,不可與有為也。言非禮義,謂之自暴也;吾身不能居仁由義,謂之自棄也。」又宋黎靖德編《朱子語類》卷一一八:「即此可見其無志,甘於自暴自棄,過孰大焉。」

【自顧不暇】zì gù bù xiá

照顧自己都忙不過來(哪裏還能顧到別人)。(不暇:沒有空閒;忙不過來。) 例 他最近陷入合同糾紛案中,～,原先答應給你幫忙的事,恐怕要等一等了。

書 明馮夢龍原著、清蔡元放改編《東周列國志》第三回:「舅氏自顧不暇,安能顧朕?」

【血口噴人】xuè kǒu pēn rén

見「含血噴人」,213頁。

【血肉相連】xuè ròu xiāng lián

像血和肉那樣互相連在一起。形容關係非常密切,不能分離。

例 這支軍隊是人民的子弟兵,和人民～。

書 聞捷《布沙熱,我要為你唱一支歌》:「你和黨的關係,不能不是這樣息息相關,血肉相連啊!」

注 「血」在此不讀 xiě。

【血雨腥風】xuè yǔ xīng fēng

見「腥風血雨」,467頁。

【血盆大口】xuè pén dà kǒu

血淋淋的像盆子那樣的大嘴。

例 豹子張開～吞食被牠捕捉到的獵物。

書 清李汝珍《鏡花緣》第四九回:「原來身後有個山羊在那裏吃草,卻被大蟲看見,撲了過去……張開血盆大口,羊頭吃在腹內,把口一張,兩隻羊角飛舞而出。」

【血氣方剛】xuè qì fāng gāng

形容年輕人精力正旺盛。有時也含有容易衝動或意氣用事的意思。(血氣:精力。方:副詞。正。剛:強。) 例 ❶這些～的青

年在工作中你追我趕，誰也不願落在後面。❷ 小波大學畢業剛參加工作，～，遇事有時不夠冷靜，跟人頂撞幾句也是難免的。

書 《論語·季氏》：「及其壯也，血氣方剛，戒之在鬥。」

【血海深仇】xuè hǎi shēn chóu

因殺人而積下的極深的仇恨。例 和這個惡霸間的～，時時刻刻都記在他的心頭。

書 周立波《暴風驟雨》第一部九：「韓老六跟我們家是父子兩代的血海深仇。」

【血流成河】xuè liú chéng hé

鮮血流成了河。形容被殺的人極多。例 侵略軍攻佔該市後，實行慘無人道的大屠殺，～，多少無辜百姓倒在了屠刀之下。

書 隋祖君彥《檄洛州文》：「屍骸蔽野，血流成河，積怨滿於山川，號哭動於天地。」

【血流如注】xuè liú rú zhù

血流得又多又急，像是在往外瀉一樣。（注：傾瀉。）例 他在車禍中受了重傷，～，立即被送到醫院搶救。

書 唐段成式《酉陽雜俎續集·支諾皐中》：「其物匣刃而走，血流如注。」

【向隅而泣】xiàng yú ér qì

對着屋子的一個角落哭泣。比喻非常孤立或得不到機會而失望悲傷。（隅：角落。）例 在這個團結友愛的集體裏沒有人會～，在大家的鼓勵和幫助下，每個人都能展現自己的人生價值。

書 漢劉向《説苑·貴德》：「今有滿堂飲酒者，有一人獨索然向隅而泣，則一堂之人皆不樂矣。」

【向壁虛造】xiàng bì xū zào

對着牆壁憑空製造出來。比喻沒有事實根據地捏造。例 我説的這種現象雖然讓人感到不可思議，但絕非～，而是實有其事的。

書 漢許慎《説文解字·序》：「世人大共非訾，以為好奇者也，故詭更正文，鄉（通『向』）壁虛造不可知之書，變亂常行，以燿於世。」

【行之有效】xíng zhī yǒu xiào

實行起來有成效。多指方法、措施經過實踐檢驗，證明是有效的。例 這些在我們這裏～的管理措施用到你們那裏未必完全適合，因為雙方的情況畢竟是有所不同的。

書 晉張華《博物志·方士》：「其論養性法則可施用，大略云……武帝行之有效。」

【行百里者半九十】

xíng bǎi lǐ zhě bàn jiǔ shí

走一百里路的人，走到九十里，也只能看做剛走完了一半。比喻做事情越是臨近成功，越是困難。常用來勸誡人在最後階段不要鬆懈，要再接再厲，善始善終。例 他在這場競賽中已經取得了明顯優勢，但卻絲毫不敢懈怠，他明白～，一旦掉以輕心，隨時都會發生不測。

書 《戰國策·秦策五》：「詩云：『行百里者半於九十。』此言末路之難。」

【行同狗彘】xíng tóng gǒu zhì
行為如同豬狗。指人的行為十分醜惡無恥。也作「**行若狗彘**」。（彘：豬。）例 這個～的卑鄙小人，哪裏懂什麼禮義廉恥。
書 漢賈誼《論治安策》：「故此一豫讓也，反君事仇，行若狗彘。」

【行行出狀元】
háng háng chū zhuàng yuán
每種職業都會出現傑出人才。常用來勉勵人在本職工作中鑽研業務，努力做出成績。（行：指行業、職業。行行：每種行業；每種職業。狀元：科舉時代的一種稱號。元、明、清時指經層層選拔後在殿試中考得一甲（第一等）第一名的人。在此比喻每種行業或職業中最傑出的人。）例 三百六十行，～，誰說在商店當售貨員就沒有出息呢？
書 明馮惟敏《玉抱肚·贈趙今燕》曲：「琵琶輕掃動人憐，須信行行出狀元。」
注 「行」在此不讀xíng。粵 hɔŋ[4]杭。

【行若無事】xíng ruò wú shì
從舉止上看，像是沒有發生那樣的事似的。形容在嚴重緊急關頭態度鎮定，舉止毫不慌亂。有時也指對壞人壞事毫不在意，聽之任之。也作「**行所無事**」。例 ❶ 決戰在即，鄧將軍成竹在胸，～，說話依然是那樣幽默風趣。❷ 對於這種弄虛作假的行為不能～地聽任其發展下去了。
書 清梁章鉅《歸田瑣記·鰲拜》：「以勢焰熏灼之權奸，乃執於十數小兒之手，如此除之，行所無事，非神武天授，其孰能與於斯！」

【行屍走肉】xíng shī zǒu ròu
諷刺庸碌無為、毫無生氣、糊裏糊塗過日子的人。這種人活着卻和死人沒什麼兩樣。（行屍：會走動的屍體。走肉：會走動而沒有靈魂的肉體。）例 這幾個浪蕩子只知道吃喝玩樂，從不做正經事，如同～一般。
書 晉王嘉《拾遺記·後漢》：「臨終誡曰：『夫人好學，雖死若存；不學者，雖存，謂之行屍走肉耳。』」

【行將就木】xíng jiāng jiù mù
快要進棺材了。指臨近死亡。（行將：即將。就：接近。木：指棺材。就木：人死的委婉說法。）例 他覺得自己雖然已是～的老人，但對有關國計民生的大事建言獻策，仍然是自己應盡的義務。
書 宋朱熹《與留丞相札子》之三：「今年六十有一，衰病侵凌，行將就木，乃欲變心從俗，以為僥倖俸錢祿米之計，不亦可羞之甚乎！」

【行雲流水】xíng yún liú shuǐ
飄行的雲，流動的水。比喻自然而不拘執。多用於形容歌唱或詩文、書法、繪畫。也作「**流水行雲**」。例 她的文章說心裏要說的話，不矜持，不造作，如～一般，讀來親切自然，沁人心脾。

書 宋蘇軾《與謝民師推官書》：「所示書教及詩賦雜文，觀之熟矣，大略如行雲流水，初無定質，但常行於所當行，常止於所不可不止，文理自然，姿態橫生。」

【行遠自邇】xíng yuǎn zì ěr
走遠路必須從腳下最近的一步開始。比喻學習、做事要把基礎打好，從眼前做起，一步步推進。(邇：近。) 例 **為了求得事業的發展，必須把現在的工作扎扎實實做好，～，一步登天的想法是不切實際的。**

書 《禮記·中庸》：「君子之道，辟（通『譬』）如行遠必自邇，辟如登高必自卑。」後用作「行遠自邇」。

【全力以赴】quán lì yǐ fù
把全部力量都用上去。也作「**全力赴之**」。(赴：往。此指投入某件事。) 例 **集訓隊～進行準備，決心要在這次中學生數學奧林匹克比賽中再創佳績。**

書 清趙翼《廿二史札記·東漢尚名節》：「蓋當時薦舉徵辟，必採名譽，故凡可以得名者，必全力赴之，好為苟難，遂成風俗。」

【全軍覆沒】quán jūn fù mò
整個軍隊被消滅。(覆沒：原指船翻而沈沒。也引伸指軍隊被消滅。) 例 **這一仗打得敵寇～，我軍聲威大振。**

書 《舊唐書·李希烈傳》：「官軍皆為其所敗，荊南節度張伯儀全軍覆沒。」

注 「覆」不可寫作「復」。

【全神貫注】quán shén guàn zhù
全副精神高度集中。(貫注：指精神集中在一點上。) 例 **教室裏大家都在～地聽老師講課，還不時把要點記在筆記本上。**

書 茅盾《子夜》二：「雷參謀此時全神貫注在徐曼麗身上。」

【全無是處】quán wú shì chù
見「一無是處」，14頁。

【兇相畢露】xiōng xiàng bì lù
兇惡的面目完全顯露了出來。(畢：完全。) 例 **歹徒以帶路為名把旅客騙到僻靜的巷子裏，便～地動手要搶旅客的錢物。**

書 柯岩《追趕太陽的人》：「吳丙治向他徵收稅款時，他兇相畢露地威脅：『誰有錢給你，小心你的腦袋吧！』」

注 「露」在此不讀 lòu。

【兇神惡煞】xiōng shén è shà
迷信的人指兇惡的神。也用來比喻兇惡的或兇狠的人。(煞：指兇神。) 例 **他那副～的樣子，把孩子嚇得直哭。**

書 元無名氏《桃花女》第三摺：「遭這般兇神惡煞，必然板殭身死了也。」

【夙興夜寐】sù xīng yè mèi
早起晚睡。形容勤勞，休息的時間很少。(夙：早。興：起。此指起牀。寐：睡。) 例 **施先生～，為拓展公司的業務不遺餘力地工作着。**

書 《詩經·大雅·抑》：「夙興夜寐，灑埽(同『掃』)庭內，維民之章。」

【危在旦夕】wēi zài dàn xī

危險就在眼前。（旦夕：早晨或晚上，早晚之間。指很短的時間之內。）例 他的生命～，醫生正全力搶救。

書《三國志・吳志・太史慈傳》：「今管亥暴亂，北海被圍，孤窮無援，危在旦夕。」

【危如累卵】wēi rú lěi luǎn

危險得像摞起來的蛋。這樣的蛋隨時都會倒下來打碎。形容危險到了極點。也作「**危於累卵**」。（累：堆積。此指一個一個往上摞。）例 要塞被圍，～，司令部急派精兵，星夜馳援。

書《戰國策・秦策四》：「當是時，魏危於累卵，天下之士相從謀。」

注「累」在此不讀 lèi。粵 lœy5 呂。

【危言聳聽】wēi yán sǒng tīng

故意説誇大或嚇人的話，使人聽了吃驚。（危言：使人吃驚的話；或説這樣的話。聳聽：使人聽了吃驚、震動。）例 有的新聞從業員很不負責地在報刊上登載一些～的傳聞，這是不符合職業道德的行為。

書 清劉坤一《覆郭善臣》：「兄與弟肝膽至交，何敢危詞聳聽，實緣軍事日亟，不得不倚重龍驤。」

【危機四伏】wēi jī sì fú

到處潛伏着爆發危險的因素。例 這家公司～，人心渙散，前途堪憂。

書 茅盾《子夜》九：「不要太樂觀。上海此時也是危機四伏。」

【刎頸之交】wěn jǐng zhī jiāo

交情深摯，可以共生死的朋友。（刎頸：用刀劍等割頸而死。）例 戈壁探險回來，他和翟雲翔結為～。

書《史記・廉頗藺相如列傳》：「廉頗聞之，肉袒負荊，因賓客至藺相如門謝罪……卒相與驩（同『歡』），為刎頸之交。」司馬貞索隱引崔浩云：「言要齊生死而刎頸無悔也。」

【各人自掃門前雪】

gè rén zì sǎo mén qián xuě

比喻只顧自己的事，不去關心他人。常與「莫管他人瓦上霜」連用。「莫管」也作「休管」，「他人」也作「他家」，「瓦上霜」也作「屋上霜」。例 生活在同一個社區裏的人如果都～，莫管他人瓦上霜，那又怎麼能建立起融洽的鄰里關係來呢？

書 明凌濛初《二刻拍案驚奇》卷四：「小可見客官方才問及楊家，偶然如此閒講。客官，各人自掃門前雪，不要閒管罷了。」

【各有千秋】gè yǒu qiān qiū

各有各的長期流傳的價值。引伸指各有優點，各有特色。（千秋：千年。此指流傳久遠。）例「詩啟發了畫中意志，畫給予詩以具體形象，詩畫交輝，意境豐滿，各不相下，～。」（宗白華《美學散步・詩（文學）和畫的分界》）

書 清王復《和渭川寓感原韻……》詩：「各有千秋傳業在，名山到處好收藏。」

【各自為政】gè zì wéi zhèng
各人按照自己的主張辦事。多指不顧全局，互不配合，各搞各的一套。（為政：指做主辦事。）例 經過整頓，公司各部門消除了～的現象，部門間互相支持配合，工作效率大為提高。
書《三國志・吳志・胡綜傳》：「諸將專威於外，各自為政，莫或同心。」

【各行其是】gè xíng qí shì
各人按照自己認為對的去做。今使用中多表示思想、行動不統一。（行：做。是：認為對的。）例 軍隊紀律中最重要的一條是一切行動聽指揮，絕不允許～。
書 明凌濛初《二刻拍案驚奇》卷九：「自古貞姬守節，俠女憐才。兩者俱賢，各行其是。」
注「是」不可寫作「事」。

【各抒己見】gè shū jǐ jiàn
各人發表自己的見解。（抒：表達；發表。）例 對於如何加強學生的品德教育，老師們～，展開了熱烈討論。
書 清李汝珍《鏡花緣》第七四回：「據我主意，何不各抒己見，出個式子，豈不新鮮些？」

【各奔前程】gè bèn qián chéng
各走各的路。比喻各自從事所選擇的工作，向已確定的人生目標前進。例 昔日的小夥伴長大後均已～，但當年的那份純真情誼大家都銘記在心。
書 元李文蔚《燕青博魚》第四摺：「將軍不下馬，各自奔前程。」

【各持己見】gè chí jǐ jiàn
各人都堅持自己的見解。表示彼此見解有分歧，不能統一。例 會談的雙方～，經過幾次磋商，依然沒有取得一致。
書 清黃鈞宰《金壺浪墨・堪輿》：「甚至徒毀其師，子譏其父，各持己見，彼此相非。」

【各執一詞】gè zhí yī cí
各人都堅持自己的一種說法。表示彼此說法不一致。（執：堅持。）例 兩位當事人～，都認為對方應當承擔這一事件的主要責任。
書 明馮夢龍《醒世恆言・盧太學詩酒傲王侯》：「可憐王屠夾得死而復甦，不肯招承。石雪死咬定是個同夥，雖夾死終不改口……兩下各執一詞，難以定招。」

【各得其所】gè dé qí suǒ
原指各自得到所需要的東西。後也指人或事物都得到適當的安置。例 人事部門對留學歸國人員做了精心安排，使他們能～，人盡其才。
書《周易・繫辭下》：「日中為市，致天下之民，聚天下之貨，交易而退，各得其所。」又《論語・子罕》：「吾自衛反魯，然後樂正，《雅》、《頌》各得其所。」

【各盡所能】gè jìn suǒ néng
各自獻出全部才能。例 參加保護生態環境工作的志願者協力同心，～，活動開展得有聲有色。
書《後漢書・曹褒傳》：「漢遭秦

餘，禮壞樂崩，且因循故事，未可觀省，有知其説者，各盡所能。」

【名下無虛】míng xià wú xū
流傳的名聲並無虛假之處。指其名實相符。例 聽過鍾教授報告的人對鍾教授的學術造詣都極為佩服，真可謂～啊！
書 清劉獻廷《廣陽雜記》卷三：「池中魚色異常……儼如江西景德鎮所燒窰器，瓌瑋可觀，可謂名下無虛矣。」

【名山事業】míng shān shì yè
指著書立説以流傳後世的事業。古人認為有些有價值的著作要「藏之名山」，名山中有專門的藏書石室，故稱。例 蘇先生閉門謝客，潛心於他的～，我們就不要去打攪他了。
書《史記·太史公自序》：「成一家之言……藏之名山，副在京師，俟後世聖人君子。」後用作「名山事業」。

【名不副實】míng bù fù shí
名稱或名聲與實際不相符。指徒有虛名。也作「**名不符實**」。（副：相稱；符合。）例 這些～的所謂「精品」、「極品」，蒙騙了不少消費者。
書 三國魏劉劭《人物志·效難》：「中情之人，名不副實，用之有效。」

【名不虛傳】míng bù xū chuán
流傳的名聲不是虛的，與實際相符。例 今天有幸欣賞了幾幅黃賓虹大師的畫作，深感～，其成就確非常人所能及。
書 宋華岳《白面渡》詩：「雙舡白面問溪翁，名不虛傳説未通。」

【名正言順】míng zhèng yán shùn
原指名分或名義正當，説起道理來順順當當。今多指做事理由正當充足，完全講得通。例 他是你的主管，他這樣做～，誰也不能説什麼。
書 宋蘇軾《太常少卿趙瞻可户部侍郎制》：「先王之論理財也，必繼之以正辭，名正而言順，則財可得而理，民可得而正。」

【名存實亡】míng cún shí wáng
名義上還存在，實際上已經沒有了。（亡：失去；不再有了。）
例 有的研究會～，已經多年沒有開展任何活動了。
書 唐韓愈《處州孔子廟碑》：「郡邑皆有孔子廟，或不能修事，雖設博士弟子，或役於有司，名存實亡，失其所業。」

【名列前茅】míng liè qián máo
名次排列在前面。（前茅：春秋時代楚國行軍，前哨舉着白茅當旗幟在前面偵察開路，稱為前茅。引伸指前列。）例 在這幾年的業務狀況考評中，大凱的成績一直～。
書 清吳熾昌《客窗閒話續集·唐詞林》：「汝初冒北籍，名列前茅，恐招人忌耳。」

【名副其實】míng fù qí shí
名稱或名聲與實際相符。也作「**名符其實**」。（副：相稱；符

合。）例「**使一切公僕各盡所能，以為人民服役，然後民國乃得～矣。**」（孫中山《與段祺瑞書》）

書 宋范祖禹《唐鑒・玄宗下・天寶八年》：「故夫孝子慈孫之欲顯其親，莫若使名副其實而不浮。」

【名落孫山】 míng luò sūn shān

據說宋代有個叫孫山的士人，和同鄉人的兒子一同出去參加科舉考試。孫山考中了，不過只是最末一名，先回家鄉。同鄉人問孫山，自己的兒子考得如何，孫山詼諧地回答說：「解名盡處是孫山，賢郎更在孫山外。」意思是你的兒子榜上無名，沒有考中。（事見宋范公偁《過庭錄》）後來就用「名落孫山」表示投考不中，或選拔時沒被選上。例 **參加完今年的大學招生考試，小季覺得自己發揮失常，所以做好了～的準備。**

書 清李伯元《官場現形記》第五四回：「等到出榜，名落孫山，心上好不懊惱。」

【名滿天下】 míng mǎn tiān xià

名聲很大，傳遍天下。例 **這位～的男高音歌唱家首次在本市舉辦演唱會，盛況空前。**

書《管子・白心》：「持而滿之，乃其殆也。名滿於天下，不若其已也。」

【名噪一時】 míng zào yī shí

在一個時期內名聲很響，廣為傳揚。（噪：指名聲響亮，廣為傳揚。）例 **他在當年曾～，是一位十分活躍的政客，只是後來落魄了，漸漸被人們所忘卻。**

書 明沈德符《野獲編・科場・國師閱文偶誤》：「猶憶戊子春，婁上王辰玉、松江董元宰入都，名噪一時，士人皆以前茅讓之，無一異詞者。」

【名韁利鎖】 míng jiāng lì suǒ

名和利像韁繩和鎖鏈那樣束縛着人。也作「**利鎖名韁**」。例 **一個人如果能擺脫～的束縛，他的生活一定會更有意義，更充滿樂趣。**

書 宋柳永《夏雲峯》詞：「向此免名韁利鎖，虛費光陰。」

【多才多藝】 duō cái duō yì

具有多方面的才能、技藝。也作「**多材多藝**」。例 **春利是個～的大學生，不但學習成績好，而且還是學生文藝社團的核心成員呢。**

書《尚書・金縢》：「予仁若考，能多材多藝，能事鬼神。」

【多此一舉】 duō cǐ yī jǔ

這一舉動是不必要的、多餘的；做不必要的、多餘的事。（舉：舉動。）例 **如果早知道他們不相信我，我又何必去向他們提出申辯呢，真是～。**

書 清吳趼人《二十年目睹之怪現狀》第八九回：「你給我這一張整票子，明天還是要到你那邊打散，何必多此一舉呢！」

【多多益善】 duō duō yì shàn

越多越好。本指帶兵，後也泛指其他事物。（多多：已經多了，還要再多些。）例 西部地區在大開發中紛紛外出招聘人才，～，人們在那裏將會大有用武之地。

書《史記·淮陰侯列傳》：「上問曰：『如我能將幾何？』信曰：『陛下不過能將十萬。』上曰：『於君何如？』曰：『臣多多而益善耳。』」

【多如牛毛】 duō rú niú máo

多得像牛身上的毛。形容非常多。例 當年軍閥割據，苛捐雜稅～，百姓苦不堪言。

書《北史·文苑傳序》：「學者如牛毛，成者如麟角。」又梁啟超《論資政院之天職》：「比年以來，新頒法規，多如牛毛。」

【多事之秋】 duō shì zhī qiū

變故很多的不安定時期。（秋：指特定的某個時期。）例 當此～，希望各位同仁團結一心，風雨同舟。

書 唐崔致遠《前宣州當塗縣令王翺攝揚子縣令》：「況逢多事之秋，而乃有令患風。」

【多愁善感】 duō chóu shàn gǎn

形容人感情脆弱，心多愁悶，容易傷感。例「靜忽然掉下眼淚來。是同情於這個不相識的少婦呢，還是照例的女性的～，連她自己也不明白。」（茅盾《幻滅》二）

書 宋黃庭堅《滿庭芳》詞之二：「鴛鴦，頭早白，多情易感，紅蓼池塘。」今多作「多愁善感」。

【多謀善斷】 duō móu shàn duàn

既富於智謀，又善於決斷。也作「**好謀善斷**」。例 劉帥是位～的軍事家，用兵如神。

書 晉陸機《辨亡論》上：「疇咨俊茂，好謀善斷。」

【多難興邦】 duō nàn xīng bāng

國家患難多，可以激發人們團結奮鬥，戰勝困難，從而使國家興盛起來。（邦：國家。）例 ～是古人的經驗總結，其中蘊含的道理是值得深思的。

書《左傳·昭公四年》：「或多難以固其國，啟其疆土；或無難以喪其國，失其守宇。」又唐陸贄《論敍遷幸之由狀》：「多難興邦者，涉庶事之艱而知敕慎也。」

注「難」在此不讀 nán。粵 nan6 難6。「邦」不可寫作「幫」。

【色厲內荏】 sè lì nèi rěn

外表強硬而內心虛弱。（色：神色。厲：嚴厲。荏：軟弱。）例 胡老九自知理虧，～，爭吵的嗓門雖大，底氣其實不足。

書《論語·陽貨》：「色厲而內荏，譬諸小人，其猶穿窬之盜也與？」

注「荏」不讀 rèn。

【交口稱譽】 jiāo kǒu chēng yù

眾口同聲稱讚。（譽：稱讚。）例 **部隊在這一帶駐防，紀律嚴明，百姓～。**

書《元史·王利用傳》：「利用幼穎悟，弱冠與魏初同學，遂齊名，諸名公交口稱譽之。」

【交淺言深】jiāo qiǎn yán shēn

交情還淺，言談卻很深入。例 **你和他～，不知道他聽了你的這番話會有什麼想法。**

書《戰國策·趙策四》：「客有見人於服子者，已而請其罪。服子曰：『公之客獨有三罪：望我而笑，是狎也；談語而不稱師，是倍也；交淺而言深，是亂也。』客曰：『不然。夫望人而笑，是和也；言而不稱師，是庸說也；交淺而言深，是忠也。』」

【交頭接耳】jiāo tóu jiē ěr

彼此頭靠頭，湊在耳邊低聲說話。例 **開會時他倆不停地～，像是在商量什麼事情。**

書 元關漢卿《單刀會》第三摺：「不許交頭接耳，不許笑語喧譁。」

【交臂失之】jiāo bì shī zhī

見「失之交臂」，132頁。

【衣冠楚楚】yī guān chǔ chǔ

形容穿戴得整齊、漂亮。（楚楚：整潔、鮮明的樣子。）例 **這個平素穿着很隨便的年輕人，今天打扮得～，其中必有緣故。**

書 元無名氏《凍蘇秦》第四摺：「想當初風塵落落誰憐憫，到今日衣冠楚楚爭親近。」

注「冠」在此不讀 guàn。粵 gun[1] 觀。

【衣冠禽獸】yī guān qín shòu

像人一樣穿着衣服，戴着帽子的禽獸；看起來像人，實為禽獸。比喻道德敗壞，行為如同禽獸的人。例 **那個～的真面目終於被揭露出來了，他的所作所為受到大家的唾棄。**

書 明陳汝元《金蓮記·構釁》：「人人罵我做衣冠禽獸，個個識我是文物穿窬。」

注「冠」在此不讀 guàn。粵 gun[1] 觀。

【衣缽相傳】yī bō xiāng chuán

佛教師徒間傳法，常付袈裟和飯缽作為信物，所以稱「衣缽相傳」。後也泛指師徒、父子間思想、學術或技能的傳授、繼承。例 **這套拳術～，到邱先生已經是第十八代了。**

書《舊唐書·方伎傳·神秀》：「昔後魏末，有僧達摩者，本天竺王子，以護國出家，入南海，得禪宗妙法，云自釋迦相傳，有衣缽為記，世相付授。」又宋朱熹《次韻傳丈武夷道中五絕句》之五：「衣缽相傳自端的，老生無用與安心。」

【衣錦還鄉】yī jǐn huán xiāng

穿着精美鮮麗的絲綢衣服回到家鄉。形容人富貴後回到鄉里，十分榮耀。也作「**衣錦榮歸**」。（錦：有彩色花紋的絲織品。）例 **曾老伯當年漂泊異國，如今～，大有物是人非之感。**

書《梁書·柳慶遠傳》：「高祖餞

於新亭，謂曰：『卿衣錦還鄉，朕無西顧之憂矣。』」

【亦步亦趨】yì bù yì qū

人家慢走，也跟着慢走；人家快走，也跟着快走。比喻自己沒有主見，一味追隨、模仿人家。原不含貶義。今使用中則多含貶義。（步：慢走。趨：快走。）例 各人的情況不同，別人能做到的事你未必能做得到，何必～地去學別人的樣呢？

書《莊子·田子方》：「夫子步亦步，夫子趨亦趨，夫子馳亦馳，夫子奔逸絕塵，而回瞠若乎後矣。」後用作「亦步亦趨」。

【充耳不聞】chōng ěr bù wén

塞住耳朵不聽。形容人故意不聽。（充：塞住。）例 他高高在上，對羣眾的要求～，引起羣眾的不滿。

書 清李漁《奈何天·鬧封》：「邊陲告急，司轉運者充耳不聞。」

【妄自菲薄】wàng zì fěi bó

毫無根據地過分看輕自己。（妄：胡亂；沒有根據。菲薄：看不起。）例 你不要～，我看你完全有實力去報考公務員，你可不要失去這個機會啊！

書 三國蜀諸葛亮《出師表》：「誠宜開張聖聽，以光先帝遺德，恢弘志士之氣，不宜妄自菲薄，引喻失義，以塞忠諫之路也。」

注「菲」在此不讀 fēi。粵 fei² 匪。

【妄自尊大】wàng zì zūn dà

狂妄地自高自大。例「況且以這樣的『名儒』而做官，便不免以『名臣』自居，～。」（魯迅《且介亭雜文·買〈小學大全〉記》）

書《後漢書·馬援傳》：「子陽井底蛙耳，而妄自尊大。」

【冰天雪地】bīng tiān xuě dì

冰雪漫天蓋地，氣候非常寒冷。例 科研人員在～的南極建立起了科學考察站。

書 清蔣士銓《雞毛房》詩：「冰天雪地風如虎，裸而泣者無棲所。黃昏萬語乞三錢，雞毛房中買一眠。」

【冰炭不相容】

bīng tàn bù xiāng róng

比喻二者對立，像冰塊與炭火那樣互不相容。例 他們兩人矛盾很深，～，在一起共事哪能太平得了。

書《韓非子·顯學》：「夫冰炭不同器而久，寒暑不兼時而至，雜反之學不兩立而治。」又宋陸游《寄題李季章侍郎石林堂》詩：「君不見，牛奇章與李衞公，一生冰炭不相容。」

【冰凍三尺，非一日之寒】

bīng dòng sān chǐ, fēi yī rì zhī hán

冰結到三尺厚，不是一天的寒冷所造成的。比喻事態所以達到比較嚴重的程度，有個積累、發展的過程，不是一下子就如此的。例 這家公司所以會破產，～，公司的員工對此早已心裏有數，所以紛紛另謀發展。

書 明朱有燉《賽嬌容》第四摺：「這

中原天氣十分冷，冰厚三尺，非一日之寒也。」

【冰消瓦解】bīng xiāo wǎ jiě
像冰一樣消融，像瓦一樣碎裂。比喻完全消釋或崩潰。也作「**瓦解冰消**」、「**冰散瓦解**」。
例 ❶經他反覆説明，我的疑慮終於～了。❷在警方的有力打擊下，這股惡勢力迅速～。
書 晉成公綏《雲賦》：「於是玄風仰散，歸雲四旋，冰消瓦解，奕奕翩翩。」

【冰清玉潔】bīng qīng yù jié
像冰一樣清澈，像玉一樣純潔。比喻人品質清白純潔。也作「**玉潔冰清**」。例 謝女士～，十分受人敬重。
書 三國 魏 曹植《光祿大夫荀侯誄》：「如冰之清，如玉之潔，法而不威，和而不褻。」

【羊腸小道】yáng cháng xiǎo dào
像羊腸那樣曲折而狹窄的小路。多指山路。也作「**羊腸鳥道**」。（鳥道：只有飛鳥才能通過的險峻而狹窄的山路。）例 沿着～往上登，就可以到達青木隘，那裏的地勢十分險要。
書《淮南子·兵略訓》：「羊腸道，發笱門，一人守隘，而千人弗敢過也。」又宋 普濟《五燈會元·谷隱聰禪師法嗣·仗錫修己禪師》：「羊腸鳥道無人到，寂寞雲中一個人。」

【米珠薪桂】mǐ zhū xīn guì
米像珍珠而柴像桂木那樣，價格昂貴。形容物價極高，生活艱難。也作「**薪桂米珠**」。（薪：柴。桂：樹名。其樹皮可入藥或做香料。）例 舊時每遇荒年，～，生活實在難以維持。
書《戰國策·楚策三》：「楚國之食貴於玉，薪貴於桂。」又明 馮夢龍《古今小說·窮馬周遭際賣䭔媼》：「但長安乃米珠薪桂之地，先生資斧既空，將何存立？」

【汗牛充棟】hàn niú chōng dòng
形容書籍極多，用牛車運送時牛累得出汗，收藏時可以堆滿屋子。（充：裝滿。棟：指屋子。）例 圖書館裏～的圖書，沒有人能一本本讀完，誰都只能選擇他所需要的來讀。
書 唐 柳宗元《文通先生陸給事墓表》：「其為書，處則充棟宇，出則汗牛馬。」又宋 陸游《冬夜讀書有感》詩：「汗牛充棟成何事，堪笑迂儒錯用功。」

【汗馬功勞】hàn mǎ gōng láo
指戰功。也泛指費盡辛苦立下的功勞。（汗馬：將士騎馬征戰，馬累得汗流不止。）例 張教授是水庫的設計者，為本市的水利建設立下過～。
書 元無名氏《賺蒯通》第四摺：「只因汗馬功勞大，封做平陽萬户侯。」

【汗流浹背】hàn liú jiā bèi
汗流得濕透了背上的衣服。原形容極度惶恐或慚愧而出汗。後也泛指出汗很多。（浹：濕透。）
例 烈日當空，天氣炎熱，我在

街上沒走多久就已～了。

書《後漢書·皇后紀下·獻帝伏皇后》：「舊儀，三公領兵朝見，令虎賁執刃挾之。(曹)操出，顧左右，汗流浹背，自後不敢復朝請。」

注「浹」不讀jiá，也不可寫作「挾」。

【污泥濁水】wū ní zhuó shuǐ

骯髒的泥，渾濁的水。今多比喻沒落、腐朽的東西。例 我們滌盪舊社會留下來的～，為建設新中國而努力奮鬥。

書 唐韓愈《酒中留上襄陽李相公》詩：「濁水污泥清路塵，還曾同制掌絲綸。」此比喻地位卑微，與今通行的比喻義有所不同。

【江山易改，本性難移】

jiāng shān yì gǎi, běn xìng nán yí

山河自然的面貌還比較容易改變，人的本性卻是極難改變的。極言人的性格、作風及多年養成的習慣等不容易改變。「易改」也作「好改」，「本性」也作「秉性」、「稟性」。(移：改變。) 例 他自小脾氣總是這樣倔，真是～。

書 元無名氏《謝金吾》第三摺：「可不的江山易改，本性難移。」

【江河日下】jiāng hé rì xià

江河的水天天向下游流去。比喻情況一天天壞下去。例 他們公司近年虧損嚴重，已呈～之勢，職工們憂心忡忡。

書 清顧炎武《答徐甥公肅書》：「昊天不弔，大命忽焉，山嶽崩頽，江河日下，三風不儆，六逆彌臻。」

【江郎才盡】jiāng láng cái jìn

江郎，指南朝梁江淹。江淹年輕時以文才著稱，晚年詩文大不如從前，當時人認為他才盡了。後來就用「江郎才盡」比喻才思枯竭。(郎：漢魏以後對少年的通稱。) 例「不，他不能和菊子散夥。散了夥，他必感到空虛，寂寞，無聊，或者還落個～，連詩也寫不出了。」(老舍《四世同堂》五五)

書「江郎才盡」事見南朝梁鍾嶸《詩品》及《梁書·江淹傳》。清李汝珍《鏡花緣》第九一回：「如今弄了這個，還不知可能敷衍交卷。我被你鬧的真是江郎才盡。」

【守口如瓶】shǒu kǒu rú píng

閉口不言，像是塞緊了瓶口的瓶子一樣。形容說話謹慎或嚴守祕密。例 他對會上討論的關於加薪的事～，我從他那裏探聽不到什麼消息。

書 唐道世《諸經要集·擇交部·懲過》引《維摩經》：「防意如城，守口如瓶。」

【守株待兔】shǒu zhū dài tù

《韓非子·五蠹》記載了這樣一則故事：春秋戰國時宋國有一個

農夫看見一隻兔子撞在田裏的樹樁子上，折斷脖子死了。於是他放下農具等在樹樁子旁，希望以後還會有這樣撞死的兔子，可以讓他不費勁地得到。但是這樣的兔子他再也沒有等到，自己卻受到宋國人的譏笑。原用來比喻死守狹隘經驗，不知變通。後多比喻幻想不經過主動努力而僥倖得到意外收獲。例 **你不要～了，不出去積極推銷自己的產品，生意是不會輕易送上門來的。**

書 明馮夢龍《古今小說·楊八老越國奇逢》：「妾聞治家以勤儉為本，守株待兔，豈是良圖？乘此壯年，正堪跋涉，速整行李，不必遲疑也。」

【安土重遷】 ān tǔ zhòng qiān

安於故土，不輕易遷居他鄉。（重：看得很重。）例 **在現代年輕人身上～的傳統觀念影響正在逐漸減弱，離開家鄉到外地謀求發展已經是很普通的事了。**

書《漢書·元帝紀》：「安土重遷，黎民之性；骨肉相附，人情所願也。」

【安分守己】 ān fèn shǒu jǐ

安守本分，老實規矩。（分：本分。己：指自己所應該遵守的活動範圍和活動內容。）例 **老袁是個～的手藝人，從不惹事生非的。**

書 宋袁文《甕牖閒評》卷八：「彼安分守己恬於進取者，方且以道義自居，其肯如此僥倖乎？」

【安之若素】 ān zhī ruò sù

遇到反常現象或處在艱苦、危難的境地，心態平靜，把它當成平常的事那樣來對待。（安：心情平靜安定。素：平素；平常。）例 **山村的生活條件相當艱苦，丁教授卻～，每天奔走於田間地頭，滿腔熱情地向農民推廣提高農作物產量的新技術。**

書 清陳確《書蔡伯蜚便面》：「苟吾心之天定，則貧賤患難，疾病死喪，皆安之若素矣，何不可知之有！」

【安民告示】 ān mín gào shì

原指官府發出的安定民心的佈告。後來也指事先發出的通知，把要商議、辦理的事告訴有關人員，使有所準備。（告示：佈告。）例 **關於月底撤消本區路邊攤販市場的事早就出過～了，你怎麼還不知道？**

書 清金念劬《避兵十日記》：「囑兩縣速出安民告示，諭令店鋪照常開張。」

【安如磐石】 ān rú pán shí

像磐石那樣安穩，不可動搖。（磐石：厚而大的石頭。）例 **儘管公司近來人事變動很大，他這個主任的職位卻～，這恐怕是和他的工作業績有很大關係的。**

書《荀子·富國》：「為名者否，為利者否，為忿者否，則國安於盤（通『磐』）石，壽於旗翼。」今多作「安如磐石」。

【安步當車】 ān bù dàng chē

慢慢步行，就當是坐車。今多指

不坐車而從容步行。（安：心神安定，從容。步：步行。）例 我供職的那家銀行離家不算太遠，我每天上班都是～的。

書《戰國策·齊策四》：「晚食以當肉，安步以當車。」

【安身立命】ān shēn lì mìng

指生活有着落，精神也有所寄託。（安身：存身；容身。立命：修身養性以奉天命。泛指精神充實安定。）例 蘇福基覺得這裏是～的理想所在，便決定留下來。

書 宋道原《景德傳燈錄·景岑禪師》：「僧問：『學人不據地時如何？』師云：『汝向什麼處安身立命？』」

【安良除暴】ān liáng chú bào

見「除暴安良」，353頁。

【安居樂業】ān jū lè yè

安定地居住生活，愉快地從事其職業。（樂：對做某種事情感到快樂。業：指職業。）例 如今社會穩定，經濟健康發展，百姓過上了～的生活。

書《漢書·貨殖傳序》：「各安其居而樂其業，甘其食而美其服。」

【安常處順】ān cháng chǔ shùn

習慣於平穩正常的生活，處在順利的境遇中。例 他一直～，家庭的這一變故對他的衝擊很大。

書 明朱之瑜《太廟典禮議》：「而且安常處順，人所優為，至於禮之變者，不可不窮而思通也。」

【安貧樂道】ān pín lè dào

安於清苦的生活，以追求某種道德，理想為樂。（道：泛指某種道德、理想。）例 俞先生～，生活雖然並不富裕，精神上卻感到十分充實。

書《文子·上仁》：「聖人安貧樂道，不以欲傷生，不以利累己，故不違義而妄取。」

【安然無恙】ān rán wú yàng

平安無事。多用於極有可能受到傷害而結果卻平安無事的場合。（無恙：沒有疾病；沒受傷害。）例 這位戰地記者出生入死，最後總算～地回到了報社，真是萬幸。

書 明馮夢龍《醒世恆言·盧太學詩酒傲王侯》：「倒下聖旨，將汪公罷官回去，按院照舊供職，陸公安然無恙。」

【字字珠璣】zì zì zhū jī

每個字都像珠子那樣珍貴而有光彩。形容詩文詞句優美精彩。（璣：不圓的珍珠。）例 這些千古名篇～，令人百讀不厭。

書 清文康《兒女英雄傳》第一回：「怎奈他文齊福不至，會試了幾次，任憑是篇篇錦繡，字字珠璣，會不上一名進士。」

【字斟句酌】zì zhēn jù zhuó

對每一字每一句都仔細推敲，務求恰當。形容說話或寫作態度認真，十分慎重。（斟酌：指反覆

考慮，仔細推敲。）例 潘主任對這篇報告～，修改了多次。

書 清紀昀《閱微草堂筆記·灤陽消夏錄一》：「《論語》、《孟子》，宋儒積一生精力，字斟句酌，亦斷非漢儒所及。」

【字裏行間】zì lǐ háng jiān

字句中間。多用於表示某種風格或思想感情在文章字句中流露出來。例 從他文章的～，我感受到一種博愛的情懷。

書 南朝梁簡文帝《答新渝侯和詩書》：「垂示三首，風雲吐於行間，珠玉生於字裏。」又巴金《新生·五月二日》「字裏行間透露出來一片慘痛的呼聲。」

注「行」在此不讀xíng。粵 hɔŋ4杭。

【如入無人之境】

rú rù wú rén zhī jìng

像是進入了沒有人的地方。形容行動沒有人能夠阻擋。也作「**如入無人之地**」。例 這支軍隊突破敵人防線後所向披靡，～。

書 宋歐陽修《再論置兵御賊箚子》：「及一旦王倫、張海等相繼而起……入州入縣，如入無人之境。」

【如日方升】rú rì fāng shēng

像太陽正在升起那樣。比喻事物處在上升階段，有着廣闊的發展前途。（方：正在。）例 電子信息技術的發展～，展現出美好的前景。

書《詩經·小雅·天保》：「如月之恒，如日之升。」後用作「如日方升」。

【如火如荼】rú huǒ rú tú

像火那樣紅，像荼那樣白。原形容軍容盛大壯觀。後多形容旺盛、熱烈，一般用來指氣勢或氣氛。（荼：一種茅草的白花。）

例 這個城市申辦奧運會的活動開展得～，廣大市民對此傾注了極大的熱情。

書《國語·吳語》：「萬人以為方陣，皆白裳、白旂、素甲、白羽之矰，望之如荼……左軍亦如之，皆赤裳、赤旟、丹甲、朱羽之矰，望之如火。」後用作「如火如荼」。

注「荼」不讀chá，也不可寫作「茶」。

【如出一轍】rú chū yī zhé

像是出自同一車轍。比喻某些言論或行為非常相像。（轍：車輪壓出的痕跡。）例 這幾種產品的廣告宣傳手法～，看不到多少新意。

書 宋洪邁《容齋三筆·奸鬼為人禍》：「二奸鬼之害人，如出一轍。」

注「轍」不讀chè，也不可寫作「撤」。

【如坐春風】rú zuò chūn fēng

像是坐在和煦的春風中受到吹拂一樣。比喻與品德高尚而有學識的人相處，受到親切的教誨。

例 我到元伯先生那裏問學請益，常有～之感。

書 宋朱熹《伊洛淵源錄》卷四：「朱公掞見明道於汝州，踰（同『逾』）月而歸，語人曰：『光庭在春風中坐了一月。』」又明王世貞《鳴鳳記·鄒林遊學》：「先生，立言必宗聖門……

倘蒙時雨之化，如坐春風之中。」

【如坐針氈】rú zuò zhēn zhān
像是坐在插着針的氈子上。形容心神不寧，坐立不安。例 聽到局長在會上批評自己所在部門的工作，桂生～。
書 明施耐庵《水滸傳》第三三回：「小弟聞得，如坐針氈，連連寫了十數封書去貴莊問信，不知曾到也不？」

【如花似玉】rú huā sì yù
像花和玉那樣美好。形容女子容貌十分美麗。例 幾年不見，趙家的黃毛丫頭已長得～，楚楚動人。
書 宋《京本通俗小說·錯斬崔寧》：「我朝元豐年間，有一個少年舉子，姓魏名鵬舉，字衝霄，年方一十八歲，娶得一個如花似玉的渾家。」

【如虎添翼】rú hǔ tiān yì
像是老虎添上了翅膀。比喻強者得到新的助力而愈見其強。也作「**如虎生翼**」。（翼：翅膀。）例 記者採編發稿用上了電腦，真是～，大大增強了新聞的時效性。
書 三國蜀諸葛亮《將苑·兵權》：「將能執兵之權，操兵之要勢，而臨群下，譬如猛虎，加之羽翼，而翱翔四海，隨所遇而施之。」後用作「如虎添翼」。

【如法炮製】rú fǎ páo zhì
依照成法炮製中藥。比喻按現成的方法或照現成的樣子去做。（炮製：指用烘、炒、炮、漂、洗、泡、蒸、煮等方法把中草藥原料製成藥物。）例 昆利公司見到別的商家採取的新穎的促銷措施效果不錯，便也～，一時生意上倒也顯得很熱鬧。
書 宋曉瑩《羅湖野錄·廬山慧日雅禪師》：「若克依此書，明藥之體性，又須解如法炮製。」
注「炮」在此不讀pào。㊣ pau[4] 刨。

【如泣如訴】rú qì rú sù
像是在哭泣，又像是在訴說。形容聲音悽切。例「簫的～的低鳴，被悠揚的笛聲蓋住了。」（巴金《春》一）
書 宋蘇軾《赤壁賦》：「客有吹洞簫者，倚歌而和之，其聲嗚嗚然，如怨如慕，如泣如訴。」

【如飢似渴】rú jī sì kě
像餓了要吃飯，渴了要喝水一樣，要求十分迫切。也作「**如飢如渴**」。例 市政中央圖書館的閱覽室裏坐滿了～地汲取知識的讀者。
書 隋王度《古鏡記》：「明公好奇愛古，如飢如渴，願與君今夕一試。」

【如狼似虎】rú láng sì hǔ
像狼和虎一樣。原形容人勇猛。後多形容人兇暴或殘忍。例 那羣～的打手，只等老大一聲令下，便要撲上去鬥毆。
書《尉繚子·武議》：「一人之兵，如狼如虎，如風如雨，如雷如霆，震震冥冥，天下皆驚。」又元關漢卿《蝴蝶夢》第二摺：「公人如狼似虎，相公又生嗔發怒。」

【如鳥獸散】rú niǎo shòu sàn
像受驚的鳥獸一樣奔逃四散。例 聽到警車的聲音，這羣鬧事的黑社會分子一下子～，逃得無影無蹤。
書《漢書．李陵傳》：「今無兵復戰，天明坐受縛矣！各鳥獸散，猶有得脱歸報天子者。」又清 采蘅子《蟲鳴漫錄》卷一：「粵兵素弱，見之即潰，如鳥獸散。」
注「散」在此不讀sǎn。粵 san³傘。

【如魚得水】rú yú dé shuǐ
像魚得到水一樣。比喻得到了跟自己十分投合的人或對自己十分適合的環境。例 小莊在這裏工作，有一種～的感覺，不但能學以致用，發揮所長，而且人際關係也相當融洽。
書《三國志．蜀志．諸葛亮傳》：「先主解之曰：『孤之有孔明，猶魚之有水也。』」又清 曹雪芹、高鶚《紅樓夢》第六六回：「二人相會，如魚得水。」

【如雷貫耳】rú léi guàn ěr
像雷聲傳入耳朵，十分響亮。形容人的名聲很大。也作「**如雷灌耳**」。（貫：穿；進入。灌：裝進去。）例 他老人家的大名～，只是無緣拜見，讓我一直覺得遺憾。
書 元 鄭庭玉《楚昭公》第四摺：「久聞元帥大名，如雷貫耳。」
注「貫」不可寫作「慣」。

【如意算盤】rú yì suàn pán
比喻只從對自己有利的一方面着想的一廂情願的打算。（如意：符合心意。）例 他原想靠這批貨賺一筆錢，誰知行情有變，～還是落空了。
書 清 李伯元《官場現形記》第四四回：「好便宜！你倒會打如意算盤！十三個半月工錢，只付三個月！」

【如夢初醒】rú mèng chū xǐng
好像從夢中剛剛醒來。比喻從迷惑中剛剛醒悟過來。也作「**如夢方醒**」。例 經過父親的點撥，大新～，終於明白自己為什麼會失利了。
書 明 凌濛初《二刻拍案驚奇》卷二三：「崔生如夢初醒，驚疑了半日始定。」

【如聞其聲，如見其人】
rú wén qí shēng, rú jiàn qí rén
像是聽到他的聲音，見到他這個人一樣。形容對人物的描寫、刻畫十分生動逼真。例 他筆下的這幾個人物性格鮮明，形象生動，使讀者～。
書 唐 韓愈《獨孤申叔哀辭》：「濯濯其英，曄曄其光，如聞其聲，如見其容。」今多作「如聞其聲，如見其人」。

【如醉如痴】rú zuì rú chī
像是喝醉了酒，又像是神態失常的樣子。今多形容人因沈迷於某事物不能自制而表現出來的異於常態的精神面貌。也作「**如痴如醉**」、「**如痴似醉**」。（痴：形容因極度迷戀而神態失常的樣

子。）例 這些年來，朱先生沈浸在對古代玉器的收藏和研究中，～，別的一切都被他棄之腦後了。

書 唐韋莊《倚柴關》詩：「杖策無言獨倚關，如痴如醉又如閒；孤吟盡日無人會，依約前山似故山。」

【如數家珍】 rú shǔ jiā zhēn

像是在數自己家藏的珍寶。形容對所敍述的事物十分熟悉。（家珍：家藏的珍寶。）例 鄭老先生～地向來訪者追憶當年的文壇逸事，大家聽得津津有味。

書 清梁章鉅《歸田瑣記．鄭蘇年師》：「肆力於學……自《通鑒》、《通考》外，若陸宣公、李忠定……諸公著作，靡不貫串，如數家珍。」

【如影隨形】 rú yǐng suí xíng

像是影子總跟着形體一樣。比喻兩個人或兩件事物關係密切，難以分開。例 小琳達～地跟着奶奶，一步也不願離開。

書 《管子．明法解》：「如此，則下之從上也，如響之應聲；臣之法主也，如景（同『影』）之隨形。」又宋邵伯温《聞見前錄》卷六：「其間禍淫福善，莫不如影隨形。」

【如膠似漆】 rú jiāo sì qī

像膠像漆，粘在一起，難以分開。形容關係十分親密，難捨難分。常用於男女戀情。例 昔日～的一對戀人，怎麼會説分手就分手呢？這真讓人難以置信。

書 明馮夢龍《警世通言．趙春兒重旺曹家莊》：「兩下如膠似漆，一個願討，一個願嫁，神前罰願，燈下設盟。」

【如墮雲霧】 rú duò yún wù

像是掉進茫茫的雲霧之中。比喻陷入摸不着頭腦或弄不清方向的困惑境地。（墮：落入；掉進。）例 這篇譯文前言不搭後語，讀了令人～，不知所云，看來譯者對原作並沒有真正弄懂，於是只好硬譯了。

書 唐李白《嘲魯儒》詩：「問以經濟策，茫如墜煙霧。」又明祁彪佳《遠山堂曲品．具品》：「奈何以鄙褻傳之，令觀者如墮雲霧中。」

【如臨大敵】 rú lín dà dí

像是面對着強大的敵人。形容把面對的情況看得很嚴重，氣氛緊張。（臨：對着；面對。）例 聽説實力雄厚的美順電器營銷公司將在本市開設連鎖店，本市的一些電器零售商～，紛紛研究對策。

書《舊唐書．鄭畋傳》：「畋還鎮，蒐乘補卒，繕修戎仗……晝夜如臨大敵。」

【如獲至寶】 rú huò zhì bǎo

像是得到了一件最珍貴的寶物。形容對所得到的東西極為珍視喜愛。（至寶：最珍貴的寶物。）例 唐先生收藏的這份七十年前出版的文學期刊只缺創刊號，一直沒能覓到，這次他終於在舊書店裏發現了，～。

書 宋李光《與胡邦衡書》：「忽蜀僧行密至，袖出『寂照庵』三字，如獲至寶。」

【如願以償】rú yuàn yǐ cháng
像所希望的那樣得到了滿足。指自己的願望實現了。（償：滿足。）例 經過努力，小艾終於～，考進這所著名學府，成為攻讀碩士學位的研究生。
書 清李伯元《官場現形記》第四六回：「後來巴祥甫竟其如願以償，補授臨清州缺。」

【如蠅逐臭】rú yíng zhú chòu
像蒼蠅在追逐有臭味的東西。諷刺人熱衷於追求某種醜惡的東西，或指趨炎附勢之類的行為。例 這些走私者～，為了謀取暴利，不惜以身試法。
書 清曹雪芹、高鶚《紅樓夢》第七七回：「那媳婦……打扮的妖妖調調，兩隻眼兒水汪汪的，招惹的賴大家人如蠅逐臭，漸漸做出些風流勾當來。」

【如蟻附羶】rú yǐ fù shān
像螞蟻附着在有羶味的東西上。今常用於貶義，比喻許多臭味相投的人競相追逐某種不好的東西。也比喻依附有錢有勢的人。（羶：羊肉的氣味或如同羊肉的氣味。）例 他是當地一霸，一些不逞之徒～地麇集在他手下，為非作歹。
書 《莊子·徐無鬼》：「羊肉不慕蟻，蟻慕羊肉，羊肉羶也。」這裏比喻人們歸向所仰慕的人，不含貶義，與今通行義有區別。又唐 盧坦《與李渤拾遺書》：「大凡今之人奔分寸之祿，走絲毫之利，如羣蟻之附腥羶，聚蛾之投爝火。」此用於貶義。後用作「如蟻附羶」。
注「羶」不讀tán。

【如釋重負】rú shì zhòng fù
像放下了重擔子，感到很輕鬆。（釋：放下。負：負擔；擔子。）
例 供了二十年，買樓的貸款總算供完了，老鄭～。
書 《穀梁傳·昭公二十九年》：「昭公出奔，民如釋重負。」

【好大喜功】hào dà xǐ gōng
喜愛幹大事，建立大功業，卻不管條件是否許可。（好：喜愛。）例 這家公司～，擴張過快，結果因資金周轉不靈，弄得十分狼狽。
書 《新唐書·太宗紀贊》：「至其牽於多愛，復立浮圖，好大喜功，勤兵於遠，此中材庸主之所常為。」
注「好」在此不讀hǎo。粵 hou3耗。

【好自為之】hǎo zì wéi zhī
自己妥善處理，好好地幹下去。多用來勸人自勉。例 暑假期間要妥善安排學習和休閒的時間，萬望～。
書 《淮南子·主術訓》：「君人者不任能，而好自為之，則智日困而負其責也。」清 王韜《淞隱漫錄·五·四奇人合傳》：「（滿仙曰）此時正大丈夫建功立業之秋，願勿以兒女子為念。行矣李君，好自為之！」

【好事多磨】hǎo shì duō mó
一件好事情在進行當中往往要經

歷很多波折，不是輕易能如願的。（磨：折磨。）例 文淵書店計劃在新建的居民區裏開設分店，不料～，前後花了一年多時間新店才開張。

書 宋《京本通俗小說・菩薩蠻》：「去年共飲菖蒲酒，今年卻向僧房守。好事更多磨，教人沒奈何。」後用作「好事多磨」。

【好為人師】hào wéi rén shī
喜歡充當別人的老師。指人不謙虛，喜歡以教育者自居。（為：充當。）例 他這個人有一種～的毛病，動不動就教訓人，早晚把人都得罪光了。

書 《孟子・離婁上》：「人之患在好為人師。」

注 「好」在此不讀hǎo。粵 hou³耗。「為」在此不讀 wèi 。粵 wɐi⁴ 唯。

【好高騖遠】hào gāo wù yuǎn
不切實際地追求過高過遠的目標。（好：喜愛。騖：追求。）例 年輕人要有進取心，但切忌～，急於求成。

書 《宋史・道學傳一・程顥》：「病學者厭卑近而騖高遠，卒無成焉。」又曾樸《孽海花》第二五回：「珏齋尤其生就一副絕頂聰明的頭腦，帶些好高騖遠的性情。」

注 「騖」不可寫作「鶩」。「好」在此不讀 hǎo 。粵 hou³ 耗。

【好景不常】hǎo jǐng bù cháng
好的景況不能經常保持。（常：經常。）例 這家飯店的生意一度十分紅火，只是～，現在經理也在那裏犯愁了。

書 宋邵雍《天津新居成，謝府尹王君貺尚書》：「好景尤難得，昌辰豈易逢？」後用作「好景不常」。

【好逸惡勞】hào yì wù láo
貪圖安樂，厭惡勞動。（逸：安樂。惡：厭惡。）例 一個人如果沾染了～的習氣，那是難以有什麼成就的。

書 《後漢書・方術傳下・郭玉》：「其為療也，有四難焉：自用意而不任臣，一難也……好逸惡勞，四難也。」

注 「好」在此不讀hǎo。粵 hou³耗。「惡」在此不讀 è 。粵 wu³ 噁。

【羽毛未豐】yǔ máo wèi fēng
鳥身上的羽毛還沒有長豐滿。比喻人因閱歷、學識尚淺，還沒有成熟，或還沒有把力量積蓄充足。例 利羣公司創辦不久，～，但從其發展勢頭看，實在不容輕視。

書 《戰國策・秦策一》：「寡人聞之，毛羽不豐滿者，不可以高飛。」又明張景《飛丸記・賞春話別》：「我羽毛未豐，恐網羅之易致。」

【羽翼已成】yǔ yì yǐ chéng
鳥的翅膀已經長成。比喻左右輔助的人已經安排好了，勢力已經鞏固。例 他經過幾年的苦心經營，～，現在要放開手腳大幹一番了。

書 《史記・留侯世家》：「我欲易之，彼四人輔之，羽翼已成，難動矣。」

七畫

【弄巧成拙】nòng qiǎo chéng zhuō

本想用些巧妙手段，結果反而做了蠢事。（巧：巧妙。拙：蠢笨。）例 他發表這個聲明原想為自己開脫，不料措辭不當，～，反而增加了別人對他的懷疑。

書 宋黃庭堅《拙軒頌》：「弄巧成拙，為蛇畫足。」

注「拙」不讀 chū。

【弄斧班門】nòng fǔ bān mén

見「班門弄斧」，315 頁。

【弄假成真】nòng jiǎ chéng zhēn

本來是假做，結果卻變成了真的。例 小趙在會上批評小胡，本來只想裝裝樣子，應付一下，誰知～，竟說得小胡面紅耳赤，下不了台。

書 元無名氏《隔江鬥智》第二摺：「那一個掌親的怎知道弄假成真，那一個說親的早做了藏頭露尾。」

【弄虛作假】nòng xū zuò jiǎ

製造、玩弄虛假的一套來欺騙人。例 在財務報表上～是會受到嚴厲懲處的，千萬做不得。

書 姚雪垠《李自成》第二卷第三一章：「掛心隆福寺和尚自焚的事，怕有弄虛作假，成了京師臣民的笑柄。」

【弄璋之喜】nòng zhāng zhī xǐ

生男孩的喜慶事。《詩經·小雅·斯干》：「乃生男子，載寢之牀，載衣之裳，載弄之璋。」璋是形狀像半個圭的一種玉器。古代生下男孩，就把璋拿給孩子玩，所以稱生男孩為弄璋之喜。例 董先生有～，近日來賀客盈門，他也高興得合不攏嘴了。

書 明陳汝元《金蓮記·偕計》：「室人王氏，琴瑟聲和，更駕才於詠雪，新有弄璋之喜，允符種玉之祥。」

【形形色色】xíng xíng sè sè

各式各樣，種類繁多。例 社會上有～的騙子，這些人以害人開始，卻無不以害己告終。

書 元戴表元《講義·孟子反不代章》：「如造化之於萬物，大而大容之，小而小養之，形形色色，無所遺棄。」

【形格勢禁】xíng gé shì jìn

受形勢的阻礙或限制。（格：阻礙；限制。禁：制止。）例 他不是不想有所作為，只是未遇其時，～，實在也無可奈何。

書《史記·孫子吳起列傳》：「夫解雜亂紛糾者不控捲，救鬥者不搏撠，批亢擣虛，形格勢禁，則自為解耳。」

【形單影隻】xíng dān yǐng zhī

孤零零的一個人、一個影子。形容孤單，沒有伴侶。也作「**形隻影單**」、「**影隻形單**」。例 這幾年他一直～地在外地生活，倍感寂寞。

書 唐韓愈《祭十二郎文》：「吾上有三兄，皆不幸早世，承先人後者，在孫惟汝，在子惟吾，兩世一身，形單影隻。」

【形跡可疑】xíng jī kě yí

舉止神情令人懷疑。例 為了維護治安，警方希望市民一旦發現～的人要及時與警方聯絡。

書 清吳趼人《二十年目睹之怪現狀》第五八回：「連我們也不知道，只聽吩咐查察形跡可疑之人。」

注 「形」不可寫作「行」。

【形影不離】xíng yǐng bù lí

就像身體和影子那樣，一刻也不分離。形容彼此關係密切，時刻在一起。例 爸爸、媽媽上班去了，小孫女～地跟着奶奶，一定要奶奶陪她一起玩。

書 清紀昀《閱微草堂筆記·灤陽消夏錄二》：「青縣農家少婦性輕佻，隨其夫操作，形影不離。」

【形影相弔】xíng yǐng xiāng diào

只有自己的身體和影子互相慰問。形容非常孤獨和寂寞。（弔：慰問。）例 侯叔叔子女都不在身邊，孤身一人，～，我們的造訪使他十分高興。

書 晉李密《陳情事表》：「外無期功強近之親，內無應門五尺之僮，煢煢孑立，形影相弔。」

【形銷骨立】xíng xiāo gǔ lì

身體消瘦得只剩下骨頭架子。（銷：消耗。此指消瘦。）例 他被疾病折磨得～，簡直已弱不禁風了。

書 清蒲松齡《聊齋誌異·葉生》：「榜既放，依然鎩羽。生嗒喪而歸，愧負知己，形銷骨立，痴若木偶。」

注 「銷」不可寫作「消」。

【吞聲忍氣】tūn shēng rěn qì

見「忍氣吞聲」，224頁。

【走投無路】zǒu tóu wú lù

陷入絕境，無路可走。（投：奔向某處。）例「我的繼母給逼得～，終於賣盡一切，還清了大哥經手的債。」（巴金《談〈秋〉》）

書 元楊顯之《瀟湘雨》第三摺：「淋的我走投無路，知他這沙門島是何處酆都。」

注 「投」不可寫作「頭」。

【走為上計】zǒu wéi shàng jì

見「三十六計，走為上計」，33頁。

【走馬上任】zǒu mǎ shàng rèn

指新委派的官員急速赴任。也泛指官員就職。也作「**走馬赴任**」。（走馬：騎着馬跑。）例 孟市長～還沒幾天，就來到市民中，傾聽大家的呼聲。

書 元馬致遠《薦福碑》第二摺：「加他為吉陽縣令，教他走馬上任。」

【走馬看花】zǒu mǎ kàn huā
騎在跑着的馬上觀賞花木。原形容一種得意、輕鬆的心情。後也比喻匆忙、粗略地觀察事物。也作「**走馬觀花**」。例 這位記者只是～地在農村轉了一圈，對那裏的情況缺乏深入的了解。
書 唐孟郊《登科後》詩：「春風得意馬蹄疾，一日看盡長安花。」又清夏敬渠《野叟曝言》第四七回：「李姓道：吾兄用意甚深，走馬看花，未能領略，望勿介意。」

【攻守同盟】gōng shǒu tóng méng
原指兩個或兩個以上的國家結成同盟，在進攻或防禦時採取一致行動。後也比喻共同作案的人為應付追查或審訊而串通好，一起隱瞞事實，互不揭發。例 為了防止該案在押疑犯～，警方採取了嚴密的隔離措施。
書 曾樸《孽海花》第一八回：「何太真受了北洋之命，與彼立了攻守同盟的條約。」

【攻其不備】gōng qí bù bèi
在對方沒有防備的時候或地方發起進攻。也作「**攻其無備**」。例 盟軍在敵人完全沒有意想到的地點渡海登陸，出其不意，～，保證了這一戰役的勝利。
書 《孫子・計》：「攻其無備，出其不意。」

【攻無不克】gōng wú bù kè
只要進攻，沒有攻不下來的。形容英勇善戰，所向無敵。（克：攻佔下來。）例 這支軍隊在北伐中～，戰無不勝，自此威名大震。
書 宋辛棄疾《美芹十論・致勇》：「有不守矣，守之而無不固；有不攻矣，攻之而無不克。」

【赤子之心】chì zǐ zhī xīn
嬰兒那樣天真純潔的心。形容人心地真誠純潔。（赤子：初生嬰兒。）例 袁教授懷着一顆報效祖國的～，不知疲倦地投身於農業科學研究。
書 《孟子・離婁下》：「大人者，不失其赤子之心者也。」

【赤手空拳】chì shǒu kōng quán
兩手空空。指手中沒有拿兵器。也泛指沒有任何可以憑藉的東西。（赤手：空手。）例 這些警員都有一身～擒敵的好本事，歹徒哪裏是他們的對手。
書 元張國賓《合汗衫》第四摺：「可憐俺赤手空拳，望將軍覷方便。」

【赤膽忠心】chì dǎn zhōng xīn
形容非常忠誠。也作「**忠心赤膽**」。（赤：形容忠誠。）例 他對祖國～，立志要為祖國的富強貢獻出自己的一切力量。
書 明許仲琳《封神演義》第五二回：「當今失政，致天心不順，民怨日生。臣空有赤膽忠心，無能回其萬一。」

【志士仁人】zhì shì rén rén
有高尚的志向節操有仁愛之心的人。也作「**仁人志士**」。例 多少～，長期以來一直在探索使國家富強的道路。

書《論語·衛靈公》：「志士仁人，無求生以害仁，有殺身以成仁。」

【志大才疏】zhì dà cái shū
志向很大，可是才能不夠。也作「**才疏志大**」。（疏：稀少。）例 **這個人～，不宜委以重任。**
書 宋蘇軾《揚州到任謝表》之一：「志大才疏，信天命而自遂；人微地重，恃聖眷以少安。」

【志在四方】zhì zài sì fāng
志向遠大，願在四方建功立業而不株守一地。例 **好男兒～，現在西部開發中急需人才，我們何不到那裏去一展自己的抱負呢？**
書 明馮夢龍原著、清蔡元放改編《東周列國志》第二五回：「妾聞男子志在四方，君壯年不出圖仕，乃區區守妻子坐困乎？」

【志同道合】zhì tóng dào hé
志向相同，選擇的人生道路相合。例 **這幾位～的朋友最近注冊開辦了一家電子商務公司。**
書 宋鄧牧《友古齋記》：「余聞所謂友者，其志同，其道合也。」

【志得意滿】zhì dé yì mǎn
志願實現了，心意得到了滿足。例 **馬先生在股市上賺了一筆，～，見到朋友不免要吹噓幾句。**
書 宋羅大經《鶴林玉露》卷九：「今諸將驟登貴顯，如馬之未馳鼓車而遽駕玉輅，安於榮華，志得意滿，無復驅攘之志。」

【劫富濟貧】jié fù jì pín
奪取富人的財物來救濟貧苦的人。（劫：強取。濟：救濟。）例 **「那時他常常夢想着：他將來長大成人以後要做一個～的劍俠。」（巴金《家》一二）**
書 曾樸《孽海花》第三五回：「老漢平生最喜歡劫富濟貧，抑強扶弱，打抱不平。」

【克己奉公】kè jǐ fèng gōng
嚴格約束自己，一心為公事操勞。（克己：克制自己的私心；嚴格要求自己。奉公：奉行公事；忠實執行公務。）例 **他這種～的精神受到大家的普遍讚揚。**
書《後漢書·祭遵傳》：「遵為人廉約小心，克己奉公，賞賜輒盡與士卒，家無私財，身衣韋絝，布被，夫人裳不加緣。」

【克紹箕裘】kè shào jī qiú
指子孫能繼承父祖之業。（克：能。紹：繼承。箕裘：箕指簸箕，裘指毛皮衣服。《禮記·學記》：「良冶之子，必學為裘；良弓之子，必學為箕。」後來就用「箕裘」比喻上輩傳下來的技藝、事業。）例 **大凱～，和他父親一樣，成了一名受人稱道的外科大夫。**
書 明陳汝元《金蓮記·首引》：「怨將德報，喜雙兒克紹箕裘。」

【克勤克儉】kè qín kè jiǎn
既能勤勞，又能節儉。例 **雖然生活富裕了，他們卻依然保持着～的作風。**
書《尚書·大禹謨》：「克勤於邦，

克儉於家。」又《舊唐書．張允伸傳》：「允伸領鎮凡二十三年，克勤克儉，比歲豐登。」

【杜漸防萌】dù jiàn fáng méng
見「防微杜漸」，225 頁。

【杜漸防微】dù jiàn fáng wēi
見「防微杜漸」，225 頁。

【杞人憂天】qǐ rén yōu tiān
《列子．天瑞》中記了一則寓言故事，説是古代杞國有一個人擔心天會掉下來，自己無處安身，於是愁得睡不着覺，吃不下飯。後來就用「杞人憂天」比喻產生毫無根據或不必要的憂慮。（杞：周代分封的諸侯國，在今河南杞縣一帶。）例 目前大家對公司的前途諸多擔心，這並非～，因為公司的經營業績的確不容樂觀啊！
書 清邵長蘅《守城行，紀時事也》詩：「縱令消息未必真，杞人憂天獨苦辛。」

【求之不得】qiú zhī bù dé
求都求不到。表示迫切希望得到；巴不得能得到。例「大舅倒是一説就答應了，他還説這是～的機會。」（巴金《秋》一）
書 明馮夢龍《警世通言．桂員外途窮懺悔》：「當初貧困之日，低門扳高，求之不得，如今掘藏發跡了，反嫌好道歉起來。」

【求全責備】qiú quán zé bèi
對人對事苛求其完美無缺。（責：要求。備：完備。）例 對於一件初次做的事，怎麼能這樣～呢？
書 宋劉克莊《代謝西山啟》：「竊謂天下不能皆絕類離倫之材，君子未嘗持求全責備之論。」

【求賢若渴】qiú xián ruò kě
尋求賢才，就像口渴了要尋水喝一樣。形容求賢的心情十分迫切。例 文校長～，廣納人才，學校的教學水平提高很快。
書 《隋書．韋世康傳》：「朕夙夜庶幾，求賢若渴，冀與公共治天下，以致太平。」

【車水馬龍】chē shuǐ mǎ lóng
車如流水，馬連成長龍。形容路上車馬或車輛很多，來往不絕。例 這座城市越來越繁華了，整日～，原本寬闊的馬路似乎也變窄了。
書 《後漢書．皇后紀上．明德馬皇后》：「前過濯龍門上，見外家問起居者，車如流水，馬如游龍。」又清吳趼人《二十年目睹之怪現狀》第一回：「花天酒地，鬧個不休，車水馬龍，日無暇晷。」

【車載斗量】chē zài dǒu liáng
可以用車來裝，用斗來量。形容數量很多，常含有不足為奇的意思。（載：裝載。）例 在我們家鄉，能表演雜技的人～，要不怎麼會有「雜技之鄉」的美譽呢？
書 《三國志．吳志．吳主傳》：「遣都尉趙咨使魏。」裴松之註引三國吳韋昭《吳書》：「又曰：『吳如大

夫者幾人？』咨曰：『聰明特達者八九十人，如臣之比，車載斗量，不可勝數。』」

注「載」在此不讀zǎi。粵dzɔi3再。「量」在此不讀liàng。粵lœŋ4良。

【更上一層樓】gèng shàng yī céng lóu

原指想要看得更遠，就必須再登上一層樓。後多比喻在原有成績的基礎上再提高一步。（更：副詞。再。）例 **今年我們的業績不錯，明年要～，力爭有新的突破。**

書 唐王之渙《登鸛雀樓》詩：「欲窮千里目，更上一層樓。」

【更深人靜】gēng shēn rén jìng

見「夜深人靜」，259頁。

【束手待斃】shù shǒu dài bì

捆起手來等死。比喻遇到危險或困難，不主動積極想辦法擺脫，而是無所作為地坐等失敗。（束：捆。斃：死。）例 **他們不願～，決定拼死一搏，要開出一條生路來。**

書《宋史·禮志十七》：「與其束手待斃，曷若並計合謀，同心戮力，奮勵而前，以存國家。」

【束手無策】shù shǒu wú cè

就像手被捆住了似的，遇事拿不出辦法來對付。（策：計謀；辦法。）例 **對於這種罕見的病症，這裏的醫生也～，於是決定請外面的專家來會診。**

書 宋陸游《南唐書·朱元傳論》：「元降，諸將束手無策，相與為俘纍以去。」

【束手就擒】shù shǒu jiù qín

就像手被捆住了似的，無力抵抗而被捉住。（就：被；受。就擒：被捉住。）例 **歹徒已被追得無路可逃了，只得～。**

書 宋洪邁《夷堅支志庚·方大年星禽》：「其人束手就擒，承伏厥罪。」

【束之高閣】shù zhī gāo gé

把東西捆起來，放在高高的架子上。比喻放在一邊，再也不去管它或用它。也作「**置之高閣**」。（閣：放東西的架子。）例 **決議雖然在會上獲得通過，但事後卻被他們～，並沒有真正得到貫徹。**

書《晉書·庾翼傳》：「京兆杜乂、陳郡殷浩，並才名冠世，而翼弗之重也，每語人曰：『此輩宜束之高閣，俟天下太平，然後議其任耳。』」

【否極泰來】pǐ jí tài lái

否和泰是《周易》六十四卦中的兩個卦，否表示不順利，泰表示順利。後來就用「否極泰來」表示不順利到了盡頭，開始向順利轉化，情況逐漸由壞轉好。（極：盡；達到頂點。）例 **「莫非～，要轉好運麼？」（老舍《四世同堂》五四）**

書 明馮夢龍《古今小説·楊八老越國奇逢》：「否極泰來，天教他主僕相逢。」

注「否」在此不讀fǒu。粵pei2鄙。

【豕突狼奔】shǐ tū láng bēn

見「狼奔豕突」，337頁。

【扶老攜幼】fú lǎo xié yòu

扶着老人，領着孩子。（攜：攜帶。）例 這裏正在舉辦園藝博覽會，市民們～前去參觀，以一飽眼福。

書《戰國策·齊策四》：「孟嘗君就國於薛，未至百里，民扶老攜幼，迎君道中。」

【扶危濟困】fú wēi jì kùn

扶持、幫助處於危難、困苦境地的人。也作「**濟困扶危**」。（濟：救濟；幫助。）例 李先生古道熱腸，做了許多～的事，十分受人尊敬。

書 元王實甫《西廂記》二本楔子：「則為那善文能武人千里，憑着這濟困扶危書一緘，有勇無慚。」

【扶弱抑強】fú ruò yì qiáng

扶助弱小者，抑制強暴者。也作「**抑強扶弱**」。（抑：壓下去。）例 彭老伯見義勇為，～，儘管多次受到威脅，卻從來沒有退縮過。

書《漢書·王尊傳》：「令長丞尉奉法守城，為民父母，抑強扶弱，宣恩廣澤，甚勞苦矣。」

注 「抑」不讀 yǎng，不可寫作「仰」。

【扶搖直上】fú yáo zhí shàng

乘着旋風一直往上升。形容地位、價格等迅速上升。（扶搖：自下而上的旋風。）例 近幾個月，石油價格～，引起了人們的憂慮。

書《莊子·逍遙遊》：「鵬之徙於南冥也，水擊三千里，摶扶搖而上者九萬里。」又清李伯元《官場現形記》第一二回：「指日紅旗報捷，什麼司馬、都堂，都是指顧間事，即時扶搖直上，便與弟輩分隔雲泥，直令人又羨又妒。」

【抑強扶弱】yì qiáng fú ruò

見「扶弱抑強」，本頁。

【抑揚頓挫】yì yáng dùn cuò

高低起伏，停頓轉折。形容音調、舞姿或文章的氣勢富於變化而又有節奏。（抑：壓低。揚：抬高。頓：停頓。挫：彎；轉折。）例 三歲的渥娃模仿大人的樣子，～地吟誦了一首古詩，逗得大家都高興地為她鼓掌。

書 晉陸機《遂志賦序》：「昔崔篆作詩以明道述志，而馮衍又作《顯志賦》……崔蔡沖虛溫敏，雅人之屬也；衍抑揚頓挫，怨之徒也。」

【投井下石】tóu jǐng xià shí

見「落井下石」，455 頁。

【投其所好】tóu qí suǒ hào

迎合對方的喜好。（投：迎合。好：喜好。）例 他知道局長喜愛書法，便～地請名家寫了一幅字，裝裱好了送去。

書 宋張耒《司馬遷論下》：「蓋其尚氣好俠，事投其所好，故不知其言之不足信，而忘其事之為不足錄也。」

注「好」在此不讀hǎo。粵 hou3耗。

【投桃報李】tóu táo bào lǐ

他送我桃子，我用李子回送他。

泛指友好往來，別人對我有友好的表示，我也給以相應的回報。(投：送給。報：回報；報答。) 例 **阿琪過去對我諸多支持，現在他需要我的幫助，～，我是理應盡力的。**

書《詩經·大雅·抑》：「投我以桃，報之以李。」又清薛福成《論添設香港領事……書》：「於投桃報李之中，寓鑒空衡平之意。」

【投筆從戎】 tóu bǐ cóng róng

扔下筆，前去從軍。指文人從軍。(投：扔。戎：指軍隊。從戎：從軍；參加軍隊。) 例 **外敵入侵，許多學生～，同仇敵愾地奔赴前線。**

書《東觀漢記·班超傳》記載，班超年輕時因家境貧寒，靠給官府抄書為生。一天，他「輟業投筆」(停下工作，扔下筆)，感歎道：「大丈夫……猶當效傅介子、張騫，立功異域，以取封侯，安能久事筆研(通『硯』)間乎？」後率人出使西域，官至西域都護，封定遠侯。又唐陳子昂《為金吾將軍陳令英請免官表》：「始年十八，投筆從戎。」

注「戎」不可寫作「戒」或「戍」。

【投閒置散】 tóu xián zhì sǎn

安排在閒散的位置上。指安排在無關緊要或沒有多少職權的職位上，不予重用。(投：置放。置：擱；放。) 例 **建東因為與總裁發生意見分歧，被～，從此再不能參與公司大事的討論。**

書唐韓愈《進學解》：「動而得謗，名亦隨之。投閒置散，乃分之宜。」

【投鼠忌器】 tóu shǔ jì qì

想扔東西過去打老鼠，又怕打壞了老鼠旁邊的器物。比喻想打擊某人，但考慮到與他有連帶關係的人或事後又有所顧忌。(投：扔東西過去。忌：怕；顧忌。) 例 **我本想撤換這位不稱職的主任，但推薦他來的是一位名人，我～，遲遲下不了決心。**

書漢賈誼《治安策》：「里諺曰：『欲投鼠而忌器。』此善諭也。鼠近於器，尚憚不投，恐傷其器，況於貴臣之近主乎！」後用作「投鼠忌器」。

【投機取巧】 tóu jī qǔ qiǎo

利用時機，採取不正當手段謀取私利。也指不願付出辛勤勞動，靠耍小聰明僥倖獲得成功。(投機：迎合、利用時機，鑽空子謀利。取巧：採用巧妙手段佔便宜。) 例 **❶當時對市場監管不嚴，一些商人違規操作，～發了財。❷他把在別家出版過的書稿稍作刪改後又投寄給另一家出版社，這種～的做法是很不可取的。**

書陳學昭《工作着是美麗的》三六：「(他)雖然談不上什麼進步思想，可也不是一個投機取巧的人。」

【邪魔外道】 xié mó wài dào

原為佛家語，指妨害正道的妖魔和邪說。後也用來指不正當的東西。例 **靠～來致富是絕對沒有出路的。**

書《藥師經》下：「又信世間邪魔外道，妖孽之師，妄說禍福。」又清李綠園《歧路燈》第七五回：「如今

世上許多做假銀的，俱是邪魔外道。」

【忐忑不安】tǎn tè bù ān

心神不安定。（忐忑：心神不定。）例 在美國留學的女兒説好星期六晚上會打電話回家，可是左等右等，電話始終沒來，作父母的～，不知究竟發生了什麼事。

書 茅盾《子夜》一四：「這兩位的臉上微露出忐忑不安的樣子。」

【步人後塵】bù rén hòu chén

跟在別人後面走。比喻追隨、模仿別人。有時「人」也可換成其他名詞，指明追隨、模仿的對象。（步：踏。後塵：走路時在身後揚起的塵土。）例 他在研究工作中沒有～，而是另闢蹊徑，表現出很強的創新精神。

書 清 梁章鉅《歸田瑣記·覆廖鈺夫尚書、魏和齋山長書》：「某必竭盡綿力，以步諸君子後塵，斷不肯置身事外也。」後用作「步人後塵」。

【步步為營】bù bù wéi yíng

軍隊每前進一步就建立起一個營壘，十分謹慎。也比喻做事一步一步推進，十分謹慎穩妥。（營：軍隊駐紮的地方，防備嚴密。）例 新源公司在開拓市場時採取了～的做法，擴大一塊就鞏固一塊，絕不冒進。

書 明 張岱《石匱書後集·烈帝紀》：「我師困，宜駐師分據要害，步步為營。」

【步履維艱】bù lǚ wéi jiān

行走艱難。多指老年人或有病的人走路吃力。（步履：行走。維：文言語助詞，用來調節語氣。）例 楊伯伯年過八旬，～，但仍經常讓兒孫們扶着他到屋前的小花園裏散步。

書 清 劉坤一《奏疏·請假一月片》：「臣自上年秋間，時患腰痛，兩髎無力，步履維艱。」

【芒刺在背】máng cì zài bèi

像有芒和刺扎在背上一樣。形容極其惶恐不安。（芒：稻、麥之類籽實外殼上長的細刺。）例 見到本商場出售的過期食品被新聞媒體曝光，費經理如～，再也坐不住了。

書《漢書·霍光傳》：「宣帝始立，謁見高廟，大將軍光從驂乘，上內嚴憚之，若有芒刺在背。」

【見仁見智】jiàn rén jiàn zhì

見「仁者見仁，智者見智」，96頁。

【見危授命】jiàn wēi shòu mìng

見到有危難，勇於獻出生命。也作「**臨危授命**」。（授：交付；付出。臨：面對。）例 在中國歷史上有許多捨生取義的仁人志士～，他們的事跡永載史冊。

書《論語·憲問》：「見利思義，見危授命，久要不忘平生之言，亦可以為成人矣。」

【見多識廣】jiàn duō shí guǎng

見過的事物多，知道的範圍廣。

(識：知道。) 例 劉伯在外闖蕩了半輩子，～，常喜歡給村民們講一些外面的事情。

書 明馮夢龍《古今小説·蔣興哥重會珍珠衫》：「還是大家寶眷，見多識廣，比男子漢眼力，到（同『倒』）勝十倍。」

【見利忘義】jiàn lì wàng yì

見到有利可得就忘了道義。指人為了謀利不惜去做違反道義的事。例 這些～之徒是什麼卑鄙的手段都使得出來的。

書《漢書·樊噲酈商等傳贊》：「當孝文時，天下以酈寄為賣友。夫賣友者，謂見利而忘義也。」後用作「見利忘義」。

【見利思義】jiàn lì sī yì

見到有利可得就先想一想道義上該不該得。指人以道義為重，絕不為了謀利而去做違反道義的事。例 我們應該～；不要讓錢財迷住了自己的心竅。

書《論語·憲問》：「見利思義，見危授命，久要不忘平生之言，亦可以為成人矣。」

【見風使舵】jiàn fēng shǐ duò

見「看風使舵」，288頁。

【見笑大方】jiàn xiào dà fāng

見「貽笑大方」，415頁。

【見異思遷】jiàn yì sī qiān

見到別的事物，就想改變原來的主意。多指人志趣、喜愛不專一。（異：別的。遷：改變。）例 他這山望着那山高，～，近年來換了幾次工作，結果哪一項工作也沒做出成績來。

書《國語·齊語》：「少而習焉，其心安焉，不見異物而遷焉。」後用作「見異思遷」。

【見微知著】jiàn wēi zhī zhù

見到事情的一點苗頭，就能推斷出它發展下去會呈現出怎樣一種顯著的狀態。（著：顯著。）例 這位經濟學家對經濟現象有深刻的洞察力，往往能～，因此他的分析文章十分受人重視。

書 漢班固《白虎通·情性》：「智者，知也。獨見前聞，不惑於事，見微知著者也。」

【見義勇為】jiàn yì yǒng wéi

見到正義的事就奮勇去做。（為：做。）例 為了弘揚正義，許多地方都為～的人建立了專項獎勵基金。

書《論語·為政》：「見義不為，無勇也。」又《宋史·歐陽修傳》：「天資剛勁，見義勇為，雖機穽在前，觸發之不顧。」

注「為」在此不讀wèi。粵 wai4唯。

【見機行事】jiàn jī xíng shì

看清時機或情勢，靈活處理事情。也作「**相機行事**」。（機：時機。）例 小艾是個善於～的人，不會把事情弄僵的。

書 清錢彩《説岳全傳》第五六回：「元帥發令着曹寧出營，吩咐道：『須要見機行事，勸你父親早早歸宋，決有恩封。』」

【見錢眼開】jiàn qián yǎn kāi
見到錢，眼睛就睜大了。形容人愛財貪婪。例 林先生不是那種～之徒，如果是違法的事，你給的錢再多，他也不會去做的。
書 明蘭陵笑笑生《金瓶梅》第八一回：「看官聽說，院中唱的，以賣俏為活計，將脂粉作生涯……棄舊迎新，見錢眼開，自然之理。」

【助紂為虐】zhù zhòu wéi nüè
幫助紂王做暴虐的事。比喻幫助壞人做壞事。也作「**助桀為虐**」。（紂、桀：紂是商朝最末一個王，桀是夏朝最末一個王，都是暴君。為：做。虐：殘暴狠毒。此指這類事情。）例 你如果再去幹這種～的事，大家絕不會饒恕你的。
書 《史記·留侯世家》：「夫秦為無道，故沛公得至此。夫為天下除殘賊，宜縞素為資，今始入秦，即安其樂，此所謂助桀為虐。」
注「為」在此不讀wèi。粵 wɐi⁴唯。

【呆若木雞】dāi ruò mù jī
神情發呆，像隻木頭雞。形容人因恐懼或受驚而發愣的樣子。（呆：臉上表情死板；發愣。）例 在罪證面前，疑犯～，連一句狡辯的話也沒有了。
書 《莊子·達生》記載了一則故事：紀渻（shěng）子為國君訓練鬥雞，經過四十天才訓練好，這時「雞雖有鳴者，已無變矣。望之似木雞矣，其德全矣，異雞無敢應者，反走矣。」這裏的木雞比喻涵養很深，能以鎮定取勝的人，與今成語中的比喻義不同。清吳趼人《二十年目睹之怪現狀》第四五回：「我提到案下問時，那羅榮統呆似木雞，一句話也說不出。」
注「呆」不讀ái。

【足不出户】zú bù chū hù
腳不邁出大門一步。（户：門。）
例 有了電腦網絡這種現代化的信息媒介，張先生～就能了解各地股市的行情了。
書 清文康《兒女英雄傳》第三三回：「那公子卻也真個足不出户，目不窺園，日就月將，功夫大進。」

【足智多謀】zú zhì duō móu
智謀很多。例 彭先生～，有什麼難辦的事，你可以向他請教。
書 元關漢卿《單刀會》第三摺：「那魯子敬是個足智多謀的人。」

【困獸猶鬥】kùn shòu yóu dòu
被圍困的野獸最後還要搏鬥一番。比喻陷入絕境的人還要拼死掙扎。今多用於貶義。（猶：副詞。還；尚且。）例 被包圍的毒販～，警員們嚴陣以待。
書 《左傳·定公四年》：「困獸猶鬥，況人乎？」

【別出心裁】bié chū xīn cái

另外拿出一種與眾不同的構思、設想。也作「**獨出心裁**」。（別：另外。心裁：心中的設想、籌劃。多指關於詩文、美術、建築、製作等的。）例 這些～設計的工藝品很受顧客青睞。

書 清李汝珍《鏡花緣》第四五回：「但這傢兒有三十餘口之多，不知賢妹可能別出心裁，另有炮製？」

【別有天地】bié yǒu tiān dì

另有一種境界。形容風景引人入勝或景物與其他地方不同，極具特色。例 這裏離城不遠卻充滿野趣，～，吸引了不少城裏人來此度假休閒。

書 唐李白《山中問答》詩：「桃花流水窅然去，別有天地非人間。」

【別有用心】bié yǒu yòng xīn

另有某種心思。指言論、行動中另有某種不可告人的動機、企圖。（用心：居心；懷着的心思。）例 他在別人背後散佈流言蜚語，完全是～的，應該引起我們的警惕。

書 清吳趼人《二十年目睹之怪現狀》第九九回：「王太尊也是說他辦事可靠，那裏知道他是別有用心的呢！」

【別來無恙】bié lái wú yàng

分別以來，一切都安好吧。常用作問候語。（別：分別。恙：病。無恙：沒有生病。也泛指沒有什麼受到傷害的事。）例 他見到我，文縐縐地問道：「許久不見，～乎？」我連忙回答：「託福！託福！」

書 元無名氏《凍蘇秦》第三摺：「豈知你故人名望，也不問別來無恙。」

注 「恙」不讀yáng，也不可寫作「羔」。

【別具一格】bié jù yī gé

另有一種獨特的格調。（格：格調。）例 林先生的畫風～，這是在多年探索創新中逐漸形成的。

書 清呂留良《與施愚山書》：「詠見贈詩，風力又別具一格。」

【別具匠心】bié jù jiàng xīn

另有一種與眾不同的巧妙心思。（匠心：巧妙的心思。）例 這一對社區園林～的設計，體現了人與自然和諧統一的宗旨。

書 清陳廷焯《白雨齋詞話》卷三：「《藩錦集》運用成語，別具匠心。」

【別具隻眼】bié jù zhī yǎn

另有一種獨到的眼光和見解。也作「**獨具隻眼**」。（隻眼：比喻獨到的見解。）例 元伯先生對這首唐人《無題》詩的分析可謂～，給我以很大啟發。

書 清陳廷焯《白雨齋詞話》卷七：「玉田《詞源》二卷……下卷自音譜以至雜論，選詞不多，別具隻眼，洵可為後學之津梁。」

【別無長物】bié wú cháng wù

除此之外沒有多餘的東西了。原形容人儉樸。後也形容人窮困，家裏沒有像樣的東西。也作「**身無長物**」。（長物：多餘的東西。「長」舊讀zhàng。）例 他

的屋裏只有一張牀，幾條板凳，～，生活十分清苦。

書 南朝宋劉義慶《世説新語·德行》：「王恭從會稽還，王大看之。見其坐六尺簟，因語恭：『卿東來，故應有此物，可以一領及我？』恭無言，大去後，即舉所坐者送之。既無餘席，便坐薦上。後大聞之，甚驚，曰：『吾本謂卿多，故求耳。』對曰：『丈人不悉恭，恭作人無長物。』」後用作「別無長物」。

注「長」在此不讀 zhǎng。粵 dzœŋ6 丈。

【別開生面】 bié kāi shēng miàn

另外開創一種新的局面，或創立一種新的風格、形式。（開：開闢；開創。生面：新的面貌。）例 為了籌備這台～的文藝晚會，大家動足了腦筋，已經忙了很長時間了。

書 清趙翼《甌北詩話·蘇東坡詩》：「以文為詩，自昌黎始；至東坡益大放厥詞，別開生面，成一代之大觀。」

【別樹一幟】 bié shù yī zhì

見「獨樹一幟」，536 頁。

【吹毛求疵】 chuī máo qiú cī

吹開皮上的毛來尋找皮上的小毛病。比喻故意挑剔，找毛病。（疵：毛病。）例 他對別人喜歡～，動不動就指責，大家都不願意在他手下工作。

書《韓非子·大體》：「古之全大體者……不吹毛而求小疵，不洗垢而察難知。」又《漢書·中山靖王劉勝傳》：「有司吹毛求疵，笞服其臣，使證其君。」

注「疵」不可寫作「庇」。

【囤積居奇】 tún jī jū qí

把某種貨物聚集儲存起來，等市場上緊缺的時候抬高價格出售以謀取暴利。（囤：積存；儲存。居奇：把它當作稀有的貨物留着以賣大價錢。）例「頭腦靈敏點的或者更貪心的老爺們還要幹點～的生意。」（巴金《談〈憩園〉》）

書 郭沫若《新文藝的使命》：「奸商即囤積居奇，操縱物價，大發其國難財。」

【岌岌可危】 jí jí kě wēi

形容十分危險。（岌岌：十分危險的樣子。）例 由於偷獵者的瘋狂捕殺，藏羚羊的生存已處於～的境地。

書《韓非子·忠孝》：「當是時也，危哉，天下岌岌！」又清李伯元《文明小史》第三回：「人聲越發嘈雜，甚至拿磚頭撞的二門冬冬的響，其勢岌岌可危。」

【囫圇吞棗】 hú lún tūn zǎo

把棗整個兒吞下去，不咀嚼，不辨滋味，不吐棗核。比喻在學習中只是含混籠統地接受，不加分析、辨別，沒有把有用的東西真正學到手。（囫圇：整個兒。）例「一個高中文科的學生，與其～或走馬看花地讀十部詩集，不如仔仔細細地背誦三百首詩。」（朱自清《論詩學門徑》）

書 宋朱熹《答許順之》：「今動不

動便先説個本末精粗無二致，正是鶻崙（同『囫圇』）吞棗。」

【利令智昏】lì lìng zhì hūn
貪圖私利而使人頭腦發昏，失去理智。（令：使。智：理智。）例 他居然～地幹起了販賣盜版光碟的事，能不受到法律的制裁嗎？
書《史記·平原君虞卿列傳論》：「鄙語曰：『利令智昏。』平原君貪馮亭邪説，使趙陷長平兵四十餘萬眾，邯鄲幾亡。」

【利市三倍】lì shì sān bèi
《周易·説卦》：「為近利，市三倍。」後來就用「利市三倍」表示獲利豐厚，賺錢很多。例 這種買賣值得做，～，你可不要錯過了機會。
書 清 林則徐《咨覆兩廣總督批示義律稟案稿·附示諭外商速繳鴉片煙土四條稿》：「爾等來廣東通商，利市三倍。」

【利慾熏心】lì yù xūn xīn
貪圖私利的慾望迷住了心竅。（熏：煙、氣等接觸物體，使改變顏色或沾上氣味。熏心：像煙、氣熏物那樣，人的內心被某種慾望迷住了。）例 他是個～的人，只要能謀取暴利，哪裏還會去講什麼道德良心。
書 宋 黃庭堅《贈別李次翁》詩：「利慾熏心，隨人翕張。」

【我行我素】wǒ xíng wǒ sù
不管別人怎麼説，我還是按照我平素的一套去做。（素：平素。）
例 面對別人的非議，他的回答是：笑罵由人，～！
書 清 李伯元《官場現形記》第五六回：「這件事外頭已當着新聞，他夫婦二人還是毫無聞見，依舊是我行我素。」

【每況愈下】měi kuàng yù xià
原作「每下愈況」，語出《莊子·知北遊》，是説用腳踩豬的小腿來檢測其肥瘦，越是踩在下端越能檢測清楚，即「每下愈況」。況：指因對比而明顯。後世多作「每況愈下」，表示情況越來越差。況：指狀況。例 由於產品滯銷，公司的經營～，恐怕很難繼續維持下去了。
書 宋 洪邁《容齋續筆·蓍龜卜筮》：「伎術標榜，所在如織，五星、六壬……人人自以為君平，家家自以為季主，每況愈下。」

【兵不血刃】bīng bù xuè rèn
兵器的鋒刃上沒有沾血。表示未經交鋒而取得勝利。（兵：兵器。刃：此指刀口之類，兵器的鋒刃。）例 敵人望風而逃，我軍～就佔領了這座城市。
書《荀子·議兵》：「此四帝兩王，皆以仁義之兵行於天下也。故近者親其善，遠方慕其義，兵不血刃，遠邇來服。」
注「血」在此不讀 xiě。「刃」不可寫作「刀」。

【兵不厭詐】bīng bù yàn zhà
用兵打仗不排斥使用欺詐的辦法

來迷惑敵人。（厭：產生反感；排斥。詐：欺騙。）例 **古人説過～，你要警惕對手用聲東擊西的手法讓你上當。**

書《韓非子·難一》：「戰陣之間，不厭詐偽。」又明羅貫中《三國演義》第三〇回：「攸笑曰：『世人皆言孟德奸雄，今果然也。』操亦笑曰：『豈不聞兵不厭詐。』」

【兵來將擋，水來土掩】 bīng lái jiàng dǎng, shuǐ lái tǔ yǎn

敵兵來了，派將領率軍抵擋；水沖過來了，用土把它堵住。比喻不管對方使用什麼手段，都有辦法對付。也比喻針對具體情況採取相應對策。（掩：此指用土壅堵水流。）例 ❶**～，我們已做了充分準備，對方只怕也無可奈何。** ❷ **在這場足球賽中，他們走馬換將，頻頻改變戰術，我方則～，始終沒給他們以可乘之機。**

書 明蘭陵笑笑生《金瓶梅詞話》第四八回：「常言『兵來將擋，水來土掩』，事到其間，道在人為。」

【兵荒馬亂】 bīng huāng mǎ luàn

形容戰時社會動盪混亂。例 **在那～的歲月，這所學校能堅持辦下來是很不容易的。**

書 元無名氏《梧桐葉》第四摺：「一向收留在俺府中為女，也是天數。不然，那兵荒馬亂，定然遭驅被擄。」

【兵連禍結】 bīng lián huò jié

戰爭連續不斷，災禍接踵而至。（結：聯結。）例 **當時～，生活極不安定，科研工作被迫中止。**

書《漢書·匈奴傳下》：「漢武帝選將練兵，約齎輕糧，深入遠戍，雖有克獲之功，胡輒報之，兵連禍結三十餘年。」

【兵貴神速】 bīng guì shén sù

用兵打仗貴在行動特別迅速（以使敵方措手不及）。有時也用在其他方面，表示行動要迅速。（貴：以某種情況為可貴。神速：速度快得驚人。）例 **～，既然看準了行情，就該儘快行動。**

書《孫子·九地》：「兵之情主速。」又《三國志·魏志·郭嘉傳》：「兵貴神速。今千里襲人，輜重多，難以趣利，且彼聞之，必為備；不如留輜重，輕兵兼道以出，掩其不意。」

【兵臨城下】 bīng lín chéng xià

軍隊進逼到城下，把城圍住。形容形勢危急。（臨：到達。）例 **「現在～，才來説這些漂亮話，為什麼早不下野？」（巴金《家》二一）**

書 元《秦併六國平話》卷上：「今有荊楚襄王為招討，合諸國兵馬約二十餘萬，猛將數十員，兵臨城下，將至濠前。」

【何去何從】 hé qù hé cóng

離開哪裏，走向哪裏。多指在重大問題上採取什麼態度，要作出選擇。（何：代詞。哪裏。去：離開。從：依從。）例 **在就業方面你有多種選擇，究竟～，望你認真考慮後再作決定。**

書 戰國楚屈原《卜居》：「寧與黃鵠比翼乎？將與雞鶩爭食乎？此孰吉孰凶？何去何從？」

【何足掛齒】hé zú guà chǐ

哪裏值得一提。用反問的方式表示不值得一提。原表示輕蔑，後也用來表示客套。（何：副詞。表示反問。足：值得。多用於否定式。掛齒：掛在嘴邊，說起。）例 **我為你做的這點事～，否則反倒顯得生分了。**

書《史記·劉敬叔孫通列傳》：「此特羣盜鼠竊狗盜耳，何足置之齒牙間？」此表示輕蔑。又明施耐庵《水滸傳》第四回：「提轄恩念，殺身難報，量些粗食薄味，何足掛齒！」

【何樂不為】hé lè bù wéi

為什麼不樂意去做呢。用反問的方式表示很可以做或很願意做。（為：做。）例 **認購國庫券，既支援了國家建設，個人又有可靠的收益，～？**

書 清陳端生《再生緣》第七九回：「講到江三嫂原本算小，今見郡主出銀，買他體面，何樂不為？」

注「為」在此不讀wèi。粵 wɐi4唯。

【似是而非】sì shì ér fēi

好像是對的，而實際上並不對。（似：好像。是：對；正確。非：不對；錯誤。）例 **他的這種論調～，有必要加以認真的剖析。**

書 漢王充《論衡·死偽》：「世多似是而非，虛偽類真，故杜伯、莊子義之語往往而存。」

【似曾相識】sì céng xiāng shí

好像曾經見過，是認識的，但印象不夠真切。（曾：曾經。）例 **眼前的這位先生我～，一經交談，才想起原來三年前在一次學術研討會上我們見過面。**

書 宋晏殊《浣溪沙》詞：「無可奈何花落去，似曾相識燕歸來。」

【作奸犯科】zuò jiān fàn kē

為非作歹，違犯法令。（奸：指壞事；邪惡的事。科：法律條文。）例 **對於～的人，法律是要予以嚴懲的。**

書 三國蜀諸葛亮《出師表》：「若有作奸犯科及為忠善者，宜付有司，論其刑賞。」

【作威作福】zuò wēi zuò fú

原指國君獨攬威權，專行賞罰。後也用來指人濫用權勢，專橫跋扈。（作威：指對人施行刑罰。作福：指對人施行恩賞。）例 **那些以權謀私，在百姓頭上～的人，是不會有好下場的。**

書《尚書·洪範》：「惟辟作福，惟辟作威，惟辟玉食。臣無有作福、作威、玉食。」辟（bì）：君主。又《漢書·王商傳》：「竊見丞相商作威作福，從外制中，取必於上。」

【作賊心虛】zuò zéi xīn xū

見「做賊心虛」，373頁。

【作壁上觀】zuò bì shàng guān

站在軍營的圍牆上，看別人在營外交戰。比喻置身事外，袖手旁觀。（壁：指古時軍營的圍牆。）

例 「周小姐這話剛一離口，座中本來『～』的四五位女士立刻也來『參戰』，七嘴八舌說了些類似的事實。」(茅盾《劫後拾遺》二)

書 《史記．項羽本紀》：「諸侯軍救鉅鹿下者十餘壁，莫敢縱兵。及楚擊秦，諸將皆從壁上觀。」今多作「作壁上觀」。

【作繭自縛】 zuò jiǎn zì fù

蠶吐絲作繭，把自己裹在裏面。比喻自己束縛自己，使自己陷入困境。 例 這家公司的經理立下規矩，事無巨細都要經他同意，其實他哪有精力來管這麼多事，真是～。

書 唐白居易《江州赴忠州……舟中示舍弟五十韻》：「燭蛾誰救護，蠶繭自纏縈。」又清沈復《浮生六記．養生記道》：「又讀《逍遙遊》，而悟養生之要，惟在閒放不拘，怡適自得而已；始悔前此之一段痴情，得勿作繭自縛矣乎！」

【伶牙俐齒】 líng yá lì chǐ

形容人口齒伶俐，能說會道。 例 這些商品推銷員一個個都～，不把你説動心是不會罷休的。

書 元吳昌齡《張天師》第三摺：「你休那裏便伶牙俐齒，講三幹四。」

【伶仃孤苦】 líng dīng gū kǔ

見「孤苦伶仃」，268頁。

【低三下四】 dī sān xià sì

形容低人一等。也形容奴顏婢膝的樣子。 例 ❶他覺得自己在服務性行業裏做事，～的，其實這完全是陳舊觀念在作怪。❷「想當初，我在城裏頭作藝，不肯～地侍候有勢力的人，教人家打了一頓。」(老舍《龍鬚溝》第一幕)

書 清吳敬梓《儒林外史》第四〇回：「我常州姓沈的，不是什麼低三下四的人家。」又清孔尚任《桃花扇．聽稗》：「你嫌這裏亂鬼當家別處尋主，只怕到那裏低三下四還幹舊營生。」

【低聲下氣】 dī shēng xià qì

形容説話時恭順小心，聲音輕細的樣子。(下氣：指態度恭順。) 例 克昂是個稟性剛強的人，現在要他～地去求人，看人家的臉色，實在是太難為他了。

書 宋朱熹《童蒙須知．語言步趨》：「凡為人子弟，須是常低聲下氣，語言詳緩，不可高言喧鬧，浮言戲笑。」

【你死我活】 nǐ sǐ wǒ huó

形容爭鬥非常激烈，雙方不能並存。 例 「只要看現在的軍閥混戰就知道，他們打得～，好像不共戴天似的，但到後來，只要一個『下野』了，也就會客客氣氣的。」(魯迅《偽自由書．〈殺錯了人〉異議》)

書 元無名氏《度柳翠》第一摺：「世俗人沒來由爭長競短，你死我活。」

【身不由己】 shēn bù yóu jǐ

身體不由自己做主。表示行動不由自己支配。也作「**身不由主**」。(由：順隨；聽從。) 例 ❶我奉

命行事，往往～，這也是沒有辦法的事。❷ 他頭暈目眩，～地倒在了地上。

書 明羅貫中《三國演義》第七四回：「關公曰：『汝怎敢抗吾？』禁曰：『上命差遣，身不由己。』」

【身外之物】shēn wài zhī wù

個人身體以外的東西。多指財產、名譽、地位等，表示這些都是無足輕重的。例「大約錢是～，帶不到陰間的。」(魯迅《熱風·智識即罪惡》)

書 清吳敬梓《儒林外史》第一回：「這一首詞，也是個老生常談，不過説人生富貴功名，是身外之物。」

【身在曹營心在漢】

shēn zài cáo yíng xīn zài hàn

三國時劉備（後為蜀漢之帝）的部將關羽身陷曹操軍營中，曹操對他禮遇異常，但關羽不為所動，一直心懷故主，最後終於回到劉備身邊。後來就用「身在曹營心在漢」表示身在此處，卻心向彼方。例 這些淪陷區的民眾～，盼望解放的心情十分迫切。

書 事見《三國志·蜀志·關張馬黃趙傳》，參看明羅貫中《三國演義》第二五回。

【身先士卒】shēn xiān shì zú

指作戰時將領衝在士兵前面殺敵。也比喻在工作中領導者帶頭去做。(身：自身；自己。先：走在前面。) 例 在洪水襲來的時候，當地的鄉長、村長都～，奮戰在抗洪搶險的最前方。

書《三國志·吳志·孫輔傳》：「策西襲廬江太守劉勳，輔隨從，身先士卒，有功。」

【身家性命】shēn jiā xìng mìng

自身和一家人的性命。例 他們不顧～，在敵後開展抵抗活動，為抗戰的勝利立了大功。

書 明施耐庵《水滸傳》第一〇八回：「身家性命，都在權奸掌握之中。」

【身敗名裂】shēn bài míng liè

地位喪失，名聲掃地。指做壞事遭到徹底失敗後的下場。(身：身分；社會地位。敗：毀壞。裂：損壞；敗壞。) 例 他因貪污受賄，被撤職查辦，弄得～。

書 清陳康祺《郎潛紀聞三筆·蔣予蒲見理不明》：「侍郎輩讀書入官，徒以見理不明……而邪説得以乘其虛，至身敗名裂而後已，可不懼乎！」

【身經百戰】shēn jīng bǎi zhàn

親身經歷過許多戰鬥。也用來形容人某一類事經歷過許多，有豐富的實踐經驗。(百：表示次數多，並非確指。) 例 她是位～的乒乓球選手，比賽中鎮定自若，發揮十分出色。

書 唐郎士元《塞下曲》：「寶刀塞下兒，身經百戰曾百勝。」

【身臨其境】shēn lín qí jìng

親身來到那種境地。也作「**身歷其境**」。(臨：來到。歷：經歷。) 例 此處景色之奇之秀，不是～，

恐怕是難以想像得到的。

書 清石玉崑《三俠五義》第六五回：「及至身臨其境，只落得『原來如此』四個大字，毫無一點的情趣。」

【身懷六甲】shēn huái liù jiǎ

指婦女懷孕。《隋書．經籍志》載有《六甲貫胎書》。例 你太太～，你對她務必要多加照顧，千萬不可大意。

書 明凌濛初《初刻拍案驚奇》卷三三：「成婚未久，果然身懷六甲，方及周年，生下一子。」

【身體力行】shēn tǐ lì xíng

親身體驗，努力實行。（體：體驗。力：努力。）例 為災民募捐賑災，政府官員～，市民們一呼百應，紛紛出錢出力。

書 明章懋《答東陽徐子仁》：「合而觀之，皆可得其要矣。但不能身體力行，則雖有所見，亦無所用。」

【坐山觀虎鬥】

zuò shān guān hǔ dòu

坐在山上看下面兩隻老虎爭鬥。《史記．張儀列傳》記載了陳軫對秦惠王講的一則故事：卞莊子刺虎，先等大小兩隻老虎爭食相鬥，結果小老虎被大老虎咬死了，大老虎自己也受了傷，精疲力竭。於是卞莊子沒費太多力氣就把大老虎刺死了，一下子得到兩隻老虎。後多用來比喻別人爭鬥時先採取旁觀的態度，等機會一到，再從中取利。例 他貌似中立，其實是在～，一旦時機成熟，他會毫不留情地下手的。

書 清曹雪芹、高鶚《紅樓夢》第六九回：「鳳姐雖恨秋桐，且喜借他先可發脫二姐，用『借刀殺人』之法，『坐山觀虎鬥』，等秋桐殺了尤二姐，自己再殺秋桐。」

【坐井觀天】zuò jǐng guān tiān

坐在井底看天，所看到的天超不出井口的範圍。比喻眼界狹小，所見有限。例 他們～，對取得的成績沾沾自喜，實際上比他們做的好的人還有的是。

書 唐韓愈《原道》：「坐井而觀天，曰天小者，非天小也。」

【坐以待斃】zuò yǐ dài bì

坐着等死。也指不主動積極想辦法、找出路，而是在那裏坐等失敗。（待：等待。斃：死。）例 雖然形勢對我們很不利，但與其～，不如主動出擊，說不定還會有轉機呢。

書 明施耐庵《水滸傳》第一〇八回：「楊志、孫安、卞祥與一千軍士，馬罷人困，都於樹林下坐以待斃。」

【坐失良機】zuò shī liáng jī

由於不主動採取行動而失去了好機會。例 這幾天是登泰山觀日出的最佳天氣，旅遊者切莫～。

書 宋蔡杭《上殿輪對札》：「虛擲歲月，坐失事機，則天下之勢惟有日趨於危亡而已。」今多作「坐失良機」。

【坐立不安】zuò lì bù ān

不管是坐着還是站着，心裏總不

能安寧。形容人焦慮煩躁或情緒緊張。例 女兒放學後一直沒回家，現在天都黑了，媽媽～，索性出門到路邊去等她。

書 明施耐庵《水滸傳》第四〇回：「張順見了宋江，喜從天降，便拜道：『哥哥吃官司，兄弟坐立不安，又無路可救。』」

【坐地分贓】zuò dì fēn zāng

指盜賊就地瓜分贓物。也指盜匪頭目或窩主等自己不直接動手偷盜搶劫而分取贓物。（贓：贓物；通過偷盜搶劫等非法途徑得來的財物。）例 ❶這夥盜賊在～的時候，誰都想多佔一份，結果打了起來。❷他是個～的窩主，罪責難逃。

書 明王守仁《防制省城奸惡牌》：「遠近鄉村居民各安生理，毋得非為，及容隱面生可疑之人在家，通誘賊情，坐地分贓，敢有故違，仰即拿赴軍門，治以軍法。」

【坐吃山空】zuò chī shān kōng

光消費不生產，即使是堆積如山的財物也會被吃光用盡。（坐吃：指光消費，不生產。）例 「我身體不好，偏偏又失業。～，怎麼得了。」（巴金《寒夜》二二）

書 宋《京本通俗小說·錯斬崔寧》：「姐夫，你須不是這等算計。『坐吃山空，立吃地陷』，『咽喉深似海，日月快如梭』，你須計較一個常便。」

【坐享其成】zuò xiǎng qí chéng

自己不出力而享受別人的成果。（享：享受。）例 美化社區環境是全體居民的分內事，我也要積極參加，不能～。

書 明徐渭《謝督府胡公啟》：「疇知白璧之雙遺，竟踐黃金之一諾；傳聞始覺，坐享其成。」

【坐視不救】zuò shì bù jiù

看到別人有危難，卻不加關心，不去救助。（坐視：坐着看。指對該管也能管的事不去管，在一旁看着。）例 他現在陷入困境，我作為朋友不能～。

書 宋洪邁《夷堅志補·褚大震死》：「（褚大）兇愎不孝，鄉里惡之。母嘗墮水中，坐視不救，有他人援之，反加詬罵而毆之。」

【坐觀成敗】zuò guān chéng bài

對於別人的成功或失敗採取旁觀的態度。例 正在爭鬥的這兩家公司康毅敏都惹不起，所以他目前只能置身事外，～。

書 《史記·田叔列傳》褚少孫補：「是老吏也，見兵事起，欲坐觀成敗；見勝者欲合從（同『縱』）之，有兩心。」

【含血噴人】hán xuè pēn rén

口含污血，噴到別人身上。比喻惡毒地捏造事實，誣陷別人。也作「**血口噴人**」。例 看到那個壞蛋竟～，曾老伯十分氣憤，拍案而起，嚴詞予以痛斥。

書 宋普濟《五燈會元·黃龍新禪師法嗣·崇覺空禪師》：「含血噀人，先污其口。」今多作「含血噴人」。

注「血」在此不讀 xiě。

【含辛茹苦】hán xīn rú kǔ

經受種種艱辛困苦。也作「**茹苦含辛**」。（茹：吃。）例 這份產業是黃先生多少年來～建立起來的，浸透了他的心血。

書 宋蘇軾《中和勝相院記》：「佛之道難成，言之使人悲酸愁苦。其始學之，皆入山林，踐荊棘蛇虺，袒裸雪霜……茹苦含辛，更百千萬億生而後成。」

【含沙射影】hán shā shè yǐng

古代傳說水中有一種叫蜮的怪物，能含沙噴射人影，使人得病，甚至死亡。後來就用「含沙射影」比喻在言語或文章中用影射的手法誹謗、中傷別人。例 「其甚者竟至於一面暗護此人，一面又中傷他人，卻又不明明白白地舉出姓名和實證來，但用了～的口氣。」（魯迅《華蓋集·並非閒話（三）》）

書 晉干寶《搜神記》卷一二：「漢光武中平中，有物處於江水，其名曰蜮，一曰短狐，能含沙射人。所中者則身體筋急，頭痛，發熱，劇者至死。」又唐白居易《讀史》詩之四：「含沙射人影，雖病人不知；巧言構人罪，至死人不疑。」今多作「含沙射影」。

【含英咀華】hán yīng jǔ huá

英和華都指花。口裏含着香花，細細咀嚼品味。比喻細細地品味、體會詩文的精華。（咀：嚼。）例 他喜歡讀古典詩詞，～，覺得意味無窮。

書 唐韓愈《進學解》：「沈浸醲郁，含英咀華；作為文章，其書滿家。」

注「咀」不讀 zǔ。

【含飴弄孫】hán yí nòng sūn

口裏含着飴糖，逗小孫子玩。形容老年人悠閒生活的情趣。（飴：飴糖，一種用米和麥芽為原料製成的糖。弄：哄逗着玩。）例 徐先生退休後在家～，盡享天倫之樂。

書《東觀漢記·明德馬皇后傳》：「穰歲之後，惟子之志，吾但當含飴弄孫，不能復知政事。」

【含糊其辭】hán hu qí cí

故意把話說得意思不明確、不清楚。（含糊：不明確，不清晰。）例 問到今後的打算，潘玉珍只是～地說了幾句，我也沒弄明白她的真意。

書 宋袁燮《侍御史贈通議大夫汪公墓誌銘》：「是非予奪，多含糊其辭；公則不然，可則曰可，否則曰否。」

【肝腦塗地】gān nǎo tú dì

肝、腦漿流了一地。原形容戰亂中慘死之狀。後也用來表示盡忠竭力，不惜犧牲生命。也作「**肝膽塗地**」。（塗地：流了一地。）例 ❶ 戰爭的破壞是如此嚴重，百姓～，十室九空，滿目荒涼。❷ 為了祖國的富強，我們不惜～，貢獻出自己的一切。

書《史記·劉敬叔孫通列傳》：「大戰七十，小戰四十，使天下之民肝

腦塗地，父子暴骨中野，不可勝數。」又《漢書．蘇武傳》：「武父子亡功德，皆為陛下所成就，位列將，爵通侯，兄弟親近，常願肝腦塗地。」

【肝膽相照】gān dǎn xiāng zhào
比喻彼此真心相見。（肝膽：比喻真誠的心。相照：互相照見。）例 我有幾位～的好朋友，這是我引以為幸的。
書 宋胡太初《晝簾緒論．僚寀》：「今始至之日，必延見僚寀，歷述弊端，令悃愊無華，肝膽相照。」

【刪繁就簡】shān fán jiù jiǎn
刪去繁雜多餘的，使它趨於簡明、精練。一般用於文字方面。（就：趨向於。）例 經過～，這篇調查報告的中心思想更加突出了。
書 明王守仁《傳習錄》卷上：「如孔子退修六籍，刪繁就簡，開示來學，亦大段不費甚考索。」

【言不及義】yán bù jí yì
所說的話沒有一句涉及正經的事情或道理。指盡說些無聊的話。（及：涉及。義：正經道理。）例 你們不要這樣～地閒扯了，還是言歸正傳，說說下一步工作該怎麼做吧。
書《論語．衞靈公》：「羣居終日，言不及義。」

【言不由衷】yán bù yóu zhōng
所說的話不是從內心發出來的。指說的不是真心話。（衷：內心。）例 礙於作者情面，對這篇文章我曾～地稱讚過幾句。
書《宋史．何鑄傳》：「士大夫心術不正，徇虛以掠名，託名以規利，言不由中（同『衷』），而首尾相背。」

【言不盡意】yán bù jìn yì
所說的話沒能把意思完全表達出來。常用在書信的結尾。（盡：完。此指表達完。）例 這封信先寫到這裏，～，不勝想念之至。時當初冬，望善自珍攝。
書《周易．繫辭上》：「書不盡言，言不盡意。」又宋蘇軾《與范元長》之二：「惟昆仲金石乃心，困而不折，庶幾先公之風，沒而不亡也。臨紙哽塞，言不盡意。」

【言之有物】yán zhī yǒu wù
指說話或寫文章內容充實。（物：指充實的內容。）例 這篇雜文潑辣生動、～，深受讀者歡迎。
書《周易．家人》：「君子以言有物，而行有恆。」後用作「言之有物」。

【言之成理】yán zhī chéng lǐ
說得有一定道理。常與「持之有故」（所持的見解、主張有一定根據）連用。例「但是仔細讀了郭先生的引證和解釋，覺得他也是持之有故，～的。」（朱自清《現代人眼中的古代》）
書《荀子．非十二子》：「然而其持之有故，其言之成理，足以欺惑愚眾，是它囂、魏牟也。」

【言之無物】yán zhī wú wù

指說話或寫文章內容空洞。例 他的講演空話連篇，～，我聽着覺得很乏味。

書 梁啟超《〈劉蛻集〉跋》：「言之無物，務尖險，晚唐之極敝也。」

【言之鑿鑿】yán zhī záo záo

說得非常確實。（鑿鑿：確實。）例 關於深山裏發現「野人」的事，目擊者～，再一次引起了人們的關注。

書 清劉鑾《五石瓠・童氏》：「坊官究問，童氏言之鑿鑿，備述隱微。」

注 「鑿鑿」也有讀 zuò zuò 的。

【言外之意】yán wài zhī yì

話語之外的意思。指沒有明說出來而暗含在話裏的意思。例 難道你沒聽出李嬙的話裏有～嗎？

書 宋葉夢得《石林詩話》卷下：「七言難於氣象雄渾、句中有力，而紆徐不失言外之意。」

【言必信，行必果】

yán bì xìn, xíng bì guǒ

說話一定講信用，做事一定堅決果斷。（信：信用。此指講信用。果：果斷。）例 戴總經理～，在業界很受稱道。

書 《論語・子路》：「言必信，行必果。」

【言而有信】yán ér yǒu xìn

說話講信用。例 汪辰是個～靠得住的人。

書 《論語・學而》：「與朋友交，言而有信。」

【言而無信】yán ér wú xìn

說話不講信用。例 商家若～，毀了信譽，損失可就太大了。

書 《穀梁傳・僖公二十二年》：「言之所以為言者，信也。言而不信，何以為言！」又元武漢臣《老生兒》第四摺：「那廝每言而無信，凡事惹人嗔。」

【言行一致】yán xíng yī zhì

說的和做的一致，怎樣說的就怎樣去做。例 葛仲霆崇尚～，認為這是一個正派人所必須具備的品質。

書 宋趙善璙《自警篇・誠實》：「力行七年而後成，自此言行一致，表裏相應，遇事坦然，常有餘裕。」

【言者無罪，聞者足戒】

yán zhě wú zuì, wén zhě zú jiè

提出批評意見的人即使所提的意見不完全正確也沒有罪過，聽意見的人即使沒有對方所說的缺點錯誤，也值得引為鑒戒。（足：值得。戒：警惕；引為鑒戒。）例 提倡～，讓大家暢所欲言，對於樹立一種民主的風氣是十分有益的。

書 《詩經大序》：「言之者無罪，聞之者足以戒。」又唐白居易《與元九書》：「言者無罪，聞者足戒。言者聞者，莫不兩盡其心焉。」

【言者諄諄，聽者藐藐】

yán zhě zhūn zhūn, tīng zhě miǎo miǎo

說的人很懇切，聽的人卻不當回

事。（諄諄：形容懇切教導。藐藐：形容輕忽；不當回事。）例 我沒想到～，他把我這些苦口婆心的勸導都丟到一邊去了。

書《詩經·大雅·抑》：「誨爾諄諄，聽我藐藐。」又廖仲愷《消費合作社概論》：「顧言者諄諄，聽者藐藐。」

【言近旨遠】 yán jìn zhǐ yuǎn

話語淺近而含意深遠。（旨：意義；含意。）例 他寫的文章～，常常能發人深思。

書《孟子·盡心下》：「言近而指（通『旨』）遠者，善言也。」又清李汝珍《鏡花緣》第一八回：「其書闡發孔孟大旨……言近旨遠，文簡義明，一經誦習，聖賢之道莫不燦然在目。」

【言為心聲】 yán wéi xīn shēng

言語是心靈的聲音。指言語表達或反映一個人的思想感情。（為：是。）例 ～，對於詩歌來說更是如此，矯揉造作是絕不可能寫出感人的作品來的。

書 漢揚雄《法言·問神》：「故言，心聲也；書，心畫也。聲畫形，君子小人見矣。」後用作「言為心聲」。

注「為」在此不讀wèi。㊊ wɐi[4]唯。

【言猶在耳】 yán yóu zài ěr

說過的話好像還在耳邊迴響。表示話說過沒多久，或雖然說過已久，但記憶猶新。（猶：副詞。還。）例 ❶你答應過我不再做違反紀律的事，～，怎麼今天又曠工了？❷王教授生前要求我們齊心協力，把這項研究繼續下去，做出成績來，～，這些年我們一直用以鞭策自己，終於獲得了今天的成果。

書《左傳·文公七年》：「今君雖終，言猶在耳。」

注「猶」不可寫作「由」。

【言過其實】 yán guò qí shí

說話過分，不符合實際情況。例 你不要～，他們兩人雖然不和，但遠沒到你說的那種水火不相容的地步。

書 漢應劭《風俗通·正失·孝文帝》：「凡此十餘事，皆俗人所妄傳，言過其實。」

【言簡意賅】 yán jiǎn yì gāi

言辭簡練而意思完備。（賅：完備。）例 他的這篇書評寫得～，深中肯綮，很有見地。

書 清王韜《淞隱漫錄·消夏灣》：「余初來語言文字亦不相通，承其指授，由漸精曉，深歎古人言簡而意賅，為不可及也。」

注「賅」不讀 hé。

【言歸正傳】 yán guī zhèng zhuàn

話頭回到正題上來。原為評話、舊小說中常用的套語。（歸：回到。正傳：指正題或本題。）例 幾位編輯閒聊了一陣，這才～，繼續討論新的發稿計劃。

書 清文康《兒女英雄傳》第五回：「如今說書的把這話交代清楚，不再絮煩，言歸正傳。」

注「傳」在此不讀chuán。㊊ dzyn[6]攢。

【言歸於好】yán guī yú hǎo
彼此重新和好。(言：文言語助詞，大多用在動詞之前。)例 倆人鬧翻過一次，最近又～了。
書《左傳．僖公九年》：「秋，齊侯盟諸侯於葵丘，曰：『凡我同盟之人，既盟之後，言歸於好。』」

【言聽計從】yán tīng jì cóng
說的話都聽信，出的主意都依從。形容對某個人非常信任。例 方守良是總經理的智囊，總經理對他～。
書《魏書．崔浩傳論》：「屬太宗為政之秋，值世祖經營之日，言聽計從，寧廓區夏。」

【冷言冷語】lěng yán lěng yǔ
含有譏諷意味的冷冰冰的話，或說這樣的話。例 你何必～地去奚落她，她聽了心裏有多難受！
書《寶林禪師(宋人)語錄》：「山門疏：關着門，盡是自家屋裏，何須冷言冷語，暗地敲人？」

【冷若冰霜】lěng ruò bīng shuāng
冷得像冰、霜一樣。形容待人接物十分冷淡。也形容人態度嚴肅冷峻。例 ❶這家商店的店員都經過嚴格的職業培訓，在這裏顧客是見不到那種～的面孔的。❷主任見到郝青，～，責問他事故究竟是怎麼發生的。
書 元清茂《宗門統要續集．京兆米和尚》：「雪竇細處細如米末，冷處冷似冰霜。」今多作「冷若冰霜」。

【冷眼旁觀】lěng yǎn páng guān
用冷靜或冷淡的態度在一旁觀看，不願意介入或參與。例 大凱沒有參加雙方舌劍唇槍的爭論，只是在那裏～，他覺得這種爭論其實並沒有多少意義。
書 宋朱熹《答黃直卿》：「冷眼旁觀，手足俱露，甚可笑也。」

【冷嘲熱諷】lěng cháo rè fěng
尖刻的嘲笑，辛辣的諷刺。也作「**冷嘲間諷**」。例 試驗沒有取得預期的效果，招來不少～，說什麼的都有。
書 清黃景仁《邁陂塘．蝙蝠》詞：「羞他雞犬相共，寄人簷下須臾事，且耐冷嘲間諷。」

【忘乎所以】wàng hū suǒ yǐ
忘記了那事的始末根由。也指由於過分得意或興奮而失去常態。也作「**忘其所以**」。(所以：此指事情的始末根由。)例 他買賣股票賺了一筆，樂得～，逢人就吹噓自己的眼光和運氣。
書 明凌濛初《二刻拍案驚奇》卷一一：「誰想滿生是個輕薄後生，一來看見大郎殷勤，道是敬他人才，安然託大，忘其所以。」

【忘年之交】wàng nián zhī jiāo
不拘年齡、行輩的差異而結成的好朋友。(忘年：忘記年齡。指不拘年齡、行輩。)例 老作家和這位文壇新秀是～，聚在一起就有說不完的話。
書《梁書．張纘傳》：「初未與纘遇，便虛相推重，因為忘年之交。」

【忘恩負義】 wàng ēn fù yì

忘記別人對自己的恩德，背棄別人對自己的情義，做出對不起別人的事。（負：背棄。）例 長輩經常教育我們，滴水之恩當湧泉相報，千萬不能做～的事。

書 元楊顯之《酷寒亭》楔子：「我看此人不是忘恩負義的，日後必得其力。」

【判若兩人】 pàn ruò liǎng rén

一個人的言行、態度，前後明顯不同，像是換了個人似的。（判：區別明顯。）例 自從老伴去世後，王姨和過去～，終日寡言少語，再不像原先那樣常和鄰居聊天了，人一下子老了許多。

書 清李伯元《文明小史》第五回：「須曉得柳知府於這交涉上頭，本是何等通融，何等遷就，何以如今判若兩人？」

【判若雲泥】 pàn ruò yún ní

高低優劣區別很明顯，就像一個是天上的雲，一個是地下的泥。也作「**判若天淵**」、「**判若霄壤**」。（淵：深水。霄：天空。壤：地。）例 他們兩人，一個見利思義，一個見利忘義，品格～。

書 南朝梁荀濟《贈陰梁州》詩：「雲泥已殊路，暄涼詎同節。」又清林則徐《番務完竣赴任日期折》：「雖不敢保其久遠無事，而此時……邊隘之安恬，實與去歲情形，判若霄壤。」

【判若鴻溝】 pàn ruò hóng gōu

彼此界限很清楚，區別很明顯，就像中間隔了一條鴻溝。（鴻溝：古代運河，在今河南省境內，秦末楚、漢相爭時曾以鴻溝為界，鴻溝以東為楚，鴻溝以西為漢。）例「從此之後，中國文壇新舊的界限，判若鴻溝。」（魯迅《〈偽自由書〉後記》）

書《史記．項羽本紀》：「項王乃與漢約，中分天下，割鴻溝以西者為漢，鴻溝而東者為楚。」後用作「判若鴻溝」。

【沐雨櫛風】 mù yǔ zhì fēng

見「櫛風沐雨」，543頁。

【沒精打采】 méi jīng dǎ cǎi

形容不高興，振作不起精神。也作「**無精打采**」。（精：精神。打：打消。采：神采。）例 這幾天他一直～，好像有很重的心事似的。

書 清曹雪芹、高鶚《紅樓夢》第八七回：「弄得寶玉滿肚疑團，沒精打采的，歸至怡紅院中。」

【沒齒不忘】 mò chǐ bù wàng

一輩子不忘。也作「**沒齒難忘**」、「**沒世不忘**」。（沒：終；一直到盡頭。齒：年齒；年紀。世：人的一輩子。）例 總經理對我的栽培提攜，我～。

書《禮記．大學》：「君子賢其賢而親其親，小人樂其樂而利其利，此以沒世不忘也。」又明吳承恩《西遊記》第七〇回：「長老，你果是救得我回朝，沒齒不忘大恩！」

注「沒」在此不讀méi。

【沆瀣一氣】hàng xiè yī qì

宋錢易《南部新書》記載，唐乾符年間崔沆主持科舉考試，取中了應考的崔瀣，當時人戲稱：「座主門生，沆瀣一氣。」沆瀣本是夜間的水氣，用在此處，一語雙關。後來就用「沆瀣一氣」比喻氣味相投的人結合在一起。今多作貶義用。例 這幾個人～，幹了許多營私舞弊的事。

書 清和邦額《夜譚隨錄·某太醫》：「天之報施老奴者，如此不爽，縱有百子，亦必沆瀣一氣，豈復有以德報怨者？」

注「沆」不讀 háng 或 kàng。

【沈冤莫白】chén yuān mò bái

長期蒙受的冤屈一直無從辯白。(沈冤：長期得不到昭雪的冤屈。白：弄明白；辯白。) 例 他被人栽贓誣陷，～，內心十分痛苦。

書 明許仲琳《封神演義》第九七回：「昏君受辛！你君欺臣妻，吾為守貞立節，墜樓而死，沈冤莫白。」

【沈魚落雁】chén yú luò yàn

形容女子容貌極美，魚見到她要沈入水底，雁見了也趕緊降落平川。常與「閉月羞花」(也形容女子貌美，月亮見了要躲起來，花見了也會含羞) 連用。例 老施家的女兒出落得～，閉月羞花，越來越漂亮了。

書 宋無名氏《錯立身》戲文第二齣：「有沈魚落雁之容，閉月羞花之貌。」

【沈默寡言】chén mò guǎ yán

不聲不響，很少說話。（寡：少。）例 丁叔叔是個～、不愛交際的人，業餘的最大愛好就是靜靜地讀書、聽音樂。

書《新唐書·梁崇義傳》：「後為羽林射生，事來瑱，沈默寡言。」

【沁人心脾】qìn rén xīn pí

吸入芳香、清新的空氣或喝到清涼的飲料，內心感到十分舒適。也形容欣賞了優美的詩文、樂曲，內心產生十分清新、暢快的感覺。（沁：此指香氣等滲入。）例 ❶來到花市，～的花香陣陣襲來，使我精神為之一振。❷優美的旋律～，聽眾們都沈浸在樂曲所營造的意境之中。

書 清趙翼《甌北詩話·摘句》：「今摘取古來佳句沁人心脾者，隨所得筆之。」

【沙裏淘金】shā lǐ táo jīn

從沙子裏淘取金子。比喻費力大而成效少，非常難。也比喻從大量的材料中選取精華。（淘金：用水選的方法從沙子裏選出沙金。）例 這些中國古代航海資料是學者們查閱了大量的文獻典籍，～似地收集到的，很有研究價值。

書 元楊訥《劉行首》第三摺：「我度你呵，恰便似沙裏淘金，石中取火，水中撈月。」

【決一雌雄】jué yī cí xióng

見「一決雌雄」，7頁。

【快人快語】kuài rén kuài yǔ

爽快的人說爽快的話。形容人性格直爽，說話不繞彎子。（快：爽快。）例 文錦～，直截了當地說出了自己的懷疑。

書 陳白塵、賈霽《宋景詩》二四：「宋大帥真是快人快語！來，乾一大杯！」

【快刀斬亂麻】
kuài dāo zhǎn luàn má

用鋒利的刀斬斷亂成一團的麻纖維。比喻措施得當，果斷迅速地解決紛亂複雜的問題。（快：鋒利。）例 趙經理～地迅速處理了過去遺留下來的諸多問題，辦事幹練，令大家讚歎不已。

書 三國吳謝承《後漢書·方儲》：「上（章帝）嘉其才，以繁亂絲付儲，使理之。儲拔佩刀三斷之，對曰：『反經任勢，臨事宜然。』」後用作「快刀斬亂麻」。

【快馬加鞭】kuài mǎ jiā biān

給跑得很快的馬再打幾鞭，讓牠跑得更快。比喻快上加快。例 公司正～地完成電網的增容改造，以滿足本市的用電需求。

書 明徐㗖《殺狗記》第一七齣：「何不快馬加鞭，逕趕至蒼山，救取伯伯。」

【完璧歸趙】wán bì guī zhào

《史記·廉頗藺相如列傳》記載：戰國時，秦昭王向趙惠文王表示願意用十五座城邑來換取趙國的稀世之寶和氏玉璧。趙王派藺相如奉璧出使秦國進行交換。藺相如到秦國後發現，秦王拿了玉璧卻無意交出城邑，於是設法把玉璧從秦王手裏取回來，派人送回趙國。後來就用「完璧歸趙」表示把原物完好無損地歸還原主。（完：完整；完好。璧：古代一種扁平圓形玉器，中間有孔。趙：戰國時的諸侯國，都城在邯鄲。）例 借了別人的書，一定要～，否則別人是不會願意借書給你的。

書《史記·廉頗藺相如列傳》：「相如曰：『王必無人，臣願奉璧往使。城入趙而璧留秦；城不入，臣請完璧歸趙。』」

注 「璧」不可寫作「壁」。

【牢不可破】láo bù kě pò

十分牢固，破除不了；堅固得不可摧毀。例 我們兩國人民世代友好，建立了～的友誼。

書 唐韓愈《平淮西碑》：「大官臆決唱聲，萬口和附，並為一談，牢不可破。」

【良辰美景】liáng chén měi jǐng

美好的時光和景物。（辰：時光。）例 面對這～，遠處又隱隱傳來悠揚的江南絲竹音樂，人們無不為之陶醉了。

書 南朝宋謝靈運《擬魏太子鄴中集詩序》：「天下良辰、美景、賞心、樂事，四者難並。」後用作「良辰美景」。

【良師益友】liáng shī yì yǒu

能給人以教益和幫助的好老師、好朋友。例 這部百科全書是我的～，對我幫助很大。

書 清李漁《比目魚・耳熱》：「要學太史公讀書之法，借名山大川做良師益友，使筆底無局促之形，胸中有灝瀚之氣。」

【良莠不齊】liáng yǒu bù qí

品質好的人和品質不好的人都有，混雜在一起。（莠：狗尾草，是常見的田間雜草。也比喻品質不好的人。）例 前來報名應聘的人～，原先幹什麼的都有。

書 清李汝珍《鏡花緣》第六八回：「此時臣國西宮之患雖除，無如族人甚眾，良莠不齊，每每心懷異志，禍起蕭牆。」

注 「莠」不讀 xiù。

【良藥苦口】liáng yào kǔ kǒu

能治病的好藥往往味苦難吃。比喻中肯的批評或勸戒往往聽着不舒服，但對人有益。例 ～，多聽聽這些雖然尖銳但卻十分中肯的批評，對你改進工作方式是大有好處的。

書 《韓非子・外儲説左上》：「夫良藥苦於口，而智者勸而飲之，知其入而已己疾也。」

【初生之犢不怕虎】

chū shēng zhī dú bù pà hǔ

剛生下的小牛不怕老虎。多比喻年輕人敢作敢為，無所畏懼。「怕」也作「畏」或「懼」。（犢：小牛。）例 這些大學生～，居然向權威觀點發出了挑戰。

書 明許仲琳《封神演義》第七三回：「天禪年方十七歲，正所謂初生之犢不怕虎，催開戰馬，搖槍衝殺過來。」

【初出茅廬】chū chū máo lú

東漢末年，諸葛亮隱居在南陽茅廬中。經劉備再三邀請，他離開茅廬，輔佐劉備創立大業。第一次用兵就在博望坡火攻曹軍，大獲全勝，《三國演義》中稱之為「初出茅廬第一功」。後來就用「初出茅廬」表示初次出來工作。有時則側重於表示因初次出來工作而缺乏經驗，不夠成熟。

例 你已經不是～的新手了，怎麼做事還這麼不懂規矩？

書 參看明羅貫中《三國演義》第三九回。又清李伯元《官場現形記》第五六回：「傅二棒錘雖然是世家子弟，畢竟是初出茅廬，閱歷尚淺，一切都虧王觀察指教。」

【局促不安】jú cù bù ān

心中不安，舉止拘謹不自然。（局促：拘謹不自然。）例 到公司上班的第一天，顏小姐在許多陌生眼光的注視下顯得有些～。

書 清李伯元《文明小史》第三三回：「一張方方的臉皮，一陣陣的紅上來，登時覺得局促不安。」

【改邪歸正】gǎi xié guī zhèng

離開邪路，不再做壞事，回到正路上來。也作「**棄邪歸正**」。

例 「他自己年輕的時候，什麼不法的事兒也幹過；現在，他自居是～，不能不小心。」（老舍《駱駝祥子》四）

書 元《七國春秋平話》卷上：「望大王改邪歸正，就有道而去無道，

則邦國之幸。」

注 「邪」不可寫作「斜」。

【改弦更張】 gǎi xián gēng zhāng

改換樂器上的弦，安上新的，以使聲音和諧。比喻改革制度，改變方針、計劃或做法，制訂出新的來。（更：更換。張：給樂器上弦。）例 **公司在經營管理上應該～，建立適應市場經濟的新體制，否則難以生存下去了。**

書 《魏書・高崇傳》：「且琴瑟不韻，知音改弦更張。」又金 元好問《楊奐碑》：「正大初，朝廷一新嶶政，求所以改弦更張者。」

注 「更」在此不讀 gèng。粵 gɐŋ1 庚。

【改弦易轍】 gǎi xián yì zhé

改換樂器上的弦，變更行車道路。比喻改變方向、做法或態度。（易：改變。轍：車輪壓出的痕跡。引伸指行車的道路。）例 **馬靜遠最近決定～，離開研究所，去報考政府公務員。**

書 唐 白居易《王公亮可商州刺史制》：「況商土瘠，商人貧，可以靜理而阜安，不宜改弦而易轍。」

【改過自新】 gǎi guò zì xīn

改正過錯，重新做人。（自新：使自己成為新人。）例 **這個失足青年，～後，重又獲得了自信。**

書《史記・吳王濞列傳》：「（吳王）詐稱病不朝，於古法當誅，文帝弗忍，因賜几杖，德至厚，當改過自新。」

【改頭換面】 gǎi tóu huàn miàn

把面孔改變了一下。比喻只在表面形式上作些改變，而實質並沒變。今多作貶義用。例 **同樣的商品，他只不過～重新包裝了一下，就把售價提高不少。**

書 宋 劉克莊《題䎃甫姪四友除授制》：「譬如廣場卷子，雖略改頭換面，大體雷同，文章家之大病也。」

【壯志未酬】 zhuàng zhì wèi chóu

遠大的志向還沒有實現。（酬：實現。）例 **盛兄～，就過早離開了人世，使我們這些老朋友歎息不已。**

書 唐 李頻《春日思歸》詩：「壯志未酬三尺劍，故鄉空隔萬重山。」

【壯志凌雲】 zhuàng zhì líng yún

志向遠大，直上雲霄。（凌：升上。）例 **這幾位體操運動員～，決心要在奧運會上奪取金牌。**

書 宋 京鏜《定風波・次韻》詞：「莫道玉關人老矣，壯志凌雲，依舊不驚秋。」

【迅雷不及掩耳】

xùn léi bù jí yǎn ěr

雷聲來得非常快，使人來不及捂住耳朵。比喻行動迅速，使人來不及防備。也作「**疾雷不及掩耳**」。（迅、疾：表示速度快。掩耳：捂住耳朵。）例 **我們要以～之勢發起進攻，打他個措手不及。**

書 《六韜・軍勢》：「善者從而不擇，巧者一決而不猶豫，故疾雷不及掩耳，卒電不及瞬目。」

【妖言惑眾】yāo yán huò zhòng
散佈荒誕的邪說欺騙、迷惑羣眾。（妖言：迷惑人的荒誕的邪說。）例 這些人～，妄圖製造事端，大家要提高警惕。
書《漢書·眭弘傳》：「奏賜、孟妄設祅（通『妖』）言惑眾，大逆不道。」

【妒賢嫉能】dù xián jí néng
對品德、才能比自己強的人心懷忌恨。也作「**嫉賢妒能**」。（妒、嫉：忌妒；對比自己強的人心懷忌恨。賢：品德好的人；才能高的人。）例 他心胸狹隘，～，大家都不願意在他手下工作。
書《史記·高祖本紀》：「項羽妒賢嫉能，有功者害之，賢者疑之……此其所以失天下也。」

【妙不可言】miào bù kě yán
美妙到了極點，實在無法用言語來形容。例 陳曉東製作的盆景～，簡直是一幅濃縮的山水畫，意味無窮。
書 晉郭璞《江賦》：「妙不可盡之於言，事不可窮之於筆。」又宋陶穀《清異錄·花五宜》：「對花焚香，有風味相和，其妙不可言者。」

【妙手回春】miào shǒu huí chūn
稱讚醫生醫術高明，使危重病人恢復了健康。（妙手：指技藝高超的人。回春：使春天又回來了，重又充滿生機。比喻病情嚴重的人重又恢復了生命力。）例 陳醫生～，其醫術之精湛，令人讚歎。
書 清俞萬春《盪寇志》第一一四回：「劉小姐之病，據雲公子粗述大概情形，凶多吉少。恐小生前去，亦屬無益……天彪、希真齊聲道：『全仗先生妙手回春。』」

【妙趣橫生】miào qù héng shēng
洋溢着美妙的意趣。多用於形容說話、文章或藝術品。（橫生：層出不窮地表露。）例 元白先生的話～，幽默中蘊含着機智。
書 秦牧《藝海拾貝·藝術力量和文筆情趣》：「好些平常的事物，在卓越的作者筆下妙趣橫生，他們借助的重要手段之一，就是運用譬喻。」

【忍俊不禁】rěn jùn bù jīn
忍不住發笑。（忍俊：含笑。不禁：不能自制。）例 侯先生看了我為他畫的漫畫肖像，～，問道：「我真是這種模樣嗎？」
書 宋普濟《五燈會元·石霜圓禪師法嗣·大寧道寬禪師》：「僧問：『飲光正見，為甚麼見拈花卻微笑？』師曰：『忍俊不禁。』」
注「禁」在此不讀jìn。㊥ gɐm[1]今。

【忍辱負重】rěn rǔ fù zhòng
忍受住一時的屈辱而擔負起重任。例 越王勾踐～、臥薪嘗膽，終於使越國一雪前恥。
書《三國志·吳志·陸遜傳》：「國家所以屈諸君使相承望者，以僕有尺寸可稱，能忍辱負重故也。」

【忍氣吞聲】rěn qì tūn shēng
受了氣強自忍耐，不敢出聲。也作「**吞聲忍氣**」。（吞聲：不敢

出聲。此指不敢出聲抗爭。）例 當年老秦為了保住飯碗，即使工頭罵他，他也～聽着，不敢頂嘴。

書 宋《京本通俗小説·菩薩蠻》：「張老只得忍氣吞聲回來，與女兒説知。新荷見説，兩淚交流。」

【忍無可忍】rěn wú kě rěn

要忍受也無法再忍受下去了。形容忍受已到極限。例「『我實在～，我今天就辭職了。』他苦惱地解釋道。」（巴金《將軍集·一個女人》）

書 蔡東藩《唐史通俗演義》第六〇回：「公主未免挾貴自尊，曖忍無可忍。」

【孜孜不倦】zī zī bù juàn

非常勤奮，不知疲倦。（孜孜：勤奮努力的樣子。）例 夜深了，為中五會考取得好成績，小艾還在燈下～地學習。

書 《東觀漢記·魯丕傳》：「魯丕字叔陵，性沈深好學，孳孳（通『孜孜』）不倦。」

【阮囊羞澀】ruǎn náng xiū sè

宋呂祖謙《詩律武庫後集·儉約門·一錢看囊》記載：晉代阮孚經常帶着一個黑色袋子到會稽喝酒，有人問他：「袋子裏裝着什麼東西？」他説：「俱無物，但一錢看囊，庶免羞澀爾（別的什麼都沒有，只留着一枚錢看袋子，免得太難為情了）。」後來就用「阮囊羞澀」表示手頭拮据，沒有錢。（羞澀：難為情。）例 書店裏的這套叢書讓我愛不釋手，只因～，沒有買下。等我湊足錢再去的時候，書已經被別人買走了。

書 清王韜《淞濱瑣話·金玉蟾》：「兩月餘，阮囊羞澀，垂橐興嗟。」

【防不勝防】fáng bù shèng fáng

要防備的太多，防備不過來。（勝：盡。）例 那些奸商弄虛作假的花招極多，令人～。

書 清吳趼人《二十年目睹之怪現狀》第四七回：「這種小人，真是防不勝防。」

【防患未然】fáng huàn wèi rán

在禍患還沒有發生的時候就採取預防措施。也作「**防患於未然**」。（患：禍害；災難。未然：還沒有這樣；還沒有成為事實。）例 社區物業管理部門制訂了各項保安措施，～。

書 《周易·既濟》：「君子以思患而豫（通『預』）防之。」又唐陸贄《論兩河及淮西利害狀》：「非止排難於變初，亦將防患於未然。」

【防微杜漸】fáng wēi dù jiàn

在錯誤、壞事或不良風氣剛露出苗頭時就加以制止，不讓它發展。也作「**杜漸防微**」、「**杜漸防萌**」。（微：微小。此指事物的苗頭。杜：堵塞。漸：逐漸發展。萌：萌芽。）例 學校採取～的措施，使考試作弊的現象在這裏已經很難見到了。

書 漢丁鴻《日食上封事》：「若敕政責躬，杜漸防萌，則凶妖銷滅，害除福湊矣。」

八畫

【奉公守法】fèng gōng shǒu fǎ
奉行公事，遵守法紀。（奉：奉行。）例 行政官員應該做～的模範，這樣才能取得大家的信任。
書 元曾瑞卿《留鞋記》第三摺：「因為老夫廉能清正，奉公守法，聖人敕賜勢劍金牌，着老夫先斬後奏。」

【奉若神明】fèng ruò shén míng
把某人或某事物當做神靈一樣尊奉。也作「**奉如神明**」。（奉：尊奉。神明：神的總稱；神靈。）例 你用不着把這位會長～，他的話未必句句都對。
書 《左傳·襄公十四年》：「民奉其君……敬之如神明。」又清吳趼人《二十年目睹之怪現狀》第六八回：「這件事荒唐得很！這麼一條小蛇，怎麼把他奉如神明起來？」

【奉為圭臬】fèng wéi guī niè
把某種言論、學說或事物尊奉為準則。（圭臬：古代測日影、定節氣的儀器。也用來比喻準則或法度。）例 大凱把父親的教誨：「做人要一身正氣，兩袖清風」～，努力照着去做。
書 清昭槤《嘯亭續錄·明末風俗》：「鄉塾興高頭講章，議論紕繆，北省村儒奉為圭臬，不復知先儒註疏為何物也。」
注 「為」在此不讀wèi。粵 wɐi⁴唯。

【玩火自焚】wán huǒ zì fén
玩火的人最終會燒着自己。比喻冒險幹壞事的人最終會自食惡果。（焚：燒。）例 誰要是膽敢發動侵略戰爭，等待着他的必將是～的下場。
書 《左傳·隱公四年》：「夫兵，猶火也，弗戢，將自焚也。」後用作「玩火自焚」。

【玩世不恭】wán shì bù gōng
不把現實社會放在眼裏，用一種很不嚴肅、很不認真的態度來對待它。（玩：指用不嚴肅的態度來對待。不恭：不莊重，不嚴肅。）例 他原先也是個～的人，近年來卻有了很大改變。
書 明李開先《雪蓑道人傳》：「醉後高歌起舞，更有風韻，只是玩世不恭，人難親近耳。」

【玩物喪志】wán wù sàng zhì
只顧玩賞所喜好的東西，沈迷其間，以致喪失了進取的志氣。（玩：玩賞。喪：失去。）例 有的學生熱衷於玩電腦遊戲，～，荒廢學業，令人憂慮。
書 《尚書·旅獒》：「玩人喪德，玩物喪志。」

注 「喪」在此不讀 sāng。粵 sɔŋ³ 桑³。

【青天霹靂】 qīng tiān pī lì

見「晴天霹靂」，414 頁。

【青出於藍而勝於藍】
qīng chū yú lán ér shèng yú lán

青色染料是從蓼藍中提煉出來的，但顏色比蓼藍更深。比喻學生勝過老師，後人勝過前人。(藍：指蓼藍，一種草本植物，可用來提煉染料。勝：表示超過另一個。) 例 孔教授希望自己的學生～，比自己更有成績。

書 《荀子·勸學》：「青，取之於藍而青於藍；冰，水為之而寒於水。」後用作「青出於藍而勝於藍」。

【青面獠牙】 qīng miàn liáo yá

青綠色的面孔，長牙露在嘴外。形容面貌猙獰可怕。(獠牙：露在嘴外的長牙。) 例「我出了一驚，遮掩不住；那～的一夥人，便都哄笑起來。」(魯迅《吶喊·狂人日記》)

書 明湯顯祖《牡丹亭·圓駕》：「似這般猙獰漢，叫喳喳。在閻浮殿見了些青面獠牙，也不似今番怕。」

注「獠」不可寫作「潦」或「僚」。

【青梅竹馬】 qīng méi zhú mǎ

女孩子拿着青青的梅子在玩，男孩子在騎竹馬。形容男女孩童天真無邪，在一起玩耍。(竹馬：孩童放在胯下當馬騎的竹竿。) 例 她對小時候和阿剛～的情景記憶猶新。

書 唐李白《長干行》：「郎騎竹馬來，繞牀弄青梅。同居長干里，兩小無嫌猜。」後用作「青梅竹馬」。

【青黃不接】 qīng huáng bù jiē

陳糧已經吃完，但莊稼尚未成熟，新糧接續不上。也比喻人力、物力等暫時短缺，接續不上。(青：指田裏的青苗，尚未成熟的莊稼。黃：指黃熟的穀物。) 例 ❶我的家鄉連年豐收，家家都有餘糧，農民們再也不用擔心會～了。❷古籍整理專業人員出現了～的現象，加快培養年輕人才已成當務之急。

書 宋彭龜年《乞權住湖北和糴疏》：「臣已令本府將現糴未足米數，且權住糴，以待回降，庶使青黃不接之交，留得此米，接濟百姓。」

【青雲直上】 qīng yún zhí shàng

朝着青天一直往上升。比喻人的地位升得很快很高。(青雲：青天上的雲。比喻高的地位。) 例 這位老同學近幾年～，在大家面前顯出一副春風得意的神態。

書 唐劉禹錫《寄毘陵楊給事》詩之二：「青雲直上無多地，卻要斜飛取勢迴。」

【表裏如一】 biǎo lǐ rú yī

外表和內裏一致。多形容人言行和思想一致。例 他是個～的人，不會説假話哄騙別人的。

書 《逸周書·謚法解》：「行見中外曰愨。」晉孔晁註：「言表裏如一也。」

【長生不老】cháng shēng bù lǎo
長久活着，不會衰老。例 歷史上不少帝王都派人去尋找～的仙藥，但是誰也沒有找到過。
書 元鄭廷玉《忍字記》第三摺：「忍之一字豈非常，一生忍過卻清涼。常將忍字思量到，忍是長生不老方。」

【長此以往】cháng cǐ yǐ wǎng
長期這樣下去（多就不好的情況而言）。（往：表示繼續下去。）例 你總是飢一頓飽一頓的，～，身體會吃不消的。
書 魯迅《二心集·友邦驚詫論》：「友邦人士，莫名驚詫，長此以往，國將不國。」

【長吁短歎】cháng xū duǎn tàn
長一聲短一聲，不住地唉聲歎氣。也作「**短歎長吁**」。（吁：歎氣。）例「她近來常常愁眉苦臉～的，有時候還從夢裏哭醒轉來。」（巴金《春》八）
書 元王實甫《西廂記》第一本第二摺：「睡不着如翻掌，少可有一萬聲長吁短歎，五千遍搗枕搥牀。」

【長年累月】cháng nián lěi yuè
見「成年累月」，157頁。

【長命百歲】cháng mìng bǎi suì
壽命長，活到一百歲。例 爺爺八十大壽，兒孫們敬祝老人家身體健康、～。
書 元無名氏《藍采和》第四摺：「這個道七十，那個道八十，婆婆道九十，這廝淡則淡到長命百歲。」

【長治久安】cháng zhì jiǔ ān
社會長期太平安定。（治：指社會太平。）例 提高公民的法制意識和道德修養，是使國家～的一項重要保證。
書 《漢書·賈誼傳》：「建久安之勢，成長治之業。」又《明史·謝鐸傳》：「願陛下以古證今，兢兢業業，然後可長治久安，而載籍不為無用矣。」

【長袖善舞】cháng xiù shàn wǔ
袖子長，舞起來就好看。比喻所憑藉的資本、實力雄厚，事情就容易成功。後多比喻有錢有勢有手腕的人善於鑽營取巧。例 這個人有靠山，三教九流的關係多，～，不是一般人能比的。
書 《韓非子·五蠹》：「鄙諺曰：『長袖善舞，多錢善賈。』此言多資之易為工也。」

【長歌當哭】cháng gē dàng kū
長聲歌詠以代替哭泣。指用歌詠或詩文來抒發內心的悲痛之情。（長歌：長聲歌詠。也指書寫篇幅較長的詩文。當：當做。）例 父親去世後，千里之外的孫伯伯寄詩弔唁，～。
書 清曹雪芹、高鶚《紅樓夢》第八七回：「感懷觸緒，聊賦四章，匪曰無故呻吟，亦長歌當哭之意耳。」
注 「當」在此不讀 dāng。粵 dɔŋ[3] 檔。

【長篇大論】cháng piān dà lùn
冗長的文章或滔滔不絕的言論。
例 「還如不過跟你開玩笑，你

就～地說了一大套。」（巴金《秋》三四）

書 清曹雪芹、高鶚《紅樓夢》第七九回：「原稿在那（同『哪』）裏？倒要細細的看看。長篇大論，不知說的是什麼。」

【長驅直入】cháng qū zhí rù

長距離地、不受阻擋地快速前進。（長驅：長距離地向前奔馳。）例 部隊突破敵人的防線後～，捷報頻傳。

書 明施耐庵《水滸傳》第一〇七回：「自此，盧俊義等無南顧之憂，兵馬長驅直入。」

【幸災樂禍】xìng zāi lè huò

對別人遭遇災禍感到高興。（幸：感到稱心而高興。樂：感到快樂。）例 他見到別人工作中有了失誤，～，還四處去散佈，真不知道他安的什麼心。

書 北齊顏之推《顏氏家訓・誡兵》：「若居承平之世，睥睨宮闈，幸災樂禍，首為逆亂……此皆陷身滅族之本也。」

【其貌不揚】qí mào bù yáng

外貌不好看。（不揚：指外貌看不上眼。）例 他雖然～，但有才華，能力強，上司很器重他。

書 宋王讜《唐語林・文學》：「（皮日休）榜末及第，禮部侍郎鄭愚以其貌不揚，戲之曰：『子之才學甚富，如一目何？』」

【其樂無窮】qí lè wú qióng

那裏面的樂趣無窮無盡。（窮：盡。）例 讀這樣的好書真是件～的事，哪裏會感到疲倦呢？

書 宋邵雍《君子飲酒吟》：「家給人足，時和歲豐；筋骸康健，里閈樂從；君子飲酒，其樂無窮。」

【取之不盡，用之不竭】

qǔ zhī bù jìn, yòng zhī bù jié

形容非常豐富，取不盡，用不完。（竭：盡。）例 我們的淡水資源並不是～的，所以大家都應該樹立節約用水的意識。

書 宋黎靖德編《朱子語類》卷五七：「他那源頭只管來得不絕，取之不盡，用之不竭，來供自家用。」

【取而代之】qǔ ér dài zhī

奪取別人的地位而代替他。也指取得別的事物原有的位置而代替它。例 ❶「高亦陀的心裏沒有一天忘記了怎樣利用機會打倒大赤包，然後～。」（老舍《四世同堂》四三）❷舊有的的士因為排放廢氣污染嚴重而被逐步淘汰，～的是新型的石油氣的士。

書 《史記・項羽本紀》：「秦始皇帝遊會稽，渡浙江，梁與籍俱觀。籍曰：『彼可取而代也。』」

【取長補短】qǔ cháng bǔ duǎn

吸取別人的長處來彌補自己的短處。例 教師們經常在一起交流教學經驗，～，共同提高。

書 《晏子春秋・內篇問下》：「先君能以人之長續其短，以人之厚補其薄。」後用作「取長補短」。

【邯鄲學步】hán dān xué bù

據說戰國時壽陵地區有個少年羨慕邯鄲人走路的樣子，遠道趕到邯鄲來學走路。結果沒有學好，反而把自己原來怎樣走路也忘了，只好爬着回去。事見《莊子·秋水》。比喻模仿別人不成功，反而把自己原有的長處失掉了。也作「**學步邯鄲**」。（邯鄲：戰國時趙國都城，在今河北省。學步：學走路。）例 學習別人的經驗必須結合自身的特點，切忌～，弄得不倫不類。

書 宋姜夔《送項平甫倅池陽》詩：「論文要得文中天，邯鄲學步終不然。」

【直抒己見】zhí shū jǐ jiàn

直率地發表自己的看法。（直：直率。抒：表達；發表。）例 在業主大會上大家～，對大廈的維修工作提出了許多有益的建議。

書 清方苞《與李剛主書》：「倘鑒愚誠，取平生所述訾謷朱子之語，一切薙芟，而直抒己見，以共明孔子之道。」

【直抒胸臆】zhí shū xiōng yì

直率地把心裏的想法表達出來。（胸臆：心裏的想法。）例「有人以為我信筆寫來，～，其實是不盡然的，我的顧忌並不少。」（魯迅《墳·寫在〈墳〉後面》）

書 明胡震亨《唐音癸籤》卷一〇：「杜公七律，正以其負力之大，寄悰之深，能直抒胸臆，廣酬事物之變而無礙。」

【直言不諱】zhí yán bù huì

直率地說出來，無所忌諱。也作「**直言無諱**」。（諱：因有所顧忌而不敢說或不願說；忌諱。）

例 你既然誠心向我徵求意見，我就～，也不管你愛不愛聽了。

書《戰國策·齊策四》：「聞先生直言正諫不諱。」

注「諱」不讀 wěi。

【直言賈禍】zhí yán gǔ huò

說話過於直率，無所顧忌，而招來災禍。（賈：招致。）例 雖然有可能～，但他認為該說的話總得有人來說，至於個人的得失，他已經顧不了那麼多了。

書 清夏敬渠《野叟曝言》第四一回：「文太夫人早知文郎必以直言賈禍，潛避至此。」

注「賈」在此不讀 jiǎ。㊄ gu[2] 古。

【直眉瞪眼】zhí méi dèng yǎn

豎起眉毛，瞪大了眼睛。形容人生氣或發呆的樣子。例 ❶他聽到這些誣衊他的話，氣得～，火冒三丈。❷郭行長得知銀行運鈔車被劫，～地愣在那裏，簡直被驚呆了。

書 清曹雪芹、高鶚《紅樓夢》第六二回：「連司棋都氣了個直眉瞪眼，無計挽回，只得罷了。」

【直截了當】zhí jié liǎo dàng

形容說話、做事爽快乾脆，不繞彎子。例 他一見到我，就～地提出了幾個問題，希望我回答。

書 清馮桂芬《再啟李宮保》：「奏疏體裁以直截了當為貴。」

注「當」在此不讀 dāng。㊄ dɔŋ[3] 擋。

【枉費心機】wǎng fèi xīn jī
白費心思，沒有用。（枉：白白地；沒有效果。心機：心思。）例 小梅已經暗示，你不是她的意中人，你就不要對她再～了。
書 宋劉克莊《諸公載酒賀余休致水村農卿有詩次韻．十和》：「高屋從來有鬼窺，鐵門關枉費心機。」
注「枉」不可寫作「狂」。

【杯弓蛇影】bēi gōng shé yǐng
漢代有人請客喝酒，客人把映在酒杯裏的弓影當成一條蛇，但礙於禮儀又不敢不喝下杯中的酒。回去後以為中了蛇毒，大病一場，久治不痛。後來他明白了事情的真相，病也就好了。事見漢應劭《風俗通義．怪神》。後來就用「杯弓蛇影」比喻疑神疑鬼，妄自驚擾。也作「**弓影杯蛇**」。例 街市的雞檔發現禽流感後，有的人～，嚇得從此什麼雞都不敢去買了。
書 清紀昀《閱微草堂筆記．如是我聞四》：「況杯弓蛇影，恍惚無憑，而點綴鋪張，宛如目睹。」

【杯水車薪】bēi shuǐ chē xīn
用一杯水去救一車着了火的柴草。比喻起救助作用的力量太小，無濟於事。（薪：柴草。）例 公司近日資金短缺，雖然臨時籌集到一些錢，但～，連應付日常開支都不夠。
書《孟子．告子上》：「今之為仁者，猶以一杯水救一車薪之火也。」又明徐光啟《聞風憤激直獻芻蕘疏》：「且寥寥數人，僅挾數器，杯水車薪，何濟於事？」

【杯盤狼藉】bēi pán láng jí
杯盤等亂七八糟地放着。形容宴飲之時或之後，桌上杯盤淩亂的樣子。（狼藉：亂七八糟；雜亂不堪。）例 他們幾個吃得～，七醉八倒，還嚷着要添酒。
書《史記．滑稽列傳》：「日暮酒闌，合尊促坐，男女同席，履舄交錯，杯盤狼藉。」

【杳如黃鶴】yǎo rú huáng hè
唐崔顥《黃鶴樓》詩：「黃鶴一去不復返，白雲千載空悠悠。」指傳說中仙人曾駕鶴在此停留，飛走後再也沒有回來。後來就用「杳如黃鶴」比喻人或物下落不明，無影無蹤。（杳：遠得不見蹤影。）例 他出國留學，開始還有信來，後來就～，和我們失去了聯繫。
書 南朝梁任昉《述異記》卷上：「(荀瓌)憩江夏黃鶴樓上，望西南有物飄然降自雲漢，俄頃已至，乃駕鶴之賓也。鶴止户側，仙者就席，羽衣虹裳，賓主歡對。辭去，跨鶴騰空，眇然煙滅。」後用作「杳如黃鶴」。

【杳無音信】yǎo wú yīn xìn
沒有一點消息傳來。例 孫家棟辭職離開我們公司後～，連我也不知道他現在在哪裏。
書 宋黃孝邁《水龍吟》詞：「驚鴻去後，輕拋素襪，杳無音信。」

【枕戈待旦】zhěn gē dài dàn

枕着兵器等待天亮。形容保持警惕，隨時準備投入戰鬥。（戈：古代的一種兵器，橫刃，長柄。旦：天亮。）例 洪峯就要到了，指戰員們～，時刻準備奔赴抗洪前線。

書《晉書．劉琨傳》：「吾枕戈待旦，志梟逆虜，常恐祖生先吾著鞭。」

【東山再起】dōng shān zài qǐ

東晉謝安早年曾退職隱居在會稽東山，後來又出山擔任要職。後以「東山再起」比喻失勢後重新得勢。例 那位政客失勢後不甘寂寞，一直想着哪天還要～。

書 清 文康《兒女英雄傳》第三九回：「或者聖恩高厚，想起來，還有東山再起之日，也未可知。」

【東拉西扯】dōng lā xī chě

一會兒說東，一會兒說西。形容說話、寫文章沒有中心，散亂無章。例「張老頭子也換了話，～講鎮裏的『新聞』。」（茅盾《春蠶》四）

書 清 袁枚《隨園詩話補遺》卷四：「（浦柳愚曰）今之描詩者，東拉西扯，左支右吾，都從故紙堆來，不從性情流出。」

【東拼西湊】dōng pīn xī còu

這裏取一點，那裏取一點，零零星星地拼湊起來。例「院子不大，只有四間東倒西歪的破土房，門窗都是～的。」（老舍《龍鬚溝》第一幕）

書 清 曹雪芹、高鶚《紅樓夢》第八回：「因是兒子的終身大事所關，說不得東拼西湊，恭恭敬敬封了二十四兩贄見禮，帶了秦鍾到代儒家來拜見。」

【東施效顰】dōng shī xiào pín

《莊子．天運》裏記載了這樣一則故事：美女西施有心口疼的病，發病的時候，手捂心口，皺着眉頭。街坊裏一位醜女見了覺得這個樣子很美，於是自己雖然沒病，卻也學着捂心口，皺眉頭，不料樣子變得更難看了。成語裏的東施指的就是這位街坊醜女。後來就用「東施效顰」比喻不顧具體條件胡亂模仿，效果很壞。（效：仿效。顰：皺眉。）例 他模仿歌星的姿態，十分做作地唱着，卻全無人家的風采，無非是～而已。

書 清 曹雪芹、高鶚《紅樓夢》第三〇回：「（寶玉）因又自笑道：『若真也葬花，可謂東施效顰了；不但不為新奇，而且更是可厭。』」

【東倒西歪】dōng dǎo xī wāi

形容人坐、立時身體歪斜或行走時搖晃不穩。也形容物體位置不正。也作「**東歪西倒**」。例 ❶ 他喝醉了酒，在屋裏～地亂走，滿嘴胡話。❷ 這輛肇事汽車把路中間的鋼筋護欄撞得～，汽車也早已面目全非了。

書 元 無名氏《衣襖車》第四摺：「我這裏步步剛捱，病身軀恰才安泰，行不動東倒西歪。」

注「倒」在此不讀dào。粵 dou2睹。

【東張西望】dōng zhāng xī wàng

向這邊看看，向那邊望望。形容向四周察看或尋找。（張：看；望。）例 一個陌生人在路口～，原來他迷路了。於是，我指給他看他要去的那個地方。

書 明羅貫中《平妖傳》第一〇回：「只見那頭陀提着齊眉短棍，在樹林左右步來行去，東張西望。」

【東窗事發】 dōng chuāng shì fā

傳說南宋秦檜當年與妻子王氏在他家東窗下定計陷害岳飛。秦檜死後，王氏設醮做法事，派方士到陰間探視，「果見檜與万俟卨俱荷鐵枷，備受諸苦。檜曰：『可煩傳語夫人，東窗事發矣。』」意思是在東窗下密謀的事已經敗露了。事見元劉一清《錢塘遺事．東窗事發》。後來就用「東窗事發」指陰謀或罪行敗露。也作「**東窗事犯**」。（發：暴露。犯：發作出來；暴露。）例 他見自己受賄的事已～，急得像熱鍋上的螞蟻，前思後想，決定還是去坦白為好。

書 明馮夢龍《警世通言．計押番金鰻產禍》：「莫是『東窗事發』？若是這事走漏，須教我吃官司，如何計結？」

【卧薪嘗膽】 wò xīn cháng dǎn

睡在柴草上，經常嘗一嘗膽的苦味，以策勵自己不要貪圖安逸而喪失鬥志。成語源出於春秋時越王勾踐不忘戰敗的恥辱，立志向吳王報仇的事，見《呂氏春秋．順民》及《史記．越王勾踐世家》等書所記。後來就用「卧薪嘗膽」形容人刻苦自勵，發憤圖強。（薪：柴草。）例 經過幾年～的奮鬥，同洽公司終於擺脱困境，以新的姿態重新活躍在商界中。

書 宋蘇軾《擬孫權答曹操書》：「僕受遺以來，卧薪嘗膽，悼日月之逾邁，而歎功名之不立。」

注 「嘗」不可寫作「賞」。

【事不宜遲】 shì bù yí chí

事情不應當拖延，要趕緊進行。（宜：應當。）例 患者把藥拿錯了，～，快去把他追回來。

書 元賈仲名《蕭淑蘭》第四摺：「事不宜遲，收拾了便令媒人速去。」

【事半功倍】 shì bàn gōng bèi

做事只用別人一半的氣力，而成效卻加倍。形容費力小而收效大。（功：成效。）例 只要改進生產流程，合理調度，就能收到～的效果。

書《孟子．公孫丑上》：「萬乘之國，行仁政，民之悦之，猶解倒懸也，故事半古之人，功必倍之，惟此時為然。」後用作「事半功倍」。

【事必躬親】 shì bì gōng qīn

凡事一定親自去做。（躬親：親自去做。）例 作為總經理，用不着～，有的事應該讓別人去做，有所不為才能有所為嘛。

書 唐張九齡《謝賜大麥麪狀》：「伏以周人之禮，唯有籍田，漢氏之薦，但聞時果，則未有如陛下嚴祗於宗廟，勤儉於生人，事必躬親，動合天德。」

【事出有因】shì chū yǒu yīn
事情的發生有它的原因。例 這項活動所以臨時取消，～，主辦者會向大家做出解釋的。
書 清李伯元《官場現形記》第四回：「郭道台就替他洗刷清楚，說了些『事出有因，查無實據』的話頭，稟覆了制台。」

【事在人為】shì zài rén wéi
事情的結果取決於人如何去做。它強調人的努力的重要。（為：做。）例 我想～，只要自己繼續努力，目標是可以實現的。
書 明馮夢龍、清蔡元放《東周列國志》第六九回：「事在人為耳，彼朽骨者何知。」
注 「為」在此不讀 wèi。粵 wei4 唯。

【事倍功半】shì bèi gōng bàn
做事用了別人一倍的氣力，而成效卻只有一半。形容費力大而收效小。例 工作不得法，往往～，故要提高工作效率，先要改進工作方法。
書 唐白居易《為人上宰相書》：「夫時之變，事之宜，其間不容息也……蓋得之，則不啻乎事半而功倍也；失之，則不啻乎事倍而功半也。」

【事過境遷】shì guò jìng qiān
事情已經過去，環境也改變了。（遷：改變。）例 ～，當年同學間的恩恩怨怨大家早已淡忘，沒有誰再往心裏放了。
書 清魏子安《花月痕》第三〇回：「文酒風流，事過境遷，下月這時候，你們不都要走麼？」

【事與願違】shì yǔ yuàn wéi
事情的發展與主觀願望相違背。（違：違背。）例 雙方合作原想互利雙贏，不料～，由於難以把彼此的想法協調起來，鬧得矛盾重重，最後只得又分手了。
書 三國魏嵇康《幽憤》詩：「嗟我憤歎，曾莫能儔。事與願違，遘茲淹留。」

【雨打風吹】yǔ dǎ fēng chuī
見「風吹雨打」，295 頁。

【雨後春筍】yǔ hòu chūn sǔn
春天雨後長得又多又快的竹筍。比喻某種事物大量湧現。例 近年來居民健身活動站如～般出現在城市的各個社區中。
書 宋張耒《食筍》詩：「荒林春雨足，新筍迸龍雛。」後用作「雨後春筍」。

【雨過天晴】yǔ guò tiān qíng
雨下過之後，天空轉為晴朗。也比喻壞的局面已經過去，好的局面出現了。也作「**雨過天青**」。（青：指天空呈現出來的蔚藍而明淨的顏色。）例 一度把當地鬧得烏煙瘴氣的惡勢力被鏟除後，～，社會秩序重又恢復了安寧。
書 清朱琰《陶說．古窰考》：「相傳當日請瓷器式，世宗批其狀曰：『雨過天青雲破處，者般顏色作將來！』」

【兩小無猜】liǎng xiǎo wú cāi
指男女孩童天真無邪地在一起玩耍，彼此沒有猜疑。（猜：起疑

心。）例 慧芳和他是～的童年朋友，當年他們之間那種純真的情誼一直留給他美好的回憶。

書 唐李白《長干行》：「郎騎竹馬來，繞牀弄青梅。同居長干里，兩小無嫌猜。」

【兩全其美】liǎng quán qí měi
做事顧全到兩方面，使兩方面都很好。（全：顧全。）例 這些奧運會體育場館的建設既要滿足大型比賽的需要，又必須考慮比賽過後日常的使用，要求做到～。

書 元陳天祥《論盧世榮奸邪狀》：「君臣父子之間，上下兩全其美，非惟國家之事，實亦本人之大幸也。」

【兩相情願】liǎng xiāng qíng yuàn
雙方都自己願意。也作「**兩廂情願**」。（兩廂：兩邊。此指當事的雙方。）例 他們之間交換禮物是～的，沒有誰強迫誰的問題。

書 明施耐庵《水滸傳》第五回：「太公，你也是個痴漢，既然不兩相情願，如何招贅做個女婿？」

【兩面三刀】liǎng miàn sān dāo
比喻當面一套，背後一套，耍花招。例 時間一長，他這種～的手法掩蓋不住了，大家終於看清了他的真面目。

書 元李行道《灰闌記》第二摺：「我是這鄭州城裏第一個賢慧的，倒説我兩面三刀，我搬調你甚的來？」

【兩袖清風】liǎng xiù qīng fēng
兩隻衣袖裏有的只是清風。今多形容居官清廉。例 陳一新掌管稅務稽查多年，～，鐵面無私，深受大家尊重。

書 明吳應箕《忠烈楊璉傳》：「入計時，止餘兩袖清風，欲送其老母歸楚，至不能治裝以去。」

【兩敗俱傷】liǎng bài jù shāng
爭鬥的雙方誰也沒贏，都受到了損傷。（俱：全；都。）例 他倆明爭暗鬥，互相拆台，結果～。

書 明沈德符《野獲編・外郡・靈巖山》：「獨宦遊此地者別無他隙，因山人爭搆起見，兩敗俱傷。」

【協力同心】xié lì tóng xīn
見「同心協力」，161 頁。

【奔走相告】bēn zǒu xiāng gào
奔跑着去告訴人。形容遇到使人振奮的事，急切地跑去告訴相關的人。例「街頭巷尾，捧到號外的人，個個喜笑顏開，～。」（冰心《十億人民的心願》）

書 宋張孝祥《壽芝頌代揔得居士上鄭漕》：「詔下之日，淮民歡呼，奔走相告，自州達之縣，自縣達之田里，自田里達之窮巖幽谷。」

【奇文共賞】qí wén gòng shǎng
原指新奇的文章共同來欣賞。現多用於貶義，指對荒謬的文章大家共同來評析批判。原作「**奇文共欣賞**」。例 他這篇謬誤百出卻又大言不慚的談話記錄成了我們～的絕好材料。

書 晉陶潛《移居》詩之一：「奇文共欣賞，疑義相與析。」

【奇形怪狀】qí xíng guài zhuàng
奇怪的形狀。例 黃山上這些～的巨石使人產生豐富的聯想，於是有了「夢筆生花」、「猴子觀海」等美妙的名稱。
書 唐吳融《太湖石歌》：「鐵索千尋取得來，奇形怪狀誰能識？」

【奇珍異寶】qí zhēn yì bǎo
不尋常的珍寶。（珍：指寶貴的東西。）例 民間收藏家的藏品中有許多～，如果不是舉辦展覽，一般人是難以見到的。
書 宋胡仔《苕溪漁隱叢話後集·東坡四》：「嗟呼！世不乏奇珍異寶，乏識者耳。」

【奇恥大辱】qí chǐ dà rǔ
罕見的極大的恥辱。（奇：表示罕見。）例 他覺得自己被三嬸在大庭廣眾中罵了一頓是受了～，他一直想找機會給三嬸一點顏色看看。
書 程道一《鴉片之戰演義》七：「回憶當年的議和，不止喪權失利，實為獨立國的奇恥大辱。」

【奇貨可居】qí huò kě jū
把稀有的貨物儲存起來，等待高價出售。也比喻把某種獨特的專長當做資本，博取名利地位。（奇貨：稀有的貨物。居：儲存。）例 ❶這張第一套十二生肖郵票中的金絲猴四方聯票現在已～，誰也不願輕易出手。❷他自以為有了祖傳的技能就～，不出大價錢，誰也別想請動他。
書《史記·呂不韋列傳》：「子楚，秦諸庶孽孫，質於諸侯，車乘進用不饒，居處困，不得意。呂不韋賈邯鄲，見而憐之，曰：『此奇貨可居。』」

【奇裝異服】qí zhuāng yì fú
和當時社會上一般人的衣着式樣不同的奇異服裝。例 現在人們見識多了，遇上穿～的再也不會大驚小怪。
書 魯迅《墳·從鬍鬚説到牙齒》：「而有些人們偏要越俎代謀，説些無聊的廢話，這真和女子非梳頭不可的教育，『奇裝異服』者要抓進警廳去辦罪的政治一樣離奇。」

【奇談怪論】qí tán guài lùn
不合情理的奇怪的言論。例 他這個人，經常愛發表些～。
書 清錢泳《履園叢話·仲子教授》：「乾隆戊申歲，余往汴梁，遇於畢秋帆中丞幕中，兩眼若漆，奇談怪論，咸視為異物，無一人與言者。」

【奄奄一息】yǎn yǎn yī xī
只剩下微弱的一口氣。形容人呼吸微弱，生命垂危。也比喻事物衰微不振，生存不下去。也作「**一息奄奄**」。（奄奄：氣息微弱的樣子。息：呼吸時進出的氣。）例 ❶老太太病得～，但嘴裏一直唸着林峯的小名。❷「但戲曲尚未萌芽，詩歌卻已～了，即有幾個人偶然呻吟，也如冬花在嚴風中顫抖。」（魯迅《集外集拾遺·詩歌之敵》）
書 明馮夢龍《警世通言·金令史美婢酬秀童》：「此時秀童奄奄一息，

爬走不動了。」

注 「奄」不可寫作「掩」。

【來日方長】lái rì fāng cháng

未來的日子還長。表示展望未來，事有可為；或勸人暫時不必急於做某事，今後還有機會。（來日：未來的日子。方：副詞。正。）例 盛君因病未能參加比賽，大家勸他無須懊喪，～，將來定會有大顯身手的一天的。

書 清汪由敦《甌北初集序》：「君以數年，即足勝人數十年功力，英年茗發，來日方長，勿輟其勤，勿滿其志，吾安能測其所至哉！」

【來者不拒】lái zhě bù jù

對於為某種目的而來的人或送上門來的東西一概不拒絕。例 ❶凡是探討學問的，陳教授都～，他很希望能聽到別人的不同意見。❷他貪得無厭，對於行賄的錢物～，最終墮入犯罪的深淵。

書 《孟子・盡心下》：「往者不追，來者不拒。」

【來龍去脈】lái lóng qù mài

原為看風水的術語，把連綿起伏的山形地勢比做龍，其首尾如脈管連貫，有來源，有去向，所以稱做來龍去脈。後多用來比喻事情的前因後果、發展脈絡，或人、物的來歷。例 只有把雙方發生糾紛的～弄清楚，才能做好調解工作。

書 明吾邱瑞《運甓記・牛眠指穴》：「此間前岡有塊好地，來龍去脈，靠嶺朝山，處處合格。」

【妻離子散】qī lí zǐ sàn

一家人被迫分離四散。例 他被惡霸害得～，這個仇他是一定要報的。

書 宋辛棄疾《美芹十論・致勇》：「不幸而死，妻離子散，香火蕭然，萬事瓦解。」

【拒人於千里之外】

jù rén yú qiān lǐ zhī wài

在千里之外就把人擋住。形容態度傲慢，使人不能接近。也作「**拒人千里**」。（拒：抵擋。）

例 他擺出一副～的姿態，不願與這位昔日的對手和解。

書 《孟子・告子下》：「訑訑之聲音顏色，距（通『拒』）人於千里之外。」

【拒諫飾非】jù jiàn shì fēi

拒絕別人的規勸，掩飾自己的錯誤。（拒：拒絕。諫：對尊長或朋友進行規勸，使改正錯誤。飾：掩飾。非：錯誤。）例 你再這樣～，將會帶來嚴重後果。

書 《荀子・成相》：「拒諫飾非，愚而上同，國必禍。」

注 「諫」不讀 jiǎn。

【拔苗助長】bá miáo zhù zhǎng

見「揠苗助長」，410 頁。

【拋頭露面】pāo tóu lù miàn

舊指婦女出現在大庭廣眾之中。封建禮教認為是不體面的事。後來也泛指人公開露面。多用於貶義。例 ❶侯太太～四處求職，實有不得已的苦衷，你們不要對

她說三道四的。❷他這人愛慕虛榮，凡有能～的事，總要千方百計參加進去。

書 明蘭陵笑笑生《金瓶梅詞話》第七〇回：「幾次欲待要往公門訴狀，誠恐拋頭露面，有失先夫名節。」

【拋磚引玉】 pāo zhuān yǐn yù

拋出磚去，引出玉來。比喻先發表些粗淺的文字或不成熟的意見，以引出別人的佳作或高見。多用作謙辭。例 他謙稱自己率先發言只是～，希望大家對這一議題展開深入的討論。

書 宋普濟《五燈會元．南泉願禪師法嗣．趙州從諗禪師》：「師云：『比來拋磚引玉，卻引得個墼子。』」

【抽薪止沸】 chōu xīn zhǐ fèi

抽掉鍋底下燒着的柴草，以止住鍋裏湯水的沸騰。比喻從根本上解決問題。（薪：柴草。）例 政府採購實行公開招標之後，猶如～，有效遏止了採購活動中的不正之風。

書《呂氏春秋．數盡》：「夫以湯止沸，沸愈不止；去其火，則止矣。」又北齊魏收《為侯景叛移梁朝文》：「抽薪止沸，剪草除根。」

注「沸」不讀 fú。

【拐彎抹角】 guǎi wān mò jiǎo

行路曲曲折折，繞來繞去。也比喻說話、寫文章繞彎子，不直截了當。也作「**轉彎抹角**」。（拐彎：行路轉變方向。抹角：挨着犄角繞過去。）例 ❶他住的地方不好找，～的，我問了不少人才找到。❷你有意見不妨直接提出來，何必～地說些讓人費猜詳的話。

書 元秦簡夫《東堂老》第一摺：「轉灣（通『彎』）抹角，可早來到李家門首。」又清李綠園《歧路燈》第八八回：「拐彎抹角，記的土地廟兒。」

【拖泥帶水】 tuō ní dài shuǐ

原形容在泥水中行走不利索的樣子。後多比喻說話、寫文章不簡潔明了或做事拖拉，不乾脆利索。例 這部連續劇的劇情～，我實在沒有興趣再看下去了。

書 宋楊萬里《竹枝歌》之七：「知儂笠漏芒鞋破，須遣拖泥帶水行。」又宋嚴羽《滄浪詩話．詩法》：「意貴透徹，不可隔靴搔癢；語貴脱灑，不可拖泥帶水。」

【拍手稱快】 pāi shǒu chēng kuài

拍着手稱痛快。形容正義終於得以伸張時人們滿意、興奮的樣子。（稱：説。快：高興；痛快。）例 鏟除了車匪路霸，出門人無不～。

書 明凌濛初《二刻拍案驚奇》卷三五：「又見惡姑姦夫俱死，又無不拍手稱快。」

【拍案叫絕】 pāi àn jiào jué

拍着桌子叫好。形容非常讚賞。（案：几案；桌子。絕：沒有人能趕上的。指少有的好。）例 這幅《武大郎開店》的漫畫立意深刻，構思奇巧，令人～。

書 清曹雪芹、高鶚《紅樓夢》第七

八回：「（寶玉）忙問：『這一句可還使得？』眾人拍案叫絕。」

【抱恨終天】bào hèn zhōng tiān
一輩子心中都懷着某種悔恨或遺憾。原多因喪親而言。後也泛指其他方面。（終天：終身。一般就遺恨無窮而言。）例 **他因錯過了最佳治療期而導致了孩子的殘疾，這是令他～的一件事。**
書 明羅貫中《三國演義》第四一回：「今老母已喪，抱恨終天，身雖在彼，誓不為設一謀。」

【抱殘守缺】bào cán shǒu quē
抱住殘缺的東西不肯放棄。形容人思想保守，不思改進，不願接受新事物。原作「**保殘守缺**」。例 **如果不努力改變頭腦裏～的觀念，改革就難以順利推進。**
書 漢劉歆《移書讓太常博士》：「猶欲保殘守缺，挾恐見破之私意，而無從善服義之公心。」又清江藩《漢學師承記．顧炎武》：「讀書論道，重在大端，疏於末節，豈若抱殘守缺之俗儒，尋章摘句之世士也哉！」

【抱頭鼠竄】bào tóu shǔ cuàn
抱着頭，像老鼠一樣逃竄。形容狼狽逃跑的樣子。（竄：亂跑；亂逃。）例 **治安警察一到，那些肇事的流氓一個個嚇得～。**
書 宋蘇軾《代侯公說項羽辭》：「夫陸賈，天下之辯士，吾前日遣之，智窮辭屈，抱頭鼠竄，顛狽而歸，僅以身免。」

【抱薪救火】bào xīn jiù huǒ
抱着柴草去救火。比喻用錯誤的方法去消除禍患，結果反而使禍患加重了。也作「**負薪救火**」。（薪：柴草。負：用背馱着。）例 **在資金困難的時候去借高利貸，那無異是～，只能使你難上加難。**
書 《戰國策．魏策三》：「以地事秦，譬猶抱薪而救火也。薪不盡，則火不止。」

【拂袖而去】fú xiù ér qù
一甩衣袖就走了。形容因生氣、不滿而斷然離去。（拂：甩動。去：離開。）例 **他話裏帶有威脅的口氣，我無法忍受，便～了。**
書 宋孫光憲《北夢瑣言》卷七：「庾怒而歸，草一啟事，僅數千字，授於謁者，拂袖而去。」

【招兵買馬】zhāo bīng mǎi mǎ
招募士兵，購買戰馬。指組織或擴充武裝力量。也引伸泛指組織或擴充人員。例 **公司近日正～，以適應業務不斷拓展的需要。**
書 宋朱熹《丞相李公奏議後序》：「寬民力，變士風，通下情，改弊法，招兵買馬，經理財賦。」

【招降納叛】zhāo xiáng nà pàn
招收、接納敵方投降、叛變過來的人。今多用來指網羅壞人，擴充勢力。也作「**招亡納叛**」。例 **他們～，勢力膨脹很快，危害越來越大。**
書 宋俞德鄰《佩韋齋輯聞》卷一：「漢高祖經營之初，招亡納叛；既定

天下，則崇節義以礪風俗，蓋知以馬上得之，不可以馬上治之也。」

【招搖過市】zhāo yáo guò shì
故意在公眾場合炫耀自己，以引起別人的注意。（招搖：炫耀；張揚。市：集中買賣貨物的場所；街市。）例 幾輛產品廣告宣傳車～，吸引了行人好奇的目光。
書《史記．孔子世家》：「居衞月餘，靈公與夫人同車，宦者雍渠參乘，出，使孔子為次乘，招搖市過之。」後用作「招搖過市」。

【招搖撞騙】zhāo yáo zhuàng piàn
假藉名義，到處炫耀，伺機行騙。（撞騙：到處找機會行騙。）
例 他們打着某大獎賽籌備會的旗號～，使不少不明真相的人上當。
書 清曹雪芹、高鶚《紅樓夢》第一〇二回：「那些家人在外招搖撞騙，欺凌屬員，已經把好名聲都弄壞了。」

【披肝瀝膽】pī gān lì dǎn
托出肝膽來。比喻以真誠相見或竭盡忠誠。（披：打開。瀝：滴下。）例 ❶他倆是～的好朋友，平日裏無話不談。❷為了國防科技事業，他～，鞠躬盡瘁。
書《隋書．李德林傳》：「百辟庶尹，四方岳牧，稽圖讖之文，順億兆之請，披肝瀝膽，晝夜歌吟。」

【披沙揀金】pī shā jiǎn jīn
撥開沙粒，挑選混雜其中的金子。比喻從大量事物中細心選擇精華或自己所需要的有價值的東西。也作「**披沙簡金**」、「**排沙簡金**」。（披：分開；撥開。揀：挑選。簡：挑選。排：推開；排除。）例 葛先生從大量的文獻中～，搜集有關古代人口遷徙的資料。
書 南朝宋劉義慶《世説新語．文學》：「潘文爛若披錦，無處不善；陸文若排沙簡金，往往見寶。」又唐劉知幾《史通．直書》：「雖古人糟粕，真偽相亂，而披沙揀金，有時獲寶。」

【披星戴月】pī xīng dài yuè
身披星光，頭頂月色。形容早出晚歸或連夜趕路，十分辛苦。也作「**戴月披星**」、「**披星帶月**」。（披：覆蓋。戴：頭上頂着。）
例 鄰居崔叔是位計程車司機，為養家餬口，經常～地工作。
書 唐呂巖《七言》詩之四四：「擊劍夜深歸甚處，披星帶月折麒麟。」
注「戴」不可寫作「載」。

【披荊斬棘】pī jīng zhǎn jí
斬除荊棘，開出一條路來。比喻在開拓事業中掃除重重障礙，克服種種困難。（披：劈開。斬：砍斷。荊、棘：泛指山野中叢生的帶刺小灌木。）例「這卻正見出他是在開闢着一條新的道路；而那～，也正是一個鬥士的工作。」（朱自清《聞一多先生怎樣走着中國文學的道路》）
書《後漢書．馮異傳》：「為吾披荊棘，定關中。」又明無名氏《鳴鳳

記·二相爭朝》：「況此河套一方，沃野千里，我祖宗披荊斬棘，開創何難！」

【披堅執銳】 pī jiān zhí ruì

身穿堅固的鎧甲，手拿鋭利的兵器。指全副武裝投入戰鬥。例 在抗戰烽火中，他～，衝鋒陷陣，成長為一名優秀的指揮員。

書《戰國策·楚策一》：「吾被（通『披』）堅執鋭，赴強敵而死。」

【披頭散髮】 pī tóu sàn fà

披散着頭髮。形容頭髮長而散亂，不加梳理、束紮。例「沈氏帶着哭聲，一下子掙脱了女傭們的手，～地往外面跑。」（巴金《春》九）

書 明施耐庵《水滸傳》第二二回：「那張三又挑唆閻婆去廳上披頭散髮來告道……」

注「散」在此不讀sǎn。粵 san³傘。

【歧路亡羊】 qí lù wáng yáng

《列子·説符》記載，楊子的鄰居把羊丟了，請了很多人幫忙去找，最終還是沒有找到。楊子問為什麼沒找到，鄰居説，路上有岔路，岔路上還有岔路，岔路一多，讓人不知道該往哪條路上去找，所以無功而返。後來就用「歧路亡羊」比喻因情況複雜或頭緒紛繁而找不到正確的方向，終無所成。（歧路：從大路上分出來的小路；岔路。亡：丟失。）例 在這物慾橫流的時代，教師有責任對學生進行正確的引導，避免他們～。

書 清王夫之《讀四書大全説·中庸第二五章一》：「而諸儒之言，故為紛糾，徒俾歧路亡羊。」

注「歧」不可寫作「岐」。

【花天酒地】 huā tiān jiǔ dì

今多指沈湎在酒色之中，生活荒淫。例 他貪圖享樂，終日過着～的生活。

書 清吳趼人《二十年目睹之怪現狀》第一回：「爭奈這些人所講的應酬……所講的不是嫖經，便是賭局，花天酒地，鬧個不休。」

【花好月圓】 huā hǎo yuè yuán

花開得正好，月兒正圓。象徵美好圓滿。多用作新婚的頌辭。例 郎才女貌，～，新郎新娘沈浸在無比的幸福之中。

書 宋晁端禮《行香子》詞：「願花長好，人長健，月長圓。」後用作「花好月圓」。

【花言巧語】 huā yán qiǎo yǔ

虛假而動聽的話。也指説這樣的話。例 ❶他的～差點把老太太説動了心。❷這些人～，誘使你購買他們上門推銷的商品，你可不要輕信。

書 元無名氏《抱妝盒》第四摺：「急得俺忐忐忑忑把花言巧語謾支吾。」

【花枝招展】 huā zhī zhāo zhǎn

花朵枝葉迎風擺動。也比喻女子打扮得十分豔麗，引人注目。（招展：搖動。）例 村裏的姑娘們打扮得～，相約一起去趕集。

書 清曹雪芹、高鶚《紅樓夢》第三

九回：「劉姥姥進去，只見滿屋裏珠圍翠繞，花枝招展的，並不知都係何人。」

【花香鳥語】huā xiāng niǎo yǔ
見「鳥語花香」，375頁。

【花團錦簇】huā tuán jǐn cù
鮮花成團，彩錦成堆。形容五彩紛呈的絢麗景象。（錦：有彩色花紋的絲織品。簇：聚集成堆。）例 這些年輕的博士對自己～般的前程滿懷憧憬，對它的實現充滿了信心。
書 明吳承恩《西遊記》第九四回：「只見那三宮皇后，六院嬪妃，引領着公主，都在昭陽宮談笑。真個花團錦簇！」

【卓有成效】zhuó yǒu chéng xiào
有突出的成績、效果。（卓：突出。）例 公司內部體制改革～，各部門的工作效率大大提高了。
書 明 王守仁《申行十家牌法》：「若巡訪勸諭著有成效者，縣官備禮親造其廬，重加獎勵。」後用作「卓有成效」。

【卓爾不羣】zhuó ěr bù qún
十分卓越，與眾不同。（爾：形容詞後綴。不羣：和眾人不一樣。）例 他才華橫溢，～，十分引人注目。
書 《漢書·景十三王傳贊》：「夫唯大雅，卓爾不羣，河間獻王近之矣。」

【虎口餘生】hǔ kǒu yú shēng
從老虎嘴裏逃脱而留下來的性命。比喻經歷極大的危險而僥倖活了下來。（虎口：老虎的嘴。比喻十分危險的境地。）例 他們躲過了敵人的搜捕，～，消息傳來，一直關心着他們的朋友都鬆了一口氣。
書 唐劉長卿《按復後歸睦州贈苗侍御》詩：「羊腸留覆轍，虎口脱餘生。」

【虎穴龍潭】hǔ xué lóng tán
見「龍潭虎穴」，538頁。

【虎背熊腰】hǔ bèi xióng yāo
虎那樣的背，熊那樣的腰。形容人身體粗大強壯。例 這幾位保安人員～，威風凜凜。
書 元無名氏《飛刀對箭》第二摺：「好漢，狗背驢腰的。哦，是虎背熊腰。」

【虎視眈眈】hǔ shì dān dān
像老虎那樣惡狠狠地注視着，準備伺機下手。（眈眈：注視的樣子。）例 他們把這個職位看成是肥缺，一直都～地想把它弄到手。
書 《周易·頤》：「虎視眈眈，其欲逐逐，無咎。」
注 「眈」不可寫作「躭」或「耽」。

【虎踞龍蟠】hǔ jù lóng pán
見「龍蟠虎踞」，538頁。

【虎頭蛇尾】hǔ tóu shé wěi
虎那樣的大頭，蛇那樣的細尾。比喻做事起初聲勢或勁頭很大，

後來卻越來越小，或有始無終。例 這件事～，根本沒有產生預期的效果，大家很不滿意。

書 明施耐庵《水滸傳》第一〇三回：「官府挨捕的事，已是虎頭蛇尾，前緊後慢。」

【具體而微】 jù tǐ ér wēi

主要內容或基本結構大致具備，只是規模或形狀比較小些。（具體：具備其大體。）例 這座街道模型～地展示了北京胡同和四合院的建築風貌。

書《孟子·公孫丑上》：「子夏、子游、子張皆有聖人之一體；冉牛、閔子、顏淵，則具體而微。」這裏是指冉牛等三人各方面都近於孔子，只是不如孔子博大精深。

【味同嚼蠟】 wèi tóng jiáo là

味道如同嚼蠟一樣。指十分無味。今多形容文章或講話枯燥無味。也作「**味如嚼蠟**」。例 讀他的文章～，我是硬着頭皮才勉強讀完的。

書《楞嚴經》卷八：「我無欲心，應汝行事，於橫陳時，味如嚼蠟。」

注「蠟」不可寫作「臘」。

【明日黃花】 míng rì huáng huā

宋蘇軾《九日次韻王鞏》詩：「相逢不用忙歸去，明日黃花蝶也愁。」明日是指九月九日重陽節以後的日子，黃花指菊花。古人講究重陽節賞菊，過了重陽節菊花即將枯萎，就沒有什麼好玩賞的了。所以後來就用「明日黃花」比喻過時的事物。例「這裏有些是應景的文章，不免早已有～之感。」（郭沫若《沸羹集序》）

書 見上引蘇軾詩。

【明火執仗】 míng huǒ zhí zhàng

點着火把，拿着兵器。指公開搶劫。也比喻毫無顧忌地公開做壞事。（執：拿着。仗：兵器的總稱。）例 這些人竟～地攔路搶劫；真是猖狂已極。

書 元無名氏《盆兒鬼》第二摺：「我在這瓦窰居住，做些本分生涯，何曾明火執仗，無非赤手求財。」

【明目張膽】 míng mù zhāng dǎn

睜大眼睛，放開膽子。原指人有膽有識，敢作敢為。作褒義用。後多指人公開地放膽做壞事。作貶義用。例 隨着執法力度的加大，～兜售盜版光碟的人已經很少了，但暗中交易仍然存在。

書《晉書·王敦傳》：「今日之事，明目張膽為六軍之首，寧忠臣而死，不無賴而生矣。」此作褒義用。又《宋史·胡宏傳》：「臣下僭逆，有明目張膽顯為負逆者。」此作貶義用。

【明知故犯】 míng zhī gù fàn

明明知道這樣做不對，卻還故意要去做。（故：故意。犯：指做出違法或不應該做的事情。）例 這裏有明顯的禁止超車標誌，你卻還要去超，這不是～嗎？

書 清林則徐《會批義律稟》：「因此次尚在收繳之際，是以從寬驅逐，如將來再有他夷明知故犯，定照新例嚴辦，不能再邀寬貸也。」

【明知故問】míng zhī gù wèn

明明已經知道，卻還故意要去問。例 他所以這樣～，只怕是另有用意的。

書 清文康《兒女英雄傳》第三九回：「然則此時夫子又何以明知故問呢？」

【明爭暗鬥】míng zhēng àn dòu

明裏暗裏都在爭鬥。形容鈎心鬥角，爭鬥不斷。例 老局長快卸任了，有幾個人在那裏～，眼睛都盯着這個位置。

書 巴金《家》三：「明明是一家人，然而沒有一天不在明爭暗鬥，其實不過是爭點家產。」

【明珠暗投】míng zhū àn tóu

原意是說在黑暗中把明珠投給路上的行人，行人不明用意，都會警惕地不去拾取。後多用「明珠暗投」表示珍貴的東西落入不識貨的人手中。也比喻有才能的得不到賞識重用，發揮不了作用，或好人誤入歧途。（明珠：晶瑩放光的珍珠。）例 ❶這樣一套有價值的百衲本二十四史成了他客廳裏的擺設，從來沒被打開看過，喜愛讀書的人見了，不免要有～的感歎了。❷你是個有抱負的青年，到那種得過且過的公司謀職，實在是～。

書《史記・魯仲連鄒陽列傳》：「臣聞明月之珠，夜光之璧，以闇投人於道路，人無不按劍相眄者。何則？無因而至前也。」又明羅貫中《三國演義》第五七回：「統曰：『吾欲投曹操去也。』肅曰：『此明珠暗投矣！可往荊州投劉皇叔，必然重用。』」

【明哲保身】míng zhé bǎo shēn

原指明智的人能夠保全自身，避免危險。後也作貶義用，指人不分是非，不講原則，回避鬥爭，以保全個人利益。（明哲：明智；洞察事理。）例 他雖然知道經理這麼做是違反制度的，但為了～，他只當什麼也沒看見。

書《詩經・大雅・烝民》：「既明且哲，以保其身。」又老舍《四世同堂》三九：「明哲保身在這危亂的時代並不見得就是智慧。」

【明眸皓齒】míng móu hào chǐ

明亮的眼睛，潔白的牙齒。形容女子貌美。（眸：瞳人。泛指眼睛。皓：潔白。）例 當年鄰家的黃毛丫頭如今出落成～的大姑娘，我都快認不出來了。

書 宋辛棄疾《新荷葉》詞：「明眸皓齒，看江頭，有女如雲。」

【明察秋毫】míng chá qiū háo

形容人目光敏銳，連十分細小之處都看得清清楚楚。（明：眼力好。察：明辨；看清。秋毫：秋天鳥獸身上新長的細毛。比喻十分細小的東西。）例 彭主任～，你玩的那些花招休想瞞過他。

書《孟子・梁惠王上》：「明足以察秋毫之末。」後用作「明察秋毫」。

【明察暗訪】míng chá àn fǎng

明裏觀察了解，暗裏也進行詢問調查。形容採取多種手段調查了解。也作「**明查暗訪**」。（察：仔細看。訪：調查。）例 他們經

過一個多月的～，獲得了幾條有價值的線索，對破案幫助很大。

書 清文康《兒女英雄傳》第二十七回：「丈夫的品行也丟了，他的聲名也丟了，他還在那裏賊去關門，明察暗訪。」

【易如反掌】yì rú fǎn zhǎng

像翻一下手掌那樣容易。形容事情很容易辦。也作「**易於反掌**」。（反掌：翻轉手掌。）例 祁明遠本事大得很，這種事你辦不了，他辦起來卻～。

書 漢枚乘《上書諫吳王》：「必若所欲為，危於累卵，難於上天；變所欲為，易於反掌，安於泰山。」

【固若金湯】gù ruò jīn tāng

堅固得像金城湯池。形容城市或陣地的防守異常堅固，不可攻破。（金：指金城，用金屬鑄造的城牆。湯：指湯池，灌滿了沸水的護城河。）例 對方聲稱～的摩天嶺陣地被我軍攻佔後，整個戰場的形勢發生了重大變化。

書《漢書．蒯通傳》：「必將嬰城固守，皆為金城湯池，不可攻也。」後用作「固若金湯」。

【固執己見】gù zhí jǐ jiàn

頑固堅持自己的意見，不肯改變。（執：堅持。）例 他太～了，別人的勸告他從來都不聽。

書《宋史．陳宓傳》：「固執己見，動失人心。」

【忠心赤膽】zhōng xīn chì dǎn

見「赤膽忠心」，196 頁。

【忠心耿耿】zhōng xīn gěng gěng

形容非常忠誠。（耿耿：忠誠的樣子。）例 謝正平在警界服務多年，～，屢受嘉獎。

書 清李汝珍《鏡花緣》第五十七回：「當日令尊伯伯為國捐軀，雖大事未成，然忠心耿耿，自能名垂不朽。」

【忠言逆耳】zhōng yán nì ěr

誠懇正直的勸告往往讓人聽起來覺得不順耳、不舒服。例 歷來～，但即使他不願意聽，我也要把對他的意見坦誠地告訴他。

書《史記．留侯世家》：「且忠言逆耳利於行……願沛公聽樊噲言。」

【呼幺喝六】hū yāo hè liù

原指賭博擲色子時高聲叫彩。色子為小正方體，六個面分刻一（俗稱幺）至六點，擲色子時因希望出現某一種點而高聲叫喊。後來也形容大聲呼喝，盛氣凌人的樣子。例 他當上工頭後～，亂耍威風，引起工人很大反感。

書 明施耐庵《水滸傳》第一〇四回：「擲色的，在那裏呼幺喝六；攧錢的，在那裏噢字叫背。」

【呼天搶地】hū tiān qiāng dì

呼喊蒼天，用頭撞地。形容極度悲痛的情狀。（搶：撞；觸。）例 老奶奶見兒子被迫害致死，～，痛不欲生。

書 清吳敬梓《儒林外史》第四〇回：「蕭雲仙呼天搶地，盡哀盡禮。」

注「搶」在此不讀 qiǎng。粵 tsœŋ1 昌。

【呼之欲出】hū zhī yù chū

形容畫像逼真傳神，似乎叫他一聲，他就會從畫裏走出來。也泛指文學作品對人物的刻畫、描寫非常生動。(欲：副詞。將要。) 例 這部小説塑造了不少栩栩如生、～的人物，展現出一幅精彩的社會眾生相。

書 清毛際可《〈今世説〉序》：「殷、劉、王、謝之風韻情致，皆於《世説》中呼之欲出，蓋筆墨靈雋，得其神似。」

【呼朋引類】hū péng yǐn lèi

招引氣味相投的人。多用於貶義。(呼：叫人來。引：招引。) 例 這個敗家子～，整日沈湎在聲色犬馬之中。

書 明張居正《乞鑒別忠邪以定國是疏》：「然後呼朋引類，藉勢乘權，恣其所欲為。」

【呼風喚雨】hū fēng huàn yǔ

呼喚風就颳風，呼喚雨就降雨。形容神仙、道士等法力大。也比喻人能夠支配自然，或比喻進行煽動性活動，從而造成某種局勢。 例 ❶張老漢心想，自己如果也能有～的本領，就一定要給這片乾旱的土地降下一場甘霖來。❷他們最近頻頻活動，～，攪得這裏不得安寧。

書 元尚仲賢《柳毅傳書》第一摺：「但開口吐霧吹雲，那裏是噀玉噴珠，輕咳嗽早呼風喚雨，誰不知他氣卷江湖。」

【咄咄怪事】duō duō guài shì

使人難以理解、感到驚訝的事情。(咄咄：表示驚訝所發出的聲音。) 例 剽竊他人研究成果的文章居然也能獲獎，豈非～。

書 南朝宋劉義慶《世説新語·黜免》：「殷中軍被廢在信安，終日恒書空作字，揚州吏民尋義逐之，竊視，唯作『咄咄怪事』四字而已。」

注 「咄」不讀 chū。㊢ dzyt³ 茁。

【咄咄逼人】duō duō bī rén

氣勢逼人，使人難以忍受。也指形勢的發展給人帶來壓力。 例 ❶「書中攻擊楊朱、墨翟兩派，辭鋒～。」(朱自清《經典常談》七) ❷面對～的競爭形勢，除了自強奮鬥，沒有別的出路。

書 南朝宋劉義慶《世説新語·排調》：「(桓玄與殷仲堪等) 次復作危語，桓曰：『矛頭淅米劍頭炊。』……殷有一參軍在坐，云：『盲人騎瞎馬，夜半臨深池。』殷曰：『咄咄逼人。』仲堪眇目故也。」

【非同小可】fēi tóng xiǎo kě

形容人或事情很不尋常。(小可：尋常。) 例 調整銀行利率是～的事，涉及面廣，影響大，須經慎重研究才可以做出決定。

書 元孟漢卿《魔合羅》第三摺：「蕭令史，我與你説，人命事關天關地，非同小可。」

【非驢非馬】fēi lǘ fēi mǎ

驢不像驢，馬不像馬。形容不倫不類，什麼也不像。 例 有的小劇場話劇對原作情節改動很大，給人一種～的感覺，但作為

一種探索性藝術活動未嘗不可一試。

書《漢書・西域傳下・渠犁》：「驢非驢，馬非馬，若龜茲王，所謂贏也。」後用作「非驢非馬」。

【知人善任】zhī rén shàn rèn

善於識別人才，並恰當地使用他們。（任：任用；使用。）例 聽說這家公司的總裁～，求職者都表示願意去那裏工作。

書 漢班彪《王命論》：「蓋在高祖，其興也有五：一曰帝堯之苗裔……五曰知人善任使。」

【知人論世】zhī rén lùn shì

原指為了了解某個人物而論述他所處的時代背景。後也泛指評論人物，議論世事。例 ❶「分類有益於揣摩文章，編年有利於明白形勢，倘要～，是非看編年的文集不可的。」（魯迅《〈且介亭雜文〉序言》）❷耀海先生閱歷豐富，～每多精闢的見解。

書《孟子・萬章下》：「頌其詩，讀其書，不知其人可乎？是以論其世也。」又元劉壎《隱居通議・半山詠揚雄》：「學者必知人論世而後可也。」

【知己知彼】zhī jǐ zhī bǐ

清楚地了解己方和對方的情況。也作「**知彼知己**」。（彼：對方。）例 賽前我們反覆觀看對方球隊以往比賽的錄像，研究他們的特點，以便～，戰而勝之。

書《孫子・謀攻》：「知彼知己者，百戰不殆。」

【知其一，不知其二】

zhī qí yī, bù zhī qí èr

只了解事物的某一方面而不了解它的其他方面。指對事物缺乏全面了解。也作「**只知其一，不知其二**」。例 你是～，這場糾紛的產生其實還有更深的原因。

書《詩經・小雅・小旻》：「不敢暴虎，不敢馮河。人知其一，莫知其他。」又漢劉向《說苑・臣術》：「子曰：『賜，汝徒知其一，不知其二。』」

【知法犯法】zhī fǎ fàn fǎ

知道是法律所不允許做的，卻還要去做，違犯法律。例 身為律師，如果～，是會受到嚴懲的。

書 清吳敬梓《儒林外史》第四回：「好僧官老爺，知法犯法。」

【知書達禮】zhī shū dá lǐ

讀過書，有文化，懂禮節，有教養。（達：通曉；明白。）例 他是個～的人，待人接物彬彬有禮，很有分寸。

書 元無名氏《馮玉蘭》第一摺：「只我這知書達禮當恭謹，怎肯着出乖露醜遭談論。」

【知無不言】zhī wú bù yán

知道什麼，沒有不說的。有時與「言無不盡」連用，表示毫無保留地把自己所知道的、想說的全都說出來。例 ❶他這個人～，心裏藏不住話。❷只有讓對方相信你徵求意見的態度是真誠的，他才會～，言無不盡。

書《北史·崔光傳》：「臣之愚識，知無不言，乞停李獄，以俟育孕。」

【知過必改】zhī guò bì gǎi
知道自己有過錯，一定改正。例 他～，所以進步很快。
書 南朝梁周興嗣《千字文》：「知過必改，得能莫忘。」

【知難而退】zhī nán ér tuì
原指作戰時見機而動，如果形勢不利就主動退卻，以免受到損失。此不含貶義。後也指見到有困難就害怕退縮。此作貶義用。例 創業中哪能不遇困難，如果～，事業就不可能獲得成功。
書《左傳·宣公十二年》：「見可而進，知難而退，軍之善政也。」

【知難而進】zhī nán ér jìn
明知有困難，也要克服困難前進。例 他上任後，面對重重壓力，～，終於打開了局面。
書 方毅《讀〈攻關〉》：「最終勝利歸於百折不撓，知難而進的人們。」

【物以稀為貴】wù yǐ xī wéi guì
物品因稀少而顯得珍貴。例「大概是～罷，北京的白菜運往浙江，便用紅頭繩繫住菜根，倒掛在水果店頭，尊為膠菜。」(魯迅《朝花夕拾·藤野先生》)
書 晉葛洪《抱朴子·明本》：「然物以少者為貴，多者為賤。」又唐白居易《小歲日喜談氏外孫女滿月》詩：「物以稀為貴，情因老更慈。」

【物以類聚】wù yǐ lèi jù
同類的人或物常常聚集在一起。有時與「人以羣分」連用。(以：依；按照。)例 這個不肖子弟總喜歡和那幫遊手好閒的人為伍，真是～，人以羣分啊！
書《周易·繫辭上》：「方以類聚，物以羣分。」又明馮夢龍《醒世恆言·張孝基陳留認舅》：「自古道：物以類聚。過遷性喜遊蕩，就有一班浮浪子弟引誘打合。」

【物在人亡】wù zài rén wáng
見「人亡物在」，25頁。

【物阜民康】wù fù mín kāng
見「民康物阜」，139頁。

【物是人非】wù shì rén fēi
景物依舊而人事已經和過去大不相同了。(是：還是那樣。非：不是那樣。) 例 回到兒時的舊居，只覺～，昔日的同伴已經沒有幾個還在那裏住了。
書 三國魏曹丕《與吳質書》：「節同時異，物是人非，我勞如何！」

【物美價廉】wù měi jià lián
見「價廉物美」，510頁。

【物極必反】wù jí bì fǎn
事物發展到極端，必然會向相反的方面轉化。(極：達到頂點。)
例 別看這夥壞人氣焰囂張，須知～，多行不義者必自斃。
書 宋李攸《宋朝事實·削平僭偽》：「蜀土之民，近歲日益繁盛，但習俗囂浮，多事遨賞。物極必反，今小寇驚動，豈天意抑其浮華耶？」

【物換星移】 wù huàn xīng yí
景物改變，星辰也已移動了位置。指時序、景物都發生了變化。例 我出國留學以來，～，轉眼已過了五年。
書 唐王勃《滕王閣》詩：「閒雲潭影日悠悠，物換星移幾度秋。」

【物盡其用】 wù jìn qí yòng
使物品充分發揮它的功用。（盡：指充分發揮。）例 學校鼓勵畢業生把他們已不再使用的舊課本送給低年級同學，以使～，這一做法受到同學們的歡迎。
書 孫中山《上李鴻章書》：「所謂物能盡其用者，在窮理日精，機器日巧，不作無益以害有益也。」

【物歸原主】 wù guī yuán zhǔ
把東西歸還給原來的主人。也作「**物歸舊主**」。例「不是沒收了嗎？又～啦？這可是喜事！」（老舍《茶館》第三幕）
書 明凌濛初《初刻拍案驚奇》卷三五：「他不生兒女，就過繼着你家兒子，承領了這家私，物歸舊主，豈非天意？」

【刮目相待】 guā mù xiāng dài
去掉舊的看法，用新眼光來看待。也作「**刮目相看**」。（刮目：擦眼睛。表示改變看法。）例 時隔一年，阿榮的英語水平竟有如此大的長進，真令人～。
書《三國志・吳志・呂蒙傳》：「遂拜蒙母，結友而別。」裴松之註引《江表傳》：「蒙曰：『士別三日，即更刮目相待。』」

【和風細雨】 hé fēng xì yǔ
溫和的風，細柔的雨。原指春天宜人的風雨。後也比喻方式和緩，不粗暴。例 你們之間的分歧完全可以用～的方式商量解決，沒必要面紅耳赤地吵個不休。
書 宋張先《八寶裝》詞：「花陰轉，重門閉，正不寒不暖，和風細雨，困人天氣。」

【和衷共濟】 hé zhōng gòng jì
團結一條心，共同努力，渡過河去。比喻齊心協力，共同克服困難。（和衷：同心。濟：過河。）
例 大家～，終於使公司安然度過了這場金融風暴的衝擊。
書 明陳子龍《論召對內降疏》：「在陛下淵衷，以方諭大臣和衷共濟，恐憲臣戇直，奏對之際，復生異同。」

【和盤托出】 hé pán tuō chū
拿東西出來時連同裝東西的盤子一起托出來。比喻毫無保留地全部拿出來或說出來。（和：連帶。）例 他把計劃向我～，想讓我幫他出些主意。
書 明馮夢龍《警世通言・莊子休鼓盆成大道》：「田氏將莊子所著《南華真經》及老子《道德》五千言和盤托出，獻與王孫。」

【和顏悅色】 hé yán yuè sè
和藹的表情，愉悅的神色。形容人神態和藹可親。（顏：臉上的表情。色：神色。）例「他平時摹擬教師的神態，以為總該是～的。」（葉聖陶《倪煥之》三）

書 《論語．為政》：「子夏問孝，子曰『色難』。」劉寶楠正義引漢鄭玄註：「言和顏說（通『悅』）色為難也。」

【委曲求全】wěi qū qiú quán

勉強遷就，以求保全。有時也指暫時忍讓，以顧全大局。（委曲：遷就；曲從。）例 ❶他欺負你，你卻一味～，這使他的氣焰更囂張了。❷為了與公司共渡時艱，員工們～地同意凍薪。

書 清劉坤一《覆劉蔭渠》：「以時局安危所繫，不敢不委曲求全。」

注 「曲」不可寫作「屈」。

【委靡不振】wěi mǐ bù zhèn

衰頹消沈，振作不起來。也作「**萎靡不振**」。（委靡：消沈，不振作。）例 他遭受挫折後一度～，經過朋友們的開導和幫助，才重新振作起精神。

書 宋趙善璙《自警篇．諫諍》：「當今之世，士氣委靡不振。」

【佶屈聱牙】jí qū áo yá

文句艱澀，讀起來拗口。也作「**詰屈聱牙**」。（佶屈：曲折。此指文句艱澀難懂。聱牙：拗口。）例 有些外文著作的中譯本讀起來～，究其原因，只怕是譯者對原文的意思並沒有真正弄懂，因此也就不可能用中文把它順暢地表達出來。

書 唐韓愈《進學解》：「周誥殷盤，佶屈聱牙。」

【延年益壽】yán nián yì shòu

延長歲數，增加壽命。也作「**益壽延年**」。（年：人的歲數。）例 保持平和的心態和樂觀的情緒有利於老年人～。

書 戰國楚宋玉《高唐賦》：「九竅通鬱，精神察滯，延年益壽千萬歲。」

【例行公事】lì xíng gōng shì

按照慣例處理的公事。也指形式上按照規定辦理但並不注重實際效果的工作。例 每週的課室衛生檢查不過是～，大家都隨便應付一下，只有他還挺當回事的。

書 清王濬卿《冷眼觀》第一四回：「你索性今日在這裏多談一刻……回來等我把那些例行公事辦畢了，還有幾句要緊的話同你商量呢。」

【兒女情長】ér nǚ qíng cháng

指青年男女間情愛綿綿。也指家人間感情很重。例 蘇芬這位商界女傑在家裏一樣～，她有一個令人羨慕的溫馨的家庭。

書 明許自昌《水滸記》第一八齣：「人常說道：『兒女情長，英雄氣短。』宋公明為人倒是反這兩句話，故此擔閣了嫂嫂。」

【侃侃而談】kǎn kǎn ér tán

從容不迫、理直氣壯地說話。例 他在論證會上～，充分闡述了這一新方案的優越性。

書 清吳熾昌《客窗閒話．某少君》：「少君引經據典，侃侃而談，眾皆悅服。」

注 「侃」不可寫作「況」。

【依依不捨】 yī yī bù shě

形容十分留戀，捨不得離開。（依依：留戀而不忍離開的樣子。）例 他～地告別父母，踏上了外出求學的道路。

書 明馮夢龍《醒世恆言·盧太學詩酒傲王侯》：「那盧柟直送五百餘里，兩下依依不捨，欷歔而別。」

【依然如故】 yī rán rú gù

仍舊像從前一樣。（依然：照舊；仍舊。故：原來的；從前的。）例 儘管這些年市區修築了好幾條新馬路，但由於車輛的增加，路面堵車的現象～。

書 唐薛調《無雙傳》：「仙客既覲，置於學舍，弟子為伍。舅甥之分，依然如故，但寂然不聞選取之義。」

【依然故我】 yī rán gù wǒ

仍舊是我從前的樣子。形容某人的情況沒有變化。（故我：從前的我。）例 家裏人都勸他改一改壞脾氣，他卻不理不睬，～。

書 宋陳著《賀新郎·次韻戴時芳》詞：「誰料腥埃妨闊步，孤瘦依然故我。」

【依違兩可】 yī wéi liǎng kě

贊成或反對，似乎兩者都可以。指對事情沒有明確的態度。（依違：依從或違背；贊成或反對。兩可：這樣或那樣都可以。）例 在討論決議的時候，他～，弄不清他心裏究竟怎麼想的。

書 宋司馬光等《資治通鑒·後晉齊王開運元年》：「侍中馮道雖為首相，依違兩可，無所操決。」

【依樣畫葫蘆】 yī yàng huà hú lú

照着葫蘆的樣子畫葫蘆。比喻單純模仿，不加改變。例 你不要～地去學別人的做法，以致完全抹殺了自身的特點。

書 宋魏泰《東軒筆錄》卷一：「太祖笑曰：『頗聞翰林草制，皆檢前人舊本，改換詞語，此乃俗所謂依樣畫葫蘆耳，何宣力之有？』」

【卑躬屈膝】 bēi gōng qū xī

低頭彎腰，屈着膝蓋。形容人低三下四地去諂媚奉承別人，毫無骨氣。也作「**卑躬屈節**」。（卑躬：低着頭，彎下身子。屈節：喪失氣節。）例 他那副～的樣子，實在讓人見了作嘔。

書 清李伯元《官場現形記》第五七回：「單道台至此方才卑躬屈節的口稱：職道才進來，因見大帥公事，所以不敢驚動。」

【欣欣向榮】 xīn xīn xiàng róng

草木生長茂盛。也比喻事業繁榮興旺，蓬勃發展。（欣欣：形容茂盛。榮：草木茂盛。）例 ❶大地春回，草木～，充滿了生機。❷近幾年來本市的教育事業有了長足的發展，呈現出～的景象。

書 晉陶潛《歸去來辭》：「木欣欣以向榮，泉涓涓而始流。」

【欣喜若狂】 xīn xǐ ruò kuáng

形容高興到極點，像是發狂了一樣。（欣：喜悅；高興。）例 聽說電視台心連心藝術團要到這裏來慰問演出，鄉親們～，奔走相告。

書 吳玉章《從甲午戰爭前後到辛亥革命前後的回憶》一〇：「當清朝政府假意宣佈預備立憲的時候，他們欣喜若狂，積極組織立憲政黨，準備回國去做清朝的立憲功臣。」

【近水樓台】jìn shuǐ lóu tái

靠近水邊的樓台先承受到水面反射的月光。據宋 俞文豹《清夜錄》所記，宋代范仲淹鎮守錢塘時，城中官員往往得到他的舉薦。蘇麟在屬縣當巡檢，沒得到這樣的機會。一次因公事入府，向范仲淹獻詩抱怨道：「近水樓台先得月，向陽花木易逢（一作『為』）春。」范仲淹明白了蘇麟的意思，後來也舉薦了他。後來就用「近水樓台」比喻由於近便而獲得優先的機會。例 我在書店附近居住，～，能很方便地了解到許多圖書出版的信息。

書 清 李漁《與紀伯紫》：「伯紫近居輦轂之下，授餐者多，又為近水樓台，鄰朱必赤。」

【近在咫尺】jìn zài zhǐ chǐ

形容離得很近。（咫：古代以八寸為咫。）例 登完十八盤，聳入雲天的泰山南天門就～了。

書 宋 蘇軾《杭州謝表》：「臣猥以末技，日奉講帷，凜然威光，近在咫尺。」

【近朱者赤，近墨者黑】

jìn zhū zhě chì, jìn mò zhě hēi

接近朱砂的會染上紅色，接近墨的會染上黑色。強調跟什麼人接近就會受到什麼樣影響。（朱：指朱砂。）例 ～，孩子交什麼朋友可不是一件小事，做父母的怎麼能不加關心呢？

書 晉 傅玄《太子少傅箴》：「夫金水無常，方圓應形，亦有隱括，習以性成，故近朱者赤，近墨者黑。」

【爬羅剔抉】pá luó tī jué

發掘搜羅，挑揀選擇。多用於學術研究方面。（爬羅：發掘搜羅。剔抉：揀選出來。）例「若有人能用考據方法將歷來文評所用的性狀形容詞～一番，分別確定它們的義界，我們也許可以把舊日文學的面目看得清楚些。」（朱自清《中國文評流別述略》）

書 唐 韓愈《進學解》：「占小善者率以錄，名一藝者無不庸。爬羅剔抉，刮垢磨光。蓋有幸而獲選，孰云多而不揚？」

【彼一時，此一時】

bǐ yī shí, cǐ yī shí

那是一個時候，這又是一個時候。表示時間不同，情況已有了改變。也作「**此一時，彼一時**」。

例 過去人們大多不願意到離市中心比較遠的地方去居住，但隨着交通狀況的改善，那些地區的住房因其自然環境好和價格適中而正在受到越來越多人的青睞，真是～。

書《孟子．公孫丑下》：「彼一時，此一時也。五百年必有王者興，其間必有名世者。」

【所向披靡】suǒ xiàng pī mǐ

原指風吹到之處，草木隨之倒

伏。比喻力量所到之處，一切障礙全被掃清。（披靡：草木隨風散亂倒下。）例 在本屆運動會上中國隊～，奪得一枚又一枚金牌，並刷新了多項世界紀錄。

書 晉荀氏《靈鬼志》：「有給使陳安者，甚壯健；常乘一赤馬，俊快非常；雙持二刀，皆長七尺；馳馬運刀，所向披靡。」

注「靡」不讀mí，不可寫作「糜」。

【所向無敵】suǒ xiàng wú dí

所到之處，沒有敵手。指誰也阻擋不住。（敵：敵手；力量上能夠對抗的人。）例 這支部隊打過許多硬仗，～，是全軍的驕傲。

書 三國蜀諸葛亮《心書》：「善將者因天之時，就地之勢，依人之利，則所向無敵，所擊者萬全矣。」

【返老還童】fǎn lǎo huán tóng

由老年回到少年，恢復了青春。（還：指恢復原先的狀態。）

例 湯老伯受聘擔任學校的校外輔導員，經常和學生一起活動，自己似乎也～了。

書 宋張君房《雲笈七籤》卷六〇：「日服千嚥，不足為多，返老還童，漸從此矣。」

【金口玉言】jīn kǒu yù yán

原是敬稱帝王說話。後也泛指說出話來不能改變，必須遵從。

例 董事長～，一錘定音，我們照辦就是了。

書 明馮夢龍《醒世恆言．三孝廉讓產立高名》：「天子金口玉言，問道：『卿是許武之弟乎？』晏、普叩頭應詔。」

【金戈鐵馬】jīn gē tiě mǎ

手持兵器，騎着戰馬，在戰鬥中衝殺。表示從軍作戰。也用來形容將士的雄姿。（金戈：金屬製造的戈，古代一種長柄兵器，橫刃。鐵馬：披着鐵甲的戰馬。）

例 老將軍的這本回憶錄記錄了他當年～的生涯，很值得一讀。

書《舊五代史．唐書．李襲吉傳》：「金戈鐵馬，蹂踐於明時。」又宋辛棄疾《永遇樂．京口北固亭懷古》詞：「想當年金戈鐵馬，氣吞萬里如虎。」

【金玉良言】jīn yù liáng yán

像黃金、美玉那樣珍貴的好話。指非常珍貴的使人受益的勸導或教誨。也作「**金玉之言**」。例 邵伯伯給你講了不少做人的道理，這些～，你要牢牢記住。

書 明馮夢龍《醒世恆言．李汧公窮邸遇俠客》：「房德謝道：『恩相金玉之言，某當終身佩銘。』」

【金玉其外，敗絮其中】

jīn yù qí wài, bài xù qí zhōng

原指儲藏了很久的柑橘，外表看起來還有金玉般的顏色質地，裏面的瓤子卻乾枯得像破棉絮。比喻外表雖然華美，內裏卻一團糟。（敗：破爛。絮：棉絮。）

例 這個紈絝子弟～，什麼真本事也沒有。

書 明劉基《賣柑者言》：「觀其坐高堂，騎大馬，醉醇醴而飫肥鮮者，孰不巍巍乎可畏，赫赫乎可象也，又何往而不金玉其外，敗絮其中也哉！」

【金石為開】jīn shí wéi kāi
金屬、石頭這樣堅硬的東西也被打開了。比喻至誠的心意能產生巨大的力量，改變局面。它常放在「精誠所至」或「精誠所加」後面連用。例 這位青年一次次登門向老中醫施先生求教，他的真誠和執着使施先生很受感動，真是精誠所至，～，施先生決定破例收下這名弟子，把自己多年行醫的心得傳授給他。
書 《西京雜記》卷五：「至誠則金石為開。」
注 「為」在此不讀wèi。粵 wɐi⁴唯。

【金枝玉葉】jīn zhī yù yè
舊時比喻皇族子孫。後也泛指出身高貴的公子小姐。 例 她是～，從小嬌生慣養，可不好侍候啊。
書 元紀君祥《趙氏孤兒》第二摺：「一任他金枝玉葉，難逃我劍下之災。」

【金城湯池】jīn chéng tāng chí
金屬鑄造的城牆，灌滿了沸水的護城河。形容防守異常堅固。（湯：此指沸水。池：護城河。）
例 這裏地形險要，佈滿了各種精心構築的工事，防守如～之固。
書 《漢書．蒯通傳》：「必將嬰城固守，皆為金城湯池，不可攻也。」顏師古註：「金以喻堅，湯喻沸熱不可近。」

【金科玉律】jīn kē yù lǜ
原指非常完美珍貴的法律條文。後多指不能變更的信條，必須遵守的準則。（金、玉：形容非常完美珍貴。科、律：指法律條文。）例 不要把原先的規定當做～，情況變了，相關的規定也應該隨之有所改變。
書 漢揚雄《劇秦美新》：「懿律嘉量，金科玉條。」又清李綠園《歧路燈》第一〇三回：「他把他家裏那種種可笑規矩，看成聖賢的金科玉律。」

【金針度人】jīn zhēn dù rén
據唐馮翊子《桂苑叢談．史遺》所記，一位名叫鄭采娘的女子在七月七日夜乞巧，天上的織女把一枚金針送給她，從此她縫紉刺繡的技藝十分奇巧。後來就用「金針度人」比喻把某種技藝的祕法、訣竅傳授給別人。（度：授與；給與。）例 王教授向他的研究生講解了研究宋元戲曲的門徑和方法，～，使人茅塞頓開。
書 宋普濟《五燈會元．芙蓉楷禪師法嗣．寶峯惟照禪師》：「鴛鴦繡出從君看，不把金針度與人。」又清袁枚《隨園詩話》卷七：「陸放翁曰：『文章切忌參死句。』黃山谷曰：『文章切忌隨人後。』皆金針度人語。」

【金迷紙醉】jīn mí zhǐ zuì
見「紙醉金迷」，354頁。

【金碧輝煌】jīn bì huī huáng
形容建築物或裝飾陳設等十分華

麗，光彩奪目。（金碧：金黃色和青綠色。）例 飯店的宴會廳裝飾得～，很有氣派。

書 明馮夢龍《醒世恆言．杜子春三入長安》：「進了門樓，只見殿宇廊廡，一剗的金碧輝煌，耀睛奪目，儼如天宮一般。」

【金蟬脱殼】jīn chán tuō qiào

蟬的幼蟲變為成蟲時從殼中脱出飛走。比喻人用計脱身，留下假象迷惑對方，使對方一時難以覺察。（金蟬：蟬的美稱。）例 他用～之計躲過了敵人的搜捕。

書 元馬致遠《任風子》第四摺：「天也，我幾時能夠金蟬脱殼？」

注 「殼」在此不讀 ké。

【念念不忘】niàn niàn bù wàng

時刻不忘。（念念：每一個心念。）例 他～鍾教授生前的囑咐，一定要加緊努力，把這項研究工作深入進行下去。

書 宋朱熹《樂記動靜説》：「此一節正天理人慾之機，間不容息處，惟其反躬自省，念念不忘，則天理益明，存養自固，而外誘不能奪矣。」

【受寵若驚】shòu chǒng ruò jīng

因受到意外的寵愛或賞識而感到驚喜或不安。也作「**被寵若驚**」。（被：遇到；受到。）例 總經理聘他擔任門市部主任，他～，説了好多感激的話。

書 宋歐陽修《辭特轉吏部侍郎表》：「受寵若驚，況被非常之命；事君無隱，敢傾至懇之誠。」

【爭分奪秒】zhēng fēn duó miǎo

形容對時間抓得很緊，不放過一分一秒。例 升學考試在即，小艾正～地復習功課，哪裏還有空閒去逛商店。

書 光未然《英雄鑽井隊》詩：「人拉肩扛何須説，風餐露宿家常飯。牲口棚裏可安身，爭分奪秒搶開鑽。」

【爭先恐後】zhēng xiān kǒng hòu

爭着向前，惟恐落後。例 學校成立保護環境志願者協會，同學們～地報名參加，熱情很高。

書 宋董煟《救荒活民書．不抑價》：「於是商賈聞之，晨夕爭先惟恐後。」又清陸隴其《懸賞購盜示》：「如是，則人人賈勇，莫不爭先恐後。」

【爭名逐利】zhēng míng zhú lì

爭奪名譽，追逐私利。例 一個人如果陷入～的泥淖，弄得身心俱疲，那實在是很可悲的。

書 宋劉克莊《去華姪墓誌銘》：「未嘗為高世絕俗之行，治其身而已；未嘗有爭名逐利之事，修於家而已。」

【爭風吃醋】zhēng fēng chī cù

因追求同一異性而互相嫉妒爭鬥。（吃醋：比喻產生嫉妒情緒。多指在男女關係上。）例 她近來陷入了與人～的煩惱之中，整天心緒不寧。

書 明馮夢龍《醒世恆言．兩縣令競義婚孤女》：「那月香好副嘴臉，年已長成。倘或有意留他，也不見得。那時我爭風吃醋便遲了。」

【爭強好勝】zhēng qiáng hào shèng
爭着要做強者，喜歡勝過別人。(好：喜愛。) 例 他們兩個都是～的人，誰也不買誰的賬。
書 清文康《兒女英雄傳》第三五回：「只看世上那班分明造極登峯的，也會變生不測；任是爭強好勝的，偏逢用違所長。」
注「好」在此不讀hǎo。粵 hou³耗。

【爭權奪利】zhēng quán duó lì
爭奪權力和私利。例 公司高層人士～，鬥得不可開交，嚴重影響了業務的開展。
書 鄒韜奮《消弭內戰的唯一途徑》：「在這樣一致對外的行動之下，任何為私人私黨爭權奪利的內戰都必然地要為全國民眾所唾棄。」

【乳臭未乾】rǔ xiù wèi gān
身上吃奶的氣味還沒有退盡。譏刺人年幼無知。(乳臭：吃奶留下來的氣味。) 例 你不要以為阿琪～，他如今當了經理，能幹得很，可不能再小看他了。
書 清無名氏《說唐》第三一回：「我看你乳臭未乾，到此做什麼？」
注「臭」在此不讀 chòu。

【朋比為奸】péng bǐ wéi jiān
互相勾結幹壞事。(朋比：勾結。為：做。奸：指邪惡的事；壞事。) 例 他們幾個人～，幹了不少違法的事。
書 宋高登《上淵聖皇帝書》：「此曹當盡伏誅，今且偃然自恣，尚欲朋比為奸，蒙蔽天日。」
注「為」在此不讀wèi。粵 wɐi⁴唯。

【肺腑之言】fèi fǔ zhī yán
發自內心的話。(肺腑：指內心。) 例 聽了他這番～，我很受感動，我知道他是充分信任我才這樣對我說的。
書 元鄭光祖《㑳梅香》第二摺：「小生別無所告，只索將這肺腑之言，實訴與小娘子。」

【昏天黑地】hūn tiān hēi dì
天色昏黑。也形容人頭昏眼花，神志不清；或生活放蕩昏亂；或打鬥、吵鬧得十分厲害。也形容社會黑暗。例 ❶沙塵暴一來，～，儘管是白天，汽車也全都亮着前燈，在路上減速行駛。❷他已經兩天沒吃飯了，餓得～的。❸這個花花公子生活放縱，整天在外～的，誰勸也不聽。❹為了爭奪遺產，幾個子女鬧得～，最後只得上法院聽候裁決。❺生活在那種～的社會裏，人們受盡了煎熬。
書 元關漢卿《調風月》第二摺：「去年時，沒人將我拘管收拾，打千秋，閒鬥草，直到個昏天黑地。」

【兔死狐悲】tù sǐ hú bēi
比喻因同類的滅亡或失敗而感到悲傷。有時與「物傷其類」連用。今多用於貶義。例 他們雖然分屬不同幫派，但都是社會上的黑惡勢力，一批人落網了，另外的人不免有～的傷感。
書 明羅貫中《三國演義》第八九回：「獲曰：『兔死狐悲，物傷其類。吾與汝皆是各洞之主，往日無冤，何故害我？』」

【兔死狗烹】 tù sǐ gǒu pēng

兔子死了，用來捕兔的獵狗就被煮來吃了。比喻事情成功以後，為辦這件事出過大力的人就被殺掉或拋棄了。（烹：燒煮。）例 在古代王朝更替的歷史上，～的現象並不罕見。

書《史記．越王勾踐世家》：「范蠡遂去，自齊遺大夫種書曰：『蜚鳥盡，良弓藏；狡兔死，走狗烹。越王為人長頸鳥喙，可與共患難，不可與共樂。子何不去？』」後用作「兔死狗烹」。

【狐朋狗友】 hú péng gǒu yǒu

指品行不好，不幹正經事的朋友。例 他整天和那些～在一起，能學好嗎？

書 清曹雪芹、高鶚《紅樓夢》第一〇回：「惱的是那狐朋狗友，搬弄是非，調三窩四。」

【狐假虎威】 hú jiǎ hǔ wēi

《戰國策．楚策一》記載了這樣一則寓言故事：老虎捉住了一隻狐狸要吃牠，狐狸說：「你是不敢吃我的，天帝讓我來做百獸的長官，你吃我，是對抗天帝的命令。如果你不信，我可以走在你前面，你跟着我，看百獸見到我，有不嚇得跑開的嗎？」老虎同意按狐狸說的試一試，就跟着牠一起走，發現百獸見到牠們果然都嚇得跑開了。老虎不知道百獸是害怕自己，還以為是害怕狐狸呢。後來就用「狐假虎威」比喻倚仗別人的權勢來嚇唬人、欺壓人。（假：借用。）例 齊格雄仗着自己在衙門裏做事，經常～，在外橫行霸道。

書 北齊魏收《為後魏孝靜帝伐元神和等詔》：「謂己功名，難居物下；曾不知狐假虎威，地憑霧積。」

【狐羣狗黨】 hú qún gǒu dǎng

比喻勾結在一起的一夥壞人。例 自從頭目犯案以後，他手下的那些～也都紛紛逃匿了。

書 明吳承恩《西遊記》第七五回：「只因你狐羣狗黨，結為一夥，算計喫（同『吃』）我師父，所以來此施為。」

【狗仗人勢】 gǒu zhàng rén shì

比喻倚仗靠山的權勢欺壓人。（仗：憑藉；倚仗。）例 阿四這個無賴因為和縣太爺沾點親，便也～地在鄉里欺負百姓。

書 明李開先《寶劍記》第五齣：「（丑白）他怕你怎的？（淨白）他怕我狗仗人勢。」

【狗血噴頭】 gǒu xuè pēn tóu

古代迷信的說法認為用狗血澆在妖人頭上可以鎮住妖術。後來就以此比喻罵人罵得很兇，被罵的人像是被鎮住了似的。也作「**狗血淋頭**」。例 在餐館打工的小華不小心打碎了兩個盤子，被老闆罵了個～。

書 明蘭陵笑笑生《金瓶梅詞話》第一七回：「我還把他罵的狗血噴了頭。」

注 「血」在此不讀 xiě。

【狗尾續貂】 gǒu wěi xù diāo

貂是一種毛皮珍貴的動物，古代君主的近侍官員用貂尾作為帽飾。由於封官太濫，結果貂尾不夠用，只好用狗尾來替代。所以當時就有「貂不足，狗尾續」的話，用以諷刺這種現象。後來就用「狗尾續貂」比喻不好的東西接在好東西後面，很不相稱。多用於文藝作品。有時也用來表示自謙。例 **下半場安排我來接替你演主角，這不是～嗎，我可不敢應承下來。**

書 宋惠洪《季長見和甚工，復韻答之》：「敢將醜惡酬絕唱，狗尾續貂堪笑耳。」

【狗苟蠅營】 gǒu gǒu yíng yíng

見「蠅營狗苟」，562 頁。

【狗急跳牆】 gǒu jí tiào qiáng

比喻走投無路時不顧一切採取極端行動，進行掙扎。例 **疑犯有可能～，警方正密切注意他的動向，做好了各項準備。**

書《敦煌變文集・燕子賦》：「人急燒香，狗急驀牆。」驀：音 mò，跳過。今多作「狗急跳牆」。

【狗彘不如】 gǒu zhì bù rú

連豬狗都不如。形容人品行極其卑劣無恥。（彘：豬。如：比得上。用於比較，只用其否定式，表示比不上。）例 **這個敗類竟然認賊作父，真是～。**

書《荀子・榮辱》：「人也，下忘其身，內忘其親，上忘其君，則是人也，而曾狗彘之不若也。」後用作「狗彘不如」。

【狗頭軍師】 gǒu tóu jūn shī

對在背後給人出謀劃策而實際並不高明的人的帶有譏諷的稱呼。例 **那個～給他出的餿主意讓他吃了不少苦頭。**

書 清張南莊《何典》第一〇回：「便封活死人為蓬頭大將，地裏鬼為狗頭軍師。」

【狗嘴裏吐不出象牙】

gǒu zuǐ lǐ tǔ bù chū xiàng yá

比喻壞人嘴裏說不出好話來。多用於譏諷或開玩笑。例 **那黃毛説話滿嘴髒字，真是～。**

書 元高文秀《遇上皇》第一摺：「和這等東西，有甚麼好話，講出甚麼理來，狗口裏吐不出象牙。」今多作「狗嘴裏吐不出象牙」。

【咎由自取】 jiù yóu zì qǔ

遭受的責備、羞辱、懲罰或禍害是由自己招來的。（咎：過失；災禍；不幸的事。）例 **你違反交通規則受到處罰，實在是～。**

書 清百一居士《壺天錄》卷中：「引盜入室，咎由自取。」

【炙手可熱】 zhì shǒu kě rè

手一挨近，就感到烤得很熱。比喻權勢很大，氣焰很盛。（炙：烤。）例 **這位在前任總統身邊～的人物，如今已風光不再了。**

書 唐杜甫《麗人行》：「炙手可熱勢絕倫，慎莫近前丞相嗔。」

【迎刃而解】 yíng rèn ér jiě

用刀劈竹子，劈開頭幾節，下面的竹子迎着刀刃就裂開了。比喻

關鍵問題解決後，其他問題就很容易解決了。（解：分開。）例 採用這種新工藝後，困擾我們多年的產品質量問題就～了。

書《晉書·杜預傳》：「今兵威已振，譬如破竹，數節之後，皆迎刃而解，無復著（同『着』）手處也。」

【迎頭痛擊】yíng tóu tòng jī

迎面給以狠狠打擊。（迎頭：迎面；當頭。）例 我軍嚴陣以待，將給來犯者以～。

書 清吳趼人《發財祕訣》第一〇回：「倘使此輩都是識時務熟兵機之員，外人擾我海疆時，迎頭痛擊，殺他個片甲不回。」

【夜不閉户】yè bù bì hù

夜間睡覺時不用關大門。形容社會安寧，風氣良好，盜賊絕跡。常與「路不拾遺」連用。（户：門。）例 人們渴望路不拾遺、～的太平富足的景象重新出現。

書《禮記·禮運》：「謀閉而不興，盜竊亂賊而不作，故外户而不閉，是謂大同。」後用作「夜不閉户」。

【夜以繼日】yè yǐ jì rì

用夜裏的時間接上白天。表示日夜不停地做某件事情。例 圖書博覽會明天開幕，各參展的出版社正～地加緊佈置展台。

書《孟子·離婁下》：「周公思兼三王，以施四事，其有不合者，仰而思之，夜以繼日；幸而得之，坐以待旦。」

【夜長夢多】yè cháng mèng duō

比喻時間一拖長，事情可能發生不利的變化。例 他知道這種貨現在銷路極好，所以對方一同意供貨，他立即交款把貨提走，生怕～，中途有變。

書 清呂留良《諭大火帖》：「薦舉事近復紛紜，夜長夢多，恐將來有意外，奈何？」

【夜郎自大】yè láng zì dà

夜郎是漢朝西南方的一個小國，其地在今貴州西部及北部，並包括雲南東北、四川南部的部分地區。一次夜郎國君問漢朝使者：「漢朝和我夜郎相比，哪個土地廣大？」當時由於交通閉塞，夜郎國君以為自己國家的土地夠廣大的了，不知道漢朝的土地更要大得多，所以會提出這樣的問題。事見《史記·西南夷列傳》。後來就用「夜郎自大」比喻見識少而妄自尊大。例 你不要～，如果你出去開闊一下眼界，就會知道值得我們學習的東西還多得很呢。

書 清袁枚《隨園詩話》卷一：「《記》曰：『學然後知不足。』可見知足者，皆不學之人，無怪其夜郎自大也。」

【夜深人靜】yè shēn rén jìng

夜已深沈，周圍沒有一點人聲，一片寂靜。也作「**更深人靜**」。（更：舊時一夜分五更，每更約兩小時。）例 ～，周圍沒有一點干擾，他把思緒全部集中在正在構思的這篇論文上。

書 宋楊萬里《平望夜景》詩：「夜深人靜無一事，畫燭泣殘人欲睡。」

【放下屠刀，立地成佛】 fàng xià tú dāo, lì dì chéng fó

原為佛家勸人修行的話，意思是即使是屠夫，只要放下手中的刀，潛心修行，也很快就能成佛。後多比喻行兇作惡的人只要決心悔改，很快就能成為好人。（立地：立刻。）例 要讓這些亡命之徒明白～的道理並不是一件容易的事。

書 宋黎靖德編《朱子語類》卷三〇：「今不必問過之大小，怒之深淺，只不遷不貳，是甚力量，便見工夫，佛家所謂放下屠刀，立地成佛。」

【放任自流】 fàng rèn zì liú

不加管束或引導，聽憑其自然發展或自由行事。（放任：聽其自然，不加過問或管束。自流：指在無人過問或管理的情況下自行其是。）例 孩子放學後，家長對他們不應～，要鼓勵他們參加有益身心健康的活動。

書 《新華文摘》1981年第11期：「他從不關心兒子的衣食住行，也不管教，放任自流。」

【放虎歸山】 fàng hǔ guī shān

把老虎放回山林。比喻放走敵人或壞人，留下禍根。也作「**縱虎歸山**」。（縱：放走。）例 警員們明白，絕不能讓毒梟在這次圍捕中漏網，一旦～，貽害無窮。

書 明馮夢龍原著、清蔡元放改編《東周列國志》第四五回：「咄！孺子不知事如此！武夫千辛萬苦，方獲此囚，乃壞於婦人之片言耶！放虎歸山，異日悔之晚矣！」

【放蕩不羈】 fàng dàng bù jī

行為放縱，不受約束或不加檢點。也作「**放浪不羈**」。（放蕩、放浪：行為不受約束或不加檢點。羈：約束。）例 他是個～的人，很有才氣，但和一般人未必能合得來。

書 《晉書·王長文傳》：「少以才學知名，而放蕩不羈，州府辟命皆不就。」

【盲人瞎馬】 máng rén xiā mǎ

南朝宋劉義慶《世說新語·排調》記載，晉朝時幾個人在一起各舉極危險的事情做語言遊戲，其中一個人說道：「盲人騎瞎馬，夜半臨深池。」後來就用「盲人瞎馬」比喻境況極端危險。多表示在情況不明時盲目亂幹所存在的危險。例「然而向青年說話可就難了，如果～，引入危途，我就該得謀殺許多人命的罪孽。」（魯迅《華蓋集·北京通信》）

書 王濬卿《冷眼觀》第一七回：「但是你們老兄，幾幾乎入新黨的那件事，要果真照你這樣說起來，豈不

是盲人騎瞎馬，夜半臨深池，也算他冒險一次麼？」

【刻不容緩】kè bù róng huǎn
一刻也不允許延遲。指情勢緊迫，必須立即去做。（刻：片刻；極短的時間。容：允許。緩：延緩；推遲。）例 **調整產品結構，以加強本公司的競爭力，現在已是～的事。**
書 清李汝珍《鏡花緣》第四〇回：「至胎前產後以及難產各症，不獨刻不容緩，並且兩命攸關。」

【刻舟求劍】kè zhōu qiú jiàn
《呂氏春秋．察今》記載了這樣一則故事：古代楚國有個人坐船過江，不小心佩劍掉進江水裏，他立即在船幫上刻一個記號，說：「這是我的劍掉進江裏的地方。」船停後他就從刻記號的地方跳進江裏尋找他的劍，結果自然找不到。後來就用「刻舟求劍」比喻拘泥固執，不知道隨着情勢的變化而改變看法或做法。例 **情況已經大不相同了，你如果還是抱住老經驗不放，企圖從中尋找解決新問題的辦法，那無異於～，肯定是行不通的。**
書 宋陸游《謝梁右相啟》：「刻舟求劍，固匪通材。」

【刻骨銘心】kè gǔ míng xīn
銘刻在骨頭上和心靈深處。比喻感受極深，牢記在心，永遠不忘。多用於表示對別人的感激。也作「**銘心刻骨**」、「**鏤骨銘心**」。（鏤：雕刻。）例 **容醫師的救命之恩，我～、沒齒難忘。**
書 唐李白《上安州李長史書》：「深荷王公之德，銘刻心骨。」又元劉致《端正好．上高監司》套曲：「萬萬人感恩知德，刻骨銘心。」

【並行不悖】bìng xíng bù bèi
同時進行，不相抵觸。（悖：違背；抵觸。）例 **鼓勵自主創新和引進先進技術完全可以～，它們都是建設現代化國家的需要。**
書 《禮記．中庸》：「萬物並育而不相害，道並行而不相悖。」

【並駕齊驅】bìng jià qí qū
幾匹馬並排拉着車，一齊快跑。比喻齊頭並進，不分先後。也比喻地位或程度相等，不相上下。（駕：用牲口拉車。驅：奔跑。）例 ❶ **如果你想在學習上和那些優秀學生～，那就要下更多的功夫才行。** ❷ **這種新品牌的微波爐以其可以與知名品牌～的高質量贏得了用户的青睞。**
書 南朝梁劉勰《文心雕龍．附會》：「並駕齊驅，而一轂統輻。」

【炎黃子孫】yán huáng zǐ sūn
炎帝神農氏和黃帝軒轅氏是古代傳說中兩個部落聯盟的首領，被尊為中華民族的祖先。後來就用「炎黃子孫」泛指中華民族的後代。例 **中國體育代表團在悉尼奧運會上的輝煌成績對全球～都是一個極大的鼓舞。**
書 《國語．周語下》：「夫亡者豈繄無寵？皆黃、炎之後也。」後用作「炎黃子孫」。

【沽名釣譽】 gū míng diào yù

施展手段謀取好名譽。(沽:買。釣:用餌引魚上鈎。比喻用手段謀取。) 例 **某些人熱衷於～,做了一點好事,就大肆吹嘘,惟恐別人不知道。**

書 金張建《高陵縣張公去思碑》:「非若沽名釣譽之徒,內有所不足,急於人聞,而專苛察督責,以祈當世之知。」

【沾沾自喜】 zhān zhān zì xǐ

自以為很好而洋洋得意。(沾沾:自得或自滿的樣子。) 例 **如果有了一點成績就～,自滿自足,只怕難以有大的進步了。**

書《史記·魏其武安侯列傳》:「太后豈以為臣有愛,不相魏其?魏其者,沾沾自喜耳,多易,難以為相持重。」

【油腔滑調】 yóu qiāng huá diào

形容說話或行文的腔調輕浮油滑,不正經,缺乏誠意。 例 **他在姑娘面前說話～,使姑娘很反感。**

書 清王士禛等《師友詩傳錄》一:「作詩,學力與性情必兼具而後愉快……若不多讀書,多貫穿,而遽言性情,則開後學油腔滑調、信口成章之惡習矣。」

【油頭粉面】 yóu tóu fěn miàn

形容人打扮過分而顯得輕浮俗氣。原多用於形容女子,今則多用於形容男子。也作「**粉面油頭**」。 例 **這幾位～的男子,雖然衣着入時,談吐卻頗不文雅。**

書 元石子章《竹塢聽琴》第一摺:「改換了油頭粉面,再不將蛾眉淡掃鬢堆蟬。」

【油頭滑腦】 yóu tóu huá nǎo

形容人輕浮油滑。也作「**油頭滑臉**」。 例 **和這樣一個～的人合作,我心裏一直不大踏實。**

書 明馮夢龍《醒世恒言·張淑兒巧智脱楊生》:「正看之間,有小和尚疾忙進報,隨有中年和尚油頭滑臉,擺將出來。」

【油嘴滑舌】 yóu zuǐ huá shé

形容說話輕浮油滑。 例 **年紀輕輕,就學得這樣～的,日後更不得了了。**

書 清西周生《醒世姻緣傳》第六回:「誰想晁大舍且不敢便叫珍哥竟到任內,要漫漫的油嘴滑舌騙得爹娘允了,方好進去。」

【泣不成聲】 qì bù chéng shēng

形容極度悲傷,哭得喉嚨哽塞,發不出聲音來了。(泣:低聲哭。) 例 **他越說越傷心,淚流滿面,～。**

書 清黃鈞宰《金壺七墨·鴛鴦印傳奇始末》:「彌留之際,日飲白湯升許,欲以洗滌肺腑,及食不下咽,泣不成聲。」

【泥牛入海】 ní niú rù hǎi

泥塑的牛進入大海,泥化掉了,不再有泥牛的消息。比喻一去不復返,無影無蹤。 例 **那位朋友從我這裏把書借走後一直沒有露面,～,杳無音信。**

書 宋道原《景德傳燈錄·潭州龍山和尚》：「洞山又問和尚：『見個什麼道理，便住此山？』師云：『我見兩個泥牛鬥入海，直至如今無消息。』」

【泥沙俱下】 ní shā jù xià

泥和沙隨着水流一起沖了下來。比喻好壞不同的人或事物混雜在一起都出現了。(俱：全；都。) 例 室內裝修需求很旺，各種裝修隊紛紛建立，難免良莠不齊，～，導致與客户糾紛不斷。

書 清袁枚《隨園詩話》卷一：「人稱才大者，如萬里黃河，與泥沙俱下。余以為此粗才，非大才也。」

【泥塑木雕】 ní sù mù diāo

用泥土塑造或用木頭雕刻成的偶像。比喻人神情呆滯，沒有反應，或靜止不動。也作「**木雕泥塑**」。例 他木然地坐在那裏，一言不發，簡直像～一樣。

書 元無名氏《冤家債主》第四摺：「城隍也是泥塑木雕的，有甚麼靈感在那裏。」又明馮夢龍《警世通言·李謫仙醉草嚇蠻書》：「兩班文武如泥塑木雕，無人敢應。」

【沸反盈天】 fèi fǎn yíng tiān

像水開了鍋一樣，聲浪充滿空間。形容極度喧鬧，亂成一片。(沸：水沸騰。反：水沸騰後在鍋裏翻轉。盈：充滿。) 例「你自己薦她來，又合夥劫她去，鬧得～的，大家看了成個什麼樣？」(魯迅《徬徨·祝福》)

書 清夏敬渠《野叟曝言》第二九回：「只見外面的人雪片打進來，沸反盈天，喊聲不絕。」

【沸沸揚揚】 fèi fèi yáng yáng

像水開了鍋一樣喧鬧。形容議論紛紛。例 部門撤併改組的消息很快就在公司裏～地傳開了。

書 明施耐庵《水滸傳》第一八回：「後來聽得沸沸揚揚地說道：『黃泥岡上一夥販棗子的客人，把蒙汗藥麻翻了人，劫了生辰綱去。』」

【波譎雲詭】 bō jué yún guǐ

見「雲譎波詭」，410頁。

【波瀾壯闊】 bō lán zhuàng kuò

水面遼闊，波濤洶湧。形容氣勢雄壯宏大。例 改革大潮～，改變着每個人的生活。

書 清王士禛等《師友詩傳續錄》二：「七言則須波瀾壯闊，頓挫激昂，大開大闔耳。」

【治病救人】 zhì bìng jiù rén

醫治疾病，把人救過來。也比喻批評別人的缺點錯誤，幫助他改正。例 大家抱着～的態度批評他，幫助他與錯誤決裂。

書 晉葛洪《神仙傳》：「沈羲，吳郡人，學道於蜀，能治病救人，甚有恩德。」

【治絲益棼】 zhì sī yì fén

整理蠶絲，不找出絲頭來理，結果越理越亂。比喻處理問題不得要領，反而使問題更加複雜。(治：整理。益：更加。棼：紛亂。) 例 必須先弄清造成企業經

營困難的癥結所在，然後採取相應的補救措施，否則，很可能會出現～的結果。

書 《左傳・隱公四年》：「臣聞以德和民，不聞以亂。以亂，猶治絲而棼之也。」後用作「治絲益棼」。

【怙惡不悛】hù è bù quān

堅持作惡，不肯悔改。（怙：倚仗。悛：悔改。）例 這個～的慣匪，今天終於落網了。

書 《左傳・隱公六年》：「長惡不悛，從自及也。」又《宋史・王化基傳》：「若授以遠方牧民之官，其或怙惡不悛，恃遠肆毒，小民罹殃，卒莫上訴。」

注 「怙」不讀gǔ。「悛」不讀jùn。

【怪誕不經】guài dàn bù jīng

見「荒誕不經」，323頁。

【怡然自得】yí rán zì dé

形容心中愉悦，自己感到很滿足、舒適。（怡然：愉悦的樣子。）例 週末，潘玲一人在家，自拉自唱，倒也～。

書 《列子・黃帝》：「黃帝既寤，怡然自得。」

【官官相護】guān guān xiāng hù

官吏和官吏互相袒護、包庇。也作「**官官相為**」、「**官官相衛**」。（為：幫助；衞護。）例 過去～，百姓告官有如天方夜譚。

書 明馮夢龍《醒世恆言・張廷秀逃生救父》：「況侯同知見任在此，就准下來，他們官官相護，必不自翻招，反受一場苦楚。」

【官逼民反】guān bī mín fǎn

官府殘酷壓迫人民，逼得人民起來反抗。例 ～，百姓到了忍無可忍的時候只能揭竿而起了。

書 清李伯元《官場現形記》第二八回：「廣西事情一半亦是官逼民反。正經說起來，三天亦說不完。」

【官樣文章】guān yàng wén zhāng

原指堂皇典雅的應制、應試文字。後轉指有固定程式和套語的官場中的公文。今多比喻徒具形式而缺乏實在內容，只是照例敷衍的言辭、文字或措施。

例 ❶ 這次消防檢查可不是在做～，查得細，管得嚴，工作十分認真。❷ 他在會上說的那番話完全是～，挑不出一點毛病，可也不解決任何問題。

書 宋劉子寰《沁園春・慶葉鎮》詞：「擒煙霧，引天機織組，官樣文章。」又清李伯元《官場現形記》第五回：「這日因為就要上任，前來稟辭，乃是官樣文章，不必細述。」

【空口無憑】kōng kǒu wú píng

見「口說無憑」，51頁。

【空中樓閣】kōng zhōng lóu gé

半空中顯現出來的樓閣。今多比喻虛幻的事物或脫離實際的理論、計劃、構想等。例 這個發展規劃大而無當，只怕如～，到頭來根本成不了現實。

書 清王韜《淞隱漫錄・仙人島》：「子休矣，忽作是想，徒構空中樓閣也。」

【空穴來風】kōng xué lái fēng

有了孔洞才有風進來。比喻傳聞的產生不是沒有原因的。現在使用中也指傳聞沒有根據。例 這些消息未必是～，大家都希望能早日了解它的真相。

書 戰國楚宋玉：《風賦》：「枳句來巢，空穴來風，其所託者然，則風氣殊焉。」

【空空如也】 kōng kōng rú yě

空空的，什麼也沒有。（如：文言助詞，放在形容詞之後，表示狀態。）例 他趕到會議室，屋子裏～，原來會議改期了，只是他沒有接到通知，白來了一趟。

書 《論語・子罕》：「子曰：『吾有知乎哉？無知也。有鄙夫問於我，空空如也。我叩其兩端而竭焉。』」

【空前絕後】 kōng qián jué hòu

以前不曾有過，以後也不會再有。常用來形容某種成就或狀況極其難得。例「辣椒可以止小兒的大哭，真是～的奇聞。」（魯迅《偽自由書・止哭文學》）

書 宋朱象賢《聞見偶錄・男服從軍》：「古之木蘭，以女為男，代父從軍，十二年而歸，同行者莫知其為女子，歌詩美之，典籍傳之，以其事空前絕後也。」

【空洞無物】 kōng dòng wú wù

空空的，沒有什麼東西。今多形容說話、寫文章沒有切實的內容。例「八股文格律定得那樣嚴，所以得簡煉揣摩，一心用在技巧上……八股文裏是～的。」（朱自清《經典常談・文第十三》）

書 南朝宋劉義慶《世說新語・排調》：「王丞相枕周伯仁膝，指其腹曰：『卿此中何所有？』答曰：『此中空洞無物，然容卿輩數百人。』」

【空頭支票】 kōng tóu zhī piào

票面金額超過存款餘額或透支限額因而不能生效的支票。也比喻不想或不能實現的空話。（支票：向銀行支取或劃撥存款的票據。）例 老闆原先許諾要給大家加薪不過是在開～，至今我們誰也沒有多得到一分錢。

書 楊沫《青春之歌》第二部第二七章：「給到你手裏是什麼呢？鬧半天原來是一張空頭支票！」

【肩摩踵接】 jiān mó zhǒng jiē

見「摩肩接踵」，516頁。

【肩摩轂擊】 jiān mó gǔ jī

肩膀挨着肩膀，車輪碰着車輪。形容行人、車輛來來往往，非常擁擠。也作「**轂擊肩摩**」、「**摩肩擊轂**」。（摩：接觸。轂：車輪中心插軸的部分。此處代指車輪。擊：碰。）例 這條通碼頭的老街上，當年～，熙熙攘攘，熱鬧極了。

書 《戰國策・齊策一》：「臨淄之途，車轂擊，人肩摩，連衽成帷，舉袂成幕，揮汗成雨。」後用作「肩摩轂擊」。

【門戶之見】 mén hù zhī jiàn

由於派別不同而產生的偏見。多

用於學術、藝術等方面。（門户：指派別。）例 **學術交流中的～是十分有害的，它會妨礙我們客觀地分析問題。**

書 清錢大昕《十駕齋養新錄．宋儒議論之偏》：「朱文公意尊洛學，故於蘇氏門人有意貶抑，此門户之見，非是非之公也。」

【門可羅雀】mén kě luó què

門前可以張網捕雀。形容門庭冷落，沒有什麼人來往。（羅：原指捕捉鳥雀的網，此指張網捕捉。）例 **肉鋪出售病豬肉一事曝光後，顧客幾乎絕跡，～。**

書《史記．汲鄭列傳論》：「始翟公為廷尉，賓客闐門；及廢，門外可設雀羅。」又《梁書．到溉傳》：「及卧疾家園，門可羅雀。」

【門庭若市】mén tíng ruò shì

門口和庭院裏像市場一樣。形容來往的人很多，非常熱鬧。（庭：庭院。市：集市；市場。）例 **他和社會上各色人等交往很廣，家裏～。**

書《戰國策．齊策一》：「羣臣進諫，門庭若市。」

【門當户對】mén dāng hù duì

在婚姻方面，男女雙方家庭的社會地位和經濟狀況都相當。（當：相稱。對：對等。）例 **曉玲選擇終身伴侶時，更看重雙方的感情是否融洽，至於～之類，她倒並不強求。**

書《敦煌變文集．祇園因由記》：「其友保曰：『舍衛長者大臣聞君有女，故來求婚。』長者護勒彌答曰：『此則門當户對。要馬百匹，黃金千量（通「兩」）。』」

注「當」在此不讀dàng。粵 dɔŋ¹ 噹。

【居心叵測】jū xīn pǒ cè

存着什麼心，不可推測。多指存心險惡。（居心：存心；懷着某種念頭。叵：不可。）例「**混入神團，～，乘火打劫，搶劫民財。」（老舍《神拳》第四幕）**

書 清林則徐《使粵奏稿》：「且其居心叵測，反覆靡常。」

注「叵」不可寫作「巨」。

【居安思危】jū ān sī wēi

生活在安定的環境裏，要想到可能會出現的危難、災害。例 **我們要記住～的古訓，在平時就把江河的堤防建設搞好，這樣即使來了洪水，也不會手忙腳亂了。**

書《左傳．襄公十一年》：「《書》曰：『居安思危。』思則有備，有備無患。」

【居高臨下】jū gāo lín xià

處在高處，俯視下方。也形容處在有利的地位。（臨：面對。）例 ❶ **華燈初上，登上電視塔，～，迷人的夜色盡收眼底。** ❷ **他經常～地教訓人，給人造成很大壓力。**

書 清畢沅《續資治通鑑．宋高宗紹興十一年》：「敵居高臨下，我戰地不利，宜少就平曠以致其師，宜可勝。」

【屈打成招】qū dǎ chéng zhāo

無罪的人遭嚴刑拷打，被迫招認有罪。（屈：冤枉。）例 他～，鋃鐺入獄，三年後才得以昭雪。

書 元無名氏《神奴兒》第四摺：「拖到官中，三推六問，弔（同『吊』）拷綳扒，屈打成招。」

【屈指可數】qū zhǐ kě shǔ

彎着手指頭就可以數清。形容數目很少。（屈：彎曲。）例 以前這個縣裏的大學生～，這些年已經增加很多了。

書 清梁章鉅《歸田瑣記・附覆廖尚書魏山長書》：「半載以來，死亡逃匿者屈指可數。」

注 「屈」不可寫作「曲」。「數」在此不讀 shù。粵 sou² 嫂。

【弦外之音】xián wài zhī yīn

原指樂器演奏的餘音。比喻言外之意，即從話語中間透露出來而沒有明說的意思。（弦：樂器上用以發聲的線，一般用絲線、銅絲或鋼絲等製成。）例 廖總的這番話有～，聽起來似乎對我們的方案不以為然。

書 清袁枚《隨園詩話》卷八：「如作近體短章，不是半吞半吐，超超元箸，斷不能得弦外之音，甘餘之味。」

【姑妄言之】gū wàng yán zhī

姑且隨便說一說。表示說的不一定可靠或正確。（姑：姑且；暫且。妄：胡亂；隨便。）例 如果你一定要聽聽我對這件事的看法，那麼我就～，供你參考吧。

書 《莊子・齊物論》：「予嘗為女（通『汝』）妄言之，女以妄聽之。」後用作「姑妄言之」。

【姑妄聽之】gū wàng tīng zhī

姑且隨便聽一聽。表示聽了不一定就相信或不必認真對待。例 這只是一種傳聞，你～。真相究竟如何，我也沒有把握。

書 《莊子・齊物論》：「予嘗為女妄言之，女以妄聽之。」又清王韜《淞濱瑣話・畫船紀豔》：「生素不喜作狹邪遊，姑妄聽之，似未深信。」

【姑息養奸】gū xī yǎng jiān

不講原則地一味寬容，從而助長壞人壞事。（姑息：過分寬容，不講原則。養：助長。奸：邪惡。）例 如果為腐敗行為開脫，～，必將貽害無窮。

書 清昭槤《嘯亭雜錄・徐中丞》：「守令來謁，命判試其才，教曰：『深文傷和，姑息養奸，戒之哉！』」

【姍姍來遲】shān shān lái chí

形容不能準時到達，來得遲了。（姍姍：形容人走路緩慢從容的樣子。）例 這兩次約會他總是～，怎麼不叫人生氣。

書 《漢書・外戚傳上・孝武李夫人》：「上愈益相思悲感，為作詩曰：『是邪，非邪？立而望之，偏何姍姍其來遲！』」

注 「姍」不可寫作「珊」。

【始終不渝】shǐ zhōng bù yú

自始至終一直不變。多就感情、態度等而言。（渝：改變。多指感情、態度等。多用否定式。）

例 研究工作得到基金會～的支持，這是取得成功的重要保證。

書《晉書．陸納傳》：「(納）恪勤貞固，始終不渝。」

注「渝」不可寫作「愉」。

【始終如一】shǐ zhōng rú yī

自始至終都一樣。多指好的品德或行為能堅持到底。例 海禪先生～地堅持自己立身處世的原則，老實做人，認真做事，贏得了大家的尊重。

書《梁書．到洽傳》：「明公儒學稽古，淳厚篤誠，立身行道，始終如一。」

【承上啟下】chéng shàng qǐ xià

接續上面的，並引起下面的。多用於寫作方面。例 這句話在文中起～的作用，是必不可少的。

書《禮記．曲禮上》：「故君子戒慎。」唐孔穎達疏：「故，承上起下之辭。」今多作「承上啟下」。

【承先啟後】chéng xiān qǐ hòu

繼承前面的，並開創今後的。多用於事業、學問方面。也作「**承前啟後**」。例 中年教師擔負着～的重任，是教學工作的中堅力量。

書 清王昶《湖海詩傳．尹繼善》：「文端公歷任封疆，晚歸台閣，歲歷五十餘載，承先啟後，三代平章，史冊所罕覯也。」

【孤立無援】gū lì wú yuán

孤單行事，沒有人援助。例 這支先遣部隊陷入敵軍的包圍，～，處境十分危險。

書《後漢書．班超傳》：「超孤立無援，而龜兹、姑墨數發兵攻疏勒。」

【孤芳自賞】gū fāng zì shǎng

把自己看作獨放的香花而自我欣賞。比喻人自命清高或自命不凡而自我欣賞。例 這位畫家～，落落寡合，很少與人來往。

書 清蔣士銓《空谷香．香生》：「蘭仙，你孤芳自賞，小劫乍經，此去塵寰，須索珍重。」

【孤注一擲】gū zhù yī zhì

賭博的人把所有的賭本都押上作賭注，擲一次骰子，企圖最後僥倖取勝。比喻在危急時投入全部力量冒險作最後一搏。北宋真宗年間，遼軍南犯，深入宋境，宋真宗在寇準的勸説下到澶州督戰，打了勝仗。後來有小人在真宗面前詆毀寇準，説他把真宗當孤注，讓真宗冒險。（注：賭注，即賭博時所押的錢物。孤注：把所有的賭本併作一次賭注。擲：指賭博時擲骰子以決輸贏。）例 成敗在此一舉，老秦準備～，大家都為他捏一把汗。

書 宋辛棄疾《九議》：「於是乎『為國生事』之説起焉，『孤注一擲』之喻出焉。」

【孤苦伶仃】gū kǔ líng dīng

孤單困苦，無依無靠。也作「**孤苦零丁**」、「**伶仃孤苦**」、「**零丁孤苦**」。（伶仃、零丁：形容孤獨，沒有依靠。）例 人們對這

位～的孩子紛紛伸出援助之手。

書 晉李密《陳情表》:「臣少多疾病，九歲不行，零丁孤苦，至於成立。」

【孤軍奮戰】 gū jūn fèn zhàn

孤立無援的軍隊奮力作戰。也比喻一個人或集體在得不到他人支援的情況下努力奮鬥。例 他明白在這場維護知識產權的訴訟中自己並非～，有許多相識或不相識的人在聲援他，幫助他。

書 《隋書·虞慶則傳》:「由是長儒孤軍獨戰，死者十八九。」今多作「孤軍奮戰」。

【孤陋寡聞】 gū lòu guǎ wén

學識淺薄，見聞不廣。有時也用於自謙。(孤：指學習中沒有可以切磋研討的朋友。陋：見聞少。) 例 ❶鄭先生退休後雖然不大出門，但每天都能從電腦互聯網上獲取豐富的信息，他可不是個～的人。❷我僻處山鄉，～，今後還望您多多指教。

書 《禮記·學記》:「獨學而無友，則孤陋而寡聞。」

【孤家寡人】 gū jiā guǎ rén

古代君主往往自己謙稱為「孤」或「寡人」。後借用來表示孤零零的一個人。今多比喻失去羣眾、孤立無助的人。例 這個人拒諫飾非，和同事的隔閡將越來越深，怕要成為～了。

書 曾樸《孽海花》第六五回:「雲岫的一妻一妾，也為這件事，連嚇帶痛的死了。到了今日，雲岫竟變了個孤家寡人了。」

【孤掌難鳴】 gū zhǎng nán míng

一個巴掌難以拍響。比喻勢單力薄，難以成事。(鳴：發出聲響。此指拍響。) 例 阿鵬想辦一家服裝設計中心，但缺少幫手，感到～。

書 《韓非子·功名》:「人主之患在莫之應，故曰：一手獨拍，雖疾無聲。」又元宮天挺《七里灘》第三摺:「雖然你心明聖，若不是雲台上英雄併力，你獨自個孤掌難鳴。」

【阿諛逢迎】 ē yú féng yíng

說話、做事故意迎合討好別人。也作「**阿諛奉承**」。(阿諛：迎合別人，說好聽的話。逢迎：說話、做事故意迎合別人的心意。) 例 他為了能青雲直上，對上司極盡～之能事。

書 宋程頤《周易程氏傳》一:「以臣於君言之，竭其忠誠，致其才力……用之與否，在君而已，不可阿諛逢迎，求其比己也。」

注 「阿」在此不讀 ā。

【附庸風雅】 fù yōng fēng yǎ

為了裝點門面而故意結交文人雅士，從事有關文化藝術方面的活動。(附庸：依傍；追隨。風雅：本指《詩經》中的《國風》、《大雅》、《小雅》，後也泛指文化藝術方面的事。) 例 賈老闆發財以後，也～地辦起藝術沙龍來了。

書 清吳趼人《情變》第八回:「那班鹽商明明是鹹腌貨色，卻偏要附庸風雅，在揚州蓋造了不少的花園。」

九畫

【春光明媚】chūn guāng míng mèi
春天的景致明麗美好。例 嚴冬過去了，～，公園裏的遊人一天比一天多了起來。
書 元宋方壺《鬥鵪鶉·踏青》套曲：「時遇着春光明媚，人賀豐年，民樂雍熙。」

【春色滿園】chūn sè mǎn yuán
園子裏到處都是春天的景色。比喻欣欣向榮的景象。也作「**滿園春色**」。例 這些年來科技界人才輩出，～，令人鼓舞。
書 宋葉紹翁《遊園不值》詩：「應憐屐齒印蒼苔，小扣柴扉久不開。春色滿園關不住，一枝紅杏出牆來。」

【春秋筆法】chūn qiū bǐ fǎ
《春秋》是春秋時代魯國的一部編年體史書，相傳經過孔子的修訂，孔子在修訂時十分講究用字，往往從中能體現出褒貶來。後來就稱行文隱晦曲折而意含褒貶的筆法為《春秋》筆法。（筆法：指寫作的方法、技巧。）例 報上這篇文章用的是～，讀的時候需要認真去琢磨。
書 宋俞文豹《吹劍錄》：「朱文公《通鑒綱目》以正名為先……蓋純用《春秋》筆法也。」

【春秋鼎盛】chūn qiū dǐng shèng
指人年富力強，精力充沛。（春秋：指年齡。鼎：正當。盛：壯盛。）例 盧先生～，今後一定能把這些宏圖大略付諸實現。
書 漢賈誼《新書·宗首》：「天子春秋鼎盛，行義未過，德澤有加焉，猶尚若此，況莫大諸侯權勢十此者乎？」

【春風化雨】chūn fēng huà yǔ
適宜於草木生長的風和雨。比喻適時而良好的教育。多用來稱頌師長的諄諄教誨。也作「**化雨春風**」。（化雨：滋養草木，促進其生長的及時雨。）例 老師們～般的教育，使這些孩子一天天健康成長起來。
書 《孟子·盡心上》：「有如時雨化之者。」又清文康《兒女英雄傳》第三七回：「驥兒承老夫子的春風化雨，遂令小子成名。」

【春風得意】chūn fēng dé yì
在春風輕拂中揚揚自得。原形容參加科舉考試進士及第後的得意心情。後也形容事業順心或目的達到後歡快得意的情態。（得意：稱心如意；感到非常滿意。）例 他新近受到提拔，～，精神顯得格外好。

書 唐孟郊《登科後》詩：「春風得意馬蹄疾，一日看盡長安花。」

【春風滿面】chūn fēng mǎn miàn
見「滿面春風」，494頁。

【春暖花開】chūn nuǎn huā kāi
春天氣候溫暖，鮮花盛開。形容春景美好宜人。例 到了～的季節，旅行社的工作就繁忙起來了。
書 明朱國禎《湧幢小品・南內》：「春暖花開，命中貴陪內閣儒臣宴賞。」

【玲瓏剔透】líng lóng tī tòu
形容器物結構精巧，孔竅明晰。多指鏤空的手工藝品或供玩賞的太湖石等。也形容人心思靈巧。(玲瓏：精巧細緻。剔透：通徹透亮。) 例 ❶這些～的玉雕品，工藝精湛，十分受人喜愛。❷蘭姑娘～，你的心意她早就猜到了。
書 元史九敬先《莊周夢》第二摺：「萬竅千穴花木主，玲瓏剔透人皆許，風流可喜太湖石，曾伴投江浣紗女。」

【封官許願】fēng guān xǔ yuàn
封授官職，答應將來給予某種好處，以誘使別人為自己賣力。例 他用～的手段拉攏了一批人，壯大了自己的勢力，在公司裏呼風喚雨，無所不能。
書 周而復《上海的早晨》第三部四九：「他的話沒說完，馮永祥就封官許願，一句話說到他的心裏。」

【城下之盟】chéng xià zhī méng
因敵人兵臨城下，抵抗不了，而跟敵人簽訂的盟約。也泛指被迫簽訂的屈辱性條約。例「否則不抵抗主義，～，斷送土地這些勾當，在沈靜中就顯得更加露骨。」(魯迅《二心集・「民族主義文學」的任務和命運》)
書《左傳・桓公十二年》：「楚伐絞……大敗之，為城下之盟而還。」

【城門失火，殃及池魚】
chéng mén shī huǒ, yāng jí chí yú
城門起火，人們到護城河裏取水滅火，河裏的魚因為水被取乾而全都死了。比喻無辜受牽連而遭受禍害或損失。（殃：禍害。及：達到；牽連到。池：護城河。）例 那些假冒名牌的劣質酒被新聞媒體揭露後，消費者一時難辨真假，害得真正的名牌酒銷量也大受影響，真是～。
書 事見漢應劭《風俗通義》。又北齊杜弼《為東魏檄蜀文》：「但恐楚國亡猨，禍延林木；城門失火，殃及池魚。」

【政出多門】zhèng chū duō mén
政令由多方發出。指應該集中的權力不集中，指揮不統一。例 如果～，下級部門無所適從，必然會使工作出現極大混亂，造成嚴重後果。
書《左傳・襄公三十年》：「大夫敖，政多門。」又《晉書・姚興傳》：「晉主雖有南面之尊，無總御之實，宰輔執政，政出多門，權去公家，遂成習俗。」

【政通人和】zhèng tōng rén hé
政令暢通，人民和樂。例 現在～，各項事業都出現了蒸蒸日上的景象。
書 宋范仲淹《岳陽樓記》：「越明年，政通人和，百廢俱興。」

【赴湯蹈火】fù tāng dǎo huǒ
即使是滾水、烈火，也勇敢地踩上去。形容不避艱險，奮不顧身。（赴：走向。湯：滾開的水。蹈：踩。）例 這些熱血志士為了民族的解放，～，不惜獻出自己的生命。
書《三國志·魏志·劉表傳》：「說表遣子入質。」裴松之註引晉傅玄《傅子》：「今策名委質，唯將軍所命，雖赴湯蹈火，死無辭也。」

【甚囂塵上】shèn xiāo chén shàng
人聲喧囂，塵土飛揚。原是形容軍隊在準備作戰時出現的景象。後也用來形容消息盛傳，議論喧騰。今多指某種錯誤言論十分囂張。作貶義用。（甚：很。囂：喧鬧。）例 雖然近來這種錯誤說法～，但曹先生不為所動，他相信是非總有一天會弄清楚的。
書《左傳·成公十六年》：「楚子登巢車以望晉軍……曰：『甚囂，且塵上矣。』」後用作「甚囂塵上」。

【革故鼎新】gé gù dǐng xīn
革除舊的，建立新的。也作「鼎新革故」。（革：除去。鼎新：更新。）例 他上任以後順應民意，～，政績有口皆碑。
書《周易·雜卦》：「革，去故也；鼎，取新也。」又唐張說《故開府儀同三司……梁國文貞公碑》：「夫以革故鼎新，大來小往，得喪而不形於色，進退而不失其正者，鮮矣。」

【故弄玄虛】gù nòng xuán xū
故意玩弄手段，使人捉摸不透。（玄虛：原指道的玄妙虛無。此指使人捉摸不透的手段、花招。）例 汪安迪對這件家藏古董的來歷避而不談，～，使它蒙上了一層神祕的色彩。
書 郁達夫《超山的梅花》：「從此看來，《塘棲志略》裏所說的《大明寺井碑》，應是抄來的文章，而編者所謂不識何意者，還是他在故弄玄虛。」

【故步自封】gù bù zì fēng
走的還是老步子，自己把自己限制住了。比喻安於現狀，不圖進取。（故步：原來的步子。自封：把自己限制在一定的範圍內。）例 他們的研究水平當年曾是一流的，但由於～，近幾年已經開始落後了。
書 梁啟超《愛國論》：「婦人纏足十載，解其縛而猶不能行，故步自封，少見多怪，曾不知天地間有所謂『民權』二字。」

【故態復萌】gù tài fù méng
指舊日的習氣或狀態又出現了。多用於貶義。（故態：原來的樣子。復：重又。萌：開始發生、出現。）例 你說過要改掉這種散漫的毛病，可是沒過幾天，就又～，實在讓人失望。

書 明梅鼎祚《玉合記·嗣音》：「不欺師父，韓郎遣信到此，不覺故態復萌，情緣難斷。」

【胡作非為】 hú zuò fēi wéi

不顧法紀，不講道理，隨意亂來，幹壞事。（非：不合理；錯誤。為：做。）例 大家警告這幾個地痞：「如果你們再敢～，就別怪我們不客氣！」

書 清李綠園《歧路燈》第六五回：「委的沒有賭博，小的是經過老爺教訓過的，再不敢胡作非為。」

注「為」在此不讀wèi。粵 wɐi⁴唯。

【胡言亂語】 hú yán luàn yǔ

沒有根據地隨意亂說。例 作為證人，在法庭上不可～，否則是要被追究法律責任的。

書 元鄭光祖《傷梅香》第二摺：「你省可裏胡言亂語。」

【胡思亂想】 hú sī luàn xiǎng

沒有根據或不切實際地瞎想。例 一個多月沒有得到在外地工作的孫子的消息，老太太心中牽掛，不免～起來，越想越放心不下。

書 宋黎靖德編《朱子語類》卷一四：「若心未能靜安，則總是胡思亂想，如何是能慮！」

【胡說八道】 hú shuō bā dào

隨意瞎說；說話不符合事實或毫無道理。也作「**胡說亂道**」、「**胡說白道**」。例 想不到他那些～的話居然也有人相信，真讓我感到吃驚。

書 宋宗杲《大慧普覺禪師語錄》一二：「手裏指東畫西，口中胡說亂道。」又清石玉崑《三俠五義》第七回：「小婦人告訴他兄弟已死，不但不哭，反倒向小婦人胡說八道。」

【枯木逢春】 kū mù féng chūn

枯樹遇上了春天。比喻重又獲得生機。（木：樹木。）例 這家公司經過重組改造，猶如～，重又現出了活力。

書 宋道原《景德傳燈錄·唐州大乘山和尚》：「僧問：『枯木逢春時如何？』師曰：『世間希（同「稀」）有。』」

【相去無幾】 xiāng qù wú jǐ

相差不多。（無幾：沒有多少；不多。）例 這兩種品牌的電腦在性能和質量上～，但價格卻大不一樣。

書 宋蘇洵《衡論·田制》：「是今之稅與周之稅輕重之相去無幾也。」

【相安無事】 xiāng ān wú shì

平安相處，沒什麼矛盾衝突。例 「她只能消極的不招丈夫生氣，使夫婦～。」（老舍《四世同堂》二三）

書 宋鄧牧《伯牙琴·吏道》：「古者君民間相安無事，固不得無吏，而為員不多。」

【相形見絀】 xiāng xíng jiàn chù

彼此一對照比較，其中一方就顯得遜色了。（形：對照。見：顯現出。絀：不足。）例 和大師的作品相比，這幾幅畫不免要～了。

書 清吳趼人《二十年目睹之怪現狀》第九〇回：「他一個部曹，戴了個水晶頂子去當會辦，比着那紅藍色的頂子，未免相形見絀。」

【相忍為國】xiāng rěn wèi guó
為了國家的利益而克制忍讓。（忍：忍讓。）例 作為一個政治家，應該有～的氣度。
書《左傳·昭公元年》：「魯以相忍為國也，忍其外，不忍其內，焉用之？」

【相知恨晚】xiāng zhī hèn wǎn
指新結交的朋友十分投合，因未能早日相知而感到遺憾。也作「**相逢恨晚**」、「**相見恨晚**」、「**恨相知晚**」。（相知：與人相交而互相了解，彼此知心。恨：遺憾。）例 他們兩人一見如故，傾心交談，大有～之感。
書《史記·魏其武安侯列傳》：「兩人相為引重，共遊如父子然。相得驩（通『歡』）甚，無厭，恨相知晚也。」

【相依為命】xiāng yī wéi mìng
互相依靠着生活下去。（為命：維持生命。）例 父母去世後，玉春由祖父母一手帶大，祖孫三人～。
書 宋文天祥《齊魏兩國夫人行實》：「先公不幸即世，璧兄弟扶柩歸先廬，先夫人號痛欲絕，爾後與繼祖母劉夫人相依為命。」
注「為」在此不讀wèi。㊄ wei⁴唯。

【相持不下】xiāng chí bù xià
雙方對立、爭執，互不相讓，結局未定。（不下：表示爭持沒有結果。）例 他們學術觀點不同，各執一詞，～。
書《史記·淮陰侯列傳》：「燕、齊相持而不下，則劉、項之權未有所分也。」

【相映成趣】xiāng yìng chéng qù
互相襯托而顯出意趣來。（映：映襯；襯托。）例 畫面上瓶中的菊花和那把酒壺～，引起人們諸多遐想。
書 朱自清《「子夜」》：「寫馮雲卿等三人作公債而失敗，那不過點綴點綴，取其與吳、趙兩巨頭相映成趣，覺得熱鬧些。」
注「映」不可寫作「印」。

【相得益彰】xiāng dé yì zhāng
互相配合、補充，使各自的長處或作用更加顯著地表現出來。（相得：互相配合。益：更加。彰：顯著。）例 這樣好的身材配上這款新設計的時裝，那真是～。
書 漢王褒《聖主得賢臣頌》：「若堯、舜、禹、湯、文、武之君，獲稷、契、皋陶、伊尹、呂望，明明在朝，穆穆列佈，聚精會神，相得益章（同『彰』）。」

【相提並論】xiāng tí bìng lùn
把不同的人或事物不加區別地放在一起來看待或評論。多用於否定或疑問。例 那些奸商的發財經和企業家的經營理念、經營策略是不能～的。

書 清袁枚《寄房師鄧遜齋先生》：「而枚則寂處山中，日與麋鹿為羣，就有著述，亦不過雕蟲篆刻，何足與當代勳臣相提而並論。」

【相敬如賓】xiāng jìng rú bīn
形容夫妻間互相敬重，就像對待賓客一樣。例 周先生和周太太～，一家人生活得美滿幸福，令人羡慕。
書《後漢書·逸民傳·龐公》：「居峴山之南，未嘗入城府，夫妻相敬如賓。」

【相輔相成】xiāng fǔ xiāng chéng
互相補充，彼此促成。（輔：從旁幫助。）例 這兩種藥，一種外敷，一種內服，～，要同時使用，這樣你的傷就能好得更快。
書 梁啟超《初歸國演說辭》：「二派所用手段雖有不同，然何嘗不相輔相成。」

【相機行事】xiàng jī xíng shì
見「見機行事」，203頁。

【相濡以沫】xiāng rú yǐ mò
《莊子·大宗師》中講到魚被困在缺水的地方，相互以口沫來濕潤對方的身體，以維持生命。後來就用「相濡以沫」比喻人處在困境中仍盡自己的努力來互相關心、幫助。（濡：沾濕。）例 他忘不了當年一家人～，度過艱苦歲月的情景。
書《莊子·大宗師》：「泉涸，魚相與處於陸，相呴以濕，相濡以沫，不如相忘於江湖。」

【查無實據】chá wú shí jù
調查以後發現並沒有確實的根據或證據。例 雖然有人舉報他受賄，但因～，目前還無法作出這一認定。
書 清李綠園《歧路燈》第一〇一回：「那兩個差頭，白白的又發了一注子大財，只以『查無實據』稟報縣公完事。」
注「查」不可寫作「察」。

【柳暗花明】liǔ àn huā míng
綠柳成蔭，繁花耀眼。原形容自然景色，後也用來比喻走出困境，重又看到了希望。（暗：指濃蔭蔽日。明：指鮮明耀眼。）
例 ❶這裏山青水秀，～，是休閒度假的好地方。❷原以為這筆生意做不成了，誰知經人斡旋，又出現了～的景象。
書 唐韓鄂《歲華紀麗·春》：「風暖而燕南雁北，日緜而柳暗花明。」又宋陸游《遊山西村》詩：「山重水複疑無路，柳暗花明又一村。」

【要言不煩】yào yán bù fán
語言簡明扼要，不煩瑣。（煩：又多又亂。）例 他發表的意見，～，深中肯綮，對大家很有啟發。
書《三國志·魏志·管輅傳》：「過歲更當相見。」裴松之註引三國魏管辰《管輅別傳》：「輅尋聲答之曰：『夫善《易》者不論《易》也。』晏含笑而讚之：『可謂要言不煩也。』」
注「煩」不可寫作「繁」。

【威武不屈】wēi wǔ bù qū
在權勢、武力的脅迫下不屈服。

（威武：指權勢、武力。）例 他是位～的錚錚鐵漢，面對侵略者的刺刀，大義凜然，視死如歸。

書《孟子·滕文公下》：「富貴不能淫，貧賤不能移，威武不能屈，此之謂大丈夫。」又明李開先《李崆峒傳》：「朝士無不趨附奉承者，崆峒獨能明擊之，助攻之，可謂威武不屈，卓立不羣者矣。」

注「屈」不可寫作「曲」。

【威信掃地】 wēi xìn sǎo dì

威信完全喪失。（威信：威望和信譽。掃地：比喻完全喪失。）例 這個老闆答應職工的事常常不算數，出爾反爾，在職工中～。

書 郭沫若《洪波曲·南京印象》：「而且就是他，使得法紀蕩然，使得政府的威信掃地。」

【威風凜凜】 wēi fēng lǐn lǐn

形容氣派、聲勢令人敬畏。（威風：令人敬畏的氣派、聲勢。凜凜：可敬畏的樣子。）例「這平常日子～的老爺也會像鬥敗的公雞似的垂頭喪氣。」（茅盾《子夜》四）

書 元薩都剌《傷思曲》：「將軍容，丹砂紅；威風凜凜蓋世雄。」

【威脅利誘】 wēi xié lì yòu

用威勢或強力逼迫、恫嚇人，用利益引誘人。指用軟硬兼施的手段使人服從。也作「**利誘威脅**」、「**威迫利誘**」。例 敵人對他～，妄圖使他俯首聽命，但一次次都落了空。

書 宋王灼《李仲高石君堂》：「利誘威脅擬奪去，仲高誓死君之側。」

【厚此薄彼】 hòu cǐ bó bǐ

重視或優待這一方，輕視或慢待另一方。指不能同等看待，有偏向。例 我們對前來參加工程投標的公司，不論是本地的還是外地的，都一視同仁，絕不會～。

書 明袁宏道《廣莊·養生主》：「皆吾生即皆吾養，不宜厚此薄彼。」

【厚顏無恥】 hòu yán wú chǐ

臉皮厚，不知羞恥。（顏：臉面。）例 他～地認賊作父，遭到世人的唾罵。

書 南朝齊孔稚珪《北山移文》：「雖情投於魏闕，或假步於山扃。豈可使芳杜厚顏，薜荔無恥。」後用作「厚顏無恥」。

【面不改色】 miàn bù gǎi sè

臉色不變。形容人遇到危難或意外時從容鎮定，神色如常。也作「**面不改容**」。例 他深入敵佔區偵察，遭遇盤查時～，巧妙應對，終於化險為夷。

書 元秦簡夫《趙禮讓肥》第二摺：「但凡拿住的人呵，見了俺喪膽亡魂。今朝拿住這廝，面不改色。」

【面目一新】 miàn mù yī xīn

樣子完全變成新的了。（面目：指事物呈現的景象、狀態。一：表示整個；全。）例 這本雜誌改版後～，很受讀者喜愛。

書 魯迅《致增田涉》：「《中國小說史》序文呈上，由於忙和懶，寫得蕪

雜，祈大加斧正，使成佳作，面目一新。」

【面目可憎】miàn mù kě zēng
容貌令人厭惡。多指人猥瑣庸俗。（憎：厭惡。）例 此人庸俗透頂，～，在這裏很不受歡迎。
書 唐韓愈《送窮文》：「凡所以使吾面目可憎，語言無味者，皆子之志也。」

【面目全非】miàn mù quán fēi
樣子變得和原來的完全不同了。原指人的相貌。後也指事物的景象，使用中多含貶義。（非：指不是原來的樣子。）例「它的厄運，是在好書被有權者用相似的本子來掉換，年深月久，弄得～。」（魯迅《而已集·談所謂「大內檔案」》）
書 清蒲松齡《聊齋誌異·陸判》：「婢見面血狼籍，驚絕。濯之，盆水盡赤。舉首則面目全非，又駭極。」

【面有難色】miàn yǒu nán sè
臉上露出為難的神色。例 我去請他提供幫助，他～，我也就不便勉強了。
書 清李伯元《官場現形記》第二五回：「溥四爺又再三叮囑晚上同到順泉家吃飯。賈大少爺因為奎官之事，面有難色，尚未回答得出。」

【面如土色】miàn rú tǔ sè
臉色像泥土一樣。形容人極其驚恐，以致臉上沒有一點血色。例 在公園裏乘坐過山車玩的時候，由於車速快，她嚇得大叫起來，～。
書《敦煌變文集·捉季布傳文》：「歸到壁前看季布，面如土色結眉頻。」

【面面相覷】miàn miàn xiāng qù
臉對臉，你看着我，我看着你。形容人們因驚懼、詫異或無可奈何而相互呆呆地望着，說不出話來。（面面：臉對着臉。覷：看。）例 面對這一意外，他們～，一下子都愣住了，不知道該怎麼辦才好。
書 明施耐庵《水滸傳》第一七回：「眾做公的都面面相覷，如箭穿雁嘴，鈎搭魚腮，盡無言語。」
注「覷」不讀 xū。

【面面俱到】miàn miàn jù dào
各個方面都照顧到。形容考慮、安排得十分周全。有時也表示雖然照顧到各個方面，但重點不夠突出。（面面：各個方面。）
例 ❶老魏辦事～，很少有疏失，是可以讓人放心的。❷一篇論説文能把一個中心問題説透就不容易了，不要～，涉及的問題雖多，但哪一個都沒有説清楚。
書 清李伯元《官場現形記》第五七回：「這位單道台辦事一向是面面俱到，不肯落一點褒貶的。」
注「俱」不可寫作「具」。

【面紅耳赤】miàn hóng ěr chì
形容人因羞愧、急躁或發怒而漲紅了臉的樣子。例 究竟採用哪一種辦法好，大家爭得～。
書 明吳承恩《西遊記》第五四回：

「三藏聞言，耳紅面赤，羞答答不敢抬頭。」今多作「面紅耳赤」。

【面授機宜】miàn shòu jī yí
當面傳授、佈置應付局面的策略、辦法。（面：當面。授：傳授。機宜：針對情勢所應採取的策略、辦法。）例 這場排球賽雙方拼得很兇，袁教練利用暫停的機會向運動員們～，佈置取勝之策。
書 清李伯元《官場現形記》第一八回：「欽差會意，等到晚上無人的時候，請了拉達過來，面授機宜，如此如此，這般這般的，吩咐了一番。」
注 「授」不可寫作「受」。

【面黃肌瘦】miàn huáng jī shòu
臉色發黃，肌體瘦削。常用來形容人營養不良或衰弱有病的樣子。例 這個流浪兒頭髮亂蓬蓬的，～，顯出十分憔悴的樣子。
書 元《三國志平話》卷下：「曹相見張松，身長五尺五寸，面黃肌瘦，言不滿百。」

【面無人色】miàn wú rén sè
臉上沒有正常人的血色。形容人極其驚恐的樣子。也形容人因飢餓、疾病而十分虛弱的樣子。
例 ❶走私的人發現自己已經陷入警方的包圍，一個個嚇得～。❷他經過這場大病的折磨，瘦骨嶙峋，～，身體極虛弱。
書 《史記・李將軍列傳》：「會日暮，吏士皆無人色，而廣意氣自如，益治軍。軍中自是服其勇也。」又宋朱熹《奏救荒事宜狀》：「百萬生齒，飢困支離，朝不謀夕，其尤甚者，衣不蓋形，面無人色。」

【耐人尋味】nài rén xún wèi
經得起人反覆仔細地體會、玩味。形容意味深長。（耐：經受得起。尋味：仔細體會。）
例 「書讀得越多而不加思考，你就會覺得你知道得很多；而當你讀書而思考得越多的時候，你就會越清楚地看到，你知道得很少。」伏爾泰的這句話是多麼的～啊！
書 清無名氏《杜詩言志》卷三：「其所作如《少府畫障歌》、《崔少府高齊觀三川水漲》諸詩，句句字字追琢入妙，耐人尋味。」

【南征北戰】nán zhēng běi zhàn
轉戰南北。也作「**南征北伐**」、「**南征北討**」。例 這支部隊在葉將軍統率下～，屢建奇功。
書 宋李燾《續資治通鑒長編・太祖開寶元年》：「普曰：『陛下小天下耶？南征北戰，今其時也，願聞成算所向。』」

【南柯一夢】nán kē yī mèng
唐李公佐《南柯太守傳》記淳于棼夢中來到大槐安國娶公主為妻，當了南柯太守，享盡富貴榮華。夢醒方知大槐安國不過是庭中槐樹下的一個螞蟻洞，南柯郡是槐樹南枝下的另一個螞蟻洞。後來就用「南柯一夢」指夢境，或比喻追名逐利，到頭來只是一場空。例 他是個曇花一現的

政客，回憶當年的顯赫，猶如～。

書 元馬致遠《女冠子》：「得又何歡，失又何愁，恰似南柯一夢。」

【南腔北調】nán qiāng běi diào
南方或北方方言的腔調。例 全國許多地方的人都到這裏來批發商品，説話～，有的還真不大好聽懂。

書 清富察敦崇《燕京歲時記．封台》：「像聲即口技，能學百鳥音，並能作南腔北調，嬉笑怒罵，以一人而兼之，聽之歷歷也。」

【南轅北轍】nán yuán běi zhé
車轅朝南，想到南方去，結果車子卻朝北方走。比喻行動和目的相反。（轅：獸力車前面駕牲口的兩根直木。轍：車輪在地面壓出的痕跡。）例「如果一方面盼望有功於『世道人心』的文藝，而同時又不許文藝作品帶着強心和清瀉的藥品，這何異～？」（茅盾《雜談文藝現象》）

書《戰國策．魏策四》講了一個想到南方楚國去，卻準備駕車往北走的寓言故事。成語源出於此。又清魏源《〈書古微〉序》：「南轅北轍，誣聖師心，背理害道，不可勝數。」

【拭目以待】shì mù yǐ dài
擦亮眼睛等着看。形容對事情的發展殷切關注，或等待某件事情的實現。（拭：擦。）例 經理答應要向員工補發加班費，究竟能否兑現，大家正～。

書 宋王十朋《送表叔賈元範赴省試序》：「某既著為天理説，且拭目以待，欲驗斯言之不妄云。」

注「拭」不可寫作「試」。「待」不可寫作「侍」。

【持之以恆】chí zhī yǐ héng
做事有恆心，能長久堅持下去。（持：保持。恆：恆心。）例 建東每天參加健身活動，用的時間雖然不多，但由於能～，一年下來健康狀況有了明顯改善。

書 清曾國藩《家訓諭紀澤》：「爾之短處，在言語欠鈍訥，舉止欠端重，看書不能深入而作文不能崢嶸。若能從此三事上下一番苦工，進之以猛，持之以恆，不過一二年，自爾精進而不覺。」

【持之有故】chí zhī yǒu gù
提出某種主張或見解有一定的根據。（持：指抱有某種觀點。故：根據。）例「但是仔細讀了郭先生的引證和解釋，覺得他也是～，言之成理的。」（朱自清《現代人眼中的古代》）

書《荀子．非十二子》：「縱情性，安恣睢，禽獸行，不足以合文通治，然而其持之有故，其言之成理，足以欺惑愚眾。」

【持平之論】chí píng zhī lùn

公平的言論；不偏不向的評論。（持平：保持公平。）例 他這番～，赢得了參加研討會的代表的首肯。

書 清李伯元《官場現形記》第三四回：「此乃做書人持平之論；若是一概抹殺，便不成為恕道了。」

【指不勝屈】zhǐ bù shèng qū

彎着手指頭數都數不過來。形容數目很多。（勝：能夠承受。屈：彎曲。）例 世上因輕敵而導致失敗者～，我們怎麼能不引以為戒呢？

書 清歸莊《吳郡名賢圖像序》：「吾吳，人才之淵藪也，在前代已指不勝屈；明興三百年，人才尤盛。」

注 「勝」舊讀 shēng。「屈」不可寫作「曲」。

【指日可待】zhǐ rì kě dài

可以指明日期來等待（某件事情的實現）。表示不會等太久了；不久就可以實現。例 從目前的發展勢頭看，這家公司重振雄風已是～的事。

書 宋司馬光《乞開言路狀》：「以為言路將開，下情得以上通，太平之期，指日可待也。」

【指手劃腳】zhǐ shǒu huà jiǎo

說話的時候手腳也配合做出各種動作。形容放肆或得意的樣子。今多形容輕率地指點批評或亂指揮。例 你不明就裏，就不要在這裏～地亂加評論了。

書 明施耐庵《水滸傳》第七五回：「見這李虞候、張幹辦在宋江前面指手劃腳，你來我去，都有心要殺這廝。」

【指桑罵槐】zhǐ sāng mà huái

指着桑樹，卻在罵槐樹。比喻表面上罵這個人，實際上卻在罵另一個人。也作「指雞罵狗」。

例 馮伯聽出鄰居潘嫂那番～的話是衝着自己來的，心中十分窩火。

書 明蘭陵笑笑生《金瓶梅詞話》第六二回：「他每日那邊指桑樹罵槐樹，百般稱快。」

【指鹿為馬】zhǐ lù wéi mǎ

《史記．秦始皇本紀》記載，秦二世時丞相趙高陰謀作亂，擔心羣臣不從，於是用計試探羣臣的態度。他把一隻鹿獻給二世皇帝，說：「這是馬。」二世笑着說：「丞相誤耶？謂鹿為馬。」趙高問左右的臣子，有的不說話，有的順着趙高的意思說是馬，也有的說是鹿。趙高暗中把那些說是鹿的臣子都給害了。從此羣臣都畏懼趙高。後來就用「指鹿為馬」比喻故意歪曲事實，顛倒黑白。例 這個卑鄙的小人竟然～，誣陷好人，實在太可惡了。

書 《後漢書．竇憲傳》：「深思前過，奪主田園時，何用愈趙高指鹿為馬？久念使人驚怖。」

【指揮若定】zhǐ huī ruò dìng

形容指揮有方，態度從容，像是勝利已成定局。（定：定局。）

例 蔡教練在賽場上～，終於率

領運動員捧回了冠軍的獎杯。

書 唐杜甫《詠懷古跡》詩之五：「伯仲之間見伊呂，指揮若定失蕭曹。」

【拾人牙慧】shí rén yá huì

拾取別人説過的一言半語當做自己的話來用。（牙慧：指別人説過的話。）例 他的這篇文章～，並沒有多少自己的見解。

書 清夏敬渠《野叟曝言》第一一八回：「明用故事，卻暗翻前局，方不是拾人牙慧。」

【拾金不昧】shí jīn bù mèi

拾到財物不藏起來據為己有。（昧：掩蓋；隱藏。）例 齊校長在全校大會上表揚了陳羣同學～的行為，希望大家都來向她學習。

書 清吳熾昌《客窗閒話・義丐》：「乃呼里長，為之謀宅於市廛，置貨立業，且表之以額曰『拾金不昧』。」

【拾遺補闕】shí yí bǔ quē

把別人遺漏的東西撿拾起來，對別人有缺失的地方進行補充。（闕：缺失。）例 這幾篇回憶文章對新文學運動的史料～，提供了不少使人感興趣的內容。

書 漢司馬遷《報任少卿書》：「所以自惟：上之不能納忠效信，有奇策才力之譽，自結明主；次之又不能拾遺補闕，招賢進能，顯巖穴之士。」

【挑肥揀瘦】tiāo féi jiǎn shòu

挑揀肉的肥瘦。也泛指挑來挑去，光挑選對自己有利的。（揀：挑選。）例 經理見到你在工作中這樣～，自然要不高興的，這全怪你自己。

書 清郭小亭《評演濟公傳・後傳》第六回：「掌刀的一瞧，見和尚破爛不堪，心説：這和尚必是買十個錢的肉，挑肥揀瘦。」

注 「挑」在此不讀 tiǎo。粵 tiu¹ 佻 /tiu⁵ 窕。

【挑撥離間】tiǎo bō lí jiàn

搬弄是非，挑起糾紛，使人不和。（離間：從中挑撥，使人不和。）例 我們識破了他這種～的伎倆，使他的圖謀沒能得逞。

書 朱自清《論不滿現狀》：「這種人往往少有才，挑撥離間，詭計多端。」

注 「挑」在此不讀 tiāo。「間」在此不讀 jiān。粵 gan³ 諫。

【挖肉補瘡】wā ròu bǔ chuāng

見「剜肉補瘡」，350 頁。

【挖空心思】wā kōng xīn sī

形容用盡心機。多用於貶義。

例 計老闆～想逃税，結果遭到查處。

書 清俞萬春《盪寇志》第一二六回：「今此賊挖空心思，用到如許密計，圖我安如泰山之鄆城。」

【按兵不動】àn bīng bù dòng

作戰時控制住軍隊，使暫不行動。也泛指在某件事情上不見行動。（按：壓住；止住。）例 別的公司都在採取各種方式促銷，

同洽公司卻～，不知他們究竟有什麼打算。

書《呂氏春秋·召類》：「趙簡子按兵而不動，凡謀者疑也。」

【按部就班】àn bù jiù bān

原意是講寫作時安排文義，遣詞造句。後指做事按照一定的條理，遵循一定的程序。（部：指門類；班：指應在的位置。）

例「假若他能～的讀些書，他也會變成一個體面的，甚至或者是很有學問的人。」（老舍《四世同堂》四九）

書晉陸機《文賦》：「觀古今於須臾，撫四海於一瞬。然後選義按部，考辭就班。」又清石玉崑《三俠五義》第九四回：「只好是按部就班，慢慢敍下去，自然有個歸結。」

【按圖索驥】àn tú suǒ jì

按照圖上的樣子去尋找好馬。比喻辦事死板，拘泥成法。後多比喻按照線索去尋找。（索：尋找。驥：好馬。）例這部博物館藏品圖錄給大家提供了～的方便，有了它，你就可以有針對性地進行參觀了。

書《漢書·梅福傳》：「今不循伯者之道，乃欲以三代選舉之法，取當時之士，猶察伯樂之圖，求騏驥於市，而不可得，亦已明矣。」又元趙汸《葬書問對》：「每見一班按圖索驥者，多失於驪黃牝牡，苟非其人神定識超，未必能造其微也。」

【皆大歡喜】jiē dà huān xǐ

大家都很滿意、很高興。例市政府出面疏通了新鮮蔬菜的購銷渠道，使菜農和消費者～。

書後秦鳩摩羅什譯《維摩詰所說經·囑累品》：「一切大眾聞佛所說，皆大歡喜，信受奉行。」

【背井離鄉】bèi jǐng lí xiāng

離開故鄉到外地去謀生。多指不得已的。也作「**離鄉背井**」。（背：離開。井：相傳古制八家組成一井，所以用「井」藉指鄉里。）例每當提及早年～到海外謀生，艱苦備嘗，李老先生總是唏噓不止。

書元馬致遠《漢宮秋》第三摺：「背井離鄉，卧雪眠霜。」

【背水一戰】bèi shuǐ yī zhàn

背後是河水，已無退路，在此情況下和敵方決一死戰。比喻身處絕境，為求得出路而作最後一次努力。例信達隊如果再輸掉明天這場球賽，將被淘汰出局，隊員們唯有～了。

書 《史記·淮陰侯列傳》記載，漢將韓信率軍攻趙，「背水陣」。漢軍前臨大敵，後無退路，「皆殊死戰」，結果大敗趙軍。又宋秦觀《將帥》：「韓信之擊趙，非素拊循士大夫也，背水一戰而擒趙王歇，斬成安君，是不在乎任之久近也。」

【背城借一】 bèi chéng jiè yī

背後就是自己的城池，憑藉這最後一戰來決定存亡。泛指作最後一次決戰。例 **他明白現在已到了～的時候，成敗在此一舉，必須全力以赴。**

書 《左傳·成公二年》：「請收合餘燼，背城借一。」杜預註：「欲於城下，復借一戰。」

【背信棄義】 bèi xìn qì yì

不守信用，背棄道義。（背：違背。棄：拋棄。）例 **對方～，拒不履行合同，給我方造成嚴重損失，我方有權要求賠償。**

書 《周書·武帝紀下》：「偽主高緯，放命燕齊，怠慢典刑，俶擾天紀，加以背惠怒鄰，棄信忘義。」今多作「背信棄義」。

【背道而馳】 bèi dào ér chí

在方向相反的道路上奔馳。比喻彼此的方向、目標完全相反。例 **這種以犧牲生態環境為代價來發展生產的做法，是與經濟可持續發展的目標～的。**

書 唐柳宗元《〈楊評事文集〉後序》：「其餘各探一隅，相與背馳於道者，其去彌遠。」又況周頤《蕙風詞話》卷一：「吾性情為詞所陶冶，與無情世事，日背道而馳。」

【苦口婆心】 kǔ kǒu pó xīn

形容好心好意，反覆懇切勸告。（苦口：由於反覆規勸，話說得太多，而口舌發苦。婆心：像老婆婆那樣的慈愛心腸。）例 **經過大家～的勸說，小培決心改掉惡習，做一個上進的青年。**

書 清文康《兒女英雄傳》第一六回：「這種人若不得個賢父兄良師友苦口婆心的成全他，喚醒他，可惜那至性奇才，終歸名墮身敗。」

【苦心孤詣】 kǔ xīn gū yì

費盡心思鑽研或經營，達到別人所達不到的境地。（苦心：用心勞苦；費盡心思。孤詣：別人所達不到的。）例 **袁教授～，在高產水稻新品種的研究中取得了舉世矚目的重要成果。**

書 清李重華《貞一齋詩說》八五：「孟東野、賈浪仙卓犖偏才，俱以苦心孤詣得之。」

注 「詣」不讀 zhǐ。

【苦心經營】 kǔ xīn jīng yíng

費盡心思籌劃安排。例 **經過他一年多的～，公司終於走出了困境。**

書 梁啟超《新中國未來記》第四回：「但專制政體不除，任憑你君相恁地苦心經營，民力是斷不能發達的。」

【苦雨淒風】 kǔ yǔ qī fēng

見「淒風苦雨」，388 頁。

【苦思冥想】 kǔ sī míng xiǎng

絞盡腦汁，竭力思索。也作「**冥思苦想**」、「**冥思苦索**」。（冥想：深沈地思索。）例「我拿起筆從來不～，我照例寫得快，說我『粗製濫造』也可以，反正有作品在。」（巴金《創作回憶錄·關於〈激流〉二》）

書 宋劉克莊《題方汝一文卷》：「其自重如此，而又苦思冥搜，永歌長謠，往往出新意於前人機杼之外。」今多作「苦思冥想」。

【苦海無邊，回頭是岸】 kǔ hǎi wú biān, huí tóu shì àn

原為佛家語，指塵世間充滿煩惱和苦難，猶如苦海，無邊無際，但人只要悟道，回頭就能登上彼岸，得到超脫。後也用來比喻做了壞事，只要決心悔改，就有出路。有時也單用「回頭是岸」。例 在親友的反覆開導下，他終於明白了～的道理，決定和走私客徹底決裂，走自新之路。

書 宋黎靖德編《朱子語類》卷五九：「知得心放，此心便在這裏，更何用求？適見道人題壁云：『苦海無邊，回頭是岸。』說得極好。」

【苦盡甘來】 kǔ jìn gān lái

形容吃了很多苦，終於盼來了好日子。也作「**苦盡甜來**」。（盡：終結。）例 王老漢～，他在治理荒山中種的那些林木如今每年都給他帶來可觀的收入。

書 元關漢卿《蝴蝶夢》第四摺：「受徹了牢獄災，今日個苦盡甘來。」

【若有所失】 ruò yǒu suǒ shī

感覺好像失去了什麼東西似的。形容一種惆悵迷惘的神情。（若：好像。）例 林俊生到公司上班後，閒下來常常～地坐在那裏出神，他對原先從事的學術研究工作總有一種難以割捨的情懷。

書 南朝宋劉義慶《世說新語·德行》：「周子居常云。」劉孝標註引《典略》：「戴良少所服下，見憲則自降薄，悵然若有所失。」

【若有所思】 ruò yǒu suǒ sī

像是在思考着什麼。例 他聽完播報的新聞後，顯出～的樣子，一個人默默地在屋裏踱來踱去。

書 唐陳鴻《長恨歌傳》：「玉妃茫然退立，若有所思。」

【若即若離】 ruò jí ruò lí

好像接近，又好像不接近。形容兩者之間既有關聯，又有距離。也用於形容對人的態度不親不疏，保持一定距離。也作「**若離若即**」。（即：靠近；接近。）例 ❶ 這類民間傳說和史實間保持着一種～的關係，需要研究者作出認真分析。❷ 佳英小姐對郭豪一直是～，郭豪至今仍不清楚佳英心裏是否屬意於他。

書 清陳康祺《郎潛紀聞初筆》卷一〇：「大抵總憲戇直凌人，嶽嶽觥觥，朝士必多未滿，而與和相若離若即，又未嘗不稍斂其鋒棱，一時眾口詆諆，遂有師相門生之謗。」

【若明若暗】 ruò míng ruò àn

形容對事物的認識好像清楚，又

好像不太清楚。也形容態度不明朗。 例 ❶由於缺乏深入的調查研究，他對這裏的情況始終～，因此工作中難以擺脱被動的局面。❷董事長的態度～，誰也不清楚他對這件事究竟是支持還是不支持。

書 清吳趼人《劫餘灰》第一三回：「這裏以前之事，我都略略知道，不過一向若明若昧，不甚清楚罷了。」今多作「若明若暗」。

【若無其事】ruò wú qí shì

好像沒有那回事似的。表示不把事情放在心上。也形容遇事不動聲色。 例 ❶你的學習成績越來越差，你怎麼還～地去外面玩，不在學習上多用點功呢？❷警員黄奇裝出～的樣子，一步步接近疑犯，準備執行拘捕。

書 清李伯元《中國現在記》第五回：「但是他初到省，不能不裝個樣子，所以心裏雖有心提拔他，外面只作如無其事的一般。」今多作「若無其事」。

【英姿颯爽】yīng zī sà shuǎng

姿態英武矯健，很有神采。也作「**颯爽英姿**」。（颯爽：豪邁而矯健。）例「像一個紮縛停當的少年武士，～而又嫵媚可人！」（朱自清《山野掇拾》）

書 唐杜甫《丹青引贈曹將軍霸》：「褒公鄂公毛髮動，英姿颯爽來酣戰。」

【英雄所見略同】

yīng xióng suǒ jiàn lüè tóng

有才識的人的見解大致相同。常用來讚賞雙方見解相合。（略：大略；大致。）例「沒想到咱倆對事件起因的分析竟會不謀而合，真是～啊！」老蘇高興地拍着小何的肩膀説道。

書 清文康《兒女英雄傳》第一六回：「自來説『英雄所見略同』，小弟雖不敢自命英雄，這樁事卻和老兄台的見識，微微有些不同之處。」

【英雄無用武之地】

yīng xióng wú yòng wǔ zhī dì

有本領的人得不到施展的機會或場所。 例「秀才不動筆，不是～嗎？」（老舍《神拳》第四幕）

書 《資治通鑒·漢獻帝建安十三年》：「今操芟夷大難，略已平矣，遂破荊州，威震四海。英雄無用武之地，故豫州遁逃至此。」

【苟且偷安】gǒu qiě tōu ān

得過且過，只圖眼前安逸，不顧將來。（苟且：只顧眼前，得過且過。偷安：只圖眼前安逸。）

例「我説的『忍耐』是準備，不是勸人～或者坐等機會，而是勸人自己去造機會。」（巴金《給一個孩子》）

書 宋蘇軾《策略三》：「天下獨患柔弱而不振，怠惰而不肅，苟且偷安而不知長久之計。」

【苟延殘喘】gǒu yán cán chuǎn

勉強延續着殘存的一口氣。指暫時勉強維持生存。（苟：暫且；勉強。殘喘：殘存的一口氣。）

例 這家公司虧損嚴重，目前已

是～，前景十分不妙。

書 宋《京本通俗小說·拗相公》：「老漢幸年高，得以苟延殘喘；倘若少壯，也不在人世了。」

【茅塞頓開】máo sè dùn kāi

見「頓開茅塞」，451 頁。

【削足適履】xuē zú shì lǚ

鞋小腳大，把腳削去一塊來遷就鞋的大小。比喻不合理地遷就現成條件，或不顧具體情況，生搬硬套別人的做法。（適：適應。履：鞋。）例 ❶為了遷就報紙的版面，這篇文章被刪改得面目全非，這種～的做法引起作者極大的不滿。❷如果因為套用別人的經驗而泯滅自己固有的特色，這無異於～，智者所不為。

書《淮南子·說林訓》：「夫所以養而害所養，譬猶削足而適履，殺頭而便冠。」

【是可忍，孰不可忍】

shì kě rěn, shú bù kě rěn

假如這個都可以容忍，那還有什麼不可以容忍呢？表示對某種狀況或行為絕不能容忍。（是：代詞。這。孰：代詞。什麼。）例 他竟把貪婪的黑手伸向了救災款，～！

書《論語·八佾》：「孔子謂季氏，八佾舞於庭，是可忍也，孰不可忍也！」

【哄堂大笑】hōng táng dà xiào

屋子裏所有的人同時都大笑起來。（哄堂：全屋子的人同時大笑。）例 在聯歡會上龍叔的滑稽表演一次次引起～，不少人連眼淚都笑出來了。

書 宋歐陽修《歸田錄》卷一：「馮相、和相同在中書。一日，和問馮曰：『公靴新買，其直幾何？』馮舉左足示和曰：『九百。』和性褊急，遽回顧小吏云：『吾靴何得用一千八百？』因詬責久之。馮徐舉右足曰：『此亦九百。』於是烘（通『哄』）堂大笑。」

【冒天下之大不韙】

mào tiān xià zhī dà bù wěi

不顧反對，公然去幹天下人都認為是最不對的事。（冒：指不顧反對去幹。不韙：不對。）例 如果有誰膽敢～，鼓吹種族歧視，等待他們的必將是徹底失敗的下場。

書《左傳·隱公十一年》：「犯五不韙而以伐人，其喪師也，不亦宜乎？」又孫中山《北伐時期之函電》：「務立異以求自全，充此一念，遂冒天下之大不韙而不恤，其心雖鷙，其膽則怯。」

【冒名頂替】mào míng dǐng tì

假冒別人的名義，頂替別人的位置。例 那個～為他人代考的人，被當場查了出來。

書 明吳承恩《西遊記》第二五回：「你走了便也罷，卻怎麼綁些柳樹在此，冒名頂替？」

【星火燎原】xīng huǒ liáo yuán

原先很小的一點火現在燒遍了原野。比喻某種事物迅速發展，或

某種現象迅速蔓延，形成大的規模。例 民眾的抗敵鬥爭已呈～之勢，使入侵的敵人惶惶不可終日。

書 《尚書·盤庚上》：「若火之燎於原，不可嚮邇。」又清嚴有禧《漱華隨筆·賀相國》：「天下事皆起於微，成於慎。微之不慎，星火燎原，蟻穴潰堤。」

【星移斗轉】xīng yí dǒu zhuǎn
見「斗轉星移」，103頁。

【星羅棋佈】xīng luó qí bù
像星星羅列天空，像棋子分佈在棋盤上。形容數量多而分佈廣。也作「**棋佈星羅**」。例 在這座城市裏，各類文化活動站～，市民們在那裏看書、下棋、唱歌、跳舞，其樂融融。

書 東魏《中嶽嵩陽寺碑》：「塔殿宮堂，星羅棋佈。」

【昭然若揭】zhāo rán ruò jiē
《莊子·達生》中說：「今汝飾知以驚愚，脩身以明汙，昭昭乎若揭日月而行也。」意思是清楚得像高舉着日月走路一樣。後來就用「昭然若揭」表示真相大明，看得清清楚楚。（昭然：很明顯的樣子。揭：高舉。）例 在所披露的這些材料中，他的野心已～了。

書 清吳騫《拜經樓詩話》卷三：「文宗語絕無蘊蓄，而陰懷嫉忮之心，已昭然若揭；使明宗蚤（通『早』）覺，何至墮其術中？」

注 「昭」不可寫作「招」。

【畏首畏尾】wèi shǒu wèi wěi
前也怕，後也怕。形容怕這怕那，顧慮太多。（畏：害怕。）例 你遇事不必～，要相信自己的能力，再說我們也都會幫助你的。

書 《左傳·文公十七年》：「古人有言曰：『畏首畏尾，身其餘幾？』」

【品頭論足】pǐn tóu lùn zú
見「評頭品足」，435頁。

【品學兼優】pǐn xué jiān yōu
品行、學問都好。今多指品行、學業都好。例 陳渥娃是個～的孩子，在學校裏被同學們推選為班長。

書 清文康《兒女英雄傳》第九回：「據我聽你講起你家太爺的光景來，一定是一位品學兼優、閱歷通達的老前輩。」

【咬牙切齒】yǎo yá qiè chǐ
咬緊牙齒。表示極端憤恨。（切齒：咬緊牙齒。）例 一說到這些假藥販子，深受其害的投訴者一個個恨得～。

書 元孫仲章《勘頭巾》第二摺：「書案邊立着個響璫璫責狀曹司，為甚事咬牙切齒？」

【咬文嚼字】yǎo wén jiáo zì
形容過分地推敲、琢磨字句。也指死摳字眼而忽略文句的精神實質。例 「讀書的方法，不要固執一點，～，而要前後貫通，了解大意。」（馬南邨《燕山夜話·不求甚解》）

書 元秦簡夫《剪髮待賓》第二摺：

「你道是一點墨半張紙，不中吃，不中使……又則道俺咬文嚼字。」

【迥然不同】jiǒng rán bù tóng
差別很大，極不相同。（迥然：差得很遠的樣子。）例 這位新上任的局長的辦事風格與他的前任～，我們一開始還真有點不適應呢！
書 宋張世南《遊宦紀聞》卷五：「今人皆謂臨、摹為一體，殊不知臨之與摹，迥然不同。」

【看風使舵】kàn fēng shǐ duò
看着風向轉動船舵。比喻隨着情勢變化而轉變方向或態度。今多用於貶義。也作「**看風使帆**」、「**見風使舵**」、「**隨風轉舵**」。（舵：船上控制航行方向的裝置。）例 他這個人善於～，處世十分圓滑。
書 宋普濟《五燈會元·天依懷禪師法嗣·法雲法秀禪師》：「看風使帆，正是隨波逐浪。」

【看破紅塵】kàn pò hóng chén
對人世間的一切都已看透，毫不留戀。（紅塵：車馬揚起的飛塵。泛指人世間。）例「像他那樣的人，我才不相信他會～。」（郭沫若《南冠草》第二幕）
書 清李汝珍《鏡花緣》第四三回：「看這話頭，他明明看破紅塵，貪圖仙景，任俺尋找，總不出來。」

【垂涎三尺】chuí xián sān chǐ
嘴裏垂下來的口水有三尺長。形容嘴饞想吃到極點。也比喻對別人的東西十分眼紅，極想得到。（涎：口水。）例 ❶阿芳做的這幾樣菜十分誘人，讓我饞得～。❷他見別人買賣股票發了財，～，自己也躍躍欲試。
書 唐柳宗元《三戒·臨江之麋》：「入門，羣犬垂涎，揚尾皆來。」又老舍《趙子曰》三：「對面坐着一個垂涎三尺的小黑白花狗，擠眉弄眼的希望吃些白薯鬚子和皮——或總稱曰『薯餘』。」
注 「涎」不讀 yán。

【垂頭喪氣】chuí tóu sàng qì
低垂着頭，情緒低落。形容失意沮喪的樣子。（喪氣：因事情不順利而情緒低落。）例 薛強在外奔波一天也沒有推銷出幾份產品，天黑以後才～地回到公司。
書 唐韓愈《送窮文》：「主人於是垂頭喪氣，上手稱謝。」
注 「喪」在此不讀 sāng。㊣ sɔŋ³ 桑³。

【秋風掃落葉】qiū fēng sǎo luò yè
秋天的大風把落葉一掃而盡。比喻強大的力量迅速掃盪衰敗的事物。例 大軍進山後以～之勢清剿殘存的匪徒。
書《資治通鑒·晉孝武太元七年》：「堅曰：『以吾擊晉，校其強弱之勢，猶疾風之掃秋葉，而朝廷內外皆言不可，誠吾所不解也。』」今多作「秋風掃落葉」。

【秋高氣爽】qiū gāo qì shuǎng
秋季天空明淨高遠，氣候涼爽宜人。例 到了～的季節，北京人

都喜歡到香山去觀賞紅葉。

書 宋葛長庚《酹江月．羅浮賦別》詞：「羅浮山下，正秋高氣爽，淒涼風物。」

【秋毫無犯】 qiū háo wú fàn

哪怕最細小的東西都不加侵犯損害。形容軍隊紀律嚴明，絲毫不侵犯羣眾的利益。（秋毫：鳥獸在秋天新長的細毛。比喻十分細小的東西。犯：侵犯；侵害。）例 這支軍隊所到之處～，深得民心。

書《後漢書．岑彭傳》：「彭首破荊門，長驅武陽，持軍整齊，秋毫無犯。」

【重見天日】 chóng jiàn tiān rì

比喻脱離黑暗的處境，重新見到光明。例 他慶幸自己在蒙受了長期冤屈之後，終於盼來了～的一天。

書 明羅貫中《三國演義》第二八回：「周倉頓首告曰：『倉乃一粗莽之夫，失身為盜；今遇將軍，如重見天日，豈忍復錯過。』」

【重於泰山】 zhòng yú tài shān

比泰山還要重。形容意義很重或情義深重。（泰山：在今山東省境內，高大雄偉，古稱東嶽，為中國名山之一。）例 ❶這些在保衛祖國的戰鬥中英勇犧牲的戰士，他們的死～，祖國人民永遠不會忘記他們。❷李先生對我的恩情～，我真不知道如何報答才好。

書 漢司馬遷《報任少卿書》：「人固有一死，或重於泰山，或輕於鴻毛，用之所趣異也。」

注「重」在此不讀chóng。粵 tsuŋ4蟲。

【重温舊夢】 chóng wēn jiù mèng

重新經歷舊日的夢境。比喻重新經歷或回憶舊日的光景。（温：温習。此指再經歷或回憶一遍。）例「開始寫《第四病室》的時候，因為『記憶猶新』，我的確有『～』的感覺。」（巴金《談〈第四病室〉》）

書 清丘逢甲《重過感舊園》詩：「水木清華負郭園，三年客夢此重温。」今多作「重温舊夢」。

【重整旗鼓】 chóng zhěng qí gǔ

重新整頓軍旗和戰鼓，準備再戰。比喻失敗或受挫後，重新整頓力量，準備再幹。也作「**重振旗鼓**」。（旗鼓：軍旗和戰鼓，用於進行指揮。）例 步隆公司經營失利後沒有氣餒，他們正在總結教訓，準備～，在來年打一個翻身仗。

書 清湘靈子《軒亭冤．驚夢》：「儂欲重振旗鼓，煩你擬篇男女平權文勸戒女子。」

【重蹈覆轍】 chóng dǎo fù zhé

重新踏上翻過車的老路。比喻不吸取教訓，重犯過去的錯誤。（蹈：踏上。覆：底朝上翻過來。轍：車輪在地面壓出的痕跡。覆轍：指翻過車的路。）例 過去有多次比賽都是因為輕視對手而招致失敗，我們如果不想～，就必須認真研究對手，做好充分準備。

書《後漢書．竇武傳》：「今不慮前事之失，復循覆車之軌，臣恐二世之難，必將復及，趙高之變，不朝則夕。」後用作「重蹈覆轍」。

注「覆」不可寫作「復」。

【促膝談心】cù xī tán xīn

彼此靠得很近地坐在一起，談心裏話。（促膝：兩人對坐時膝蓋挨着膝蓋。）例 **經過～，小毛和阿梁冰釋前嫌，和好如初。**

書 唐田穎《攬雲台記》：「即有友人，不過十餘知音之侶，來則促膝談心，率皆聖賢之道，不敢稍涉異言。」

【俗不可耐】sú bù kě nài

庸俗得使人難以忍受。（耐：忍受。）例 **「從字號到每間屋裏的一桌一椅，都得要『雅』，萬不能大紅大綠的～。」(老舍《四世同堂》第二部五三)**

書 清蒲松齡《聊齋誌異．沂水秀才》：「一美人置白金一鋌，可三四兩許；秀才掇內袖中。美人取巾，握手笑出，曰：『俗不可耐！』」

【信口開合】xìn kǒu kāi hé

隨口亂說。也作「**信口開河**」。（信：隨意。信口：隨口說。）例 **他只不過在那裏～，有人卻信以為真，差一點鬧出誤會來。**

書 元關漢卿《魯齋郎》第四摺：「你休只管信口開合，絮絮聒聒。」

【信口雌黃】xìn kǒu cí huáng

原作「口中雌黃」，指隨口更正不恰當的話。不含貶義。後作「信口雌黃」，指不顧事實地隨口亂説或妄加評論。作貶義用。（雌黃：一種檸檬黃色的礦物顏料。古人寫字用黃色的紙，常用雌黃來塗去寫錯的文字。用在「信口雌黃」中表示更改事實亂説。）例 **他對這件事的基本事實都沒有弄清楚，就～，亂評一氣，實在太不像話了。**

書《文選．劉峻〈廣絕交論〉》：「雌黃出其脣吻，朱紫由其月旦。」李善註引晉孫盛《晉陽秋》：「王衍，字夷甫，能言，於意有不安者，輒更易之，時號口中雌黃。」又清張雲璈《察吏行》：「太守觀察本切近，豈肯信口生雌黃。」今多作「信口雌黃」。

【信手拈來】xìn shǒu niān lái

隨手拿來。常用於形容進行詩文創作時掌握的素材或詞語十分豐富，運用熟練自如，用不着多費思索。（信手：隨手。拈：用手指頭捏取。）例 **陳先生是位飽學之士，這些典故被他～用在詩裏，無不恰到好處。**

書 宋陸游《秋風亭拜寇萊公遺像》詩：「巴東詩句澶州策，信手拈來盡可驚。」

注「拈」不讀 zhān。

【信而有徵】xìn ér yǒu zhēng

真實可靠而且有證據。（信：確實。徵：證驗；證據。）例 **他文章中引用的史料～，是經得起推敲的。**

書《左傳．昭公八年》：「君子之言，信而有徵，故怨遠於其身。」

【信誓旦旦】 xìn shì dàn dàn

誓言說得十分誠懇可信。（信誓：表示誠信的誓言。旦旦：誠懇的樣子。）例 他當初也曾～地保證要按期歸還借款的，沒想到如今竟會自食其言。

書《詩經．衛風．氓》：「信誓旦旦，不思其反。」

【信賞必罰】 xìn shǎng bì fá

該賞的必賞，該罰的必罰。形容賞罰嚴明，執行時毫不含糊。（信：守信用；說到做到。）例 黃經理～，管理十分嚴格。

書《韓非子．外儲說右上》：「狐子對曰：『信賞必罰，其足以戰。』」

【迫不及待】 pò bù jí dài

急迫得不能再等待。（迫：急。）也作「**急不及待**」。例 他～想得到這部新出版的字典，書店還沒到貨，他就親自到出版社求購去了。

書 清李汝珍《鏡花緣》第六回：「下界帝王雖有御詔……該仙子何以迫不及待，並不奏聞請旨，任聽部下逞豔於非時之候？」

【迫不得已】 pò bù dé yǐ

被情勢所逼迫，不得不如此。（迫：逼迫。不得已：沒有別的辦法，不得不如此。）例 當年由於家境貧寒，他～中斷學業，開始了自食其力的生活。

書《漢書．王莽傳上》：「公深辭讓，迫不得已，然後受詔。」

【迫在眉睫】 pò zài méi jié

指事情逼到眼前，十分緊迫。（眉睫：眉毛和眼睫毛。）例 由於降雨稀少，乾旱的威脅～，我們必須立即行動起來，採取有效的對策。

書 梁啟超《論中國成文法編製之沿革得失》第五章：「於新法典編纂之必要迫於眉睫。」今多作「迫在眉睫」。

注「睫」不可寫作「捷」。

【待人接物】 dài rén jiē wù

與人接觸交往。（物：指自己以外的人。）例 年輕人涉世未深，在～方面缺乏經驗，免不了會發生一些不愉快的事。

書 宋俞文豹《吹劍四錄》：「內而存心養性、立身行己無所歉，外而待人接物、處事應世無所戾。」

【待價而沽】 dài jià ér gū

等有了好價錢才出售。比喻等待有人賞識重用才出來做事。（沽：賣。）例 他因為有些本事，在謀職上頗多挑剔，現在還沒有找到中意的工作，正～呢。

書《論語．子罕》：「子貢曰：『有美玉於斯，韞匵而藏諸？求善賈（同「價」）而沽諸？』子曰：『沽之哉，沽之哉！我待賈（同「價」）者也。』」又宋楊時《謝楚大夫啟》：「公論一廢，私謁肆行，待價而沽，顧連城而莫售。」

注「沽」不可寫作「估」。

【徇情枉法】 xùn qíng wǎng fǎ

曲從私情而去做破壞法律的事。也作「**徇私枉法**」。（徇：曲從。

枉：使歪曲。）例 隨着法制的不斷完善，執法人員～的現象已經越來越少了。

書 元王磐《中書右丞相史公神道碑》：「使官吏一心奉公，而不敢為徇情枉法之私。」

注 「徇」不讀 xún，也不可寫作「循」。

【後生可畏】hòu shēng kě wèi

後輩年輕人是值得敬畏的。指年輕人富有朝氣，前途無量，很容易超過前輩。（後生：指後輩；年輕人。）例 信息產業界新人輩出，他們的驕人業績不能不使人感到～。

書 《論語·子罕》：「後生可畏，焉知來者之不如今也。」

【後合前仰】hòu hé qián yǎng

見「前仰後合」，302 頁。

【後來居上】hòu lái jū shàng

原指資歷淺的後來者的官位反而居於先前資歷深的人之上。後多用來泛指後起的超過先前的。例 從經營狀況看，這家建立不久的公司～，開始向老牌公司發起挑戰了。

書 《史記·汲鄭列傳》：「陛下用羣臣如積薪耳，後來者居上。」又清紀昀《閱微草堂筆記·灤陽續錄六》：「今老矣，久不預少年文酒之會，後來居上，又不知其為誰。」

【後起之秀】hòu qǐ zhī xiù

後來出現的或新成長起來的優秀人物。多指年輕人。例 小常是棋壇的～，在今年的各項賽事中都有突出的表現。

書 《晉書·郭舒傳》：「鄉人少府范晷、宗人武陵太守郭景，咸稱舒為後來之秀，終成國器。」今多作「後起之秀」。

【後浪催前浪】

hòu làng cuī qián làng

江河中後浪催動前浪，向前奔流。比喻新人超過或接替舊人，或新生事物推動或取代舊有事物，不斷前進。也作「**後浪推前浪**」。例 年輕的一代正在迅速成長，～，推動着我們的事業不斷向前發展。

書 宋文珦《過苕溪》詩：「只看後浪催前浪，當悟新人換舊人。」

【後悔無及】hòu huǐ wú jí

事後懊悔已來不及了。也作「**後悔莫及**」。例 他當年沒能留住裘君這位電腦奇才，現在～。

書 《左傳·哀公六年》：「既成謀矣，盍及其未作也先諸？作而後悔，亦無及也。」又《後漢書·皇甫嵩傳》：「如不早圖，後悔無及。」

【後發制人】hòu fā zhì rén

指讓對方先動手，等對方露出破綻或自己處在有利地位後再進行反擊，制服對方。（發：發動。制：制服。）例 宜信公司採取～的策略，在這場商業競爭中脫穎而出。

書 《荀子·議兵》：「後之發，先之至，此用兵之要術也。」後用作「後發制人」。

【後會有期】hòu huì yǒu qī

今後還會有見面的日子。多用在離別時安慰對方。（會：會面；見面。期：日期。）例 吳茂華臨走時對我說，兩年後他還會到這裏來的，～。

書 元無名氏《舉案齊眉》第一摺：「二位舍人，蔬食薄味，管待不周，且請回宅去，後會有期。」

【後顧之憂】hòu gù zhī yōu

需要回過頭來照看的令人擔憂的事。多指人在暫時離開的時候，擔心原處或家裏會出事。（顧：回過頭看。）例 自從孩子上了寄宿學校，冀先生到外地出差時就不再有那麼多～了。

書《魏書·李沖傳》：「朕以仁明忠雅，委以台司之寄，使我出境無後顧之憂。」

【卻之不恭】què zhī bù gōng

如果拒絕了，就顯得對別人不恭敬。常用作接受別人餽贈或邀請時說的客套話。（卻：推辭；拒絕。）例 你從大洋彼岸特意帶這些補品來送我，我～，可又受之有愧啊。

書《孟子·萬章下》：「『卻之卻之為不恭』，何哉？」後用作「卻之不恭」。

【食不下嚥】shí bù xià yàn

吃東西卻嚥不下去。形容人憂煩不安，不思飲食。例 想到時局艱危，百姓遭難，馮先生焦慮萬分，～。

書 明焦竑《玉堂叢語·籌策》：「且方出師而以招撫為計，有血氣者，宜痛心疾首而食不下嚥也！」

【食不甘味】shí bù gān wèi

吃東西都感覺不出滋味好。形容人心事很重，無心去辨滋味。（甘味：感覺味美。）例 他正在為解決這件棘手的事發愁，弄得～，寢不安席。

書《戰國策·楚策一》：「寡人自料，以楚當秦，未見勝焉；內與羣臣謀，不足恃也。寡人卧不安席，食不甘味，心搖搖如懸旌而無所終泊。」

【食不果腹】shí bù guǒ fù

吃不飽肚子。（果：飽。）例 他年輕的時候生活貧困，常常～，但他從來沒有放棄過對知識的追求。

書《莊子·逍遙游》：「適莽蒼者，三飡而反，腹猶果然。」又唐段成式《酉陽雜俎·諾臯記下》：「和州劉錄事者，大曆中罷官居和州旁縣，食兼數人，尤能食鱠，常言鱠味未嘗果腹。」後用作「食不果腹」。

【食古不化】shí gǔ bù huà

一味向古人學，卻不能恰當地理解和應用學到的東西，如同吃了食物不能消化一樣。例 對於古代傳統文化，應該取其精華，棄其糟粕，古為今用，決不能生吞活剝，～。

書 清陳撰《玉几山房畫外錄》卷下引清惲向《題自作畫冊》：「可見定欲為古人而食古不化，畫虎不成、刻舟求劍之類也。」

【食言而肥】shí yán ér féi

春秋時期魯哀公對大臣孟武伯屢次說話不守信用很不滿。在一次宴會上，孟武伯因為討厭哀公的寵臣郭重，就故意問郭重怎麼能長得這麼肥胖，魯哀公乘機指桑罵槐說：「是食言多矣，能無肥乎？」意思是他吞吃自己的諾言多了，能不肥胖嗎。事見《左傳·哀公二十五年》。後來就用「食言而肥」指人說話不算數，不守信用，只圖自己佔便宜。（食言：不履行諾言；說話不算數。）例 在募捐義演會上這家公司慷慨表示要向災區捐助二十萬元，事後卻～，實在令人氣憤。

書 明李開先《水風卧吟樓記》：「不以食言而肥，不因苦吟而瘦，試以數語為記，請覽而教正之如何？」

【負荊請罪】fù jīng qǐng zuì

戰國時期趙國藺相如因為出使秦國不辱使命，完璧歸趙，又在秦趙澠池之會上面挫秦王，維護了趙國的尊嚴，官拜上卿，位居趙國大將廉頗之上。廉頗自恃戰功顯赫，很不服氣，總想找機會當面羞辱藺相如。藺相如以趙國利益為重，處處避讓。廉頗得知內情後十分慚愧，就赤膊背着荊杖，登門向藺相如請罪，請他責罰。藺相如並沒有再責怪他，兩人從此成了刎頸之交。事見《史記·廉頗藺相如列傳》。後來就用「負荊請罪」表示認錯道歉，請求責罰。（負：背着。荊：荊杖，用荊條編成，古代用為責打罪人的刑具。請罪：認錯道歉，請求處分。）例 昨天我不明真相，錯誤地指責了你，今天特意來～，希望能得到你的原諒。

書 宋朱熹《答葉味道書》之二：「子靜終不謂然，而其後子壽遂服，以書來謝，至有負荊請罪之語。」

【負隅頑抗】fù yú wán kàng

憑藉險要地勢頑固抵抗。也泛指憑藉某種條件頑固抵抗。（負：背靠；倚仗。隅：通「嵎」，指山勢彎曲險要處。）例 原想～的疑犯在大量證據面前不得不吐口招供了。

書 《孟子·盡心下》：「則之野，有眾逐虎。虎負嵎，莫之敢攖。」後用作「負隅頑抗」。

注「隅」不讀ǒu，不可寫作「偶」。

【負薪救火】fù xīn jiù huǒ

見「抱薪救火」，239頁。

【勉為其難】miǎn wéi qí nán

勉強去做力所不及或不願做的事。（勉：勉強；力量不夠或不願意而仍然去做。為：做。難：指感到困難的事。）例 行政秘書工作並非譚先生之所長，但公司這樣安排了，他也只好～。

書 郭孝成《廣東光復記》：「揆之始願，實不及此，即欲勉為其難，徐圖補救，無如權力不及，徒喚奈何。」

注「為」在此不讀wèi。粵 wɐi[4]唯。「難」在此不讀 nàn。粵 nan[4]。

【風土人情】fēng tǔ rén qíng

地方上特有的自然環境及風俗習

慣等。 例 鄧先生曾長期在北京生活，對那裏的～十分熟悉。

書 清文康《兒女英雄傳》第一四回：「又問了問褚一官走過幾省，説了些那省的風土人情，論了些那省的山川形勝。」

【風平浪靜】fēng píng làng jìng
水面沒有風浪。也比喻平靜無事。 例 ❶海面上～，我們的船航行得很平穩。❷原本～的公司，自從有了裁員的消息後，人心浮動，各種傳聞不脛而走。

書 宋楊萬里《泊光口》詩：「風平浪靜不生紋，水面渾如鏡面新。」

【風吹雨打】fēng chuī yǔ dǎ
風雨的吹打。也比喻人遭受磨難或挫折。也作「**雨打風吹**」。
例 ❶經過多少年的～，這座大宅早已失去了昔日的光彩。❷「凌雲那孩子不像志芳、玉娥那麼禁得住～。」(老舍《女店員》第三幕)

書 唐陸希聲《陽羨雜詠·李徑》：「一徑穠芳萬蕊攢，風吹雨打未摧殘。」

【風吹草動】fēng chuī cǎo dòng
風輕輕一吹，草微微晃動。比喻輕微的動盪或變故。 例 安達公司實力雄厚，即使市場上有什麼～，他們也完全應付得了。

書 《敦煌變文集·伍子胥變文》：「偷蹤竊道，飲氣吞聲；風吹草動，即便藏形。」

【風言風語】fēng yán fēng yǔ
指沒有根據的傳言（常指中傷人的話）。也指背地裏不負責任地透露、散佈某種説法。 例 ❶你不要相信那些～，那是當不得真的。❷近來有人～，説公司機構將會有大的變動，惹得大家議論紛紛。

書 清華偉生《開國奇冤·賸義》：「無奈那些官場風言風語，加了我老先生個徐黨徽號，弄得來漸漸的有點安處不來了。」

【風雨同舟】fēng yǔ tóng zhōu
在暴風雨中同乘一條船，一起與風雨搏鬥。比喻共同經歷患難，互相支持與幫助。 例 老張和我是～的朋友，彼此結下了很深的情誼。

書 《孫子·九地》：「夫吳人與越人相惡也，當其同舟而濟，遇風，其相救也如左右手。」又廖仲愷《辭財政部長職通電》：「庶幾風雨同舟，危亡共拯。」

【風雨無阻】fēng yǔ wú zǔ
颳風下雨也阻擋不住，活動照常進行。 例 這些大學生每逢星期日都要到社區裏來看望孤寡老人，幫助他們料理生活，～，已經堅持好多年了。

書 明馮夢龍《醒世恆言·黃秀才徼靈玉馬墜》：「黃秀才從陸路短船，風雨無阻，所以趕着了。」

【風雨飄搖】fēng yǔ piāo yáo
原指鳥巢在風雨的吹打中搖來晃去，充滿危險。後也用來比喻動盪不安，很不穩定。 例 那家公司正處在～之中，前途堪憂。

書 《詩經·豳風·鴟鴞》：「予室翹翹，風雨所漂搖。」又宋范成大《送文處厚歸蜀類試》詩：「死生契闊心如鐵，風雨飄搖鬢欲絲。」

【風花雪月】fēng huā xuě yuè

本是四種自然景象，古典文學中常用來作為描寫對象。後也用來指詩文內容浮華空泛。例 他近來的詩作多為～的吟詠，對人生的關注似乎越來越少了。

書 宋周行已《與佛月大師書》：「昔齊己號詩僧也，不過風花雪月巧句，而於格又頗俗。」

【風馬牛不相及】

fēng mǎ niú bù xiāng jí

《左傳·僖公四年》記載，齊國攻伐楚國，楚君派使者對齊國說：「君處北海，寡人處南海，唯是風馬牛不相及也。」風指馬牛雌雄相誘追逐。意思是楚與齊相距遙遠，即使馬牛雌雄相誘追逐，也不會來到對方境內。後用來比喻彼此毫不相干。（及：到達。）例 以次充好和正常的商業營銷策略是～的兩回事，豈容混為一談？

書 宋劉克莊《答南雄翁教授書》：「足下於僕風馬牛不相及，而意氣傾攻，倒瑕指疵……推足下之心，將以其美諸身者而淑諸人也。」

【風起雲湧】fēng qǐ yún yǒng

大風颳起，雲頭湧動。也比喻事物不斷湧現，聲勢很大。例 明朝末年，各地的農民反抗鬥爭～，給了腐朽的明王朝以致命的打擊。

書 《史記·太史公自序》：「秦失其政，而陳涉發跡，諸侯作難，風起雲蒸，卒亡秦族。」今多作「風起雲湧」。

【風流雲散】fēng liú yún sàn

像風在流動，雲在飄散。比喻原來在一起的人分離四散。也作「**雲散風流**」。例 世事變遷，昔日的相知～，常在一起相聚的只有不多的幾位了。

書 漢王粲《贈蔡子篤》詩：「風流雲散，一別如雨。」

注 「散」在此不讀 sǎn。粵 san3 傘。

【風捲殘雲】fēng juǎn cán yún

大風捲走了殘餘的雲彩。比喻一下子清除乾淨或把食物吃個精光。例 ❶我軍一路追擊，以～之勢殲敵無數，大獲全勝。❷這幾個小夥子只等飯菜上桌，便～，不消一刻工夫，隻隻碗都見了底。

書 唐戎昱《霽雪》詩：「風捲殘雲暮雪晴，江煙洗盡柳條輕。」

【風雲人物】fēng yún rén wù

指在社會上或某一領域很活躍、很有影響力的人物。例 他是商界的～，他的活動受到新聞媒體的密切關注。

書 姚雪垠《李自成》第一卷第二八章：「然而以弟看來，這班人雖能成為一時風雲人物，卻未必能成就大事。」

【風雲變幻】fēng yún biàn huàn
風雲變化不定。比喻形勢多變，難以捉摸。（變幻：難以捉摸的變化。）例 象棋錦標賽～，幾員宿將紛紛敗北，形勢變得複雜起來。
書 明馮夢龍《古今小說．楊八老越國奇逢》：「榮枯貴賤如轉丸，風雲變幻誠多端。」
注 「幻」不可寫作「幼」。

【風華正茂】fēng huá zhèng mào
形容人神采煥發，才華橫溢。（風華：風采和才華。茂：旺盛。）例 這些大學生～，對美好的前途充滿了信心。
書 《南史．謝晦傳》：「時謝混風華為江左第一，嘗與晦俱在武帝前，帝目之曰：『一時頓有兩玉人耳。』」後用作「風華正茂」。

【風馳電掣】fēng chí diàn chè
像颳風閃電似的，速度極快。（掣：一閃而過。）例 幾輛警車～般地向案發現場開去。
書 唐王顗《懷素上人草書歌》：「忽作風馳如電掣，更點飛花兼散雪。」
注 「掣」不讀zhì，不可寫作「製」。

【風塵僕僕】fēng chén pú pú
形容旅途奔波，勞累辛苦。也作「**僕僕風塵**」。（風塵：風吹塵揚。僕僕：旅途勞累的樣子。）例 他～地從福州趕到西安，參加有關西部開發的研討會。
書 清吳趼人《痛史》第八回：「三人揀了一家客店住下，一路上風塵僕僕，到了此時，不免早些歇息。」

【風調雨順】fēng tiáo yǔ shùn
風雨均勻及時，適合農業生產的需要。（調：配合得很好。順：合適。）例 這幾年～，莊稼長勢喜人，農民的收入也有了很大的提高。
書 《舊唐書．禮儀志一》引《六韜》：「武王伐紂，雪深丈餘……既而克殷，風調雨順。」
注 「調」在此不讀diào。粵 tiu⁴條。

【風餐露宿】fēng cān lù sù
在風裏吃飯，夜晚在露天睡覺。形容旅途或野外生活的艱苦。也作「**露宿風餐**」、「**餐風宿露**」。（宿：夜晚睡覺。）例 這次，隨幾位地質學家在野外進行地質調查，跋山涉水，～，雖然辛苦，收獲卻很大。
書 宋蘇軾《遊山呈通判承議寫寄參寥師》詩：「遇勝即徜徉，風餐兼露宿。」

【風聲鶴唳】fēng shēng hè lì
秦晉淝水之戰中，苻堅率領的前秦軍隊被東晉打得大敗，秦軍在潰逃的路上「聞風聲鶴唳，皆以為王師已至」，驚恐之極。事見《晉書．謝玄傳》。後來就用「風聲鶴唳」形容人極度疑懼，常常產生錯覺，自相驚擾。（唳：鶴的鳴叫。）例 城市被圍困以後，謠言四起，人心惶惶，真是～，草木皆兵。
書 宋李曾伯《醉蓬萊．癸丑壽呂馬帥》詞：「見說棋邊，風聲鶴唳，膽落胡虜。」
注 「唳」不讀lèi，不可寫作「淚」。

【風燭殘年】fēng zhú cán nián

衰老的人晚年的歲月。（風燭：在風中搖晃着很容易熄滅的燭光。殘年：殘餘的歲月；人的晚年。）例 老奶奶已到了～，體質極弱，兒孫們對她的照顧格外仔細周到。

書 清俞萬春《蕩寇志》第七六回：「賢侄，但願天下可憐見，着你日後出頭，為國家出身大汗。老夫風燭殘年，倘不能親見，九泉下也兀自歡喜。」

【風靡一時】fēng mǐ yī shí

形容某種事物在一個時期內很風行。（風靡：風吹倒草木。比喻事物的風行。）例 魔方這種智力玩具當年曾～，很多學生都買來玩過。

書 明沈德符《野獲編・科場二・薦主同諱》：「而西北大老，有位望氣力者，時攜壺榼作黃梅授衣故事，於是一時風靡，論議如出一口。」今多作「風靡一時」。

【狡兔三窟】jiǎo tù sān kū

狡猾的兔子有三個窩。比喻人有多處藏身的地方或為自己留好了幾條退路。（窟：洞穴。）例 這些走私犯～，案發後四處躲藏，妄圖逃避警方的追捕。

書 《戰國策・齊策四》：「狡兔有三窟，僅得免其死耳；今君有一窟，未得高枕而卧也，請為君復鑿二窟。」又清蒲松齡《聊齋誌異・邵九娘》：「汝狡兔三窟，何歸為？」

【怨天尤人】yuàn tiān yóu rén

抱怨上天，責怪別人。指遇到不如意的事一味歸咎於客觀外界，而不從自身找原因。（怨：埋怨。尤：歸咎；責怪。）例「結婚之後，也有大苦，有大累，～，往往不免。」（魯迅《致李秉中》）

書 唐韓愈《答侯繼書》：「猶將愈於汲汲於時俗之所爭，既不得而怨天尤人者，此吾今之志也。」

【怨氣衝天】yuàn qì chōng tiān

怨恨之氣直衝雲天。形容怨恨的情緒極大。例 潘教練～地向主持賽事的有關部門提出申訴，指責裁判不公，要求討回公道。

書 元關漢卿《竇娥冤》第三摺：「婆婆也，再也不要啼啼哭哭，煩煩惱惱，怨氣衝天。」

【怨聲載道】yuàn shēng zài dào

怨恨之聲充滿道路。形容民眾怨氣很大，普遍不滿。（載：充滿。）例 舊時貪官污吏橫徵暴斂，百姓～。

書 宋《京本通俗小說・拗相公》：「民間怨聲載道，天變迭興。」

注 「載」在此不讀zǎi。粵 dzɔi³再。

【急人之難】jí rén zhī nàn

非常熱心地急着去幫助別人解決困難。（急：表示趕緊幫助。）例 社區的義工～，熱心服務，為街坊做了不少好事。

書 宋呂祖謙《金華汪君將仕墓誌銘》：「君資廉直，急人之難，不避風雨。」

注 「難」在此不讀nán。粵 nan⁶。

【急不可待】jí bù kě dài

急得不能再等待。形容心情急切難忍。例 客人走了，望着客人帶給爺爺的包裝精美的禮物，小孫子～，央求着爺爺快打開來給他看看。

書 清蒲松齡《聊齋誌異·青蛾》：「(母)但思魚羹，而近地則無，百里外始可購致。時廝騎皆被差遣，生性純孝，急不可待，懷貲獨往。」

【急中生智】jí zhōng shēng zhì

在情急之中猛然想出了應付的好辦法。例 他在演出時忘了台詞，～，根據劇情隨口編了幾句，居然讓他過了關。

書 清石玉崑《三俠五義》第二三回：「不防那邊樹上有一樵夫正在伐柯，忽見猛虎銜(同『啣』)一小孩，也是急中生智，將手中板斧照定虎頭拋擊下去，正打在虎背之上。」

【急公好義】jí gōng hào yì

熱心公益，樂於仗義助人。(急：表示趕緊幫助。好：喜愛。義：指仗義的事。) 例 邵先生～，幫助街坊們辦事他是從來不惜力的。

書 清李伯元《官場現形記》第三四回：「此次由上海捐集巨款，來晉賑濟，急公好義，已堪嘉尚。」

注「好」在此不讀hǎo。粵 hou³耗。

【急功近利】jí gōng jìn lì

急於取得眼前的成效和利益。例 如果我們～，採取竭澤而漁的做法，那將犯下嚴重錯誤。

書 漢董仲舒《春秋繁露·對膠西王》：「仁人者正其道不謀其利，修其理不急其功。」又宋歐陽修《文正范公神道碑銘序》：「公為將，務持重，不急近功小利。」後用作「急功近利」。

【急如星火】jí rú xīng huǒ

像流星那樣急速。形容非常急迫。也作「**急於星火**」。(星火：流星的光。) 例 調集物資參加長江抗洪搶險的指令～地下達到各倉庫，這些物資必須在限期前送到。

書 晉李密《陳情表》：「郡縣逼迫，催臣上道；州司臨門，急於星火。」又宋王明清《揮麈後錄》卷二：「州縣官吏，無卻顧之心，竭澤而漁，急如星火。」

【急起直追】jí qǐ zhí zhuī

立即行動起來，努力追趕上去。(直：表示不鬆懈，一個勁兒。) 例 在這場競賽中我們已經明顯落後了，再不～，恐怕將無法避免被淘汰的結局。

書 梁啟超《論中國成文法編製之沿革得失》一一：「然能應於時勢，急起直追，則又愈可以助社會之進步。」

【急流勇退】jí liú yǒng tuì

船在湍急的水流中果斷地退回來。多比喻人在仕途得意或事業順利時果斷地抽身引退。(勇：表示果敢；果斷。) 例 舊時官場黑暗，他的祖父如果不是～，也不知道後來會有什麼下場。

書 宋邵伯溫《聞見前錄》卷七：「錢

若水為舉子時，見陳希夷於華山……見有一老僧與希夷擁地鑪坐。僧熟視若水，久之不語，以火箸畫灰作『做不得』三字，徐曰：『急流中勇退人也。』」又宋蘇軾《贈善相程傑》詩：「火色上騰雖有數，急流勇退豈無人。」

【急轉直下】jí zhuǎn zhí xià

突然轉變，並順着這勢頭一直發展下去。多用於指形勢、話題等的突然轉變。例 **由於對方連下兩步昏招，棋盤上的形勢～，對方再想擺脫被動已經十分困難了。**

書 梁啟超《論各國干涉中國財政之動機》：「事變之來，急轉直下，其相煎迫者未知所紀極。」

注「轉」在此不讀zhuàn。粵 dzyn² 纂。

【計日程功】jì rì chéng gōng

數着日子算進度。形容進展快，在較短期間就可以獲得成功。（程：衡量；計算。功：指表現成效的事情。）例 **新校舍的建設可以～，完全有把握在開學之前告竣。**

書 梁啟超《中國法理學發達史論·法治主義之發生》：「法治國雖進不必驟，而得寸進尺，計日程功。」

【哀兵必勝】āi bīng bì shèng

指受壓抑而心懷悲憤的一方，奮起抗爭，一定能得勝。（哀：悲痛；悲憤。）例 **在蒙受侵略的國家裏人民的反抗力量起初雖然弱，但～，侵略者的日子不會很長的。**

書《老子》：「故抗兵相加，哀者勝矣。」後用作「哀兵必勝」。

【哀毀骨立】āi huǐ gǔ lì

因父母親去世，極度悲哀，損傷了身體，人消瘦到極點。（毀：損傷。骨立：人瘦得只剩下一副骨架子。）例 **陳先生因父親的去世而～，親友們都在為他的健康擔心。**

書《後漢書·韋彪傳》：「彪孝行純至，父母卒，哀毀三年……服竟，羸瘠骨立異形。」又南朝宋劉義慶《世說新語·德行》：「王戎、和嶠同時遭大喪……王戎雖不備禮，而哀毀骨立。」

【哀鴻遍野】āi hóng biàn yě

四野都是悲鳴的大雁。比喻到處都是流離失所、啼飢號寒的災民。（鴻：大雁。）例 **這幅流民圖真實反映了那時連年災荒、～的悽慘情景。**

書《詩經·小雅·鴻雁》：「鴻雁于飛，哀鳴嗷嗷。」又清湯斌《睢沐二邑秋災情形疏》：「今春賣兒賣女者，有售無受，以故哀鴻遍野，碩鼠興歌。」

【亭亭玉立】tíng tíng yù lì

形容人（多指女子）身材修長美好或花木等形體挺拔多姿。（亭亭：形容人或花木美好的樣子。玉立：姿態修美。）例 ❶**陳家的小妹妹幾年不見，已長成～的美少女了。**❷**庭院裏的這棵白玉蘭樹～，花香襲人。**

書 唐于邵《楊侍郎寫真讚》：「仙狀秀出，丹青寫似，亭亭玉立，峨峨岳峙。」

【度日如年】dù rì rú nián
過一天像過一年那樣長。形容日子難熬。也作「**度日如歲**」。例 這些逃難的人生活沒有着落，飢寒交迫，真是～。
書 宋柳永《戚氏》詞：「孤館度日如年，風露漸變，悄悄至更闌。」

【疥癬之疾】jiè xuǎn zhī jí
比喻輕微的禍患或無關緊要的小毛病。也作「**癬疥之疾**」。（疥：由疥蟲引起的皮膚病。癬：由霉菌引起的皮膚病。）例 員工紀律渙散對公司來說並非～，應該認真加以整頓。
書 宋蘇軾《賜朝議大夫試户部尚書李常乞除沿邊一州不允詔》：「義有輕重，理有後先，與其自請捍邊，治癬疥之疾，曷若盡瘁國事，干心膂之憂。」

【美不勝收】měi bù shèng shōu
美好的東西太多，一時欣賞不完。（勝：盡。收：接受。）例 昨天我們參觀了世界園藝博覽會，奇花異卉，～，令人大飽眼福。
書 清袁枚《隨園詩話》卷三：「見其鴻富，美不勝收。」

【美中不足】měi zhōng bù zú
雖然很好，但還有不夠的地方，還有某些缺憾。例 這部百科辭典內容豐富，釋義準確，只是圖版製作略嫌粗糙，使人覺得～。
書 明吾丘瑞《運甓記·折翼著夢》：「只這一州未歸掌握，杖擊折翼，這是美中不足。」

【美輪美奐】měi lún měi huàn
形容房屋高大華美。（輪：形容高大。奐：形容鮮明華美。）例 新建的大劇院～，已成為當地的一處標誌性建築物。
書 《禮記·檀弓下》：「晉獻文子成室，晉大夫發焉。張老曰：『美哉輪焉，美哉奐焉！』」後用作「美輪美奐」。

【姜太公釣魚，願者上鈎】
jiāng tài gōng diào yú, yuàn zhě shàng gōu
姜太公名尚，字子牙，是輔佐周王伐紂的功臣。據說他出仕之前，在渭水邊用無餌直鈎的魚竿離開水面三尺釣魚，嘴裏說：「負命者上鈎來！」後來就用「姜太公釣魚，願者上鈎」表示自願進入別人的圈套或同意去做某事。也作「**太公釣魚，願者上鈎**」。例 這些人以招工培訓為名騙錢，在報紙上刊登虛假廣告，～，還真蒙騙了不少涉世未深的求職的人。
書 明葉良表《分金記·強徒奪節》：「自古道：『姜太公釣魚，願者上鈎。』不願，怎強得他？」

【前人栽樹，後人乘涼】
qián rén zāi shù, hòu rén chéng liáng
比喻前人為後人造福。「栽樹」也作「種樹」。例 常言道「～」。我們正在建設的三北防護林就是

一項這樣的造福子孫後代的重大工程。

書 清翟灝《通俗編．俚語對句》：「今年種竹，來年吃筍；前人種樹，後人乘涼。」又頤瑣《黃繡球》第一回：「俗語説得好：『前人栽樹，後人乘涼。』我們守着祖宗的遺產，過了一生。」

【前仆後繼】 qián pū hòu jì

前面的人倒下了，後面的人緊接着衝上去。今多形容不怕犧牲，英勇奮鬥。（仆：向前倒下。）例 這部電影再現了當年中國軍民～抗擊侵略的場景，感人至深。

書 清秋瑾《弔吳烈士樾》詩：「前仆後繼人應在，如君不愧軒轅孫。」

【前功盡棄】 qián gōng jìn qì

先前的成績全部廢棄掉或先前的努力全部白費。（功：成效和表現成效的事情。）也作「**前功盡廢**」。例「因為一個人最緊要的是『晚節』，一不小心，可就～了。」（魯迅《華蓋集．犧牲謨》）

書 《史記．周本紀》：「今又將兵出塞，過兩周，倍韓，攻梁，一舉不得，前功盡棄。」

【前因後果】 qián yīn hòu guǒ

事情的起因和結果。泛指事情發展的全過程。例 他把事情的～詳詳細細地告訴了我。

書 梁啟超《説常識》：「網羅放失舊聞，推求前因後果。」

【前仰後合】 qián yǎng hòu hé

指身體前後晃動。多形容大笑時的身體動作。也作「**後合前仰**」。例 于侃説笑話的本事誰也比不了，他説的笑話總能把大家逗得～。

書 明蘭陵笑笑生《金瓶梅詞話》第四〇回：「把李瓶兒笑的前仰後合。」

【前車之鑒】 qián chē zhī jiàn

前面車子翻倒的教訓，後面的車子可以引為鑒戒。比喻可以當做鑒戒的前人或別人的失敗教訓。也作「**覆車之鑒**」。（鑒：指可以作為警戒或引為教訓的事。）例 驕傲使人落後，對我們來説，～已經不少了。

書 《大戴禮記．保傅》：「鄙語曰……前車覆，後車誡。」又清李汝珍《鏡花緣》第九八回：「並勸文芸、章葒：『早早收兵，若再執迷不醒，這四人就是前車之鑒。』」

【前事不忘，後事之師】

qián shì bù wàng, hòu shì zhī shī

前面的經驗教訓不忘記，可以作為以後行事的借鑒。（師：榜樣。此指借鑒。）例 拔苗助長曾讓我們付出過沈重的代價，～，今後可不能再做這種違背客觀規律的事了。

書 《戰國策．趙策一》：「前事之

不忘，後事之師。」又《後漢書·張衡傳》：「故恭儉畏忌，必蒙祉祚，奢淫諂慢，鮮不夷戮，前事不忘，後事之師也。」

【前呼後擁】 qián hū hòu yōng

前面有人呼喝開道，後面有人簇擁保護。形容出行時的排場、聲勢。也泛指前後圍隨的人很多。（擁：圍着。）例 **他是個地位顯赫的人，出門時常常～地跟着一大幫人。**

書 宋李燾《續資治通鑒長編·太宗至道三年》：「太宗為若水言：『士之學古入官，遭時得位，紆金拖紫，躍馬食肉，前呼後擁，延賞宗族，此足以為榮矣。』」

【前所未有】 qián suǒ wèi yǒu

以前從來沒有過。例 **我校田徑隊在本屆大學生運動會上取得了～的好成績。**

書 宋徐度《卻掃編》卷下：「國朝不歷真相而為相者凡七人……而鄧樞密洵武以少保領院事而不兼節鉞，前所未有也。」

【前所未聞】 qián suǒ wèi wén

以前從來沒有聽說過。例 **這種怪事～，簡直讓人不敢相信。**

書 宋周密《齊東野語·黃婆》：「此事前所未聞，是知窮荒絕徼，天奇地怪，亦何所不有，未可以見聞所未及，遂以為誕也。」

【前怕狼，後怕虎】

qián pà láng, hòu pà hǔ

形容遇事顧慮重重，畏縮不前。也作「**前怕龍，後怕虎**」。例 **穆時迪辦事～，常常因此而坐失良機。**

書 明金鑾《鎖南枝·風情戲嘲》詞之七：「前怕狼，後怕虎；篩破的鑼，擂破的鼓。」

【前倨後恭】 qián jù hòu gōng

對人的態度先前傲慢，後來又變得恭敬起來。（倨：傲慢。）例 **俞威對我～，其中必有原因，只是我一時還沒有弄明白。**

書 《史記·蘇秦列傳》：「蘇秦笑謂其嫂曰：『何前倨而後恭也？』」後用作「前倨後恭」。

【前無古人】 qián wú gǔ rén

以前從來沒有人這樣做過或做到過。例 **近些年來全國城鄉在普及基礎教育方面取得了～的巨大成績。**

書 宋胡仔《苕溪漁隱叢話前集·杜少陵四》：「老杜於詩學，世以謂前無古人，後無來者。然觀其詩，大率宗法《文選》。」

【首屈一指】 shǒu qū yī zhǐ

彎下手指頭計數時，首先彎下大拇指。表示位居第一。（屈：彎曲。）例 **譚先生是當今中國歷史地理研究領域～的專家，學術造詣很深。**

書 清文康《兒女英雄傳》第二九回：「千古首屈一指的孔聖人，便是一位有號的。」

注 「屈」不可寫作「曲」。

【首當其衝】 shǒu dāng qí chōng

第一個處在要衝位置。比喻首先受到衝擊或蒙受災難。（當：面對。衝：要衝；重要道路（會合的地方）。）例 在產業結構調整中，那些設備落後、產品沒有多大銷路的企業～地成為調整的對象。

書《漢書．五行志下》：「鄭以小國攝乎晉、楚之間，重以強吳，鄭當其衝，不能修德，將鬥三國，以自危亡。」又《清史稿．兵志九》：「歐艦東來，粵東首當其衝。」

注「當」在此不讀 dàng。粵 dɔŋ[1] 噹。

【首鼠兩端】 shǒu shǔ liǎng duān

瞻前顧後，遲疑不決，或動搖不定。（首鼠：躊躇；遲疑不決。兩端：兩頭。）例 在需要對不同方案作出選擇時，他這種～的態度是會誤事的。

書《史記．魏其武安侯列傳》：「武安已罷朝，出止車門，召韓御史大夫載，怒曰：『與長孺共一老禿翁，何為首鼠兩端？』」

【炯炯有神】 jiǒng jiǒng yǒu shén

眼睛明亮有神采。（炯炯：形容明亮。多用於目光。）例 新上任的警長目光～，顯出一副精明強幹的樣子。

書 明李開先《涇野呂亞卿傳》：「先生頭顱圓闊，體貌豐隆，海口童顏，輪耳方面，兩目炯炯有神。」

【為人作嫁】 wèi rén zuò jià

唐秦韜玉《貧女》詩：「苦恨年年壓金線，為他人作嫁衣裳。」感歎貧女年復一年辛辛苦苦，忙的是為別人縫製出嫁穿的新衣。後來就用「為人作嫁」泛指只是在為別人辛苦忙碌。例 出版社編輯做的就是～的工作，他要和作者討論協商，看稿、改稿、校稿，一本圖書的出版也凝聚了他的大量心血。

書 清曹雪芹、高鶚《紅樓夢》第九五回：「何必為人作嫁？」

注「為」在此不讀wéi。粵 wɐi[6]位。

【為山九仞，功虧一簣】

wéi shān jiǔ rèn, gōng kuī yī kuì

見「功虧一簣」，115 頁。

【為民請命】 wèi mín qǐng mìng

替百姓説話，請求解除困苦，保全生命。（請命：代人請求解除困苦，保全生命。）例「我們從古以來，就有埋頭苦幹的人，有拼命硬幹的人，有～的人。」（魯迅《且介亭雜文．中國人失掉自信力了嗎》）

書《三國志．魏志．文帝紀》：「以肅承天命。」裴松之註引相國歆等奏曰：「當是之時……天下分崩，武王親衣甲而冠冑，沐雨而櫛風，為民請命，則活萬國，為世撥亂，則致升平。」

【為虎作倀】 wèi hǔ zuò chāng

替老虎作倀鬼。傳説倀鬼是被老虎咬死的人變成的鬼，受老虎驅使，替老虎帶路找人來吃。後來就用「為虎作倀」比喻給惡人作幫兇。例 這幾個惡霸的爪牙～，幹了許多壞事。

書 清筱波山人《愛國魂・罵奴》：「為虎作倀，無復生人之氣。」

【為虎添翼】 wèi hǔ tiān yì

給老虎添上翅膀。比喻助長強暴者的勢力。也作「**為虎傅翼**」。（傅：加上。翼：翅膀。）例 **向那些暴亂分子提供武器無異於～，將會帶來可怕的後果。**

書《韓非子・難勢》：「故《周書》曰：『毋為虎傅翼，將飛入邑，擇人而食之。』夫乘不肖人於勢，是為虎傅翼也。」

【為非作歹】 wéi fēi zuò dǎi

做各種壞事。（為：做。非、歹：指壞事。）例 **警方近日集中力量打擊車匪路霸，懲治了一批～的壞人。**

書 元無名氏《替殺妻》第一摺：「你待為非作歹，瞞心昧己，終久是不牢堅。」

注「為」在此不讀wèi。粵 wɐi⁴唯。

【為所欲為】 wéi suǒ yù wéi

做想要做的事。原不含貶義。今多表示想幹什麼就幹什麼，任意妄為。作貶義用。（欲：想要。）例 **他仗着大權在握，～，很不得人心。**

書《資治通鑒・周威烈王二十三年》：「以子之才，臣事趙孟，必得近幸。子乃為所欲為，顧不易邪？」此不含貶義。

【為淵驅魚，為叢驅雀】
wèi yuān qū yú, wèi cóng qū què

替深水趕來魚，替叢林趕來鳥雀。比喻把一些本來可以團結或爭取的人趕到對立的方面去了。（淵：深水。驅：驅趕。叢：叢林；茂密的樹林。）例 **我們公司不能做～的事，如果人才都流失到競爭對手那裏，我們的日子就難過了。**

書《孟子・離婁上》：「為淵敺（同『驅』）魚者，獺也；為叢敺爵（通『雀』）者，鸇也；為湯武敺民者，桀與紂也。」

【為善最樂】 wéi shàn zuì lè

做善事最快樂。（善：指善事；慈善的事。）例 **我問這位老音樂家，年紀這麼大了，為什麼還要來參加賑災義演，他回答說：「～嘛！」**

書《後漢書・東平憲王蒼傳》：「日者問東平王處家何等最樂，王言為善最樂。」

【為富不仁】 wéi fù bù rén

一心聚斂財富就不會講仁愛。後多指某些人唯利是圖，為發財致富而不擇手段，存心不良。例 **百姓痛恨那些～的奸商，他們靠坑害顧客謀取暴利，手段十分卑劣。**

書《孟子・滕文公上》：「陽虎曰：『為富不仁矣，為仁不富矣。』」又明邵璨《香囊記・媾媒》：「一生做事強梁，只是倚官託勢；須知為富不仁，自來見利忘義。」

【洪水猛獸】 hóng shuǐ měng shòu

江河中暴漲的水流和兇猛的野獸。比喻會造成極大禍害的人或

事物。例「就是改良派的立憲主張，清末的統治者仍視如～。」(鄒韜奮《三十年前的民主運動》)

書 宋朱熹《答劉子澄》之五：「邪説橫流，所以甚於洪水猛獸之害。」

【洞若觀火】 dòng ruò guān huǒ

形容觀察事物非常清楚透徹，就像看火一樣。（洞：透徹；清楚。）例「以過去和現在的鐵鑄一般的事實來測將來，～。」(魯迅《南腔北調集·〈守常全集〉題記》)

書《尚書·盤庚上》：「今汝聒聒……不惕予一人，予若觀火。」唐孔穎達疏：「我見汝情若觀火，言見之分明如見火也。」又明沈采《千金記·謁相》：「老丞相明炳機先，洞若觀火，已曾熟料。」

【洞燭其奸】 dòng zhú qí jiān

看透了對方的陰謀詭計。也作「**洞察其奸**」。（燭：照見；此指看清。）例 他想施手段進行欺詐，但我們已經～，沒有上當。

書《明史·董傳策傳》：「三十七年抗疏劾大學士嚴嵩，略言：嵩稔惡誤國，陛下豈不洞燭其奸。」

【洗心革面】 xǐ xīn gé miàn

洗滌受到污染的心靈，改變舊面目。比喻徹底悔改。（革：改變。）例 這個昔日的罪犯，經過～的改造，已經成為對社會有用的人了。

書 晉葛洪《抱朴子·用刑》：「洗心而革面者，必若清波之滌輕塵。」

【洗耳恭聽】 xǐ ěr gōng tīng

洗乾淨耳朵恭恭敬敬地聽。形容專心、恭敬地聽人講話。多用作自謙之辭。今使用中有時也含有詼諧的意味。例 張教授有何高見，我願～。

書 元鄭廷玉《楚昭公》第四摺：「請大王試説一遍，容小官洗耳恭聽。」

【活龍活現】 huó lóng huó xiàn

形容描述、塑造或模仿得十分生動、逼真。也作「**活靈活現**」。

例 他在舞台上把劇中這個吝嗇鬼的醜態～地展示了出來，深得觀眾好評。

書 明馮夢龍《古今小説。滕大尹鬼斷家私》：「眾人見大尹半日自言自語，説得活龍活現，分明是倪太守模樣，都信道倪太守真個出現了。」

【洛陽紙貴】 luò yáng zhǐ guì

《晉書·左思傳》記載，左思寫的《三都賦》受到司空張華的讚賞，洛陽的豪貴之家競相傳寫，城裏的紙價也因此而貴了起來。後來就用「洛陽紙貴」稱譽某人的著作很受歡迎，廣為流傳。例 金先生的小説一問世，～，書店裏常常脱銷。

書 唐何兆《贈兄》詩：「洛陽紙價因兄貴，蜀地紅箋為弟貧。」

【洋洋大觀】 yáng yáng dà guān

形容事物繁多，豐富多彩。（洋洋：盛大、眾多的樣子。大觀：指美好繁盛的景象。）例 這家出版社以弘揚傳統文化、繁榮學術研究為宗旨，所出版的古籍整理

和研究著作～，在學術界聲名卓著。

書 清陳忱《水滸後傳》第三九回：「登眺海山，洋洋大觀，一望千里。」

【洋洋灑灑】yáng yáng sǎ sǎ

形容寫作或談話豐富明快，表達連續不斷。（灑灑：連綿不絕的樣子。）例「國光在這個題目下面，～地寫了三四千字。」（巴金《春》）

書 清魏子安《花月痕》第四六回：「劍秋口才本是好的，對答如流，是日奏對，洋洋灑灑，大稱聖旨。」

【津津有味】jīn jīn yǒu wèi

形容很有滋味或很有趣味。（津津：形容味道濃厚。）例 ❶村民用農家飯菜招待這些遊客，遊客們吃得～。❷「這些作品讀起來～。」（朱自清《論百讀不厭》）

書 明凌濛初《二刻拍案驚奇》卷一八：「甄監生聽得津津有味。」

【津津樂道】jīn jīn lè dào

很有興趣，樂意去談論。（津津：形容趣味濃厚。）例 中國加入世界貿易組織後將會出現的變化是近來同事們～的話題。

書 清錢學綸《語新》卷下：「風流賢宰，嫉惡憐才，俱假文字為勸懲，邑人士咸津津樂道之。」

【恃才傲物】shì cái ào wù

仗着自己有才能而驕傲自大，看不起別人。（恃：倚仗。物：指自己以外的人。）例 他～，總有一種優越感，和周圍的人難以融洽相處。

書《舊唐書·韋挺等傳論》：「恃才傲物，固虧長者之風。」

注「恃」不讀chí，不可寫作「持」。

【恃強凌弱】shì qiáng líng ruò

仗着自己強大，欺負弱小者。（凌：欺負；侵犯。）例 這個惡霸～，橫行無忌，是當地的一大害。

書 宋魏了翁《畫一榜諭將士》：「所宜互相愛惜，毋得恃強凌弱，恃眾欺寡，互相爭鬧，激出事端。」

【恍如隔世】huǎng rú gé shì

彷彿像是隔了一世。大多用來表示因人事或景物變化巨大而產生的感慨。（恍：彷佛。世：古代以三十年為一世。）例 多年未到上海，此次重遊，真有～之感，城市面貌煥然一新，變得幾乎讓我認不出來了。

書 宋范成大《吳船錄》卷下：「丙寅，發常州。平江親戚故舊來相迓者，陸續於道，恍然如隔世焉。」

【恍然大悟】huǎng rán dà wù

猛然醒悟過來；一下子明白了很多。（恍然：形容猛然醒悟。悟：領會；醒悟。）例 他近來為什麼會有這種反常的舉動，我百思不得其解，經你一分析，這才～。

書 明馮夢龍《醒世恆言·薛錄事魚服證仙》：「當下少府恍然大悟，拜謝道：『弟子如今真個醒了！』」

【恬不知恥】tián bù zhī chǐ

做了卑劣、醜惡的事，滿不在乎，不知羞恥。（恬：滿不在乎。）例 他靠不正當手段發了財，居然還～地到處自我吹噓，這種人實在少見。

書 宋呂祖謙《東萊博議．衛禮至殺邢國子》：「衛禮至行險僥幸而取其國，恬不知恥，反勒其功於銘，以章示後。」

注「恬」不讀guā，不可寫作「括」。

【恰如其分】qià rú qí fèn

形容說話或辦事正合分寸，很恰當。（恰：正好。如：適合；合乎。分：指合適的界限。）例 經理在年度總結中對公司的工作做了～的分析，既肯定了業績，也沒有迴避存在的不足。

書 清李綠園《歧路燈》第一〇八回：「賞分輕重，俱是閻仲端酌度，多寡恰如其分。」

注「分」在此不讀fēn。粵 fɐn[6]份。

【恰到好處】qià dào hǎo chù

形容說話或辦事正好達到最適當的地步。例「《左傳》所記當時君臣的話，從容委曲，意味深長。只是平心靜氣的說，緊要關頭卻不放鬆一步，真所謂～。」（朱自清《經典常談．春秋三傳》）

書 清朱庭珍《筱園詩話》卷一：「若真詩，則宜剛宜柔，或大或小，清奇濃淡，因題而施，自無不合乎分際，恰到好處者。」

【恨相知晚】hèn xiāng zhī wǎn

見「相知恨晚」，274 頁。

【恨鐵不成鋼】

hèn tiě bù chéng gāng

恨鐵沒有煉成鋼。表示因自己有所期望的人不爭氣或不長進而感到焦急和不滿，急切希望他變好。常用於對子女或學生。（恨：不滿；抱怨。）例 我對女兒有時責備多一些，引起她的反感，其實我也是～，這種心情希望她能理解。

書 清曹雪芹、高鶚《紅樓夢》第九六回：「只為寶玉不上進，所以時常恨他，也不過是恨鐵不成鋼的意思。」

【室如懸磬】shì rú xuán qìng

屋子像懸掛着的磬那樣，中間空蕩蕩的，什麼也沒有。形容窮得一無所有。（磬：古代的一種打擊樂器，形狀像曲尺，用玉或石製成。）例 那時，連年的天災人禍，老百姓～，飢寒交迫，真是苦不堪言啊！

書《國語．魯語上》：「室如懸磬，野無青草，何恃而不恐？」

【突如其來】tū rú qí lái

突然來到或發生。（突如：突然。如：文言形容詞詞尾，表示狀態。）例「這中間變遷的軌跡，我們還能找到一些。總之，決不是～的。」（朱自清《經典常談．辭賦》）

書《周易．離卦》：「突如其來如。」又宋方恬《西漢論》：「漢之風俗委靡，以成王氏之禍，反覆求之，已見於開國之初。天下之事變，安有突如其來者哉？」

【突飛猛進】tū fēi měng jìn

形容進步、發展非常迅速。多用於事業、學問方面。例 近幾年來，信息產業有了～的發展，十分引人注目。

書 鄒韜奮《患難餘生記》第三章：「進步文化的突飛猛進，雖有利於國家民族，雖有利於人民大眾，但卻是頑固派反動派的莫大的障礙物。」

【穿針引線】chuān zhēn yǐn xiàn

比喻從中介紹、撮合，使雙方接通關係。例 多虧齊先生～，我們這批貨物終於找到了理想的買主。

書 明周清源《西湖二集·吹鳳簫女誘東牆》：「萬乞吳二娘怎生做個方便，到黃府親見小姐詢其下落，做個穿針引線之人。事成之後，多將媒禮奉謝，如何？」

【穿鑿附會】chuān záo fù huì

非常生硬牽強地進行解釋，把不具有某種意思的硬說成具有這種意思。（穿鑿：牽強附會。附會：把沒有關係的事物硬說成有關係，把本來不具有某種意思的硬說成具有這種意思。）例 你對他的話～，完全不符合他的原意。

書 《宋史·王安石傳》：「晚居金陵，又作《字說》，多穿鑿附會。」

注 「穿鑿」的「鑿」舊也讀 zuò。

【冠冕堂皇】guān miǎn táng huáng

形容莊嚴、體面或正大的樣子。今常指人表面如此。（冠冕：古代帝王或官員戴的禮帽。此處引伸表示體面光彩。堂皇：形容很有氣派。）例 他在會上說得～，但實際的所作所為卻完全不是這麼回事。

書 清文康《兒女英雄傳》第二二回：「他們如果空空洞洞，心裏沒這樁事，便該合我家常瑣屑無所不談；怎麼倒一派的冠冕堂皇，甚至連『安驥』兩個字都不肯提在話下？」

注 「冠」在此不讀 guàn。粵 gun[1] 官。

【神工鬼斧】shén gōng guǐ fǔ

見「鬼斧神工」，332 頁。

【神不知，鬼不覺】

shén bù zhī, guǐ bù jué

形容行事極為隱祕，別人一點也不知道，連神、鬼都沒有覺察到。例 游擊隊～地潛入到敵人據點附近，準備進行夜襲行動。

書 明施耐庵《水滸傳》第四二回：「今也不須點多人去，只宋江潛地自去，和兄弟宋清搬取老父連夜上山來，那時鄉中神不知，鬼不覺。」

【神乎其神】shén hū qí shén

神奇到了極點。（神：神奇。乎：文言語氣詞。其：那樣。）例 他把這種治療儀的功能說得～，我沒有用過，不知道是不是真的。

書 清李汝珍《鏡花緣》第七五回：「向日聞得古人有『袖占一課』之說，真是神乎其神，我只當總是神仙所為，凡人不能會的。」

【神出鬼沒】shén chū guǐ mò

像神、鬼那樣一會兒出現，一會兒隱沒，難以捉摸。原指用兵神奇靈活，行蹤莫測。後也泛指其他行動。（沒：隱沒。）例 劉將軍用兵～，把敵人弄得暈頭轉向。

書《淮南子・兵略訓》：「善者之動也，神出而鬼行。」又唐崔致遠《安再榮管臨淮郡牒》：「前件官夙精韜略，歷試機謀，嘗犯重圍，決成獨戰，實可謂神出鬼沒。」

注「沒」在此不讀 méi。

【神色自若】shén sè zì ruò

形容臨事鎮定，神情自然，和平常沒有什麼兩樣。（神色：臉上的表情。自若：保持自己平常的樣子。）例 儘管形勢已十分危急，他依然～地在佈置應對的措施，顯出一副胸有成竹的樣子。

書《晉書・王戎傳》：「年六七歲，於宣武場觀戲，猛獸在檻中虓吼震地，眾皆奔走，戎獨立不動，神色自若。」

【神采奕奕】shén cǎi yì yì

形容人精神飽滿，容光煥發。（神采：人面部的神氣和光彩。奕奕：精神飽滿的樣子。）例 鄧主任～地登上主席台，主持這一慶功盛典。

書 明朱國禎《資德大夫正治上卿高先生墓誌銘》：「自幼神采奕奕，善讀書，言動如成人。」

【神氣活現】shén qì huó xiàn

充分顯露出得意或傲慢的樣子。（神氣：指得意或傲慢的樣子。活現：逼真地顯現。）例 他一得到提升便～起來，對人說話的口氣都變了。

書 鄒韜奮《經歷》一五：「你不要那樣神氣活現！我不是你個人的英文祕書，我不寫！」

【神差鬼使】shén chāi guǐ shǐ

見「鬼使神差」，332 頁。

【神通廣大】shén tōng guǎng dà

原為佛教用語，指法力無邊。後也泛指人的本領、手段十分高強。（神通：原指無所不能的法力。後也泛指不同尋常的高強的本領、手段。）例 這件事太難辦了，連～的阿榮都感到束手無策。

書 元鄭廷玉《忍字記》第一摺：「貧僧神通廣大，法力高強。」

【神魂顛倒】shén hún diān dǎo

形容過分迷戀，以致精神恍惚，失去常態。（神魂：精神；神志。顛倒：指錯亂。）例 小菁被言情小說迷得～，總盼着能像小說中寫的那樣，會有一位白馬王子突然出現在自己身邊。

書 明無名氏《女真觀》第三摺：「怎禁它鳳求凰良夜把琴調，詠月嘲風詩句挑，引的人神魂顛倒。」

【神機妙算】shén jī miào suàn

神奇的心智，巧妙的謀算。形容計謀十分高明，有很強的預見性。例 司令員～，敵人果然中了我軍調虎離山之計。

書 明羅貫中《三國演義》第四六回：「瑜大驚，慨然歎曰：『孔明神

機妙算，吾不如也。』」

【既往不咎】jì wǎng bù jiù

對已往的錯誤、過失不再責備。也作「**不咎既往**」。（既往：指過去的事。咎：責備。）例 **你過去做過一些錯事，現在已經悔改，我們也就～了。**

書《論語·八佾》：「成事不說，遂事不諫，既往不咎。」

【咫尺天涯】zhǐ chǐ tiān yá

雖然相距很近，卻像遠在天邊一樣。形容相見很難。（咫：古代以八寸為咫。咫尺：表示距離很近。）例 **「可憐，～，只是看不見王女士的倩影。」（老舍《趙子曰》第六）**

書 元關漢卿《新水令》套曲：「阻鸞鳳，分鶯燕，馬頭咫尺天涯遠，易去難相見。」

【韋編三絕】wéi biān sān jué

古代的書寫在竹簡上，用皮繩把一片片簡編聯起來。據史書記載，孔子晚年喜愛讀《周易》，翻來覆去地讀，使編聯《周易》竹簡的皮繩斷了多次。後來就用「韋編三絕」形容人讀書勤奮刻苦。（韋：皮革。韋編：編聯竹簡的皮繩。三：表示多次。絕：斷。）例 **小艾以～的精神刻苦攻讀，進步很大。**

書《史記·孔子世家》：「孔子晚而喜《易》……讀《易》，韋編三絕。」

【眉來眼去】méi lái yǎn qù

彼此間用眉眼來傳情達意。例 **他倆在會議上～，雖然沒說一句話，彼此似乎已心照了。**

書 宋羅燁《醉翁談錄·張氏夜奔呂星哥》：「眉來眼去，魄散魂飛。已知夙世之緣，俱有少年之泰。」

【眉飛色舞】méi fēi sè wǔ

眉毛也抬起來了，神色飛揚。形容人臉上流露出十分喜悅或得意的神態。（色：指臉上顯現的神情；神色。）例 **小祥～地向同學們講述他剛看過的一本歷險書裏的故事，大家都聽得入了神。**

書 清李伯元《官場現形記》第三二回：「余藎臣一聽『明保』二字，正是他心上最為關切之事，不禁眉飛色舞。」

【眉清目秀】méi qīng mù xiù

容貌清秀俊美。（眉、目：眉毛、眼睛。此處也泛指容貌。清秀：美麗而不俗氣。）例 **那姑娘～，高挑身材，很有風度。**

書 元無名氏《合同文字》第一摺：「有個孩兒喚做安住，今年三歲，生的眉清目秀，是好一個孩兒也。」

【眉開眼笑】méi kāi yǎn xiào

眉頭舒展，眼裏滿含笑意。形容人臉上流露出十分高興的神態。例 **一說到女兒考上醫科大學研究生的事，當媽媽的～，話也多起來了。**

書 清曹雪芹、高鶚《紅樓夢》第一一九回：「劉老老聽說，喜的眉開眼笑，去給巧姐兒道喜。」

【姹紫嫣紅】chà zǐ yān hóng

形容各種顏色的花十分嬌豔。(姹：豔麗。嫣：美好。) 例 年三十遊花市，但見～，生機盎然，空氣中充滿了醉人的花香。

書 明湯顯祖《牡丹亭．驚夢》：「原來姹紫嫣紅開遍，似這般都付與斷井頹垣。」

【怒不可遏】nù bù kě è

憤怒難以抑制。(遏：止住；抑制。) 例 齊鵬發現這個不孝之子竟然虐待老母，～，厲聲喝止。

書 清李伯元《官場現形記》第二七回：「卻說賈大少爺正在自己動手掀王師爺的鋪蓋，被王師爺回來從門縫裏瞧見了，頓時氣憤填膺，怒不可遏。」

注 「遏」不讀 jiē。

【怒形於色】nù xíng yú sè

內心的憤怒顯現在臉色上。(形：顯露；表現。色：指臉上顯現的神情。) 例 他得知下屬藉出差之機遊山玩水，揮霍公款，不禁～。

書 宋李心傳《建炎以來繫年要錄．建炎二年二月辛未》：「蔡京將強致之……樸力拒不見，京怒形於色，然終不害也。」

【怒氣衝天】nù qì chōng tiān

憤怒的情緒直衝雲天。形容極其憤怒。 例 「淑英看得毛骨悚然，淑華看得～。」(巴金《春》六)

書 元楊顯之《瀟湘雨》第四摺：「只落得嗔嗔忿忿，傷心切齒，怒氣衝天。」

【怒髮衝冠】nù fà chōng guān

憤怒得頭髮直豎，簡直要把帽子頂起來了。形容極其憤怒。

例 侵略者的暴行使士兵們～，紛紛向司令員請纓殺敵。

書《史記．廉頗藺相如列傳》：「相如因持璧卻立，倚柱，怒髮上衝冠。」

注 「冠」在此不讀 guàn。粵 gun[1] 官。

【飛沙走石】fēi shā zǒu shí

大風颳得沙土飛揚，石塊滾動。「沙」也作「砂」。(走：移動。)

例 這裏土地荒漠化現象很嚴重，大風一來，～，對生活、生產造成極大威脅。

書 唐谷神子《博異志．呂鄉筠》：「若人間吹之，飛沙走石，翔鳥墜地，走獸腦裂。」

【飛來橫禍】fēi lái hèng huò

突然發生的意外災禍。(橫：意外的。) 例 華如沒想到自己會遭這樣一場～，在上班路上被一個魯莽的小伙子撞倒在地，竟摔成骨折。

書 明馮夢龍《醒世恆言．一文錢小隙造奇冤》：「欲待不去照管他，到天明被做公的看見，卻不是一場飛來橫禍，辨不清的官司。」

注 「橫」在此不讀 héng。粵 waŋ[4]/waŋ[6]。

【飛針走線】fēi zhēn zǒu xiàn

形容做針線活的速度極快，技術嫻熟。 例 媽媽～連夜為兒子趕製新衣。

書 南唐靜、筠禪師《祖堂集·洛浦和尚》：「問：『孤燈不自照，室內事如何？』師云：『飛針走線時人會，兩邊透過卻還稀。』」

【飛黃騰達】fēi huáng téng dá
像飛黃馬騰空飛奔。比喻人的官職、地位上升得非常快。（飛黃：古代傳說中的神馬名。騰達：原作「騰踏」，指騰空飛奔。）例「那時還行着科舉，出身寒素，不多時便～的，城裏就有好幾個。」（葉聖陶《倪煥之》二）

書 唐韓愈《符讀書城南》詩：「飛黃騰踏去，不能顧蟾蜍。」

【飛揚跋扈】fēi yáng bá hù
今多形容人驕縱放肆，蠻橫霸道。（飛揚：放縱。跋扈：狂妄而專橫。）例 他在公司裏～，根本不把別人放在眼裏。

書 清蒲松齡《聊齋誌異·席方平》：「飛揚跋扈，狗臉生六月之霜；隳突叫號，虎威斷九衢之路。」

【飛短流長】fēi duǎn liú cháng
說長道短，散佈流言，中傷別人。原作「**飛流短長**」。（飛、流：散佈。短、長：指是非、好壞等。）例 這個人慣於搬弄是非，～，似乎惟恐天下不亂，大家對他印象很不好。

書 唐沈亞之《送韓北渚赴江西序》：「故有諛言順容積微之讒，以基所毀，四鄰之地，更效遞笑，飛流短長，天下聞矣。」又清蒲松齡《聊齋誌異·封三娘》：「妾來當須祕密。造言生事者，飛短流長，所不堪受。」

【飛蛾投火】fēi é tóu huǒ
飛蛾有趨光的習性，往往飛向火焰，被焚而死。後來就用「飛蛾投火」比喻自取滅亡。也作「**飛蛾撲火**」。例 我軍已做好充分準備，敵人膽敢進犯，只能是～，自取滅亡。

書 元無名氏《謝金吾》第三摺：「我已曾着人拿住楊景、焦贊兩個，正是飛蛾投火，不怕他不死在手裏。」

【飛禽走獸】fēi qín zǒu shòu
飛翔的禽鳥，奔走的野獸。泛指各種鳥獸。（禽：鳥類。）例 在這位畫家筆下，各種～無不神態畢肖，栩栩如生。

書 漢王延壽《魯靈光殿賦》：「飛禽走獸，因木生姿。」

【飛簷走壁】fēi yán zǒu bì
小說中形容武功高的人行動輕捷靈巧，能在屋簷、牆上行走如飛。例 那座大院四周有高牆，重門緊閉，他又沒有～的本事，怎麼能進得去呢？

書 明施耐庵《水滸傳》第六六回：「且說時遷是個飛簷走壁的人，不從正路入城，夜間越牆而過。」

【勇往直前】yǒng wǎng zhí qián
勇敢地一直向前。例 隊員們身上都有一股～的氣概，不管困難多大，他們都不會退縮的。

書 宋朱熹《答陸子靜》之五：「不顧旁人是非，不計自己得失，勇往直前，說出人不敢說底道理。」

【勇冠三軍】yǒng guàn sān jūn
非常勇猛，在全軍無人能比。（冠：位居第一。三軍：古代諸侯大國多設三軍，或為上、中、下三軍，或為左、中、右三軍，後來就用為軍隊的通稱。）例 當年，他是一員猛將，～，赫赫有名。
書《後漢書・劉縯傳》：「伯升部將宗人劉稷，數陷陣潰圍，勇冠三軍。」
注「冠」在此不讀 guān。粵 gun³ 貫。

【省吃儉用】shěng chī jiǎn yòng
形容生活節儉。（儉：節省。）
例 老夫婦倆把多年～攢下來的這筆錢捐給災區人民，幫助他們重建家園。
書 明馮夢龍《醒世恆言・施潤澤灘闕遇友》：「夫妻依舊省吃儉用，晝夜營運，不上十年，就長有數千金家事。」

【降龍伏虎】xiáng lóng fú hǔ
使張牙舞爪的龍虎馴服。在佛教、道教中原用來形容法力大。後多比喻戰勝強大的對手或巨大的困難。（降、伏：使馴服；使屈服。）例 新立達足球隊施展～的手段，在本屆聯賽中力克羣雄，取得輝煌的戰績。
書 元馬致遠《黃粱夢》第一摺：「出家人長生不老，煉藥修真，降龍伏虎。」
注「降」在此不讀 jiàng。粵 hɔŋ⁴ 航。

【約法三章】yuē fǎ sān zhāng
原指訂立三條法律，約定必須遵守。後也指訂出簡明的規矩，相約遵守。例 我和鍾先生～，凡是他寫的文章一定要讓我先睹為快，而我則一定要認真閱讀，並把讀了以後的想法如實告訴他。
書《史記・高祖本紀》：「與父老約，法三章耳：殺人者死，傷人及盜抵罪。」又《漢書・刑法志》：「高祖初入關，約法三章。」

【約定俗成】yuē dìng sú chéng
指某種事物的名稱或社會習俗是人們在實踐中相約議定的，習用既久，從而為大家所公認。
例 許多大學都有～的簡稱，這種簡稱使用十分普遍。
書《荀子・正名》：「名無固宜，約之以命，約定俗成謂之宜，異於約則謂之不宜。」

【紈袴子弟】wán kù zǐ dì
身穿華美衣着的子弟。指富貴人家的子弟。今多指出身富貴人家而作風浮華、不務正業的子弟。（紈袴：細絹做的褲子。泛指華美衣着。子弟：指年輕的後輩。）例 他雖然出身富貴人家，但工作勤奮，有着很強的事業心，和那些～不同。
書《宋史・魯宗道傳》：「館閣育天下英才，豈紈袴子弟得以恩澤處邪？」
注「袴」不讀 kuà。

十畫

【泰山壓頂】tài shān yā dǐng

泰山壓在頭頂上。比喻壓力極大。（泰山：在今山東省境內，高大雄偉，古稱東嶽。）例 陳一新是條硬漢，～不彎腰，咬着牙挺了過來。

書 清文康《兒女英雄傳》第六回：「一個棍起處似泰山壓頂，打下來舉手無情。」

【泰然自若】tài rán zì ruò

臨事沈着鎮定，神態如常。多用在遇到意外或情況嚴重緊急時。（泰然：形容鎮定；心情安定。自若：保持自己平常的樣子。）例「我在表面上雖還～，心裏卻感到急了。」（茅盾《腐蝕》）

書《金史・顏盞門都傳》：「有敵忽來，雖矢石至前，泰然自若。」

【泰然處之】tài rán chǔ zhī

見「處之泰然」，366 頁。

【珠光寶氣】zhū guāng bǎo qì

珍珠、寶石光彩耀目。多形容婦女服飾華貴。例 那位老闆太太打扮得～，也來出席今天的宴會。

書 清張春帆《九尾龜》第五回：「簪飾雖是不多幾件，而珠光寶氣，曄曄照人。」

【珠圓玉潤】zhū yuán yù rùn

像珠子那樣渾圓，像玉那樣光潤。多用來形容文辭圓熟流暢，或歌聲婉轉圓潤。例 ❶這篇散文寫得～，讀來琅琅上口。❷小蓮的京韻大鼓行腔吐字～，很見功力。

書 明汪珂玉《珊瑚網・名畫題跋・黃鶴山樵鐵網珊瑚圖》：「黃鶴仙翁寄余詩畫，兩學賢友俱有和章，明窗展玩，珠圓玉潤，照耀後先。」

【珠聯璧合】zhū lián bì hé

像珠子串在一起，美玉合到一塊。原形容天象。後多形容人才或美好的事物配在一起。（璧：一種玉器，扁平，圓形，中間有孔。）例 ❶「董太太是美人，一筆好中國畫，跟我們這位斜川兄真是～。」（錢鍾書《圍城》三）❷這對古色古香的大瓷瓶配上做工精緻的紫檀木底座，真有～之妙。

書《漢書・律曆志上》：「日月如合璧，五星如連珠。」又北周庾信《周兗州刺史廣饒公宇文公神道碑》：「發源纂胄，葉派枝分，開國承家，珠聯璧合。」

注「璧」不可寫作「壁」。

【班門弄斧】bān mén nòng fǔ

在魯班門前要弄斧子。比喻不自量力，在行家面前賣弄本領。有時也用於自謙。也作「**弄斧班門**」。（班：魯班，春秋時魯國有名的巧匠，相傳曾發明木作工具，被建築工匠尊為祖師。）例 ❶他～，破綻百出，自己也覺得不好收場。❷「你讓我在幾位前輩面前作畫，豈非～，我哪裏敢呀。」華為連連推辭說。

書 宋歐陽修《與梅聖俞書》：「昨在真定，有詩七八首，今錄去，班門弄斧，可笑可笑。」

【素不相識】sù bù xiāng shí

向來不認識。（素：素來；向來。）例 五公公熱心慈善事業，捐款資助了三位～的山區貧困少年，使他們得以完成學業。

書《三國志·吳志·陸瑁傳》：「及同郡徐原，爰居會稽，素不相識，臨死遺書，託以孤弱，瑁為起立墳墓，收導其子。」

【素昧平生】sù mèi píng shēng

向來不了解、不相識。（昧：不了解。平生：平素。）例 我和這個人～，他怎麼會知道我的姓名，在路上和我打招呼？我不禁納悶起來。

書 唐段成式《劍俠傳·郭倫觀燈》：「素昧平生，忽蒙救護，脱妻子於危難，先生異人乎？」

注「昧」不讀wèi，不可寫作「味」。

【馬不停蹄】mǎ bù tíng tí

馬不停下腳步。比喻不停頓地行進或從事某項活動。例 春節期間這位演藝界的明星～地奔走於各演出場所，忙得不亦樂乎。

書 明施耐庵《水滸傳》第一〇九回：「王慶同眾人馬不停蹄，人不歇足，走到天明。」

【馬仰人翻】mǎ yǎng rén fān

見「人仰馬翻」，27頁。

【馬到成功】mǎ dào chéng gōng

戰馬一到就獲勝。形容獲勝迅速。也比喻人一到達開展工作就獲得成功。也作「**馬到功成**」。例 這件事如果派老胡去辦，定能～。

書 元關漢卿《五侯宴》楔子：「有五百義兒家將，人人奮勇，個個英雄，端的是旗開得勝，馬到成功。」

【馬革裹屍】mǎ gé guǒ shī

用馬皮把陣亡者的屍體包裹起來以運回埋葬。指軍人犧牲在戰場上。例 戰士們決心履行保衞祖國的神聖職責，即使～，也是死得其所。

書《後漢書·馬援傳》：「男兒要當死於邊野，以馬革裹屍還葬耳，何能卧牀上在兒女子手中邪？」

【馬後炮】mǎ hòu pào

原是象棋術語。後用來比喻事過之後才採取的於事無補的舉動。例 你既然知道這樣做不行，為什麼不早說？做完了才來放～，能有什麼用？

書 元無名氏《隔江鬥智》第二摺：「大哥須要計較此事，不要做了馬後炮，弄的遲了。」

【馬前卒】mǎ qián zú

舊指官員出行時在車馬前奔走供役使的兵卒或僕役。後也比喻受人驅使、為人效力的小人物。例 他不過是個～，真正拿主意的另有其人。

書 唐韓愈《符讀書城南》詩：「一為馬前卒，鞭背生蟲蛆。」

【馬首是瞻】mǎ shǒu shì zhān

原指古代作戰時士兵看着主將馬頭的方向而行動。比喻聽從別人指揮或追隨別人行動。常出現在「唯……馬首是瞻」的句式中，「唯」後所加為聽從或追隨的對象。（是：複指代詞，這裏複指前面的「馬首」。瞻：往前看。）例 呂其凡在他們這些人中威信很高，這些人唯他～。

書 《左傳·襄公十四年》：「荀偃令曰：『雞鳴而駕，塞井夷竈，唯余馬首是瞻。』」

【馬齒徒增】mǎ chǐ tú zēng

比喻自己白白地增長了年齡，沒能在事業或學問上有所長進。常用作自謙之辭。（馬齒：馬的牙齒。馬齒隨年齡的增長而添換。這裏用馬齒的增添來比喻人年齡的增長。徒：白白地。）例 我這幾年研究成果不多，～，實在感到慚愧。

書 《穀梁傳·僖公二年》：「荀息牽馬操璧而前曰：『璧則猶是也，而馬齒加長矣。』」又清王韜《淞隱漫錄·阿憐阿愛》：「自妾識君，已四五年矣。蛾眉易老，馬齒徒增，尚未能擇人而事，自拔於火坑。」

【起死回生】qǐ sǐ huí shēng

把垂死的人救活。形容醫術高超或藥有奇效。也比喻使陷入絕境的事物有了轉機。例 ❶說到華醫生～的醫術，大家無不欽佩。❷這些重組轉產的措施使公司～，讓職工們重又看到了希望。

書 元無名氏《博望燒屯》第一摺：「此人才欺管、樂，智壓孫、吳，論醫起死回生，論卜知凶定吉。」

【耿耿於懷】gěng gěng yú huái

心裏總記掛着某件事，覺得不安或不痛快。（耿耿：形容有心事而不安。）例 我曾經頂撞過他，他覺得失了面子，至今～。

書 《詩經·邶風·柏舟》：「耿耿不寐，如有隱憂。」又蘇曼殊《碎簪記》：「吾叔恩重，所命靡不承順。獨此一事，難免有逆其情意之一日，故吾無日不耿耿於懷。」

【真才實學】zhēn cái shí xué

真實的才能、學問。例 郭瑞來任用的大多是有～的人，在工作中能獨當一面。

書 宋曹彥約《辭免兵部侍郎兼修史恩命申省狀》：「兩史院同修之官，亦必自編修、檢討而後序進，更須真才實學，乃入茲選。」

【真心實意】zhēn xīn shí yì

真實的心意。形容對人真誠，毫不虛偽做作。也作「**真心誠意**」、「**真心真意**」。例 他見到大家都在～地幫他，他對自己這次創業的信心更足了。

書 宋曾覿《柳梢青·山林堂席上以

主人之意解嘲》詞：「據恁當初，真心實意，如何虧得？」

【真知灼見】zhēn zhī zhuó jiàn

正確而透徹的認識、見解。（灼：明亮。此指看得明白、透徹。）例 朱先生對經濟形勢的分析有不少～，對我啟發很大。

書 鄭觀應《盛世危言·遊歷》：「一旦躬膺重任，建議興事，皆有真知灼見。」

【真金不怕火煉】

zhēn jīn bù pà huǒ liàn

比喻真正具有堅定的好品質的人經得起各種考驗。也作「**真金不怕火**」。例 ～，這些決心獻身國防事業的青年是不會在艱苦和困難面前低頭的。

書 清楊潮觀《吟風閣雜劇·韓文公雪擁藍關》：「從來是這樣人，偏有許多磨難，喜的是真金不怕火。」

【真相大白】zhēn xiàng dà bái

真實情況完全弄清楚了。（真相：指事物的本來面目或真實情況。大白：完全清楚。）例 那樁走私案經過幾個月的偵查，終於～了。

書 郭沫若《蔡文姬》第四幕：「文姬：好在真相已經大白，請丞相從寬發落吧。」

【真偽莫辨】zhēn wěi mò biàn

真的、假的分辨不清。例 這種冒牌產品的造假手段很高，普通顧客～，很容易上當。

書 《隋書·經籍志一》：「戰國縱橫，真偽莫辨，諸子之言，紛然淆亂。」

【真憑實據】zhēn píng shí jù

真實可靠的證據。（憑、據：證據。）例「現在不過有那麼一句話，沒有～，屠維岳會賴！」（茅盾《子夜》一四）

書 清俞萬春《蕩寇志》第一二三回：「童貫那廝是個奸臣，只是訪他不着真憑實據。今日我聽這珠兒口中的話，大有蹊蹺。」

【桃李不言，下自成蹊】

táo lǐ bù yán, xià zì chéng xī

桃樹、李樹不會說話，但它們的花果吸引着人，樹下自然會被踩出一條路來。比喻有德、有才的人，雖然不事張揚，也自然會有強烈的感召力。（蹊：小路。）

例 彭老伯學術造詣深厚，雖然退休多年，每天登門求教的人還是不少，真是～。

書 《史記·李將軍列傳論》：「諺曰：『桃李不言，下自成蹊。』此言雖小，可以諭大也。」

注 「蹊」不可寫作「溪」。

【桃李滿天下】táo lǐ mǎn tiān xià

比喻教育、培養出來的人很多，遍佈各地。（桃李：桃樹、李樹。《韓詩外傳》卷七：「夫春樹桃李，夏得陰其下，秋得食其實。」後來就用「桃李」比喻教育、培養出來的人。）例 邵老師～，在他執教三十年的慶典上，有許多學生專程從外地趕來向他道賀。

書 唐白居易《春和令公綠野堂種花》：「令公桃李滿天下，何用堂前更種花。」

【格格不入】 gé gé bù rù

有抵觸，不相契合。（格格：互相抵觸。）例 **他抱殘守缺，和時代的潮流～。**

書 清袁枚《寄房師鄧遜齋先生》：「物換星移，三十年為一世矣。以前輩之典型，合後來之花樣，自然格格不入。」

【格殺勿論】 gé shā wù lùn

指把行兇、拒捕或違反禁令的人當場打死而不以殺人論罪。（格殺：擊殺；打死。勿論：不論罪。）例 **清末統治者把號召民眾推翻帝制，建立民國的人稱作亂黨，發出了～的威脅。**

書 清林則徐《體察洋面堵截情形摺》：「無論內地何項船隻，駛近夷路，概行追擊，倘敢逞兇拒捕，格殺勿論。」

【根深蒂固】 gēn shēn dì gù

根長得深，蒂結得牢。比喻基礎牢固，不易動搖。也作「**根深柢固**」。（蒂：花或瓜、果跟莖、枝相連的部分。柢：樹根。）

例 **「但我總還想對於～的所謂舊文明施行襲擊，令其動搖，冀於將來有萬一之希望。」（魯迅《兩地書》八）**

書 《老子》：「有國之母，可以長久，是謂深根固柢，長生久視之道。」又明凌濛初《初刻拍案驚奇》卷二二：「親戚滿朝，黨與四佈，方能夠根深蒂固。」

【栩栩如生】 xǔ xǔ rú shēng

形容藝術形象生動逼真，像活的一樣。（栩栩：生動的樣子。）

例 **他把小說中的這幾個人物寫得～，給我留下了很深的印象。**

書 清吳趼人《發財祕訣》卷二：「那小人做得才和棗核般大，頭便像一顆綠豆，手便像兩粒芝麻，卻做得鬚眉欲活，栩栩如生。」

注 「栩」不讀 yǔ。

【索然無味】 suǒ rán wú wèi

感覺毫無意味或毫無趣味。（索然：感覺沒有意味或興趣的樣子。）例 **這種內容空泛、語言枯燥的文章讀起來～。**

書 明楊慎《丹鉛雜錄·論衡》：「蓋文有以含蓄不盡為工者……說盡，則索然無味矣。」

【軒然大波】 xuān rán dà bō

高高湧起的大波浪。也比喻大的糾紛或風潮。（軒：高。）例 **這片老宅的拆遷引起了～，不少人撰文希望把它作為文物加以保留。**

書 唐韓愈《岳陽樓別竇司直》詩：「軒然大波起，宇宙隘而妨。」

【破口大罵】 pò kǒu dà mà

使用粗俗惡毒的言語大聲罵人。

例 **他得知自己那間違章搭蓋的廚房要被拆掉，便～起來，一副蠻不講理的樣子。**

書 清李伯元《官場現形記》第一〇回：「茶房未及開口，那女人已經破口大罵起來。」

【破天荒】pò tiān huāng

唐代荊州每次送舉人考進士，都沒考中，人稱「天荒」，意思是處在從沒開化過的狀態。唐宣宗大中四年劉蛻考中了，被稱為「破天荒」。後用來比喻以前從未有過而第一次出現的。例 把外國遊客接到家裏來一起包餃子過年，對程嬸來說可是～第一次。

書 五代王定保《唐摭言．海述解送》：「荊南解比號天荒，大中四年劉蛻舍人以是府解及第。時崔魏公作鎮，以破天荒錢七十萬資蛻。」

【破釜沈舟】pò fǔ chén zhōu

秦朝末年，項羽率軍與秦作戰。項羽在軍隊渡過河以後，下令把飯鍋砸破，只帶三天乾糧，把船沈掉，自斷退路，表示不打勝仗決不活着回來。事見《史記．項羽本紀》。後來就用「破釜沈舟」表示下定決心，有進無退幹到底。（釜：古代的炊具，相當於現在的鍋。）例「你按部就班地幹，做到老也是窮死。只有大膽地～地跟他們拚，還許有翻身的那一天。」（曹禺《日出》第二幕）

書 明史可法《請出師討賊疏》：「聚才智之精神，枕戈待旦；合方州之物力，破釜沈舟。」

【破涕為笑】pò tì wéi xiào

止住淚水，露出笑容。表示轉悲為喜。（破：破除；使改變。涕：眼淚。）例 小貝貝發現心愛的玩具不見了，傷心地坐在地板上大哭，不料一回頭，見姐姐正把藏起來的玩具放在桌上，便立刻～。

書 晉劉琨《答盧諶書》：「舉觴對膝，破涕為笑，排終身之積慘，求數刻之暫歡。」

注「為」在此不讀wèi。粵 wɐi[4]唯。

【破綻百出】pò zhàn bǎi chū

形容說話或做事的漏洞非常多。（綻：裂開。破綻：衣服的裂口。泛指說話或做事的漏洞。）例 他為自己辯解的那些話～，簡直難以自圓其說。

書 宋黎靖德編《朱子語類》卷一〇四：「且將聖人書來讀，讀來讀去，一日復一日，覺得聖賢言語漸漸有味，卻回頭看釋氏之說，漸漸破綻罅漏百出。」後用作「破綻百出」。

【破鏡重圓】pò jìng chóng yuán

南朝陳將亡時，政局動亂。駙馬徐德言和他妻子樂昌公主擔心日後難以相保，便把銅鏡一破為二，各執一半，相約如果離散，以銅鏡相合為憑來找到對方。陳朝滅亡時兩人果然離散，並正是靠了這面破鏡而得以重聚。事見唐孟棨《本事詩．情感》。後來就用「破鏡重圓」表示夫妻失散或離異後重又團圓或和好。例 這對～的夫妻對幸福的家庭生活都格外珍惜。

書 宋蘇軾《蝶戀花·佳人》詞：「破鏡重圓人在否？章臺折盡青青柳。」

【原形畢露】yuán xíng bì lù
原來的面目完全暴露（畢：完全。）例 這個騙子被人揭發，～，受到了應有的處罰。
書 聞一多《一個白日夢》：「怕只怕一得意，吹得太使勁兒，泡炸了，到那時原形畢露。」

【原封不動】yuán fēng bù dòng
保持原樣，一點不加變動。（原封：原來封好是什麼樣子，現在還是什麼樣子；保持原樣。）例 他送來的這筆錢不是我應當得的，我～地退了回去。
書 明馮夢龍《警世通言·呂大郎還金完骨肉》：「搭膊裏面銀兩，原封不動。」

【原原本本】yuán yuán běn běn
指對事情從頭到尾如實敍說。也作「**元元本本**」。例 彭阿婆把她所見到的現場情況～地向陳律師做了介紹。
書 清李伯元《官場現形記》第九回：「他就把這裏事情，原原本本，一齊告訴了周老爺。」

【殊途同歸】shū tú tóng guī
由不同道路到達同一個目的地。比喻採取不同的方法而得到相同的結果。（殊：不同。歸：歸宿。）例 各地改革住房制度的方案雖然有所不同，但～，最終都是使居民的住房條件迅速有了改善。
書《周易·繫辭下》：「天下同歸而殊塗（通『途』），一致而百慮。」又晉葛洪《抱朴子·逸民》：「在朝者陳力以秉庶事，山林者修德以厲貪濁，殊塗同歸，俱人臣也。」

【捕風捉影】bǔ fēng zhuō yǐng
比喻以不可靠的傳聞或似是而非的跡象做根據。例 他提供的那些所謂證據純屬～，是經不起深究的。
書 清李汝珍《鏡花緣》第一二回：「又有一等唆訟之人，哄騙愚民，勾引興訟，捕風捉影，設計鋪謀，或誣控良善，或妄扳無辜。」

【振振有詞】zhèn zhèn yǒu cí
似乎理由很充分地說個不停。「詞」也作「辭」。例 他～地為自己狡辯，似乎這起事故的發生，他這個主管人員並沒有多少責任。
書 梁啟超《關稅權問題》：「今者外人之以排外相誣者，既振振有詞，其烏可更無謀之舉，以授之口實也。」

【振聾發聵】zhèn lóng fā kuì
聲音很響，使耳聾的人都能聽見。比喻某一言論文章驚醒了原先糊塗或麻木的人。（振：振動。聵：聾。發聵：打開閉塞了的聽覺。）例 老朋友的話～，使我認識到再這樣消沈下去是沒有出路的，應該振作起來，去開創新的生活。
書 清袁枚《隨園詩話補遺》卷一：「梁昭明太子《與湘東王書》云：

『……未聞吟詠性情，反擬《內則》之篇；操筆寫志，更摹《酒誥》之作……』此數言振聾發聵，想當時必有迂儒曲士以經學談詩者。」

【捉襟見肘】zhuō jīn jiàn zhǒu
拉一下衣襟，胳膊肘就露出來了。原形容衣衫破爛。後也形容顧此失彼，窮於應付。例 **時值年關，各方面開銷很多，使他在資金調度上～，頗為狼狽。**
書《莊子·讓王》：「曾子居衞，十年不製衣，正冠而絕纓，捉衿（同『襟』）而肘見。」後用作「捉襟見肘」。

【挺身而出】tǐng shēn ér chū
在遇到危險或困難的時候，勇敢地站出來擔當其事。（挺身：挺起身子。表示敢於面對危難或承擔責任。）例 **在這緊急的時候，他能～，把這項艱巨的工作接受下來，這種勇氣令人欽佩。**
書《舊五代史·唐景思傳》：「後數日，城陷，景思挺身而出，使人告於鄰郡，得援軍數百，逐其草寇，復有其城，亳民賴是以濟。」

【草木皆兵】cǎo mù jiē bīng
公元383年，前秦苻堅率軍南下進攻東晉，在洛澗受挫。苻堅登上壽陽城，見晉軍佈陣嚴整，甚至把城外八公山上的草木都當成了晉兵，心中更加害怕。事見《晉書·苻堅載記下》及《資治通鑒·晉孝武帝太元八年》。後來就用「草木皆兵」形容人害怕受到某種打擊而產生的疑懼心理。例 **雖說病從口入，但也不必～，弄得這也不敢吃，那也不敢嚐，只要平時多注意飲食衞生就可以了。**
書 明無名氏《四賢記·告貸》：「遭家不造，被寇相侵，驚心草木皆兵。」

【草行露宿】cǎo xíng lù sù
在草野中趕路，在露天歇宿。形容行旅艱辛。也指為了避開別人而不走大路，在荒野中急迫行走和過夜。例 **這幾個偵察兵深入敵後完成偵察任務後，～，迅速趕回指揮部。**
書《晉書·謝玄傳》：「餘眾棄甲宵遁，聞風聲鶴唳，皆以為王師已至，草行露宿，重以飢凍，死者十七八。」

【草草了事】cǎo cǎo liǎo shì
草率地把事情了結掉。（草草：草率；不認真，不細緻。了：了結。）例 **進行年度工作總結對我們明確今後努力的方向很有意義，要認真去做，不能～。**
書 明朱國禎《湧幢小品·實錄》：「陳文端請修正史，分各志二十八，務於詳備，一志多至四五十萬餘言。未幾，文端薨，各志草草了事。」
注「了」在此不讀 le。

【草菅人命】cǎo jiān rén mìng
把人命看得如同野草。指把人的生命不當回事，任意殘害。（菅：一種野草。）例 **在豺狼當道的年代，～的事時有發生。**

書 漢賈誼《新書．保傅》：「故今日即位，明日射人……其視殺人若艾草菅然。」又明凌濛初《初刻拍案驚奇》卷一一：「所以說為官做吏的人，千萬不要草菅人命，視同兒戲。」

注「菅」不讀guǎn，不可寫作「管」。

【茶餘飯後】 chá yú fàn hòu

品過茶、吃了飯之後。泛指空閒休息的時間。也作「**茶餘酒後**」。例 這類道聽途說的奇聞逸事只不過是大家～的談資，沒有誰去認真對待它的。

書 清吳趼人《二十年目睹之怪現狀》第九三回：「趙老爺聽了，也當作新聞，茶餘酒後，未免向各同事談起。」

【荒淫無恥】 huāng yín wú chǐ

沈湎酒色，生活糜爛，不知羞恥。（荒淫：沈湎酒色，行為放蕩。）例 這本小說對王公大人們～的生活作了無情的揭露。

書 徐遲《狂歡之夜》：「在這座最莊嚴的城中，卻有着一羣荒淫無恥的，醜態百出的，傷天害理的，窮兇極惡的衣冠禽獸。」

【荒誕不經】 huāng dàn bù jīng

虛妄離奇，不合情理。也作「**怪誕不經**」。（荒誕：虛妄不真實，不足憑信。不經：不合常理。）例 這種傳聞～，我不相信生活中真會有這樣的事。

書 清梁章鉅《歸田瑣記．三國演義》：「語多荒誕不經，殆演義所由出歟？」

【荒誕無稽】 huāng dàn wú jī

虛妄離奇，毫無根據。（無稽：無從查考；毫無根據。）例 他那些～的說法根本經不起推敲，向他質疑的人很多。

書 清羽衣女士《東歐女豪傑》第三回：「如今科學大明，這些荒誕無稽的謬說，那裏還能立足呢？」

【荒謬絕倫】 huāng miù jué lún

荒唐錯誤到了極點。（荒謬：極端錯誤；極不合情理。絕倫：沒有可以相類比的。倫：同類；同等。）例 他的話～，違背了最基本的常識，虧他說得出來！

書 清壯者《掃迷帚》第二回：「其說荒謬絕倫，更可付諸一笑。」

【茹毛飲血】 rú máo yǐn xuè

原始人類在不知道用火時，連毛帶血地生吃禽獸。（茹：吃。）例「宛如文明爛熟的社會裏，忽然分明現出～的蠻風來。」（魯迅《華蓋集續編．馬上支日記》）

書《禮記．禮運》：「未有火化，食草木之實、鳥獸之肉，飲其血，茹其毛。」漢班固《白虎通．號》：「古之時未有三綱六紀……茹毛飲血而衣皮葦。」

【茹苦含辛】 rú kǔ hán xīn

見「含辛茹苦」，214頁。

【時不再來】 shí bù zài lái

時機一錯過就不會再來了。希望人們抓緊時機。有時與「機不可失」連用。例 現在正是發展高新技術產業的理想時期，機不可失，～，許多科技人員對此都有所認識，紛紛準備一試身手。

書《國語·越語下》：「得時無怠，時不再來，天予不取，反為之災。」

【時不我待】 shí bù wǒ dài

時間不會等待我。表示要抓緊時間。（待：等待。）例 戴教授即將退休了，他感到～，所以常常廢寢忘餐地工作到很晚。

書 曹靖華《飛花集·智慧開花爛如錦》：「忽而念及時不我待，只得像拉起一根『葛條』，不顧首尾，匆匆割取眼前一段，以救燃眉之急了。」

【時來運轉】 shí lái yùn zhuǎn

時機來了，命運也開始好轉了。例 公路一修通，山鄉的村民～，過去堆在家裏無人問津的土特產一下子成了搶手貨。

書《白雪遺音·馬頭調·麻衣神相》：「奴怎比韓氏素梅，生在煙花，時來運轉，貴人提拔，才把君恩拜。」

【時乖運蹇】 shí guāi yùn jiǎn

時機不利，命運不好。也作「**時乖命蹇**」。（乖、蹇：不順利。）例 他總埋怨～，一直沒遇見賞識他的人，使他得以施展自己的才能。

書 宋《京本通俗小說·錯斬崔寧》：「到得君薦手中，卻是時乖運蹇，先前讀書，後來看看不濟，卻去改業做生意。」

【時移世易】 shí yí shì yì

時代變遷，世事也變得不一樣了。（移：改變。易：變換。）例 ～，我們不能再用老眼光來看待現在的農民了，他們不是只靠祖輩傳下來的經驗種田，他們正在成為掌握先進農業生產技術的一代新人。

書 晉葛洪《抱朴子·鈞世》：「古者事事醇素，今則莫不雕飾，時移世易，理自然也。」

【時過境遷】 shí guò jìng qiān

隨着時間推移，境況也發生了變化。例 ～，這類當年風行一時的言情小說現在已經不再擁有那麼多的讀者了。

書 梁啟超《論正統》：「而時過境遷之後，作史者猶慷他人慨，斷斷焉辨得失於雞蟲，吾不知其何為也。」

【郢書燕說】 yǐng shū yān shuō

《韓非子·外儲說左上》記了這樣一則故事：郢人晚上給燕相寫信，因為燭光不亮，就對拿蠟燭的人說：「舉燭（把蠟燭舉高些）。」還不慎把「舉燭」這兩個字誤寫進信裏。燕相收到信後不但沒發現這個錯誤，還對「舉燭」二字大加解釋，說：「舉燭者，尚明也；尚明也者，舉賢而任之。」後來就用「郢書燕說」表示穿鑿附會，曲解原意。（郢：楚國邑名，在今湖北江陵，楚文王定都於此。後楚國數次遷都，都城仍常稱郢。此處郢之具體位置不詳。燕：周朝分封的諸侯國名，在今河北北部和遼寧南部。）例 他對中國商、周時代的

古文字缺乏認真的研究，有時不免～，貽笑大方。

書 宋王應麟《困學紀聞·經説八》：「董仲舒對策云『見素王之文』，賈逵《春秋序》云『立素王之法』……皆因《家語》之言而失其義，所謂郢書燕説也。」

注 「燕」不讀 yàn。粵 jin¹ 咽。

【蚍蜉撼樹】 pí fú hàn shù

螞蟻想搖動大樹。比喻不自量力，妄想動搖強大的事物。也作「**蚍蜉撼大樹**」。（蚍蜉：大螞蟻。撼：搖動。）例 周先生逝世半個多世紀了，他的作品一直深受讀者喜愛，有人企圖貶低周先生在文壇的地位，那恰如～，注定是不會成功的。

書 唐韓愈《調張籍》詩：「蚍蜉撼大樹，可笑不自量。」

【骨肉相連】 gǔ ròu xiāng lián

像骨頭和肉相連着一樣。比喻彼此關係密切，不可分離。例 我們和災區人民是～的同胞，幫助他們渡過難關是我們義不容辭的責任。

書《北齊書·楊愔傳》：「常山王以塼叩頭，進而言曰：『臣與陛下骨肉相連。』」

【骨肉團圓】 gǔ ròu tuán yuán

指離散的親人又團聚在一起。（骨肉：比喻血緣關係十分近的人，如父母兄弟子女等。）例 在紅十字會的熱心幫助下，這對離散多年的母子終於得以重聚，～的喜悦使他們流下了激動的淚水。

書 明柯丹邱《荊釵記·慶誕》：「所喜者家庭温厚，骨肉團圓。」

【骨瘦如柴】 gǔ shòu rú chái

形容身體非常瘦，像是一層皮包着木柴一樣。例 他雖然～，但精神很好，和大家在一起的時候總是談笑風生。

書 宋《京本通俗小説·拗相公》：「延及歲餘，奄奄待盡，骨瘦如柴，支枕而坐。」

【骨鯁在喉】 gǔ gěng zài hóu

像魚骨頭卡在喉嚨裏。表示非要吐出來不可。比喻心裏憋着話，不説出來就難受。（骨鯁：魚骨頭；魚刺。）例「但近來作文，避忌已甚，有時如～，不得不吐，遂亦不免為人所憎。」（魯迅《致黎烈文》）

書 清袁枚《與金匱令書》：「僕明知成事不説，既往不咎，而無如聞不慊心事，如骨鯁在喉，必吐之而後快。」

【恩同再造】 ēn tóng zài zào

恩德之大，如同給人以新的生命。多用來表示對重大恩德的感激。（再造：重新給予生命。）例 秦老爹當年搭救了他，～，這是他至死也不會忘的。

書 清李汝珍《鏡花緣》第二五回：「此時難得伯伯到此，務望垂救！倘出此關，不啻恩同再造。將來如有出頭之日，莫非伯伯所賜了。」

【恩深義重】 ēn shēn yì zhòng

恩德、情義深重。例 楊師傅把自己的玉雕絕技悉心傳授給大明，對大明～，大明不知如何報答才好。

書 唐呂頌《代郭令公謝男尚公主表》：「事出非常，榮加望外，恩深義重，何以克堪。」

【恩將仇報】 ēn jiāng chóu bào

用仇恨回報所受的恩德。指仇恨、傷害原本對自己有恩德的人。（將：拿；用。報：報答；回報。）例 此人～，一點良心都沒有，難怪要遭人唾罵。

書 明吳承恩《西遊記》第三〇回：「我若一口說出，他就把公主殺了，此卻不是恩將仇報？」

【恩斷義絕】 ēn duàn yì jué

恩愛、情義斷絕。多指夫妻或親屬間關係徹底破裂。例 這對夫妻早已～，彼此視若路人，再沒有任何來往了。

書 元馬致遠《任風子》第三摺：「便當休離，咱兩個恩斷義絕；花殘月缺，再誰戀錦帳羅幃？」

【豈有此理】 qǐ yǒu cǐ lǐ

哪有這種道理。表示對不合理的事極為氣憤。（豈：副詞。表示反問，相當於「難道」、「哪裏」。）例 明明是你撞了我，反倒說我不對，真是～！

書《南齊書·虞悰傳》：「鬱林廢，悰竊歎曰：『王徐遂縛袴廢天子，天下豈有此理邪？』」

【迴腸盪氣】 huí cháng dàng qì

在腸中迴旋，使心氣激盪。形容詩文、音樂等十分動人。也作「**盪氣迴腸**」、「**回腸盪氣**」。

例 這首詩節奏鮮明，感情充沛，讀來～，使人獲得很好的藝術享受。

書 三國魏曹丕《大牆上蒿行》：「女娥長歌，聲協宮商，感心動耳，盪氣迴腸。」

【剛正不阿】 gāng zhèng bù ē

剛強正直，不迎合曲從。（阿：迎合。）例 作為法官，應該具有～的品質，以維護法律的尊嚴為己任。

書 清蒲松齡《聊齋誌異·一員官》：「濟南同知吳公，剛正不阿。」

注 「阿」在此不讀 ā。

【剛柔相濟】 gāng róu xiāng jì

剛強和柔和這兩種類型互相補充、配合。（濟：補益。）例 她的唱腔～，聲情並茂，有很強的藝術感染力。

書 漢王粲《為劉荊州與袁尚書》：「金木水火以剛柔相濟，然後克得其和，能為民用。」

【剛愎自用】 gāng bì zì yòng

倔強固執，獨斷獨行。（剛愎：倔強固執，聽不進別人的意見。自用：自以為是；只憑主觀意志行事。）例 像他這樣～的人，犯錯誤是遲早的事。

書 明沈德符《野獲編·吏部·大計部院互訐》：「各堂上官不從臣言，而都御史高明，剛愎自用。」

注 「愎」不讀 fù。

【氣宇軒昂】qì yǔ xuān áng
形容人精神昂揚，氣概不凡。（氣宇：人的氣概風度。軒昂：精神昂揚、氣概不凡的樣子。）例 新來的這個人～，談吐不俗，引起了大家的注意。
書 宋蔡絛《鐵圍山叢談》卷三：「林中書彥振攄氣宇軒昂。」

【氣吞山河】qì tūn shān hé
形容氣魄或氣勢很大，像是能吞下山河似的。例 辛棄疾的這些詩詞充溢着一股～的豪氣，讀來令人振奮。
書 元金仁傑《追韓信》第二摺：「背楚投漢，氣吞山河，知音未遇，彈琴空歌。」

【氣壯山河】qì zhuàng shān hé
形容氣概比高山大河還要雄壯。例 台兒莊一戰，我軍殲滅入侵之敵兩萬餘人，書寫了中國抗戰史上～的一頁。
書 明無名氏《鳴鳳記・易生避難》：「生離死別何足慮，但願得早旋旌旆，氣壯山河金戈挽落暉。」

【氣味相投】qì wèi xiāng tóu
比喻在志趣、性格上彼此很投合。原不含貶義，今則常作貶義用。（氣味：比喻志趣、性格等。投：合得來。）例 他和曉密～，平日無話不談。
書 明馮惟敏《不伏老》第三摺：「止有老友梁太素，隱居南山之麓，不屑小就，正與小生氣味相投。」

【氣急敗壞】qì jí bài huài
形容十分慌張或惱怒，弄得上氣不接下氣，狼狽不堪的樣子。例 潘五～地跑回來報告説，公司進口的一批貨在海關被扣了。
書 明施耐庵《水滸傳》第五回：「只見數個小嘍羅氣急敗壞，走到山寨裏叫道：『苦也！苦也！』」

【氣息奄奄】qì xī yǎn yǎn
形容人氣息微弱，生命垂危。也比喻事物衰敗沒落，即將滅亡。（奄奄：氣息微弱的樣子。）例 ❶ 望着病牀上昏迷不醒、～的母親，他悲從中來，眼淚奪眶而出。❷ 那裏的獨裁統治已經～，離末日不遠了。
書 晉李密《陳情表》：「但以劉氏日薄西山，氣息奄奄，人命危淺，朝不慮夕。」

【氣貫長虹】qì guàn cháng hóng
形容氣勢豪壯，直上雲天，像是貫通青天的長虹。例 宋朝文天祥「人生自古誰無死，留取丹心照汗青」的詩句～，至今依然激勵着讀者的心。
書 老舍《老張的哲學》一〇：「酒菜上來，先猜拳行令，迎面一掌，聲如獅吼，入口三杯，氣貫長虹。」

【氣象萬千】qì xiàng wàn qiān
形容景象多姿多彩，非常壯觀。例 黃山的雲海～，令人讚歎不已。
書 宋范仲淹《岳陽樓記》：「銜（同『啣』）遠山，吞長江，浩浩湯湯，橫無際涯，朝暉夕陰，氣象萬千，此則岳陽樓之大觀也。」

【氣勢磅礴】 qì shì páng bó

形容氣勢雄壯盛大。（磅礴：指氣勢盛大。）例 ～的《黃河大合唱》深受中國人民的喜愛，歷演不衰，傳唱不絕。

書 清歸莊《自訂時文序》：「大抵議論激昂，氣勢磅礴，縱橫馳驟，不拘繩墨之作也。」

注 「磅」在此不讀 bàng。粵 pɔŋ[4] 旁。

【特立獨行】 tè lì dú xíng

操守高潔，立身行事不隨波逐流。（特立：指有不同於流俗的志向、操守。獨行：指行事不隨波逐流。）例 他不受流俗觀念的干擾，～，朝着他所認定的目標不懈地追求下去。

書 《禮記·儒行》：「世治不輕，世亂不沮，同弗與，異弗非也，其特立獨行有如此者。」

【乘人之危】 chéng rén zhī wēi

趁着人家危急或有困難，去要挾或侵害人家。（乘：利用某種機會、條件。）例 他～來為自己撈取好處，手段十分卑鄙。

書 《後漢書·蓋勳傳》：「謀事、殺良，非忠也；乘人之危，非仁也。」

【乘風破浪】 chéng fēng pò làng

船趁着風勢，衝開波浪前進。比喻人有抱負，在事業上不畏艱險，勇往直前。 例 ❶海洋科學考察船～駛向預定海域。❷高校長勉勵這些畢業生在人生的旅途上～，多做奉獻。

書 《宋書·宗慤傳》：「慤少時，炳問其志。慤答曰：『願乘長風破萬里浪。』」又宋李洪《偶作》詩：「乘風破浪非吾是，暫借僧窗永日眠。」

【乘虛而入】 chéng xū ér rù

趁對方力量空虛或沒有防備時進入。 例 如果我們疏於防範，準備不足，對手就會～，弄得我們措手不及。

書 宋王十朋《論用兵事宜札子》：「萬一金人乘虛而入，使川、陝隔絕，則東南之勢孤矣。」

【乘興而來】 chéng xìng ér lái

趁着興致高時到這裏來。常與「興盡而返」（興致盡了就回去）或「敗興而歸」（敗壞了興致回去）連用。（興：興致。）例 有的名人故居雖然被定為文物，但一直被當作普通民居使用，裏面雜亂不堪，大失原貌，參觀者往往～，敗興而歸。

書 南朝宋劉義慶《世説新語·任誕》：「王子猷居山陰，夜大雪……忽憶戴安道。時戴在剡，即便夜乘小船就之，經宿方至，造門不前而返。人問其故，王曰：『吾本乘興而行，興盡而返，何必見戴？』」又宋范成大《巾子山又雨》詩：「如今只憶雪溪句，乘興而來興盡還。」

【乘龍快婿】 chéng lóng kuài xù

漢代孫儁和李膺都娶太尉桓焉之女為妻，當時人稱桓焉的兩個女兒都乘龍了，「言得婿如龍也」。事見《藝文類聚》卷四〇引《楚國先賢傳》。後來就用「乘龍快婿」指稱心的好女婿。

（快婿：使岳父母滿意的女婿。）例 劉先馳是董事長的～，董事長對他十分器重。

書 明湯顯祖《紫釵記．回求僕馬》：「待做這乘龍快婿，騏驥才郎，少的駟馬高車。」

【舐犢情深】 shì dú qíng shēn

老牛舔着小牛，傾注了很深的愛護之情。比喻人疼愛兒女，感情很深。（舐，用舌頭舔。犢：小牛。）例 兒子要到外地讀書去了，母親～，忙着幫他添置衣物，整理行李，洗洗縫縫，每天都很晚才睡。

書 《後漢書．楊彪傳》：「子修為曹操所殺。操見彪問曰：『公何瘦之甚？』對曰：『愧無日磾先見之明，猶懷老牛舐犢之愛。』操為之改容。」又清文康《兒女英雄傳》第三〇回：「安老夫妻暮年守着個獨子，未免舐犢情深，加了幾分憐愛。」

注 「舐」不讀 tiǎn。

【秣馬厲兵】 mò mǎ lì bīng

見「厲兵秣馬」，504 頁。

【笑容可掬】 xiào róng kě jū

形容滿面笑容，像是可以用雙手捧起來似的。（掬：用雙手捧東西。）例 飯店經理～地歡迎我們前去用餐，還向我們熱情介紹了他們的特色菜肴。

書 明凌濛初《二刻拍案驚奇》卷一四：「惜惜接着宣教，笑容可掬道：『甚好風吹得貴人到此？』」

【笑逐顏開】 xiào zhú yán kāi

笑得使臉面都舒展開了。形容人眉開眼笑，十分高興的樣子。（逐：驅使。顏：臉面。）例 春節到了，孩子們穿新衣，逛廟會，一個個～。

書 宋《京本通俗小説．西山一窟鬼》：「教授聽得説罷，喜從天降，笑逐顏開道：『若還真個有這人時，可知好哩！』」

【笑裏藏刀】 xiào lǐ cáng dāo

形容人外表和善，內心陰險狠毒。例 他沒料到這個人～，平日裏親親熱熱，暗中卻設下圈套坑害他。

書 《舊唐書．李義府傳》：「義府貌狀溫恭，與人語必嬉怡微笑，而褊忌陰賊。既處權要，欲人附己，微忤意者，輒加傾陷。故時人言義府笑中有刀。」又元吳弘道《梅花引》套曲：「不做美相知每早使伎倆，左右攔障，笑裏藏刀，雪上加霜。」

【借刀殺人】 jiè dāo shā rén

比喻自己不出面，利用別人去害人。例 他企圖用～之計來搞垮對手，只是陰謀被識破而未能得逞。

書 明汪廷訥《三祝記．造陷》：「恩相明日奏仲淹為環慶路經略招討使，以平元昊，這所謂借刀殺人。」

【借花獻佛】 jiè huā xiàn fó

比喻拿別人的東西做人情。

例 這盒碧螺春茶是產地的朋友送我的，謝伯伯精於品茗，我就～，請伯伯笑納。

書《過去現在因果經》一：「今我女弱，不能得前，請寄二花，以獻於佛。」又清劉鶚《老殘遊記》第六回：「今兒有人送來極新鮮的山雞，燙了吃，很好的，我就借花獻佛了。」

【借屍還魂】 jiè shī huán hún
迷信傳説認為人死以後靈魂可以借別人的屍體復活。後也用來比喻已經衰亡的舊事物借某種名義，以另一種形式重新出現。
例 我們要謹防這類腐朽沒落的思想～，以新的偽裝出現，繼續侵蝕人心。
書 元岳伯川《鐵拐李》楔子：「岳壽，誰想你渾家將你屍骸燒化了，我如今着你借屍還魂，屍骸是小李屠，魂靈是岳壽。」

【借酒澆愁】 jiè jiǔ jiāo chóu
用喝酒來排遣心中的憂愁煩悶。也作「**借酒消愁**」。例 凡是～的人，其愁緒又何曾因酒而消減過半分呢？
書 宋王千秋《水調歌頭》詞：「座上騎鯨仙友，笑我胸磊魂，取酒為澆愁。」清魏子安《花月痕》第三回：「看花憶夢驚春過，借酒澆愁帶淚傾。」

【借題發揮】 jiè tí fā huī
借談另一個題目為由頭來表達自己內心真正的意思。（發揮：把意思充分表達出來。）例 老魏～，把憋在心裏的不滿都發泄了出來。
書 清錢泳《履園叢話・雜記下・閨秀詩》：「《題黃月溪〈乞食圖〉》云：『田園盪盡故交稀，舞榭歌筵一夢非。未必相逢皆白眼，憑他黃犬吠鶉衣。』借題發揮，罵盡世態。」

【倚老賣老】 yǐ lǎo mài lǎo
仗着年紀大，賣弄老資格，不尊重別人。（倚：憑藉；仗着。）
例 黎先生～，動不動就教訓那些年輕的職員。
書 元無名氏《謝金吾》第一摺：「我儘讓你説幾句便罷，則管裏倚老賣老，口裏嘮嘮叨叨的説個不了。」

【倚強凌弱】 yǐ qiáng líng ruò
見「以強凌弱」，124頁。

【倒行逆施】 dào xíng nì shī
原指做事違反常理。現多指所作所為違背社會正義或歷史潮流。（倒、逆：與正常的相違背。行、施：採取行動；做事。）
例 封建軍閥這些～的做法遭到了羣眾的強烈反對。
書《史記・伍子胥列傳》：「吾日莫（同『暮』）途遠，吾故倒行而逆施之。」
注「倒」在此不讀 dǎo。

【倒海翻江】 dǎo hǎi fān jiāng
見「翻江倒海」，556頁。

【俯仰由人】 fǔ yǎng yóu rén
一舉一動都受人支配。也作「**俯仰隨人**」。（俯仰：低頭和抬頭。泛指一舉一動。）例 他迫於無奈，寄人籬下，～，日子過得很窩囊。

書 宋袁燮《桔槔》詩：「往來濟物非無用，俯仰由人亦可憐。」

【俯拾即是】fǔ shí jí shì
彎下身子來拾就能拾到這類東西。形容某一類東西很多，容易得到。例「杭州是歷史上的名都，西湖更為古今中外所稱道，畫情詩情，差不多～。」(朱自清《燕知草序》)
書 唐司空圖《二十四詩品·自然》：「俯拾即是，不取諸鄰。」

【俯首帖耳】fǔ shǒu tiē ěr
像狗見了主人那樣低頭垂耳。形容一副馴服恭順的樣子。（帖耳：垂着耳朵。）例 你以為這些人會～地聽任你擺佈，那就大錯特錯了。
書 唐韓愈《應科目時與人書》：「若俛（同『俯』）首帖耳，搖尾而乞憐者，非我之志也。」

【臭名昭著】chòu míng zhāo zhù
壞名聲誰都知道。（昭著：顯著。）例 這個～的漢奸，休想逃脫正義的懲罰！
書 郭沫若《洪波曲》一〇：「他們……在前方打狗吃，臭名昭著。」

【臭味相投】chòu wèi xiāng tóu
比喻在志趣、性格上彼此很投合。原不含貶義，「臭」讀xiù。今多用作貶義，則「臭」常讀chòu，表示有同樣壞思想、壞習氣或壞行為的人，彼此很合得來。（臭味：「臭」讀xiù時指氣味，比喻志趣、性格等。「臭」讀chòu時指臭惡難聞的氣味，比喻壞的思想、習氣、情趣等。投：合得來。）例 他們兩個人～，一拍即合，聯手開了一家徒有虛名的公司，到處招搖撞騙。
書 清陳忱《水滸後傳》第九回：「那常州新任太守姓呂，名志球……與這丁廉訪同年，又是兩治下，況且祖父一般的奸佞，臭味相投，兩個最稱莫逆。」

【息事寧人】xī shì níng rén
原指減少獄訟之事。後泛指平息糾紛，使彼此相安。有時也指在糾紛中主動退讓，避免相爭。（息：平息。寧：使安寧。）
例 ❶好姨出面調解了這場鄰里糾紛，～，使大家重又和睦相處。❷顧客在自己權益受到侵害時應該及時向消費者委員會舉報投訴，不要以～的態度自認倒霉就算完事。
書《後漢書·章帝紀》：「其令有司，罪非殊死且勿案驗，及吏人條書相告，不得聽受，冀以息事寧人，敬奉天氣。」

【息息相關】xī xī xiāng guān
呼吸互相關連。比喻彼此關係非常密切。（息息：指每一次呼吸的氣。）例 城市發展規劃和每位市民的生活～，所以在制定規劃時必須廣泛徵求市民的意見。
書《清史稿·文祥傳》：「事不盡屬總理衙門，而無事不息息相關也。」

【烏合之眾】wū hé zhī zhòng

像烏鴉那樣聚集起來的一羣人。指臨時湊集起來的毫無組織紀律的一羣人。（烏：烏鴉。合：聚到一起。）例 靠這樣一些～來打仗，哪有不失敗的呢？

書 《意林》卷一引《管子》：「烏合之眾，初雖有歡，後必相吐，雖善不親也。」

【烏煙瘴氣】wū yān zhàng qì

瀰漫着黑煙和瘴氣。常用來比喻環境嘈雜混亂，風氣很壞，或社會黑暗。（烏：黑色。瘴氣：熱帶或亞熱帶山林中的濕熱空氣。舊時認為它能使人得瘴癘之病，所以稱作瘴氣。）例 這幾個人把持着行政大權，假公濟私，把好端端的一個公司弄得～。

書 清文康《兒女英雄傳》第三二回：「如今鬧是鬧了個烏煙瘴氣，罵是罵了個破米糟糠，也不官罷，也不私休……這分明是打主意揉搓活人。」

【鬼使神差】guǐ shǐ shén chāi

像是有鬼神在暗中指使而出現了某種意想不到的情況。形容意外地發生某種湊巧的事或不由自主地做出某種意想不到的事。也作「**神差鬼使**」。（使：指使。差：差遣。）例 ❶他正愁和龔一凡失去聯繫多年，不知該上哪裏去找他，不料～，竟在一次看戲時不期而遇了。❷我對這類上門推銷一直抱有警惕，這次又遇到了一個，誰知～，我竟會被他説動了心，買了他的貨。

書 元李致遠《還牢末》第四摺：「今日得遇你個英雄劍客，恰便似鬼使神差。」

注 「差」在此不讀chā。粵 sai[1]猜。

【鬼斧神工】guǐ fǔ shén gōng

形容建築、雕塑等技藝高超，製作精巧，像是有鬼神相助而成似的。也作「**神工鬼斧**」。例 北京紫禁城角樓簷角參差，造型奇特，結構精妙，簡直是～，令人讚歎不已。

書 《莊子·達生》：「梓慶削木為鐻，鐻成，見者驚猶鬼神。」唐成玄英疏：「雕削巧妙，不類人工，見者驚疑，謂鬼所作也。」又明袁宏道《示度門·時新修玉泉寺》詩：「鬼斧神工仍七日，直教重勒玉泉碑。」

【鬼哭狼嚎】guǐ kū láng háo

像鬼在哭，像狼在叫。形容人大聲哭叫，聲音悽厲刺耳。也作「**狼嚎鬼哭**」。（嚎：大聲叫。）例 這一仗打得敵軍～，紛紛繳械投降。

書 清曹雪芹、高鶚《紅樓夢》第五八回：「況且寶玉才好了些，連我們也不敢説話，你反打的人狼號（通『嚎』）鬼哭的！」

【鬼鬼祟祟】guǐ guǐ suì suì

形容行為不光明正大，偷偷摸摸，躲躲閃閃，怕人發現或注意。（祟：原指鬼怪，藉指見不得人的不正當的行動。）例「我看瑞貞這些日子是有點邪，～，交些亂朋友。」（曹禺《北京人》第三幕）

書 清曹雪芹、高鶚《紅樓夢》第三一回：「別叫我替你們害臊了！你們

鬼鬼祟祟幹的那些事，也瞞不過我去。」

注 「祟」不讀chóng，不可寫作「崇」。

【鬼迷心竅】guǐ mí xīn qiào
像是鬼迷住了心竅。形容人一時受迷惑，犯糊塗，做了不該做的事。（心竅：竅指孔，古人認為人心有竅，主思維，竅被迷住了，人就會變糊塗。）例 嚴先生恨自己當時怎麼會～，收下這筆不明不白的錢。

書 清李綠園《歧路燈》第六〇回：「一時鬼迷心竅了，後悔不及。」

【鬼蜮伎倆】guǐ yù jì liǎng
指暗中害人的卑劣手段。（蜮：傳說是一種能含沙射人，使人發病的水中怪物。伎倆：不正當的手段。）例 我已經看清了他的～，我不會讓他的圖謀得逞的。

書 清百一居士《壺天錄》卷下：「妖婦進資甚巨，而貪婪無厭，鬼蜮伎倆愈出愈奇，真有令人髮指者。」

【鬼頭鬼腦】guǐ tóu guǐ nǎo
形容行為鬼祟，不正派。例 這個家伙在路上～地找人搭話，想出售他的盜版光碟。

書 明凌濛初《二刻拍案驚奇》卷二〇：「巢氏有兄弟巢大郎，是一個鬼頭鬼腦的人，奉承得姊夫姊姊好。」

【師心自用】shī xīn zì yòng
只憑自己的心意行事，自以為是。（師心：以己心為師；以自己的心意為標準。自用：自以為是。）例 研究學問的時候要多與同道切磋，虛己以聽，如果一味～，難免會陷於片面和武斷。

書 唐陸贄《奉天請數對羣臣兼許令論事狀》：「又況不及中才，師心自用，肆於人上，以遂非拒諫，孰有不危者乎？」

【師出無名】shī chū wú míng
出動軍隊卻沒有正當名義。也泛指採取某一行動缺乏正當理由。（師：軍隊。名：名義。）例 他早想改組評議會，安插自己的心腹，但擔心～，會遭到大家的抵制。

書 南朝陳徐陵《武皇帝作相時與北齊廣陵城主書》：「辱告承上黨殿下及匹婁領軍應來江右，師出無名，此是何義？」

【師直為壯】shī zhí wéi zhuàng
出兵打仗的理由正當，士氣就旺，戰鬥力就強。（直：指理由正當。壯：壯盛；有力量。）例 ～，雖然我們的武器裝備不如入侵之敵，但我們為保衛家國而戰，我們一定能取得最後的勝利。

書 《左傳·僖公二十八年》：「師直為壯，曲為老，豈在久乎？」

【師道尊嚴】shī dào zūn yán
為師之道尊貴而莊嚴。指教書育人的工作和教師的地位受人尊重。例 教師被稱為人類靈魂的工程師，歷來～，能做一名教師是很光榮的。

書 宋韓淲《澗泉日記》：「鄭康成事馬融，三年不得見，乃使高業弟子傳授於玄……漢之師道尊嚴如此。」

【追本窮源】zhuī běn qióng yuán
追究、探求其根源。(追：追究。本：根本。窮：深入徹底探求。源：源頭。) 例 這幅家藏古畫的來歷，～，還要說到百餘年前我高祖父的一番經歷。

書 黃小配《洪秀全演義》第二回：「果然追本窮源，查鴉片進口，都由華商發售。」

【追根問底】zhuī gēn wèn dǐ
見「尋根究底」，443 頁。

【徒有虛名】tú yǒu xū míng
空有某種名義或名聲。指名不符實。(徒：白白地。) 例 他雖說是副總經理，但有職無權，什麼事也決定不了，～。

書 《北齊書·李元忠傳》：「元忠以為萬石給人，計一家不過升斗而已，徒有虛名，不救其弊，遂出十五萬石以賑之。」

【徒勞無功】tú láo wú gōng
見「勞而無功」，439 頁。

【徐娘半老】xú niáng bàn lǎo
泛指已近或已過中年而風韻猶存的婦女。(徐娘：指南朝梁元帝妃徐昭佩。《南史·后妃傳下·梁元帝徐妃》：「徐娘雖老，猶尚多情。」) 例 「那個女主人～，風韻猶存，拿着一瓶酒和幾個玻璃杯出來。」(鄒韜奮《萍蹤寄語》二四)

書 清趙翼《真州蕭娘製糕餅最有名……余亦作六絕句》之三：「已是徐娘半老時(原註：年已五十餘)，芳名猶重美人貽。」

【殷鑒不遠】yīn jiàn bù yuǎn
《詩經·大雅·蕩》：「殷鑒不遠，在夏后之世。」意思是殷人可以作為鑒戒的事並不遙遠，就在夏朝。即殷商滅夏，殷人要以夏朝被滅作為鑒戒。後用來泛指前人失敗的教訓就在不遠之前，要引以為戒。(殷：朝代名，約公元前 17 世紀至公元前 11 世紀，湯所建，原稱商。約公元前14世紀商朝遷都於殷，在今河南安陽市小屯村一帶，歷史上也稱商為殷。鑒：鑒戒，即可以作為警戒或引為教訓的事。) 例 以損害自然環境為代價來發展生產，其嚴重後果已日益清楚地展現在人們面前，～，我們千萬不要再去做那樣的蠢事。

書 《晉書·劉聰傳》：「昔齊桓公任易牙而亂，孝懷委黃皓而滅，此皆覆車於前，殷鑒不遠。」

【針鋒相對】zhēn fēng xiāng duì
針尖對針尖。比喻雙方的觀點、行動等尖銳對立。(針鋒：針尖。) 例 他們兩人的論點～，爭辯十分激烈。

書 清文康《兒女英雄傳》第一二回：「方才聽你說起那情景來，他句句話與你針鋒相對，分明是豪客劍俠一流人物，豈為財色兩字而來？」

【拿手好戲】ná shǒu hǎo xì

指演員擅長演的戲。也泛指某人擅長做的事。（拿手：擅長某種技藝。）例 和有關方面溝通關係是老齊的～，這聯絡員一職非他莫屬。

書 老舍《二馬》第四段：「戲園子全上了拿手好戲？」

【拿腔作勢】ná qiāng zuò shì

見「裝腔作勢」，477 頁。

【逃之夭夭】táo zhī yāo yāo

《詩經．周南．桃夭》中有一句詩為「桃之夭夭」，指桃樹枝葉繁茂，「夭夭」形容美盛。因「桃」、「逃」同音，就借用來形容逃跑，含有詼諧的意味，後來字也改為「逃」，「夭夭」在這條成語中就變得沒有實際意義了。例 守城的敵軍沒等我軍逼近便已棄城而去，～了。

書 清 吳趼人《二十年目睹之怪現狀》第七八回：「等各人走過之後，他才不慌不忙的收拾了許多金珠物件，和那位督辦大人坐了輪船，逃之夭夭的到天津去了。」

注 「夭」不可寫作「天」。

【釜底抽薪】fǔ dǐ chōu xīn

從鍋底下抽走燃燒着的柴草，鍋裏的水就不可能再沸騰了。比喻從根本上解決問題。（釜：古代的炊具，相當於現在的鍋。薪：柴火。）例 馬祥龍把競爭對手公司裏開發新產品的幾員主將吸引到自己這裏來，～，這一招的確很厲害。

書 明 戚元佐《議處宗藩疏》：「諺云：『揚湯止沸，不如釜底抽薪。』」

【釜底游魚】fǔ dǐ yóu yú

在鍋底游動着的魚。鍋下一生火，魚就活不成了。比喻困在絕境中的人。例 敵軍身陷重圍，如～，末日不遠了。

書 《後漢書．張綱傳》：「若魚游釜中，喘息須臾間耳。」清 洪楝園《警黃鐘．宮歎》：「好似釜底游魚，日暮途窮。」

【豺狼成性】chái láng chéng xìng

像豺和狼那樣，兇殘成性。形容人極其兇殘狠毒。（豺：獸名，形狀像狼而較小，性殘暴，常捕食羊、兔等。成性：成了習性。多指不好的。）例 這夥匪徒～，殘害無辜，為天地所不容。

書 唐 駱賓王《代徐敬業傳檄天下文》：「加以虺蜴為心，豺狼成性，近狎邪僻，殘害忠良。」

【豺狼當道】chái láng dāng dào

比喻壞人當權。（當道：掌握政權。含貶義。）例 在～的年代，百姓即使有天大的冤屈，又有誰來為他們主持公道呢？

書 漢 荀悅《漢紀．平帝紀》：「豺狼當道，安問狐狸！」

【倉皇失措】cāng huáng shī cuò

十分匆忙慌張，不知應該怎麼辦。（倉皇：匆忙而慌張。措：安排；處置。失措：不知怎麼辦才好。）例 在金融形勢突然發生劇烈變化時，他們並沒有～，及

時採取了一系列應對措施。

書 宋劉克莊《跋欽宗宸翰》四：「一旦胡騎奄至，京城戒嚴，謀臣武將倉皇失措。」

【飢不擇食】jī bù zé shí

餓急了，吃東西時就顧不得再挑來挑去了。比喻因為需要急迫，顧不得選擇。 例 由於人才短缺，羣誼公司～地錄用了不少毛遂自薦的人，後來發現真正合適的人並不多。

書 宋普濟《五燈會元・石頭遷禪師法嗣・丹霞天然禪師》：「又一日訪龐居士，至門首相見，師乃問：『居士在否？』士曰：『飢不擇食。』」

【飢寒交迫】jī hán jiāo pò

飢餓和寒冷一齊逼來。形容生活極其貧困。 例 汪立華的童年是在～中度過的，那時的生活在他腦海裏留下了難以磨滅的印象。

書 清程麟《此中人語・拐突橋》：「偶於街市間見一丐嫗，龍鍾傴僂，衣不遮體，殊有飢寒交迫之形。」

【胸有成竹】xiōng yǒu chéng zhú

在畫竹子前胸中已經有了構思好的竹子的形象，因此一落筆就能成功。比喻做事之前已經有了通盤的考慮，做起來有把握。也作

「成竹在胸」。（成竹：指構思好的竹子形象。）例 對於這部電影的拍攝，謝導演早已～，說起來頭頭是道。

書 宋晁補之《贈文潛甥楊克一學文與可畫竹求詩》：「與可畫竹時，胸中有成竹。」

【胸無城府】xiōng wú chéng fǔ

形容為人坦率，不用心機。（城府：城池和府庫。比喻人的心機，對人設防，深隱難測。）

例 孫叔是個～的人，你很容易知道他心裏在想什麼。

書 宋汪藻《朝請大夫直祕閣致仕吳君墓誌銘》：「君氣豪語直……然胸次實洞然無城府關鍵，以故深中之人多不樂。」清掌生氏《長安看花記・秋芙傳》：「其為人胸無城府，坦易可交。」

【胸無點墨】xiōng wú diǎn mò

胸中沒有一點墨水。形容人讀書很少，沒有學問。例 別看他外表像個讀書人，其實～，被人三問兩問，真相就全露出來了。

書 宋吳氏《林下偶譚・飲墨》：「俚俗謂不能為文者為胸中無墨。」又清吳趼人《二十年目睹之怪現狀》第二二回：「因為市上的書賈都是胸無點墨的，只知道什麼書銷場好、利錢深，卻不知什麼書是有用的，什麼書是無用的。」

【胼手胝足】pián shǒu zhī zú

手掌和腳掌都磨出了趼子。形容長期辛苦勞作。（胼胝：趼子，也稱老繭，手掌或腳掌上因磨擦

而生成的硬皮。）例 **我們的祖先～，在中華大地上創造了燦爛的古代文明。**

書 宋葉適《謝除寶謨閣直學士提舉鳳翔府上清太平宮表》：「臣力耕朽壤，勤鑿枯泉，空有胼手胝足之勞。」

注「胼」不讀bìng。「胝」不讀dǐ。

【狹路相逢】xiá lù xiāng féng
在狹窄的路上相逢，沒有地方可以避讓。後多指仇人或對頭相遇，彼此難以相容。例 **依據賽程安排，明天這兩位棋手將～，又會有一番激烈的搏殺了。**

書 明羅貫中《三國演義》第二二回：「劉岱引一隊殘軍，奪路而走，正撞見張飛，狹路相逢，急難迴避，交馬只一合，早被張飛生擒過去。」

【狼子野心】láng zǐ yě xīn
狼崽子的難以馴化的殘忍之心。比喻兇暴的人貪婪而狠毒的惡性。也指兇暴的人懷有野心。例 **侵略者的～已經昭然若揭，我們必須引起充分警惕。**

書《左傳・宣公四年》：「是子也，熊虎之狀而豺狼之聲，弗殺，必滅若敖氏矣。諺曰：『狼子野心。』是乃狼也，其可畜乎！」

【狼心狗肺】láng xīn gǒu fèi
像狼和狗的心腸。比喻人心腸兇惡狠毒或忘恩負義。例 **對這個～的家伙，我們要好好教訓教訓他！**

書 明馮夢龍《醒世恆言・李汧公窮邸遇俠客》：「適來房德假捏虛情，反說公誣陷，謀他性命，求咱來行刺；那知這賊子恁般狼心狗肺，負義忘恩！」

【狼吞虎嚥】láng tūn hǔ yàn
像狼和虎在吞嚥食物。比喻人大口吃東西，吃得又急又猛。
例 **媽媽見兒子～地吃着飯菜，知道他一定餓壞了，可又生怕他噎着，不停地提醒他吃慢點。**

書 清李綠園《歧路燈》第四六回：「紹聞只得陪差人吃飯，只呷了幾口湯兒，看那差人狼吞虎嚥的吃。」

【狼奔豕突】láng bēn shǐ tū
像狼和豬一樣亂奔亂衝。比喻成羣的壞人亂竄亂闖。也作「**豕突狼奔**」。（豕：豬。突：猛衝。）
例 **敵軍～，倉皇逃生，丟下了大批輜重裝備。**

書 清平步青《霞外攟屑・掌故・尹侍御奏摺》：「賊由懷慶竄擾平陽……狼奔豕突，如入無人之境。」

【狼狽不堪】láng bèi bù kān
形容處境非常困難、窘迫。（狼狽：傳說狽是一種前腿特別短的野獸，走路時要把前腿搭在狼身上，離開狼，就難以行動。所以用「狼狽」來形容窘迫。不堪：用在消極意義的詞後面，表示程度深。）例 **他見自己玩的鬼把戲被當場揭穿，～，結結巴巴連話也說不清了。**

書 宋朱熹《與政府札子》：「近於三月六日視事之際，風痰大作，頭目旋暈，幾欲僵仆，今已累日，精神愈見昏慢，委是狼狽不堪。」

【狼狽為奸】láng bèi wéi jiān

比喻互相勾結幹壞事。（為：做。奸：指壞事；邪惡的事。）例 這幾個人～，大肆侵吞公款，現已受到查辦。

書 清林則徐《審擬監利縣糧書抗土鬧局各情摺》：「又有庫總六人，狼狽為奸，被控未結。」

注「為」在此不讀wèi。粵 wɐi⁴唯。

【狼煙四起】láng yān sì qǐ

報警的狼煙四處升起。形容四處有戰事。（狼煙：燃燒狼糞所升起的煙，古代邊防用作報警的信號。藉指戰火。）例 在那～的年代，百姓哪有什麼安生日子可過？

書 明沈采《千金記·宵征》：「如今狼煙四起，虎鬥龍爭，我到街坊上打聽楚國招兵文榜消息。」

【狼嚎鬼哭】láng háo guǐ kū

見「鬼哭狼嚎」，332頁。

【桀驁不馴】jié ào bù xùn

頑劣倔強，不馴順。（桀驁：頑劣倔強。馴：順服。）例 一向～的小唐這次也被管得服服貼貼的了，像是換了個人似的。

書 宋岳珂《桯史·燕山先見》：「郭藥師統其卒，曰常勝軍，怙寵負眾，漸桀驁不可馴。」

【討價還價】tǎo jià huán jià

買賣雙方爭議、協商商品價格。也比喻在接受任務或舉行談判時提出條件要求對方滿足，雙方爭議、協商。（討價：賣方向買方開出商品價格。還價：買方向賣方要求把價格降到某一數額。）例 ❶在街邊擺販那裏買東西是可以～的，這和在大型超級市場不同。❷經過～，談判雙方終於簽訂了協議。

書 明馮夢龍《古今小說·蔣興哥重會珍珠衫》：「三巧兒問了他討價還價，便道：『真個虧你些兒。』」

【記憶猶新】jì yì yóu xīn

對過去的事記得仍很清楚，像是新近發生的一樣。（猶：還；仍然。）例 當年我大學畢業後到外地工作，父母為我準備行裝送我登程的情景，我至今～。

書 宋劉克莊《跋章南舉千稿》：「僕曩官建上，多識其士友，去之數十年，猶記憶如新相知。」又茅盾《溫故以知新》：「這一切惡夢似的現實，記憶猶新，到底為什麼而竟然發生？」

【高人一等】gāo rén yī děng

比別人高出一等。例 當了官自以為～，看不起普通人，這樣的人太缺乏自知之明了。

書《禮記·檀弓上》：「獻子加於人一等矣。」後用作「高人一等」。

【高山仰止】gāo shān yǎng zhǐ

品德像大山那樣崇高，令人仰慕。（仰：敬慕。止：文言語助詞。）例 季老的道德文章令我們後學有～之感。

書《詩經·小雅·車舝》：「高山仰止，景行行止。」又《史記·孔子世家論》：「《詩》有之：『高山仰止，景行行止。』雖不能至，然心鄉

（同『嚮』）往之。余讀孔氏書，想見其為人。」

【高不可攀】gāo bù kě pān

高得無法攀上去；高得難以達到。例 制定的目標如果使人覺得～，同樣會挫傷大家的積極性。

書 清李汝珍《鏡花緣》第九回：「小弟攛空離地不過五六丈，此樹高不可攀，何能摘他？」

【高不成，低不就】

gāo bù chéng, dī bù jiù

合意的卻條件高，自己達不到；條件低的又不合意，自己不願遷就。多用於形容選擇配偶或職業時的兩難處境。例 他為謀職到過許多公司，～，讓人傷透了腦筋。

書 明馮夢龍《醒世恆言·張孝基陳留認舅》：「過善只因是個愛女，要覓個嗜嘛女婿為配，所以高不成，低不就，揀擇了多少子弟，沒個中意的，蹉跎至今。」

【高枕無憂】gāo zhěn wú yōu

墊高枕頭，無所憂慮地睡覺。形容平安無事，不用再擔憂什麼。有時也表示自認為平安無事而麻痹大意。例 ❶今年我從破舊的平房搬進了新樓，即使到了雨季，屋子也不會再漏，我可以～了。❷雖然這兩年我們公司的經營狀況一直很好，但也還沒到～的時候，市場形勢千變萬化，誰都不敢大意的。

書《敦煌變文集·𧂇山遠公話》：「但賤奴若得道安論義，如渴得漿，如寒得火，請相公高枕無憂。」

【高抬貴手】gāo tái guì shǒu

請對方把手抬高一些放自己過去。用作客套話，表示請求對方寬恕或通融。（貴：用作敬辭，稱與對方有關的事物。）例 這個違反紀律的員工懇求主任～，原諒他這一回，不要給他處分。

書 元施惠《幽閨記·招商諧偶》：「望娘子高抬貴手，饒恕蔣世隆之罪。」

【高朋滿座】gāo péng mǎn zuò

高貴的賓朋坐滿了席位。泛指賓客很多。例 彭先生家～，大家的談興都很濃，客廳裏不時傳出歡快的笑聲。

書 唐王勃《秋日登洪府滕王閣餞別序》：「十旬休假，勝友如雲；千里逢迎，高朋滿座。」

【高官厚祿】gāo guān hòu lù

高貴的官位，優厚的薪俸。（祿：俸祿，古代稱官員的薪水。）例 他所以從政，不是要為自己謀什麼～，而是希望為市民多做點事，讓大家生活幸福。

書《孔叢子·公儀》：「今徒以高官厚祿釣餌君子，無信用之意。」

【高風亮節】gāo fēng liàng jié

高尚的品格，堅貞的節操。（亮：堅貞。節：節操。）例 他不受名利的誘惑，不向權勢屈服，一直堅持自己的原則，～，令人欽佩。

書 明茅維《蘇園翁》：「親奉了張丞相鈞旨，説先生是當今一人，管、樂流亞，又道先生高風亮節，非折簡所能招。」

【高屋建瓴】gāo wū jiàn líng
在高高的屋子上往下倒瓶子裏的水，水直瀉而下。形容居高臨下的態勢。（建：通「瀽」，傾倒液體。瓴：一種盛水瓶。）例 這篇評論員文章～地分析了當前的經濟形勢，很有見地。
書《史記·高祖本紀》：「秦，形勝之國……地埶（同『勢』）便利，其以下兵於諸侯，譬猶居高屋之上建瓴水也。」後用作「高屋建瓴」。
注「瓴」不讀lǐng，不可寫作「領」。

【高高在上】gāo gāo zài shàng
處在上方極高的位置。原指上天或君主。後多指領導者脱離羣眾，脱離實際，不了解下情。
例 他～，不問下情，卻又要亂發號令，搞的屬下無所適從。
書《詩經·周頌·敬之》：「敬之敬之，天維顯思，命不易哉！無曰高高在上，陟降厥士，日監在茲。」

【高深莫測】gāo shēn mò cè
究竟高深到什麼程度，無法測度。今多用來指人的學問、技藝的程度。也指人故弄玄虛，顯得很神祕，使人捉摸不透。也作「**莫測高深**」。例 ❶「王曉初説着魯老先生，發音重實有力，表示他對於那位～的學問家的欽敬。」（葉聖陶《鄉里善人》）❷小朱帶來了一個驚人消息，大家想問他詳情，他卻～地支吾了幾句，再也不往下説了。
書 宋高似孫《緯略·沃焦山》引《物類相感志》：「沃焦山，東海之外荒，海中有山，焦炎而峙，高深莫測。」

【高視闊步】gāo shì kuò bù
走路時目光向上，邁着大步。形容人氣概不凡或神態傲慢。
例 ❶徐將軍帶着參謀人員，～走進指揮所。❷他～，自命不凡，其實並沒有多少真本事。
書《隋書·盧思道傳》：「俄而抵掌揚眉，高視闊步。」

【高談闊論】gāo tán kuò lùn
見解高明而範圍廣泛的談論。原作褒義用。後多指大發議論，內容空泛，漫無邊際。作貶義用。
例 這個人喜歡～，真到要他去做的時候就頂不上什麼用了。
書 唐呂巖《徽宗齋會》詩：「高談闊論若無人，可惜明君不遇真。」又宋高斯得《轉對奏札》：「夫所謂空言者，謂其高談闊論，遠於事情，揆諸古則不合，施於今則有害。」

【高瞻遠矚】gāo zhān yuǎn zhǔ
看得高遠。形容目光遠大。（瞻：往前或往上看。矚：注意地看。）
例「蕭梁諸主，都有點文學才能，號稱好學古文，然而除了小器不算，也全無～的學術眼光。」（茅盾《〈詩論〉管窺》
書 鄭觀應《盛世危言·防邊》：「善料敵者，亦必於事機之未露，兵釁之未開，高瞻遠矚，密訪詳稽，於

彼國之一舉一動，無不了然於心。」

【席不暇暖】xí bù xiá nuǎn
連座席都來不及坐暖就又起身了。形容忙得很，沒有時間坐定下來。（席：座席。不暇：沒有時間。）例 **他為了籌備這個大型會議四處奔走聯絡，～，忙得精疲力竭。**
書 晉葛洪《抱朴子．辨問》：「突無凝煙，席不暇暖，其事則鞅掌罔極，窮年無已。」

【席地而坐】xí dì ér zuò
原指在地上鋪了座席坐下。後也泛指坐在地上。例 **登到山頂，我～，縱目觀賞四下的景物，心情格外暢快。**
書《舊五代史．李茂貞傳》：「但御軍整眾，都無紀律，當食則造庖廚，往往席地而坐。」

【座無虛席】zuò wú xū xí
形容出席的人非常多，座位沒有空着的。（虛：空着的。）例 **禮堂裏～，許多人早早就來到這裏，準備聽這位著名經濟學家的演講。**
書 宋魏了翁《朝請大夫利州路提點刑獄主受沖佑觀虞公墓誌銘》：「士之請益者肩摩袂屬，謁無留門，坐（通『座』）無虛席，爨無停炊。」

【病入膏肓】bìng rù gāo huāng
病已進入到膏肓部位，無法醫治了。比喻事情已嚴重到了無可挽救的地步。（膏、肓：古人把心尖脂肪稱為膏，心臟和膈膜之間稱為肓，認為那裏是藥力達不到的地方。）例 **那家公司～，回天乏術，只得宣告破產。**
書《左傳．成公十年》：「疾不可為也，在肓之上，膏之下，攻之不可，達之不及，藥不至焉，不可為也。」又金王若虛《王內翰子端詩近來陡覺無佳思……》詩：「功夫費盡謾窮年，病入膏肓豈易鐫。」
注「肓」不讀 máng，不可寫作「盲」。

【病急亂投醫】bìng jí luàn tóu yī
病重時胡亂求醫，顧不得去認真了解醫生醫術究竟如何。比喻事情嚴重時急着請人設法解救，顧不得去認真思考這樣做是否真有用處。例 **❶他～，試過不少偏方，但始終沒見多大效果。❷孩子的學習成績不好，家長心裏自然着急，但切忌～，否則的話很可能會事與願違。**
書 清曹雪芹、高鶚《紅樓夢》第五七回：「『昨日夜裏咳嗽的可好些？』紫鵑道：『好些了。』寶玉笑道：『阿彌陀佛！寧可好了罷！』紫鵑笑道：『你也唸起佛來，真是新聞！』寶玉笑道：『所謂病急亂投醫了。』」

【病從口入】bìng cóng kǒu rù
疾病常常是因飲食不慎引起的。例 **俗話說～，食品衞生工作是關係到千百萬人健康的大事，萬萬馬虎不得。**
書《太平御覽》卷三六七引晉傅玄《口銘》：「病從口入，禍從口出。」

【疾足先得】jí zú xiān dé

見「捷足先得」，362 頁。

【疾言厲色】jí yán lì sè
說話急促，神色嚴厲。例 下屬的失職行為使鄧經理十分生氣，他～地向這些人發出了警告。
書 元劉壎《隱居通議·文章四》：「平居於人無忤，睦親族以禮，撫臧獲以恩，未嘗疾言厲色。」

【疾風知勁草】jí fēng zhī jìng cǎo
在猛烈的風中能知道哪些草是堅韌的。比喻在艱苦危急的環境中能考驗出誰是真正堅強的人。（疾：猛烈。勁：堅強，堅韌。）
例 ～，在企業陷入困境時有不少職工忠於職守，千方百計為企業分憂解難，他們是企業的中堅力量。
書 《東觀漢記·王霸傳》：「上謂霸曰：『潁川從我者皆逝，而子獨留，始驗疾風知勁草。』」

【疾惡如仇】jí è rú chóu
痛恨壞人壞事就像痛恨仇敵一樣，也作「嫉惡如仇」。（疾、嫉：痛恨；憎恨。）例 這位～的姑娘勇敢地舉報了她所發現的周圍某些人的不法行為。
書 《後漢書·陳蕃傳》：「又前山陽太守翟超、東海相黃浮，奉公不橈，疾惡如讎（通『仇』）。」

【疾雷不及掩耳】
jí léi bù jí yǎn ěr
見「迅雷不及掩耳」，223 頁。

【疲於奔命】pí yú bēn mìng
原指不斷奉命奔走辦事，疲憊不堪。後也泛指事情繁多，忙於奔走應付，疲憊不堪。（奔命：奉命奔走。）例 這一階段外面的應酬活動很多，邵先生～，每天很晚才能回家。
書 《左傳·成公七年》：「爾以讒慝貪惏事君，而多殺不辜，余必使爾罷（音pí，通『疲』）於奔命以死。」

【旅進旅退】lǚ jìn lǚ tuì
和大家一起進，一起退。原形容步調一致。後多形容人沒有自己的主張，隨大流。（旅：共同；一起。）例 焦思禮不是那種～的人，遇事敢於提出自己的看法，你如果不能說服他，他會一直堅持下去。
書 《國語·越語上》：「吾不欲匹夫之勇也，欲其旅進旅退。」又宋王禹偁《待漏院記》：「復有無毀無譽，旅進旅退，竊位而苟祿，備員而全身者，亦無所取焉。」

【恣意妄為】zì yì wàng wéi
任意胡作非為。（恣意：任意；任性。妄：胡亂。為：做。）
例 在現代社會裏絕不允許少數人～，損害公眾的利益。
書 明羅貫中《三國演義》第一二〇回：「恣意妄為，窮兵屯戍，上下無不嗟怨。」
注 「為」在此不讀wèi。粵 wɐi⁴唯。

【旁門左道】páng mén zuǒ dào
見「左道旁門」，118 頁。

【旁若無人】páng ruò wú rén

旁邊就像沒有人一樣。指不在意旁邊還有其他人在，不管其他人會有什麼反應。例 他在辦公室裏和來訪的同學～地大聲談笑，使周圍埋頭工作的同事一個個都皺起了眉頭。

書《史記·刺客列傳》：「高漸離擊筑，荊軻和而歌於市中，相樂也，已而相泣，旁若無人者。」

【旁敲側擊】páng qiāo cè jī

比喻說話、寫文章時不從正面把意思直接表達出來，而是從側面曲折表達。例 他～地想從我這裏打聽工程招標的內部消息，我沒有透露，他只好失望地走了。

書 清吳趼人《二十年目睹之怪現狀》第二〇回：「只不過不應該這樣旁敲側擊，應該要明亮亮的叫破了他。」

【旁徵博引】páng zhēng bó yǐn

說話、寫文章時廣泛引用收集到的材料作為依據或例證。也作「**博引旁徵**」。（旁：廣泛。徵：收集。）例 乾嘉學派擅長考據之學，～，用力甚勤，成果卓著。

書 清王韜《淞隱漫錄·紅芸別墅》：「生數典已窮，而女博引旁徵，滔滔不絕，計女多於生凡十四則。」又朱自清《陶淵明年譜中之問題》：「《陶考》旁徵博引，辨析精詳；其所發明，尤在出處一事。」

【差之毫釐，謬以千里】

chā zhī háo lí, miù yǐ qiān lǐ

開始時相差很微小，發展下去相差就很遠了。強調不能有絲毫差錯，小差錯也會帶來嚴重後果。也作「**差之毫釐，失之千里**」、「**失之毫釐，謬以千里**」。（毫釐：一毫為千分之一寸，一釐為百分之一寸。謬：差錯。）例 解這道數學題需要經過幾十步運算，每一步運算的結果都必須準確，否則～，最終的答案就會大不一樣了。

書《禮記·經解》：「《易》曰：『君子慎始。差若豪（通『毫』）氂（通『釐』），繆（通『謬』）以千里。』此之謂也。」又宋陸九淵《與包詳道書》：「亂真之似，失實之名，一有所蔽，而天地為之易位，差之毫釐，繆（通『謬』）以千里。」

注「差」在此不讀chà。粵 tsa¹叉。

【差強人意】chā qiáng rén yì

原指很能振奮人的精神。後多表示大體上還能使人滿意。（差：甚；很。強：振奮。）例 幾個設計方案中只有貝隆公司的方案～，可以在此基礎上再作完善。

書《東觀漢記·吳漢傳》：「吳公差強人意，隱若一敵國矣。」又清劉鶚《老殘遊記》第一二回：「王漁洋《古詩選》亦不能有當人意，算來還是張翰風的《古詩錄》差強人意。」

【粉身碎骨】fěn shēn suì gǔ

全身粉碎而死。也表示為了某種目的而不惜作出最大犧牲。也作「**粉骨碎身**」、「**粉身灰骨**」。

例 為了民族解放事業的勝利，即使～我也心甘情願。

書 唐蔣防《霍小玉傳》：「平生志願，今日獲從，粉骨碎身，誓不相捨。」

【粉面油頭】 fěn miàn yóu tóu
見「油頭粉面」，262頁。

【粉飾太平】 fěn shì tài píng
掩蓋動盪混亂的現實，裝飾成太平景象。（粉飾：裝飾、美化表面，把不好的東西掩蓋起來。）例 儘管朝廷～，但當時的許多詩文已經表露出人們對社會現狀產生了強烈的不滿和憂慮。
書 宋周密《齊東野語·嘉定寶璽》：「蓋當國者方粉飾太平，故一時恩賞，實為冒濫。」

【粉墨登場】 fěn mò dēng chǎng
化了裝上場演戲。後也用來譏刺某些人裝扮好自己後登上政治舞台。（粉墨：演員化裝用的白粉和黑墨。此指化裝。）例 ❶「於是鑼鼓響起來，馬科長和王科員～，唱了一齣《小放牛》。」（巴金《雪》）❷ 淪陷期間那些漢奸～，極盡奴顏卑膝之能事，上演了一齣齣人間醜劇。
書 清梁紹壬《兩般秋雨盦隨筆·清勤堂隨筆》：「粉墨登場，所費不貲。致滋喧雜之煩，殊乏恬適之趣。」

【料事如神】 liào shì rú shén
預料事情非常準確，簡直像神仙一樣。例 他社會經驗豐富，～，你在決策的時候不妨去聽聽他的意見。
書 宋楊萬里《提刑徽猷檢正王公墓誌銘》：「公器識宏深，襟度寬博，議論設施加人數等，料事如神，物無遁情。」

【迷途知返】 mí tú zhī fǎn
迷失道路後知道回來。比喻犯了錯誤後知道改正。也作「**迷途知反**」。例 希望他能吸取教訓～，與毒品徹底決裂，繼續他的歌唱事業，他的歌迷將會繼續給予支持的。
書《南史·陳伯之傳》：「夫迷途知反，往哲是與。」

【益壽延年】 yì shòu yán nián
見「延年益壽」，250頁。

【兼收並蓄】 jiān shōu bìng xù
把不同類型或性質的東西都吸收、包容進來。原作「**俱收並蓄**」。（兼：指同時涉及或具有幾種事物。蓄：儲存。）例 這部多卷本的美術圖錄對不同時期不同流派的美術作品～，為人們展示了一幅豐富多彩的畫卷。
書 唐韓愈《進學解》：「玉札丹砂，赤箭青芝，牛溲馬勃，敗鼓之皮，俱收並蓄，待用無遺者，醫師之良也。」又宋朱熹《己酉擬上封事》：「小人進則君子必退，君子親則小人必疏，未有可以兼收並蓄而不相害者也。」

【兼容並包】 jiān róng bìng bāo
把各方面都容納、包含進來。
例「他（蔡元培）到校後，宣佈他的辦學宗旨是『～』，提倡『學術思想自由』。」（許德珩《五四運動回憶錄》）
書 漢司馬相如《難蜀父老檄》：「且夫賢君之踐位也……必將崇論閎議，創業垂統，為萬世規。故馳騖

乎兼容並包，而勤思乎參天貳地。」

【兼聽則明，偏信則暗】
jiān tīng zé míng, piān xìn zé àn
多方面聽取意見，能幫助你明辨是非曲直；如果片面相信某一方面的意見，往往容易弄不清真相。 例 「～」確為至理名言，如果我們記住這句話，在對事物作出判斷時錯誤就會少得多。
書 漢王符《潛夫論・明暗》：「君之所以明者，兼聽也；其所以暗者，偏信也。」又《資治通鑒・唐太宗貞觀二年》：「上（唐太宗）問魏徵曰：『人主何為而明，何為而暗？』對曰：『兼聽則明，偏信則暗。』」

【逆水行舟】nì shuǐ xíng zhōu
逆着水流行船。比喻前進中困難重重，如果不努力就會後退。（逆水：在水中行進的方向跟水流的方向相反。）例 他知道目前所做的這項工作阻力很大，自己是在～，如果不加倍努力，就不可能成功。
書 梁啟超《蒞山西票商歡迎會演説辭》：「然鄙人以為人之處於世也，如逆水行舟，不進則退。」

【逆來順受】nì lái shùn shòu
對所受的欺壓或不合理的待遇等採取順從、忍受的態度。（逆：不順；不合常理。）例 阿和不願意再這樣～地生活下去，決意要奮起抗爭。
書 宋無名氏《張協狀元》戲文第十二齣：「逆來順受，須有通時。」

【烘雲托月】hōng yún tuō yuè
點染雲彩以襯托月亮。比喻從側面對別的事物加以點染以襯托所要描繪的主體，使其更加鮮明突出。（烘：點染以作陪襯。）
例 描繪風浪的險惡正是為了突出與風浪搏鬥的勇士的無畏和堅強，～，這是文學創作常用的表現手法之一。
書 清梁紹壬《兩般秋雨盦隨筆・詩家烘托法》：「《詠方鏡》詩云：『秋水一泓明見底，照來誰有面如田？』不言方而方字自見，此所謂烘雲托月法也。」

【酒肉朋友】jiǔ ròu péng yǒu
只知聚在一起吃喝玩樂的朋友。
例 他的周圍盡是些～，真到有事的時候，這些人沒有一個能幫上忙的。
書 明凌濛初《二刻拍案驚奇》卷二四：「終日只是三街兩市，和着酒肉朋友串哄，非賭即嫖，整個月不回家來。」

【酒色財氣】jiǔ sè cái qì
嗜好喝酒，貪戀女色，貪圖錢財，逞強使氣。古人認為這四樣最容易致禍。例 他這個人喜歡的只是～，哪裏肯在事業上下工夫？
書 金王嚞《西江月・四害》詞：「堪歎酒色財氣，塵寰被此長迷。」

【酒綠燈紅】jiǔ lǜ dēng hóng
見「燈紅酒綠」，539 頁。

【酒囊飯袋】jiǔ náng fàn dài

譏諷只知吃喝，不會做事的無能之徒。(囊：口袋。) 例 你的對手並非～，你可不要掉以輕心。

書 宋曾慥《類說》卷二二引宋陶岳《荊湖近事》：「馬氏奢僭，諸院王子僕從烜赫，文武之道未嘗留意，時謂之酒囊飯袋。」

【涇渭不分】jīng wèi bù fēn

涇河水清，渭河水濁，有人卻對此不能分辨。比喻是非、好壞不分。(涇：涇河，發源於寧夏，在陝西流入渭河。渭：渭河，發源於甘肅，在陝西流入黃河。)

例 處理糾紛如果～，如何能使人服氣？

書 唐陸贄《又論進瓜果人擬官狀》：「薰蕕無辨，涇渭不分，二紀於茲，莫之能整。」

【涇渭分明】jīng wèi fēn míng

涇河水清，渭河水濁，涇河流入渭河時一清一濁，分得清清楚楚。後就用來比喻界限清楚。(分明：清楚。) 例 在如何對待這件事上存在着兩種截然不同的看法，～。

書 明馮夢龍《古今小說·滕大尹鬼斷家私》：「守得一十四歲時，他胸中漸漸涇渭分明，瞞他不得了。」

【浩如煙海】hào rú yān hǎi

形容書籍、文獻資料等極為豐富，其數量之浩大，如同煙霧迷濛的大海。 例 「第一，這完全是件新工作，差不多要白手成家，得自己向那～的書籍裏披沙揀金去。」(朱自清《評郭紹虞〈中國文學批評史〉上卷》)

書 宋司馬光《進〈資治通鑒〉表》：「遍閱舊史，旁採小說，簡牘盈積，浩如煙海。」

【浩然之氣】hào rán zhī qì

正大剛直的氣概或精神。 例 這位檢察官身上有一股～，他把維護法律看作自己最神聖的職責。

書 《孟子·公孫丑上》：「我善養吾浩然之氣……其為氣也，至大至剛，以直養而無害，則塞於天地之間。」

【海北天南】hǎi běi tiān nán

見「天南海北」，62頁。

【海外奇談】hǎi wài qí tán

有關異國遠方的奇異傳說。也指沒有根據的、希奇古怪的談論或傳說。 例 你說的這種事我聽起來像～，真不敢相信是真的。

書 明沈德符《野獲編補遺·台省·台疏譏謔》：「瑞為牘，令兵馬司申之於給事鍾宇淳。宇淳批其牘尾曰：『海外奇談。』」

【海市蜃樓】hǎi shì shèn lóu

由於大氣中光線的折射作用而使遠處景物（如樓台、街市等）的影像在空中或地面顯現出來。這種自然現象多於夏天出現在海邊或沙漠地帶。古人以為這是由蜃（一種大蛤蜊）吐氣所致，所以稱為海市蜃樓。後多用來比喻虛幻的事物。也作「**蜃樓海市**」。

例 ❶ 在這廣袤的戈壁灘上，突然出現了～的奇觀，有幸見到它

的人無不激動得高聲歡呼起來。❷他描繪的這種前景猶如～，因為缺乏真實基礎，必然要破滅的。

書 《史記．天官書》：「海旁蜄（同『蜃』）氣象樓臺，廣野氣成宮闕然。」又清《駢字類編》卷四六引《隋唐遺事》：「張昌儀恃寵，請托（同『託』）如市。李湛曰：『此海市蜃樓比耳，豈長久耶？』」

注 「蜃」不讀chén。

【海角天涯】hǎi jiǎo tiān yá

見「天涯海角」，63頁。

【海底撈月】hǎi dǐ lāo yuè

到海底去撈月亮的倒影。比喻根本不可能做到，白費心思和氣力。也作「**海中撈月**」、「**水中撈月**」。例 他輕信謠傳，以為到了那裏不用費多大力氣就能發財，結果是～，只落得一場空。

書 明凌濛初《初刻拍案驚奇》卷二七：「臨安府也沒奈何，只得行個文書訪拿，先前的兩個轎夫，卻又不知姓名住址，無影無蹤，海中撈月，眼見得一個夫人送在別處去了。」

【海底撈針】hǎi dǐ lāo zhēn

見「大海撈針」，42頁。

【海枯石爛】hǎi kū shí làn

海水乾涸，石頭爛掉（指風化粉碎）。這種變化需要經歷極長時間。因此它多用在誓言中起反襯作用，表示即使經歷了極長時間，環境發生了極大變化，人的心跡依然不變。例 這對恩愛夫妻始終牢記新婚時彼此說過的話：天荒地老，～，此心不變。

書 金元好問《西樓曲》：「海枯石爛兩鴛鴦，只合雙飛便雙死。」

【海誓山盟】hǎi shì shān méng

見「山盟海誓」，52頁。

【海闊天空】hǎi kuò tiān kōng

形容空間廣闊無邊。也比喻想像或說話無拘無束，漫無邊際。例 ❶展望前途，他感到～，不愁沒有自己施展才華的地方。❷俞波只顧着和朋友～地閒聊，把要辦的正事忘得一乾二淨。

書 清蔣士銓《一片石．宴閣》：「空江夜氣涼如水，共記滕王閣下時，海闊天空任所之。」

【浮光掠影】fú guāng lüè yǐng

水面反射的光和一掠而過的影子。比喻學習不深入，觀察不細緻，印象不深刻。（掠：輕輕閃過。）例「可是這回只是～地看看，寫不成名副其實的遊記。」（葉聖陶《遊了三個湖》）

書 清李汝珍《鏡花緣》第一八回：「學問從實地上用功，議論自然確有根據；若浮光掠影，中無成見，自然隨波逐流，無所適從。」

【流水不腐，户樞不蠹】

liú shuǐ bù fǔ, hù shū bù dù

流動的水不會腐臭，門軸由於經常轉動不會被蟲蛀壞。比喻經常運動的東西不易受侵蝕。（户樞：門上的轉軸。蠹：蛀蝕。）

例 如果我們真正理解了～的道理，我們就會自覺地堅持參加適合自己的體育鍛煉活動，以袪病強身。

書《呂氏春秋·盡數》：「流水不腐，户樞不螻（唐馬總輯《意林》卷二所引『螻』作『蠹』），動也。」

【流水行雲】 liú shuǐ xíng yún

見「行雲流水」，175頁。

【流言蜚語】 liú yán fēi yǔ

背後散佈的毫無根據的話。多指背後議論、誣蔑或挑撥的話。也作「**流言飛語**」、「**流言飛文**」。（流言、蜚語：沒有根據的話。「蜚」通「飛」。）例 他相信只要自己光明磊落，那些中傷他的～都會不攻自破的。

書《漢書·劉向傳》：「是以羣小窺見間隙，緣飾文字，巧言醜詆，流言飛文，譁於民間。」又明文秉《先撥志始》卷下：「或巧佈流言蜚語，或寫匿名文書。」

【流芳百世】 liú fāng bǎi shì

美好的名聲長久流傳，受人稱頌。（芳：香。此指美好的名聲。百世：很多世代。）例 他們為人民立了大功，人民永遠不會忘記他們，他們將～。

書宋司馬光等《資治通鑒·晉簡文帝咸安元年》：「大司馬溫，恃其材略位望，陰蓄不臣之志，嘗撫枕歎曰：『男子不能流芳百世，亦當遺臭萬年。』」

【流金鑠石】 liú jīn shuò shí

形容天氣酷熱，似乎金屬和石頭都要被熔化而流動了。也作「**鑠石流金**」。（鑠：熔化。）例 儘管已是～的酷暑天氣，交通警察依然頭頂烈日，堅守在自己的崗位上。

書《楚辭·招魂》：「十日代出，流金鑠石些。」

【流連忘返】 liú lián wàng fǎn

留戀某種景致或事物，忘記了回去。（流連：留戀而不願離去。）例「你一旦進入了生活知識的寶庫，你就會感到又喜又驚，～。」（冰心《三寄小讀者》六）

書北魏酈道元《水經注·江水》：「流連信宿，不覺忘返。」又清文康《兒女英雄傳》第三〇回：「照這等流連忘返，優柔不斷起來，我姊妹竊以為不可。」

【流離失所】 liú lí shī suǒ

由於天災人禍而四處流浪，失去安身的處所。（流離：由於天災人禍而流徙離散。）例 慈善機構動員社會各界一起來幫助這些～的災民。

書《金史·完顏匡傳》：「邊民連歲流離失所，扶攜道路。」

【浪子回頭】 làng zǐ huí tóu

不務正業、不走正道的浪子改邪歸正。（浪子：在外遊蕩、不務正業、不走正道的青年人。回頭：悔悟；回到正路上來。）例 他能～，多虧了大伯的勸導幫助，大伯真是做了件大好事啊。

書 清李漁《十二樓》第四回：「俗話說得好：『浪子回頭金不換。』但凡走過邪路的人，歸到正路上，更比自幼學好的不同，叫做大悟之後，永不再迷。」

【浪跡萍蹤】làng jì píng zōng
四處漂泊，行蹤不定。（浪跡：四處漂泊。萍蹤：像漂在水面的浮萍一樣，蹤跡不定。）例 他沒有固定的職業，～，我也不知道現在在哪裏能找到他。

書 明吾丘瑞《運甓記·嗔鮓封還》：「遠途勞頓，浪跡萍蹤，何年音信相聞。」

【悔不當初】huǐ bù dāng chū
後悔當初沒有採取另一種做法。例 他不聽勸告，一意孤行，落得如此下場。回想起來，真是～。

書 唐劉商《胡笳十八拍》之八：「如今淪棄念故鄉，悔不當初放林表。」

【害羣之馬】hài qún zhī mǎ
有害於馬羣的壞馬。比喻有害於集體的人。例 這幾個人熱衷於在公司裏散佈流言蜚語，挑撥離間，已成了～。

書 宋劉安世《應詔言事》：「蓋此等行為巇嶮，若小得志，則復結朋黨，恣其毀譽，如害羣之馬，豈宜輕議哉！」

【家長裏短】jiā cháng lǐ duǎn
指日常家務瑣事。例 這幾位鄰居大媽聚在一起，～地聊得正起勁。

書 明吳承恩《西遊記》第七五回：「這一關了門，他再問我家長裏短的事，我對不來，卻不弄走了風，被他拿住？」

【家破人亡】jiā pò rén wáng
家庭被破壞，親人死亡（多指人為禍害所致）。例 他受惡霸的迫害，～，孤身流落他鄉。

書 宋道原《景德傳燈錄·元安禪師》：「問：『學人未擬歸鄉時如何？』師曰：『家破人亡，子歸何處？』」

【家徒四壁】jiā tú sì bì
家裏只有四面的牆壁，別的什麼都沒有。形容貧窮。（徒：表示除此之外，沒有別的。）例 過去他窮得～，這幾年外出打工掙了些錢，景況逐漸有了改善。

書《史記·司馬相如列傳》：「文君夜亡奔相如，相如乃與馳歸成都。家居徒四壁立。」又《梁書·陶季直傳》：「季直素清苦絕倫，又屏居十餘載。及死，家徒四壁。」

【家常便飯】jiā cháng biàn fàn
家庭日常的飯食。也比喻經常發生，極為平常的事情。也作「家常飯」。例 ❶我久居外省，此次回鄉探親，吃的儘管是些～，卻覺得格外有滋味。❷任琦是推銷員，到外地出差是～，他的家人早已習慣了。

書 宋羅大經《鶴林玉露》卷四：「范文正公云：『常調官好做，家常飯好吃。』」又清夏敬渠《野叟曝言》第一四回：「吩咐小廝進內去說，『就是家常便飯，收拾出來罷。』」

【家貧如洗】jiā pín rú xǐ

家裏窮得像被水沖洗過似的，一無所有。形容家境十分貧窮。例 這筆學費對於～的老閔來說可不是個小數目，他怎麼會不犯愁呢？

書 元秦簡夫《剪髮待賓》第一摺：「小生幼習儒業，頗讀詩書，爭奈家貧如洗。」

【家喻户曉】jiā yù hù xiǎo

家家户户都知道。（喻：了解。曉：知道。）例 孔先生在當地是位～的公眾人物，他的社會活動情況格外受人關注。

書 宋樓鑰《繳鄭熙等免罪》：「以言求人，曾未聞有所褒表，而遽有免罪之旨，不可以家喻户曉，必有輕議於下者。」

【家給人足】jiā jǐ rén zú

家家豐裕，人人富足。（給：富裕充足。）例 人們所盼望的～的生活景象，在許多地方已經成了現實。

書 漢陸賈《新語·慎微》：「天下和平，家給人足。」

注 「給」在此不讀 gěi。

【家賊難防】jiā zéi nán fáng

比喻內部的壞人最難防範。（家賊：偷盜自家財物的人。比喻內部的壞人。）例 周經理沒料到竟是自己店裏的僱員勾結外人在光天化日之下把店裏的貨品成箱偷了出去，真是～啊！

書 宋普濟《五燈會元·同安志禪師法嗣·梁山緣觀禪師》：「問：『家賊難防時如何？』師曰：『識得不為冤。』」

【家學淵源】jiā xué yuān yuán

指某人學問乃家族世代相傳，根基很深。（家學：家族世代相傳的學問。淵源：水的源頭。此指學問的傳承。）例 陳一新～，年輕時就打下了紮實的國學功底。

書 明吳植《〈剪燈新話〉序》：「宗吉家學淵源，博及羣集，屢薦明經，母老不仕。」

【家醜不可外揚】

jiā chǒu bù kě wài yáng

家裏或一個集體內部發生的不體面的事不要傳到外面去。（揚：傳播出去。）例 ～，如果傳了出去，讓別人説三道四，全家人都臉上無光，何苦呢？

書 元無名氏《爭報恩》第二摺：「便好道家醜不可外揚，相公自己斷了罷。」

【容光煥發】róng guāng huàn fā

臉上放出光彩。形容人精神飽滿。（容光：臉上的光彩。煥發：光彩四射。）例 運動員們～地登上領獎台，全場響起熱烈的掌聲，向他們表示祝賀。

書 清蒲松齡《聊齋誌異·阿繡》：「母亦喜，為女盥濯，竟妝，容光煥發。」

【剜肉補瘡】wān ròu bǔ chuāng

用刀挖下身上的好肉去補瘡口。

比喻用有害的辦法去救眼前之急。也作「**剜肉醫瘡**」、「**挖肉補瘡**」。(剜：用刀子等挖。瘡：傷口。) 例「為難的是人欠我欠之間尚差六百光景，那只有用～的方法拼命放盤賣賤貨，且撈幾個錢來渡過了眼前再說。」(茅盾《林家鋪子》四)

書 唐聶夷中《傷田家》詩：「二月賣新絲，五月糶新穀。醫得眼前瘡，剜卻心頭肉。」又宋朱熹《乞蠲減星子縣稅錢第二狀》：「必從其說，則勢無從出，不過剜肉補瘡，以欺天罔人。」

【袖手旁觀】 xiù shǒu páng guān

把手縮在衣袖裏，在一旁觀看。形容置身事外，不參與。例 對於文壇上發生的這場爭論，葉先生原先只是～，如今卻忍不住也想說幾句了。

書 宋蘇軾《朝辭赴定州論事狀》：「弈棋者勝負之形，雖國工有所未盡，而袖手旁觀者常盡之。何則？弈者有意於爭，而旁觀者無心故也。」

【冥思苦索】 míng sī kǔ suǒ

見「苦思冥想」，283 頁。

【冥思苦想】 míng sī kǔ xiǎng

見「苦思冥想」，283 頁。

【冤沈海底】 yuān chén hǎi dǐ

所蒙受的冤枉沈入海底，難以昭雪。例 我原以為～，永無昭雪之日，不想這位大律師仗義幫忙，使我終於得以重見天日。

書 明馮夢龍《醒世恆言·蔡瑞虹忍辱報仇》：「我死也罷了，但是冤沈海底，安能瞑目？」

【冤家路窄】 yuān jiā lù zhǎi

指仇人或不願見面的人偏偏相逢，躲避不開。(冤家：仇人。路窄：表示像是走在狹窄的路上，躲避不開。) 例 這兩家公司在業界是老對手，這次又爭起同一筆生意來了，真是～。

書 明周藩憲王《三度小桃紅》第二摺：「一年不見他了，冤家路窄，怎麼在這裏又撞着這風(通『瘋』)和尚。」

【書香門第】 shū xiāng mén dì

世代讀書的家庭。(書香：指有讀書家風。門第：指家庭的社會地位。) 例「你已經忘了你自己是個讀過書的人，還是個～的小姐。」(曹禺《日出》第一幕)

書 清文康《兒女英雄傳》第四〇回：「如今眼看着書香門第是接下去了，衣飯生涯是靠得住了，他那個兒子只按部就班的也就作到公卿。」

【閃爍其詞】 shǎn shuò qí cí

說話吞吞吐吐，躲躲閃閃。(閃爍：指說話躲躲閃閃，說一點留一點，讓人捉摸不清。詞：言詞。) 例 我問小顧家裏的情況，他～，似乎不願多談。

書 清吳趼人《痛史》第二五回：「或者定伯故意閃爍其詞，更未可定。」

【退避三舍】 tuì bì sān shè

春秋時，晉公子重耳在流亡途中

受到楚君的禮遇，楚君問他：「你如果回到晉國執政，用什麼報答我？」重耳表示，萬一今後晉、楚之間發生戰爭，「其辟君三舍」。（辟：通「避」。三舍：古時行軍以三十里為一舍，三舍為九十里。）後來在晉、楚城濮（在今山東鄄城西南）之戰中，晉國遵守諾言，果然「退三舍以辟之」。事見《左傳・僖公二十三年》、《僖公二十八年》。後來就用「退避三舍」表示主動退讓或迴避，不與相爭。[例] **遇到這種蠻不講理的人，魏教授也要～，免得被糾纏。**

[書] 清吳敬梓《儒林外史》第一〇回：「賢姪少年如此大才，我等俱要退避三舍矣。」

【弱不勝衣】 ruò bù shèng yī

身體弱得像是連衣服的重量都承受不起。（勝：能夠承受。）[例] **「多愁多病，～的女子，白面書生的男子，在『健美』的標準下，不用說是落伍者了。」（茅盾《健美》）**

[書] 《荀子・非相》：「葉公子高微小短瘠，行若將不勝其衣。」又清曹雪芹、高鶚《紅樓夢》第三回：「眾人見黛玉年紀雖小，其舉止言談不俗，身體面貌雖弱不勝衣，卻有一段風流態度。」

【弱不禁風】 ruò bù jīn fēng

弱得連風吹都禁受不住。原多形容花枝嫩弱。今多形容人身體虛弱。（禁：禁受；承受。）[例] **大病之後小源已～，所以我沒有邀請他參加這次野外考察活動。**

[書] 宋陸游《六月二十四日夜分夢范至能李知幾尤延之同集江亭》詩：「白菡萏香初過雨，紅蜻蜓弱不禁風。」

[注] 「禁」在此不讀jìn。(粵) gɐm[1]金。

【弱肉強食】 ruò ròu qiáng shí

原指動物中弱者的肉是強者的食物。後也泛指弱者被強者欺凌，或弱國被強國吞併。[例] **在當今時代，誰如果想武力稱霸，再去做～的夢，那就必將碰得頭破血流。**

[書] 唐韓愈《送浮屠文暢師序》：「夫獸深居而簡出，懼物之為己害也，猶且不能脱焉。弱之肉，強之食。」又明劉基《秦女休行》：「有生不幸遭亂世，弱肉強食官無誅。」

【娓娓動聽】 wěi wěi dòng tīng

説話流暢生動，使人愛聽。（娓娓：形容説話流暢動聽。）[例] **隨着方老師～的講述，小朋友們和童話中的主人公一起感受着生活中的喜怒哀樂。**

[書] 曾樸《孽海花》第三四回：「夢蘭也竭力招呼，知道楊、陸兩人都不大會講上海白，就把英語來對答，倒也説得清脆悠揚，娓娓動聽。」

【能言善辯】 néng yán shàn biàn

很會説話，有辯才。[例] **他犯錯誤事實俱在，他再～，總不能把事實推翻吧。**

[書] 清李汝珍《鏡花緣》第一八回：「小弟從未見過世上竟有這等淵博才女，而且伶牙俐齒，能言善辯。」

【能者多勞】néng zhě duō láo
能力強的人承擔的事就多，勞累也多。多含有稱譽之意。例 你的文筆好，這份宣傳材料就請你幫我潤飾一下，～嘛。
書 明蘭陵笑笑生《金瓶梅詞話》第五九回：「自古能者多勞，你看不會做買賣，那老爹託你麼？」

【能征慣戰】néng zhēng guàn zhàn
久經沙場，善於征戰。引伸也指人經驗豐富，能力強，善於辦事。（征：出兵討伐。）例 ❶謝團長～，很受司令員器重。❷傅渝生是開拓市場的奇才，～，為公司業務的發展作出了很大貢獻。
書 金董解元《西廂記諸宮調》卷二：「法聰早當此際，遙遙地望見，果是會相持，能征慣戰，不慌不緊不忙，果手疾眼辨。」

【能屈能伸】néng qū néng shēn
既能彎曲，也能伸展。指人在失意時能克制忍耐，在得志時能施展才幹抱負。也作「**能伸能屈**」。
例 栗嘉維覺得人生在世，應該～，自己當不成老闆了，就去給人家打工，這也沒什麼不可以的。
書《周易·繫辭下》：「尺蠖之屈，以求信（通『伸』）也。」又宋邵雍《代書寄前洛陽簿陸剛叔祕校》詩：「知行知止唯賢者，能屈能伸是丈夫。」

【能說會道】néng shuō huì dào
很會說話，口才好。例 他是個推銷員，～，許多顧客被他說動心，買了他的貨。
書 清文康《兒女英雄傳》第二十七回：「好一個能說會道的張姑娘！好一個聽說識勸的何姑娘！」

【除惡務盡】chú è wù jìn
鏟除壞人壞事，一定要徹底乾淨。（務：務必；一定要。）例 對於犯罪集團必須嚴厲打擊，～，以確保一方平安。
書《戰國策·秦策三》：「《書》云，樹德莫如滋，除害莫如盡。」又清夏敬渠《野叟曝言》第七一回：「唐以屢赦而成藩鎮之禍，蔓草難圖，除惡務盡。」

【除暴安良】chú bào ān liáng
鏟除強暴勢力，安撫善良百姓。也作「**安良除暴**」、「**鋤暴安良**」。（安：使安定；安撫。）
例 民間流傳的這些俠客義士～的故事，反映了普通百姓對社會正義的渴望。
書 清李汝珍《鏡花緣》第六〇回：「俺聞劍客行為莫不至公無私，倘心存偏袒，未有不遭惡報；至除暴安良，尤為切要。」

【除舊佈新】chú jiù bù xīn
革除舊的，安排新的。也作「**除舊布新**」。（佈、布：安排。）
例 華信公司在改革中～，調整經營理念，建立新的機制，以增強自己的競爭實力。
書《左傳·昭公十七年》：「冬，有星孛於大辰，西及漢。申須曰：『彗，所以除舊布新也。』」

【紛至沓來】fēn zhì tà lái

接連不斷而來。（紛、沓：多而雜亂。）例 ❶這家商店貨真價實，服務周到，顧客～，生意一直很好。❷翁思明接手總務主任之初，～的事務讓他每天都忙得不可開交。

書 宋樓鑰《〈洪文安公小隱集〉序》：「禪位之詔，登極之赦，尊號改元等文，皆出公手，紛至沓來，從容應之，動合體制。」

注 「沓」不可寫作「杳」。

【紛紛揚揚】fēn fēn yáng yáng

形容雪、花、葉子或類似的散片細物紛亂飛揚的樣子。也形容傳說紛紜。例 ❶春天到了，～的柳絮飄得滿城都是。❷有關電信資費調整的消息傳得～，引起了市民的關注。

書 元張國賓《合汗衫》第一摺：「時遇冬初，紛紛揚揚下着這一天大雪。」

【紙上談兵】zhǐ shàng tán bīng

戰國時，趙國名將趙奢之子趙括少時學兵法，善於談論用兵之道，即使他父親趙奢有時也難不倒他，他自以為天下無敵，但趙奢並不認為他善用兵。後來趙王任命趙括為將，率軍與秦交戰，藺相如說：「括徒能讀其父書傳，不知合變也。」結果在長平之戰中，趙國被秦國打得大敗，損失極為慘重。事見《史記・廉頗藺相如列傳》。後來就用「紙上談兵」指只從書本的記載上來談論用兵之道。也比喻只是空談而不解決實際問題，或雖然口頭上、紙面上有某種打算但尚未實行。例 ❶大凱不是那種只會～的人，他有豐富的實際工作經驗，是一位難得的幹才。❷他的這些計劃目前還只是～，不知道能不能真的付諸實施。

書 清湯斌《答孫屺瞻侍郎書》：「此先生親身閱歷之言，故鑿鑿如此，非他人紙上談兵也。」

【紙短情長】zhǐ duǎn qíng cháng

情意深長，難以在有限的紙上盡情表達。多用在書信的末尾。

例 ～，不勝思念之至。

書 清黃九河《北上于袁浦發家書》詩：「紙短苦意長，挑燈重封題。」後用作「紙短情長」。

【紙醉金迷】zhǐ zuì jīn mí

形容令人沈迷的奢侈豪華的生活。也作「**金迷紙醉**」。例 這個年輕人沈溺在～的享樂之中，他的朝氣已經被消磨殆盡了。

書 宋陶穀《清異錄・居室》：「(癰醫孟斧)有一小室，窗牖煥明，器皆金飾，紙光瑩白，金彩奪目。所親見之，歸語人曰：『此室暫憩，令人金迷紙醉。』」又清梁章鉅《浪跡叢談・人日疊韻詩》：「紙醉金迷地，風柔月大天。」

【紋絲不動】wén sī bù dòng

一點兒都不動。例 幾個人合力去掀那個大石礅，石礅竟～。

書 明蘭陵笑笑生《金瓶梅詞話》第三八回：「金蓮坐在牀上，紋絲兒不動，把臉兒沈着。」

十一 畫

【責有攸歸】zé yǒu yōu guī

責任各有歸屬；是誰的責任歸誰承擔，推卸不了。也作「**責有所歸**」。（攸：用在動詞前，組成名詞性詞組，相當於「所」。）例 這項工作由你主管，～，出了問題唯你是問。

書 宋司馬光《體要疏》：「夫公卿所薦舉，牧伯所糾劾，或謂之賢者而不賢，謂之有罪而無罪，皆有跡可見，責有所歸，故不敢大為欺罔。」

【責無旁貸】zé wú páng dài

自己應承擔的責任，不能推給旁人。（貸：推卸責任。）例 保證義務教育的實施，是各地政府～的事。

書 清林則徐《覆奏稽查防範回空糧船摺》：「其漕船經過地方，各督撫亦屬責無旁貸，着不分畛域，一體通飭所屬，於漕船回空，加意稽查。」

【現身說法】xiàn shēn shuō fǎ

原指佛顯現出種種身形來講說佛法。後比喻用親身的經歷、體驗為例證來說明道理，勸導別人。例 這位事故責任人～，再一次告訴大家，忽視事故隱患，將會帶來多麼嚴重的後果。

書《楞嚴經》卷六：「我於彼前，皆現其身，而為說法，令其成就。」又清紀昀《閱微草堂筆記・姑妄聽之三》：「現身說法，言之者無罪，聞之者足以戒耳。」

【理直氣壯】lǐ zhí qì zhuàng

理由正確充分，說話的氣勢很足。（直：合乎正義；正確。）例 我們～地駁斥了對方的誣衊，贏得了大家的支持。

書 明馮夢龍《警世通言・皂角林大王假形》：「趙再理理直氣壯，不免將峯頭驛安歇事情，高聲抗辯。」

【理所當然】lǐ suǒ dāng rán

按道理應當這樣。（當然：應當這樣。）例 某些部門違反規定亂收費，～要引起羣眾的強烈不滿和抵制。

書 宋黎靖德編《朱子語類》卷六〇：「性，不是有一個物事在裏面喚做性，只是理所當然者便是性，只是人合當如此做底便是性。」

【理屈詞窮】lǐ qū cí qióng

理由站不住腳，說不出什麼話來辯解。（理屈：理虧。窮：窮盡。）例 牛四被駁得～，惱羞成怒，竟耍起無賴來。

書《論語・先進》：「是故惡夫佞

者。」宋朱熹集註：「子路之言，非其本意，但理屈詞窮；而取辯於口以禦人耳。」

【甜言蜜語】tián yán mì yǔ
讓人感覺甜蜜的話。指為了討人喜歡或哄騙人而說的好聽的話。也指說這樣的話。 例 ❶他的～騙不了我們，我們早就看清了他的真面目。❷這個人整天圍着你～，你知道是為了什麼嗎？
書 明凌濛初《初刻拍案驚奇》卷一三：「那些人貪他是出錢施主，當面只是甜言蜜語，諂笑脅肩，賺他上手。」

【匿跡銷聲】nì jì xiāo shēng
見「銷聲匿跡」，512 頁。

【教學相長】jiào xué xiāng zhǎng
教和學兩方面互相促進。（長：長進；提高。）例 許多教師都明白～的道理，在對學生授業、解惑的過程中自己也在不斷地得到充實和提高。
書《禮記．學記》：「是故學然後知不足，教然後知困。知不足，然後能自反也；知困，然後能自強也。故曰教學相長也。」
注「教」在此不讀 jiāo。「長」在此不讀 cháng。粵 dzœŋ² 象。

【執迷不悟】zhí mí bù wù
固執己見，堅持錯誤而不覺悟。（執：堅持。迷：迷惑。此指錯誤的認識或做法。）例「你太忠厚了，你到現在還這樣相信她，你真是～！」（巴金《寒夜》二三）
書《梁書．武帝紀上》：「若執迷不悟，距逆王師，大眾一臨，刑茲罔赦。」

【聊以自慰】liáo yǐ zì wèi
姑且用來安慰一下自己。（聊：姑且。以：用來。）例 在這次象棋挑戰賽中我雖然敗北，但可～的是連對手都認為我很不好對付，看來我的棋藝比過去還是有所長進的。
書 隋盧思道《孤鴻賦》：「余五十之年，忽焉已至，永言身事，慨然多緒，乃為之賦，聊以自慰云。」

【聊以解嘲】liáo yǐ jiě cháo
姑且用來解除一下因受嘲笑而帶來的精神壓力。例 自己吃不到葡萄就說葡萄是酸的，自己不愛吃，這無非～罷了，當不得真的。
書 宋胡仔《苕溪漁隱叢話前集．五柳先生上》：「子美困頓於山川，蓋為不知者詬病，以為拙於生事，又往往譏議宗文、宗武失學，故聊解嘲耳。」又清吳趼人《二十年目睹之怪現狀》第六一回：「這只可算是聊以解嘲的舉動。」

【聊備一格】liáo bèi yī gé
姑且算作是另一種風格、格式。（備：充當。）例 他的書法藝術中草書作品並不最具代表性，這裏只展出了兩幅，～。
書 清陳廷焯《白雨齋詞話》卷五：「余於別集中求其措語無害大雅者擇錄一二，非賞其工也，聊備一格而已。」

【聊勝於無】liáo shèng yú wú
比完全沒有略微好一點。（聊：略微。勝：表示比另一個優越。）例「插畫沒有新的，想就把舊的印上去，～。」（魯迅《致孟十還》）
書 清李伯元《官場現形記》第四五回：「王二瞎子一聽仍是衙門裏的人，就是聲光比賬房差些，尚屬慰情聊勝於無。」

【乾淨利落】gān jìng lì luo
形容清潔整齊。也形容說話簡潔明快，做事敏捷爽利，不拖泥帶水。（利落：形容整齊。也形容說話、做事敏捷，不拖泥帶水。）例 ❶這個平時不修邊幅的人今天卻穿得～，同事們見了，難免會有一些猜測。❷這件事顧先生處理得～，真不愧是位老手。
書 老舍《駱駝祥子》四：「不過，要乾淨利落就得花錢，剃剃頭，換換衣服，買鞋襪。」

【彬彬有禮】bīn bīn yǒu lǐ
形容人文雅而有禮貌。（彬彬：形容文雅。）例 聯絡部的章小姐～地接待每一位來訪的客人，表現出良好的職業素養。
書 清李汝珍《鏡花緣》第八三回：「喚出他兩個兒子，兄先弟後，彬彬有禮。」
注「彬」不讀shān，不可寫作「杉」。

【救死扶傷】jiù sǐ fú shāng
搶救生命垂危的人，照顧有傷病的人。例 在發生爆炸事故的現場，醫生們～，一刻也沒有休息。
書 漢司馬遷《報任少卿書》：「與單于連戰十有餘日，所殺過半當，虜救死扶傷不給，旃裘之君長咸震怖。」

【斬草除根】zhǎn cǎo chú gēn
砍草時把草根除去。比喻鏟除禍根，不留後患。也作「**剪草除根**」。例 警方挖出了這個走私集團的幕後操縱者，把他們繩之以法，～，打了一個大勝仗。
書 北齊魏收《為侯景叛移梁朝文》：「若抽薪止沸，剪草除根。」又元楊暹《西遊記》第二齣：「必須斬草除根，春到萌芽不發。」

【斬釘截鐵】zhǎn dīng jié tiě
砍斷釘子截斷鐵。比喻說話、做事堅決果斷。例 他～地保證一定要完成任務，請大家放心。
書 宋黎靖德編《朱子語類》卷五一：「看來，惟是孟子說得斬釘截鐵。」

【斬盡殺絕】zhǎn jìn shā jué
全部殺光，一個不留。也作「**誅盡殺絕**」。（誅：殺。）例 仇人揚言要把他家～，他只好帶着全家遠走高飛了。
書 元高文秀《澠池會》第四摺：「小官今日將秦國二將活挾將來了，將眾兵斬盡殺絕也。」

【軟硬兼施】ruǎn yìng jiān shī
比較溫和的手段和強硬的手段一齊使用。多用於貶義。（兼施：

同時施展；一齊使用。）例 敵人對他利誘威脅，～，妄圖讓他投降，但他始終不為所動。

書 吳玉章《從甲午戰爭前後到辛亥革命前後的回憶》一九：「在他們軟硬兼施的進攻下，缺乏正確思想領導的民軍首領，有的被腐化收買，有的被殘酷殺害。」

【連綿不斷】lián mián bù duàn

形容山脈、雨雪或思緒等連續不斷。例 ～的大山宛如一條游龍，蜿蜒伸向遠方。

書 清石玉崑《三俠五義》第一一三回：「誰知細雨濛濛，連綿不斷，颳來金風瑟瑟，遍體清涼。」

【連篇累牘】lián piān lěi dú

形容文章篇幅過多。也作「**累牘連篇**」。（連篇：寫了一篇又一篇。累：堆積。牘：古代寫字用的狹長的木片。累牘：形容文辭長，篇幅多。）例 對於這件事報紙～地發表報道、評論文章，一時聲勢鬧得很大。

書《隋書·李諤傳》：「連篇累牘，不出月露之形；積案盈箱，唯是風雲之狀。」

注「累」在此不讀lèi或léi。粵 lœy[5] 呂。

【專心致志】zhuān xīn zhì zhì

用心專一；集中精神。例 如今條件好了，吳先生可以～從事他的研究工作，不必再為其他事務分心了。

書《孟子·告子上》：「今夫弈之為數，小數也；不專心致志，則不得也。」

【專橫跋扈】zhuān hèng bá hù

專斷強橫，任意妄為。（跋扈：狂妄驕橫。）例 他在公司裏～，很不得人心。

書《後漢書·梁冀傳》：「帝少而聰慧，知冀驕橫，嘗朝羣臣，目冀曰：『此跋扈將軍也。』」後用作「專橫跋扈」。

注「橫」在此不讀héng。粵 waŋ[4] /waŋ[6]。

【速戰速決】sù zhàn sù jué

快速發起戰鬥並在較短的時間內解決戰鬥，奪取勝利。也比喻快速完成某事。例 ❶我軍在進攻中需採用～的戰術，因此把握進攻時機尤顯重要。❷這次談判簽約要～，免得夜長夢多。

書 鍾國楚《十六旅的兩次戰鬥》：「三是速戰速決。接受上面限時限刻完成的任務，一定要堅決，決不姑息部隊的傷亡和疲勞。」

【堅不可摧】jiān bù kě cuī

非常堅固，不可摧毀。例 邊防駐軍和當地居民合力同心，構築了～的邊防「長城」。

書 清李綠園《歧路燈》第八二回：「二十年閨閣，養成拘墟篤時之見，牢不可破，堅不可摧。」

注「摧」不可寫作「催」。

【堅如磐石】jiān rú pán shí

堅固得像磐石，動搖、破壞不了。也作「**堅如盤石**」。（磐石：又厚又大的石頭。）例 ❶這裏的

海堤修得～，居民們再也不用擔心海潮為患了。❷他們的團結～，別人休想破壞半分。

書《古詩十九首·明月皎夜光》：「良無磐石固，虛名復何益？」後用作「堅如磐石」。

【堅忍不拔】jiān rěn bù bá

意志堅定，不可動搖。（拔：改變；動搖。）例他們靠着～的意志，克服了在創業中遇到的一個又一個困難，終於獲得了成功。

書宋蘇軾《晁錯論》：「古之立大事者，不惟有超世之才，亦必有堅忍不拔之志。」

【堅定不移】jiān dìng bù yí

十分堅定，毫不動搖。多用於形容意志、立場、主張等。（移：改變。）例他們～地走改革之路，勇於探索與實踐，取得了引人矚目的成就。

書宋司馬光等《資治通鑒·唐文宗開成五年》：「陛下誠能慎擇賢才以為宰相……推心委任，堅定不移，則天下何憂不理哉！」

【堅持不懈】jiān chí bù xiè

堅持下去，毫不鬆懈。（懈：放鬆；鬆懈。）例經過～的努力，吳娃終於考進這所著名大學，成為一名醫科研究生。

書《清史稿·劉體重傳》：「遇大雨，賊決河自衞。煦激勵兵團，堅持不懈，賊窮蹙乞降，遂復濮州。」

【堅苦卓絕】jiān kǔ zhuó jué

堅毅刻苦，超越尋常。指在十分艱難困苦的條件下堅持努力。（卓絕：表示程度達到極點；無與倫比。）例「玄奘法師那樣～地西行求法，那樣絕對認真地搞翻譯工作，永遠是中國的驕傲。」（葉聖陶《登雁塔》）

書清朱琦《書歐陽永叔答尹師魯書後》：「雖使古人堅苦卓絕之行，推彼其心，其視鼎鑊，甘之如飴，固不計其人之相賞與否。」

【堅貞不屈】jiān zhēn bù qū

節操堅定，絕不屈服。（堅貞：節操堅定不變。）例他被俘後～，從來沒有向敵人低過頭。

書吳玉章《辛亥革命·辛亥三月二十九日的廣州起義》：「從容就義的林覺民，在事前即給他妻子寫了一封感情深摯的絕命書，受審時又揮筆寫了一篇堅貞不屈的自供狀。」

【堅壁清野】jiān bì qīng yě

加固營壘，轉移周圍的人口，隱藏好糧食、牲畜和其他物資，清除掉戰地附近可能被敵人利用的設施。這是對付入侵之敵的一種策略，使敵人既攻不下營壘，又搶不到東西，從而陷入困境。（堅：使堅固；加固。壁：壁壘，古代軍營的圍牆，泛指防禦工事。清野：轉移四野的人口、物資，一點不留。）例面對敵人進攻，當地政府～，組織羣眾迅速轉移，使敵人到來後一無所獲。

書《後漢書·荀彧傳》：「堅壁清野，以待將軍，將軍攻之不拔，掠

之無獲，不出一旬，則十萬之眾未戰而自困矣。」

【脣亡齒寒】chún wáng chǐ hán
嘴脣沒有了，牙齒露在外面，就會感到寒冷。比喻相互依靠，利害相關。多用於表示鄰國間的關係。（亡：失去。）例 鄰國遭受侵略，形勢岌岌可危，～，我們不能不表示極大的關切。

書《左傳·僖公五年》：「虢，虞之表也；虢亡，虞必從之……諺所謂『輔車相依，脣亡齒寒』者，其虞虢之謂也。」

【脣焦舌敝】chún jiāo shé bì
見「舌敝脣焦」，142 頁。

【脣槍舌劍】chún qiāng shé jiàn
脣如槍，舌似劍。形容爭辯激烈，言辭鋒利。也作「**舌劍脣槍**」。例 他們倆～，誰也不服誰。

書 金丘處機《神光燦》詞之一：「不在脣槍舌劍，人前鬥，惺惺廣學多知。」

【脣齒相依】chún chǐ xiāng yī
像嘴脣和牙齒那樣相互依靠，關係十分密切。例 這兩個～的鄰邦有着悠久的友好交往的歷史。

書《三國志·魏志·鮑勛傳》：「王師屢征而未有所克者，蓋以吳、蜀脣齒相依，憑阻山水，有難拔之勢故也。」

【逐鹿中原】zhú lù zhōng yuán
見「中原逐鹿」，93 頁。

【盛名之下，其實難副】
shèng míng zhī xià, qí shí nán fù
名望很大，但其實際卻難以和這種名望相稱。指名過其實。也作「**盛名難副**」。（盛名：很大的名望。實：指實際情況。副：符合；相稱。）例 我慕名去參觀一個書法作品展，發現～，不免有些失望。

書《後漢書·黃瓊傳》：「盛名之下，其實難副。」

【盛氣凌人】shèng qì líng rén
用傲慢的氣勢壓人。（盛氣：指傲慢的氣勢。凌：欺壓。）例 平日～的龔大元一見到他的師兄，態度就收斂多了。

書《元詩紀事·趙孟頫〈譏留夢炎詩〉》引元楊載《趙孟頫行狀》：「李（葉李）論事厲聲色，盛氣凌人，若好己勝者，剛直太過，故多怨焉。」

【盛極一時】shèng jí yī shí
在某一時期極為興盛、流行。（極：達到頂點。）例 在我讀中學的年代，乒乓球運動曾～，同學中參加這項運動的人很多。

書 魯迅《三閒集·述香港恭祝聖誕》：「僑胞亦知崇拜本國至聖，保存東方文明，故能發揚光大，盛極一時也。」

【雪上加霜】xuě shàng jiā shuāng
比喻在遭受災難或不幸之後又遭受另外的災難或不幸。例 在遭受洪水災害的地區必須加強疫病防治工作，不能讓災民的生活～。

書 元高文秀《誶范叔》第二摺：「淚

雹子，腮邊落；血冬凌，滿脊梁；凍剝剝雪上加霜。」

【雪中送炭】xuě zhōng sòng tàn

下雪天給人送炭烤火取暖。比喻在別人最急需的時候，及時給予幫助。例 在他正為醫療費用發愁的時候，表哥給他匯來了這筆錢，真是～，使他感激不盡。

書 宋高登《覓蠹椽》詩：「雪中送炭從來事，況寫羈窮覓蠹椽。」

【捧腹大笑】pěng fù dà xiào

捧着肚子大笑。也泛指放聲大笑。例 他表演的啞劇「吃雞」把觀眾逗得～。

書《史記·日者列傳》：「司馬季主捧腹大笑。」

【掛一漏萬】guà yī lòu wàn

表示列舉不全，遺漏很多。有時也用作自謙之詞。（掛：記；舉出。一：強調很少。）例 限於見聞，本書對京城近代民俗的記載難免～，尚望讀者諸君指正。

書 唐韓愈《南山詩》：「團辭試提挈，掛一念萬漏。」又宋沈括《進守令圖表二》：「掛一漏萬，無裨海嶽之藏。」

【掛羊頭，賣狗肉】

guà yáng tóu, mài gǒu ròu

店門前掛的是羊頭，裏面卻在賣狗肉。比喻名實不符的欺騙行為。也作「**懸羊頭，賣狗肉**」。

例 對於這種～，銷售假冒名牌產品的行為，工商管理部門給予了嚴厲制裁。

書 宋普濟《五燈會元·天鉢元禪師法嗣·元豐清滿禪師》：「有般名利之徒，為人天師，懸羊頭賣狗肉，壞後進初機，滅先聖洪範。」

【措手不及】cuò shǒu bù jí

指事出突然，來不及應付處理。（措手：着手處理；應付。）

例 這盤棋小林由於大意而被對方殺了個～，損失很大。

書 金董解元《西廂記諸宮調》卷二：「打脊的髡徒，怎恁麼措手不及早攛過我？」

【掩人耳目】yǎn rén ěr mù

遮掩住別人的耳朵和眼睛。比喻以假象蒙騙人，使人不明真相。（掩：遮蓋。）例 他開這家店只是為了～，暗地裏做的是走私生意。

書 宋《宣和遺事》亨集：「下遊民間之坊市，宿於娼館，事跡顯然，雖欲掩人之耳目，不可得也。」

【掩耳盜鈴】yǎn ěr dào líng

捂住耳朵去偷鈴。鈴發出聲響，自己捂住耳朵聽不見，就以為別人也沒聽見。比喻自己欺騙自己，明明掩蓋不了的事實偏要去掩蓋，結果是徒勞的。例「硬把漢奸合法化了，只是～的笨拙的把戲，事實的真相，每個人民心頭是雪亮的。」（聞一多《謹防漢奸合法化》）

書《呂氏春秋·自知》：「百姓有得鐘者，欲負而走，則鐘大不可負。以椎毀之，鐘怳然有音。恐人聞之而奪己也，遽揜（同『掩』）其

耳。」又宋朱熹《答江德功書》：「成書不出姓名，以避近民之譏，此與掩耳盜鈴之見何異？」

【捷足先得】 jié zú xiān dé

由於腳步快而先得到。比喻行動迅速而先達到目的。也作「**捷足先登**」、「**疾足先得**」。（捷、疾：速度快。）[例] **聽到招聘的消息，我立刻趕去，希望能～，進這家公司工作。**

[書]《史記・淮陰侯列傳》：「秦失其鹿，天下共逐之，於是高材疾足者先得焉。」

【掉以輕心】 diào yǐ qīng xīn

態度輕率，不當回事。（輕心：輕率；漫不經心。）[例] **即使是做自己十分熟悉的工作，他也不敢～，生怕會有閃失。**

[書] 唐柳宗元《答韋中立論師道書》：「故吾每為文章，未嘗敢以輕心掉之。」又《清史稿・德宗紀一》：「臨事而懼，古有明訓。切勿掉以輕心，致他日言行不相顧。」

【排山倒海】 pái shān dǎo hǎi

推開山，翻倒海。形容力量或聲勢巨大。（排：推開。）[例] **千百萬羣眾自覺投身到建設國家的熱潮中來，形成了一股～的巨大力量。**

[書] 宋楊萬里《六月二十四日病起，喜雨聞鶯……》詩：「病勢初來敵頗強，排山倒海也難當。」

[注]「倒」在此不讀dào。㊚ dou²島。

【排斥異己】 pái chì yì jǐ

排擠、清除跟自己不合的人。（排斥：排擠，使離開自己這方面。異己：指同一集體中在立場或重大問題上的主張跟自己嚴重不合甚至對立的人。）[例] **對他上台後～，培植親信的做法，大家極其反感。**

[書] 宋司馬光等《資治通鑒・後晉齊王天福八年》：「吳越王弘佐初立，上統軍使闞璠強戾，排斥異己，弘佐不能制。」

【排沙簡金】 pái shā jiǎn jīn

見「披沙揀金」，240頁。

【排難解紛】 pái nàn jiě fēn

排除危難，解決紛爭。後多指調解糾紛，平息爭端。（排：排除。）[例] **老張為人熱心，處事公正，常常為鄰里～，很受大家尊敬。**

[書]《戰國策・趙策三》：「魯連笑曰：『所貴於天下之士者，為人排患釋難解紛亂而無所取也。即有所取者，是商賈之人也，仲連不忍為也。』」又清李漁《意中緣・設計》：「況且排難解紛是我輩的常事，何足為奇！」

【推三阻四】 tuī sān zǔ sì

用各種藉口推託、拒絕。也作「**推三宕四**」、「**推三推四**」。（宕：拖延。）[例] **我們推舉他代表大家發言，他～，怎麼也不肯應承。**

[書] 元無名氏《鴛鴦被》第一摺：「非是我推三、推三阻四，這事情應難、應難造次。」

【推己及人】 tuī jǐ jí rén

用自己的心思來推想別人的心思；將心比心，設身處地為別人着想。(推：推想。及：達到。) 例 「他說為人要有點真性情，要有同情心，能夠～。」(朱自清《經典常談·諸子第十》)

書 宋朱熹《與范直閣書》：「學者之於忠恕，未免參校彼己，推己及人則宜。」

【推心置腹】 tuī xīn zhì fù

把自己的赤心交給別人，放在別人腹中。表示赤誠對人。例 他想和我～地談一談，彼此加強了解，以便同心協力做好工作，而這也正是我所希望的。

書 《東觀漢記·光武帝紀》：「蕭王推赤心置人腹中，安得不投死。」又明焦竑《玉堂叢語·規諷》：「李侍郎紹，江西安福人，與人交，必推心置腹，務盡忠告。」

【推本溯源】 tuī běn sù yuán

推究、探求事物的根本、來源。也作「**推本尋原**」。(推：推究。溯：往上探尋。) 例 上古某些姓氏的產生，～，當與原始部落的圖騰崇拜有關。

書 宋王柏《上王右司書》：「不知以何事為當先，何事為可後，推本尋原，萬弊蟠結。」

注 「溯」不讀 shuò。

【推波助瀾】 tuī bō zhù lán

推動、助長波浪的湧起。比喻推動事態發展，助長其聲勢，擴大其影響。多作貶義用。(瀾：大波浪。) 例 這場爭吵本是由一點誤會引起的，由於某些人的～，鬧得越來越兇了。

書 隋王通《中説·問易》：「真君、建德之事，適足推波助瀾、縱風止燎爾。」

【推陳出新】 tuī chén chū xīn

剔除陳舊的不合用的，創出新的。(推：推開；除去。) 例 京劇院在排練這齣新編歷史劇時，對京劇的形式做了～的改造，使適合現代觀眾的欣賞習慣，演出後反響很好。

書 清方薰《山靜居詩話》：「詩固病在窠臼，然須知推陳出新，不至流入下劣，此慈溪葉丈鳳占之論也。」

【推誠相見】 tuī chéng xiāng jiàn

以誠心相待。也作「**推誠相與**」。(推誠：給人以誠心。相與：相交往；相處。) 例 我和董兄是至交，彼此都～。

書 清錢泳《履園叢話·科第·種德》：「塈有父風，見人緩急，必周濟之，而推誠相與，益以積德行善為事。」

【頂天立地】 dǐng tiān lì dì

頭頂青天，腳踏大地，挺立於天地之間。多形容人堂堂正正，氣概不凡。例 一新立志要做個～的男子漢，勇敢地面對生活的挑戰。

書 元紀君祥《趙氏孤兒》第一摺：「我若把這孤兒獻將出去，可不是一身富貴；但我韓厥是一個頂天立地的男兒，怎肯做這般勾當！」

【頂禮膜拜】dǐng lǐ mó bài

原為佛教徒最高的致敬行禮方式。也比喻崇敬到了極點。（頂禮：跪伏於地，用頭頂及所尊敬的人的腳。膜拜：合掌加額，雙膝跪地而拜。）例 他對這位藝術大師的造詣早已～，深以這次能和大師見面為榮。

書 清吳趼人《痛史》第二六回：「此令一下，合城漢人無不香花燈燭，頂禮膜拜。」

【捨己為人】shě jǐ wèi rén

為了他人而捨棄自己的利益。（捨：捨棄。）例 邵老伯節衣縮食，省出錢來資助貧困地區的孩子上學，～，令我感動。

書《論語·先進》：「吾與點也。」宋朱熹集註：「而其言志，則又不過即其所居之位，樂其日用之常，初無舍（通『捨』）己為人之意。」

注「為」在此不讀wéi。粵 wei6位。

【捨本逐末】shě běn zhú mò

捨棄根本的、主要的，而去追求枝節的、次要的。形容做事主次顛倒，不從根本上努力，而在枝節上下工夫。也作「**棄本逐末**」。（逐：追逐；追求。）例 出版社如果不把精力放在提高圖書的質量上，而只是熱衷於包裝，那就未免～了。

書 晉葛洪《抱朴子·外篇·自序》：「又患弊俗，捨本逐末。」

【捨生取義】shě shēng qǔ yì

原指寧可犧牲生命也要維護道義。後多指犧牲生命來維護正義。例 辛亥革命的烈士～，英名永存。

書《孟子·告子上》：「生，亦我所欲也；義，亦我所欲也。二者不可得兼，舍（通『捨』）生而取義也。」

【捨死忘生】shě sǐ wàng shēng

不顧死亡的威脅，忘記了自己的生命。表示不顧危險，把生死置之度外。也作「**捨生忘死**」。例 多虧消防隊員～衝進火海搭救，一家人的性命才得以保全。

書 元李五《虎頭牌》第三摺：「想俺祖父捨死忘生，赤心報國。」

【捨我其誰】shě wǒ qí shuí

除去我，還有誰呢？認為別人都不行，只有自己才能擔當。（其：語氣助詞，表示反問。）例 他覺得自己資格老，經驗多，這領班的工作～，不料主任竟安排了別的人。

書《孟子·公孫丑下》：「夫天未欲平治天下也；如欲平治天下，當今之世，舍（通『捨』）我其誰也？」

【捨近求遠】shě jìn qiú yuǎn

捨棄近的而去謀求遠的，取捨不當。也作「**捨近圖遠**」。例 這種貨品本地就有，價廉物美，你何必～地到外埠去採購呢？

書《孔叢子·論勢》：「齊、楚遠而難恃，秦、魏呼吸而至，捨近而求遠，是以虛名自累而不免近敵之困者也。」

【接二連三】jiē èr lián sān

一個接一個；接連不斷。例 在

這屆比賽中～地爆出冷門，連行家都深感意外。

書 清曹雪芹、高鶚《紅樓夢》第九九回：「家中事情接二連三，也無暇及此。」

【接踵而至】jiē zhǒng ér zhì

形容人相繼到來。也比喻事情接連不斷地發生。也作「**接踵而來**」。（踵：腳跟。接踵：行進中後面人的腳尖接着前面人的腳跟。形容一個接着一個。）例 ❶新的圖書館剛落成，讀者就～，幾個寬敞的閱覽室常常坐得滿滿的。❷開發區動工建設以來，各種問題～，他措置裕如，顯示出很強的工作能力。

書 曾樸《孽海花》第二五回：「當此內憂外患接踵而來，老夫子繫天下人望，我倒可惜他多此一段閒情逸致。」

【捲土重來】juǎn tǔ chóng lái

形容失敗之後重新組織力量再幹起來。（捲土：指人馬奔跑而捲起塵土。）例 紅帆隊在上屆比賽中被淘汰出局，這次～是作了充分準備的，對手們誰也不敢再小看他們。

書 唐杜牧《題烏江亭》詩：「江東子弟多才俊，卷（通『捲』）土重來未可知。」

【探囊取物】tàn náng qǔ wù

把手伸進袋子裏取東西。比喻事情很容易辦成。（探：向前伸出。此指伸出手。囊：口袋。）例 查找和這個課題相關的研究資料可不像～那樣容易，研究人員為此花費了很多精力。

書 元無名氏《連環計》第一摺：「要奪漢家天下，如探囊取物，亦有何難。」

【捫心自問】mén xīn zì wèn

手摸胸口問自己。表示自我反省。（捫：按；摸。）例 ～，我並沒有做過什麼對不起表哥的事，那他為什麼要抱怨我呢？

書 宋宋祁《學舍晝上》詩：「捫心自問何功德；五管支離治繲人。」

【莫名其妙】mò míng qí miào

沒有誰能說出其中的奧妙。多表示事情很奇怪，或說話表達不清，使人弄不明白。也作「**莫明其妙**」。（莫：沒有誰。名：說出。明：明白。）例 琴姐今天在辦公室裏～地發了一通火，把大家弄得有點不知所措。

書 清吳趼人《二十年目睹之怪現狀》第一五回：「信末是寫着『門生張超頓首』六個字。我實在是莫名其妙，我從那（同『哪』）裏得着這麼一個門生，連我也不知道，只好不理他。」

【莫衷一是】mò zhōng yī shì

不能斷定哪一種是對的；不能得出一致的結論。（衷：裁斷。是：正確；對。）例 中國封建社會究竟是從什麼時候開始的，説法各異，至今～。

書 清黃協塤《鋤經書舍零墨．落英》：「《離騷》夕餐秋菊之落英，説者聚訟，莫衷一是。」

【莫逆之交】mò nì zhī jiāo

情投意合、非常要好的朋友。(逆：抵觸。莫逆：沒有抵觸。表示彼此情投意合。) 例 我和柏君是～，相識至今已近半個世紀了。

書《莊子·大宗師》：「四人相視而笑，莫逆於心，遂相與為友。」又《魏書·逸士傳·眭夸》：「少與崔浩為莫逆之交。」

【莫測高深】mò cè gāo shēn

見「高深莫測」，340頁。

【荼毒生靈】tú dú shēng líng

殘害百姓。(荼毒：荼是一種苦菜，毒指毒蟲毒蛇之類，荼毒表示使人受痛苦受毒害。生靈：指百姓。) 例「聽說，後來玉皇大帝也就怪法海多事，以至～，想要拿辦他了。」(魯迅《墳·論雷峯塔的倒掉》)

書 唐 李華《弔古戰場文》：「秦起長城，竟海為關。荼毒生靈，萬里朱殷。」

注「荼」不讀chá，不可寫作「茶」。

【處之泰然】chǔ zhī tài rán

處在某種困難、窘迫或緊急、異常的情況下依然鎮靜安定。也指對應該關心的事無動於衷。也作「**泰然處之**」。(之：代詞。在此指某種境遇。泰然：心情安定的樣子。) 例 ❶儘管他的做法遭到不少人反對，他卻～，他相信事實最終將幫助這些人改變看法。❷陸局長了解到流經此地的河段受到嚴重污染，竟～，遲遲沒有去調查處理。

書 宋 朱熹《牧齋記》：「古之君子一簞食瓢飲而處之泰然，未嘗有戚戚乎其心而汲汲乎其言者。」

注「處」在此不讀chù。㊢ tsy⁵ 柱。

【處心積慮】chǔ xīn jī lǜ

早已千方百計謀算着幹某件事。今多用於貶義。(處心：存着某種念頭。積慮：已經謀算了很久。) 例 他～要把這一職位弄到手，使出了各種手段，現在總算如願以償了。

書《穀梁傳·隱公元年》：「何甚乎鄭伯？甚鄭伯之處心積慮成於殺也。」

【逍遙自在】xiāo yáo zì zài

形容人無拘無束，安閒自在。也作「**自在逍遙**」。(自在：自由；不受拘束。) 例 學校放暑假後，小艾約了幾位同學外出旅遊，～，玩了好幾天。

書 唐 白居易《菩提寺上方晚眺》詩：「誰知不離簪纓內，長得逍遙自在心。」

【逍遙法外】xiāo yáo fǎ wài

指犯法的人沒有受到法律制裁，仍舊自由自在。(逍遙：沒有約束，自由自在。) 例 警方正在通緝這個逃犯，絕不會讓他～的。

書 巴金《探索集·再說小騙子》：「那些造神召鬼、製造冤案、虛報產量、逼死人命等等、等等的大騙子是不會長期逍遙法外的。」

【晨鐘暮鼓】chén zhōng mù gǔ

見「暮鼓晨鐘」，506頁。

【眼中釘】yǎn zhōng dīng

比喻心目中最惱恨、最討厭的人。有時和「肉中刺」連用。例 趙先生看穿了他的不良居心，他把趙先生看作～，千方百計要把趙先生排擠走。

書 宋周煇《清波別志》卷中：「京師為之語曰：『欲得天下寧，當拔眼中釘；欲得天下好，莫如召寇老。』」

【眼花繚亂】yǎn huā liáo luàn

眼睛看到紛繁、耀眼的事物而感到迷亂。(眼花：眼睛看得發花，分辨不清。繚亂：紛繁雜亂。) 例 書店裏擺出各種各樣為學生編寫的學習輔導書，看得人～，不知該選哪一種好。

書 元王實甫《西廂記》第一本第一摺：「顛不剌的見了萬千，似這般可喜娘的龐兒罕曾見，則着人眼花撩（通『繚』）亂口難言，魂靈兒飛在半天。」

【眼明手快】yǎn míng shǒu kuài

眼力好，手裏動作快。形容人發現得早，反應快，動作敏捷。例 路面結冰，小彭差點滑倒，多虧老陳～，一把扶住了她。

書 明施耐庵《水滸傳》第一七回：「何濤自從領了這件公事，晝夜無眠，差下本管眼明手快的公人，去黃泥岡上往來緝捕。」

【眼明心亮】yǎn míng xīn liàng

見「心明眼亮」，105頁。

【眼高手低】yǎn gāo shǒu dī

自己要求的標準高而動手做實際工作的能力低。(眼高：眼界高；要求的標準高。) 例 他這個人有～的毛病，看別人做的事總不滿意，可自己做起來也未必好到哪裏去。

書 秦牧《藝海拾貝·〈畫蛋·練功〉》：「比較成熟的藝術家，如果不是經常練功，欣賞的水平一天天高了，而表現的技術卻沒有相應提高，時長日久，就很容易形成『眼高手低』。」

【眼疾手快】yǎn jí shǒu kuài

見「手疾眼快」，95頁。

【眼觀四處，耳聽八方】

yǎn guān sì chù, ěr tīng bā fāng

注意了解、掌握四面八方的情況，以便及時作出反應。也作「**眼觀六路，耳聽八方**」。(六路：上、下、前、後、左、右。) 例 賀經理～，對業界動態和市場行情了如指掌，生意做得很順手。

書 明許仲琳《封神演義》第五三回：「為將之道，身臨戰場，務要眼觀四處，耳聽八方。」

【野心勃勃】yě xīn bó bó

野心很大很強烈。(野心：對領土、權勢或名利等大而非分的慾望。勃勃：慾望強烈的樣子。) 例 這些軍閥一個個～，彼此間鬥得你死我活。

書 清陳天華《獅子吼》第一回：「這一位大帝野心勃勃，就想把世界各國盡歸他的宇下。」

【畢恭畢敬】bì gōng bì jìng
見「必恭必敬」，138頁。

【啞口無言】yǎ kǒu wú yán
像啞巴一樣說不出話來。多指理屈詞窮，無言答對。例 他被駁得～，十分狼狽。
書 明馮夢龍《醒世恆言·喬太守亂點鴛鴦譜》：「一番言語，說得張六嫂啞口無言。」

【啞然失笑】yǎ rán shī xiào
不由自主笑出聲來。（啞然：形容笑聲。啞，舊讀è。失笑：不由自主笑起來。）例 老袁見那位唸講稿的人一次次唸錯字，結結巴巴，不禁～。
書 清程趾祥《此中人語·猴》：「猴如聞將令，一哄（同『鬨』）而散，某亦不禁為之啞然失笑云。」

【異口同聲】yì kǒu tóng shēng
不同人的嘴裏說出同樣的話；大家的說法一致。例 這位售貨員精通業務，服務熱情，受到顧客～的稱讚。
書 晉葛洪《抱朴子·道意》：「左右小人，並云不可。阻之者眾，本無至心，而諫怖者異口同聲，於是疑惑，竟於莫敢，令人扼腕發憤者也。」

【異曲同工】yì qǔ tóng gōng
見「同工異曲」，160頁。

【異軍突起】yì jūn tū qǐ
另一支不同的軍隊突然崛起。比喻另一種新的力量或派別突然興起。例 近些年有幾家新的電信公司～，打破了電信業獨家經營的局面。
書《史記·項羽本紀》：「少年欲立嬰便為王，異軍蒼頭特起。」又鄧拓《從石濤的一幅山水畫說起》：「作為這支異軍突起的新畫派的重要代表作之一，石濤的藝術思想和風格久已受到人們的重視。」

【異想天開】yì xiǎng tiān kāi
形容想法非常離奇，不切實際。（異：奇異。天開：天門打開。）例 隨着克隆科技的出現，有的過去被看作是～的事竟也成了現實。
書 清吳趼人《二十年目睹之怪現狀》第四八回：「刑部書吏得了他的賄賂，便異想天開的設出一法來。」

【異端邪說】yì duān xié shuō
指不符合正統思想的被認為是有害的學說、主張。（異端：指不符合正統的思想、主張。邪說：有危害的不正當的學說、議論。）例 歷史上儒家學派對被他們認為是～的思想曾經進行過猛烈的批判。
書 宋蘇軾《擬進士對御試策》：「臣不意異端邪說惑誤陛下，至於如此。」

【趾高氣揚】zhǐ gāo qì yáng
走路時腳抬得高高的，神氣十足。形容人驕傲自滿、得意忘形的樣子。（趾：腳指頭。後也泛指腳。）例「他們卻過着極舒服的日子，而且～，不可一世。」

（巴金《談〈憩園〉》）

書 《戰國策・齊策三》：「今何舉足之高，志之揚也？」又清孔尚任《桃花扇・設朝》：「舊黃扉，新丞相，喜一旦趾高氣揚，廿四考中書模樣。」

【略勝一籌】 lüè shèng yī chóu

比較起來，稍強一點。也作「**稍勝一籌**」。（略：略微；稍微。勝：勝過；比另一個強。籌：用竹木等製成的條形薄片，可以用來計數。一籌：表示數量很少。）例 小周的棋藝比你～，取勝是意料中事。

書 魯迅《兩地書・致許廣平四》：「我這『兄』的意思，不過比直呼其名略勝一籌，並不如許叔重先生所說，真含有『老哥』的意義。」

【累牘連篇】 lěi dú lián piān

見「連篇累牘」，358頁。

【國色天香】 guó sè tiān xiāng

形容牡丹花色香俱佳，非其他花所能相比。後也用來形容女子容貌十分美麗。也作「**天香國色**」。

例 ❶～的牡丹歷來受到詩人、畫家的鍾愛，一次次地出現在他們的詩篇和畫作裏。❷他家的女兒～，光彩照人。

書 唐李濬《松窗雜錄》：「上……問脩己曰：『今京邑傳唱牡丹花詩，誰為首出？』脩己對曰：『臣嘗聞公卿間多吟賞中書舍人李正封詩曰：天香夜染衣，國色朝酣酒。』」又明馮夢龍《警世通言・杜十娘怒沈百寶箱》：「值十娘梳洗方畢……卻被孫富窺見了，果是國色天香。」

【國計民生】 guó jì mín shēng

國家經濟和人民生活。例 保護和合理利用水資源是關係到～的大事，正日益受到各政府部門的重視。

書 宋鄭興裔《請罷建康行宮疏》：「伏望敕下留司即罷其役，國計民生幸甚。」

【國泰民安】 guó tài mín ān

國家太平，人民生活安定。（泰：安寧；太平。）例 說起現在～的盛世景象，老人家高興得嘴也合不攏了。

書 宋吳自牧《夢粱錄・山川神》：「每歲海潮大溢，沖激州城，春秋醮祭，詔命學士院譔青詞以祈國泰民安。」

【國破家亡】 guó pò jiā wáng

國家殘破或滅亡，家庭也被毀了。（亡：指不復存在。）例 在第二次世界大戰期間，他們懷着～之痛，流落到了異國他鄉。

書 晉劉琨《答盧諶書》：「國破家亡，親友雕（通『凋』）殘。」

【患得患失】 huàn dé huàn shī

沒有得到時擔心得不到，得到以後又擔心失掉。形容對個人的利害得失看得太重，過分計較。（患：憂慮；擔心。）例 他～，精神壓力很大，這樣下去，豈不是自尋煩惱。

書 《論語・陽貨》：「鄙夫，可與事君也與哉？其未得之也，患得

之；既得之，患失之。苟患失之，無所不至矣。」又宋文天祥《御試策》：「牛維馬縶，狗苟蠅營，患得患失，無所不至者，無怪也。」

【患難之交】 huàn nàn zhī jiāo

共同經歷困苦、危難的朋友。（患難：困苦和危難。交：交誼；朋友。）例 我和問民兄是～，彼此都十分珍視這份情誼。

書 明東魯古狂生《醉醒石》第一〇回：「浦肫夫患難之交，今日年兄為我們看他……年兄要破格相待。」

【患難與共】 huàn nàn yǔ gòng

共同承受困苦和危難。例 在抗戰的艱苦歲月裏，許多華僑青年毅然回國，與祖國人民～，同仇敵愾，為抗戰的勝利做出了重要貢獻。

書《史記·越王勾踐世家》：「越王為人長頸鳥喙，可與共患難，不可與共樂。」後用作「患難與共」。

【唯唯諾諾】 wěi wěi nuò nuò

連聲說「唯」說「諾」。形容一味順從別人的意見。（唯唯：恭順的應答聲。諾諾：表示同意的應答聲。）例 鄧主任不喜歡～的下屬，他希望大家暢所欲言，他認為只有集思廣益才能把工作做好。

書《韓非子·八奸》：「優笑侏儒，左右近習，此人主未命而唯唯，未使而諾諾，先意承旨，觀貌察色，以先主心者也。」後用作「唯唯諾諾」。

【唸唸有詞】 niàn niàn yǒu cí

原指小聲唸咒語或祈禱。也指不停地小聲自言自語。（唸唸：不停地唸誦。）例 ❶張老太太合掌站在菩薩像前，口中～，祈求菩薩保佑她合家安康。❷小松在屋裏一邊走動一邊～，但誰也聽不清他在唸什麼。

書 宋《京本通俗小說·西山一窟鬼》：「那個道人作起法來，唸唸有詞。」

【眾口一詞】 zhòng kǒu yī cí

眾人嘴裏說出了同樣的話。「詞」也作「辭」。例 說到湖南張家界的風景，～，都覺得它確實太美了。

書 元鄭光祖《周公攝政》第一摺：「天降災三年不雨，民失業四海逃生；聽眾口一詞可壞，會諸侯八百來盟。」

【眾口難調】 zhòng kǒu nán tiáo

吃飯的人多了，各人口味不同，很難把飯菜做得使每一個人都覺得適口。比喻人多，各人要求不同，很難把一件事做得使每一個人都滿意。（調：指把味道調配得使人覺得很合適。）例 對於員工度假地的選擇，各有各的想法，～，讓主管的人傷透了腦筋。

書 宋普濟《五燈會元·德山遠禪師法嗣·開先善暹禪師》：「問：『一雨所潤，為什麼萬木不同？』師曰：『羊羹雖美，眾口難調。』」

注「調」在此不讀diào。粵 tiu⁴條。

【眾口鑠金】 zhòng kǒu shuò jīn

眾人異口同聲的説法能夠讓金屬都熔化掉。極言輿論影響力之大。後來也指很多人亂説，足以淆亂視聽。（鑠：熔化。）例 關於他生活不檢點的流言傳得沸沸揚揚，儘管都是捕風捉影，但～，不少人已信以為真了。

書《國語·周語下》：「故諺曰：『眾心成城，眾口鑠金。』」

【眾目睽睽】zhòng mù kuí kuí

眾人的眼睛都睜大了注視着。原作「**萬目睽睽**」。（睽睽：睜大眼睛注視的樣子。）例 這位川劇演員竟能在～之下，讓自己的臉譜一變再變，速度之快，變化之多，令人拍案叫絕。

書 唐韓愈《鄆州溪堂詩序》：「公私掃地赤立，新舊不相保持，萬目睽睽；公於此時能安以治之，其功為大。」

【眾矢之的】zhòng shǐ zhī dì

許多箭所射的靶子。比喻眾人攻擊的目標。（矢：箭。的：箭靶的中心。）例 他這番不合時宜的評論引起了軒然大波，他自己也成為～，受到嚴厲的指責。

書 魯迅《朝花夕拾·瑣記》：「那時為全城所笑罵的是一個開得不久的學校，叫作中西學堂，漢文之外，又教些洋文和算學。然而已經成為眾矢之的了。」

注「的」在此不讀 dí或 de。

【眾志成城】zhòng zhì chéng chéng

眾人的心志一致，猶如築起了一座堅不可摧的城堡。比喻大家團結一心，形成強大的力量。例 軍民～，決心粉碎敵人的進攻。

書《國語·周語下》：「故諺曰：『眾心成城，眾口鑠金。』」又五代何光遠《鑒誡錄·陪臣諫》：「四海歸仁，眾志成城，天下治理。」

【眾所周知】zhòng suǒ zhōu zhī

大家全都知道。原作「**眾所共知**」。（周：全；普遍。）例 如果他們想推翻這一～的事實，那注定是徒勞的。

書 宋司馬光《言張方平札子》：「方平文章之外，更無所長，奸邪貪猥，眾所共知。」

【眾叛親離】zhòng pàn qīn lí

眾人背棄，親信離去。形容十分孤立。（叛：背叛；背棄。）例 這個匪首～，大勢已去，他自己也惶惶然在作遁逃的準備了。

書《左傳·隱公四年》：「阻兵無眾，安忍無親，眾叛親離，難以濟矣。」

【眾怒難犯】zhòng nù nán fàn

眾人的憤怒不可觸犯。表示如果犯了眾怒是不會有好結果的。（犯：觸犯。）例 這幾個無賴在公共汽車上惹事生非，乘客紛紛予以斥責，他們見～，不得不灰溜溜地下了車。

書《左傳·襄公十年》：「子產曰：『眾怒難犯，專欲（同「慾」）難成。合二難以安國，危之道也。』」

【眾望所歸】zhòng wàng suǒ guī

眾人的希望所一致歸向的。多指某人受到大家的信任，大家都希望他擔任某項工作。（望：希望。歸：歸向。）例 于先生出任我們學會的會長是～，受到會員的普遍歡迎。

書 南朝梁慧皎《高僧傳·譯經上·帛遠》：「輔以祖名德顯著，眾望所歸，欲令反服為己僚佐。祖固志不移，由是結憾。」

【眾説紛紜】zhòng shuō fēn yún
各種各樣的説法都有，紛亂不一。（紛紜：多而雜亂。）例 對於這些天空中的不明飛行物，目前～，還沒有人能對此作出權威的解釋。

書 明李承勳《陳言邊務疏》：「臣嘗詢訪邊方年高知事之人，眾説紛紜，各有所見。」

【崢嶸歲月】zhēng róng suì yuè
不平凡的歲月。（崢嶸：原形容山勢高峻突出。此比喻歲月的不平凡。）例 大家回憶起當年參加救亡活動的～，心情十分激動，不禁又齊聲唱起了當年他們常唱的歌曲。

書 宋廖行之《沁園春·和蘇宣教韻》詞：「算如今蹉過，崢嶸歲月，分陰可惜，一日三秋。」

【崇山峻嶺】chóng shān jùn lǐng
高大陡峻的山嶺。例 這條穿行在～中的鐵路為繁榮山區經濟發揮了十分重要的作用。

書 晉王羲之《蘭亭集序》：「此地有崇山峻嶺，茂林修竹，又有清流激湍，映帶左右。」

【造謠生事】zào yáo shēng shì
製造謠言，挑起事端。（生事：製造糾紛；挑起事端。）例 這些別有用心的人慣於～，惟恐天下不亂。

書 王西彥《一個小人物的憤怒》：「這是一個出名的刻薄嘴，專愛在同事中間插科打諢，造謠生事。」

【移山倒海】yí shān dǎo hǎi
搬移高山和大海。今多用來形容改造自然的偉大力量和氣魄。（倒：轉移；搬移。）例 億萬羣眾團結在一起，迸發出～的巨大力量，決心把國家建設得更加美好。

書 明史鑒《秦淮歌》：「無人繼此移山倒海之風流，水光依然月如故，斷雲零落令人愁。」

【移花接木】yí huā jiē mù
把帶花的枝條嫁接到別的樹木上。也比喻巧施手段，暗中更換人或事物。例 為了防止有人～，生產冒牌貨，廠家在自己的產品上採用了先進的防偽技術。

書 明凌濛初《初刻拍案驚奇》卷三五：「豈知暗地移花接木，已自雙手把人家交還他。」

【移風易俗】yí fēng yì sú
改變舊的風氣和習俗。（移、易：改變。）例 他就任地方長官後，興利除弊，～，使當地氣象一新。

書 《荀子·樂論》：「故樂行而志

清，禮修而行成，耳目聰明，血氣和平，移風易俗，天下皆寧。」

【移樽就教】yí zūn jiù jiào
端着酒杯坐到別人跟前共飲，以便當面向人請教。也泛指主動前去向人請教。（樽：古代一種盛酒器。就教：請教；求教。）例 他們兩位就《紅樓夢》研究中的一些問題～於元白先生，獲益良多。
書 清李汝珍《鏡花緣》第二四回：「老者道：『雖承雅愛，但初次見面，如何就要叨擾！』多九公道：『也罷，我們移樽就教罷！』」

【動輒得咎】dòng zhé dé jiù
動不動就會受到責難或處罰。（動輒：動不動就。咎：罪過。）例 他在公司裏～，不知道該怎麼做才好，心理壓力很大。
書 唐韓愈《進學解》：「跋前躓後，動輒得咎。」

【動魄驚心】dòng pò jīng xīn
見「驚心動魄」，576頁。

【笨鳥先飛】bèn niǎo xiān fēi
比喻能力差的人做事怕落在後面，所以要比別人提前行動。多用作自謙之辭。例 我知道自己學習基礎差，要～，所以利用暑假把下學期的課程提前做了預習。
書 元關漢卿《陳母教子》第一摺：「我和你有箇（同『個』）比喻，我似那靈禽在後，你這等坌（通『笨』）鳥先飛。」

【做賊心虛】zuò zéi xīn xū
做了壞事，心虛得很，總怕人覺察出來。也作「**作賊心虛**」。（心虛：做錯了事，內心慌張。）例 這個賣假貨的人～，顧客只要多問幾句，他就支支吾吾不願再賣了。
書 宋悟明《聯燈會要．重顯禪師》：「卻顧侍者云：『適來有人看方丈麼？』侍者云：『有。』師云：『作賊人心虛。』」

【偃旗息鼓】yǎn qí xī gǔ
放倒軍旗，停敲戰鼓。指軍隊隱蔽行蹤或停止戰鬥。也比喻停止行動，收斂聲勢。（偃：放倒。）例 ❶義軍～，進入這羣山之中，一時間再也聽不到他們的消息。❷雷四本想藉機大鬧一場的，只是發現眾人並不支持他，只得～，知趣地走開了。
書《三國志．蜀志．趙雲傳》：「成都既定，以雲為翊軍將軍。」裴松之註引《趙雲別傳》：「雲入營，更大開門，偃旗息鼓，公軍疑雲有伏兵，引去。」

【條分縷析】tiáo fēn lǚ xī
一條一條地分析。形容分析細緻詳盡，有條有理。（縷：線。此指分成一縷縷、一條條。）例 報告對目前的經濟形勢～，講得非常清楚。
書《明史．五行志一》：「而傳說則條分縷析，以某異為某事之應，更旁引曲證，以伸其說。」

【悠然自得】yōu rán zì dé

態度悠閒，感到十分舒適、滿足。（悠然：悠閒的樣子。自得：自己感到十分舒適、滿足。）例 祁大爺獨自走在鄉間小路上，一面欣賞路邊景致，一面～地哼着小曲。

書《晉書·隱逸傳·楊軻》：「常食粗飲水，衣褐縕袍，人不堪其憂，而軻悠然自得。」

【側目而視】cè mù ér shì
斜着眼睛看人。表示畏懼或憤恨。例 靳老大這夥人是當地一霸，無惡不作，百姓們～，避之惟恐不及。

書《戰國策·秦策一》：「妻側目而視，側耳而聽。」

【偶一為之】ǒu yī wéi zhī
偶爾做一次。（為：做。）例 中孚先生的詩集中這類集句詩數量很少，他平日也只是～。

書 宋歐陽修《縱囚論》：「若夫縱而來歸而赦之，可偶一為之爾；若屢為之，則殺人者皆不死，是可為天下之常法乎？」

【偷工減料】tōu gōng jiǎn liào
不顧產品質量，暗中削減應有的工序和用料。也泛指工作中圖省事，馬虎敷衍。例 ❶這些皮鞋是～生產出來的，沒穿多久就都壞了。❷「因為本書屋……寧可折本關門，決不～，所以對於讀者，雖無什麼獎金，但也決不欺騙的。」（魯迅《集外集拾遺·三閒書屋校印書籍》）

書 清文康《兒女英雄傳》第二回：「這下游一帶的工程，都是偷工減料作的，斷靠不住。」

【偷天換日】tōu tiān huàn rì
比喻玩弄花招，暗中改變重大事物的真相，以欺騙別人。例 這夥不法分子玩弄～的手法虛開增值稅發票，從中牟利，使國家稅款遭受巨額損失。

書 明蘭陵笑笑生《金瓶梅詞話》第二回：「這個王婆，豈不是偷天換日的老手。」

【偷樑換柱】tōu liáng huàn zhù
比喻玩弄花招，暗中改變事物的內容或事情的性質，以欺騙別人。例 黎立平發現商家送來的他所訂購的傢具和店裏陳列的樣品不一樣，質量差多了，認定是商家～，暗中做了手腳。

書 清曹雪芹、高鶚《紅樓夢》第九七回：「偏偏鳳姐想出一條偷樑換柱之計，自己也不好過瀟湘館來，竟未能少盡姊妹之情，真真可憐可歎！」

【偷雞摸狗】tōu jī mō gǒu
指偷盜（多指小偷小摸）。也指男子亂搞男女關係。例 ❶他覺得自己人窮志不窮，怎麼能去做那種～的事？❷阮二姐聽說自己的男人在外面～，另有相好，傷心地大哭起來。

書 清曹雪芹、高鶚《紅樓夢》第四四回：「成日家偷雞摸狗，腥的、臭的，都拉了你屋裏去。」

【貨真價實】huò zhēn jià shí

貨物是地道的，價錢也是實在的，都沒有虛假的成分。原為商業用語。後也用來比喻實實在在，一點不假。例 ❶「這裏有的是字號，規矩，雅潔，與～。這是真正北平的舖店。」（老舍《四世同堂》三九）❷這是個～的騙子，被他騙過的人不少。

書 清文康《兒女英雄傳》第一七回：「大凡人生在世……獨有自己合（同『和』）自己打起交道來，這『喜怒哀樂』四個字，是個貨真價實的生意，斷假不來。」

【偏聽偏信】 piān tīng piān xìn

片面聽信一方面的話。（偏：單獨注重一方面。）例 你在調解糾紛時～，別人怎麼會服氣呢？

書《史記·魯仲連鄒陽列傳》：「故偏聽生奸，獨任成亂。」又漢王符《潛夫論·明暗》：「君之所以明者，兼聽也；所以暗者，偏信也。」後用作「偏聽偏信」。

【鳥語花香】 niǎo yǔ huā xiāng

鳥兒鳴叫，花兒飄香。形容自然界宜人的景色。也作「**花香鳥語**」。例 這裏山清水秀，～，確實是休養的好地方。

書 宋呂本中《庵居》詩：「鳥語花香變夕陰，稍閒復恐病相尋。」

【鳥盡弓藏】 niǎo jìn gōng cáng

飛鳥沒有了，打鳥的弓就被收藏起來再不使用了。比喻事情成功以後，為辦這件事出過大力的人就被棄置不用了。常與「兔死狗烹」連用。例 他這位當初創辦公司的功臣沒想到今天在公司竟會受到如此冷落，不禁發出了～的沈重感歎。

書《史記·越王勾踐世家》：「蜚鳥盡，良弓藏；狡兔死，走狗烹。」又元薩都剌《酹江月·過淮陰》詞：「鳥盡弓藏成底事，百事不如歸好。」

【假仁假義】 jiǎ rén jiǎ yì

虛假的仁義道德；偽裝的仁慈善良。例 他的～曾經迷惑過不少人，但最終人們還是認清了他的真面目。

書 明張鳳翼、馮夢龍《新灌園·騎劫代將》：「要感動民心，似草隨風，須知湯武可追蹤，假仁假義成何用！」

【假公濟私】 jiǎ gōng jì sī

藉着辦公事的名義謀取私利。（假：借用。濟：助成。）例 他以開拓海外業務為名，到世界各地遊覽名勝古跡，完全是一種～的行為。

書 元無名氏《陳州糶米》第一摺：「這是朝廷救民的德意，他假公濟私，我怎肯和他干罷了也呵！」

【得寸進尺】 dé cùn jìn chǐ

得到一寸，還想進而得到一尺。比喻貪心不足，胃口越來越大。例「你不要～，我的忍讓不是沒有限度的！」我有些生氣地說。

書 清平步青《霞外攟屑·時事·彭尚書奏摺》：「乃洋人不知恩德，得寸進尺，得尺進丈，至於今日，氣焰益張。」

【得天獨厚】dé tiān dú hòu
獨具十分優越的天然條件。多指人天然素質優異或所處的自然環境特別好。(天：指天然條件。厚：優厚；優越。) 例 那一地區具有～的水力資源，水力發電的潛力很大。
書 清趙翼《甌北詩話．陸放翁詩》：「先生具壽者相，得天獨厚，為一代傳人，豈偶然哉？」

【得不償失】dé bù cháng shī
所得到的好處抵償不了所遭受的損失。(償：補償；抵償。) 例 我們做這件事力氣沒少花，效果卻並不理想，～。
書 宋蘇軾《和子由除日見寄》詩：「往事今何追，忽若箭已釋；感時嗟事變，所得不償失。」

【得心應手】dé xīn yìng shǒu
心裏怎麼想，手就能怎麼做，心手相應。多用來形容技藝純熟，做事非常順手，盡合心意。例 温果敏在電腦上製作動畫～，效果極佳。
書 唐張彥遠《歷代名畫記．張僧繇》：「千變萬化，詭狀殊形，經諸目，運諸掌，得之心，應之手。」

【得過且過】dé guò qiě guò
能勉強過得下去，暫且就這樣過下去。指人湊合着過一天算一天，不作長遠打算。也指人工作不負責任，苟且應付。(得：能夠。) 例 ❶「這年頭兒，誰能夠顧到將來呢？眼前～。」(茅盾《林家鋪子》四) ❷他對工作敷衍了事，～，心思都用到別的上面去了。
書 明陶宗儀《輟耕錄．寒號蟲》：「五台山有鳥，名寒號蟲……比至深冬嚴寒之際，毛羽脱落，索然如鷇雛，遂自鳴曰：『得過且過。』」

【得意忘形】dé yì wàng xíng
因十分稱心、滿意而高興得失去常態。(得意：稱心；感到非常滿意。形：樣子。此指人正常的舉止或應有的禮貌、態度。) 例 他們連贏幾場比賽後有些～，驕傲自滿起來，似乎聯賽的冠軍已是囊中之物了。
書《晉書．阮籍傳》：「嗜酒能嘯，善彈琴；當其得意，忽忘形骸，時人多謂之痴。」後用作「得意忘形」。

【得意揚揚】dé yì yáng yáng
見「揚揚得意」，411頁。

【得道多助】dé dào duō zhù
行為符合道義，得到的幫助、支持就多。(道：指道義。) 例 所謂～，得道者得民心，得民心者得天下，這是萬古不變的真理。
書《孟子．公孫丑下》：「得道者多助，失道者寡助。寡助之至，親戚畔之；多助之至，天下順之。」

【得隴望蜀】dé lǒng wàng shǔ
得到了隴，又望着蜀，也想得到它。比喻人慾望不知滿足，得到了這個，還想得到另一個。(隴：今甘肅一帶。蜀：今四川一帶。) 例 孫先生已經寫了一幅字送給你，你怎麼～，還想要先

生畫的扇面！

書 《東觀漢記·隗囂傳》：「西城若下，便可將兵南擊蜀虜。人苦不知足，既平隴，復望蜀，每一發兵，頭鬢為白。」後用作「得隴望蜀」。

【從天而降】cóng tiān ér jiàng

從天上降下來。也比喻意想不到，突然來臨或出現。例 **這一好消息～，完全出乎大家的意料，大家高興極了。**

書 唐張鷟《朝野僉載》卷五：「時薛師有嫪毐之寵，遂為作傳二卷，論薛師之聖從天而降，不知何代人也。」

注 「降」在此不讀 xiáng。粵 gɔŋ[3] 鋼。

【從中作梗】cóng zhōng zuò gěng

在其間阻撓、干擾，使事情不能順利進行。（作梗：從中阻撓，設置障礙。）例 **如果不是他～，這件事早就辦妥了。**

書 清張集馨《道咸宦海見聞錄》：「是以糧道必應酬將軍者，畏其從中作梗也。」

【從長計議】cóng cháng jì yì

用長一些時間來商議、考慮。指不急於做出決定。（計議：商議。）例 **這件事關係到孩子的前途，究竟怎麼做才好，要～。**

書 元李行道《灰闌記》楔子：「且待女孩兒到來，慢慢的與他從長計議，有何不可？」

注 「長」在此不讀 zhǎng。粵 tsœŋ[4] 祥。

【從容不迫】cóng róng bù pò

沈着鎮定，不慌不忙。（從容：鎮定自若，不慌不忙。舊讀 cōng róng。迫：急迫。）例 **儘管每天要處理的事情是那樣的多，他卻依然～，看不到一點手忙腳亂的樣子。**

書 《論語·學而》：「禮之用，和為貴。」宋朱熹集註：「蓋禮之為體雖嚴，而皆出於自然之理，故其為用，必從容而不迫，乃為可貴。」

【從容就義】cóng róng jiù yì

因堅持正義而遭敵人殺害，面對死亡，鎮定自若，毫無畏懼。例 **他被侵略者抓捕後，寧死不屈，～。**

書 《宋史·趙卯發傳》：「古人謂：慷慨殺身易，從容就義難。」

【從善如流】cóng shàn rú liú

聽從好的意見如同水從高處往下流那樣迅速而自然。形容人樂於聽取和接受別人的好的意見。（從：聽從。）例 **顧主任～，根據大家的建議改進工作安排，提高了工作效率。**

書 《左傳·成公八年》：「楚師之還也，晉侵沈，獲沈子揖初，從知、范、韓也。君子曰：『從善如流，宜哉！』」

【從頭至尾】cóng tóu zhì wěi

從開頭到結尾。也作「**從頭到尾**」。例 **彭女士把昨天發生的這件事～原原本本地告訴了我。**

書 宋朱熹《答林正卿》：「讀書之法，須是從頭至尾，逐句玩味。」

【殺一儆百】shā yī jǐng bǎi
殺掉或懲罰一個人以警戒許多人。也作「**殺一警百**」。（儆：使人警醒，不犯錯誤。百：形容多。）例 公佈對這些作惡多端的罪犯的判決起到了～的作用。
書 清龔自珍《送欽差大臣侯官林公序》：「逆難者……粵省僚吏中有之，幕客中有之，遊客中有之，商估中有之，恐紳士中未必無之，宜殺一儆百。」
注「儆」不讀jìng，不可寫作「敬」。

【殺人不見血】shā rén bù jiàn xiě
殺了人卻見不到血跡。比喻害人的手段陰險毒辣，不露痕跡。例 這些人使出～的手段，害得人傾家盪產，妻離子散，真是惡毒到了極點。
書 宋羅大經《鶴林玉露》卷六：「世傳《聽讒詩》云：『讒言謹莫聽，聽之禍殃結……堂堂八尺軀，莫聽三寸舌。舌上有龍泉，殺人不見血。』」

【殺人不眨眼】shā rén bù zhǎ yǎn
殺人的時候連眼都不眨一下。形容人極其兇狠殘忍，殺人成性。例 這個～的土匪頭子民憤極大，是逃不脫法律的制裁的。
書 宋普濟《五燈會元·青原下九世·圓通緣德禪師》：曹翰征胡則，渡江入廬山寺，緣德淡坐如常。「翰怒訶曰：『長老不聞殺人不眨眼將軍乎？』師熟視曰：『汝安知有不懼生死和尚耶？』」

【殺人如麻】shā rén rú má
形容殺人極多。（如麻：指殺死的人像亂麻一樣多得數不清。）例 這些喪心病狂的侵略者～，欠下了纍纍血債。
書 唐陳子昂《諫刑書》之一：「遂至殺人如麻，流血成澤。」

【殺人越貨】shā rén yuè huò
殺害人命，搶劫財物。（越：搶奪。）例 警方抓住了這個～的強盜，為百姓除了一害。
書《尚書·康誥》：「殺越人于貨，暋不畏死，罔弗憝。」又《清史稿·沈荃傳》：「禹州盜倚竹園為巢，殺人越貨。」

【殺身成仁】shā shēn chéng rén
犧牲生命以成全仁德。也泛指為維護正義事業而獻出生命。例 對於這些～的志士，人們懷着深深的敬仰之情。
書《論語·衞靈公》：「志士仁人，無求生以害仁，有殺身以成仁。」

【殺雞取卵】shā jī qǔ luǎn
殺掉雞來取牠的蛋。比喻只圖眼前的好處，不惜採取極端手段，損害長遠的利益。也作「**殺雞取蛋**」。（卵：指雞蛋。）例 不加節制地濫捕魚類，甚至連很小的魚都不放過，這簡直是在～，將對漁業資源造成毀滅性的破壞。
書 姚雪垠《李自成》第二卷第三二章：「請皇上勿再竭澤而漁，殺雞取卵，為小民留一線生機。」

【殺雞焉用牛刀】
shā jī yān yòng niú dāo
殺雞哪裏要用宰牛的刀？比喻做

小事情不必或不值得花大的力量。也比喻不要大材小用。原作「**割雞焉用牛刀**」。（焉：疑問代詞，在此表示反問，相當於「哪裏」、「怎麼」。）例 ～，這類普通的商務活動何勞您主任親自出馬，交給我們去辦就行了。

書《論語·陽貨》：「夫子莞爾而笑曰：『割雞焉用牛刀！』」

【殺雞駭猴】shā jī hài hóu

殺雞給猴子看，來嚇唬猴子。比喻懲罰一個人來嚇唬其他的人。也作「**殺雞嚇猴**」。（駭：驚嚇。）例 鄭經理免去了幾個和他持不同意見的人的職務，～，在公司裏引起不小的反響。

書 清李伯元《官場現形記》第五三回：「俗話説得好，叫做『殺雞駭猴』，拿雞子宰了，那猴兒自然害怕。」

【欲加之罪，何患無辭】

yù jiā zhī zuì, hé huàn wú cí

想給人加上罪名，何愁沒有藉口呢？指想要誣陷人，總能找到藉口的。（欲：想要。之：代詞，在此指所要誣陷的人。患：憂慮；擔心。辭：言辭。此指藉口。）例 他蓄意要害你，～，你還是遠走高飛的為好。

書《左傳·僖公十年》：「不有廢也，君何以興？欲加之罪，其無辭乎？臣聞命矣。」

【欲速則不達】yù sù zé bù dá

脱離實際，性急求快，結果反而不能達到目的。也作「**欲速不達**」。（則：就。達：達到。）例 為了早日開工生產，他們沒有花時間對上崗工人進行應有的培訓，結果生產頻頻出現事故，只得停產整頓，～，教訓是深刻的。

書《論語·子路》：「無欲速，無見小利。欲速則不達，見小利則大事不成。」

【欲蓋彌彰】yù gài mí zhāng

本想加以掩蓋，不料卻暴露得更加明顯。（彌：更加。彰：明顯；顯著。）例 人們早已看清了他的不良居心，儘管他反覆辯解，卻～，這是他沒有想到的。

書 宋司馬光等《資治通鑒·唐太宗貞觀十六年》：「陛下臨朝，常以至公為言，退而行之，未免私僻。或畏人知，橫加暴怒，欲蓋彌彰，竟有何益！」

【欲罷不能】yù bà bù néng

想要停止而不能停止。一般就某種行為或活動而言。有的是出於愛好、追求而不肯停下來，有的則是迫於情勢而無法停下來。（罷：停止。）例 ❶陳先生沈浸在中國書法的研究中，～，幾乎到了痴迷的地步。❷論辯已經開始，～，我自當奮力去應戰。

書《論語·子罕》：「夫子循循然善誘人，博我以文，約我以禮，欲罷不能。」

【欲擒故縱】yù qín gù zòng

想要捉住他，卻故意先放縱他，讓他造成錯覺，放鬆戒備。也比喻為了更好地控制他，故意先放鬆一步，然後乘機成事。（擒：捕捉。故：故意。縱：放開。）例 警方已經發現了這個走私疑犯的蹤跡，但沒有去驚動他，～，以便通過他掌握更多的線索，把走私集團一網打盡。

書 清吳趼人《二十年目睹之怪現狀》第七〇回：「大人這裏還不要就答應他，放出一個欲擒故縱的手段，然後許其成事，方不失了大人這邊的門面。」

【貪小失大】tān xiǎo shī dà

因為貪圖小便宜而失去大的利益，造成大的損失。（貪：貪圖。）例 俞嫂從小販那裏買回一袋價錢很便宜的冰凍魚，化凍後發現魚已經變質，不能食用，～，懊悔不及。

書 《呂氏春秋·權勳》：「此貪於小利以失大利者也。」又清俞萬春《盪寇志》第八三回：「只圖贏狄雷，卻棄了沂州府，豈不是貪小失大，正中吳用的計。」

【貪天之功】tān tiān zhī gōng

把天意成就的功業説成是自己的成績。也泛指把眾人的功勞佔為己有。有時也作「貪天之功以為己有」。（貪：貪婪佔有。）例 你不要～，事情是靠大家的努力辦成的，成績怎麼能算到你一個人的頭上呢？

書 《左傳·僖公二十四年》：「天實置之，而二三子以為己力，不亦誣乎？竊人之財，猶謂之盜，況貪天之功以為己力乎？」

【貪生怕死】tān shēng pà sǐ

貪戀生存，害怕死亡。多指在生死關頭只求苟且活命而不顧其他。例 他們投筆從戎，拿起武器抗擊侵略者，在紛飛的戰火中沒有一個～當逃兵的。

書 元李壽卿《伍員吹簫》第三摺：「元（通『原』）來你這般貪生怕死無仁義。」

【貪多務得】tān duō wù dé

原指學習上不知滿足地追求，努力要得到更多的知識。後來也指人貪心不足。（貪：不知滿足地追求。務：務必；一定要。）例 ❶整個假期小艾都在圖書館裏查閱有關資料，～，收獲十分豐富。❷他一次次向老書法家求取墨寶，～，實在太不知趣。

書 唐韓愈《進學解》：「先生口不絕吟於六藝之文，手不停披於百家之編……貪多務得，細大不捐。」

【貪多嚼不爛】tān duō jiáo bù làn

吃的時候一味求多，結果卻嚼不爛，消化不了。比喻一味追求多得，結果卻吸收不了，沒能達到預期目的。例 前面的知識還沒有弄懂，不要急着學深一步的知識，～，學了也未必能真正掌握。

書 明凌濛初《二刻拍案驚奇》卷五：「眾賊道：『而今孩子何在？正是貪多嚼不爛了！』」

【貪官污吏】tān guān wū lì

貪污受賄的官吏。（污：指不廉潔。）例 百姓對～恨之入骨，總

盼着能有像包青天一樣的官員來為他們主持公道。

書 元無名氏《鴛鴦被》第四摺：「一應貪官污吏，准許先斬後聞。」

【貪得無厭】tān dé wú yàn
貪心大，沒有滿足的時候。（厭：滿足。）例 他是個～的人，見到有利可圖的事，總要千方百計插上一手。

書 明《四遊記·三至岳陽飛度》：「洞賓歎曰：『人心貪得無厭，一至於此！』」

【貪贓枉法】tān zāng wǎng fǎ
執法的人接受賄賂，歪曲、破壞法律。例 近年來廉政監督機制不斷完善，官員～的現象得到了有效的遏制。

書 明馮夢龍《古今小説·臨安里錢婆留發跡》：「做官的貪贓枉法得來的錢鈔，此乃不義之財，取之無礙。」

注 「贓」不可寫作「臟」。

【貧病交迫】pín bìng jiāo pò
貧窮和疾病一齊逼來，處境十分窘迫艱難。（交：同時；一齊。迫：逼迫。）例 朱先生當年儘管～，依然沒有中止這部學術論著的寫作。

書 宋葉適《辭免提舉鳳翔府上清太平宮狀》：「某頹齡暮景，貧病交迫，伏蒙至仁，曲加憐念，特畀祠官。」

【脱口而出】tuō kǒu ér chū
不加思索地隨口説出。例 他這句～的話正是他內心感覺的真實流露。

書 清袁枚《隨園詩話補遺》卷一〇：「詩往往有畸士賤工脱口而出者。」

【脱胎換骨】tuō tāi huàn gǔ
原為道教用語，指修煉得道後脱去凡胎而成聖胎，變換凡骨而為仙骨。今多比喻人有了徹底的改變。例 他年輕時誤入歧途，觸犯了法律，經過幾年～的改造，終於成了新人。

書 宋葛長庚《沁園春·贈胡葆元》詞：「常温養，使脱胎換骨，身在雲端。」

【脱穎而出】tuō yǐng ér chū
錐子的整個尖頭都穿透布袋露了出來。比喻人的才能突出顯露出來，受到人們注意。原作「**穎脱而出**」。（脱：掉下；此指把布袋穿透。穎：指箍住夾錐針的兩片鐵片的環。）例 他在這次青年歌手選拔賽中～，獲得一等獎。

書 《史記·平原君虞卿列傳》：「平原君曰：『夫賢士之處世也，譬若錐之處囊中，其末立見……』毛遂曰：『臣乃今日請處囊中耳。使遂蚤得處囊中，乃穎脱而出，非特其末見而已。』」

【脱韁之馬】tuō jiāng zhī mǎ
掙脱了韁繩的馬。比喻脱離了管束的人或失去了控制的事物。（韁：韁繩；牽牲口的繩子。）例 洪水如～，咆哮着向下游沖去。

書 茅盾《夜讀偶記》五：「但因採

取了漫談的方式，信筆所之，常如脱韁之馬，離題頗遠。」

【魚目混珠】yú mù hùn zhū

魚眼睛混在珍珠裏。比喻用假的冒充真的，用低劣的冒充優等的。例 他是古玩行的鑒定專家，那些～的貨色別想逃過他的眼睛。

書 宋張商英《宗禪辯》：「今則魚目混珠，薰蕕共囿，羊質虎皮者多矣。」

注 「混」在此不讀hún。粵 wen6運。

【魚米之鄉】yú mǐ zhī xiāng

盛產魚和米的富庶地方。例 我的老家在江蘇崑山，那裏是有名的～。

書 《舊唐書·王晙傳》：「望至秋冬之際，令朔方軍盛陳兵馬，告其禍福，啗以繒帛之利，……説其魚米之鄉，陳其畜牧之地。」

【魚龍混雜】yú lóng hùn zá

魚和龍混雜在一起。比喻壞人和好人混雜在一起，或差勁的人和優秀的人混雜在一起。例 「參加那次會議的有革命青年，有保皇黨，也有清政府的暗探和忠實走狗，～，什麼人都有。」（何香凝《孫中山與廖仲愷》）

書 唐無名氏《和漁父詞》之一三：「風攪長空浪攪風，魚龍混雜一川中。」

注「混」在此不讀hún。粵 wen6運。

【逢人説項】féng rén shuō xiàng

據唐李綽《尚書故實》記載，楊敬之愛才，對項斯十分賞識，在贈詩中説：「處處見詩詩總好，及觀標格過於詩。平生不解藏人善，到處逢人説項斯。」後來就用「逢人説項」表示到處稱揚別人的好處，為人説好話。例 蘇先生非常欣賞這位年輕人的才幹，～，希望能引起人們對他的重視。

書 宋楊萬里《送姜夔堯章謁石湖先生》詩：「吾友夷陵蕭太守，逢人説項不離口。」

【逢凶化吉】féng xiōng huà jí

遇到凶險而化為吉祥。（化：轉化。）例 趙奶奶把這件上輩傳下來的玉墜掛到了孫子胸前，據説它能辟邪，保佑孫子～，平安長大。

書 明王玉峯：《焚香記·卜筮》：「賴有天德月德相解，天喜天醫相救，逢凶化吉，起死回生。」

【逢場作戲】féng chǎng zuò xì

原指江湖藝人遇到合適的演出場地就開場表演。後也比喻人遇到某種場合，偶爾湊熱鬧玩玩，隨俗應酬，並不認真。例 他平日不打牌，這次不過是～，陪客人們玩玩而已。

書 宋普濟《五燈會元·南嶽讓禪師法嗣·江西馬祖道一禪師》：「竿木隨身，逢場作戲。」又宋吳泳《摸魚兒·郫縣宴同官》詞：「當留客處，且遇酒高歌，逢場作戲，莫作皺眉事。」

【設身處地】shè shēn chǔ dì

設想自己處在別人的那種境地。表示從別人的處境來理解別人。（設：設想。身：自身。）例 我～為他想想，覺得他這樣做確實也是出於無奈。

書 明海瑞《督撫條例》：「賂人吏書，設身處地，於心何若？」

【毫無二致】háo wú èr zhì
絲毫沒有兩樣。指兩者完全一樣。（二致：不一致；兩樣。）例 史經理的做法和他的前任相比，表面上有所不同，其實質卻～，換湯不換藥罷了。

書 清李伯元《官場現形記》第二九回：「佘道台見了（王小四子）這副神氣，更覺得同花小紅一式一樣，毫無二致。」

【毫髮不爽】háo fà bù shuǎng
哪怕是一根毫毛或一根頭髮絲那樣微小的誤差也沒有。（毫髮：毫毛和頭髮絲。爽：差失。）例 他加工出來的零件，和圖紙規定的尺寸～，精確極了。

書 明李贄《觀音問·答自信》：「慳貪者報以餓狗，毒害者報以虎狼，分釐不差，毫髮不爽。」

【麻木不仁】má mù bù rén
肢體麻木，失去感覺。也比喻人對外界事物反應遲鈍或漠不關心。（不仁：肢體失去感覺。）例 一個對市場變化～的經營者是難以創造出好的業績來的。

書 清文康《兒女英雄傳》第二七回：「天下作女孩兒的，除了那班天日不懂、麻木不仁的姑娘外，是個女兒便有個女兒情態。」

【麻痹大意】má bì dà yì
失去警覺，疏忽大意。（麻痹：原指身體某一部分知覺能力的喪失或運動機能的障礙。比喻失去警覺。）例 如果對事故隱患～，事故的發生是遲早的事。

書 巴金《堅強戰士》：「我要當心，不能麻痹大意，我應當找個隱蔽的地方。」

【康莊大道】kāng zhuāng dà dào
四通八達的道路。泛指寬闊平坦的大路。也比喻廣闊美好的前途。（康莊：四通八達的道路。《爾雅·釋宮》：「五達謂之康，六達謂之莊。」）例 ❶老人指點說：「從這裏翻過山就能見到一條～直通京城，到了那裏你們就再不會迷路了。」❷在這些大學畢業生面前展現出一條實現自己抱負的～，他們對未來充滿信心。

書 清李伯元《官場現形記》第六〇回：「我夢裏所到的地方，竟是一片康莊大道，馬來車往，絡繹不絕。」

【庸人自擾】yōng rén zì rǎo
平庸的人自己驚擾自己。指本來沒有什麼麻煩事而瞎着急，自尋煩惱。（庸人：平庸無能的人。擾：擾亂；驚擾。）例 你得的這種小病並不難治療，何必～，把它想得那麼嚴重，以致茶飯不思，覺也睡不着了呢？

書 《新唐書·陸象先傳》：「天下本無事，庸人擾之為煩耳。」又清

文康《兒女英雄傳》第二二回：「據我說書的看起來，那庸人自擾倒也自擾的有限；獨這一班兼人好勝的聰明朋友，他要自擾起來，更自可憐！」

【鹿死誰手】lù sǐ shéi shǒu
很多人追逐野鹿，最終鹿死在誰的手裏。原比喻政權落在誰的手裏。後也比喻在競爭或比賽中誰能最終獲勝。（鹿：原比喻政權，後也泛指爭奪的對象。）
例 此次政府辦公用品招標採購，前來投標的商家很多，競爭激烈，究竟～，尚難預料。
書《晉書．石勒載記下》：「朕若逢高皇，當北面而事之，與韓彭競鞭而爭先耳。脫遇光武，當並驅於中原，未知鹿死誰手。」

【望子成龍】wàng zǐ chéng lóng
盼望兒子能成為出類拔萃或有作為的人。（龍：中國古代傳說中的神異動物，象徵高貴、非凡。此處比喻傑出人物。）例 現在家長們都～，教育方面的開銷很大。
書 周而復《上海的早晨》第四部一：「德公望子成龍，一會想送他上英國，一會又想叫他去美國。」

【望文生義】wàng wén shēng yì
不了解詞句的確切含義，只是從字面上去附會，做出錯誤或片面的解釋。例 中國古典詩歌常常用典，對這些典故不可～，只有清晰把握其蘊含的意思，才會對詩歌有正確的理解。
書 清王念孫《讀書雜誌．戰國策第三．虎摯》：「鮑、吳皆讀『摯』為『前有摯獸』之『摯』，望文生義，近於皮傅矣。」

【望而生畏】wàng ér shēng wèi
看到了就害怕。例「我國經典，未經整理，讀起來特別難，一般人往往～，結果是敬而遠之。」（朱自清《〈經典常談〉序》）
書《左傳．昭公二十年》：「夫火烈，民望而畏之，故鮮死焉。」又清昭槤《嘯亭雜錄．博爾奔察》：「上放煙火，有被煙熏嗽者，博笑曰：『此乃素被黃煙所熏怕者，故望而生畏也。』時黃文襄公督責過嚴，故公寓言之。」

【望而卻步】wàng ér què bù
看到了就向後退。指看到事情有危險、困難大或力所不能及而向後退縮。（卻步：向後退。）
例 這所大學錄取學生的標準定得很高，許多考生～，不敢報考。
書 清袁枚《隨園詩話補遺》卷七：「今藏園、甌北兩才子詩，鬥險爭新，余望而卻步。」

【望其項背】wàng qí xiàng bèi
能夠望見那個人的頸項和脊背。表示趕得上或比得上。多用於否定式。例 這些民歌感情純真，充滿生活情趣，不是一般文人的創作所能～的。
書 明周藩憲王《三度小桃紅》楔子上明孟稱舜評點：「氣味渾厚，音調復諧，畢竟是本朝第一能手。近時作者雖多，終難望其項背耳。」

【望風而逃】 wàng fēng ér táo
遠遠望見對方的蹤影或強大的氣勢就嚇得逃跑了。也作「**望風而遁**」。（風：情勢；蹤影。此指對方強大的氣勢。）例 **聽說小販管理員來了，那些無牌小販嚇得～。**

書 明羅貫中《三國演義》第六四回：「曹操以百萬之眾，聞吾之名，望風而逃。」

【望風披靡】 wàng fēng pī mǐ
遠遠望見對方強大的氣勢就嚇得潰散了。（披靡：原指草木隨風散亂地倒下。也比喻軍隊潰散。）例 **敵軍毫無鬥志，～，不戰而潰。**

書 明沈鯨《雙珠記·避兵失侶》：「吾自起兵以來，攻城掠地，勢如破竹，河北州縣已望風披靡。」

注「靡」在此不讀mí。粵 mei[5]美。

【望風承旨】 wàng fēng chéng zhǐ
察言觀色，順承其意旨行事。也作「**望風希旨**」。（風：情勢。此指別人的表示。承：順從；迎合。旨：意旨。希：迎合。）例 **當時他權傾朝野，周圍的人對他～，千方百計討他的歡心。**

書《後漢書·竇憲傳》：「憲既平匈奴，威名大盛……尚書僕射郅壽、樂恢並以忤意，相繼自殺。由是朝臣震懾，望風承旨。」

【望洋興歎】 wàng yáng xīng tàn
《莊子·秋水》中說，河伯（黃河之神）因為秋水上漲，河面開闊了許多，感到「天下之美為盡在己」。等到順流東下，到達海濱，向東一看，大海煙波浩渺，無邊無際，於是抬頭望着海神，發出感歎，終於感到了自己的藐小。後來用「望洋興歎」表示想做某事但力量不夠或缺乏必要的條件，感到無可奈何。（望洋：抬頭向上看的樣子。興：發出。）例 **由於沒有領到借閱證，面對圖書館裏豐富的圖書資料，我只能～。**

書 元劉壎《隱居通議·詩歌五》：「真能籠乾坤萬里於一詠之內，千古吟人，望洋興歎。」

【望穿秋水】 wàng chuān qiū shuǐ
眼睛都望穿了。形容盼望殷切。多用於女性對所愛的人的盼望。（秋水：秋天明淨的水。比喻人的明亮的眼睛。）例 **秀芳～，盼着外出經商的丈夫能早日平安回家。**

書 元王實甫《西廂記》第三本第二摺：「你若不去啊，望穿他盈盈秋水，蹙損他淡淡春山。」

【望梅止渴】 wàng méi zhǐ kě
據《世說新語·假譎》記載，三國時，曹操有一次率部行軍，路上沒有找到水源，士兵們口渴難忍，曹操見狀騙他們說：「前面就有一大片梅林，樹上結了許多梅子，又酸又甜，吃了就能解渴。」士兵們聽了，流出了口水，似乎也不覺得那麼渴了。後來就用「望梅止渴」比喻願望一時無法實現，用想像來安慰自己。例 **別在那裏～了，還是面**

對現實，趕快採取對策吧。

書 宋沈括《夢溪筆談·譏謔》：「吳人多謂梅子為『曹公』，以其嘗望梅止渴也。」

【望眼欲穿】wàng yǎn yù chuān

眼睛都要望穿了。形容盼望殷切。（欲：將要。）例「**就是在排班等着罷，眼看着一輛輛來車片刻間上滿了客開了走，也覺痛快，比～的看不到來車的影子總好受些。**」（**朱自清《回來雜記》**）

書 唐白居易《江樓夜吟元九律詩成三十韻》：「白頭吟處變，青眼望中穿。」又明西湖居士《明月環·詰環》：「小姐望眼欲穿，老身去回覆小姐去也。」

【望塵莫及】wàng chén mò jí

望着走在前面的人帶起的塵土而趕不上去。比喻遠遠落後，追趕不上。有時也用作謙詞，表示和對方相比，自己差得很遠。也作「**望塵不及**」。（莫：不；不能。及：趕上。）例 ❶**亦新有着一般人～的悟性，學習時常常能舉一反三，觸類旁通。**❷**他的這種處變不驚的修養，我～。**

書《莊子·田子方》：「夫子奔逸絕塵，而回瞠若乎後矣。」又《後漢書·趙諮傳》：「（諮）復拜東海相，之官，道經滎陽，令敦煌曹暠，諮之故孝廉也，迎路謁候。諮不為留，暠送至亭次，望塵不及。」

【率由舊章】shuài yóu jiù zhāng

遵循舊有的典章制度。也泛指完全按老規矩辦事。（率由：遵循；沿用。舊章：舊有的典章；老規矩。）例 **這家公司在管理上一切～，多少年來一直沒有多少改變，現在已明顯落伍了。**

書《詩經·大雅·假樂》：「不愆不忘，率由舊章。」

注「率」在此不讀lǜ。㊢ sœt[7] 摔。

【牽一髮而動全身】

qiān yī fà ér dòng quán shēn

牽一根頭髮就會帶動整個身體。比喻動一個極小的部分就會影響全局。例 **銀行存貸款利率的調整，哪怕只是零點幾個百分點，也會～，做這種決定自然是經過慎重而周密的考慮的。**

書 宋蘇軾《成都大悲閣記》：「牽一髮而頭為之動，拔一毛而身為之變。」又清龔自珍《上大學士書》：「故事何足拘泥？但天下事有牽一髮而全身為之動者，不得不引伸觸類及之也。」今多作「牽一髮而動全身」。

【牽強附會】qiān qiǎng fù huì

非常勉強地把事物原本不具有的內容或與其他事物的關係硬加給它。（牽強：勉強把兩件沒有關係或關係很遠的事物拉在一起。附會：把沒有關係的事物説成有關係；把不具有某種內容的事物説成具有某種內容。）例 **他的解釋有些～，很難令人信服。**

書 曾樸《孽海花》第一一回：「後儒牽強附會，費盡心思，不知都是古今學不分明的緣故。」

注「強」在此不讀qiáng。㊢ kœŋ[5]。

【牽腸掛肚】qiān cháng guà dù

形容非常掛念，放心不下。也作「**懸腸掛肚**」。例 孩子在外地上學，相隔千里，做父母的哪能不～呢？

書 明凌濛初《二刻拍案驚奇》卷一七：「既然舍人已有了親事，老身去回覆了小娘子，省得他（同『她』）牽腸掛肚，空想壞了。」

【粗心大意】cū xīn dà yì

不細心，疏忽馬虎。例 我太～，竟把表哥的電話號碼記錯了，有了事聯繫不上，真讓人着急。

書 清文康《兒女英雄傳》第四回：「（安公子）心中悟將過來：『這是我粗心大意，我若不進去，他怎得出來？』」

【粗枝大葉】cū zhī dà yè

粗壯的枝條，闊大的葉片。原比喻話語簡略概括，不作細膩的表述。今多比喻做事粗疏，不細緻，不周密。例 他是個～的人，辦事總不太讓人放心。

書 宋黎靖德編《朱子語類》卷七八：「《書序》恐不是孔安國做，漢文粗枝大葉，今《書序》細膩，只似六朝時文字。」又元石德玉《紫雲庭》第一摺：「我看不的你這般粗枝大葉，聽不的你那裏野調山聲。」

【粗茶淡飯】cū chá dàn fàn

簡單的、不精的飲食。有時也用來形容生活簡樸。（淡飯：沒有多少菜肴的飯食。）例 他現在雖然是個有錢人了，卻依舊～，衣着樸素，同過去沒什麼兩樣。

書 宋楊萬里《得小兒壽俊家書》詩：「徑須父子早歸田，粗茶淡飯終殘年。」

【粗製濫造】cū zhì làn zào

製作粗劣，只圖產量多，不求質量好。（濫：不加節制。）例 我們公司不能銷售這種～的商品，免得損害我們的聲譽。

書 茅盾《孩子們要求新鮮》：「營業競爭的結果，理應是出品的改良，然而我們往往只看見影戲，只看見粗製濫造。」

注 「濫」不可寫作「爛」。

【剪草除根】jiǎn cǎo chú gēn

見「斬草除根」，357 頁。

【烽火連天】fēng huǒ lián tiān

形容戰火到處燃燒。（烽火：古代邊防報警點起的煙火。泛指戰火。）例 在～的歲月裏，能收到一封家書，是何等的難得，他怎麼會不激動呢？

書 明湯顯祖《牡丹亭．移鎮》：「待何如，你星霜滿鬢當戎虜，似這烽火連天各路衢？」

【清心寡慾】qīng xīn guǎ yù

使心境清靜，少生慾念。（寡：少。）例 ～的人，擺脱了名利的羈絆，煩惱自然也就少了。

書 宋朱熹《皇極辨》：「願陛下遠便佞，疏近習，清心寡慾，以臨事變，此興事造業之根本。」

【清規戒律】qīng guī jiè lǜ

原指佛教或道教所規定的信徒必須遵守的規矩、準則。後也泛

指規章制度。多用於貶義，特指不切合實際的死板的規章制度。例 那些不利於企業發展的～理應廢除。

書 元黃溍《百丈山大智壽寺天下師表閣記》：「詔開山大訢領其徒而以禪師所制清規為日用動作威儀之節。」《百喻經・蛇頭尾共爭在前喻》：「如是年少，不閒（通『嫻』）戒律，多有所犯，因即相牽入於地獄。」又馬南邨《燕山夜話・大膽練習寫字》：「至於懂得了筆法之後，寫起字來，就不需要一大套清規戒律，以免束縛人的創造性。」

【添枝加葉】 tiān zhī jiā yè

增添樹的枝葉。比喻在敍述事情或轉達別人的話時隨意添上一些原本沒有的內容。也作「**添枝接葉**」。例 他把兩位同事剛才發生衝突的事～地往外一說，引得大家議論紛紛。

書 宋朱熹《答黃子耕書》：「格物致知只是窮理，聖賢欲為學者說盡曲折，故又立此名字。今人反為名字所惑，生出重重障礙，添枝接葉，無有了期。」

【淋漓盡致】 lín lí jìn zhì

形容表達得非常充分、透徹，或暴露得非常徹底。（淋漓：形容酣暢、盡情。盡致：達到極點。）例「描寫鹽官的貪酷，可稱～了。」（朱自清《熬波圖》）

書 清李清《三垣筆記・崇禎補遺》：「（《酌中志略》）敍次大內規制井井，而所紀客氏、魏忠賢驕橫狀，亦淋漓盡致，其為史家必採無疑。」

【淒風苦雨】 qī fēng kǔ yǔ

形容天氣惡劣。也比喻境遇淒涼悲苦。也作「**苦雨淒風**」。（淒風：寒冷的風。苦雨：連綿不停的雨；久下成災的雨。）例 他忘不了當年那～的日子，更忘不了那些在艱難中給了他許多關心和幫助的好心人。

書《左傳・昭公四年》：「春無淒風，秋無苦雨。」又宋范成大《惜分飛》詞：「重別西樓腸斷否？多少淒風苦雨。休夢江南路，路長夢短無尋處。」

【淺嘗輒止】 qiǎn cháng zhé zhǐ

稍微嘗一嘗就停止了。形容不肯下功夫深入鑽研。（淺：稍微；略微。輒：就。）例 他只是學了點皮毛，～，根本沒有掌握什麼真本事。

書《辛亥革命前十年間時論選集・擬設國粹學堂啟》：「今後生小子入學肄業，輒束書不觀，日惟騖於功令利祿之途，鹵莽滅裂，淺嘗輒止，致士風日趨於淺陋。」

【混為一談】 hùn wéi yī tán

把不同的事物混了起來，說成是同樣的。例 嚴肅的批評和惡意的攻擊性質完全不同，不能～。

書 梁啟超《中國積弱溯源論》：「吾國民之大患，在於不知國家為何物，因以國家與朝廷混為一談。」

注「混」在此不讀 hún。粵 wɐn[6] 運。

【混淆是非】 hùn xiáo shì fēi

使是和非的界限模糊，分辨不清，以致把對的說成錯的，把錯的說成對的。例 他把作者維護自己著作權的舉動說成是爭名逐利，～，實在讓人氣憤。

書 清吳趼人《二十年目睹之怪現狀》第九八回：「你想他們有甚弄錢之法，無非是包攬詞訟，干預公事，魚肉鄉里，傾軋善類，佈散謠言，混淆是非。」

【涸轍之鮒】hé zhé zhī fù

困在乾涸的車轍裏的鮒魚。如果不給牠水，牠很快就會死掉。比喻處在困境中急待救助的人。也作「**涸轍鮒**」。（涸：水乾。轍：車輪在地面壓出的溝痕。鮒：古指鯽魚。）例 這些躲避戰亂的難民已如～，急待救援。

書《莊子·外物》：「周昨來，有中道而呼者。周顧視車轍中，有鮒魚焉。」又唐李白《擬古十二首》之五：「無事坐悲苦，塊然涸轍鮒。」

注「涸」不讀 gù。

【淪肌浹髓】lún jī jiā suǐ

滲透進肌肉骨髓裏。形容感受或受影響極深。（淪：滲入。浹：浸透。）例 對陳先生來說，中庸之道的影響～，立身行事中處處都能表現出來。

書《淮南子·原道訓》：「不浸於肌膚，不浹於骨髓。」又宋李之儀《與王性之》：「所謂得才數十語，亹亹淪肌浹髓，靡不使人心醉。」

【淡妝濃抹】dàn zhuāng nóng mǒ

或淡雅或濃豔的妝飾。也作「**濃抹淡妝**」、「**濃妝淡抹**」。（妝：妝飾。抹：塗脂抹粉，指打扮。）例 出席宴會的女賓們個個～，風姿綽約。

書 宋蘇軾《飲湖上初晴後雨》詩：「欲把西湖比西子，淡妝濃抹總相宜。」

【淡泊明志】dàn bó míng zhì

不追名逐利，甘於儉樸的生活，以顯示自己的志向情趣。也作「**澹泊明志**」。（淡泊、澹泊：不熱衷於功名利祿。明：表明；顯示。）例 中孚先生～，不為榮利所累，他的這種人生態度對子女有很大影響。

書 三國蜀諸葛亮《誡子書》：「夫君子之行，靜以修身，儉以養德，非澹泊無以明志，非寧靜無以致遠。」又清無名氏《杜詩言志》卷三：「而澹泊明志，寧靜致遠，未嘗不處處流露。」

【深入人心】shēn rù rén xīn

指思想、學說、道理、主張等為人們所理解、接受，受到擁護。例 環境保護觀念日益～，自覺投身到這一活動中的人也越來越多了。

書 明馮夢龍、清蔡元放《東周列國志》第二〇回：「且君新得諸侯，非有存亡興滅之德，深入人心，恐諸侯之兵，不為我用。」

【深入淺出】shēn rù qiǎn chū

指文章或言論內容深刻，表達卻淺顯易懂。例 他就生物基因研究向全校師生做了一場～的報告，很受歡迎。

書 清 袁枚《隨園詩話》卷七：「今讀其詩，從容和雅，如天衣之無縫；深入淺出，方臻此境。」

【深仇大恨】 shēn chóu dà hèn

極深極大的仇恨。例 他們之間並沒有什麼～，只是在商業競爭中各為其主，所以成了對頭。

書 清 和邦額《夜譚隨錄·鐵公雞》：「沽酒市肉，日與賓客歡宴，一似與銀錢二物有深仇大恨者，必欲盡力消耗之而後已。」

【深文周納】 shēn wén zhōu nà

歪曲或苛刻地援用法律條文，羅織罪狀，給人強加罪名。也泛指不根據事實，給人強加罪名。（深文：制定或援用法律條文苛細嚴刻。周納：羅織罪狀，陷害人。）例「在『棍』、『匪』字裏，就藏着可死之道的，但這也許是『刀筆吏』式的～。」（魯迅《華蓋集續編·可慘與可笑》）

書 清 方苞《結感錄》：「始部胥承行是獄者，以求索不遂，於余獨深文周內（同『納』）。」

【深宅大院】 shēn zhái dà yuàn

住宅有一進進房屋，深廣的庭院。多指豪門富户。例 她是～裏長大的姑娘，到了小户人家，生活能過得慣嗎？

書 元 曾瑞《留鞋記》第三摺：「我本是深宅大院好人家。」

【深更半夜】 shēn gēng bàn yè

見「三更半夜」，35頁。

【深孚眾望】 shēn fú zhòng wàng

使眾人非常信服。（孚：使人信服。眾望：眾人的希望。）例 他是位～的市長，任職期間克己奉公，為市民辦了很多好事。

書 清 劉坤一《提臣應行陛見暫請展緩摺》：「該提督老於戎事，忠愛性成……深孚眾望。」

【深明大義】 shēn míng dà yì

深切地懂得為人處世的大道理。多指人能識大體，在大是大非面前能根據道義做出正確的選擇。例 老伯～，毅然將吸毒的兒子送進了戒毒所。

書 清 文康《兒女英雄傳》第一四回：「前番我家得了一個兒媳婦張金鳳，是那等的深明大義！」

【深居簡出】 shēn jū jiǎn chū

原指藏身於深山，很少出來。後泛指人平日總待在家裏，很少出門。（簡：少。）例 老先生～，但他用上了電腦互聯網，所以對外界的事知道得一點也不比別人少。

書 唐 韓愈《送浮屠文暢師序》：「夫獸深居而簡出，懼物之為己害也。」又宋 秦觀《謝王學士書》：「自擯棄以來，尤自刻勵，深居簡出，幾不與世人相通。」

【深思熟慮】 shēn sī shú lǜ

深入細緻地、反覆地思索考慮。（熟：表示程度深。）例「他這一行動，雖然自以為是～的結果，其實還是一時衝動。」（茅盾《一個人的煩惱》）

書 宋歐陽修《辭免第二狀》：「苟非深思熟慮，理須避讓，豈敢固自稽遲以干典憲。」

【深情厚誼】 shēn qíng hòu yì

深厚的情誼。也作「**深情厚意**」。例 **長期以來我一直得到這位老同學的關心和幫助，他對我的～我將永遠銘記在心。**

書 清無名氏《好逑傳》第一二回：「鐵公子本不欲留，因見過公子深情厚意，懇懇款留，只得坐下。」

【深惡痛絕】 shēn wù tòng jué

厭惡、痛恨到了極點。（深：很；十分。惡：厭惡。痛：痛恨。絕：表示到了極點。）例 **顧客對商業欺詐行為～，紛紛要求執法部門嚴加懲治。**

書《孟子·盡心下》：「何如斯可謂之鄉原矣。」宋朱熹集註：「過門不入而不恨之，以其不見親就為幸，深惡而痛絕之也。」

注「惡」在此不讀è。粵 wu³烏³。

【深謀遠慮】 shēn móu yuǎn lǜ

深入細緻地謀劃，往長遠裏考慮。例 **董事會～，決定開闢新的經營領域，為公司的持續發展拓展全新的空間。**

書 漢賈誼《新書·過秦下》：「當此時也，世非無深謀遠慮知化之士也，然所以不敢盡忠拂過者，秦俗多忌諱之禁也。」

【深藏若虛】 shēn cáng ruò xū

把寶物深深收藏起來，好像沒有這東西似的。比喻人有真才實學而不在別人面前顯露出來。（虛：虛空。）例 **沈老先生精於古代書畫鑒定，卻～，很少在別人面前進行褒貶。**

書《史記·老子韓非列傳》：「吾聞之，良賈深藏若虛，君子盛德，容貌若愚。」

【情不自禁】 qíng bù zì jīn

抑制不住自己的感情。（禁：忍住；抑制住。）例 **「我是個喜歡嘮叨的作者，有時～會向讀者談起自己的創作。」（巴金《談〈憩園〉》）**

書 宋羅大經《鶴林玉露》卷一二：「項王有吞嶽瀆意氣……然當垓下訣別之際，寶區血廟，了不經意，惟眷眷一婦人，悲歌悵飲，情不自禁。」

注「禁」在此不讀jìn。粵 gɐm¹金。

【情有可原】 qíng yǒu kě yuán

在情理上有可以原諒的地方。（原：原諒。）例 **天降大霧，路上堵車，上班遲到還是～的。**

書 唐陸贄《授王武俊李抱真官封並招諭朱滔詔》：「朕以罪不相及，情有可原，待以如初之誠，廣其自新之路。」

【情同手足】 qíng tóng shǒu zú

情誼很深，如同兄弟。（手足：比喻兄弟。）例 **他和鄰居家的阿羽從小一起長大，～。**

書 明許仲琳《封神演義》第四一回：「名雖各姓，情同手足。」

【情投意合】 qíng tóu yì hé

彼此感情融洽，心意相合。（投：契合；合得來。）例「好風景固然可以打動人心，但若得幾個～的人，相與徜徉其間，那才真有味。」（朱自清《燕知草序》）

書 明吳承恩《西遊記》第二七回：「那鎮元子與行者結為兄弟，兩人情投意合。」

【情見勢屈】qíng xiàn shì qū

內部的情況暴露了出來，形勢日見不利。（見：顯露；暴露。屈：表示不利。）例 對方～，恐怕難以堅持下去了，我方宜乘勝追擊，奪取比賽的最後勝利。

書《史記·淮陰侯列傳》：「今將軍舉倦弊之兵，頓之燕堅城之下，欲戰恐久力不能拔，情見勢屈，曠日糧竭，而弱燕不服，齊必距境以自強也。」

注「見」在此不讀jiàn。粵 jin6 彥。

【情急智生】qíng jí zhì shēng

心中着急而猛然想出了應付的好辦法。例「有的主筆……被電話催得沒有辦法，～，特來一篇不痛不癢的短評，登在報的末端。」（鄒韜奮《患難餘生記》第二章）

書 清李伯元《官場現形記》第二二回：「湯升情急智生，忽然想出一條主意。」

【情景交融】qíng jǐng jiāo róng

文學作品中感情的抒發和景物的描寫、環境的渲染融為一體。（交融：融合在一起。）例 古典詩詞中有許多佳作，在藉景抒情、～方面達到了很高的造詣，歷來為人所傳誦。

書 宋張炎《詞源·離情》：「秦少游《八六子》云……離情當如此作，全在情景交煉，得言外意。」今多作「情景交融」。

【情隨事遷】qíng suí shì qiān

思想感情或想法隨着情況的改變而發生變化。例 他和老楊在學校讀書時曾經是勢不兩立的人，十幾年過去了，～，現在回想起當年幼稚的舉動不免覺得可笑。

書 晉王羲之《蘭亭集序》：「及其所之既倦，情隨事遷，感慨係之矣。」

【情竇初開】qíng dòu chū kāi

指男女青少年（多指少女）剛懂得愛情。（竇：孔。情竇：指男女萌動愛情的心竅。）例 他們現在正是～的年齡，對愛情有着一種朦朧而美好的嚮往。

書 清余治《得一錄·翼化堂條約》：「試思少年子弟，情竇初開，一經寓目，魂銷魄奪，因之墮入狹邪。」

【惜玉憐香】xī yù lián xiāng

見「憐香惜玉」，519頁。

【惜老憐貧】xī lǎo lián pín

見「憐貧惜老」，519頁。

【惜墨如金】xī mò rú jīn

愛惜墨就像愛惜金子一樣。原指中國水墨畫作畫時不輕易使用濃

墨。後也泛指寫作時不輕易下筆，力求精煉。例 孫先生寫文章時總要反覆推敲，～，態度十分認真。

書 宋費樞《釣磯立談》：「李營丘惜墨如金。」

【惘然若失】 wǎng rán ruò shī

心裏感到很不自在，像是丟失了什麼似的。（惘然：失意的樣子。）例 徐先生在學校任教十餘年，現在到公司工作，總有一種～的感覺，腦海裏常常浮現和學生們在一起的情景。

書 清蒲松齡《聊齋誌異·鴉頭》：「俄，見一少女經門外過，望見王，秋波頻顧，眉目含情，儀度嫺婉，實神仙也。王素方直，至此惘然若失。」

【惟利是圖】 wéi lì shì tú

只貪圖私利，別的什麼都不顧。（惟：單單；只。是：代詞，複指前面的「利」。圖：貪圖。）例 那些～的奸商做了許多缺德的事，受到輿論的強烈譴責。

書 晉葛洪《抱朴子·勤求》：「由於誇誕，內抱貪濁，惟利是圖。」

【惟我獨尊】 wéi wǒ dú zūn

只有我最尊貴。原是佛教推崇釋迦牟尼的話。後也用來形容人認為只有自己最了不起，妄自尊大，目空一切。例 他是公司的當家人，～慣了，根本聽不進別人的忠告。

書 《敦煌變文集·太子成道經》：「天上天下，惟我獨尊。」

【惟妙惟肖】 wéi miào wéi xiào

形容描寫、模仿得非常好，非常逼真、傳神。也作「**維妙維肖**」。（惟：語氣詞。妙：好。肖：相似；像。）例「這裏寫趙姑母的嘮叨和龍鍾，～。」（朱自清《「老張的哲學」與「趙子曰」》）

書 宋岳珂《英光堂帖讚》：「永之法，妍以婉；芾之體，峭以健。馬牛其風，神合志通；彼妍我峭，惟妙惟肖。」

【惟命是聽】 wéi mìng shì tīng

絕對聽從指派，被指派做什麼就做什麼，被指派怎麼做就怎麼做。也作「**惟命是從**」。（惟：只。聽：聽從。）例 他對經理～，很會討經理的歡心。

書 《左傳·宣公十二年》：「孤不天，不能事君，使君懷怒以及敝邑，孤之罪也，敢不惟命是聽。」

【寅吃卯糧】 yín chī mǎo liáng

寅年吃了卯年的糧食。中國農曆以干支紀年，寅年之後是卯年。後來就用「寅吃卯糧」比喻入不敷出，預先支用了以後的收入。也作「**寅支卯糧**」。例「天天忙着躲債，天天忙着東拼西湊，～；二姨媽的嫁衣也當了，房子也賣了。」（茅盾《清明前後》第二幕）

書 明畢自嚴《蠲錢糧疏》：「大都民間止有此物力，寅支卯糧，則卯年之逋，勢也。」

【寄人籬下】 jì rén lí xià

寄居在別人的籬笆下。比喻依附別人而生活。（寄：指依附別人。）例 ～的日子是不好過的，總要看別人的臉色行事，他又怎麼能忍受得了呢？

書 清曹雪芹、高鶚《紅樓夢》第九〇回：「想起邢岫煙住在賈府園中，終是寄人籬下；況且又窮，日用起居不想可知。」

【視而不見】shì ér bù jiàn

看見了卻如同沒有看見一樣。形容漠不關心，不注意。（視：看。）例 對於這種損壞公物的行為，我們不能～，應該自覺加以制止。

書《禮記．大學》：「心不在焉，視而不見，聽而不聞，食而不知其味。」

【視死如歸】shì sǐ rú guī

把死看得像回家一樣。形容不怕死。今多指人為了正義事業不怕犧牲。（歸：回家。）例 戊戌變法失敗後，譚嗣同～，慷慨就義，在中國近代史上寫下了悲壯的一頁。

書《管子．小匡》：「平原廣牧，車不結轍，士不旋踵，鼓之而三軍之士視死如歸。」

【視同兒戲】shì tóng ér xì

把事情看得像小孩子做遊戲一樣。形容對待事情不嚴肅，不認真，十分隨便。例 他把年終盤點～，賬目亂七八糟，太不像話了。

書 明凌濛初《初刻拍案驚奇》卷一一：「所以說為官做吏的，千萬不要草菅人命，視同兒戲。」

【視同陌路】shì tóng mò lù

把親人或熟人看得像路上碰到的不相識的人一樣。也作「**視若路人**」。（陌：原指田間東西方向的道路，也泛指道路。）例 這對朋友鬧翻之後關係很僵，彼此～，見了面連招呼也不打。

書 明凌濛初《初刻拍案驚奇》卷一三：「漫然視若路人，甚而等之仇敵，敗壞彝倫，滅絕天理，真狗彘之所不為也。」

注「陌」不讀 bǎi。

【視如土芥】shì rú tǔ jiè

看得像泥土、小草一樣，不當回事。比喻極端輕視。也作「**視如草芥**」。也可採用「視……如土芥（或草芥）」的形式。（芥：小草。）例 陳先生把利祿～，身居陋室，潛心學術，怡然自樂。

書《孟子．離婁下》：「君之視臣如土芥，則臣視君如寇讎（同『仇』）。」

【視如寇仇】shì rú kòu chóu

看得像仇敵一樣。比喻極端仇視。（寇仇：仇敵。）例 他們之間一度～，經過朋友從中調解，終於冰釋前嫌。

書《孟子．離婁下》：「君之視臣如土芥，則臣視君如寇讎（同『仇』）。」

【視為畏途】shì wéi wèi tú

看成是一條危險可怕的道路，不

敢踏上去。比喻因艱難或危險而不敢去做某事。例 這種開拓性的工作別人～，賴瑞華卻主動要求承擔，而且幹得相當出色。

書 清朱梅崖《答鄧副使悔庵書》：「近來河務方殷，仕者視為畏途，伏祈執事謹持之為禱。」

【視險如夷】 shì xiǎn rú yí

把危險看得像是平安無事似的。形容人勇敢，不畏艱險。（夷：平坦；平安。）例 葉建宜～，一往無前，他的勇氣和決心實在令人欽佩。

書 晉史援《後漢史君頌》：「處溢不驕，居勞不憚，視險如夷，忘身逐叛。」

【閉月羞花】 bì yuè xiū huā

使月亮見了躲進雲裏，使花兒見了感到羞慚。形容女子容貌非常美麗。例 楊小姐有着～之貌，人又聰明伶俐，見到的人沒有不誇的。

書 宋無名氏《錯立身》戲文第二齣：「看了這婦人，有如三十三天天上女，七十二洞洞中仙，有沈魚落雁之容，閉月羞花之貌。」

【閉目塞聽】 bì mù sè tīng

閉上眼睛，塞住耳朵。形容對外界事物不聞不問，不了解。原作「**閉明塞聰**」。（明：視覺。聰：聽覺。）例 他～，完全不知道外界情況發生了哪些變化，他出的主意是不可能行得通的。

書 漢王充《論衡．自紀》：「養氣自守，適食則酒；閉明塞聰，愛精自保。」

注 「塞」在此不讀 sāi。

【閉門思過】 bì mén sī guò

關起門來反省自己的過錯。指獨自進行反省。例 小賓受到處分後在家～，心情十分沈重。

書 宋徐鉉《亞元舍人猥貽佳作因為長歌聊以為報》：「閉門思過謝來客，知恩省分寬離憂。」

【閉門造車】 bì mén zào chē

關起門來造車子。原意是說因為按照的是統一的規格，所以關起門來造的車子，出門以後也能和路上的車轍相合。今多比喻只憑主觀想法辦事，而不管是否適合客觀情況。例 他這套開發新產品的設想不是～的結果，是在充分調查研究的基礎上提出來的。

書 宋朱熹《〈四書〉或問》卷五：「古語所謂『閉門造車，出門合轍』，蓋言其法之同。」又蔡元培《在國語傳習所的演說》：「既然經過什麼正式的會議議決的，比較的容納多數意見，總勝於私人閉門造車的了。」

【閉門羹】 bì mén gēng

據唐馮贄《雲仙雜記．迷香洞》記載，有位叫史鳳的女子，對不願見的客人拒絕接待，只煮一碗羹給客人吃，就把客人打發走了。這碗羹就稱為閉門羹。後來用「吃閉門羹」表示造訪時主人不在，門鎖着，或對方拒絕接待。（羹：一種糊狀食物。）例 昨天他去找朋友玩，不料吃了～，只好掃興地回來了。

書 曾樸《孽海花》第一三回：「尚書禮賢下士，個個接見，只有會元公來了十多次，總以閉門羹相待。」

【閉關自守】bì guān zì shǒu
關閉關口，守住自己的地方。也比喻不跟外界交往。例 多少年來～，使得國家在很多方面都明顯落後了。
書 隋盧思道《北齊興亡論》：「三秦勍敵，閉關自守。」

【問心無愧】wèn xīn wú kuì
捫心自問，覺得沒有什麼可慚愧的。例「只要你自己做事～，別的也不用去管了。」（巴金《秋》一五）
書 清紀昀《閱微草堂筆記．槐西雜志一》：「君無須問此，只問己心。問心無愧，即陰律所謂善。」

【問道於盲】wèn dào yú máng
向瞎子問路。比喻向不懂的人求教。有時用於自謙。例 你來問我電腦網絡方面的事，只怕要～了，我對此所知實在十分有限。
書 宋陳亮《戊申再上孝宗皇帝書》：「是以二十年間，紛紛獻策以勞聖慮，而卒無一成，雖成亦不足恃者，不知所以用淮東之勢者也，而書生便以為長淮不易守者，是亦問道於盲之類耳。」

【張三李四】zhāng sān lǐ sì
假設的姓名（張和李都是最常見的姓）。泛指不確定的某人或某些人。例 大廈保安員的人選要慎重篩選，不是～隨便安排一個就可以的。
書 宋道原《景德傳燈錄．道吾和尚》：「暢情樂道過殘生，張三李四渾忘卻。」

【張口結舌】zhāng kǒu jié shé
張着嘴，說不出話來。形容因理屈或緊張、害怕、驚愕而說不出話來的樣子。（結舌：舌頭不能活動，說不出話。）例 對方見謊言已被揭穿，～，不知所措。
書 清文康《兒女英雄傳》第二三回：「公子被他問的張口結舌，面紅過耳，坐在那裏只管發怔。」

【張牙舞爪】zhāng yá wǔ zhǎo
原形容野獸的兇相。後也用來形容人猖狂兇惡的樣子。例 別看侵略者～，他們最終絕逃不脫徹底失敗的下場。
書《敦煌變文集．孔子項托相問書》附錄二《新編小兒難孔子》：「魚生三日遊（通『游』）於江湖，龍生三日張牙舞爪。」

【張皇失措】zhāng huáng shī cuò
十分慌亂，不知怎麼辦才好。（張皇：慌張。失措：舉止失常，不知怎麼辦才好。）例 這一意外情況的出現，令他～，完全沒了主意。
書 清王夫之《讀通鑒論．三國》：「一旦有事，張皇失措，驚憂朒縮，而國固不足以存。」

【張冠李戴】zhāng guān lǐ dài
姓張的人的帽子戴到了姓李的人頭上。比喻弄錯了對象或事實。

（冠：帽子。）例 把金代董解元的《西廂記諸宮調》和元代王實甫的《西廂記》雜劇弄混了，這不成了～的笑話了嗎。

書 宋錢希言《戲瑕》卷三：「張公帽兒李公戴。」後用作「張冠李戴」。

注 「冠」在此不讀 guàn。粵 gun[1] 官。

【張燈結綵】 zhāng dēng jié cǎi

張掛燈籠，結紮彩帶、彩球以作裝飾。形容喜慶景象。也作「**張燈結彩**」。（張：張掛。綵：彩色的絲綢。此指用以做成的彩帶、彩球。）例 邵家～，正在為兒子辦喜事，道賀的客人絡繹不絕，熱鬧極了。

書 明羅貫中《三國演義》第六九回：「告諭城內居民，盡張燈結彩，慶賞佳節。」

【強人所難】 qiǎng rén suǒ nán

勉強別人做為難的事。（強：勉強。難：感到為難。）例 易安生既然再三表示不願意出任這個職務，我們就不要～了。

書 唐白居易《贈友五首》之三：「不求土所無，不強人所難；量入以為出，上足下亦安。」

注 「強」在此不讀 qiáng。粵 kœŋ[5]。

【強弩之末】 qiáng nǔ zhī mò

強弓射出的箭到了末程，力量很弱。比喻原先很強的力量消耗到最後，已經變得很微弱了。（弩：古代一種利用機械力量射箭的弓。）例 比賽進行到下半場，對方球隊已成～，難以對我方形成真正的威脅。

書 《漢書．韓安國傳》：「且臣聞之，衝風之衰，不能起毛羽；強弩之末，力不能入魯縞（魯地出產的一種白色的絹，很薄）。」

注 「強」在此不讀 qiǎng。粵 kœŋ[4]。

【強將手下無弱兵】

qiáng jiàng shǒu xià wú ruò bīng

英勇善戰的將領手下不會有懦弱的士兵。比喻本領高強的人手下不會有無能的人；好的領導一定能帶出好的部下。例 這位體操名教練帶出來的運動員在國際比賽中屢屢獲獎，真是～啊！

書 宋蘇軾《題連公壁》：「俗語云：『強將下無弱兵。』真可信。」又宋周遵道《豹隱紀談》引《粟齋詩話》：「死人身邊有活鬼，強將手下無弱兵。」

【強詞奪理】 qiǎng cí duó lǐ

本來沒有理，硬說成有理。（強詞：無理強辯之詞。）例 這件事明明是你做錯了，你就不要～了。

書 明羅貫中《三國演義》第四三回：「座上一人忽曰：『孔明所言，皆強詞奪理，均非正論，不必再言。』」

【強顏歡笑】 qiǎng yán huān xiào

勉強裝出歡笑的面容。（顏：臉上的表情。）例 他不希望自己內心的悲痛被奶奶知道，所以在奶奶面前～，裝成沒事一樣。

書 清蒲松齡《聊齋誌異．褚生》：「姬起，強顏歡笑，乃歌豔曲。」

【將心比心】jiāng xīn bǐ xīn
用自己的心去比照別人的心。指設身處地體諒別人的心情，理解別人的想法。（將：拿；用。）
例 ～，誰遇到這種不公正的待遇能安然忍受呢，他有一些過激的反應是完全可以理解的。
書 明湯顯祖《紫釵記·計哨訛傳》：「太尉不將心比心，小子待將計就計。」

【將功折罪】jiāng gōng zhé zuì
用功勞來抵償罪過。也作「**將功贖罪**」。（將：拿；用。折：折換；抵償。贖：抵償。）例 他既然有悔改的決心，我們就應該給他一個～的機會。
書 元康進之《李逵負荊》第四摺：「若拿得兩箇（同『個』）棍徒，將功折罪。若拿不得，二罪俱罰。」

【將信將疑】jiāng xìn jiāng yí
有些相信，又有些懷疑；半信半疑。（將：副詞。又；且。）
例 我對供應商的承諾～，但事實說明，他說話還是算數的。
書 唐李華《弔古戰場文》：「其存其沒，家莫聞知；人或有言，將信將疑。」

【將計就計】jiāng jì jiù jì
在識破了對方的計策後，利用對方的計策來向對方施計。（將計：用計策。就計：利用對方的計策。）例 我們發現了對方派來做卧底的人，於是～地通過他把假情報送給對方。
書 元楊梓《豫讓吞炭》第二摺：「咱今將計就計，決開堤口，引汾水灌安邑，絳水灌平陽，使智氏軍不戰自亂。」

【將錯就錯】jiāng cuò jiù cuò
事情出了差錯，索性就順着差錯做下去。例 這種電器的保用期是一年，經理卻說成兩年，既然已向顧客作了承諾，只好～地照做了。
書 宋悟明《聯燈會要·道楷禪師》：「祖師已是錯傳，山僧已是錯說，今日不免將錯就錯，曲為今時。」

【習以為常】xí yǐ wéi cháng
經常見到或經常那樣做，習慣了，把它當成很平常的事。（習：習慣。常：平常的事。）
例 他是一位飛機師，每到公眾假期是他工作最忙的時候，年三十那天也不一定能回家團聚，年年如此，早就～。
書 《魏書·臨淮王譚傳》：「將相多尚公主，王侯亦娶后族，故無妾媵，習以為常。」

【習非成是】xí fēi chéng shì
習慣了某種錯誤的東西，反認為它是正確的。（非：錯誤；不對。是：正確；對。）例 這些錯誤做法沿用已久，大家～，真要

改變它，阻力還不小呢。

書 錢玄同《寄陳獨秀》：「於是習非成是，一若文不用典，即為儉學之徵。」

【習焉不察】 xí yān bù chá

習慣了某種東西，覺察不到其中存在的問題。（焉：代詞。跟「於此」相當。察：覺察。）例 這類事一直都是這樣處理的，～，如果不是你今天提出來，我還真想不到它會帶來那麼多問題。

書 宋張淏《雲谷雜記·取進止》：「而不曉文義者，習焉不察，概謂有旨為進止，如堂底所載，凡宣旨皆云有進止者，相承之誤也。」

【習慣成自然】 xí guàn chéng zì rán

經常那樣做，習慣了，成了自然而然的行為方式。例 飯前洗手，自上學起老師就這樣要求我們，小時候還真需要大人督促，現在早就～了。

書 明曾燦《將立夏戒僕子亟治所田》詩：「吾家號素封，不復知稼穡；習慣成自然，呰窳亦云極。」

【通力合作】 tōng lì hé zuò

一齊出力，共同來做。（通力：一齊出力；協力。）例 由於相關部門～，這項工程進展十分順利。

書《論語·顏淵》：「盍徹乎？」宋朱熹集註：「周制，一夫受田百畝，而與同溝共井之人通力合作，計畝均收，大率民得其九，公取其一，故謂之徹。」

【通今博古】 tōng jīn bó gǔ

通曉現代的事，對古代的事也知道得很多。形容人知識淵博。也作「**博古通今**」。（通：懂得；通曉。博：廣泛懂得。）例「怪不得朋友們都誇您～，您說起文哲名詞來，都是一串一串的！」（冰心《我的朋友的母親》）

書《晉書·石苞傳》：「君侯博古通今，察遠照邇，願加三思。」

【通風報信】 tōng fēng bào xìn

向別人暗中透露消息。多指把對立雙方中一方的機密消息暗中通報給另一方。（通：使知道。風：消息。報：告訴。信：信息。）例 這次緝私行動絕不能走漏風聲，嚴防有人向走私分子～。

書 歐陽山《聖地》一三二：「正是因為我們兩個人有私交，更加因為我一心圖報答，所以我才給你通風報信。」

【通宵達旦】 tōng xiāo dá dàn

經過一整夜，直到天亮。（通：整個。宵：夜。達：到。旦：天亮；早晨。）例 他常常～地工作，把身體都累垮了。

書 明馮夢龍《醒世恆言·獨孤生歸途鬧夢》：「獅蠻社火，鼓樂笙簫，通宵達旦。」

【通都大邑】 tōng dū dà yì

四通八達的大城市。（邑：城市。）例 我們辦公室的幾位同事，有的來自邊遠地區，有的來自～，雖然各自經歷不同，但大家在工作中相處得很好。

書 唐韓愈《守戒》：「今之通都大邑，介於屈強之間，而不知為備。」

【通情達理】tōng qíng dá lǐ
懂得人情事理；說話、做事很講情理。（通、達：懂得。）例 單先生是位～的人，他會理解你的苦衷的。
書 清李綠園《歧路燈》第八五回：「只因民間有萬不通情達理者，遂爾家有殊俗。」

【通權達變】tōng quán dá biàn
不拘常規，懂得根據實際情況的需要採取靈活變通的辦法。（通、達：懂得。權：權變；隨機應變。變：變通；靈活地變動以適應實際需要。）例 樊耀宗～，善於應付複雜的情況，有很強的辦事能力。
書《清史稿·宗稷辰傳》：「臣聞見隘陋，非能盡識天下之才，所知湖南有左宗棠，通權達變，為疆吏所倚重。」

【參差不齊】cēn cī bù qí
形容不整齊。（參差：長短、高低、大小等不整齊。）例 各部門的工作進度～，需要加強溝通和協調。
書《漢書·揚雄傳》：「仲尼以來，國君將相卿士名臣參差不齊，壹（同『一』）概諸聖。」
注「參」在此不讀 cān 或 shēn。粵 tsɐm[1] 侵 /tsam[1] 驂。「差」在此不讀 chā 或 chà。粵 tsi[1] 雌。

【陳陳相因】chén chén xiāng yīn
原指倉庫裏的陳糧一年接一年地堆積起來。比喻沿襲舊的一套，沒有改進或創新。（陳：舊的。因：增添；累積。也指沿襲。）例 公司的這套管理制度～，沿用了幾十年，已經難以適應如今的新形勢了。
書《史記·平準書》：「太倉之粟，陳陳相因，充溢露積於外，至腐敗不可食。」又宋楊萬里《眉山任公〈小丑集〉序》：「慶曆、元祐諸公，競轡而先路，非近世陳陳相因、纍纍隨行之作也。」

【陳詞濫調】chén cí làn diào
陳舊而不切實用的話。（濫：指浮泛而不切實用。）例 他決定刪去文章中那些～，讓文章簡潔起來。
書 聞一多《宮體詩的自贖》：「所以常常是那套褪色的陳詞濫調，詩的本身並不能比題目給人以更深的印象。」

【陰陽怪氣】yīn yáng guài qì
形容言論、神情怪異，態度曖昧，讓人不可捉摸。例「曾皓：『你看，（又不覺牢騷起來）他們哪一個是想順我的心？哪一個不是～？』」（曹禺《北京人》第二幕）
書 清韓邦慶《海上花列傳》第五六回：「為啥故歇幾個人才有點陰陽怪氣？」

【陰錯陽差】yīn cuò yáng chā
比喻由於偶然原因出現了意料之外的情況，造成了差錯。也作

「**陰差陽錯**」。例 畢文忠上大學時的理想是從事學術研究工作，後來竟～，成了一名記者。

書 清 石玉崑《三俠五義》第二六回：「明知是陰錯陽差，卻想不出如何辦理的法子來。」

【陰謀詭計】yīn móu guǐ jì

暗中策劃的陰險狡詐的計謀。（詭：狡詐。）例 他見自己的～被人揭穿，恨得咬牙切齒。

書 曾樸《孽海花》第三五回：「大家如能個個像我，坦白地公開了自己的壞處，政治上用不着陰謀詭計……世界就太平了。」

【細大不捐】xì dà bù juān

小的大的都不捨棄，通通都要。（捐：捨棄。）例 只要是和這項研究有關的資料，他～，都要設法收集到手。

書 唐 韓愈《進學解》：「記事者必提其要，纂言者必鉤其玄，貪多務得，細大不捐。」

【細水長流】xì shuǐ cháng liú

一股小水不間斷地流着。比喻不間斷努力，一點一滴地積累。也比喻節約使用錢物，使經常不缺。也作「**小水長流**」。例 ❶上了年紀的人進行體育鍛煉，應該～，運動量不宜太大，但要持之以恆。❷我手頭的錢雖然不富裕，但如果精打細算，～，應付今年的生活還是可以的。

書 後秦 鳩摩羅什譯《佛遺教經》：「汝等比丘，若勤精進，則事無難者。是故汝等當勤精進，譬如小水長流，則能穿石。」

【細故末節】xì gù mò jié

細小的事，無關緊要的部分。也作「**細故小節**」、「**細枝末節**」、「**細微末節**」。（細故：細小的事。）例 雙方在談判中應該求大同，存小異，不要在～上糾纏不休。

書 宋 韓淲《澗泉日記》中：「近時汪玉山是正討論而已，頗切切於細故小節，甚微密矣。」今多作「細故末節」。

【終身大事】zhōng shēn dà shì

關係一生的大事。多指婚姻之事。（終身：一生。）例「這是你自己底～啊！為什麼不問問你願意不願意？」（巴金《滅亡》三）

書 明 馮夢龍《醒世恆言·賣油郎獨佔花魁》：「此時便要從良……不辨好歹，恐誤了終身大事。」

【終南捷徑】zhōng nán jié jìng

唐代 盧藏用曾假意隱居在京城長安附近的終南山中，藉此博取名聲，後來果然被召用做了大官。據說他曾指着終南山對司馬承禎說：「此中大有嘉處。」司馬承禎回答道：「以僕視之，仕宦之捷徑耳。」事見唐 劉肅《大唐新語·隱逸》。後來用「終南捷徑」比喻謀求官職或名利的最便捷的途徑。例 這個人很會鑽營，總想找一條～，讓自己很快飛黃騰達起來。

書 元 薛昂夫《慶東原·自笑》曲：「向終南捷徑爭馳驟，老來自羞。」

十二畫

【琳琅滿目】lín láng mǎn mù

眼前所見都是十分美好的東西。多指圖書、工藝美術品，也指美好的詩文。（琳琅：精美的玉石。比喻美好的事物。）例 走進西單圖書大廈，幾萬種圖書分類陳列，～，吸引了大批讀者。

書 清陸隴其《與陳藹公書》：「頃復承賜尊集，展卷一讀，琳琅滿目。」

【斑駁陸離】bān bó lù lí

形容色彩錯雜。（斑駁：一種顏色中雜有別種顏色。陸離：色彩繁雜。）例 這件～的古代銅鼎上刻有一篇銘文，考古學家據此推斷出了它的年代。

書 清蒲松齡《聊齋誌異．古瓶》：「器大可合抱，重數十斤，側有雙環，不知何用，斑駁陸離。」

【越俎代庖】yuè zǔ dài páo

《莊子．逍遙遊》中說，庖人不在廚房做飯，掌管祭祀的人也不能跨過盛放祭品的几案去替庖人做飯。後來就用「越俎代庖」比喻超越自己的職權範圍去處理本該由別人處理的事。（俎：古代祭祀時盛放祭品的几案。庖：廚師。）例 這張票據應該由會計師來開，別人不宜～。

書 宋秦觀《代謝中書舍人啟》：「一時承乏，方慙越俎以代庖；數月為真，更愧操刀而制錦。」

注 「庖」不讀 bāo。

【趁火打劫】chèn huǒ dǎ jié

趁着人家失火正忙着救火的時候去搶劫人家的財物。比喻趁人家有危難的時候去撈取好處。（打劫：搶奪財物。）例 馮大伯貧病交加，曲老闆想～，用很低的價格來收購馮家祖傳的幾件名人字畫。

書 清張南莊《何典》第八回：「眾鬼也就趁火打劫，搶了好些物事，一哄（同『鬨』）出門。」

【趁熱打鐵】chèn rè dǎ tiě

趁着鐵被燒紅時捶打。比喻利用有利時機或條件，抓緊做事。例 大家學習英語的興趣正濃，於是～，成立了英語沙龍，經常在一起進行交流。

書 姚雪垠《李自成》第三四章：「是的，我們要趁熱打鐵，一舉攻破南陽。」

【超然物外】chāo rán wù wài

超脫在世事之外；置身事外。（超然：超脫。物外：世事之外。）例「這一種儀式既經舉

行，即倘有後患，各部都該負責，不能～，說風涼話了。」(魯迅《而已集·談所謂「大內檔案」》)

書 宋葉夢得《石林詩話》下：「淵明正以脫略世故，超然物外意，顧區區在位者何足累其心哉？」

【超羣絕倫】chāo qún jué lún

超出眾人，誰也不能相比。(絕：獨一無二；沒有人能比得上。倫：同類。絕倫：同類中沒有可以相比的。) 例 史先生那手～的速算本領實在令人稱奇。

書 清魏子安《花月痕》第四回：「自經略到晉，剋復平陽，會剿陳汝，他二人便超羣絕倫，為經略賞識了。」

【敢作敢為】gǎn zuò gǎn wéi

做事有膽量，不怕風險。(為：做。) 例 譚家兄弟兩人，老大遇事縮手縮腳，老二卻～，性格大不一樣。

書 清褚人穫《隋唐演義》第六九回：「又過年餘，是他(同『她』)運到，唐儉點選進宮，敕賜才人，性格聰敏，凡諸音樂，一習便能，敢作敢為，並不知宮中忌憚。」

注 「為」在此不讀wèi。粵 wɐi[4]唯。

【敢作敢當】gǎn zuò gǎn dāng

做事有膽量，而且敢於承擔責任。(當：承當。) 例「～，也是不可不有的精神。」(《兩地書·許廣平〈致魯迅〉之一八》)

書 清石玉崑《三俠五義》第七五回：「敢作敢當，才是英雄好漢。」

注 「當」在此不讀dàng。粵 dɔŋ[1]璫。

【敢怒而不敢言】

gǎn nù ér bù gǎn yán

心裏憤怒，但懾於威勢，不敢說出來。例 他雖受了主管的凌辱，但卻～。

書 明施耐庵《水滸傳》第三回：「李忠見魯達兇猛，敢怒而不敢言。」

【博大精深】bó dà jīng shēn

廣博豐富，精密深入。多用於形容學問、理論等。例 錢先生的學問～，從他的這兩部著作裏我們可以略見一斑。

書 明姜世昌《〈逸周書〉序》：「迄今讀之，若揭日月而行千載，其博大精深之旨，非晚世學者所及。」

【博引旁徵】bó yǐn páng zhēng

見「旁徵博引」，343頁。

【博古通今】bó gǔ tōng jīn

見「通今博古」，399頁。

【博聞強記】bó wén qiáng jì

見聞廣博，知識豐富，記憶力強。也作「**博聞強識**」、「**博聞強志**」。(識、志：記。「識」在此讀zhì。) 例 顧教授以～聞名於學術界。

書 《史記·孟子荀卿列傳》：「淳于髡，齊人也，博聞強記，學無所主。」

【博學多才】bó xué duō cái

學識廣博，有多方面的才能。例 他～，又踏實肯幹，前程不

可限量。

書《晉書·郤詵傳》：「詵博學多才，瓌偉倜儻，不拘細行，州郡禮命並不應。」

【喜不自勝】xǐ bù zì shèng
高興得連自己都承受不住了。形容高興到極點。（勝：能夠承受。舊讀shēng。）例 中國足球隊獲得參加世界杯足球賽本賽區出線權的消息傳來後，球迷們～，紛紛舉行了各種慶祝活動。

書 三國魏鍾繇《賀捷表》：「天道禍淫，不終厥命。奉聞嘉熹，喜不自勝。」

【喜出望外】xǐ chū wàng wài
遇到出乎意料的好事而特別高興。（望外：期望或意料之外。）例 小莉正為買不到音樂會的門票發愁，沒想到好朋友青青送來了一張，令小莉～。

書 宋蘇軾《與李之儀》之二：「契闊八年，豈謂復有見日，漸近中原，辱書尤數，喜出望外。」

【喜形於色】xǐ xíng yú sè
抑制不住的喜悅顯露在臉上。（形：顯露；表現。色：臉上的神情。）例 吳佳得知自己被錄取為研究生後，～，立即把這一好消息告訴給爸爸、媽媽。

書《魏書·高允傳》：「允喜形於色，語人曰：『天恩以我篤老，大有所賚，得以贍客矣。』」

【喜怒哀樂】xǐ nù āi lè
高興，惱怒，悲哀，歡樂。泛指人的各種感情。例 葛先生的自制力很強，～不形於色。

書《禮記·中庸》：「喜怒哀樂之未發，謂之中；發而皆中節，謂之和。」

【喜怒無常】xǐ nù wú cháng
一會兒高興，一會兒惱怒，變化不定，難以捉摸。例 他近來變得～，情緒波動很大，朋友們都為他擔憂。

書《魏書·楊大眼傳》：「（大眼）征淮堰之役，喜怒無常。」

【喜氣洋洋】xǐ qì yáng yáng
充滿歡樂的樣子。（洋洋：充溢的樣子。）例 快過年了，市民們～地在自家門上貼揮春，祝願生活更加美滿幸福。

書 宋袁甫《番陽喜晴贈幕僚》：「耄倪載詠，喜氣洋洋。」

【喜笑顏開】xǐ xiào yán kāi
心裏高興，滿面笑容。（顏：臉。顏開：指笑得面容都舒展開了。）
例 參加畢業典禮的同學一個個～，躊躇滿志，他們對未來充滿憧憬。

書 明馮夢龍《醒世恆言·李汧公窮邸遇俠客》：「故人相見，喜笑顏開。」

【喜從天降】xǐ cóng tiān jiàng
喜事像是從天上降下來的。形容意想不到的喜事突然降臨。
例 小彭買的彩票中了頭獎，這真是～，樂得他一夜都沒睡着。

書《敦煌變文集·韓擒虎話本》二：

「楊妃蒙問，喜從天降。」
注「降」在此不讀xiáng。粵 gɔŋ³鋼。

【喜新厭舊】xǐ xīn yàn jiù
喜歡新的，厭棄舊的。多指用情不專一。（厭：厭惡；不喜歡。）例 「他～，跟哪一個人都好不長久。」（巴金《秋》一六）
書 宋葉適《淮西論鐵錢五事狀》：「常人之情，喜新厭舊。」

【喜聞樂見】xǐ wén lè jiàn
喜歡聽，樂意看。例 花鼓戲是湖南人～的一種戲曲，它的曲調不少人都會哼唱。
書 夏衍《戲劇抗戰三年間》：「用他們在大眾裏面陶冶出來的經驗教訓，來創造新的中國大眾所喜聞樂見的戲劇形式。」
注「樂」在此不讀yuè。粵 lɔk⁹落。

【煮豆燃萁】zhǔ dòu rán qí
相傳魏文帝曹丕想加害他的弟弟曹植，要曹植在走完七步之前做好一首詩，否則就把他殺了。曹植應聲吟道：「煮豆持作羹，漉菽以為汁。萁在釜下然（同『燃』），豆在釜中泣。本是同根生，相煎何太急。」魏文帝聽了面有慚色，曹植因此而保住了性命。事見南朝宋劉義慶《世說新語·文學》。後來就用「煮豆燃萁」（燒豆萁來煮鍋裏的豆子）比喻兄弟間自相殘害。（萁：豆類植物脱粒後剩下的莖。）例 古代在繼承皇位的爭鬥中發生過不少～的事，這些人為了實現自己的野心，哪裏還管什麼手足之情。
書 宋江公望《論蔡王府獄》：「至魏文帝褊忿疑忌，一陳思王且不能容，故有煮豆燃萁，相煎何太急之語，為天下後世笑。」
注 「萁」不可寫作「箕」。

【報仇雪恨】bào chóu xuě hèn
向仇敵進行報復，以洗刷心中的仇恨。（報：報復。雪：洗刷。）例 父親被害後，他發誓自己有朝一日一定要來～。
書 元無名氏《馬陵道》第四摺：「領將驅兵莫避難，報仇雪恨在今番。」

【惡貫滿盈】è guàn mǎn yíng
罪惡纍纍，如果用繩子穿起來也已經穿滿了，末日到了。（貫：穿物的繩子。盈：滿。）例 這個漢奸賣國求榮，～，死有餘辜。
書《尚書·泰誓上》：「商罪貫盈，天命誅之。」又元無名氏《硃砂擔》第四摺：「你今日惡貫滿盈，有何理說？」

【惡語傷人】è yǔ shāng rén
用惡毒的言語傷害人。例 你的同事如果對你做錯了什麼，你可以提出來，但不應該這樣～。
書 宋普濟《五燈會元·北禪賢禪師法嗣·法昌倚遇禪師》：「利刀割肉瘡猶合，惡語傷人恨不銷。」

【斯文掃地】sī wén sǎo dì
指文化或文人被鄙棄；也指文人自甘墮落。（斯文：指文化或文人。掃地：比喻名譽、地位等完全喪失。）例 ❶ 在那動亂的年代，文化遺產遭到破壞，～，令

人痛心。❷他名為讀書人，卻做出偷書這種～的事來，難怪要被人看不起。

書 清褚人穫《堅瓠十集·卷堂文》：「徒使斯文掃地，豈知富貴在天。」

【欺人太甚】qī rén tài shèn

欺負人太過分，簡直難以容忍。（甚：過分。）例 我為了息事寧人，不與他計較，他卻以為我怕他，步步進逼，～，看來我只好反擊了。

書 元鄭廷玉《楚昭公》第四摺：「主公着他做了盟府，又與他一口寶劍，筵前舉鼎，欺人太甚。」

【欺人之談】qī rén zhī tán

欺騙人的話。例 這個中介商的承諾只是～，實際上他根本做不到。

書 清文康《兒女英雄傳》第一六回：「吾兄這句話是欺人之談了；他既合你有師生之誼，又把這等的機密大事告訴了你，你豈有不問他個詳細原由的理？」

【欺上瞞下】qī shàng mán xià

對上欺騙，對下隱瞞，使人不了解真相。也作「**欺上罔下**」。（罔：蒙蔽。）例 這種～的行為，到頭來害人累己，是不會有好結果的。

書 唐元結《奏免科率狀》：「忝官尸祿，欺上罔下，是臣之罪。」

【欺世盜名】qī shì dào míng

欺騙世人，竊取名譽。也作「**盜名欺世**」。例 一個正直的學者決不會去剽竊他人的著作，做這種～的事的。

書 宋蘇洵《辨奸論》：「以吾觀之，王衍之為人，容貌言語，固有以欺世而盜名者。」

【欺軟怕硬】qī ruǎn pà yìng

欺負軟弱的或無權無勢的，害怕強硬的或有權有勢的。例 韋延慶～，看到我堅決不退讓，他反倒不像剛才那麼兇了。

書 明高明《琵琶記·義倉賑濟》：「點催首放富差貧，保解户欺軟怕硬。」

【黃粱一夢】huáng liáng yī mèng

唐代沈既濟《枕中記》記載，自歎窮困的盧生在邯鄲客店中枕着道士呂翁給他的枕頭睡覺，這時店家正在做黃小米飯。盧生在夢中享盡榮華富貴，一覺醒來，店家的黃小米飯還沒有熟。後來就用「黃粱一夢」形容榮華富貴終成泡影。也比喻不可能實現的夢想。也作「**黃粱夢**」、「**黃粱美夢**」或「**一枕黃粱**」。（黃粱：黃色的小米。）例 這位昔日君主的後裔一直沒有斷過復辟的念頭，但他的～在無情的現實面前最終還是破滅了。

書 宋蘇軾《被命南遷，途中寄定武同僚》詩：「人事千頭及萬頭，得時何喜失時憂；只知紫綬三公貴，不覺黃粱一夢遊。」

注 「粱」不可寫作「梁」。

【朝三暮四】zhāo sān mù sì

《莊子·齊物論》中記了這樣一

則寓言故事：有一個養猴子的人用橡實餵猴子，對猴子說：「早晨每個猴子給三個，傍晚給四個。」猴子聽了很生氣。於是他改口說：「那就早晨給四個，傍晚給三個。」猴子一聽都高興起來。原意是指使用手段欺騙人。後多比喻經常變卦，反覆無常。例 你這樣～，說了話不算數，怎麼能取得別人的信任呢？

書《舊唐書．皇甫鎛傳》：「直以性惟狡詐，言不誠實，朝三暮四，天下共知。」

注「朝」在此不讀cháo。粵 dziu1招。

【朝不保夕】 zhāo bù bǎo xī

早晨不能保住晚上不會發生不好的變化。形容情況危急，前景令人擔憂。例 八十四歲的老媽媽昏迷近二十天，～，子女們晝夜照料，憂慮萬分。

書《南齊書．蕭昭胄傳》：「建武以來，高、武王侯居常震怖，朝不保夕，至是尤甚。」

【朝令夕改】 zhāo lìng xī gǎi

早晨發出命令，晚上就又更改了。形容政令無常。也泛指當權者的主張或辦法經常改變，一會兒一個樣。例 如果～，時而這樣，時而那樣，是難以把工作做好的。

書 唐元稹《授馬總檢校刑部尚書天平軍節度使制》：「況奪三軍慈愛之師，換百姓仁惠之長，有迎新送故之困，朝令夕改之煩，自非有為而為，曷若且仍其舊。」

【朝思暮想】 zhāo sī mù xiǎng

無論早晨、晚上都在思念着。形容思念心切。例 她終於回到了～的親人身邊，心裏是多麼地高興啊！

書 宋柳永《傾杯樂》詞：「朝思暮想，自家空恁添清瘦，算到頭，誰與伸剖。」

【朝秦暮楚】 zhāo qín mù chǔ

早晨投向秦國，晚上又投向楚國。形容人反覆無常。（秦、楚：戰國時的兩個大國，秦在今陝西、甘肅一帶，楚在今湖北、湖南、河南、安徽一帶。）例 像他那種～的人，恐怕到哪裏都不會受歡迎的。

書 宋晁補之《海陵集序》：「戰國異甚士，一切趨利邀合，朝秦而暮楚不恥，無春秋時諸大夫事業矣。」

【朝乾夕惕】 zhāo qián xī tì

從早到晚都很勤奮很謹慎，不敢稍有懈怠。（乾：乾乾（qián qián），指自強不息。惕：謹慎小心。）例 董事長～，使公司安然度過了金融風暴的襲擊。

書《周易．乾》：「君子終日乾乾，夕惕若厲，無咎。」又清張伯行《困學錄集粹》八：「處世當如行雲流水，隨所寓而安；為學須是朝乾夕惕，德與年並進。」

注「乾」在此不讀gān。粵 kin4虔。

【朝發夕至】 zhāo fā xī zhì

早晨出發，晚上就能到達。形容路程不遠或交通快捷。例 火車提高速度後，鐵路局開行了不少

～的長途旅客列車，人們出門旅行更加方便了。

書 唐韓愈《祭鱷魚文》：「潮之州，大海在其南……鱷魚朝發而夕至也。」

【喪心病狂】 sàng xīn bìng kuáng

喪失理智，像發了瘋一樣。形容人言行極端昏亂荒謬，或惡毒殘忍到了極點。（喪：失去。心：指理智。病狂：得了瘋狂的病。）

例 ～的犯罪分子劫持人質，妄圖負隅頑抗。

書《宋史．范如圭傳》：「如圭獨以書責檜以曲學倍師，忘仇辱國之罪，且曰：『公不喪心病狂，奈何為此？必遺臭萬世矣。』」

注「喪」在此不讀 sāng。粵 sɔŋ3 爽3。

【喪家之犬】 sàng jiā zhī quǎn

「喪」原讀 sāng，指有喪事人家的狗，因主人忙於治喪而得不到食物。比喻流落失意，不受關注的人。後「喪」改讀 sàng，指無家可歸，流落在外的狗。比喻失去依靠，無處投奔的人或驚慌逃竄的人。也作「**喪家之狗**」。

例 ❶「舒伯伯給我的信裏説，他在紐約，就像一條～。」（冰心《老舍和孩子們》）❷敵人被擊潰以後，如同～，慌不擇路地逃命去了。

書《史記．孔子世家》：「纍纍若喪家之狗。」又明無名氏《鳴鳳記．流徙分途》：「飛鳥依人，今做了喪家之犬。」

【喪魂落魄】 sàng hún luò pò

見「失魂落魄」，132 頁。

【喪盡天良】 sàng jìn tiān liáng

完全失掉了良心。形容人惡毒、殘忍到了極點。（天良：良心。）

例 對這夥～的匪徒，不嚴懲不足以平民憤。

書 清和邦額《夜譚隨錄．陳景之》：「嗟乎，一遭孽障，頓失人身，喪盡天良，遽成畜類。」

注「喪」在此不讀 sāng。粵 sɔŋ3 爽3。

【喪權辱國】 sàng quán rǔ guó

喪失主權，使國家蒙受恥辱。

例 在侵略者的武力脅迫下，清政府簽訂了一個又一個～的條約。

書 馮玉祥《我的生活》第九章：「種種喪權辱國的事實是誰招致的呢？」

注「喪」在此不讀 sāng。粵 sɔŋ3 爽3。

【棋佈星羅】 qí bù xīng luó

見「星羅棋佈」，287 頁。

【棋逢對手】 qí féng duì shǒu

下棋遇到了水平相當的對手。泛指競賽雙方水平不相上下，可相匹敵。也作「**棋逢敵手**」。（對手、敵手：指水平相當的競賽對方。）例 這兩家公司在商業上的較量真可説是～，無論哪家要取勝都不是一件容易的事。

書 唐尚顏《懷陸龜蒙處士》詩：「事免傷心否，棋逢敵手無。」

【焚膏繼晷】 fén gāo jì guǐ

點燃燈燭以接上日光。形容夜以繼日地勤奮讀書或工作。（焚：燒；點燃。膏：油脂。此指燈

油、蠟燭之類。晷：日影。此指日光。）例 他～，不知疲倦地學習，終於學有所成。

書 唐韓愈《進學解》：「焚膏油以繼晷，恆兀兀以窮年。先生之業，可謂勤矣。」又元吳萊《陳彥理昨以漢石經見遺，今承寄詩索石鼓文，答以此作》：「先生博學抱聖經，焚膏繼晷目耽玩。」

【棟樑之材】dòng liáng zhī cái
能夠做房屋大樑的木料。比喻能夠擔當重任的人。（棟樑：房屋的大樑。）例 十年樹木，百年樹人。要造就～，絕非短期內可辦得到的。

書 唐韓愈《為人求薦書》：「伯樂遇之而不顧，然後知其非棟樑之材，超逸之足也。」

【植黨營私】zhí dǎng yíng sī
見「結黨營私」，446頁。

【殘兵敗將】cán bīng bài jiàng
打了敗仗後殘存下來的兵將。例 他糾集了一些～妄圖捲土重來，然而等待他們的必將是更沉重的失敗。

書 明邵璨《香囊記．敗兀》：「我如今連被岳家軍殺敗，收聚些殘兵敗將，濟不得事，目下就要拔營回去如何？」

【殘垣斷壁】cán yuán duàn bì
見「斷垣殘壁」，559頁。

【殘編斷簡】cán biān duàn jiǎn
殘缺不全的書籍或文獻資料。也作「**斷簡殘編**」、「**殘篇斷簡**」。（編：古代的書是用皮條或繩子編聯竹木簡而成，故稱編。簡：古代用於書寫的竹片或木片。）例 這些先秦古書的～，卻是學者眼中的至寶。

書 宋歐陽修《論刪去〈九經正義〉中讖緯札子》：「殘編斷簡，出於屋壁。」

【殘羹冷飯】cán gēng lěng fàn
別人吃剩下的已經變冷的飯食。也作「**殘羹冷炙**」、「**殘杯冷炙**」。（羹：一種糊狀食物。炙：音 zhì，烤熟的肉。殘杯：喝剩的酒。）例 當年周嫂給別人做傭工，吃的是～，受盡了委屈。

書 北齊顏之推《顏氏家訓．雜藝》：「唯不可令有稱譽，見役勳貴，處之下坐，以取殘杯冷炙之辱。」

【雄才大略】xióng cái dà lüè
非凡的才能，遠大的謀略。也作「**雄材大略**」。（略：謀略。）例 他的～一旦有了施展的機會，一定會創造出驚人的業績來。

書《漢書．武帝紀贊》：「如武帝之雄材大略，不改文景之恭儉以濟斯民，雖《詩》《書》所稱何有加焉！」

【雄心壯志】xióng xīn zhuàng zhì
遠大的理想和志向。例 我們要樹立起趕超世界先進水平的～，使我們的科學研究工作獲得一個更大的發展。

書 宋歐陽修《蘇才翁挽詩》之二：「雄心壯志兩崢嶸，誰謂中年志不成。」

【雲消霧散】yún xiāo wù sàn
陰雲消失，濃霧散去，天空變得明朗起來。也比喻怨恨、憤怒、疑慮或愁苦等消除乾淨。例 媽媽病痛，終於可以下牀行走了，多日來籠罩在孩子們臉上的愁容也～了。
書 宋朱熹《經筵留身陳四事札子》：「更進譬喻解釋之詞，則太上皇帝雖有忿怒之情，亦且霍然雲消霧散而歡意浹洽矣。」
注「散」在此不讀sǎn。粵 san³傘。

【雲散風流】yún sàn fēng liú
見「風流雲散」，296頁。

【雲譎波詭】yún jué bō guǐ
像雲彩和水波那樣有奇異的變化。原形容房屋構造千姿百態。今多形容事態變幻莫測。也作「**波詭雲譎**」。（譎：奇特；怪異。詭：奇異。）例 足球錦標賽中多場比賽的結果大出行家的預料，形勢如～。
書 漢揚雄《甘泉賦》：「於是大廈雲譎波詭，摧嗺而成觀。」

【揠苗助長】yà miáo zhù zhǎng
把禾苗往上拔，說是要幫助它成長。比喻違反事物發展規律，強求速成，反而壞事。也作「**拔苗助長**」。（揠：拔。）例 家長盼望孩子成才的急切心情是可以理解的，但～的做法不可取，類似的教訓已經不算少了。
書《孟子·公孫丑上》：「宋人有閔其苗之不長而揠之者，芒芒（同『茫茫』）然歸，謂其人曰：『今日病矣！予助苗長矣！』其子趨而往視之，苗則槁矣。」又宋呂本中《紫微雜說》：「學問工夫，全在浹洽涵養蘊蓄之久……非如世人強襲取之，揠苗助長，苦心極力，卒無所得也。」

【提心吊膽】tí xīn diào dǎn
形容十分擔心或害怕。例「我沒睡好，～的，怕把我拉走當壯丁去！」(老舍《龍鬚溝》第一幕)
書 明吳承恩《西遊記》第一七回：「眾僧聞得此言，一個個提心吊膽，告天許願。」

【提綱挈領】tí gāng qiè lǐng
提起網的總繩，拎起衣服的領子。比喻抓住事物的關鍵，或簡明扼要地把內容提示出來。(綱：提網的總繩。挈：舉；提。)
例 這篇文章對今年古代漢語研究方面的情況～地作了介紹，評述也是比較中肯的。
書 宋朱熹《謝上蔡語錄後序》：「胡氏上篇五十五章，記文定公問答，皆他書所無有，而提綱挈領，指示學者用力處，亦卓然非他書所及。」

【揚長而去】yáng cháng ér qù
大模大樣地離去。（揚長：大模大樣的樣子。）例 這個人蠻不講理，撞倒人還罵人，然後不管不顧地～了。
書 清石玉崑《三俠五義》第七八回：「白玉堂一語不發，光着襪底，呱咭呱咭，竟自揚長而去。」

【揚長避短】yáng cháng bì duǎn

發揚長處，避開短處。（長：長處，指特長或優點、優勢。短：短處，指弱點或缺點。）例 我們在用人上要～，使大家都能發揮所長。

書 秦牧《漫記端木蕻良》：「在他晚年，健康頗差，難以到處跋涉的時候，選擇這樣一個題材來寫作，既揚長避短，也施展了抱負。」

【揚眉吐氣】 yáng méi tǔ qì

形容擺脱受壓抑的境遇後痛快、興奮的神態。（揚眉：抬起眉毛。形容內心舒暢。吐氣：吐出積在胸中的悶氣。）例 經過努力，小虞的學習成績有了很大的進步，他終於可以～了。

書 唐李白《與韓荊州書》：「而君侯何惜階前盈尺之地，不使白揚眉吐氣，激昂青雲耶？」

【揚清激濁】 yáng qīng jī zhuó

揚起清水，沖去污水。比喻表揚好的，抨擊壞的。也作「**激濁揚清**」。（激：沖擊；沖刷。）例 他的雜文～，極富正義感，有警世勵俗的作用。

書《尸子·君治》：「水有四德……揚清激濁，盪去滓穢，義也。」又《晉書·武帝紀》：「揚清激濁，舉美彈違，此朕所以垂拱總綱，責成於良二千石也。」

【揚揚得意】 yáng yáng dé yì

形容十分得意。也作「**得意揚揚**」。「揚揚」也作「洋洋」。（揚揚：得意的樣子。）例 卓應龍～地向朋友們介紹他這次投資獲利的經過。

書 明馮夢龍《醒世恆言·隋煬帝逸遊召譴》：「獨楊素殘忍深刻，揚揚得意，以為太子由我得立。威權震天下，百官皆畏而避之。」

【揚湯止沸】 yáng tāng zhǐ fèi

把鍋裏的沸水舀出來再倒回去，以止住它的沸騰。比喻辦法不徹底，只能救急而不能從根本上解決問題。（湯：開水；沸水。）例 給經營不善而虧損的企業貸款只是～，企業擺脱困境的關鍵在於改善目前的經營方式。

書《三國志·魏志·董卓傳》：「卓未至，進敗。」裴松之註引《典略》載卓表：「臣聞揚湯止沸，不如滅火去薪，潰癰雖痛，勝於養肉，及溺呼船，悔之無及。」

【揭竿而起】 jiē gān ér qǐ

高舉竹竿當旗幟而起事。泛指人民起義。（揭：高舉。）例 ～的農民反抗鬥爭沈重打擊了封建王朝的統治。

書 漢賈誼《過秦論上》：「斬木為兵，揭竿為旗，天下雲集而響應，贏糧而景從。」又清李伯元《南亭筆記》卷七：「李長壽揭竿而起，據有城池。」

【插科打諢】 chā kē dǎ hùn

在戲曲表演中穿插一些滑稽的動作或詼諧的語言來引人發笑。也泛指開玩笑，逗趣。（科：指戲曲表演的動作。諢：詼諧逗趣的話。）例 他喜歡～，有他在場，氣氛就特別活躍。

書 明高明《琵琶記・副末開場》：「休論插科打諢，也不尋宮數調，只看子孝與妻賢。」

【插翅難飛】chā chì nán fēi

插上翅膀也難以飛出去。比喻被圍或受困，怎麼也逃脫不了。也作「**插翅難逃**」。例 劫匪已被警方嚴密包圍，～，不得不繳械投降。

書 清夏敬渠《野叟曝言》第七一回：「又全尋思，這樣圍牆，插翅難飛。」

【搜索枯腸】sōu suǒ kū cháng

形容苦苦思索。多用於寫作方面。（枯腸：乾枯的腸道。比喻乾澀枯竭的思路或貧乏的素材、文字儲備。）例 這類在科舉考試中～寫出來的八股文、試帖詩，談不上有多少文學價值。

書 明邵璨《香囊記・瓊林》：「老夫如今年邁，沒心緒搜索枯腸，偷今換古，就把老年登科作一首。」

【換湯不換藥】

huàn tāng bù huàn yào

煎藥的汁水換了，但藥本身卻沒有換。比喻形式上有所改變，實質卻沒有變。（湯：指煎藥的汁水。）例 公司的名稱雖然改了，但經營體制和方法還是老一套，～，能有多少起色？

書 清張南莊《何典》第三回：「那郎中看了，依舊換湯弗換藥的拿出兩個紙包來。」

【揮汗如雨】huī hàn rú yǔ

把汗珠抹下來像下雨一樣。原形容人多擁擠。後多形容人出汗很多。例 在這～的酷暑，冷飲攤的生意格外的好。

書《晏子春秋・內篇雜下》：「齊之臨淄三百閭，張袂成陰，揮汗成雨，比肩繼踵而在，何為無人？」又清紀昀《閱微草堂筆記・灤陽消夏錄五》：「其人伏地惕息，揮汗如雨，自是怏怏如有失。」

【揮金如土】huī jīn rú tǔ

花用錢財就像往外撒泥土一樣，毫不在乎。原形容人花錢慷慨。不含貶義。後多形容人任意揮霍錢財。含貶義。例「卻不知道克安在外面～，單單在張碧秀的身上花去的錢也就是一個很大的數目。」（巴金《秋》四四）

書 宋毛滂《祭鄭庭誨文》：「揮金如土，結客如市，遠韻翛然。」

【揮灑自如】huī sǎ zì rú

形容寫字、作畫，筆墨的運用酣暢如意，毫無拘束。也形容寫作詩文流利自如。（揮灑：揮筆灑墨。自如：靈活如意，不受約束或阻礙。）例 陳先生的行書作品～，氣韻生動，倍受人們的喜愛。

書 清盛大士《溪山卧遊錄》卷一：「時輩僅以寸縑尺楮爭勝，至屏山巨幛尋丈計者，石谷揮灑自如，他人皆避舍矣。」

【握手言歡】wò shǒu yán huān

相互握手談笑，十分歡洽。今多用來指雙方重新和好。例「一連打了三天，然後那兩位軍閥因為別人的調解又～了。」（巴金

《生之懺悔·兩個孩子》)

書 蔡東藩、許廑父《民國通俗演義》第二八回：「文於去年北上，與公握手言歡。」

【雅俗共賞】yǎ sú gòng shǎng

不同文化程度和藝術修養的人都能欣賞。（雅：指文化高的人。俗：指文化低的人。）例 蘇州評彈這種文藝形式～，在蘇南、上海一帶擁有大量的聽眾。

書 明孫仁孺《東郭記·綿駒》：「聞得有綿駒善歌，雅俗共賞。」

【華而不實】huá ér bù shí

只開花而不結果實。比喻外表好看而內容不實在。（華：開花。實：結果實。） 例 你這種做法～，投資大收效小，我們還是另想辦法吧。

書 《左傳·文公五年》：「且華而不實，怨之所聚也。」

【萎靡不振】wěi mǐ bù zhèn

見「委靡不振」，250頁。

【萍水相逢】píng shuǐ xiāng féng

浮萍在水中漂流不定，只是偶然相聚在一起。比喻素不相識的人偶然相遇。 例 他們倆～，但談得很投緣，分手時還交換了電話號碼。

書 唐王勃《秋日登洪府滕王閣餞別序》：「萍水相逢，盡是他鄉之客。」

【虛有其表】xū yǒu qí biǎo

空有像樣的外表，實際上卻不行。（虛：徒然。）例 這個人看起來很有學者風度，但跟他接觸幾次後發現他其實粗俗不堪，真是～。

書 唐鄭處誨《明皇雜錄》卷下：「（蕭）嵩惭懼流汗，筆不能下者久之……嵩既退，上擲其草於地曰：『虛有其表耳！』（原註：嵩長大多髯，上故有是名。）左右失笑。」

【虛位以待】xū wèi yǐ dài

空出位置等待某人的到來。也作「**虛席以待**」。（虛：空着。）

例 聽說徐先生要到香港大學任教，港大正～呢。

書 宋歐陽修《乞定兩制員數札子》：「遇有員闕，則精擇賢材以充其選；苟無其人，尚可虛位以待。」

【虛情假意】xū qíng jiǎ yì

虛假的情意。也指用虛假的情意待人。（虛：假的。）例 ❶梅姑娘發現安公子一直在用～哄騙她，十分傷心。❷她對我～，哪有半點真心？

書 明吳承恩《西遊記》第八〇回：「那妖精巧語花言，虛情假意。」

【虛張聲勢】xū zhāng shēng shì

假造聲勢，來嚇唬或迷惑別人。（張：張揚。聲勢：聲威氣勢。）

例 對方宣稱要和我們較量到底，不過是～罷了，據可靠消息，他們已暗中在安排退路了。

書 唐韓愈《論淮西事宜狀》：「今聞討伐元濟，人情必有救助之意。然皆闇弱，自保無暇，虛張聲勢，則必有之；至於分兵出界，公然為惡，亦必不敢。」

【虛無縹緲】 xū wú piāo miǎo
形容虛幻渺茫，難以捉摸。（縹緲：隱隱約約，若有若無的樣子。）例「兩次遊秦淮河，卻都不曾見着復成橋的面；明知總在前途的，卻常覺得有些～似的。」（朱自清《槳聲燈影裏的秦淮河》）
書 唐白居易《長恨歌》：「忽聞海上有仙山，山在虛無縹緲間。」

【虛與委蛇】 xū yǔ wēi yí
對人敷衍應付，並無誠意。（委蛇：形容隨順。此指敷衍。）例 竺先生請他幫忙，他總是～，使竺先生很失望。
書《莊子·應帝王》：「壺子曰：『鄉吾示之以未始出吾宗，吾與之虛而委蛇，不知其誰何。』」成玄英疏：「委蛇，隨順之貌也。至人應物，虛己忘懷，隨順逗機，不執宗本。」又清譚嗣同《致汪康中》：「覆錢信，虛與委蛇，極得體。」
注「蛇」在此不讀shé。㊣ ji⁴移。

【虛應故事】 xū yìng gù shì
照例應付一下，並不認真對待。（虛：表示並不實在，徒具形式。應：應付。故事：例行的事。）例 召開這種會議無非是～，沒有多少實際作用。
書 明余繼登《典故紀聞》卷一四：「然發下所司施行者，多因不便己私，托以他故，妄奏不行，或有施行，亦虛應故事。」

【虛懷若谷】 xū huái ruò gǔ
胸懷像山谷那樣深廣而能容納。形容人十分謙虛，樂於接受他人意見。例 戴教授～，歡迎學生們對他的著作提出意見，並和學生一起展開討論。
書 清陸隴其《答山西范彪西進士書》：「此誠見先生虛懷若谷，望道未見之心。」

【敝帚自珍】 bì zhǒu zì zhēn
家裏的一把破掃帚，自己也很珍惜。比喻自己的東西雖然不好，但卻很珍惜。也作「**敝帚千金**」。（敝：破爛。珍：看重；珍惜。）
例 雖然這些初中時代的作文很幼稚，但我一直～地保存着，偶而拿出來翻一翻，倒也勾起許多少年的回憶。
書《東觀漢記·光武帝紀》：「家有敝帚，享之千金。」又宋陸游《八十三吟》：「枯桐已爨寧求識，敝帚當捐卻自珍。」後用作「敝帚自珍」。

【掌上明珠】 zhǎng shàng míng zhū
拿在手中愛不忍釋的珍珠。比喻十分鍾愛的人。後多比喻極受父母疼愛的兒女（常指女兒）。
例 她自小乖巧可愛，是父母的～。
書 金元好問《楊煥然生子》詩之一：「掌上明珠慰老懷，愁顏我亦為君開。」

【晴天霹靂】 qíng tiān pī lì
晴天裏打響雷。比喻突然發生的令人震驚的事。也作「**青天霹靂**」。（霹靂：急而響的雷。）
例「這對我是一聲～，這麼一

個充滿了活力的人，怎麼會死呢？」(冰心《老舍和孩子們》)

書 宋王令《寄滿子權》詩：「九原黃土英靈活，萬古青天霹靂飛。」

【量入為出】liàng rù wéi chū

根據收入的多少來確定支出的數額。(量：衡量。為：表示進行安排。) 例「我們要靠自己的收入，維持自己的生存，所以仍然要嚴格遵守～的原則。」(鄒韜奮《事業管理與職業修養·關於服務的態度五》)

書 漢桓寬《鹽鐵論·貧富》：「量入為出，節儉以居之。」

注 「量」在此不讀 liáng。粵 lœŋ[6] 亮。「為」在此不讀 wèi。粵 wɐi[4] 唯。

【量力而行】liàng lì ér xíng

根據自己力量的大小來做。(行：做。) 例「各位同學呢，大家～，能捐多少就捐多少。」(葉聖陶《英文教授》)

書 《左傳·昭公十五年》：「力能則進，否則退，量力而行。」

【量才錄用】liàng cái lù yòng

根據才能的大小收錄任用。例 在招聘員工的時候我們一貫堅持公平競爭、～的原則。

書 宋蘇軾《上神宗皇帝書》：「凡所擘劃利害，不問何人，小則隨事酬勞，大則量才錄用。

【量體裁衣】liàng tǐ cái yī

按照身材裁剪衣裳。比喻做事從實際出發，採取切合需要的做法。例 社區康樂設施的建設也要～，不宜按一個模式來辦。

書 宋宗杲《大慧普覺禪師語錄·趙州問南泉》：「度體裁衣，量水打碓，毫髮不差。」度(duó)：估計；衡量。今多作「量體裁衣」。

【貽人口實】yí rén kǒu shí

給人留下可以利用的藉口或話柄。(貽：留下。口實：可以利用的藉口。) 例 我不同意把我的親屬調入我分管的部門工作，是不希望～，讓人覺得我們任人唯親。

書 清唐才常《上歐陽中鵠書》之四：「即統籌全局，非數十萬金不能蕆事，安得有此巨款？如此事果成，必貽人口實。」

注 「貽」不讀 tái。

【貽笑大方】yí xiào dà fāng

給有見識的人留下笑柄；讓行家譏笑。有時可用於自謙。也作「見笑大方」。(大方：大道。原指懂得大道的人，也泛指博學有見識的人、內行的人。見笑：被人笑話。) 例 ❶「他們說年輕人作品幼稚，～。」(魯迅《三閒集·無聲的中國》) ❷我平日練習書法只是為了怡情悅性，哪敢寫了送人，～啊！

書 《莊子·秋水》：「今我睹子之難窮也，吾非至於子之門則殆矣，吾長見笑於大方之家。」又清李汝珍《鏡花緣》第五二回：「妹子素日久仰姐姐大才，去歲路過貴邦，就要登堂求教，但愧知識短淺，誠恐貽笑大方，所以不敢冒昧進謁。」

【貽害無窮】yí hài wú qióng
留下無窮的禍害。例 工業廢水未經處理直接排放到江河裏，污染生態環境，～。
書 清李伯元《文明小史》第一七回：「弄到今日國窮民困，貽害無窮，思想起來，實實令人可恨。」

【喋喋不休】dié dié bù xiū
嘮嘮叨叨，説個沒完。（喋喋：形容説個沒完。休：停止。）例 他生怕別人對他產生誤會，便～地反覆解釋他所以要這樣做的原因。
書 清紀昀《閱微草堂筆記·灤陽消夏錄一》：「一俗士言詞猥鄙，喋喋不休，殊敗人意。」

【跋山涉水】bá shān shè shuǐ
翻山越嶺，蹚水過河。形容遠道行路之艱辛。（跋：在山上行走。涉：徒步過水。也泛指渡水。）例 無國界醫療隊～來到邊遠山區，為當地病患者義診。
書 宋王回《霍丘縣驛記》：「雖跋山涉水、荒陋遐僻之城具宗廟社稷者一不敢缺焉。」

【跋前疐後】bá qián zhì hòu
《詩經·豳風·狼跋》：「狼跋其胡，載疐其尾。」意思是説狼要往前走就會踩上頷下的垂肉，往後退又會被尾巴絆倒。後來就用「跋前疐後」比喻進退兩難。也作「**跋前躓後**」。（跋：踩；踏。胡：頷下的垂肉。疐：跌倒。躓：音zhì，跌倒；絆倒。）例 他目前處境很困難，～，已無法正常工作。
書 宋陳亮《謝羅尚書啟》：「直情徑行，視毀譽如風而不恤；跋前疐後，方進退惟谷以堪驚。」

【蛛絲馬跡】zhū sī mǎ jì
循着蜘蛛的細絲可以發現蜘蛛，跟着馬蹄的印跡可以知道馬的去向，所以用「蛛絲馬跡」比喻用以發現事物間聯繫的隱約可尋的線索或依稀可辨的痕跡。例 他是位刑事偵查專家，疑犯在作案現場留下的～都難逃他的眼睛。
書 清施閏章《蠖齋詩話·近體結句》：「結句有承上意者，須蛛絲馬跡乃佳。」

【單刀直入】dān dāo zhí rù
用單刀徑直刺入。佛家原用來比喻認定目標，勇猛精進。後多用來比喻説話直截了當，不繞彎子。（單刀：一種短柄長刀。）例 他見到我便～地問我，他託我辦的事究竟辦得怎麼樣了，顯然急不及待了。
書 宋普濟《五燈會元·百丈海禪師法嗣·溈山靈祐禪師》：「若也單刀直入，則凡聖情盡，體露真常，理事不二，即如如佛。」又明朱之瑜《答安東守約問》之三四：「文字最難是單刀直入，然直須要有力，一聲便要喝得響亮。」

【單絲不線】dān sī bù xiàn
一根絲紡不成線。比喻勢孤力單，難以成事。例 我在工作中缺人配合，～，許多事就這樣耽誤了。

書 元無名氏《連環計》第二摺：「說什麼單絲不線，我着你缺月再圓。」

【單槍匹馬】dān qiāng pǐ mǎ
一桿槍，一匹馬。指隻身一人上陣。比喻隻身一人行動，沒有別人的幫助。也作「**匹馬單槍**」。例 你～和這幫人鬥，只怕要吃大虧的。
書 唐汪遵《烏江》詩：「兵散弓殘挫虎威，單槍匹馬突重圍。」

【唾手可得】tuò shǒu kě dé
一動手很容易得到，不用費什麼力氣。（唾：吐唾沫。唾手：往手心上吐口唾沫，表示要動手。）例 這份工作可不是～的，競爭的人多着呢。
書 明羅貫中《三國演義》第七回：「韓馥無謀之輩，必請將軍領州事，就中取事，唾手可得。」
注 「唾」不讀 chuí。

【唾面自乾】tuò miàn zì gān
別人往自己臉上吐唾沫，不去擦掉而讓它自己慢慢乾。形容人逆來順受，受了侮辱而強自忍着，不敢有不滿的表示。例 我不是那種～的人，他欺人太甚，我不會同他善罷甘休的。
書 《新唐書·婁師德傳》：「其弟守代州，辭之官，教之耐事。弟曰：『人有唾面，絜之乃已。』師德曰：『未也。絜之，是違其怒，正使自乾耳。』」又清文康《兒女英雄傳》第三五回：「他從年輕時候得了選拔，便想到他祖上唾面自乾的那番見識究竟欠些褒氣。」

【啼笑皆非】tí xiào jiē fēi
哭也不是，笑也不是。形容既使人難受，又使人好笑。例 阿勇在課堂上心不在焉，回答老師的提問牛頭不對馬嘴，弄得人～。
書 朱自清《歷史在戰鬥中》：「隨感錄諷刺着種種舊傳統，那尖銳的筆鋒足以教人啼笑皆非。」

【啼飢號寒】tí jī háo hán
因飢餓、寒冷而哭叫。形容人挨凍受餓，生活極端貧苦。（號：大聲哭叫。）也作「**啼饑號寒**」。例 政府對災民的生活做了妥善的安置，在災區見不到一戶～的人家。
書 唐韓愈《進學解》：「冬暖而兒號寒，年豐而妻啼饑。」後用作「啼飢號寒」。
注 「號」在此不讀hào。粵 hou⁴豪。

【喧賓奪主】xuān bīn duó zhǔ
客人的聲音很大，壓過了主人的聲音。比喻客人佔了主人的地位。也比喻外來的或次要的事物佔了原有的或主要的事物的地位。（喧：聲音大。奪：勝過；壓倒。）例 在表演獨唱節目時，舞台上安排的伴舞人數過多，場面過大，給人一種～的感覺。
書 清阮葵生《茶餘客話》卷二〇：「余仿為之，香則噴鼻而酒味變矣。不論酒而論香，是為喧賓奪主。」

【買空賣空】mǎi kōng mài kōng
本是一種商業投機行為，投機者預計價格的漲落，進行買進、賣

出活動，當時並無貨款或實物過手，只是根據一進一出之間的差價結算盈虧，因此稱買空賣空。後也泛指招搖撞騙，進行投機活動。例 據我所知，這家公司經常幹～的事，跟他們打交道時要小心。

書《十朝聖訓・大清宣宗成皇帝聖訓・道光十五年十二月》：「復有奸商開設大和、天和、恆盛各字號，邀羣結夥，買空賣空，懸擬價值，轉相招引。」

【買櫝還珠】 mǎi dú huán zhū

《韓非子・外儲說左上》記了一則故事：一個楚國人到鄭國賣珍珠，盛放珍珠的匣子做得也很精美，結果有個鄭國人買下了這匣珍珠卻只帶走了匣子，而把珍珠還給了賣珠人。後來就用「買櫝還珠」比喻取捨失當，沒有得到最主要或最有價值的東西。也作「**還珠買櫝**」。（櫝：匣子。）例 他被漫畫的誇張形象所吸引，看得哈哈大笑，卻沒有去仔細體會畫裏的含義，這未免有～之嫌了。

書 宋程頤《與方元寀手帖》：「今之治經者亦眾矣，然而買櫝還珠之蔽，人人皆是。」

【黑白分明】 hēi bái fēn míng

比喻是非、好壞的界限很清楚。（分明：清楚。）例 在這件事情上誰是誰非，～，大家很快就有了共識。

書 漢董仲舒《春秋繁露・保位權》：「黑白分明，然後民知所去就。」

【黑雲壓城城欲摧】

hēi yún yā chéng chéng yù cuī

黑雲密佈在城的上空，城都像要被壓垮似的。也用來比喻惡勢力一時囂張，局勢十分緊張。（欲：將要。摧：破壞。）例 即使在那～的日子裏，他對真理和光明的追求也始終沒有動搖過。

書 唐李賀《雁門太守行》：「黑雲壓城城欲摧，甲光向日金鱗開。」

【悲天憫人】 bēi tiān mǐn rén

哀歎時世的艱危，同情人民的困苦。（悲：哀痛；傷心。天：天命。藉指時世。憫：憐憫；同情遭受不幸的人。）例 他生活在動亂的年代，我們在他的詩文裏常常能感受到他那～的情懷。

書 清袁枚《隨園隨筆・經註平易》：「『朝聞道』，謂聞有道之世，則夕死亦可。蓋悲天憫人之意也。」

【悲喜交集】 bēi xǐ jiāo jí

悲傷和喜悅的心情同時湧上心頭。（交：一齊；同時。）例 在警方的幫助下，徐嫂走失多日的兒子終於找到了，母子相見，～。

書 晉王廙《奏中興賦上疏》：「當大明之盛而守局遐外，不得奉瞻大禮，聞問之日，悲喜交集。」

【悲歡離合】bēi huān lí hé

悲傷和歡樂，離別和團聚。泛指生活中種種不同的心情和境遇。也作「**離合悲歡**」。例「童年的記憶最單純最真切，影響最深最久，種種～，回想起來最有意思。」（朱自清《我是揚州人》）

書 宋蘇軾《水調歌頭·丙辰中秋……兼懷子由》詞：「人有悲歡離合，月有陰晴圓缺，此事古難全。」

【無人問津】wú rén wèn jīn

沒有人來詢問渡口在哪裏。比喻事物無人過問，受到冷落。（津：渡口。）例 這種產品質次價高，～，商家不願經銷，只好積壓在倉庫裏了。

書 晉陶潛《桃花源記》：「南陽劉子驥，高尚士也，聞之，欣然規往，未果，尋病終。後遂無問津者。」又清平步青《霞外攟屑·論文上·王弇州文》：「易代而後，壇坫門户俱空，遂無人問津矣。」

【無中生有】wú zhōng shēng yǒu

指憑空捏造。例 他～地編造出這些事來，是有其不可告人的目的的。

書 明施耐庵《水滸傳》第四一回：「你這廝在蔡九知府後堂且會説黃道黑，撥置害人，無中生有攛掇他。」

【無孔不入】wú kǒng bù rù

沒有哪個孔眼不鑽進去的。比喻有空子就鑽，有機會就利用。多用於貶義。例 他～地四處鑽營，一心想把這個肥缺弄到手。

書 清李伯元《官場現形記》第三五回：「況且上海辦捐的人，鑽頭覓縫，無孔不入。」

【無巧不成書】wú qiǎo bù chéng shū

沒有這種巧合就編不成故事。形容事情十分湊巧。例 真是～，我一直想去拜見的戴教授，這次竟在旅途中不期而遇了。

書 明馮夢龍《醒世恆言·賣油郎獨佔花魁》：「自古道：『無巧不成書。』恰好有一人從牆下而過。」

【無功受祿】wú gōng shòu lù

沒有功勞而領受俸祿。泛指沒有出力而得到報酬或分到好處。（祿：俸祿，即古代官員的薪水。）例 他覺得自己～，問心有愧，所以把送來的獎金退了回去。

書《詩經·魏風·伐檀序》：「《伐檀》，刺貪也。在位貪鄙，無功而受祿，君子不得進仕爾。」

【無可比擬】wú kě bǐ nǐ

沒有什麼可以跟它相比。例 電腦排版系統較之傳統的手工揀鉛字排版，具有～的優越性。

書 宋惟白《續傳燈錄·江陵護國齊月禪師》：「窮外無方，窮內非裏，應用萬般，無可比擬。」

【無可奈何】wú kě nài hé

沒有辦法可想。（奈何：怎麼辦。）例 這孩子脾氣犟，別人對他都～，但在黎老師面前他卻大變樣了。

書《史記·周本紀》：「太史伯陽

曰：『禍成矣，無可奈何！』」

【無可非議】wú kě fēi yì
沒有什麼可以指責的。（非議：指責。）例「像他這樣的人也只能夠這樣做。這在他是～的。」（巴金《光明集·一封信》）
書 章炳麟《王夫之從祀與楊度參機要》：「觀《明夷待訪錄》所持重人民，輕君主，固無可非議也。」

【無可厚非】wú kě hòu fēi
見「未可厚非」，112 頁。

【無可救藥】wú kě jiù yào
見「不可救藥」，71 頁。

【無可無不可】wú kě wú bù kě
沒有什麼一定同意，也沒有什麼一定不同意。多指人沒有確定的選擇。（可：表示同意。）例 這次郊遊的地點隨你們安排，我～。
書《論語·微子》：「虞仲、夷逸隱居放言，身中清，廢中權。我則異於是，無可無不可。」邢昺疏：「我之所行，則與此逸民異，亦不必進，亦不必退，唯義所在。」

【無可置疑】wú kě zhì yí
沒有什麼可以懷疑的。（置疑：懷疑。用於否定。）例 他說的這些都是他親眼所見，～。
書 范文瀾、蔡美彪等《中國通史》第一編第五章第二節：「戰國時某些地區已能製鋼，無可置疑。」

【無可置辯】wú kě zhì biàn
沒有什麼可以爭辯的。（置辯：辯論；爭辯。）例 范暉以～的事實把對方駁得啞口無言。
書 清 紀昀《閱微草堂筆記·灤陽消夏錄一》：「此譬至明，以詰形家，亦無可置辯。」

【無以復加】wú yǐ fù jiā
不能再增加什麼了。表示已經達到極點。例「反改革者對於改革者的毒害，向來就並未放鬆過，手段的厲害也已經～了。」（魯迅《墳·論「費厄潑賴」應該緩行》）
書《漢書·王莽傳下》：「德盛者文縟，宜崇其制度，宣視海內，且令萬世之後無以復加也。」

【無出其右】wú chū qí yòu
沒有人能超過他，在他之上。（右：古人以右為上。）例 葛博士對中國人口遷徙史的研究成績斐然，年輕學者中～者。
書《漢書·高帝紀下》：「賢趙臣田叔、孟舒等十人，召見與語，漢廷臣無能出其右者。」

【無地自容】wú dì zì róng
沒有地方可以容納自己，讓自己藏起來。表示羞愧到極點，不好意思見人。（容：容納。）例 考試結果公佈了，他為自己的成績如此之差，感到～，恨不得找個地洞鑽進去。
書 宋 司馬光《謝賜獎諭敕書並帶馬表》：「膺茲貺賚，辭之則涉於偽慢，受之則寘為尸素，有靦面目，無地自容。」

【無名小卒】wú míng xiǎo zú

姓名不為世人所知的小兵。比喻沒有名氣、沒有影響的小人物。例 張先生三年前也還是個～，現在已經成為這家知名電腦網站的總裁了。

書 明羅貫中《三國演義》第四一回：「只見城內一將飛馬引軍而出，大喝：『魏延無名小卒，安敢造亂！』」

【無妄之災】wú wàng zhī zāi

平白無故遭受的災禍。（無妄：表示平白無故，意外而至。）例 街邊的廣告牌突然倒了下來，路過的行人遭受到～。

書《周易·無妄》：「六三，無妄之災。或繫之牛，行人之得，邑人之災。」

【無足掛齒】wú zú guà chǐ

不值得提起。也作「**不足掛齒**」。（足：足以。掛齒：放在嘴上講。）例 舉手之勞而已，～，請別客氣。

書 宋朱弁《曲洧舊聞》卷七：「俚語有『張王李趙』之語，猶言是何等人，無足掛齒牙之意。」

【無足輕重】wú zú qīng zhòng

夠不上對事物的輕重產生影響。表示無關緊要，不值得重視。也作「**無足重輕**」。例 楊先生在公司裏可不是個～的人物，他閱歷豐富，有的事總經理還要向他請教呢。

書 清姚元之《竹葉亭雜記》卷一：「自戴文端公入閣……稽察房遂為無足重輕之地矣。」

【無事不登三寶殿】

wú shì bù dēng sān bǎo diàn

沒有想要求告的事不會登上佛殿。比喻沒有事不會找上門來，登門一定有事。（三寶殿：泛指佛殿。）例 你～，今天來了，總不會只是敍舊吧？

書 明蘭陵笑笑生《金瓶梅詞話》第九一回：「那陶媽媽便道：『小媳婦無事不登三寶殿，奉本縣正宅衙內分付，敬來説咱宅上有一位奶奶要嫁人，講説親事。』」

【無事生非】wú shì shēng fēi

本來沒有事，卻故意製造些是非、糾紛出來。例 他近來疑神疑鬼，常常～，使大家很難和他相處。

書 清無名氏《説唐》第六五回：「我們氣他不過，不如把此事奏聞父王，説他兩個無事生非，欺君滅王的罪罷。」

【無奇不有】wú qí bù yǒu

什麼希奇的事物或現象都有。例 翻閱《吉尼斯世界紀錄》，令我驚歎這個世界上真是～。

書 清吳趼人《二十年目睹之怪現狀》第九回：「上海地方，無奇不有，倘能在那裏多盤桓些日子，新聞還多着呢。」

【無拘無束】wú jū wú shù

不受拘束、限制。形容自由自在。也形容毫不拘謹。例 ❶他單身一人，過着～的生活。❷文

爺爺喜歡孩子，孩子們在他面前可以～地提出各種各樣的問題，他從沒厭煩過。

書 明吳承恩《西遊記》第四四回：「出家人無拘無束，自由自在，有甚公幹？」

【無明業火】wú míng yè huǒ

無明，為佛家語，指痴、愚昧。業，佛家指人的行為、言語、思想意識。無明之業對人的危害如同烈火焚身，故稱無明業火。後來用它泛指怒火。也作「**無明火**」。例 蔣元凌聽到對方説出這種含沙射影的話，～從心頭騰起，立即上前厲聲責問。

書 金馬鈺《滿庭芳・贈趙雷二先生》詞：「休起無明業火，更休思，名利相干。」

【無依無靠】wú yī wú kào

沒有依靠。形容人孤單而沒有人關心照顧。例 老人院接納了不少～的老人，對他們的生活給以細心的照料。

書 明馮夢龍《醒世恒言・徐老僕義憤成家》：「天啊！只道與你一竹竿到底，白頭相守，那裏説起半路上就抛撇了，遺下許多兒女，無依無靠。」

【無的放矢】wú dì fàng shǐ

沒有箭靶亂放箭。比喻説話、做事沒有明確目標，不切合實際。（的：箭靶的中心。泛指箭靶。矢：箭。）例 你把情況弄清楚了再發表意見也不遲，免得～。

書 梁啟超《中日交涉彙評・交涉乎命令乎》：「若純屬虛構，吾深望兩國當局者聲明一言以解眾惑，如是，則吾本篇所論純為無的放矢，直拉雜摧燒之可耳。」

注「的」在此不讀 de 或 dí。

【無往不利】wú wǎng bù lì

無論到哪裏，沒有不順利的。指到處都行得通，幹什麼都順利。（往：到某地去。利：順利。）例 老高有眼光有能力，這幾年辦廠經商，～。

書 唐李虛中《命書》上：「官高祿厚，無往不利。」

【無往不勝】wú wǎng bù shèng

無論到哪裏，沒有不取勝的。也作「**無往不克**」。（克：戰勝。）例 他棋藝高超，在本次大賽中～。

書《三國志・魏志・鄧艾傳》：「以此乘吳，無往而不克矣。」

【無所不用其極】

wú suǒ bù yòng qí jí

原指無處不用盡心力。今多用來指做壞事時什麼極端的手段都用上了。（極：極端。）例 那些貪官污吏搜刮民脂民膏，～，哪裏還管老百姓的死活。

書《禮記・大學》：「《詩》曰：『周雖舊邦，其命惟新。』是故君子無所不用其極。」

【無所不包】wú suǒ bù bāo

沒有什麼不包括在內的。例 這本旅遊手冊的內容～，不僅有風景名勝指南，還對當地的交通住宿、特色飲食、文化娛樂、休閒購物等作了周到的介紹。

書 漢王充《論衡．別通》：「故夫大人之胸懷非一，才高知（同『智』）大，故其於道術，無所不包。」

【無所不有】 wú suǒ bù yǒu

沒有什麼是沒有的。表示什麼都有。例 他是位算盤收藏家，家裏古今中外各式算盤～，真讓人大開眼界。

書《晉書．杜預傳》：「預在內七年，損益萬機，不可勝數，朝野稱美，號曰『杜武庫』，言其無所不有也。」

【無所不至】 wú suǒ bù zhì

沒有達不到的地方。也用來指沒有什麼事幹不出來（用作貶義）。例 ❶ 中國郵政的投遞線路～，四通八達。❷他是個奸商，對顧客坑蒙詐騙，～，實在太可惡了。

書《史記．貨殖列傳》：「周人既纖，而師史尤甚，轉轂以百數，賈郡國，無所不至。」又《禮記．大學》：「小人閒居為不善，無所不至。」

【無所不知】 wú suǒ bù zhī

沒有什麼不知道的。也作「無所不曉」。例「神是無所不知，無所不能的，我這樣想。」（巴金《光明集》）

書 宋蘇軾《中庸論上》：「知之者為主，是故雖無所不知，而有所不能行。」

【無所不為】 wú suǒ bù wéi

沒有不做的事。指什麼壞事都幹得出來。（為：做。）例 這個無恥之徒～，將其繩之於法，實在是大快人心。

書《論語．陽貨》：「苟患失之，無所不至矣。」何晏集解引漢鄭玄曰：「無所不至者，言其邪媚無所不為。」

注「為」在此不讀wèi。㊥ wɐi⁴唯。

【無所不能】 wú suǒ bù néng

沒有什麼不會做的。例 小李很有音樂天賦，吹拉彈唱～。

書 宋張君房《雲笈七籤》卷七五：「服之六斤，身飛行，手摩日月。服之七斤，無所不能，出沒自在。」

【無所用心】 wú suǒ yòng xīn

沒有什麼事是用了心的。指不用腦筋，對什麼事情都不關心。例 譚教授退休以後並沒有去過那種～的悠閒生活，他的研究工作仍然在進行。

書《論語．陽貨》：「飽食終日，無所用心，難矣哉！」

【無所作為】 wú suǒ zuò wéi

沒有做出什麼成績。也指人安於現狀，缺乏進取心，不去努力做出成績。（作為：做出成績。）例 ❶ 這家公司開業以來～，和當初大家的期望相差很大。❷他不願～地混日子，失業後，一邊找工作，一邊做義工。

書 宋黃榦《覆李貫之兵部》：「今之為政，只是循習，無所作為，則為良吏；小有更張，則人以為駭。」

注「為」在此不讀wèi。㊥ wɐi⁴唯。

【無所事事】wú suǒ shì shì
沒有做什麼事情。指閒着不做事或無事可做。（事事：做事情。）例 公司裏有的人很忙，有的人卻～，工作安排很不合理，這種狀況應該改變才是。
書 明李開先《再送徐通府升順州序》：「攝縣人多謂之護印，言看守印信而已，無所事事也。」

【無所畏懼】wú suǒ wèi jù
沒有什麼可以懼怕的。表示什麼都不怕。例 他～地和地方上的惡勢力展開鬥爭，從來沒有退縮過。
書《魏書·董紹傳》：「此是紹之壯辭，云巴人勁勇，見敵無所畏懼，非實瞎也。」

【無所施其技】wú suǒ shī qí jì
無法施展其手段。也作「**無所施其伎**」。例 只要我們彼此都能以大局為重，坦誠相見，那些挑撥離間的小人就～了。
書 清梁章鉅《歸田瑣記·奴僕》：「〔僕輩〕雖狡獪，無所施其技。」

【無所措手足】wú suǒ cuò shǒu zú
沒有放手腳的地方；不知道手腳該放在哪裏。形容不知道該怎麼辦才好。（措：安排；安放。）例 年輕人缺乏經驗，處事難免不夠周全，如果動輒斥責，往往會弄得他們～。
書《論語·子路》：「刑罰不中，則民無所錯（通『措』）手足。」

【無所適從】wú suǒ shì cóng
不知道該依從誰；不知道按哪一種辦法做才好。（適：去；往。從：依從。）例 聽了幾個房產商對各自樓盤的介紹，我一時～，這些樓盤各有特色，似乎都值得選擇。
書《北齊書·魏蘭根傳》：「此縣界於強虜，皇威未接，無所適從，故成背叛。」

【無法無天】wú fǎ wú tiān
目無法紀，蠻不講理。指人毫無顧忌地胡作非為。也指人任性胡為。（天：天理；道理。）例 他仗着有靠山，在當地～，激起了公憤。
書 清曹雪芹、高鶚《紅樓夢》第三三回：「你在家不讀書也罷了，怎麼又做出這些無法無天的事來。」

【無官一身輕】
wú guān yī shēn qīng
卸去官職後一身輕鬆。有時也指人不當官，輕鬆自在。例 他不當局長後，用不着每天為那麼多事操心，真有一種～的感覺。
書 宋蘇軾《借前韻賀子由生第四孫斗老》：「無官一身輕，有子萬事足。」

【無風不起浪】wú fēng bù qǐ làng
沒有風，水面不會起波浪。比喻事出有因。例 ～，大家對賬目混亂的議論引起了主管部門的重視。
書 趙樹理《互作鑒定》：「無風不起浪，要是沒有人反映，王書記怎麼會知道我們不團結呢？」

【無計可施】wú jì kě shī

沒有什麼計策可以施展。指想不出對付的辦法。例 怎樣才能擺脫目前的困境呢，我覺得已經～了。

書 明羅貫中《三國演義》第七六回：「卻說糜芳聞荊州有失，正無計可施。」

【無恥之尤】wú chǐ zhī yóu

無恥中最突出的；無恥到了極點。(尤：突出的。) 例 有些人竟對侵略者肉麻吹捧，真可算得是～了。

書 清王士禛《分甘餘話》卷上：「二子可謂失其本心，無恥之尤者也。」

【無根之木，無源之水】

wú gēn zhī mù, wú yuán zhī shuǐ

沒有根的樹木，沒有源頭的水。比喻沒有基礎的事物。也作「**無源之水，無本之木**」。(木：樹木。本：根。) 例 他們這一學派的理論並非～，因而很有活力。

書 宋陸九淵《與曾宅之書》：「今終日營營，如無根之木，無源之水，有採摘汲引之勞，而盈涸榮枯無常。」

【無時無刻】wú shí wú kè

沒有哪一個時刻。它用在副詞「不」之前，組成「無時無刻不……」的形式，表示時時刻刻，不間斷。例「我～不祝願我的廣大讀者有着更加美好、更加廣闊的前途。」(巴金《把心交給讀者》)

書 明張居正《謝遣中使趣召並賜銀八寶等物疏》：「雖違遠天顏，曠離官守，而犬馬依戀之心，無時無刻不在皇上左右。」

【無師自通】wú shī zì tōng

沒有老師的傳授指點，靠自己思考、鑽研而通曉了某種知識或技能。例 童先生～地學會了鋼琴調音技術，現在已經是遠近聞名的調音師了。

書 郭沫若《我的童年》第一篇三：「他的無師自通的中醫，一方面得着別人的信仰，一方面他也好像很有堅決的自信。」

【無病呻吟】wú bìng shēn yín

沒有病卻故意發出表示痛苦的聲音。比喻本沒有什麼值得憂慮的事卻也在那裏長吁短歎。也比喻文藝作品缺乏真實感情，矯揉造作。(呻吟：指人因痛苦而哼出聲音。) 例 他的詩作～，怎麼可能使讀者受到感動呢？

書 宋辛棄疾《臨江仙》詞：「百年光景百年心，更歡須歎息，無病也呻吟。」又明李贄《覆焦漪園書》：「文非感時發己，或出自家經畫康濟，千古難易者，皆是無病呻吟，不能工。」

【無家可歸】wú jiā kě guī

沒有家可以回去。指人失去家庭，無處安身。例 他現在～，到處流浪，自己也不知道能在哪裏容身。

書 唐陸贄《平朱泚後車駕還京大赦制》：「如無家可歸者，量給田宅，使得存濟。」

【無能為力】wú néng wéi lì
用不上力量。指沒有能力或能力達不到。（為力：用上力。）例 不是我不願意幫這個忙，實在是～。
書 清昭槤《嘯亭雜錄·誅伍納拉》：「伍浦皆伏罪，立置於法。和亦無能為力。」
注「為」在此不讀wèi。粵 wei⁴唯。

【無理取鬧】wú lǐ qǔ nào
唐韓愈《答柳柳州食蝦蟆》詩：「鳴聲相呼和，無理祇取鬧。」意思是蝦蟆沒來由大聲鳴叫，只是造成一片喧鬧。後來用「無理取鬧」表示毫無理由地跟人吵鬧，製造糾紛，故意搗亂。例 對於那些拒不拆除自家的違章建築而又～的人，有關部門將訴諸法律解決。
書 清吳趼人《二十年目睹之怪現狀》第一〇六回：「不合妄到某公館無理取鬧，被公館主人飭僕送捕。」

【無堅不摧】wú jiān bù cuī
沒有什麼堅固的東西不能摧毀。形容力量非常強大。例 只要大家團結一心，就能形成～的力量，渡過難關。
書《舊唐書·孔巢父傳》：「若蒙見用，無堅不摧。」

【無動於衷】wú dòng yú zhōng
內心毫無觸動。（衷：內心。）例「神聖的抗戰，死了那麼多的人，流了那麼多的血，他都～。」（老舍《不成問題的問題》）
書 清方苞《修復雙峯書院記》：「嘗歎五季縉紳之士，視亡國易君，若鄰之喪其雞犬，漠然無動於中（同『衷』）」。

【無庸諱言】wú yōng huì yán
用不着隱諱，可以直說。也作「**毋庸諱言**」。（無庸、毋庸：不用；不必。諱言：有所顧忌而不敢說或不願說。）例 ～，公司的財務狀況確實不佳，這一問題必須認真予以解決。
書 蔡東藩、許廑父《民國通俗演義》第一二二回：「他們決裂的原因，雖不專為此事，要以此事為原因之最大者，這也是無庸諱言的事情呢。」

【無惡不作】wú è bù zuò
沒有哪樣壞事不幹。形容人極壞，幹盡壞事。例 他是個～的人，如今落到如此下場完全是罪有應得。
書 宋法雲《翻譯名義集·釋氏眾名》：「二無羞僧，破戒，身口不淨，無惡不作。」

【無與倫比】wú yǔ lún bǐ
沒有能與之相比的；沒有能與之相匹敵的。形容人或事物極其優秀、突出。（倫比：同等；匹敵。）例 這套出土的兩千多年前的銅編鐘，其製作之精美，～。
書《舊唐書·郭子儀傳》：「自秦漢已還，勳力之盛，無與倫比。」

【無傷大雅】wú shāng dà yǎ
對雅正的風格沒有多大損傷。多就文藝作品而言。後也泛指對事

物的主要方面沒有多大損害。(大雅：指雅正的風格。) 例 這部影片拍得很成功，雖然在道具的選擇上存在某些紕漏，但～。

書 清毛際可《今世說序》：「即忿狷、惑溺，跡涉風（通『諷』）刺，要無傷於大雅。」

【無微不至】wú wēi bù zhì
沒有一個細小的地方不顧及到。今多形容關懷照顧得非常細心周到。例 母親～的照顧，使重病的兒子重新鼓起了生存的勇氣。

書 清孫道乾《小螺庵病榻憶語》：「張姬愛兒如己出；姬病，兒侍奉湯藥，無微不至。」

【無隙可乘】wú xì kě chéng
沒有空隙可以利用；沒有空子可鑽。(隙：縫隙；空子。乘：利用。) 例 這盤棋下到殘局，雙方佈防都很嚴密，簡直～，結果只好握手言和。

書 明李贄《與周友山書》：「正兵法度森嚴，無隙可乘，誰敢邀堂堂而擊正正，以取滅亡之禍歟？」

【無精打采】wú jīng dǎ cǎi
見「沒精打采」，219 頁。

【無憂無慮】wú yōu wú lǜ
形容心情舒暢，沒有任何憂愁、焦慮。例 陳老伯退休後生活過得～，如今紅光滿面，人也發福了。

書 元鄭廷玉《忍字記》第二摺：「來，來，來，我做了個草庵中無憂無慮的僧家。」

【無影無蹤】wú yǐng wú zōng
沒有了影子和蹤跡。形容完全從視野中消失了。(蹤：腳印；蹤跡。) 例 那幾冊剪報明明是放在書櫥頂層的，怎麼就消失得～了呢。

書 明吳承恩《西遊記》第五六回：「(行者)說聲去，一路觔斗雲，無影無蹤，遂不見了。」

【無稽之談】wú jī zhī tán
無可查考的話。今多指毫無根據的說法。(稽：查考。談：所說的話。) 例 這種傳聞純屬～，不可輕信。

書 《尚書・大禹謨》：「無稽之言勿聽，弗詢之謀勿庸。」又宋孫覿《與范丞相書》：「凡迂闊難行之論，謬悠無稽之談，不得一言入於其間。」

【無價之寶】wú jià zhī bǎo
無法計算其價值的寶物。指極其珍貴的事物。也作「**無價寶**」。
例 ❶ 自強不息的歷史傳統是我們的～。❷四川三星堆一帶出土的這批文物都是～，為我們揭開古代這一地區的歷史謎團提供了極為重要的資料。

書 唐魚玄機《贈鄰女》詩：「易求無價寶，難得有心郎。」

【無徵不信】wú zhēng bù xìn
沒有驗證的事不可信。(徵：證明；驗證。) 例 這種說法缺乏事實依據，～，我還是難以接受。

書《禮記·中庸》：「上焉者雖善無徵，無徵不信，不信民弗從。」

【無窮無盡】wú qióng wú jìn
沒有窮盡；沒有止境。（窮：終了；完。）例 讀書使他產生了～的歡樂，他願意終生與書相伴。
書 宋晏殊《踏莎行》詞：「無窮無盡是離愁，天涯地角尋思遍。」

【無緣無故】wú yuán wú gù
沒有任何原因；平白無故。（緣、故：原因。）例 我們誰也沒有得罪她，她～地向我們發脾氣，弄得我們很尷尬。
書 清曹雪芹、高鶚《紅樓夢》第四四回：「好好兒的，從那（同『哪』）裏說起！無緣無故白受了一場氣！」

【無獨有偶】wú dú yǒu ǒu
不只這單獨的一個，還有一個可以跟它配對的。表示某種人或事物本來是很罕見的，可是居然又出現跟它相類似的了。多用於貶義。（偶：成對的。）例「這位東晉皇帝所鬧的笑話，和西晉惠帝問蝦蟆的叫聲是為公還是為私，真真是～。」（郭沫若《驢豬鹿馬》）
書 清黃鈞宰《金壺浪墨·諂媚》：「吠犬侍郎，可與洗馬御史為對，此等諂媚之法，乃無獨有偶如此。」

【無懈可擊】wú xiè kě jī
沒有破綻可以讓人攻擊或挑剔、指責。形容十分嚴密或完美，找不出漏洞或毛病。（懈：懈怠。此指因懈怠而出現的破綻、漏洞。）例 我們的立論～，在辯論中可以穩操勝券。
書 清吳喬《圍爐詩話》：「一篇詩只立一意，起手、中間、收結互相照應，方得無懈可擊。」

【無聲無臭】wú shēng wú xiù
沒有聲音，沒有氣味。比喻人默默無聞。也比喻事情毫無動靜或毫無影響。（臭：氣味。）
例 ❶這位當年名噪一時的女作家晚年客居他鄉，～，讀者再也沒有聽到關於她的消息了。❷去年大會上說到的安排員工旅遊的事，後來卻～起來，再也沒有人提起了。
書 清吳趼人《近十年之怪現狀》第三回：「起初的時候，莫不是堂哉皇哉的設局招股，弄到後來，總是無聲無臭的就這麼完結了。」
注 「臭」在此不讀 chòu。

【無濟於事】wú jì yú shì
對於事情沒有什麼幫助。（濟：補益。）也作「**無補於事**」。
例 這家公司已經無可救藥了，即使再注入資金，恐怕也～。
書 清錢彩等《說岳全傳》第一三回：「我豈不知賊兵眾盛？就帶你們同去，亦無濟於事。」

【無翼而飛】wú yì ér fēi
見「不翼而飛」，88 頁。

【無邊無際】wú biān wú jì
沒有邊際。形容非常廣闊，看不到邊。（際：邊緣。）例 對於這

～的宇宙，我們了解得很少，還有無數的奧祕正等待着我們去探索。

書 清錢彩等《説岳全傳》第六六回：「白茫茫一片無邊無際，原來是太湖邊上。」

【無關大局】wú guān dà jú

不牽涉到大局；對大局不會發生影響。（大局：整個的局面或形勢。）例 整個工作計劃正在順利進行，個別環節難免會有些毛病，但這～。

書 謝覺哉《民主與法制》：「強迫人作普遍的反省，是不適當的。他有不可告人的事，如無關大局，何必多管？」

【無關宏旨】wú guān hóng zhǐ

不涉及大旨；和事物的主要方面沒有什麼關係。（旨：意義；用意。宏旨：大旨；主要的意思。）例 在這些～的細節問題上爭論不休太沒必要，還是討論正題吧。

書 清紀昀《閱微草堂筆記．灤陽消夏錄一》：「宋儒所爭，古文今文字句，亦無關宏旨，均姑置弗議。」

【無關痛癢】wú guān tòng yǎng

見「不關痛癢」，89頁。

【無關緊要】wú guān jǐn yào

不重要。（緊要：重要。）例 是否養成良好的衛生習慣不是一件～的事，它對健康的影響很大。

書 清李汝珍《鏡花緣》第一七回：「可見字音一道……大賢學問淵博，故視為無關緊要，我們後學，卻是不可少的。」

【稍安毋躁】shāo ān wú zào

見「少安毋躁」，110頁。

【稍勝一籌】shāo shèng yī chóu

見「略勝一籌」，369頁。

【稍縱即逝】shāo zòng jí shì

稍一放鬆就失去了。多指時間、機會、靈感等很容易失去。（稍：稍微。縱：放開。即：就；便。逝：此指時間、機會等過去。）例 這樣好的投資機會難得遇見，～，我們要立即抓住，不能再猶豫了。

書 宋蘇軾《文與可畫篔簹谷偃竹記》：「執筆熟視，乃見其所欲畫者，急起從之，振筆直遂，以追其所見，如兔起鶻落，少縱則逝矣。」又清南亭亭長《中國現在記》卷一：「要是不要緊的事，也不敢驚動。現在是稍縱即逝，所以不得不請總辦出來商議着辦。」

【程門立雪】chéng mén lì xuě

程指宋代著名學者程頤。據《河南程氏外書》引侯仲良《侯子雅言》所記，一日游酢、楊時拜見程頤求教，當時程頤正瞑目而坐，二人不敢驚動，恭敬地在旁侍立。程頤醒來後見天色已晚，讓他們回去，這時發現門外的積雪已經深達一尺了。後來就用「程門立雪」表示尊師重道，十分虔誠地就學於師門。也作「**立雪程門**」。例 喬克通～，在學

問上頗有長進。

書 清袁枚《上座主虞山相公》：「枚立雪程門，二十一年矣。」

【短小精悍】duǎn xiǎo jīng hàn
原指人身材矮小而精明強幹。後也指文章、言論或戲劇等簡短有力，內容充實。例 ❶「倪煥之看見從火車上機敏地跳下個～的人，雖然分別有好幾年了，卻認得清是他所期待的客人。」（葉聖陶《倪煥之》二一）❷他的雜文～，一針見血，讀者很愛看。

書 《史記·游俠列傳》：「解為人短小精悍，不飲酒。」

【短兵相接】duǎn bīng xiāng jiē
雙方用刀、劍等短兵器接戰。也比喻雙方面對面進行尖銳的鬥爭。（兵：兵器。）例 ❶在～的廝殺中，他們擊退了敵人的又一輪進攻。❷這場爭論～，進行得很激烈。

書 南朝梁江淹《齊太祖誄》：「短兵相接，長鎩為羣。」

【短歎長吁】duǎn tàn cháng xū
見「長吁短歎」，228頁。

【智者千慮，必有一失】
zhì zhě qiān lǜ, bì yǒu yī shī
見「千慮一失」，55頁。

【智勇雙全】zhì yǒng shuāng quán
智謀和勇敢，二者兼備。例 彭建東是一位～的偵探，偵破過許多疑難案件。

書 元張國賓《薛仁貴》楔子：「憑着您孩兒學成武藝，智勇雙全，若在兩陣之間，怕不馬到成功。」

【喬裝打扮】qiáo zhuāng dǎ bàn
改換服裝，打扮成另外的模樣，以隱瞞自己的真實身分。也作「喬裝改扮」。（喬裝：改換服裝以隱瞞身分。）例 他～成一個商販，走村串户，打探情況。

書 清文康《兒女英雄傳》第一三回：「自己卻喬裝打扮的，僱了一隻小船，帶了兩個家丁，沿路私訪而來。」

【等而下之】děng ér xià zhī
由這一等再往下；低於這一等。（等：等級。）例 這批粟米的質量與上批相比又～了，價錢自然也要低一些。

書 宋樓鑰《論役法》：「鄉之貧者，或不及於此，則以此法等而下之。」

【等米下鍋】děng mǐ xià guō
家裏沒有存糧，等着買米來下鍋做飯。形容境況窘迫，急等着錢或某種東西用。例 我們在生產中就缺這種原料，現正～，大家急得不得了。

書 清吳敬梓《儒林外史》第一六回：「那知他有錢的人只想便宜，豈但不肯多出錢，照時值估價，還要少幾兩，分明知道我等米下鍋，要殺我的巧。」

【等量齊觀】děng liàng qí guān
對有差異的事物同等看待。（量：衡量。觀：看待。）例 這幾件事的輕重緩急不同，不可～，處理上

要分清先後。

書 清周中孚《鄭堂札記》卷五：「若李滄溟者，諸體少完善，惟七絕差勝，祇堪與謝四溟之五律等量齊觀。」

注 「量」在此不讀 liáng。粵 lœŋ6 亮。「觀」在此不讀 guàn。粵 gun1 官。

【等閒視之】 děng xián shì zhī

當平常事情看待，不加重視。多用於否定句或反問句。（等閒：平常。）例 家用電器產品的售後服務十分重要，絕不可～，否則商家會失去客戶的信任。

書 明羅貫中《三國演義》第九五回：「此乃大任也，何為安閒乎？汝勿以等閒視之，失吾大事。」

【筋疲力盡】 jīn pí lì jìn

非常疲勞，一點力氣也沒有了。也作「**筋疲力竭**」、「**精疲力盡**」、「**力盡筋疲**」。（筋：肌肉。）例 小鄭這幾天連續加班，累得～。

書 唐元稹《有酒》詩之五：「精衞銜（通『啣』）蘆塞海溢，枯魚噴沫救池燔。筋疲力竭波更大，鰭焦甲裂身已乾。」

【筆墨官司】 bǐ mò guān si

用文字展開的爭辯。（官司：指訴訟。在此比喻要分出個輸贏的爭辯。）例 在這種枝節問題上大打～，我覺得太沒必要。

書 清許葉芬《紅樓夢辨》：「借他人酒杯，澆自己塊壘，非僅為懵懂輩饒舌，打無謂筆墨官司也。」

【順手牽羊】 shùn shǒu qiān yáng

隨手把羊牽上。原比喻趁便行事，毫不費力。後多比喻乘機隨手拿走人家的東西。例 超級市場裏有時也會發生顧客～的事，商家因此蒙受不少損失。

書 明施耐庵《水滸傳》第九九回：「前面馬靈正在飛行，卻撞着一個胖大和尚劈面搶來，把馬靈一禪杖打翻，順手牽羊，早把馬靈擒住。」又清頤瑣《黃繡球》第三回：「這一天見來的很是不少……而且難免有趁火打劫、順手牽羊的事。」

【順水人情】 shùn shuǐ rén qíng

順帶的、不用花費力氣的人情。（順水：行駛的方向跟水流的方向一致。也比喻不費力氣。）例 關老伯希望讓他兒子進我們公司，反正公司正在招聘，他兒子條件也合適，我們不妨做個～，答應下來就是。

書 明馮夢龍、清蔡元放《東周列國誌》第九九回：「守將和軍卒都受了賄賂，落得做個順水人情。」

【順水推舟】 shùn shuǐ tuī zhōu

順着水流推船。比喻順着情勢說話行事。也作「**順水推船**」。例 他見幾位主管都有意讓蔡志豪去擔任辦事處主任，便也～地表示了同意。

書 元王實甫《破窰記》第一摺：「擠眉弄眼，俐齒伶牙，攀高接貴，順水推船。」

【順理成章】 shùn lǐ chéng zhāng

原指順着條理，寫成文章。後多

比喻説話、做事合乎情理，或某種情況合乎情理地會產生某種結果。例 由學生會來出面組織課餘活動是～的事。

書 宋黎靖德編《朱子語類》卷一九：「文者，順理而成章之謂也。」又清劉坤一《覆張子衡廉訪》：「聲請回籍選補精鋭，藉以便道省墓，殊為順理成章。」

【順藤摸瓜】shùn téng mō guā

順着瓜的藤蔓去找瓜。比喻順着發現的線索去追根究底。例 閻大貴根據幾位當事人的零星回憶～，開展深入調查，終於弄清了事情真相。

書《鍾山》1982年第6期：「舅爺爺就順藤摸瓜，通過這條線找到了游擊隊。」

【集思廣益】jí sī guǎng yì

彙集眾人的智慧，博採有益的意見。例 經過大家討論，～，這個設計方案比上一稿有了很大改進。

書 三國蜀諸葛亮《教與軍師長史參軍掾屬》：「夫參署者，集眾思，廣忠益也。」又明王夫之《宋論・英宗》：「集思廣益，而功不必自己立。」

【集腋成裘】jí yè chéng qiú

聚集起許多狐狸腋下的小塊毛皮，就能縫製出一件珍貴的皮袍。比喻積少成多。用於褒義。（腋：指狐狸腋下的毛皮。裘：毛皮的衣服；皮袍。）例 為了幫助貧困地區改善辦學條件，社區裏的市民紛紛捐款，～，援建新校舍的款項很快有了着落。

書

《慎子・知忠》：「故廊廟之材，蓋非一木之枝也；粹白之裘，蓋非一狐之皮（一作『腋』）也。」又清文康《兒女英雄傳》第三回：「如今弄多少是多少，也只好是集腋成裘了。」

【焦頭爛額】jiāo tóu làn é

原形容人頭部被火燒傷很嚴重。後也用來形容人處境窘迫，十分狼狽。例 他最近工作遇到挫折，家裏也不太平，被弄得～。

書《淮南子・説山訓》：「淳于髡之告失火者，此其類。」漢高誘註：「淳于髡，齊人也。告其鄰，突將失火，使曲突徙薪。鄰人不從，後竟失火。言者不為功，救火者焦頭爛額為上客。」

【進退兩難】jìn tuì liǎng nán

進也不好，退也不好，十分為難。例 新產品的開發尚未完成，市場上已經出現了同類產品，開發工作是否繼續下去，他們陷入了～的境地。

書 明施耐庵《水滸傳》第三五回：「花榮與秦明看了書，與眾人商議道：『事在途中，進退兩難，回又不得，散了又不成，只顧且去。』」

【進退維谷】jìn tuì wéi gǔ

進或退都會陷入困境。（維：語氣助詞。谷：指困難的境地。）例 他在這場商戰中已經大傷元氣，但就此認輸又不甘心，真是～。

書 《詩經·大雅·桑柔》：「人亦有言，進退維谷。」

【皓首窮經】hào shǒu qióng jīng
深入鑽研經籍，一直到年老頭髮白了都不停息。也泛指勤奮苦學，至老不倦。（皓首：頭髮白了。指年老。窮：深入鑽研。）例 王先生～，在先秦禮制研究方面頗有建樹。
書 宋徐子平《珞琭子三命消息賦註》下：「古人為道者，皓首窮經，專心致志，惟恐失於妙道。」

【街談巷議】jiē tán xiàng yì
大街小巷裏人們的談説議論。也作「**街談巷語**」。例 最近公佈的強積金計劃已成為大家～的主要話題。
書 漢張衡《西京賦》：「街談巷議，彈射臧否。」

【街頭巷尾】jiē tóu xiàng wěi
泛指大街小巷各處地方。例 環保志願者深入到～，開展保護環境的宣傳活動。
書 宋普濟《五燈會元·汾陽昭禪師法嗣·太子道一禪師》：「（僧）曰：『如何是學人轉身處？』師曰：『街頭巷尾。』」

【循名責實】xún míng zé shí
依照事物的名稱來考察其實際內容，要求名實相符。（循：依照。責：要求達到一定標準。）例 ～，會員們希望學會理事會在組織學術活動方面認真負起自己的責任來。
書 《韓非子·定法》：「今申不害言術，而公孫鞅為法。術者，因任而授官，循名而責實，操殺生之柄，課羣臣之能者，此人主之所執也。」

【循序漸進】xún xù jiàn jìn
依照順序逐漸前進。指學習或工作依照一定的步驟逐漸深入或提高。例「而所謂『格物、致知、誠意、正心、修身、齊家、治國、平天下』，是～的。」（朱自清《四書》七）
書 宋朱熹《答邵叔義》之一：「讀書窮理，積其精誠，循序漸進，然後可得，決非一旦慨然永歎，而躐等坐馳之所能至也。」

【循規蹈矩】xún guī dǎo jǔ
遵守規矩；言行舉動都合乎規矩。（蹈：踩上。此指遵循。規、矩：規是畫圓形的工具，矩是畫直角的尺子，規矩在此指言行的準則。）例 這個一向～的員工今天怎麼也會擅離職守？齊主任很想弄清其中的原因。
書 宋朱熹《答方賓王書》：「循塗（通『途』）守轍，猶言循規蹈矩云爾。」
注 「矩」不讀jù，不可寫作「距」。

【循循善誘】xún xún shàn yòu
善於有步驟地引導、教育人。泛指教導有方。（循循：形容依照一定的順序或步驟。誘：誘導；引導。）例 彭老師～地幫助小艾認識自己學習上的不足，鼓勵她克服缺點，爭取更大的進步。

書《論語·子罕》：「夫子循循然善誘人。」後用作「循循善誘」。

【鈎心鬥角】gōu xīn dòu jiǎo
原指宮室建築結構精巧工致。後多形容人各用心機，互相傾軋、排擠。也作「**勾心鬥角**」。（鈎：鈎連。心：指宮室的中心。鬥：湊集。角：指簷角。）例 這家公司幾個主管之間～，是造成公司經營業績下滑的主要原因。
書 唐杜牧《阿房宮賦》：「廊腰縵迴，簷牙高啄，各抱地勢，鈎心鬥角。」

【鈎玄提要】gōu xuán tí yào
探求精微，提示要義。（鈎：探求。玄：指深奧精微的道理。）例 田先生在這部著作裏～，對魏晉門閥制度有十分精闢的論述。
書 唐韓愈《進學解》：「記事者必提其要，纂言者必鈎其玄。」又清錢謙益《都察院司務無回沈君墓誌銘》：「觀其所撰著，鈎玄提要，朱黃盈帙。」

【創巨痛深】chuāng jù tòng shēn
創傷大，痛苦深。形容遭受極大的傷害和痛苦。（創：創傷。）例 經歷了這場浩劫的人，～，至今想來仍心有餘悸。
書《禮記·三年問》：「創鉅（同『巨』）者其日久，痛甚者其愈遲。」又《晉書·賀循傳》：「先父遭遇無道，循創巨痛深。」

【飲水思源】yǐn shuǐ sī yuán
喝水時想到水的來源。比喻人不忘本。例 陳未來現在已是知名教授了，但他～，提到當年悉心培養他的恩師，感激之情溢於言表。
書 北周庾信《徵調曲》：「落其實者思其樹，飲其流者懷其源。」又清文康《兒女英雄傳》第一三回：「老師，這幾個門生現在的立身植品，以至仰事俯蓄，穿衣吃飯，那不是出自師門？誰也該飲水思源，緣木思本的。」

【飲泣吞聲】yǐn qì tūn shēng
流下的眼淚嚥到肚裏，不敢哭出聲來。形容人受到壓迫欺淩，十分傷心痛苦，卻不敢表露出來。（泣：指眼淚 。聲：指哭聲。）例 小童的心智未成熟，往往受了非禮也只能～，把痛苦都壓在了心裏。
書 宋王明清《玉照新志》卷二：「鳳凰釵寶玉凋零。悵然慘，嬌魂怨，飲泣吞聲。」

【飲醇自醉】yǐn chún zì zuì
喝醇厚的美酒，不知不覺自己就喝醉了。比喻人受到寬厚的對待，不由你不由衷敬服。（醇：味道純正濃厚的酒。）例 和這樣一位長者在一起，如沐春風，令人～。
書《三國志·吳志·周瑜傳》：「惟與程普不睦。」裴松之註引晉虞溥《江表傳》：「普頗以年長，數陵侮瑜。瑜折節容下，終不與校。普後自敬服而親重之，乃告人曰：『與周公瑾交，若飲醇醪，不覺自醉。』」

【飲鴆止渴】yǐn zhèn zhǐ kě

喝毒酒來止住口渴。比喻用有害的辦法來解決眼前的困難，後患十分嚴重。（鴆：傳說中的一種鳥。此指用牠的羽毛泡的酒，據說喝了能毒死人。）例「少爺出身的你不知道窮人的艱難；借印子錢，～，也是沒有法子呀！」（茅盾《三人行》）

書 晉葛洪《抱朴子・嘉遯》：「咀漏脯以充饑（同『飢』），酣鴆酒以止渴。」今多作「飲鴆止渴」。

注「鴆」不讀jiū，不可寫作「鳩」。

【勝任愉快】shèng rèn yú kuài

有足夠的能力擔任這項工作，完成得能令人滿意。（勝任：能力足以擔任。）例 他善於協調各方面的工作，當辦公室主任是能～的。

書《史記・酷吏列傳序》：「當是之時，吏治若救火揚沸，非武健嚴酷，惡能勝其任而愉快乎！」

【勝敗乃兵家常事】

shèng bài nǎi bīng jiā cháng shì

勝利或失敗是用兵的人常會遇到的事。常用來勸慰失敗的人不要灰心喪氣。（乃：是。兵家：用兵的人。）例 這次比賽雖然失利，但不必氣餒，～，只要每位隊員在場上盡了力，球迷們還會繼續給以支持的。

書 明施耐庵《水滸傳》第五五回：「宋江眉頭不展，面帶憂容，吳用勸道：『哥哥休憂，勝敗乃兵家常事，何必掛心。』」

【週而復始】zhōu ér fù shǐ

繞了一圈後又重新開始；一遍遍地循環。也作「**周而復始**」。（週：繞一圈。）例 ❶這一路公交汽車繞三環路開行，～，兜一圈大約需要兩個小時。❷「這就是逸羣每日在病院裏過着的～的生活。」（郁達夫《蜃樓》八）

書《文子・自然》：「十二月運行，週而復始。」

【猶豫不決】yóu yù bù jué

拿不定主意，決定不下來。（猶豫：遲疑不決。）例 大學畢業後是去求職還是繼續讀書深造，他～，很想聽聽朋友們的意見。

書《戰國策・趙策三》：「平原君猶豫未有所決。」又《晉書・劉牢之傳》：「時玄屯相府，敬宣勸牢之襲玄，猶豫不決。」

【評頭品足】píng tóu pǐn zú

原指無聊地對婦女的容貌體態多方評論。後也泛指對人對事說長道短，評論挑剔。也作「**評頭論足**」、「**品頭論足**」。（品：評論高下好壞；品評。）例 老厲對他有成見，在工作上～，要求未免苛刻了些。

書 壯者《掃迷帚》第一五回：「見那良家婦女及各寮娼妓，冶容豔色，躑躅僧房。輕薄少年，多於廟前廟後，評頭品足。」

【詞不達意】cí bù dá yì

言詞未能把意思確切表達出來。也作「**辭不達意**」。（達：表達。）例 他生怕～，所以對自己所要說的意思反覆進行了解釋。

書 宋惠洪《石門文字禪．高安城隍廟記》：「蓋五百年而書功烈者，詞不達意，余嘗歎息焉。」

【就地取材】jiù dì qǔ cái
在當地選取所需要的人或東西。（就地：在原處。）例 這幾間小屋是～用毛竹搭蓋起來的，塗上泥巴，蓋上稻草，就可以住人了。
書 清劉坤一《覆李少荃中堂》：「且此間風氣不願延請外省纂修，就地取材，安得人人班、馬？」

【就事論事】jiù shì lùn shì
按照事情本身的情況來評論它。表示不延伸開去涉及其他。（就：依隨；按照。）例 如果～，他這樣做並沒有什麼不對，但你一定要從其他方面來推測分析，問題就複雜了。
書 《孟子．梁惠王下》：「王如好色與百姓同之，於王何有。」朱熹集註引宋楊時曰：「孟子與人君言，皆所以擴充其善心而格其非心，不止就事論事。」

【痛不欲生】tòng bù yù shēng
悲痛得不想再活下去了。形容悲痛到極點。例 眼見祖輩傳下來的幾百冊圖籍在戰亂中毀於一旦，丁老先生～，一下子就病倒了。
書 清紀昀《閱微草堂筆記．槐西雜誌一》：「有王震升者，暮年喪愛子，痛不欲生。」

【痛心疾首】tòng xīn jí shǒu
形容傷心、痛恨到極點。（疾首：頭痛。）例 談到中國近代史上這段受欺凌的往事，同學們～，紛紛表示一定要學好本事，為國家的建設出一份力。
書 《左傳．成公十三年》：「諸侯備聞此言，斯是用痛心疾首，暱就寡人。」

【痛快淋漓】tòng kuài lín lí
形容盡情盡興，很暢快。（淋漓：形容酣暢。）例「（李博士）演講《家庭與國家關係》，提到家庭的幸福和苦痛，與男子建設事業能力的影響，又引證許多中西古今的故實，說得～。」（冰心《兩個家庭》）
書 清文康《兒女英雄傳》第二〇回：「即如我在能仁寺救安公子、張姑娘的性命，給他二人聯姻以至贈金借弓這些事，不過是我那多事的脾氣，好勝的性兒，趁着一時高興要作一個痛快淋漓，要出出我自己心中那口不平之氣。」

【痛改前非】tòng gǎi qián fēi
徹底改正過去的錯誤。（痛：徹底地。非：過錯。）例 他決心～，真誠地希望得到大家的幫助。
書 宋《宣和遺事》亨集：「陛下倘信微臣之言，痛改前非，則如宣王因庭燎之箴而勤政，漢武悔輪台之失而罷兵，宗社之幸也。」

【痛定思痛】tòng dìng sī tòng
痛苦的心情平定下來之後，再來追想當時所受的痛苦。含有在反

思中心情格外沈痛或令人警醒，從中汲取教訓等意思。例 火災過後人們～，深切地認識到落實各項防火措施，加強監督，對於保障人們的安全是多麼重要。

書 唐韓愈《與李翺書》：「僕在京城八九年，無所取資，日求於人，以度時月，當時行之不覺也。今而思之，如痛定之人，思當痛之時，不知何能自處也。」又宋文天祥《指南錄後序》：「痛定思痛，痛何如哉！」

【痛哭流涕】tòng kū liú tì

放聲大哭，淚流滿面。形容極其悲傷。（痛哭：縱情大哭。涕：眼淚。）例 他為自己誤入歧途而傷心不已，～地表示一定要洗心革面，改過自新。

書 漢賈誼《陳政事疏》：「臣竊惟事勢，可為痛哭者一，可為流涕者二，可為長太息者六。」又明袁宏道《序小修詩》：「窮愁之時，痛哭流涕，顛倒反覆，不暇擇音。」

【痛癢相關】tòng yǎng xiāng guān

比喻利害相關，彼此關係密切。例 他們幾個是好朋友，～，不分彼此。

書 明楊士聰《玉堂薈記》卷下：「江陵柄政……外而督撫，內而各部，無一刻不痛癢相關。」

【童顏鶴髮】tóng yán hè fà

見「鶴髮童顏」，572頁。

【棄本逐末】qì běn zhú mò

見「捨本逐末」，364頁。

【棄甲曳兵】qì jiǎ yè bīng

扔了鎧甲，拖着兵器。形容打了敗仗逃跑時的狼狽相。（棄：扔掉。甲：古代將士穿的護身衣，用金屬或皮革製成。曳：拖。兵：兵器。）例 這場伏擊戰把敵人打得～，潰不成軍。

書 《孟子·梁惠王上》：「填然鼓之，兵刃既接，棄甲曳兵而走。」

【棄如敝屣】qì rú bì xǐ

像扔破爛鞋子一樣把它扔掉。比喻毫不可惜地拋棄掉。也作「**棄若敝屣**」。（敝：破爛。屣：鞋子。）例 他這個人從不講情義，你對他有用時他籠絡你，一旦你不再有用，他對你照樣～。

書 《孟子·盡心上》：「舜視棄天下猶棄敝蹝（同『屣』）也。」後用作「棄如敝屣」。

【棄邪歸正】qì xié guī zhèng

見「改邪歸正」，222頁。

【棄暗投明】qì àn tóu míng

脫離黑暗，投向光明。比喻脫離非正義的一方，投向正義的一方。例 這些黑社會成員～，自動向警方投誠，我們還是應該給機會他們改過自新的。

書 明許仲琳《封神演義》第五六回：「今將軍既知順逆，棄暗投明，俱是一殿之臣，何得又分彼此。」

【棄舊圖新】qì jiù tú xīn

拋棄舊的、錯誤的，謀求新的、正確的。（圖：謀求。）例 在親友的規勸下，這個參與走私的年輕人決心～，改邪歸正。

書 宋陸九淵《與鄧文範書》之一：「昨晚得倉台書，謂別後稍棄舊而圖新，了然未有所得。」

【善自為謀】shàn zì wéi móu
妥善地為自己謀劃、打算。（善：妥善。）例 希望他今後能～，好自為之，不要再做讓人失望的事了。

書《左傳·桓公六年》：「太子曰：『人各有耦，齊大，非吾耦也。《詩》云：「自求多福。」在我而已，大國何為？』君子曰：『善自為謀。』」

【善男信女】shàn nán xìn nǚ
佛教用語，指信仰佛教的男女。例 黃大仙廟座落鬧市，到這裏來敬香的～很多。

書 唐慧能《壇經·疑問品》：「善男信女，各得開悟。」

【善始善終】shàn shǐ shàn zhōng
很好地開始，完滿地結束。（善：做好。）例 這次整頓財務一定要～地進行，不能虎頭蛇尾，敷衍了事。

書《史記·陳丞相世家贊》：「及呂后時，事多故矣，然平竟自脱，定宗廟，以榮名終，稱賢相，豈不善始善終哉！」

【善氣迎人】shàn qì yíng rén
以和善的神色待人接物。（善：和善。）例 容先生～，十分和藹可親。

書《管子·心術下》：「善氣迎人，親於兄弟；惡氣迎人，害於戎兵。」

【善罷甘休】shàn bà gān xiū
好好地了結，甘願收場。表示對糾紛或爭鬥的態度。多用於詰問或否定。也作「善罷干休」。（善：好好地。罷、休：停止。甘：甘心情願。）例「不去呢，她必不會～；去呢，她也不會饒了他。」（老舍《駱駝祥子》十）

書 清曹雪芹、高鶚《紅樓夢》第六五回：「奶奶就是讓着他，他看見奶奶比他標致，又比他得人心兒，他就肯善罷干休了？人家是醋罐子，他是醋缸，醋甕！」

【着手成春】zhuó shǒu chéng chūn
今多用來稱讚醫生醫術高明，一動手就使病人轉危為安，重現生機。（着手：開始做；動手。成春：出現了春天。比喻病人獲得了生機。）例 閔醫生以其着手成春的醫術贏得了病人的信任和稱讚。

書 清丘逢甲《病中贈王桂山》詩之二：「千金妙有神方在，着手先成海上春。」

【普天同慶】pǔ tiān tóng qìng
天下的人一同慶祝。（普：普遍。普天：全天下。指全國或全世界。）例 今天是新世紀的第一個元旦佳節，～，各地舉行了豐富多彩的慶祝活動。

書 晉傅玄《賀老人星表》：「弘無量之祐，隆克昌之祚，普天同慶，率土含歡。」

【曾幾何時】céng jǐ hé shí
才經過了多少時間。表示時間過

去沒有多久。（曾：副詞。才。幾何：多少。）例 ～，昔日的競爭對手竟也成了合作夥伴。

書 宋王安石《祭盛侍郎文》：「補官揚州，公得謝歸，曾幾何時，訃者來門。」

【曾經滄海】 céng jīng cāng hǎi

唐代元稹的《離思》詩中有「曾經滄海難為水，除卻巫山不是雲」的句子，後來就用「曾經滄海」表示經歷過大世面，見多識廣，經驗豐富。（曾：曾經。經：經歷。滄海：大海。滄是表示青綠的水色。）例 對於這位～的投資家來說，目前股市行情的劇烈變化並沒有使他亂了方寸。

書 清文康《兒女英雄傳》第三一回：「請教，一個曾經滄海的十三妹，這些個玩意兒可有個不在行的？」

【勞民傷財】 láo mín shāng cái

既使人民勞苦，又浪費錢財。例 政府部門的高官應該珍惜納稅人的錢，善持籌握算，開源節流，不要去做那種～的事。

書《金史・耨盌溫敦思忠傳》：「謙意宮殿被火，將復興工役，勞民傷財，乃上表乞權紓修建。」

【勞而無功】 láo ér wú gōng

費了力氣卻沒有成效。也作「**徒勞無功**」。（功：成效。）例 他奔波了一天，到很多書店去找過他想要的那本書，結果～，空手回來了。

書《墨子・號令》：「地得其任，則功成；地不得其任，則勞而無功。」

【勞苦功高】 láo kǔ gōng gāo

經受了很多勞累辛苦，功勞很大。例 這些前輩們～，受到公司同仁的尊敬。

書《史記・項羽本紀》：「勞苦而功高如此，未有封侯之賞。」

【勞師動眾】 láo shī dòng zhòng

見「興師動眾」，533 頁。

【勞燕分飛】 láo yàn fēn fēi

古樂府《東飛伯勞歌》中有「東飛伯勞西飛燕」的句子，後來就用「勞燕分飛」比喻人別離。多用於夫妻、情侶之間。（伯勞：鳥名。）例 丈夫出國，～，她的思念之情與日俱增。

書 清王韜《淞隱漫錄・尹瑤仙》：「其謂他日勞燕分飛，各自西東，在天之涯地之角耶？」

【湮沒無聞】 yān mò wú wén

被埋沒，無人知道。多指名聲、事跡。（湮沒：埋沒。）例 長期以來～的這處古文化遺址，隨着發掘工作的開展，正受到歷史學界越來越強烈的關注。

書 清戴名世《朱銘德傳》：「自明之亡，江、浙、閩、廣間，深山大澤如先生輩者亦不少，而湮沒無聞於世者多矣。」

【温文爾雅】 wēn wén ěr yǎ

態度温和，舉止文雅有禮貌。（温文：温和而有禮貌。爾雅：

指文雅。）例 葉先生是位～的長者，我從來沒有見到過他疾言厲色地對待別人。

書 清蒲松齡《聊齋誌異·陳錫九》：「此名士之子，温文爾雅，烏能作賊！」

【温故知新】wēn gù zhī xīn

温習學過的知識，能夠得到新的理解和體會。也指重温歷史，有助於認識現在。（温：温習。故：舊的。）例 ❶陶先生在學習中很重視～，有些經典著作他已讀過很多遍了。❷歷史的經驗值得注意，～，它能幫助我們少走彎路。

書《論語·為政》：「温故而知新，可以為師矣。」又《漢書·百官公卿表上》：「故略表舉大分，以通古今，備温故知新之義云。」

【温情脈脈】wēn qíng mò mò

飽含温柔深情，默默表露出來。（脈脈：默默表露深情。）例 她對你～，你可不要讓她傷心喲。

書 宋辛棄疾《摸魚兒》詞：「千金縱買相如賦，脈脈此情誰訴？」又《收穫》1981年第4期：「他温情脈脈地説着，又用手輕輕撫摸着我的肩頭。」

書 「脈」在此不讀 mài。

【盜名欺世】dào míng qī shì

見「欺世盜名」，406頁。

【渾水摸魚】hún shuǐ mō yú

在渾濁的水裏摸魚。比喻趁混亂的時候撈取不正當利益。例 這家公司管理混亂，這為某些人～提供了可乘之機。

書 老舍《四世同堂》四五：「其餘那些人，有的是渾水摸魚，乘機會弄個資格。」

【渾身是膽】hún shēn shì dǎn

見「一身是膽」，6頁。

【渾金璞玉】hún jīn pú yù

見「璞玉渾金」，524頁。

【渾然一體】hún rán yī tǐ

各個組成部分融合成一個完美的整體。（渾然：形容完整不可分割。）例 這首詩寫景抒懷，～。

書 清黃宗羲《答董吳仲論學書》：「使早知意為心之所存，則操功只有一意，破除攔截，方可言前後內外渾然一體也。」

【渾渾噩噩】hún hún è è

漢揚雄《法言·問神》：「虞夏之書渾渾爾，商書灝灝爾，周書噩噩爾。」後來就用「渾渾噩噩」表示淳樸。今多用來形容人糊裏糊塗，懵懂無知。（渾渾：形容渾厚質樸。噩噩：形容嚴肅正大。）例 前些年我～地過日子，一事無成，今後要振作精神，加倍努力，不能再虛度光陰了。

書 茅盾《一個女性》四：「他只憂愁着瓊華的『太早熟』，他自己在十六七時是渾渾噩噩的。」

【惴惴不安】zhuì zhuì bù ān

因害怕或擔憂而心神不安。（惴惴：害怕、擔憂的樣子。）

例 小陶闖了禍，～地等着總經理召見，不知道公司會如何處分他。

書 清湯斌《在內黃寄上孫徵君先生書》：「窺管之見，不敢不竭，但學識疏淺，錯謬恐多，為惴惴不安耳。」

【惱羞成怒】nǎo xiū chéng nù

見「老羞成怒」，144 頁。

【割雞焉用牛刀】

gē jī yān yòng niú dāo

見「殺雞焉用牛刀」，378 頁。

【富貴不能淫】fù guì bù néng yín

不受金錢、權勢地位的迷惑。（淫：迷惑；惑亂。）例 在這物慾橫流的年代，他這種～的情操尤其令人欽佩。

書 《孟子・滕文公下》：「富貴不能淫，貧賤不能移，威武不能屈，此之謂大丈夫。」

【富貴浮雲】fù guì fú yún

把金錢、權勢地位看得如同天上飄浮的雲彩，毫不動心。例 在俞先生眼裏，～，他從來沒有把它們當成自己追求的目標。

書 《論語・述而》：「不義而富且貴，於我如浮雲。」又宋李覯《自遣》詩：「富貴浮雲畢竟空，大都仁義最無窮。」

【富貴榮華】fù guì róng huá

既富有，又有權勢地位，榮耀顯達。也作「**榮華富貴**」。（榮華：原指草木開花。比喻榮耀顯達。）例 在封建科舉時代，一旦金榜題名，～隨之而來，這對當時的士子有着巨大的吸引力。

書 漢王符《潛夫論・論榮》：「所謂賢人君子者，非必高位厚祿、富貴榮華之謂也。」

【富麗堂皇】fù lì táng huáng

華麗而氣派很大。多用於形容建築物或場面。也形容文章有氣派，詞藻華麗。（堂皇：形容氣勢宏大。）例 ❶這幢山腰上的別墅外觀很普通，裏面的裝修卻～，不同尋常。❷他的文章寫得～，文彩飛揚。

書 巴金《光明集・狗》：「我四處找尋，我發現了富麗堂皇的建築物，我也發現了簡單的房屋。」

【畫地為牢】huà dì wéi láo

相傳上古時候刑律寬緩，在地上畫個圈當做牢獄，讓有罪的人待在圈裏就算坐牢。後多比喻把行動限制在某一範圍內，不許逾越。（牢：監獄。）例 雖説研究者大抵都有自己的研究範圍，但也不必～，關心相關學科的發展，拓展視野，對促進學術研究是很有益處的。

書 漢司馬遷《報任少卿書》：「故有畫地為牢，勢不可入，削木為吏，議不可對，定計於鮮也。」

【畫虎不成反類狗】

huà hǔ bù chéng fǎn lèi gǒu

想畫老虎沒畫成，畫出了類似狗的模樣。比喻學習、模仿不到家，反倒弄得不倫不類。也作「**畫虎類狗**」。「狗」也作「犬」。

（類：類似；像。）例 學習別人的做法必須結合自身的條件，否則的話很可能會出現～的結果。

書《後漢書‧馬援傳》：「杜季良豪俠好義，憂人之憂，樂人之樂，清濁無所失，父喪致客，數郡畢至，吾愛之重之，不願汝曹效也……效季良不得，陷為天下輕薄子，所謂畫虎不成反類狗者也。」

【畫蛇添足】 huà shé tiān zú

據《戰國策‧齊策二》記載，楚國有幾個人爭一卮（zhī，古代盛酒器）酒喝，約定在地上畫蛇，誰先畫成誰就可以喝到酒。有一個人先畫成了，拿起酒要喝，得意地說：「我還能給蛇添上腳呢！」蛇腳還沒畫完，另外一個人的蛇也畫成了，奪過酒說：「蛇本來沒有腳，你怎麼能給牠畫上腳？」結果酒被另外那個人喝了。比喻做多餘的事，弄巧成拙。例 顧先生已經把話說得很清楚了，你就不要～了。

書 明 劉希稷《田間四時行樂詩跋》：「余乃門下人，欲為之註釋，恐不能詳，又或有戾原旨，難免畫蛇添足之誚。」

【畫棟雕樑】 huà dòng diāo liáng

用彩畫裝飾的棟和樑。形容房屋建築富麗堂皇。也作「**雕樑畫棟**」。（雕：用彩畫裝飾。）例 這裏是昔日的皇家園林，～，氣派非凡。

書 宋《宣和遺事》前集：「畫棟雕梁（同『樑』），高樓邃閣，不可勝計。」

【畫意詩情】 huà yì shī qíng

見「詩情畫意」，469 頁。

【畫餅充飢】 huà bǐng chōng jī

畫個餅來解餓。比喻徒有虛名，而無實際內容或行動，不起作用。也比喻用空想來安慰自己。也作「**畫餅充饑**」。例 ❶公司當初許諾年內要給員工加薪，誰知只是～，至今也未見動靜。❷他一次次為自己設計今後的發展藍圖，只是從來也沒有實現過，看來也不過是～而已。

書《三國志‧魏志‧盧毓傳》：「選舉莫取有名，名如畫地作餅，不可啖也。」又宋 李清照《打馬賦》：「説梅止渴，稍蘇奔競之心；畫餅充饑，少謝騰驤之志。」

【畫龍點睛】 huà lóng diǎn jīng

據唐代 張彥遠《歷代名畫記》記載，南朝 梁的著名畫家張僧繇（yóu）在金陵 安樂寺的壁上畫了四條白龍，沒點眼睛，別人問他原因，他說點上眼睛龍就飛走了。別人不信，一定要他點睛，他剛給兩條龍點上眼睛，突然雷電大作，這兩條龍破壁飛上天去了，於是壁上只剩下另外兩條沒有點睛的白龍。比喻說話或寫作時在關鍵處用精闢的話點明要旨。例 文章標題常常能起～的作用，這是需要作者用心琢磨的地方。

書 清 楊倫《〈杜詩鏡銓〉凡例》：「詩貴不著圈點，取其淺深高下，隨人自領。然畫龍點睛，正使精神愈出，不必以前人所無而廢之。」

【尋根究底】xún gēn jiū dǐ

探尋根源，弄清底細。泛指弄清其來龍去脈。也作「**尋根問底**」、「**追根問底**」。（究：仔細探求；追查。）例「只有一班閒人們卻還要～的探阿Q的底細。」（魯迅《吶喊·阿Q正傳》）

書 清 曹雪芹、高鶚《紅樓夢》第三九回：「村老老是信口開河，情哥哥偏尋根究底。」

【開天闢地】kāi tiān pì dì

古代神話傳說中說，起初天地混沌一片，像個雞子，盤古氏開闢天地，才有了人類世界。後來就用「開天闢地」表示開創人類歷史。今多用來表示自有人類歷史以來，自古以來。例 在這閉塞的山鄉裏出了一位留洋博士，這可是～第一回。

書《隋書·音樂志中》：「開天闢地，峻岳夷海。」又明 馮夢龍《警世通言·三現身包龍圖斷冤》：「開天闢地罕曾聞，從古至今希得見。」

【開卷有益】kāi juàn yǒu yì

只要打開書卷來讀就會有益處。一般就傳播有益知識的書籍而言。（卷：指書籍。古代的書寫在簡帛或紙上，卷起來收藏，所以稱書為卷。）例 ～的道理大家都懂，但讀什麼書，怎麼讀，也是應當注意的，否則未必能收到預期的效果。

書 宋 王闢之《澠水燕談錄·文儒》：「太宗日閱《御覽》三卷，因事有闕，暇日追補之，嘗曰：『開卷有益，朕不以為勞也。』」

注「卷」在此不讀 juǎn。

【開宗明義】kāi zōng míng yì

原為《孝經》第一章的章名，指揭示全書宗旨，闡明基本義理。後多用來指說話、寫文章一開始就說出主要意思。（開：揭示。宗：宗旨。）例「在這～的第一信裏，請你們容我在你們面前介紹我自己。」（冰心《寄小讀者》一）

書 清 文康《兒女英雄傳》緣起首回回目：「開宗明義，閒評兒女英雄；引古證今，演說人情天理。」

【開門見山】kāi mén jiàn shān

打開門就能見到山。比喻說話、寫文章直截了當，一開始就接觸正題。例 他一見到我，就～地問我為什麼不支持他提出的方案。

書 宋 嚴羽《滄浪詩話·詩評》：「太白發句，謂之開門見山。」

【開門揖盜】kāi mén yī dào

打開門請強盜進來。比喻引進壞人，自招禍患。（揖：拱手行禮。在此表示有禮貌地請人進來。）例 你去尋求這批地痞流氓的保護，無異於～，後患無窮。

書《晉書·周處周札等傳論》：「而札受委扞城，乃開門揖盜，去順效逆，彼實有之。」

注「揖」不讀 jí。

【開誠佈公】kāi chéng bù gōng

以誠心待人，坦白無私。（開誠：坦露誠心。佈公：宣示公正

無私。）例 他們倆就這個問題～地交換意見，相互取得了諒解。

書《三國志・蜀志・諸葛亮傳論》：「諸葛亮之為相國也……開誠心，布（同『佈』）公道。」又宋魏了翁《畫一榜諭將士》：「今與將士，開誠布（同『佈』）公，共圖協濟。」

【開源節流】 kāi yuán jié liú

開闢水源，節制流量。比喻在財政經濟上開闢財源，增加收入，同時節約開支。例 鄧總經理對～的工作始終抓得很緊，公司的財務狀況日見好轉。

書《荀子・富國》：「故明主必謹養其和，節其流，開其源，而時斟酌焉，潢然使天下必有餘而上不憂不足。」後用作「開源節流」。

【閒情逸致】 xián qíng yì zhì

閒適的心情，安逸的興致。（致：情趣；興致。）例 我正在準備升學考試，哪有～陪你去參觀蘭花展。

書 蒲松齡《聊齋誌異・道士》清但明倫評：「道士何為閒情逸致而作此劇？」

【費盡心機】 fèi jìn xīn jī

用盡心思，千方百計謀劃。（心機：心思；計謀。）例 為了讓更多的顧客購買這種產品，他們～，採取了很多促銷手段。

書 宋朱熹《與楊子直書》：「而近年一種議論，乃欲周旋於二者之間，回互委曲，費盡心機。」

【粥少僧多】 zhōu shǎo sēng duō

見「僧多粥少」，488 頁。

【登峯造極】 dēng fēng zào jí

登上山峯的最高處。比喻達到頂點。（造：到達。極：頂點。）例 ❶那幾年他的棋藝～，連戰皆捷，他因此而獲得了「棋王」的美譽。❷由於受到某些權勢人物的庇護，那裏生產冒牌產品的活動已發展到～的地步，造成極為惡劣的影響。

書 晉郭澄之《郭子》：「佛經以為祛治神明，則聖可致。簡文曰：『不知便可登峯造極不？然陶冶之功，故不可輕。』」

【發人深省】 fā rén shēn xǐng

啟發人思考而深刻醒悟。也作「**發人深醒**」。（省：醒悟。）例《論語》裏記載了孔子說過的許多～的話，每讀一遍我都會有新的領悟。

書 唐杜甫《遊龍門奉先寺》詩：「欲覺聞晨鐘，令人發深省。」又清張潮《虞初新志・金忠潔公傳評》：「明末死於忠義者，較前代為獨盛，特存此一編，以當清夜聞鐘，發人深省。」

【發揚光大】 fā yáng guāng dà

使好的精神、作風、傳統等不斷

發展，日益顯著盛大。（發揚：發展和提倡。光大：使顯著盛大。）例 我們要～中華民族為善最樂的傳統，向每一個需要幫助的人伸出援手。

書 孫中山《民族主義第六講》：「把仁愛恢復起來，再去發揚光大，便是中國固有的精神。」

【發號施令】fā hào shī lìng
發佈命令，下達指示。例「魯迅先生從來不～，也不向誰訓話，可是我們都尊重他的意見。」（巴金《懷念烈文》）

書《尚書·冏命》：「發號施令，罔有不臧。」

【發憤忘食】fā fèn wàng shí
下決心努力學習或工作，以致有時連吃飯都忘了。形容有決心，十分勤奮。（發憤：決心努力。）例 林達～地學習，進步很大。

書《論語·述而》：「發憤忘食，樂以忘憂，不知老之將至云爾。」

【發憤圖強】fā fèn tú qiáng
下決心努力，謀求自強。（圖：謀求。）例 兄弟倆埋頭苦幹，～，終於使瀕臨倒閉的公司起死回生，並迅速發展成為同行中的佼佼者。

書 何香凝《孫中山與廖仲愷》：「孫先生在那次聚會上談得並不多，只泛泛地談到了中國積弱太甚了，應該發憤圖強，徹底革命。」

【發聾振聵】fā lóng zhèn kuì
見「振聾發聵」，321 頁。

【陽奉陰違】yáng fèng yīn wéi
表面遵從，暗中違背。（奉：接受；遵從。）例 對上級的指示～，是制度所不允許的。

書 明范景文《革大户行召募疏》：「如有日與胥徒比，而陽奉陰違、名去實存者，斷以白簡隨其後。」

【陽春白雪】yáng chūn bái xuě
《陽春》、《白雪》是戰國時代比較高雅的歌曲，會唱的人不多。後來就用「陽春白雪」泛指比較高深的、不通俗的文學藝術。有時與「下里巴人」(《下里》、《巴人》是戰國時代的民間歌曲，會唱的人很多，後來也泛指通俗的、普及的文學藝術）對舉。例 隨着人們欣賞水平的提高和對文藝多樣性的追求，即使是～，也會被越來越多的人所接受。

書 戰國宋玉《對楚王問》：「客有歌於郢中者，其始曰《下里》、《巴人》，國中屬而和者數千人……其為《陽春》、《白雪》，國中屬而和者不過數十人。」

【陽關大道】yáng guān dà dào
原指古代經過陽關（在今甘肅敦煌西南）連通中原與西域的大道。泛指寬闊平坦的交通大道。也比喻前景廣闊美好的人生道路。也作「**陽關道**」。例 ❶有了這條～直通鄰省，使這一地區的經濟迅速發展起來。❷在這人生的十字路口，祝願各位都能走上～，而不要去走獨木橋。

書 唐王維《送劉司直赴安西》詩：「絕域陽關道，胡沙與塞塵。」又元關漢卿《哭存孝》第四摺：「存孝也，則你這一靈兒休忘了陽關大道。」

【結黨營私】jié dǎng yíng sī
結成小集團，謀取私利。也作「**植黨營私**」。（黨：指由私人利害關係結成的集團。營：謀取。植黨：樹立黨羽。）例 他們這一夥人～、欺上瞞下幹了許多見不得人的事，把個好端端的公司攪得烏煙瘴氣。

書 宋朱熹《戊申封事》：「宰相植黨營私，孤負任使。」又清紀昀《閱微草堂筆記·灤陽消夏錄四》：「此輩結黨營私，朋求進取。」

【絡繹不絕】luò yì bù jué
形容人馬車船等來來往往，接連不斷。（絡繹：形容人馬車船等前後相接，往來不斷。絕：斷。）
例 發展商在會展中心舉辦房產項目展銷，前來參觀、洽談的人每天都～。

書 《隋書·高熲傳》：「其夫人賀拔氏寢疾，中使顧問，絡繹不絕。」

【統籌兼顧】tǒng chóu jiān gù
通盤籌劃，照顧到各個方面。（統籌：統一籌劃；通盤籌劃。）
例 財政部門本着～的原則，分輕重緩急，對有限的財力作了合理的安排。

書 清劉坤一《覆松峻帥》：「同屬公家之事，務望統籌兼顧，暫支目前。」

【絕長補短】jué cháng bǔ duǎn
見「截長補短」，480頁。

【絕處逢生】jué chù féng shēng
在絕境中找到了生路。（絕：表示沒有出路。）例「我感到～的喜悅，就像在黑暗裏看見了一線光明。」（巴金《新生》一）

書 明馮夢龍《古今小說·楊八老越國奇逢》：「死中得活因災退，絕處逢生遇救來。」

【絕無僅有】jué wú jǐn yǒu
僅有這一個，此外絕對沒有了。指極其少有。例 像萬里長城這樣雄偉的古代建築在世界上是～的。

書 宋蘇軾《上皇帝書》：「改過不吝，從善如流，此堯、舜、禹、湯之所勉強而力行，秦、漢以來之所絕無而僅有。」

【絲絲入扣】sī sī rù kòu
織布時每條經線都準確地從織布機的扣齒中穿過。比喻做得十分細緻準確，一一合拍。多指文章或藝術表演。（扣：通「筘」，織布機的機件，狀如梳子，用來確定經線的密度，保持經線的位置。）例 在京劇《貴妃醉酒》中梅先生飾演的楊貴妃的動作、表情、唱詞與人物的思想感情～，因而深具魅力。

書 清趙翼《甌北詩話·韓昌黎詩》：「近時朱竹垞、查初白有《水碓》及《觀造竹紙》聯句，層次清澈，而體物之工，抒詞之雅，絲絲入扣，幾無一字虛設。」

十三畫

【瑕不掩瑜】xiá bù yǎn yú

玉上的斑點掩蓋不了玉的光彩。比喻缺點掩蓋不了優點，優點是主要的。也作「**瑕不揜瑜**」。(瑕：玉上的斑點。掩、揜：遮蓋。瑜：玉的光彩。) 例 **這部影片情節生動，人物形象飽滿，雖然某些場景尚有紕漏，但～，仍不失為近年難得的佳作。**

書《禮記・聘義》：「昔者君子比德於玉焉……瑕不揜瑜，瑜不揜瑕，忠也。」

【瑕瑜互見】xiá yú hù jiàn

玉上有斑點，也有光彩。比喻既有缺點，也有優點，兩不相掩。例 **他的論文～，觀點比較新穎，但論證尚欠嚴密。**

書《明史・王彰等傳贊》：「綜其生平，瑕瑜互見。」

【肆無忌憚】sì wú jì dàn

任意妄為，沒有一點顧忌和畏懼。(肆：不顧一切，任着性子胡來。忌憚：顧忌和畏懼。) 例 **這些敗類如此～地侵吞國家資產，激起人們極大的義憤。**

書 宋《新編五代史平話・周史上》：「今乃縱兇徒怨謗，惟知怨望朝廷，不知己有何功，而敢如此肆無忌憚，恐於爾輩不便！」

【載歌載舞】zài gē zài wǔ

又唱歌又跳舞。(載：文言助詞，用在動詞前面，表示兩個動作同時或交替進行。) 例 **當地的傣族同胞～地歡迎前來參加潑水節的來賓。**

書《樂府詩集・北齊南郊樂歌・昭夏樂》：「飾牲舉獸，載歌且舞。」又茅盾《新疆風土雜憶》：「每有晚會，往往有維族之歌舞節目，男女二人，載歌載舞，歌為維語，音調頗柔美。」

注「載」在此不讀zǎi。粵 dzɔi³再。

【趑趄不前】zī jū bù qián

想往前而又猶豫不決，不敢往前。(趑趄：想往前而又不敢往前。) 例 **這一投資項目所具有的風險使許多投資者～，遲遲下不了決心。**

書 清吳趼人《近十年之怪現狀》第七回：「望着自己門口，倒有點趑趄不前之態。」

【勢不可當】shì bù kě dāng

勢頭強勁，不可抵擋。(當：抵擋；阻擋。) 例 **中國乒乓球女隊在比賽中～，再次蟬聯冠軍。**

書《晉書・郗鑒傳》：「羣逆縱逸，其勢不可當，可以算屈，難以力競。」

注 「當」在此不讀 dàng。粵 dɔŋ[1] 璫。

【勢不兩立】shì bù liǎng lì
從情勢上看，雙方尖銳對立，不能並存。（兩立：兩個方面同時存在。）例 你們之間並沒有什麼不可調和的矛盾，何必鬧得如此～。
書《戰國策．楚策一》：「楚強則秦弱，楚弱則秦強，此其勢不兩立。」

【勢成騎虎】shì chéng qí hǔ
見「騎虎難下」，552頁。

【勢如破竹】shì rú pò zhú
形勢如同劈竹子一樣，上面幾節被劈開後，下面的順着刀子很容易就分開了。比喻進展順利迅速，毫無阻礙。例 義軍～地向前挺進，幾乎沒有遇到什麼像樣的抵抗。
書《舊五代史．唐書．莊宗紀二》：「況賊帥奔亡，眾心方恐，今高擊下，勢如破竹矣。」

【勢均力敵】shì jūn lì dí
雙方勢力相當，不分高低。也作「**力敵勢均**」。（敵：匹敵；相等。）例 這兩支球隊～，在以往的比賽中互有勝負，誰也不比誰強多少。
書 晉袁宏《後漢紀．獻帝紀》：「且傕汜小豎，樊稠庸兒，無他遠略，又勢均力敵，內難必作，吾乘其弊，事可圖也。」

【想入非非】xiǎng rù fēi fēi
原指意念進入玄妙境界。後也指思想進入虛幻境界，不切實際地胡思亂想。（非非：佛教「非想非非想處天」的略語，此天為無色界第四天，境界玄妙。）例 小寶～地希望能找到一種讓人聰明的藥，吃了這種藥，什麼題目都會做，自己再也用不着為學習傷腦筋了。
書 清趙翼《題洞庭尉程前川三百首梅花詩本》詩：「別開生面目，不落舊窠臼。妙想入非非，消寒遍九九。」又清李伯元《官場現形記》第四七回：「施大哥好才情，真要算得想入非非的了。」

【逼上梁山】bī shàng liáng shān
古典小說《水滸傳》描寫了北宋末年百姓為官府所逼而走上梁山聚義反抗的事。梁山在今山東省東平湖西，梁山縣南。後來就用「逼上梁山」表示被迫起來反抗或被迫而不得不採取某種行動。例 年級裏舉行聖誕派對，我被～獻歌，剛唱了兩句，大家已樂得前仰後合。
書《上海小刀會起義史料彙編．平粵紀聞．接蘇州府來信》：「周立春於十二日至嘉定，現已逼上梁山，勢難招撫。」

【蜃樓海市】shèn lóu hǎi shì
見「海市蜃樓」，346頁。

【感同身受】gǎn tóng shēn shòu
內心感激，如同親身領受到（幫助、關照）一樣。常用於替別人向對方表示謝意。例 舍弟在外

求學，蒙您多方關照，我～。

書 清孫龍尾《轟天雷》第二回：「再者北山在京，萬事求二兄代為照顧，感同身受。」

【感恩圖報】gǎn ēn tú bào

對別人給予的恩德十分感激並設法報答。（感：感激。圖：謀求。報：報答。）例 他是個重情義的人，～是他的人生信條，他是一定會這樣去做的。

書 明張居正《答薊鎮巡撫周樂軒書》：「兩河官軍，感恩圖報，當有激於衷矣。」

【感恩戴德】gǎn ēn dài dé

對別人給予的恩德十分感激，深為崇敬。（戴：尊敬；推崇。）例 彭伯伯收養了小覺，小覺對彭伯伯～，像親生兒子一樣侍奉彭伯伯。

書 元蘇天爵《元朝名臣事略．樞密趙文正公》：「今聞其父已死，誠立之為王，遣送還國，世子必感恩戴德，願修臣職。」

【感慨係之】gǎn kǎi xì zhī

指因某件事而觸發感慨。（感慨：有所感觸而慨歎。係：聯繫。之：指引起感觸的事情。）例 望着這張中學畢業時我和同學們的合影，想起這些年來的人事變化，不禁～。

書 晉王羲之《蘭亭集序》：「及其所之既倦，情隨事遷，感慨係之矣。」

【感激涕零】gǎn jī tì líng

感激得落下淚來。形容非常感激。（涕：眼淚。零：指雨、眼淚等落下。）例 正當他為巨額醫療費用發愁時，眾多好心人為他慷慨捐助，這怎麼不使他～呢？

書 唐劉禹錫《平蔡州》詩之二：「路傍老人憶舊事，相與感激皆涕零。」又宋黃庭堅《謝黔州安置表》：「罪深責薄，感激涕零。」

【碌碌無為】lù lù wú wéi

形容人很平庸，沒有什麼作為。（碌碌：平庸。為：作為；做出成績。）例 他不是那種～的人，他相信自己只要有了適當的機會，一定可以創造出令人矚目的業績來。

書《新五代史．鄭珏傳》：「珏在相位既碌碌無所為，又病聾……亟以疾求去職。」

注「為」在此不讀wèi。粵 wɐi⁴唯。

【雷厲風行】léi lì fēng xíng

像打雷那樣猛烈，像颳風那樣迅疾。比喻辦事聲勢猛，要求嚴，行動快。（厲：猛烈。）例 各地警方～地貫徹上級統一部署，開展追捕逃犯的專項行動，有力地保障了社會治安。

書 宋曾鞏《亳州謝到任表》：「運獨斷之明，則天清水止；昭不殺之戒，則雷厲風行。」

【雷霆萬鈞】léi tíng wàn jūn

如同雷霆，如同有萬鈞之力。形容威力極大。（雷霆：暴雷；霹靂。鈞：古代的重量單位，三十

斤為一鈞。）例 只要民眾都自覺行動起來，就能形成～之力，橫掃一切阻擋我們前進的障礙。

書《漢書．賈山傳》：「雷霆之所擊，無不摧折者；萬鈞之所壓，無不糜滅者。」又宋楊萬里《范公亭記》：「當公伏閣以死爭天下大事，雷霆萬鈞，不栗不折，視大吏能回天卻月者蔑如也。」

【雷聲大，雨點小】 léi shēng dà, yǔ diǎn xiǎo

比喻聲勢造得大，實際行動卻很少。例 他辦事常常是～，往往不了了之。

書 南唐靜、筠二禪師《祖堂集．荷玉和尚》：「雷聲甚大，雨點全無。」又魯迅《且介亭雜文末編．因太炎先生而想起的二三事》：「寫完題目，就有些躊躇，怕空話多於本文，就是俗語之所謂『雷聲大，雨點小』。」

【零丁孤苦】 líng dīng gū kǔ

見「孤苦伶仃」，268 頁。

【損人利己】 sǔn rén lì jǐ

損害別人而使自己得利。例 做～的事是不道德的，我們堅決反對。

書 元高文秀《誶范叔》第四摺：「則為你損人利己使心機，圖着個甚的？」

【損兵折將】 sǔn bīng zhé jiàng

損失兵將。形容作戰失利，兵將都有傷亡。（折：損失。）例 這一仗打得敵人～，狼狽敗退。

書 元無名氏《千里獨行》第三摺：「俺如今領兵與他交戰，丞相也枉則損兵折將。」

【搖身一變】 yáo shēn yī biàn

神怪小說中描寫一些有神通的人或精怪搖一搖身子就變成另外一種模樣。後多用來比喻某些人改換面目出現，多含貶義。例「官僚發財，投機家得利，接收人員作威作福，欺壓良民……還有漢奸～，升了。」（巴金《靜夜的悲劇．月夜鬼哭》）

書 明吳承恩《西遊記》第七二回：「不知八戒水勢極熟，到水裏搖身一變，變做一個鮎魚精。」

【搖尾乞憐】 yáo wěi qǐ lián

狗搖着尾巴討取主人的喜歡。比喻人做出討好的姿態，希望得到別人的歡心。（乞：向人討；乞求。憐：愛；喜歡。）例 為了能得到一份美差，他不惜～，哪裏還顧得上什麼人格。

書 唐韓愈《應科目與時人書》：「若俛（同『俯』）首帖耳，搖尾而乞憐者，非我之志也。」

【搖脣鼓舌】 yáo chún gǔ shé

賣弄口才，大發議論，或進行煽動、遊說。含貶義。例 他～，挑撥離間，攪得這裏很不安寧。

書《莊子．盜跖》：「搖脣鼓舌，擅生是非，以迷天下之主。」

【搖搖欲墜】 yáo yáo yù zhuì

搖搖晃晃，很不穩定，眼看就要掉下來或垮下來。（欲：將要。

墜：落下。）例 這個軍閥的統治已～，離徹底覆滅為期不遠了。

書 明羅貫中《三國演義》第一〇四回：「眾視之，見其色昏暗，搖搖欲墜。」

【搖旗吶喊】yáo qí nà hǎn

原指古代作戰時一部分人搖動着旗子吶喊，以助軍威。後也比喻替別人助長聲勢。（吶喊：大聲喊叫助威。）例「我這個外省的陌生人，我在這裏不過做一點～的工作。」（巴金《旅途通訊·廣州在包圍中》）

書 元喬吉《兩世姻緣》第三摺：「你這般搖旗吶喊，簸土揚沙……你這般耀武揚威待怎麼。」

【搖頭晃腦】yáo tóu huàng nǎo

腦袋搖來晃去。形容舊時讀書吟誦的樣子。也形容自得其樂或自鳴得意的樣子。例「最好懂的自然是《天演論》，桐城氣息十足，連字的平仄也都留心。～的讀起來，真是音調鏗鏘。」（魯迅《二心集·關於翻譯的通信》）

書 清文康《兒女英雄傳》第四回：「當下二人商定，便站起身來搖頭晃腦的走了。」

【頓開茅塞】dùn kāi máo sè

閉塞的思路忽然被打開了，理解、領悟了某個道理。也作「**茅塞頓開**」。（頓：忽然。茅塞：指心裏像是被茅草堵住了一樣，思路閉塞，難以明了事理。）例 朱先生對當前經濟形勢的分析使我～，獲益匪淺。

書 明羅貫中《三國演義》第三八回：「先生之言，頓開茅塞，使備如撥雲霧而睹青天。」

【葉公好龍】yè gōng hào lóng

據說古代的葉公子高喜歡龍，屋子裏到處都畫着龍，刻着龍。天龍知道後降臨他家，頭從窗户裏探進來，尾巴拖在堂上。葉公一見，嚇得喪魂失魄，面如土色，丢下龍逃了。事見《藝文類聚》引《莊子》逸文及漢代劉向《新序·雜事》所記。後來就用「葉公好龍」比喻人說是愛好某事物，其實並非真正愛好，甚至還害怕它。（葉：舊讀 shè，今統讀 yè。好：喜愛。）例 他口頭上也表示歡迎輿論監督，但真監督到他頭上來時態度就不一樣了，看來也不過是～而已。

書《後漢書·崔駰傳》：「公愛班固而忽崔駰，此葉公之好龍也。試請見之。」

注「好」在此不讀hǎo。粵 hou[3]耗。

【葉落知秋】yè luò zhī qiū

見「一葉知秋」，16頁。

【葉落歸根】yè luò guī gēn

樹葉落下，回到根的周圍。比喻人或事物有一定的歸宿，含有不忘本源的意思。常用於表示客居他鄉的人終究要回歸故里。

例 華僑梁老先生抱着～的強烈願望回家鄉定居了。

書 唐慧能《壇經·咐囑品》：「眾曰：『師從此去，早晚卻回？』師曰：『葉落歸根，來時無口。』」

【歲月蹉跎】suì yuè cuō tuó
見「蹉跎歲月」，545 頁。

【惹是生非】rě shì shēng fēi
招惹是非，引起糾紛或麻煩。也作「**惹是招非**」。（惹：招引。是非：指爭端。）例 你就安分守己地在家裏待着，不要總到外面去～，讓父母擔心。
書 宋《京本通俗小說．志誠張主管》：「孩兒，你許多時不行這條路，如今去端門看燈，從張員外門前過，又去惹是招非。」

【萬人空巷】wàn rén kōng xiàng
家家户户的人都從居住的街巷裏出來擁向某個地方，以致街巷裏空蕩蕩的。形容慶祝、歡迎的盛況，或某事物轟動一時，把眾人都吸引了出來的景象。例 舉行龍舟競賽的那天，市民們紛紛擁到海邊觀看，～。
書 宋蘇軾《八月十七復登望海樓》詩之四：「賴有明朝看潮在，萬人空巷鬥新妝。」

【萬不得已】wàn bù dé yǐ
實在沒有辦法，不得不如此。（萬：表示極端強調。不得已：無可奈何，不得不如此。）例「這種本子，在他是算作貴重的善本，非～，不肯輕易變賣的。」（魯迅《彷徨．孤獨者》）
書 明馮夢龍《古今小說．楊八老越國奇逢》：「此去也是萬不得已，一年半載，便得相逢也。」

【萬水千山】wàn shuǐ qiān shān
見「千山萬水」，52 頁。

【萬古長青】wàn gǔ cháng qīng
千秋萬代永遠像春天的草木一樣青翠。多用於祝願美好的事物永遠充滿生命力。也作「**萬古長春**」。（萬古：指千秋萬代。）
例 我們兩國人民要世世代代友好下去，我們的友誼將～。
書 元無名氏《謝金吾》第四摺：「也論功增封食邑，共皇家萬古長春。」

【萬古流芳】wàn gǔ liú fāng
好名聲千秋萬代永遠流傳。（流：流傳。芳：香氣。比喻美好的名聲。）例 這些民族英雄彪炳史冊，將～。
書 元無名氏《延安府》第四摺：「漢廷汲黯忠，唐室魏徵良。見如今千載名揚，萬古流芳。」

【萬死不辭】wàn sǐ bù cí
即使死一萬次也不推辭。表示甘願做某一事情，即使要犧牲生命，也不退縮。例 警員小朱表示，闖龍潭，入虎穴，～，一定要勝利完成這次卧底偵察任務。
書 明羅貫中《三國演義》第八回：「但有使令，萬死不辭。」

【萬全之策】wàn quán zhī cè
非常周到穩妥的計策或辦法。（萬全：非常周到，萬無一失。）
例 既要擒獲持槍歹徒，又要避免周圍無辜羣眾的傷亡，必須想一個～才行。
書《三國志．劉表傳》：「故為將軍計者，不若舉州以附曹公，曹公

必重德將軍；長享福祚，垂之後嗣，此萬全之策也。」

【萬劫不復】wàn jié bù fù

永遠不能恢復。（劫：佛教稱世界從生成到毀滅的一個過程為一劫。萬劫：極言時間之長。）例「倘使連這一點反抗心都沒有，豈不就成為～的奴才了。」（魯迅《華蓋集續編·學界的三魂》）

書 晉僧肇《梵網經序》：「一為人身，萬劫不復。」

【萬事大吉】wàn shì dà jí

一切事情都很圓滿順利。有時則表示一切事情都已圓滿完成，用不着再操心了，再做什麼了。（吉：吉利；順利。）例 當編輯的人不能以為圖書出版了，就～了，組織圖書評介，收集讀者反應，後續工作還多得很呢。

書 宋惟白《續傳燈錄·明州大梅祖境法英禪師》：「歲朝把筆，萬事大吉，急急如律令。」

【萬事亨通】wàn shì hēng tōng

事事都很順利。（亨通：順利通達。）例 新春伊始，祝各位～，無往不利。

書 清李綠園《歧路燈》第六五回：「那孔方兄運出萬事亨通的本領，先治了關格之症。」

注「亨」不讀xiǎng，不可寫作「享」。

【萬事俱備，只欠東風】

wàn shì jù bèi, zhǐ qiàn dōng fēng

三國時劉備和孫權聯合，準備用火攻擊退曹操的軍隊。一切都已準備好了，只缺少東風，不能順風放火。後來就用「萬事俱備，只欠東風」表示其他準備工作都已做好，只差最後一個重要條件。（俱：都。備：具有；具備。欠：缺少。）例 新建的辦公樓已竣工驗收，現在～，只等電話一開通，我們就可以搬進去辦公了。

書 明羅貫中《三國演義》第四九回：「（孔明）密書十六字曰：『欲破曹公，宜用火攻；萬事俱備，只欠東風。』」

【萬念俱灰】wàn niàn jù huī

各種念頭都像灰一樣冷下來了。形容心灰意冷到了極點。（念：念頭；心裏的打算、想法。俱：全；都。灰：像灰一樣冷下來。表示消沈、失望。）例 阿英自以為受的挫折太多，如今已是～，再也沒有以往的進取之心了。

書 清任安上《與吳拜經書》：「自西河痛後，益萬念俱灰。」

【萬馬奔騰】wàn mǎ bēn téng

千萬匹馬跳躍奔跑。形容聲勢很大。例 農曆八月十八在海寧觀潮，但見潮頭壁立，波濤洶湧，呼嘯而來，有～之勢，壯觀極了。

書 明凌濛初《初刻拍案驚奇》卷二二：「須臾之間，天昏地黑，風雨大作……空中如萬馬奔騰，樹杪似千軍擁沓。」

【萬馬齊喑】wàn mǎ qí yīn

千萬匹馬都沈寂下來，不敢出聲。比喻人們都沈默無語，不敢發表意見。（喑：不做聲。）例 ～的局面被打破後，員工們的熱情空前高漲。

書 清龔自珍《己亥雜詩》之一二五：「九州生氣恃風雷，萬馬齊瘖（同『喑』）究可哀。」

注「喑」不讀àn，不可寫作「暗」。

【萬家燈火】wàn jiā dēng huǒ

家家都點上了燈。形容城鎮夜晚燈火萬點的景象。例 每到夜晚，～裝點着這座山城，高低錯落，燦爛閃爍，顯得格外迷人。

書 宋王安石《上元戲呈貢父》詩：「車馬紛紛白晝同，萬家燈火暖春風。」

【萬眾一心】wàn zhòng yī xīn

千萬個人一條心。形容團結一致。例 我們～，把國家建設得更加繁榮、富強，讓我們的生活都更加美好。

書 清金安清《洋務宜遵祖訓，安內攘外，自有成效說》：「如身之使臂，臂之使指，上下聯絡，萬眾一心。」

【萬紫千紅】wàn zǐ qiān hóng

形容百花盛開，色彩絢麗。也比喻事物豐富多彩，呈現出繁榮美好的景象。例 這些年圖書出版欣欣向榮，～，為人們提供了豐富的精神食糧。

書 宋朱熹《春日》詩：「等閒識得東風面，萬紫千紅總是春。」

【萬無一失】wàn wú yī shī

一萬次中也不會有一次失誤。形容絕對有把握。例 這件事交給我來辦，保證～，你們儘管放心。

書 宋司馬光等《資治通鑒·後漢高祖天福十二年》：「近者陝、晉二鎮，相繼款附，引兵從之，萬無一失，不出兩旬，洛、汴定矣。」

【萬象更新】wàn xiàng gēng xīn

一切事物或景象都更換了新的面貌。（更：改換。）例 面對這～的春天，人們的心裏充滿了喜悅。

書 宋王珪《依韻恭和聖制……席上述懷》：「上苑張瑤席，春風萬象新。」又端木蕻良《曹雪芹》一一：「這就叫做：一元復始，萬象更新。新氣象帶來了好心氣兒哩！」

注「更」在此不讀gèng。粵 gɐŋ[1] 庚。

【萬語千言】wàn yǔ qiān yán

見「千言萬語」，53頁。

【萬箭攢心】wàn jiàn cuán xīn

像是有萬枝箭一齊射在心頭。形容內心悲痛到極點。（攢：聚在一起。）例 得知千里之外的母親病逝，小弟如～，失聲痛哭起來。

書 宋《京本通俗小說·拗相公》：「荊公閱之，如萬箭攢心，好生不樂。」

【萬應靈丹】wàn yìng líng dān

能夠治療各種疾病的靈驗的藥

物。比喻能解決一切問題的好辦法。也作「**萬應靈藥**」。（應：滿足要求。此指滿足治療需要。靈：靈驗；有奇效。丹：一種顆粒狀或粉末狀的中藥製品。因過去道家煉藥時常用丹砂，即朱砂，所以稱為丹。）例 別人的經驗雖好，也不是～，用在別人那裏管用，用在我們這裏未必會產生同樣的效果。

書 魯迅《花邊文學·看書瑣記（二）》：「不過我們中國人是聰明的，有些人早已發明了一種萬應靈藥，就是『今天天氣……哈哈哈』！」

注「應」在此不讀yīng。粵 jiŋ³英³。

【萬籟俱寂】wàn lài jù jì

各種聲音都靜下來了。形容周圍環境一片寂靜。（萬籟：指自然界的各種聲音。俱：全；都。寂：沒有聲音；很靜。）例「這時～，只聽到滴答的鐘聲和可以微聞得到的母親的呼吸。」（鄒韜奮《我的母親》）

書 清蒲松齡《聊齋誌異·山魈》：「輾轉移時，萬籟俱寂，忽聞風聲隆隆，山門豁然作響。」

【萬變不離其宗】

wàn biàn bù lí qí zōng

千變萬變，都沒有離開它的宗旨或本質。（宗：宗旨。）例 騙子的騙術五花八門，但～，都是利用你的弱點，誘使你進入他設下的圈套。

書 清譚獻《明詩》：「而又師其論文之旨，持以論詩，求夫辭有體要，萬變而不離其宗。」

【敬而遠之】jìng ér yuǎn zhī

表示尊敬但又保持距離，不願或不敢與之接近。例 王總經理脾氣大，公司裏的人對他～，他有時也因此而感到苦惱。

書《論語·雍也》：「務民之義，敬鬼神而遠之。」又晉王嘉《拾遺記·八吳》：「同幽者百餘人，謂夫人為神女，敬而遠之。」

【敬業樂羣】jìng yè lè qún

專心致力於學業或工作，樂於與同學、朋友相處，切磋探討。（敬：慎重認真地對待。樂：樂於做某事。羣：聚在一起的人。此指同學、朋友等。）例 小愷在大學裏～，是一名優秀的學生。

書《禮記·學記》：「一年視離經辨志，三年視敬業樂羣。」

【敬謝不敏】jìng xiè bù mǐn

因為自己沒有才能，只好恭敬地加以辭謝。用作表示推辭做某事的客套話。（敬：恭敬。謝：推辭；辭謝。不敏：不聰明；沒有才能。常用作自謙之詞。）例 由於這項工作非我所長，力有不及，我只好～了。

書 清得碩亭《草珠一串·序》：「若曰凡為詩者必須意深思遠，神韻悠然，則敬謝不敏矣！」

【落井下石】luò jǐng xià shí

見別人落入井裏，不但不救，反而向井裏扔石頭。比喻乘人危難之時加以打擊陷害。也作「**投井下石**」。「井」也作「穽」、「阱」。例 這種～的事，也只有她才做

得出來。

書 唐韓愈《柳子厚墓誌銘》：「一旦臨小利害，僅如毛髮比，反眼若不相識；落陷穽，不一引手救，反擠之，又下石焉者，皆是也。」又明李贄《續焚書・答來書》：「若說叔台從而落井下石害我，則不可。」

【落花流水】luò huā liú shuǐ
凋落的花瓣隨着流水漂走了。原形容春景衰敗。後也比喻殘亂零落的樣子，多用於形容被打得大敗的慘狀。例 這盤棋小俞發揮很出色，把對方殺得～，以明顯的優勢獲勝。

書 唐李羣玉《奉和張舍人送秦煉師歸岑公山》詩：「蘭浦蒼蒼春欲暮，落花流水怨離琴。」

【落荒而逃】luò huāng ér táo
打了敗仗，向荒野逃去。也泛指一般爭鬥中敗走的狼狽相。也作「**落荒而走**」。（落荒：離開戰場或大路，向荒野逃去。）例 阿四哪裏是方立明的對手，只較量了兩個回合，便～了。

書 明羅貫中《三國演義》第二回：「玄德望見地公將軍旗號，飛馬趕來，張寶落荒而走。」

【落筆成章】luò bǐ chéng zhāng
見「下筆成章」，39頁。

【落落大方】luò luò dà fāng
形容人言談、舉止自然得體，毫不拘謹、做作。（落落：形容風度瀟灑自然。大方：形容言談、舉止自然而不拘束。）例 顧俊文是位有教養的青年，待人接物～。

書 清文康《兒女英雄傳》第二九回：「更兼他天生得落落大方，不似那羞手羞腳的小家氣象。」

【落落寡合】luò luò guǎ hé
形容跟別人合不來。（落落：形容不合羣。寡合：很少有人能合得來。）例 秦烈在別人眼裏脾氣有點怪，～，不過和我倒還算談得來。

書 宋章甫《曾仲恭侍郎惠酒，以偶有名酒、無夕不飲為韻謝之》：「窮居少人事，落落仍寡合。」

【當仁不讓】dāng rén bù ràng
遇到應該做的事，不推辭，不避讓，積極主動去做。（當：面對；面臨。仁：指仁義之事。泛指應該做的事。讓：避開。）例 大家推舉彭紅娟來主持這次募捐義演，事關公益，彭紅娟～地答應了下來。

書《論語・衛靈公》：「當仁不讓於師。」

注「當」在此不讀 dàng。粵 dɔŋ1 璫。

【當之無愧】dāng zhī wú kuì
當得起某種稱號或榮譽，沒有什麼可慚愧的。（當：承受。）例「古聖賢所說『富貴不能淫，貧賤不能移，威武不能屈』，他可以～。」（巴金《懷念・懷陸聖泉》）

書 宋魏慶之《詩人玉屑・中興諸賢・曾景建》：「曾景建作文公先生

挽詞……蓋夫子與文公皆生於庚戌故也。然惟文公當之無愧，若他人則擬非其倫。」

【當局者迷，旁觀者清】 dāng jú zhě mí, páng guān zhě qīng

指當事人因為對利害得失考慮太多而往往難以對事情做出客觀、正確的判斷，顯得糊塗；旁觀的人有時反倒更為清醒。有時也單用「當局者迷」或「旁觀者清」。（當：面對。局：指棋局。當局者：指下棋的人。）例 你這樣做會留下嚴重的後患，你自己不覺得，可別人已經看出來了，真是～啊！

書 《宋書·王微傳》：「且持盈畏滿，自是家門舊風，何為一旦落漠至此！當局者迷，將不然耶？」又清文康《兒女英雄傳》第二六回：「從來當局者迷，旁觀者清；姐姐細想，這寶硯、雕弓豈不是天生地設的兩樁紅定？」

【當務之急】 dāng wù zhī jí

目前應當去做的最急切的事。（當：應當。務：從事；致力。）例 學校開學在即，～是要保證教科書供應，必須課前到書，人手一冊。

書 宋黎靖德編《朱子語類》卷六〇：「人人各有當務之急。」

【當機立斷】 dāng jī lì duàn

抓住時機，立刻做出決定。（當：面對。機：時機。立：立刻。斷：決斷；做決定。）例 張老先生～，決心不惜重金，要把這幅流失海外的古代名畫從拍賣行買回來。

書 清朱琦《讀王子壽論史詩廣其義》之四：「漢高落落英雄姿，當機立斷不復疑。」

【當頭棒喝】 dāng tóu bàng hè

佛教禪宗和尚在接待來學的人的時候，常常對他當頭虛擊一棒或大喝一聲，使其不及思索便做出反應，以此考驗其悟性。後來用「當頭棒喝」比喻促使人從迷誤中醒悟過來的警告。例 老師的批評猶如～，使他明白了正是這種驕傲自滿情緒阻礙了他的進步，必須認真加以克服。

書 清百一居士《壺天錄》卷下：「《書》云：『作善降祥。』此定理也。為晚近人當頭棒喝，實有明徵。」

注 「喝」在此不讀 hē。

【睹物思人】 dǔ wù sī rén

看到離去的人留下的東西或死者的遺物就思念起這個人。（睹：看見。）例 這方別具一格的藏書章，是表兄精心刻了送給我的，～，我的眼前常常會浮現出這位有才華的篆刻家的身影。

書 唐裴鉶《傳奇·曾季衡》：「（女）又抽翠玉雙鳳翹一隻，贈季衡曰：望異日睹物思人，無以幽冥為隔。」

【睚眦必報】 yá zì bì bào

別人對自己只是瞪了瞪眼睛，自己也一定要報復。泛指即使是極小的怨恨，也一定要報復。（睚眦：發怒時瞪眼睛。報：報復。）

例 他是個～的人，你得罪了他，那還能太平得了嗎？

書《史記·范雎蔡澤列傳》：「一飯之德必償，睚眦之怨必報。」又宋楊侃《皇畿賦》：「椎埋為奸，任俠尚氣，睚眦必報，杯間刃起。」

注「眦」不讀 cǐ。

【賊喊捉賊】zéi hǎn zhuō zéi

做賊的人卻在喊叫捉賊。比喻壞人耍弄手段，故意混淆視聽，轉移目標，以逃脫罪責。例 我懷疑他在玩弄～的鬼花招，種種跡象表明他很可能就是那個作案的人。

書 陳登科《赤龍與丹鳳》第一部一九：「賊喊捉賊，明明自己是匪，還扛着剿匪的旗號，到處剿匪。」

【鼎足之勢】dǐng zú zhī shì

三方面並立的局面。（鼎足：鼎的三條腿。鼎是古代煮東西用的器物，下部大多用三條腿支撐。）例 這三家超級市場集團在本地形成～，經營上各具特色，競爭十分激烈。

書 晉孫楚《為石仲容與孫晧書》：「自謂三分鼎足之勢，可與泰山共相終始。」

【鼎鼎大名】dǐng dǐng dà míng

見「大名鼎鼎」，41 頁。

【鼎新革故】dǐng xīn gé gù

見「革故鼎新」，272 頁。

【愚公移山】yú gōng yí shān

據《列子·湯問》記載，古代有一位愚公，年近九十。他家門前有兩座大山擋住了他們的出行之路，於是他率領子孫挖山不止，決心世世代代挖下去，一定要把山移走。他們的不懈努力感動了天神，在天神的幫助下山終於被移走了。後來就用「愚公移山」比喻人做事不怕困難，有堅忍不拔的毅力。例 村民們發揚～的精神，把這大片荒山改造成花果山。

書 宋張耒《山海》詩：「愚公移山寧不智，精衞填海未必痴。深谷為陵岸為谷，海水亦有揚塵時。」

【愚者千慮，必有一得】

yú zhě qiān lǜ, bì yǒu yī dé

見「千慮一得」，55 頁。

【愚昧無知】yú mèi wú zhī

愚蠢而不明事理，缺乏知識。

例「覺民不等淑華說完便答道：『這是由於～。她也許以為這樣對四妹並沒有害處。』」（巴金《秋》一二）

書 唐玄奘《大唐西域記·羯若鞠闍國》：「自顧寡德，國人推尊，令襲大位，光父之業。愚昧無知，敢稀聖旨！」

【暗送秋波】àn sòng qiū bō

暗中以眉目傳情。也比喻暗中勾搭，獻媚討好。（秋波：秋天明淨的水波。比喻美女的眼睛或眼神。）例 他為了尋找靠山，一直在向這些實權人物～。

書 明馮夢龍《掛枝兒·私窺》：「眉兒來，眼兒去，暗送秋波。」

【暗無天日】àn wú tiān rì
黑暗得沒有一絲光亮。形容社會極端黑暗。(天日：天空和太陽。比喻光明。) 例 當時的社會～，人們在痛苦中掙扎。
書 清蒲松齡《聊齋誌異．老龍舡户》：「剖腹沈石，慘冤已甚，而木雕之有司，絕不少關痛癢，豈特粵東之暗無天日哉！」

【暗箭傷人】àn jiàn shāng rén
暗中放箭傷人。比喻暗中施展手段傷害別人。(暗箭：暗中射出的箭。比喻暗中傷人的手段。) 例 他竟然～，行為實在太卑鄙了。
書 明施耐庵《水滸傳》第一一三回：「但是殺下馬的，各自抬回本陣，不許暗箭傷人，亦不許搶擄屍首。」

【照本宣科】zhào běn xuān kē
死板地照現成文章唸，不能結合實際有所闡述或發揮。(宣科：原指道士誦經文。也泛指唸誦。) 例 許主任只是～地把公司的考評規定唸了一遍，對職工提出的各種問題沒有作任何解答。
書 夏衍《雜談思想解放》：「寫文章照抄照搬，作報告照本宣科。」

【照貓畫虎】zhào māo huà hǔ
貓和老虎的外形有相似之處，所以照着貓的樣子畫老虎。比喻照着樣子模仿。 例 剛開始幹農活的時候我什麼都不會，只好看農民怎麼幹，我～地學，慢慢才算入了門。
書 清李綠園《歧路燈》第一一回：「這大相公聰明的很，他是看貓畫虎，一見即會套的人。」今多作「照貓畫虎」。

【跳梁小醜】tiào liáng xiǎo chǒu
上躥下跳、興風作浪而又成不了氣候的卑劣小人。(跳梁：騰躍蹦跳。也比喻人興風作浪。小醜：指行為卑劣的人。) 例 他不過充當了一個～的角色，在背後指使他的另有人在。
書 陳白塵、賈霽《宋景詩》第三章：「這些跳梁小醜，真是何足道哉！」
注「梁」不可寫作「樑」。「醜」不可寫作「丑」。

【路不拾遺】lù bù shí yí
見「道不拾遺」，472 頁。

【路遙知馬力，日久見人心】
lù yáo zhī mǎ lì, rì jiǔ jiàn rén xīn
路途遙遠才能知道馬的耐力大小，結交的時間久了才能看出人心如何。比喻只有經過長期的觀察、考驗才能了解一個人的真實面貌。 例 ～，經過這些年的風風雨雨，大起大落，我終於認識到陳格非確實是我可以信賴的真正朋友。
書 元無名氏《爭報恩》第一摺：「則願得姐姐長命富貴，若有些兒好歹，我少不得報答姐姐之恩，可不道路遙知馬力，日久見人心。」

【過五關，斬六將】
guò wǔ guān, zhǎn liù jiàng

據《三國演義》記載，關羽護送劉備家屬離開曹營回劉備那裏，一路上通過曹軍控制的五個關口，斬了六員曹軍大將。後來就用「過五關，斬六將」比喻闖過重重難關。例 小鄧經過幾輪角逐，～，終於殺入決賽。

書 明羅貫中《三國演義》第二七回回目：「美髯公千里走單騎，漢壽侯五關斬六將。」又明羅懋登《三寶太監西洋記通俗演義》第七六回：「這如今萬世之下，那一個不説道過五關斬六將、抓天揭天的好大丈夫？」

【過目不忘】guò mù bù wàng

看過一遍就不會忘記。形容記憶力極強。（過目：看一遍。）例 我並沒有～的本事，我所以能熟記這些經濟統計數字是因研究工作的需要，我對它們給予了特別的關注。

書 《晉書·苻融載記》：「耳聞則誦，過目不忘。」

【過目成誦】guò mù chéng sòng

看過一遍就能背誦出來。形容記憶力極強。例 沈君聰敏過人，讀這些古代散文名篇幾乎是～，真讓人欽佩。

書 宋普濟《五燈會元·龍門遠禪師法嗣·歸宗正賢禪師》：「凡典籍過目成誦，義亦頓曉。」

【過河拆橋】guò hé chāi qiáo

過了河就把橋拆掉。比喻達到目的後，就把曾經幫助過自己的人拋開。例 他創業成功後，為了獨攬大權，排擠和他一起創業的人，這種～的行為，令人心寒。

書 元康進之《李逵負荊》第三摺：「你休得順水推船，偏不許我過河拆橋。」

【過眼煙雲】guò yǎn yān yún

從眼前飄過的煙氣雲霧，很快便消散了。比喻很快就消逝的事物。也作「**過眼雲煙**」。例 多少年的宦海浮沈在他已如～，惟獨這幾位朋友的真誠情誼卻始終銘記在他心中。

書 宋王十朋《縣學別同舍》詩：「伴人燈火情猶在，過眼煙雲事已非。」

【過屠門而大嚼】

guò tú mén ér dà jué

路過肉舖，嘴裏空嚼一陣，像是在吃肉，以此自慰。比喻心裏羨慕而願望不能實現，就用不實際的辦法來聊以自慰。（屠門：肉舖。）例 進到名牌服飾專賣店，裏面的高檔服飾他雖然買不起，但～，總算是過了一番癮的。

書 《太平御覽》卷三九一引漢桓譚《新論》：「人聞長安樂，則出門西向笑；知肉美味，則對屠門而大嚼。」又三國魏曹植《與吳季重書》：「過屠門而大嚼，雖不得肉，貴且快意。」

【過猶不及】guò yóu bù jí

事情做過了頭，就像做得不夠一樣，都是不妥的。意思是做事應該恰如其分。（猶：如同；像。不及：沒有達到。）例 適度吃些補品有益於健康，但不能過度，～，反而會傷了身體。

書《論語．先進》：「子貢問：『師與商也孰賢？』子曰：『師也過，商也不及。』曰：『然則師愈與？』子曰：『過猶不及。』」

【嗚呼哀哉】 wū hū āi zāi

原為表示悲哀的感歎語。後也藉指人死亡或事物完蛋，含詼諧意味。例 那個老財主重病在牀，他的幾個兒子就為爭家產鬧得不可開交，老財主頓時氣得～了。

書《左傳．哀公十六年》：「孔丘卒，公誄之曰：……煢煢余在疚，嗚呼哀哉，尼父！無自律。」

【嗟來之食】 jiē lái zhī shí

據《禮記．檀弓下》記載，齊國發生饑荒，黔敖在路邊設飲食施捨。他見到一個餓得有氣無力的人過來了，就拿了吃的喝的，開口招呼說：「嗟！來食。」（喂！過來吃東西。）那個人說：「我正是因為不吃嗟來之食才餓到這一地步的。」那個人最終也沒有接受黔敖的施捨，因飢餓過度而死了。後來就用「嗟來之食」表示帶有侮辱性的施捨。（嗟：歎詞。在此表示打招呼。）例 朱先生堅守氣節，不吃～，受到大家的尊敬。

書《後漢書．列女傳．樂羊子妻》：「妾聞志士不飲盜泉之水，廉者不受嗟來之食，況拾遺求利，以污其行乎！」

【嗤之以鼻】 chī zhī yǐ bí

用鼻子出聲譏笑，表示輕蔑，不以為然。（嗤：譏笑。）例 他的說法十分荒唐，連起碼的常識都不顧，難怪別人要～了。

書 頤瑣《黃繡球》第七回：「其初，在鄉自立一學校，說於鄉，鄉人笑之；說於市，市人非之；請於巨紳貴族，更嗤之以鼻。」

【置之不理】 zhì zhī bù lǐ

把它放在一邊，不加理睬。（置：擱；放。）例「現代書局的稿子，函索數次，他們均～。」（魯迅《書信集．致曹靖華》）

書 清顧炎武《華陰王氏宗祠記》：「人主之於民，賦斂之而已爾，役使之而已爾，凡所以為厚生正德之事，一切置之不理。」

【置之度外】 zhì zhī dù wài

把它放在考慮的範圍之外。多指不把利害、得失、榮辱、苦樂或生死等放在心上。（度：考慮的範圍。）例「我的眼光越過了生死的界限，將人世的一切都～，去探求那赤裸裸的真理。」（巴金《夢與醉．夢》）

書 清李漁《憐香伴．香泳》：「就是功名也聽其有無，壽也任其修短，一切置之度外。」

【置之高閣】 zhì zhī gāo gé

見「束之高閣」，199頁。

【置之腦後】 zhì zhī nǎo hòu

把它放在腦後面，不再想起。表示極不重視。例 他把我託他辦的事～，讓我非常失望。

書 清李伯元《文明小史》第一四回：「賈家三兄弟自從拜在姚拔貢名

下，便把這孟老夫子置之腦後。」

【置若罔聞】zhì ruò wǎng wén
放在一邊不管，好像沒有聽到一樣。（若：好像。罔：沒有。）例 該公司對稅務局的警告～，終於因偷漏稅款而受到制裁。
書 清曹雪芹、高鶚《紅樓夢》第一六回：「寧榮兩處上下內外人等莫不歡天喜地，獨有寶玉置若罔聞。」

【置錐之地】zhì zhuī zhī dì
見「立錐之地」，136頁。

【罪大惡極】zuì dà è jí
罪惡大到極點。（極：達到頂點。）例 他是個～的首犯，必須依法予以嚴懲。
書 宋歐陽修《縱囚論》：「刑入於死者，乃罪大惡極。」

【罪不容誅】zuì bù róng zhū
罪惡極大，即使處死，也不能得到原諒。（容：寬容；原諒。誅：殺死；處死。）例 這個匪徒殺人越貨，血債纍纍，～。
書《漢書·王莽傳下》：「惡不忍聞，罪不容誅。」

【罪有應得】zuì yǒu yīng dé
犯了罪或幹了壞事，得到應有的懲罰，毫不冤枉。例 他因貪污受賄而身陷囹圄，實在是～。
書 清李伯元《官場現形記》第二〇回：「今日卑職故違大人禁令，自知罪有應得。」

【罪魁禍首】zuì kuí huò shǒu
作惡犯罪造成禍害的首要人物。也指造成壞事的根子。（魁：為首的人。）例 ❶警方查明他正是策劃這一系列詐騙活動的～，立即將他逮捕歸案。❷造成這種怪病的～是一種病毒，目前醫學界正在研究對付它的有效方法。
書 清無名氏《續兒女英雄傳》第三回：「但是風俗，焉能在考拔人文中，就能轉移？非大人振作一番，嚴辦幾個罪魁禍首，使民方有所畏懼。」

【罪孽深重】zuì niè shēn zhòng
罪惡很嚴重。（罪孽：迷信的人認為應該受到報應的罪惡。）
例 他自知～，恐怕難以得到人們的寬恕。
書 清洪昇《長生殿·埋玉》：「罪孽深重，望我佛度脱咱。」

【圓鑿方枘】yuán záo fāng ruì
見「方枘圓鑿」，102頁。

【愁眉不展】chóu méi bù zhǎn
心裏有憂愁的事，眉頭緊皺，舒展不開。（展：舒展。）例「二小姐，你為什麼近來總是～？是不是有什麼心事？」（巴金《春》一五）
書 唐姚鵠《隨州獻李侍御》詩之二：「舊隱每懷空竟夕，愁眉不展幾經春。」

【愁眉苦臉】chóu méi kǔ liǎn
眉頭緊皺，臉上顯出愁苦的神情。例 產品銷路不暢，資金周轉不靈，雷經理整天～的，傷透

了腦筋。

書 清吳敬梓《儒林外史》第四七回：「成老爹氣的愁眉苦臉，只得自己走出去回那幾個鄉裏人去了。」

【節外生枝】 jié wài shēng zhī

在枝節部位之外生出枝杈來。比喻在不該產生問題的地方產生出新的問題。例 他沒想到對方竟～地提出這些無理要求來糾纏，心裏十分惱火。

書 元孫仲章《勘頭巾》第二摺：「我從來甘剝剝與民無私，誰敢道另巍巍節外生枝！」

【節衣縮食】 jié yī suō shí

省吃省穿。形容生活節儉。例 白龍翔收入不高但酷愛讀書，這滿屋的藏書都是他～省下錢來陸續添置的。

書 宋魏了翁《杜隱君希仲墓誌銘》：「試有司弗合，浮沈閭里，節衣縮食，以經理其生，家日以饒。」

【與人為善】 yǔ rén wéi shàn

原指跟別人一起做好事。今多指善意幫助別人。（為：做。）例 他對人進行批評總是抱着～的宗旨，所以被批評的人很少會有抵觸情緒。

書 《孟子·公孫丑上》：「取諸人以為善，是與人為善者也。」

注 「為」在此不讀wèi。粵 wɐi⁴唯。

【與日俱增】 yǔ rì jù zēng

隨着時間的推移而一天天增長。（俱：都。）例 出國將近一年了，他對家人的思念～。

書 《清史稿·聖祖紀三》：「朕老矣，臨深履薄之念，與日俱增，敢滿假乎？」

【與世長辭】 yǔ shì cháng cí

原指永遠不再過問塵世間事。今多指與人世告別，是人死去的委婉說法。（辭：告別。）例 魯迅先生雖然～了，但他留下的寶貴的文學財富，卻將世代流傳。

書 宋朱熹《行宮便殿奏札二》：「伏惟聖明深賜省覽，試以其說驗之於身……則臣雖退伏田野，與世長辭，與有榮矣！」

【與世無爭】 yǔ shì wú zhēng

不介入世事紛爭。例 他進入晚年後，凡事看開了，漸漸地變得～起來，不料頭痛的頑疾竟因此也不治而癒了。

書 清文康《兒女英雄傳》第一回：「這安老爺家……過得親親熱熱，安安靜靜，與人無患，與世無爭，也算得個人生樂境了。」

【與虎謀皮】 yǔ hǔ móu pí

跟老虎商量，要扒下牠的皮來。比喻所商量要辦的事跟商量的對象（多指壞人）的利益發生根本衝突，對方是絕不可能答應的。也作「**與狐謀皮**」。（謀：商量。）例 有人想讓這些封建軍閥交出軍權，那不是在～嗎，怎麼可能成功？

書 《太平御覽》卷二〇八引《苻子》：「（周人）欲為千金之裘，而與狐謀其皮……言未卒，狐相率逃於重丘之下。」又續範亭《學習漫談》：

「現在想起來，實際上是做了三十年與虎謀皮的事，幾乎被虎吃了。」

【債台高築】 zhài tái gāo zhù

據《漢書·諸侯王表序》：「有逃責（債）之台。」顏師古註引用漢服虔的說法，戰國時周赧王欠債很多，債主催債，周赧王被迫逃到一座高台上躲避。後人稱此為債台。後來就用「債台高築」比喻欠債很多，難以償還。

例 這家餐館～，已經瀕臨破產了。

書 康有為《大同書》甲部第三章：「又或商業倒閉，士子落魄，債台高築而莫避，田廬盡賣而無歸。」

【鼠目寸光】 shǔ mù cùn guāng

像是老鼠的目光，只有一寸遠。形容人目光短，見識淺。例 他～，只斤斤計較於眼前小利，不作長遠打算，太沒出息了。

書 清蔣士銓《桂林霜·完忠》：「俺主公豁達大度，兼容並包，爾反鼠目寸光，執迷不悟。」

【鼠肚雞腸】 shǔ dù jī cháng

像是老鼠和雞的肚腸。形容人氣量狹小。也作「**小肚雞腸**」。

例 潘國棟不是那種～的人，他不會因為你過去冒犯過他而記恨你的。

書 清隨緣下士《林蘭香》第二九回：「我看你這般一個人材……切不可學那小家樣子，鼠肚雞腸，狼心狗肺，招人怨恨。」

【鼠竊狗盜】 shǔ qiè gǒu dào

像老鼠和狗那樣竊取、偷盜。比喻小偷小摸。也作「**鼠竊狗偷**」。

例 他過去經常做一些～的事，在這一帶名聲不好。

書《史記·劉敬叔孫通列傳》：「此特羣盜鼠竊狗盜耳，何足置之齒牙間。」

【傾城傾國】 qīng chéng qīng guó

形容女子容貌極美，受到一城一國人的傾慕。也作「**傾國傾城**」。（傾：傾心愛慕。）例 她不是那種有～容貌的影星，但她依靠自己的演技和魅力依然吸引了不計其數的影迷。

書《漢書·外戚傳上·李夫人》：「延年侍上起舞，歌曰：『北方有佳人，絕世而獨立，一顧傾人城，再顧傾人國。寧不知傾城與傾國，佳人難再得！』」

【傾盆大雨】 qīng pén dà yǔ

形容雨極大，像是從盆裏傾倒出來的一樣。（傾：使器物翻轉或歪斜，把裏面的東西全倒出來。）

例 一場～從天而降，我儘管撐起了傘，身上還是被澆得濕淋淋的。

書 宋蘇軾《雨意》詩：「煙擁層巒雲擁腰，傾盆大雨定明朝。」

【傾家蕩產】 qīng jiā dàng chǎn

全部家產喪失淨盡。（蕩：全部搞光。）例 鄒先生打定主意，即使～，也要湊錢把孩子的病治好。

書 宋胡太初《晝簾緒論·差役篇》：「終則箠楚禁錮，連年莫脫，其勢不至於傾家蕩產、鬻妻賣子不止也。」

【傾巢而出】qīng cháo ér chū
出動全部人馬。多用於貶義。也作「**傾巢出動**」。（巢：鳥窩。也指蜂、蟻等的窩。比喻某些人藏身或盤踞的地方。）例 敵軍～，準備和我們決一死戰。
書 清劉坤一《覆李少荃制軍》：「各處諜報亦謂賊數倍於從前，將來傾巢而出，其鋒殆不易當。」

【傾箱倒篋】qīng xiāng dào qiè
把大小箱子裏的東西全都傾倒出來。也比喻盡其所有，全都拿出來。（篋：小箱子。）例 薛老師發現穆校長是真心誠意在向他徵求意見，便～地把心裏的想法全都說了出來。
書 明馮夢龍《古今小說·蔣興哥重會珍珠衫》：「陳大郎早起要穿時，不見了衫兒……急得陳大郎性發，傾箱倒篋的尋個遍，只是不見。」
注「倒」在此不讀dǎo。粵 dou3到。「篋」不讀jiā。

【傷天害理】shāng tiān hài lǐ
做事喪盡天良，踐踏道義倫理。（天：指天理；道義。）例 這幫歹徒拐賣人口，～，民憤極大。
書 清蒲松齡《聊齋誌異·呂無病》：「堂上公以我為天下之齷齪教官，勒索傷天害理之錢，以吮人癰痔者耶！此等乞丐相，我所不能！」

【傷風敗俗】shāng fēng bài sú
傷害、敗壞良好的風氣習俗。（風：風氣；風俗。俗：習俗。）例 這些淫穢出版物和音像製品，～，為害很大。
書《魏書·游明根傳附肇》：「肇，儒者，動存名教，直繩所舉，莫非傷風敗俗。」

【毀家紓難】huǐ jiā shū nàn
捐獻全部家產以解救國難。（毀家：把家毀掉。此指捐出全部家產。紓：解除；緩解。）例 這位愛國人士～的義舉在當地廣為傳揚。
書《左傳·莊公三十年》：「鬥穀於菟為令尹，自毀其家，以紓楚國之難。」又《宋史·度宗紀》：「容臣歸省偏親，誓當趨事赴功，毀家紓難，以贖門户之愆。」

【微不足道】wēi bù zú dào
微小得不值得一說。（不足：不值得。道：說。）例 做這幾件～的小事，哪裏值得你來謝我。
書 郭沫若《百花齊放·單色堇》：「在草花中我們雖然是微不足道，但我們的花色卻算是紫色代表。」

【微乎其微】wēi hū qí wēi
形容非常小或非常少。（乎：語氣助詞，表示強調。）例「書店為裝飾面子起見，願意初版不賺錢，但先生初版版税只好奉百分之十，實在～了。」(魯迅《書信集·致孫用》)
書《爾雅·釋訓》：「式微式微者，微乎微者也。」後用作「微乎其微」。

【微言大義】wēi yán dà yì
精微的言辭，重要而深刻的道理。多就儒家經典而言。後多用來表示包含在精微言辭中的深奧

道理。例 他的話一聽就明白，沒有什麼～，你不要瞎琢磨了。

書 漢劉歆《移書讓太常博士》：「及夫子沒而微言絕，七十子卒而大義乖。」又清錢謙益《汲古閣毛氏新刻十七史序》：「古者六經之學，專門名家，各守師說，聖賢之微言大義，綱舉目張。」

【愛不釋手】ài bù shì shǒu

喜愛得拿在手裏捨不得放下。也作「**愛不忍釋**」。（釋：放開；放下。）例 這隻精巧的八音盒是爺爺送給她的，她～，玩起來沒個夠。

書 清文康《兒女英雄傳》第三五回：「他看了也知道愛不釋手，不曾加得圈點，便黏了個批語。」

【愛屋及烏】ài wū jí wū

因為喜愛某個人而連帶地愛護停留在他屋上的烏鴉。比喻因為喜愛某個人而連帶地喜愛、關心跟他有關的人或物。（及：連及。烏：烏鴉。）例 淑芳的丈夫是一所中學的教師，淑芳見到這所學校的學生便有一種親切之感，這大概也是～的緣故吧。

書 《尚書大傳》卷三：「愛人者，兼其屋上之烏。」又《孔叢子・連叢子下》：「若夫顧其遺嗣，得與羣臣同受釐福，此乃陛下愛屋及烏，惠下之道。」

注 「烏」不可寫作「鳥」。

【愛財如命】ài cái rú mìng

愛錢財就像愛自己的命一樣。形容人非常吝嗇或貪財。也作「**愛錢如命**」。例 他這個人～，向他募捐可不是一件容易的事。

書 明謝讜《四喜記・大宋畢姻》：「既稱月老，又號冰人，愛錢如命，說謊通神，自家高媒婆是也。」

【愛莫能助】ài mò néng zhù

雖然有心幫助，但限於條件而不能做到。（愛：表示有幫助的願望。莫：不。）例 他這次落榜是因為成績不合格，我～。

書 明馮夢龍《警世通言・王安石三難蘇學士》：「荊公開言道：『子瞻左遷黃州，乃聖上主意，老夫愛莫能助。』」

【亂七八糟】luàn qī bā zāo

形容很雜亂。例 老安的房裏東西放得～，有的東西連他自己也不記得放在哪裏了。

書 清吳趼人《二十年目睹之怪現狀》第二三回：「像這麼亂七八糟的寫了一大套，我也記不了那許多。」

【飽食終日】bǎo shí zhōng rì

整天吃得飽飽的，卻閒着什麼事也不做。例 雖然你家境優裕，也不應該～，無所事事，難道你不希望展現你的人生價值嗎？

書 《論語・陽貨》：「飽食終日，無所用心，難矣哉！不有博弈者乎？為之猶賢乎已！」

【飽經風霜】bǎo jīng fēng shuāng

經受過很多風吹霜打。比喻人經歷過很多艱難困苦。（飽：足足。風霜：風吹霜打。比喻生活中所經歷的艱難困苦。）例 馬大

伯～，對人生有着不同尋常的體驗。

書 明袁宏道《監司周公實政錄敍》：「又如深山松柏，飽歷風霜，逾見遒古。」又魏巍《東方》第二部第一章：「在他那飽經風霜的像鐵塊一般的臉上，已經滾過好幾滴圓大的淚水。」

【腰纏萬貫】yāo chán wàn guàn

古代銅錢中間有孔，可以用繩穿起纏在腰間攜帶。一千個銅錢為一貫。「腰纏萬貫」是一種誇張的說法，表示腰部裝着很多錢，形容人十分富有。例 我又不是～的富翁，這種豪華住宅我哪裏能買得起。

書 南朝梁殷芸《小説》：「有客相從，各言所志，或願為揚州刺史，或願多貲財，或願騎鶴上升。其一人曰：『腰纏十萬貫，騎鶴上揚州。』欲兼三者。」又清文康《兒女英雄傳》第五回：「不怕你腰纏萬貫，落了店都是店家的干係。」

【腸肥腦滿】cháng féi nǎo mǎn

見「腦滿腸肥」，本頁。

【腥風血雨】xīng fēng xuè yǔ

風帶腥氣，血濺如雨。形容殘酷殺戮的景象。也作「**血雨腥風**」。例 日軍在城裏瘋狂搜捕、殺害抗日志士，一片～。

書 明王彥泓《龍友尊慈七十壽歌》：「憶昔狂童犯順年，腥風血雨暗蠻天。」

【腹心之疾】fù xīn zhī jí

見「心腹之患」，106頁。

【腹背受敵】fù bèi shòu dí

前面和後面都受到敵人的攻擊。例 義軍誤入險地，～，只得且戰且退。

書《梁書·陳慶之傳》：「仲宗等恐腹背受敵，謀欲退師。」

【腳踏兩隻船】

jiǎo tà liǎng zhī chuán

一腳踏着這隻船，另一腳踏着那隻船。比喻為了投機取巧而跟對立的或不同的兩方面都保持聯繫。也比喻在兩方之間搖擺不定。也作「**腳踩兩家船**」。例「國珍一面向西吳進貢，一面又替元朝運糧，～，左右搖擺。」(吳晗《朱元璋傳》第三章三)

書 清李綠園《歧路燈》第四九回：「你的門第高，又年輕，難免別無説親的。若再有人提媒，你休腳踩兩家船，這可不是耍的事。」

【腳踏實地】jiǎo tà shí dì

比喻做事踏實認真。例 彭思禮先生不尚空談，是位～研究學問的人。

書 宋邵伯温《聞見前錄》卷一八：「公嘗問康節曰：『某何如人？』曰：『君實腳踏實地人也。』」

【腦滿腸肥】nǎo mǎn cháng féi

吃得很飽，養得很胖。多用來形容不勞而食，生活優裕而體態肥胖的人。也作「**腸肥腦滿**」。例 這個～的公子哥兒，正經事

不會做，說起吃喝玩樂來倒很在行。

書 清陸以湉《冷廬雜識·星查兄詩》：「君不見黃頭郎君久待詔，腦滿腸肥託權要。」

【觥籌交錯】gōng chóu jiāo cuò

酒杯、酒籌錯雜相交。形容相聚宴飲時的熱鬧場面。（觥：古代的一種酒器。籌：指酒籌，片狀，行酒令時所用。）例 宴會上大家情緒熱烈，～，喝得十分盡興。

書 宋歐陽修《醉翁亭記》：「射者中，弈者勝，觥籌交錯，起坐而諠譁者，眾賓懽也。」

注 「觥」不讀 guāng。

【解甲歸田】jiě jiǎ guī tián

軍人脫下戰袍，回鄉務農。（解：解開；脫下。甲：鎧甲，作戰時穿的護身衣，用金屬片或皮革製成。）例 老人是一位～的將軍，他從不居功自傲，卻過着像普通人一樣的生活。

書 孫中山《革命軍之責任》：「諸位將士要自己解甲歸田之後，可以享幸福……便要擔負推翻這些小皇帝的責任。」

【解衣推食】jiě yī tuī shí

把自己身上的衣服脫下來給人穿，把自己的食物讓給別人吃。原指對人器重而給以特別的關懷。後多指慷慨、熱情地拿出自己的東西來幫助別人。（推：讓給別人。）例 當年我落難的時候，多虧戴先生～地接濟我，幫助我，他的深情厚誼我永世難忘。

書《史記·淮陰侯列傳》：「漢王授我上將軍印，予我數萬眾，解衣衣我，推食食我，言聽計用，故吾得以至於此。」又《太平廣記》卷七三引《奇事記·王常》：「見人饑（同『飢』）寒，至於解衣推食，略無難色。」

【解鈴還須繫鈴人】

jiě líng hái xū xì líng rén

要從老虎頸項上把鈴鐺解下來，必須還由當初把鈴鐺繫上去的人來做才行。比喻由誰惹出來的麻煩，還得由誰去解決。例 蘇進元是被你的那一番話惹惱的，～，還是由你去向他當面解釋為好。

書 宋惠洪《林間集·法燈泰欽禪師》：「一日，法眼問大眾曰：『虎項下金鈴，何人解得？』對者皆不契。欽適自外至，法眼理前語問之，欽曰：『大眾何不道繫者解得。』於是人人改觀。」又清華生《滇越鐵路問題》：「解鈴還須繫鈴人。責有攸歸，義無旁貸。」

【解囊相助】jiě náng xiāng zhù

打開口袋拿出錢財來幫助別人。泛指以錢財慷慨助人。（囊：口袋。）例 在採訪中記者們目睹了貧困地區兒童入學所面臨的經濟困難，紛紛～，並表示要動員更多的人來參加這一助學活動。

書 清李伯元《中國現在記》第八回：「蘇州人秉性是良善的，曉得他是富翁一旦落魄，就有解囊相助的。」

【煞有介事】 shà yǒu jiè shì
像是真有那麼一回事似的。指裝模作樣，裝腔作勢。也作「**像煞有介事**」。（煞：表示程度深。介事：那樣的事。）例 你不要～地來教訓我，你的底細我知道，你比我高明不到哪裏去。
書 魯迅《偽自由書．文學上的折扣》：「刊物上登載一篇儼乎其然的像煞有介事的文章，我們就知道字裏行間還有看不見的鬼把戲。」

【煞費苦心】 shà fèi kǔ xīn
辛辛苦苦地費盡了心思。（煞：極；很。）例 徐景琦～，終於調停了這場糾紛，並提出了一個雙方都可以接受的解決方案。
書 清李伯元《中國現在記》第九回回目：「辦河工難除積弊，做清官煞費苦心。」

【詩情畫意】 shī qíng huà yì
如詩如畫的美好的情趣和意境。也作「**畫意詩情**」。例 這是一篇充滿～的優美散文，讀了令人陶醉。
書 宋周密《清平樂．橫玉亭秋倚》詞：「詩情畫意，只在闌干外，雨露天低生爽氣，一片吳山越水。」

【詰屈聱牙】 jí qū áo yá
見「佶屈聱牙」，250頁。

【誇大其詞】 kuā dà qí cí
措詞誇張，超過了事情原有的程度。也作「**誇大其辭**」。例 在這種保健食品的介紹資料中有一些～的地方，容易誤導消費者，應予糾正。
書《宋史．王祖道傳》：「蔡京開邊，祖道欲乘時徼富貴，誘王江酋楊晟免等使納土，誇大其辭，言……」

【誇誇其談】 kuā kuā qí tán
說話、寫文章浮誇，不切實際。例 你不要再在那裏～地發議論了，快說說這個工作中的難題該怎麼去解決，你有沒有辦法。
書 郭沫若《談蔡文姬的〈胡笳十八拍〉》：「我這不是誇誇其談，總之請大家認真讀一讀就可以體會得到。」

【誠心誠意】 chéng xīn chéng yì
心意真誠。也作「**誠心實意**」。（誠：真實的。）例 我～向他道歉，他也很快原諒了我，我們倆重又和好如初。
書 清曹雪芹、高鶚《紅樓夢》第六回：「姥姥你放心，大遠的誠心誠意來了，豈有個不教你見個真佛去的呢。」

【誠惶誠恐】
chéng huáng chéng kǒng
原為君主時代臣下給君主奏章中的套語，表示對君主的敬畏。後也泛指心中惶恐不安。（誠：實在；的確。惶：恐懼。）例 他～地在等候總經理的召見，他知道總經理將對他的失職行為做出嚴肅處理。
書 漢許沖《上〈說文解字〉書》：「臣沖誠惶誠恐，頓首頓首，死罪死罪。」

【誅求無已】zhū qiú wú yǐ
勒索、榨取，沒完沒了。（誅求：勒索；強制徵收。無已：沒個完。）例 明朝末年，捐稅很重，官府～，弄得民不聊生。
書 漢董仲舒《春秋繁露·王道》：「誅求無已，天下空虛，羣臣畏恐，莫敢盡忠。」

【誅盡殺絕】zhū jìn shā jué
見「斬盡殺絕」，357 頁。

【話不投機】huà bù tóu jī
彼此的情趣或見解不合，話說不到一起。（投機：指情趣相合，見解相同。）例 鄒雨辰覺得和章松林～，沒談多久便找個藉口告辭走了。
書 元張國賓《薛仁貴》第三摺：「我則怕言無關典，話不投機。」

【詭計多端】guǐ jì duō duān
狡詐的計謀或壞主意非常多。（詭：狡詐。多端：多種多樣。）
例 你的對手～，是很不好對付的，你要多留神。
書 明羅貫中《三國演義》第一一七回：「維詭計多端，詐取雍州。」

【裏應外合】lǐ yìng wài hé
裏面的人接應，外面的人攻打，互相配合。也泛指裏外接應，協同行動。也作「**外合裏應**」。（應：接應。）例 在搗毀這個黑社會組織的行動中，卧底警探發揮了重要作用，～，行動十分成功。
書 元李文蔚《圯橋進履》第二摺：「小官須索整點英雄將士，裏應外合擒拏他，有何不可也。」

【痴人說夢】chī rén shuō mèng
呆傻的人在說他夢裏的事。比喻憑妄想說荒唐的話。例 公司目前經營業績很差，自身難保，還想併購別的公司，不會是～吧？
書 明楊慎《升庵詩話·雙鯉》：「古人尺素結為鯉魚形即緘也，非如今人用蠟。《文選》『客從遠方來，遺我雙鯉魚』……五臣及劉履謂古人多於魚腹寄書，引陳涉罩魚倡禍事證之，何異痴人說夢邪？」

【痴心妄想】chī xīn wàng xiǎng
沈迷而不能自解的心思，荒唐的不可能實現的想法。也指痴迷地想着那些不可能實現的事。
例 ❶他想用錢收買我做偽證，那是～！❷曲小姐早已名花有主，我勸你對她別再～了。
書 明馮夢龍《古今小說·蔣興哥重會珍珠衫》：「大凡人不做指望，到也不在心上；一做指望，便痴心妄想，時刻難過。」

【遊山玩水】yóu shān wán shuǐ
遊覽、觀賞山水景致。（玩：觀賞。）例 隨着人們生活水平的提高，利用假期出去～的人也越來越多了。
書 宋朱熹《與陳師中書》：「熹閏月二十七日受代，即日出城，遊山玩水，自江州界渡江，在道十餘日。」

【遊刃有餘】yóu rèn yǒu yú

原指廚師在把宰了的牛分割成塊時由於技術純熟，薄薄的刀子在牛的骨頭縫裏自由地移動，感到還有餘地，刀刃也一點沒受損傷。事見《莊子·養生主》。後比喻人能力強、技藝精熟，做事毫不費力，應付裕如。(遊：移動。) 例 嚴先生經營圖書多年，有豐富的經驗，由他來主持一個圖書門市部的工作，～。

書 宋陸九淵《與林叔虎書》：「叔虎才美，試於一縣，其遊刃有餘地矣。」

【遊手好閒】yóu shǒu hào xián

遊蕩成性，喜好閒着，不事生產。(遊手：遊蕩而不事生產。好：喜愛。) 例 賈先生見到一直～的小兒子開始做正經事了，尚能自食其力，心中感到幾分寬慰。

書 元無名氏《殺狗勸夫》楔子：「我不打別的，我打你個遊手好閒、不務生理的弟子孩兒。」

【新仇舊恨】xīn chóu jiù hèn

見「舊恨新仇」，554 頁。

【新陳代謝】xīn chén dài xiè

原指生物體不斷以新物質代替舊物質的過程。後也泛指新的代替舊的，不斷發展。(陳：時間久的；舊的。代謝：更替。) 例 教師隊伍也處在不斷的～之中，保證了教育事業的發展後繼有人。

書 梁啟超《官制與官規》：「雖然，官吏新陳代謝，終不可不為新進者開其途。」

【意味深長】yì wèi shēn cháng

意思深刻而含蓄，耐人尋味。(意味：含蓄的意思。) 例「書中所述的人生哲理，～，會讀書的細加玩賞，自然能心領神悟，終身受用不盡。」(朱自清《經典常談·四書第七》)

書 宋程頤《河南程氏遺書》卷一九：「某自十七八讀《論語》，當時已曉文義，讀之愈久，但覺意味深長。」

注「長」在此不讀 zhǎng。粵 tsœŋ4 祥。

【意馬心猿】yì mǎ xīn yuán

見「心猿意馬」，106 頁。

【意氣用事】yì qì yòng shì

在一種因主觀、偏激而產生的強烈情緒的驅使下處理事情，缺乏理智。(意氣：指因主觀、偏激而產生的情緒。用事：指憑意氣行事。) 例 希望爭執的雙方都先冷靜下來，有話好好說，千萬不要～。

書 明唐順之《寄黃士尚書》：「弟近來深覺往時意氣用事、腳根不實之病，方欲洗滌心源，從獨知處着工夫。」

注「意」不可寫作「義」。

【意氣相投】yì qì xiāng tóu

彼此志趣、性格相投合。(意氣：指志趣、性格。投：投合；合得來。) 例 他們幾個～的朋友計劃創辦一家污水處理公司，在環境保護方面幹一番事業。

書 宋張元幹《信中、居仁、叔正皆

有詩……其敢不承》詩：「平生公輩真好友，意氣相投共杯酒。」

【意氣風發】yì qì fēng fā

形容精神振奮，氣概昂揚。（意氣：指意志、氣概。風發：原指像風一樣迅速。此形容奮發。）例 這批年輕人正～地要在開發西部的事業中一顯身手。

書 姚雪垠《李自成》第一卷第二一章：「他連喝幾大杯酒，意氣風發。」

【義不容辭】yì bù róng cí

道義上不允許推辭。指理應接受、承擔。（義：道義。容：允許。辭：推託；推辭。）例 幫助受災的鄉親重建家園，我們～，大家都會盡心盡力的。

書 唐岑文本《唐故特進尚書右僕射上柱國虞恭公温公碑》：「夫顯微闡幽，義不容辭，功高德盛……載金石以不朽。」

【義正辭嚴】yì zhèng cí yán

理由正當，言辭嚴肅有力。也作「**義正詞嚴**」。（嚴：嚴肅。）例 陳先生～地駁斥了對方顛倒黑白的謬説，揭露了他們的不良用心。

書 明胡應麟《少室山房筆叢・丹鉛新錄四》：「子玄之論，義正詞嚴，聖人復起，弗能易矣。」

【義形於色】yì xíng yú sè

伸張正義的心情在臉上顯露出來。（形：顯露；表現出來。色：臉上的神色。）例 他稟性剛直，每當説到社會上一些不正之風時常常～。

書《公羊傳・桓公二年》：「孔父正色而立於朝，則人莫敢過而致難於其君者，孔父可謂義形於色矣。」

【義無反顧】yì wú fǎn gù

遵循道義，勇往直前，絕不猶豫退縮。（反顧：回頭觀望。表示在前進中有猶豫退縮情緒。）例 這幾位青年告別父母，～地投身到反抗侵略、保衛祖國的鬥爭中去。

書 宋張孝祥《代總得居士與葉參政》：「王、戚、李三將忠勇自力，義無反顧。」

【義憤填膺】yì fèn tián yīng

義憤充滿胸膛。（義憤：對違反正義的言行所產生的憤怒。膺：胸膛。填膺：充滿胸膛。）例 見到兩個流氓在街上公然欺凌婦女，過路的市民～，合力把他們扭送到警署。

書 清余懷《板橋雜記・麗品》：「余時義憤填膺，作檄討罪。」

【道不拾遺】dào bù shí yí

道路上有別人遺失的物品，不去拾起來據為己有。形容社會風氣良好。也作「**路不拾遺**」。（遺：遺失。此指遺失的物品。）例 隨着社會的進步，我相信人們所嚮往的～、夜不閉户的景象是可以實現的。

書《韓非子・外儲説左上》：「子產退而為政，五年，國無盜賊，道不拾遺。」

【道高一尺，魔高一丈】

dào gāo yī chǐ, mó gāo yī zhàng

原為佛家語，指當修行的人道行有所增長時，魔障的干擾破壞也會加劇，所以修行的人一定要提高警惕。後也泛指對立的兩種勢力，各施手段，以勝過對方。例 **對方的手段雖然很高明，但～，我們也有克敵制勝的方法。**

書 明凌濛初《初刻拍案驚奇》卷三六：「道高一尺，魔高一丈。冤業隨身，終須還賬。」

【道貌岸然】dào mào àn rán

神態莊重嚴肅，一本正經。有時含譏諷意，表示故作莊重嚴肅，而實際上表裏不一。（道貌：有道者的容貌。後泛指正經莊重的容貌。岸然：莊嚴的樣子。）例 **別看他外表～，背地裏可幹過不少醜事，這都瞞不了我。**

書 清龔煒《巢林筆談·謁敬亭先生》：「先生道貌岸然，接對謙和。」

【道聽途說】dào tīng tú shuō

在路上聽到，又在路上傳播。指傳聞的沒有根據的話或說這樣的話。例 **這種～的消息是當不得真的，我們不要輕信。**

書《論語·陽貨》：「子曰：『道聽而塗（通「途」）說，德之棄也。』」

【煙消雲散】yān xiāo yún sàn

像煙一樣消失，像雲一樣散開。比喻某種事物或情緒消失得無影無蹤。例 **經過父母反覆解釋開導，阿蘭心中的疑慮終於～了。**

書 元張養浩《天淨沙》曲：「更着十年試看，煙消雲散，一杯誰共歌歡？」

注「散」在此不讀sǎn。粵 san³傘。

【煥然一新】huàn rán yī xīn

光彩耀眼，呈現出嶄新的面貌。（煥然：有光彩的樣子。一：表示加強語氣。）例 **公司經過整頓後，工作面貌～。**

書 宋陸游《老學庵筆記》卷八：「宣和末，有巨商捨三萬緡，裝飾泗州普照塔，煥然一新。」

注「煥」不可寫作「換」。

【煢煢孑立】qióng qióng jié lì

形容一個人孤零零的，無依無靠。（煢煢：孤零零的樣子。孑立：孤單地立着。形容無依無靠。）例 **他是個孤兒，～，十分令人同情。**

書 晉李密《陳情表》：「煢煢孑立，形影相弔。」

注「孑」不可寫作「子」。

【滅頂之災】miè dǐng zhī zāi

水淹沒頭頂的災難。比喻毀滅性的災難。例 **海關人員全面出擊，使這夥走私分子遭受到～。**

書《周易·大過》：「過涉滅頂，凶。」又馮玉祥《我的生活》第二六章：「在沿途江中沖翻了許多民船，許多無辜人民受滅頂之災。」

【源源不絕】yuán yuán bù jué

形容連續不斷。也作「**源源不斷**」。（源源：水流不斷的樣子。也泛指連續不斷。）例 **各種**

救災物資正～地向災區運去。
書 元王惲《題紀伯新詹判如溪詩意》：「源源不絕產蛟鼉。」

【源遠流長】yuán yuǎn liú cháng
原指河流源頭遠，流程長。也比喻歷史悠久。例 ～的中華文明是世界文明的重要組成部分。
書 唐白居易《海州刺史裴君夫人李氏墓誌銘》：「夫源遠者流長，根深者枝茂。」後用作「源遠流長」。

【塗脂抹粉】tú zhī mǒ fěn
塗胭脂，抹香粉。原指婦女修飾容貌。後也比喻對醜惡的事物粉飾美化。（脂：胭脂。）例 你不要再替這種人～了，他是什麼樣的人，大家早已看得清清楚楚。
書 宋劉斧《青瑣高議·前集·王幼玉記》：「惟我儔塗脂抹粉，巧言令色，以取其財，我思之愧赧無限。」

【滔滔不絕】tāo tāo bù jué
像大水奔流，連續不斷。多形容話多，説個沒完。（滔滔：大水滾滾的樣子。）例 説到公司的前景，顧其明的話～，十分興奮。
書 清李汝珍《鏡花緣》第一八回：「多九公見紫衣女子所説書名倒像素日讀熟一般，口中滔滔不絕。」
注 「滔」不可寫作「濤」。

【滄海一粟】cāng hǎi yī sù
大海裏的一粒穀子。比喻非常渺小。（粟：穀子。脱殼後叫小米。）例 國家的富強是千千萬萬人共同奮鬥的結果，個人的力量在其中不過是～。
書 宋蘇軾《前赤壁賦》：「寄蜉蝣於天地，渺滄海之一粟。」

【滄海桑田】cāng hǎi sāng tián
大海變成桑田，桑田變成大海。比喻世事發生巨大變化。（桑田：種植桑樹和農作物的田地。）例 面對這裏二十多年來～的變化，大家都驚歎不已。
書 晉葛洪《神仙傳·王遠》：「麻姑自説云：『接侍以來，已見東海三為桑田。』」又宋戴復古《賀新郎·兄弟爭塗田而訟，歌此詞主和議》：「滄海桑田何時變，怕桑田未變人先老。休為此，生煩惱。」

【溜之大吉】liū zhī dà jí
偷偷地走掉了事，就算是大吉了。含有詼諧意味。多指離開以擺脱不利處境。例 債主逼債上門，他卻從後門～，其實躲得初一，躲不了十五。
書 清李伯元《官場現形記》第二八回：「門生故吏當中，有兩個天良未泯的，少不得各憑良心，幫他幾個，其在一班勢利小人，早已溜之大吉。」

【溜之乎也】liū zhī hū yě
偷偷地走掉了。含詼諧意味。
例 大家都在忙着佈置會場，他卻～，不知跑到哪裏去了。
書 清石玉崑《三俠五義》第四三回：「米先生不好意思，抽空兒他就溜之乎也了。」

【塞翁失馬】sài wēng shī mǎ
據《淮南子·人間訓》記載，古

代邊塞附近有人丟失了一匹馬，別人都來安慰他，他的父親說：「這為什麼就不是好事呢？」過了幾個月，這匹馬回來了，還帶回一匹好馬。後來就用「塞翁失馬」比喻壞事在一定條件下可以轉變為好事；暫時受到損失，也可能會帶來意想不到的好處。它常和「焉知非福」、「安知非福」（怎麼知道不是好事呢）等配合使用。（塞：邊塞。）例 **你被這家公司解聘，～，安知非福，社會上還有許多其他工作機會，說不定會有更好的發展呢！**

書 宋陸游《長安道》詩：「士師分鹿真是夢，塞翁失馬猶為福。」

注「塞」在此不讀sāi或sè。粵 tsɔi³ 菜。

【運籌帷幄】yùn chóu wéi wò

在營帳中謀劃軍機，制定作戰策略。後也泛指籌劃決策，進行指揮。（籌：古代用於計算的算籌，一般為條狀薄片或小棍兒。運籌：用籌計算。泛指謀劃，制定策略。帷幄：帳幕。此指軍營中帳幕。）例 **總經理～，制定了新的營銷策略，結果大獲成功。**

書《史記·太史公自序》：「運籌帷幄之中，制勝於無形，子房計謀其事，無知名，無勇功，圖難於易，為大於細。」

【遍體鱗傷】biàn tǐ lín shāng

滿身都是傷痕。形容傷勢很重。（遍體：滿身。鱗傷：傷痕像魚鱗一樣密。）例 **他被打得～，奄奄一息。**

書 清吳趼人《痛史》第六回：「一連幾日，可憐一個金枝玉葉的當朝宰相，已經走的雙脚腫爛，打的遍體鱗傷，着實走不動了。」

【福至心靈】fú zhì xīn líng

好運氣來了，心思似乎也變得靈巧起來。（福：福氣；好事；好運氣。）例 **也許是～，他升職後工作越幹越順手。**

書 宋畢仲詢《幕府燕閒錄》：「吳參政少以學究登科，復中賢良，為翰林學士，常草制以示歐陽文忠——稱之，因戲曰：『君福至心靈。』」

【福如東海】fú rú dōng hǎi

福氣像東海那樣大。常和「壽比南山」連用，為祝頌之辭。

例 **祝您老人家壽比南山，～，合家美滿。**

書《敦煌變文集·長興四年中興殿應聖節講經文》：「壽等松椿宜閏益，福如東海要添陪。」

【福善禍淫】fú shàn huò yín

賜福給為善的人，降禍給作惡的人。常用來勸人多做善事，不要作惡。（福：用作動詞。賜福。禍：用作動詞。降禍。淫：指邪惡。）例 **天道～，這批作惡多端**

的人遭遇如此下場再一次給世人敲響了警鐘。

書《尚書·湯誥》：「天道福善禍淫。」孔傳：「政善，天福之；淫過，天禍之。」

【禍不單行】huò bù dān xíng

不幸的事接連而來。例「那年冬天，祖母死了，父親的差使也交卸了，正是～的日子。」（朱自清《背影》）

書 宋道原《景德傳燈錄·紫桐和尚》：「師曰：禍不單行。」

【禍起蕭牆】huò qǐ xiāo qiáng

禍亂發生在家裏。泛指內部發生禍亂。（蕭牆：古代宮室內對着門作為屏障的小牆。藉指內部。）例 薛世林沒想到～，他的幾位助手會聯合向他發難。

書 漢蔡邕《劉鎮南碑》：「俄而漢室大亂，禍起蕭牆。」

【禍國殃民】huò guó yāng mín

使國家和人民遭受禍害。（殃：使遭受禍害；使遭殃。）例 對於這些～的人，現在到了跟他們徹底清算的時候了。

書 清方東樹《大意尊行·立行》：「古今墮名喪節，亡身赤族，禍國殃民，無不出於有過人之才智者。」

【禍從口出】huò cóng kǒu chū

災禍從口裏產生。指言語不慎，招來災禍。例 你平時好發議論，經常說些別人不愛聽的話，要當心～啊。

書《太平御覽》卷三六七引晉傅玄《口銘》：「病從口入，禍從口出。」

【禍從天降】huò cóng tiān jiàng

災禍像是從天上降下來的。形容意想不到的災禍突然降臨。例 他出門滑了一跤，竟摔成骨折，真是～。

書《舊唐書·劉瞻傳》：「因兩人之藥誤，老幼械繫三百餘人，咸云宗召荷恩之日，寸祿不沾，進藥之時，又不同議，此乃禍從天降，罪匪己為。」

【肅然起敬】sù rán qǐ jìng

表現出恭敬的神態，產生出敬佩的心情。（肅然：十分恭敬的樣子。）例 這些在貧困地區從事教育工作的模範教師，令我們～。

書 宋王柏《默成定武蘭亭記》：「暇日摩挲展觀，對諸賢姓名，肅然起敬。」

【羣起而攻之】qún qǐ ér gōng zhī

許多人一同起來指責、反對。（攻：指責；駁斥。）例 對於該廠隨意排放工業廢水污染環境的行為，輿論～，引起了政府部門的高度重視。

書 宋馬永卿輯《元城語錄解·變法》：「雖天下之人羣起而攻之，而金陵不可動者，蓋此八字（指『虛名實行，強辯堅志』）。」

【羣策羣力】qún cè qún lì

大家一同想辦法，出力量。（策：謀劃；想辦法。）例 全體職工～，經過半年時間，終於使公司的經營狀況有了明顯改觀。

書 宋陳元晉《見鄭參政啟》：「實賴同心同德之臣，亟合羣策羣力之助。」

【羣龍無首】 qún lóng wú shǒu

比喻聚集起來的一羣人中沒有領頭的人。例 老廠長退休後，新廠長遲遲沒有到任，廠裏～，生產秩序不免有些混亂。

書 《周易・乾卦》：「見羣龍，無首，吉。」又明沈德符《野獲編・科場二・闈試》：「至丙辰而羣龍無首，文壇喪氣。」

【遐邇聞名】 xiá ěr wén míng

遠近都有名聲。形容名聲很大。（遐：遠。邇：近。）例 這家公司～，它所生產的電腦在世界各地都有很好的銷路。

書 唐玄奘《大唐西域記・尼波羅國》：「近代有王，號鴦輸代摩，碩學聰睿，自製《聲明論》，重學敬德，遐邇著聞。」今多作「遐邇聞名」。

【違心之言】 wéi xīn zhī yán

違背自己心意的話。例 在強力脅迫下他當時也説過一些～，今天想來愧疚不已。

書 清朱庭珍《筱園詩話》卷一：「卒之言為心聲，違心之言，矯情之詞，縱自佔地步，終難逃識者洞鑒，何益之有！」

【違法亂紀】 wéi fǎ luàn jì

違犯法令，破壞紀律。例 這幾個海關工作人員因～，正在受到廉政公署的查處。

書 陳塈《選擇》：「在公務員隊伍裏是不允許有違法亂紀者的存身之地的。」

【裝腔作勢】 zhuāng qiāng zuò shì

故意裝出某種腔調，作出某種姿態。也作「**拿腔作勢**」。（勢：姿態。）例 他在對人講話時喜歡～，以顯得自己多有身分似的。

書 清吳墨浪子《西湖佳話・西泠韻跡》：「姨娘不消着急。他這兩三日請我不去，故這等裝腔作勢。」

【裝瘋賣傻】 zhuāng fēng mài shǎ

故意裝出瘋瘋癲癲或傻裏傻氣的樣子，以掩飾自己。（賣：故意顯示。）例 疑犯～，拒不交代實情，妄圖逃脱罪責。

書 程道一《庚子事變演義》：「打算裝瘋賣傻，充作神仙附體，殺此一龍，自己便可即位。」

【裝模作樣】 zhuāng mú zuò yàng

故意裝出某種樣子來給人看。例 他雖然～地坐在那裏辦公，心思卻早飛到弄得他坐臥不寧的股市上去了。

書 元柯丹丘《荊釵記・參相》：「窮酸魍魎，對我行輒敢數黑論黃，裝模作樣，惱得我氣滿胸膛。」

【裝聾作啞】 zhuāng lóng zuò yǎ

假裝聾啞。形容人故意不聞不問，置身事外。例 同事間的這些是是非非他都知道，但他～，免得自己被牽扯進去。

書 明馮夢龍《醒世恒言・張孝基陳留認舅》：「三來又貪着些小利，總

然有些知覺，也裝聾作啞，只當不知。」

【嫉惡如仇】jí è rú chóu
見「疾惡如仇」，342頁。

【嫉賢妒能】jí xián dù néng
見「妒賢嫉能」，224頁。

【嫁禍於人】jià huò yú rén
把本應自己承受的禍害轉到別人身上。（嫁：轉移禍害、罪名、損失等。）例 他偽造作案現場，企圖～，但警方很快識破了這一陰謀。
書《南史·阮孝緒傳》：「武帝禁畜讖緯，孝緒兼有其書……客有求之，答曰：『己所不欲，豈可嫁禍於人。』乃焚之。」

【隔岸觀火】gé àn guān huǒ
隔着河觀看對岸失火。比喻在別人有危難的時候，採取置身事外的旁觀態度。例 當我們有難的時候，有人～，有人熱心幫助，誰是真朋友，此時一目了然。
書 魯迅《且介亭雜文·答〈戲〉週刊編者信》：「那時我想，假如寫一篇暴露小說，指定事情是出在某處的罷，那麼，某處人恨得不共戴天，非某處人卻無異隔岸觀火，彼此都不反省。」

【隔靴搔癢】gé xuē sāo yǎng
隔着靴子撓癢癢。比喻說話、寫文章不中肯，沒有觸及關鍵或實質，達不到預期效果。（搔：用指甲撓。）例 由於他對這件事情缺乏了解，他的講話只能是～，並沒有真正說到要害處。
書 宋嚴羽《滄浪詩話·詩法》：「意貴透徹，不可隔靴搔癢；語貴脫灑，不可拖泥帶水。」

【隔牆有耳】gé qiáng yǒu ěr
即使隔着一道牆，也可能有人在偷聽。用於告誡人說話要小心，以免機密泄漏。例 這裏不是談機密事情的地方，要防～，還是謹慎些好。
書《管子·君臣下》：「古者有二言：『牆有耳，伏寇在側。』牆有耳者，微謀外泄之謂也。」又明馮夢龍《新灌園·還簪定盟》：「我把衷腸說與伊，隔牆有耳須當避。」

【綆短汲深】gěng duǎn jí shēn
吊桶上的繩子短，卻要從很深的井裏打水。比喻能力有限而任務很重，難以勝任。多用作謙辭。（綆：繫在吊桶上打水的繩子。汲：從下往上打水。）例 會員們推舉曹教授擔任學會會長，曹教授推辭道：～，怕有負大家的期望。
書《莊子·至樂》：「昔者管子有言……褚小者不可以懷大，綆短者不可以汲深。」又唐顏真卿《干祿字書·序》：「綆短汲深，誠未達於涯涘；歧路多惑，庶有歸於適從。」

【經年累月】jīng nián lěi yuè
見「成年累月」，157頁。

【經綸滿腹】jīng lún mǎn fù
見「滿腹經綸」，495頁。

十四畫

【碧血丹心】 bì xuè dān xīn

一腔熱血，赤誠之心。形容為國壯烈犧牲的忠臣志士的氣概和精神。（碧血：傳説古代萇弘遭誣陷被貶斥回蜀，他「自恨忠而遭譖，遂刳腸而死」。蜀人把他的血保存起來，三年後血化為碧玉。後來就用「碧血」表示忠臣志士所灑的熱血。丹心：赤誠的心。）例 先烈們的～光照千秋，永為後世所敬仰。

書 清丘逢甲《和平里行》：「南來未盡支天策，碧血丹心留片石。」

【魂不守舍】 hún bù shǒu shè

靈魂沒有守在軀體內。形容人精神恍惚的樣子。（舍：房屋。此指人的軀體。迷信的人認為人有靈魂，它守在人的軀體內，起主宰作用。）例 小方失戀後～，工作中常常出錯。

書 清曹雪芹、高鶚《紅樓夢》第九八回：「我看寶玉竟是魂不守舍，起動是不怕的。」

【魂不附體】 hún bù fù tǐ

靈魂不再附在軀體內；靈魂離開了軀體。形容人極度驚恐的樣子。例 這幾個在街頭肇事的小流氓見警車開來，嚇得～，急忙四散逃走了。

書 宋《京本通俗小説·西山一窟鬼》：「諕得兩個魂不附體，急急取路到九里松麴院前討了一隻船，直到錢塘門上了岸。」

【魂飛魄散】 hún fēi pò sàn

魂魄離開軀體而飛散了。形容人極度驚恐的樣子。也作「**魄散魂飛**」。例 逃犯鑽出山洞，發現四周都是前來搜捕的警員，不禁～，癱坐在地上，束手就擒。

書 元高文秀《啄木兒》套曲：「魂飛魄散，使我戰兢兢。」

【趕盡殺絕】 gǎn jìn shā jué

驅除、消滅乾淨。也泛指對人狠毒，不留餘地。例「民國二年後的袁世凱，對於異己者何嘗不～。」（魯迅《集外集拾遺補編·慶祝滬寧克復的那一邊》）

書 清石玉崑《三俠五義》第三九回：「這朋友好不知進退，我讓着你，不肯傷你，又何必趕盡殺絕。」

【遠水不救近火】

yuǎn shuǐ bù jiù jìn huǒ

遠處的水救不了近處的火。比喻一時難以起作用的辦法解決不了眼前的急難；緩不濟急。也作「**遠水救不得近火**」。例 試驗中急需這種測試儀器，市場缺貨，

向廠家訂購～，還是設法從別人那裏借來用一下吧。

書《韓非子·說林上》：「失火而取水於海，海水雖多，火必不滅矣。遠水不救近火也。」

【遠走高飛】yuǎn zǒu gāo fēi

遠遠地走開，高高地飛去。比喻遠遠地避開這裏，到別處去。例「我沒辦法，我不忍把祖父、父母都乾撂在這裏不管，而自己～。」（老舍《四世同堂》三〇）

書《後漢書·卓茂傳》：「凡人之生，羣居雜處，故有經紀禮義以相交接。汝獨不欲修之，寧能高飛遠走，不在人間邪？」又清 文康《兒女英雄傳》第一六回：「只可惜老弟來遲了一步，他不日就要天涯海角遠走高飛，你見他不着了。」

【遠見卓識】yuǎn jiàn zhuó shí

遠大的眼光，卓越的見識。（卓：高明；卓越。）例 他是一位富有～的特區首長，很受市民的擁護。

書 明焦竑《玉堂叢語·調護》：「解縉之才，有類東方朔，然遠見卓識，朔不及也。」

【截長補短】jié cháng bǔ duǎn

切下長的來接補短的。比喻移有餘補不足。也比喻用長處補短處。也作「**絕長補短**」。（截、絕：切斷。）例 ❶各個分公司的盈虧狀況不同，但～，整個公司的利潤比去年還是有所增長的。❷這兩個產品設計方案各具特色，但都還存在一些不足，我們不妨採取～的辦法，綜合整理出一個更為理想的新方案來。

書《孟子·滕文公上》：「今滕，絕長補短，將五十里也，猶可以為善國。」又明 胡應麟《詩藪·近體上》：「然李近體足自名家，杜諸絕殊寡入彀。截長補短，蓋亦相當。」

【截然不同】jié rán bù tóng

明顯不同。（截然：界限分明的樣子。）例「直到近來，經過許多學者的研究，才知道孩子的世界，與成人～。」（魯迅《墳·我們現在怎樣做父親》）

書 清 黃宗羲《餘姚至省下路程沿革記》：「是故吾邑風氣樸略，較之三吳，截然不同，無他，地使之然也。」

【赫赫有名】hè hè yǒu míng

非常有名；聲名顯赫。（赫赫：顯著盛大的樣子。）例 吳先生是～的經濟學家，他的研究報告倍受人們關注。

書 清 吳趼人《二十年目睹之怪現狀》第三七回：「還有一個胡公壽，是松江人，詩、書、畫都好，也是赫赫有名的。」

【壽比南山】shòu bǐ nán shān

年壽像終南山那樣長久。常用為祝頌之辭。（比：能夠相比。南山：指終南山，在今陝西 西安市南。）例 在鍾教授八十歲生日那天，新老學生齊聚一堂祝願老先生福如東海，～。

書《詩經·小雅·天保》：「如月

之恆，如日之升，如南山之壽，不騫不崩。」又《南史·齊豫章文獻王嶷傳》：「古來言願陛下壽比南山，或稱萬歲，此殆近貌言。如臣所懷，實願陛下極壽百年亦足矣。」

【壽終正寢】shòu zhōng zhèng qǐn
年老病死在家中。也比喻事物消亡，含詼諧意味。（壽終：年老而自然死亡。正寢：舊式住房中的正房。）例 ❶祖父於一九五八年十月～，享年八十二歲。❷「《文學》第二期呈稿十篇，被抽去其半，則結果之必將奄奄無生氣可知，大約出至二卷六期後，便當～了。」（魯迅《書信集·致姚克》）
書 明許仲琳《封神演義》第一一回：「紂王立身大呼曰：『你道朕不能善終，你自誇壽終正寢，非侮君而何？』」

【聚沙成塔】jù shā chéng tǎ
聚集細沙堆成寶塔。比喻集少成多。例 修復這段殘存古城牆所用的城磚不少是由市民捐送的，三塊五塊，～，終於使修復工作得以順利進行。
書 晉戴逵《貽仙城慧命禪師書》：「鑿嶺安龕，詎假聚沙成塔；因山構苑，無勞布金買地。」

【聚訟紛紜】jù sòng fēn yún
眾說紛紜，爭辯不已。（訟：爭辯是非。聚訟：在某一問題上眾人爭辯不已，沒有一致的看法。紛紜：多而雜亂。）例 西周青銅器斷代問題歷來～，有待研究者的進一步探索。
書 元黃溍《送祝蕃遠北上》詩：「奈何夸毗子，聚訟生紛紜。」

【聚精會神】jù jīng huì shén
原指集中大家的心神、智慧。後也指個人集中注意力，十分專心。（會：聚合。）例 沈先生～地盯着電腦屏幕，看他最關心的金融信息。
書 漢王褒《聖主得賢臣頌》：「故世平主聖，俊乂將自至，若堯、舜、禹、湯、文、武之君，獲稷、契、皐陶、伊尹、呂望之臣，明明在朝，穆穆列佈，聚精會神，相得益章。」又清文康《兒女英雄傳》第二四回：「無奈他此時是凝心靜氣，聚精會神，生怕錯了過節兒，一定要答拜回禮。」

【熙熙攘攘】xī xī rǎng rǎng
形容人來人往，紛雜熱鬧的景象。（熙熙、攘攘：紛雜的樣子。）例 上海南京路終日～，人流不斷，以商業繁華著稱於世。
書《史記·貨殖列傳》：「天下熙熙，皆為利來；天下壤壤（通『攘攘』），皆為利往。」後用作「熙熙攘攘」。

【兢兢業業】jīng jīng yè yè
形容做事小心謹慎，認真負責，生怕出毛病。（兢兢：小心謹慎的樣子。業業：擔心害怕的樣子。）例 陳思平工作～，是一名出色的財務人員。
書《尚書·皐陶謨》：「無教逸欲有邦，兢兢業業，一日二日萬幾。」

【槍林彈雨】qiāng lín dàn yǔ
槍支如林，飛彈如雨。形容炮火密集，戰鬥激烈。例 炊事班的戰士冒着～把食物和飲水送到前線陣地上。
書 程道一《鴉片之戰演義》第一回：「不料在朝一般大臣，不知青紅皂白，別人在槍林彈雨之中打得勝仗，他坐在家裏驕傲起來。」

【輔車相依】fǔ chē xiāng yī
像頰骨和牙牀那樣互相依靠。形容二者關係十分密切。（輔：指頰骨。車：指牙牀。）例 這兩個國家～，休戚相關，關係不同尋常。
書《左傳·僖公五年》：「諺所謂『輔車相依，脣亡齒寒』者，其虞虢之謂也。」

【輕手輕腳】qīng shǒu qīng jiǎo
手腳的動作很輕，不發出什麼聲響。也作「**輕手軟腳**」。例 媽媽～地走進孩子的卧室，替熟睡的孩子蓋好被子。
書 明馮夢龍《醒世恆言·李玉英獄中訟冤》：「一日，正在檻上悶坐，忽見那禁子輕手輕腳走來。」

【輕而易舉】qīng ér yì jǔ
形容事情很容易做，不用費力。
例 產品創名牌不是件～的事，它需要多年的時間，有賴於大家的不懈努力。
書 宋文天祥《己未上皇帝書》：「古人抽丁之法……惟於二十家取其一，則眾輕而易舉，州縣號召之無難，數月之內其事必集。」

【輕車熟路】qīng chē shú lù
見「駕輕就熟」，523 頁。

【輕車簡從】qīng chē jiǎn cóng
外出時行李不多，隨從的人少。多指有身分的人外出不事鋪張。（輕車：車的負載輕。表示行李不多。簡：使減少。從：隨從的人。）例 吳市長上任時～，人到了市政府大家才知道。
書 清劉鶚《老殘遊記》第八回：「他就向縣裏要了車，輕車簡從的向平陰進發。」

【輕描淡寫】qīng miáo dàn xiě
原指作畫時用淺淡的顏色輕輕描繪。比喻說話或寫文章時把應該着力敍述的內容輕輕帶過。
例 他對自己在這起質量事故中應負的責任只是～地說了兩句，顯然在推卸責任。
書 清文康《兒女英雄傳》第一七回：「不想這位尹先生是話不說，單單的輕描淡寫的給他加上了『尋常女子』這等四個大字，可斷忍耐不住了。」

【輕歌曼舞】qīng gē màn wǔ
輕快的歌聲，柔美的舞蹈。（曼：柔美。）例 在聖誕聯歡會上同事們～，笑逐顏開。
書 徐遲《哥德巴赫猜想·生命之樹常綠》：「到處是清脆笑聲，到處是輕歌曼舞。」

【輕舉妄動】qīng jǔ wàng dòng
未經慎重考慮，輕率地胡亂行動。（輕：輕率。妄：胡亂。）

例 我擔心小弟遇到這類事沈不住氣，～，那是要吃苦頭的。

書 宋汪應辰《應詔陳言兵食事宜》：「如漢宣帝，使公卿議屯兵利害，反覆詳盡，庶幾無輕舉妄動之失矣。」

【輕諾寡信】 qīng nuò guǎ xìn

輕率許諾而很少守信用。（諾：許諾；應承。寡：少。信：守信用。）例 他是個～的人，多次食言，他答應你的事只怕也靠不住。

書《老子》：「夫輕諾者必寡信，多易者必多難，是以聖人猶難之，故終無難。」後用作「輕諾寡信」。

【歌功頌德】 gē gōng sòng dé

歌頌功績和恩德。有時也用於貶義。例 君主時代的應制詩文大多只是堆砌些～的文字，談不上有多少文學價值。

書 宋王灼《再次韻晁子興》之三：「歌功頌德今時事，側聽諸公出正音。」

【歌舞升平】 gē wǔ shēng píng

唱歌跳舞以慶祝太平。有時也用來指粉飾太平。（升平：太平。）例 南宋朝廷不思收復失地，偏安一隅，～，引起正直之士的強烈不滿和憤慨。

書 元陸文圭《〈詞源〉跋》：「淳祐、景定間，王邸侯館，歌舞昇（同『升』）平，居生處樂，不知老之將至。」

【監守自盜】 jiān shǒu zì dào

盜竊自己負責監督看管的財物。例 警方的偵查結果表明，此次金庫失竊係～，作案者即金庫職員本人。

書《明史·刑法志一》：「罪應加者，必贓滿數乃坐。如監守自盜，贓至四十貫。若止三十九貫九十九文，欠一文不坐也。」

【碩果僅存】 shuò guǒ jǐn cún

唯一留存下來的大果實。比喻經過種種變遷而幸存下來的稀少可貴的人或事物。（碩：大。）例「北京城內的大茶館已先後相繼關了門，『裕泰』是～的一家了。」（老舍《茶館》第二幕）

書 清李慈銘《越縵堂讀書記·札記》：「此真經學之弊，然其淵洽貫串，固近日學者中碩果僅存矣。」

【爾虞我詐】 ěr yú wǒ zhà

我欺騙你，你欺騙我。也作「**爾詐我虞**」。（爾：你。虞、詐：欺騙。）例 這些政客～，鈎心鬥角，都在千方百計擴大自己的勢力範圍。

書《左傳·宣公十五年》：「我無爾詐，爾無我虞。」又清端方《請平漢滿畛域密摺》：「爾詐我虞，人各有心，不能併力一致。」

【摧枯拉朽】 cuī kū lā xiǔ

折斷枯草朽木。比喻衰朽的勢力不堪一擊，打垮它毫不費力。（摧、拉：折斷。）例 我軍以～之勢橫掃殘敵，解放了大片土地。

書《漢書·異姓諸侯王表序》：「鐫

金石者難為功，摧枯朽者易為力，其勢然也。」又《晉書·甘卓傳》：「溯流之眾，勢不可救，將軍之舉武昌，若摧枯拉朽，何所顧慮乎。」

【誓不兩立】shì bù liǎng lì

立誓不與對方並立於世間。形容和對方仇恨很深。（誓：立誓；表示決心按說的話去做。兩立：兩個方面同時存在。）例 他和逼得他家破人亡的惡霸～，不除掉這個禍害他絕不罷休。

書 明羅貫中《三國演義》第四四回：「瑜曰：吾與老賊誓不兩立。」

【蓋世無雙】gài shì wú shuāng

指才能、技藝或功績等當世第一，無與倫比。（蓋：超過；壓倒。蓋世：超過世上同類的。）例 他終於以～的球技戰勝各路對手，蟬聯世界冠軍稱號。

書 明許仲琳《封神演義》第八七回：「當時吾師傳吾此術，可稱蓋世無雙。」

【蓋棺論定】gài guān lùn dìng

指一個人的是非功過到死後才能做出結論。（蓋棺：蓋上棺木蓋。指人已死。論：指對他評價的結論。定：確定下來。）例 雖說～，但某些爭議大的人物即使在他去世之後，人們往往也難以對他有一個公認的看法。

書 元王惲《紫山先生易直解序》：「(紫山)知命隨時，從容中道，蓋棺論定，皆曰紫山曠達英邁士也。」

【夢寐以求】mèng mèi yǐ qiú

連睡夢中都在追求它。形容願望十分強烈、迫切。（寐：睡。）例 進北京大學讀書是陳建東～的願望，現在終於實現了，他怎麼會不欣喜若狂呢？

書 《詩經·周南·關雎》：「窈窕淑女，寤寐求之；求之不得，寤寐思服。」又茅盾《聯繫實際，學習魯迅》：「這一切，也正是魯迅所夢寐以求並終生為之奮鬥的。」

【蒸蒸日上】zhēng zhēng rì shàng

形容事業等一天天地向上發展。（蒸蒸：熱氣上升的樣子。）例 這幾年農村經濟～，農民的生活也有了顯著改善。

書 曾樸《孽海花》第一一回：「倒是現在歐洲各國，民權大張，國勢蒸蒸日上。」

【對牛彈琴】duì niú tán qín

比喻對聽不懂的人講道理或談事情，毫無用處。常用來譏諷聽話的人不懂道理或外行，有時則是譏諷說話的人不看對象，白費口舌。 例 ❶「他不願時常發表他的意見。這並不是因為他驕傲，不屑於～，而是他心中老有點自愧。」(老舍《四世同堂》四) ❷你的講話無人喝彩是因為你的話太深奧，別人理解不了，你是

在～，這是怪不得人家的。

書 漢牟融《理惑論》：「公明儀為牛彈清角之操，伏食如故，非牛不聞，不合其耳矣。」又宋惟白《建中靖國續燈錄．汝能禪師》：「對牛彈琴，不入牛耳。」

【對症下藥】duì zhèng xià yào

針對病情處方用藥。比喻針對具體情況採取有效措施。也作「**對證下藥**」。（證：病情。）例 ❶病人的情況千差萬別，高明的醫生善於～，所以能取得滿意的治療效果。❷只有找到公司經營困難的癥結所在，然後～，才能恢復公司的活力。

書 宋黎靖德編《朱子語類》卷四一：「克己復禮，便是捉得病根，對證下藥。」

【對答如流】duì dá rú liú

回答問話像流水一樣順暢。形容人答話敏捷流利。也作「**應對如流**」。例 老師向琳達提了幾個問題，琳達～，看來是作了充分準備的。

書《陳書．戚袞傳》：「袞時騁義，摛與往復，袞精彩自若，對答如流，簡文深加歎賞。」

【嘗鼎一臠】cháng dǐng yī luán

嚐嚐鼎裏一小塊肉，就可以知道整個鼎裏肉的味道了。比喻根據部分可以推知全體。（嘗：同『嚐』。鼎：古代煮東西用的器具，一般兩耳三足。臠：切成小塊的肉。）例 我讀了錢先生的幾篇論文，～，對錢先生淵博的學識和不凡的見解已深為欽佩。

書《呂氏春秋．察今》：「嘗一脟（通『臠』）肉而知一鑊之味，一鼎之調。」又宋王安石《回蘇子瞻簡》：「得秦君詩，手不能捨……餘卷正冒眩，尚妨細讀，嘗鼎一臠，旨可知也。」

【嘖有煩言】zé yǒu fán yán

議論紛紛，說很多不滿的話。（嘖：形容大聲議論紛爭。煩言：氣憤或不滿的話。）例「我輩之與遺老，本不能志同道合，其～，正是應有之事。」（魯迅《書信集．致許壽裳》）

書《左傳．定公四年》：「會同難，嘖有煩言，莫之治也。」

【嗷嗷待哺】áo áo dài bǔ

形容飢餓難忍，急於得到食物的困窘景象。（嗷嗷：哀號聲。哺：餵食。）例 紅十字會工作人員向～的災民發放食物和生活必需品。

書 宋穆修《上監判邢郎中書》：「一家貧寄京師，薪米不給，老幼數口，嗷嗷待哺。」

【暢所欲言】chàng suǒ yù yán

把心裏想說的話盡情地說出來。（暢：痛快；盡情。欲：想要。）例 在討論會上教師們～，對教學工作提出了很多好的建議。

書 明李清《三垣筆記．崇禎》：「諸臣請退，皆允之，惟延儒等請退，則諭止之，故開元不能暢所欲言。」

【嘔心瀝血】ǒu xīn lì xuè

形容費盡心血。（嘔：吐出。瀝：滴落。）例 這部《中國哲學史》是他～之作，數易其稿，方始完成。

書 唐李商隱《李賀小傳》：「背一古破錦囊，遇有所得，即書投囊中。及暮歸，太夫人使婢受囊出之，見所書多，輒曰：『是兒要當嘔出心始已耳。』」又葉聖陶《未厭集·抗爭》：「啊，我的舞台，幾年來在這裏演嘔心瀝血的戲，現在被攆下來了。」

【蜻蜓點水】qīng tíng diǎn shuǐ

蜻蜓飛臨水面，稍一接觸，迅即飛起。比喻某種技巧動作。也比喻學習或工作不深入，只做表面的接觸。例 他雖然親自到事發現場作了調查，但都只是～，了解到的情況很有限。

書 宋晏殊《漁家傲》詞：「嫩綠堪裁紅欲綻，蜻蜓點水魚遊畔。」

【鳴鑼開道】míng luó kāi dào

原指封建社會官員出行，前面有差役敲鑼吆喝，要行人讓道。後多比喻為某一事物的出現製造輿論，開闢道路。例 這些文章都是為建立新體制～的，值得關注。

書 清吳趼人《二十年目睹之怪現狀》第九九回：「大凡官府出街，一定是鳴鑼開道的。」

【嶄露頭角】zhǎn lù tóu jiǎo

比喻突出地顯露自己的氣概、才華或本領。（嶄：形容突出。頭角：比喻顯露出來的氣概、才華或本領。多用於青少年。）例 中學時代他在音樂方面的天賦已～，他的鋼琴演奏多次在比賽中獲獎。

書 唐韓愈《柳子厚墓誌銘》：「雖少年，已自成人，能取進士第，嶄然見頭角焉。」後用作「嶄露頭角」。

【圖窮匕首見】

tú qióng bǐ shǒu xiàn

據《戰國策·燕策三》記載，戰國時燕太子丹派荊軻以獻燕國督亢地圖為名謀刺秦王。荊軻來到秦廷，獻上地圖，「發圖，圖窮而匕首見」（展開捲着的地圖，展到最後，捲在地圖裏的匕首露了出來）。荊軻拿起匕首直刺秦王，沒有成功，被殺身亡。後來用「圖窮匕首見」比喻事情發展到最後，真相終於顯露了出來。今多用於貶義。也作「**圖窮匕見**」。（窮：盡。見：通「現」，顯露。）例 借款談判進行到最後，對方～，原來他們並不真想幫助我們渡過難關，他們是來趁火打劫的。

書 孫中山《敬告同鄉書》：「自弟有革命演說之後，彼之詐偽已無地可藏，圖窮而匕首見矣。」

注「見」在此不讀jiàn。粵 jin⁶彥。

【圖謀不軌】tú móu bù guǐ

暗中謀劃違法或叛亂活動。（圖謀：暗中謀劃。不軌：指越出法度之外的行為。）例「一個在花園裏長大的深閨小姐總不是什麼～的危險人物罷。」（巴金《談

〈春〉》）

書 《隋書・庶人楊秀傳》：「苞藏凶慝，圖謀不軌，逆臣之跡也。」

【舞文弄墨】 wǔ wén nòng mò

玩弄文辭。也泛指搖筆桿子，進行寫作。（舞：耍；玩弄。文：指文辭。）例 ❶「照直寫下來，那就清清楚楚了。而寫碑的人偏愛～，所以反而越舞越糊塗。」（魯迅《華蓋集續編・廈門通信》）❷我們這些人雖然經商很在行，但說到寫經驗總結，還是要仰仗你這位～的「秀才」。

書 明羅貫中《三國演義》第四三回：「豈亦效書生，區區於筆硯之間，數黑論黃，舞文弄墨而已乎？」

【種瓜得瓜，種豆得豆】

zhòng guā dé guā, zhòng dòu dé dòu

種什麼就收穫什麼。比喻因果相報，做了什麼樣的事就會得到什麼樣的結果。例 ～，彭先生如果不是多年來自甘寂寞，潛心進行研究，哪裏會有今天所取得的成績。

書 明馮夢龍《古今小說・月明和尚度柳翠》：「假如種瓜得瓜，種豆得豆，種是因，得是果。不因種下，怎得收成？好因得好果，惡因得惡果。」

【稱王稱霸】 chēng wáng chēng bà

自封為王或以一方霸主自居。也泛指人狂妄自大，專橫跋扈。（稱：稱呼。）例 他過去倚權仗勢，在這一帶～，自從靠山倒了以後，就再也耍不了威風了。

書 宋汪元量《讀史》詩：「劉項稱王稱霸，關張無命無功。」

注 「稱」在此不讀 chèn。粵 tsiŋ1 清。

【稱心如意】 chèn xīn rú yì

完全合乎心意。（稱：符合；適合。）例 這些年陳一新日子過得～，人也有些發福了。

書 宋朱敦儒《感皇恩》詞：「稱心如意，賸活人間幾歲？洞天誰道在塵寰外。」

注 「稱」在此不讀 chēng。粵 tsiŋ3 秤。

【稱兄道弟】 chēng xiōng dào dì

朋友間以兄弟相稱。表示關係親密。有時用於貶義。（稱：稱呼。道：說；叫。）例 別看他們幾個平時～，一旦發生利害衝突，照樣鬥得你死我活。

書 清李伯元《官場現形記》第一二回：「見了同事周老爺一般人，格外顯得殷勤，稱兄道弟，好不熱鬧。」

注 「稱」在此不讀 chèn。粵 tsiŋ1 清。

【管中窺豹】 guǎn zhōng kuī bào

從竹管的孔裏看豹，看到的只是豹身上的一塊斑紋。比喻只看到事物的一小部分，沒有看到全

貌。有時與「可見一斑」或「略見一斑」連用，則表示從看到的那一部分可以大致推測到全貌。也作「**窺豹一斑**」。例 ❶我所了解的情況很不全面，只是～，因此難以作出整體的評價。❷對於他的辦事風格，通過這兩件事你也～，可見一斑了。

書 南朝宋劉義慶《世説新語·方正》：「王子敬數歲時，嘗看諸門生摴蒱，見有勝負，因曰：『南風不競。』門生輩輕其小兒，迺曰：『此郎亦管中窺豹，時見一斑。』」又宋陸游《江亭》詩：「濠上觀魚非至樂，管中窺豹豈全斑。」

【管窺蠡測】guǎn kuī lí cè

從竹管孔裏看天，用貝殼做的瓢量海水，所接觸到的只是很少的一部分。比喻眼界狹小，見識短淺。也作「**以管窺天**」或「**以蠡測海**」。（蠡：用貝殼做的瓢。測：測量。此指測量海水。）例 我所做的調查研究很不夠，這份調查報告難免有～之處，請各位批評指教。

書 漢東方朔《答客難》：「以管窺天，以蠡測海，以莛撞鐘，豈能通其條貫，考其文理，發其音聲哉。」又明《四遊記·鐵拐修真求道》：「管窺蠡測，終乏大觀。」

【僕僕風塵】pú pú fēng chén

見「風塵僕僕」，297頁。

【像煞有介事】

xiàng shà yǒu jiè shì

見「煞有介事」，469頁。

【僧多粥少】sēng duō zhōu shǎo

和尚多，供和尚喝的粥少。比喻人多東西少，不夠分配。也作「**粥少僧多**」。例 總部分配給我們公司八個培訓名額，希望參加培訓的卻有幾十人，～，讓主管人員十分為難。

書 聶紺弩《莎氏比亞應該後悔》：「粥少僧多，向隅者自然在所難免。」

【銅牆鐵壁】tóng qiáng tiě bì

銅鐵鑄的牆壁。比喻十分堅固、不可摧毀的事物。也作「**鐵壁銅牆**」。例 軍民團結一心，築成～，一切侵略者都將在它面前碰得頭破血流。

書 元無名氏《謝金吾》楔子：「孩兒此一去，隨他銅牆鐵壁，也不怕不拆倒了他的。」

【銘心刻骨】míng xīn kè gǔ

見「刻骨銘心」，261頁。

【銀樣鑞槍頭】

yín yàng là qiāng tóu

顏色像銀一樣的錫鑞做的槍頭。這種槍頭質地不堅，中看不中用。比喻表面上看起來還不錯，實際並不中用。（鑞：錫鑞，是錫和鉛的合金，也叫焊錫，色白如銀。）例 阿鈞平日喜歡侃侃而談，可真到了辯論會上卻又常常張口結舌，看來也是個～。

書 元王實甫《西廂記》第四本第二摺：「我棄了部署不收，你元來苗而不秀。呸！你是個銀樣鑞槍頭。」

【貌合神離】mào hé shén lí

表面上相合，其內心或實質卻離得很遠。（貌：指外表。神：指內心或實質。）例 這幾個合夥人看起來親親熱熱，其實～，各有各的打算，遲早是要各奔東西的。

書 舊題漢黃石公《素書·遵義》：「貌合心離者孤，親讒遠忠者亡。」又清陳廷焯《白雨齋詞話》卷一：「晏、歐詞，雅近正中，然貌合神離，所失甚遠。」

【鳳毛麟角】 fèng máo lín jiǎo

古人認為鳳凰和麒麟都是不容易見到的珍貴動物，所以用「鳳毛麟角」（鳳凰的羽毛，麒麟的角）比喻稀少而珍貴的人才或事物。例 過去這裏文化教育很落後，能考進大學讀書的人如～，難得見到。

書 明吳廷翰《贈四山童先生七十壽序》：「然而直節不撓，正論不阿者，則固鳳毛麟角矣。」

【疑心生暗鬼】

yí xīn shēng àn guǐ

心裏亂猜疑，以致覺得暗處真的有鬼產生。形容由於亂猜疑，把原本正常的事情或現象看作怪異而自相驚擾。例 她們幾個聚在一起說些她們自己的事，你卻以為是在議論你的是非，真是～，自尋煩惱。

書 宋呂本中《東萊呂紫微師友雜誌》：「潘旻子文，溫州人……嘗聞人說鬼怪者，以為必無此理，以為疑心生暗鬼，最是要切議論。」

【疑神疑鬼】 yí shén yí guǐ

懷疑這個，又懷疑那個。形容神經過敏，胡亂猜疑。例 他的病經過確診治療後已經有所好轉，可他～地總覺得自己要不行了，看來他該去找心理醫生好好談一談了。

書 明徐光啟《欽奉明旨條畫屯田疏》：「蓋妄信流傳謂戾氣所化，是以疑神疑鬼，甘受戕害。」

【獐頭鼠目】 zhāng tóu shǔ mù

腦袋像獐子那樣小而尖，眼睛像老鼠那樣小而圓。原形容一種寒酸卑賤的相貌。後多用來形容人相貌醜陋猥瑣，神情狡猾（多指壞人）。例 幾個～的家夥近來總在這附近轉，不知在打什麼鬼主意。

書 《舊唐書·李揆傳》：「龍章鳳姿之士不見用，獐頭鼠目之子乃求官。」

【遙遙無期】 yáo yáo wú qī

時間長遠得沒有個期限。形容離達到目的或實現願望的時間還很長遠，不知要等到哪一天。例 由於資金周轉困難，工程的實施～，這怎麼不使人着急呢？

書 清孔尚任《桃花扇·題畫》：「〔生〕：到幾時才出來？〔末〕：遙遙無期。」

【語重心長】 yǔ zhòng xīn cháng

話說得懇切而有分量，情意深長。例 爸爸曾經～地對我說：「要學會做事，先要學會做人。」爸爸的話我一直銘記在心。

書 清洛日生《海國英雄記·回唐》：

「歎別離苦況，轉忘了母親的語重心長。」

【語焉不詳】yǔ yān bù xiáng

說得不詳細。（焉：語氣助詞。）例「報上～，無從知道底細了。」（魯迅《準風月談·野獸訓練法》）

書 唐韓愈《原道》：「荀與揚也，擇焉而不精，語焉而不詳。」清梁章鉅《歸田瑣記·循吏》：「吾鄉省府志，所論列亦寥寥，未免語焉不詳，無以風動來者矣。」

【語無倫次】yǔ wú lún cì

話說得很亂，毫無條理層次。（倫次：話語的條理層次。）例 母親在垂危中～地說了一些話，外人不明白，但我聽懂了，她是放不下這個家呀。

書 宋蘇軾《東坡志林·付僧惠誠遊吳中代書》之一二：「信筆書紙，語無倫次，又當尚有漏落者，方醉不能詳也。」

【誤人子弟】wù rén zǐ dì

耽誤了人家的孩子。例 教育主管部門十分重視教師培訓工作，他們知道教師如果不努力提高自己的學養，難免會～。

書 清李汝珍《鏡花緣》第一九回：「先生犯了這樣小錯，就要打手心，那終日曠功誤人子弟的，豈不都要打殺麼？」

【誤入歧途】wù rù qí tú

錯誤地走上了邪路。（歧途：從大路上分出來的方向不同的小路。比喻錯誤的道路；邪路。）例 他因受蒙騙而～，使關心他的老師、親友們深感痛心。

書 魯迅《且介亭雜文末編·寫於深夜裏》：「『……然被告等皆年幼無知，誤入歧途，不無可憫。』」

注 「歧」不可寫作「岐」。

【誨人不倦】huì rén bù juàn

教育開導人極有耐心，不知疲倦。（誨：教導。）例「夏先生才真是一位～的教育家。」（朱自清《教育家的夏丏尊先生》）

書 《論語·述而》：「子曰：『默而識之，學而不厭，誨人不倦，何有於我哉！』」

【誨淫誨盜】huì yín huì dào

《周易·繫辭上》：「慢藏誨盜，冶容誨淫。」意思是保管財物不謹慎，無異於引誘偷盜；過分打扮容貌，無異於引誘淫行。原有禍由自招的意思。後來用「誨淫誨盜」表示引誘人去幹姦淫、盜竊之類的壞事。（誨：教唆；引誘。）例 那家商店因經營～的非法音像製品而受到了查處。

書 朱自清《論雅俗共賞》：「有的雅人說《西廂記》誨淫，《水滸傳》誨盜……『誨淫』『誨盜』只是代表統治者的利益的說話。」

【說一不二】shuō yī bù èr

說怎樣就一定怎樣，說話算數。例 謝祖耀是個～的人，只要是他應允的事，你大可放心不會變卦的。

書 清陳朗《雪月梅傳》第三二回：

「岑忠知嚴先生是說一不二的，也不再言。」

【說三道四】shuō sān dào sì
說這說那，亂加議論。多指批評性的議論。例 對於公司最近實施的新的管理辦法也有人～，不過多數員工還是理解和支持的。
書 唐宋若昭《女論語・學禮》：「莫學他人，不知朝暮，走遍鄉村，說三道四，引惹惡聲。」

【說長道短】shuō cháng dào duǎn
隨意評論別人的是非好壞。也作「說長論短」、「說短論長」。
例 別人的隱私，與你無干，何勞你在這裏～的。
書 元無名氏《神奴兒》第一摺：「俺倒不言語，他倒說長道短的。」

【認賊作父】rèn zéi zuò fù
把盜賊認作父親。比喻賣身投靠敵人、壞人。例 這些漢奸～，賣國求榮，無恥已極，是民族的敗類。
書 清華偉生《開國奇冤・追悼》：「但是偶一念及那一班貪官污吏，人面獸心，處處為虎作倀，人人認賊作父……把那無量數的恩銘一個個斬盡殺絕，方泄我心頭之恨！」

【裹足不前】guǒ zú bù qián
腳像是被纏住了，止步不前。多指有所顧慮而不敢再向前進。（裹：纏繞。）例 創業的道路上雖然荊棘叢生，但彭湘民並沒有因此而～，他相信辦法總比困難多，有志者事竟成。
書 明羅貫中《三國演義》第一六回：「天下智謀之士，聞而自疑，將裹足不前，主公誰與定天下乎？」

【敲竹槓】qiāo zhú gàng
利用別人的弱點或藉某種理由來抬高價格或索要財物。例「《木刻紀程》是用原木版印的，因為版面不平，被印刷廠大～，上當不淺。」（魯迅《書信集・致鄭振鐸》
書 曾樸《孽海花》第七回：「若碰着公子哥兒蒙懂貨，那就整千整百的敲竹槓了。」

【敲門磚】qiāo mén zhuān
用來敲門的磚頭。門一敲開，磚頭就被扔掉了。比喻謀取名利的工具或手段，目的一旦達到，它就被扔掉了。例「清朝人稱八股為『敲門磚』，因為得到功名，就如打開了門，磚即無用。」（魯迅《準風月談・吃教》）
書 明田藝蘅《留青日札・非文事》：「又如《錦囊集》一書……抄錄七篇，偶湊便可命中，子孫祕藏以為世寶。其未得第也，則名之曰『撞太歲』，其既得第也，則號之曰『敲門磚』。」

【敲骨吸髓】qiāo gǔ xī suǐ
敲碎骨頭，吸出骨髓。比喻殘酷地剝削、壓榨。例 農民們不堪忍受貪官污吏～的壓榨，揭竿而起，走上了反抗的道路。
書 清馮桂芬《請減蘇松太浮糧疏》：「向來暴斂橫徵之吏，所謂敲骨吸髓者，至此而亦無骨可敲無髓可吸矣。」

【敲邊鼓】qiāo biān gǔ

在鼓面邊沿敲鼓點。比喻從旁幫腔、助勢。（邊鼓：敲在鼓面邊沿的鼓點，聲音較小，起配合作用。）例 你先向主任提出你的請求，好好解釋清楚，我們再替你去～，我想主任會同意的。

書 清李伯元《官場現形記》第一一回：「你等一等，我去替你探一探口氣，再託周老爺敲敲邊鼓。」

【豪言壯語】háo yán zhuàng yǔ

豪邁雄壯的話語；很有氣魄的話。例 聽了你的～，我也很受鼓舞，讓我們一起努力吧！

書 柳青《創業史》第一部第一六章：「他當然希望也能實現他的豪言壯語。」

【膏粱子弟】gāo liáng zǐ dì

吃慣了精美飯菜的子弟。指富貴人家的子弟。（膏：肥的肉。粱：細糧。膏粱：泛指精美的飯菜。子弟：指年輕的後輩。）例 他是～，享受慣了，這樣的苦哪裏能吃得了。

書 唐顏師古《急就篇註・序》：「若夫縉紳秀彥、膏粱子弟，謂之鄙俚，恥於窺涉，遂使博聞之說，廢而弗明。」

注 「粱」不可寫作「梁」。

【旗開得勝】qí kāi dé shèng

軍旗一展開，戰鬥就取得勝利。極言勝利之快。也比喻事情一開始就取得成功。例 我乒乓球隊～，在首輪比賽中順利過關。

書 元李文蔚《蔣神靈應》楔子：「顯威靈神兵扶助，施謀略旗開得勝。」

【旗鼓相當】qí gǔ xiāng dāng

原指兩軍對陣。後多比喻雙方實力不相上下。（旗鼓：指揮作戰的軍旗和戰鼓。）例 這兩所學校的賽艇隊～，在歷年的對抗賽中互有勝負。

書《三國志・魏志・管輅傳》：「故人多愛之而不敬也。」裴松之註引《管輅別傳》：「（輅）問子春：『今欲與輅為對者，若府君四坐之士邪？』子春曰：『吾欲自與卿旗鼓相當。』」又清趙翼《甌北詩話・黃山谷詩》：「北宋詩推蘇黃兩家，蓋才力雄厚，書卷繁富，實旗鼓相當。」

【彰明較著】zhāng míng jiào zhù

形容非常明顯。（彰、明、較、著：都是明顯的意思。）例 他的劣跡～，他自知在這裏已待不下去，便灰溜溜地跑到別的地方去了。

書《史記・伯夷列傳》：「此其尤大彰明較著者也。」

【彰善癉惡】zhāng shàn dàn è

表彰善良，憎恨邪惡。也作「**癉惡彰善**」。（彰：表彰；顯揚。癉：憎恨。）例 新聞記者應該有強烈的社會責任感，～，反映百姓的心聲。

書《尚書・畢命》：「旌別淑慝，表厥宅里，彰善癉惡，樹之風聲。」

【竭澤而漁】jié zé ér yú

排乾湖、池裏的水捕魚。比喻索取不留餘地，只圖眼前利益，不

作長遠打算。（竭：乾涸。澤：聚水的地方，如湖、池之類。竭澤：使澤水乾涸。漁：捕魚。）例 這裏的野生藥材被人們濫採濫挖，～，資源已幾近枯竭了。

書《呂氏春秋・義賞》：「竭澤而漁，豈不獲得，而明年無魚。」

注「漁」不可寫作「魚」。

【颯爽英姿】sà shuǎng yīng zī
見「英姿颯爽」，285 頁。

【齊心協力】qí xīn xié lì
大家心意一致，共同努力。（協：共同。）例 只要大家～，就一定能夠完成這項艱巨的任務。

書 明凌濛初《初刻拍案驚奇》卷二四：「過不多時，眾人齊心協力，山嶺廟也自成了。」

【精打細算】jīng dǎ xì suàn
在使用人力物力時精心仔細地計算安排，不使浪費。（打：計算。）例 媽媽在安排全家生活時～，量入為出，我們對此感受很深。

書 冰心《咱們的五個孩子》：「教給他們記賬，看看錢都花在哪裏，教給他們精打細算。」

【精明強幹】jīng míng qiáng gàn
形容人精細聰明，辦事能力強。（強幹：非常幹練，辦事能力強。）例 像這種棘手的事要派一個～的人去辦才行。

書《清史稿・毛昶熙傳》：「今日之封疆大吏，以地方多事，喜用精明強幹之員，而不求愷悌循良之吏。」

【精神抖擻】jīng shén dǒu sǒu
精神振作。（抖擻：振作。）例 接受檢閱的軍人～地邁着雄健的步伐，列隊經過主席台前。

書 元尚仲賢《單鞭奪槊》第二摺：「你道是精神抖擻，又道是機謀通透。」

【精神煥發】jīng shén huàn fā
精神飽滿，很有神采。（煥發：光彩四射。）例 他休假回來像充足了電似的～，工作起來似乎有使不完的勁。

書 清蒲松齡《聊齋誌異・蓮香》：「生覺丹田火熱，精神煥發。」

【精疲力盡】jīng pí lì jìn
見「筋疲力盡」，431 頁。

【精益求精】jīng yì qiú jīng
已經很好了，還追求更好。多用於學術、技藝、作品、產品等。（精：完美；精湛。益：更加。）例 金鑫公司對醫療器械的生產～，產品以一流的質量行銷國內外。

書 清趙翼《甌北詩話・七言律》：「蓋事之出於人為者，大概日趨於新，精益求精，密益加密，本風會使然。」

【精衛填海】jīng wèi tián hǎi
據《山海經・北山經》記載，古代炎帝的一位女兒在東海溺死，化作精衛鳥，不停地啣西山的木石投到東海裏，要把東海填平。比喻心懷冤仇，立志必報。今也用來比喻不畏艱難，矢志不移，

奮鬥不懈。例 受夠了風沙危害的村民以～的精神植樹固沙，決心把沙漠變成綠洲。

書 清黃垍《短歌行》：「精衛填海，愚公移山，為之在人，成之在天。」

【榮華富貴】róng huá fù guì
見「富貴榮華」，441頁。

【煽風點火】shān fēng diǎn huǒ
比喻鼓動、挑唆別人做某種事（多指壞的）。例 要警惕一些別有用心的人躲在背後～，製造事端，渾水摸魚。

書 沙汀《青棡坡》一一：「倒不是怕有人煽風點火。」

【滿目瘡痍】mǎn mù chuāng yí
見「瘡痍滿目」，517頁。

【滿招損，謙受益】
mǎn zhāo sǔn, qiān shòu yì
自滿會招來損失，謙虛能得到益處。例「～」，是古人生活經驗的總結，直到今天對我們依然有深刻的教育意義，願我們都能記住它。

書《尚書·大禹謨》：「惟德動天，無遠勿屆，滿招損，謙受益，時乃天道。」

【滿城風雨】mǎn chéng fēng yǔ
原指城中到處在颳風下雨。後多比喻事情（多指不好的事）傳得很廣，到處議論紛紛。例 這件官員營私舞弊的醜聞已鬧得～，引起人們強烈的不滿。

書 宋惠洪《冷齋夜話》卷四：「秋來景物，件件是佳句……（昨日）題其壁曰『滿城風雨近重陽』，忽催租人至，遂敗意，止此一句奉贈。」

【滿面春風】mǎn miàn chūn fēng
形容臉上充滿愉悅的神色。也作「**春風滿面**」。例 柳所長～地走進會議室，把增撥研究經費的好消息告訴了大家。

書 宋程節齋《沁園春·賀新冠》詞：「滿面春風，一團和氣，發露胸中書與詩。」

【滿載而歸】mǎn zài ér guī
裝得滿滿的回來了。表示帶回的東西很多，收獲很豐富。（載：裝載。）例 在這次科學考察活動中我們收集到許多有價值的資料，～。

書 宋倪思《經鉏堂雜誌·干謁》：「里有善干謁者，徒有而出，滿載而歸，里人無不羨之。識者歎曰：『是安足羨？』」

【滿園春色】mǎn yuán chūn sè
見「春色滿園」，270頁。

【滿腹狐疑】mǎn fù hú yí
滿肚子疑惑；心裏充滿疑惑。（狐疑：據說狐性多疑，所以稱多疑為狐疑。）例 喻家聲收到一封陌生人的來信，～，他和這個人素昧平生，這個人是怎麼了解到自己的情況的呢？

書 清曹雪芹、高鶚《紅樓夢》第一一六回：「寶玉滿腹狐疑，只得問道：『姐姐說是妃子叫我，那妃子究是何人？』」

【滿腹經綸】 mǎn fù jīng lún

滿肚子治國才能。也泛指人滿肚子學問、才幹。也作「**經綸滿腹**」。（經綸：原指整理絲縷。引申為籌劃治理國事，也指治國的才能。）例 曾先生～，一旦得到施展的機會，定能有大的建樹。

書 明馮惟敏《商調集賢賓·題春園·浪裏來煞》：「論英雄何必老林泉？滿腹經綸須大展，休負了蒼生之願。」

【漆黑一團】 qī hēi yī tuán

非常黑暗，沒有一點光明。也比喻社會黑暗。有時則表示對人、對事一無所知，或對事實真相一點也看不清。也作「**一團漆黑**」。

例 ❶他當年生活在～的社會裏，內心十分苦悶，他藉創作小說來呼喚光明，寄託自己的理想和追求。❷我初來乍到，對這裏的情況～，根本沒有資格來發表什麼意見。

書 馮玉祥《我的生活》第三十章：「再不，就是商議着如何賣官地、典文物以及拆城牆、賣磚瓦一類的勾當，使人只見目前漆黑一團，簡直悶得透不過氣來。」

【漠不關心】 mò bù guān xīn

態度冷淡，一點也不關心。（漠：冷淡。）例 他不是那種對孩子的學業～的人，只是因為最近工作太忙，實在抽不出時間來具體過問。

書 清李綠園《歧路燈》第九五回：「人家競相傳抄，什襲以藏，而子孫漠不關心。」

【漫山遍野】 màn shān biàn yě

遍佈山坡田野。形容很多。（漫：遍；到處都是。）例 一到春天，這裏～都是盛開的杜鵑花，吸引了大批踏青採花的城裏人。

書 明羅貫中《三國演義》第五八回：「西涼州前部先鋒馬岱引軍一萬五千，浩浩盪盪，漫山遍野而來。」

【漫不經心】 màn bù jīng xīn

隨隨便便地對待，不放在心上。（漫：隨隨便便。經心：在意；留心。）例 胡主任拿起一封讀者來信～地看了看就放下了，信裏提出的建議並沒有引起他的注意。

書 明朱國禎《湧幢小品·存問》：「近見使者至城外，僅主家周旋，有司漫不經心。」

【滾瓜爛熟】 gǔn guā làn shú

像是滾圓的瓜已經熟透了。形容讀書或背誦十分流利純熟。（爛：表示程度深。）例 他把珠算加減乘除的口訣背得～，打起算盤來又快又準。

書 清吳敬梓《儒林外史》第一一回：「十一二歲就講書讀文章，先把一部王守溪的稿子讀的滾瓜爛熟。」

【滴水不漏】 dī shuǐ bù lòu

比喻說話、做事十分周密，一點漏洞都沒有。例 他的答辯論述嚴密，～，很讓人信服。

書 清李綠園《歧路燈》第二七回：「這也是王春宇幾年江湖上精細，把

這宗事竟安插的滴水不漏。」

【滴水成冰】dī shuǐ chéng bīng
水一滴下來就凍成冰。形容天氣十分寒冷。例 在這～的三九寒天，依然有許多人在戶外參加晨練。
書 明馮夢龍《醒世恆言·李玉英獄中訟冤》：「任你滴水成冰的天氣，少不得向水孔中洗滌污穢衣服。」

【滴水穿石】dī shuǐ chuān shí
見「水滴石穿」，111頁。

【漏洞百出】lòu dòng bǎi chū
比喻說話、寫文章或做事不周密的地方很多。（百出：表示出現很多。）例 他所作的工作佈置～，如果不是及早發現，肯定要誤事。
書 姚雪垠《〈歧路燈〉序》：「我們從《歧路燈》中感到親切的部分往往不是道貌岸然的人物，而是各種世俗人物，同時也看出來封建禮教和制度的漏洞百出。」

【漏網之魚】lòu wǎng zhī yú
從魚網中漏出去的魚。比喻僥倖逃脫的人。例 他原是犯罪團夥中的～，改名換姓在外鄉藏身，這次終於被發現並緝拿歸案了。
書 元鄭庭玉《後庭花》第二摺：「他兩個忙忙如喪家之狗，急急似漏網之魚。」

【慢條斯理】màn tiáo sī lǐ
形容說話或做事的動作緩慢，不慌不忙。也作「**慢條斯禮**」。例 她～地在宿舍裏收拾東西，一起出去旅遊的同學們早等得不耐煩了，一個勁兒地催她快些。
書 明蘭陵笑笑生《金瓶梅詞話》第三〇回：「一個風火事，還像尋常慢條斯禮兒的。」

【慷慨陳詞】kāng kǎi chén cí
情緒激昂地陳述理由，發表自己的意見。（慷慨：情緒激動，充滿正氣。陳詞：把內心的話敘說出來。）例 聽了他這番～，你總不會無動於衷吧？
書 潘德輿《養一齋詩話》六：「元末羣盜縱橫，時事不堪言矣。詩家慷慨陳詞，多衰颯無餘地。」

【慷慨激昂】kāng kǎi jī áng
情緒激動昂揚，充滿正氣。也作「**激昂慷慨**」。（慷慨：情緒激動，充滿正氣。）例 他的話～，我們聽了也熱血沸騰。
書 唐柳宗元《上權德輿補闕温卷決進退啟》：「今將慷慨激昂，奮攘布衣，縱談作者之筵，曳裾名卿之門。」

【慘不忍睹】cǎn bù rěn dǔ
悲慘得不忍心看。（慘：悲慘。睹：看。）例 這些流離失所的難民衣衫襤褸，飢寒交迫，其狀～。
書 清許叔平《里乘·倪公春巖》：「聞甲大喘一聲，其氣遂絕。兩人相視而笑，復解甲縛扛置牀上。小人慘不忍睹。」

【慘無人道】cǎn wú rén dào

兇惡殘暴到極點，不講一點人道。（慘：兇惡；狠毒。人道：對人關心、愛護和尊重的基本道德。）例 侵略者～地屠殺無辜百姓，犯下了不可饒恕的罪行。

書 楊玉如《辛亥革命先著記》：「殺傷我人民，繫纍我婦孺，慘無人道。」

【慘絕人寰】cǎn jué rén huán

悲慘之狀是人世間從未有過的。形容悲慘到極點。（慘：悲慘。絕：表示沒有能與之相比的。人寰：人世；人間。）例 法西斯集中營裏～的暴行震驚了全世界。

書 老舍《蛻》：「這不僅是一點感觸，而慘絕人寰的事實，是民族最大的恥辱，是每個人的仇恨。」

【慘澹經營】cǎn dàn jīng yíng

原指作畫時苦心構思、佈局。後也泛指苦心謀劃並從事某項事業。也作「**慘淡經營**」。（慘澹：苦心極慮。經營：規劃安排。）例 「這房子是先人的產業，一草一木都是祖上敬德公～留下來的心血。」（曹禺《北京人》第一幕）

書 唐杜甫《丹青引贈曹將軍霸》：「詔謂將軍拂絹素，意匠慘澹經營中。」

【賓至如歸】bīn zhì rú guī

客人來到這裏就像回到了自己的家。形容待客親切、周到。（歸：回家。）例 這家旅店雖小，但主人招待熱情，想方設法讓客人生活得方便、舒適，在這裏住下，真有～的感覺。

書《左傳·襄公三十一年》：「賓至如歸，無寧菑患；不畏寇盜，而亦不患燥濕。」

【寡不敵眾】guǎ bù dí zhòng

在較量中人少的一方敵不過人多的一方。（寡：少。敵：對抗；抵擋。）例 他們雖然進行了英勇抵抗，終因～，被迫從陣地上撤了下來。

書《逸周書·芮良夫》：「民至億兆，后一而已，寡不敵眾，后其危哉！」

【寡廉鮮恥】guǎ lián xiǎn chǐ

不廉潔，不知恥。後多形容人沒有操守，不知羞恥。（廉：廉潔；不貪污受賄，不損公肥私。鮮：少。恥：感到羞恥。）例 這些～之徒是什麼卑鄙的事都幹得出來的。

書 漢司馬相如《諭巴蜀檄》：「寡廉鮮恥，而俗不長厚也。其被刑戮，不亦宜乎？」

注「鮮」在此不讀xiān。粵 sin2洗。

【寡聞少見】guǎ wén shǎo jiàn

聽到的、見到的少。形容人見聞不廣。也作「**寡見少聞**」。例 他儘管不是個～的人，但高新技術博覽會上展出的許多項目依然使他感到大開眼界。

書《漢書·匡衡傳》：「蓋聰明疏通者戒於大察，寡聞少見者戒於壅蔽。」

【察言觀色】chá yán guān sè

觀察別人如何說話和臉上的表情，以揣摩其心意。（察：仔細看。色：臉上的神情。）

例 通過～，他感覺到總經理對目前的經營狀況並不滿意，公司在人事上可能會有不小的變動。

書 《論語·顏淵》：「夫達也者，質直而好義，察言而觀色，慮以下人。」

【寧死不屈】 nìng sǐ bù qū

寧願死去，也不屈服。（寧：寧願。）例 他面對敵人的屠刀～，表現出崇高的氣節。

書 明趙弼《宋進士袁鏞忠義傳》：「以大義拒敵，寧死不屈。」

注 「寧」在此不讀níng。粵 niŋ⁴檸/niŋ⁶擰。

【寧為玉碎，不為瓦全】

nìng wéi yù suì, bù wéi wǎ quán

寧願成為玉而被打碎，也不願成為瓦而得以保全。比喻寧願做品質高潔的人而犧牲生命，也不願做品質卑劣的人而苟且偷生。也作「**寧可玉碎，不能瓦全**」。

例 他們～，即使戰死也絕不向敵人投降。

書 《北齊書·元景安傳》：「大丈夫寧可玉碎，不能瓦全。」

注 「寧」在此不讀níng。粵 niŋ⁴檸/niŋ⁶擰。「為」在此不讀wèi。粵 wɐi⁴唯。

【寧為雞口，無為牛後】

nìng wéi jī kǒu, wú wéi niú hòu

寧願做小而用來進食的雞嘴，不做大而用來出糞的牛肛門。比喻寧願在局面小的地方自主，不到局面大的地方去聽人支配。也作「**寧為雞口，毋為牛後**」。（無、毋：副詞。不要。）例 嚴先生希望繼續留在門市部當經理，不希望調到公司去擔任科長，倒並不是出於～的考慮。

書 《戰國策·韓策一》：「臣聞鄙語曰：『寧為雞口，無為牛後。』今大王西面交臂而臣事秦，何以異於牛後？」

書 「寧」在此不讀níng。粵 niŋ⁴檸/niŋ⁶擰。

【寧缺毋濫】 nìng quē wú làn

寧願暫時缺少，也不要降低要求湊數或一味貪多。也作「**寧缺勿濫**」。（毋、勿：副詞。不要。濫：沒有節制。）例 這次評獎要堅持～的原則，按照既定的標準嚴格遴選。

書 清李綠園《歧路燈》第五回：「喜詔上保舉賢良一事，是咱學校中事。即令寧缺勿濫，這開封是一省首府，祥符是開封首縣，卻是斷缺不得的。」

注 「寧」在此不讀níng。粵 niŋ⁴檸/niŋ⁶擰。

【寥若晨星】 liáo ruò chén xīng

稀少得像早晨天空中的星星。（寥：稀少。）例 國內研究這些中亞古文字的人～，亟待加強培養。

書 宋范成大《喜收知舊書，復畏答，書二絕》之一：「故人寥落似晨星，珍重書來問死生。」又孫中山《建國方略》二：「資本家之在中國，

寥若晨星，亦僅見於通商口岸耳。」
注 「寥」不可寫作「廖」。

【寥寥無幾】liáo liáo wú jǐ
數量非常少，沒有幾個。（寥寥：形容非常少。）例 這部影片缺乏吸引力，在影院放映時觀眾～。
書 明胡應麟《詩藪・內編》卷三：「建安以後，五言日盛，晉宋齊間，七言歌行寥寥無幾。」

【實至名歸】shí zhì míng guī
實際的成就有了，相應的名聲也就隨之而來。（實：實際的東西。此指成就。至：達到。歸：表示屬於某人所有。）例 袁教授培育出雜交水稻新品種，為糧食豐產做出了巨大貢獻，他獲得「雜交水稻之父」這一榮譽稱號完全是～，當之無愧。
書 清朱庭珍《筱園詩話》卷四：「七言，唐人如崔司勳（顥）《黃鶴樓》，杜工部（甫）《登樓》、《閣夜》……諸篇，此千古傑作，實至名歸，勿庸多贊。」

【實事求是】shí shì qiú shì
原指弄清事實真相，求得正確結論。後多指按照客觀實際，正確對待和處理問題。（實事：指事實真相；實際情況。求：探求。是：指正確的東西。）例 他的這份研究報告～地分析了公司一年來所取得的成績及存在的不足，對今後企業的發展提出了很好的建議。
書《漢書・河間獻王劉德傳》：「河間獻王德以孝景前二年立，修學好古，實事求是。」顏師古註：「務得事實，每求真是也。」

【盡人皆知】jìn rén jiē zhī
所有的人都知道。（盡：全部。）
例 倪老伯熱心公益事業在這一帶是～的，你這次的採訪任務一定能順利完成。
書 管樺《井台上》：「（擔水的人）唧唧喳喳咬着耳朵，談些盡人皆知的祕密。」

【盡力而為】jìn lì ér wéi
使出全部力量去做。（盡：全部用出。為：做。）例 這件事我一定～，但結果如何我也沒有把握。
書《孟子・梁惠王上》：「以若所為求若所欲，盡心力而為之，後必有災。」又清吳趼人《痛史》第八回：「但我看得目下決難挽回，丞相可去盡力而為。」

【盡心竭力】jìn xīn jié lì
費盡心思，使出全部力量。（竭：全部用出。）例 郭教授～地幫助這幾位年輕人，希望他們早日成才。
書《南史・柳仲禮傳》：「父津登城謂曰：『汝君父在難，不能盡心竭力，百代之後，謂汝為何。』」

【盡如人意】jìn rú rén yì
完全合乎人的心意。多用於反問或否定。（盡：全部；完全。如：適合；合乎。）例 市政建設雖然還有許多不能～之處，但總

的來看成績很大，這是有目共睹的事實。

書 宋劉克莊《李艮翁禮部墓誌銘》：「然議者但以為恩澤侯挾貴臨民，安得盡如人意。」

【盡善盡美】jìn shàn jìn měi

極其完善，極其美好。形容事物完美無缺。（盡：表示達到極端。）例 我們的工作雖然多次受到表揚，但也並非～，需要改進的地方還有不少。

書《論語・八佾》：「子謂《韶》『盡美矣，又盡善也。』」又《晉書・王羲之傳論》：「所以詳察古今，研精篆素，盡善盡美，其惟王逸少乎！」

【聞一知十】wén yī zhī shí

聽到一點就能類推知道許多。形容人聰明，善於類推。（知十：知道許多。十，表示多，並非實指。）例 羣羣領悟力強，～，觸類旁通，是學校公認的學生中的佼佼者。

書《論語・公冶長》：「賜也何敢望回？回也聞一以知十，賜也聞一以知二。」

【聞名不如見面】

wén míng bù rú jiàn miàn

聽到名聲不如見到本人。表示見到了才有真切的感受和了解。

例 ～，來到這位長者身邊，他的人格魅力給我留下了極其難忘的印象。

書 明施耐庵《水滸傳》第三回：「史進拜道：『小人便是。』魯提轄連忙還禮，說道：『聞名不如見面，見面勝似聞名！』」

【聞所未聞】wén suǒ wèi wén

聽到了從來沒有聽到過的。表示這類事情非常希罕，是第一次聽說。例 叔叔講的這些外地民俗都是小艾～的，把她深深吸引住了。

書 南朝梁簡文帝《大法頌序》：「如金復冶，似玉更雕，聞所未聞，得未曾得。」

【聞風而起】wén fēng ér qǐ

一聽到消息立刻奮起或響應。（風：風聲；消息。）例 武昌起義槍聲一響，各地～，清王朝的統治迅速解體了。

書 宋彭龜年《論復經筵坐講疏》：「若此禮一復，天下通經學古之士，必有聞風而起，副陛下之意者矣。」

【聞風喪膽】wén fēng sàng dǎn

聽到一點風聲就嚇破了膽。形容對某種力量極端恐懼。也作「**聞風破膽**」。（喪膽：喪失勇氣，非常恐懼。）例 這是一支善打硬仗，使敵人～的英雄部隊。

書 唐李德裕《授張仲武東面招撫回鶻使制》：「故能望影揣情，已探致虜之術；豈止聞風破膽，益堅慕義之心。」

【聞過則喜】wén guò zé xǐ

聽到別人指出自己的過錯就感到高興。表示虛心接受批評。（過：過失；缺點錯誤。則：連詞。表示順承關係。）例 古人尚且有～的，我們的公務員是為市民服務

的，更應該能做到這樣。

書 《孟子·公孫丑上》：「子路，人告之以有過則喜。」又宋陸九淵《與傅全美書》之二：「過在所當改，吾自改之，非為人而改也。故其聞過則喜，知過不諱，改過不憚。」

【聞雞起舞】 wén jī qǐ wǔ

據《晉書·祖逖傳》記載，東晉時祖逖和劉琨二人為好友，常常互相勉勵，立志為國效力，半夜聽到雞啼就起牀舞劍明志。後來就用「聞雞起舞」比喻有宏大志向的人及時奮發。例 這些年他懷着振興民族工業的強烈願望，～，作出了不懈的努力。

書 宋松洲《念奴嬌·題鍾山樓》詞：「擊楫誓清，聞雞起舞，畢竟英雄得。」

【屢次三番】 lǚ cì sān fān

形容反覆多次。（屢次：一次又一次。三：表示多，並非實指。番：量詞。回；次。）例 許經理～登門請彭先生擔任他們公司的顧問，彭先生考慮到自己的身體狀況，一直沒有答應。

書 清李伯元《官場現形記》第三〇回：「屢次三番叫差官出去問信。」

【屢見不鮮】 lǚ jiàn bù xiān

經常看見，不覺得新鮮或新奇。也作「**數(shuò)見不鮮**」。（數：屢次。）例 現在電力供應充足，過去～的拉閘限電現象再也沒有出現過。

書 《史記·酈生陸賈列傳》：「與汝約，過汝，汝給吾人馬酒食……一歲中往來過他客，率不過再三過，數見不鮮。」又馬南邨《燕山夜話·「初生之犢不怕虎」》：「這類事實，現在已經屢見不鮮了。」

【屢教不改】 lǚ jiào bù gǎi

多次教育，仍不改正。也作「**屢誡不悛**」。（誡：勸告；告誡。悛：悔改。）例 對於違反公司規章制度而又～的人，不再繼續聘用。

書 清蒲松齡《聊齋誌異·崔猛》：「性剛毅，幼在塾中，諸童稍有所犯，輒奮拳毆擊，師屢誡不悛。」

注 「教」在此不讀 jiāo。

【屢試不爽】 lǚ shì bù shuǎng

多次試驗，都未見差失。（爽：違背；發生差失。）例 這種藥膏對治療燙傷有特效，～，你就放心用吧。

書 清蒲松齡《聊齋誌異·冷生》：「每途中逢徒步客，拱手謝曰：『適忙，不遑下騎，勿罪。』言未已，驢已蹶然伏道上，屢試不爽。」

【綽約多姿】 chuò yuē duō zī

形容女子體態柔美可愛。（綽約：柔婉美好的樣子。）例 艾小姐穿上這款時裝，更顯得～了。

書 唐蔣防《霍小玉傳》：「年可四十餘，綽約多姿，談笑甚媚。」

【綽綽有餘】 chuò chuò yǒu yú

很寬裕，用不完。多指人力、物力、財力、能力或時間、空間等。（綽綽：寬裕的樣子。）

例 管理一個十來人的圖書編輯部，他的能力～。

書 清石玉崑《三俠五義》第三回：「若論令郎刻下學問，慢説是秀才，就是舉人、進士，也是綽綽有餘的了，將來不可限量。」

【綱舉目張】gāng jǔ mù zhāng

把網上的總繩提起來，一個個網眼就張開了。比喻做事抓住主要環節，帶動次要環節。也比喻主次有序，條理分明。（綱：提網的總繩。目：指網眼。）例 文校長抓住提高教學質量這一中心來推動學校的其他各項工作，做到了～。

書 《呂氏春秋·用民》：「壹（通『一』）引其綱，萬目皆張。」又《尚書·盤庚上》：「若網在綱，有條而不紊。」宋蔡沈集傳：「綱舉則目張，喻下從上，小從大。」

【網開一面】wǎng kāi yī miàn

原作「**網開三面**」。據《史記·殷本紀》記載，商湯在野外見人四面張網捕捉禽獸，命人撤去其三面，給禽獸留一條生路。後來就用「網開三面」或「網開一面」比喻用寬大的態度對待有罪的人，給予自新之路。今也泛指突破限制，寬大對待。 例 ❶「玆特命東江征討諸軍撤惠州之圍，並停止各路進攻，以示網開三面之意。」（孫中山《誥誡東江叛軍通令》）❷公司原本只招聘有本地户籍的員工，小彭户籍在外地，但因能力突出，公司～，也破例錄用了她。

書 唐劉禹錫《賀赦表》：「澤及八荒，網開三面。」又清李綠園《歧路燈》第九三回：「老先生意欲網開一面，以存忠厚之意，這卻使不得。」

【維妙維肖】wéi miào wéi xiào

見「惟妙惟肖」，393 頁。

【綿裏藏針】mián lǐ cáng zhēn

絲綿裏藏着針。比喻外貌和善而內心刻毒。也比喻柔中有剛。

例 ❶他是個～的人，一副笑嘻嘻的面孔背後居心叵測。❷老黃感到對方的這番話～，知道對方並無絲毫讓步的意思。

書 清西周生《醒世姻緣傳》第一五回：「當日説知心，綿裏藏針。險過遠水與遙岑。何事腹中方寸地，把刀戟，擺森森？」

注 「綿」不可寫作「棉」。

【綠林好漢】lù lín hǎo hàn

王莽政權末年，王匡、王鳳率領飢民起義，以綠林山（今湖北大洪山）為根據地，史稱「綠林軍」。後來就用「綠林好漢」泛指聚集山林反抗官府的人。也指佔山為王，搶劫財物的人。

例 明末的時候，這一帶的深山野嶺裏聚集了不少～，他們劫富濟貧、除暴安良的事在民間廣為流傳。

書 清文康《兒女英雄傳》第二一回：「後來遇着施世綸按院放了漕運總督，收了無數的綠林好漢，查拿海寇。」

注 「綠」在此不讀lǜ。

十五畫

【熱火朝天】 rè huǒ cháo tiān

熾烈的火衝天燃燒。比喻羣眾情緒高漲，氣氛熱烈。例 莊稼收割以後，農田水利建設在各村都～地開展起來了。

書 章秀祥《高峽出平湖》：「雖說是春節期間，大壩的施工並沒有停，大家依然在工地幹得熱火朝天。」

【歎為觀止】 tàn wéi guān zhǐ

據《左傳・襄公二十九年》記載，吳國的季札出使到魯國，觀賞樂舞，當他看到舜時樂舞《韶箾》時讚歎說：「觀止矣！若有他樂，吾不敢請矣！」意思是說看到這裏足夠了，如果再有其他樂舞，我也不敢再請求看下去了。後來就用「歎為觀止」讚歎所見到的事物好到了極點。（歎：讚美；讚歎。為：以為；認為。）例 秦始皇陵墓中的兵馬俑方陣以其宏大的氣勢、生動的造型令中外遊客～。

書 清王韜《淞隱漫錄・海外壯遊》：「生撫掌稱奇，歎為觀止。」

【標新立異】 biāo xīn lì yì

原指提出新的見解，立論與眾不同。後也泛指提出新穎主張或採取新穎做法，顯出與眾不同。（標：樹立；提出。）例「人家都這樣講，這樣做，要是你一個人偏偏～，人家就要派你不是了。」（巴金《春》五）

書 南朝宋劉義慶《世說新語・文學》：「支道林在白馬寺中，將馮太常共語，因及《逍遙》，支卓然標新理於二家之表，立異義於眾賢之外。」又清褚人穫《隋唐演義》第三一回：「但今作者，止取體豔句嬌，標新立異而已，原沒甚骨力規則。」

【模棱兩可】 mó léng liǎng kě

形容態度或意見不明確，似乎這樣可以，那樣也可以。（模棱：態度、意見等含糊；不明確。兩可：這樣或那樣都可以。）例 聽了他這番～的話，我還是弄不明白他對我們的做法究竟是同意還是不同意。

書 宋魏了翁《太常博士知紹熙府朝散郎王聘君墓誌銘》：「聽其言汪洋汗漫而可樂，察其意避就回曲而不根，此模棱兩可之論也。」

【樑上君子】 liáng shàng jūn zǐ

竊賊潛入別人家，常躲在屋樑上，伺機下手，所以用「樑上君子」作為竊賊的諱稱。（君子：原為對品德好的人的尊稱，在此用為諱稱。）例 他原本是個～，

現在已改邪歸正了。

書 《後漢書·陳寔傳》：「時歲荒民儉，有盜夜入其室，止於梁（同『樑』）上。寔陰見，乃起自整拂，呼命子孫，正色訓之曰：『夫人不可以不自勉。不善之人未必本惡，習以性成，遂至於此。梁（同『樑』）上君子者是矣！』盜大驚，自投於地，稽顙歸罪。」

【敷衍了事】 fū yǎn liǎo shì

做事不認真，只在表面上應付一下就算完事。（敷衍：做事不認真、不負責任，只做表面上的應付。了：了結；完畢。）例 **主任要求每一位員工都寫自己的工作總結，尤軍頗不以為然，～地寫了一些就交上去了。**

書 清李伯元《官場現形記》第一四回：「不但上憲跟前兄弟無以交代，就連着老哥們也不好看，好像我們敷衍了事，不肯出力似的。」

【敷衍塞責】 fū yǎn sè zé

做事不認真，只在表面上應付一下，對應負的責任搪塞了事。（塞責：搪塞責任。）例 **他不是那種～的人，把工作交給他是可以讓人放心的。**

書 清張集馨《道咸宦海見聞錄》：「委員共知其事體之難，而嚴令願為恪遵，委勘幾及年餘，始克竣事，半屬敷衍塞責。」

注 「塞」在此不讀 sāi 或 sài。

【醉生夢死】 zuì shēng mèng sǐ

像喝醉了酒或在睡夢中那樣昏昏沈沈地過日子。今多形容人沒有明確的生活目的，沈淪頹廢。例 **「所謂真正的人，並不是～虛度一生的人。」（鄒韜奮《我們的讀書合作》）**

書 宋袁甫《勵志銘贈朱冠之》：「維今之人，甘心委靡，頑痹不仁，偷安無恥，至其極也，醉生夢死；胡不反思，道只在邇。」

【醉翁之意不在酒】

zuì wēng zhī yì bù zài jiǔ

北宋歐陽修《醉翁亭記》中說：「太守與客來飲於此，飲少輒醉，而年又最高，故自號曰醉翁也。醉翁之意不在酒，在乎山水之間也。」後就用來比喻真實的意圖不在公開表露的方面，而是另有所在。例 **蘇士毅逛了一家又一家商場，問問這問問那，但他～，他不是去選購商品的，而是在進行市場調查。**

書 元劉因《飲仲誠椰瓢》詩：「醉翁之意不在酒，宛如琴意非絲桐。」

【厲兵秣馬】 lì bīng mò mǎ

磨快兵器，餵飽馬。指進行戰鬥準備。也泛指行動前進行充分準備。也作「**秣馬厲兵**」。（厲：通「礪」，磨。兵：兵器。秣：餵牲口。）例 **參加世界錦標賽的選手們～，決心賽出好成績。**

書 《左傳·僖公三十三年》：「鄭穆公使視客館，則束載厲兵秣馬矣。」

【憂心如焚】 yōu xīn rú fén

心裏憂愁得像火燒一樣。形容非常憂愁焦慮。（焚：燒。）例 莊

稼蟲害嚴重，農民們～。

書 三國魏曹植《釋愁文》：「予以愁慘，行吟路邊，形容枯悴，憂心如焚。」

【憂心忡忡】yōu xīn chōng chōng
形容憂愁不安。（忡忡：憂愁的樣子。）例 大哥～地在等待母親的病理檢查結果，心中默默祝禱母親的病此次也能轉危為安。

書《詩經·召南·草蟲》：「未見君子，憂心忡忡。」

【憂國憂民】yōu guó yōu mín
為國家的前途和人民的命運而憂慮。例 這些～之士正在執著地探索一條適合中國國情的強國富民之路。

書 宋范仲淹《謝轉禮部侍郎表》：「進則盡憂國憂民之誠，退則處樂天樂道之分。」

【憂患餘生】yōu huàn yú shēng
飽經憂愁、患難後保全下來的生命。（餘生：指經歷災難後僥倖保全下來的生命。）例 陳老伯幾十年來飽經苦難，～，每提及往事均感慨良多。

書 宋蘇軾《跋嵇叔夜〈養生論〉後》：「東坡居士以桑榆之末景，憂患之餘生，而後學道，雖為達者所笑，猶賢乎已也。」

【震天動地】zhèn tiān dòng dì
震動了天地。形容聲音宏大響亮，使人受到震動。例 開山的炮聲～，修築鐵路的工人正奮戰在崇山峻嶺之中。

書 晉傅玄《朝會賦》：「於是六鍾隱其駭奮，鼓吹作乎雲中，及震天而動地，盪海嶽而薄風雲。」

【震古爍今】zhèn gǔ shuò jīn
震動古人，光耀當世。形容事業或功績偉大。（爍：光明照耀。）例 南水北調是一項～的偉大工程，它寄託了多少代人的希望啊！

書 梁啟超《張博望班定遠合傳》第一節：「顧能以人事與天然爭，以造震古爍今之大業。」

【震耳欲聾】zhèn ěr yù lóng
震得耳朵都要聾了。形容聲音非常大。例 鑼鼓聲～，傳達出豐收後農民們熱烈歡快的心情。

書 沙汀《呼嚎》：「每座茶館裏都人聲鼎沸，而超越這個，則是茶堂倌震耳欲聾的吆喝聲。」

【霄壤之別】xiāo rǎng zhī bié
見「天壤之別」，64頁。

【撲朔迷離】pū shuò mí lí
《樂府詩集·橫吹曲辭五·木蘭詩》中說：「雄兔腳撲朔，雌兔眼迷離。兩兔傍地走，安能辨我是雄雌。」撲朔：腳亂蹬。迷離：眼半閉着。原意是說揪住兔

子耳朵提起來，雄兔腳亂蹬，雌兔眼半閉，但當牠們在地上跑的時候，又怎麼能分清哪隻是雄，哪隻是雌呢？後來就用「撲朔迷離」形容事物錯綜複雜，不容易看清真相。例 邵警長偵破過許多～的案件，有「神探」的美譽。

書 清梁紹壬《兩般秋雨盦隨筆·無題詩》：「鈎輈格磔渾難語，撲朔迷離兩不真。」

【撥亂反正】bō luàn fǎn zhèng

治理混亂局面，使恢復正常。（撥：治理。反：返回；恢復。）例 經過這幾年的～，局面大為改觀，人們也因此而增添了信心。

書《公羊傳·哀公十四年》：「撥亂世，反諸正，莫近諸《春秋》。」又《漢書·禮樂志》：「漢興，撥亂反正，日不暇給，猶命叔孫通制禮儀，以正君臣之位。」

【鴉雀無聲】yā què wú shēng

連烏鴉、麻雀都沒有發出一點聲音。形容人們活動的場所非常安靜。例 閱覽室裏～，人們都在埋頭看書，連進出的人也儘量把腳步放輕。

書 清曹雪芹、高鶚《紅樓夢》第三〇回：「各處主僕人等多半都因日長神倦，寶玉背着手，到一處，一處鴉雀無聲。」

【暮鼓晨鐘】mù gǔ chén zhōng

佛寺規矩，傍晚擊鼓，早晨敲鐘以報時。比喻可以使人警覺醒悟的話語。也作「**晨鐘暮鼓**」。

例 父親為我書寫的人生格言條幅一直掛在我的房裏，如～，時時使我警醒。

書 唐李咸用《山中》詩：「朝鐘暮鼓不到耳，明月孤雲長掛情。」又清吾廬孺《京華慷慨竹枝詞·鐘鼓樓》：「暮鼓晨鐘不斷敲，婆心苦口總徒勞；滿城人競功名熱，猶向迷津亂渡橋。」

【蓬頭垢面】péng tóu gòu miàn

頭髮散亂，臉上很髒。（蓬：蓬鬆；散亂。垢：污穢；骯髒。）例 他～出現在我面前的時候，我簡直不敢相信他就是當年那個英俊的後生。

書《魏書·封軌傳》：「君子整其衣冠，尊其瞻視，何必蓬頭垢面，然後為賢。」

【蓬蓽生輝】péng bì shēng huī

使陋室生出光輝。多用作謙辭，以稱謝別人來訪或給自己題贈字畫張掛。也作「**蓬蓽增輝**」。（蓬：蓬草。蓽：荊條、竹子之類。蓬蓽：蓬門蓽户的省稱，指用蓬草、荊條或竹子之類編成的門户。形容窮苦人家的簡陋房屋。）例 多蒙玄常先生賜我水墨畫作，掛在我那簡陋的書房裏，頓使～。

書 明無名氏《鳴鳳記·鄒林遊學》：「得兄光顧，蓬蓽生輝。」

【蔚為大觀】wèi wéi dà guān

眾多的事物彙聚在一起，形成豐富多彩的景象。（蔚：薈萃；聚集。大觀：豐富多彩的景象。）

例 錢幣博物館中展出了古今中外的各類錢幣，～，使我們這些錢幣收藏者大飽眼福。

書 清梁章鉅《楹聯叢話·廨宇》：「同郡諸君子，合撰楹帖，益蔚為巨觀。」又魯迅《兩地書·致許廣平五一》：「鄉村風景，甚覺宜人，野外花園，殊有清趣，樹木蔚為大觀。」

注「為」在此不讀wèi。粵 wɐi⁴唯。

【蔚然成風】wèi rán chéng fēng

某類現象逐漸發展流行開來，形成一種風尚。也作「**蔚成風氣**」。（蔚然：草木茂盛的樣子。此處形容發展、興盛。）例 助人為樂，見義勇為，在我們這裏已～。

書 北京大學中文系《中國文學史》第五章一：「私家著述，是到戰國中葉才蔚然成風的。」

【賞心悅目】shǎng xīn yuè mù

美好的景色或詩文使人看了感到愉快，心情舒暢。（賞心：使心情舒暢。悅目：看着愉快。）

例 「兩人到山腳下一看，只見新葉嫩碧，土地金黃，野草裏開着些紅紅白白的小花，真是連看看也～。」（魯迅《故事新編·采薇》）

書 明無名氏《人中畫·風流配·一》：「長篇短章，不為不多，然半屬套語，半屬陳言，求一首清新俊逸、賞心悅目者，迥不可得。」

【賞罰分明】shǎng fá fēn míng

該賞的賞，該罰的罰，界限清楚，執行嚴格。例 葛主任～，受到獎賞的自然高興，即使是受罰的也心服口服。

書 《漢書·張敞傳》：「敞為人敏疾，賞罰分明。」

【暴戾恣睢】bào lì zì suī

殘暴兇狠，肆意胡為。（暴戾：殘暴乖戾。恣睢：放縱胡為。）

例 這些黑社會惡勢力～，民憤極大。

書 《史記·伯夷列傳》：「盜蹠日殺不辜，肝人之肉，暴戾恣睢，聚黨數千人橫行天下。」

注 「戾」不讀 lèi。

【暴殄天物】bào tiǎn tiān wù

殘害乃至滅絕自然界的各種生物。後也泛指任意糟蹋東西。（暴：毀壞；糟蹋。殄：滅絕。天物：自然界的生物。）例 這兩個人一頓飯要了這麼多菜，吃不完，大多倒掉了，～，這種行為實在要不得！

書 《尚書·武成》：「今商王受無道，暴殄天物，害虐烝民。」

【暴風驟雨】bào fēng zhòu yǔ

急遽而又猛烈的風雨。也比喻來勢迅猛、衝突激烈的社會鬥爭。（暴：突發而又猛烈。驟：急速。）例 ❶～把這些幼嫩的花木打得七零八落。❷那時他剛從學校畢業參加工作，哪裏經歷過這種～的鬥爭場面。

書 明吳承恩《西遊記》第六九回：「有雌雄二鳥，原在一處同飛，忽被暴風驟雨驚散。」

【暴跳如雷】bào tiào rú léi

猛烈地跳腳吼叫，聲音如雷。形容大怒的樣子。例 他見自己的計劃又一次受阻，氣得～。

書 清俞萬春《盪寇志》第八二回：「氣得暴跳如雷，拍着桌子大罵賤婢。」

【賠了夫人又折兵】

péi le fū ren yòu zhé bīng

三國時東吳的孫權與周瑜定計，假意説要把孫權的妹妹嫁給劉備，請劉備前來成親，想乘機把劉備扣作人質，以索回荊州。不料劉備按諸葛亮的對策行事，不但到東吳真的成了親，還帶着夫人逃出東吳。周瑜帶兵追趕，被諸葛亮的伏兵打敗。人們譏笑東吳是「賠了夫人又折兵」。元曲及《三國演義》中對此都有描寫。後來就用它比喻想佔便宜沒佔到，反而受到雙重損失。(折：損失。) 例 阿四擅自侵佔官地搭建違章房屋，結果房屋被限令折除，還被罰了款，真是～。

書 元無名氏《隔江鬥智》第二摺：「周瑜，周瑜，休誇妙計高天下，只教你賠了夫人又折兵。」

【嘻皮笑臉】xī pí xiào liǎn

見「嬉皮笑臉」，522頁。

【數一數二】shǔ yī shǔ èr

數得上第一或第二。形容名次在前，十分突出。例 這所學校的教學水平在全香港都是～的。

書 元戴善夫《風光好》第三摺：「此乃金陵數一數二的歌者，與學士遞一杯。」

注「數」在此不讀shù。粵 sou[5]嫂。

【數見不鮮】shuò jiàn bù xiān

見「屢見不鮮」，501頁。

【數典忘祖】shǔ diǎn wàng zǔ

據《左傳・昭公十五年》記載，春秋時周王宴請晉國使臣荀躒、籍談，問晉國為什麼不向周王室進貢物品，籍談回答説是因為晉國從未受到過周王室的賞賜。周王列舉了歷史上對晉國的賞賜情況，説明事實完全不是籍談所説的那樣。而籍談的祖先正是掌管晉國典籍史冊的，這些事實籍談不應該忘記，所以後來周王説籍談是「數典而忘其祖」，即數説史籍上的記載而忘掉了他祖先的職守。後來就用「數典忘祖」表示忘本，也表示對本國的歷史缺乏了解。（數：數説；列舉敍述。典：典籍。也指典籍上記載的歷史事跡。）例 我們要認真學習中國歷史，不能做～的人。

書 清陳廷焯《白雨齋詞話》卷三：「況周、秦兩家，實為南宋導其先路，數典忘祖，其謂之何？」

【影隻形單】yǐng zhī xíng dān

見「形單影隻」，195頁。

【蝦兵蟹將】xiā bīng xiè jiàng

神話傳説中龍王手下的兵將。常用來比喻不中用的大小頭目或嘍囉。例 他手下的那些～，交手沒幾個回合，就都敗下陣來了。

書 明吳承恩《西遊記》第三回：「東

海龍王敖廣即忙起身，與龍子龍孫、蝦兵蟹將出宮迎道：『上仙請進，請進。』」

【噓寒問暖】 xū hán wèn nuǎn

形容對別人在生活上十分關心體貼。（噓寒：呵出熱氣來驅散別人身上的寒氣。問暖：問別人暖和不暖和。）例 **社區志願人員經常到孤寡老人家裏～，幫助他們解決生活中的困難。**

書 清王韜《淞隱漫錄·陸碧珊》：「一日，生妻急病，女來省視，問燠（yù，暖；熱）噓寒，秤藥量水，倍極殷勤。」又冰心《關於女人·我最尊敬體貼她們》：「我們從辦公室裏回來……太太笑臉相迎，噓寒問暖。」

【幡然悔悟】 fān rán huǐ wù

見「翻然悔悟」，556頁。

【墨守成規】 mò shǒu chéng guī

死守老規矩、老辦法，不思改進。（墨守：戰國時墨子善於守城，事見《墨子·公輸》，所以稱善守、固守為墨守。此指牢固堅持。成規：現成的老規矩、老辦法。）例 **公司在經營管理上不能～，要隨着時代的前進不斷有所創新，這樣才能保持競爭力。**

書 清王韜《甕牖餘談·猶太古曆說》：「而至今，中法每不如西法之密，何哉？蓋用心不專，率皆墨守成法，未能推陳出新耳。」又老舍《福星集》：「任何藝術一旦墨守成規，一成不變，它就會僵化、衰落。」

【墨跡未乾】 mò jì wèi gān

墨的痕跡還沒有乾。指剛寫好不久。多用在人很快違背了自己的書面承諾的場合，譴責人不講信用。例 **停火協議～，對方竟又向我方發動突襲，局勢一下子又緊張起來。**

書 清張集馨《道咸宦海見聞錄》：「吳坤修手書在案，墨跡未乾，何以九百金甫經入手，旋即更改，斷不能辦。」

【箭在弦上，不得不發】

jiàn zài xián shàng, bù dé bù fā

箭已經搭在弓弦上，不能不發射出去了。比喻事情已經到了不得不做或話已經到了不得不說的時刻。原作「**矢在弦上，不得不發**」。（矢：箭。）例 **我本不想對這種做法公開表示我的不同意見，但如今～，如果再不說，別人就以為我是同意的了。**

書 《太平御覽》卷五九七引《魏書》：「太祖平鄴，謂陳琳曰：『君昔為本初作檄書，但罪孤而已，何乃上及父祖乎？』琳謝曰：『矢在弦上，不得不發。』」又清陳康祺《郎潛紀聞二筆·士大夫之諂媚》：「余之紀此，將使十鑽千拜之流，稍自顧其名節；而才士之筆端剽悍者，亦當稍留地步，勿謂箭在弦上，不得不發也。」

【價值連城】 jià zhí lián chéng

物品的價格極高，要用連片的許多城市去交換。形容物品極其珍貴。（價：價格。值：指價格相當於。連城：連成一片的許多城

市。）例 北京故宮中這些～的文物都受到了極其精心的保護。

書《史記·廉頗藺相如列傳》：「趙惠文王時，得楚和氏璧。秦昭王聞之，使人遺趙王書，願以十五城請易璧。」又清錢彩等《説岳全傳》第一〇回：「此乃府上之寶，價值連城。諒小子安敢妄想，休得取笑！」

【價廉物美】jià lián wù měi

物品的價格低，質量好。也作「**物美價廉**」。（廉：價格低；便宜。）例 這些～的商品很受顧客歡迎，銷路一直很好。

書 清吳趼人《近十年之怪現狀》第一〇回：「蘇州有個朋友寫信來，要印一部書。久仰貴局的價廉物美，所以特來求教。」

【儀態萬方】yí tài wàn fāng

形容人容貌、姿態、風度等十分美好動人。多用於女子。也作「**儀態萬千**」。（萬方：表示有各種動人之處。）例 安小姐～，在社交場合十分活躍。

書 漢張衡《同聲歌》：「素女為我師，儀態盈萬方。」清宣鼎《夜雨秋燈錄·銀雁》：「夜夢王女至，煙鬟霧鬢，儀態萬方。」

【魄散魂飛】pò sàn hún fēi

見「魂飛魄散」，479頁。

【樂天知命】lè tiān zhī mìng

樂於順其自然，聽從命運的安排，無憂無慮。（天：天道。即把自己的境遇看作是天道如此，有自然之理。命：命運。）例 他是個～的人，隨遇而安，從來沒有見他唉聲歎氣的時候。

書《周易·繫辭上》：「樂天知命，故不憂。」孔穎達疏：「順天道之常數，知性命之始終，任自然之理，故不憂也。」

注「樂」在此不讀yuè。粵 lɔk⁹落。

【樂不可支】lè bù kě zhī

快樂得都要支撐不住了。形容快樂到極點。例 看了馬戲團小丑的滑稽表演，孩子們～。

書 漢班固等《東觀漢記·張堪傳》：「張堪為漁陽太守，勸民耕種，以致殷富。百姓歌曰：『桑無附枝，麥秀兩歧；張君為政，樂不可支。』」

【樂不思蜀】lè bù sī shǔ

據《三國志·蜀志·後主傳》裴松之註引晉習鑿齒《漢晉春秋》記載，蜀國滅亡後，蜀後主劉禪一家被帶到了洛陽。有一天司馬昭問劉禪：「頗思蜀否？」（你很思念蜀國故土嗎？）劉禪回答説：「此間樂，不思蜀。」（這裏很快樂，我不思念蜀國。）後來就用「樂不思蜀」表示在外快樂得忘記了故園或樂而忘返。例 他在國外有很好的工作和生活條件，但他並沒有～，他的最大願望是學成歸來報效祖國。

書 壯者《掃迷帚》第六回：「去年八月，因赴金陵鄉試，往釣魚巷獵豔，與妓女玉蘭有嚙臂盟，從此數月不歸，大有此間樂不思蜀之意。」

【樂此不疲】lè cǐ bù pí

樂於做這樣的事而不知疲倦。

例 他參加工廠的技術革新活動已有多年，～，有時竟到了廢寢忘食的程度。

書《後漢書・光武帝紀下》：「(光武)每旦視朝，日仄乃罷。數引公卿、郎、將講論經理，夜分乃寐。皇太子見帝勤勞不怠，承間諫曰……帝曰：『我自樂此，不為疲也。』」又清文康《兒女英雄傳》第三八回：「更兼這位老先生……每問必知，據知而答，無答不既詳且盡，並且樂此不疲。」

【樂善好施】lè shàn hào shī

樂於行善，喜好施捨。(好：喜愛；喜好。施：施捨；把財物送給窮人或出家人。) 例 屈思禮～，這所孤兒院就是他捐資興建的。

書《史記・樂書論》：「聞徵音，使人樂善而好施。」

注「好」在此不讀hǎo。粵 hou³耗。

【樂極生悲】lè jí shēng bēi

快樂到極點的時候，轉而發生令人悲傷的事情。例 田大伯買彩票中了大獎，喜出望外，開懷暢飲，誰知～，竟中風進了醫院。

書 元無名氏《鵲踏枝・贈妓》曲：「歎光陰白駒過隙，我則怕下場頭樂極生悲。」

【德才兼備】dé cái jiān bèi

品德和才能都好。也作「**才德兼備**」。(兼備：同時具備。)

例 陳學範～，是擔任這一職務的理想人選。

書 元無名氏《娶小喬》第一摺：「江東有一故友，乃魯子敬，此人才德兼備。」

【德高望重】dé gāo wàng zhòng

品德高尚，聲望很重。多用於年長而有德望的人。(望：聲望；名望。) 例 ～的鍾教授被大家推舉為學術委員會的主席。

書 宋司馬光《辭入對小殿札子》：「臣竊惟富弼三世輔臣，德高望重。」

【衝鋒陷陣】chōng fēng xiàn zhèn

向前衝擊，攻入敵人陣地。形容作戰英勇。也泛指在工作中勇往直前。(陷：攻入。) 例 ❶當年他曾是一位～的勇士，經歷過槍林彈雨的考驗。❷他在工作中一向～，哪裏困難大，哪裏就有他。

書《北齊書・崔暹傳》：「衝鋒陷陣，大有其人，當官正色，今始見之。」

【徹頭徹尾】chè tóu chè wěi

從頭到尾，自始至終。今多表示完完全全，常用於貶義。(徹：貫穿。) 例 通過調查已經可以證實，他所説的是～的謊言。

書 宋朱熹《答程正思書》之四：「蓋聖賢之學，徹頭徹尾，只是一個敬字。」

【盤根錯節】pán gēn cuò jié

樹根盤曲，枝節交錯。比喻事情錯綜複雜，許多方面互相勾連在一起，很難對付或處理。也作「**錯節盤根**」。(盤：曲折旋繞。錯：交錯。) 例 他新到這家公司

上班，面對～的人際關係，一言一行不得不格外謹慎。

書 晉袁宏《後漢紀·安帝紀一》：「(虞詡)笑曰：『難者不避，易者必從，臣之節也。不遇盤根錯節，無以別堅利，此乃吾立功之秋，怪吾子以此相勞也。』」

【鋪張浪費】 pū zhāng làng fèi

講究排場，不必要地過多耗費人力、物力。(鋪張：鋪排陳設。此指講究排場。) 例 隨着經濟的發展，人們生活日益富裕，～的現象也愈加嚴重，這是應該引起我們重視的。

書 陶菊隱《北洋軍閥統治時期史話》第一七章：「他們如此鋪張浪費，使人回想到以前西太后動用海軍經費修造頤和園的事情。」

【銷聲匿跡】 xiāo shēng nì jì

不再公開講話或露面。指人躲藏起來或不公開出現。也作「**匿跡銷聲**」。(銷：消失。匿：隱藏。) 例 這位頗有才華的年輕導演忽然～，人們已有很長時間沒有聽到他的消息了。

書 清李伯元《官場現形記》第二八回：「他平生最是趨炎附勢的，如何肯銷聲匿跡。」

【鋤強扶弱】 chú qiáng fú ruò

鏟除強暴者，扶助弱小者。(鋤：鏟除。) 例 他主持市政的那幾年，興利除弊，～，很受百姓的稱道。

書 明凌濛初《二刻拍案驚奇》卷一二：「此等鋤強扶弱的事，不是我，誰人肯做？」

【鋤暴安良】 chú bào ān liáng

見「除暴安良」，353頁。

【鋌而走險】 tǐng ér zǒu xiǎn

因無路可走而採取冒險行動。(鋌：快跑的樣子。走險：奔向險處。) 例 他感到自己孤立無援、走投無路，準備孤注一擲，～。

書《左傳·文公十七年》：「小國之事大國也，德，則其人也；不德，則其鹿也，鋌而走險，急何能擇。」

【鋒芒畢露】 fēng máng bì lù

比喻人的鋭氣或才能完全顯露出來。也比喻人逞強顯能，表現自己。(鋒芒：刀劍等的刃和尖端。比喻人顯露出來的鋭氣或才能。畢：完全。) 例 ❶這位在圍棋擂台賽中～的棋手今年不過二十歲，真是後生可畏啊。❷他在同事中矜才使氣，～，別人跟他很難合作。

書 端木蕻良《曹雪芹》二三：「他想，在父親面前，不可流露一絲兒誇耀神情，免得父親斥罵他鋒芒畢露。」

注「露」在此不讀 lòu。

【鋭不可當】 ruì bù kě dāng

勢頭鋭利，不可抵擋。(當：抵擋。) 例 這支球隊以～之勢，連戰皆捷，殺入決賽。

書 明凌濛初《初刻拍案驚奇》卷三一：「侯元領了千餘人，直突其陣，

銳不可當。」

【劍拔弩張】 jiàn bá nǔ zhāng

劍從鞘裏拔出來，弩弓也安上箭張開了。形容書畫筆力奇崛雄健，或詩文氣勢逼人。今多形容擺出搏鬥的架勢，嚴重的事件一觸即發。（弩：古代一種利用機械力量射箭的弓。）例 ❶他的書法作品有～之勢，透出一股豪氣。❷雙方在交涉中～，似乎毫無妥協的餘地，形勢十分緊張。

書 南朝梁袁昂《古今書評》：「韋誕書如龍威虎振，劍拔弩張。」

【慾壑難填】 yù hè nán tián

慾望像山溝一樣難以填滿。形容貪慾極大，永遠滿足不了。

例 這些貪官污吏～，貪污索賄的胃口越來越大。

書 《國語・晉語八》：「叔魚生其母視之，曰：『是虎目而豕喙，鳶肩而牛腹，谿壑可盈，是不可饜也，必以賄死。』」又清歐陽兆熊《水窗春囈・香蓮薄命》：「鴇母慾壑難填，計惟有先藉官威，再以利啗，庶諧所願。」

【餘音繞樑】 yú yīn rào liáng

歌唱、演奏雖然已經結束，但似乎仍有餘下的樂音在房樑間迴旋。形容歌聲、樂曲聲美妙動聽，長久在人耳邊迴響，令人難忘。例 維也納金色大廳的音樂會結束了，但～，使人久久沈浸在那美妙的意境之中。

書 《列子・湯問》：「昔韓娥東之齊，匱糧，過雍門，鬻歌假食。既去，而餘音繞梁（同『樑』）欐，三日不絕，左右以其人弗去。」

【餘勇可賈】 yú yǒng kě gǔ

還有剩餘的勇氣可以賣給別人。原表示人勇氣充溢，總也使不完。後多表示還有沒用完的力量可以用出來。（賈：買。此指被人來買，即賣給別人。）例 今年的工作任務他已提前完成，但～，於是又接受了新的任務。

書 《左傳・成公二年》：「齊高固入晉師，桀石以投人，禽之而乘其車，繫桑本焉。以徇齊壘，曰：『欲勇者賈余餘勇。』」又唐成伯璵《毛詩指說・文體》：「後來英彥，各擅文章，致遠直尚於輕浮，鉤深曲歸於美麗。蓋餘勇可賈，逸氣難收。」

注 「賈」在此不讀 jiǎ。㊄ gu² 古。

【膝癢搔背】 xī yǎng sāo bèi

膝部發癢，卻去撓脊背，沒有撓到癢處。比喻議論或做事沒有抓住關鍵，不能解決問題。（搔：用指甲撓。）例 公司效益不佳的主要原因是缺乏適銷的產品，總經理卻把工作重點放在擴大經營規模上，～，能有什麼好效果？

書 漢桓寬《鹽鐵論・利議》：「諸生無能出奇計……不知趨捨之宜，時世之變，議論無所依，如膝癢而搔背。」

【膠柱鼓瑟】 jiāo zhù gǔ sè

彈奏瑟的時候用膠把瑟上用來調弦的短柱粘上。這樣就無法按照需要鬆緊弦線以調節音高了。比喻拘泥固執，不知變通。（鼓：

彈奏。瑟：一種弦樂器，上有架弦調音的短柱。）例 現在城市人口流動很大，户籍管理辦法也要隨之有所改變，如果～，就難以適應現實的需要。

書《史記・廉頗藺相如列傳》：「王以名使括，若膠柱而鼓瑟耳，括徒能讀其父書傳，不知合變也。」

【請君入甕】 qǐng jūn rù wèng

據唐代張鷟《朝野僉載》記載，朝廷命來俊臣審問秋官（刑部）侍郎周興，周興還不知道。在一起吃飯的時候，來俊臣問周興：「如果犯人不肯招認，有什麼辦法？」周興說：「這好辦。拿一隻大甕，周圍用炭火烤它，把犯人裝進去，還有什麼事他不招認呢？」於是來俊臣命人取來一隻大甕，周圍燒起炭火，起身對周興說：「奉命審問老兄，請老兄進入此甕。」周興嚇得連忙叩頭認罪。後來就用「請君入甕」比喻用某人整治別人的辦法來整治某人。（甕：大罈子。）例「他向來是慣叫農民來鑽他的圈套的，真不料這回是演了一套『～』的把戲。」（茅盾《子夜》八）

書 清蒲松齡《聊齋誌異・席方平》：「當掬西江之水，為爾湔腸；即燒東壁之牀，請君入甕。」

【諸如此類】 zhū rú cǐ lèi

許多像這一類的。（諸：許多。）

例 這只是其中的兩個例子，～的事在我們周圍還有很多。

書《晉書・劉頌傳》：「諸如此類，亦不得已已。」

【論功行賞】 lùn gōng xíng shǎng

評定功勞大小，分別給予獎賞。（論：衡量；評定。）例 事情成功後，～，你出力最多，我們不會忘記的。

書 漢傅幹《諫曹公南征》：「愚以為可且按甲寢兵，息軍養士，分土定封，論功行賞。」

【調兵遣將】 diào bīng qiǎn jiàng

調動兵力，派遣將領。後也泛指調動安排人力。例 足球場上雙方教練～，佈置戰術，想方設法要取得這場比賽的勝利。

書 明施耐庵《水滸傳》第六七回：「因是宋公明生發背瘡在寨中，又調兵遣將，多忙少閒，不曾得見。」

注「調」在此不讀tiáo。粵 diu⁶掉。

【調虎離山】 diào hǔ lí shān

設法使老虎離開深山。比喻設法使有關的人離開原來的地方，以便乘機行事。例 他們用～之計引開守橋的敵軍，一舉炸斷鐵橋，破壞了敵人的運輸線。

書 明吳承恩《西遊記》第五三回：「我是個調虎離山計，哄你出來爭戰，卻着我師弟取水去了。」

注「調」在此不讀tiáo。粵 diu⁶掉。

【調嘴學舌】 tiáo zuǐ xué shé

耍嘴皮子，到處傳話，說長道短。（調嘴：耍嘴皮子。學舌：把聽到的話學給別人聽。）例 鄰家四嫂閒來無事，喜歡～，常常生出一些是非來。

書 魯迅《華蓋集續編 ·送灶日漫筆》:「本意是在請灶君吃了,粘住他的牙,使他不能調嘴學舌,對玉帝説壞話。」
注「調」在此不讀diào。粵 tiu⁴條。

【諄諄告誡】 zhūn zhūn gào jiè
懇切地教導勸誡。(諄諄:形容教導懇切。)例 父親～我們,要老老實實做人,認認真真做事,決不能偷奸耍滑,做昧心的事。
書 宋費袞《梁溪漫志·閒樂異事》:「命諸子、子婦皆坐,置酒,諄諄告戒(通『誡』)。」

【談天説地】 tán tiān shuō dì
一會兒談天上的事,一會兒説地下的事。形容漫無邊際地閒談。
例 乘坐火車的旅客在車廂裏～,交換着各自的見聞。
書 元喬吉《醉太平·漁樵閒話》曲:「坐蒲團攀風詠月窮活路,按葫蘆談天説地醉模糊。」

【談何容易】 tán hé róng yì
《文選·東方朔·〈非有先生論〉》:「吳王曰:『可以談矣,寡人將竦意而聽焉。』先生曰:『于戲!可乎哉?可乎哉?談何容易!』」李善註:「言談説之道,何容輕易乎?」意為向君主進言怎麼可以輕易從事。「何容」指怎麼可以,「易」指輕易。後來「容易」連讀,用「談何容易」來表示説説是何等容易,但真正做起來卻不像説的那樣容易。例 創作一首受大家喜愛,能廣泛流行的歌曲～,有的作曲者努力多年也未必能做到呢。
書 清李伯元《文明小史》第一〇回:「周師韓聽了,鼻子裏撲嗤一笑道:『説的,談何容易!』」

【談虎色變】 tán hǔ sè biàn
原指曾經被虎咬傷的人對老虎的厲害有切身的感受,一聽別人談老虎,就嚇得臉色都變了。後比喻一提到可怕的事物,就心生恐懼,連臉色都變了。(色:臉色;臉上的神情。)例「不斷進步的科學和無比優越的新的社會制度已經征服了肺病,它今天不再使人～了。」(巴金《談〈寒夜〉》)
書 元王炎午《祭御史蕭方厓文》:「談虎色變,公亦流涕。」

【談笑自若】 tán xiào zì ruò
形容在嚴重或緊急情況下依然有説有笑,跟平常一樣。(自若:保持自己平常的樣子。)例 受外部金融環境的影響,公司面臨重大壓力,裘董事長鎮靜應對,依然～,他的情緒感染了員工,增添了大家克服困難的信心。
書《三國志·吳志·甘寧傳》:「寧受攻累日,敵設高樓,雨射城中,士眾皆懼,惟寧談笑自若。」

【談笑風生】 tán xiào fēng shēng
形容談話時有説有笑,興致勃勃,很有風趣。(風生:形容談話氣氛活躍。)例 甘先生一落座便～,大家的注意力都被他吸引過去了。

書 宋汪藻《鮑吏部集序》：「風度凝遠，如晉宋間人，談笑風生，坐者皆屈。」

【熟能生巧】shú néng shēng qiǎo
熟練了就能找到竅門，靈巧運用。（熟：熟練。）例 剛練魔術時常常會露出破綻，但練得多了，～，表演時完全可以做到不露痕跡，讓觀眾目瞪口呆。
書 清李汝珍《鏡花緣》第三一回：「俗語説：『熟能生巧。』舅兄昨日讀了一夜，不但他已嚼出此中意味，並且連寄女也都聽會，所以隨問隨答，毫不費事。」

【熟視無睹】shú shì wú dǔ
經常看到卻像沒有看見一樣。形容對眼前的事物或現象漠不關心。（熟：指因常見到而熟悉。睹：看見。）例 如果對這類事故隱患～，後果將不可收拾。
書 唐韓愈《應科目時與人書》：「是以有力者遇之，熟視之若無睹也。」

【廣庭大眾】guǎng tíng dà zhòng
見「大庭廣眾」，42頁。

【廣開言路】guǎng kāi yán lù
廣泛開闢進言之路。指儘量創造條件，提供機會，讓下屬或羣眾能充分發表自己的意見。例 説是～，歡迎大家反映問題，事後卻想方設法打擊報復，往後誰還敢説真話呢？
書 《後漢書．來歷傳》：「朝廷廣開言事之路，故且一切假貸。」又宋司馬光《乞開言路札子》：「臣愚以為今日所宜先者，莫若明下詔書，廣開言路。」

【遮天蓋地】zhē tiān gài dì
形容人或物數量多而密集，到處都是，似乎把天地都遮蓋住了。例 ～的沙塵暴襲擊了這座城市，給人們的生產和生活帶來嚴重影響。
書 明羅貫中《三國演義》第八四回：「吳兵見先主奔走，皆要爭功，各引大軍，遮天蓋地，往西追趕。」

【摩肩接踵】mó jiān jiē zhǒng
肩挨肩，腳碰腳。形容人多擁擠。也作「**肩摩踵接**」。（摩：摩擦；接觸。踵：腳跟。接踵：後面人的腳尖接着前面人的腳跟。）例 北京王府井大街是著名的商業中心，行人～。
書 明沈德符《野獲編．釋道．雪浪被逐》：「曾至吳越間，士女如狂，受戒禮拜者摩肩接踵，城郭為之罷市。」

【摩肩擊轂】mó jiān jī gǔ
見「肩摩轂擊」，265頁。

【摩拳擦掌】mó quán cā zhǎng
摩擦摩擦拳頭、手掌。形容行動前情緒高昂，躍躍欲試的樣子。例 競賽即將開始了，大家～，準備一顯身手。
書 元關漢卿《單刀會》第二摺：「不是我十分強，硬主張，但題（通『提』）起廝殺呵，摩拳擦掌。」

【摩頂放踵】mó dǐng fàng zhǒng

從頭頂到腳跟都摩傷了。形容捨己為人，不辭辛勞，不顧惜身體。（放：至；到。踵：腳跟。）例 古代大禹率領眾人治水，終年在外奔波，～，終於疏通水道，使百姓免除了水患。

書《孟子．盡心上》：「墨子兼愛，摩頂放踵利天下，為之。」

【瘡痍滿目】chuāng yí mǎn mù

眼睛看到的都是遭受災害或戰亂等嚴重破壞後的殘破景象。也作「**滿目瘡痍**」。（瘡痍：創傷。比喻遭受嚴重破壞後的景象。滿目：充滿視野。）例 戰爭重創了這座城市，而今～，重建的任務十分繁重。

書 清李漁《風箏誤．和鷂》：「征鼙聒耳鄉音杳，瘡痍滿目親人少。」

【廢寢忘食】fèi qǐn wàng shí

顧不上睡覺，忘記了吃飯。形容非常專心努力地做某一件事。也作「**廢寢忘餐**」。（廢：停止。寢：睡覺。）例 為了完成這部地質誌的寫作，姜總工程師～地工作，人都累瘦了。

書 北齊顏之推《顏氏家訓．勉學》：「元帝在江荊間，復所愛習，召置學生，親為教授，廢寢忘食，以夜繼朝。」

【毅然決然】yì rán jué rán

堅決果斷，毫不猶豫。（毅然、決然：形容堅決果斷。）例 當他真正明白了吸煙的危害之後，～把煙戒掉了。

書 清李伯元《官場現形記》第五八回：「竇世豪得了這封信，所以毅然決然，藉點原由同洋人反對，彼此分手，以免旁人議論，以保自己功名。」

【敵愾同仇】dí kài tóng chóu

見「同仇敵愾」，160頁。

【適可而止】shì kě ér zhǐ

到了適當的程度就停止，不過分。（適可：恰好可以；適當。）例 學生有錯，自然應該進行批評教育，但要～，注意不要挫傷了他的自尊心。

書《論語．鄉黨》：「不撤薑食，不多食。」宋朱熹集註：「適可而止，無貪心也。」

【適得其反】shì dé qí fǎn

恰恰得到跟希望相反的結果。（適：恰好；恰恰。）例 商店導購人員如果過分熱情，有時往往會產生～的效果，顧客主動選購的心情被攪亂後也許就沒有興趣購物了。

書 清魏源《籌海篇．議守上》：「今議防堵者，莫不曰：『禦諸內河不若禦諸海口，禦諸海口不若禦諸外洋。』不知此適得其反也。」

【養虎遺患】yǎng hǔ yí huàn

養着老虎，給自己留下禍害。比喻縱容敵人或壞人，給自己留下禍害。原作「**養虎自遺患**」。（遺：留下。患：禍害。）例 對於這股恐怖分子殘餘勢力必須徹底追剿，絕不能～。

書《史記．項羽本紀》：「楚兵罷

食盡，此天亡楚之時也，不如因其機而遂取之。今釋弗擊，此所謂養虎自遺患也。」

【養尊處優】 yǎng zūn chǔ yōu

處於尊貴的地位，過着優裕的生活。（優：指生活優裕。）例 他一直～，對普通百姓的生活缺乏真切的了解。

書 宋蘇洵《上韓樞密書》：「天子者，養尊而處優，樹恩而收名，與天下為喜樂者也。」

注「處」在此不讀chù。粵 tsy⁵柱。

【養精蓄鋭】 yǎng jīng xù ruì

保養精神，積蓄鋭氣和力量。（鋭：鋭氣；勇往直前的氣概。）例 這位棋手正在～，準備迎接下一輪挑戰。

書 明羅貫中《三國演義》第三四回：「大軍方北征而回，未可復動。且待半年，養精蓄鋭，劉表、孫權可一鼓而下也。」

【養癰成患】 yǎng yōng chéng huàn

身上長了毒瘡不去治療，聽其發展，結果給自己造成禍害。比喻姑息壞人壞事，給自己造成禍害。也作「**養癰遺患**」。（癰：毒瘡；一種皮膚和皮下組織化膿性的炎症。）例 孩子沾染上了壞習氣，父母如果聽之任之，～，那就後悔莫及了。

書 清李汝珍《鏡花緣》第五七回：「這總怪四哥看了天象，要候什麼『度數』……以致躭擱至今，真是養癰成患，將來他的羽翼越多，越難動手哩。」

【鄭重其事】 zhèng zhòng qí shì

形容十分嚴肅認真地對待某件事。（鄭重：嚴肅認真。）例 伍先生～地把自己對工作的建議工工整整寫好，交給了主任。

書 明沈寵綏《度曲須知・收音問答》：「故填詞一事，勝國以之制科取士，而放榜之後，即以中式詞章，賜之樂府，演之伶官，勦厥瓊林佳宴，何等鄭重其事。」

【潔身自好】 jié shēn zì hào

保持自身清白，不同流合污。（潔：使清潔。好：愛。自好：愛護自己。）例 清朝末年官場腐敗，他身處其間卻能～，真是十分難得。

書 清方苞《四君子傳・劉齊》：「太學生雖有潔己自好者，而氣概不足動人，清議遂由是消委云。」又魯迅《且介亭雜文二集・逃名》：「逃名，固然也不能説是豁達，但有去就，有愛憎，究竟總不失為潔身自好之士。」

注「好」在此不讀hǎo。粵 hou³耗。

【潛移默化】 qián yí mò huà

指人的思想、性格或習慣等受到其他方面的感染、影響，而在不知不覺中起了變化。（潛：不露在表面。移：改變。默：無聲無息。化：變化。）例「如果作者寫的語言是正確的，健康的，美的，就能使少年兒童受到熏陶，～，養成良好的語言習慣。」（葉聖陶《給少年兒童寫東西》）

書 清龔自珍《與秦敦夫書》：「士

大夫多瞻仰前輩一日，則胸長一分丘壑；長一分丘壑，則去一分鄙陋；潛移默化，將來或去或處，所以益人家邦，移風易俗不少矣。」

【憤世嫉俗】 fèn shì jí sú
對不合理的社會狀況和習俗表示憤恨和憎惡。（憤：憤恨。嫉：憎惡。）例「這些畫家實際上都是當時南北各地不滿於現實的文人，他們～，滿腹牢騷，不合時宜。」（馬南邨《燕山夜話・古代的漫畫》）

書 清戴名世《與劉大山書》：「僕古文多憤世嫉俗之作，不敢示世人，恐以言語獲罪。」

【憐香惜玉】 lián xiāng xī yù
比喻男子對女子的溫存愛憐。也作「**惜玉憐香**」。（憐：疼愛。惜：愛護。香、玉：香花、美玉，比喻女子。）例 他是個好丈夫，～，妻子感到很幸福。

書 明施耐庵《水滸傳》第三八回：「憐香惜玉無情緒，煮鶴焚琴惹是非。」

【憐貧惜老】 lián pín xī lǎo
同情貧苦人，愛護老年人。也作「**惜老憐貧**」。（憐：憐憫；對不幸的人表示同情。惜：愛護。）
例 趙先生熱心公益事業，～，盡自己的力量，為孤寡老人提供幫助。

書 清曹雪芹、高鶚《紅樓夢》第四二回：「難得老太太和姑奶奶並那些小姐們，連各房裏的姑娘們，都這樣憐貧惜老照看我。」

【寬大為懷】 kuān dà wéi huái
以寬厚大度的胸懷對待別人。多表示不去計較以前的仇怨或從寬對待別人的錯誤。（寬大：寬厚大度。懷：胸懷。）例 我以前得罪過鄧先生，頗覺內疚，希望鄧先生～，對我多多原諒。

書 方志敏《獄中紀實》：「在這長期的囚禁中，不怕你不會病死，同是一死，卻博得了『寬大為懷』的美名。」

注「為」在此不讀wèi。粵 wɐi⁴唯。

【寬宏大量】 kuān hóng dà liàng
形容待人寬厚，度量大。也作「**寬洪大量**」。（寬宏、大量：都指人度量大，能容人。）例「幸而府上向來是～，不肯和小人計較的。」（魯迅《彷徨・祝福》）

書 元無名氏《漁樵記》第三摺：「我則道相公不知打我多少，原來那相公寬洪大量。」

【審時度勢】 shěn shí duó shì
仔細觀察分析當時的情況，估計其發展變化的趨勢。（審：仔細觀察。度：推測；估計。）例 呂永平～，決定投資信息產業，創辦自己的公司。

書 明張居正《與李太僕漸庵論治體》：「然審時度勢，政固宜爾，且受恩深重，義當死報，雖怨誹有所弗恤也。」

注「度」在此不讀dù。粵 dɔk⁹。

【窮山惡水】 qióng shān è shuǐ
指自然條件很差，物產貧乏的地方。例 村民們用自己勤勞的雙手改變了～的面貌，過上了豐衣足食的生活。

書 清王濬卿《冷眼觀》第一六回：「且山雖明而寸草不生，是為窮山；水雖秀而隻鱗莫睹，是為惡水。」

【窮年累月】qióng nián lěi yuè
見「成年累月」，157頁。

【窮兇極惡】qióng xiōng jí è
兇惡狠毒到極點。也作「**窮凶極惡**」。（窮、極：極端。）例 這幫匪徒～，燒殺搶掠無所不為，老百姓恨之入骨。

書《漢書・王莽傳下》：「乃始恣睢，奮其威詐，滔天虐民，窮凶極惡。」

【窮兵黷武】qióng bīng dú wǔ
毫無節制地用兵，肆意發動戰爭。形容極其好戰。（窮：用盡。黷武：濫用武力。）例 那些～的戰爭狂人，最終都受到了歷史的懲罰。

書《三國志・吳志・陸抗傳》：「抗上疏曰：……今不務富國強兵，力農畜穀……而聽諸將徇名，窮兵黷武，動費萬計，士卒彫瘁，寇不為衰，而我已大病矣！」

【窮則思變】qióng zé sī biàn
原指事物發展到了極點就會發生變化。後也指人在十分窮困艱難的時候就會努力謀求變革，以改善自己的處境。例 ～，貧困地區的人民正以百倍的幹勁，積極投身於建設新生活的勞動之中。

書《周易・繫辭下》：「《易》，窮則變，變則通，通則久。」又唐陸贄《論左降官准赦合量移事狀》之三：「凡人之情，窮則思變。」

【窮家富路】qióng jiā fù lù
在家裏即使窮一些總好對付，外出時盤纏要帶得充足，以備不時之需。例 離家前，母親把平時省吃儉用積下來的錢塞進我的書包裏，說：「～，一人在外不知道會遇到什麼事，多帶些，心裏踏實。」

書 清石玉崑《三俠五義》第二三回：「銀子雖多，賢弟只管拿去。俗話說得好，窮家富路。」

【窮奢極慾】qióng shē jí yù
極端奢侈，盡情享樂。（窮、極：極端。奢：奢侈。慾：此指享樂的慾望。）例 面對權貴們～的生活和貧苦百姓衣食無着的慘狀，詩人杜甫發出了「朱門酒肉臭，路有凍死骨」的悲憤的呼聲。

書《漢書・谷永傳》：「窮奢極欲（同『慾』），湛湎荒淫。」

【窮途末路】qióng tú mò lù
路已到了盡頭。形容陷入無路可走的境地。（窮：窮盡。末：盡頭。）例 這個～的逃犯自知法網難逃，只得向警方投案。

書 清文康《兒女英雄傳》：「你如今是窮途末路，舉目無依。」

【窮寇勿追】qióng kòu wù zhuī
對窮途末路的賊寇不要追逼太急，以防其不顧一切反撲，造成不必要的損失。也作「**窮寇莫**

追」。例 ～，否則人質有可能遭遇不測。

書《後漢書·皇甫嵩傳》：「兵法：窮寇勿追。」

【窮鄉僻壤】qióng xiāng pì rǎng

貧窮荒僻的地方。（窮：貧窮。僻：偏僻。壤：地方。）例 這裏原先是～，通了公路以後經濟發展很快，面貌就大不一樣了。

書 宋曾鞏《敘盜》：「城郭之內，糶官粟以賑民，而猶有不得食者；窮鄉僻壤、大川長谷之間，自中家以上，日昃持錢，無告糴之所。」

【窮極無聊】qióng jí wú liáo

原指極其困窘，無所依託。後也指無所事事，精神沒有寄託，心情煩悶。（無聊：無所依託。也指精神沒有寄託，心情煩悶。）例 他在家裏整天閒着，便～地逛商店打發時間。

書 南朝梁費昶《思公子》詩：「虞卿亦何命，窮極苦無聊。」又清李綠園《歧路燈》第四四回：「（譚紹聞）先二日還往街頭走走，走的多了，亦覺沒趣，窮極無聊。」

【窮愁潦倒】qióng chóu liáo dǎo

生活貧困，很不得志，內心愁苦消沈。（窮愁：窮困愁苦。潦倒：失意消沈。）例 他流落異鄉，～，景況頗為淒涼。

書 清無名氏《都門竹枝詞·教館》之一：「盤費全無怎去家，窮愁潦倒駐京華。」

【窮源竟委】qióng yuán jìng wěi

徹底探求事物的源流始末，弄清其前因後果。也作「**窮原竟委**」。（窮、竟：指探尋到盡頭；徹底探求。源：源頭；起源。委：水的下游；末尾。原：通「源」。）例 馬教授對中國古典文學中賦的形成、發展和演變進行了～的研究，寫成一部很有學術價值的專著。

書 清章學誠《文史通義·永清縣誌輿地圖序例》：「馬、班以來，二千年矣，曾無創其例者，此則窮源竟委，深為百三十篇惜矣。」

【劈頭蓋臉】pī tóu gài liǎn

正對着頭臉蓋下來，勢頭很猛。也作「**劈頭蓋腦**」。（劈頭：正對着頭；迎頭。）例 天氣突變，一場冰雹～打下來，他連忙護着頭躲進路邊的商店裏。

書 明施耐庵《水滸傳》第一四回：「奪過士兵手裏棍棒，劈頭劈臉便打。」又蕭軍《五月的礦山》第六章：「魯東山像似被一條看不見的鞭子，劈頭蓋臉地抽打下來了。」

【履險如夷】lǚ xiǎn rú yí

行走在險峻的地方如同行走在平地上一樣。形容人十分勇敢或本領高強，身處險境而毫不畏懼，從容應對。也作「**履險若夷**」。（履：行走。夷：平坦。）例 賀子榮奉命深入黑幫內部開展偵察，～，凭着藝高人膽大勝利完成了任務。

書《晉書·姚萇載記》：「萇率大眾，履險若夷，上下咸允，人盡死力。」

【層出不窮】 céng chū bù qióng

接連不斷出現，沒有個完。（層：一次又一次。窮：盡。）例 萬花筒裏圖案的變化～，使小朋友們十分驚奇。

書 清紀昀《閱微草堂筆記・槐西雜誌二》：「天下之巧，層出不窮，千變萬化，豈一端所可盡乎？」

【層見疊出】 céng jiàn dié chū

接連不斷出現。（層、疊：一次又一次。）例 他的文章中巧妙的比喻～，讀起來很有興味。

書 元馬端臨《文獻通考・經籍五二》：「於是緣業之說，因果之說，六根、六塵、四大、十二緣生之說，層見疊出，宏遠微妙。」

【彈丸之地】 dàn wán zhī dì

像彈丸那樣小的地方。比喻面積狹小的地方。（彈丸：彈弓所用的鐵丸、石丸或泥丸。）例 香港雖說只是～，但地理位置優越，基礎設施齊全，作為世界和亞洲金融中心的地位不可替代。

書 《戰國策・趙策三》：「誠知秦力之不至，此彈丸之地，猶不予也，令秦來年復攻王，得無割其內而媾乎？」

注 「彈」在此不讀tán。粵 dan⁶但/dan²蛋²。

【彈冠相慶】 tán guān xiāng qìng

據《漢書・王吉傳》記載，「吉與貢禹為友，世稱『王陽在位，貢公彈冠』，言其取舍（同『捨』）同也。」王陽即王吉。王吉在朝掌權，必然會推薦貢禹做官，所以貢禹「彈冠」。彈冠指撣去帽子上的塵土，準備出仕。後來就用「彈冠相慶」表示因即將做官或得勢而互相慶賀。今多用於貶義。例 袁世凱上台後，他的手下～，以為飛黃騰達的時候終於來到了。

書 宋蘇洵《管仲論》：「一日無仲，則三子者可以彈冠相慶矣。」

注 「彈」在此不讀dàn。粵 tan⁴壇。

【彈盡糧絕】 dàn jìn liáng jué

彈藥用盡了，糧食也完全沒有了。形容已陷入絕境，無法繼續作戰。也作「**彈盡援絕**」。（援：指增援的力量。）例 那些被圍困的敵人現在已～，除了投降沒有別的出路。

書 郭沫若《洪波曲》五：「迄今晨三時，敵彈盡援絕，全線動搖。」

注 「彈」在此不讀tán。粵 dan⁶但/dan²蛋²。

【嬉皮笑臉】 xī pí xiào liǎn

嬉笑不嚴肅、不莊重的樣子。也作「**嘻皮笑臉**」。例 「水閣裏面小蕙芳噘着嘴在說話，克定忽然～地把臉頰送到小蕙芳的手邊，大聲說着：『好，你打！你打！』」（巴金《秋》一九）

書 清曹雪芹、高鶚《紅樓夢》第三〇回：「你見我和誰玩過？有和你素日嬉皮笑臉的那些姑娘們，你該問他們去！」

注 「嬉」、「嘻」不讀xǐ。

【嬉笑怒罵】 xī xiào nù mà

玩鬧、歡笑、憤怒、責罵。泛指

人各種感情的表露。也指表達各種感情的言辭。（嬉：玩耍；戲樂。）例 ❶這位口技演員模擬各種聲音表現人的～，惟妙惟肖。❷「另一派出於元、白，作詩如說話，～，兼而有之，又時時雜用俗語。」（朱自清《詩第十二》）

書 宋黃庭堅《東坡先生真讚》之一：「東坡之酒，赤壁之笛，嬉笑怒罵，皆成文章。」

【嬌生慣養】jiāo shēng guàn yǎng

在寵愛、放縱中生活長大。（嬌：過度愛護；寵愛。慣：縱容；放任。）例 吳娃雖然是獨生女，但並不～，她能吃苦，生活自理能力也很強。

書 清西周生《醒世姻緣傳》第五七回：「本是嬌生慣養子，做了奴顏婢膝人。」

【駕輕就熟】jià qīng jiù shú

駕着輕便的車在熟悉的路上走。比喻對所要做的事情很熟悉，做起來輕鬆容易。也作「**輕車熟路**」。（輕：指輕便的車。就：赴；走上。熟：指熟悉的路。）

例 彭達莊是位有經驗的統計師，編製這類統計報表～。

書 唐韓愈《送石處士序》：「若駟馬駕輕車就熟路，而王良、造父為之先後也。」又明徐光啟《恭承新命謹陳急切事宜疏》：「（錢世楨、王光有）熟諳兵機，經歷世務……俾以訓齊，實有駕輕就熟之用。」

【駕霧騰雲】jià wù téng yún

見「騰雲駕霧」，568頁。

【戮力同心】lù lì tóng xīn

合力齊心，團結一致。（戮：併；合。）例 只要公司上下～，就一定能夠扭轉不利局面，創造出驕人的業績來。

書 《左傳·成公十三年》：「昔逮我獻公，及穆公相好，戮力同心，申之以盟誓，重之以昏（通『婚』）姻。」

【緩兵之計】huǎn bīng zhī jì

延緩敵方進兵的計策。也泛指延緩事態發展，以爭取時間設法應付的策略。例 他見因產品質量問題到公司來交涉的人越來越多，便使了一個～，推託說經理不在，把大家勸了回去。

書 明羅貫中《三國演義》第九九回：「孔明用緩兵之計，漸退漢中，都督何故懷疑，不早追之？」

【緣木求魚】yuán mù qiú yú

爬到樹上去找魚。比喻做事方向、方法不對，白費力氣，達不到目的。（緣：攀緣；抓着東西往上爬。）例 他對你的事毫無興趣，你去尋求他的支持，無異是～，其結果可想而知。

書 《孟子·梁惠王上》：「以若所為，求若所欲，猶緣木而求魚也。」

十六畫

【璞玉渾金】pú yù hún jīn
未經琢磨的玉，未經提煉的金。指具有未經雕飾的天然美質。也比喻人純真質樸。也作「**渾金璞玉**」。例 **這些新招收進來的學員猶如～，只要我們培養得法，他們都是可以成才的。**
書 南朝宋劉義慶《世說新語．賞譽》：「王戎目山巨源如璞玉渾金，人皆欽其寶，莫知名其器。」
注「璞」不讀pǔ，不可寫作「樸」。

【駭人聽聞】hài rén tīng wén
使人聽了感到十分震驚。多指社會上發生的壞事。(駭：震驚。)例 **製造這起～兇殺案的罪犯已經受到法律的嚴厲制裁。**
書 明文秉《先撥志始》卷下：「奇貪異穢，駭人聽聞。」

【頤指氣使】yí zhǐ qì shǐ
不張嘴說話而用面部表情和鼻口出氣來示意支使人。形容有權勢者支使人時的傲慢的神氣。(頤：面頰。) 例 **他在公司裏大權獨攬，～，亂耍威風。**
書《舊唐書．楊國忠傳》：「立朝之際，或攘袂扼腕，自公卿已下，皆頤指氣使，無不讋憚。」

【樹大招風】shù dà zhāo fēng
樹高大了，招來的風也多。比喻名氣大了，容易引人注意或惹人嫉妒，生出的是非也多。例 **你是商界巨子，～，別人對你關注多，自然議論也多。**
書 明吳承恩《西遊記》第三三回：「這正是樹大招風風撼樹，人為名高名喪人。」

【樹倒猢猻散】shù dǎo hú sūn sàn
樹倒了，樹上的猴子也都一鬨而散。比喻以勢利相結合的一夥，為首的人一垮，那些投靠依附他的人也都四散而去。(猢猻：猴子。) 例 **他們本來是一夥烏合之眾，如今頭目一死，～，大家也就各奔東西了。**
書 宋龐元英《談藪》記載，宋代曹詠依附秦檜，官至户部侍郎，顯赫一時。其妻兄厲德斯不肯趨炎附勢，巴結逢迎，曹詠十分不滿。等秦檜一死，厲德斯「乃遣介致書於詠，啟封，乃《樹倒猢猻散賦》一篇」。
注「散」在此不讀sǎn。粵 san³傘。

【樹碑立傳】shù bēi lì zhuàn
把一個人的生平事跡刻在石碑上或寫成傳記加以頌揚，使之流傳開去。也比喻通過寫文章或其他途徑來頌揚某人，抬高其聲望。

（樹：樹立。）例 曾經有人寫文章為他～，其實他是個極具爭議性的人物。

書 耿守禮《輝煌》：「這些沒留下姓名的古代能工巧匠，沒有人為他們樹碑立傳，但他們的功績都已深深銘刻在這些輝煌的建築之中了。」

注「傳」在此不讀chuán。粵 dzyn6 專6。

【橫七豎八】héng qī shù bā

有的橫，有的豎。形容縱橫雜亂。例 屋子的一角～地堆放着鐵鍬、鎬頭等許多工具。

書 明施耐庵《水滸傳》第三四回：「一片瓦礫場上，橫七豎八，殺死的男子婦人，不記其數。」

【橫生枝節】héng shēng zhī jié

樹木在不該生枝節的地方生出了枝節。比喻意外地生出一些其他問題，影響主要問題的解決。例 在執行協議的過程中對方一次次～，玩弄了許多花招。

書 清劉坤一《致榮中堂》：「現在時局既定，關內外諸軍似宜速裁，否則虛耗薪糧，並恐橫生枝節。」

【橫行霸道】héng xíng bà dào

肆意胡作非為，蠻橫不講道理。（橫行：胡作非為。霸道：蠻不講理。）例 這幾個惡棍～，欺壓百姓，引起了公憤。

書 清曹雪芹、高鶚《紅樓夢》第九回：「（賈瑞）一任薛蟠橫行霸道，他不但不去管約，反助紂為虐討好兒。」

【橫眉怒目】héng méi nù mù

怒視的樣子。形容兇狠或強硬的神情。也作「**橫眉立目**」、「**橫眉努目**」。（立目：豎起眼睛瞪人。努：凸出。努目：鼓起眼珠瞪人。）例「墨子拍着紅銅的獸環，當當的敲了幾下，不料開門出來的卻是一個～的門丁。」（魯迅《故事新編·非攻》）

書 五代何光遠《鑒戒錄》卷十引陳裕詩：「橫眉努（一本作『怒』）目強乾嗔，便作閻浮有力神。」

【橫徵暴斂】héng zhēng bào liǎn

強橫地徵收捐稅，殘酷地搜刮民財。（橫：強橫。暴：殘酷。斂：聚集。此指搜刮。）例 那年月官府～，百姓不堪重負，只得離鄉背井，四處流亡。

書 清吳趼人《痛史》第二四回：「名目是規畫錢糧，措置財賦，其實是橫徵暴斂，剝削脂膏。」

注「橫」在此用成語中舊讀hèng。粵 waŋ4/waŋ6。

【橫衝直撞】héng chōng zhí zhuàng

毫無顧忌地亂衝亂撞。例 一輛馬車在街上～，如果不是這位不知名的青年奮不顧身把它截下，街上的行人就要遭殃了。

書 明施耐庵《水滸傳》第五五回：

「那連環馬軍，漫山遍野，橫衝直撞將來。」

【機不可失】jī bù kě shī

機會不可失去；時機不可錯過。（機：機會；時機。）例 世界著名三大男高音歌唱家即將在北京舉辦紫禁城廣場音樂會，～，我再忙也一定要去欣賞他們的演出。

書《宋書·范曄傳》：「兼云人情樂亂，機不可失，讖緯天文，並有徵驗。」

【機關用盡】jī guān yòng jìn

用盡心機。多用於貶義。也作「**機關算盡**」。（機關：心機。）例 走私集團～，作了種種偽裝，但依然沒有逃過海關人員的火眼金睛。

書 宋黃庭堅《牧童》詩：「多少長安名利客，機關用盡不如君。」

【融會貫通】róng huì guàn tōng

把多方面的知識或道理融合貫穿起來，從而得到比較系統、透徹的理解。（融會：把不同的東西融合在一起。貫通：貫穿前後或相關方面，比較系統、透徹地理解、領悟。）例 琳達在學習中重視知識的～，所以她的成績在年級裏一直名列前茅。

書 宋朱熹《答姜叔權》之一：「舉一而三反，聞一而知十，乃學者用功之深，窮理之熟，然後能融會貫通，以至於此。」

【頭重腳輕】tóu zhòng jiǎo qīng

頭腦感覺沈重，腳下無力，站立不穩。也泛指上面重，下面輕，基礎不穩固，或前面重，後面輕，不相協調，失去平衡。例 ❶小陶受了風寒，只覺得～，渾身乏力。❷這篇文章開頭不錯，中心也較突出，可是卻草草收尾，顯得～，令人遺憾。

書 明馮夢龍《古今小說·沈小霞相會出師表》：「那給事出於無奈，悶着氣，一連幾口吸盡。不吃也罷，才吃下時，覺得天在下，地在上，牆壁都團團轉動，頭重腳輕，站立不住。」

【頭破血流】tóu pò xuè liú

頭破了，鮮血直流。形容傷勢嚴重。也比喻受到沈重打擊或遭到慘敗的狼狽樣子。例 他不聽大家的勸告，一意孤行，結果碰得～。

書 唐呂道生《定命錄·桓臣範》：「其婢與夫相打，頭破血流。」

【頭痛醫頭，腳痛醫腳】

tóu tòng yī tóu, jiǎo tòng yī jiǎo

哪裏有毛病就醫治哪裏。原不含貶義。後多用來比喻只應付眼前出現的具體問題，而不從全局着眼，不從根本上考慮解決問題的辦法。作貶義用。例 公司出現的這一連串問題不是孤立的，我們再不能～，要從根本上考慮扭轉這種狀況的辦法。

書 宋黎靖德編《朱子語類》卷一一四：「今學者亦多來求病根，某向他說：頭痛炙頭，腳痛炙腳。病在這上，只治這上便了，更別討甚病根

也。」又茅盾《清明前後》第一幕：「徒勞而無功，頭痛醫頭，腳痛醫腳的辦法，兄弟一向是堅決反對的！」

【頭頭是道】 tóu tóu shì dào

原為佛教用語，指處處皆是道，道無所不在。後多用來形容説話、做事很有條理。例 他對電腦網絡技術十分在行，講起來～，許多人都來向他請教。

書 宋惟白《續傳燈錄・慧力洞源禪師》：「方知頭頭皆是道，法法本圓成。」又清嘿生《玉佛緣》第七回：「過了些時，果然同着姜洽初來，談起風水，頭頭是道，道宗很為拜服。」

【醍醐灌頂】 tí hú guàn dǐng

用醍醐澆灑頭頂。佛教用來表示灌輸佛性，使人徹底醒悟。後也比喻聽到精闢高明的見解，深受啟發，豁然開朗。（醍醐：從牛奶中提煉出來的精華。佛教用來比喻佛性。灌頂：佛教儀式，弟子入門，須先經本師用醍醐或水澆灑頭頂。）例 聽了元白先生對中國古典詩歌聲律的講解，如～，我似乎一下明白了許多。

書 《敦煌變文集・維摩詰經講經文》：「又所蒙處分，令問維摩，聞名之如露入心，共語似醍醐灌頂。」

【歷歷在目】 lì lì zài mù

某種事物或景象清晰分明地展現在眼前。（歷歷：形容事物或景象一個一個清清楚楚。）例 母親這張坐在書房裏的照片是我出差前給她照的，當時的情景仍～，而今物是人非，睹物思親，不禁悲從中來。

書 宋樓鑰《西漢會要序》：「開卷一閱，而二百餘年之事，歷歷在目。」

【奮不顧身】 fèn bù gù shēn

奮勇向前，不顧生命。例 小項～地跳進河裏，去搭救落水的孩童。

書 漢司馬遷《報任安書》：「常思奮不顧身以徇國家之急。」

【奮勇當先】 fèn yǒng dāng xiān

鼓起勇氣，衝在前面。（當先：衝在最前面。）例 在這場三級大火中，這些消防員一個個～，為保障市民生命財產的安全立了大功。

書 元關漢卿《哭存孝》第二摺：「更有俺五百義兵家將，都要的奮勇當先，相持對壘。」

【奮起直追】 fèn qǐ zhí zhuī

振作起來，一股勁地追上去。（奮起：振作起來。）例 他的學習成績起初並不好，但他不氣餒，～，終於在中五會考取得了好成績。

書 蔡東藩《民國通俗演義》第一二九回：「惟有羣策羣力，奮起直追。」

【奮發有為】 fèn fā yǒu wéi

精神振奮，有所作為。（奮發：振作；振奮。有為：有所作為；做出成績。）例 這些青年～，他們是我們事業的希望之所在。

書 《元史・陳祖仁傳》：「孰不欲奮發有為，成不世之功。」

注「為」在此不讀wèi。粵 wei⁴唯。

【殫見洽聞】dān jiàn qià wén
見聞、知識十分廣博。（殫：竭盡。洽：廣博。）例 潘教授治學嚴謹，～，深受學生的尊敬和愛戴。
書 漢班固《西都賦》：「元元本本，殫見洽聞，啟發篇章，校理祕文。」

【殫精竭慮】dān jīng jié lǜ
用盡精力，費盡心思。（竭：盡；用盡。慮：思考。）例 于先生～研究中國古代甲骨文字，創獲頗多。
書《清史稿·陳奐傳》：「奐嘗言大毛公詁訓傳言簡意賅，遂殫精竭慮，專攻《毛傳》。」

【據為己有】jù wéi jǐ yǒu
把公共的或別人的東西佔來作為自己所有。（據：佔據；佔有。）例 你不應該自私地把集體的研究成果～，署上自己的名字拿出去發表。
書 明馮夢龍《醒世恆言·三孝廉讓產立高名》：「我故倡為析居之議，將大宅良田，強奴巧婢，悉據為己有。度吾弟素敦愛敬，決不爭競。吾暫冒貪饕之跡，吾弟方有廉讓之名。」

【據理力爭】jù lǐ lì zhēng
依據事理，盡力爭辯或爭取。（據：依據。）例 員工們～，終於使老闆補發了加班費，勞資雙方的這場風波終於平息。
書 清李伯元《文明小史》第三八回：「老兄既管了一縣的事，自己也應該有點主意。外國人呢，固然得罪不得，實在下不去的地方，也該據理力爭。」

【操之過急】cāo zhī guò jí
辦事情過於急躁。（操：做某事；從事。）例 我們雙方都有聯合的願望，但彼此尚有不少問題需要協調解決，此事不能～。
書 清黃宗羲《子劉子行狀上》：「陛下求治之心，操之過急，不免醞釀而為功利。」

【擇善而從】zé shàn ér cóng
選擇好的，依從或採用。（從：依從；跟從。）例 對於職工所提出的各項建議，公司將認真研究，～。
書《論語·述而》：「三人行，必有我師焉，擇其善者而從之。」又晉范寧《〈春秋穀梁傳〉序》：「夫至當無二，而三《傳》殊說，庸得不棄其所滯，擇善而從乎？」

【擒賊先擒王】
qín zéi xiān qín wáng
捉拿賊寇要先捉住賊寇的頭目。比喻要控制對方，就要先控制住對方的主要人物。也作「**擒賊擒王**」。例 姬應龍是他們這幫人的主腦，～，把他爭取過來，其他人也就會跟着過來了。
書 唐杜甫《前出塞》詩之六：「射人先射馬，擒賊先擒王。」

【餐風宿露】cān fēng sù lù
見「風餐露宿」，297 頁。

【瞞天大謊】mán tiān dà huǎng
見「彌天大謊」，551頁。

【瞞天過海】mán tiān guò hǎi
比喻採用欺騙手段，瞞住別人，暗中進行活動。例 他造假賬，～，妄圖掩飾自己侵吞公款的不法行為。
書 清阮大鋮《燕子箋·購倖》：「我做提控最有名，瞞天過海無人問。今年大比期又臨，噤，只要賺幾貫銅錢養阿正。」

【瞠目結舌】chēng mù jié shé
瞪着眼睛說不出話來。形容受窘或驚呆了的樣子。（瞠目：瞪眼直視。結舌：舌頭不能活動，無法說話。）例 他聽了這個消息深感意外，～，簡直不敢相信它是真的。
書 清和邦額《夜譚隨錄·秀姑》：「良久，覺腰間頓輕，用手捫搎，則腰纏盡失，瞠目結舌，手足無所措。」
注 「瞠」不讀 táng。

【瞠乎其後】chēng hū qí hòu
在後面瞪着眼睛看別人往前跑，自己想趕卻趕不上。例 這家公司發展很快，成績斐然，使不少同行～，差距越拉越大了。
書 《莊子·田子方》：「夫子奔逸絕塵，而回瞠若乎後矣！」又明胡應麟《詩藪·近體上》：「杜集大成，五言律尤可見者。高、岑瞠乎其後。」

【曇花一現】tán huā yī xiàn
曇花開放的時間短，很快就凋謝了。比喻某些人物一時知名，但很快就無聲無息了。也比喻某些事物或景象存在的時間短暫，很快就消逝了。例 民國時期政壇風雲變幻，出現過不少～的人物。
書 清陸詒經《〈小螺庵病榻憶語〉題詞》：「曇花一現只匆匆，玉瘁蘭凋感謝公。」

【噤若寒蟬】jìn ruò hán chán
閉口不敢說話，就像天寒以後不再鳴叫的蟬一樣。（噤：閉口不做聲。）例 見總經理惱羞成怒，各部門主管～，再也不敢發表任何意見了。
書 宋張守《題鎖樹諫圖後》：「嘗怪士處明時，事賢主，履高位，噤如寒蟬，或至導諛以誤國。」又梁啟超《上鄂督張制軍書》：「而閣下顧噤若寒蟬，未聞一伸前後。」

【遺臭萬年】yí chòu wàn nián
壞名聲一直流傳下去，遭人唾罵。（遺：留下。臭：此指壞名聲。）例 凡是賣國的人必將～，他們是不會受到世人的寬恕的。
書 南朝宋劉義慶《世說新語·尤悔》：「既而屈起坐曰：既不能流芳後世，亦不足復遺臭萬載邪！」又《宋史·林勳程珌等傳贊》：「若乃程珌之竊取富貴，梁成大、李知孝甘為史彌遠鷹犬，遺臭萬年者也。」

【戰無不勝】zhàn wú bù shèng
打起仗來，沒有不取勝的。形容力量強大，本領高強，無往而不

勝。例 他的棋藝高強，本次大賽中，所向披靡，～。

書《戰國策·齊策二》：「戰無不勝而不知止者，身且死，爵且後歸。」

【戰戰兢兢】zhàn zhàn jīng jīng

形容擔心發生事故而做事小心謹慎的樣子。也形容因害怕而微微發抖的樣子。例 ❶運輸易燃易爆物品時，大家都是～的，不敢有絲毫馬虎疏忽。❷他是個老實農民，哪裏見過衙門大堂上這種陣勢，堂威一喊，把他嚇得～，連說話都結巴起來。

書《詩經·小雅·小旻》：「戰戰兢兢，如臨深淵，如履薄冰。」

注「兢」不可寫作「競」。

【默默無聞】mò mò wú wén

不出名，不為人所知。（默默：無聲無息。聞：名聲。）例 貧困山區的小學教師在極艱苦的條件下～地工作，他們理應受到全社會的尊敬。

書 頤瑣《黃繡球》第二五回：「這女學堂……絲毫沒有學堂的習氣，所以開將近年把，好像還默默無聞。」

【黔驢之技】qián lǘ zhī jì

唐代柳宗元《三戒·黔之驢》記載了這樣一則寓言故事：黔（今貴州一帶）地原本無驢，有人運了一頭驢進去，因為用不上，就把牠放在山下。那裏的老虎從沒見過驢，看到牠是個龐然大物，不免心生敬畏。一天驢叫了一聲，老虎嚇得遠遠地躲開，以為牠要吃掉自己。後來老虎慢慢習慣了驢的叫聲，漸漸靠近牠，戲弄牠，驢十分生氣，伸出蹄子踢老虎，老虎這下終於了解了驢的底細，心想「技止此耳」(本領不過如此罷了)，就撲上去把驢吃掉了。後來就用「黔驢之技」比喻有限的並不高明的本領。(技：技能；本領。) 例 我了解我們的對手，他們的那點本事不過是～，對我們構成不了什麼威脅。

書 宋李曾伯《代襄閫回陳總領賀轉官》：「雖長蛇之勢若粗雄，而黔驢之技已盡展。」

【黔驢技窮】qián lǘ jì qióng

比喻有限的並不高明的那點本領已經用完。（黔：今貴州一帶。窮：窮盡。）例 這個騙子一開始百般抵賴、狡辯，但在人證、物證面前，怎奈～，只得乖乖地如實招供了。

書 明朱之瑜《答王師吉書》：「特恐黔驢技盡，為諸鄉親羞耳。」又劉紹棠《地火》第十五章：「小畫眉金哥已經黔驢技窮，但仍不死心。」

【積不相能】jī bù xiāng néng

長期不和睦。（積：長久。能：親善；和睦。）例 姚士奇與同事老陶～，這次卻顧全大局，互相配合進行工作，真不容易。

書《後漢書·吳漢傳》：「君與劉公積不相能，而信其虛談，不為之備，終受制矣。」

【積少成多】jī shǎo chéng duō

一點一點積累，由少變多。

例 小弟把平時省下的零花錢放進儲蓄罐裏，～，到年底用這筆錢買了一套學生百科全書。

書 宋蘇軾《論綱梢欠折利害狀》：「然梢工自須赴務量納稅錢，以防告訐，積少成多，所獲未必減於今日。」

【積重難返】jī zhòng nán fǎn

長期形成的不良風氣或弊端一時難以改變。（積重：積習深重。返：返回；此指改正。）例 這些工作中的弊病不是一朝一夕形成的，雖説～，但只要我們痛下決心，措施得力，總是可以逐步克服的。

書 清趙翼《廿二史札記》卷二〇：「抑知其始，實由於假之以權，掌禁兵，筦樞要，遂致積重難返，以至此極也哉。」

注「重」在此不讀 chóng。粵 tsuŋ⁵ 蟲⁵。

【積勞成疾】jī láo chéng jí

長期過度勞累而得病。例 銘舅～，住進了醫院，親友們聞訊都趕去探望。

書 元張起巖《濟南路大都督張公行狀》：「以在軍旅歲久，積勞成疾，堅乞骸骨以歸。」

【積毀銷骨】jī huǐ xiāo gǔ

毀謗多了，也會致人於死地。（毀：毀謗。銷：熔化。）例 一些誣蔑他的傳言不脛而走，深深刺痛了他的心，～，使他一直承受着巨大的折磨。

書《史記·張儀列傳》：「臣聞之，積羽沈舟，羣輕折軸，眾口鑠金，積毀銷骨。」

【頹垣斷壁】tuí yuán duàn bì

見「斷垣殘壁」，559 頁。

【舉一反三】jǔ yī fǎn sān

《論語·述而》中説：「舉一隅不以三隅反，則不復也。」意思是教他認識一個四角的東西，舉出一個角，如果他不能由此類推而知道其他三個角，那就不再教下去了。隅：角。反：類推。後來就用「舉一反三」表示從一件事情推知類似的其他事情。例 朱老師希望我們找出做錯習題的原因，～，從而求得進步。

書 唐虞世南《北堂書鈔》卷九八引《蔡邕別傳》：「邕與李則遊學，時在弱冠，始共讀《左氏傳》，性通敏兼人，舉一反三。」

【舉世無雙】jǔ shì wú shuāng

全世界再沒有第二個。（舉：全。）例 參觀者見到這～的秦始皇陵兵馬俑方陣，全都驚歎不已。

書 明無名氏《英烈傳》第七〇回：「歷年既久何曾老，舉世無雙莫漫誇。」

【舉目無親】jǔ mù wú qīn

抬起眼睛看，周圍沒有一個親人。形容孤身在外，無依無靠。

例 小季初到這個縣裏，～，但當地人的淳樸和熱情驅散了他心頭的孤寂，鼓起了他生活的信心。

書 宋《京本通俗小說·馮玉梅團圓》：「衣單食缺，舉目無親。」

【舉足輕重】jǔ zú qīng zhòng
抬腳移一下步子就會影響到兩邊的輕重。比喻所處地位十分重要，其舉動足以影響全局。（舉足：抬起腳，移動步子。）例 在這場爭論中，馮老的態度～，因而雙方都在使出渾身解數，以期博得他的支持。
書《後漢書·竇融傳》：「方蜀漢相攻，權在將軍，舉足左右，便有輕重。」今多作「舉足輕重」。

【舉案齊眉】jǔ àn qí méi
據《東觀漢記·梁鴻傳》記載，東漢梁鴻的妻子孟光在給梁鴻送飯時，「舉案常齊眉」(把盛放食品的托盤舉得與眉相齊)，以示敬重。後來就用「舉案齊眉」形容夫妻相敬。（案：一種有短腳的托盤，用來盛放食品。）例 陸先生、陸太太～，相敬如賓，幾十年如一日，羨煞旁人。
書 宋張孝祥《虞美人·贈盧堅叔》詞：「盧敖夫婦驂鸞侶，相敬如賓主。森然蘭玉滿尊前，舉案齊眉樂事看年年。」

【舉棋不定】jǔ qí bù dìng
拿起棋子決定不了走哪一步好。比喻臨事猶豫，拿不定主意。
例 有幾家公司都願意聘我去工作，而我一直～，以致失掉了一次好機會。
書《左傳·襄公二十五年》：「弈者舉棋不定，不勝其耦。」

【興利除弊】xīng lì chú bì
興辦有利的事情，革除弊端。（弊：弊病；弊端。）例 他上任以後～，辦了很多實在的事，百姓是滿意的。
書 宋王安石《答司馬諫議書》：「舉先王之政，以興利除弊，不為生事。」

【興妖作怪】xīng yāo zuò guài
讓妖魔鬼怪出來作亂害人。也比喻壞人暗中搗亂破壞，或壞思想擴大影響害人。（興、作：興起。）例 儘管有人～，從中挑撥離間，我們和對方的合作依然在不斷擴大之中。
書 元無名氏《碧桃花》第三摺：「你既然還有陽壽，陰曹地府不管，你卻這等興妖作怪。」

【興味索然】xìng wèi suǒ rán
一點興趣也沒有。（興味：興趣。索然：毫無興趣的樣子。）
例 本想到公園裏來散散心，誰知公園裏人滿為患，使我～。
書 清王韜《瀛壖雜誌》卷一：「卓午來遊者，絡繹不絕，溽暑蒸鬱，看花之興味索然矣。」
注「興」在此不讀xīng。粵 hiŋ³慶。

【興致勃勃】xìng zhì bó bó
形容興趣很濃。（興致：興趣。勃勃：精神、情緒旺盛的樣子。）例 同學們～地參觀了中國科技館，一次沒看夠，相約下次再來。
書 清李汝珍《鏡花緣》第五六回：「到了郡考，眾人以為緇氏必不肯去，誰知他還是興致勃勃道：『以天

朝之大，豈無看文巨眼？此番再去，安知不遇知音？』又進去考了一場。」

注「興」在此不讀xīng。粵 hiŋ³慶。

【興風作浪】 xīng fēng zuò làng

興起風，掀起浪。比喻挑起事端，製造麻煩。（興、作：興起。）例 **這個人心懷叵測，一遇機會便～，我們務必要保持警惕。**

書 明陳與郊《靈寶刀·府主平反》：「有一虞侯陸謙，常常與小人來往，慣會興風作浪，簸是揚非，想必他於中交構。」

【興師動眾】 xīng shī dòng zhòng

出動大量軍隊。也泛指發動很多人做某件事（多含有不必如此的意思）。也作「**勞師動眾**」。（興：發動；出動。師：軍隊。）

例 **為了做好慶典接待，公司～，許多人把日常工作都停了下來。**

書《吳子·勵士》：「夫發號布（同『佈』）令而人樂聞，興師動眾而人樂戰，交兵接刃而人樂死，此三者人主之所恃也。」

【興師問罪】 xīng shī wèn zuì

出兵討伐，追究對方罪責。也泛指指出對方過錯，嚴厲加以譴責。（問罪：指出對方罪過並加追究。）例 **你把他委託的事情辦糟了，他肯定要～的，你就等着吧。**

書 宋沈括《夢溪筆談》卷二五：「元昊乃改元，制衣冠禮樂……自稱大夏。朝廷興師問罪。」

【興高采烈】 xìng gāo cǎi liè

原指文章旨趣高遠，文辭犀利。後多形容人興致很高，情緒熱烈。也作「**興高彩烈**」。例 **「大家在燈光明亮的廳子裏～地談笑。」**（巴金《寒夜》）

書 南朝梁劉勰《文心雕龍·體性》：「叔夜儁俠，故興高而采烈。」又清丘逢甲《南園感事詩序》：「與會者皆興高采烈，以為此樂不減古人。」

注「興」在此不讀xīng。粵 hiŋ³慶。

【學以致用】 xué yǐ zhì yòng

學習了，要使學到的知識得以應用。（致：達到；實現。用：應用。）例 **如果不能～，無論對於學生還是對於社會都是一種損失。**

書 李新《為有源頭活水來》：「要結合實際工作……的需要來學，學以致用，並且勤學苦學。」

注「致」不可寫作「至」。

【學而不厭】 xué ér bù yàn

努力學習，總感到不滿足。（厭：滿足。）例 **謝老伯年逾八十，依然～，讀書思考成了他晚年生活的一大樂趣。**

書《論語·述而》：「子曰：『默而識之，學而不厭，誨人不倦，何有於我哉！』」

【學步邯鄲】 xué bù hán dān

見「邯鄲學步」，229 頁。

【學富五車】 xué fù wǔ chē

形容人讀書多，學識豐富。（五車：指用五輛車裝的書。形容讀的書很多。）例 錢先生～，造詣精深，有「文學泰斗」之譽，在學界有很高的聲望。

書《莊子·天下》：「惠施多方，其書五車。」又明馮夢龍《醒世恆言·黃秀才徼靈玉馬墜》：「兼之學富五車，才傾八斗，同輩之中，推為才子。」

【錯節盤根】 cuò jié pán gēn

見「盤根錯節」，511 頁。

【錯綜複雜】 cuò zōng fù zá

形容事物頭緒繁多，互相交叉牽連，情況複雜。例 戰國時期各諸侯國之間或合縱或連橫，關係～。

書 秦牧《河汊錯綜》：「不管形式上怎樣錯綜複雜，變化詭奇，實際上總有一個基本的道理貫串其間。」

【錢可通神】 qián kě tōng shén

據唐張固《幽閒鼓吹》記載，唐張延賞判度支，得知一大獄有冤情，下令重審。有人送錢給張延賞要求他罷手，錢從三萬貫加到五萬貫，再加到十萬貫，張延賞說：「錢至十萬貫，通神矣。無不可回之事。吾恐及禍，不得不受也。」後來就用「錢可通神」形容金錢魔力極大，什麼都能買通。（通神：通到神靈那裏。形容本領極大。）例 雖說～，但遇到像包拯這樣的清官，再多的錢也難以使他枉法的。

書 元無名氏《鴛鴦被》第四摺：「大小荊條，先決四十，再發有司，從公擬罪。錢可通神，法難縱你。」

【錦上添花】 jǐn shàng tiān huā

在錦上繡花。比喻在美好的事物上再增添美好的成分。（錦：有彩色花紋的絲織品。）例 在這片園林式的社區裏又建了幾座富有意趣的街心雕塑，～，使居住環境更顯優雅了。

書 宋黃庭堅《了了庵頌》：「又要涪翁作頌，且圖錦上添花。」

【錦繡前程】 jǐn xiù qián chéng

十分美好燦爛的前途。也作「**錦片前程**」。（錦繡：泛指花紋圖案精美而色彩鮮豔的絲織品。也比喻事物的美好。錦片：一片錦繡。）例 現代社會為廣大青年開闢了發揮聰明才智的廣闊天地，青年們只要善於把握機遇，奮發努力，都會有自己的～。

書 明賈仲名《對玉梳》第四摺：「想着咱錦片前程，十分恩愛。」

【錦囊妙計】 jǐn náng miào jì

據說過去足智多謀的人能事先料到將會發生的事變，並設想好應付的妙計。他把這些妙計寫了封在錦囊裏，讓當事人到時候取出來依計行事，必能成功。後來就用「錦囊妙計」比喻能及時解決緊急問題的好辦法。（錦囊：用

錦製成的袋子。）例 有了邵老伯傳授的～，這種棘手的事就再也難不住我們了。

書 明羅貫中《三國演義》第五四回：「汝保主公入吳，當領此三個錦囊，囊中有三條妙計，依次而行。」又清文康《兒女英雄傳》第二六回：「況又受了公婆的許多錦囊妙計，此時轉比何玉鳳來的氣壯膽粗。」

【錙銖必較】 zī zhū bì jiào

對錙和銖這樣微小的重量也必定要計較。原指對很細微的事也要計較，不肯馬虎。此不含貶義。後多用來表示對很少的錢或很小的事都斤斤計較，非常小氣。此含貶義。（錙、銖：都是古代重量單位，一兩的四分之一為錙，一兩的二十四分之一為銖。較：計較。）例 他對錢財看得很重，～，哪會輕易讓利給別人。

書 宋陳文蔚《朱先生敍述》：「先生造理精微，見於處事，權衡輕重，錙銖必較。」又明凌濛初《二刻拍案驚奇》卷三一：「就是族中支派，不論親疏，但與他財利交關，錙銖必較，一些面情也沒有的。」

【雕樑畫棟】 diāo liáng huà dòng

見「畫棟雕樑」，442頁。

【雕蟲小技】 diāo chóng xiǎo jì

刻寫鳥蟲書這樣的微末技能。後也泛指微不足道的技能。多指文字技巧。（蟲：蟲書，也稱鳥蟲書，古代的一種字體，是漢代學童學習的內容，所以被看作小技。）例「原來詩文本身就有些人看作～，那麼詩文的評更是小中之小，不足深論。」（朱自清《詩文評的發展》）

書《北史・李渾傳》：「嘗謂魏收曰：『雕蟲小技，我不如卿；國典朝章，卿不如我。』」

【獨一無二】 dú yī wú èr

只此一個，沒有第二個。表示沒有相同的或可以相比的。（獨：僅僅；惟獨。）例 在本屆新生中他是～的在入學考試中數學成績得滿分的同學。

書 明蘭陵笑笑生《金瓶梅詞話》第六二回：「我的家財富豪，清河縣內是獨一無二的。」

【獨木不成林】 dú mù bù chéng lín

一棵樹成不了樹林。比喻單個人力量有限，做不成大事。也作「獨木不林」。（獨：單一。木：指樹。）例 ～，沒有大家的努力，單靠主編一個人，是編不好這套叢書的。

書《後漢書・崔駰傳》：「蓋高樹靡陰，獨木不林，隨時之宜，道貴從凡。」

【獨木難支】 dú mù nán zhī

一根木頭難以支撐高大的房屋。比喻一個人的力量難以支撐全局或難以挽救衰頹的局面。例 一場金融風暴使公司陷入困境，同行愛莫能助，老闆終於～，宣佈公司破產。

書 明許仲琳《封神演義》第九三回：「屢欲思報此恨，為獨木難支，不能向前。」

【獨出心裁】dú chū xīn cái

見「別出心裁」，204 頁。

【獨步一時】dú bù yī shí

在這一時期是最傑出的，沒有人能比得上。（獨步：超羣出眾，無與倫比。一時：某一個時期。）例 吳先生的棋藝曾～，無人能與之匹敵。

書《宣和畫譜．郭熙》：「論者謂熙獨步一時，雖年老落筆益壯，如隨其年貌焉。」

【獨佔鰲頭】dú zhàn áo tóu

科舉時代考中狀元的人站在宮殿石階前迎榜，正對着石階中部所刻的鰲頭浮雕，所以稱狀元及第為獨佔鰲頭。後也用來比喻在競爭中居於首位或名列第一。（鰲：傳說中海裏的龜或大鱉。）例 在全校電腦操作技能比賽中吳娃表現出色，～。

書 元無名氏《陳州糶米》楔子：「殿前曾獻昇（同『升』）平策，獨佔鰲頭第一名。」

【獨具隻眼】dú jù zhī yǎn

見「別具隻眼」，205 頁。

【獨善其身】dú shàn qí shēn

獨自修養好身心，保持節操。現在也指人只顧自己好而不關心他人或集體。（善：使……完善；搞好。）例 在現代社會裏我們不能只是～，任何人都不應該忘記自己所應承擔的社會責任。

書《孟子．盡心上》：「窮則獨善其身，達則兼善天下。」

【獨當一面】dú dāng yī miàn

單獨主持一個方面的工作。（當：掌管；主持。）例 經過這些年的磨煉，小艾已經可以～開展工作了。

書《史記．留侯世家》：「漢王之將獨韓信可屬大事，當一面。」又宋樓鑰《何澹辭免兼江淮制置大使不允詔》：「獨當一面，正資經理之良；坐使諸軍，咸屬指呼之下。」

注「當」在此不讀dàng。粵 dɔŋ[1]璫。

【獨樹一幟】dú shù yī zhì

單獨樹立起一面旗幟。比喻自成一家，與眾不同。也作「**別樹一幟**」。（幟：旗子。）例「大家都很熟識的黃山谷的書法，在宋代要算是～的了。」（馬南邨《燕山夜話．大膽練習寫字》）

書 清袁枚《隨園詩話》卷六：「歐公學韓文，而所作文全不似韓，此八家中所以獨樹一幟也。」

【獨斷專行】dú duàn zhuān xíng

十分專斷，不考慮別人的意見，只憑自己的意志行事。也作「**獨斷獨行**」。（斷：決斷。）例 他辦事～，根本聽不進別人的意見，我看遲早是要摔跟頭的。

書 清李伯元《官場現形記》第一二

回：「這位胡統領最是小膽，凡百事情，優柔寡斷。你在他手下辦事，只可以獨斷獨行；倘若都要請教過他再做，那是一百年也不會成功的。」

【獨闢蹊徑】 dú pì xī jìng

單獨開闢出一條路。比喻獨創一種新風格、新思路或新方法。（蹊徑：途徑。）例 這家公司在產品營銷中～，出奇制勝，十分引人注目。

書 清葉燮《原詩·外篇上》：「於是楚風懲其弊，起而矯之。抹倒體裁、聲調、氣象、格力諸說，獨闢蹊徑，而栩栩然自是也。」

注「蹊」不可寫作「溪」。

【諱疾忌醫】 huì jí jì yī

隱瞞自己的疾病，怕去醫治。比喻掩飾自己的缺點錯誤，害怕別人批評、規勸。（諱：因有所顧忌而不願說；隱瞞。忌：怕。）

例「我說未治好的傷痕比所謂傷痕文學更厲害，更可怕，我們必須面對現實，不能～。」（巴金《探索與回憶·再談探索》）

書 宋朱熹《與田侍郎書》：「此須究其根源，深加保養，不可歸咎求節，諱疾忌醫也。」

【諱莫如深】 huì mò rú shēn

原指因事情嚴重，所以不願明說。後來用「諱莫如深」表示隱瞞得很緊。（深：指事情嚴重。莫如深：指沒有哪件事像這件事那樣嚴重。）例 關於公司目前的財務狀況，總經理～，一般人是打聽不到的。

書《穀梁傳·莊公三十二年》：「公子慶父如齊。此奔也，其曰『如』，何也？諱莫如深，深則隱。苟有所見，莫如深也。」楊士勳疏：「深，謂君弒、賊奔之深重。以其深重，則為之隱諱。」

【磨杵成針】 mó chǔ chéng zhēn

據宋祝穆《方輿勝覽》記載，相傳當年李白在象耳山（今屬四川省）讀書，準備棄學而去，道遇一位老媼正在溪邊磨一根鐵杵。李白問她磨杵做什麼，老媼回答說：「想磨成一根針。」李白聽後受到啟發，十分感動，於是回去發憤攻讀，終於學業有成。後來就用「磨杵成針」表示只要有恆心，有毅力，肯下功夫，再難的事也能辦成。（杵：一頭粗一頭細的圓棒，多用來在臼裏舂糧食或洗衣服時捶衣服。）例 在學習中只要抱定～的決心，就沒有什麼困難能阻擋我們。

書 明楊慎《七星橋記》：「矢磨杵成針之志，徼折梅寄橘之靈。」

【親如手足】 qīn rú shǒu zú

形容朋友間關係親密，如同兄弟那樣。（手足：比喻兄弟。兄弟間十分親密，如同手足之不可分離。）例 段雲鵬和這幾位中學時

的同學交情很深，～。

書 元孟漢卿《魔合羅》第四摺：「想兄弟情親如手足，怎下的生心將兄命虧？」

【親者痛，仇者快】qīn zhě tòng, chóu zhě kuài

親人痛心，仇人高興。指某種舉動錯誤，產生這樣的結果。也作「**親痛仇快**」。（快：高興。）

例 你們同室操戈，使～，這難道還不足以讓你們警醒嗎？

書 漢朱浮《為幽州牧與彭寵書》：「凡舉事無為親厚者所痛，而為見讎（同『仇』）者所快。」又馮玉祥《我的生活》第三九章：「局面時弛時張，意見迄不消釋，而親痛仇快的戰幕不免終於揭開。」

【親密無間】qīn mì wú jiàn

彼此十分親密，沒有絲毫隔閡。（間：隔閡；嫌隙。）例 小章和小蔡～，無話不談，是最知心的朋友。

書 宋袁燮《己見札子》：「結以恩信，厲以忠義，如家人父子，親密無間，時出而用之。」

注「間」在此不讀jiān。粵 gan³諫。

【龍爭虎鬥】lóng zhēng hǔ dòu

形容雙方如龍似虎，互不相讓，爭鬥或競賽十分激烈。例 參加世界杯足球賽的各國勁旅～，賽事高潮迭起，球迷們算是一飽眼福了。

書 元戴表元《南山下行》：「一言不酬兵在頸，性命轉眼輕鴻毛；龍爭虎鬥尚未決，六合一阱何所逃？」

【龍飛鳳舞】lóng fēi fèng wǔ

形容山勢蜿蜒雄壯。也形容書法筆勢奔放，活潑多姿。多指草書。例 ❶登上長城遠眺，只見山巒起伏，～，直達天際。❷這幅書法作品～，筆力遒勁，氣勢不凡。

書 宋蘇軾《表忠觀碑》：「天目之山，苕水出焉；龍飛鳳舞，萃於臨安。」

【龍馬精神】lóng mǎ jīng shén

比喻昂揚健旺的精神。常用來稱譽老年人。（龍馬：指駿馬。）

例 吳先生～，年逾古稀，依然深入田間地頭，不辭辛勞地為推廣良種而忙碌着。

書 唐李郢《上裴晉公》詩：「四朝憂國鬢成絲，龍馬精神海鶴姿。」

【龍潭虎穴】lóng tán hǔ xué

龍潛居的深潭，虎藏身的洞穴。比喻十分兇險的地方。也作「**虎穴龍潭**」。（潭：深的水池。）

例 這位卧底的警員在～裏與匪徒周旋，獲取了重要情報。

書 明施耐庵《水滸傳》第六一回：「休聽那算命的胡說，撇下海闊一個家業，擔驚受怕，去虎穴龍潭裏做買賣。」

【龍鍾老態】lóng zhōng lǎo tài

見「老態龍鍾」，144頁。

【龍蟠虎踞】lóng pán hǔ jù

像龍盤曲，像虎蹲坐。常形容地勢雄偉險要。也特指今江蘇南京的地勢。也作「**虎踞龍蟠**」。「蟠」

也作「盤」。（蟠：盤曲。踞：蹲或坐。）例 江蘇南京是～之地，古代歷史上三國吳、東晉、南朝的宋、齊、梁、陳、五代的南唐及明初，都曾在這裏建都。

書 晉張勃《吳錄》：「劉備曾使諸葛亮至京，因睹秣陵山阜，歎曰：『鍾山龍盤，石頭虎踞，此帝王之宅。』」又宋李之儀《謝金陵舉人》：「竊謂龍蟠虎踞之地，信多金聲玉振之英。」

【龍騰虎躍】lóng téng hǔ yuè

像龍飛騰，像虎躍起。形容動作矯健，姿態威武，生氣勃勃。也比喻奮起行動，有所作為。例 ❶體操健兒正～地在進行訓練，準備迎接即將舉行的國際大賽。❷現在正是你們年輕人～之時，希望你們把握機遇，不要辜負了這大好時光。

書 唐嚴從《擬三國名臣讚序》：「聖人受命，賢人受任，龍騰虎躍，風流雲蒸，求之精微，其道莫不咸繫乎天者也。」

【燃眉之急】rán méi zhī jí

像火燒眉毛那樣緊急。表示事情緊迫，不能有片刻耽擱。例 草原遭遇特大雪災，牲畜飼料嚴重缺乏，政府向那裏火速調運草料，以解～。

書 明李開先《亡妹盧氏婦墓誌銘》：「一日，偶見枕頂繡鞋……妹言：『吾所手製，將鬻之以救燃眉之急。』予聞之慘懷，灑淚不能已。」

【燈紅酒綠】dēng hóng jiǔ lǜ

燈放出紅光，酒泛着綠色。形容夜晚娛樂場所的繁華景象。也形容尋歡作樂的生活。也作「**酒綠燈紅**」。例 ❶這條街上飯店林立，一到夜晚，～，比白天還要熱鬧。❷他沈迷於～的生活，當年的壯志恐怕已消磨殆盡了。

書 清蔣士銓《唱檔子》詩：「尊前一曲一魂銷，目成眉語師所教。燈紅酒綠聲聲慢，促柱移弦節節高。」

【濃妝淡抹】nóng zhuāng dàn mǒ

見「淡妝濃抹」，389頁。

【濃抹淡妝】nóng mǒ dàn zhuāng

見「淡妝濃抹」，389頁。

【激昂慷慨】jī áng kāng kǎi

見「慷慨激昂」，496頁。

【激濁揚清】jī zhuó yáng qīng

見「揚清激濁」，411頁。

【澹泊明志】dàn bó míng zhì

見「淡泊明志」，389頁。

【窺豹一斑】kuī bào yī bān

見「管中窺豹」，487頁。

【壁立千仞】bì lì qiān rèn

千萬丈高的山崖像牆壁一樣聳立

着，十分陡峭險峻。（仞：古時八尺或七尺為一仞。）例 華山巖石秀峙，～，來此觀光旅遊的客人長年不斷。

書《水經注·一·河水》：「其山惟石，壁立千仞。」

【壁壘森嚴】bì lěi sēn yán

形容防守嚴密。也比喻彼此間界限分明，不使逾越。（壁壘：古代軍營的圍牆。泛指防禦工事。森嚴：嚴整。多指防備嚴密。）例 ❶敵方見我方～，遲遲不敢發動進攻。❷學術界的不同學派之間不必～，如果能加強交流，相互借鑒，對於促進學術的繁榮定將大有裨益。

書 明于鱗《清夜鐘》：「臨淮方出將，壁壘氣森嚴。」

【隨心所欲】suí xīn suǒ yù

由着自己的心意行事。（欲：希望。）例 這個假期他在家裏～地看看書，聽聽音樂，日子過得很輕鬆。

書 清曹雪芹、高鶚《紅樓夢》第九回：「寶玉終是個不能安分守理的人，一味的隨心所欲，因此發了癖性。」

【隨波逐流】suí bō zhú liú

隨着波浪起伏，跟着流水漂移。比喻自己沒有主見，盲目跟着別人行動。也作「**隨波逐浪**」。（逐：追趕。）例 陳先生不願～地人云亦云，他直言不諱地提出了自己的不同看法。

書 宋黎靖德編《朱子語類》卷一三六：「王導只是隨波逐流底人，謝安卻較有建立，也煞有心於中原。」

【隨風轉舵】suí fēng zhuǎn duò

見「看風使舵」，288頁。

【隨遇而安】suí yù ér ān

順應各種環境，不管處在什麼環境都能安下心來。（遇：境遇。）例 他經歷過許多坎坷，但能～，始終保持着平穩的心態。

書《孟子·盡心下》：「若將終身焉。」宋朱熹集註：「言聖人之心，不以貧賤而有慕於外，不以富貴而有動於中，隨遇而安，無預於己，所性分定故也。」

【隨機應變】suí jī yìng biàn

把握時機，靈活應付突然變化的情況。也作「**臨機應變**」。（應：應付。）例 在談判中我們～，不斷調整策略，終於獲得了成功。

書《舊唐書·郭孝恪傳》：「請固武牢，屯軍氾水，隨機應變，則易為克殄。」

注「應」在此不讀yīng。㊣ jiŋ³英³。

【隨聲附和】suí shēng fù hè

隨着別人說話的聲音應和。指別人說什麼，自己跟着說什麼，顯得沒有主見。（附和：跟着別人說；隨聲應和。）例 徐俊生喜歡獨立思考，從不～別人。

書 宋魏了翁《直前奏六未喻及邪正二論》：「人至於忠忱體國，真實任事，則圖惟國事之濟，言慮所終，事惟其是，而豈肯隨聲附和，以僥倖萬一乎！」

注「和」在此不讀hé。㊣ wɔ⁶禍。

十七畫

【趨之若鶩】qū zhī ruò wù
像鴨子一樣成羣地向那裏跑過去。比喻許多人爭着追逐某一事物。（趨：奔向。鶩：鴨子。）
例 在古代金榜題名天下知，士人們對科舉考試～。
書 清李漁《與趙聲伯文學》：「蠅頭之利幾何，而此輩趨之若鶩。」
注 「鶩」不可寫作「騖」。

【趨利避害】qū lì bì hài
追求對自己有利的，避開對自己有害的。（趨：奔向；追求。）
例 商業競爭中要注意揚長避短，～，使自己處於主動的地位。
書 漢霍諝《奏記大將軍梁商》：「至於趨利避害，畏死樂生，亦復均也。」

【趨炎附勢】qū yán fù shì
奉承依附有權有勢的人。（趨：奔向。此指迎合奉承。炎：熱。此處比喻權勢旺。）例 他～，終日奔走於權貴門下，恐怕早就把我們這些窮朋友忘光了。
書 宋蕭注《與李泰伯書》：「心銘足下之道，故發此書以聞；非今之趨炎附勢輩，聞足下有大名而沽相知之幸。」

【戴月披星】dài yuè pī xīng
見「披星戴月」，240 頁。

【轂擊肩摩】gǔ jī jiān mó
見「肩摩轂擊」，265 頁。

【聲名狼藉】shēng míng láng jí
名聲極壞。（狼藉：形容亂七八糟。引申指糟糕得不可收拾。）
例 他因道德敗壞，弄得～，沒有哪家公司願意錄用他。
書 《清史稿．尹壯圖傳》：「各督撫聲名狼藉，吏治廢弛。臣經過地方，體察官吏賢否，商民半皆蹙額興歎。」

【聲色俱厲】shēng sè jù lì
説話時聲音和神色都很嚴厲。（色：神色；臉上的神情。厲：嚴厲。）例 周先生～地譴責了對方背信棄義的行為。
書 《晉書．明帝紀》：「（王敦）大會百官而問温嶠曰：『皇太子以何德稱？』聲色俱厲，必欲使有言。」

【聲東擊西】shēng dōng jī xī
表面上聲言要攻打東面，實際上是攻打西面。這是一種迷惑對方，進行出其不意攻擊的戰術。（聲：聲言。）例 要小心他們使用～之計，讓我們上當。
書 唐杜佑《通典．兵六》：「聲言

擊東，其實擊西。」又宋陳亮《酌古論·先主》：「彼方支吾未暇，而吾率步兵乘高而進，聲東而擊西，形此而出彼，乘卒初鋭而用之，彼亦疲於奔命矣。」

【聲威大震】shēng wēi dà zhèn
名聲和威望迅速提高，使人大受震動。 例 北伐軍連戰皆捷，～，使敵人驚恐萬分。
書 明羅貫中《三國演義》第一一〇回：「將軍功績已成，聲威大震。」

【聲淚俱下】shēng lèi jù xià
邊説邊流淚，十分悲慟或悲憤。
例 她～地控訴了匪徒的暴行。
書《晉書·王彬傳》：「(彬) 因勃然數敦曰：『兄抗旌犯順，殺戮忠良，謀圖不軌，禍及門户。』言辭慷慨，聲淚俱下。」

【聲情並茂】shēng qíng bìng mào
形容演唱或演奏聲音優美，感情充沛。(茂：豐富美好。) 例 演唱會～，博得聽眾熱烈的掌聲。
書 清鄭澍若輯《虞初續志》卷一一引清珠泉居士《續板橋雜記》：「余於王氏水閣聽演《尋親記·跌包》一齣，聲情並茂，不亞梨園能手。」

【聲嘶力竭】shēng sī lì jié
拼命叫喊，以致聲音嘶啞，力氣耗盡。也作「**力竭聲嘶**」。(嘶：聲音沙啞。) 例 他～地為自己狡辯，但我們誰也不信他説的話。
書 清李伯元《文明小史》第九回：「直把這人打得力竭聲嘶，動彈不得。」

【聲價十倍】shēng jià shí bèi
名氣、地位一下子大大提高。也作「**聲價百倍**」。(聲價：名氣和地位。) 例 小英自從在電視台舉辦的青年歌手大獎賽中榮登榜首之後～，演出的邀請紛至沓來。
書 清李綠園《歧路燈》第九五回：「這大人們伯樂一顧，便聲價十倍，何愁那州縣不極力奉承。」

【罄竹難書】qìng zhú nán shū
形容事實極多，即使用盡竹子來製簡，也難以書寫完。多指罪惡極多。(罄：竭盡。竹：古人用竹製成竹簡，在上面書寫。書：寫；記錄。) 例 這夥暴徒罪惡纍纍，～。
書《舊唐書·李密傳》：「罄南山之竹，書罪未窮；決東海之波，流惡難盡。」又《明史·鄒維璉傳》：「忠賢大奸大惡，罄竹難書。」

【艱難險阻】jiān nán xiǎn zǔ
行路中的困難、危險和障礙。也比喻人生道路上的困難和挫折。(阻：指障礙。) 例 ❶這次隨考察隊進山開展地質調查，歷經數月，克服了許多～，獲得了大量很有價值的資料。❷在創業中～並不可怕，可怕的是缺乏信心和勇氣。
書《左傳·僖公二十八年》：「晉侯在外十九年矣，而果得晉國，險阻艱難，備嘗之矣。」又《周書·梁禦等傳論》：「梁禦等負將率之材，蘊驍鋭之氣，遭逢喪亂，馳騖干戈，艱難險阻備嘗，而功名未立。」

【鞠躬盡瘁，死而後已】jū gōng jìn cuì, sǐ ér hòu yǐ

小心謹慎，不辭勞苦，盡心竭力地工作，一直到死為止。原作「**鞠躬盡力，死而後已**」。（鞠躬：小心謹慎的樣子。盡：全部用出。瘁：極其勞累。盡瘁：竭盡心力，勞累已極。已：停止。）例 孫中山先生為改造中國～，深受人們的崇敬和愛戴，人們尊稱孫先生為「國父」。

書 三國蜀諸葛亮《後出師表》：「臣鞠躬盡力，死而後已，至於成敗利鈍，非臣之明所能逆睹也。」

【櫛比鱗次】zhì bǐ lín cì

見「鱗次櫛比」，577 頁。

【櫛風沐雨】zhì fēng mù yǔ

讓風來梳髮，讓雨來洗頭。形容在外奔波，不避風雨，十分辛苦。也作「**沐雨櫛風**」。（櫛：梳頭髮。沐：洗頭髮。）例 邊防軍人～，長年巡邏在邊境線上，保衛着祖國的安全。

書《莊子·天下》：「（禹）腓無胈，脛無毛，沐甚雨，櫛疾風。」後用作「櫛風沐雨」。

注 「櫛」不讀 jié。

【輾轉反側】zhǎn zhuǎn fǎn cè

形容有心事，躺在牀上翻來覆去不能入睡。例「他躺在牀上～，思潮起落個不停。」（巴金《春》二四）

書《詩經·周南·關雎》：「求之不得，寤寐思服，悠哉悠哉，輾轉反側。」

【臨危不懼】lín wēi bù jù

面對危險，毫不畏懼。例 謝警長～，勇敢地制服了行兇歹徒。

書 唐駱賓王《螢火賦》：「臨危不懼，勇也。」

【臨危授命】lín wēi shòu mìng

見「見危授命」，202 頁。

【臨陣脫逃】lín zhèn tuō táo

作為參戰人員，臨到打仗時卻逃跑了。也比喻事到臨頭退縮逃避。（臨：靠近；接近。陣：作戰的陣地。）例 ❶你是個軍人，你應該知道～會帶來什麼後果。❷他擔心自己在搶答比賽中因準備不足會當場出醜，便～了。

書 明徐光啟《疏辯》：「在法，初逃者從重捆打，再逃則斬矣；臨陣脫逃，初次即斬矣，亦求免其怨乎？」

【臨陣磨槍】lín zhèn mó qiāng

臨到打仗時才去磨槍。比喻事到臨頭才匆匆忙忙做準備。（槍：舊式兵器，在長柄的一端裝有尖銳的金屬頭。磨槍：把金屬槍頭磨得更銳利。）例 小艾過去吃過～的虧，這次考試前準備工作做得很充分，所以成績很好。

書 清曹雪芹、高鶚《紅樓夢》第七〇回：「王夫人便道：『「臨陣磨槍」也不中用；有這會子着急，天天寫寫唸唸，有多少完不了的。』」

【臨淵羨魚】lín yuān xiàn yú

面對深潭，一心希望得到其中的魚。比喻只有願望而沒有實際行

動，無濟於事。（淵：深水；潭。羨：希望得到。）例 你希望能考上研究生，但不能只是～，要採取行動，奮發努力，這樣你的願望才能實現。

書《漢書·董仲舒傳》：「古人有言曰：臨淵羨魚，不如退而結網。」

【臨深履薄】 lín shēn lǚ bó

像是面對深淵，腳踩薄冰，心懷戒懼，十分謹慎，深恐因不慎而出事。（履：踩。）例 水庫大壩的建設質量關係到無數羣眾生命財產的安全，建設者們總有一種～的感覺，絲毫不敢大意。

書《詩經·小雅·小旻》：「戰戰兢兢，如臨深淵，如履薄冰。」又《後漢書·楊終傳》：「今君位地尊重，海內所望，豈可不臨深履薄，以為至戒。」

【臨渴掘井】 lín kě jué jǐng

臨到口渴了，才去挖井取水。比喻事先不做好準備，事到臨頭才來匆忙想辦法應付。例 商店開業了，才發現貨源不足，急忙派人四出採購，～，十分狼狽。

書《素問·四氣調神大論》：「夫病已成而後藥之，亂已成而後治之，譬猶渴而穿井，鬥而鑄錐，不亦晚乎！」又《敦煌曲子詞·禪門十二時》：「善因惡業總相隨，臨渴掘井終難悔。」

【臨機應變】 lín jī yìng biàn

見「隨機應變」，540頁。

【醜態百出】 chǒu tài bǎi chū

各種醜惡的樣子都表現出來了。（百出：表示出現次數很多。）例 這幾個頗有紳士風度的人喝醉了酒竟也又哭又鬧，滿口胡言亂語，～。

書 清李汝珍《鏡花緣》第六六回：「他們那有甚麼心事！不過因明日就要放榜，得失心未免過重，以致弄的忽哭忽笑，醜態百出。」

【勵精圖治】 lì jīng tú zhì

振奮精神，力求把國家或地方治理好。（勵：振奮。圖：謀求。）例 政府～，深受羣眾擁護，上下同心，決心把國家建設得更加富強。

書 宋《京本通俗小說·拗相公》：「神宗天子勵精圖治，聞王安石之賢，特召為翰林學士。」

【擠眉弄眼】 jǐ méi nòng yǎn

擠眉毛，使眼色，以表達某種感情或暗示某種意思。例 舒靜在會場上朝小琪～，小琪似乎明白了她的意思，朝她點點頭。

書 元王實甫《破窰記》第一摺：「擠眉弄眼，俐齒伶牙，攀高接貴，順水推船。」

【擢髮難數】 zhuó fà nán shǔ

拔下頭髮來數，也難以數清其罪行。形容罪行多得數不清。（擢：拔。）例 這個匪首所犯下的罪行～，他是死有餘辜！

書《唐大詔令集·會昌四年〈平潞州德音詔〉》：「脅從百姓，殘忍一方，積惡成殃，擢髮難數。」

注「數」在此不讀shù。粵 sou[2]嫂。

【薪桂米珠】xīn guì mǐ zhū
見「米珠薪桂」，184 頁。

【瞬息萬變】shùn xī wàn biàn
在極短的時間裏一下子發生很多變化。也作「**瞬息千變**」。（瞬：眨眼。息：呼吸。瞬息：一眨眼一呼吸的時間，指極短的時間。）例 股市行情～，對於股票交易者來説摸準情況、把握機遇顯得格外重要。
書 清吳趼人《痛史》第一六回：「軍情瞬息千變。」

【蹈常襲故】dǎo cháng xí gù
遵循常規，沿襲舊例。指按老規矩舊辦法行事。（蹈：踏上。比喻遵循。襲：沿襲。）例 在工作中如果一味～，就難以適應不斷變化的情況。
書 宋錢時《兩漢筆記》卷六：「蹈常襲故，安於卑陋，如之何其可革也？」

【蹉跎歲月】cuō tuó suì yuè
虛度光陰。也作「**歲月蹉跎**」。（蹉跎：光陰白白地過去。）例 他深痛自己在年輕時～，現在追悔莫及。
書 明張鳳翼《灌園記·君后授衣》：「倘我不能報復而死，埋沒了龍泉豹韜，枉蹉跎歲月一死鴻毛。」

【螳螂捕蟬，黃雀在後】
táng láng bǔ chán, huáng què zài hòu
螳螂正要捕捉前面的蟬，不知道黃雀在後面正準備啄食牠。比喻一心只想算計別人，不知道另外的人正在算計自己。例 這幾個政客鈎心鬥角，最終卻又都讓別的人算計了，真是～。
書《韓詩外傳》卷一〇：「臣園中有榆，其上有蟬。蟬方奮翼悲鳴，欲飲清露，不知螳螂之在後，曲其頸，欲攫而食之也。螳螂方欲食蟬，而不知黃雀在後，舉其頸，欲啄而食之也。……此皆貪前之利，而不顧後害者也。」後用作「螳螂捕蟬，黃雀在後」。

【螳臂當車】táng bì dāng chē
螳螂伸出前腿想擋住車子前進。比喻不自量力，去做不可能做到的事，必然招致失敗。（當：阻擋。）例 那些分裂勢力妄圖阻擋統一的潮流，無異是～，只能落得可悲的下場。
書《莊子·人間世》：「汝不知夫螳螂乎，怒其臂以當車轍，不知其不勝任也。」後用作「螳臂當車」。
注「當」在此不讀dàng。粵 dɔŋ[1]璫。

【還珠買櫝】huán zhū mǎi dú
見「買櫝還珠」，418 頁。

【點頭哈腰】diǎn tóu hā yāo
向人又是點頭又是彎腰，表示恭敬、客氣。（哈腰：稍微彎腰以示恭敬。）例 林老闆見貴客進店，忙不迭～地招呼接待。
書 老舍《四世同堂》三四：「比他窮的人，知道他既是錢狠子，手腳又厲害，都只向他點頭哈腰的敬而遠之。」

【點鐵成金】diǎn tiě chéng jīn

舊時傳說有法力的人只要用手指或靈丹一點，就能使鐵變成金子。常用來比喻人能把別人本來不算好的詩文改好。例 陳先生有～的手段，這首詩經他稍作修改，神采就出來了。

書 宋道原《景德傳燈錄·靈照禪師》：「還丹一粒，點鐵成金；至理一言，點凡成聖。」

【矯枉過正】 jiǎo wǎng guò zhèng

把彎曲的東西扳直，結果扳過了頭，又彎向另一邊去了。比喻糾正偏差超過了限度，出現了另一種偏差。（矯：使彎的變直。泛指糾正。枉：彎曲。）例 加強市場管理不能～，如果限制了商家正常的經營活動，就不好了。

書《後漢書·仲長統傳》：「逮至清世，則復入於矯枉過正之檢。」

【矯揉造作】 jiǎo róu zào zuò

故意做作，虛假而不自然。（矯：使彎的變直。揉：使直的變彎。矯揉：指有意改變本來面貌。造作：做作。）例「他的和易出於天性，並非閱歷世故，～而成。」（朱自清《我所見的葉聖陶》）

書《孟子·離婁下》：「故者以利為本。」宋朱熹集註：「然其所謂故者，又必本其自然之勢，如人之善，水之下，非有所矯揉造作而然者也。」

【篳路藍縷】 bì lù lán lǚ

《左傳·宣公十二年》：「篳路藍縷，以啟山林。」原指楚國先人駕着簡陋的車子，穿着破爛的衣衫，在十分艱苦的條件下開闢山林。後來就用「篳路藍縷」泛指艱辛創業。（路：指車子。篳路：指用荊條、竹子、樹枝之類編的十分簡陋的車子。藍縷：通「襤褸」，衣衫破爛。）例 正是由於先輩們～植樹固沙，我們眼前才有了這一片片綠洲。

書 清徐釚《詞苑叢談·體制·南湖詩餘圖譜》：「張南湖《詩餘圖譜》，於詞學失傳之日，創為譜系，有篳路藍縷之功。」

【繁文縟節】 fán wén rù jié

煩瑣的儀式、禮節。也比喻其他煩瑣多餘的事項或手續。也作「**繁文縟禮**」。（文：指儀式、禮節。縟：繁多。節：指禮節。）

例 ❶這個官宦人家禮數多，講究～，初進家門的人一時還真會感到不適應。❷各部門減去了不少辦事中的～，以提高工作效率。

書 唐元稹《王永太常博士制》：「朕明年有事於南郊，謁清宮，朝太廟，繁文縟禮，予心憯然。」今多作「繁文縟節」。

注 「縟」不讀 rǔ。

【優哉遊哉】 yōu zāi yóu zāi

形容十分悠閒從容。（優：悠閒自得。遊：無拘束；逍遙自在。哉：文言語氣詞。）例 老姚退休後，再也沒有雜務煩心，日子過得～。

書《詩經·小雅·采菽》：「優哉遊哉，亦是戾矣。」

【優柔寡斷】yōu róu guǎ duàn
臨事猶豫，缺乏決斷。（優柔：猶豫不決。寡：少；缺少。斷：決斷。）例 他～，遇事患得患失，常常下不了決心。
書 明陳子龍《兵垣奏議·恢復有機疏》：「其始也，皆起於姑息一二武臣，以至凡百政令，皆近於優柔寡斷，弛緩不張。」

【優勝劣敗】yōu shèng liè bài
在競爭中好的強的取勝，差的弱的失敗。也作「**優勝劣汰**」。（汰：淘汰。）例 在～的競爭中能脫穎而出，其實力不容小看。
書 清吳趼人《痛史》第一回：「既有了國度，就有競爭。優勝劣敗，取亂侮亡，自不必說。」

【聳人聽聞】sǒng rén tīng wén
使人聽了受到震動。後多指故意誇大其詞或說些離奇的話，使人聽了吃驚。（聳：使人受到震動，感到吃驚。）例 這件～的事只是道聽途說，不要太輕信。
書 清惲敬《雜記》：「豫章大鎮，或書有不可達者，故託辭為此；抑為州將者，以此聳人聽聞，豫絕繫援，皆未可知。」

【鍥而不捨】qiè ér bù shě
《荀子·勸學》上說：「鍥而捨之，朽木不折；鍥而不捨，金石可鏤。」後面這句話的意思是，如果用刀不停地刻下去，即使是堅硬的金石也可以雕刻成器。後來就用「鍥而不捨」比喻有恆心，有毅力，堅持不懈。（鍥：用刀刻。捨：表示放棄、停止。）例 經過～的努力，他們的研究工作終於獲得了成功。
書 清盛大士《溪山卧遊錄·李少白》：「文人心思，何所不至，苟鍥而不捨，安知異日不卓然成家也。」

【膾炙人口】kuài zhì rén kǒu
美味佳肴人人愛吃。比喻美好的詩文受到人們廣泛稱讚傳誦。（膾：切得很細的魚或肉。炙：烤熟的肉。）例 范仲淹的《岳陽樓記》是一篇～的散文，許多學生都能背誦。
書 五代王定保《唐摭言·海敍不遇》：「李濤，長沙人也，篇詠甚著，如『水聲長在耳，山色不離門』，又『掃地樹留影，拂牀琴有聲』，又『落日長安道，秋槐滿地花』，皆膾炙人口。」

【膽大心細】dǎn dà xīn xì
形容人勇於任事而又考慮周密。例 康海濤～，很適合擔任這種開拓性的工作。
書 清汪婺《葆兒學醫，詩以勉之》之四：「慎重以往，妙手回春；膽大心細，法孫真人。」

【膽大包天】dǎn dà bāo tiān
膽量比天還大。形容人膽量極大。今多用於貶義。例 這個～的竊賊，竟然偷到王宮裏來了。
書 清楊潮觀《吟風閣雜劇·黃石婆授計逃關》：「你還不知，那張良……有萬夫不當之勇，因此上膽大包天，一鐵錘，幾乎把秦王斷送。」

【膽大妄為】dǎn dà wàng wéi

形容人無所忌憚地胡作非為。(妄:胡亂。為:做。) 例 這些人～,幹了不少違法的勾當,怎麼能不受制裁呢?

書 曾樸《孽海花》第一〇回:「這種人要在敝國,是早已明正典刑,哪裏容他們如此膽大妄為呢!」

注「為」在此不讀wèi。粵 wɐi4唯。

【膽大如斗】dǎn dà rú dǒu

膽大得像斗一樣。形容人膽量極大。例 鄭強～,竟然深更半夜裏一個人提着燈籠走山路。

書 唐陸龜蒙《早秋吳體寄襲美》詩:「雖然詩膽大如斗,爭奈愁腸牽似繩。」又元關漢卿《單刀會》第二摺:「有一個趙子龍膽大如斗。」

【膽小如鼠】dǎn xiǎo rú shǔ

形容人膽量小得像老鼠。例 他真是個～的人,聽了幾句威脅的話就嚇得坐卧不安了。

書《魏書·元天賜傳》:「衍責之曰:『言同百舌,膽若鼷鼠。』」鼷鼠:一種小家鼠。後用作「膽小如鼠」。

【膽怯心虛】dǎn qiè xīn xū

見「心虛膽怯」,106頁。

【膽戰心驚】dǎn zhàn xīn jīng

形容非常害怕。也作「**心驚膽戰**」。(戰:發抖。) 例 他們～地沿着懸崖邊的小道一步步往前挪,誰都不敢往崖下看一眼。

書 元李文蔚《圯橋進履》第一摺:「唬的我膽戰心驚魂魄消。」

【邂逅相遇】xiè hòu xiāng yù

沒有約定而偶然相遇。(邂逅:不期而遇。) 例 我和恩保兄闊別數載,這次竟在長江輪船上～,喜出望外。

書《詩經·鄭風·野有蔓草》:「邂逅相遇,適我願兮。」

【謝天謝地】xiè tiān xiè dì

感謝天地神靈。迷信的人認為事情順利是天地神靈保佑的結果,所以這樣說。後來也用作表示慶幸或感到寬慰的口頭語。

例 ～,這件棘手的事總算得到了妥善處理,我們可以安心了。

書 明湯顯祖《還魂記·聞喜》:「俺兒,謝天謝地,老爺平安回京了。」

【應付自如】yìng fù zì rú

與人打交道或處理事情很有辦法,做起來輕鬆順利。(自如:活動靈活如意,不受阻礙。)

例 她是位稱職的秘書,各項工作～。

書 茅盾《子夜》五:「外國的企業家果然有高掌遠蹠的氣魄和鐵一樣的手腕,卻也有忠實而能幹的部下,這樣才能應付自如,所向必利。」

注「應」在此不讀yīng。粵 jiŋ3英3。

【應有盡有】yīng yǒu jìn yǒu

應該有的全都有了。表示非常齊全。(盡:全;都。) 例 在北京西單圖書大廈各類圖書～,想購書的人到了那裏是不會空手而回的。

書《宋書·江智淵傳》:「人所應

有盡有，人所應無盡無，其江智淵乎！」

注「應」在此不讀yìng。粵jiŋ¹英。

【應接不暇】 yìng jiē bù xiá

原指美好的風景非常多，來不及一一觀賞。後多指來人或事情非常多，接待或應付不過來。（不暇：沒有空閒。指忙不過來；來不及。）例 到了假期，出門旅遊的人一下子多了起來，常常使旅行社感到～。

書 南朝宋劉義慶《世説新語．言語》：「從山陰道上行，山川自相映發，使人應接不暇。」又金元好問《故河南路課税所長官兼廉訪使楊公神道之碑》：「有在所過求見者，應接不暇。」

注「應」在此不讀yīng。粵jiŋ³英³。

【應運而生】 yìng yùn ér shēng

原指順應天命而降生。後多指適應時勢的需要而產生或出現。例 近幾年出國留學的人越來越多，一批留學中介機構也就～了。

書 唐王勃《益州夫子廟碑》：「大哉神聖，與時迴薄，應運而生，繼天而作。」

注「應」在此不讀yīng。粵jiŋ³英³。

【應對如流】 yìng duì rú liú

見「對答如流」，485頁。

【癉惡彰善】 dàn è zhāng shàn

見「彰善癉惡」，492頁。

【營私舞弊】 yíng sī wǔ bì

為謀私利，玩弄欺騙手段做違法亂紀的事。（營：謀求。）例「他挪用公款，～，是我把他撤職法辦的。」（茅盾《清明前後》）

書 清吳趼人《二十年目睹之怪現狀》第一四回：「南洋兵船雖不少，叵奈管帶的一味知道營私舞弊，那裏還有公事在他心上。」

【鴻篇鉅製】 hóng piān jù zhì

篇幅長，規模大的著作。也作「**鴻篇巨製**」。（鴻、鉅：大。）例 這些～是他畢生從事研究的心血結晶，有很高的學術價值。

書 梁啟超《進化論革命者頡德之學説》：「此年餘之中，名人著述，鴻篇鉅製，貢獻於學界者，固自不少。」

【濫竽充數】 làn yú chōng shù

竽是一種古代的樂器，形狀像現代的笙。據《韓非子．內儲説上》記載，齊宣王喜歡聽人吹竽，每次都要三百人一起吹。南郭處士不會吹竽，也混在裏面充數，由官府供給食糧。齊宣王死後，齊湣王繼位，他喜歡聽人一個一個吹竽，南郭處士怕露原形，就逃走了。後來就用「濫竽充數」比喻沒有真本事的人混在行家裏面湊數，或以次充好。有時也用於自謙。（濫：虛妄不實。）例 ❶教育工作非常重要，對教師的任職資格必須加以考核，不允許～。❷今天來參加作家筆會，本人恐怕有～之嫌了。

書 清文康《兒女英雄傳》第三五回：「方今朝廷正在整飭文風，自然

要清真雅正，一路拔取真才，若止靠着才氣，摭些陳言，便不好濫竽充數了。」

注「竽」不可寫作「芋」。

【盪氣迴腸】dàng qì huí cháng
見「迴腸盪氣」，326頁。

【濟困扶危】jì kùn fú wēi
見「扶危濟困」，200頁。

【濟濟一堂】jǐ jǐ yī táng
形容很多有才能的人聚在一處。（濟濟：眾多的樣子。堂：高大寬敞的房屋。）例 在研討會上各地專家學者～，共同探討信息技術產業的發展前景。

書 清歸莊《靜觀樓講義序》：「今也名賢秀士，濟濟一堂，大義正言，洋洋盈耳。」

注「濟」在此不讀jì。㊥ dzɐi² 仔。

【豁然開朗】huò rán kāi lǎng
眼前一下子開闊敞亮起來。也比喻解除疑惑，一下子明白了某個道理。（豁然：開闊的樣子。開朗：開闊明朗。）例 聽了元白先生的講解，我心裏～，中國古典詩詞的聲律問題再也不顯得那樣玄妙難測了。

書 晉陶潛《桃花源記》：「初極狹，才通人；復行數十步，豁然開朗。」

【禮尚往來】lǐ shàng wǎng lái
在禮節上注重有來有往。後來也指你怎麼樣對待我，我也就怎麼樣對待你。（尚：尊崇；注重。）例 他明白有些人情上的應酬是必不可少的，～嘛。

書《禮記·曲禮上》：「太上貴德，其次務施報，禮尚往來，往而不來非禮也，來而不往亦非禮也。」

注「禮」不可寫作「理」。

【禮賢下士】lǐ xián xià shì
身居高位者敬重有才德的人，樂於降低自己的身分和他們結交。（禮：以禮相待。下：謙居別人之下，表示對別人的尊敬。）例 周部長虛心求教、～的事，在知識界傳為美談。

書《宋書·江夏文獻王義恭傳》：「禮賢下士，聖人垂訓；驕侈矜尚，先哲所去。」

【避重就輕】bì zhòng jiù qīng
避開繁重的工作，選擇輕鬆的來做。也指避開重要方面，只談無關緊要的內容。（就：湊近。此指選擇。）例 ❶小亞在工作中～，遇到難事，能躲就躲，上司對他很不滿。❷他對自己的失職行為只是～地做了一番檢查，聽起來似乎這一次純屬偶然。

書 宋劉摰《侍御史黃君墓誌銘》：「民始不以多男為患，父子始不以避重就輕相去。」

【避實就虛】bì shí jiù xū
避開堅實的地方，選擇虛弱之處。指在軍事上避開敵人力量強大的部分，攻擊其虛弱處。也指迴避實質性問題。例 ❶我軍在大範圍轉移中尋找戰機，～，出其不意地向敵人發起攻擊。❷在債務談判中對方～，始終未能就

具體的還款計劃做出承諾。

書 《淮南子·要略》：「擊危乘勢以為資，清靜以為常，避實就虛，若驅羣羊，此所以言兵也。」

【彌天大罪】mí tiān dà zuì

極大的罪行。（彌天：滿天。形容極大。）例 他犯了～，他應該知道等待他的將是什麼下場。

書 元鄭德輝《老君堂》第四摺：「小將有彌天大罪，今日投降，小將情願納頭受死於大王斧鉞之下也。」

【彌天大謊】mí tiān dà huǎng

極大的謊言。也作「**瞞天大謊**」。（瞞：隱瞞。）例 他撒的這個～雖然騙了不少人，卻騙不過這些了解他底細的人。

書 明蘭陵笑笑生《金瓶梅詞話》第七回：「世上這媒人們，原來只一味圖撰（通『賺』）錢，不顧人死活……一味瞞天大謊，全無半點兒真實。」

【牆倒眾人推】

qiáng dǎo zhòng rén tuī

比喻人一旦受挫折或失勢，許多人就乘機一起打擊他或欺負他。例 自從他受總經理冷落之後，對他的閒言碎語就多起來了，使他備嘗～的滋味。

書 清曹雪芹、高鶚《紅樓夢》第五五回：「好奶奶們，『牆倒眾人推』，那趙姨娘原有些顛倒，着三不着兩，有了事兒都賴他。」

【隱姓埋名】yǐn xìng mái míng

隱瞞自己的真實姓名，不讓外人知道自己的身分底細。（埋：隱藏；隱沒。）例 為了躲避仇家的迫害，他～，浪跡江湖。

書 元王子一《誤入桃源》第一摺：「因此上不事王侯，不求聞達，隱姓埋名，做莊家學耕稼。」

【隱約其辭】yǐn yuē qí cí

說話躲躲閃閃，故意使意思含糊不清。也作「**隱約其詞**」。（隱約：不清晰；不明顯。）例 提到公司高層人事方面的變動，他～，別人也不便多問。

書 清平步青《霞外捃屑·里事·倪文正公與弟獻汝二書》：「無功為親者諱，故隱約其辭不盡也。」

【隱惡揚善】yǐn è yáng shàn

不說別人的過惡而只宣揚別人好的方面。例 「對於政治社會現象亦然，該歌頌的歌頌，該暴露的暴露，亦無所謂～。」（茅盾《談歌頌光明》）

書 《禮記·中庸》：「舜好問而好察邇言，隱惡而揚善。」

【縱虎歸山】zòng hǔ guī shān

見「放虎歸山」，260 頁。

【縮手縮腳】suō shǒu suō jiǎo

原形容因寒冷而手腳舒展不開。後也比喻人因顧慮太多而不敢放手做事。例 他被提拔為歷史系主任，系裏教職員中不少是他當年的老師，所以工作起來難免有點～。

書 清劉鶚《老殘遊記》第六回：「店家方拿了一盞燈縮手縮腳的進來，嘴裏還喊道：『好冷呀！』」

十八畫

【騎虎難下】 qí hǔ nán xià

騎在老虎背上就難以下來了。比喻做事中途想停止下來，但迫於情勢，又不能停止，十分為難。也作「**勢成騎虎**」。例 「都成了～之勢，我們只有硬着頭皮幹到那裏就是那裏了！」(茅盾《子夜》一〇)

書 南朝宋何法盛《晉中興書》：「今日之事，義無旋踵，騎虎之勢，可得下乎？」又清趙翼《廿二史札記》卷二一：「勢當騎虎難下之時，不得不為挺鹿走險之計。」

【騎馬找馬】 qí mǎ zhǎo mǎ

騎着馬再去找新的更好的馬。比喻一面佔着現有的位置，一面去找更好的工作。也作「**騎馬尋馬**」。例 童素從學校畢業後，先在小公司謀了一份差事，幹點雜活，再～，尋求更好的發展。

書 清李伯元《文明小史》第二〇回：「你不要得福不知，有了這個館地，我勸你忍耐些時，騎馬尋馬。你自己想想，無論如何，一個月總得幾塊錢的束脩，也好貼補貼補零用。」

【鞭長莫及】 biān cháng mò jí

《左傳·宣公十五年》：「古人有言曰：雖鞭之長，不及馬腹。」意思是即使鞭子長，也不應該打到馬肚子上。後來就用「鞭長莫及」表示力量達不到。（及：達到。）例 你遇到這麼多麻煩事，我很想助你一臂之力，但身在外地，～，深感無奈。

書 清昭槤《嘯亭續錄·魏柏鄉相公》：「滇、黔、蜀、粵地方邊遠，今將滿兵遽撤，恐一旦有變，有鞭長莫及之虞。」

【鞭辟入裏】 biān pì rù lǐ

分析透徹深刻，深入到事物的內裏。也作「**鞭辟近裏**」。例 「而那些理學話，又都是作者閱歷有得之言，説得～，不枝不蔓。」(朱自清《雜文遺集》)

書 宋程顥《師訓》：「學只要鞭辟近裏，著己而已，故『切問而近思』，則『仁在其中矣』。」

【轉危為安】 zhuǎn wēi wéi ān

從危急轉為平安。多指局勢、病情等。例 經過醫生幾天來的搶救治療，他的病情終於～了。

書 漢劉向《〈戰國策〉書錄》：「戰國之時，君德淺薄，為之謀策者……皆高才秀士，度時君之所能行，出奇策異智，轉危為安，運亡為存，亦可喜。」

注「為」在此不讀wèi。粵 wɐi⁴唯。

【轉敗為勝】 zhuǎn bài wéi shèng
從失敗轉為勝利。也作「**反敗為勝**」。（反：翻轉。）例 青鳥足球隊在先失兩球的情況下，奮力拼搏，終於～。
書 姚雪垠《李自成》第一卷第三章：「他善於用兵，常能化險為夷，轉敗為勝。」

【轉彎抹角】 zhuǎn wān mò jiǎo
見「拐彎抹角」，238 頁。

【覆水難收】 fù shuǐ nán shōu
倒出去的水難以再收回。比喻事情的變化已成定局，難以挽回。多用於表示夫妻關係已經破裂，難再彌合。（覆：傾倒。）例 他和前妻已恩斷義絕，～，是不可能重新生活在一起的。
書 唐駱賓王《豔情代郭氏答盧照鄰》詩：「情知唾井終無理，情知覆水也難收。」

【覆車之鑒】 fù chē zhī jiàn
見「前車之鑒」，302 頁。

【覆雨翻雲】 fù yǔ fān yún
見「翻雲覆雨」，556 頁。

【覆盆之冤】 fù pén zhī yuān
無處申訴，無從昭雪的冤枉。（覆盆：翻過來扣着的盆子，裏面見不到陽光，一片黑暗。）例 他蒙受着～，心情十分鬱悶，度日如年。
書 明張居正《答應天張按院》：「傾蘇、松按院已直將本官論劾，若不得大疏存此説，則覆盆之冤誰與雪之？」

【覆巢之下無完卵】
fù cháo zhī xià wú wán luǎn
翻落的鳥巢下面不會有完好不破碎的鳥蛋。比喻整體被毀，其中的個體也不可能保全。（完：完好。卵：蛋。）例 ～，一旦國土淪喪，那裏的百姓誰又能逃脱當亡國奴的命運？
書 南朝宋劉義慶《世説新語·言語》：「孔融被收，中外惶怖。時融兒大者九歲，小者八歲，二兒故琢釘戲，了無遽容。融謂使者曰：『冀罪止於身，二兒可得全不？』兒徐進曰：『大人豈見覆巢之下，復有完卵乎？』尋亦收至。」後用作「覆巢之下無完卵」。

【豐功偉績】 fēng gōng wěi jì
偉大的功績。也作「**豐功偉業**」。（豐：大。）例 他們在民族振興歷史上所建立的～，將永遠受到人們的稱頌。
書 宋周行己《上宰相書》：「逮事三主，始終一心，豐功偉績，昭煥今古。」

【豐衣足食】 fēng yī zú shí
衣食充足，生活富裕。（豐：豐富。）例 家鄉人民靠着辛勤勞動過上了～的生活。
書 唐齊己《病中勉送小師往清涼山禮大聖》詩：「豐衣足食處莫住，聖跡靈蹤好遍尋。」

【豐富多彩】 fēng fù duō cǎi
內容豐富，形式多樣。例 學校

裏建立了各種學生社團，同學們的課餘活動～。

書 夏衍《在歡樂的日子裏》：「時代是這樣的飛速前進，生活是這樣的豐富多彩。」

【藏垢納污】cáng gòu nà wū

容納各種髒東西。原指在上位者有容人的氣度。後多指包容壞人壞事。也作「**藏污納垢**」。（垢：髒東西。）例 那一帶因疏於管理，簡直成了～之地，治安方面問題十分突出。

書《左傳．宣公十五年》：「諺曰：高下在心，川澤納污，山藪藏疾，瑾瑜匿瑕。國君含垢，天之道也。」又魯迅《且介亭雜文末編．女弔》：「大概是明末的王思任說的罷，『會稽乃報仇雪恥之鄉，非藏垢納污之地！』」

注 「藏」在此不讀 zàng。粵 tsɔŋ4 牀。

【藏頭露尾】cáng tóu lù wěi

藏住腦袋，露出尾巴。比喻說話、做事遮遮掩掩，怕把真相全露了出來。例 我問起三哥在外地的情況，三嫂～地不肯多說，我也就不好再問下去了。

書 元孔學詩《東窗事犯》第一摺：「豈不聞湛湛青天不可欺，擄着你這所為，來這裏諕鬼瞞神，做的個藏頭露尾。」

注 「藏」在此不讀 zàng。粵 tsɔŋ4 牀。

【藏龍臥虎】cáng lóng wò hǔ

潛藏着蛟龍，伏臥着老虎。比喻潛藏着人才。例 京畿地區～，能人高手很多。

書 清郭小亭《接續後部濟公傳》第四四回：「再說臨安城乃藏龍臥虎之地。」

注 「藏」在此不讀 zàng。粵 tsɔŋ4 牀。

【舊雨新知】jiù yǔ xīn zhī

唐杜甫《秋述》中說：「秋，杜子臥病長安旅次，多雨生魚，青苔及榻。常時車馬之客，舊，雨來，今，雨不來。」意思是說，那些客人，以前即使下雨也來，現在遇雨就不來了。後人把「舊」和「雨」聯用，指老朋友。新知：指新的知交。「舊雨新知」泛指新老朋友。例 杜先生的作品獲獎後，～都紛紛前來道賀。

書 清張集馨《道咸宦海見聞錄》：「十年不踏軟紅塵土，舊雨新知，履舄交錯，宴會幾無虛夕。」

【舊恨新仇】jiù hèn xīn chóu

舊的怨恨和新的冤仇。也作「**新仇舊恨**」。例 這兩個軍閥之間～是如此之深，這豈是一個說客所能化解得了的。

書 黎靜《彭大將軍》第二八章：「壓在戰士們心底的新仇舊恨如火山爆發，轟然噴出。」

【舊調重彈】jiù diào chóng tán

見「老調重彈」，144 頁。

【瞻前顧後】zhān qián gù hòu

看看前面，再看看後面。形容辦

事考慮周密，顧及到各個方面。也形容顧慮太多，猶豫不決。（瞻：往前看。顧：回頭看。）例 ❶蔡小姐辦事～，接待工作安排得很周到，我們都特別放心。❷他在工作中缺乏決斷，常常～，怕這怕那，很多事就這樣被躭誤了。

書《楚辭·離騷》：「瞻前而顧後兮，相觀民之計極。」又宋黎靖德編《朱子語類》卷二：「既是已前不曾做得，今便用下工夫去補填，莫要瞻前顧後，思量東西，少間擔閣（通『擱』）一生，不知年歲之老。」

【簞食壺漿】 dān sì hú jiāng

用簞盛着飯食，用壺盛着酒漿。多用來形容百姓歡迎、慰勞軍隊。（簞：一種盛飯食的圓形容器，用竹或葦編成。漿：一種用米熬成的酸汁，古人用以代酒。）例 全城的老百姓聚集在大路兩旁，～歡迎凱旋的子弟兵。

書《孟子·梁惠王下》：「以萬乘之國伐萬乘之國，簞食壺漿以迎王師，豈有他哉！避水火也。」

注「食」在此不讀shí。㊕dzi⁶自。

【簡明扼要】 jiǎn míng è yào

話語簡單明白，能抓住要點。例 周先生～地介紹了在這個問題上幾種不同的見解，希望大家就此展開討論。

書 龍思訓《展示》：「鄧主任的話簡明扼要，他把工作一佈置完，大家立即分頭行動。」

【雙管齊下】 shuāng guǎn qí xià

原指兩手各握一支筆，同時落下作畫。比喻兩方面同時進行，以取得更好的效果。（管：指毛筆。）例 這家公司一方面不斷提高產品質量，同時又加強售後服務工作，～，使產品的銷路越來越好。

書 宋郭若虛《圖畫見聞志·故事拾遺》：「唐張璪員外畫山水松石名重於世，尤於畫松特出意象，能手握雙管一時齊下，一為生枝，一為枯幹，勢凌風雨，氣傲煙霞。」又老舍《四世同堂》五：「他輕輕的叩了兩下門環，又低聲假嗽一兩下，為是雙管齊下，好惹起院內的注意。」

【歸心似箭】 guī xīn sì jiàn

回家的心情像離弦的箭那樣急。也作「**歸心如箭**」。（歸：回家；返回。）例 他出國留學已有五個年頭，～，恨不能長了翅膀立刻飛回家裏去。

書 明蘭陵笑笑生《金瓶梅詞話》第五五回：「留連了八九日，西門慶歸心如箭，便叫玳安收拾行李。」

【歸根結底】 guī gēn jié dǐ

歸結到根本上。也作「**歸根到底**」、「**歸根結柢**」、「**歸根結蒂**」。（柢：樹根。蒂：瓜、果等跟莖、枝相連的部分。）例 這場足球賽我們告負，雖然有場地、裁判等諸多因素的影響，但～還是自己的實力不夠。

書 清張南莊《何典》第二回：「歸根結柢，把一場着水人命一盤摙歸去，還虧有錢使得鬼推磨。」

【翻天覆地】fān tiān fù dì

像是把天地都翻了過來。形容變化巨大而徹底。也形容鬧得很兇，一片混亂。也作「**天翻地覆**」。例 ❶上海浦東地區這些年來發生了～的變化，正以嶄新的面貌出現在人們面前。❷這孩子被寵壞了，一不順心，就把家裏鬧個～。

書 唐劉商《胡笳十八拍》之六：「天翻地覆誰得知，如今正南看北斗。」又清曹雪芹、高鶚《紅樓夢》第一〇五回：「那時，一屋子人，拉這個，扯那個，正鬧得翻天覆地。」

【翻江倒海】fān jiāng dǎo hǎi

像是江海都翻倒了似的。形容水勢浩大，波濤洶湧。也比喻力量或聲勢很大。有時則比喻鬧得很兇，一片混亂。也作「**倒海翻江**」。例 ❶ 洪水～般洶湧直下，致使兩岸河堤險情不斷。❷ 千百萬民眾一旦被發動組織起來，就能形成～的巨大力量。❸「為三個錢的油，兩個錢的醋，他能鬧得～。」(老舍《趕集．柳家大院》)

書 唐顧況《龍宮操》：「鮫人織綃採藕絲，翻江倒海傾吳蜀。」

注「倒」在此不讀dào。粵 dou2島。

【翻來覆去】fān lái fù qù

來回翻身。多指躺在牀上難以入睡。也形容一次次重複或人的態度多變，反覆無常。例 ❶ 小艾想到明天就要辭別父母到外省上學去了，晚上躺在牀上～總也睡不着。❷ 這篇文章我已經～看過好多遍，基本掌握了它的主要內容。❸ 他昨天説要去參加春遊的，今天又説不去了，～，誰知道會不會再變啊。

書 宋楊萬里《不寐》詩：「翻來覆去體都痛，乍暗忽明燈為誰。」

【翻雲覆雨】fān yún fù yǔ

一會兒興雲，一會兒作雨。比喻人反覆無常或慣於玩弄手段。也作「**覆雨翻雲**」、「**翻手為雲，覆手為雨**」。（翻手：手掌心向上。覆手：手掌心向下。）例 和這種～的人合作沒有不上當吃虧的。

書 唐杜甫《貧交行》：「翻手作雲覆手雨，紛紛輕薄何須數！」又明鄭若庸《玉玦記．投賢》：「這樣人翻雲覆雨，見利忘義，前日是朋友，今日也不認你了。」

【翻然悔悟】fān rán huǐ wù

對自己的過錯很快悔改，徹底醒悟。也作「**幡然悔悟**」。（翻然、幡然：迅速轉變的樣子。）例 他們雖曾誤入歧途，但如今已～，希望社會各界都能提供就業機會，熱情幫助這些青年改過自新。

書 宋朱熹《答袁機仲書》：「若能於此翻然悔悟，先取舊圖分明改正。」

【翻箱倒篋】 fān xiāng dǎo qiè
把箱子翻倒過來。形容徹底翻檢、查找。也作「**翻箱倒櫃**」。(篋：小箱子。) 例 我～地找了好一陣子，總算把三十多年前和老同學們的合影找了出來。
書 清吳趼人《二十年目睹之怪現狀》第四回：「船上買辦又仗着洋人勢力，硬來翻箱倒篋的搜了一遍。」
注 「倒」在此不讀dào。粵 dou[2]島。

【翻覆無常】 fān fù wú cháng
見「反覆無常」，98頁。

【雞犬不留】 jī quǎn bù liú
連雞和狗都不給留下。形容搶掠一空或斬盡殺絕。 例 「這是一筆永遠算不清的債！以言殺戮，確是～。」(老舍《吐了一口氣》)
書 清吳趼人《痛史》第六回：「探馬報説沿江上下全是元兵，江陰已經失守，常州已經被屠，常州城內雞犬不留。」

【雞犬不寧】 jī quǎn bù níng
連雞和狗都不得安寧。形容騷擾、鬧騰得很厲害。 例 這夥地痞流氓把這一帶攪得～，對他們非嚴加整治不可。
書 唐柳宗元《捕蛇者説》：「悍吏之來吾鄉，叫囂乎東西，隳突乎南北，譁然而駭者，雖雞狗不得寧焉。」又清夏敬渠《野叟曝言》第一二回：「道不盡的許多名色，色色俱要費錢，攪得村裏人家雞犬不寧。」

【雞犬不驚】 jī quǎn bù jīng
連雞和狗都沒有受到驚動。形容軍隊紀律嚴明，秋毫無犯。 例 他們不愧是人民的子弟兵，所過之處～。
書 明羅貫中《三國演義》第一五回：「及策軍到，並不許一人擄掠，雞犬不驚，人民皆悦，賫牛酒到寨勞軍。」

【雞犬升天】 jī quǎn shēng tiān
一個人得道成仙後，連他家裏的雞和狗也都跟着升上天去了。比喻一個人得勢後，同他有關的人也都跟着沾光。 例 丁吉甫被委任為地方要員之後，給他的親信們都安排了職位，真是一人得道，～。
書 漢王充《論衡．道虛》：「淮南王劉安坐反而死，天下並聞，當時並見，儒書尚有言其得道仙去，雞犬升天者。」

【雞毛蒜皮】 jī máo suàn pí
比喻事情瑣碎，無關緊要或毫無價值。 例 為這種～的小事耗費這麼多精力實在不值得。
書 老舍《四世同堂》五四：「因為他關心國家，也就看見了國家的光明，因此，對於家中那些小小的雞毛蒜皮的事，他都不大注意。」

【雞飛蛋打】 jī fēi dàn dǎ
雞飛走了，蛋也打碎了。比喻兩頭落空，一無所得。 例 瞿楠辭了公職去做生意，誰知把本錢都賠了進去，弄得～，好不懊悔。
書 老舍《駱駝祥子》一四：「得趕緊抓住祥子，別雞也飛蛋也打了。」

【雞零狗碎】jī líng gǒu suì

比喻事物零散、瑣碎。例 我收集到的材料～的，恐怕沒有多少研究價值。

書 高曉聲《李順大造屋》：「那雞零狗碎的事，恕不細説，但值得大書特書的奇跡，放過未免可惜。」

【雞鳴狗盜】jī míng gǒu dào

據《史記·孟嘗君列傳》記載，戰國時，齊國孟嘗君在秦國被扣留。他的一個門客夜晚裝成狗的樣子，潛入秦宮，把孟嘗君獻給秦王的一件狐白裘盜了出來，獻給秦王的寵姬，寵姬為孟嘗君説情，秦王這才釋放了孟嘗君。孟嘗君趕緊逃離秦國，夜半時分到了邊境上的函谷關，關門緊閉。秦法規定，要雞叫了才打開關門。孟嘗君的另一個門客又學雞叫，引得周圍的雞也都跟着叫了起來，終於騙開了關門，孟嘗君一行得以脱險而去。後來就用「雞鳴狗盜」比喻微不足道的技能。例 這些～之徒沒想到自己竟會得到老闆的賞識，一個個受寵若驚。

書 《漢書·游俠傳》：「繇是列國公子……皆藉王公之勢，競為游俠，雞鳴狗盜，無不賓禮。」

【謹小慎微】jǐn xiǎo shèn wēi

原指對待細微的事情也很謹慎，決不馬虎。後多指對瑣細的事情過分小心謹慎，以致縮手縮腳。

例 一向～的老汪今天居然也當眾發起了對經理的牢騷，使我很感意外。

書 清惲敬《卓忠毅公遺稿·書後》：「夫古之大人，具蓋世之氣，全不世出之節者，其生平無不謹小慎微，事事得其所處。」

【謹言慎行】jǐn yán shèn xíng

説話小心，行動謹慎。例 他這個人做事從來～，不知怎麼會得罪了他的上司。

書 《禮記·緇衣》：「故言必慮其所終，而行必稽其所敝，則民謹於言而慎於行。」又《宋史·李穆傳》：「質厚忠恪，謹言慎行，所為純至，無有矯飾。」

注 「行」在此不讀 háng。粵 hɐŋ4 恆 /hɐŋ6 幸 /haŋ4 坑4。

【謬種流傳】miù zhǒng liú chuán

荒謬錯誤的東西流傳開來。今多就荒謬錯誤的觀點等而言。(謬：荒謬；錯誤。) 例 對於這種蠱惑人心的言論如果不加抨擊，任其～，由此造成的危害將越來越大。

書 《宋史·選舉志二》：「至理宗朝，奸弊愈滋……所取之士既不精，數年之後，復俾之主文，是非顛倒逾甚，時謂之繆（通『謬』）種流傳。」

【雜亂無章】zá luàn wú zhāng

又多又亂，毫無條理。也作「**雜亂無序**」。（章：條理。）例 他的話～，我聽了半天也沒聽出個頭緒來。

書 明宋濂《徐教授文集·序》:「黃鐘（同『鍾』）與瓦釜並陳，春穠與秋枯並出，雜亂無章，刺眯人目者，非文也。」

【甕中之鼈】wèng zhōng zhī biē
罈子裏的甲魚。比喻已在控制之中，無法逃脱的人或動物。（甕：一種腹大口小的陶製容器。鼈：甲魚。也稱團魚，俗稱王八。）例 被警方重重包圍的殘餘匪徒已如～，除了繳械投降沒有別的出路。

書 明馮夢龍《警世通言·杜十娘怒沈百寶箱》:「孫富視十娘已為甕中之鼈，即命家童送那描金文具，安放船頭之上。」

【甕中捉鼈】wèng zhōng zhuō biē
在罈子裏捉甲魚。比喻捕捉的對象已在控制之中，下手即可捉到，很有把握。例 通過卧底探員我們已經掌握了這個黑社會組織的動向和人員情況，一旦時機成熟，就可以～了。

書 元康進之《李逵負荊》第四摺：「管教他甕中捉鼈，手到拿來。」

【斷垣殘壁】duàn yuán cán bì
倒塌殘缺的牆壁。形容建築物遭到毀壞後的殘破景象。也作「**斷壁殘垣**」、「**斷壁頹垣**」、「**殘垣斷壁**」、「**頹垣斷壁**」。（垣：牆。頹：坍塌。）例 經歷了戰火的小鎮到處是～，已經見不到多少人家了。

書 清吳趼人《二十年目睹之怪現狀》第一〇八回：「抬頭一看，只見斷壁頹垣，荒涼滿目，看那光景是被火燒的。」

【斷章取義】duàn zhāng qǔ yì
截取別人詩文或談話中的一段、一句，只取自己所需要的意思，而不顧其全文和原意。（斷：截斷。章：詩文的段落。）例 他～地曲解了作者的原意，這種做法實在要不得。

書《左傳·襄公二十八年》：「賦《詩》斷章，余取所求焉，惡識宗？」又宋陸九淵《與傅聖謨書》：「自『《易》與天地準』至『神無方而《易》無體』是一大段，須明其章句，大約知此段本言何事，方可理會。觀今人用其語者，皆是斷章取義，難以商榷。」

【斷線風箏】duàn xiàn fēng zheng
斷了線的風箏，不知飄飛到哪裏去了。比喻一去不返或離開後杳無音信，再也聯繫不上的人。也作「**線斷風箏**」。例 他出國後一直沒來過信，像是～，我已經很久沒得到他的消息了，朋友們也都在替他躭心。

書 元石子章《竹塢聽琴》第三摺：「他一去了恰便似線斷風箏，我守着這一盞半明不滅的燈，聽了些長吁短歎聲。」

【斷簡殘編】duàn jiǎn cán biān
見「殘編斷簡」，409頁。

十九 畫

【瓊漿玉液】qióng jiāng yù yè

指美酒。(瓊：一種美玉。瓊漿：色澤似瓊玉的漿液。泛指美酒。) 例 **一路登山，口渴難忍，山腰的這股清泉於我不啻是～，喝着渾身舒坦。**

書 唐呂巖《贈劉方處士》詩：「瑤琴寶瑟與君彈，瓊漿玉液勸我醉。」

【難兄難弟】nán xiōng nán dì

據南朝宋劉義慶《世說新語．德行》記載，東漢陳元方的兒子和陳季方的兒子都認為自己的父親功德高，爭個不休，後來去問祖父陳寔，陳寔說：「元方難為兄，季方難為弟。」(一作「元方難為弟，季方難為兄」) 表示難以分出誰更好。後來就用「難兄難弟」形容兄弟或同列的人都很優秀，難以分出高下。今多反其意而用之，表示二者都很壞，難以分出誰更差。例 **這兩個惡棍在地方上為非作歹，真是～，百姓對他們都痛恨到極點。**

書《舊唐書．穆寧等傳贊》：「二李英英，四崔濟濟，薛氏三門，難兄難弟。」

注「難」在此不讀 nàn。粵 nan[4]。

【難兄難弟】nàn xiōng nàn dì

指彼此共過患難的人，或同處困境的人。例 **我倆真是～，一起高考落榜，現在又都失業在家。**

書 元張可久《折桂令．湖上飲別》曲：「難兄難弟俱白髮相逢異鄉，無風無雨未黃花不似重陽。」

注「難」在此不讀 nán。粵 nan[6]。

【難言之隱】nán yán zhī yǐn

難以說出口的隱情。(隱：隱情；藏在內心深處而不便告訴別人的事情。) 例 **關於這件事熊先生似乎有～，幾次話到嘴邊又止住了。**

書 清吳趼人《二十年目睹之怪現狀》第七七回：「我近來閱歷又多了幾年，見事也多了幾件，總覺得無論何等人家，他那家庭之中，總有許多難言之隱的。」

【難能可貴】nán néng kě guì

難以做到的事竟然做到了，值得珍視。(難能：難以做到。) 例 **他依靠自學，掌握了如此複雜的技術，確實～。**

書 宋蘇軾《荀卿論》：「子路之勇，子貢之辯，冉有之智，此三者，皆天下之所謂難能而可貴者也。」

【難捨難分】nán shě nán fēn

形容彼此感情很深，捨不得分離。也作「**難分難捨**」。(捨：

放下。此指離開。分：分別。）例 一起出生入死的戰友要走了，大家～地送了一程又一程。

書 清文康《兒女英雄傳》第四〇回：「便是舅太太，珍姑娘合安太太，並金、玉姊妹，骨肉主婢之間，也有許多的難分難捨。」

【難解難分】nán jiě nán fēn

形容爭鬥的雙方相持不下，難以分解開。也形容彼此關係密切，難以分開。也作「**難分難解**」。（解、分：分開。）例 ❶ 他們為了一點小事吵得～，我怎麼勸也勸不住。❷ 這兩家公司合作多年，彼此已～，真是一榮俱榮，一損俱損。

書 明許仲琳《封神演義》第六九回：「三將大戰，殺得難解難分。」

【顛三倒四】diān sān dǎo sì

形容說話、做事顛倒錯亂，沒有條理次序。例 他最近顯得精神不大正常，說話經常～的，前言不搭後語。

書 明許仲琳《封神演義》第四四回：「姚天君在其中，披髮仗劍，步罡唸咒於台前，發符用印於空中，一日拜三次，連拜了三四日，就把子牙拜的顛三倒四，坐卧不安。」

注「倒」在此不讀dào。粵 dou²島。

【顛沛流離】diān pèi liú lí

困頓窘迫，流浪他鄉，生活很不安定。（顛沛：窮困；受挫折。流離：由於天災人禍而流徙離散。）例 當時戰亂頻仍，岑先生飽嘗～之苦，但即使如此，他也沒有中斷他的學術研究。

書 宋張世南《遊宦紀聞》卷九：「而哀予顛沛流離萬里，保有之難也，而共振顯之。」

【顛倒是非】diān dǎo shì fēi

不顧事實，把對的說成錯的，把錯的說成對的。例 他這樣～完全是別有用心的。

書 唐韓愈《唐太學博士施先生墓誌銘》：「古聖人言，其旨密微，箋注紛羅，顛倒是非。」

注「倒」在此不讀dào。粵 dou²島。

【顛撲不破】diān pū bù pò

無論怎樣摔打都不破。比喻立論牢固可靠，不可駁倒、推翻。（顛：跌倒。撲：敲打。）例 謙虛使人進步，驕傲使人落後。這是被無數事實所證明的～的真理。

書 宋黎靖德編《朱子語類》卷五：「伊川『性即理也』，橫渠『心統性情』二句，顛撲不破！」

【攀龍附鳳】pān lóng fù fèng

原指依附帝王以圖顯貴。後也泛指巴結或依附有權勢的人以提高自己的身價、地位。（攀：抓住東西往上爬。龍、鳳：比喻帝王及其親屬。）例 他費盡心機去～，把它當成改變自己目前默默無聞處境的一條捷徑。

書《漢書．序傳下》：「舞陽鼓刀，滕公廄騶，潁陰商販，曲周庸夫，攀龍附鳳，並乘天衢。」

【藕斷絲連】ǒu duàn sī lián

藕已折斷，藕絲還連着。比喻並沒有徹底斷絕關係。例 這對情人雖已分手，但～，彼此仍一直在關注對方的情況。

書 唐孟郊《去婦》詩：「妾心藕中絲，雖斷猶牽連。」又清魏子安《花月痕》第一二回：「鴇兒愛鈔，姐兒愛俏，所以藕斷絲連，每瞞他媽給他許多好處。」

【藥石之言】yào shí zhī yán
比喻尖銳、中肯的批評或規勸的話。（藥石：指藥物和治病的石針。尖銳、中肯的批評或規勸如同藥石為人治病一樣，故以為喻。）例 他的批評真稱得上是～，使我認識到問題的嚴重性。

書 《舊唐書·高季輔傳》：「又上疏切諫時政得失，（太宗）特賜鍾乳一劑，曰：『進藥石之言，故以藥石相報。』」

【曠日持久】kuàng rì chí jiǔ
耗費時日，拖得很久。（曠：躭誤。）例 這場談判如果～地拖下去，對我們是很不利的。

書 《戰國策·趙策四》：「今得強趙之兵，以杜燕將，曠日持久數歲，令士大夫餘子之力，盡於溝壘。」

【蠅頭微利】yíng tóu wēi lì
像蒼蠅的頭那樣微小的利益。例 為了～，阿婆每天都起早貪黑，風雨不改地經營着她的報攤，十分辛苦。

書 宋蘇軾《滿庭芳》詞：「蝸角虛名，蠅頭微利，算來著甚乾忙。」

【蠅營狗苟】yíng yíng gǒu gǒu
像蒼蠅那樣飛來飛去，追逐髒東西，像狗那樣苟且求活。比喻人品行卑下，不擇手段地到處鑽營，不顧廉恥地苟且偷生。也作「**狗苟蠅營**」。（營：蒼蠅飛動時發出的聲音。此指蒼蠅飛動。苟：苟且。）例 他立志堂堂正正做人，決不去做那種～的事。

書 唐韓愈《送窮文》：「朝悔其行，暮已復然，蠅營狗苟，驅去復還。」

【穩如泰山】wěn rú tài shān
像泰山一樣，十分穩固。（泰山：在今山東省境內，雄偉挺拔，古稱東嶽，為中國名山之一。）例 彭先生工作經驗豐富，辦法多，他在公司裏的位置～，至今還沒有人能替代他。

書 清李汝珍《鏡花緣》第三回：「武后恃有高關，又仗武氏弟兄驍勇，自謂穩如泰山，十分得意。」

【穩坐釣魚船】
wěn zuò diào yú chuán
出於諺語「任憑風浪起，穩坐釣魚船」。比喻不管外界發生什麼動盪，依然沈着地照既定方針辦。也作「**穩坐釣魚台**」。例 儘管別人對他們的做法議論紛紛，但他們不為所動，～，堅信自己的選擇是正確的。

書 周而復《上海的早晨》第三部五〇：「不怕秦媽媽說得天花亂墜，她穩坐釣魚台，不動聲色。」

【穩紮穩打】wěn zhā wěn dǎ
採取穩妥而有把握的方式作戰。

也指一步一步地穩妥踏實地開展工作。（穩：穩妥。紮：軍隊紮營。）例 **加強社區建設的工作幾年來一直在～地進行着，街坊們是滿意的。**

書 清劉坤一《覆王雨庵》：「現在鄭軍既已到齊，仍須穩紮穩打，不可輕進求速。」

【穩操勝算】wěn cāo shèng suàn

穩穩地把握着取勝的計謀。形容有取勝的把握。也作「**穩操勝券**」。（操：抓在手裏。勝算：能夠取勝的計謀。勝券：取勝的憑據。指取勝的把握。）例 **在乒乓球女子雙打比賽中我隊實力明顯高出一籌，可以～。**

書 姚雪垠《李自成》第二卷第二六章：「以逸待勞，以眾禦寡，可以穩操勝算。」

【懲一警百】chéng yī jǐng bǎi

懲罰一個人或少數人來警戒眾多的人。（懲：懲罰。警：提醒人注意情況嚴重；告誡。）例 **對升學考試中的作弊行為必須嚴肅查處，～，以端正風氣。**

書《明史．黃道周傳》：「陛下欲剔弊防奸，懲一警百，諸臣用之以藉題修隙，斂怨市權。」

【懲前毖後】chéng qián bì hòu

把過去的錯誤或失敗引為鑒戒，以使今後能謹慎從事，不再出現過去的那類情況。（懲：引為鑒戒。毖：謹慎。）例 **對犯錯誤的人進行批評教育是為了～，幫助他從中吸取教訓，求得進步。**

書《詩經．周頌．小毖》：「予其懲而毖後患。」又明張居正《答河道吳自湖計河漕書》：「頃丹陽淺阻，當事諸公畢智竭力，僅克有濟，懲前毖後，預為先事之圖可也。」

【鏤骨銘心】lòu gǔ míng xīn

見「刻骨銘心」，261 頁。

【鎩羽而歸】shā yǔ ér guī

羽毛被摧落而退了回來。比喻人失敗或不得志而垂頭喪氣地回來。（鎩羽：剪除或摧落羽毛。比喻人受挫折。）例 **他從擂台賽上～，情緒十分低落。**

書 清張集馨《道咸宦海見聞錄》：「乃癸巳春榜，又落孫山，鎩羽而歸，意興潦倒。」

【鏡花水月】jìng huā shuǐ yuè

鏡中的花，水中的月。比喻可望而不可及的虛幻景象。也作「**水月鏡花**」。例 **「這些～式的幻想早被現實的罡風吹了個煙消雲散。」（柯靈《香雪海．春節書紅》）**

書 清李汝珍《鏡花緣》第一回：「小仙看來，即使所載竟是巾幗，設或無緣，不能一見，豈非鏡花水月，終虛所望麼？」

【辭不達意】cí bù dá yì

見「詞不達意」，435 頁。

【鵬程萬里】péng chéng wàn lǐ

鵬是傳說中的大鳥，能飛得很高很遠。《莊子．逍遙遊》中說：「鵬之徙於南冥也，水擊三千

里，摶扶搖而上者九萬里。」後用「鵬程萬里」比喻前程遠大。例 現在正是用人之際，你們年輕人～，一定會大有作為的。

書 宋樓鑰《送袁恭安赴江州節推》詩：「鵬程萬里茲權輿，平時義方師有餘。」

【鯨吞蠶食】jīng tūn cán shí

見「蠶食鯨吞」，579頁。

【譁眾取寵】huá zhòng qǔ chǒng

以浮誇的言辭或過火的舉動引起眾人一時的興奮激動，博取眾人的好感和支持。（譁：喧譁。此指使之興奮激動。寵：偏愛。）例 他的論辯文章故作驚人之語，卻又講不出什麼道理來，無非是～而已。

書《漢書·藝文志》：「然惑者既失精微，而辟者又隨時抑揚，違離道本，苟以譁眾取寵。」

【識時務者為俊傑】

shí shí wù zhě wéi jùn jié

能認清當前大事或客觀形勢的人才算得上是傑出人物。（時務：當前的重大事情。也指客觀形勢或時代潮流。）例 改革是大勢所趨，～。如果抱殘守缺，難免會被時代所淘汰。

書《三國志·蜀志·諸葛亮傳》：「諸葛孔明者，臥龍也。」裴松之註引晉習鑿齒《襄陽記》：「劉備訪世事於司馬德操，德操曰：『儒生俗士，豈識時務？識時務者在乎俊傑。此間自有伏龍、鳳雛。』」又明梅鼎祚《玉合記·拒間》：「識時務者為俊傑，請元帥三思。」

【鶉衣百結】chún yī bǎi jié

形容衣服破爛，補丁很多。也作「**懸鶉百結**」。（鶉：鵪鶉，尾禿，故用以形容衣服的破爛。百結：很多破布頭聯綴起來。形容衣服上補丁很多。懸：掛。）例 這些被侵略者強徵來的勞工～，骨瘦如柴，受盡了折磨。

書 北周庾信《擬連珠》之二九：「蓋聞懸鶉百結，知命不憂；十日一炊，無時何恥。」又宋趙蕃《大雪》詩：「鶉衣百結不蔽膝，戀戀誰憐范叔貧。」

【靡靡之音】mǐ mǐ zhī yīn

軟綿綿的，聽了使人委靡不振的音樂。現在多指軟綿綿的，情調頹廢，趣味低級的音樂。原作「**靡靡之樂**（yuè）」。例 他沈湎於～，終日萎靡不振，當年的抱負早已消磨殆盡。

書《韓非子·十過》：「此師延之所作，與紂為靡靡之樂也……先聞此聲者，其國必削。」

注「靡」在此不讀mí。粵 mei5美。不可寫作「糜」。

【廬山真面目】

lú shān zhēn miàn mù

廬山的真正樣子。比喻事物的真相或人的本來面目。也作「**廬山真面**」、「**廬山面目**」。（廬山：在江西九江市南，羣峯聳峙，雲霧瀰漫，為遊覽勝地。）例 和他相處的時間長了，共同經歷的事情多了，我們終於發現了他的～。

書 宋蘇軾《題西林壁》詩：「橫看成嶺側成峯，遠近高低各不同。不識盧山真面目，只緣身在此山中。」

【龐然大物】páng rán dà wù
形體很大的東西。（龐然：很大的樣子。）例 這艘萬噸級的油輪是個～，停在碼頭上十分顯眼。
書 唐柳宗元《三戒・黔之驢》：「虎見之，龐然大物也。」

【離心離德】lí xīn lí dé
集體中的人心意不一，信念各異，不能團結在一起。（德：指信念。）例 他手下的人跟他～，事情怎麼能辦得好呢？
書《尚書・泰誓中》：「受有億兆夷人，離心離德；予有亂臣十人，同心同德。」

【離合悲歡】lí hé bēi huān
見「悲歡離合」，419 頁。

【離鄉背井】lí xiāng bèi jǐng
見「背井離鄉」，282 頁。

【離羣索居】lí qún suǒ jū
離開同伴，孤獨地生活。（索：孤單；孤獨。）例 這些年他～，跟朋友們很少交往。
書《禮記・檀弓上》：「吾離羣而索居，亦已久矣。」

【離經叛道】lí jīng pàn dào
原指背離儒家的經典和道統。後也泛指背離當時居正統地位的思想、行為規範。例 孫先生的某些觀點當年曾經被看成是～，但實踐證明他說的是有道理的。
書 元費唐臣《貶黃州》第一摺：「且本官志大言浮，離經畔（通『叛』）道，見新法之行，往往行諸吟詠。」

【離題萬里】lí tí wàn lǐ
指文章或談話的內容同所要表達的主題相離很遠。例 他寫文章往往抓不住中心，下筆千言，～，這怎麼行呢。
書 何其芳《談修改文章》：「信手寫來，離題萬里，偏又愛惜，捨不得割棄。」

【懷才不遇】huái cái bù yù
胸懷才學而不被賞識任用，得不到施展的機會。（遇：得志；見賞。）例 他慨歎自己～，心情頗為苦悶。
書 明馮夢龍《古今小說・窮馬周遭際賣䭔媼》：「眼見別人才學萬倍不如他的，一個個出身通顯，享用爵祿，偏則自家懷才不遇。」

【寵辱不驚】chǒng rǔ bù jīng
不論是受寵還是受辱，情緒都不會波動。形容人對得失毫不介意。例 多少次面對職位的升降變化，姜先生都能做到～，澹然處之，這不能不讓人欽佩。
書 唐劉餗《隋唐嘉話》卷中：「盧尚書承慶，總章初考內外官。有一官督運，遭風失米，盧考之曰：『監運損糧，考中下。』其人容止自若，無一言而退。盧重其雅量，改注曰：『非力所及，考中中。』既無喜容，亦無愧詞。又改注曰：『寵辱不驚，考中上。』」

【關山迢遞】guān shān tiáo dì

一座座關隘、山嶺相連，路途遙遠。（迢遞：遙遠的樣子。）例 從廣州到昆明，～，如果沒有現代交通工具，走一趟可真不容易。

書 明馮夢龍《古今小説．吳保安棄家贖友》：「若要千緡，除非伯父處可辦。只是關山迢遞，怎得寄個信去？」

【關門大吉】guān mén dà jí

指停業或倒閉。這是一種含有詼諧、諷刺意味的説法。例 如果不能從銀行貸到生產所需的款子，我這家小廠也只好～了。

書 茅盾《子夜》五：「現在他們維持不下，難免要弄到關門大吉，那也是中國工業的損失。」

【韜光養晦】tāo guāng yǎng huì

斂藏光芒，不使外露。比喻隱藏才能，不露鋒芒。也作「**韜光用晦**」。（韜、晦：隱藏。）例 這名棋手近年來～，不參加任何比賽，關起門來鑽研棋局，我看説不定哪天他會一鳴驚人的呢。

書 唐黃滔《知白守黑賦》：「聖人所以立言於彼，垂訓於後，將令學者得韜光用晦之機，不使來人有衒實矜華之醜。」

【繩之以法】shéng zhī yǐ fǎ

用法律來約束、制裁。（繩：約束；制裁。）例 對於那些貪官污吏必須～，以維護社會的穩定和發展。

書《淮南子．泰族訓》：「若不修其風俗……繩之以法，法雖殘賊，天下弗能禁也。」

【繩鋸木斷】shéng jù mù duàn

用繩子鋸木頭，時間長了，也能把木頭鋸斷。原意是強調積累的作用。今多比喻力量雖小，只要堅持不懈，也能達到目的。例 莊大姐業餘時間自學統計學課程，日復一日，年復一年，～，現在終於通過考試，獲得了學位。

書 漢枚乘《上書諫吳王》：「福生有基，禍生有胎……泰山之霤穿石，單極之絖斷幹。水非石之鑽，索非木之鋸，漸靡使之然也。」又宋羅大經《鶴林玉露》卷一〇：「一日一錢，千日一千，繩鋸木斷，水滴石穿。」

【繪聲繪色】huì shēng huì sè

把聲音和色彩都描繪出來了。形容敍述、描寫非常生動、逼真。也作「**繪聲繪影**」。例 小秦～地把他遇到的怪事向大家描述了一番，嚇得小妹大叫起來。

書 清朱庭珍《筱園詩話》卷一：「必使山情水性，因繪聲繪色而曲得其真；務期天巧地靈，藉人工人籟而畢傳其妙。」

【繡花枕頭】xiù huā zhěn tou

外面繡着花的枕頭（裏面填的卻是糠草之類）。比喻外表好看而無真才實學的人。例 要學真本事，不要去當～，讓人笑話。

書 彭養鷗《黑籍冤魂》第六回：「頂冠束帶，居然官宦人家，誰敢説是個繡花枕頭。」

二十畫以上

【耀武揚威】yào wǔ yáng wēi
炫耀武力，顯示威風。（耀：炫耀。）例「對強者它是弱者，但對更弱者它卻還是強者，所以有時雖然吞聲忍氣，有時仍可～。」(魯迅《且介亭雜文二集·論「人言可畏」》)
書 元關漢卿《單鞭奪槊》第三摺：「他那裏耀武揚威，爭雄奮勇。」

【黨同伐異】dǎng tóng fá yì
偏袒跟自己觀點相同的人，攻擊跟自己觀點不同的人。（黨：偏袒。伐：攻擊。）例 開展學術討論是為了追求真理，如果拉幫結派，～，那就跟討論的宗旨大相徑庭了。
書《後漢書·黨錮傳序》：「自武帝以後，崇尚儒學，至有石渠分爭之論，黨同伐異之説，守文之徒，盛於時矣。」

【懸羊頭，賣狗肉】
xuán yáng tóu, mài gǒu ròu
見「掛羊頭，賣狗肉」，361頁。

【懸崖峭壁】xuán yá qiào bì
高峻陡峭的山崖。也作「**懸崖絕壁**」、「**懸崖陡壁**」。（懸崖：又高又陡的山崖。峭壁：像牆那樣陡直的山崖。絕：表示山崖陡直而無路可上，無法攀援。）
例 這峽谷長數里，兩側～，中間僅一線可通，地勢十分險要。
書 唐劉長卿《望龍山懷道士許法棱》詩：「心惆悵，望龍山，雲之際，鳥獨還。懸崖絕壁幾千丈，綠蘿嫋嫋不可攀。」

【懸崖勒馬】xuán yá lè mǎ
走到陡峭的山崖邊上把馬勒住，避免墜落下去。比喻人到了危險的邊緣及時醒悟回頭。（勒：指收住韁繩不讓馬繼續往前走。）
例 他慶幸自己能～，跟那個犯罪分子一刀兩斷，否則後果真不堪設想。
書 清紀昀《閱微草堂筆記·如是我聞二》：「書生懸崖勒馬，可謂大智慧矣。」

【懸樑刺股】xuán liáng cì gǔ
據《太平御覽》卷三六三所引《漢書》記載，漢代的孫敬從早到晚刻苦讀書，為了免得打瞌睡，他把自己的頭髮用繩子繫住吊在房樑上。據《戰國策·秦策一》記載，戰國的蘇秦在讀書疲勞得想打瞌睡時，用錐子刺自己的大腿，讓疼痛來驅趕睡意。後來就用「懸樑刺股」形容發憤苦讀。（懸：掛。股：大腿。）例 他以

～的精神刻苦攻讀，終於學有所成。

書 明謝讜《四喜記・詩禮趨庭》：「喜兒曹聰明天賦，莫把青春虛度；潛心靜閉孫生户，更須學懸樑刺股。」

【懸腸掛肚】xuán cháng guà dù
見「牽腸掛肚」，386 頁。

【懸鶉百結】xuán chún bǎi jié
見「鶉衣百結」，564 頁。

【嚴於律己】yán yú lù jǐ
嚴格約束自己；對自己要求很嚴格。（嚴：嚴格。律：約束。）例 張主任～，處處起表率作用，很受大家尊敬。

書《明史・羅倫傳》：「倫為人剛正，嚴於律己。」

【嚴陣以待】yán zhèn yǐ dài
擺好嚴整的陣勢，做好充分準備，等待來犯者。（嚴陣：使陣勢嚴整。）例 我們～，隨時準備痛擊來犯之敵。

書《舊五代史・周書・世宗紀》：「有賊中來者，云：『劉崇自將騎三萬，並契丹萬餘騎，嚴陣以待官軍。』」

【嚴懲不貸】yán chéng bù dài
嚴厲懲辦，決不寬恕。（嚴：嚴厲。懲：處罰。貸：寬恕。）
例 如有膽敢販毒者，定當～。

書 蔡東藩《慈禧太后演義》第一四回：「當下宣召內務府總管，訓斥一頓，限他年內告成，否則嚴懲不貸。」

【鐘鳴鼎食】zhōng míng dǐng shí
吃飯時擊鐘奏樂，許多鼎中盛了各種食物擺放在面前。形容權貴豪門生活的豪華。（鐘：古代的一種樂器，一般成組懸掛在架子上，敲擊發音。鼎：古代的一種食器，用來烹煮或盛放魚肉之類的食物，大多為兩耳三足。）
例 隨着王朝的覆滅，那些天潢貴胄們失去了特權，再也過不上昔日～的生活了。

書 唐王勃《滕王閣序》：「閭閻撲地，鐘鳴鼎食之家；舸艦迷津，青雀黃龍之軸。」

【騰雲駕霧】téng yún jià wù
在空中乘着雲霧飛行。也形容奔馳迅速或頭腦發脹發暈，神志恍惚時的感覺。也作「**駕霧騰雲**」。（騰：升到空中。）
例 ❶ 他夢想自己也能像神仙那樣～，由着心意飛來飛去。❷ 小琪通宵加班，頭腦昏昏沈沈的，像是在～似的。

書 元楊景賢《西遊記・江流認親》：「聖僧羅漢落水，水卒，你與我騰雲駕霧，扛抬到金山寺前去者。」

【觸目皆是】chù mù jiē shì
目光所及都是某類東西；一眼看去都是，數量很多。（觸目：眼睛看到的；目光所及。）例 這份校樣上文字錯漏之處～，校對起來很吃力。

書 唐朱敬則《五等論》：「故魏太祖曰：『若使無孤，天下幾人稱帝，幾人稱王！』明竊號謚者觸目皆是。」

【觸目驚心】chù mù jīng xīn

形容情況十分嚴重，使人看到後內心震驚。 例 這夥人心狠手辣，無惡不作，所犯的罪行～。

書 明無名氏《鳴鳳記·二臣哭夏》：「李大人，聞言興慨，觸目驚心。」

【觸景生情】chù jǐng shēng qíng

受到眼前景物的觸動而產生某種感情。（觸：觸動。）例 來到小時候常跟小夥伴們一起玩耍的村邊樹林裏，～，充滿情趣的童年生活重又浮現在腦際。

書 清趙翼《甌北詩話·白香山詩》：「坦易者多觸景生情，因事起意，眼前景、口頭語，自能沁人心脾，耐人咀嚼。」

【觸景傷情】chù jǐng shāng qíng

受到眼前景物的觸動而引起傷感的情懷。 例 舊地重遊，～，在那裏他曾經有過一段令人心酸的生活。

書 明凌濛初《初刻拍案驚奇》卷二五：「司户自此赴任襄陽，一路上鳥啼花落，觸景傷情，只是想着盼奴。」

【觸類旁通】chù lèi páng tōng

掌握了某一事物的知識後，由此類推而了解同類的其他事物。（觸類：接觸同類事物。旁通：廣泛通曉。）例 吳娃在學習中勤於思索，能～。

書 清章學誠《文史通義·詩話》：「觸類旁通，啟發實多。」

【爐火純青】lú huǒ chún qīng

相傳道家煉丹成功時，煉丹爐的火焰顯現出純青的顏色。今多比喻技藝、學問或修養達到精湛完美的境界。 例 楊先生的太極拳～，功力極深。

書 曾樸《孽海花》第二五回：「到了現在，可已到了爐火純青的氣候，正是弟兄們各顯身手的時期。」

【繼往開來】jì wǎng kāi lái

繼承前人事業，為未來開闢道路。（往：過去。來：未來。）

例 年輕一代承擔着～的重大使命，他們是國家希望之所在。

書 明王守仁《傳習錄》卷上：「文公精神氣魄大，是他早年合下便要繼往開來，故一向只就考索著述上用功。」

【蠢蠢欲動】chǔn chǔn yù dòng

比喻敵人或壞人準備開始行動。（蠢蠢：蟲子蠕動爬行的樣子。比喻敵人或壞人準備行動。）

例 敵人～，我們要提高警惕，做好迎擊的準備。

書 宋王質《論廟謀疏》：「越千里以伐人，而強晉蠢蠢然又有欲動之勢，形孤而心搖，必不能久矣。」又葉君健《自由》八：「各地不法之徒，一有機會，仍然想混水摸魚，蠢蠢欲動。」

【轟轟烈烈】hōng hōng liè liè

形容聲勢浩大，很有影響。（轟轟：形容巨大的聲響。烈烈：形容熾盛的火勢。）例 北京市申辦 2008 年奧運會的活動開展得～，市民的熱情很高。

書 明瞿式耜《丙戌九月二十日書寄》：「邑中在庠諸友，轟轟烈烈，成一千古之名，彼豈真惡生而樂死乎？誠以名節所關，政有甚於生者。」

【露才揚己】lù cái yáng jǐ
顯露才能，表現自己。（揚：顯揚；表現出來。）例 儘管程先生從不～，但大家從工作中依然發現他是一位非常出色的人。
書 漢班固《〈離騷〉序》：「今若屈原，露才揚己，競乎危國羣小之間，以離讒賊。」

【露宿風餐】lù sù fēng cān
見「風餐露宿」，297頁。

【躊躇滿志】chóu chú mǎn zhì
心滿意足，十分得意。多就自己的現狀或取得的成就而言。（躊躇：得意的樣子。）例 吳董事長見本公司的股票正受到眾多股民的青睞，臉上不禁露出了～的笑容。
書《莊子・養生主》：「提刀而立，為之四顧，為之躊躇滿志。」
注「躊躇」不讀 shòu zhù。

【躍然紙上】yuè rán zhǐ shàng
生動活躍地呈現在紙上。形容詩文、繪畫對形象的刻劃、描寫非常生動逼真，或某種意識、情緒的流露、表達十分真切。例 ❶ 韓先生畫的小動物～，一個個似乎都有靈性，可愛極了。❷ 表姪寫信給我，報道了他們奪冠的經過，興奮之情～。
書 清薛雪《一瓢詩話》三三：「如此體會，則詩神詩旨，躍然紙上。」

【躍躍欲試】yuè yuè yù shì
心情急切地想要試一試。（躍躍：心情急切地想要有所動作的樣子。）例 報名參加知識競賽的人很多，小瓏也～，不願失去這一機會。
書 清李伯元《官場現形記》第三五回：「一席話說得唐二亂子心癢難抓，躍躍欲試。」

【黯然失色】àn rán shī sè
顯得暗淡無光，失去了原有的光彩。（黯然：暗淡的樣子。失色：失去光彩。）例 她的自由體操動作難度大，做得準確優美，使同場競技的其他選手～，幾位裁判都給了她很高的分數。
書 清冒襄《影梅庵憶語》：「頓使《會真》、《長恨》等篇黯然失色。」

【黯然銷魂】àn rán xiāo hún
形容人極度悲傷、憂愁而致心神恍惚不寧的樣子。（黯然：心境不好、頹喪的樣子。銷魂：丟掉了靈魂。）例 丈夫去世後，她～地帶着初生子返回家鄉。
書 南朝梁江淹《別賦》：「黯然銷魂者，唯別而已矣。」

【魑魅魍魎】chī mèi wǎng liǎng
泛指害人的鬼怪。比喻各種各樣的壞人。（魑：傳說是山中神怪，獸形。魅：老物精。魍魎：山川精怪。）例「如今把事實指出，愈使～無所遁形於光天化日

之下了！」(鄒韜奮《患難餘生記·進步文化的遭難》)

書 《左傳·宣公三年》：「螭（通『魑』）魅罔兩（通『魍魎』），莫能逢之。」

【鐵石心腸】tiě shí xīn cháng

心腸像鐵、石一樣硬。指人不為感情所動。例 聽了老婦人對不幸身世的訴說，縱然是～的人也不能不對她表示深深的同情。

書 宋張邦基《墨莊漫錄》卷三：「無咎歎曰：『人疑宋開府鐵石心腸，及為《梅花賦》，清豔殆不類其為人。』」

【鐵面無私】tiě miàn wú sī

形容人處理事情或斷案公正嚴明，不講情面，不徇私。例 身為法官，理當～，審理任何案件都應該完全以事實為依據，以法律為準繩。

書 清曹雪芹、高鶚《紅樓夢》第四五回：「我想必得你去作個『監社御史』，鐵面無私才好。」

【鐵案如山】tiě àn rú shān

證據確鑿，所定的案件像山那樣不可推翻。（鐵案：證據確鑿，不可推翻的定案。）例 這些匪徒的罪行～，他們全都受到了法律的嚴懲。

書 明孟稱舜《鄭節度殘唐再創》第一摺：「一任你口瀾舌翻，轆轆的似風車樣轉，道不的鐵案如山。」

【鐵樹開花】tiě shù kāi huā

鐵樹也稱蘇鐵，是原產於南方熱帶的常綠喬木，不常開花，移植北方後往往多年才開一次。後來就用「鐵樹開花」比喻非常罕見或很難實現的事。例 他是個十分頑固的人，想讓他改變看法，恐怕要等到～了。

書 宋惟白《續傳燈錄·或庵師體禪師》：「逮夜半書偈辭眾曰：『鐵樹開華（同「花」），雄雞生卵，七十二年，搖籃繩斷。』擲筆云寂。」

【鐵壁銅牆】tiě bì tóng qiáng

見「銅牆鐵壁」，488 頁。

【鐵證如山】tiě zhèng rú shān

證據確鑿，像山那樣不可推翻。（鐵證：確鑿而不可推翻的證據。）例 該廠印製盜版圖書，～，休想抵賴。

書 柳子戲《孫安動本》第四場：「十八張冤狀在此，鐵證如山，老賊還有何辯！」

【顧此失彼】gù cǐ shī bǐ

顧及了這個，卻丟了那個。形容不能全面顧及。（顧：照管；顧及。）例 一個人的精力是有限的，如果承擔的事情過多，免不了會～。

書 明張居正《請重修〈大明會典〉疏》：「今兩朝實錄，尚未告成，披閱校正，日不暇給，若復兼修會典，未免顧此失彼。」

【顧全大局】gù quán dà jú

顧及到全局或整體，使不受損害。（大局：整個的局面。）例 許多市民～，積極配合市政

府徵地拆遷，改造舊城的工作，搬離了老屋，他們的這種胸懷受到輿論的廣泛讚揚。

書 清李伯元《官場現形記》第一四回：「總求大人格外賞他們個體面，堵堵他們的嘴。這是卑職顧全大局的意思。」

【顧名思義】gù míng sī yì

看到名稱，推想它所包含的意義。（顧：看。）例 藍旗營這個地方，～，清朝年間應是八旗中藍旗兵丁駐紮的所在。

書《三國志．魏志．王昶傳》：「欲使汝曹立身行己，遵儒家之教，履道家之言，故以玄默沖虛為名，欲使汝曹顧名思義，不敢違越也。」

【顧盼自雄】gù pàn zì xióng

左顧右盼，得意揚揚，自以為了不起。（盼：看。顧盼：向兩旁或周圍看來看去。自雄：自以為能稱雄。）例 他獲獎後～，頗有一種捨我其誰的感覺。

書《宋書．范曄傳》：「躍馬顧盼，自以為一世之雄。」又清蒲松齡《聊齋誌異．仙人島》：「王即慨然誦近體一作，顧盼自雄。」

【顧影自憐】gù yǐng zì lián

看着自己的影子，憐惜自己。形容人孤獨失意的情狀。也指看着自己的影子，愛憐自己。形容人自我欣賞。（憐：憐憫；憐惜。也指愛憐。）例 ❶ 他屢受挫折，壯志難酬，不免～，感歎不已。❷ 雪妮～，相信憑着自己的儀表風度，一定能在模特大賽中有出色的表現。

書 晉陸機《赴洛道中作》詩之一：「佇立望故鄉，顧影悽自憐。」又清余懷《板橋雜記．麗品》：「科亦顧影自憐，矜其容色，高其聲價，不屑一切，卒為一詞林所窘辱。」

【鶴立雞羣】hè lì jī qún

鶴比雞高許多，鶴站立在雞羣中顯得很突出。常比喻一個人儀表或才能不凡，在一羣人中顯得很突出。 例 大凱在我們商社裏～，他的才幹和業績我們望塵莫及。

書《藝文類聚》卷九〇引晉戴逵《竹林七賢論》：「嵇紹入洛。或謂王戎曰：『昨於稠人中始見嵇紹，昂昂然若野鶴之在雞羣。』」又元無名氏《舉案齊眉》第二摺：「這是咱逢時運，父親呵休錯認做蛙鳴井底，鶴立雞羣。」

【鶴髮童顏】hè fà tóng yán

像白鶴羽毛那樣雪白的頭髮，像兒童那樣紅潤的面色。形容老年人氣色好，精神健旺。也作「**童顏鶴髮**」。 例 這位～的老先生是本校知名的哲學教授，深受學生敬重。

書 唐田穎《夢遊羅浮》詩：「自言非神亦非仙，鶴髮童顏古無比。」

【響遏行雲】xiǎng è xíng yún

聲音高亢嘹亮，直入高空，似乎把飄動着的雲彩也阻止住了。多指歌聲。（遏：阻止。）例 這位河北梆子演員天生一副好嗓子，唱到激越處，～，而又圓轉自如。

書《列子·湯問》：「薛譚學謳於秦青，未窮青之技，自謂盡之，遂辭歸。秦青弗止，餞於郊衢，撫節悲歌，聲振林木，響遏行雲。薛譚乃謝求反，終身不敢言歸。」

【響徹雲霄】 xiǎng chè yún xiāo

聲音十分響亮，直透高空。（徹：穿透。）例 慶祝會上羣眾情緒熱烈，鑼鼓聲～。

書 明申佳胤《端午日鳳樓侍宴》詩：「一聲天語千官坐，響徹雲霄瑞鳥翔。」

【纏綿悱惻】 chán mián fěi cè

內心哀婉悽切，難以排解。（纏綿：形容情思糾纏不已。悱惻：形容內心悲苦。）例 她的詞多～之作，表現出閨中女子哀怨的情思。

書 清王夫之《薑齋詩話》卷下：「長言永歎，以寫纏綿悱惻之情，詩本教也。」

【驕兵必敗】 jiāo bīng bì bài

驕傲輕敵的軍隊必定要打敗仗。例 歷來～，他們自恃實力強大，根本不把對手放在眼裏，結果被對手乘虛而入，打了個措手不及。

書《文子·道德》：「義兵王，應兵勝，忿兵敗，貪兵死，驕兵滅，此天道也。」後用作「驕兵必敗」。

【驕奢淫逸】 jiāo shē yín yì

驕橫奢侈，荒淫放蕩。（逸：行為放蕩無度。）例 這些公子王孫縱情聲色犬馬，過着～的生活。

書《左傳·隱公三年》：「臣聞愛子，教之以義方，弗納於邪。驕奢淫泆（通『逸』），所自邪也。」

【聽天由命】 tīng tiān yóu mìng

聽憑天意安排，由着命運擺佈。形容聽任事情自然發展，不做主觀努力。（聽：任憑。由：順從。）例「從他一進人和廠，他就決定不再充什麼英雄好漢，一切都～。」（老舍《駱駝祥子》一四）

書 明沈自晉《望湖亭·暗祐》：「這個也只要盡其在人，說不得聽天由命。」

【聽之任之】 tīng zhī rèn zhī

聽任它存在或發展，不管不問。（聽、任：任憑。）例 對於這種破壞生態環境的行為豈可～，必須採取措施迅速予以制止。

書 沙汀《青㭎坡》五：「因為看慣了，聽慣了，除了兒子有時乘機勸說幾句，一般聽之任之。」

【聽而不聞】 tīng ér bù wén

聽了卻像沒聽見一樣。表示不重視，不放在心上。（聞：聽見。）例 早就有人警告過他這樣下去不行，他～，一意孤行，終於釀成了今天這一不可收拾的局面。

書《禮記·大學》：「心不在焉，視而不見，聽而不聞，食而不知其味。」

【聽其自然】 tīng qí zì rán

聽任其自然發展，不加干預。（聽：任憑。）例 我們是希望跟

他繼續合作的，但如果他執意不肯，我們也不便勉強，只好～了。

書 宋范成大《論勸政疏》：「一聽其自然，不復過而問焉。」

【聽其言而觀其行】tīng qí yán ér guān qí xíng

不僅要聽他是怎麼説的，還要看他是怎麼做的。例 對於一個人我們要～，這樣才會對他有比較切實的了解。

書 《論語·公冶長》：「始吾於人也，聽其言而信其行；今吾於人也，聽其言而觀其行。」

【權宜之計】quán yí zhī jì

為了適應某種需要而暫且採取的變通辦法。（權：暫且。宜：適宜。計：辦法。）例 這所中學今年入學的學生一下子增加許多，教室不夠用，作為～，只能讓學生分上下午輪流上課。但隨着新教室的落成，這種狀況很快將得到改變。

書 晉江統《徙戎論》：「此蓋權宜之計，一時之勢，非所以為萬世之利也。」

【權衡輕重】quán héng qīng zhòng

衡量哪個輕哪個重。比喻通過比較以弄清得失，分別主次，從而決定自己的行動。（權衡：權指秤錘，衡指秤桿，權衡表示衡量、考慮。）例「所不幸的是他的立腳點不十分雄厚穩健，所以他的進退之際不能不～，看着有時候像不英武似的。」（老舍《老張的哲學》第四〇）

書 《周書·王褒庾信傳論》：「權衡輕重，斟酌古今，和而能壯，麗而能典，煥乎若五色之成章，紛乎若八音之繁會。」

【囊空如洗】náng kōng rú xǐ

口袋空空的，像是被沖洗過一樣。形容一個錢都沒有。（囊：口袋。）例 他當時貧病交加，～，生活極為窘迫。

書 明馮夢龍《警世通言·杜十娘怒沈百寶箱》：「我非無此心。但教坊落籍，其費甚多，非千金不可，我囊空如洗，如之奈何？」

【囊螢映雪】náng yíng yìng xuě

據《晉書·車胤傳》記載，晉代的車胤家貧，常常買不起點燈的油，夏夜就捉幾十隻螢火蟲裝在白絹縫的袋子裏，藉螢火蟲的光來苦讀。另據《文選·任昉〈為蕭揚州薦士表〉》李善註引《孫氏世錄》記載，晉代的孫康也因家貧，冬夜藉雪的反光讀書。後來就用「囊螢映雪」形容人儘管家境貧寒，仍勤奮刻苦地讀書。也作「**映雪囊螢**」。（囊：用袋子裝。映：照。）

例 父親用古人～的故事來激勵我們刻苦讀書，立志成才。

書 宋劉克莊《雷母宜人王氏墓誌銘》：「(宜人)皆服其勞，無隕獲，故夫子得囊螢映雪，不以家衡慮；賢郎得擔簦負笈，不以貧輟學。」

【鑒往知來】jiàn wǎng zhī lái

借鑒以往的情況或經驗，可以推知未來。（鑒：察看；借鑒。）例 ～，只要政治清明，社會穩定，經濟就會有一個比較快的發展。

書 秦牧《原始公社的影子》：「鑒往知來，歷史和科學已經給我們提出了鐵證。」

【鑒貌辨色】jiàn mào biàn sè

觀察別人的容顏表情，辨別其神色，以揣摸其態度或心意。例 他這個人很會～，專揀老太太愛聽的話説，難怪討老太太喜歡。

書 宋道原《景德傳燈錄・守清禪師》：「僧曰：『爭知某甲不肯？』師曰：『鑒貌辨色。』」

注 「鑒」不可寫作「見」。

【歡天喜地】huān tiān xǐ dì

形容非常高興。例 這對新婚夫婦有了新居，這兩天正～地忙着搬家呢。

書 元無名氏《謝金吾》第二摺：「您兄弟知道，往常時見我來，便歡天喜地。」

【歡欣鼓舞】huān xīn gǔ wǔ

形容非常高興振奮。（鼓舞：興奮；振作。）例 看到這些年來所取得的巨大成績，大家都～，信心倍增。

書 宋蘇軾《上知府王龍圖書》：「自公始至，釋其重荷，而出之於陷阱之中……是故莫不歡欣鼓舞之至。」

【歡聲雷動】huān shēng léi dòng

歡呼的聲音像雷響一樣。形容熱烈歡呼的場面。例 勝利的消息傳來，人們～，舉行了熱烈的慶祝活動。

書 唐令狐楚《賀赦表》：「歡聲雷動，喜氣雲騰。」

【疊牀架屋】dié chuáng jià wū

牀上疊牀，屋下架屋。比喻重複累贅。（架：搭建。）例 這次我們精簡了～設置的機構，從而大大提高了工作效率。

書 北齊顏之推《顏氏家訓・序致》：「魏晉已來，所著諸子，理重事複，遞相模斆，猶屋下架屋，牀上施牀耳。」又清惲敬《答顧研麓書》之二：「尊大人集已有三序……如敬再作，是疊牀架屋，深可不必。」

【鑄成大錯】zhù chéng dà cuò

據《資治通鑒・唐昭宗天祐三年》記載，天雄軍節度使羅紹威勾結朱全忠消滅了不服他管轄的牙軍，朱全忠的軍隊因此就留駐在那裏，居功而索取無度，等他們離開時，羅的蓄積為之一空，羅的軍隊從此衰弱不振。羅紹威十分後悔，説：「合六州四十三縣鐵，不能為此錯也！」「鑄成大錯」字面上是説鑄造成一把大銼刀，實際上是説造成重大的不可挽回的錯誤。（錯：原指銼

刀，在此一語雙關，藉指錯誤。）例 他判斷失誤，貿然投資，～，後悔不迭。

書 姚雪垠《李自成》第一卷第一五章：「倘若我晚回一步，豈不鑄成大錯！」

【癬疥之疾】xuǎn jiè zhī jí
見「疥癬之疾」，301 頁。

【驚弓之鳥】jīng gōng zhī niǎo
據《戰國策·楚策四》記載，戰國時的更嬴曾用引弓虛發之聲使一隻受過箭傷的雁從空中因驚駭而墜落下來。驚弓之鳥指受過箭傷，一聽到弓弦之聲就十分驚恐的鳥。比喻受到過打擊或驚嚇，心有餘悸，一遇動靜就驚恐不安的人。例 遭受重創的敵軍已成～，一到天黑就龜縮在碉堡裏不敢出來了。

書《晉書·王鑒傳》：「黷武之眾易動，驚弓之鳥難安。」

【驚天動地】jīng tiān dòng dì
驚動了天地。形容事情的影響極大或聲音、聲勢極大，令人震驚。例 這些普通勞動者表面上看來似乎並沒有什麼～的業績，然而正是他們默默無聞的勞動推動了社會的進步。

書 唐白居易《李白墓》詩：「可憐荒隴窮泉骨，曾有驚天動地文。」

【驚心動魄】jīng xīn dòng pò
原指詩文感染力很強，動人心魄。後也泛指使人內心受到很大震動。也作「**動魄驚心**」。例 這部電視連續劇描寫了正義與邪惡之間一場～的較量，吸引了大批的觀眾。

書 南朝梁鍾嶸《詩品》卷上：「陸機所擬十四首，文溫以麗，意悲而遠，驚心動魄，可謂幾乎一字千金。」

【驚世駭俗】jīng shì hài sú
言行使世俗震驚。（駭：吃驚；震驚。）例 啟先生的論文裏並無～之說，有的只是浸透了學者智慧的精闢見解和娓娓道來的從容。

書 宋王柏《朋友服議》：「子創此服，豈不驚世駭俗，人將指為怪民矣。」

【驚惶失措】jīng huáng shī cuò
驚恐慌亂，不知怎麼辦才好。（驚惶：害怕慌張。失措：舉止失常，不知怎麼辦才好。）例 面對這一突發事件，他並沒有～，而是立刻採取各種措施，積極加以應對。

書《北齊書·元暉業傳》：「孝友臨刑，驚惶失措，暉業神色自若。」

【驚魂未定】jīng hún wèi dìng
受驚的心情還沒有平定下來。例 被人從坍塌的房屋中搶救出來的老人～，説話前言不搭後語。

書 宋蘇軾《謝量移汝州表》：「隻影自憐，命寄江湖之上；驚魂未定，夢遊縲紲之中。」

【驚濤駭浪】jīng tāo hài làng

令人驚恐的大波浪。也比喻險惡的環境或遭遇。例 ❶ 這些海員有着跟～搏鬥的豐富經驗。❷ 生活並非總是平靜的，有時也會出現～，它對我們是一種嚴峻的考驗。

書 宋陸游《長風沙》詩：「江水六月無津涯，驚濤駭浪高吹花。」

【顯而易見】xiǎn ér yì jiàn

指事情或道理非常明顯，很容易看清。例 家庭環境對他的為人處世有着～的影響，這一點連他自己也不否認。

書 宋王安石《洪範傳》：「在我者，其得失微而難知，莫若質諸天物之顯而易見，且可以為戒也。」

【蠱惑人心】gǔ huò rén xīn

毒害迷亂人心。（蠱：傳說中一種很厲害的毒蟲。蠱惑：毒害；迷惑。）例 他用謊言和邪説來～，有着不可告人的目的。

書 《元史·刑法志》：「諸陰陽家者流，輒為人燃燈祭星，蠱惑人心者，禁之。」

【體貼入微】tǐ tiē rù wēi

對別人的關懷、照顧十分細緻周到。（體貼：細心體察、理解別人的心情和處境，給以關懷、照顧。入微：達到十分細緻的地步。）例 老師們對這些在學校寄宿的學生～，家長都感到十分放心。

書 清吳趼人《二十年目睹之怪現狀》第三八回：「澄波道：『他説這些燒餅，每每有貧民買來抵飯吃的，重一些是一些……』我笑道：『這可謂體貼入微了。』」

【體無完膚】tǐ wú wán fū

身上沒有一塊完好的皮膚。形容渾身是傷。也比喻言論被批駁得一無是處，或文章被刪改得面目全非。（完：完好。）例 ❶ 老吉被敵人打得～，但始終沒有屈服。❷ 他見自己的觀點已被駁得～，不免有些狼狽。

書 宋司馬光等《資治通鑒·後唐莊宗同光三年》：「帝怒，下貫獄；獄吏榜掠，體無完膚。」

【鑠石流金】shuò shí liú jīn

見「流金鑠石」，348 頁。

【鱗次櫛比】lín cì zhì bǐ

像魚鱗和梳子齒那樣一個挨一個地排列着。今多用來形容建築物密集排列。也作「**櫛比鱗次**」。（次：並列；排列。櫛：梳子、篦子之類梳頭髮的用具。比：緊靠；挨着。）例 站在上海外灘朝東望去，但見黃浦江對岸高樓大廈～，東方明珠塔直插雲天，那裏就是著名的浦東新區。

書 宋李燾《續資治通鑒長編·宋真宗咸平四年》：「佈為方陣，四面皆然，東西鱗次，前後櫛比。」今多作「鱗次櫛比」。

注 「櫛」不讀 jié。

【變化多端】biàn huà duō duān

變化很多。（端：方面。）例 這位羽毛球運動員攻勢凌厲，球路～，很難對付。

書 明馮夢龍《古今小說·陳從善梅嶺失渾家》：「這齊天大聖神通廣大，變化多端，能降各洞山魈，管領諸山猛獸。」

【變化無常】biàn huà wú cháng
變化不定，難以捉摸。也作「**變幻無常**」。（無常：令人捉摸不定。）例 近來天氣～，出門記得帶把傘。
書《莊子·天下》：「芴漠無形，變化無常。」

【變化無窮】biàn huà wú qióng
變化很多，沒有窮盡。（窮：盡。）例 山中的景色隨着時間和天氣的不同而～，這豈是畫家所能描繪得盡的呢？
書 戰國宋玉《高唐賦序》：「須臾之間，變化無窮。」

【變幻莫測】biàn huàn mò cè
變化無常，無法預測。（變幻：不規則地變化。）例 這一段時期股市行情～，許多股民都在觀望之中。
書 明許仲琳《封神演義》第四四回：「吾紅水陣內，奪壬癸之精，藏天乙之妙，變幻莫測。」

【變本加厲】biàn běn jiā lì
南朝梁蕭統《文選序》：「蓋踵其事而增華，變其本而加厲，物既有之，文亦宜然。」這是指改變它原來的狀況，使它更有所發展。不含貶義。後多指情況變得比原來更加嚴重。作貶義用。例「然而我們這些蠢才，卻還在～的愚弄孩子。」（魯迅《且介亭雜文·〈看圖識字〉》）
書 清吳趼人《二十年目睹之怪現狀》第六八回：「大約當日河工極險的時候，曾經有人提倡神明之說，以壯那工人的膽，未嘗沒有小小效驗；久而久之，變本加厲，就鬧出這邪說誣民的舉動來了。」

【變生肘腋】biàn shēng zhǒu yè
變故或禍亂發生在內部或身邊。（肘腋：胳膊肘和夾肢窩。比喻離主體極近的地方。）例 他沒想到～，他的一個親信竟會出賣他。
書《三國志·蜀志·法正傳》：「主公之在公安也，北畏曹公之強，東憚孫權之逼，近則懼孫夫人生變於肘腋之下，當斯之時，進退狼跋。」又宋辛棄疾《美芹十論》：「不幸變生肘腋，事乃大謬。」

【戀戀不捨】liàn liàn bù shě
十分留戀，捨不得離開。例 科技館裏豐富的展品和生動的展覽形式對參觀的同學產生了巨大的吸引力，直到要閉館了，大家才～地離去。
書 明馮夢龍《醒世恆言·赫大卿遺恨鴛鴦縧》：「靜真見大卿舉止風流，談吐開爽，凝眸留盼，戀戀不捨。」

【竊竊私語】qiè qiè sī yǔ
私下裏小聲說話。（竊竊：形容聲音細小。私：私下；背地裏。）例 別人都在專心聽取會議發言，小麗和阿紅卻低着頭湊在一起

～，不知在說些什麼。

書 宋蘇舜欽《上范公參政書》：「時尚竊竊私語，未敢公然言也。」

【竊竊私議】qiè qiè sī yì

私下裏小聲議論。例「他們～的無非外間的流言，待教師走近身旁時便噤住了。」（葉聖陶《倪煥之》一二）

書 清吳趼人《痛史》第一三回：「宗、胡兩人，正在竊竊私議。」

【鷸蚌相爭，漁翁得利】

yù bàng xiāng zhēng, yú wēng dé lì

鷸是一種嘴細長的水鳥，牠見到蚌正張開兩片殼在曬太陽，就去啄食蚌肉，蚌合起殼夾住了鷸的嘴，彼此都不肯放過對方。結果漁翁一來，把鷸和蚌都捉了起來。這則寓言見《戰國策．燕策二》。後來就用「鷸蚌相爭，漁翁得利」比喻雙方爭持不下，讓第三者得利。也作「**鷸蚌相持，漁人得利**」。例 公司高層主管間的這場紛爭如果不儘快解決，公司的經營將受到嚴重影響，～，別的公司就會乘虛而入，佔到便宜。

書 明馮夢龍《古今小說．滕大尹鬼斷家私》：「這正叫做『鷸蚌相持，漁人得利』。若是倪善繼存心忠厚，兄弟和睦，肯將家私平等分析，這千兩黃金，弟兄大家該五百兩，怎到得滕大尹之手？」

【靈丹妙藥】líng dān miào yào

靈驗有奇效的丹藥。據說這種藥能治百病。也比喻能解決一切問題的好辦法。也作「**靈丹聖藥**」。（丹：一種顆粒狀或粉末狀的中藥製品。）例 別指望我有什麼～能讓公司迅速擺脫困境，但我相信，只要羣策羣力，勇於革新，公司的前景依然是光明的。

書 元無名氏《翫江亭》第二摺：「靈丹妙藥都不用，吃的是生薑辣蒜大憨葱。」

【靈機一動】líng jī yī dòng

靈巧的心機動了一下。形容突然想出了個主意、辦法。例 正當大家為產品銷路發愁的時候，大凱～，說：「何不通過電腦查查有關需求信息，說不定有人正等着要這些貨呢！」

書 清文康《兒女英雄傳》第四回：「俄延了半晌，忽然靈機一動，心中悟將過來。」

【蠶食鯨吞】cán shí jīng tūn

蠶食桑葉是一點一點吃掉，鯨吞食物是一口吞下很多。比喻一步步侵佔或一舉併吞。也作「**鯨吞蠶食**」。例 對手～，一盤棋勝負很快就見分曉，阿義自歎棋藝太差，甘拜下風。

書 清紀昀《閱微草堂筆記．灤陽消夏錄六》：「汝兄遺二孤姪，汝蠶食鯨吞，幾無餘瀝。」

【躡手躡腳】niè shǒu niè jiǎo

走路時腳步放得很輕。（躡：放輕腳步。）例 小女孩～地走到花叢邊，想捉住那隻停在花上的漂亮的蝴蝶。

書 清曹雪芹、高鶚《紅樓夢》第五

四回：「於是大家躡手躡腳，潛蹤進鏡壁去一看，只見襲人和一個人對歪在地坑上。」

【饞涎欲滴】chán xián yù dī

饞得口水都要滴下來了。形容想吃到或想得到的慾望非常強烈。（涎：口水。）例 這本介紹美食的書圖文並茂，讓人看得～，真想去親自品嚐品嚐。

書 姬文《市聲》第二六回：「此時聽得子肅說有那樣好煙，不覺饞涎欲滴。」

注「饞」不可寫作「讒」。「涎」不讀 yán。

【蠻不講理】mán bù jiǎng lǐ

態度粗暴，不講道理。（蠻：粗野；強橫。）例 那個漢子～地在樓前公共綠地上搭蓋儲藏室，引起了公憤。

書 魯迅《彷徨．肥皂》：「誰知道那勢利鬼不但不依，還蠻不講理，說了許多可惡的廢話。」

【驢脣不對馬嘴】

lǘ chún bù duì mǎ zuǐ

見「牛頭不對馬嘴」，94 頁。

【讚不絕口】zàn bù jué kǒu

稱讚得不住口；連聲稱讚。（讚：稱讚；讚揚。絕：停止。）例 提起小俞這位年輕的同事，大家～，說他工作勤快，能力強，懂得尊重人，和他相處很愉快。

書 明馮夢龍《警世通言．假神仙大鬧華光廟》：「洞賓不假思索，信筆賦詩四首……字勢飛舞，魏生讚不絕口。」

【鑿鑿有據】záo záo yǒu jù

非常確實，是有根據的。（鑿鑿：確實。）例 關於那件事早已傳得沸沸揚揚，他又說得～，不由你不信。

書 明朱舜水《答野傳問》：「陶氏《輟耕錄》云：『蒙古入中國，中國方有木棉。』是鑿鑿有據也。」

【鸚鵡學舌】yīng wǔ xué shé

鸚鵡學人說話。比喻別人怎麼說，就跟着怎麼說。（鸚鵡：一種羽毛美麗的鳥，能模仿人說話的聲音。通稱鸚哥。學舌：模仿別人說話；跟着別人說。）例 他的這些說法全是從上司那裏聽來的，～而已。

書 宋道原《景德傳燈錄．越州大殊慧海和尚》：「僧問：『何故不許誦經，喚作客語？』師曰：『如鸚鵡只學人言，不得人意。經傳佛意，不得佛意而但誦，是學語人，所以不許。』」又清魏源《新樂府．江南吟》之八：「儒臣鸚鵡巧學舌，庫臣陽虎能竊弓。」

【鬱鬱寡歡】yù yù guǎ huān

心中憂悶，缺少歡趣。（鬱鬱：形容心中積聚着憂愁煩悶。寡：缺少。）例 他近來～，想必是遇到什麼不如意的事了。

書 楊沫《青春之歌》第一部第六章：「在她給余永澤和王曉燕的信中充滿了悲天憫人和鬱鬱寡歡的情緒。」

反義成語

一畫

二畫

三畫

四畫

五畫

五畫

六畫

七畫

八畫

九畫

十畫

十一畫

十一畫

十二畫

十三畫

十四畫

十五畫

十六畫

十七畫

十八畫

十九畫

二十畫以上

首字音序索引

D

E

F

G

H

J

K

L

T

W